馬琴と演劇

大屋多詠子

花鳥社

馬琴と演劇　目次

第二章　京伝・馬琴と読本の演劇化

第五章　馬琴と動物

附篇

凡例

一、翻刻・影印のある馬琴の著作のうち、特に注記しないものは以下のものによった。

『馬琴中編読本集成』（鈴木重三・徳田武編、汲古書院、一九九五―二〇〇九年）
『新累解脱物語』（大高洋司編、和泉書院、一九八五年）
『椿説弓張月』（後藤丹治校注、日本古典文学大系六〇・六一、岩波書店、一九五八―六二年）
『南総里見八犬伝』（濱田啓介校訂、新潮日本古典集成別巻、新潮社、二〇〇三―〇四年）
『近世説美少年録』（徳田武訳注、新編日本古典文学全集八三―八五、小学館、一九九三年）
『開巻驚奇侠客伝』（横山邦治・大高洋司校注、新日本古典文学大系八七、岩波書店、一九九八年）
『苅萱後傳玉櫛笥』（高木元「『苅萱後傳玉櫛笥』―解題と翻刻―」『説林』四〇、一九九二年）
『燕石雑志』（『日本随筆大成』第二期一九、吉川弘文館、一九七五年）
『烹雑の記』（『日本随筆大成』第一期二一、吉川弘文館、一九七六年）
『玄同放言』（『日本随筆大成』第一期五、吉川弘文館、一九七五年）
『兎園小説』（『日本随筆大成』第二期一、吉川弘文館、一九七二年）
『独考論』（『只野真葛集』叢書江戸文庫30、国書刊行会、一九九四年）
『著作堂雑記抄』『おかめ八目』（「曲亭遺稿」『馬琴研究資料集成』第三巻、クレス出版、二〇〇七年）
『近世物之本江戸作者部類』（木村三四吾編、八木書店、一九八八年。徳田武校注、岩波文庫、二〇一四年）
『著作堂旧作略自評摘要』（神谷勝広・早川由美編『馬琴の自作批評―石水博物館蔵『著作堂旧作略自評摘要』』汲古書院、二〇一三年）
『曲亭蔵書目録』（服部仁編『馬琴研究資料集成』第五巻、クレス出版、二〇〇七年。『近世書目集』日本古典文学影印叢刊32、日本古典文学会、一九八九年）
『曲亭馬琴日記』（柴田光彦新訂増補、中央公論新社、二〇〇九―一〇年）
『馬琴書翰集成』（柴田光彦・神田正行編、八木書店、二〇〇二―〇四年）

『吾佛乃記　滝沢馬琴家記』（木村三四吾他編、八木書店、一九八七年）
『後の為の記』（木村三四吾編校、八木書店、一九九二年）
『近松全集』（岩波書店、一九八五–九六年）
『山東京傳全集』（一八巻、ぺりかん社、一九九二–二〇一二年）
『大坂本屋仲間記録』（全一八巻、大阪府立中之島図書館編、清文堂出版、一九七五–九三年）
『享保以後江戸出版書目　新訂版』（朝倉治彦・大和博幸編、臨川書店、一九九三年）
『太平記』（後藤丹治・釜田喜三郎・岡見正雄校注、日本古典文学大系三四–三六、岩波書店、一九六〇–六二年）、

一、引用に際しては、私に旧字を新字に改め、適宜付け仮名を省略し、句読点を補った。また、黄表紙・合巻に関しては主に原本に当たり、仮名を漢字に直すなど、表記に一部手を加えた。
一、作品名の読みについては、原則として現代仮名遣いを用いたが、必要に応じ原表記のままとしたものがある。
一、資料の引用に際し、現代の人権意識に照らして不適当な表現があるが、江戸時代の資料的価値に鑑み、そのままとした。

馬琴と演劇

序章

本書は、馬琴を「演劇」との関わりから捉え直そうとするものである。戯作界・演劇界・出版界の動向を俯瞰的に見渡した上で、各界を横断的に、また多角的に把握しようと試みた。これまで、作品研究、演劇研究、書肆研究はそれぞれ別に論じられることが多かった。しかし当時の作者は、出版文化のなかにあって、書肆の意向や演劇の流行の影響を受けつつ、また逆に影響を与えつつ創作活動を行っていた。特に江戸時代後期を代表する流行作家であった曲亭馬琴の作品は当時の演劇への影響が大きく、演劇化作品がさらに本として刊行されてもいる。そうした事実は知られながらも、各研究分野において十分な検討が為されてこなかった。

また、馬琴読本の研究自体も、作品の構想論をはじめ、伝記研究、軍記物語や中国の白話小説等の和漢の古典を中心とした典拠論、山東京伝との比較論が主流であり、筆者が研究を始めた頃は、同時代の演劇の利用は指摘されつつも重視されていなかった。それは、馬琴自身が読本の序跋で、演劇に対して否定的な発言をしていることによる。演劇の利用の事実との明らかな矛盾から、馬琴が序跋で述べたことは表面的な建前、韜晦に過ぎないとする見解が一般的であったのである。

しかし演劇に関する馬琴の言説を詳細に検討すると、演劇そのものを否定しているわけではないことがわかる。

評価すべきところは評価した上で、読本に演劇を無批判に取り入れることに対しては消極的な姿勢を見せているのである。これは馬琴読本における演劇の利用方法と決して齟齬してはいない。馬琴の演劇に対する評価は、馬琴が考える読本のあるべき姿を基準として下されている。

馬琴は幼い頃、母親の影響で、当時刊行のほとんどの浄瑠璃本を読んだという。戯作を生業に選んだ時、馬琴にとって演劇はすでに作家としての血であり肉であった。馬琴の演劇観を知ることは、馬琴の読本観を知ることでもある。本書はそうした問題意識のもと、馬琴・京伝読本の作品研究にとどまらず、演劇化作品、浄瑠璃化作者、絵入根本（歌舞伎台帳公刊本）の研究を有機的に結びつけることで、馬琴の演劇観、読本観を明らかにし、演劇界・出版界との交流のなかに創作環境の実態を浮き彫りにしようとした。

第三章までは、演劇を軸に執筆したものであるが、第四・五章では、「国家」「動物」という切り口から主として演劇を利用した作品を論じ、馬琴の国家観、また馬琴の日常に迫ろうとした。

以下に、本書の構成を示し、明らかになったことをまとめておく。

第一章「馬琴の小説観と演劇観」では、馬琴が読本執筆に際し、馬琴が演劇の何を評価し、何を批判したのか、「勧懲」と近松門左衛門、「人情」、『仮名手本忠臣蔵』に係わる言説に注目し、作品分析を通じて具体的に検討する。

第一節「馬琴の演劇観と「勧善懲悪」――巷談物を中心に――」では、韜晦に過ぎないとして従来見過ごされてきた演劇に対する否定的な言説に対して新たな見解を示した。演劇作品との比較分析を通して、具体的に馬琴の演劇利用の手法を明示し、読本の「勧懲」の実相を示した。第二節「馬琴と近松」では、文化期の馬琴にとって、近松門左衛門は特別な浄瑠璃作者であったことを明らかにした。馬琴が近松の「勧懲」を評価すること、馬琴が近松の趣向を因果応報を強調するために用いていることを具体的に示した。また京坂への旅を機に馬琴が近松を再確認したこと、ロシアが蝦夷の番屋を襲撃するという事件が起きた当時の緊張した対外関係を背景に、異国を扱った複数の近松浄瑠璃に日本優位意識を見出し、『椿説弓張月』執筆時にこれらを読み直した可能性を指摘した。第三節「馬琴の「人情」と演劇の愁嘆場」では、馬琴の「人情」表現を新たに問い直し、その描写に、演劇の「義理」「人情」の葛藤を描いた愁嘆場を取り入れていることを具体的に示した。また馬琴の理想とする「人情」描写とは公私の調和が取れたものであったことを述べた。第四節「馬琴と忠臣蔵」では、『仮名手本忠臣蔵』が馬琴に与えた影響を考察した。『胡蝶物語』「色欲国」を再検討し、『忠臣蔵』の「人情」批判は、読本執筆の立場からのものであったが、『難波土産』のような演劇の側の自己規定に基づくものでもあり、客観的な浄瑠璃の穴探しが趣向であったことを明示した。『南総里見八犬伝』、黄表紙『加古川本蔵綱目』における『忠臣蔵』利用の実態を読み解きつつ、その手法が『胡蝶物語』の発想に通底していることを示した。また馬琴にとって浄瑠璃が知識や箴言を学ぶ手本としての意味を持っていたこと、馬琴が『難波土産』に学んだ可能性を新たに示唆した。第五節「馬琴の「小大の弁」」では、『南総里見八犬伝』の答評である『犬夷評判記』に見える「小大の弁」という語について考察した。本来は『荘子』に基づく語であることを示し、大小の区別であった言葉を因果論的な大小の得失と絡めることで、小説技法を指す言葉として用いたことを指摘した。

第二章「京伝・馬琴と読本の演劇化」では、上方における京伝・馬琴読本の演劇化作品を取り上げ、読本・演劇化作品の両者の比較を通してその相違を明確にするとともに、演劇化という現象が作者・戯作界に及ぼした影響を考察する。

第一節「『昔話稲妻表紙』の歌舞伎化と馬琴」では、京伝・馬琴読本の歌舞伎化の魁けといえる京伝読本『昔話稲妻表紙』の歌舞伎化二作品の内容について検討した。台帳のない「けいせい輝艸紙」については絵本番付から内容の復元を試みた。歌舞伎化に際し、読本の構成に関わる因果の趣向が退けられていることを指摘し、また『昔話稲妻表紙』とその歌舞伎化が馬琴の執筆活動に与えた影響の大きさについて述べた。第二節「馬琴読本の演劇化――文化期の上方演劇作品における――」では、文化年間の上方における馬琴読本の演劇化作品十作品について、未翻刻のものを中心に紹介、馬琴読本と演劇化作品を比較検討し、その相違を明らかにするとともに、その過程で馬琴読本の演劇種の典拠を新たに示した。第三節「京伝・馬琴による読本演劇化作品の再利用」では、京伝・馬琴読本が演劇に影響を与えたばかりではなく、その演劇化作品が、それぞれ京伝の合巻・馬琴の読本に還元、再利用されていたことについて新たに指摘し、当時の作者、演劇界、出版界の交流の様相を考察した。読本が演劇化された当時、観客や読本の読者ばかりではなく、その演劇化作品が読本の作者自身に与えた影響もまた大きかったのである。

第三章「読本演劇化をめぐる演劇界・出版界の諸相」では、上方でまず江戸読本の演劇化が始まった理由の一端を探るために、浄瑠璃・読本作者である佐藤魚丸の著作活動と、読本に類似する様式を持つ絵入根本の大手板元である河内屋太助の活動に注目する。

第一節「読本作者佐藤魚丸」では、従来ほとんど顧みられることがなかった、馬琴読本の浄瑠璃化作者である佐藤魚丸に注目し、狂歌師・浄瑠璃作者・読本作者としての活動の全貌を追った。魚丸の活動は、当時の上方の演劇界、戯作界、狂歌壇との密接な関わりを体現したものといえる。第二節「河内屋太助による絵入根本の出版と馬琴」では、読本とよく似た形態を持つ台帳の公刊である絵入根本の大手板元である河内屋太助を取り上げた。「絵入根本」の呼称を確認するとともに、河内屋太助の絵入根本を一覧化し、その様式が江戸読本の影響も受けつつどのように定着していったかを追った。また河内屋太助の江戸読本との接点の一つに馬琴がいること、馬琴との関係が絵入根本刊行の時期と重なることを述べた。さらに絵入根本に係わる俳優・作者・画工が、読本というジャンルや丸派の狂歌師と繫がりがあることに触れ、当時の浄瑠璃・歌舞伎界、狂歌壇、江戸の戯作界の交流の媒のひとつとして河内屋太助が存在していたことを捉え直した。

第四章「馬琴と国家」では第一章第二節「馬琴と近松」でも触れた、外国の脅威を背景とした馬琴の国家観を論じた。第一節「馬琴・京伝読本における王権」では、『松染情史秋七草』『双蝶記』を取り上げ、馬琴・京伝の南北朝の皇統の捉え方についての相違を考察した。皇統の正統性に対する武門の閏統という、徳川幕府の否定にも繋がる馬琴の見解に対し、京伝は浄瑠璃の構想を借りて、北条の残党の陰謀と露見、源氏の優位性を示し、徳川の正統化ともとれる内容に留まったことを示した。第二節「京伝・馬琴読本における辺境――外が浜と鬼界島――」では、ほぼ同時期に京伝・馬琴がそれぞれ『善知安方忠義伝』『椿説弓張月』で東西の辺境を取り上げたことに着目し、馬琴は両書の国境意識の相違を論じた。京伝が作中では従来通りの未開の辺境のイメージを引き継いだのに対し、馬琴は考証を深め、辺境の認識を改めようとした。これらの表象からは当時の蝦夷・日本・琉球をとりまく情勢とその情報についてうかがい知ることができる。第一・二節では、馬琴が当時の海外状況を踏まえた辺境意識、徳川への批判を作中に忍ばせていたことを確認した。第三節「馬琴の「武国」意識と日本魂」では、馬琴の「武国」意識を探り、「日本魂」の用例を検討することで、馬琴の理想とする国家像を考察した。馬琴の「武の国」は、武士が神の教えを守り、武治よりも仁政を行う「仁国」が理想であり、生きて「忠孝」を尽くす「日本魂」を持った登場人物の活躍によって象徴されていることを示した。第四節「馬琴の古典再解釈――『椿説弓張月』と昔話・神話――」では、馬琴の「日本武尊」「桃太郎」利用による、当時の琉球支配の正統化につながる主人公父子の造型について論じた。

第五章「馬琴と動物」は、動物の表象を手がかりに、馬琴の日常と非日常に踏み込んだ内容である。第一節「馬琴と蟹――馬琴の名「解」をめぐって――」では、馬琴が自ら名付けた滝沢「解」の名に込められた「蟹」にまつわる意味を新たに提示してみせた。また黄表紙『増補獼猴蟹合戦』に家康批判を見出した。第二節「『南総里見八犬伝』の大鷲」は、鷲に攫われるという趣向の、江戸時代における展開を浄瑠璃作品を示しつつ追うとともに、この趣向が当時の人々にとっては、地震などと同じ天災であり、比較的身近な、しかし非日常を象徴するものであったことを論じた。第三節「『八犬伝』の政木狐と馬琴の稲荷信仰」では、『南総里見八犬伝』の政木狐が浄瑠璃等の表象を受け継ぎつつも、馬琴の祖父の実家である真中家に伝わる話や馬琴の日常的な稲荷信仰を背景に形成されていることを明らかにした。

作家が身を置いた当時の戯作界・演劇界・出版界の状況と、幕末を目前にした国際情勢、そしてそのなかにある馬琴の日常。本書は演劇との関わりを軸に、馬琴を取り巻く環境から、その創作活動を立体的に捉え直そうとしたものである。

第一章　馬琴の小説観と演劇観

馬琴と演劇とのそもそもの出会いは幼少期に遡る。『吾佛乃記』において、馬琴は自ら、

当時、母大人、冊子物語と浄瑠璃本を見ることを嗜み給ひしかば、解も亦是を受読もの、いくらなるをしらず。年十三歳に至るまで、当時印行の浄瑠璃本は熟読せずといふものなし

と述懐している。また、随筆『羇旅漫録《きりょまんろく》』は、享和二（一八〇二）年の東海道・京摂への旅の道中、馬琴が各地で観劇を楽しんだことを伝えている。

馬琴の作家活動の初期においては、演劇自体を趣向とした作品も多い。例えば、読本浄瑠璃の著作としては、三作が知られている。寛政十二（一八〇〇）年には『化競丑満鐘《ばけくらべうしみつのかね》』、[注1] 文化元（一八〇四）年には『雷五郎五郎 光屋いな妻 雩雲《ゆうだてやくも》の道行《みちゆき》』を出版し、また、出版には到らなかったが「由比浜政語入船《ゆいがはままさごのいりふね》」の校本が現存する。

馬琴が歌舞伎に通じていたことは、滑稽本である劇書、寛政十二年刊『戯子名所図会《やくしゃめいしょずえ》』や「戯子三十六歌仙 櫓《やくしゃさんじゅうろっかせんやぐら》色紙《しきし》」の校本（寛政十二年成）[注2]を執筆していることからもわかる。この年には役者絵本『俳優三十二相《やくしゃさんじゅうにそう》』（東子樵客著・歌川豊国画）にも序文を寄せる。享和二年には未刊ではあるが『劇場画史《しばいがし》』二編の校本に人物部の像讃の狂詩を稿している。また、享和三年刊の絵入根本『俳優浜真砂《やくしゃはまのまさご》』（松好斎画）には序文を寄せていることが知られている。

黄表紙一般は、演劇を利用したものが多いが、馬琴においてもそれは同様である。当時の歌舞伎俳優に当て込んだ洒落も散見する。例えば、寛政十一年刊『東発名皐月落際《えどのはなさつきのちりぎわ》』は、六代目市川団十郎の追善の黄表紙である。本書では、寛政九年刊行の黄表紙『加古川本蔵綱目』の注釈を試みたが、当時の歌舞伎の忠臣蔵の演出を反映していることが確認できる。歌舞伎そのものを趣向とした作品としては、文化元（一八〇四）年刊『松株木三階奇談《まつのかぶきさんがいきだん》』がある。その序に「脚色毫ニ齣ス書画ノ介。戯場硯ニ扮ス著編の怪」（原文は漢文。書き下し文に改めた）の二句が記され、その左訓には、「しくみは、ふでにくぎりする、ぶんとゑの、みぶり。しばゐごと、すゞりにやくわりして、げさくあやし」と見えるように、内容は、「芝居洲三座の麓、歌舞伎が嶋」（一五オ）を遍歴する鹿相兵衛の物語である。

これは、右に述べた劇書『戯子名所図会』を下敷きにした作品であることが指摘されている。注3合巻も同様に、浄瑠璃や歌舞伎の世界・趣向の利用が多いが、板坂則子氏は、文化文政期（一八〇四―一八三〇）の馬琴合巻には、役者似顔絵も使用していたことを指摘している。注4

黄表紙や合巻が、演劇と関わりが深いのはジャンルの特徴でもあるが、寛政の末年から文化初年にかけては馬琴の読本においても、同じことが言える。処女作である中本型読本『高尾船字文《たかおせんじもん》』（寛政八年）は、歌舞伎「伽羅先代《めいぼくせんだい》萩《はぎ》」（安永六〈一七七七〉年）に『水滸伝』を撮合し、やはりその演劇色は強い。文化五（一八〇八）年までに、中本型読本は、八作見られるが、半紙本型読本に比べて、概して演劇的要素が多いことは、『高尾船字文』に同じである。

このように本来、馬琴と演劇の関わりは深かった。だが、文化四、五年を経て、馬琴の演劇に対する態度には、次第に変化が現れてくる。読本に無意識に演劇を取り入れることに批判的になり、演劇を利用する馬琴読本の序跋には「勧懲」と「人情」の語が散見するようになる。馬琴が演劇の何を評価し、何を批判するか、それは読本というジャンルに対する馬琴の認識が明確なものとなりつつあることと無関係ではないのであろう。文化四年とは、『椿説弓張月《ちんせつゆみはりづき》』の刊行が始まり、馬琴が時代小説としての演義体を志向し始める時期である。注5翌五年は、馬琴の読本刊行数が最頂に達する年でもあるが、『椿説弓張月』に続き、史伝物の『俊寛僧都嶋物語《しゅんかんそうずしまものがたり》』『頼豪阿闍梨怪鼠伝《らいごうあじゃりかいそでん》』が刊行されている。同年、馬琴は、演劇で流布した巷説の心中を題材とする巷談物にも手を染め、『括頭巾縮緬紙《くくりずきんちりめんかみ》衣《こ》』『三七全伝南柯夢《さんしちぜんでんなんかのゆめ》』『旬殿実実記《しゅんでんじつじつき》』と三作を著している。史実に基く時代小説を目指した演義体と、演劇によって流布した巷説に取材する巷談物とを、並行して著述しているわけであるが、題材の相違はあっても、史実や演劇で伝わる不遇な主人公を救済する筋を辿るという点において、史実と演劇に対する態度に相違はないと言ってよい。巷談物と史伝物の試みを経て、馬琴の演義体は、文化十一年より刊行が始まる『南総里見八犬伝』に結実する。馬琴が演劇の何を評価・批判し、何を取捨選択していたのかを明らかにすることは、馬琴の演劇観、ひいては小説観を明らかにすることに通ずると考える。

本章では、馬琴作品における演劇の利用方法を具体的に分析することで、馬琴と演劇の関係を探る。特に「勧懲」「人情」に着目し、また近松門左衛門の作品や『仮名手本忠臣蔵』が馬琴に与えた影響を考える。

注

1 『化競丑満鐘』に関しては、アダム・カバット氏に詳細な論がある(『江戸化物の研究　草双紙に描かれた創作化物の誕生と展開』(岩波書店、二〇一七年)。なお、戦後、浄瑠璃化され、文楽でも、また歌舞伎でも現在も上演される。

2 尾崎久彌氏は「戯子三十六歌仙櫓色紙」の刊本が存在することを指摘している(「馬琴初期の芝居好」『近世庶民文学論考』(中央公論社、一九七三年)。

3 尾崎氏前掲論「馬琴初期の芝居好」、板坂則子『馬琴草双紙集』解題(叢書江戸文庫、国書刊行会、一九九四年)参照。

4 板坂則子『曲亭馬琴の世界』(笠間書院、二〇一〇年)第一章参照。前掲『馬琴草双紙集』解題参照。読本にもわずかながら役者似顔のものがある。文化元年『絵本敵討待山話』文化三年刊『春夏秋冬春編』や文化十年刊『美濃旧衣八丈綺談』・『双蝶記』など。(水谷不倒『古版小説挿画史』大岡山書店、一九三五年。向井信夫「元文曽我と絵本敵討松山話」『江戸文藝叢話』八木書店、一九九五年。『馬琴中編読本集成』一六・『山東京傳全集』一七、鈴木重三氏解説)。

5 中村幸彦「滝沢馬琴の小説観」(『中村幸彦著述集』第一巻、中央公論社、一九八二年)。

第一節　馬琴の演劇観と「勧善懲悪」

――巷談物を中心に――

はじめに

冒頭に述べたように、馬琴は幼い頃から演劇に親しみ、[注1]黄表紙や合巻をはじめ、演劇に関係の深い馬琴の著作も数多く指摘されている。[注2]馬琴が著述において最も力を注いだ読本というジャンルにおいても、演劇の世界や趣向を用いた作品は多い。その一方で、馬琴は、読本の著述において、演劇を利用することに否定的であったことも知られている。[注3]しかし、馬琴が演劇のいかなる面を否定してきたのかについては、具体的には、ほとんど検討されることがなかったように思われる。

馬琴読本の中でも殊に巷談物（あるいは情話物）と位置付けられる作品群には、「勧懲」との関わりにおいて、演劇に対する否定的な言説が散見する。巷談物とは、心中や放蕩を題材とし、馬琴が、主にその巷説を扱った浄瑠璃に取材したことが知られている。近世小説における「勧懲」は出版統制下に作者が当局に対する弁明として標榜した語であったが、それを小説理論にまで高めたのが馬琴であった。本節では、馬琴の巷談物における演劇の利用方法を検討することによって、注4馬琴の演劇に対する評価と「勧懲」の実践の様相を確認したい。その上で、巷談物における「勧懲」の実践が、他の馬琴読本のなかにあってどういう意味を持つのか、さらには小説理論にいかに結実していくのかという点について踏み込んでみたい。

一　「淫奔」の否定

以下にまず、巷談物の序跋から、浄瑠璃と勧懲をめぐる言説を挙げる。

艶曲淫奔ノ脚色ヲ借ラズシテ、勧懲ノ微意毎巻ニ存ス。閲者ノ利害。彼ト此ト如何。
（『三七全伝南柯夢《さんしちぜんでんなんかのゆめ》』自序、文化五〈一八〇八〉年刊）

その談すべて脚本《しばゐのせうほん》とおなじからず。唯勧懲をもて。此書の大意となすのみ。
（『旬殿実実記《しゅんでんじつじつき》』上目録末尾、文化五年刊）

元日金年越とかいふ浄瑠璃本に、碗久が事を作れり。（中略）しかれども艶曲猥褻なるを諱て取らず。
（『括頭巾縮緬紙衣《くくりずきんちりめんかみこ》』巻末、文化五年刊）注5

夫艶曲演義の誨淫猥褻なる小説流は取らず
（『松染情史秋七草《しょうぜんじょうしあきのななくさ》』冒頭、文化六年刊）

豈更に之を冊子に筆して以て淫風を宣ふべけんや。（中略）其の事を主として、其の迹に拘せず、骨を換へ胎を奪ひ、別に自ら一個の小説を編綴して、以て其責を塞ぎ、其の間善を勧め悪を戒め、人情を叙し、風教に託す。唯是微意の存する所、実に作者一片の老婆心也
（『松染情史秋七草』序。原漢文、書下し文に改めた）

豈癡情を述、淫風を伝へ、媚を婦幼にとる為ならんや。作者の用心こゝにあり。
（『糸桜春蝶奇縁《いとざくらしゅんちょうきえん》』末尾、文化九年刊）

右の言説の全てに通ずることは、「艶曲淫奔ノ脚色」あるいは情死や放蕩を題材とした「誨淫猥褻」な浄瑠璃本をそのまま用いることはせず、作品には「勧懲」を尽くした、ということである。浄瑠璃一般に対する馬琴の評価も決して高いとは言えないが、これらの言説に色濃く出ているのは、情死そのものに対する嫌悪感と情死を扱った浄瑠璃本が「誨淫」の書であることへの批判である。

馬琴が、情死を「淫を楽て世の訾《そしり》を思はず、情に迫りて死を路頭にいたすものは、その痴極れり。論ずるに足らず」（『燕石雑志《えんせきざっし》』巻之五、文化八年刊）として否定していたことはよく知られている。『夢想兵衛胡蝶物語《むそうびょうえこちょうものがたり》』（文化七年刊）においては「男女の非礼を野合といふ。この故に。娶るに必まづ媒をもてす。男女の無節を淫奔とす。このゆゑに、貞女は二庭を踏ず」（巻之二・色欲国上品）とも述べている。馬琴は、不義を犯して情死することを、恥を知らぬ「淫奔」として非難し、男女は仲立ちと礼節を以て夫婦となるべきものであるとする。

また、右の『松染情史秋七草』の引用に、馬琴は「豈更に之を冊子に筆して以て淫風を宣ふべけんや」と述べていたが、馬琴は、情死を扱った浄瑠璃本を否定するだけではなく、『遊仙窟』や『源氏物語』を例に挙げて、作者としても、「誨淫浮艶の談」を作ることを自ら厳しく戒めている。

青銭学士が偎窟の一篇は文章奇絶なれども君子の為に取られず。紫家ノ才女が源語の一書は、和文の規範とすれども堕獄の悔ヒあることは、共に淫奔玷汙に係れば也。況ャ後世誨淫浮艶の談は、必ス視ル者に害あり。作者もつとも慎ムべきことなりかし。（『石言遺響《せきげんいきょう》』魁蕾子跋、文化二年刊）[注6]

このように、馬琴が「淫奔」を扱った浄瑠璃を悪とし、また「誨淫浮艶」の小説を著すことを否定する態度は、儒教における文学の勧善懲悪論に則ったものである。例えば「淫奔」を扱った浄瑠璃の流行について、儒学者太宰春台は次のように嘆じている。[注7]

昔物語を捨て丶、たゞ今の世の賤者の淫奔せし事を語る。其の詞の鄙俚猥褻なること云ふばかりなし。士大夫の聞くべきことにあらざるは云ふに及ばず。親子兄弟なみ居たる所にては、面をそむけて耳をおほふべき事なり。されば、此の浄瑠璃盛に行はれてよりこの中にも、人の女に通じ、或いは妻をぬすまれ、親族の中にて姦通するたぐひ、いくらと云ふ数を知らず。是まさしく淫楽の禍なり。（『独語《どくご》』成立年未詳）

『曲亭蔵書目録』には、この『独語』は見出せないものの、『燕石雑志』の引用書目には「春台独語」が挙げられている。馬琴もまたこの春台の発言に目を通していたのであろう。

淫らなことを勧めるような小説を著すことは、作者として慎むべきであると考えながらも、情死を題材とした巷談物を著した主な理由として、馬琴は書肆の要望のためであると断っている。[注8]

巷談物の序跋からは、情死に対する嫌悪感と「誨淫」の書である情死を扱った浄瑠璃本に対する批判に加えて、その情死を、書肆の要望に応えて、敢えて読本の題材とするために、浄瑠璃本を利用しながらも、そのまま取り入れるのではなく、「其の事を主として、其の迹に拘せず、骨を換へ胎を奪ひ」（前掲『松染情史秋七草』引用箇所）、周到に「勧懲」を施したという馬琴の主張をまず確認することができる。

では、どのように「勧懲」を施したのだろうか。以下に具体的に追ってみたい。

二　世話物から時代物へ

「淫奔」を否定した馬琴が浄瑠璃を摂取する際にまず施した改変とは、当世を過去の時代に、また市井の人物を武家或いは武門の出に置き換えること、さらに巷談では不義を犯して心中する二人を、親の定めた許婚としたことである。その上で多くは、二人の駆け落ちを「淫奔」ではなく、拠無い事情があって二人が出奔せざるを得ないという状況を設定した。麻生磯次氏の言葉を借りれば、「主要な人物は由緒正しい武士に引き上げられ、市井の瑣事

に過ぎないものが、一国一藩の運命に関するやうな重大な事件に拡大され」ているのである。[注9]

このように、当世の巷談を、時代を移しまた武家の世界に置き換えたことは、演劇で言えば、世話物から時代物への変換に相当する。[注10]演劇の時代物には世話場があるが、馬琴は典拠の世話浄瑠璃を、いわば演劇の時代物における世話場のように利用しているのである。逆に世話物にも時代物の御家騒動が絡むものがあり、馬琴の巷談物の典拠となっている浄瑠璃にも、二、三該当するものがある。[注11]馬琴は典拠の御家騒動をそのまま取り入れることはしないものの、巷談物の多くは、御家騒動にはつきものである紛失した宝の詮議や、その詮議に奔走する忠臣貞女の艱難辛苦と帰参を描き出している。例えば、『旬殿実実記』（文化五〈一八〇八〉年刊）では、主君の命によって、宝の刀の詮議に主人公二人が旅立つが、刀を無事に取り戻して帰参が叶い家は繁栄する。『三七全伝南柯夢』（文化五年刊）では、主人公は主君の放蕩の罪を被って主君の思い人（実は主人公の許婚）を連れて出奔するが、最後には忠義が認められ帰参する。その続編『占夢南《ゆめあわせなん》柯《か》後記《こうき》』（文化九年刊）では、主君に宝刀の紛失と不義の罪の疑いをかけられた主人公二人が宝刀の詮議に出奔するが、女主人公が姫君の身替りになって死に、汚名を雪ぐ。また、『松染情史秋七草』（文化六年刊）では、北朝に破れたため町人に身をやつした南朝側の許婚同士が、従臣とともに再起を図りながら、互いにその人と知らないままに再会するまでの苦難の筋に、兵書の詮議が絡み合い、最後は南朝の為に功をあげるという記述で終わる。『常夏草《とこなつぞう》紙《し》』（文化七年刊）では、浄瑠璃の情死した二人に由来する人物自身が活躍する場面は少ないが、その親や伯父が刀の詮議に奔走し、恋人同士である二人を主君と姫君の身替りに殺すことに、浄瑠璃の情死が付会されている。そして本領安堵がかなえられた主君は、刀を将軍に献上する。『糸桜春蝶奇縁』（文化九年刊）では、主君の放蕩を諫める為に、主君の思い人を殺そうとするが、実は行方不明であった主人公の許婚の妹であることが判明し二人は出奔する。そして紛失した陣羽織を詮議し献上することで汚名を挽回し帰参と家の再興をもって終わる、という具合である。

このように、馬琴が御家騒動という演劇の手法を自らの作品に利用していることを確認することができる。御家騒動とは、内山美樹子氏によれば「忠臣方と悪臣方の対立を背景に、国主または若殿の放蕩（傾城や愛妾との色事）、家宝の紛失、悪臣の陰謀等によるお家の滅亡、お家再興の為に、献身する忠臣貞女の苦衷（身替りや身売りなどの愁嘆場）を経て善悪の対決、悪臣の敗退（さばき役の活躍）、お家再興の大団円に終る」[注12]と定義される。『松染情史秋七草』と『常夏草紙』は、主君の為に献身する忠臣を描き出しているが、それ以外のほとんどの巷談物は、主家の御家再興の為に主人公が献身するのではなく、暗君のために一時は罪を被って出奔するが、主人公が自らの汚名を雪ぎ、自らの家を再興する為に奮闘する点が、演劇の御家騒動とは異なる特徴であるといえる。例外的に『括頭巾縮緬紙衣』（文化五年刊）においては、『元日金年越《がんじつこがねのとしこし》』（享保十八〈一七三三〉年初演／文耕堂作）の御家騒動風の商家の家督争いの趣向の影響が、悪番頭の身代略奪の企みにうかがえるが、右に述べた特徴は見出だせず、また『美濃旧衣八《みののふるぎぬはち》丈《じょう》綺談《きだん》』（文化十一年刊）においても、御家騒動物の特徴はほとんど確認できないが、世話を時代に移し、浄瑠璃の主人公二人の不義を改めた点は同様である。

浄瑠璃では情死した主人公二人を、自身の読本の主人公にするために、馬琴はたびたび、二人が出奔したという事実のみを取り上げた上で、御家騒動の手法を借り、身分を武家に設定し、紛失した宝の詮議に奔走し、辛酸を嘗める忠臣貞女として描き出すのである。

三　敵役の矮小化

御家騒動の定義からも明らかであるが、演劇もまた勧善懲悪を標榜していたことは周知の通りである。[注13]演劇における善悪は、それぞれ立役と敵役という役柄に象徴され、巷談物の典拠である浄瑠璃においても同様に、主人公に敵対する悪は世話敵という役柄の人物に集約される。しかし、馬琴の巷談物が、演劇と明らかに異なる点は、善悪の対立が明確な御家騒動の手法を借りながらも、敵役を描くことに消極的である点である。馬琴は、浄瑠璃の世話敵を誇張し家の転覆を企てるような敵役に仕立てることも、また新たに敵役を創出することもしない。馬琴は、浄瑠璃の世話敵を主人公を苦しめる存在として利用しながらも、多くはその悪を矮小化し、脇役にとどまらせ、作品を一貫する敵役に据えることがないのである。浄瑠璃から取り入れられた敵役は、恋敵や宝の紛失、或いは殺人の犯人としては描かれるものの、演劇の御家騒動物とは違って、主家の存亡を脅かすほどの立場にある人物としては描かれないのである。それゆえに、演劇の御家騒動とは異なり、馬琴読本では、主人公らは主家の再興のためではなく、多くは自らの家の再興のために紛失した宝の詮議に奔走するのである。また、馬琴が、このように敵役を矮小化する一方で、主人公の肉親により重要な役割を与えていることは注目すべきである。

以下に、具体的に巷談物に検討を加えていく。はじめに右の傾向の顕著な例として、『糸桜春蝶奇縁』（文化九〈一八一二〉年刊）に注目する。この作品は、江戸浄瑠璃『糸桜本町育《いとざくらほんちょうそだち》』（安永六〈一七七七〉年初演／紀上太郎作・達田弁二補助）で人口に膾炙した小糸・左七（左五郎）の巷談を読本に仕立てた作品である。『糸桜春蝶奇縁』の物語において、最も馬琴が美化しているのは綱五郎であるが、あくまでも物語の因果は小糸・狭《さ》五郎《ごろう》（『糸桜本町育』の左五郎）、そして小糸の姉大総《おふさ》（『糸桜本町育』のお房）を中心にめぐり、綱五郎はむしろ因果の周縁にいて彼等を助ける侠客となっている。またこの作品は、巷談物のなかにおいても、物語を構成する因果の発端が、「淫奔」そのものにあることが特徴的である。

『糸桜春蝶奇縁』と『糸桜本町育』を比較して、まず気付くのは、馬琴が『糸桜本町育』の敵役である岩藤に絡む筋を省いたことである。『糸桜本町育』では、岩藤は、全八段のうち、一・二段目では、局として腰元の小糸と左五郎（左七）の不義密通の詮議に、七段目では、傾城花咲の父、茂治作の後妻として、甥の山住五平太殺しの下手人である綱五郎の詮議に登場する。岩藤は小糸・左五郎の上司であり、或いは花咲の義理の母であり、彼等は立場上は岩藤に逆うことはできない。しかし『糸桜春蝶奇縁』においては、岩藤は「岩藤尾乃右衛門」（『糸桜本町育』の尾上の名と融合している）という、山賊の山住五平太らを捕らえるために派遣された役人の名前として、わずかにその痕跡を残しているだけである。岩藤の代りに、馬琴が創出したのは、背棋《うらこま》であるが、背棋は幼い小糸をかどわかした老女という以上の役割を持ってはおらず、全十五段のうち、第三段で登場し、名が明かされる第六段では狭五郎に殺され、それ以降の筋に関与することはない。同じく『糸桜本町育』の敵役である山住五平太・半時九郎兵衛も、それぞれ山賊の山魅《やまずみ》伍平太、背棋の甥である半晌《はんとき》黒平として取り入れられてはいるものの、その悪が矮小化されていることは岩藤と同様である。特に『糸桜本町育』の山住五平太は岩藤の甥であり、左五郎の同僚かつ恋敵であり、意趣をもって左五郎預かりの色紙を盗む悪党であるが、『糸桜春蝶奇縁』の山魅伍平太は、半晌黒平に仲間に誘われた山賊に過ぎない。『糸桜春蝶奇縁』の半晌黒平は、『糸桜本町育』の半時九郎兵衛の役割を引継ぎ、主に綱五郎と対決する悪役であるが、むしろ綱五郎を美化するための斬られ役として存在し、物語の因果に直接関わることはなく、その存在が主人公らの艱難辛苦の根源として描かれているわけではない。

『糸桜春蝶奇縁』の『糸桜本町育』とのもうひとつの相違点は、馬琴読本においては常套の手法であるが、物語が主人公らの親の代の記述から始めることである。馬琴は、『糸桜本町育』の小糸の養父「石塚弥三兵衛」の名前を分解して、「五十四塚《いしづか》」東六と神原「矢所平《やそへい》」の二人の名前を案出し、それぞれ小糸・大総の父と神原狭五郎の父とした。さらに小糸・大総の母として傾城曙明《あけぼの》、綱五郎の父として一八をあらたに創作している。

『糸桜本町育』において、神原左五郎が小糸・お房の姉妹をともに妻とすることを不実とし、また傾城の婚姻を不貞として否定する馬琴は[注14]、お房・左五郎の関係と傾城花咲・綱五郎の関係を省略する代わりに、『糸桜春蝶奇縁』において、大総・綱五郎[注15]と小糸・狭五郎の二組の夫婦と、小糸・大総の母である傾城曙明と綱五郎の父一八の関係を作り出した。
　この傾城曙明と綱五郎の父一八の関係とは、『糸桜本町育』の傾城花咲と綱五郎の関係を、親の代に転じたものであろう。曙明は、一八との心中の末、一人生き残り、死んだ一八を弔うこともせず、五十四塚東六と夫婦になり、さらには一八の兄十々作の後添えになる。それゆえに一八の怨念によって、曙明、東六をはじめ、その子等は憂き目を見るのである。馬琴は、綱五郎から切り離した傾城との関係を、その親の代に移すと同時に、傾城の不貞あるいは女の色欲を誇張することで、『糸桜春蝶奇縁』の因果の端緒を作り出すのである。先に馬琴が勧懲の立場から「淫奔」を否定することを述べたが、『糸桜春蝶奇縁』においては、やはり邪淫を十悪の一とする仏教の因果応報の理をもって、「淫奔」を悪の発端とした、悪因悪果を描き出しているのである。[注16]
　馬琴は、読者が同情を寄せる『糸桜本町育』の主人公らを、自作の主人公にするために、その肉親を創出して、彼等の「淫奔」の罪を転嫁した。その上で、『糸桜本町育』の小糸・左五郎らの出奔の筋はそのままに、御家騒動の手法を借りて、狭五郎・大総・小糸を、親の因果ゆえに辛酸を嘗めながらも、宝の詮議に奔走する忠臣貞女として、また綱五郎をそれを助ける侠客として描き出すのである。また『糸桜本町育』の敵役は矮小化されたものの、『糸桜春蝶奇縁』においても、狭五郎・大総・小糸、そして綱五郎を苦しめる存在であり、彼等の忠臣貞女ぶりを際立たせる上で一役買っているといえる。[注17]しかし『糸桜春蝶奇縁』の物語の因果は、最終的に「淫奔」の罪が肉親の悔悟と死によって償われ、小糸・狭五郎に加えて、曙明の娘の大総と一八の息子の綱五郎の夫婦が誕生することによって、一八の怨念が晴れることで終結する。
　このように、馬琴が『糸桜春蝶奇縁』に『糸桜本町育』を取り入れる際に施した大きな改変とは、御家騒動の手法を借りながらも、主家における忠臣悪臣の二項対立を提示せず、敵役を矮小化したこと、またその一方で浄瑠璃には見られない主人公らの肉親を創出し、その悪行を端緒とした因果で物語を構成したことであったといえる。浄瑠璃の敵役に由来する悪人以外の登場人物のほとんどが主人公との縁戚関係で説明されることからは、この改変が、主要な登場人物を主人公の血縁に絞るためのものであったと考えられる。馬琴は、物語の発端である悪因を作り出す人物を主人公の肉親とし、その人個人の悪果を描くだけではなく、その悪果がその子である主人公に及ぶ様を描いている。馬琴は、血族による家という単位の中で、善因善果悪因悪果を提示したのである。特に親子という縦のつながりの中で、主人公をめぐる宿業と因果応報の理を強調したのである。つまり、物語を因果律で統括する際に、主人公の血縁にない敵役の役割の矮小化は必然であったのである。これに対して、演劇の御家騒動における善悪の二項対立は、基本的に他人の集まりからなる家という単位の中での善悪の在り方と言えるのではないだろうか。

その他の巷談物に目を向けると、例えば『三七全伝南柯夢』（文化五年刊）は、『糸桜春蝶奇縁』と同様に、親の犯した悪行の報いとして、主人公二人は艱難に耐えるが、罪を悔悟した親の死によって因果は完結する。馬琴が『三七全伝南柯夢』の執筆にあたり、参照した三勝半七物の浄瑠璃は「予が眼を過る所すべて四本あり」（『三七全伝南柯夢』末尾）と記しているように『三勝半七二十五年忌』（享保四〈一七一九〉年初演／紀海音作）、『女舞剱紅楓《おんなまいつるぎのもみぢ》』（延享三〈一七四六〉年初演／春草堂作）、『増補女舞剱紅楓』（明和元〈一七六四〉年初演）、『艶容女舞衣《あですがたおんなまいぎぬ》』（安永元年初演／竹本三郎兵衛・豊竹応律・八民平七作）の四作である。この四作における敵役、今市善右衛門は、『三七全伝南柯夢』においては今市全八郎として登場するが、やはり矮小化されていることは、例えば『女舞剱紅楓』と対比して見れば明らかである。『女舞剱紅楓』は世話物でありながら、商家の家督争いを御家騒動風に描き、今市善右衛門は、若主人の身代の横領をねらう従兄弟である。それに対し『三七全伝南柯夢』の今市全八郎は、主君を遊興に唆しながらも、自らは色を望むばかりの小悪党にすぎない。主人公を苦しめる存在ではあっても、主人公の艱難辛苦の根源はむしろその肉親の悪行の上にある。その肉親が浄瑠璃に拠らず、馬琴によって新たに加えられていることもまた『糸桜春蝶奇縁』と同様である。

『三七全伝南柯夢』（文化九年刊）は、お花半七物である。お花半七物を扱った浄瑠璃として『長町女腹切』（正徳二〈一七一二〉年初演／近松門左衛門作）や『京《きょう》羽《は》二《ぶた》重《え》娘《むすめ》気質《かたぎ》』（宝暦十四〈一七六四〉年初演／近松半二・竹本三郎兵衛作）が挙げられる。これらの作品の利用は、前編である三勝半七物である『三七全伝南柯夢』の人物関係図の中にお花半七物の登場人物の名を新たに取り入れる程度に過ぎないが、『京羽二重娘気質』の敵役、堤角兵衛の名が取り上げられることはない。一方で、馬琴は、『京羽二重娘気質』の半七の妾お岩の父、刀屋道寿の名を、刀屋同樹として、『占夢南柯後記』における因果の発端に組み込んでいる。

以下、煩雑になるため、詳述しないが、『美濃旧衣八丈綺談』（文化十一年刊）も同様で、『恋《こい》娘《むすめ》昔《むかし》八丈《はちじょう》』（享保十二年初演／松貫四・吉田角丸作）の敵役秋月一角や丈八は葦月一角、丈八として取り込まれてはいるものの、因果律に支配された物語においてむしろ中心的な役割を果たしているのは、『恋娘昔八丈』のお駒の父親、城木屋庄兵衛にあたる白木屋諸平である。

また、『松染情史秋七草』（文化六年刊）における是非八は、『染《そめ》模《も》様《よう》妹背門松《いもせのかどまつ》』（明和四年初演／菅専助作）の善六に相当するが、やはり矮小化が指摘できる。『常夏草紙』（文化七年刊）は、お夏清十郎物であるとはいえ、主人公二人の名を借りるだけで、例えば『五十年忌歌念仏』（宝永四〈一七〇七〉年初演／近松門左衛門作）の敵役勘十郎の名が取られることはない。ただ、『括頭巾縮緬紙衣』（文化五年刊）の服部団平に『元日金年越』の番頭嘉左衛門の面影があり、『旬殿実実記』（文化五年刊）においては、『近頃河原達引《ちかごろかわらのたてひき》』（天明二〈一七八二〉年初演／為川宗輔・筒井半二・奈河七五三助作）の横淵官左衛門から、善人横淵官太夫の子でありながら、悪事を働く息子頑三郎を案出しているのが、わずかに例外的であるが、『旬殿実実記』においては、これは出奔の筋に敵討の筋が加わった結果であろう。

このように、例外はあるものの、馬琴の巷談物は、浄瑠璃に取材する際に、主人公を忠臣貞女とし敵役を矮小化する一方で、浄瑠璃では希薄な存在、あるいは存在しない主人公らの肉親を取り上げ、物語を構成する因果の発端を作る存在として重要視する傾向が指摘できるのである。

以上、馬琴の巷談物の序跋における演劇と「勧懲」をめぐる言説を確認し、巷談物における浄瑠璃の利用方法について検討してきた。馬琴が演劇に取材し巷談物を著す際に、施した改変とは「勧懲」を施すためのものであり、それは情死を題材とした浄瑠璃に対する批判と、演劇の敵役という悪の在り方をそのまま読本に持ち込むことへの批判の裏返しであろう。馬琴が、演劇における敵役という存在そのものを否定していたとは思われないが、少なくとも、悪の造型の違いは、馬琴読本と演劇の勧懲の在り方の大きな相違点であるといえる。注18

四　善人の受難の理由

巷談物において馬琴は、主人公の肉親を物語の因果の発端を作る存在として重要視したわけであるが、見方を変えると、主人公が演劇の敵役のような、第三者による直接的な受難から逃れられない、その本質的な理由を、肉親の悪行による因果に求めたものといえる。これは馬琴にとって、情死を扱った演劇を読本に取り込む際に、不可欠の操作であったが、馬琴読本のなかにあって巷談物における善人の受難の理由の説明の仕方は画期的であった。

馬琴読本は通常その題材によって分類され、各分類の大凡の執筆時期を確認すると、文化二（一八〇五）年の読本の処女作を皮切りに敵討物を書き始め、伝説物がこれに並行する。文化四、五年になると、敵討物・伝説物に代わって、史伝物・巷談物の執筆が始まり、文化末年に至って史伝物に一本化される。

馬琴が読本執筆において、いわゆる「勧善懲悪」の構図、つまり悪が滅び、善が栄えるという構図の上にさらに追求したのは、その構図が完成する過程において、なぜ悪人が一時とはいえ栄えるのか、善人が苦しむのか、という点にあった。悪人が悪行の報いによって滅ぶ、その顛末を記すのみならず、善人の受難のその理由を明示するために、馬琴は仏教の因果律を利用したわけである。だが、巷談物以前の敵討物・伝説物における善人の受難の理由の説明の仕方は同じく因果律を利用したものであってもその程度に差異がある。以下に、敵討物・伝説物における馬琴の「勧善懲悪」について検討し、巷談物を経て史伝物に完成する過程を確認したい。

まず敵討物についてであるが、これは最も早くに成立する一群である。その名の通り、敵討を主題とした作品であり、敵討を描く以上、善と悪の二項対立は避けられない。また敵役の悪人は第三者か、養父・義母・義理の兄弟というように主人公と血の繋がりはなく、義理の縁で繋がる人物であることが多い。

当然ながらこれらの悪人については、その悪行に対する悪報に言及されないことはない。例えば、「積悪の身は余殃なきことあたわず」（『石言遺響』巻之三第六、文化二年刊）、「悪報いまだ竭ざるなるべし」（同巻之三第六）、「自業自得。隠慝の悪報。おそろしといふもおろかなり」（『稚枝鳩《わかえのはと》』巻之三第六編、文化二年刊）、「その積悪も脱がたくて、終に首を刎られ」（『三国一夜物語《さんごくいちやものがたり》』巻之二第三、文化三年）という具合である。このように地の文において説明されることがほとんどだが、善人が悪人の悪業の悪報を「天誅終に免れず。その女児又こゝに陥りて死すること因果目前たり。彼主人こそ心にくけれと思ひければ」（『石言遺響』巻之五第九）と嘆じることや、悪人自身が「悪報遂にまぬかれず。わが児を殺す天罰に、三十年の非をしりぬ」（同巻之五第十）と懺悔することもある。

悪人が悪行の報いで滅ぶ、その因果については明確に説明されるものの、敵討物においては、善人がこれらの悪人の為に苦難を強いられるその理由としては、親の生業としての殺生（『稚枝鳩』）や祟り（『月氷奇縁《げっぴょうきえん》』文化二年刊）などが示されることはあるものの、必ずしも明示されないことが多く、善人は、漠然と前世のせいにして己の運命を「こはいかなる前世の悪縁にして、かゝるちぎりは有けるぞと」（『稚枝鳩』巻之三第五編）、「是みな前世の悪業なるべしといふに」（『三国一夜物語』巻之一第二）と嘆くことが頻りである。

このように敵討物においては、善人の受難の理由が「前世の悪縁」「前世の悪業」といった程度の説明で済まされているわけである。その代わり、動物報恩譚の挿入や神仏の冥助、或いは予言によって、善人が導かれ守護されるというのが、敵討物の特徴である。

　敵討物の次に登場するのは、伝説物である。伝説物は文化三年から五年にかけて集中する。伝説物においては、敵役の悪人として設定されるのは継母・異母兄弟のような義理の関係にある人物や従兄弟など、親類縁者ではあるものの、巷談物の親子関係に比べると比較的遠い関係にある人物である。これらの人物は、演劇の御家騒動物における叔父敵に相当する立場にあり、伝説物では御家騒動が絡むことがほとんどである。最終的に悪人が滅び善人が栄えることになるが、御家騒動と善人の受難の理由は、主に善人の前世或いは先祖の代の伝説を付会することで説明される。例えば『墨田川梅柳新書《すみだがわばいりゅうしんしょ》』（文化四年刊）では、梅稚の霊魂が「曾祖《ひおぢ》の餘殃《よわう》を祖父《おほぢ》と父との修善《しゆぜん》に贖尽《あがなひつく》し、彼亀今はわが家の護神《まもりがみ》ともなり、兄君遠からずして父の仇《あだ》を報ひ、家を興し給ふべし」（十五）と先祖が殺した亀の祟りの因果について説明する。また主人公の前世を『標注《ひょうちゅう》そののゆき』（文化四年刊）では小野小町・深草少将とし、『松浦佐用媛石魂録《まつらさよひめせきこんろく》』（文化五年刊、後編文政十一〈一八二八〉年）注19では、大友挟手彦《おおとものさでひこ》・佐用媛であるとする。伝説物は、現世の過ちによる因果ではなく、読者のみならず主人公すら知り得ない前世や輪廻の因果で、主人公の受難の理由を説明するため、伝説物はその因果を解明する人物を必要とする。例えば、『墨田川梅柳新書』の梅稚の霊魂、『標注そののゆき』の小野小町の霊、『松浦佐用媛石魂録』の姥口歌二郎（竜神の化身）であるが、故人の霊魂や神の化身など、前世を知り得る、現世の人間ではない霊魂や神仏が因果解明の役として配されているのが特徴である。また文化四年刊『新累解脱物語《しんかさねげだつものがたり》』は元禄三（一六九〇）年刊『死霊解説物語聞書』に拠り、内容から伝説物に分類されるが、全編が、現世の親の悪行を発端とした因果律で統括される。注20「勧懲」に係わる特徴からは、より巷談物に近い作品と言えるだろう。本作では因果解明の役は烏有上人という僧侶である。

　翌文化五年以降執筆される巷談物においても、因果解明の役は、『新累解説物語』同様、『括頭巾縮緬紙衣』（文化五年刊）の空我上人、『糸桜春蝶奇縁』（文化九年刊）の析桜尼や『美濃旧衣八丈綺談』（文化十一年刊）の的心といった、いずれも現世の僧侶である。巷談物におけるこれらの人物は、二代に渉る内容を描きながら、三代、もしくはそれ以前に遡る因果を解く必要のある作品に配されることが多いようである。前世や輪廻の因果を取って付けたように付会する伝説物に比して、現世の過ちに因果の端緒を求めたために、因果解明の役が神仏・霊魂ではなく、僧侶となっているのである。文化四年刊の伝説物『新累解説物語』の執筆を機に、馬琴は巷談物の方法を獲得したのであろう。

先述のように、巷談物においては演劇の御家騒動物の要素を有しながらも、御家騒動物の善悪の二項対立を採らず、肉親の悪行の因果で「勧善懲悪」を示すわけであるが、演劇の御家騒動物においては、善悪の対決に終止符を打つ存在として捌き役がある。捌き役は大局で騒動を決着させる、ほぼその為だけに登場する。一方、馬琴の伝説物や巷談物においては、捌き役の代わりに、いわば因果の捌き役が、因果を解き示すためだけに存在するわけである。

このように敵討物・伝説物・巷談物と大凡の成立順を追って、その特徴を確認すると、善人の受難の理由に対する説明は、巷談物において物語の進行のなかで読者も主人公もが自然と理解できる、より合理的な形に近付いたといえるであろう。

それと同時に文化四、五年以降、特に敵討物・伝説物と巷談物の「勧懲」に係わるこれらの特徴の区別が曖昧になり、融合されてゆく傾向が見られる。

例えば、敵討物に注目すると、最後の敵討物である『雲妙間雨夜月《くものたえまあまよのつき》』は文化五年刊であるが、本作においては、現世で善人が悪人に苦しめられる理由が、親の代の悪業によるものとして描かれる。この点は巷談物にも通じているが、具体的には親が殺した鹿の転生である淫婦によって惹起された因縁とし、転生を取り上げている点や因果の解明が観世音菩薩、つまり仏の夢中の示現によってなされている点は伝説物に通ずるといえる。

さらに文化七年刊の巷談物『常夏草紙』は、敵討を物語の主軸とする。馬琴は、自注にその敵討が一般の敵討とは異なる旨を次のように記している（傍線を私に付した）。

この書第一回に、藤坂内蔵五郎春澄が仇撃の事をしるして、もて発端とし、遥かに第四第五回に至りて、はじめてその来歴を説きあかしたり。いまだ新奇とするに足らずといへども、その趣向、古来の復讐談と異なるをしるべし　（『常夏草紙』巻之三自評、文化七年刊）

この敵討が「古来の復讐談と異なる」理由は、この敵討が、敵討の敵討であることである。稲城治部平の子、瀬二郎は、父の敵である藤坂春澄を狙うが、春澄の父、春行を殺害したのは治部平であったという関係である。『常夏草紙』においては、お夏清十郎の巷説を用いつつも、善悪が双方の立場によって循環し、善悪の文目がつかない因果を取り入れている点に特徴がある。巷談物ではあるが、敵討を主軸とした点で、敵討物の要素をも有している。

このように、文化四、五年以降、内容による各分類に随う「勧懲」の特徴が流動的になっていることがわかる。注21

さらに史伝物では、敵討物や伝説・巷談物のこれらの「勧懲」に係わる特徴が違和感なくすべて融合されるに至る。文化四年から八年にかけて刊行される『椿説弓張月』においては、敵討物の特徴であった神仏の冥助（崇徳院の神霊）や動物の報恩（狼の山雄・野風）などが見られる。文化十一年から刊行される史伝物『南総《なんそう》里《さと》見《み》八犬伝《はっけんでん》』においては、巷談物同様に親の代の罪、具体的には言の咎を発端に子孫が苦難を受け、伝説物に見られる転生をも扱う。役行者・伏姫の神霊の冥助や八房の報恩は敵討物に通じ、伝説物や巷談物に見える因果解明の役である丶大《ちゅだい》法師は、狂言廻しとしても活躍する。

このように敵討物・伝説物を経て、史伝物・巷談物が登場する文化四、五年を境に、次第に各分類で獲得した「勧懲」の方法を融合させてゆくことがわかるが、殊に、善人の受難の理由を、数百年も前の伝説に附会するのではなく、現世の二代（あるいは三代）に渡る因果で説明することが常になってくるといえる。

以上のように、善悪の対決を描く敵討物、御家騒動を内包する伝説物から、親の因果が子に報いる巷談物、さらに史伝物と、成立順にその具体的な「勧懲」の手法に注目すると、同じく因果律でも、より合理的な説明を以て善人の受難の理由に答えようとその手法が深化していることがわかる。馬琴は『新累解説物語』を経て、巷談物を執筆していく中で、善人の受難の理由を、現世の肉親の悪因悪果として、物語の進行のなかで無理なく説明する方法を獲得していったものと考えられる。

五　「勧懲」の正不正

善人の受難の理由に注目して、各分類における具体的な「勧懲」の実践について見てきたが、馬琴の言説からもその姿勢を確認しておく。この善人の受難の理由を説明するという点に関して、濱田啓介氏は、勧化本『苅萱道心《かるかやどうしん》行状《ぎょうじょう》記《き》』（寛延二〈一七四九〉年刊）が、主君の身替りになる弥生の死の理由を、夫の前妻を追い出した身の旧悪と両親である数高・爪木の悪行の報いによると説明することと、馬琴の「勧懲」との類似を指摘する。[注22]だが、『苅萱道心行状記』が、「悪人を誅することよりも、因果歴然の理を思い知った人間のおののきや苦悩を捉えること」[注23]に力点を置き、悪臣の数高・爪木の悔悟・発心と、主人公である苅萱道心の成仏で大団円となるのに対し、例えば、これに材を取り子孫を主人公とした後日談を描く馬琴の中本型読本『苅萱後伝玉櫛笥《かるかやこうでんたまくしげ》』（文化四〈一八〇七〉年刊）[注24]では、馬琴は、悪の滅亡と家の繁栄を述べて物語を締め括る。同作で、馬琴は「みな出家を遂しより。その家終に衰たり」と苅萱道心の家が絶えたことを批判する一方、自作について、登場人物の口を通して「亦今の石堂丸は。仇を撃父にあひ。親子双で名を揚家を興す事。その功徳先祖にも勝るべし」と評価する。物語が家の繁栄で終わることは、馬琴のみならず、草双紙や演劇の常套とはいえ、このことからは、馬琴が、仏教の因果応報の概念で、善人の受難の理由を明らかにする一方で、出家を「勧善」とは捉えず、意識的に儒教の積善余慶論（直接的には『易経』を出典とする）[注25]を併用して、善人の家の繁栄で物語を締め括っていることがわかる。

また、同じく濱田氏が指摘するように、『苅萱後伝玉櫛笥』には、馬琴の「善人」「悪人」「不善人」の造型に関して「勧懲」観が伺える言説がある。馬琴は破線部のように「善人を誣て悪人に作かへず悪人をたすけて善人に作かへず」と述べるが、それは波線部のように「勧懲を正す」ことであると考えていることがわかる。（以下、引用に際して私に傍線を付した。）

　但作るものに習あり。①古に粗その名の聞こえたるものを撮合して、新に一部の小説を作るに、善人を誣て悪人に作かへず悪人をたすけて善人に作かへず、勧懲を正して。婦幼に害なからんことをえらむ。

（『苅萱後伝玉櫛笥』巻末附言、文化四年刊）

つまり馬琴は善を勧め悪を懲らすためには善人は善人として、悪人は悪人としてその為人と行為が合致するようにしなくてはならないと考えるわけである。同様の発言は、以下の破線部のように、これ以降にもしばしば見える。

　すべて作り物語は、善人を悪人に作りかへず、貞女をもて淫婦にせず、懲悪勧善を正しくするを作者の本意とすべし

（『燕石雑志』巻二・一、文化六年刊）

　凡物語を作れるに、善人を悪人にして誣ず、悪人を善人につくりかへず、善を勧め、悪を懲らし、人情を演、理義を正すを、野史とも、真の小説とも唱ると聞こえたるに

（『昔語質屋庫《むかしがたりしちやのくら》』巻四、文化七年刊）

　仮令歌舞戯などいふものは、人情をうち出して、②善人に似たる不善人も善人の部へ入れ、貞女に似たる大淫婦も貞女の部へ入れ、よろづ人の気をとることを第一にすれば、見るものも又戯の字に引きあててこれを咎めず。これより甚しきことも往々あれど、勧懲を宗とせし唐山の小説などには絶えてなし（中略）

③お染久松。三勝半七かこと。夕霧伊左衛門が所訳。梅川忠兵衛が道行などさへ。さら〳〵無理とは思ふものなく。憐な事じやと感に堪しに。それよりぐつと立あがり。譬に引くものもない。貞女烈女と思ふたる。③おかる女郎や。小浪御寮の身のうへも。嚼砕てよく聞ば。義理に称ぬ事多し。（『夢想兵衛胡蝶物語』前編巻二[注26]、文化七年刊）

④昔の孝子順孫、忠臣貞女を誣て、悪人に作り易べからず。其善悪を転倒せば、縦《たとひ》新奇といふといへども、勧懲に甚《はなはだ》害あり。（中略）稗史伝奇の果敢《はか》なきも、見るべき所は、勧懲に在り。勧懲正しからざれば、誨淫導慾の外あらず。⑤或は善人不幸にして、悪人の惨毒《しんどく》に、死辱《しにはぢ》を曝す事なども、作者宜く憚るべし。こも勧懲に係ればなり。（『南総里見八犬伝』九輯巻三三簡端付録、天保十〈一八三九〉年）

これらの発言から再確認できるのは、馬琴の「勧懲」とは、読者に対する勧戒の表明を越えて、小説の創作上の理論であるということである。馬琴は「勧懲を正す」（波線部）ために、特に以下の二点について強調する。

第一に、破線部のいずれにも見られるように、基本的に登場人物の善人悪人がその行動においておのおの善悪を逸脱しないことである。悪が滅び、善が栄えるという構図は、演劇や草双紙の「勧善懲悪」と同じであるが、馬琴は二重傍線部にみえるように、「新奇といふといへども」歌舞伎のように「人の気をとる」ために、「善人を悪人に作りかへ」るようなことはしてはならないと述べる。傍線部②では、歌舞伎が「不善人」を善人に「貞女に似たる大淫婦」を貞女とすることを批判している。哀れな境遇に同情して善行悪行の評価を誤ってはいけないというのである。傍線部③では心中物についても同様の批判があるが、先述のようにお染久松や三勝半七については、馬琴が巷談物で取り上げていた。巷談物において馬琴が、演劇が「淫奔」を主題としていることを批判し「勧懲」を施したことは、確認した通りである。

これを踏まえて、さらに傍線部①や④では「古に粗その名の聞こえたるものを撮合して」「昔の孝子順孫、忠臣貞女を誣て、悪人に作り易べからず」というように、特に史実の人物を取り上げる場合には、史実の善悪の評価を

違えてはいけない、と述べている。注27

第二には、特に善人については繁栄が約束され、その善行が報われるべきことである。傍線部⑤では、善人が不幸にも悪人によって殺害される、というような場面を描くことは「勧懲」に係わるために、作者は慎むべきだと述べる。つまり「勧懲を正す」ためには悪を滅ぼすこと以上に、善人が故なくして悪のために滅んではいけない、ということである。この態度は、巷談物において善人の受難の理由を肉親の悪行による因果で説明したこと、また『苅萱後伝玉櫛笥』に強調したように、家の繁栄を描いて物語を終結させることと、軌を一にする。なお、傍線部②で「善人に似たる不善人」という表現が見られるが、つまりはこういった人物が巷談物における善人の肉親に相当するのであろう。

以上をまとめると、第一の、善人悪人が善悪をそれぞれ逸脱してはいけないという点は「善を勧め悪を懲らす」ための前提条件といえる。第二の点は第一の前提条件を踏まえたその上で、「勧懲」のためには、悪が滅びる以上に、善人が理由なくして虐げられてはいけないということであり、それ故に馬琴は善人の受難の理由を因果律を以て説明するわけである。

これらの言説は、巷談物が登場する文化五年頃から見られ、『南総里見八犬伝』に到るまで、大きな変動はなく一貫していることがわかる。

因果律を以て善人の受難の理由を説明することは、作品世界の善悪、ひいては作品構成とも係わってくるが、この因果律が筋立へ導入されることによって、特に史伝物において、小説構成における技法として発展したことは、徳田氏が詳論するところである。注28

馬琴はこれらの理論を自ら実践することで、「勧懲」の正しい理想的な作品構成を実現させていたことがわかる。

おわりに

以上、馬琴の「勧善懲悪」を、巷談物における演劇の利用方法の検討を通して確認した。馬琴は「勧善懲悪」を作品世界、さらには登場人物一人一人の運命に及ぼす際に、なぜ善人が悪人のために苦しまなくてはならないのか、という疑問に因果律を以て答えようとしたのであるが、敵討物・伝説物と執筆を重ねるうちに、巷談物で浄瑠璃を摂取する際に、現世に係わる二代に渡る因果で説明する方法を獲得したことで、ついに合理的な解答を得た。それが作品構成に係わる実践的手法としてのみならず、馬琴の小説理論の一部として形成されたことは、同時期に「勧懲」の正不正に関する言説が見られることからも確認できる。馬琴が後年『南総里見八犬伝』第九輯中帙附言（天保六〈一八三五〉年）において稗史七則を確立することは周知の通りであるが、それ以前から一貫して実作の積み重ねと理論構築を相互に繰り返していたわけである。従来、馬琴研究においては理論の検討が先行して、作品世界におけるその実践の検討は立ち遅れているが、本節では特に巷談物に注目し、馬琴の作品世界に於ける「勧善懲悪」の実践の一端を明らかにしようとした。

注

1　『吾佛乃記』に「当時母大人冊子物語と浄瑠璃本を見ることを嗜ミ給ひしかハ、鮮も亦是を受読もの、いくらなるを知らず。年十一二歳に至るまで、当時印行の浄瑠璃本ハ、熟読せすといふものなし」とある。

2　尾崎久彌「馬琴初期の芝居好」（『近世庶民文学論考』中央公論社、一九七三年）、板坂則子『曲亭馬琴の世界』（笠間書院、二〇一〇年）第一章参照。

3　尾崎氏、前掲論文等。また、特に文化三評の発言を中心に説明されることが多いと思われる。

4 中本型読本にも巷談を扱う作品があるが、ここでは半紙本に限った。また、巷談物全体についての論考として、鈴木敏也「馬琴の「巷談物」の特質」（『日本文藝論』昭森社、一九四四年）や、石川秀巳「〈巷談物〉の構造―馬琴読本と世話浄瑠璃―」（『日本文芸の潮流』おうふう、一九九四年）等がある。

5 引用は、林美一「翻刻　括頭巾縮緬紙衣　下」（『江戸春秋』二十一号、一九八七年一〇月）に拠った。

6 『近世物之本江戸作者部類』に傀儡子（魁蕾子）について「馬琴が異称也」とある。

7 引用は、日本随筆大成（第一期一七、吉川弘文館、一九七六年）に拠った。

8 「書賈木蘭堂。南柯夢の続編を版せんと請。しかれども彼篇ハ。既に全く局を結て。絶て一物を遺さず。これを続とも労して功なし」（『占夢南柯後記』序）「書肆がこのみ推辞がたくて」（『旬殿実実記』序）等。

9 麻生磯次『江戸小説概論』二二五頁（山田書房、一九五六年）。

10 鈴木敏也「馬琴の『巷談物』の特質」（『日本文藝論』昭森社、一九四四年）、横山邦治『読本の研究』第二章第三節（風間書房、一九七四年）。

11 世話物に御家騒動が絡むものとしては、内山美樹子氏によれば「町人の主人公の家や主家に当る武家の騒動がからむもの」や「商家の家督をめぐる争いを御家騒動風に描くもの」がある（『日本古典文学大辞典』「御家物」の項参照）。馬琴読本の典拠で、前者に相当するものとしては、『松染情史秋七草』（文化六年刊）の「新版歌祭文」（安永九年初演／近松半二作）、『糸桜春蝶奇縁』（文化九年刊）の「糸桜本町育」（安永六年初演／紀上太郎作）、『八丈綺談』（文化十一年刊）の「恋娘昔八丈」（安永四年初演／松貫四・吉田角丸合作）があり、また後者としては『三七全伝南柯夢』（文化五年刊）の「女舞剱紅楓」（延享二年初演／春草堂作）や『括頭巾縮緬紙衣』の「元日金年越」が挙げられる。

12 内山美樹子執筆「御家物」（『日本古典文学大辞典』岩波書店）の項参照。

13 濱田啓介「勧善懲悪補紙」（『近世小説・営為と様式に関する私見』京都大学学術出版会、一九九三年）に詳しい。

14 『糸桜春蝶奇縁』末尾において、「狭五郎思ひ誤りて。小糸と夫婦になるときは。又その姉を娶るに由なし」と馬琴は小糸・お房を娶った左五郎を非難している。傾城の婚姻については、本章第四節でも述べるように、『胡蝶物語』における馬琴の『仮名手本忠臣蔵』のお軽への論難からも明白である。馬琴は、一旦傾城になったお軽が、再び廓を出て夫に添うことを願うのは色欲ゆえの間違いであるとする。

15 馬琴は、『糸桜本町育』の小糸・お房と綱五郎の兄弟の縁もなくしている。

16 麻生磯次『江戸文学と中国文学』（三省堂、一九四六年）に因果応報の理について詳しい。水野稔氏は「勧懲思想が読本にはつきものと言われるが、いわゆる勧懲は、指向する意図とは言えるが思想そのものではない。晩年の作品は別として、文化年中に思想と言い得るものとして馬琴が金科玉条のように採り用いたのは、ほかならぬ因果応報の理なのである」（「馬琴文学の形成」『江戸小説論叢』中央公論社、一九七四年）と述べる。また、馬琴が、作品中に「淫奔」を悪因とした因果応報を描くことは、巷談物に限らず多い。

17 『糸桜春蝶奇縁』末尾に「大約一部の小説。その人物を論ずれば。綱五郎と阿総のこと。其行状に疵瑕なきものなり。よろしくこれを賞すべし」とあるように、馬琴は『糸桜春蝶奇縁』において小糸・狭五郎よりも綱五郎・大総の徳を評価している。

18 なお巷談物の読本と同じ世界を利用した合巻として、文化五年刊『敵討児手柏』・文政六年刊『諸時雨紅葉相傘』（三勝半七）、文化六年刊『敵討賽八丈』（『恋娘昔八丈』）、文政三年刊『信田妖手白猿牽』（お旬殿兵衛）、文政六年刊『膏油橋河原祭文』（お染久松）などがある。合巻では「一体に馬琴読本と同素材をあつかった合巻本に見られる特徴であるが、趣向の重複を避けているつもりなのか、殊更に読本とは違った風に書いている」と柴田美都枝氏が指摘するように（「南柯夢と合巻本」『香椎潟』一七、一九七二年）、他の演劇の世界と綯い交ぜる他、新たな敵役を創出したりと、手が込んでおり、巷談物の読本の方法と、単純に比較するのは容易ではない。「世間に知られた情話を、義男節婦の物語に仕立て直す」（板坂則子「曲亭馬琴の短編合巻（三）」『群馬大学教育学部紀要　人文・社会科学編　第三八巻、一九八九年）のは、読本と基本的には同じだが、馬琴が巷談物で腐心した敵役の矮小化、肉親の因果を強調する方法は、採られてはいないといってよい。やはり馬琴にとって、読本は、合巻とは全く別のジャンルであり、執筆に際する意識も異なるといえるだろう。

19 因果が明かされるのは後編の文政十一年になってからであるが、題名から明らかなように、前編の段階において佐用媛の伝説に附会する構想であったと考えられる。

20 中村幸彦「読本展開史の一齣」（『中村幸彦著述集』第五巻、中央公論社、一九八二年）。高田衛「因果の理法と勧善懲悪」（『大系仏教と日本人　四　因果と輪廻』春秋社、一九八六年）。拙稿「京伝・馬琴と〈累〉」（『青山語文』四〇号、二〇一〇年三月)。

21 大高洋司氏は、〈読本的枠組〉によって複数の分類にまたがる特徴を持つ各作品の再分類を試みる。大高洋司『京伝と馬琴』Ⅱ―7(翰林書房、二〇一〇年)。他、氏の一連の論考参照。

22 濱田氏、前掲論文「勧善懲悪補紙」。中村幸彦「読本発生に関する諸問題」(『中村幸彦著述集』第五巻)。

23 田中則雄「仏教長編説話と読本」(『国語国文』七三巻七号、二〇〇四年七月)。

24 内容からは伝説物に分類されているが、敵討を主軸としている。中本型読本は半紙本の読本とは異なり、各々の作品で実験的な試みがなされており、その分類と「勧懲」の特徴については論じる用意がない。ここでは勧化本を利用したことをきっかけに小説理論について考察を進めた作品としてのみ捉えておく。

25 『易経』は儒教の五経の一。坤・文言伝には「積善之家、必有余慶、積不善之家、必有余殃」とあり、馬琴もしばしば引用する。

26 作中の主人公の言説ではあるが、本章第四節で述べるように、馬琴の読本観が示されたものと考えて示した。

27 濱田啓介執筆「勧善懲悪」(『日本古典文学大辞典』岩波書店、一九八四年)の項及び、「勧善懲悪補紙」(『近世小説・営為と様式に関する私見』京都大学学術出版会、一九九三年)。氏の勧懲の正不正についての考察を踏まえて、本節では善人の受難の理由の説明について注目した。

28 徳田武「南総里見八犬伝―因果律の発展」(『岩波講座　日本文学と仏教　第二巻』岩波書店、一九九四年)、『日本近世小説と中国小説』(青裳堂書店、一九八七年)第十三章。

第二節　馬琴と近松

はじめに

馬琴は読本執筆の際に、演劇、特に浄瑠璃をその世界から趣向に至るまで様々に利用しているが、多くの浄瑠璃作者のなかでも、近松門左衛門についてはやはり特別視しているようである。本節では、特に享和・文化期における馬琴の近松に対する評価について確認したい。

一　近松の「勧懲」

本章第一節で論じたように、馬琴は勧懲を尽くさなくては演劇を読本に取り入れることはできないと考えていたが、わずかながら演劇自体の勧懲を称える言説も見られる。それらはいずれも近松門左衛門と関わる用例であることが注目される。

例えば、文化元（一八〇四）年刊の中本型読本『曲亭伝奇花釵児《きょくていでんきはなかんざし》』の序には次のように見える。

湖上《こじやう》の覚世翁《かくせいおう》（左訓：りつおう）、劇《げき》を作《つく》て蒙昧《もうまい》の耳目《じもく》を醒《さま》し。我平安《わがへいあん》の巣林子《さうりんし》（左訓：ちかまつ）、戯《け》を述《のべ》て勧《くわん》懲《ちやう》の一助《いちじよ》と称《しやう》す。和漢《わかん》一百五十年来《ねんらい》、二子《し》は作者《さくしや》の金字牌《きんかんばん》ならずや。夫梨園《それりえん》の曲《きよく》、俳優《はいゆう》の技《ぎ》、彼我《ひが》その趣異《おもむきこと》なることなし

「覚世翁」は左訓に「りつおう」とあるように笠翁即ち李漁のことであり、「巣林子」とは同じく「ちかまつ」、近松のことである。『曲亭伝奇花釵児』は、馬琴自身が後年殿村篠斎に明かしているように、李漁の『笠翁十種曲』の『玉掻頭』を翻案、歌舞伎の台本風に仕立てた作品である。[注1] 近松作品の直接の影響は見受けられないが、その序には和漢の演劇の双璧として李漁と近松が挙げられている。

李漁については、後年においても、その勧懲を認めた馬琴の発言が確認できるのに対し、[注2] 特に近松の「勧懲」についての発言は享和年間に集中する。これは、享和二年の京摂への旅を通して、馬琴が近松の勧懲について再認識したことに由来する。[注3]

この旅の随筆『蓑笠雨談《さりつうだん》』（文化元年刊）には、馬琴が二代目並木正三の許を訪れた際に『戯財録《けざいろく》』を披見し、近松の事蹟を知ったことが記されている。

予浪花《よなには》に遊びし時、歌舞伎《かぶき》狂言作者並木《なみき》正三を訪《とひ》て、その筆記《ひつき》する所の戯材録《けさいろく》を一覧《いちらん》して、近松が事迹《じせき》をしれり

（『蓑笠雨談』巻三）

同じくこの旅の紀行である『羇旅漫録《きりょまんろく》』（享和二年成立）には『戯財録』の摘要を載せる。そこには傍線部のように近松の「勧懲」への言及が見える。

今の並木正三が戯材録に云。肥前近松寺の僧の話に云。近松門左エ門は、元肥前唐津近松禅寺の小僧なり。古澗と号す。積学に依て住僧となり、義門と改む。徒弟あまたありしが、所詮一寺の主となりては、衆生化度の

利益うすしと大悟し、遂に行脚に出ぬ。そのころの肉縁の舎弟、岡本一抱子といふ儒医、京にありければこれに寄宿し、還俗して堂上家に奉公し、有職の事も大かた記臆せり。後浪人して京都浄瑠璃芝居宇治加賀掾井上播磨掾岡本久弥角太夫抔の浄瑠璃狂言を著述せしが、そのゝち竹本義太夫にたのまれ、出世景清といふ新戯文《ゼウルリ》を書り。是レ近松が義太夫本戯作のはじめなり。是よりして数十部の作あり。すべて近松が作は、勧善懲悪をむねとし、衆生化度の方便を戯文中にこめたり。是近松還俗の日発願のおもむきによるかといへり。義太夫が作者となりて近松氏を名乗ること、近松寺にありしいにしへをわすれざる微意にや。文中採レ要

（『羇旅漫録』九十　近松門左衛門が伝）

元の『戯財録』注4の本文では「元来近松は衆生化度せんための奥念より書作する故、これまでの草子物とは異り、俗談平話を鍛錬して、愚智蒙昧の者どもに人情を貫き、神儒仏の奥義も残る所なく顕はし、俗文は古今の名人、あつぱれ古今一派の文者」と近松を評価するが、「勧懲」についての言及はない。「人情」の語が見えるだけである。にもかかわらず、馬琴が特に近松を「勧懲」の作家と捉えたことは興味深い。その理由は『蓑笠雨談』に見える近松が遺した硯蓋の文字にあると思われる。

近松が遺《のこす》ところの硯《すゞり》あり。後《のち》近松半二に伝《つた》ふその硯《すゞり》の蓋《ふた》に漆《うるし》して、事取《ことをとりて》二凡近《ぼんきんに》一而義発《ぎをはつす》二勧懲《くわんちように》一の九字《きうじ》をしるす。これは笠翁伝奇《りつおうでんき》玉掻頭の序《じよ》に、昔人之《せきじん》作《つくるや》二伝奇《でんきを》一也事取《ことをとりて》二凡近《ぼんきんに》一而云々《しかじか》といふ語《ご》をとれり。近松小説《しようせつ》にこゝろをよせしこと是にてしらる。この人は実《じつ》に、本邦《ほんほう》の李笠翁《りりつおう》なり

（『蓑笠雨談』巻三　近松門左衛門作文の自序）注5

近松の硯蓋には李漁の「事取凡近而義発勧懲」の言葉が記されているという。これに感銘を受けた馬琴は「この人は実に、李笠翁なり」と称賛する。近松は李漁の『玉掻頭』の序から硯蓋の九字を採ったのであり、『玉掻頭』を翻案した『曲亭伝奇花釵児』の序で、馬琴が両者を並び称したのも道理である。おそらくこの硯の「勧懲」の二

字こそが馬琴にとって意味を持ったのであり、『羇旅漫録』における『戯財録』摘録の際、近松の評価に偏向がかかったのはそのためなのであろう。

また同じく『蓑笠雨談』からは、馬琴が近松の浄瑠璃の多くを読んでいたであろうことも知られる。

亦国性爺大明丸《こくせんやたいみんまる》といふ小冊に、近松が自叙《じじよ》あり。近松戯文《げぶん》（左訓：シバイボン）に序《じよ》を書《かく》ことめづらしければこ、に録《ろく》す

（『蓑笠雨談』巻三）

馬琴は『国性爺大明丸』の近松の自序（享保元〈一七一六〉年）を書き写しているのであるが、『国性爺大明丸』とは正本ではなく、正徳五（一七一五）年十一月竹本座上演の『国性爺合戦』の大当りを記念して当て込み出版された、横小本の筑後掾段物集である。[注6]これは当時、馬琴が正本だけでなく、段物集をも利用していたことをもうかがわせる。近松が自序を書くことは実際に珍しいようであるが、馬琴がそれを断言できるほどに、近松の作品を読んでいたことがわかるのである。

このように享和二年の旅の直後の言説からは、馬琴が近松の「勧懲」を高く評価していることがわかるが、馬琴読本における近松浄瑠璃の利用方法からもそれは確認することができる。以下に具体的に検討してみたい。

二　馬琴の「勧懲」と近松の「因果」

馬琴読本における近松の影響は文化年間、特に文化五年までの間に顕著なようである。文化年間は近松以外の浄瑠璃を使った作品も多く、世界を浄瑠璃に拠った巷談物だけでも八作品を数え、一部の趣向としての利用を含めるとその数はさらに増える。しかし全体を見渡しても浄瑠璃作者に注目した時、馬琴が近松を頻用していることは明らかである。近松の浄瑠璃を使った中編読本には次のようなものが指摘されている。[注7]

馬琴読本

『月氷《げっぴょう》奇縁《きえん》』文化二（一八〇五）年刊
『勧善《かんぜん》常世《つねよ》物語《ものがたり》』文化三年刊
『墨田川《すみだがわ》梅柳《ばいりゅう》新書《しんしょ》』文化四年刊
『俊寛僧都《しゅんかんそうず》嶋物語《しまものがたり》』文化五年刊
『常夏草紙《とこなつぞうし》』文化七年刊
『占夢《ゆめあわせ》南柯《なんか》後記《こうき》』文化九年刊

近松浄瑠璃の利用

『津国《つのくに》女夫池《めおといけ》』享保六（一七二一）年初演
『大経師《だいきょうじ》昔暦《むかしごよみ》』正徳五（一七一五）年初演
『双生隅田川《ふたごすみだがわ》』享保五年初演
『平家《へいけ》女護嶋《にょごのしま》』享保四年初演
『五十年忌《ごじゅうねんき》歌念仏《うたねぶつ》』宝永四（一七〇七）年初演
『長町《ながまち》女腹切《おんなのはらきり》』正徳二年初演

このうち『墨田川梅柳新書』や『俊寛僧都嶋物語』『常夏草紙』等、読本の世界自体を浄瑠璃に求める作品においては、浄瑠璃に多くは拠らず、主に人名を借りるのみにとどまる。

一方、浄瑠璃から一部の趣向だけを抜き出して利用する場合に際立って馬琴の創作上の志向が表れているようである。他の作者の浄瑠璃の利用と比較すると、近松の浄瑠璃は、特に因果が絡む趣向・場面に取り入れられる傾向があるように思われる。

①『月氷奇縁』と『津国女夫池』

馬琴が『月氷奇縁』第六回に取り入れたのは『津国女夫池』の第三段である。

恋人同士であった冷泉造酒の進と清滝は、自分達が兄妹であったと知って自害を図る。二人が入水したと思った両親は、血の繋がらない兄妹であるから、夫婦となっても問題はなかったと嘆く。父の文次兵衛は、造酒の進が実は駒形一学の先妻の子であること、一学は何者かに殺害されたが、文次兵衛が助太刀するという約束で、一学の後妻を娶り造酒の進を養い、その後、清滝が生まれたことを語る。敵討の約を破った詫びに文次兵衛が入水しようとするが、造酒の進と清滝が現れて止めた。実父の敵を討つという造酒の進に、文次兵衛は一学の後妻への恋慕から、自分が一学を殺したことを告白する。妻は先夫の敵として文次兵衛に切りかかり、入水する。その後を追って文次兵衛も投身する。

この場面では、人妻への横恋慕から殺人を犯した男の因果が描かれる。その上に親の因果ゆえの兄妹の苦悩と、夫の敵と知らず再婚した夫人の後悔と自害という悲劇が重ねられる。

馬琴はこれを『月氷奇縁』第六回にそのまま丸取りする。『月氷奇縁』では、文次兵衛は三上和平、一学の後妻は永原左近の後妻祖女に、冷泉造酒の進は熊谷倭文、清滝は玉琴に対応する。

馬琴は敵討物（『月氷奇縁』では義父の和平の他に、もう一人の敵がいる）の枠組に『津国女夫池』の悲劇の因果を組み込むことで、敵討という善悪の対立の構図を複雑化し、愛情ゆえに悪に陥る男とその家族の悲哀・苦衷を描出しようとしたのであろう。

②『勧善常世物語』と『大経師昔暦』

『勧善常世物語』談第六において、馬琴は『大経師昔暦』の寝所を取り替える趣向を取り入れている。それは次のようなものである。

昼間、主人の妻おさんに内緒の金策を頼まれた手代の茂兵衛の難儀を下女お玉が救う。お玉の元へその礼をいいにきた妻おさんは、主人以春が、お玉の元に毎夜通いにくることを聞き、お玉と寝所を換える。ここに同じくお玉に礼を言いに忍んできた茂兵衛が、互いに気付かぬままに、おさんと契りを結ぶ。この結果、二人は心中するに至る。

『勧善常世物語』は題に「常世」とあるように佐野源左衛門常世の「鉢の木」伝説と、実録として流布していた「四谷怪談」とを綯いまぜた伝説物である。馬琴は「四谷怪談」由来の筋に、この『大経師昔暦』の寝所替えの趣向を組み込んでいる。

馬琴が使用した「四谷怪談」の本文は不明だが、仮に『近世実録全書』第四巻（早稲田大学出版部、昭和四年）に収録される「四谷雑談《よつやぞうだん》」を確認しておく。

疱瘡によって醜婦となったお岩の婿、御先手組同心田宮伊右衛門は、与力伊藤喜兵衛の妾お花に心を寄せる。喜兵衛はお花の懐胎を疎み、お花と伊右衛門を娶せるため、伊右衛門と共謀してお岩を憤らせ、離別させる。お岩は奉公に出るが、お花と伊右衛門が夫婦となったことを知り、狂乱して行方不明となる。このお岩の怨念が、蛇や幽霊、鼠となって現れ、お花伊右衛門をはじめ、喜兵衛らも取り殺される。

『勧善常世物語』では、隣家の女との再婚を望む夫が、女敵討を装って妻を殺す計略に『大経師昔暦』の寝所替えの趣向が用いられる。

疱瘡で悪相となった妻狭霧を疎んだ源藤太は、隣家の夕日長者、陀平太の娘諸鳥との婚を結ぶために、長者に女敵討の計略を教えられる。源藤太は、長者の手代瀬介が通う女中の楓に言い寄るふりをする。楓が源藤太に迫られたことを聞いた狭霧は、楓と寝所を替える。ここに瀬介が忍んできたのを見届けた源藤太は、瀬介と狭霧、楓を切る。

この後の展開を追うと以下のような具合である。源藤太は後妻を迎え三人の子を設けるが、狭霧を殺した因果で二人の子は夫婦に誤って殺され、三人目も病床の母の布団に潜り込んだところを曲者と勘違いした源藤太に殺される。先妻を女敵討に見せかけて寝所で殺害した夫は、いわば女敵討と同じ状況下に再び後妻と子を殺すのである。この源藤太は、蛇に殺されることになる。

疱瘡で悪相となった妻を夫が疎み、再婚の為の悪計を企てること、夫が先妻の怨霊によって殺されること等、『勧善常世物語』が「四谷雑談」に拠ることは明らかだが、「四谷雑談」には寝所替えの趣向はない。『大経師昔暦』の寝所換えは、妻の嫉妬ゆえに起こった行動であったが、結果として不義密通から心中に到る騒動を導く悪因となる。馬琴はこの寝所替えの趣向を「四谷雑談」の不義を発端とする因果譚に女敵討という形で持ち込み、妻を殺す詭計という悪因と、後妻の誤殺という悪果とに、反復して用いることで、その因果を強調しているのである。[注8]

また『大経師昔暦』の寝所換えの趣向は、文化五年刊『旬殿実実記』にも見ることができる。『旬殿実実記』巻之五第八において、阿筍は許婚殿兵衛がありながら、横淵頑三郎と密通する。殿兵衛を追放させるため、阿筍は女中のお旬を言い含め、殿兵衛との不義の偽りの告白をさせる。女中お旬と寝所を換えて頑三郎を引き入れた阿筍は、殿兵衛にお旬と間違われて殺される。

徳田武氏は『旬殿実実記』の典拠として、白話小説である『金石縁全伝』と初代桜田治助の「身替お俊」〈天明三〈一七八三〉年初演〉を指摘する。[注9]『金石縁全伝』には、結婚相手に顔を知られていないことをよいことに令嬢の代わりに女中が身替り結婚させられる趣向がある。「身替お俊」とは首実検でお俊の首級を身替りにする趣向が類似する。だが、いずれにも寝所換えの趣向はない。『金石縁全伝』や「身替りお俊」の趣向の上に、馬琴はさらに『大経師昔暦』の寝所換えの趣向を重ね合わせたと見てよいであろう。『旬殿実実記』においても馬琴は『大経師昔暦』の寝所換えの趣向を、悪人が悪報によって滅ぶ因果の筋に用いているのである。

なお、『大経師昔暦』のおさん茂兵衛は、貞享三〈一六八六〉年刊『好色五人女』巻三「中段に見る暦屋物語」にもおさん茂右衛門として描かれる。こちらは手代茂右衛門に懸想した女中りんのために恋文を代筆したおさんが、手代をなぶってやろうとりんの寝所で待ち構えるうち、眠ってしまい、夢うつつのうちに契りを結んでしまうという筋である。『大経師昔暦』が夫の不実を難詰するために寝所を換えるのに対して、『好色五人女』ではあくまでも手代をからかうための寝所換えである点が異なっている。馬琴は『勧善常世物語』『旬殿実実記』のどちらにおいても配偶者の不実を罰する場面に寝所換えを用いており、これは『大経師昔暦』に由来すると考えて良いだろう。

③『俊寛僧都嶋物語』と『双生隅田川』

『双生隅田川』を典拠とする馬琴読本といえば、その題からすぐに想起されるように文化四年刊の『墨田川梅柳新書』である。だが実際にはその世界は取り込まれるものの、『双生隅田川』の眼目である人買商人猿島惣太の悲劇を、馬琴は取り入れてはいない。

『双生隅田川』の悲劇とは、主君の子を殺してしまう家臣の悲劇である。吉田行房の旧臣淡路七郎俊兼は、使い込んだ公金を償うために、人買い商人の惣太となる。惣太は売られてきた主君の若君梅若を、それと知らずに折檻して殺してしまう。その事実を知った惣太は主君への申し訳に自害する、というものである。これは悲劇とは言え、悪業の因果を描いたものといってよい。

この悲劇を馬琴は翌年刊行の『俊寛僧都嶋物語』において利用しているのではないかと考えられる。『俊寛僧都嶋物語』は、近松の『平家女護嶋』を用いているとされるが、『墨田川梅柳新書』が『双生隅田川』の世界を用いるように、やはり主に世界の利用にとどまる。一方で『俊寛僧都嶋物語』には家臣が主君の娘を殺す悲劇が描かれる。これは『双生隅田川』に拠るのではないだろうか。その内容は次のようなものである。

俊寛の家隷亀王は、白拍子渡海の色に迷って、主の要金二、三百両を使い果たす。その亀王は、この要金を償う為に、かどわかしを生業とするようになる。追手のかかる俊寛の娘鶴の前と、亀王の弟蟻王の妻安良子を、それと知らずに、舟に助け乗せた亀王夫婦は、金を奪おうとし、安良子は、鶴の前の片袖を掴んだまま、腕を切り落とされ、主従もろとも海中へ沈む。俊寛の息子、徳寿丸に従う蟻王は、大蛸を退治して、鶴の前の片袖を掴んだ安良子の腕を得、二人の死を知る。やがて、俊寛、蟻王らと再会した亀王夫婦は、主の娘を入水させた罪を知り、自害する。

『双生隅田川』に関わる箇所のみを抽出、要約したが、主君の金を償うために誘拐を生業とすること、それと知らずに主君の子を殺すこと、その結果自害すること、この三点が共通する。馬琴は、前年の『墨田川梅柳新書』に用いなかった『双生隅田川』の因果の趣向を、翌年の『俊寛僧都嶋物語』に取り入れていることが確認できる。『双生隅田川』を取り入れているのである。注10

この亀王は、そもそも『姫小松子日の遊《ひめこまつねのひあそび》』（吉田冠子・近松景鯉・竹田小出雲・近松半二・三好松洛合作、宝暦七〈一七五七〉年竹本座初演）由来の忠臣である。だが馬琴は忠臣である亀王を用いずに、『双生隅田川』の因果から、道を誤る亀王の物語を紡いだ。『俊寛僧都嶋物語』の亀王の物語は、その弟蟻王が『平家物語』の有王を踏まえているのとは対照的である。『平家物語』の有王は俊寛を鬼界が島に訪ね、やがてその死をみとり、その骨を持って高野山へ赴き出家する。『俊寛僧都嶋物語』においても、『平家物語』の有王を踏まえて、蟻王は俊寛の息子徳寿丸の供をして、鬼界が島へ赴き、その墓を建てる。軍記の記述を踏まえて忠臣の蟻王を描く一方で、馬琴は、近松の作品を利用して道を誤る亀王を造型しているのである。兄弟を正反対に描き出すことで、善行の善報と悪行の悪報とを対比させ、勧懲を強調しようとしたのであろう。注11

限られた例ではあるが、このように、馬琴が近松作品から、ふとしたことで道を誤った人物の因果にかかわる趣向を選択し、悪の描写に利用していることが確認できよう。

この他、文化五年刊『三七全伝南柯夢《さんしちぜんでんなんかのゆめ》』の続編である『占夢南柯後記』（文化九年刊）も近松の『長町女腹切』のお花半七の世界を利用する。その際、脇差にまつわる祟りの趣向も取り込み、楠の祟りを鎮めるために埋めた宝剣を掘り出したことに始まる大内家の騒動を描く。『占夢南柯後記』の世界を統括する因果としても馬琴は『長町女腹切』の趣向を用いている。

ところで先行研究によれば近松の浄瑠璃の特徴として「因果」の趣向が注目されることは少ないようである。そのなかで白方勝氏は近松の「因果悲劇」として正徳期の『長町女腹切』（正徳二年初演）、『弘徽殿《こきでん》鵜羽《うのは》産家《うぶや》』（正徳二年初演）、『燦《ふたり》静《しずか》胎《たい》内《ない》捃《さぐり》』（正徳三年初演）、『嵯峨《さが》天皇《てんのう》甘露雨《かんろのあめ》』（正徳四年初演）の四作品を挙げ、「因果悲劇」を深めたものとして筑後掾没後の享保期の「錯誤の悲劇」を挙げる。その「錯誤の悲劇」の代表的作品として挙げられているのは、『双生隅田川』であり『津国女夫池』である。[注12]

また松崎仁氏は浄瑠璃作者としての近松の生涯を四期に分け、第四期に当たる、晩年に到る享保期の特徴のひとつとして、近松の人間の犯す悪への関心を挙げている。

> 近松の作者としての眼が人間の犯す「悪」に対しても向けられているのが、この期の特徴の一つである。時代物では「双生隅田川」（享保五年初演）の忍ぶの惣太、「津国女夫池」（同六年初演）の冷泉文次兵衛、世話物では「女殺油地獄」の与兵衛がそうである。人間の本質的に持つ弱さゆえに犯してしまう悪の深淵に対しても、近松の眼は温かく注がれており、同時に主人公を甘やかしてはしまわない厳しさが、悪の恐ろしさを見すえているのである。[注13]

内山美樹子氏も享保期の近松の時代物の特徴として「本来善意の人間が、何かのきっかけで深い悪の淵に踏み込む姿を描いた」と指摘、『双生隅田川』と『津国女夫池』等を例に挙げ「作者が陰惨な結末を、回避せずに見つめている点が注目される」と述べている。[注14]

このように正徳・享保期の近松の時代物の特徴に「人間の運命が因果の糸に操られていく悲劇」が指摘されるが、これはこの時期に特殊な傾向であるようである。[注15] しかし馬琴は、近松浄瑠璃のなかでも特にこれらの作品を、悪を犯した人間の因果を描くために意識的に選び採ったのである。馬琴はこの時期の近松の悪の描写に因果応報という「勧懲」の理を見出だしていたのであろう。注16

三　『椿説弓張月』と近松の日本優位意識

文化年間、特に文化四、五（一八〇七、〇八）年を中心に、馬琴が近松の「因果」の趣向を評価していたことを中編読本から確認したが、同じく文化四―八年に刊行された長編読本の『椿説弓張月』（以後、『弓張月』と略す）にも近松の影響が強く見られる。必ずしも因果にかかわる趣向としての利用ばかりではないが、近松の浄瑠璃が繰り返し『弓張月』の中に利用されていることからはその評価の高さがわかる。つとに後藤丹治氏が『百合若大臣野守鏡』の利用については指摘しているが、注17その他にも『大職冠』『国性爺合戦』『本朝三国志』に共通点が見出せる。以下に検討してみたい。

①『百合若大臣野守鏡《ゆりわかだいじんのもりのかがみ》』（正徳元〈一七一一〉年初演）

この作品に関しては後藤氏の指摘に尽きるが、段と章回の対応を示して共通する趣向を簡単に確認しておく。第一の末、和田岬で秀虎が海を泳いで船を追うのは前編第七回、第三の玄海島で百合若が環城丸を育て、島で矢を祭るのは続編第三十二回、同じく第三、百合若の妻の魂魄が鷹に乗り移るのは続編第四十回、これも同じく第三、百合若が矢で大船を沈めるのは、後編第二十二回に取り込まれている。このように『百合若大臣野守鏡』の趣向が『弓張月』の各編に配されていることが確認できる。

②『大職冠《たいしょかん》』（正徳元年初演）

『弓張月』は謡曲「海人」との関係が大高洋司氏によって指摘されているが、[注18] 直接には近松の『大職冠』の影響があると考えられる箇所がある。

『大職冠』第三には、竜宮の玉を取ることが叶わず、虫の息の海人満月に対し、鎌足が胎内の子を腹を割いて取り上げ、我が孫とし房前の大臣と名乗らせたいと告げる場面がある。満月は喜びのうちに死に、鎌足は乳の下を切って男児を取り上げ、玉を取り返したと叫ぶ。

これは『弓張月』続編第四十三回で阿公《くまぎみ》が自分の娘と知らず、毛国鼎《もうこくてい》の妻、新垣《にいがき》の腹を割いて男の胎児を奪い、王子と偽って育てるという場面に重なるのではないだろうか。腹を割いて胎児を取り出すという箇所は謡曲「海人」には存在しない。『弓張月』の阿公は胎児を奪う際に「腹《はら》なる児《ちご》はおほけなくも、琉球国王《りうきうこくわう》の世子《よつぎのみこ》と仰《あほが》れ、貴《たつと》きこと万民《ばんみん》の父母《ふぼ》として、富三省《とみさんせう》を有《たもつ》に到《いた》らん（中略）おん身《み》が腹《はら》をかい捺《さぐ》りて、左孕《ひだりはらみ》は男児《おのこゞ》と、しりて所望《しよもう》の子《こ》たからは、死《しに》がひのある親《おや》も面目《めんもく》」と告げて新垣の腹を割く。一方『大職冠』では鎌足が満月に「たい内の子は左に宿って男子なり。たとへ母は死ゝても、左鎌にて腹をさき誕生すること我国の故実。やしなひて我孫となし此浦の名によせ。房前の大臣と名のらせん」と告げる。いずれも左孕みの男児と知った上で胎児を取り上げる点、その子が高貴な身分となる点も共通する。

従来、この阿公の場面は『奥州安達原』（宝暦十二〈一七六二〉年初演）の脱化であるとされ、[注19] その通りであろう。しかしその下に隠された『大職冠』由来の趣向が存在するのではないだろうか。琉球が竜宮であることは作中に強調され、琉球の国璽の珠の紛失と大蛇の珠とのすり替えの趣向（前第六・続三十七回）は、琉球国の跡取りに偽王子を立てる趣向といわば対をなすものである。国璽の珠の趣向は「海人」の珠取りに由来するが、それゆえにその対となる腹を割いて偽王子を誕生させるという趣向は「海人」に取材した『大職冠』から発想されたと考えるのが自然ではないだろうか。そこに『奥州安達原』の母が我が子を知らずに殺害するという悲劇が重ねあわされているのである。馬琴は『大職冠』『奥州安達原』から因果の趣向を作り出している。

③『国性爺合戦』（正徳五年初演）

板坂則子氏は『国性爺合戦』が『弓張月』の物語構想での琉球の着想に与えた影響を指摘しているが、[注20]趣向においても共通性が見出せる。『弓張月』第五回には、為朝の正妻となる白縫の下知によって、婚礼の夜、侍女達が桜花で為朝を打とうとする「花軍《はないくさ》」の場面がある。

もてる桜の枝をおもみ、打《うた》んとすれば、糸遊《いとゆふ》の糸にもつるゝごとくにて、掻潜《かいくゞ》り、押隔《おしへだて》或は掻遣《かいやり》うけとむる、扇に風のあればにや、花靡々《ひゝ》として散乱し、蝴蝶《こてふ》に似たる釵児《かんざし》の、閃《ひらめ》くも又風情《ふぜい》あり。是は孫子が女兵《ぢよへい》を操り、彼は太真《たいしん》が花の軍《いくさ》に、留奇南《とめき》の薫《かふり》と花の香《か》と、こきまぜて披《ひら》き又靡《なび》く、いづれ花ともわきがたきを、為朝自《じ》若《じやく》として、ほとりへも寄せ付けず、拿《もち》たる枝を一ツも留《とゞ》めず、うち落し〱、「こは狼藉《らうぜき》也」と宣へば、女使《こしもと》ども驚きまどひ、みな一帯《ひとかわ》に蹲踞《うづくみ》ぬ。

この故事は、馬琴が傍線部「孫子が女兵」「太真が花の軍」と記すように、孫子が宮中の美女百八十人の軍隊を王の寵姫二人の隊長に調練させた故事（『史記』巻六五・孫子呉起列伝第五）、玄宗皇帝が楊貴妃と宴会で宮妓と小中貴人とを両隊に分け、風流陣と名付け戦わせた故事（『開元天宝遺事』）に拠ったことが指摘されている。[注21]後者については馬琴の享和三（一八〇三）年刊『俳諧歳時記』「花軍」の項にも『開元天宝遺事』を出典と記し、それ以前の『増山井』（寛文三〈一六六三〉成立）等の歳時記類にも「花軍」が立項される。この花軍は『国性爺合戦』第一の梅檀皇女御殿の場に登場する。皇女の嫁入りを決めようと皇帝方の桜と皇女方の梅とに分かれて女官達に花軍を催させるという場面である。

名乗《なのり》もあへぬかざしの梅、誰が袖ふれし梢には群ゐる鶯の翼にかけ散らす、羽音《はおと》もかくやと梅が香《か》も、芬々《ふんぐ》と打ち乱れ受けつ流しつ戦うたり。姫君下知してのたまわく（中略）花になれたる下知によつて、をめいてか、れば花を踏んで、同じく惜しむ色もあり。只一文字《もんじ》に頭《かうべ》に挿せば二月《じげつ》の雪と散るもあり。落花狼藉《らつくわらうぜき》入り乱れ、軍は花をぞ散らしける

姫君が下知していること、花が散乱し、花の香りがわっとたつ様子が『国性爺合戦』と『弓張月』は共通する。これらの描写は『史記』や『開元天宝遺事』には見られないものである。直接には『国性爺合戦』を踏まえているのであろう。

④『本朝三国志』（享保四〈一七一九〉年初演）

『弓張月』残篇第六十三回には、かつて阿蘇神社に参詣した折、八丁礫の紀平治と契りを結んだ阿公が、紀平治の短刀と自身の巻物とを交換し再会を約し別れたことが明かされる（その後生まれた紀平治の子が②の『大職冠』の項で述べた新垣であり、阿公自身の手で殺される）。その巻物は「琉球国の地図にして、風俗俚諺にいたるまで、事精細《つまびらか》に録し」たものであった。遡ること前編は第五回、紀平治は祖父が琉球出身であることから聞き覚えた琉球の地理、風俗、言葉について口頭で説明する。本文には巻物について記述はないが、その挿絵には「地図を披《ひらい》て紀平治行程《みちのり》を説《とく》」とあって巻物の地図を床の間に掲げて扇で指し示す紀平治が描かれる。これについて残篇第六十三回で紀平治は、阿公からもらった巻物が、為朝が琉球へ渡る際に役立ったが「阿蘇山にて、地図を贈りし淫婦《たをやめ》が、績《いさをし》なりとは人にもいわれず」と述懐する。

一方『本朝三国志』第四には、亡父が商売のために所持していた、その形見の三韓の地図を、娘が恋人にあげるという件りがある。『弓張月』とは筋の重複こそないが、異国の地図を恋仲の娘からもらうという点が共通する。

馬琴は先の趣向について、残篇冒頭に付言して「阿公《くまきみ》紀平治《きへいぢ》が事、前《まえ》に略《りやく》して後に委《くわし》くす。敢《あへて》漏《もら》したるにあらず」と釈明めいたことを述べる。『弓張月』はその人気から長編化し、それとともに当初の構想が変更されたことが指摘されている。注22 実際に、前編の段階で阿公・紀平治の再会についてどれほど構想していたかはわからないが、②の『大職冠』と同様に阿公の因果に関わる趣向である。腹案の種は小さなものであったにせよ早くから存在したのではないだろうか。

『弓張月』に用いられたと考えられる近松の趣向のそれぞれは個々に見るとわずかな場面の一致に過ぎないが、これらの近松作品はいずれも異国への渡航に関わるという共通点がある。『百合若大臣野守鏡』は蒙古との戦いを、『大職冠』は唐との縁組を背景に竜宮という異界へ、『国性爺合戦』は明へ、『本朝三国志』は高麗への渡航を描く。馬琴は為朝の琉球渡航の伝説に拠って『弓張月』を執筆するという段になって、近松の異国渡航を扱ったこれらの作品群を参考資料としてまとめて読み直したのではないだろうか。『弓張月』執筆・刊行時の文化三、四年には、北方ではロシアが蝦夷の番屋を襲撃するという事件が起きた。「異国への危機感を、異国への優越感に転化した小説を無意識のうちに欲していた」当時の状況下で執筆された『弓張月』は「異国との緊張を意識した作品」の一つであると佐藤悟氏の指摘がある。注23 また文化三年には琉球の謝恩使が来朝してもいた。右に挙げた近松の作品は、ちょうど正徳元年と享保四年の二回の朝鮮通信使の間に上演されたものであり、その訪朝の影響を受けてもいる。近松も馬琴もこれらの使節の訪朝を当て込んでいるのである。『国性爺合戦』以降の近松作品には日本優越意識が見られるとの指摘がある。注24 馬琴もまた異国への緊張が高まったこの時期、近松のこれらの浄瑠璃に日本優越意識を読み取っていたのであろう。だからこそ『弓張月』執筆時に資料として読み込んだのではないだろうか。

おわりに

本節で取り上げた以外にも、馬琴が近松から受けた影響は様々なところに表れている。例えば、『南総里見八犬伝』では河合眞澄氏が画中の虎が抜け出す場面に『双生隅田川』『傾城反魂香《はんごんこう》』（宝永五〈一七〇八〉年初演）の利用を指摘している。[注25] また林久美子氏は『日本武尊《やまとたけるのみこと》吾妻鑑《あずまかがみ》』（享保五〈一七二〇〉年初演）の日本武尊の女装と犬坂毛野の女装の共通性について指摘する。[注26]

だが、確認してきたように、享和二（一八〇二）年の旅の直後から文化五年前後にかけて特に馬琴読本における近松の影響が顕著であるように思われる。これはこの旅が馬琴に与えた影響の大きさを物語ってもいる。馬琴はこの旅で近松自身の「勧懲」に対する意識を再確認し、それを「因果」の趣向に見出した。また同時に、当時の緊張した対外関係を背景に、異国を扱った近松浄瑠璃の日本優位意識を評価し、『弓張月』執筆時に読み直したのであろう。このように文化期の馬琴にとって、近松は特別な浄瑠璃作者であったのである。

注

1 「はなかんさしは笠翁十種曲中の紫釵記を訳せしもの」（文政十三年三月二十六日殿村篠斎宛書翰、『馬琴書翰集成』第一巻、八木書店、二〇〇二年）とあるが、『十種曲』「玉掻頭伝奇」との記憶違いが指摘される。徳田武「『曲亭伝奇花釵児』と『玉掻頭伝奇』」（『日本近世小説と中国小説』青裳堂書店、一九八七年）。

2 一例に「勧善懲悪を専文につゞり候ばかり、甘心に御座候」（天保四年十一月六日殿村篠斎宛書翰、『馬琴書翰集成』第三巻、八木書店、二〇〇三年）がある。

3 馬琴が、この旅において上方の文学を吸収、再確認したことは先学によって指摘されている。水野稔「馬琴の文学と風土」（『馬琴』日本文学研究資料叢書、有精堂出版、一九八二年）。また服部仁氏が、この時期の馬琴が文体において、笠翁と近松を目標にしていたことを指摘し、近松に言及した馬琴の言説をまとめている。本節は重複するところがあるが、論の都合上、再確認した。「曲亭馬琴、その文体の確立」（『曲亭馬琴の文学域』若草書房、一九九七年）。

4 『続燕石十種』（中央公論社、一九八〇年）巻二。

5 文化六年刊『卯花園漫録』にもほぼ同様の記事が見える。『蓑笠雨談』から引用したものか。

6 『近松全集』第一七巻六5（岩波書店、一九九四年）に翻刻がある。

7 『馬琴中編読本集成』解説を主に参照した。

8 ちなみに『増補外題鑑』（天保十年刊）では柳亭種彦の『近世怪談霜夜星』（文化五年刊）を四代目鶴屋南北の『東海道四谷怪談』（文政八年七月初演）の典拠とするが、女敵討の趣向は馬琴が先行し、『霜夜星』に影響を与えたものと考えられる。一般的には『東海道四谷怪談』も実録に依拠すると考えられるようであるが、徳田武氏は流動的な実録よりも版本の『勧善常世物語』を素材とした可能性を指摘する（『馬琴中編読本集成』第四巻解説参照）。

9 『馬琴中編読本集成』第六巻（汲古書院、一九九七年）解説参照。

10 典拠である浄瑠璃の眼目となる趣向を他の作品で用いることは馬琴にしばしば見られる。例えば文化五年刊『三七全伝南柯夢』では「艶容女舞衣」の「上塩町の段」、通称「酒屋」の段を利用せず、文化二年刊『四天王剿盗異録』第五綴では用いる。また文化九年刊『糸桜春蝶奇縁』は「糸桜本町育」の片袖を脅迫の種とする趣向を用いず、文化六年刊『松染情史秋七草』第六に取り込む。なお亀王が切り落した安良子の腕を夫の蟻王が拾う件りは『源平布引滝』（寛延二年初演）で実盛に切り落された白旗を握った小万の腕がその子太郎吉に拾われる場面に依拠すると考えられる。

11 ただし天保十五年頃に成立した『著作堂旧作略自評摘要』では亀王の件りを「歌舞伎狂言浄瑠璃本などにはあるべきことながら、勧懲を正しくしぬる己が筆には似げもなき第一番の拙作にぞありける」とし、後年、この趣向を否定していることがわかる。

12 白方勝「近松の因果悲劇」（『近松浄瑠璃の研究』風間書房、一九九三年）。同「近松時代浄瑠璃の特色」（『講座元禄の文学』第四巻、勉誠社、一九九三年）。

13 松崎仁「浄瑠璃作者としての近松門左衛門」『近松浄瑠璃集』（新日本古典文学大系、岩波書店、一九九三年）。

14　内山美樹子「近松のドラマトゥルギー」（『国文学』一九七一年九月）。
15　白方氏前掲論文「近松時代浄瑠璃の特色」。
16　近松以外の浄瑠璃作品にも因果を説くものはあるが、馬琴はその因果の趣向を効果的に利用してはいない。一例として累物については拙稿「京伝・馬琴と〈累〉」（『青山語文』二〇一〇年三月）で論じた。
17　日本古典文学大系『椿説弓張月』上　解説。
18　大高洋司「『椿説弓張月』の構想と謡曲「海人」」（『近世文藝』七九、二〇〇四年）。
19　日本古典文学大系『椿説弓張月』上　解説。
20　板坂則子「『椿説弓張月』の琉球―馬琴読本における怪異と異界―」（『読本研究新集』第六集、二〇一四年六月）。
21　日本古典文学大系『椿説弓張月』上　解説。
22　大高洋司「『椿説弓張月』論―構想と考証」（『読本研究』六輯上、一九九二年九月）。
23　佐藤悟「名主改の創始―ロシア船侵攻の文学に与えた影響について―」（『読本研究新集』第三集、二〇〇一年一〇月）。
24　韓京子「近松の浄瑠璃にあらわれた日本優越意識」（『国際日本学』第八号、二〇一〇年九月）。
25　河合眞澄『近世文学の交流　演劇と小説』清文堂出版、二〇〇〇年。
26　安達太郎・野村幸一郎・林久美子編『表象のトランス・ジェンダー』（京都橘大学女性歴史文化研究所叢書、新典社、二〇一三年）。

第三節　馬琴の「人情」と演劇の愁嘆場

はじめに

馬琴読本といえば、本章第一節・第二節で述べたように、まず「勧善懲悪」と因果律による複雑な構成が想起されるが、その一方で、馬琴は登場人物の「人情」描写の重要性をも認識している。それは、例えば、読本の序跋で「勧善戒悪。叙人情。記風教。咄是微意所存。実作者一片老婆心也」（『松染情史《しょうぜんじょうし》秋七草《あきのななくさ》』序、文化六〈一八〇九〉年刊）、「世態情致、敢て写さざること莫し」（『南総里見八犬伝』第二輯、文化十三年自序）、「蓋し小説は、よく人情を鑿をもて、見る人倦ず」（同・第二輯巻五末、文化十三年刊）と述べていることからもわかる。

馬琴の「人情」に関する言説を分類すると、右の例のように、読本における「人情」描写の重要性を述べるものの他に、主に以下の三つがある。第一に、演劇の「人情」描写に対する批判、第二に、演劇の「人情」描写の評価と利用、第三に、「人情」と人として守るべき「公道」という対立概念の提示である。演劇の「人情」を批判しつつも評価し利用する馬琴の主張は、一見その折々に矛盾するようであり、その点が批判されてきたが、屈折しながらも、実は根底で一貫していることを、本節では作品分析を通して、演劇との関わりにおいて確認したい。

また、馬琴が考える読本の「人情」描写については、水野稔氏[注1]や服部仁氏[注2]に先行研究がある。水野稔氏は、馬琴が読本において描こうとする「人情」を簡潔に「人倫の道義・社会の義理に裏づけられた人間の性情」と述べる。この点について西田耕三氏は、水野氏の意図する馬琴の「人情」とは「公道に対立するというよりは、公道に匹敵し、拮抗し得る人間の性情というニュアンスをもっているのではなかろうか」と解釈し[注3]、筆者もそれに異論はない。ただ水野氏は、馬琴が演劇の「人情」描写を評価していた点を論じず、服部氏は、馬琴が「人情」を描写するために文辞をはじめとする演劇的要素を採り入れたとするものの、ともに、読本の序跋、自評といった馬琴自身の言説の検討のみで、作品内容と対照した具体的な分析はなされないままである。本節では、「人情」の語が用いられる場面を具体的に検討した上で、馬琴が演劇の愁嘆場の「義理」「人情」の葛藤の描写を利用することによって、馬琴が独自の「人情」表現を達成していたことを明らかにしたい。

一　演劇の「人情」描写に対する馬琴の批判

まず、馬琴が演劇の「人情」描写について批判する点について確認する。本章第一節でも言及したが馬琴は、『夢《む》想《そう》兵《びょう》衛《え》胡《こ》蝶《ちょう》物語《ものがたり》』（文化七〈一八一〇〉年刊。以下『胡蝶物語』と略す）の前編巻之三「色欲国　中品下品」において、演劇の人情についてこう述べている。

仮令歌舞戯などいふものは、人情をうち出して、善人に似たる不善人も、善人の部へ入れ、貞女に似たる大淫婦も、貞女の部へ入れ、よろづ人の気をとることを第一にすれば、見るものも又、戯《ぎ》の字に引あて、これを咎めず。これより甚だしきことも往々あれど、勧懲を宗とせし、唐山の小説などには絶てなし。

（『胡蝶物語』前編巻之三）

馬琴は、歌舞伎は「人情」の描写を優先し、「不善人」や「大淫婦」が自業自得で陥る悲劇を哀切に描出し、観客の同情を誘うことで、あたかも「善人」や「貞女」の受ける艱難辛苦であるかのように錯覚させるとして、小説の「勧懲」の理念に照らすと不適切であると述べている。例えば、次節にとり上げるが、馬琴は『仮名手本忠臣蔵』（寛延元〈一七四八〉年初演）のお軽の父与市兵衛の死が婿の忠義のために娘を売ったことの悪報であり、勘平の死は不義淫奔の罪を贖おうとして、義父とはしらず死人の懐から金を盗み罪を重ねた悪報であるとを述べ、彼らを忠臣として描写することを批判する。注4

凡《およそ》忠孝信義の為に、子を売、妻を売ものは（中略）皆是名聞を好むの惑ひぞかし。（中略）至親を捨るは人情にあらず。況《まし》てわが子を殺して、媚を主君に求るものは、（中略）されば婿の為に、子を売るときは、婿に義ありといふとも、子の為には不慈の親なり。君の為に妻を売ときは、君に忠ありといふとも、妻の為には不仁の夫なり。

（『胡蝶物語』前編巻之三）

また、お軽が父と夫の死を聞き「勿体ないがと、さんは、非業な死でもお年のうへ、勘平どのは三十に、なるやならずに死ぬるとは、さぞ朽をしかつたでござんせう」と嘆くことに対し「親と夫と、その恩愛、いづれかおもきと批判する。また『金雲翹伝』の翠翹が親のために身を売ったものの「既に夥の人に身をけがされしかば、結髪の夫に恥て、後には尼と」なったことと比較して、お軽について「年季が明たらば、又旧《もと》の夫とひとつにならふと思ひしは、色欲から出た了簡ちがひ」と指摘する。同様に、小浪についても、親の敵が許婚の力弥であるにも関わらず、「婚姻の称はぬときには。自害せんとせしも。その望みがかなふと聞て。まざ〳〵親の撃る丶を見ても自害せず。忌服の遠慮さへ繰《く》らずに。その夜すぐさま新枕を並べしは。淫を楽しむにあらずして。そもそも何ぞや」と述べる。親の恩愛を思わぬお軽と小浪の淫奔について批判しているのである。注5

馬琴は『傾城阿波の鳴門《けいせいあわのなると》』（明和五〈一七六八〉年初演／近松半二ら）についても述べている。『傾城阿波の鳴門』第八「十郎兵衛住家の段」は、主君の重宝の詮議の為に盗賊に成り果てた十郎兵衛夫婦が巡礼姿の娘と再会するが、我が子と気付かず、父は金を奪おうとして殺してしまう、という悲劇である。

盗賊して忠義と思ふは言語道断、夫婦が心一ツもて、盗賊の悪名たてられ、古主の面へ泥を塗る。不忠の至り。不義の至り。苦々しいことじやと思へば、嘘にも涙はこぼれねど、人情は理をたづねず。只見る所のあはれさに、こぼす涙はこゝらであらふ、とよい程に推《おし》あてがふ。浄瑠璃作者もさるものなり。（『胡蝶物語』後編巻之三）

「盗賊して忠義と思ふは言語道断」であり、子殺しは悪報であるが、「人情は理をたづね」ないものであるから、観客は、眼前の主人公の嘆きに涙を誘われる。また、十郎兵衛は娘の懐中の書付から重宝の在処を知り、それを取り戻すことで最終的に帰参が叶う。

類似の設定を持った馬琴読本の登場人物に、『俊寛僧都嶋物語』（文化五年刊）の亀王がいる。亀王は主君の要金を償うために、かどわかしを生業とした結果、主君の子を殺す。『傾城阿波の鳴門』の十郎兵衛と異なるのは、亀王は罪を悔いて自害する点である。殺害するのが我が子か、主君の子かと違いはあるが、ここからも浄瑠璃と馬琴の差異がわかる。本章第二節で亀王の造型に、近松の『双生隅田川』の惣太が使われていることを述べたが、『傾城阿波の鳴門』と比較すると、馬琴が、浄瑠璃作者のなかでも近松は評価した理由が再確認できる。

つまり馬琴は、演劇がしばしば「忠孝信義」のための身売りや盗賊行為を正当化するかのように安易に描くこと、悪報に苦しむ「不善人」を、不条理に苦しむ「善人」のように錯覚させる点が「勧懲」の理念に照らすと不適切であると批判しているのである。

二　演劇の「人情」描写に対する馬琴の評価と利用方法

次に、馬琴が演劇の「人情」描写について評価する点を確認したい。

> 顧人間の喜怒哀楽、或は忠臣孝子の行状、或は悪棍草賊の出没、今日おの〳〵眼前、これを見るものは、雑劇のみ。さるゆゑに小説家、伝奇戯曲によるときは、童稚婦人を楽し易し。こゝをもて予が稗説、多くは李園の趣ににたり。
>
> （『青砥藤綱模稜案《あおとふじつなもりょうあん》』前集、文化八〈一八一一〉年跋）

馬琴は読本の「人間の喜怒哀楽」「忠臣孝子の行状」、また「悪棍草賊の出没」[注6]の描写について、演劇の利用によって婦女子を楽しませやすいとその効用を述べている。

読本において、実際に演劇を利用している場面で、かつ「人情」の描写について言及しているのは、『頼豪《らいごう》阿闍《あじゃ》梨怪鼠伝《りかいそでん》』（文化五年刊）である。本作の巻之七第十五套は、『恋女房染分手綱《こいにょうぼうそめわけたづな》』（宝暦元〈一七五一〉年初演／吉田冠子・三好松洛）のいわゆる「重の井子別れ」によっており[注7]、「人情を竭《つく》す」という表現が見える。

この「重の井子別れ」は、姫君の乳母である重の井が、姫の機嫌をとるために呼ばれた馬子三吉が我が子であることを知る、という場面である。不義密通で死罪となるところを、乳母になることで命を救われた重の井は、追放された夫と我が子に名乗れない。姫の体面も慮って、名乗り合うことができないまま、母子は泣く泣く別れる。

一方、『頼豪阿闍梨怪鼠伝』（以下『怪鼠伝』と略す）の場面は以下のようなものである。

> 主君のために他家へ乳母奉公に出た葎戸は、物たべの親子を招くが、それは夫と息子の千江松、そして若君であった。葎戸は傍輩に気付かれぬ様、親の慈悲から素知らぬふりをするが、食が細る若君の為に猶予ならず乳を与える。若君に嫉妬する千江松を、両親は諌めるが、泣き騒ぎ若君に乱暴するに及んで、父は若君の為にわ

が子を殺す。千江松の血は図らずも、主君の敵の妖術を破る妙薬となり、その死は忠義の死となる。馬琴は「重の井子別れ」に、我が子を殺すという趣向を加えている。馬琴は演劇の忠義のための子殺しの趣向を否定していたが、千江松の死に関しては、登場人物の台詞に「一子を殺せし事。人情にあらずといふ、後世の議論もあるべけれど、こは已ことを得ざるにこそ」と述べるように、他家の庭先で人目を憚る状況と若君の危急を弁えず、我が子が若君へ乱暴を働いたため、やむをえないという状況を設定している。ここでは、この状況設定によって、忠義の為に抑圧された恩愛の情をより強調しているといえる。その歎きは主に、父よりも母の心情描写を通して表現されている。

左も右もはる乳を、一つはわきてわが子にも、飲さるゝ事ならば、この煩悩《ものおもひ》はせぬぞかし。（中略）叫《あつ》苦と魂《たま》銷《ぎる》稚児《おさなご》より、母はわが身を刺るゝおもひ（略）（『怪鼠伝』巻之七第十五套）

この回について馬琴は、こう自評を付けている。

評に云、この巻殊に忠臣節婦、義士孝子のうへを述て、人情を竭《つく》せり。但動《やゝも》すれば、文辞戯《じやうるりぼん》曲に類する事多し。こゝをもてその語路《ごろ》野也といへども、おのづから稚致、読者をして倦ざらしむ。（同右）

馬琴は、演劇を利用した場面であるために、文辞が演劇風であることを断りながらも、「殊に忠臣節婦、義士孝子のうへを述て、人情を竭せり」と説明する。「重の井子別れ」はいわゆる「義理」「人情」の葛藤を描いた愁嘆場となっているが、「人情」つまり我が子への恩愛に悩まされながらも「義理」つまり忠義を貫かねばと揺れ動く心の葛藤が描かれ、かつその葛藤が忠臣孝子ゆえのものである点について評価し、それをより強調した形で自作に取り入れているのである。

ところで、馬琴が『怪鼠伝』の子殺しについて「已ことを得ざる」と述べていたことは確認した通りであるが、ここで、『怪鼠伝』の子殺しと、馬琴が批判した演劇の子殺しの趣向との違いをより明らかにするために、他の例を確認しておきたい。例えば、山東京伝作の読本『双蝶記《そうちょうき》』（文化十年刊）を評した『おかめ八目』（文化十年成立）において、馬琴は、巻之五の十二の子殺しの趣向を演劇的で人として自然な心情ではないと批判している。

只子を殺さんとせしこと（中略）人情にはあらず、すべてすべて雑劇の趣向に似たり。（『おかめ八目』）

これは、孫へ自らの食事を与えて、食を絶った義母への孝行のために、南余兵衛が、わが子を殺そうとする場面である。雷鳴に驚き、子殺しは未遂に終わるが、馬琴は、演劇の趣向に似て「人情」ではないと述べる。注8『双蝶記』『怪鼠伝』の子殺しを比較すると、義母或いは、若君が飢えによって命が危ぶまれるという状況は同じだが、『双蝶記』では、義母が孫への恩愛から食を断ち、孫に直接的な罪がないのに対し、『怪鼠伝』では、他家の庭先で人目を憚る状況と若君の危急を弁えず、我が子が若君へ乱暴を働いた罪がある点が相違といえるであろう。

一体、作者の趣向、只滑稽をつくし、歌舞伎狂言にもとづき、虚妄の光景をもつはらにせしもの也。こも自余の作者の及ざる所にして、一趣向といふべけれど、四五ヶ年前は、かゝることを見るもの、をかしと思ひしが、昨今に至ては、すべて人情をつくさゞればをかしからずとす（『おかめ八目』総評）

右のように、馬琴は『おかめ八目』の総評で、演劇的な趣向の利用は、四、五年前、つまり丁度『怪鼠伝』刊行の文化五年前後の流行であると説明している。後年『著作堂旧作略自評摘要』（天保十五〈一八四四〉年頃成）においても本作の評価は「都て雑劇の趣を旨としたれば、中〱にわろし」と低い。『怪鼠伝』で子殺しの趣向について弁明した上、自評を付したのは、たとえ流行の趣向であり、「人情を竭」したにせよ、当時においても、子殺しを描くことに躊躇があったためと考えられる。

馬琴はまた『常夏草紙《とこなつぞうし》』（文化七年刊）でお夏清十郎の心中物に取材し、二人を主君の身替わりとするために父による子殺しを設定し、その父の苦衷を描いている。二人の死は忠死ではあるが、その死の理由は「父の悪報に係れば也」と説明され、父の台詞にはやはり「君の為に、罪なき子を殺すものは、人情にあらず」とある。しかし、同じ子殺しでも先に馬琴が批判した『傾城阿波の鳴門』では、大団円で父親の帰参が叶うのに対し、『常夏草紙』では、子供の死が忠義の死となった点、父親は帰参を許されるものの、悪行を懺悔して出家する点が異なっており、馬琴が施した「勧懲」が見て取れる。

また、子殺しと同様に、馬琴が演劇的であると批判した身売りの趣向についても他の例を確認しておくと、『おかめ八目』で、馬琴は『双蝶記』の夫が宝刀の代金に妻を乞われて刀と交換させる場面（巻之四の九）[注9]について、妻が夫のためにわざと離縁を言い出し計ったこととはいえ、歌舞伎風の趣向で「人情にこたへぬ也」とする。また妹が兄の罪を暴く場面（巻之四の十一）についても「人情にあらず」と述べる。

馬琴読本にも身売りの場面はあるが、ほとんどは夫が関与することはない。馬琴は『仮名手本忠臣蔵』のお軽の身売りについても「そもじが夫に告ずして、身を売らんと思ひつめしは、心得ちがへにもせよ、夫の為とあれば、ゆるさるゝ所もあらんが」（『胡蝶物語』三）というように、夫のために妻自身が身売りをしようとすることについては一応評価し、夫のために諫めを聞き入れず身売りする妻（『稚枝鳩《わかえのはと》』文化二年刊）や、夫のために隠れて身売りしようとする妻（『旬殿実《しゅんでんじつ》記《き》』文化五年刊）を描いている。だが『怪鼠伝』の葎戸のように、遊郭への身売りではなく、乳母や生肝屋（『稚枝鳩』）としたり、ほとんどの場合が未遂に終わるなど工夫を凝らしており、夫婦の恩愛や貞節を曲げることのないように気を配った設定となっている。『占夢《ゆめあわせ》南《なん》柯《か》後《こう》記《き》』（文化九年刊）では、夫半七は最終的に妻お花の決意に身売りを許すものの、一度は妻を引き留めている。お花が『仮名手本忠臣蔵』のお軽と異なるのは、お花が夫の流浪の身の上を「夫《をとこ》を留めしわらはが失ち」ゆえと考え、死を覚悟して身売りを決意する点である。また姫君の身替りとなる伏線ともなっている。

また馬琴は、妹が兄の罪を暴く場面を否定する。確かに馬琴自身は、兄の悪行について口を噤む妹（『旬殿実記』）や、後述するように、我が子が追う弟を庇う姉（『松浦《まつら》佐《さ》用《よ》媛石魂録《ひめせきこんろく》』文化五年刊）を描き、兄妹の罪を隠そうとする「人情」を描く。

『おかめ八目』での批判は、その攻撃的な口調が個人的な意趣を含んだもののような印象を与えがちだが、馬琴なりに筋が通ったものであると考えられる。馬琴は『おかめ八目』で「歌舞伎狂言には常にあることながら、物ぶみには今一トきわ、ことわりありげにか丶まほしきことおほし。すべて人情にあらず」と述べている。演劇の「義理」「人情」の葛藤の場面には「忠孝信義」のための子殺しや身売りがつきものであるが、これらの夫婦や兄弟、親子の恩愛の犠牲という、人間として自然な心情に反する場面を描く以上、『怪鼠伝』の子殺しの場面のように、道義上、やむにやまれぬ状況を設定することが必要であると考えているのである。その上で、守るべき道義と感情の狭間で揺れ動く心情を描写することが、読本の「人情を竭《つく》」すことにつながると考えているのである。

三　「義理」「人情」を描いた愁嘆場の利用

『怪鼠伝』において馬琴は、演劇の「義理」「人情」の葛藤を描いた愁嘆場を利用することで登場人物の心情を描出したが、馬琴は巷談物を中心とした他の作品にも演劇の「義理」「人情」の場面を利用している。

たとえば、馬琴は、『女舞　釼 紅楓《おんなまいつるぎのもみぢ》』（延享三〈一七四六〉年初演）五段目を、『三七全伝南柯夢《さんしちぜんでんなんかのゆめ》』（文化五〈一八〇八〉年刊）と『旬殿実実記』（文化五年刊）において用いている。『女舞釼紅楓』五段目は、半七の母が三勝を尋ねて、半七の許婚のお園の為に縁切りを懇願し、義理に詰った三勝は承諾する、という場面である。

『三七全伝南柯夢』（以下『南柯夢』と略す）では、三勝もまた半七の私の許婚なのであるが、ここに、園花（浄瑠璃のお園）の母である敷浪が訪れて、園花のみならず、半七の為に蟄居の身となっている父半六を助けることにもなると、縁切りを懇願する。

子ゆゑに惑ふ半六どのを、助るうへに半七も発跡《なりいで》て忠孝の、道にしも立かへらば（中略）聞わき給へ、うけ引て、給はれかしとかき口説ば、三勝は堰かねく、涙の泉むすび果ぬ、妹背の中も胸の中も、裂ほど苦しき浮世の義理に（略）

（『南柯夢』巻之六上長町の五味上）

『女舞剱紅楓』の三勝には、夫の母・夫の許婚との間に血の繋がりはないが、『南柯夢』では、夫の後母は三勝の生き別れた実母、また夫の許嫁は三勝の異父妹となっており、三勝は、夫と義父と実母と異父妹との狭間で苦しむことになり、より複雑な心境が描写されている。また『女舞剱紅楓』では、最終的に三勝・半七は心中するが、『南柯夢』では、半七が三勝・園花を正室・側室に迎えることで、曲がりなりにも義理と恩愛がともに全うされている。

『旬殿実実記』巻之六心猿第九下においても同様である。お旬は、身売りの金で宝剣を取り戻せると悪人に謀られた上、離縁して夫に実家を継がせるように義母に頼まれ、夫への恩愛と義母への義理とに苦悩する。

わが身を売て宝剣を、とり復して夫へ贈らば、夫が忠孝空しからで、絶て久しき爹々《てゝご》へ。見参の便着《たつき》とならば、三方四方これにます幸はなし。わが竭す、苦しき節のかひはあれ。

（『旬殿実実記』巻之六心猿第九下）

結局、身売りには到らないが、馬琴は、やはり義理と恩愛との狭間で苦しむ妻の姿を描く。最終的には『南柯夢』同様に、宝剣も実家の後継者も見つかり大団円となる。

右の二作同様、他の巷談物における例を挙げると、『松染情史秋七草』（文化六年刊）第六では、お染久松物の浄瑠璃を利用して、片袖から楠の残党と知れ、それを強請の種に山家税平に阿染が婚姻を迫られる場面があり、阿染は、養父母への恩義と許婚への貞操を思って苦悩し、自害しようとする。また、『糸桜《いとざくら》春蝶《しゅんちょう》奇《き》縁《えん》』（文化九年刊）第十四段でも、『糸桜本町育《いとざくらほんちょうそだち》』（安永六〈一七七七〉年初演）の小石川の段を利用し、小糸は狭七と縁切りするように迫られて苦悩する。

『松浦佐用媛石魂録』前編下之巻第十（文化五年刊）（以下『石魂録』と略す）は、馬琴は『双蝶蝶《ふたつちょうちょう》曲輪《くるわ》日記《にっき》』（寛

延二〈一七四九〉年初演）の第八「南与兵衛住家の段」いわゆる「引窓」を用いている。「引窓」は、郷代官の南与兵衛が、義母の実子長五郎が手配書の犯人であることを知り、忠義と孝行の狭間で苦しみ、一方、その母は、与兵衛への義理と長五郎への恩愛とに苦しむ場面である。母は一旦は我が子長五郎を匿うが、養子与兵衛への義理から、長五郎を引窓の縄で縛る。

　イヤなう一旦庇うたは恩愛。今又縄掛け渡すのは生さぬ中の義理。昼は庇ひ夜は縄掛け。昼夜と分ける継子本の子。慈悲も立ち義理も立つ。　（『双蝶蝶曲輪日記』第八）

浄瑠璃の本文に「恩愛」と「義理」の詞が見えているが、馬琴はこれを、生き別れの弟清綱と息子吉次の二人に再会した玉嶋が、息子吉次の追う敵将が、弟清綱であることを知り、二人への恩愛の葛藤から自害するという場面に作り換えている。息子吉次もまた忠義と孝行の狭間で「母子年を経て、環会《めぐりあひ》ぬるかひもなく、名告れば互に讐敵、よしや忠義は立るとも、母を喪ひ叔《をぢ》を撃てば、官位俸禄も何かせん」と苦しんでいる。馬琴は、姉玉嶋の死に改心した清綱を自害させることで、「引窓」を利用しつつも、吉次の忠孝を全うさせるよう翻案している。

また『苅萱桑門築紫𨏍《かるかやどうしんつくしのいえづと》』（享保二十〈一七三五〉年初演）の五段目、いわゆる「苅萱道心」や「高野山」と呼ばれる場面を、馬琴は、『椿説弓張月《ちんせつゆみはりづき》』後編（文化五年刊）と『俊寛僧都嶋物語《しゅんかんそうずしまものがたり》』巻之五第十二套（文化五年刊）に利用している。[注10] 恩愛と義理の対立を顕著に描き出したのは、『椿説弓張月』（以下、『弓張月』と略す）である。「苅萱道心」は、今は苅萱道心となっている加藤繁氏が顔も知らぬ父を尋ねてきた一子石動丸に巡り合うが、戒律を守って息子に名乗らないという場面である。

『弓張月』後編巻之六第二十回は、今は足利義康の養子となっている朝稚（側室簓江の子）が、はるばる九州へ実父の為朝に会いに赴き、為朝の正妻白縫に対面するが、白縫は名乗らないまま朝稚を帰す、という場面である。養子に出した以上、親子が名乗りあわないのが道理であると、白縫は考える。ここでは、「義理」「恩愛」の語が見えている。

浮世の義理は恩愛に、おもひかえてもかえがたき、一旦誓し武士の意地、わが子痛しとて信義を忘れ、名告あひ給ふ御曹子ならんや　（『弓張月』後編巻之六第三十回）

白縫は夫と対面させるべきかと思い悩むが、「しかしては良人《をっと》より、義康ぬしへ義理たゝず（中略）清盛と雌雄を決し、彼に勝とも負るとも、活て帰らぬわが夫婦の、長くもあらぬ魂の緒を、恩愛に繋がれて、人に信義を欠しては、わが身ひとつの愆《あやまち》ならず」と、夫の心を慮りながら、朝稚への慈悲と義康への義理から思い直すのである。

ところで馬琴は「苅萱道心」を『昔語質屋庫』巻之三第六で以下のように批判している。

いと有がたき道心なれども、先祖の為には。甚しき不孝といふべし。凡《およそ》禄の多少によらず。その子に嗣《つが》し、その孫に伝え、（中略）所領の地を失ざれ、官位俸禄は、親にも倍《ま》せと、おもふはなべての人情なるに、出家する時もあるべきを、怪しきを見て怪しむ故に、狼狽《うろたへ》て頭髻《たぶさ》を剪、妻はわかく、子は少《いとけ》きに、その成長ほどをも俟ず、（中略）家の難《なやみ》は大かたならず。　（『昔語質屋庫』巻之三第六）

子孫を顧みなかった苅萱道心を批判した馬琴は、『弓張月』で子孫のために我が子を養子に出した武家に設定を変更することで、道理を通しつつ、「義理」と「人情」の葛藤の場面を活用しているといえる。

また未刊の作品だが、『三七全伝南柯夢』（文化五年刊）の「右曲亭先生近日著編ノ題目今聞る所を以て十か之二三を録す　門人琴驢」とする広告の中には、『梅川忠兵衛大和紀行』が予告されている。その説明には「新口村の巻を宗とす」と見え、近松の『冥途《めいど》の飛脚《ひきゃく》』（正徳元〈一七一一〉年初演）やその改作である『けいせい恋飛脚《こいびきゃく》』（宝暦七〈一七五七〉年初演）を基にする予定であったと考えられる。「新口村」の段とは、忠兵衛と梅川が、忠兵衛の実父孫右衛門の元へ忍んでゆくが、孫右衛門は、久離を切った親子でもあり、また忠兵衛の養母妙閑への義理も慮って、忠兵衛に会わぬままに、逃がすという場面である。馬琴がこの「新口村」の段を取り上げようとしたのは、これが、やはり恩愛と義理の葛藤の場面であるからであろう。

以上、演劇のいわゆる「義理」と「人情」の葛藤の場面が、馬琴読本に取り込まれている例を確認した。『弓張月』の例のように、馬琴はしばしば「義理」[注11]や「恩愛」の語を用いている。「義理」「人情」の場面の利用において、主に夫婦・親子・兄弟といった家族の「恩愛」が、継子や継母、養子・養父母といった血の繋がりのない「義理」の関係を慮って抑圧される様を、女性の愁嘆を通して描写していることがわかる。また、馬琴は、『南柯夢』や『石魂録』の例のように、しばしば「義理」の関係とではなく、親と夫、或いは兄弟と実子といった実家と婚家の家族の狭間で苦しむ女性の葛藤を描出する。この人間関係の改変は馬琴の特徴であり、馬琴読本の方が演劇より葛藤が深まっているといえる。馬琴は演劇の愁嘆場を利用する際に、人物関係をより葛藤を深めるよう、また状況設定を道理に適うよう、さらには最終的に「義理」「人情」が全うされるように作り替えつつ、読本に取り入れていることが確認できるのである。

四　類型としての「義理」「人情」の愁嘆場

「義理」「人情」の葛藤を描いた愁嘆場の利用は、特定の演劇作品に取材するのみならず、一定の型としても利用されていると思われる。以下に例を挙げる。

『弓張月』後編巻之三第二十二回（文化五〈一八〇八〉年刊）では、為朝の妻の簓江が、父と夫の狭間で苦しむ場面が描かれる。簓江は、父が夫を裏切ると「悪人なれども父は父なり。さればとて父にしたがふときは、君に忠ならず。君に従へば不孝なり。とてもかくても簓江が、けふは死ぬべき日なりけり」と自害する。

『弓張月』続編巻之二第三十四回（文化五年刊）では、我が子寧王女の代わりに、異母妹の真鶴を生贄に出さなければならない、廉夫人の苦悩が描かれる。さらに真鶴の母（廉夫人の義母）が、廉夫人に義理を立て自害までして真鶴を励ましたことが語られ、よりこの場の愁嘆をより深めている。

　母の最後を聞けばなほ、歎き弥倍《いやま》す袖の雨、降て涌たる今度の難義、産奉りし姫御子に、代らんといふその人は、母に義理ある妹なり。とてもかくても安からぬ、心の駒も勇難て、おなじ道にぞ踏迷ふ。強面《つれなき》ものは命也。

（『弓張月』続編巻之二第三十四回）

『南総里見八犬伝』第三輯巻之三第二十六回（以下『八犬伝』と略す）はいわゆる「浜路くどき」の直後の場面である。浜路は、信乃という許婚がありながら、陣代との婚儀を進める養父母を道理を説いて諫めるが、養父蟇六が自殺すると見せるに到り、浜路は泣く泣く「よしや貞女といはるゝとも、又唯不孝の子とならば、いづれ人たる道は欠けなん。仰に従ひ侍るべし」と応えるものの、義父への義理と信乃への貞節から二十七回に自害を図る。

『八犬伝』第七輯巻之二第六十五回は、化猫退治の場面で有名であり、『奥州《おうしゅう》安達原《あだちがはら》』（宝暦十二〈一七六二〉年初演）が用いられていることが指摘されている。[注12] 角太郎は、父（実は化猫）の眼病を直すために妻雛衣の心臓の血と胎児の生肝を求められ、父を諫めるが、父が死のうとするに到り、弱り果てた夫の心を汲んだ雛衣は自害を決意する。義父の為に、また不義の疑いを晴らすために死ぬ事は本望であると語りながらも、夫との別れを悲しんで嘆く。

　良人の心を思ひ汲む、雛衣は初より、涙はいとゞ涌かへる、苦しき胸のみ塞りて、（中略）爹々《てゝ》公の為に今この中脘《をなか》を、割《さき》も発《あば》きもせられんに、内には物の有なしを、定かに知られて濡衣を、乾すよしあらば蜻蛉の、命をいかでか惜むべき。そは本望で侍るかし。とは思へども悲しきは、（中略）泣暮しつゝ、やうやくに、願ひ愜《かな》ふて妹と佚の、一処に住むも昨《きのふ》けふ

（『八犬伝』第七輯巻之二第六十五回）

ここで挙げたものは、実家と婚家の家族との間で苦しむ女性の例が多い。また、女性の親兄弟が悪人である場合、その場で直接女性の死が結びつく。女性が親兄弟と夫の双方への恩愛を全うするために死を選び、その結果、より

愁嘆が深まっているといえる。また、右の例には、くどき、身替りといった演劇的手法も用いられている。本論では取り上げないが、馬琴はこれらの手法を用いることが多く[注13]、これらがいずれも愁嘆に関わるものであることからも、馬琴が「人情」描写に関わる手法を意図的に演劇に学んでいることが確認できるだろう。

五　「人情」と「公道」

また馬琴は、演劇の「義理」「人情」とよく似た表現で、「公道」「人情」という語を対立概念として用いている。例えば、『胡蝶物語』（文化七〈一八一〇〉年刊）巻之三総評にはこうある。

公道人情両《ふたつ》ながら難《かた》し。尚公道をもて論ずれば。人情を如何。人情の随《まま》に説けば。公道を欲く。（『胡蝶物語』巻之三総評）

これが都賀庭鐘編『漢国狂詩選《かんこくきょうしせん》』（宝暦十三〈一七六三〉年刊）の「公私迷岐　世諺」という詩に拠ることは、徳田武氏が指摘し、「公道と人情の両立しがたいことを要約しており、それは馬琴読本の愁嘆場の基礎構造を語るものでもある」と述べる[注14]。

「公道」「人情」の語は武士の発言で用いられることが多い。それぞれ単独で用いられる場合、「公道」は公明な立場にあって守るべき道義であり、公儀が行うべき正しい政道をも指す。「人情」は心の「情態」「人の心の在り方」全般を指す語であり[注15]、相手を憐れむ心、思いやりという意味でも用いる。これに対し、「公道」と「人情」の語が対で用いられる場合、「公道」は、主命に従う忠義を指すことが多く、「人情」は公に対する私の感情を指すことが多い。武士が、主命と私事との先後に悩む場面に用いられることが多く、まず「公道」を優先させ、愁嘆は伴わないが、以下のように主に、夫婦・親子に関する話柄においては、「公道」は主命に従う忠義、「人情」は恩愛を指すことが多く、その場合、女性の愁嘆が描かれることもある。

茂光《もちみつ》が、為朝をねたく思ひて、官軍を稟乞《まうしこひ》、為頼鄜江、鬼夜叉等、これが為に自殺すといへども、これ又茂光が私に征伐したるにあらず。さるによつて、われ茂光等を拒まず、手を束《つかね》て死をまちしは、朝廷を重ずる故也。（中略）かならずしも人情によつて、公道を忘るべからず　（『弓張月』後編二十八回、文化五年刊）

これは、『弓張月』の用例である。為朝は、妻子、忠臣は狩野茂光に討たれたが、勅命を受けてのことであるから、妻子の敵として憎むことはしないというのである。

同じく『弓張月』残編巻之三第六十三回（文化八年刊）では、国賊でもある母の敵を討とうとした兄弟が、敵が実の祖母であると知り、自殺しようとする場面で「只一刀にして已ときは、汝等は忠もなく、又孝もなき狼狽者《うろたへもの》、人情公道共に欠《かけ》なん。無益の自殺を思ひとゞまり、祖母が首を刎ざるや」と男勝りの祖母が自身で兄弟を諫めている。

文化九年刊の『占夢南柯後記』には『漢国狂詩選』の詩が原文のまま引用されている。

公道人情両是非。人情公道最難為。若依公道人情欠。順了人情公道缺。

（『占夢南柯後記』巻之四上・池の中島の上）

この場面は、無罪であることを知りながらも、伯父曽太郎が主命を受けて、甥半七をその父半之進の身替りに、捕えるというところである。この場面の「公道」と「人情」は、主への忠義と父母の子への恩愛を指しており、馬琴は、次のように母の嘆きを描出し、父と伯父の歎きを描くことはない。

又かき曇る三勝が、身のうき雲を吹はらふ、風の便りも翌よりは、訪ふよしぞなきわが子の配所、園は名におふ八海の、池より深き恩愛を、思ひくみつゝ曽太郎は、半之進に目礼し、半七を引立て、ゆくも送るも上下の折目高なる武士の、意地はかくこそありけれと、感ずる赤根が私卒も、又蟻松が従者も、共に袂をぬらしけり。

（同右）

『八犬伝』第二輯巻之一第十一回（文化十三年刊）、八房を伴って伏姫が籠った富山への出入を禁じたことを詰る五十子《いさらこ》に、夫義実が答える台詞では「公道」とは公の政道という意であり、「恩愛」と対に用いられている。

　人木石にあらざれば、恩愛の絆、断ことかたく、執着の覊《ほだし》、釈《とき》易からず。意《こゝろ》の駒の狂ふまにまに、こゝに煩悩の犬を逐はゞ、公道たえ果て、侮り侵すものあらば、本州《このくに》再び乱るべし、と懼《おそれ》思ひて情を剖《さき》、欲を禁めて見かへらず。（『八犬伝』第二輯巻之一第十一回）

『近世説美少年録』《きんせせつびしょうねんろく》第二輯巻之五第十九回（文政十三〈一八三〇〉年刊）では、再会した甥珠之介と別れなければならない叔父陶興房の台詞に、「公道」「人情」の語が見え、傍線部からは「公道」とは「武士の義理」であることがわかる（傍線を私に付した）。

　再会測りがたかるべし、と思ひし侄《おい》にあひながら、追遣るもの、あるべきや。そを遠離るは武士の義理。公道人情両ながら、全うしがたきものなるを、愛惜せんは迷ひなり　（『美少年録』第二輯巻之五第十九回）

同様に、『八犬伝』第五輯巻五第四十九回（文政六〈一八二三〉年刊）では、力次郎・尺八兄弟の死を機に再会した夫婦の台詞や、『朝夷巡島記』《あさいなしまめぐりのき》第六編巻之二第五十三・第五十四（文政十一〈一八二八〉年刊）で、朝夷の子田鶴姫の死（実は生存）の場面における朝夷とその養母栞手の台詞にも、さらには『近世説美少年録』第一輯巻之四第六回（天保十二〈一八四一〉年刊）の夫のいるお夏と瀬十郎が、瀬十郎が主命に従って都を離れ、お夏との別離を惜しむ際の評にも「公道」「人情」の語が見える。以上のように、武士の発言においては、「公道」が「武士の義理」、主に忠義を意味することが多く、「人情」は公に対する私の感情を指すが、特に夫婦間・親子間の場面においては恩愛を指すことが多いことが確認できる。

　また先に演劇の愁嘆場の利用に際し、馬琴が「義理」「人情」を全うするように作り替えていることを確認したが、「公道」「人情」においてもそれは、同様である。例えば、『旬殿実実記』（文化五年刊）においては、巻之十第十二の滝口早苗進の台詞に「人情公道両ながら全うせり」と見えている。滝口早苗進は、横淵官太夫の遺言と報恩から、その子頑三郎を、養子の殿兵衛と同じように慈しみ養育したが、頑三郎は、御家の宝を盗み、その罪を殿兵衛に着せようとする。早苗進はその罪を一度は見逃すが、後に殿兵衛が頑三郎を殺して、宝を取り戻す時、早苗進は「一旦命を助けたるは、一言の義を重しとするが故なり。既に私の志は果しつ。汝はその罪を討て免さず。人情公道両ながら全うせり」と述べる。つまり、一度は、官太夫への「一言の義」からその罪を見逃したが、その後にお家に対する公道、忠義からお家の宝の盗人として討ち取ったというわけである。

『八犬伝』第九輯巻之二十一第百三十回（天保八年刊）においても、「夏行と、有種は義士なるに、今番《こたび》かへさに那病患《かのいたつき》の、安危を問ずは、其も不義なり。今は公道を宗とせば、人情に欠る所あり、又人情を先にせば、公の道立ず。いかにせましと思ひ難たる、衆議区々《まちまち》なりけるを」と八犬士が安房に帰るか、恩義のある氷垣夏行・有種の元を訪れるか、迷う場面がある。結局、二手に分かれることで「公道人情欠ずとやいふべからん」となるが、ここでは『旬殿実実記』の例と同様に他人に対する恩義を重んじる心情を「人情」と述べ、最終的に「公道」「人情」が両立する様を描いている。

本節の三・四で見たように、演劇を利用した場面では、馬琴は、多くは女性の愁嘆を通して「義理」と「恩愛」の葛藤を描いた。女性本位の「義理」は、血縁ではない縁戚関係を指し、夫婦・親子の「恩愛」と対立する。一方、男性本位の「公道」とは「武士の義理」、主に忠義で結ばれた主従関係であり、それに対する「人情」とは、夫婦・親子の「恩愛」のみならず、『旬殿実実記』や『八犬伝』第百三十回の例のように、恩人・盟友に対する報恩・信義を重んじる心情をも包括するのではないだろうか。

おわりに

以上、馬琴が読本の「人情」描写の一手段として、演劇の「義理」「人情」の葛藤を描いた愁嘆場を取り入れていることを確認した。馬琴は、演劇において、「義理」「人情」のどちらをも犠牲にすることができず葛藤する、その心理描写については評価するが、その結果、身売りや子殺し、心中など、「義理」「人情」のどちらかを犠牲にしてしまう場合には批判しているといえる。それは馬琴が「義理」「人情」は本来優劣をつけられないものと考えているからであろう。それを敢えて天秤にかけなくてはならない状況に追い込まれたために葛藤が生じるのであり、その葛藤を描写することは、読本における「人情」描写に有効であると考えたのである。先に引いたが、西田氏が馬琴の「人情」を「公道に対立するというよりは、公道に匹敵し、拮抗し得る人間の性情」と述べたように、「義理」「人情」は正否をめぐって対立するのではなく、両立すべきものとして拮抗するものといえるのである。

また馬琴は、作中、多くは武士の発言に「公道」「人情」という対立概念を用いたことを確認した。馬琴はまずは「公道」の実践を優先するが、その代わり「人情」を犠牲にするのではなく、先後関係においてひとまずは「公道」を優先するのであって、後に「人情」をも全うさせることを最善とする。馬琴の理想とする「人情」描写とは公私の調和が取れたものであったといえるのである。

注

１　水野稔「馬琴文学の形成」（『江戸小説論叢』中央公論社、一九七四年）。

２　服部仁「馬琴と人情」（『曲亭馬琴の文学域』若草書房、一九九七年。『同朋大学論叢』第三六号、一九七七年六月、初出)。

3 西田耕三「書評　服部仁著『曲亭馬琴の文学域』」(『江戸文学』一九号、一九九八年八月)。

4 『胡蝶物語』の主人公夢想兵衛の言説をそのまま馬琴自身のものとすることは差し障りがあるが、次節で後述するように、ここは、読本における「人情」についての馬琴の考えが反映されたものと確認できる。

5 次節に述べるが、文化七年正月、山東京伝が弟京山とともに馬琴宅に年賀の礼にゆき、『胡蝶物語』の中のお軽についての論において、馬琴をなじったことが伝えられている(『伊波伝毛乃記』)が、京伝自身は『忠臣水滸伝』においてこれらの批判点がすべて回避されていることを西田耕三氏が指摘している(「読本と行為」『読本研究新集』第五集、翰林書房、二〇〇四年一〇月)。

6 この点については、吉丸雄哉「読本の戦闘場面—馬琴と京伝の読本を中心に—」(『東京大学国文学論集』一号、二〇〇六年五月)が詳しい。

7 近松門左衛門の「丹波与作待夜の小室節」(宝永四年初演)によるとも考えられるが、河合眞澄氏は、当時「重の井子別れ」は「恋女房染分手綱」の一部として人口に膾炙したこと、『八犬伝』第四十六回の音音の造型が「染分手綱」の重の井によることを指摘している(「近世小説への研究」『講座元禄の文学　第四巻』勉誠社、一九九三年)。この場面も「恋女房染分手綱」に拠ると考えて問題はないであろう。

8 馬琴は、この場面の子殺しの趣向は『二十四孝』の郭巨の話に基づくと推測している。『山東京傳全集』第一七巻(ぺりかん社、二〇〇三年)解説参照。

9 また京伝は享和三年刊『安積沼』第一条では、年を取りすぎていることから身売りできない妻の歎き、文化四年刊『梅花氷裂』第十齣では夫に言わず身を売ろうにも懐胎の小梅を描くが、いずれも身売りは妻が提案したもので、成功してもいない。それに対して『双蝶記』では妻がわざと離縁を持ちかけたことに憤慨して、宝刀と妻を交換するというもので、純粋な身売りとはいえないが、他の例では回避しているにも関わらず、『双蝶記』では扱ったことに対する批判とも考えられる。

10 馬琴は勧化本「苅萱道心行状記」(寛延二年刊)も利用しているが(中村幸彦「読本発生に関する諸問題」『中村幸彦著述集』第五巻、中央公論社、一九八二年)、当時演劇としてよく知られていた場面であるので挙げる。

11 義理は単独で用いられる場合、物事の正しい道理、という意味でも用いられるが、これらの例については本論では扱わない。

12 河合眞澄「『八犬伝』と演劇（二）」（『近世文学の交流』清文堂出版、二〇〇〇年）。

13 もどりも多く用いられている。菱岡憲司「馬琴読本における「もどり」典拠考」（『読本研究新集』第五集、翰林書房、二〇〇四年一〇月）。

14 徳田武「馬琴読本の漢詩と『南宋志伝』『狂詩選』」『日本近世小説と中国小説』（青裳堂書店、一九八七年）。また、菱岡憲司氏の指摘によれば、『金瓶梅』第四十九回にも類似の詩が見えるが、第三句が「若依公道人情失」と「欠」ではなく「失」となっている。

15 服部仁氏、前掲論文「馬琴と人情」参照。

第四節　馬琴と忠臣蔵

はじめに

『仮名手本忠臣蔵』（以下『忠臣蔵』と略す）といえば、何時上演してもよく当たることから「芝居の独参湯」（『歌舞妓年代記』三、延享三〈一七四六〉年）といわれる名作である。それだけに同時代の文学に与えた影響は大きいが、それは馬琴にとっても同じである。本節では、『忠臣蔵』が馬琴に与えた影響について考察してみたい。

一　『夢想兵衛胡蝶物語』の『忠臣蔵』批判と『難波土産』

馬琴と『忠臣蔵』と言うと、まず想起されるのは文化六（一八〇九）年刊の読本『夢想兵衛胡蝶物語』（以下『胡蝶物語』と略す）前編巻二・三の「色欲国」であろう。作中、主人公の夢想兵衛はお軽勘平らを難詰する。夢想兵衛は七段目のお軽の台詞「請出されて親夫に。逢ふと思ふが私や楽しみ」について次のように述べる。

　全体夫の為なりとも、既に夥の客に身を汚して、年季が明たらば、又舊の夫とひとつにならふと思ひしは、色欲から出た了簡ちがひにて、女の心操を正くする、道理をしらぬ悞《あやまち》なり。

この夢想兵衛の論難については、例えば山東京伝の黄表紙『仮名手本胸之鏡』（寛政十一〈一七九九〉年刊）でお軽を「忠貞全くなさす」「貞女の鏡」とするのと対照的であるが、翌文化七年正月、山東京伝が弟京山とともに馬琴宅に年賀に訪れた際、馬琴を詰ったことでよく知られている（『伊波伝毛乃記』）。

　編中に忠臣蔵てふ浄瑠璃本なる、早野勘平が妻軽が事に托して、遊女と妻を等しく思ふ考へを譏れり。京伝見て、これを怒る。（『伊波伝毛乃記』）

高田衛氏が述べるように、京伝の妻であった百合や菊は元は遊女であったから、京伝は彼女達の生き方を否定されたように感じたのであろう。[注1]

馬琴は夢想兵衛の台詞の中で、お軽と白話小説『金雲翹伝』の翠翹とを次のように比較する。

　おなじ事ながら、金翹全伝といふ小説に、翠翹といふ箱入娘が、金氏の息子と、夫婦のかたらひしたれども、いまだ婚姻はとゝのへず、そのうちに、親父が身に係つた、不慮なことが起つて、囚徒となりしかば、親を救ん為に、已ことを得ず、翠翹が身を売て、その罪を購ひしが、すでに夥の人に身を汚されしかば、結髪の夫に恥て、後には尼となり、妹をもて彼金郎に妻せたるは、道理至極の始末なり。

お軽は年季が明けたら「舊の夫とひとつにならふ」と考えるが、『金雲翹伝』の翠翹は親のために身を売りながら、夫に恥じて最後は自分は尼となって、妹を夫に添わせたという。夢想兵衛はこれを「道理至極の始末」とする。京伝は馬琴を非難したが、『忠臣蔵』と『水滸伝』を綯い交ぜた、自身の読本『忠臣水滸伝』（寛政十一、享和元〈一七九九、一八〇一〉年刊）においてはこれらの批判点がすべて回避されていることを西田耕三氏が指摘している。[注2]また『金雲翹伝』も当然ながら京伝の知るところであり、例えば、文化二年刊の『桜姫全伝曙草紙』第十で主人公桜姫が宗雄と出会う場面においては『通俗金翹伝』の金重と翠翹の出会いの趣向が用いられている。京伝にしても先の言は感情論であって、『胡蝶物語』の馬琴の論理が分からなかったわけではないだろう。『忠臣蔵』は演劇の「人情」のあり方で書かれているのであり、『金雲翹伝』の名を出すように、白話小説の影響下にある読本流の見方で読み直すと、筋が通らないと夢想兵衛は主張しているのである（読本流の勧懲については、本章第一節の五に示した通りである）。

凡忠孝信義の為に、子を売、妻を売ものは、（中略）皆是名聞を好むの惑ひぞかし。（中略）至親を捨るは人情にあらず（略）

仮令歌舞戯などいふものは、人情をうち出して、善人に似たる不善人も、善人の部へ入れ、貞女に似たる大淫婦も、貞女の部へ入れ、よろづ人の気をとることを第一にすれば、見るものも又、戯《ぎ》の字に引あてゝ、これを咎めず。これより甚だしきことも往々あれど、勧懲を宗とせし、唐山の小説などには絶てなし。

（『胡蝶物語』前編巻之三）

しかし、夢想兵衛の『忠臣蔵』の穴探しこそが『胡蝶物語』の趣向なのであって、これに対して、作中、人情屋利口蔵が次のように反論する。

歌舞戯は歌舞戯の世界あり。色慾国は、色慾国の世界あり。おぬしが有用の弁をもて、わが無用の用を捨、おぬしが目前の理を推して、わが理外の理を折んとするは、舌をもて物を噛み、歯をもて水をすゝらんとするが如し。

利口蔵は「ちひさい、陝い、偏徹枯《へんてこ》な理屈いふたればとて、誰がそれをよく聞べき。この国にても、わるい事はわるく、よい事はよいとしらざるにあらず」と続け、それが歌舞伎というものなのだと論じる。

夢想兵衛の論を「ちひさい、陝い、偏徹枯な理屈」と利口蔵が述べるように、『胡蝶物語』は「いわゆる『忠臣蔵偏痴奇論（パロディ）』の一つ」であるが、[注3] 夢想兵衛と利口蔵の問答と同様の議論は、後年、文政二（一八一九）年の『独考論』でも繰り返されている。『独考論』は、只野真葛の『独考』に対して馬琴が答えたものであるが、真葛の浄瑠璃や歌舞伎についての疑問は、夢想兵衛の穴探しと通い合う。

女は、よろづを心にこめて、言少く、つゝましげなるを吉《よし》と云を、芝居上るりの女は、いと異にて、姫君、いつきむすめといふとも、必女の方よりすゝみて、男にぬれかゝるが定りなり。常人にかゝるはづはなる娘のあらば、誰かよしとせん。さるを、芝居のことはとがむる人もなし。いとあやし。（中略）余り人情のたがふこと、、独かうがへわたりてありし

（只野真葛『独考』）

これに対して、馬琴の回答はむしろ歌舞伎を擁護する利口蔵の口吻に近い。

すべて芝居狂言は、人情を転倒してつくりなしたるものなる故に、から国にては女形を旦といひ又猱といへり。女は陰質にして夜ルによろしきものなれば、転倒して旦と名づけたり（原割注：旦はあしたとよむ、すなはち朝なり）。又女は情を言葉にあらはさず、只胸にのみ打ひそめて、しのびがちなるものなり。故《かれ》、男のかたより手をいだすを待て、情をのぶるものなれば、これを転倒して猱と名づけたり。猱はけものゝ名にて、猿に似たるものなり。彼けだものは、その性甚婬にして、牝牡相見るときは、しばらくも得しのばず、しば〱相あふものなる故に、女がたにその名を負したり。（中略）こは胡元瑞てふから人の説なりとて、『五雑俎』といふ書に載たり。すべて芝居狂言は、人情をうらかへにすなるもの故に、女のかたより男にぬれかゝり、謀反人などもそのともがらと密談するに、いと声だかに談ずるなり。しかせざればそのよし見物に聞えず。人に聞せんとて、いたく高声に内談するもの、常人にあるべしやは。

（『独考論』第二）

真葛は、『赤蝦夷風説考』を著した仙台藩士で、医者の工藤平助の娘であるから、必ずしも、当時の一般的な女性の考え方と捉えることはできないであろうが、少なくとも真葛は、演劇に対して「余り人情のたがふこと」（傍

線部）と夢想兵衛と同じような感想を抱いたわけである。それに対して、馬琴は、『五雑組』の中国の役名の所以を示して「人情を転倒してつくりなしたるもの」「すべて芝居狂言は、人情をうらかへにすなるもの」（傍線部）が歌舞伎・浄瑠璃であるとするわけである。

真葛との問答は『胡蝶物語』の十年後のことであるが、このやりとりからは馬琴の『胡蝶物語』「色慾国」の趣向が『忠臣蔵』の穴探しにあって、夢想兵衛の言を、必ずしもそのまま馬琴の言と捉えるべきではないと再確認できる。馬琴は、読本と演劇の「人情」の表現方法が異なることを夢想兵衛と利口蔵の問答を通して示して見せたのである。

ところで、この利口蔵や『独考論』に見える、馬琴の芝居の「人情」論は、馬琴独自のものではない。『独考論』では馬琴は『五雑組』の説を引用していたが、例えば、近松門左衛門の「虚実皮膜論」で有名な、元文三年刊（一七三八）『難波土産』「発端」には次のようにある。

浄るりの文句みな実事を有のまゝにうつす内に又芸になりて実事になき事あり。近くは女形の口上おほく実の女の口上には得いはぬ事多し。是等は又芸といふものにて実の女の口より得いはぬ事を打出していふゆへ其実情があらはるゝ也。此類を実の女の情に本づきてつゝみたる時は女の底意なんどがあらはれずして却て慰にならぬ故也。さるによつて芸といふ所へ気を付ずして見る時は女に不相応なるけうとき詞など多しとぞしるべし。然れ共この類は芸也とみるべし（『難波土産』）

「虚実皮膜論」のなかでも「女形の口上おほく実の女の口上には得いはぬ事多」く、「実の女の口より得いはぬ事を打出していふゆへ其実情があらはるゝ」のが芸たる所以であるという。「此類を実の女の情に本づきてつゝみたる時は女の底意なんどがあらはれずして却て慰にならぬ」のである（傍線部）。

馬琴が近松を特別視していたことは本章第二節に論じたが、近松の考える浄瑠璃の作意についても、馬琴は知っていたのではないだろうか。『胡蝶物語』「色慾国」の夢想兵衛はあくまでも読本の立場から、『忠臣蔵』を例に、浄瑠璃の「人情」をあげつらったのであり、それが趣向なのであった。

二　『南総里見八犬伝』と『忠臣蔵』

読本の『胡蝶物語』は、『忠臣蔵』のお軽勘平の「人情」をあげつらったが、この勘平の造型が読本において利用されていることが指摘されている。

河合眞澄氏は文化十一、十三（一八一四、一八一六）年刊『南総里見八犬伝』（以下、『八犬伝』と略す）第九・十三回の金碗大輔の造型は、『忠臣蔵』の勘平によるものと指摘する。注4 主君の危急の際に城に入れず、帰参の機会を待つ大輔（『八犬伝』第九・十三回）は、『忠臣蔵』第五・六の勘平に。犬の八房を狙った二つ玉が伏姫にも当たり、その詫びに切腹しようとする大輔は（『八犬伝』第十三回）、猪を撃った二つ玉が誤って定九郎を殺し、舅を撃ったと思い込んで自害する勘平（『忠臣蔵』第六）に拠ることが指摘されている。

この二つ玉の場面を『胡蝶物語』の夢想兵衛は批判している。勘平は猪を撃ったつもりで二つ玉で思いがけず舅の敵定九郎を撃とめる。しかしその時点では、敵と知らず、「旅人を撃殺せし、と思いながら、最初の周章とうつて変て、竊《ひそか》に歓び、不義の財をもて、悞《あやまち》の功名にせんと思ひし、その心はや汚れたり」。舅を殺したと思い込んで自害する「早野氏の犬死は、汝に出て汝に返る天理」というのである。

馬琴はこれを、『八犬伝』で、主君を苦しめる八房を撃ったつもりの二つ玉で、思いがけず伏姫を害した大輔が、罪を悔いて自害しようとする、忠臣の造型に作り替える。主君の危急に城に入れないのも、お軽との密事のための勘平とは異なり、『八犬伝』の大輔は敵の謀略にかかった故である。馬琴は『胡蝶物語』で読本の立場から批判してみせた『忠臣蔵』の趣向を、人物のあるべき行動を正した上で、取り込んでいるのである。

さらに、河合氏は文政三（一八二〇）年刊『南総里見八犬伝』第三十五回古那屋の場面と、『忠臣蔵』九段目「山科閑居」の段の関係も指摘する。戸無瀬が小浪を乗せた乗物に付き添って来る場面は、沼藺を駕籠に乗せ古那屋まで付き添う妙真に。戸無瀬が小浪に手を掛けようとする時に聞こえる加古川本蔵の「鶴の巣籠」の尺八の音は、『八犬伝』では修験者念玉（実は金碗大輔改め、大法師）の吹く「鶴の巣籠」に妙真、小文吾が物思いにふけるという場面に取り込まれている。この戸無瀬小浪についても『胡蝶物語』の夢想兵衛は容赦なく批判する。「なんぼ結髪の夫でも、まだ婚姻もとり結ばぬに、女子のほうからびろついては、淫婦とほか思はれず」という如くである。この設定を、馬琴は山林房八が手配中の犬塚信乃の身替りになるため、あえて理由をつけて妻子を離縁し、姑が妻の実家まで送り届けるという場面に書き換える。許嫁の押しかけ女房から、妻子の離縁の場面に。河合氏は「とりわけ著名な浄瑠璃の秀作であるだけに、その各所が『八犬伝』に関わってきているのである」と述べるが、その際にも馬琴は、やはり浄瑠璃の人情を己の読本に相応しい「人情」に正しているのである。

三　『加古川本蔵綱目』と『忠臣蔵』

『胡蝶物語』と『南総里見八犬伝』に先だって、馬琴の黄表紙には『忠臣蔵』の世界を借りた作が存在する。ひとつは寛政十（一七九八）年刊『御《お》慰《なぐさみ》忠臣蔵《ちゅうしんぐら》之《の》攷《かんがえ》』（北尾重政画、仙鶴堂刊）で、『忠臣蔵』のパロディーの黄表紙の中でも異色であるとされるが[注5]、これは『忠臣蔵』十一段を全十丁で、絵心経のように、粗筋をすべて絵文字で記した判じ物の作である。[注6] もう一作は、その前年寛政九年に刊行された『加古川本蔵綱目』である。『忠臣蔵』のパロディの第一作とされる安永八（一七七九）年刊『案《あ》内《な》手《て》本《ほん》通人蔵《つうじんぐら》』以降、黄表紙では文化三年までに二十種以上の忠臣蔵物が出されているが、[注7] その流れのなかに馬琴の二作も位置している。[注8] ここでは『加古川本蔵綱目』に着目してみたい（附篇・資料五に注釈を試みた）。

本作は『忠臣蔵』の登場人物である加古川本蔵―刃傷の場面で、塩冶判官を抱き留めた人物―に拠った題であるが、これに中国の本草書『本草綱目』の書名を掛けたものとなっている。その名の通り、医薬尽くしの内容で、『忠臣蔵』の出来事は、天上の黒星の仕業による病から起こったことと読み解き、天道様とお弟子の星達の療治で本復させる、とする趣向である。『忠臣蔵』に天道様の趣向を持ち込んだのは、天明六（一七八六）年刊の黄表紙『天道大福帳』（朋誠堂喜三二作）に倣ったものと考えられる。[注9]『天道大福帳』は天道が義士の勤務評定を金銭に換算するという趣向であるが、[注10] 馬琴は天道を医者に見立て、医薬尽くしの趣向とした。なお、天道を球形で擬人化する手法は『天道大福帳』より早く天明四年刊の黄表紙『天慶和句文』（山東京伝作）に既に見られることが指摘されている。[注11] またジャンルは異なるが、本作より早く、明和六（一七六九）年刊に浮世草子『加古川本艸綱目』（傍点筆者）がある。馬琴の黄表紙とは「蔵」と「艸」と一字違い、物産の学を好む加古川本蔵の父が登場する。内容に共通性は見られないが、本書の、『忠臣蔵』の世界に本草や病の趣向を持ち込んだ手法に、馬琴が発想を得た可能性も考えられる。

馬琴が、加古川本蔵を題に据えたのは、『本草綱目』に掛け、医薬尽くしの内容とするためであるが、また『忠臣蔵』において加古川本蔵が登場する第九段が重要であるからであろう。「加古川本蔵。その座にあつて抱き留め。殿を支へたばつかりに。御本望も遂げられず。敵はやう〳〵薄手ばかり。殿はやみ〳〵御切腹」と難じられる本蔵は「相手死ずば切ツ腹にも及ぶまじと。抱止めたは思ひ過した本藏が。一生の誤り」と詫びる。いわば本蔵ゆえに四十七士の敵討に至るとも言えるわけである。『加古川本蔵綱目』は「薬違ひの誤りで判官を抱き留めた……それだから素人療治はいらぬものだ」と、塩冶判官の「のぼせ」を「疝気」の症状（この部分は天理大学図書館蔵の自筆稿本に拠る）と素人判断したことによる、本蔵の「薬違ひ」とする。そのため、本蔵は力弥に槍ならぬ鍼灸の管鍼で刺し通される。

そもそも医薬尽くしの趣向としたのは、山本宗英の塾で医学を学んだこともある馬琴ゆえの発想であろう。『南総里見八犬伝』にも広告が載るように、馬琴は神女湯や奇応丸など薬の調合・販売も手がけている。薬についてはかなりの知識を持っていたようで、本作にも、当時広く販売された薬だけでなく、専門的な漢方の薬草や薬剤の名も散見する。また山本氏の塾で学んだのは病に臥したことをきっかけとするようだが、よく知られるように、この病は『耳嚢』巻五「才能不埒を補ふ事」によれば楊梅瘡であるらしい。

　武家の若党奉公などをして所々勤歩行しが、生得無頼の放蕩者にて楊梅瘡を愁ひ、去る医師の方へ寄宿して、薬を刻み製法など手伝ひながら彼毒瘡療治なしけるが、素より才能ある者故、其主人の気に応じ弟子に成り、滝沢宗僊とて代脈に歩行亦は其身も療治などなしけるが、梅瘡も快く又々持病の放蕩起りて、右医家にも足をとゞめ難く立出しが、京伝が許に寄宿して手伝しが（略）　（『耳嚢』）

『耳嚢』は馬琴が楊梅瘡の治療をしつつ医薬について学んだと記すが、『吾佛乃記』では本復の後、入塾したとあり、[注12]記述に多少の齟齬は見られるが、『耳嚢』が記すように、その後、馬琴が京伝宅に寄宿してやがて戯作の筆を執るようになる。

本作にも瘡毒についての話題がしばしば登場しており、例えば次のようにある。

　大千世界を療治し給ふ天道様なれば（中略）お弟子の星達を手分けをして代脈に出し給ふ。三ツ星の膏薬なども星の名があれば、このお弟子の星達が練り給ひし膏薬に疑ひなし。（一ウ）

三星膏薬（傍線部）は瘡毒の膏薬で、お弟子の星が代脈に出るなどというのは、『耳嚢』に見えるような実体験を踏まえているのであろう。また病の原因である黒星が「おいらがかふ並んだ所は笠森稲荷の土の団子といふものだ」（三オ）と言う台詞は、笠森稲荷の土団子が「笠森」即ち「瘡守」に通ずるところから、瘡毒を病む人が祈願のため寺社に土団子を供え、満願の時に米の団子を供える風習があったことに拠る。与一兵衛（浄瑠璃では与市兵衛）が娘のお軽を一文字屋に売った場面では「親子夫婦の道も貧の病に責められては桂粉飲んだ瘡毒の如く借金の骨がらみは始終抜けかねるものと見へたり」（十ウ）とも言う。「桂粉」とは駆梅効果のある薬で、「借金の骨がらみ」と梅毒が全身に広がり骨髄までも侵す様子を、借金返済から抜け出せない様子に喩える表現も見られる。

この天道様による「療治」という趣向は、実は、先述の『胡蝶物語』と同様である。『胡蝶物語』は安永三年刊『和荘兵衛《わそうびょうえ》』を踏まえる遍歴物であるが、「色欲国」にたどり着いた夢想兵衛は「夫恋の病といつぱ、四百四病の算盤はづれ、思案の外の難病にて、療治施し易からず。（中略）予が家幸に家方の良薬あり。これらの難病を救ふべし」と一紙の告文を飛ばして、「恋の病」の患者を救おうとする。『胡蝶物語』で夢想兵衛はお軽、戸無瀬小浪の病を療治したが、これに先んじて『加古川本蔵綱目』では、天道様が黒星に当たって病となった忠臣蔵の登場人物達を療治するのである。

ところで馬琴は『仮名手本忠臣蔵』の浄瑠璃正本も当然読んでいたであろうが、本作執筆に当たっては歌舞伎の記憶から書いていたとも考えられる。例えば、浄瑠璃の『忠臣蔵』第四、判官切腹の場面の上使は、石堂右馬之丞と薬師寺次郎左衛門であるが、本作では山名次郎左衛門になっている。薬師寺の名は、寛政二年八月市村座での上演で、同姓同名の御徒頭から苦情が出て山名と改めたことが知られている。[注13]またお軽を買った遊女屋一文字屋は、『加古川本蔵綱目』に才兵衛の名で登場する。これは『胡蝶物語』も同じであるが、本来浄瑠璃では「一文字屋亭主」とあるだけで名がない。歌舞伎でもしばらくは「亭主」あるいは京では「太左衛門」などの名であったようだが、安永二年頃の江戸の役割番付で「才兵衛」の名が定まってくるようである。[注14]意図的か無意識かは分からないが、つまり馬琴は当時の歌舞伎の『忠臣蔵』の知識に照らして執筆していることが確認できる。

『加古川本蔵綱目』からは、馬琴が歌舞伎・浄瑠璃に親しみ、かつ「無頼の放蕩者」であった彼の過去も垣間見えるが、やはり本作はいわば『胡蝶物語』「色慾国」の先蹤であった。本作は加古川本蔵を題に取り上げながらも、天道様が指南するのは、『忠臣蔵』で生き残った敵役の太田了竹である。『忠臣蔵』を医薬尽くしで読み解くことで、了竹は「天道様の療治を受け、初めて年が薬となり、これより上々吉の善人」（十五ウ）となって終わる。本作は『忠臣蔵』のパロディではあっても、読本のように批判を趣向とはしていないが、『忠臣蔵』の登場人物の病を治すという発想は、黄表紙と読本と各々のジャンルに書き分けつつも、『仮名手本忠臣蔵』の「人情」をあげつらった『胡蝶物語』、勘平や戸無瀬小浪の場面を書き改めた『南総里見八犬伝』の発想に通底するのである。だが馬琴は浄瑠璃としての『仮名手本忠臣蔵』そのものを否定したわけではない。他の黄表紙でも『忠臣蔵』は地口や趣向に用いられる。[注15]深く親しんだからこそ、このような穴探しが可能だったのである。

四　「罪を悪《にくみ》てその人を悪《にくま》ず」と『難波土産』ならびに名詮自性

最後に、文化八（一八一一）年刊の考証随筆『烹雑《にまぜ》の記』に取り上げられた『忠臣蔵』を見ておきたい。馬琴は、九段目の山科閑居の段で大星由良之助が加古川本蔵に言う台詞「君子は其罪を悪んで其人を悪まず」という語を論じている。以下に長くなるが引用する。

予いと少《わか》かりしとき、竹田出雲が作したる仮名手本忠臣蔵といふ浄瑠璃本を閲《けみ》せしに、君子はその罪を憎んでその人を憎ずといふことを書たり。これ、こゝろ得ぬことを見るものかな。罪と人と、いづれかわかたん。公冶長縲絏《るいせつ》の中にあり。しかれども、その罪にあらざれば、孔子これを悪み給はず。公冶長もし実に罪あらば、聖人いかで許嫁し給はんや。孟子羿《げい》を評して罪ありとす。この故にこれを笑へり。羿もし実に罪なくば、孟子決して笑ふべからず。小人はその好むところに絆されて罪ありとしりつゝも、その人を憎ざることもあらめ。

君子においてこの理あらんやと思ひながら、をり〳〵博物の客《ひと》に如此々々《しかじか》の語は本据ありやと問に、或はなしと答、或は只笑て答ざるもありき。かくて年長て、ゆくりなく孔叢子《こうそうし》を披閲せしに、そのことあり。但罪とはなし。孔叢子には、その意を悪てその人を悪ずとあり。罪とせしは作者暗記の失歟《あやまりか》。もしくは竹田出雲は孔叢子を見たることなくて、暗合したるかもしらず。孔叢子上巻論書第二云、（以下引用者、馬琴原文の訓点に従って書き下す）孔子の曰く可なる哉。古への訟《うった》へを聴くは、其の意を悪んで其人を悪まず。之を生かす所以を求めて、生かす所以を得ざれば、乃ち之を刑す。君は必ず衆と共にす。今之訟を聴くは、其の意を悪まずして其の人を悪んで、殺す所以を求む。是れ古への道に反《もと》る也。見つべし、罪を意とするときは聞え易し。孔叢子は偽書なりといへば、聖人の語にあらざるかはしらねども、意味極めて深長なり。（『烹雑の記』中の六）

幼い頃ゆえの疑問であったのかも知れないが、馬琴は「君子は其罪を悪んで其人を悪まず」の名台詞について「罪と人と、いづれわかたん」と言う。例えば、『論語』五には「子、公冶長を謂わく、妻すべし。縲絏の中に在りと雖も、その罪に非ざるなりと。その子を以てこれに妻す」とあるように、公冶長は牢につながれてはいたが、罪はなかったから、孔子は娘の婿にしたという。公冶長に本当に罪があったなら、孔子とてもその人を受け入れはしないのではないか、というのである。また馬琴は『孟子』離婁章句下に見える羿の話をも引く。羿が弓を教えた弟子逢蒙に殺されたことに対して、孟子は「曰く、是れ亦羿も罪あり」と言った。『孟子』ではその後に、子濯孺子《したくじゅし》が敵に追われた際、追手の庾公之斯《ゆこうしし》が自分の孫弟子であったことから見逃されて助かった、という例を挙げる。つまり、子濯孺子と異なり、弟子の人となりを見抜けなかったのが羿の罪なのである。馬琴は、羿に「罪」がないのであればその人を孟子が批判することはなかった、という。「小人」は好意があればその人に罪があっても許してしまうこともあろうが、「君子」が罪を犯した人を追及しないことがあろうか、というのが馬琴の疑問である。この台詞の典拠の有無を人に尋ねてもなかなか分からずにいたところ、とうとう『孔叢子』に見つけたというが、これには「其の罪」ではなく「其の意を悪て」とあったというのである。[注16]「罪」は罰せられるべき悪であるが、「意」であれば、「之を生かす所以を求めて、生かす所以を得ざれば、乃ち之を刑す」とあるように、その是非がこれから裁かれるわけである。馬琴は原文に「意」とあるのは「罪」と違って「聞え易し」と納得する。「意」であれば判断次第でその人を救うことが出来るが、その「意」が罪であったら処罰する、というのが本来の主旨だったのである。

ちなみに元文三（一七三八）年刊『難波土産』にはこの言葉を引く。この書は「浄瑠璃評注」とも題にあるようにそもそも浄瑠璃に引かれる故事などに注をつけたものである。前年元文二年初演の『御所桜堀川夜討《ごしょざくらほりかわようち》』（文耕堂・三好松洛作）の評注において『難波土産』では義経の「伯夷叔斉はその罪をにくみて其人をにくまずといへり」（第三）という文句に「論語にはくいしゅくせいは旧悪を思はずとの給ひし。孔子の意を取て其語を作りなをして用ひたる也」と注する。『仮名手本忠臣蔵』は寛延元（一七四八）年初演でこれに遅れ、文化四（一八〇七）年刊の浄瑠璃注釈である『瑠璃天狗』の『忠臣蔵』の注では『難波土産』を引き「此語はこれより先に御所桜の院本にも出て（中略）穂積以貫もかけり」云々とする。『忠臣蔵』では先行の『御所桜堀川夜討』の文句を引いた可能性もある。

『烹雑の記』の記事もまた、『忠臣蔵』の穴探しとも見え、何事にも筋を通さずにはいられない頑な馬琴らしさが窺える。だが、この議論も『忠臣蔵』が馬琴に与えた影響の深さを物語っている。『忠臣蔵』のみならず、浄瑠璃はいわば馬琴にとって箴言や知識の宝庫でもあった。馬琴は『吾佛乃記』に母親の影響で十二歳頃までに当時刊行されていた浄瑠璃本はほとんど読んだと記していた。

『難波土産』を見ても馬琴が頻用する言葉や中国の故事が散見する。例えば豫譲の故事は馬琴が好むところで、『南総里見八犬伝』では、ゝ大法師の父金碗八郎は、豫譲に倣って漆で身体をかぶれさせて姿を変じ敵をつけ狙う。『忠臣蔵』では、右の山科閑居の段で加古川本蔵が「忠臣の鑑とは唐土の豫譲。日本の大星」と豫譲と大星を並び称え、『難波土産』でも、元文二年初演『安倍宗任松浦簦《あべのむねとうまつらのきぬがさ》』（並木宗輔作）の文句「なんぢ豫譲が義を思ひ」に対して「晋のよじやうといふ者主人の敵趙嚢子を討んとねらひたりしを一たんてうぢやうしにとらへられたれ共主の敵をねらふ忠義のこゝろざしを感じてたすけし事也。しかれ共其後編の下にふして趙子をねらひし故後には殺されたり」と注している。[注17] 幼い頃、馬琴は『難波土産』を目にした機会もあったのではないだろうか。

中尾和昇氏[注18]が論じるように豫譲の故事は繰り返し馬琴作品に用いられているが、おそらく馬琴が初めて豫譲の故事を知ったのは、幼い頃読んだ浄瑠璃本のなかであったろう。あるいはそれこそ『忠臣蔵』で初めてその名を目にしたかもしれない。野口隆氏も馬琴の読本、文化五年刊『頼豪阿闍梨怪鼠伝』を論じるに際して、延享四（一七四七）年初演『義経千本桜』第三の例を引いて、豫譲の故事は浄瑠璃でも取り上げられるものであり、演劇的とも言える趣向であることを指摘する。[注19]

また馬琴が好む「名詮自性」という語がある。本来仏教語であるが、名詮自性とは馬琴自身によって「人の名につきて禍福吉凶あるよし」（『燕石雑志』五下）と説明される。服部仁氏が、馬琴読本においては「人物の性格のみならず、その人物の運命を中心に据えてのもの」であり、戯作のみならず「歴史上の事件や実社会・実生活においても見出していた」ことを指摘する。[注20] この名詮自性とも言うべき用例もしばしば浄瑠璃に見える。『忠臣蔵』では十段目で「義平の義の字は義臣の義の字。平はたいらか輙《たやす》く本ン望」と天河屋義平の名が、四十七士が敵討の本望を遂げる吉祥とする。また『難波土産』でも「罪を憎んで……」と同様『御所桜堀川夜討』の評注で「伊勢の二字を偏と傍に引わくれば人平《たひら》に生るゝは丸が力とよむと有は、当十月にする〳〵と御平産の瑞相」とする点を取り上げる。義経に北の方が懐妊五ヶ月の腹帯の祝儀に際し、伊勢三郎の帰参を許すよう促す場面で、『難波土産』では「伊勢の二字を此に書たるごとくいひならはす事愚俗の世話にある事はある事なれ共」「僻言を取もちゆるは作者の目がかすむ故とおしはかられて浅はか也」と批判する。さらに近松に言及し、「近松なんどはかやうの所に自分の力量のあらはるゝを恥一向学者などの笑ふ事は除て書ず。さればこそ近松有てより後は浄るり本が下におかれず上々がた迄もごらんあるやうに有しに」と近松であればこのような不用意なことをしないと「伊勢の伊の字の傍は尹の字也。平の字にはあらず。勢の字も又生るゝの偏にあらず。本字勢なり。俗に勢とかくはやつしよりあやまりたる也。但し此の本文には平産の縁をとらんため俗説を用ひたらんか」とその工夫を推し量りつつも難じる。その近松門左衛門の正徳五（一七一五）年初演『国性爺合戦』には、人名の例ではないが、「軍法の法の字は散水に去ると書く。散水は水なり。水を去るとはこの出潮の水に任せ。早く日本の地を去るべしとの神の告げ」と夢解きに漢字を分解して吉凶を占う例がある。このように人名や言葉をその後の吉祥と読み解く手法はまさに馬琴の名詮自性と同じである。また漢字を分解して意味付けるのは、[注21]周知の『南総里見八犬伝』の伏姫の名を「伏姫の伏の字は、人にして犬に従ふ。この殃厄《まがつみ》のあるべき事、襁褓の中より定る所か。名詮自性といひつべし（第九回）」とする例と同様である。

このように馬琴の「名詮自性」は、演劇にも見られる手法なのであり、それを「名詮自性」と呼んだきっかけが何であったかはまた別の問題であるが、[注22]馬琴が知らず知らずこうした手法を演劇から学んでいたとしても不思議ではない。

『難波土産』を馬琴が見ていたと断言することは出来ないが、近松を高く評価していた馬琴が、近松の「虚実皮膜論」を載せた本書を見ていた可能性は高い。もしや見ていなかったにせよ、『忠臣蔵』をはじめとする幼い頃の浄瑠璃本の読書を通じて『難波土産』に注記されるような知識や浄瑠璃的手法を自ずから学び取っていたであろうことがうかがえるのではないだろうか。

おわりに

限られた例ではあるが、『忠臣蔵』が馬琴に与えた影響を確認してきた。『胡蝶物語』は、『忠臣蔵』の穴探しではあったが、趣向として読本の立場から浄瑠璃の「人情」を論ってみせたのであった。その立場を守って『忠臣蔵』の趣向を書き換えて利用したのが『南総里見八犬伝』である。『加古川本蔵綱目』の『忠臣蔵』の病を治すという趣向は、『胡蝶物語』にも通底するが、これもまた馬琴がそれだけ浄瑠璃本と歌舞伎と、『忠臣蔵』に親しんだがゆえのパロディであったといえよう。さらに『烹雑の記』の例を挙げたように、『忠臣蔵』ひいては浄瑠璃本は幼少時の馬琴にとっては、和漢の箴言や知識の手引きという意味を持ったはずである。

幼い頃、「当時印行の浄瑠璃本は、熟読せすといふものなし」（『吾佛乃記』）という馬琴にとって、当時の演劇はすでにいわば馬琴という作家の血肉になっているのであった。従来言われている以上に、演劇は馬琴にとって重要な意味をもっていたのではないだろうか。深く親しんだからこそ、パロディや改変、難詰も可能なのである。

注

1　高田衛『滝沢馬琴』（ミネルヴァ書房、二〇〇六年）。
2　西田耕三「読本と行為」（『読本研究新集』第五集、翰林書房、二〇〇四年一〇月）。
3　高田衛『滝沢馬琴』（ミネルヴァ書房、二〇〇六年）。式亭三馬の『忠臣蔵偏痴気論』（文化九年刊）も有名だが、『胡蝶物語』が先行する。
4　河合眞澄『近世文学の交流：演劇と小説』（清文堂出版、二〇〇〇年七月）。
5　『案内手本通人蔵』（『江戸の戯作絵本』続巻一、社会思想社、一九八四年六月）、小池正胤氏解説参照。

6　岩崎均史『江戸の判じ絵　これを判じてごろうじろ』（小学館、二〇〇四年一月）に、全十丁の解読文が載る。
7　『案内手本通人蔵』（『江戸の戯作絵本』続巻一、社会思想社、一九八四年六月）小池正胤氏解説参照。
8　馬琴が傀儡子の号で書いたとされる『太平記忠臣講釈』とその続編『太平記後坐巻』もあるが、これは明和三（一七六六）年初演の浄瑠璃『太平記忠臣講釈』の抄録絵本に近い作である（『黄表紙総覧』参照）。山東京伝にも寛政六（一七九四）年刊『忠臣蔵即席料理』『忠臣蔵前世幕無』がある。前者は『忠臣蔵』の大序「嘉肴ありといへども」から料理尽くしの趣向に、後者は『忠臣蔵』の前世をこじつけたもの。寛政十一年刊『仮名手本胸之鏡』は色欲・不忠や忠臣孝悌の心を取り上げ勧善の教えとする。寛政十三年刊『仮多手綱忠臣鞍』は「蔵」を「鞍」と読み替え「意馬心猿」の語から「心の駒」ゆえの『忠臣蔵』とする趣向である。『仮多手綱忠臣鞍』は煩悩から『忠臣蔵』を捉えようとする点が、病・医薬尽くしの『加古川本蔵綱目』と似通う。
9　既に棚橋正博氏の指摘がある（『黄表紙総覧』中巻参照）。
10　『天道大福帳』（『江戸の戯作絵本』続巻二、社会思想社、一九八五年）小池正胤氏解説参照。
11　『天道大福帳』（『江戸の戯作絵本』続巻二、社会思想社、一九八五年）小池正胤氏解説参照。
12　『吾佛乃記』に「明年（天明八年）夏五月に至りて興邦疾病あり。久しくしておこたらず。……寛政元年己酉に至りて、興邦長病本復す。是よりの後……遂に官医山本宗英主の塾に入りて……居ること二、三年、遂に去て同好の友山東京伝の家に寓居す」とある。
13　古井戸秀夫編『歌舞伎登場人物事典』（白水社、二〇〇六年）。
14　立命館アートリサーチセンター「ARC番付ポータルデータベース」、早稲田大学演劇博物館「近世芝居番付データベース」を参照した。
15　地口の例としては『花団子食家物語』に「あいに相生の松風、さつまいもの声ぞたのしむと忠臣蔵のお石もどきに（一三ウ一四オ）」（「そふいふ聲はお石様。そりゃ眞実か誠かと尋る襖の内よりも。あひに相生の。松こそめでたかりけれ」『忠臣蔵』九）、『俟待開帳話』に「むかふよりくる小提灯、これもむかしは弓張のはり替ものと知れたり。こいつは忠臣蔵の地口でもなんでもないやつさ（七オ）」（「向ふより來る小挑燈是も昔は弓張の灯火消じ濡らさじと」『忠臣蔵』五）、『六冊懸徳用草紙』「夫はなすこと難し勘平が二つ玉（下段序）」（『忠臣蔵』五）などがある。他には『種蒔三世相』

に悪の種蒔きに「五十両の金に目がくれて悪心の種をまく定九郎（六オ）」を、『養得鈍名鳥図会』では眼隠しをした由良之助を「めんない千鳥は大星ゆらの港にすみ、忠しんくらやみの七ツめへに、てのなる方へ〳〵とないて出る」と鳥に見立てる趣向などがある。

16 『仮名手本忠臣蔵』の小学館全集注などでも、『孔叢子』を典拠とする。

17 『瑠璃天狗』の『仮名手本忠臣蔵』の項では「晋の豫譲智伯に事かへたりしに趙襄子といふ人智伯を亡したる故趙襄子をころして其仇を報ぜんとしけれども其志を遂ざりしかば襄子が衣を撃てみづから劔に伏して死したる事也。是も史記に出」と注する。

18 中尾和昇『馬琴読本の様式』（清文堂出版、二〇一五年）第二部第一章参照。

19 野口隆「『頼豪阿闍梨怪鼠伝』の演劇的場面」（『国語国文』八六巻五号、二〇一七年五月）。

20 服部仁「名詮自性考」（『曲亭馬琴の文学域』若草書房、一九九七年）。

21 よく似たものとして字謎の「拆字」がある。例えば『南総里見八犬伝』百五十三回で妙椿と対する策として「八百八人」が用いられるが、これは「風火」のことで、「八百」を「凬（風）」、「八人」を「火」と解く。西田耕三「『里見八犬伝』の拆字」（『雅俗』一二、二〇一三年）、「『その、ゆき』後篇の構想（下）」『読本研究新集』（一〇集、二〇一八年六月）参照。

22 『太平記』二九「光明寺合戦事付師直怪異事」にも「名詮自性ノ理」と見えるが、人名や地名等の解読を「名詮自性」と呼ぶのは、演劇以外に幾つか例がある。松永貞徳の『戴恩記』は「紹巴の巴の字は、うづとも、ともへともよめば、水にたよりたる御いみな也。又臨江齋と申は、江にのぞむと書たれば、一生の内に、所もこそおほきに、此江州へながされ給ふ。名詮自性のことはり、掲焉《けちえん》ならずや」と紹巴の名・号からその運命を読み解き、元禄五（一六九二）年刊『狗張子』六「掃部新五郎遁世捨身」では「本陣を道虚山に取たり。道虚日はよろづに忌事なり。名詮自性の理り、いまだ戦はざるに敗北の兆あり、天の時を失なはれたり」と本陣を構えた地名から戦の敗北を予見する。また天保六（一八三五）年刊『東海道中滑稽譚』初編「平塚」では「曲亭の小説をよむと、よく名詮自性とかいふ事があるが、争はれねへ」として地口を並べている。名詮自性が曲亭馬琴の好む手法であったとこの頃にはよく知られており、一般的にはくだけて言えば地口のようなものとの認識であったことがわかる。

第五節　馬琴の「小大の弁」

はじめに

『南総里見八犬伝』（以下『八犬伝』と略す）の冒頭第一回には、結城合戦に敗れて安房に渡ろうとする里見義実が白龍を見る場面がある。義実の龍の講釈が続く箇所であり、『犬夷評判記』上之巻（文政元〈一八一八〉年刊）には「義実龍《りやう》を弁する段、婦幼《をんなわらべ》の耳にハ遠くて、あまりに長しとやいとふべからん」などと批判が見える。これに対して馬琴が、その意図を次のように記している。

作者のこゝろはそこにあらず。三浦の磯の白龍ハ、義実後に、景連《かげつら》にはかられて釣して鯉を求る楔《せつ》たり。楔《せつ》とハ此をもて、彼を引出す趣向をいふ也。安南龍門の鯉、瀧に泝《さかのぼり》て、龍《りやう》になるといふことハあれゞ共、蟠龍《ばんりう》時を得て升天し、鯉になることハなし。是小大《せうだい》の弁《べん》にして、義実此に龍を観たれバ、彼《かしこ》に到て鯉を獲ず。獲ざるに因《より》て、安房を得たり。かゝれば此物語に取て、鯉は尤緊要《もつともきんよう》の物也。因《よつ》て且《まづ》なが〱と、龍《りやう》の徳を弁じつゝ、これらの意味をしらせし也。

（以下、本節の傍線はすべて筆者）

長々しい龍の講釈は、その後の義実が安西景連に謀られて、鯉を産しない安房で鯉を釣る羽目に陥る場面の「楔《せつ》」であるという。『犬夷評判記』中之巻においても「主人公は八犬士也、伏姫大輔等ハ、八士を引出すの楔たり」と用いている。「楔」とは、馬琴自身が「此をもて、彼を引出す趣向をいふ也」と説明するように次の「趣向を引出す」ためのいわば「楔《くさび》」である。服部仁氏が指摘するように、文化二（一八〇五）年刊『新編水滸画伝』初編の「引首」冒頭では、馬琴は「〇楔子《かつし》」として「金聖歎が云。この一回古本に楔子と題す。楔子は物をもつて物を出すの謂なり」（巻之一序）と、金聖歎の水滸伝評に倣ったことを述べている。[注1]

さらに馬琴は、鯉が龍になることはあっても、その逆はないと続ける。これは「小大の弁」（傍線部）であって、義実は龍を見たから、鯉を獲ることは出来ず、鯉を獲ることが出来なかったから安房国を得たのだという。だからこそ「鯉」はこの物語において「尤緊要の物」であり、それを知らせるために龍の講釈をしたのだという。『八犬伝』冒頭の場面において「楔」という小説技法とともに、その趣向を自解するなかで示される「小大の弁」とは何なのか。ここではこの言葉に着目してみたいと思う。

一　小は大に服せらる

文字通り受け取れば「小大の弁」とは小さいものと大きいものを弁じる、弁えること、つまり区別することであろう。「小大」という表現は現代では耳慣れないが、馬琴は今の「大小」の意味で「小大」をよく用いている。例えば、信乃と荘助が互いの珠を確認する場面では「護身嚢《まもりぶくろ》に秘《ひめ》おきし、玉をとう出《で》てあはせ見るに、その小大《おほきさ》も、文字《もんじ》も等し」（第二十一回）、大角の父に化けた山猫については「山猫と唱《となふ》るものは、又是《これ》一種の妖獣にて、人家の猫と同じからず。その小大《おほきさ》犬に等しく、猛《たけ》きこと虎に似たり」（第六十五回）、画から抜け出した虎について「虎を検《けみ》するに、其小大犢《そのおほきさことひ》に等し」(第百四十八回)、墓石について「石の小大《おほきさ》に注文あり」(第百八十回上)という具合に大きさを述べる場面で「小大」と用いる。『犬夷評判記』の竜・鯉と同様に、猫や虎など、動物の大きさを他の動物に比する時に用いられることが何故か多い。

第十八回、犬塚信乃の飼犬与四郎が紀二郎猫を殺してしまったことに対して信乃の父番作は次のように言い放つ。

畜生は五常をしらず。絶て法度を弁《わきま》へず。弱きは強きに征せられ、小《せう》は大《だい》に服せらる。されば猫は鼠を食へど、犬には絶て勝ことなし。犬は猫に傷れども、犲狼《おほかみ》と戦ふことかなはず。みな是《これ》力の足《たら》ざる所、形の小大《せうだい》によるものなり。

ここでは、「畜生」の強弱は形の「小大」によるものであり、致し方のないこととされている。

二　『荘子』の「小大の弁」

この「小大の弁」は『荘子』「逍遥遊第一」に依拠する言葉のようである。「逍遥遊」とは「俗世を超越し、無拘束の曠野に心を遊ばせること」注2をいい、身分や道徳等、人々を拘束する現実の世界の様々な区別を超越してこそ幸福が得られる、というのがこの篇の趣旨である。その、人々を拘束する様々な区別の説明が「小大の弁」である。「逍遥遊」にはまず「小知は大知に及ばず」とある。これは小さな知恵は大きな知恵に及ばないということである。鵬《ほう》という鳥は泰山ほどの背平、広げた翼は天空深く垂れ込めた雲のよう、羽ばたきでつむじ風を起こし、九万里の高みに舞い上がるというが、蜩《せみ》と鷽鳩《いかるが》は自分たちが飛び立って楡《にれ》や枋《まゆみ》の木に留まろうとしても途中で地に投げ出されることもあるのに、九万里も上がるとはと鵬を嘲笑する。斥鴳《せきあん》(うずら)もまた、蓬木立の間を飛び回るので飛翔としては十分と「彼且《まさ》に奚《いづく》にか適《ゆ》かんとするや」と鵬をあざ笑うという。また「小年は大年に及ばず」ともある。

これは、短命は長寿に及ばないことであり、小年、短い寿命の例としては、朝菌《ちようきん》（茸の一種）は一ヵ月を知らないし、蟪蛄《けいこ》（蝉の一種）は一年を知らないという。また長寿の例としては五百年を春とし、五百年を秋とする冥霊《めいれい》という木や、八千年を春とし、八千年を秋とする大椿《だいちん》を例に挙げる。八千年の大椿は、『八犬伝』の八百比丘尼の妙椿の名前の由来でもある。これらが小物と大物の違い、「此《これ》小大の弁なり」とされる。

馬琴はこの「逍遥遊」を『夢想兵衛胡蝶物語』（前編文化六〈一八〇九〉年、後編同七年刊）でも使っている。前編巻之五「貪婪国」は「逍遥遊」冒頭の鯤《こん》と鵬の大きさを記した箇所を貪婪な人間の欲の深さに書き換える。「北冥に魚有り、其の名を鯤《こん》と為す。鯤《こん》の大いさ、其の幾千里なるをしらず。化して鳥と為り、其の名を鵬と為す」が「貪婪国に魚あり。其の名を饞《ざん》とす。饞《ざん》の大慾、幾万八なるをしらず。化して鳥となる。その名を吝鶍《しわんぼう》いふ」のごとくである。さらに蜩《せみ》と鷽鳩《いかるが》が鵬をあざ笑う箇所を踏まえて「只小利《しようり》を事《こと》とする、吝平皺《りんへいしわ》右衛門等《ら》の為体《ていたらく》を見て、あざみ笑ふといへども、良賈《りやうこ》は深《ふか》くして、顕《あらわさ》ざればこれをしらず。小《せう》を見ていまだ大《だい》をみず。これを笑ふは蜩《ちやう》と鷽鳩《がくきう》が、大鵬《たいぼう》を笑ふに等し。夫大《それおほい》に富《とみ》をいたすものは、高利《こうり》を貪《むさぼ》らず。こゝをもてます〳〵富《とめ》り。強利《ごうり》を思ふ吝嗇《りんしよく》家《か》と、簷《のき》をならべて論ずべからず」とする。「小知は大知に及ばず」をパロディに用いたわけであるが、このように馬琴にとって「小大の弁」は馴染みのある箇所でもある。

三　『孟子』の「小をもて大に易《かふ》」

また『荘子』の「小大の弁」とは異なるが、馬琴の『烹雑《にまぜ》の記』（文化八年刊）の三「羊をもて牛に易《かふ》」に、『孟子』梁恵王篇を取り上げて、牛と羊の大小を述べる箇所がある。

『孟子』梁恵王篇は、鍾《かね》に儀式の為の血を塗るために牽かれる牛を見た王がそれを憐れんで、羊に易えよと言ったことに対して、孟子が仁を説くという箇所である。王が羊を以て牛に易《かえ》る、つまり結果として「小を以て大に易」たことを、吝嗇ゆえに高価な牛を惜しんだと庶民が噂した。孟子は王が牛を知っていても羊を知らなかっただけだと弁護しつつも、目にしていない羊を慮ることができないことに対して、仁の心を広く持ち、政治に反映させるよう説く。[注3]

これについて馬琴は、王が「羊を以て牛に易よ」と言った心は、牛は死を察するとひどく恐れるものであるが、羊はその死を恐れないことにあるという。牛のひどく恐れる声を聞いて耐え難く、羊に易よと言ったのだという。馬琴は宋の王逵の『蠡海集《れいかいしゅう》』（正保二〈一六四六〉年に和刻本有）を引いて次のように言う。

> 牛の性は、その死を聞ときはいたくおそるゝものなり。又羊の性は、その死を聞といへども、あへて懼れざるものなりといふ。宋の王逵が明文あり。今童蒙の為に、国字をまじえてこゝに録す。蠡海集《れいかいしゅう》に曰、牛と羊と共に丑未の位に居れり。牛の色は蒼し、雑色《くさ〴〵のいろ》ありといへども蒼が多し。春陽の生気に近きが故に、死を聞ときは則ち觳觫《こくそく》（左訓：オソレオソル）す。羊の色は白し。雑色《くさ〴〵のいろ》有りといへども白キが多し。秋陰の殺気に近きが故に、死を聞ときは則チ懼れず。凡草木牛噉《およそそうもくうしのくらふ》を経《ふ》るの余《あまり》は、必重茂《かならずかさねてしげ》る。羊噉を経《ふ》るの余《あまり》は、必悴槁《かならずしぼみか》る。諺にこれあり。曰ク、牛食《うしのくらふ》は澆《そゝぐ》が如く、羊食《ひつじのくらふ》は焼が如し。信矣《まことなるかな》。是蓋生殺《けだしせいさつ》の気然《しかる》ことを致せり。

『蠡海集《れいかいしゅう》』に拠れば、色が蒼く五行で春の生気に近い牛は死を恐れ、白色で秋の殺気に近い羊は死を恐れないという。さらに、牛が草木を食べた後からは再び芽が出るが、羊は草木を焼いたように食べ尽くして、その後枯れ果てるのは、その生殺の気の違いに拠るのだという。馬琴はこの牛と羊の性の違いを以て『孟子』梁恵王篇を注すべきであるとする。馬琴は王が「小《せう》をもて大に易《かゆ》るにあらず。又牛を見て未だ羊を見ざる故にあらず。牛は死を聞ていたく懼るゝが為に忍びず」という。「羊は死を聞て懼ざるものなれば、牛に易《かえよ》といひしなり」と王の心を推測する。だからこそ王の言葉に「觳觫《コクソク》として罪無して死地に就くが若くなるに忍びず」（書下しは馬琴の訓点に拠る。以下同様）

とあるのだという。馬琴は「もしからずば、豕《ゐのこ》をもて牛に易《かゆる》とも妨《さまたげ》なけん」という。孟子は牛と羊の性の違いを説かず、ただ「牛を見て未だ羊を見ず。君子の禽獣に於けるや、其の生けるを見て其の死を見るに忍びず。其の声を聞て其の肉を食ふに忍びず。是を以て君子は庖厨を遠くるなり」と言ったが、これは仁者のことを述べたのであって、王を堯舜に擬えるための言葉であるとする。

ちなみに南方熊楠は『十二支考』[注4]で、馬琴の説に軍配を上げている。南方は、馬琴の論に反駁した志村知孝の「宣王もし牛は死を恐れ、羊は死を喜ぶ故に易えよと言われしならば、その由を説かるべきにその説なきをかく言わば童蒙をしてかえって迷いを生ぜしむべきにやと」（『古今要覧稿』五百三十一巻末）という説も指摘した上で、さらに、ロメーンズの『動物智慧編《アニマル・インテリゼンス》』や『経律異相』四十九やラッツェルの『人類史』等、羊が殺されても叫ばないという記述を列挙し、馬琴の説を肯定する。南方は次のように結論づける。

> 王実は牛が太《いた》く死を懼れ羊は殺さるるも鳴かぬ故、小の虫を殺して大の虫を活かせてふ意でかく言ったのだが、国人は皆王が高価な牛を悋んで、廉価の羊と易えよと言ったと噂した。それについて孟子が種々と王を追窮したので、売詞《うりことば》に買詞《かいことば》、王も種々弁疏《べんそ》し牛は死を恐れ、羊は鳴かずに殺さるる由を説くべく気付かなかったのだ。（中略）食肉を常習とする支那では羊は牛ほど死を懼れぬ位の事は人々幼時より余りに知り切りいて、かえってその由の即答が王の心に泛み出なんだのだ。

おわりに

『孟子』梁恵王篇を取り上げた『烹雉の記』は、『荘子』の「小大の弁」とは論の趣旨は異なるが、大小を述べた箇所だけ抜き出せば、いずれも動物に関わり、その価値と区別を述べていた。大きなものと小さなもの。小知は大知に、小年は大年に劣り、小を以て大に易え、小は大に服せられる、という認識である。

しかしここで『犬夷評判記』に戻ると、単なる大小の別を述べているわけではないことが明らかである。「安南龍門の鯉、瀧に泝《さかのぼり》て、龍《りやう》になるといふことハあれ共、蟠龍《ばんりう》時を得て升天し、鯉になることハなし」というのは小が大になるという変化について述べている点が特徴的ではあるが、その逆はないというのは、一応、大小の区別を述べたもの、として捉えられるであろう。「是小大《せうだい》の弁《べん》にして、義実此《よしさねこゝ》に龍《りやう》を観《み》たれバ、彼《かしこ》に到《いたり》て鯉《こひ》を獲《え》ず。獲《え》ざるに因《より》て、安房《あハ》を得《え》たり」と続くわけであるが、「大を得て小を得ず、小を得ずして大を得る」というのは馬琴独特の「小大の弁」であろう。大を活かすために小を殺す、小より大が優先される、という点は『孟子』にも一脈通ずるであろうか。

確認してきたように、「小大の弁」とは本来、大小の区別をいう言葉であった。それを馬琴は、因果論的な大小の得失と絡めることで、ここでは、いわば小説技法を指す言葉として用いたのであろう。旁に里の字を含む、里見に縁ある鯉は、結局、里見義実の手には入らないが、それゆえに「尤緊要」な趣向であり、義実が鯉に乗った絵が肇輯の口絵に描かれる。小なる鯉の犠牲の上に大なる龍の奇瑞と安房国の獲得があったのである。

注

1　服部仁「読本評判記『犬夷評判記』」（『曲亭馬琴の文学域』若草書房、一九九七年）。

2　『荘子』下（市川安司・遠藤哲夫、新釈漢文大系、明治書院、一九六七年）に拠る。また『荘子　全訳注　上』（池田知久、講談社学術文庫、二〇一四年）を参考にした。

3　『孟子』（貝塚茂樹、講談社学術文庫、二〇〇四年）を参照した。馬琴と『孟子』の関わりについて播本眞一『八犬伝・馬琴研究』（新典社、二〇一〇年）に詳しい。

4　南方熊楠『十二支考　下』（岩波文庫、一九九四年）。

第二章　京伝・馬琴と読本の演劇化

第一章では、作品分析を通して馬琴と演劇の関係を探った。本章では、読本の演劇化作品の検討を通して、馬琴作品を捉え直したい。

まず読本の演劇化の全体的な流れを押さえておきたい。読本の演劇化については、中村幸彦氏の言がつとに知られている。注1 氏は、それまで小説が歌舞伎・浄瑠璃に学んだのに対し、文化以降、演劇と小説の影響関係が逆流し始めたことを述べ、特に幕末には歌舞伎・浄瑠璃が読本に取材したものが多いことを指摘する。

読本の演劇化は、文化年間に、まず上方が先行する。特に、歌舞伎化については、西澤一鳳の著作『伝奇作書』残編上の巻（嘉永二年成立）に詳しい。注2

小説を潤色せし伝奇の話

『稲妻表紙』の当りを取しより、同年秋（筆者注・文化五年）、『桜姫曙双紙』京伝作豊国の画を、「清水清玄契約桜」とし、当りせしが、余はさのみのあたりもなかりし。此冬の顔見せに、『椿説弓張月』を「島廻月弓張」とし、座附『富士浅間三国一夜物語』馬琴を、「復讐高音鼓」、『三七全伝南柯夢』馬琴作三勝半七を「舞扇南柯話」と潤色せしが、三勝は大当りせしが、余はさのみのあたりもなかりし。此冬の顔見せに、『椿説弓張月』を「島廻月弓張」とし、座附狂言に迄続かせ、中の芝居にて出しけるを、江戸板元より寿きて、摺ものを送りけり。（筆者注・摺物の内容の記載は略す）『忠孝潮来府志』種彦作を「けいせい潮来諷」、『新累解脱物語』馬琴を「草紅錦絹川」、『小説稗史自来也物語』鬼卵作、「柵自来也譚」、『絵本若葉栄』写本にて雲水録、作者忘れたり、「敵討義恋柵」等、新に挑み、奇を争ひ出せしも、後には珍しき小説もなく、専ら戯作者より是を脚色《しくむ》。此内を梨園にさせよと、歌舞伎作者の心になりて作るが、歌舞伎に潤色ならず小説の作者、歌舞妓の作者共、文化中に大約故人となりて、脚色すべき稗史もなく、潤色すべき歌舞妓作者もなく也、文政中には古き浄瑠璃を見出して仕はやらせる事には成たり。

この記述からは、文化年間に、京伝、馬琴をはじめ種々の読本が、上方を中心に歌舞伎化されていることがわかる。この時期、主に読本の歌舞伎化を担ったのは、近松徳三、初世奈河篤助、奈河晴助、奈河七五三助、市岡和七といった面々である。

右の引用では、成立年次が前後しているが、特に、感和亭鬼武作『自来也説話《じらいやものがたり》』（文化三〈一八〇六〉年刊）を取り上げた、文化四年九月、大坂角の芝居（嵐亀三郎座）の「柵《やえむすび》自来也《じらいや》談《ものがたり》」（右の引用では「柵自来也譚」。近松徳三・奈河篤助等合作）の好評は、上方歌舞伎の読本の演劇化の流行を呼ぶことになる。[注3]

翌文化五年正月には、角中両座で、山東京伝作『昔話稲妻表紙《むかしがたりいなづまびょうし》』が取り上げられる。角の芝居の「けいせい輝《いなづま》艸紙《ぞうし》」（近松徳三・奈河七五三助ら作）に、中の芝居の「けいせい品評林《しなさだめ》」（奈河篤助・奈河三四助作）である（本章第一節で取り上げる）。

以降、五月、京北側の芝居に「清水清玄廓室曙《いおりのあけぼの》」（奈河篤助作）、七月の中の芝居に「清水清玄誓約桜《ちかいのさくら》」（近松徳三・市岡和七作）が共に京伝の『桜姫全伝曙草紙』を、八月の角の芝居は、馬琴の『三国一夜物語』を「復讐高音鼓《かたきうちたかねのたいこ》」（奈河七五三助・並木三四助・近松要助作）に、九月の中の芝居に、同じく馬琴の『三七全伝南柯夢』を「舞扇南柯話《まいおうぎなんかのはなし》」（近松徳三・市岡和七作）、そして十一月の中の芝居に『椿説弓張月』の「島廻月弓張《しまめぐりつきのゆみはり》」（近松徳三・奈河篤助作）と、文化五年は、立て続けに、五作の読本が歌舞伎化されている（文化期の馬琴読本の演劇化については、本章第二節で論じる）。

文化年間はまた、歌舞伎ほどの隆盛は見られないながらも、浄瑠璃においても読本が注目された時期でもあった。その大半が、佐藤太（佐藤魚丸）という浄瑠璃作者の手に拠っている（本章第二節、第三章第一節で後述する）。

上方の右のような状況に対して、江戸では天保にいたるまで、読本を脚色することを狂言作者がこころよしとしなかったらしい。それは、馬琴が殿村篠斉に宛てた書簡の中で「江戸の作者は負をしみにて、当今の読本などを狂言にいたし候事は甚だ悪み候」（天保七〈一八三六〉年二月六日翰）と述べていることや『近世物之本江戸作者部類』の記述からもわかる。

江戸の歌舞伎作者は、当時流行の読本の趣を、その儘狂言に作ることを恥て、或は人物の姓名をおなじくせず。

或は別の世界にとり易などすなるに、江戸の俗客婦女子は読本を看ぬも多かれば、その狂言の憑る所をしらずして、新奇也と思ふなるべし

天保以前に読本が、江戸の歌舞伎に、全く影響を及ぼさなかったわけではない。上方での演劇化の先例があるものに限っては、読本をとりいれた作品も存在する。文化四年六月市村座初演「三国妖婦伝」（並木五瓶・鶴屋南北・松井幸三作）は、享和三年から文化二（一八〇三―一八〇五）年にかけて江戸で刊行された高井蘭山の『絵本三国妖婦伝』に拠るが[注4]、すでに九尾狐物としては、文化二年に上方で刊行された、ほぼ同じ筋の『絵本玉藻譚《ものがたり》』を浄瑠璃化した、文化三年初演、佐藤魚丸の『絵本増補玉藻前曦袂《たまものまえあさひのたもと》』がある。後述するが、馬琴読本の江戸における歌舞伎化も、基本的にはまず上方が先行している[注5]。

また読本に比べて、合巻は、江戸の歌舞伎に取り込まれやすかったらしい。例えば、文化五年閏六月市村座初演の「彩入御伽草《いろえいりおとぎぞうし》」（四代目鶴屋南北等合作）は、前年刊行の京伝の合巻『安積沼後日仇討《あさかのぬまごにちのあだうち》』の歌舞伎化といえるが、合巻を介して京伝の読本『安積沼《あさかのぬま》』の小幡小平次の条が取り込まれている[注6]。また文化六年三月中村座初演の「八百屋お七物語」は、同一月刊の京伝の合巻『松梅竹取談《まつとうめたけとりものがたり》』に拠る[注7]。また馬琴は、文化十一年三月市村座初演「隅田川花御所染《はなのごしょぞめ》」の女清玄の趣向は、文化七年刊の合巻『姥桜《うばざくら》女清玄』に拠る（『近世物之本江戸作者部類』）ものと主張する[注8]。

江戸における本格的な読本の脚色としては、天保七年四月森田座の「八犬伝評判楼閣《うわさのたかどの》」が、最も早いものであるといえる。これはやはり、同年一月、大坂中の芝居（嵐橘蔵座）で、西澤一鳳による『南総里見八犬伝』（文化十一―天保十二年）の脚色「花魁蕾八総《はなのあにつぼみのやつふさ》」[注9]が上演、同三月にその後編が上演されたことに影響されたものである。こののち、『南総里見八犬伝』は上方は勿論、江戸でも幕末に至るまで、再三、舞台にかかり、当時の『南総里見八犬伝』の根強い人気が窺い知れる。

このように、読本の歌舞伎化を嫌った江戸だが、幕末に至ると、上方での先行作がなくとも、新たに読本の歌舞伎化がなされるようになる。特筆すべきは河竹黙阿弥による一連の読本の歌舞伎化である。文久元（一八六一）年二月守田座の「相生源氏高砂松《あいおいげんじたかさごのまつ》」は馬琴の『頼豪阿闍梨怪鼠伝《らいごうあじやりかいそでん》』（文化五年刊）、元治元（一八六四）年二月市村座の「曽我綉侠御所染《そがもようたてしゆのごしよぞめ》」は柳亭種彦の『浅間嶽面影草紙《あさまがたけおもかげそうし》』（文化六年刊）、慶応元年一月市村座「鶴千歳曽我門松《つるのちとせそがのかどまつ》」（野晒吾助）は京伝の『本朝酔菩提全伝《ほんちようすいぼだいぜんでん》』（文化六年刊）、慶応元（一八六五）年三月守田座「魁駒松梅桜曙徽《いちばんのりめいきのさしもの》」は馬琴の『皿皿郷談《べいべいきようだん》』（文化十二年刊）、慶応元年五月市村座「菖蒲太刀対侠客《しようぶだちついのきようかく》」は馬琴の『開巻驚奇侠客伝《かいかんきようききようかくでん》』（天保三年刊）、をそれぞれ歌舞伎化したものであることが指摘されている。注10

佐藤悟氏は、これらの作品が、「鶴千歳曽我門松」を除いて、いずれも歌舞伎化に先んじて長編の合巻化がなされていることを指摘している。天保改革における株板の消滅によって、読本が合巻化され、その合巻が長編化することで、読者に広く知られていたために、歌舞伎の「世界」として認知されることができた、歌舞伎化が可能になったというのである。注11

嘉永五（一八五二）年正月市村座「里見八犬伝」の好評も同様であった。この作品は「市村座八犬伝古めかしく如何と思ひの外大当り」（石塚豊芥子『歌舞妓年代記　続編』）と言われている。「古めかしく」とは、天保七年の「八犬伝評判楼閣」と天保九月閏四月市村座の「戌歳里見八熟梅《あたりどしさとみのやつふさ》」が上演されているゆえであるが、嘉永元年に合巻『雪梅芳譚犬の草紙《せつばいほうだん》』と『仮名読八犬伝《かなよみ》』が出版、嘉永六年には続編が刊行中であった。これもまた、合巻によって『南総里見八犬伝』が、新な享受層を獲得していたことによる「大当り」であったのである。注12

江戸での読本の歌舞伎化が、幕末まで下り、また「世界」を獲得した上での満を持しての歌舞伎化であったのに対し、上方が早く文化年間に、読本の演劇化の絶頂を迎えていることの背景として、水野稔氏は「京伝・馬琴等の文化年間の読本が、上方の演劇界を刺激してさかんに脚色上演されたというのは、実は江戸読本の持っていた演劇性あるいは浄瑠璃歌舞伎的要素が、あらためて上方で迎えられたのだともいえる」[注13]と述べている。確かに文化期の読本の持っていた演劇性によるところは大きいだろう。実際に演劇化された作品には、演劇に世界を求めるものをはじめ、演劇的趣向・要素を内包した作品が多い。読本の歌舞伎・浄瑠璃化に際しては、演劇的な脚色がなされるのが普通ではあるが、そもそも読本自体が、演劇的な要素を持っていることが前提条件であったといえるのである。

本章では、読本演劇化のなかでも、文化期の上方における京伝・馬琴読本の演劇化に注目し、これらの読本の演劇性と、戯作界と演劇界の影響関係を考える。

注

1 『中村幸彦著述集』第八巻「戯作論」（中央公論社、一九八二年）後語。

2 『新群書類従』第一（国書刊行会、一九〇六年）。

3 坂根由規子「近松徳三における読本の歌舞伎化について」（『百舌鳥国文』第五号、一九八五年一〇月）。

4 吉田弥生『江戸歌舞伎の残照』（文芸社、二〇〇四年）。

5 本章第二節三参照。「台頭霞彩幕」など。

6 郡司正勝「かぶきと小説の交流」『郡司正勝刪定集』第五巻（白水社、一九九一年）。

7 馬琴の『近世物之本江戸作者部類』や番付から「京伝子ノ滑稽曲亭子ノ筆意」と角書にあることが確認でき、同年一月刊の京伝の合巻『八百屋お七全伝松梅竹取談』の登場人物と役名が一致することを本田康雄氏が指摘している（『式亭三馬の文芸』第三章「合巻の量産」一七五頁、笠間書院、一九七三年）。

8 確かに女清玄の趣向は一致するが、佐藤悟氏（「戯作と歌舞伎―化政期以降の江戸戯作と役者似顔絵」『浮世絵芸術』一一四号、一九九五年一月、浮世絵協会会誌）や、板坂則子氏（「曲亭馬琴の短編合巻（八）」『専修国文』第五四号、一九九四年一月）が指摘するように『姥桜女清玄』の歌舞伎化と言えるだけの共通点は持たない。

9 「花魁莟八総」の歌舞伎台帳と同題の浄瑠璃正本の影印は『馬琴研究資料集成』第六・七巻（服部仁編、クレス出版、二〇〇七年）に収められる。

10 郡司正勝氏、前掲論文「かぶきと小説の交流」。佐藤悟氏、前掲論文「戯作と歌舞伎」。明治天皇即位後の黙阿弥による、その他の馬琴読本の歌舞伎化作品に、慶応三年二月市村座「質庫《しちやのくら》魂《こころの》入替《いれかえ》」（『昔語質屋庫』）、慶応三年七月市村座初演「新《しん》累《かさね》千種《ちぐさの》花嫁《はなよめ》」（『新累解脱物語』）、明治元年五月市村座初演「里見八犬伝」、明治十一年八月新富座初演「舞台《ぶたい》明《あかるき》治世《じせいの》夜劇《よしばい》」（前半が『八犬伝』に拠る）、明治十六年四月新富座初演「石魂録《せきこんろく》春《はるの》高麗菊《こまぎく》」（『松浦佐用姫石魂録』）がある（吉田弥生氏、前掲書参照）。

11 佐藤悟氏、前掲論文「戯作と歌舞伎—化政期以降の江戸戯作と役者似顔絵」。

12 佐藤悟氏、前掲論文。向井信夫「嘉永五年里見八犬伝上演の周辺」（『江戸文藝叢話』八木書店、一九九五年）。

13 水野稔「江戸小説と演劇—真と行・草」（『江戸小説論叢』中央公論社、一九七四年）。

第一節　『昔話稲妻表紙』の歌舞伎化と馬琴

はじめに

文化三（一八〇六）年十二月刊行の山東京伝作の読本『昔話稲妻表紙《むかしがたりいなづまびょうし》』（以下、『稲妻表紙』と略す）は、二年後の文化五年、大坂で、角の芝居の「けいせい輝艸紙《いなづまぞうし》」（近松徳三作・一月二十五日から）と中の芝居の「けいせい品評林《しなさだめ》」（奈川篤助作・一月二十九日から）の両座で歌舞伎化された（以下、それぞれ「輝艸紙」「品評林」と略す）。西澤一鳳は、嘉永元（一八四八）年三月市村座で「昔語稲妻帖」という外題で自ら手を加えて脚色していることもあり、文化三年の両座の競演について『伝奇作書』残編上の巻（嘉永二年序）で「醒々斎稲妻表紙の話」[注1]として詳述する。そのなかで「新作の小説を狂言に脚色しは是を起源とす」と記している。実際には新作の読本が歌舞伎に脚色されるのはこれが初めてではないが、四十年を経て読本の歌舞伎化の流れを振り返った時、『稲妻表紙』の歌舞伎化はそれだけ意味を持った出来事であったということであろう。ここでは、当時の演劇界の状況と両作品の内容を確認した上で、この出来事が曲亭馬琴に与えた影響を考えてみたい。

一　二代目嵐吉三郎と三代目中村歌右衛門

両座における『稲妻表紙』歌舞伎化の評判の背景には、二代目嵐吉三郎と三代目中村歌右衛門という当時の観客の人気を二分する役者の存在がある[注2]。角の芝居の「輝艸紙」では、吉三郎が名古屋山三・さゝら三八・梅津嘉門の三役を、中の芝居の「品評林」では、歌右衛門が名古屋山三・佐々木蔵人・浮世又平の三役を兼ねている。『錦画姿』上の巻（文化九〈一八一二〉年刊）[注3]は、吉三郎（璃寛）は「色男」である為に女の贔屓が多く、歌右衛門は「不男」だが芸達者であると指摘し、『稲妻表紙』の歌舞伎化の両作品がどちらも大当たりであったと記している。また『許多脚色帖』所収の「東西組合《かどなかくみあはす》」[注4]という相撲見立番付には、「角の芝居中の芝居二ノ替リ当リ狂言大評判／稲妻やきのふは角《ひがし》けふは中《にし》」とあり、東に「けいせい輝艸紙」、西に「けいせい品評林」を置き、各役を左右対称に並べ、それぞれ対応する役者の評価を記している。作者は「西方見物左衛門」で、必ずしも公平な評価であるとは言えないが、役者の評は五分五分といったところで「看板」「衣裳」「道具」は「輝艸紙」の勝ち、「狂言」は「品評林」を勝ちとしており、『錦画姿』と同等の評価である。「品評林」は「輝艸紙」より再演回数が多く、また後述するように「輝艸紙」の外題で伝わる再演台帳・番付のほとんどが内容は「品評林」と同じであることからも、脚本の出来から言えば、「品評林」の方が良かったものと判断してよいだろう。一鳳の評もこれらを踏襲して「狂言の脚色は異なりと雖、画本の儘の人形看板なれば、贔屓〳〵の見物夥敷両座とも大入繁昌せしが、道具衣裳役者の奇麗なるを好まば角の芝居狂言と、上手役者を好まば中の芝居と評定まりけり」（伝奇作書・残編上）と記している。またこの両座での競演を境に、歌右衛門は江戸に下向[注5]、三月から中村座に出勤、文化九年まで上方を留守にする。歌右衛門が江戸の戯作に当て込まれる一方、大坂に残った吉三郎はこの後、京伝読本の歌舞伎化には係わらず、馬琴読本の歌舞伎化作品のほとんど（本章第二節参照。「いろは歌誉桜花《ほまれのめいぼく》」「舞扇南柯話《まいおうぎなんかのはなし》」「島廻月弓張《しまめぐりつきのゆみはり》」「定結納爪櫛《かみかけてちかいのつまぐし》」「園雪《そののゆき》恋組題《こいのくみだい》」）に出演することになる。当時の京伝・馬琴の江戸読本の歌舞伎化の背景に、歌右衛門と吉三郎の競演があったことを意識する必要があるだろう。

二　「けいせい輝艸紙」

以下に「輝艸紙」「品評林」両作品の内容を具体的に検討していきたいが、その前に『稲妻表紙』の内容を簡単に確認しておく。佐々木家の御家騒動で、後妻の子、花形丸を跡目にと画策する不破道犬・伴左衛門親子の一派に対し、先妻の子、桂之助を守護するのが、名古屋三郎左衛門・山三郎親子、佐々良三八郎であり、最終的に桂之助が跡目を継ぎ大団円となるという内容である。物語は主に二つの筋からなり、それぞれ名古屋山三郎と佐々良三八郎の忠臣を軸とする。山三郎は、桂之助の寵妓藤波に横恋慕した不破伴左衛門を主命で草履で打ちすえるが、それを遺恨とした伴左衛門が山三郎と誤ってその父三郎左衛門を殺害、敵討の要素も加わり、終局で廓での鞘当に至る。一方、山三郎の許嫁葛城は伴左衛門が兄と知って二人の間で板挟みとなり、兄の身替りとなって山三郎に殺される。三八郎は、桂之助の乱行を止めるため藤波を殺害して出奔、また桂之助の若君月若の危機には、身替りに息子文弥をも殺害するが、藤波の怨霊に祟られ、藤波の兄妹（浮世又平・お竜）には敵と狙われる。同時に百蟹の巻物紛失の罪（実の犯人は長谷部雲六。三八郎は冤罪）も問われているため、その探索も行う。この二人を軸とする筋の間に、梅津嘉門を軍師として迎えるために管領勝基が腐心し、桂之助の功もあり、それが叶うという場面が組み込まれている。

さて、まず「輝艸紙」の内容についてであるが、初演台帳の写しは未見であり、正確な上演内容は不明である。

但し同外題の台帳は、阪急池田文庫所蔵本、松竹大谷図書館所蔵本の二本が存在する。阪急池田文庫所蔵本は外題に「傾城輝艸紙」とあるが、内容は後述する「品評林」とほぼ同一で、梅津嘉門の場面の代わりに「鞘当」の場を加えた点が相違する。この「鞘当」の場は文政六（一八二三）年初演「浮世柄比翼稲妻」の「鞘当」と類似しており、またそれ以降の台帳かと思われる。また各冊に「実川小若所蔵」、「鞘当」の段には「正三郎」「大五郎」とあり、これらの名跡から明治期のものかと考えられる。また松竹大谷図書館所蔵本も「文久二年戌ノ年卯月吉日」とあり、「品評林」の梅津嘉門の場を浄瑠璃に直した、再演台帳である。また再演の番付はほとんどが「品評林」の番付の外題部分のみ「輝艸紙」と入れ替えたものとなっており、阪急池田文庫所蔵本の台帳が示すように、外題のみ「輝艸紙」で内容は「品評林」と同様であったことが想像される。

このように残存する台帳からは初演時の内容が確認できないが、初演の絵尽しからは、おおよその内容が推測できる。原作の『稲妻表紙』にない登場人物も多く、彼らの縁戚関係・主従関係までは正確に把握できないため、不明な部分もあり、また絵尽しが実際に上演された舞台を正確に写しているかという問題は残るが、各場面で原作の工夫を取り込もうとしていることはわかる。以下に原作と照応の上、補えるところは補いつつ概容の再現を試みる。主要人物で『稲妻表紙』と人物名が異なる場合は〈　〉内に原作の人物名を注記した。また原作から人物関係が推測出来る場合は（　）内に注記した。なお「附篇・資料一」に、役割番付・絵尽しの翻刻を載せる。

大序

桂之助は、笹野才蔵〈蟹蔵〉らの取り持ちで藤波に溺れ、放埒の日を送っている。花形千二郎（桂之助の弟）はお竜（藤波の妹）を口説き、白拍子宮城野は悋気する。

第二

佐々木弾正は桂之助に謀反を勧め、後室蜘蛛手の方は悪巧みをする。桂之助は伴左衛門を恥しめ、名古屋山三

〈山三郎〉に伴左衛門を草履にて打たせ、追放する。

山三の妻葛城と乳母呉羽は、月若丸（桂之助の若君）を守るため、三八郎の妻、磯菜の心を試し、密書を託す。浮世又平が蟹の絵に眼を入れると蟹が絵から抜け出る。長谷部雲六は絵巻を奪い、立ち退く。

佐々良三八郎は藤波を殺し立ち退く途中、聖護院の森で（又平の女房の）お国〈小枝〉に金を遣り、自害を留める。

第三

梅津嘉門は仕官を拒んで嵯峨に、母芹生と妻小枝とともに閑居しているが、細川勝元〈勝基〉が訪ねてくる。勝元の求めに応じ、嘉門は仕官の為に出立する。

名古屋三左衛門〈三郎左衛門〉、曲者（不破伴作。伴左衛門の弟か）をとがめたために討たれ、左文字の刀を奪われる。駆けつけた鹿蔵が驚く。

鹿蔵は傾城八重垣と夫婦になる。梅津嘉門は銀杏の前（桂之助の奥方）を連れて立ち退く。

第四

佐々木弾正の謀反が露見する。葛城は伴左衛門の心を探る。伴左衛門は弾正一味と偽る。世継ぎ瀬平（不明）は、うつけと見せて敵を探る。

伴左衛門は日光の旗を奪い、大立ち回りにて立ち退く。石塚玄蕃（不明）が曲者（頼豪院）に小柄を打つと鼠の術で逃げる。

第五

佐々良三八郎は六字南無右衛門と名を変えている。わが子栗太郎を月若丸の身替わりにし、妻磯菜が歎く。猪熊門平（端敵）は金の催促をする。頼豪院は楓を殺し、足利家調伏の術を行う。

第六

お杉〈楓〉（家族関係は不明）は見世物に売られ蛇娘をしている。桂之助は虚無僧になって徘徊するところを、花形千二郎と兄弟の名告りをする。真野猿二郎（忠臣）は、千二郎を匿う。浮世又平は、雁が落とした財布を拾う。

第七　大津のだん

又平は、切腹の血を注ぎ、蟹を絵巻に戻す。又平の妻お国、妹お竜は又平の死を悲しむ。絵巻を盗んだ犯人の長谷部雲六は傷を負って正心に戻る。六字南無右衛門は絵巻を手に入れ、出家して天村と名を改める。

名古屋山三は木幡の里の雨漏りのする荒ら屋に忍んでいる。傾城遠山が山三に逢いに来て、同じく山三を慕い来た妻葛城が悋気をする。

第八

五條坂にて名古屋山三は藻屑三平・笹野才蔵ら悪者共を大立ち回りにて仕留める。

清水の阿弥陀堂で名古屋山三は刀を取り戻し、敵の不破伴作を討つ。

佐々木弾正は原作に存在しないが、おそらく叔父敵で、先君の後室である蜘蛛手の方が、わが子花形千二郎を跡目にしようと画策するのに荷担し、先君の先妻の子である桂之助を陥れる計略をしているという御家騒動が大枠であろう。佐々木弾正の謀反が途中で露見するのに対し、不破伴左衛門は弾正らの一味であると偽りつつ、実は頼豪院らと共に足利家自体の調伏の野望を抱いている。

また山三による伴左衛門の草履打はあるものの、原作通り、伴左衛門が三左衛門（山三の父）の敵となるのではなく、ここでは三左衛門を殺害したのは伴作（伴左衛門の弟か）であり、山三は大局で伴作と対決する。このように叔父敵の佐々木弾正や、敵役の伴作といった新たな人物を登場させたため、伴左衛門が足利家つまり日本一国の調伏を謀るいわば国崩しのような位置に格上げされ、原作の不破名古屋の敵討の筋に混乱が起こっている。

佐々良三八郎についてはほぼ原作通りであるが、藤波の祟りや藤波を殺したことについて又平兄妹に糾弾される件は描かれていないように思われる。原作では藤波の祟りで三八郎の娘の楓は、蛇に巻き付かれた姿となり、蛇娘として見世物に出るのを、ここでは第六で「女太夫お杉」を蛇娘として登場させているが、三八郎とは無関係のようでもある。浄瑠璃芝居の始祖といわれる[注6]女太夫の「六字南無右衛門」や浮世絵師の「湯浅又平」を取り入れているのを踏まえて、当時の盛り場の世態描写のひとつとして見世物の「蛇娘」を取り入れたものであろうか。また又平が切腹するのが原作とは異なっているが、ここでは絵巻の蟹を一旦逃がした罪を償う為に、自らの血で蟹の絵を復元する、という筋になっているものであろうか。

このように「輝艸紙」は『稲妻表紙』の大筋を踏まえ、かつ原作の趣向の工夫を端々に取り入れてはいるが、[注7]新たな敵役を加えたために、人物関係が複雑になり、その結果、不破名古屋の対決は、本来の草履打の発端が活かされないものとなり、三八郎の藤波の殺害にまつわる因果の筋は排除されたことが見て取れる。

絵尽しから推測できるように、「輝艸紙」の台帳が伝わらなかった理由は、やはり複雑な人物関係によるやや混乱気味な筋立てにあるのであろう。先述した相撲見立番付や『錦画姿』の評も公平な判断と考えられる。

三　「けいせい品評林」

「けいせい品評林」は、初演の番付と役名がすべて一致する台帳は未見であり、確認し得た五本はいずれも再演台帳の写しであると思われるが、内容はほとんど共通しており、初演の絵尽しから確認できる内容ともほぼ同じである。[注8]新しい場の挿入や人物名の異同があるものの、再演に際して大筋には手が加えられていないものと思われる。

なお、明治二十七（一八九四）年十一月中西貞行刊行の『演劇脚本傾城品評林』は初演の役名を伝えており、絵尽しと比較しても最も初演本に近い台帳の翻刻と思われるが、三つ目・五つ目・大切に相当する部分が欠けており、底本にした台帳は不明である。

諸本の内、内容的に、絵尽しにあるすべての場が残っている本は、天理図書館所蔵本であり、他の四本は欠本である。国会図書館本は、一部に初演の俳優の名が書き込まれ、初演の形態を残していると考えられるが、三つ目、七つ目がかけており、第二冊目に絵尽しや他の本には見られない場が存在する。東京大学国文学研究室本は、大序のみ役者名があり再演台帳と確認できるが、冒頭には絵尽しや他の本には見られない新しい場が置かれている一方、六つ目が欠けている。松竹大谷図書館本は、鞘当の場が加えられ「浮世柄比翼稲妻」の影響を受けた文言が台詞に見られることから、文政六（一八二三）年以降のものではないかと考えられる。日本大学図書館本は目録で確認した限りでは大序の切のみ残存している。[注9]

「品評林」の梗概については古井戸秀夫氏がすでにまとめているが、[注10]便宜上、絵尽し及び台帳から今一度、確認しておく。なお「附篇・資料二」に、役割番付・絵尽しの翻刻を載せる。

大序

桂之介は藤波の色香に溺れ、放埒三昧の日々を過ごしている。常陸の介が藤波を久秋に献上するようにとの上意を伝えたこともあり、綾の台は桂之介と銀杏の前との婚礼を急ぐ。水中に沈んでいる千鳥の香炉を探しだし献上すれば、名誉挽回になると名古屋山左衛門が提案する。誰がその役目を受けるかでもめる内、不破伴左衛門が藤波に艶書を送っていたことが発覚、桂之介の命で名古屋山三は伴左衛門を草履打ちにする。不破道犬は息子が草履打ちにされたことを憤る。ここに、ささら三八が朝鮮より戻り、大殿の討死を注進する。藤波が廊下を通るところを、ささら三八が殺害する。

山三郎が香炉を水中から取りあげるところを、伴左衛門らは奪おうと争う。

二つ目

道犬親子は桂之介を陥れるための計略を練っており、道犬の命で長谷部雲六は百蟹の巻物を盗んで逐電する。銀杏の前は蔵の前で一万町の御朱印の番をしている。桂之介は藤波が死んで狂気となるが、三八の妻磯菜が藤波の姿に扮し、銀杏の前との仲を取り持ち、祝言をさせる。

千嶋の冠者が、大領久吉の上意を伝え、桂之介が御用木の代金を横領した罪を糾弾、千鳥の香炉・百蟹の巻物・一万町の御朱印の三品の返上を命じる。

三つ目

佐々木蔵人は切腹して、紛失した百蟹の巻物の詮議のため、百日の延引を願い出る。

梅津嘉門は千嶋の冠者の求めに応じ真柴家に仕官することになる。銀杏の前を嘉門とその母蓬生が匿っており、銀杏の前を奪おうとする道犬の配下の岩淵丹下と山三が争う。

四つ目

六字南無右衛門は、浮世又平の妻小枝が盗人に金を奪われ自害しようとするのを、金を与えて留める。浮世又平・お竜兄妹は妹藤波の敵南無右衛門を討とうとするが、小枝が南無右衛門は命の恩人だと留め、又平は南無右衛門の天蓋を切って敵討を諦める。

五つ目

南無右衛門は花形丸の難病を救うために雷丸を捕らえようと獅子が渕へ忍び込む。

百蟹の巻物を質請けするために南無右衛門の娘楓は身を売り、花形丸の身替わりにするために南無右衛門は息子文弥を殺す。

六つ目

雨漏りのする浪宅で、名古屋山三は、葛城に朱印の詮議を頼む。

不破伴左衛門は虚無僧となって廓に通い、葛城は伴左衛門を実父と知らずに通じ朱印を手に入れる。

七つ目

山三郎、長谷部雲六、笹野蟹蔵らを倒す。

大切

景事花さそふ縁の乗合舟

このように、「品評林」は、『稲妻表紙』の山三郎と三八郎それぞれの二つの筋と嘉門の場面を取り込んでおり、「輝艸紙」同様に、ほぼ読本の筋をなぞっているといえるが、大きな改変箇所として二点指摘できる。第一に、三八郎による藤波の殺害を名古屋山左衛門（『稲妻表紙』の三郎左衛門）の命によるとすると同時に、百蟹の巻物を盗み出した長谷部雲六が城の奪取を企む不破道犬の命を受けているとした点である。原作の『稲妻表紙』では、三八郎、雲六ともにそれぞれが自身の考えで行動したものとなっている。つまり原作では名古屋親子、三八郎、不破親子、雲六の行動は別々のものでありながら、それらがたまさかに交錯するものとして描くのに対し、「品評林」では善と悪をそれぞれ名古屋親子と不破親子のもとに一元化しているといえる。第二に、「品評林」では『稲妻表紙』の三八郎が藤波の怨霊に苦しめられる場面を排除した点である。『稲妻表紙』では三八郎の娘楓は父が殺した藤波の怨霊によって大蛇に巻き付かれた姿となり、息子文弥は盲目となる。『稲妻表紙』では、忠義のためとはいえ「一点の罪」もない藤波を殺した報いがあることを示しているわけであるが、「品評林」では忠義のために罪のない女性やわが子を殺害せねばならない三八郎の苦衷を描きはしても、その非道の行為に対する是非を論じることはしない。

先述したように「輝艸紙」でも「品評林」と同様に、三八郎の因果の筋が省略されていた。『稲妻表紙』を歌舞伎化した両座の脚本がいずれも共通した改変を施していることは興味深い。因果応報を軸として全体の構成にかかわるような趣向は、場ごとの完成度を重視する歌舞伎にとって本来そぐわないものであったために排除されたのであろう。一般的に、因果律は勧善懲悪と並んで、読本の物語の構成方法であるといってよいが、演劇化に際して排除されていることからは、翻ってそれが読本により特徴的なものであったことがあらためて確認できる。

四　『昔話稲妻表紙』と『伊達競阿国戯場』の因果応報

読本の構成法として因果律が特徴的であったことは確かであるが、実は、『稲妻表紙』の三八郎の藤波殺しは、本来、安永八（一七七九）年初演浄瑠璃『伊達《だて》競《くらべ》阿国戯場《おくにかぶき》』（達田弁二・烏亭焉馬・吉田鬼眼合作。以下、『阿国戯場』と略す）第三段（安永七年初演の歌舞伎の序幕）[注11]、絹川谷蔵が主君の寵愛する傾城高尾を殺害する話に基づいている。『阿国戯場』第五段（歌舞伎の三幕目）で高尾の亡霊は、絹川と女夫になろうとする高尾の妹、累に祟り、累は醜い容貌となる。『阿国戯場』も因果応報を描いていないわけではないのである。

だが、『稲妻表紙』の藤波の祟りは、『阿国戯場』の高尾の祟りに拠りつつも、明らかに別のものとなっている。読本の演劇化に際し、先行演劇を利用することは多く、「品評林」は二つ目に、敵役らが悪巧みを相談する場面やその小道具のひとつに呪詛の人形を用いる場面など、御家騒動の枠組みを強化するための趣向を天明二（一七八二）年初演歌舞伎「伊達染仕形講釈」（桜田治助ら作）から利用しているが、『阿国戯場』の累の因果の筋を利用してはいない。[注12]それは『稲妻表紙』の藤波の祟りが『阿国戯場』の高尾の祟りに拠るものであっても、『稲妻表紙』と『阿国戯場』とでは、その因果は異質なものと認識されていたからであろう。読本と演劇の因果がどう異なるのかを『稲妻表紙』と『阿国戯場』を通して、確認しておきたい。[注13]

以下、先行の『阿国戯場』の高尾殺しと、それを踏まえた『稲妻表紙』の藤波殺しを、一、殺しの場面、二、恨みの内容とその解消、の二点に注目して比較してみる。

まず殺しの場面であるが、『阿国戯場』の谷蔵は、高尾に対して「御館の悪人共頼兼公を失わんと。工《たくみ》のなはを掛ケおふせて。こなたを館へ引キ入レるは。我君様を放埒の罪におとさん結構と。聞ィたるは此絹川一チ人。手にかけるは国歌の為。いとしいと思はしやる我君様のお為じや程に。此所を聞キ分ケて。いさぎよふ死ンで下されコレ。頼まする高尾殿」（第三）とあるように、主君を放埒の罪から救うため（傍線部）と、殺害の理由を明言しているが、『稲妻表紙』の三八郎は「ひまどりて、仕損ぜまじと心せかれ、衣にとめたる蘭麝の、薫る方を心当に、うかゞひすまして斬つけたれば、手ごたへして呀《あ》と叫ぶ。仕すましたりとたゝみかけてきるにぞ、あはれむべし藤波、たまきはる声とゝもに、のけさまになりて……」と藤波に対して何も告げぬままに刺し殺している。

また恨みとその解消についてであるが、『阿国戯場』では、高尾は殺される際に「ただ一ト筋にいとしいと。思ひ込ンだ殿様。お傍に居たい添イたいと。願イが叶ふてうけ出され。今お館へ行ク身の上。だまし殺シに殺すとは。余り気づよい胴欲じや」（第三）と歎き、妹の累が谷蔵と添おうとすると怨霊となって「妹〳〵。ヱ、そなたは恨めしい。恋しと思ふ殿様に。添ハさぬ恨は山々の。谷蔵と女夫にして。添ハす事はならぬわいのふ」（第五）と恨み言をいう。「女夫連レ。出行く姿。恨めしと」（第五）と繰り返すように、自分は恋慕する男と添うことが出来なかったのに対し、妹の累は相愛の男、しかも自分を殺した男と添おうとすることに対して恨みを抱いており、そのため累に取り付いてその容貌を醜くすることになる。累が誤って与右衛門に殺された後、祐天上人の御守の威徳によって累に取り付いていた高尾が成仏し、累ももとの美しい顔に戻る。これに対し『稲妻表紙』の藤波は、殺された理由を知らず、三八郎の子供に祟る一方で、自分の兄妹には口寄せの巫女を通して、地獄の苦しみと敵討ちを懇願するが、最終的には三八郎親子の忠義を知り、「敵三八郎どの親子のいみじき忠孝を感ずれば、今は恨も尽はて、、

安養浄土に生れ候」（第十六）と成仏することで因果が果てる。[注14]

『阿国戯場』では高尾にしても累にしてもいわば、夫に対する愛着に囚われ、その執着ゆえに祟るのであり、『稲妻表紙』の藤波が、罪無くして殺されたことに対して恨み祟るのとは性格を異にする。

つまり忠義のための殺害という同様の状況を設定しながらも、その罪がどういう点において糾弾されているかということが、その後の展開の違いを導いている。すなわち『阿国戯場』では、殺害によって女夫の中を裂いたという点が、『稲妻表紙』では、無実の者を殺したという点が強調されているわけであり、物語は『阿国戯場』では谷蔵・累夫婦の仲を裂くことで恨みを晴らす方向に、『稲妻表紙』では、三八郎親子の受ける悪報を描きつつも、一方で彼らの忠義や慈悲、孝心によって受ける善報をも描き、彼らの行為の是非を問いただす方向に展開するわけである。忠義のための殺害とはいえ、演劇が、殺害という行為が招いた悲劇（ここでは夫婦の断裂）とその恨みを怨霊の台詞によって直接、観客に訴えかけるのに対し、読本は、殺害という行為の善悪を因果応報の筋を通して読者に説き示す点が異なっているといえるだろうか。

『稲妻表紙』の演劇化である「品評林」は、先に述べたように『阿国戯場』を利用して御家騒動の枠組みを借りつつも、累の筋は活用することもなく、『稲妻表紙』の三八郎親子をめぐる因果の筋を省略している。つまり、『阿国戯場』の高尾の祟りと『稲妻表紙』の藤波の祟りとでは性格を異にすることを認識していたのであり、あえて累の筋を持ち込まず、また三八郎にまつわる因果の筋を省略し、御家騒動を強調することで、善人と悪人の対立を明確にしようとしたものだろう。

小説は演劇に構成方法から素材まで学んだが、この小説と演劇の影響関係が文化期に到って逆流しはじめたことを指摘したのは中村幸彦氏であった。[注15]とはいえこの時期においても読本は明らかに演劇的といえる趣向を利用しており、それは『稲妻表紙』においても同様である。山口剛氏は「今更におもはれるのは、あまりに歌舞伎めくといふことである。京伝の読本はしばしば歌舞伎また浄瑠璃に転用せられた。……皆それ等の要素を多く具備してゐるためであった。」と述べている。[注16]水野稔氏もまた「実は江戸読本の持っていた演劇性あるいは浄瑠璃的要素が、あらためて上方で迎えられたのだともいえる」[注17]と述べる。演劇的な要素があるから、読本でありながら演劇化の素材として利用され得たのであって、因果律といった読本の根幹に係わる部分が、演劇化に際し抵抗なくそのまま取り込まれることは、少なくとも文化期の上方においてはなかったものと思われる。

五　『昔話稲妻表紙』の歌舞伎化と馬琴

歌舞伎化に際し読本の根幹部分が変更されたにせよ、原作者である山東京伝が歌舞伎化を好意的に捉えていたことは、両座の芝居に対して京伝の言祝ぎの詞と歌川豊国の画を添えた団扇一千本を両座に送ったこと（『伝奇作書』）[注18]や続編『本朝酔菩提全伝』（文化六〈一八〇九〉年刊）の口絵で「輝艸紙」「品評林」の両座の番付・絵尽を転写、紹介していることからも伺い知れる。

京伝同様、馬琴も自身の読本の歌舞伎化に際しては、芝居中・茶屋中・見物に「褒詞」や摺物を配っている。[注19]また演劇化作品について『近世物之本江戸作者部類』に記録し、嵐吉三郎については「大阪にては俳優嵐吉三郎特に曲亭の読本を唱歎すと聞えし」とも述べている。文化十二年『璃寛帖』[注20]には「嵐吉上臺茶屋濕／桟舗売切驚群衆／豈思李下不正冠／男女同席斯大入　右東都　曲亭翁戯題」と四句を寄せてもいる。このように読本の歌舞伎化について敏感であったのは京伝も馬琴も同様であるが、馬琴は、自身の読本の歌舞伎化のきっかけを作ったともいえる[注21]『稲妻表紙』の歌舞伎化について『近世物之本江戸作者部類』には一言も記していない。『本朝酔菩提全伝』にまで京伝が紹介したほどのことを馬琴が知らないはずはないにもかかわらず、なぜ馬琴は記さなかったのだろうか。

この京伝の『稲妻表紙』には、典拠とは言えないまでも直接的、間接的に馬琴に影響を与えたと思われる趣向が多々見受けられる。例えば、「二、風前の灯火」の三八郎が主君の放埒を諌めるために寵妓藤波を殺す場面は文化五年刊『三七全伝南柯夢《さんしちぜんでんなんかのゆめ》』巻三「夜轎の驟雨」や文化九年刊『糸桜春蝶《いとざくらしゅんちょう》奇縁《きえん》』巻三第六段で、忠臣が主君の思い者を殺害しようとする場面に類似する（但し殺害を成功させていないところが馬琴の眼目とするところであろう）。「五、厄神の報恩」の疱瘡神は、文化四年刊『標注《ひょうちゅう》そののゆき』巻二「伏見の寓居」で登場する「疫鬼《えやみのかみ》」[注22]や文化五年刊『椿説弓張月《ちんせつゆみはりづき》』後編巻二第十九回の疱瘡神に、「六、因果の小蛇」「十六、名画の奇特」の蟹満寺の説話は、文化四年刊の合巻『島村蟹水門仇討《しまむらがにみなとのあだうち》』に、「八、暗夜の駿馬」の頼豪院は文化五年刊『頼豪阿闍梨怪鼠伝《らいごうあじゃりかいそでん》』に、「八、暗夜の駿馬」「九、辻堂の危難」「十、夢幻の落葉」の馬が主君を助けに来る場面や主君を守護して死ぬ女の家臣は、『椿説弓張月』巻四第九・十回に、「十六、名画の奇特」で巨勢金岡の画中から蟹が抜け出す趣向は蟹満寺の縁起や『傾城反魂香』に拠るが、天保十（一八三九）年刊『南総里見八犬伝』第九輯第百四十三回で金岡の画から抜け出した虎を親兵衛が捕らえる場面でも繰り返されるといった具合である。また不破名古屋の争いを仲裁しようと、葛城が不破の身替りとして討たれるという「十九、刀剣の稲妻」は、元禄十（一六九七）年初演「参会名護屋」三番目の「鞘当」の場面を基にしているが、同じく「鞘当」を発展させた馬琴の例として文化三年刊の『三国一夜物語』では夫浅間が父の敵と知った波路が、兄富士太郎に討たれる場面の他、文化五年刊『松浦佐用媛石魂録《まつらさよひめせきこんろく》』前編第十回で息子瀬川吉次と弟牛淵九郎の鍔競合いを玉嶋が止める場面、同年刊『旬殿実実記《しゅんでんじつじつき》』第十二で夫殿兵衛と兄与次郎の斬り合いをお旬が止める場面が指摘されており、[注23]『稲妻表紙』が馬琴に影響を与えていることがここからも窺える。

おわりに

　このように馬琴は文化五年の『稲妻表紙』歌舞伎化以前以後を通して、本作をかなり意識していることがわかる。関心が高い分、『稲妻表紙』の歌舞伎化によって馬琴の京伝への対抗意識がいっそう刺激されたとしても不思議ではない。だからこそ馬琴はこの『稲妻表紙』の歌舞伎化について『近世物之本江戸作者部類』にあえて何も記述しなかったのではないだろうか。

　また文化五年以降、馬琴は演劇に取材した巷談物の作品を立て続けに出版している。『旬殿実実記』（文化五年刊）、『三七全伝南柯夢』（文化五年刊）、『松染情史《しょうぜんじょうし》秋七草《あきのななくさ》』（文化六年刊）、『常夏草紙《とこなつぞうし》』（文化七年刊）、『占夢《ゆめあわせ》南柯後記《なんかこうき》』（文化九年刊）、『糸桜春蝶奇縁』（文化九年刊）、『美濃旧衣《みののふるぎぬ》八丈《はちじょう》綺談《きだん》』（文化十一年刊）といった具合である。また『稲妻表紙』歌舞伎化の前年、文化四年には、本章第三節で述べるように、京伝の読本の浄瑠璃化作品『桜姫花洛鑑《さくらひめみやこかがみ》』が上演されてもいる。馬琴は京伝読本が演劇界に受け入れられた要因を、読本に演劇を利用したためと考えたのではなかったか。実は、馬琴は後年『著作堂旧作略自評摘要』において、自作の演劇的な趣向に否定的な評価を下している。『糸桜春蝶奇縁』もその一つであるが、本作が浄瑠璃化（本章第二節参照）されたことに言及し、浄瑠璃本は見るに足らない内容だが、「当時の流行を思へば今も棄難き一書也」と記す。[注24]馬琴にとって自評とは別に、読者と演劇界の反響が自作の評価基準の一つであったことがわかる。演劇を作中に取り入れることで、演劇界において、自身の作品が受け入れられるよう企図したのが、一連の巷談物であったのではないだろうか。

注

1　『新群書類従』第一（国書刊行会、一九〇六年）。但し一鳳は「尤中の座は先に催し角は跡より追うて作せしゆゑにか見所少なし」としているが、番付では上演は角の芝居が先であり、誤りか。

2　須山章信「化政歌舞伎―上方」（『岩波講座歌舞伎・文楽3　歌舞伎の歴史2』一九九七年）。アンドリュー・ガーストル「役者絵にみるスターの対抗と世代継承―二代目嵐吉三郎対三代目中村歌右衛門の場合―」（『国語国文』七十二巻三号、二〇〇三年三月）。北川博子「嵐吉三郎と中村歌右衛門の「和解」」（『館報池田文庫』十二、一九九八年四月）他。

3　『上方役者一代記集』（上方芸文叢刊、一九七九年）。

4　『日本庶民文化史料集成』第一四巻（三一書房、一九七五年）。七六七頁一二図。

5　文化九年刊『錦画姿』には「歌右衛門が名古屋山三の役を割　二役大津絵師又平との大役を出かされ　殊に角の芝居の二のかはりけいせい輝草紙とて同じ世界の新狂言　名古屋山三は花かたの岡島屋　又平は浅尾工左衛門　小手きゝと色男に立ならんで負ずおとらず大当りの最中江戸下りの相談きはまり」（傍線は引用者による）とあり、この競演の最中に江戸下向が決まったことが見えている。

6　京伝自身が巻之五、十六で浄瑠璃芝居の始祖である女太夫の名であるとしており、これが『増補江戸咄』六に拠ることが指摘されている（『山東京傳全集』第一六巻解題、ぺりかん社、一九九七年）。

7　絵尽しからはわからないが、役割番付には「ほうさうの神」とあり、『稲妻表紙』「五、厄神の報恩」の疱瘡神が三八郎に恩を報いる場面が何らかの形で取り込まれているであろうことがわかる。

8　古井戸秀夫氏は『日本古典文学大辞典』（岩波書店刊）「けいせい品評林」の項で初演本には完本がないと指摘する。

9　同じく『日本大学日本演劇資料総目録の四　歌舞伎台帳目録（日本大学図書館蔵書目録第七輯）』に拠れば、明治二十九年一月夷谷座上演の衣裳帳の所蔵がある。

10　古井戸秀夫氏執筆『日本古典文学大辞典』（岩波書店刊）「けいせい品評林」の項を参照。

11　歌舞伎の「阿国戯場」では序幕に相当する。『稲妻表紙』が用いている伊達騒動ものとしては「阿国戯場」の歌舞伎・浄瑠璃、「伊達染仕形講釈」が挙げられることは郡司正勝氏に指摘がある（「治助・京伝・南北」『郡司正勝刪定集』

第一巻、白水社、一九九〇年）。

12 大高洋司氏は『稲妻表紙』の〈読本的枠組〉としての藤波怨霊譚が、高尾怨霊譚の転用であることを指摘しつつも、京伝は「阿国戯場」第九（土橋の段）を利用せず、〈読本的枠組〉の後半部は山城国蟹満寺の縁起を踏まえ形作られたとする（「『昔話稲妻表紙』と『新累解脱物語』」『日本文学』二〇〇六年一月号、日本文学協会）。

13 詳細は拙稿「京伝・馬琴と〈累〉」（『青山語文』四〇号、二〇一〇年三月）参照。『伊達競阿国戯場』の引用は『江戸作者浄瑠璃集』（叢書江戸文庫15、国書刊行会、一九八九年）に拠った。

14 京伝読本には繰り返し〈妬婦〉のモチーフが使われており（大高洋司「『梅花氷裂』の意義」『読本研究』第七輯上套、一九九三年九月）、大高氏は「阿国戯場」の高尾の怨霊のイメージによって形成されたものとし、『稲妻表紙』の藤波も同様とする（前掲論文「『昔話稲妻表紙』と『新累解脱物語』」）。『稲妻表紙』の藤波の設定は確かに高尾に拠っているが、藤波の造型に際して「高尾」の持つ〈妬婦〉としてのイメージをあえて捨てたところに『稲妻表紙』の特徴があると考える。

15 『中村幸彦著述集』第八巻「戯作論」後語。

16 日本名著全集『読本集』（日本名著全集刊行会、一九二七年）解題。

17 「江戸小説と演劇　真と行・草」（『江戸小説論叢』中央公論社、一九七四年）。

18 肥田晧三氏がこの団扇の摺物が現存することを紹介している（「西澤一鳳貼込帳」『演劇研究』第二一号、一九九八年三月）。

19 文化五年九月十二日・十一月十八日付、河内屋太助・正本屋利兵衛宛の書簡参照（『馬琴書翰集成』）。

20 荻田清「賞賛雅言　璃寛帖について」（『近松研究所紀要』12号、二〇〇二年三月）に翻刻がある。抱谷文庫本（国文学研究資料館マイクロフィルム）を参照した。神楽岡幼子氏は、版元の河内屋太助の企画によって暁鐘成が創作したものと推測する（神楽岡幼子『歌舞伎文化の享受と展開』八木書店、二〇〇二年）。『近世物之本江戸作者部類』には「大坂の書賈大野木市兵衛の需に応じて「劇場画史」盧橘撰の像賛狂詩三十六首を題す。こは京浪華の歌舞伎役者の肖像なり」とあり馬琴は書肆の求めに応じて文化二年に『劇場画史』に歌舞伎俳優の似顔に画賛を寄せたことがわかる。『自撰自集雑稿』にはこれらの草稿が残っており、「題嵐吉三郎 割注（号李冠後ニ改テ曰フ二璃寛ト一）」として「嵐吉上レ

ハ臺茶屋 濕《ウルホフ》／桟舗売レ切レテ驚クニ群衆一／豈ニ思ンヤ李下不ルコトヲレ正サレ冠ヲ／男女共ス莚ヲ斯レ大一入」を記している。『璃寛帖』では『自撰自集雑稿』に残る草稿の傍点部分「共莚」が「同座」に変えられたものとなっている。実際に現存する『劇場画史』は、享和元年十二月に板元秋田屋市兵衛が開板の許しを得ているが、（「新板願出印形帳」第九冊）、「寛政二年改板木総目録株帳」第六冊には「劇場画史」に「戯場画史　二　秋市　享和三亥二月出来」、刊記には「享和三年亥正月」（国文学研究資料館蔵抱谷文庫本マイクロフィルム）とあり、実際の刊行が遅れていることがわかる。この『劇場画史』は「山水之部」で、その刊記末の広告には「人物之部」「禽獣之部」「艸花之部」が見えているが、これらが刊行されていないことは濱田啓介氏が既に指摘している通りである（「寛政享和期の曲亭馬琴に関する諸問題」『国語と国文学』五十五巻十一号、一九七八年一一月。「滑稽本としての劇書」『文教国文学』二十四号、一九八九年一二月）。馬琴の画賛は「人物之部」のために求められたが、出版には至らなかったこともあり、馬琴は『璃寛帖』のためにこの画賛に少し手を加えて再利用したものかと考えられる。

21　馬琴読本の浄瑠璃化はこれ以前の文化二年（『稚枝鳩』の浄瑠璃化「会稽宮城野錦繡」）、文化三年の「いろは歌誉桜花」は『四天王剿盗異録』の歌舞伎化だが筋全体ではなく一つの趣向の利用に留まる。本章第二節参照。

22　大高洋司『京伝と馬琴』Ⅱ—5（翰林書房、二〇一〇年）。

23　『馬琴中編読本集成』第六・十巻解題参照。

24　東京藝術大学附属図書館蔵本の『本朝糸屋娘』は馬琴旧蔵本。本章第二節注12参照。

第二節　馬琴読本の演劇化
――文化期の上方演劇作品における――

はじめに

文化年間の上方における馬琴読本の演劇化作品には、作者や浄瑠璃化・歌舞伎化の別を問わず、先行演劇を利用して、馬琴が読本に取り入れた演劇の人物の役柄や趣向を誇張する傾向がある。本節では、浄瑠璃・歌舞伎作者が、馬琴読本のどのような部分に演劇性を見出していたのかを確認する作業を通じて、馬琴が読本に演劇を利用する際の特徴について考察したい。

一　文化年間の上方における馬琴読本の演劇化

現在確認できる、文化年間に上方で上演された馬琴読本の演劇化作品の一覧は以下の通りである。[注1]馬琴読本の演劇化作品については、『近世物《きんせいもの》之《の》本《ほん》江《え》戸《ど》作者《さくしゃ》部類《ぶるい》』『著作堂雑記』等の馬琴による記述や、西澤一鳳の『伝《でん》奇《き》作書《さくしょ》』

残編（嘉永二〈一八四九〉年成立）[注2]から知ることができるが、以下に浄瑠璃正本や歌舞伎台帳・絵入根本、番付から上演の事実と馬琴読本の影響が確認できる作品を挙げる。[注3]なお一覧に挙げた歌舞伎化作品のうち、「復讐高音鼓」と「草紅錦絹川」以外のすべての作品に、嵐吉三郎が出演し、「復讐高音鼓」「草紅錦絹川」では、ともに片岡仁左衛門が色悪を勤めていることが特記できる。

（年号は初演年月、括弧の中に典拠となった馬琴読本を示した。）

文化二（一八〇五）年十月　浄瑠璃『会稽宮城野錦繡《かいけいみやぎのにしき》』（敵討物『稚枝鳩《わかえのはと》』文化二年刊）

文化三（一八〇六）年一月　歌舞伎「いろは歌誉桜花《ほまれのめいぼく》」（伝説物『四天王剿盗異録《してんのうしょうとういろく》』文化三年刊）

文化五（一八〇八）年八月　歌舞伎「復讐高音鼓《かたきうちたかねのたいこ》」（敵討物『三国一夜物語《さんごくいちやものがたり》』文化三年刊）

文化五（一八〇八）年九月　歌舞伎「舞扇南柯話《まいおうぎなんかのはなし》」（巷談物『三七全伝南柯夢《さんしちぜんでんなんかのゆめ》』文化五年刊）

文化五（一八〇八）年十月　浄瑠璃『鎮西八郎誉弓勢《ちんぜいはちろうほまれのゆんぜい》』（史伝物『椿説弓張月《ちんせつゆみはりづき》』前後編　文化四・五年）

文化五（一八〇八）年十一月　歌舞伎「島廻月弓張《しまめぐりつきのゆみはり》」（史伝物『椿説弓張月』前後編　文化四・五年）

文化六（一八〇九）年七月　歌舞伎「草紅錦絹川《くさもみじにしきのきぬがわ》」（伝説物『新累解脱物語《しんかさねげだつものがたり》』文化四年）

文化十（一八一三）年九月　浄瑠璃『本町糸屋娘《ほんちょういとやのむすめ》』（巷談物『糸桜春蝶奇縁《いとざくらしゅんちょうきえん》』文化九年）

文化十一（一八一四）年八月　歌舞伎「定結納爪櫛《かみかけてちかいのつまぐし》」（寓話物『青砥藤綱摸稜案《あおとふじつなもりょうあん》』後集　文化九年）

文化十三（一八一六）年二月　歌舞伎「園雪恋組題《そののゆきこいのくみだい》」（伝説物『標注園《ひょうちゅうその》の雪《ゆき》』文化四年）

演劇化された馬琴読本に注目すると、演劇に直接取材した作品や演劇の「世界」と舞台が共通する作品が多いことが確認できる。たとえば、「舞扇南柯話」（文化五年八月初演）、『本町糸屋娘』（文化十年九月初演）の典拠である、『三七全伝南柯夢』や『糸桜春蝶奇縁』は、馬琴読本の中でも巷談物（情話物）と呼ばれ、馬琴は、その序跋に浄瑠璃に取材したことを記している。また「復讐高音鼓」（文化五年八月初演）の典拠である『三国一夜物語』は浄瑠璃

『莠伶人吾妻雛形《ふたばれいじんあづまのひながた》』（享保十八〈一七三三〉年初演／並木宗輔・大輔作）の利用が指摘されている。「世界」が演劇と共通する作品としては、たとえば『鎮西八郎誉弓勢』（文化五年十月初演）と「島廻月弓張」（文化五年十一月初演）の典拠である『椿説弓張月』は「保元物語」の世界を舞台とする。また「草紅錦絹川」（文化六年七月初演）の『新累解脱物語』は「累」に、「園雪恋組題」（文化十三年二月初演）の『標注そののゆき』は「薄雪」に共通する。

このように、演劇化された馬琴読本の多くには、一見して演劇との関わりが見出せるが、演劇化作品を検討することで、馬琴読本における演劇性の所在を明らかにすると同時に、馬琴読本と演劇の志向の相違を知ることができる。[注4]演劇化に際して、馬琴読本から掬い上げられた箇所とは、本来演劇の性格に適う箇所であったと推測できる。一方、演劇化に際して除かれた箇所、あるいは改められた箇所とは、演劇の性格にはそぐわない箇所であったと言えるだろう。しかし、右に述べたように、この時期に演劇化された作品の多くは演劇との関わりが明らかであるため、これらを通覧したとき専ら目に留まるのは、演劇化に際して排除、改変された箇所である。そしてこれが顕著なのが、馬琴が浄瑠璃に直接取材している巷談物の演劇化作品である。特に巷談物の演劇化作品に注目しつつ、以下に、正本あるいは台帳・絵入根本が残る各作品について、主に翻刻のないものを中心に具体的に検討してゆきたい。

二　佐藤魚丸による馬琴読本の浄瑠璃化

まず、演劇化作品の中でも、浄瑠璃化の三作品『会稽宮城野錦繍』『鎮西八郎誉弓勢』『本町糸屋娘』を取り上げる。[注5]この三作品はいずれも佐藤魚丸の作品である。佐藤魚丸の著作は、先行の浄瑠璃の脚色や読本の翻案がその主なものであり、浄瑠璃作者としては比較的知られていないが、読本作者をも兼ねていた佐藤魚丸が文化期の上方における読本の浄瑠璃化の一翼を担っていたことは確かである。[注6] なお魚丸については第三章第一節で取り上げる他、本章次節でも触れる。以下に年代順に作品を検討してゆく。

①『姉は全盛妹は新造会稽宮城野錦繍』（文化二年十月初演・大坂北の新地芝居）[注7]

井口洋氏が簡潔に述べるところを引用すると、この作品は「『太平記菊水巻《たいへいききくすいのまき》』のいわゆる慶安太平記の世界に宮城野・信夫の敵討を持ち込んだ『碁太平記白石噺《ごたいへいきしらいしばなし》』、その『白石噺』の敵討の筋を『稚枝鳩』の筋と入れ替えたのが『会稽宮城野錦繍』」[注8] である。『会稽宮城野錦繍』のうち、『稚枝鳩』（文化二年刊）が用いられているのは、全十一段のうち四段目「湯が嶋天城山のだん」・五段目「嵯峨のだん」・六段目「与茂作内のだん」の三段である。『碁太平記白石噺』は、志賀台七に、父与茂作を殺された、宮城野・信夫姉妹の敵討の話であるが、『会稽宮城野錦繍』は、『碁太平記白石噺』に『稚枝鳩』を取り入れた結果、敵役の台七は、怪伝（『稚枝鳩』の道玄）という協力者を得て、杉本甚内をはじめその長女千鳥と息子赤太郎、千鳥の夫半次郎とその両親である与茂作・おさめの六人までも殺害する。[注9] 井口氏も指摘するところだが、『会稽宮城野錦繍』は敵討物の『稚枝鳩』から、敵討の発端となる善人の横死についての筋書きを取上げた上で、悪人の悪を誇張する改変を加えている。

例えば、『稚枝鳩』第二・三・四編に相当する四段目「湯が嶋天城山のだん」では台七は、千鳥への横恋慕を叱責された恨みから、杉本甚内を谷底へ突き落として殺害した後、畚《ふご》にのって谷底へ下り、甚内の懐中の金と秘書を奪う。これに対して、『稚枝鳩』の字九郎は叱責された腹いせに楯縫九作を谷底へ突き落とすが、そのまま逃亡し、金品を奪うことはしていない。『会稽宮城野錦繍』の台七は、谷底に下りてまで金品を奪おうとする分、『稚枝鳩』の字九郎よりもその悪行が強調されている。また、畚にのって谷底へ下りる趣向は、『稚枝鳩』で、九作の婿綾太郎が、舅の遺体を引き上げるために鈎縄のついた簀《あじろ》を手繰り下ろす場面から取り入れたものと考えられるが、より直接的には、『稚枝鳩』刊行の翌年、文化三年刊の『四天王剿盗異録』巻之二第三綴にみえる、人が畚にのって谷底へ下りる場面に拠ったものと思われる。『四天王剿盗異録』には、『稚枝鳩』にない、挿絵があることも演出しやすかったものであろう。後述するが、『会稽宮城野錦繍』の翌年、文化三年初演の歌舞伎「いろは歌誉桜花」においてもこの場面は取り組まれている。浄瑠璃と歌舞伎とでは演出も多少異なるであろうが、この趣向は観客の目を引く趣向であったものと思われる。

また、五段目「嵯峨のだん」・六段目「与茂作内のだん」は、それぞれ『稚枝鳩』第五・六編に拠る。浄瑠璃では、敵討に出た夫半次郎を尋ねる旅の途中、千鳥は息子赤太郎とともに怪伝に殺害される。一方、半次郎は、父与茂作と再会するが、父の後妻おさめが台七の乳母かつ怪伝の愛人であったことを知らず、おさめの計略によって台七・怪伝に殺害される。さらに二人は与茂作に加えて、おさめをも口封じに殺害する。これに対して、『稚枝鳩』では、千鳥と赤太郎の死は、我が子を餓死させた上、夫が殺されたと勘違いした妻が絶望して自害したものとして描かれる。専《おさめ》の死も『稚枝鳩』では、自業自得のものとして描かれ、字九郎・道玄の犯行によるものではない。

このように『会稽宮城野錦繍』は、敵役の悪行を強調する改変を施した上で、『稚枝鳩』の敵討の趣向を、取り込んでいることが分かる。

②『筑紫の白縫玄妻の彫江鎮西八郎誉弓勢』（文化五年十月初演・北の新地芝居）注10

『鎮西八郎誉弓勢』（以下『誉弓勢』と略す）上演時において、『椿説弓張月《ちんせつゆみはりづき》』（以下『弓張月』と略す）は前後編まで出版されている。『弓張月』前後編の内容は、保元の乱に破れ、伊豆の大嶋に流された為朝が八丈島をも従え、討伐軍との戦いの末、大嶋を脱出、九州に潜伏するまでを描き、為朝がこの後琉球へ渡ることを作中に予告している。これに対し、『誉弓勢』では、大切の十二段目に、為朝が重仁親王を奉じて琉球に渡るという場面を付け加えて幕を閉じる。

『誉弓勢』はほぼ『弓張月』前後編の内容を網羅しているが、大きな改変として三点が注目される。それは第一に、悪を信西のもとに一元化したこと、第二に、重仁親王に重きを置いたこと、第三に、足利義安を捌き役に仕立てたことである。

第一に、悪を信西のもとに一元化したという点については、まず『誉弓勢』が大切の十二段目の信西の死をもって幕を閉じることからも確認できる。一方、『弓張月』では前編においては、信西は一貫して為朝を苦しめる存在ではあるが、信西と為朝の直接対決があるわけでもなく、信西は前編の内に物語から退場する。『誉弓勢』では『弓張月』後編に相当する場面においても信西を敢えて敵役として生かしているわけである。また、『誉弓勢』において信西以外に登場する悪人は、武藤太・須藤重光（読本の狩野茂光に当たる）・渦丸の三者だが、いずれも信西の配下とされている。特に武藤太や渦丸は、『弓張月』においては、信西とは関わりのない単発的な悪人に過ぎず、しかも渦丸は信西の死後の後編に登場するものを、『誉弓勢』は信西と結びつけることで、その悪を為朝に敵対する悪として格上げしているといえる。『誉弓勢』がいずれの悪をも信西一人に収斂させ、善悪の対立を基本構想として明確に打ち出していることと、『弓張月』に偶発的な悪が存在することとは対照的といえる。

第二点は、重仁親王を重視した点についてだが、重仁親王は『誉弓勢』では第一段目から登場するのに対し、『弓張月』では重仁親王自身が登場することはなく、わずかに二回、崇徳院（前編巻之三第八回）と、為朝（後編巻之五第二十八回）の台詞の中で語られるだけである。重仁親王とは崇徳院の第一皇子である。崇徳院が弟後白河帝に対して謀反を起すのが保元の乱だが、『誉弓勢』では重仁親王を前面に押出すことによって、演劇の御家騒動の対立の構図を作り上げたといえる。『誉弓勢』の十二段目で、この重仁親王が琉球へ渡る趣向は、『弓張月』の為朝の琉球渡航説の考証を踏まえたものだが、『誉弓勢』は直接的には、浄瑠璃『鎮西八郎唐土舩《もろこしぶね》』（享保五〈一七二〇〉年初演

／紀海音作）（以下、『唐土舩』と略す）から発想を得たものと思われる。『唐土舩』の為朝に絡む筋を簡単に説明すると、為朝に守護されて琉球に渡った重仁親王が、琉球国の王女と婚約するという内容である。『弓張月』は当時完結していなかったため、『誉弓勢』は『弓張月』を演劇化する際に、『唐土舩』の為朝と重仁親王が琉球へ渡る趣向を借りて、結末としたのである。

　第三に足利義安を取上げたことであるが、『誉弓勢』では、義安は早くも五段目に、為朝を訴人した悪党・武藤太を捕らえる役人として登場し、重仁親王を匿うと約束する代わりに為朝に自首を促す。十一段目においては、義安は、信西の上使を忠臣梁田時員《やなだときかず》の敵、盗賊渦丸と見破り、為朝の息子朝稚《ともわか》に討たせる。また義安の手配によって重仁親王は為朝の待つ琉球へ渡る。『弓張月』では、義安は、為朝の息子・朝稚を庇護する養父として登場するだけだが、『誉弓勢』では混乱した事態を収拾する捌き役となっているのである。

　このように、三点の改変は、琉球渡航を描いた『鎮西八郎唐土舩』の重仁親王を登場させるとともに、信西を敵役とし、足利義安を捌き役とすることで、御家騒動の構図を明らかにするためのものであったといえる。

　その他の浄瑠璃的な改変としては、『弓張月』の忠臣である八代《やつしろ》の戦死に、為朝の正妻である白縫《しらぬい》の身替りとする趣向を付加したり（七段目）、『弓張月』では為朝を裏切る舅忠重の死にもどりの場面を加え（九段目）、善人の忠義をも強調する。また『弓張月』では、為朝の妻同士が直接顔をあわせることはないが、『誉弓勢』では二人の妻、彫江（読本の簓江《ささらえ》）とさをり（読本の三郎長女《さほりのにょこ》）が為朝をめぐって争い歎く悲哀が描かれる。さらに『弓張月』では、父忠重の裏切りの詫びに、簓江が息子為稚《ためわか》とともに自害するのに対し、『誉弓勢』では、さをりが、彫江から為朝を奪った詫びとして彫江の代わりに自害し、我が子朝稚を彫江に託す場面が付加されている（九段目）。『誉弓勢』は『弓張月』にこれらの場面を付加することで、効果的な愁嘆場を作り出している。また一方では、男二人を取り合う女護島の女三人のおかしみを描く茶利場（八段目）も設けられている。

以上、『誉弓勢』と『弓張月』との相違を見てきたが、一方では、『誉弓勢』と『弓張月』の比較を通して、『弓張月』における演劇に拠った趣向を確認することができる。例えば、『弓張月』前編巻之一第三回・前編巻之二第六回の、琉球の玉璽である虬の珠を紛失した琉球国の王女に、為朝が九州の大蛇から得た珠を譲るという件は、『誉弓勢』の三段目に取り入れられている。これを『誉弓勢』では、宝珠は為朝が琉球で得たものであり、崇徳院・重仁親王が琉球国で即位する際に玉璽とするためのものとした上で、官軍との戦闘で手傷を負った八代が乳の下を切り裂き、珠を押し込んで死守する、という趣向を加えている。この『誉弓勢』の趣向は明らかに謡曲「海人《あま》」の流れを汲むものであろう。『弓張月』前編の口絵には、武装した八代が旗を持って膝をつく図があるが、八代の視線の先には光を放つ宝珠が潮に運ばれるさまが描かれる。本文には八代と宝珠の関係について言及はないが、おそらくこの口絵から浄瑠璃作者は八代と珠の趣向を創出したものと考えられる。また『誉弓勢』七段目には、『弓張月』第十五回「白縫潮を志度に汲む・新院生を魔界に攀給ふ」を基に、讃岐の海人である八代の母の元に身を寄せる白縫主従が描かれる。『弓張月』第十五回が「海人」を踏まえていることは志度という地名からもわかるが、『誉弓勢』三段目の珠の趣向からは、浄瑠璃作者が、『弓張月』第十五回だけではなく、第三・六回の虬の珠が琉球国の玉璽であるという趣向からも「海人」の影響を読み取っていたことがわかる。注11

また、『誉弓勢』十一段目に、渦丸に切られた彫江・朝稚が、崇徳院の御幣の神徳によって命を救われるという場面がある。これは『弓張月』の後編巻之六第三十回の、渦丸に殺されたはずの梁田時員が、身替りとなった正八幡の白幣のために助かるという箇所に拠っているが、馬琴が足利の正八幡の御幣としたのに対し、浄瑠璃化の際には讃岐の金毘羅権現の御幣としている。これは『唐土舩』と同じく為朝を扱った浄瑠璃『崇徳院讃岐伝記《しゅとくいんさぬきでんき》』（宝暦六〈一七五六〉年初演／竹田出雲ら作）の趣向を踏まえたものと思われる。『崇徳院讃岐伝記』は、為朝らが崇徳院の皇子千里の宮を助けて、敵役藤原忠実に対抗するという内容である。この大切の五段目に、為朝らの抵抗も空しく、宮主従は捕えられるが、忠実の前に引き出されてみると、主従は金毘羅の御幣に変わっているという趣向がある。『誉弓勢』は、『弓張月』の御幣の趣向に『崇徳院讃岐伝記』の影響を読み取っていたのであろう。

『誉弓勢』からは、『弓張月』との悪の描写の相違に加えて、『弓張月』に「海人」や『崇徳院讃岐伝記』の趣向が用いられていることが認められる。

③『姉若草妹初音本町糸屋娘』（文化十年九月初演・大坂いなり境内）注12

『本町糸屋娘』は『糸桜春蝶奇縁』（文化九年刊）の浄瑠璃化作品である。『糸桜春蝶奇縁』は江戸浄瑠璃『糸桜《いとざくら》本町育《ほんちょうそだち》』（安永六〈一七七七〉年初演／紀上太郎作・達田弁二補助）の小糸・佐七の巷説を読本に仕立てたものである。『糸桜春蝶奇縁』は、『糸桜本町育』の主人公らの「淫奔」の罪を、その肉親の罪に転嫁する。その上で小糸・狭五郎（『糸桜本町育』の左五郎）・大総（『糸桜本町育』のお房、小糸の姉）を宝の詮議に奔走する忠臣貞女とし、また綱五郎を、彼等を助ける侠客として描き出す。大総・小糸の母、曙明《あけぼの》はかつて一八に心中を強いられたものの、曙明を見初めた東六に救われ、一八を弔うこともしないままに、東六と夫婦になり姉妹をもうけたのであるが、この一八の祟りによって、主人公らは離れ離れとなり艱難辛苦を嘗めるのである。『糸桜春蝶奇縁』は、「淫奔」の罪が肉親の悔悟と死によって償われ、小糸・狭五郎に加えて、曙明の娘の大総と一八の息子の綱五郎が夫婦になることによって、一八の怨念が晴れるまでの因果を描く。

これに対し、『糸桜春蝶奇縁』の演劇化作品である『本町糸屋娘』は、因果応報を描かない。そのために一八と曙（読本の曙明）の心中未遂は、物語にはほとんど関与せず、わずかに「道行妹背の片糸」として残されてはいるものの、これはただ、先行浄瑠璃『糸桜本町育』の五段目の小糸・左五郎の道行「道行妹背の組糸」に対応させて、曙ひとりが生き残ることを「片糸」としたものであろう。『本町糸屋娘』の道行が『糸桜本町育』の道行に対応させたものであることは、読本では一八による無理心中であったのに対し、『本町糸屋娘』の一八と曙が、『糸桜本町育』の小糸・左五郎と同様に、お腹に子を宿すまでの相愛の仲となっていることからも確認できる。『本町糸屋娘』では、生き残った曙を、お腹の子（大総）のためにと善意から救い出したのが東六であり、東六との子が小糸である。読本とは異なり、『本町糸屋娘』は、一八と東六の曙明への執着を描かないため、一八の怨念もなければ、それによって東六が死ぬこともなく、東六は実方の人物として造型されている。読本の東六が水死するのに対し、『本町糸屋娘』の東六は遭難し鰐に呑まれたものの、鰐の腹中に宝刀を発見、腹を切り裂いて生還していたことが明らかになる（十七段目）。ただ十五段目で、行き別れた姉妹と再会した曙が、一八と東六の二夫に見えたことを恥じ自害する点は『糸桜春蝶奇縁』を反映している。

因果応報を描かない一方で、『本町糸屋娘』は読本の悪人を敵役に格上げする。この結果、新たに付け加えられたのが、一段目の末尾と、十六段目「駒形堂の段」・十七段目「浅草の段」・十八段目「大切・長尾屋敷の段」である。読本の主人公らを苦しめる山賊山魅《やまずみ》伍平太（先行浄瑠璃『糸桜本町育』の敵役山住五平太）は、『本町糸屋娘』では山下憲広の家臣山住五平太となり、その正体は実は憲広を父の敵として付け狙う豊嶋治郎信春である。またその兄太郎信澄の部下には半時九郎兵衛（先行浄瑠璃では同名。読本では半晌《はんとき》黒平）をおく。この敵役豊嶋兄弟は、憲広に毒薬を盛って狂乱させているが（第一段目）、憲広の病が午の年月日に生れた女の生き血で治り、豊嶋兄弟が捕らえられることで『本町糸屋娘』は完結する（十八段目）。この生き血のために犠牲となったのが小糸であり（十七段目）、お房と佐五郎が夫婦になる点は、『糸桜本町育』とも『糸桜春蝶奇縁』とも違う結末である。『本町糸屋娘』の大きな改変は因果応報を描かず、主君の命を脅かす敵役を配した点にあるといえる。

その他の浄瑠璃的な改変としては、読本では一八の霊に惑わされて、東六が曙明を離縁し、姉妹が離れ離れとなるきっかけとなるのに対し、『本町糸屋娘』では生き血を求められた小糸を救うために「欺す心底」[注13]で離縁した点

（四段目「守山の段」）、一度は救いながらも婿佐五郎の帰参のために小糸の命を奪う東六の愁嘆場が加えられている点（十七段目「浅草の段」）が挙げられる。また十一段目「辻町村の段」に登場する敵役半時九郎兵衛の伯母裏駒（読本の背棋《うらこま》）の死に、小糸が恩ある東六の娘であると知り、苦しい息の下から、甥九郎兵衛の仕える信澄の為に金を稼いでいたことを明し、今までのことを詫びるという場面が付け加えられているが、隠していた腹を見せるという点で、これももどりであると井口氏が指摘している。[注14] さらに十五段目「小石川の段」では、馬琴が「但小石川の段のみ螟蛉《ハメモノ》にて本町育の小石川の段をそが侭に用ひたり」（『近世物之本江戸作者部類』、天保六〈一八三五〉年九月十六日小津桂窓宛書翰にも同内容有）と記すように、『糸桜本町育』第八段目「小石川の段」の詞章の多くをそのまま取り入れている。同様に、十二段目「芝崎の段」、十三段目「糸屋の段」においては、『糸桜本町育』の綱五郎が血潮の付いた片袖を種に脅迫される場面や、綱五郎が母に勘当の無心をする場が取り込まれている。『糸桜春蝶奇縁』には、馬琴がこれらの場面を換骨奪胎して翻案した箇所があるにもかかわらず、『本町糸屋娘』がそれを利用することはない。

『本町糸屋娘』は、『糸桜本町育』をはじめ先行浄瑠璃の趣向を巧に取り入れつつ、『糸桜春蝶奇縁』に拠らない新たな段を付加することで、敵役を創出し、御家騒動物を仕立てたといえる。

三　近松徳三による馬琴読本の歌舞伎化

次に歌舞伎化作品の中でも、近松徳三（徳叟）の作であるものについて取上げる。徳三の馬琴読本の歌舞伎化作品は、「いろは歌誉桜花」・「舞扇南柯話」・「島廻月弓張」である。近松徳三の読本の歌舞伎化については、坂根由規子氏に論考が備わる。[注15] その中で氏は徳三の読本の歌舞伎化作品、全十一作の特徴を三期に分類している。この内、

「いろは歌誉桜花」は第二期（文化四〈一八〇七〉年一月から文化五年一月）に位置するが、この時期の特徴は先行歌舞伎の筋の中に、読本の一部を趣向として取り入れる手法であり、また「舞扇南柯話」や「島廻月弓張」は第三期（文化五年九月から文化七年一月）に相当し、この時期に至ると読本そのものの舞台化が特徴であるという。この三作のうち、「島廻月弓張」（文化五年十一月初演・大坂中の芝居嵐亀三郎座）については、初演台帳は未見であるが、[注16]初演時の役割番付を見ると、[注17]角書に「前編は保元年中／後編は安元年中」とあるものの、役名は『椿説弓張月』の前編に登場する人物に限られており、後編は利用されていないと推測される。

以下に、「いろは歌誉桜花」と「舞扇南柯話」について検討する。

④「鎌倉に桐ヶ谷 赤穂に塩竃 いろは歌誉桜花」（文化三年正月初演・大坂角の芝居中村歌六座）[注18]

「いろは歌誉桜花」は、『近世物之本江戸作者部類』に「四天王剿盗異録桟道の段を取組」と見えているように、「仮名手本忠臣蔵」の書替狂言に、文化二年刊『四天王剿盗異録』巻之二第三綴「岐岨桟に正通妖婆を拉ぐ談」を取組んでいる。『日本戯曲全集』（春陽堂刊）に翻刻が収められるが、後の台帳を底本にしており、木曽桟道の段は省略されている。『伝奇作書』初編の下の「近松徳叟が伝」には、この段について簡潔な説明があり、斧九太夫と山岡覚兵衛が連判状を奪い合い谷底へ落ちたのを、与市兵衛・定九郎がこれを助けようとして畚に入れて釣下ろされるという場面であり、『四天王剿盗異録』によった趣向であると記している。

『伝奇作書』には「此四五に岐蘇の畚おろしの場あり」とあるが、初演台帳の写しによれば、ちょうど四ツ目の終り、五ツ目の直前の幕に相当する。この場面のト書きには「山まく霞の動にて狩人みな〳〵縄を延す見へ。ふごはしづかに下へおりる体」、また「本まく霞段々に上り上の人数をかくす。ふごは静にきり穴へせり下る」とあり、幕の動きとセリの活用でこの場面を演出していることがわかる。この作品においては、舞台効果のある趣向が取上げられたという一点のみを指摘できる。

なお、『近世物之本江戸作者部類』には、この後、江戸の顔見世狂言で『剿盗異録』の木曽の桟道の談を狂言にしたことがあるといい、『著作堂旧作略自評摘要』には「文化四五年のふき屋町にて」とあるが詳細は不明である。[注19]

⑤「赤根半七 笠屋三勝 舞扇南柯話」（文化五年九月初演・大坂小川吉太郎座）[注20]

「舞扇南柯話」は、文化五年刊の巷談物『三七全伝南柯夢』（以下『南柯夢』と略す）の歌舞伎化作品である。『日本戯曲全集』には、馬琴が序を寄せる文化八年刊の絵入根本[注22]『三勝櫛《さんかつぐし》赤根色指《あかねのいろざし》』とほぼ同一と思われる後の台帳を収め、[注21]『日本古典文学大辞典』（岩波書店刊）には初演台帳の梗概が載るが、「本町糸屋娘」と並んで巷談物の歌舞伎化作品である為、具体的に検討したい。

『南柯夢』は、三勝・半七の巷談を扱った四本の浄瑠璃に取材したことが知られているが、「舞扇南柯話」は、『南柯夢』にほぼ従いながらも、『南柯夢』の典拠のひとつである先行浄瑠璃のうち主に延享三（一七四六）年初演『女《おんな》舞釼紅楓《まいつるぎのもみじ》』を利用して、敵役の創出をはじめ、宝の紛失と詮議の趣向を加え、御家騒動物に仕立て直している。

まず「舞扇南柯話」は、二つ目に、御家を狙う叔父敵（この作品では正確には伯父）続井大学とその腹心小見山左近を創出した上で、重宝の紛失の趣向を付加している。彼等が捕らえられると、次には、今市全八郎・布施蝶九郎が、主人公半七の父半六と通じて重宝を盗み御家を奪う算段をする（二つ目）。これらの御家騒動に関する場面は「女舞釼紅楓」の二・三巻目に由来する。「女舞釼紅楓」では、敵役今市善右衛門は、従兄弟である宇治屋市蔵を放蕩に耽らせ、宇治屋の手代長九郎とともに店の横領を企む。『南柯夢』ではこの場面を巻之三において今市全八郎（「女舞釼紅楓」の善右衛門）と蝶九郎（「女舞釼紅楓」の長九郎）が金と色の欲望を満たすために、若殿由稚に遊興の手解きをするという場面に作り替えているが、先行浄瑠璃とも「舞扇南柯話」とも異なるのは、読本の二人には御家横領という野望が存在しない点である。さらに「舞扇南柯話」のこの全八郎と蝶九郎は、『南柯夢』では病死する半七の母を殺害してもいる（二つ目）。また半六に関しても、読本では権力に媚びる佞悪が描かれ、息子半七を苦しめる因果となるが、「舞扇南柯話」では謀反に荷担させることでその悪をより強調していることがわかる。さらに「舞扇南柯話」は、馬琴が今市全八郎として作り替えた浄瑠璃の今市善右衛門を小見山左近の変名として再び登場させ、六つ目では紛失した重宝の情報を得るための身売りの趣向を付加している。この趣向も「女舞釼紅楓」四・五巻目に拠るが、馬琴はこの身売りの趣向を取り入れることはない。このように、これらの改変からは、読本では一旦は矮小化された敵役が、先行浄瑠璃を利用して再び強調されていることがわかる。

また、『三七全伝南柯夢』巻之五で三勝が三味線を弾く場面があるが、歌舞伎化作品では、『三勝櫛赤根色指』の挿絵からも明らかなように、三味線が胡弓に替っている。これは読本の本文においては三味線とあるのを北斎が挿絵で和胡弓を弾く三勝を描いているのに拠ったものと考えられる。『会稽宮城野錦繡』の項でも触れたが、ここからも読本の演劇化に際して、読本の挿絵が演出に与えた影響が確認できる。注23

なお、『近世物之本江戸作者部類』は、文化年間の江戸において『三七全伝南柯夢』を歌舞伎化した作品として「中村歌右衛門が江戸に来て中村座に久しくありし比文化年間南柯夢を翻案したる狂言繁昌したり」と記す。これは文化九年一月に中村座で上演された「台頭霞彩幕」であることが指摘されている。注24　三勝が娘のお通に書置きを覚えさせる趣向は『三七全伝南柯夢』の半七がお通に書置きを覚えさせる趣向に拠ると思われるが、筋の上では共通点はほとんどなく、直接には上方の歌舞伎化作品「舞扇南柯話」を利用したものかと考えられる。注25

四　その他の作者による馬琴読本の歌舞伎化

残りの歌舞伎化作品は、「復讐高音皷」（奈河七五三助ら作）・「草紅錦絹川」（市岡和七ら作）・「定結納爪櫛」（奈河晴助ら作）・「園雪恋組題」（奈河晴助ら作）の四作である。ここでは、主に翻刻のない「園雪恋組題」を取上げるが、他の作品についても簡単に触れておく。

「富士浅間復讐高音皷」（文化五〈一八〇八〉年八月初演・角の芝居藤川辰蔵座）は、敵討物『三国一夜物語』（文化三年刊）の歌舞伎化作品である。台帳は『国書総目録』（岩波書店刊）には秋葉文庫蔵とあるが現在の所蔵先は不明である。『日本戯曲全集』には、天保十二（一八四二）年刊の絵入根本に近いと思われる後の台帳の翻刻が収められる。また柴田美都枝氏に論考が備わり[注26]、氏は、当代の名優であった片岡仁左衛門が演じた敵役、浅間左衛門照行の色悪の造型をその成功の理由として指摘する。『日本戯曲全集』の本文によれば、歌舞伎化の際の特徴としては、血の趣向を取り入れていることが挙げられる。『三国一夜物語』第九編において、浅間は追手を避ける為に容貌を変える薬として疱瘡の子の生き血を得ようとするが、馬琴が『莠伶人吾妻雛形』等の先行浄瑠璃に取材したこの趣向を取り込んだ上で、「復讐高音皷」は、さらにもう一段、血の趣向を案出している。また父の敵が夫浅間であることを知り、兄冨士太郎に討たれる浪路の苦衷が、読本からそのまま愁嘆場として取り組まれていること等が絵入根本から確認できる。

「化粧氷の旧記は舅の与右衛門累物語の新作は聟の与右衛門草紅錦絹川」（文化六年七月初演・中の芝居嵐亀三郎座）は、馬琴の記録には見えないが、『伝奇作書』（「小説を潤色せし伝奇の話」）は『新累解脱物語』（文化四年刊）の翻案であるとする。調査の限りでは初演台帳は未見であるが、役割番付[注27]の役名からは読本の主な登場人物が網羅されていることは確認できる。

「必あをと後の文添て送りし一品は定結納爪櫛」（文化十一年八月初演・角の芝居市川善太郎座）は、『青砥藤綱摸稜案』後集「二夫川《にふがわ》」（文化九年刊）の歌舞伎化作品である。初演台帳は未見だが、この作品は、翌文化十二年刊の絵入根本とほぼ同文の翻刻が、段組等に多少異同が見られるものの『日本戯曲全集』に収められている。「二夫川」という作品は、蚕屋善吉の許婚の阿丑とその母遅也が、善吉の亡父の従兄弟である上台馮司とその息子とそれぞれ情を交わし、善吉を追出すことを企むが、孝女お六の献身によって、彼等の悪事も顕れ、折からその地を訪れた青砥藤綱の捌きによって、悪人は懲らされ善人は栄えるという筋書きである。[注28] そもそもお家騒動的な要素の濃厚な作品であり、「定結納爪櫛」は丁寧に「二夫川」をなぞっているが、さらに「二夫川」の登場人物を活かして武家のお家騒動をも絡めている。

⑥「詠吟はおとはやまの花盛添削はおぐら山の月桂園雪恋組題」（文化十三年二月・中の芝居沢村璃荅座）[注29]

「園雪恋組題」は、先行浄瑠璃『新うすゆき物語』（寛保元〈一七四一〉年五月初演／文耕堂・三好松洛・小川半平・竹田小出雲合作）やその歌舞伎化作品の大筋に、未完である『標注そののゆき』（文化四年刊）を取り込んだ作品である。『標注そののゆき』は、作中に薄雪とその母の苦難を中心に描いているが、「園雪恋組題」は主に読本の主人公らの、苦難の原因である人物を敵役として取り入れている。例えば、薄雪の異母兄である実若丸とその母滋江前は、「園雪恋組題」では、敵役秋山大膳の異母弟とその母と名乗る人物として登場する。馬琴が主人公の苦難の原因を血縁者に求めているのに対して、歌舞伎化作品ではその血縁関係を排除している点が特徴である。同様に、読本で薄雪を恋慕する従兄弟二郎師門も、歌舞伎化作品では、血の繋がりのない高家の人間として描かれる。読本に描かれる主人公の家の相続をめぐる異母弟・従兄弟らとの間の騒動が、歌舞伎化作品では、主家に謀反を企む敵役との御家騒動に置換えられているといえる。また「園雪恋組題」は第三・四段目に、『標注そののゆき』巻之三「垣根のがふか」・「別離の驟雨」の、忠臣孫十郎に匿われていた薄雪が山賊に攫われる趣向を利用し、[注30] 山賊・榎島夜叉五郎や小殿荒平太を敵役として取上げている。これらの敵役が大膳らの配下とされ、悪が一元化されている点も読本とは異なる点である。「園雪恋組題」は、読本の悪人を取りあげた一方で、読本の忠臣孫十郎の死に、午の年月日生れの血が薄雪を生きかえらせる秘薬となる趣向（四段目）を加え、その忠義を美化してもいる。この血の趣向は、前述のように演劇的な趣向であるが、直接的には『標注そののゆき』巻之五「牛坂の仇撃」で、酉の年月日生れの血が秘薬となる趣向を踏まえたものであろう。その他、『標注そののゆき』巻之一「門の笑栗」で遊女汀井に溺れる佐二郎は、「園雪恋組題」では、傾城汀井に溺れる鎮台侍従之助に、孫十郎の母が乳母として仕えた磯江松主は磯江松蔵に、夫を殺した朝坂とその密夫渋九郎の名も、それぞれ悪役として登場する。原作の趣向を取り込みつつも、「園雪恋組題」では、さらに二品の重宝の紛失（一段目）、三度に及ぶ身替りの趣向（二段目・六段目）を加えている。

歌舞伎作品としてみれば、嵐吉三郎に当てた秋月大膳と奴妻平の活躍が目玉となった作である。早替りの趣向も多く、二段目に吉三郎二役、冠十郎二役、六段目に歌六二役と、演出上の工夫も意欲的である。嵐吉三郎は、当時、役者評判記で惣巻頭に位置し、文化十三年は「大上上吉」（『役者謎懸論』）、翌年は「𠂇上上吉」、「大達者、梅の浪花の名物男」「芸もよし、男もよし、口跡もよし」（『役者名物合』）と評される役者である。特に秋月大膳の役は、通例では敵役の役名ながら、当初、薄雪・左衛門を助ける善人のふりをして登場して観客を惑わせる。二段目で、国家転覆の悪の本心を白状する場面（二段目）があるが、さらに、その後、己の素性を知って悔悟、善に返る（四段目）という複雑な役どころである。当時の評も、「見物が大膳といふ所へ気が入た故、思わくがちがひ升た」（文化十四年刊『役者名物合』）とその斬新な大膳の造型に否定的なようではあるが、「外の新狂言で是を見たら中分なく大でき〱」と続けるように、大膳役が観客の先入観のない新しい役名であれば、成功したのではないだろうか。左衛門の忠臣である奴妻平については「つま平は日本一じや。こんなゑいつま平が唐にもあろかじや」（「こんな縁が唐にもあろか」地唄『ゆかりの月』をふまえる）と好評である。大膳と妻平の、早替りもあり、馬琴作品の翻案という以上に、吉三郎の魅力を惹きだすための作品であったといえよう。

『新うすゆき物語』の筋の上に、読本からは、主人公の苦難の原因となる敵役が活躍する趣向を中心に取り込み、御家騒動的な要素を強調した上、従来の薄雪物とは一風異なる秋月大膳を創出したため、結果としてかなり複雑な筋となってはいるが、各場はよくまとまっており、工夫されている。全体としては「見巧者」の意見ながら「狂言の趣向もよく藝もしごくよふでき升た」と評されている（『役者名物合』）。

また「恋組題」の題の通り、幾組もの恋仲の男女、横恋慕の敵役との三角関係が描かれる点も本作の見どころの一つであろう（附篇・資料四、人物関係図参照）。

五　読本の演劇化と勧善懲悪

以上、翻刻のない作品を中心に文化期における馬琴読本の演劇化作品を検討してきた。

演劇化に際しての馬琴読本の利用方法は、「いろは歌誉桜花」のように舞台効果のある趣向の摂取や、『会稽宮城野錦繍』のように一部分の利用に留まるものから、次第に全編の筋の利用に至ったことがわかる。また、敵討物『稚枝鳩』から敵討の発端の部分を利用した『会稽宮城野錦繍』をはじめ、敵討物『三国一夜物語』の歌舞伎化である「復讐高音皷」、青砥藤綱が捌いたお家騒動的な事件を扱った『青砥藤綱摸稜案』の歌舞伎化「定結納爪櫛」や、同じく御家騒動的要素を持つ『標注そののゆき』の歌舞伎化「園雪恋組題」等、善悪の人物の対立が明示された読本の演劇化も多い。善悪の人間を、立役や敵役といった役柄として描きわける演劇においては、善人と悪人が明確である読本の方がより演劇化しやすかったのであろう。これらの演劇化作品には読本の利用に際して、概して大きな特徴が見られない。

これに対して『鎮西八郎誉弓勢』や巷談物の演劇化作品は特徴的である。『鎮西八郎誉弓勢』は史伝物『椿説弓張月』の浄瑠璃化作品である。『弓張月』は「保元物語」という世界こそ演劇と共通するとはいえ、巷談物のように直接は演劇に取材しないが、浄瑠璃化作品の検討からは、読本の趣向の一部はそもそも『崇徳院讃岐伝記』等、先行浄瑠璃に由来する趣向であったことが確認できた。

逆に、演劇に直接取材した巷談物の演劇化に際しては、演劇と読本の悪の描写の相違が明らかになった。特に『本町糸屋娘』では、読本の因果応報を描かない一方で、敵役を強調し、それに伴った御家騒動の要素を付加したことが特徴的である。「舞扇南柯話」においても、読本に先行浄瑠璃を取り入れる際に一旦は馬琴が矮小化した敵役を再び強調し、宝の詮議も加えて御家騒動に仕立てている。

おわりに

第一章第一節で論じたように、巷談物が先行浄瑠璃を摂取する際に、演劇の敵役を矮小化する一方で物語を因果律で構成したのに対し、巷談物の演劇化作品は読本の因果律を排し、馬琴が一旦は矮小化した敵役を再び創出・強調し、物語を御家騒動における善人と悪人の対立として描き出した。お家騒動的要素の誇張と敵役の強調はいずれの演劇化作品にも通ずる特徴であるが、それが特に巷談物の演劇化において顕著であるということは、つまり馬琴が演劇に取材して巷談物を著す際に、これらの演劇的手法を馬琴が敢えて排除していたことを物語っているのではないだろうか。

注

1　再演については省略した。演劇化の一覧については、大高洋司氏がまとめている（「『月氷奇縁』の成立」『近世文芸』二五・二六号、一九七六年八月、日本近世文学会）。

2　『伝奇作書』（『新群書類従』国書刊行会、一九〇六年）参照。

3　なお『江戸作者部類』には、「同年（筆者注・文化五年）の冬十一月大阪大西の芝居にて頼豪阿闍梨怪鼠伝を狂言にとり組たる（略）」とあるが、文化五年十一月上演の「軍法富士見西行」は『歌舞伎年表』（岩波書店）にも見えず、番付等も調査の限りでは未見である。「島廻月弓張」の上演年月と混同したものか。近い上演としては文化六年九月大坂中の芝居嵐亀三郎座の上演が確認されるが（大高氏前掲論文「『月氷奇縁』の成立」。植谷元・石川真弘・鮫島綾子「馬琴年譜稿」『ビブリア』三七、三八号、一九六七年一〇月・一九六八年四月）、台帳は所在不明で役割番付からは読本に拠ったといえるだけの証拠を見出せない。ただ狂言作者が近松徳三であること、本章第一節でも触れたが「大阪にては俳優嵐吉三郎特に曲亭の読本を唱歎すと聞えし」（『江戸作者部類』）という二代目嵐吉三郎の出演は確認できる。

4　天保以降、江戸における読本の演劇化が盛んになるが、河合眞澄氏は『南総里見八犬伝』の江戸における演劇化作品の検討を通じて、馬琴が読本に利用した演劇の趣向を確認し、典拠を明らかにする（『近世文学の交流—演劇と小説』清文堂出版、二〇〇〇年）。本論も同様の手法を借りるが、特に演劇化に際して排除された部分に注目することで、馬琴読本と演劇との違いを考察したい。

5　三作のうち、『会稽宮城野錦繍』と『本町糸屋娘』については、すでに井口洋氏に論考が備わり、氏は浄瑠璃化の特徴を論じるためにこの二作を取上げられているが、本節では最終的には馬琴読本の特徴を確認するために再度取上げたい。（「馬琴読本の浄瑠璃化」『青須我波良』六、帝塚山短期大学、一九七二年一一月）。

6　佐藤魚丸には京伝読本の浄瑠璃化作品も三作、『桜姫全伝曙草紙』（文化二年刊）の『桜姫操大全』（文化四年大坂御霊境内芝居）、『善知安方忠義伝』（文化三年刊）の『玉黒髪七人化粧』（文化五年三月大坂御霊芝居）、『優曇華物語』（文化元年刊）の『絵本優曇華物語』（文化十三年九月大坂荒木芝居）がある。また文化二年刊『絵本玉藻譚』（岡田玉山作画）の『〈絵本／増補〉玉藻前曦袂』（文化三年御霊宮境内芝居）、文化三年刊『絵本西遊記』の「五天竺」（文化十

三年七月大坂豊竹巴太夫座・御霊境内内）等がある。これらについては次節ならびに第三章第一節で触れる（岩波書店刊『日本古典文学大辞典』肥田皓三氏執筆「佐藤魚丸」項参照）。

7　テキストには東京大学国語研究室所蔵本を用いた。なお馬琴は天保七年十月七日小津桂窓宛の書翰で「わか枝の鳩の浄るり本、見出し置候間、御めにかけ申候。ゆる〳〵御覧之上、御高評承り度奉存候」と書き送っており、自身で浄瑠璃本を所蔵していたことがわかる。また、馬琴は、文化年間、江戸中村座の秋狂言に、『稚枝鳩』の「復讐の所」が「瀬川仙女が烈女の五人殺し」として取り組まれたことも記している。徳田武氏は文化四年十一月の「会稽雪木下」（岩波文庫『近世物之本江戸作者部類』脚注）の可能性を挙げる。神谷勝広・早川由美氏は文化二年二月四日からの「全盛虎女石」の切幕に女形の五人切があること、評判記『役者一口商』に「人受うすく、はづれまして残念〳〵」とされることを指摘する（『著作堂旧作略自評摘要』脚注参照）。ただし『稚枝鳩』は文化二年正月の刊行であるため（『著作堂旧作略自評摘要』で馬琴は刊行を文化元年と取り違えている）、浄瑠璃化に魁て、読本刊行翌月に芝居に取り組むことが出来たか、また馬琴の「秋狂言」という記述を信じるならば、いささか疑問がのこる。馬琴のいう「烈女の五人殺し」が「全盛虎女石」であったとしても、これが『稚枝鳩』の翻案による可能性は低いのではないか。

8　井口洋氏前掲論文「馬琴読本の浄瑠璃化」参照。

9　杉本甚内は、『碁太平記白石噺』では姉妹の父与茂作の本名であり、「会稽宮城野錦繍」では、二人の娘婿の父を与茂作として別人格に設定している。

10　テキストには東京藝術大学附属図書館蔵の馬琴旧蔵本を用いた。なお、見返しには、馬琴自筆で「天保五年京都南側芝居にて興行あり」（朱筆）とあり「この浄瑠璃本は椿説弓張月をたねとして作れり。江戸へは多くも本を下さゞれば、いまだ見ざる人もあるにや。当風は舞台のしかけをむねとせり。心をつけて見給ふべし」と墨書する。一オに「瀧澤」印。

11　『弓張月』と「海人」の関係については、大高洋司氏の論考に詳しい（「『椿説弓張月』の構想と謡曲「海人」」『近世文芸』七九号、二〇〇四年一月）。

12　テキストには、東京大学国語研究室所蔵本を用いた。なお、東京藝術大学附属図書館蔵本は馬琴の旧蔵になり、馬琴による書込みがあることが、播本眞一氏によって指摘されている（早稲田大学蔵資料影印叢書『南総里見八犬伝稿本

(1)』月報、早稲田大学出版部、一九九三年九月)。

13 井口氏前掲論文「馬琴読本の浄瑠璃化」。氏は「摂州合邦辻」の玉手御前や「莠伶人吾妻雛形」の初花を例に挙げている。また薬を手水鉢の水に仕込んで、主君の短慮の病を治すという趣向は「花上野誉石碑」(天明八年初演)の第一段「箱根湯元の段」に類似する。

14 井口氏前掲論文「馬琴読本の浄瑠璃化」参照。

15 「近松徳三における読本の歌舞伎化について」(『百舌鳥国文』第五号、大阪女子大学大学院国語学国文学専攻院生の会、一九八五年一〇月)。

16 日本大学所蔵の台帳横本八冊は目録に拠れば明治の夷谷座のものである。『歌舞伎台帳所在目録及び書誌調査』(歌舞伎台帳研究会、一九八一年)によれば関西松竹に台帳があるが未見。またこの狂言を寿いで江戸版元より出版された、北斎の画に馬琴が登場人物の名尽しの唱歌と狂歌を寄せた刷り物(山本修巳氏蔵)があり、これを馬琴が中之芝居惣座、茶屋、見物へ配ったことが文化五年十一月河内屋太助・正本屋利兵衛宛書翰からわかる(『馬琴書翰集成』八木書店)。

17 早稲田大学演劇博物館所蔵。なお、天保四年十二月十一日小津桂窓宛書翰に、初演の番付・絵番付を大坂の友人より送られ、天保四年当時も所蔵していることを記している(『馬琴書翰集成』)。

18 テキストには東京大学国語学研究室所蔵の初演台帳の写しを使用した。

19 『著作堂旧作略自評摘要』注では文化五年十一月「松二代源氏」のことかとする。

20 テキストには京都大学総合図書館所蔵の初演台帳の写しを用いた。大阪府立図書館所蔵本も初演台帳の写しであるが、京大所蔵本には、六つ目のみ、文化八年刊の根本「三勝櫛赤根色指」(馬琴序)の元となったと思われる再演時の台帳の写しも残る。

21 但し四段目が欠ける。

22 松崎仁氏執筆「舞扇南柯話」の項参照。

23 青木繁氏は、化政期の読本の歌舞伎化作品の上方歌舞伎絵づくしには、原作の読本の挿絵の影響があること、『摂陽奇観』に文化年間の流行のひとつに「絵面の通りの芝居狂言」が挙げられていることを指摘している(「挿絵と絵づくし―後期読本の歌舞伎化をめぐって―」『演劇研究会会報』一二号、一九八六年六月)。また天保七年初演の『南総里見八犬伝』の歌舞伎化「花魁莟八総」にも挿絵に依拠する演出が多くみられることが指摘されている(河合眞澄「『花魁莟八総』」『読本研究』第四輯上、一九九〇年六月。『近世文学の交流―演劇と小説―』清文堂出版、二〇〇〇年、所収)。

24 柴田美都枝「南柯夢と合巻本」(『香椎潟』第一七号、福岡女子大学国文学会、一九七二年三月)。

25 『日本古典文学大辞典』古井戸秀夫氏執筆「台頭霞彩幕」の項参照。

26 「『富士浅間　三国一夜物語』考―歌舞伎狂言化を中心に―」(『国文』第五四号、お茶の水女子大学国語国文学会、一九八一年一月)。

27 早稲田大学演劇博物館所蔵。

28 青木繁「『信州お六櫛』をめぐって」(『演劇研究会会報』第二〇号、一九九四年五月)に詳細な概要が載る。

29 テキストには国立国会図書館所蔵の初演台帳の写しを用いた。

30 後年、馬琴は『著作堂旧作略自評摘要』で「雑劇の脚色に似てあるべきことにあらず」と自ら否定する。

第三節　京伝・馬琴による読本演劇化作品の再利用

はじめに

第一、二節で見たように、文化年間の上方において、山東京伝・曲亭馬琴をはじめとした読本の演劇化が盛んに行われたことは、一概には言えないが、その読本の流行を反映したものでもあったと考えられる。逆に演劇化によって読本がさらに広まったことは、『自来也説話《じらいやものがたり》』（感和亭鬼武作、文化三〈一八〇六〉年刊）が翌年「柵《やえむすび》自来也《じらいや》談《ものがたり》」として上演された時の様子について『噺《はなし》の苗《なえ》』[注1]が「日々に評判よく、又、右小説本大いに流行して、貸本屋は三日切の札をはり、足をそらざまになして街をはしる有さま、浪花の賑ひ言語に絶し、筆にも尽しがたし」と伝えていることからわかる。また、演劇化された読本の中には、京伝の『桜姫全伝曙草紙《さくらひめぜんでんあけぼのぞうし》』（文化二年刊）や『善知《うとう》安方忠義伝《やすかたちゅうぎでん》』（文化三年刊）のように、作者自身による合巻化作品（文化八年刊『桜姫筆再咲《さくらひめふでのにざき》』、文化七年刊『うとふ之俤《おもかげ》』）があるものや、馬琴の『三七全伝南柯夢《さんしちぜんでんなんかのゆめ》』（文化五年刊）のように続編（文化九年刊『占夢南柯後記《ゆめあわせなんかこうき》』）が出版されているものがある。合巻化や続編が刊行されていることも、当時、それらの読本が好評を博したことを示していよう[注2]。

ところで、前節で確認したように、読本の演劇化作品は、一般的に先行演劇の方法を利用しつつ、読本の筋をなぞるが、先行演劇にも読本にも見られない独自の趣向を盛り込んでもいる。右に挙げた京伝・馬琴の三作品に注目すると、合巻化作品、続編には、それぞれ演劇化作品の新しい趣向が利用されていることが確認できる。本論では、読本を利用した演劇をさらにとりこんだ、これらの作品、文化七年刊『うとふ之俤』・文化八年刊『桜姫筆再咲』・文化九年刊『占夢南柯後記』について、具体的に検討してみたい。

一　浄瑠璃『玉黒髪七人化粧』（文化五年初演）と合巻『うとふ之俤』（文化七年刊）

『玉黒髪七人化粧《たまかずらしちにんげしよう》』注3（文化五〈一八〇八〉年三月二日より大坂御霊芝居／佐藤太・吉田新吾作）（以下『玉黒髪』と略す）は、京伝作の読本『善知安方忠義伝』（文化三年、鶴屋喜右衛門板）（以下『忠義伝』と略す）を浄瑠璃化したものである。『忠義伝』は、平将門の乱の十余年後を舞台とし、前半は主に、蝦蟇の精に唆された将門の遺児である滝夜叉姫・平太郎良門姉弟の逆心を、遺臣善知安方夫妻らが幽霊になってなお諫めるという主従のやりとりを描き、後半は、将門の余党を捜索する源頼信とその配下大宅光国と、将門側との応酬を中心に描く。『玉黒髪』は『忠義伝』の前半後半の二つの筋を、細かく分けて交互に場面を挟み込んではいるが、読本をほぼ忠実に浄瑠璃化している。人物関係も『玉黒髪』は『忠義伝』を踏襲するが、次の三点の改変がある。第一に小蝶の前という頼信の寵愛の姫が登場する点である。『忠義伝』「第八条　名取川」の、酒宴に耽る頼信を忠臣が諫めるという場面に、『玉黒髪』では、蝦蟇の精が送り込んだ小蝶の前によって頼信が誑かされるという一条を加えている。また第二の改変として、善知安方の妻錦木の兄、鷺沼十郎則友を将門の遺臣ではなく、源氏側の武将とする点が挙げられる。これによって将門の遺臣である夫を持つ錦木が幽霊となりながらなお、主君良門を討とうとする兄則友を制止する場面が加わった。則友が、善知夫妻の子千代童による母の敵討の助太刀をする場面も描かれるが、これは『忠義伝』末尾の後編（未刊）の予告の中に記されているものである。第三は、『忠義伝』「第十条　荒野牧」で登場する盗賊の老婆を、将門の妾であり平太郎良門の母、とする点である。第三の変更に伴って『玉黒髪』が新たに挿入したのは、「一つ家の段」である。これは『奥州安達原』（宝暦十二年初演／近松半二ら作）の「一つ家の段」を利用したものである。「奥州安達原」は謡曲「善知鳥」を利用しており、『忠義伝』第十条の老婆の造型にはそもそも「一つ家の段」の利用がうかがえるが、それも「善知鳥」の繋がりによるものといえる。『玉黒髪』の「一つ家の段」を以下に要約する。

墓参に来た大宅光国の妻唐衣は、悪党に襲われ、我が子と離れ離れになる。光国は妻を救い出すが、我が子の行方は知れず、妻を老婆の家に預けて先を急ぐ。老婆の家で唐衣は、姑の棺に入れたはずの鏡と黒髪を見つけて驚く。老婆は唐衣を襲い、子供も自分が攫ったことを明かす。子供の血に黒髪を浸し、源氏の玉兎の剣に注いで、源氏を調伏するという。老婆に刺された唐衣は、まだ見ぬ実母への未練を語り、守袋から老婆こそが実の母と知れる。唐衣は母を諌めつつ息を引き取る。頼信の軍勢が押し寄せ、老婆は自分が将門の妾、清滝という官女であり、良門の母であること、蝦蟇の妖術で源氏の調伏を謀ったことを語るが、頼信はこれを予見し、光国がわざと妻子を見捨てたこと、巳の年月日生まれの子供の血ゆえに蝦蟇の妖術が破られたことを告げる。老婆は、石仏もろともに自らの五体を打ち砕いて自害する。

合巻『うとふ之俤』（文化七年、鶴屋喜右衛門板／歌川豊国画）（以下、『うとふ』と略す）は、登場人物の名は異なるものの、浄瑠璃化に際して施された右の三つの改変を踏襲する。その点において、正確には『うとふ』は読本の合巻化というよりも、浄瑠璃の合巻化という方が相応しいといえる。[注4]具体的には、第一に、頼信の白拍子・白萩寵愛の描写、第二に、源氏方の則友が千代童の助太刀をする趣向の利用、第三が、右に要約した『玉黒髪』の「一つ家の段」を後編上冊中冊に利用している点である。特に顕著なのは第三で、「一つ家の段」の利用は内容にとどまらず、文辞にまで及んでいる。

慮外の雑言。わらはを誰レとか思ふらん。平親王将門公の御傍にて。清滝と呼ばれし官ン女。わらはが腹に若君出ッ生。太郎良門とあがめ。（中略）又源家の重宝玉兎の剱をうばひ取。調伏なし置ィたれば。大願じやうじゆ今此時キ。（中略）其のおさな子は巳の年巳の月巳の日のたんじやう。其血しほをもつてけがすゆへ。蝦蟇の妙術消うせて。剱キのまもりと成ッたるぞや

（『玉黒髪』「一つ家の段」）

ヤアりよぐわいのぞうごん　われをたれとか思ふ　かくなるうへはかたりきかさん　わがむかしは　平らしんわうまさかど公のおもひもの　村くもとよばれくわんぢよにてわがはらにしゆつしやうの男子　すなはち平太郎よしかどのなり（中略）又よりのぶがちやうほう　ぎよくとのけんをうばひとり　ちやうぶくなしおいたれば　大くはんしやうしゆ今このとき（中略）そのおさな子はたつのとしたつの月たつの日のたんじやうたつはすなはち諸虫の王　そのちしほをもつてけがすゆへ　がまのせんじゆつきへうせて　つるぎのまもりとなりたるぞや

（『うとふ』中冊）

右の文辞の引用はごく一部ではあるが、他でもかなりの部分において、『うとふ』後編上冊中冊が『玉黒髪』の「一つ家の段」を利用していることが確認できる。

二　浄瑠璃『桜姫花洛鑑』（文化四年初演）と合巻『桜姫筆再咲』（文化八年刊）

京伝作の合巻『桜姫筆再咲』にもまた、読本の浄瑠璃化作品『桜姫花洛鑑《さくらひめみやこかがみ》』の利用の跡が見て取れる。京伝作の読本『桜姫全伝曙草紙』（文化二〈一八〇五〉年、鶴屋喜右衛門板）を浄瑠璃化したのが、「桜姫操大全《さくらひめみさおたいぜん》」（文化四年九月十日より大坂御霊境内芝居／佐藤太・梅枝軒作）である。浄瑠璃正本の外題は『桜姫花洛鑑』であり、京伝はこの正本

を見ていたと考えられる（以下『花洛鑑』と略す）ので、本論では、本作を正本外題に従って呼ぶ。『花洛鑑』は、読本の筋に沿って主要な趣向は押さえているものの、全体としては先行浄瑠璃『花系図《はなけいず》都鑑《みやこかがみ》』（宝暦十二〈一七六二〉年初演／竹田出雲ら作）等の趣向に回帰し、読本の人物関係に変更を加えている。読本も浄瑠璃も鷲尾家の騒動を描く点に変わりはないが、読本の筋が、正妻野分の方に殺された妾玉琴の怨念が、その子清玄《せいげん》に乗り移り、野分の方の子である桜姫を苦しめ、最終的に玉琴は成仏し、野分の方は雷死する、というものであるのに対し、『花洛鑑』では、桜姫は先君の忘れ形見であって野分の方の子ではなく、清玄もまた玉琴の子ではない。玉琴を殺すのは野分の方ではなく、桜姫を手に入れるため鷲尾家に騒動を引き起こそうとした信田勝岡の仕業である。『花洛鑑』は、刀の詮議を加え、敵役に信田勝岡を配した御家騒動物であり、読本の物語を支える〈読本的枠組〉[注5]であった玉琴の怨念がその筋を牽引することもなければ、読本の野分の方の悪を描くこともない。

この『花洛鑑』において特徴的であるのが「淀の里の段」である。桜姫物の先行浄瑠璃にはなく、読本に由来する弥陀次郎の発心譚[注6]を利用した一段である。以下に要約する。

淀川のほとり一口《いもあらい》に住む篠村八郎の後家柵《しがらみ》と娘水無瀬は、清水清玄《きよはる》と桜姫を匿っている。水無瀬は、従兄弟真野水次郎貞次と恋仲であるが、水次郎の兄悪次郎に言い寄られている。悪次郎は、網に掛かった黄金の阿弥陀の尊像を元手に稼ぐからと水無瀬に婚姻を迫る。水無瀬が拒むと、悪次郎は清玄・桜姫を訴えると脅す。清玄・桜姫を庇う柵・水無瀬親子に、悪次郎は焼けた鉄橋《てっきゅう》魚などを乗せて炙る道具を握れば、疑いを晴らすという。柵・水無瀬はこれを握り、さらに水無瀬は焼鉄を顔に押し当てられるが、阿弥陀の尊像が身替りとなって二人は無傷だった。[注7]柵が代官所に呼ばれている隙に、悪次郎は清玄・桜姫を、清水・鷲尾両家を滅ぼした信田平太に引き渡そうとする。水無瀬・水次郎は悪次郎の跡を追うが、二人とも首を取られる。実は、悪次郎は、阿弥陀の威徳によって改心し、訴人した罪滅ぼしに、水無瀬・水次郎を清玄・桜姫の身替りにするつもりだった。ここに戻ってきた柵は二人の首を持ってまた代官所へ戻り、弥陀次郎と名を改めた悪次郎は清玄・桜姫を守護して大和路へ向かった。

この一段が、京伝の合巻『桜姫筆再咲』（文化八年、鶴屋喜右衛門板／歌川豊国画）（以下『筆再咲』と略す）に取り入れられているのであるが、まず『筆再咲』全体について概観すると、本作は読本の筋を追いながらも、浄瑠璃『花洛鑑』が、読本の人物関係に手を加えたのと同様に、読本とも浄瑠璃とも異なる人物関係を新たに設定している。読本との大きな違いは、玉琴が、鷲尾義治（浄瑠璃では義春）の妾ではなく、桜姫の許婚者伴宗雄の妾となっている点である。信田勝岡の手下によって殺された玉琴は、桜姫の陰謀によるものと思いこみ、清玄に憑依して桜姫を恋慕させ、桜姫を悩ますことで怨みを晴らそうとするが、黒幕は勝岡と判明し、玉琴は我が子（宗雄の子）の養育を桜姫に託して成仏する、という筋になっている。

この『筆再咲』第六綴に、利用されているのが、右に要約した浄瑠璃『花洛鑑』の「淀の里の段」である。人物名は、それぞれの人物関係図に対応して異なるものの、内容はほぼ「淀の里の段」に一致する。その利用は『玉黒髪』と『うとふ』の場合と同様に、内容から文辞に及んでいる。

けふ此淀川へ出て何ぞ肴に成リそふな物をと。一網打込ミ引キ寄スればめつたに重いは七年ン物。コリヤこい〳〵と上て見れば。魚ではなふて金仏ケモ慥に黄金。大金に成ル代物と投網より。取リ出したる阿弥陀の尊像。不思議晴レねば親子は立寄。見れは違カはぬ黄金ン仏。ホンニマアどふした事で川の中に。サイノウおれが網にかゝつたは天の与へ。此れをもとでに何ンなとする。サアこい水無瀬と引立つれば

（『花洛鑑』「淀の里の段」）

けふ此よど川へりやうに出て、ひとあみうちこみひきよすれば、めつたにおもいは七ねんものか。コリヤしてこいと　あげて見れば、うをではなくて金仏《かなぶつ》モたしかにこれはしまわうごん　おほがねになるしろもの。これ見やしやれと　ふごのなかからとり出して見するは　すなはちあみだのそんぞう「おやこはふしぎとよく〳〵

見れば　まがふかたなき　わうがん仏「ほんにマアどうしたことで川のなかに「さいのふ。おれがあみにか丶つたは天のあたへ。これをもとでになんなとする。サアこい、しらつゆ。とひつたつれば　（『筆再咲』第六綴）

この場面に続く鉄橋を握る場面も『筆再咲』に特徴的な場面だが、文辞の利用は、右と同様である。このように『筆再咲』も、浄瑠璃で新たに加えた一段をそのまま利用していることがわかる。『うとふ』の本文中には「〇いなづま表紙後へん出来売出し置申候」と『うとふ』刊行前年の文化六年刊の読本『本朝酔菩提全伝《ほんちょうすいぼだいぜんでん》』（『昔話《むかしがたり》稲妻《いなづま》表《びょう》紙《し》』の後編）の宣伝が見えるが、京伝は合巻の読者を読本の読者としても想定していたことがわかる。[注8] 合巻の読者は、読本との趣向の違いを楽しみながら読んだのであろう。

『桜姫花洛鑑』はすでに上方での上演時の文化四年に、江戸の西宮新六ら三都三書肆の相板で正本が出版され、『玉黒髪七人化粧』も上方での上演の文化五年には、江戸の松本平助を加えた三都五書肆の相板で正本が同じく出版されている。さらに『忠義伝』については、『うとふ』刊行前年の文化六年にも江戸の操座において再演され「うとふ物語」の看板を出している。[注9] 京伝自身、文化六年の江戸での上演を弟京山とともに観劇していたことが『うとふ物語』三編（山東京山作・安政二年刊）の序文に記されている。[注10] 作者が上演を見たばかりではなく、読本の読者が浄瑠璃の観客に、また浄瑠璃の観客が読本の読者になった可能性も当然考えられる。さらに合巻が出版されると、読本・浄瑠璃・合巻の差違を楽しんだのではないだろうか。上演ではなく正本を読むという楽しみ方もある。読本・合巻の読者層は浄瑠璃の観客層とも重なっているのである。なお『うとふ』が文化七年新春出版の合巻の中で『一対男《いっついおとこ》時花《はやり》歌川《うたがわ》』（式亭三馬作）に次いで好評を博したことを『式亭雑記』は記している。[注11]

読本『桜姫全伝曙草紙』（文化二年刊）・『善知安方忠義伝』（文化三年刊）および合巻『うとふ之俤』（文化七年刊）・『桜姫筆再咲』（文化八年刊）は、いずれも江戸の書肆・鶴屋喜右衛門からの出版である。『筆再咲』の序文には「仙鶴堂のあるじとひ来り、青簾をか丶げて蚕の蝶の夢をおどろかし、鍋の数ほど日かずをかぞえて筑摩の祭とくせよと、例の新作をもとむる事鶚鷍《ぎやう〳〵し》の声よりもなほせわしければ、作者の腹の木下闇花橘の実はなくともと」とあり、鶴喜の催促が頻繁であったことが窺える。

いわゆる文化初年の京伝と馬琴の競作状況は、江戸読本を流行させるための鶴喜の演出であったかと高木元氏が考察する。注12『うとふ之俤』は浄瑠璃化作品の合巻化ともいうべき作品であり、『桜姫筆再咲』は浄瑠璃化作品の一段をほぼ内容から詞章まで丸取りする方法を取っていることを確認したが、あるいは、これも浄瑠璃の好評を見た鶴喜が、機を逃さず演出した趣向であったかもしれない。

三　絵入根本『三勝櫛赤根色指』（文化八・九年刊）と読本『占夢南柯後記』（文化九年刊）

絵入根本『三勝櫛赤根色指《さんかつぐしあかねのいろざし》』（二編八冊／文化八、九〈一八一一、一二〉年刊）注13は、馬琴作の読本『三七全伝南柯夢』（文化五年・榎本平吉板）の歌舞伎化「舞扇南柯話《まいおうぎなんかのはなし》」（文化五年九月十七日より大坂小川吉太郎座／近松徳三ら作）の台帳の内容を一部変更して挿絵を加えたものである。読本『三七全伝南柯夢』が「舞扇南柯話」として歌舞伎化された際の改変については第二節で既に論じたので詳述しないが、『三勝櫛赤根色指』が読本『三七全伝南柯夢』（文化五年刊）の続編『占夢南柯後記』（文化九年・榎本平吉板）に影響を与えていると思われる箇所が二カ所ではあるが指摘できる。馬琴が「舞扇南柯話」の初演台帳を手にしたか否かは不明だが、絵入根本『三勝櫛赤根色指』には馬琴が序を寄せており、またこの刊本を所蔵していたことを書き記している。注14以下、『三勝櫛赤根色指』と『占夢南柯後記』との共通点を検討するが、その前に、まず両作の先後関係を確認しておきたい。

『三七全伝南柯夢』（文化五年刊）（以下『南柯夢』と略す）の続編『占夢南柯後記』（以下『占夢』と略す）注15は文化九年正月に刊行されている。一方、『三勝櫛赤根色指』（以下『三勝櫛』と略す）は、『開板御願書扣』によれば、文化八年十一月に板行の申出をしたことがわかる。『占夢』執筆時に、馬琴が『三勝櫛』の刊本をみていたとは言えないが、馬琴が『三勝櫛』に寄せた序文には「文化八年辛未仲夏下旬」と記されている。

『占夢』（八巻八冊）には、完全な草稿が残っており、その成立の過程が、板坂則子氏によって論じられている。[注16] 草稿の記載からは、巻之一が文化八年の四月五日に起筆し、同月二十三日に脱稿しているのにもかかわらず、巻之二は、七月四日になって、ようやく擱筆していることがわかる。巻之三から巻之八は、順調にそれぞれ八月十九日（巻之三）、九月三日（巻之四）、九月十五日（巻之六）、二十三日（巻之七）、二十九日（巻之八）に脱稿している。[注17] 巻之一が、早くに完成しているのは、『南柯夢』との繋ぎに相当する箇所であり、それ以前の内容と登場人物の確認も兼ねているためと考えられる。『占夢』の内容が本格的に展開するのは巻之二からであるが、巻之二を七月四日に脱稿する前、五月下旬の段階で、馬琴は『三勝櫛』の序を記している。この間に馬琴は『三勝櫛』の内容を一読する機会があった可能性が考えられる。

馬琴が『占夢』巻之二以降の執筆中に『三勝櫛』を読み得た可能性を確認したところで、内容の共通点について見てゆきたい。『三勝櫛』と『占夢』に共通する二点は、読本『南柯夢』をはじめ「舞扇南柯話」初演台帳、読本が取材する三勝半七物の先行浄瑠璃にも由来しない趣向であり、『占夢』が『三勝櫛』に拠った蓋然性は高いと考えられる。

第一は、『三勝櫛』で楠の梢に謀反人が足利氏の重宝、緑丸の剣を隠したとする点である。読本『南柯夢』は、楠を切り倒したことに始まる因果の物語であるが、『三勝櫛』では、読本とは異なり、楠を切り倒した事だけではなく、緑丸を献上したことによって、主人公の父、半六が武家に取り立てられたとする。（以下、引用箇所の傍線は筆者による。）

杉精　されば、此楠の空に当つて、夜〳〵《よな》の光りもの、どう云訳じや、此来歴をとはふと思ふて

楠精　サア、これに付てはなしが有。六年以前此国の謀反人が足利の重宝緑丸の剱を盗んで、此木の梢に隠し、終には打死。六年このかた、毎夜さの光り物、今見付たとは遅い〳〵　（『三勝櫛』一段目の巻）

『三勝櫛』は、『南柯夢』にはない刀の趣向を加えたものの、この趣向が後の段に活かされることはない。一方、『占夢』は、『南柯夢』の三勝半七物の登場人物を引き継ぎつつ、近松門左衛門のお花半七物『長町女腹切』の刀の祟りによる因果の趣向を撚り合わせた物語である。注18

汝達豫てしれるごとく、近日《ちかごろ》米谷山に、夜な〳〵妖光《ひかりもの》あり。その気地中より起りて、中天《なかぞら》に立のぼり、山鳴り谷震て、草木これが為に枯凋《かれしぼめ》るよし、管林《やまもり》等が訴訟《うつたへ》、頻にこゝろにかゝるものから、われ昨夕《ゆふべ》、みづから城櫓《やぐら》に登りて、迥《はるか》に米谷の方を瞻望《ながむ》れば、現も一道の赤気《しやくき》天に冲《ひいり》て、煙の如く霞に似たり

（『占夢』巻之二「遠山の夕霞」）

『占夢』では、これは主人公の主君の順勝（吉稚）の父が、楠の木精の祟りを鎮めるために、楠の根元に植えた宝剣の仕業であるとし、この宝剣を掘り返そうとしたことを発端として物語の因果が展開する。『占夢』の趣向は、直接的には、馬琴が本文に引くように、干将・鏌鎁と張華・雷煥の剣の故事に拠ったものであることが知られている。注19『占夢』のこの趣向が、『三勝櫛』に拠るとは明言できないが、傍線部のように、両者には共通の表現も見られることがわかる。

第二の点としては、半七の主君である吉稚と（主人公三勝以外の）舞妓との関係を描いたことである。吉稚の遊興の場面は、『南柯夢』巻之三「華洛《みやこ》の僑居《たびずまひ》」にある。この場面は挿絵にも描かれており、舞妓としては「笠屋三かつ」と「かさや小なつ」の他に「かさや小かつ」の名が見えている。「小なつ」については後述するが、「小かつ」は、三勝半七物の先行浄瑠璃「女舞剱紅楓」に由来する名で、「女舞剱紅楓」では、小勝は三勝の姉であり、宇治屋市蔵という『南柯夢』の吉稚に相当する人物の妻となる。この宇治屋市蔵と小勝の関係を踏襲して、『三勝櫛』には、

吉稚は三勝に執着するものの、他方では小勝が自分に思いを寄せることを知り、小勝を受け入れるという場面がある。

小かつ「恋に上下のへだてはないとわたしが真実思ひ込んだ殿様。心のたけを筆に言せ、おふみをあげても、ついに一度のお返事のないのも道理。三勝様の御執心、（中略）恥かしいことのありたけを、文にした、め見せ升たが、わたしや今さら面目なふムんすわいナア

（中略）

吉「ハ、、、、是は一興じや。コリヤそちがねがひはかなへるぞ〳〵

小かつ「それでも

吉「ハテかの行平の思ひ者松風と村雨を二人ならべてたのしむ心

小かつ「そふさへなつたら本望じやわいナア

（『三勝櫛』四段目）

一方、『占夢』では、舞妓小夏の子が、実は吉稚の落胤であることが、作品の末尾で明かされる。

佞臣布施今市等、君に淫酒をすゝめ進らせ、華洛《みやこ》に名たゝる白拍子、歌妓舞姫《うたひめまいこ》を集合つゝ、長夜の飲《さかもり》その度に過たり。されば召る、、舞姫の中に、笠屋小夏といふものあり。彼は華洛の刀拭《かたなとぎ》、同樹といふもの、女児《むすめ》にて、実の名をば増穂といへり。笠屋夏に歌舞を習ひて、むかしの千手微妙とも、いひつべき手弱女なれば、吾君不覚《すゞろ》に御こゝろを移されて、有一夜《あるよ》小夏を御旅館へ止宿さし、よばひつゝかたらひ給ふに、小夏は元来《もとより》吾君を、続井の郎君也とはしらず。その名を問ば吾君も、実《まこと》の名をば告給はず。われは続井の近習の士《さむらひ》、今市全八郎といふものなりと、詐欺て、二夜さ契りをかさね給ふよし、

（『占夢』巻之八「柴構《しばくれ》の雨笠」）

先に触れたが、小夏の名はすでに『南柯夢』の挿絵に登場し、さらに本文中にも「洛《みやこ》に名たゝる舞々。笠屋夏が女児《むすめ》の小夏。弟子の三勝なんど。夥《あまた》よび集合《つどへ》て」[注20]と名前だけ記されている。『三勝櫛』も『南柯夢』の小夏を取り

あげ、三勝の保護者平三の妻であり、かつては祇園の舞妓であったと設定する。『三勝櫛』では小夏も五段目で活躍する役どころである。馬琴は、『南柯夢』に登場させた小夏という人物名を利用し、続編『占夢』では重要な役割を与えたものと考えられるが、その発想の契機となったのが、『三勝櫛』における吉稚と小勝の関係、また小夏の活躍であったのではないだろうか。

以上の二点は、京伝の場合と比較すると、演劇化作品の利用と言えるだけの確実な例証とはならないだろう。だが、『三勝櫛』において新たに付加されたこの二つの設定が、『三勝櫛』の主筋には全く関与しないのに対し、『占夢』においては、右に挙げたどちらの趣向も物語の根幹をなすものとなっていることは注目に値しよう。馬琴は、『三勝櫛』が新たに付け加えた、物語の進行の上では取るに足らない場面を、敢えて取りあげることで、続編『占夢』の世界を構築したのではないだろうか。

文化五（一八〇八）年九月十二日付の河内屋太助（『三勝櫛』の板元）・正本屋利兵衛[注21]宛の榎本平吉（『南柯夢』の板元）出・馬琴代筆の手紙[注22]からは、馬琴が書肆を介して「舞扇南柯話」上演初日に、芝居中・茶屋中・見物に「褒詞」を配ったことが確認できる。このことからは少なからず馬琴が自作の演劇化を誇りに思っていたことがわかるが、一方で、読本に演劇を安易に取り入れることに対して批判的な姿勢を見せることは周知の通りである。だからこそ、馬琴は『占夢』における『三勝櫛』の摂取に際しても、一見それと分からぬように手をくわえたのだろう。

おわりに

京伝作の合巻『うとふ之俤』（文化七〈一八一〇〉年刊）・『桜姫筆再咲』（文化八年刊）と馬琴作の読本『占夢南柯後記』（文化九年刊）について、文化年間の演劇化作品の影響を確認してきた。この三作は奇しくも続けて刊行されていることがわかる。先述したが、これは文化六年に『玉黒髪七人化粧』が江戸において「うとふ物語」という名題で上演されたことをきっかけとしているのだろう。「うとふ物語」の上演を観た京伝は、翌年、その合巻化である『うとふ之俤』を出版し、その翌年には、同じ手法で、既に文化四年に上方で上演されていた「桜姫操大全」の正本『桜姫花洛鑑』の趣向を用いて『桜姫筆再咲』を出版したのである。馬琴の『占夢南柯後記』における『三勝櫛赤根色指』の利用もこの流れの中に位置しているのではないだろうか。馬琴が京伝の手法を模しながらも、その利用の程度に差が生じるのは、ジャンルの違いはもちろんであるが、また各々が眼目とする趣向の違いでもあり、各々の個性でもあろう。[注23]なお『うとふ之俤』『桜姫筆再咲』が鶴喜の出版であったことは確認したが、『三勝櫛赤根色指』の相板元として鶴喜が名を連ねていることからも、この時期、鶴屋喜右衛門が読本の演劇化作品に関心を寄せていたことがわかる。[注24]

右の例からは、読本の演劇化という形で、読本が演劇に影響を与えたばかりではなく、その演劇化作品の趣向が、再び読本あるいは合巻に還元されていたことがわかる。読本が演劇化された当時、その演劇化作品が、観客や読本の読者ばかりではなく、読本の作者自身に与えた影響もまた大きかったといえる。

注

1　『新燕石十種』第一（中央公論社、一九八〇年）。

2　この三作品については、『近世物之本江戸作者部類』で、当時流行し、売れ行きが好調であったことが記されている。

3　外題は、八文字屋本『女将門七人化粧』（江島其磧、享保十二年刊）や同題の京伝作の黄表紙（寛政四年刊）を踏まえたものか。

4　筆者は、原作にない場面を取り込んだもので文辞の利用も顕著な例として取り上げたが、その後、鈴木重三氏が拙論に言及した上で、他の箇所における類似も示している。さらに絵尽しとの絵組みの影響関係を指摘する（『山東京伝全集』第九巻解題、ぺりかん社、二〇〇六年八月)。青木繁氏が化政期の読本の歌舞伎化作品の上方歌舞伎絵尽しには原作の読本の挿絵の影響があることを指摘するが(「挿絵と絵づくし―後期読本の歌舞伎化をめぐって―」『演劇研究会会報』一二号、一九八六年六月)、ちょうどその反対の現象といえる。

5 大高洋司『京伝と馬琴』Ⅱ―5(翰林書房、二〇一〇年)。

6 井上啓治『京伝考証学と読本の研究』(新典社、一九九七年)に、弥陀次郎の発心譚については、『山州名跡志』に依ることが指摘されている。

7 焼金を当てられて額に傷を受けるが地蔵菩薩が身替わりになるという趣向は、「さんせう太夫」(寛永頃)にある(『説経集』日本古典集成、新潮社)。また鉄橋を用いるという点では、延享二年初演『夏祭浪花鑑』で一寸徳兵衛の妻のお辰は鉄橋を頬に当てて自ら醜貌にする。なお、馬琴も『占夢南柯後記』で自ら火取を顔に当てて醜貌にするという趣向を用いるが、これは了然尼の事績に基づいていることが指摘されている(『馬琴中編読本集成』第一五巻解説)。

8 文化五年刊の馬琴合巻『歌舞伎傳介忠義話説』には頬焼阿弥陀が登場する。高木元氏は、馬琴合巻『敵討身代利名号』の挿絵余白に見える読本の広告から、読本と草双紙の読者層が重なっていることを指摘する(「書肆・貸本屋の役割」『岩波講座日本文学史　第10巻一九世紀の文学』岩波書店、一九九六年)。

9 『義太夫年表』(八木書店)は、『玉黒髪』を江戸に移したものかとする。次注参照。

10 津田眞弓『山東京山年譜稿』(ぺりかん社、二〇〇四年五月)によれば、「文化の五とせ浪花にて浄瑠璃狂言につゞめ作りて、玉黒髪《たまくろかみ》七人化粧と名題し、作者佐川藤太吉田新吾としるして、院本にさへ上梓しつれど、本編をつゞめしのみ露たがふ所なし。おなじ六年巳の春東都さつま座にて三月廿三日より再興したるは、おのれ兄とゝもに見物せり」とある。

11 『式亭雑記』(『続燕石十種』第一、中央公論社、一九八〇年)参照。

12 「江戸読本の形成―鶴屋喜右衛門の演出」『江戸読本の研究』(ぺりかん社、一九九五年)。大高洋司氏は「京伝・馬琴・鶴喜の三者が一堂に会するなどして意志を疎通し合う、一種の『企画会議』」の存在を推測する(『京伝と馬琴』Ⅱ章3、翰林書房、二〇一〇年)。

13 『開版御願書扣』に「文化八年未年十二月出来」「前篇四冊出来／後篇四冊文化九年申年二月」とある(『大坂本屋仲

間記録』第一七巻、清文堂出版、一九九一年）。

14 「予が旧作弓張月并南柯夢は文化年間大坂の歌舞伎座にて、狂言にして繁昌の聞えあり、其折大坂の書肆河内屋太助が板したる右両度の狂言本、予も今蔵弃す」（『著作堂雑記抄』）。

15 『新板願出印形帳』（『大坂本屋仲間記録』第一四巻）からも確認できる。

16 板坂則子「『占夢南柯後記』の成立」（『曲亭馬琴の世界』笠間書院、二〇一〇年）。

17 巻之五の脱稿日については不明。なお馬琴の速筆については、『近世説美少年録』の執筆からも確認できる（徳田武『近世説美少年録』新編日本古典文学全集83解説）。

18 日本名著全集『読本集』（一九二七年五月）山口剛解説。

19 後藤丹治は『太平記』巻之十三からの影響を指摘する（『太平記の研究』第四章、河出書房、一九三八年）。

20 笠屋夏について、馬琴は『著作堂一夕話』下「みのや三勝が古墳并笠屋三勝が弁」で考証する。なお『南柯夢』で小夏は笠屋夏の女児とあるが、『占夢』ではその弟子とある。

21 「戯場案内両面鑑」（享和三年刊かとされる）に、「根本楽屋借本所」として「本町松屋町　正本屋利兵衛」の名が見える（荻田清「『戯場案内両面鑑』解題と翻刻―歌舞伎関係一枚摺追考」『梅花女子大学文学部紀要』25、一九九〇年一二月）。

22 柴田光彦・神田正行編『馬琴書翰集成』（全七巻、八木書店、二〇〇二―二〇〇四年）。

23 柴田美都枝は、馬琴が同じ世界を扱った読本と合巻において趣向の重複を避けることを指摘する（「南柯夢と合巻本」『香椎潟』十七号、一九七二年三月）。また文化五・六年の京伝の合巻が演劇に依存してゆくこと（水野稔「京伝合巻の研究序説」『江戸小説論叢』中央公論社、一九七四年一一月）、京伝の読本が合巻に与える影響が多いこと（小池藤五郎『山東京伝の研究』第四章「山東京伝の合巻」岩波書店、一九三五年）は既に指摘されている。

24 河内屋太助板の絵入根本の諸本を確認しても鶴屋喜右衛門が刊記に名を連ねるものは例外的である。

第三章

読本演劇化をめぐる演劇界・出版界の諸相

文化年間の上方において江戸に先んじて読本の演劇化が流行した理由の一つとして、水野稔氏は同時期の江戸読本の持つ演劇性を挙げたが、他の理由も指摘されている。例えば服部幸雄氏は、文化四（一八〇七）年の「柵自来也談」が、前年に刊行された『自来也説話』をすぐに劇化したことを例に、上方の流行に敏感な性格を挙げる。

このように、従来の歌舞伎作者のプライドをかなぐり捨ての大胆な仕組みが可能だったのは、やはりかつて浄瑠璃全盛時代に、「歌舞伎より浄瑠璃を学ぶは歌舞伎衰微のもとひ」と言いながらも争って浄瑠璃の歌舞伎化を行ったのと共通する上方の土壌があったのはもちろんであろう。心中情死事件の一夜漬けによる仕組みも早く上方で始まった。このように権威やたてまえにかかわらず、時流に合って当たりを取ることができると考えられることならば、どんどんと取り入れていこうとするのが上方歌舞伎の歴史を貫いている姿勢であった。[注1]

確かに上方における演劇に読本を取り入れようとする姿勢は、江戸とは異なる上方特有の土壌によるものだろう。一方で、佐藤悟氏は、先に述べた浄瑠璃作者佐藤太（佐藤魚丸）が読本作者でもあったことや「上方の場合には読本とよく似た形態の根本があり、作者や本の形態の問題でも障壁がなかった」ことを指摘し、「根本が江戸ではほとんど刊行されなかったのは体裁が半紙本で江戸では書物問屋の扱うべき形態の書物であったことと、色摺の問題があったため」と推論する。[注2]

本章第一節では馬琴読本の浄瑠璃化の作者でもあった佐藤魚丸に、第二節では馬琴読本の板元であり、かつ歌舞伎台帳の公刊である絵入根本の最大の板元でもある河内屋太助板の絵入根本に注目して、馬琴を初めとする戯作者を取り巻く当時の演劇界・出版界の状況について考察する。

注

1　服部幸雄「合巻などより見た三代目瀬川如皐」（『江戸歌舞伎論』法政大学出版局、一九八〇年）。渥美清太郎氏は「当時江戸では、戯曲と小説の間には黙契があつて、互ひに相犯さないといふ事になつてゐた。小説の脚色といふ事は決してなかつたのであるが、上方は、発行もとでない為か、その点は自由だつたので、当時出版された有名な小説は遠慮無く上演し、むしろ小説脚色狂言が流行した時代さへある。文化がその頂上であつた」と述べている（『探偵狂言集』日本戯曲全集三十三巻「青砥稿」解題）。但し、上方の板元であっても馬琴作『新累解脱物語』（文化四年刊、大坂河内屋太助板）のように浄瑠璃化・歌舞伎化された作品は指摘できる。また、浄瑠璃作品である『玉藻前曦袂』の佐藤太（魚丸）による改作も、岡田玉山作『絵本玉藻譚』（文化二年刊、海辺屋勘兵衛等刊）に基づく。

2　佐藤悟「戯作と歌舞伎　化政期以降の江戸戯作と役者似顔絵」（『浮世絵芸術』百十四号、一九九五年、浮世絵協会誌）。

第一節　読本作者佐藤魚丸

はじめに

佐藤魚丸《うおまろ》は、読本作者である前に、狂歌師であり、浄瑠璃作者である。狂歌では玉雲斎貞右門下の蝙蝠軒《へんぷくけん》魚丸として、また浄瑠璃作者としては、佐藤太（佐川藤太）の名で知られる。本節では、断らない限り便宜上、統一して魚丸と呼ぶことにする。魚丸が活躍した文化年間の上方では、読本の演劇化が流行した。読本の演劇化は文化以前にもなされていたが、文化年間における、特に稗史物の江戸読本の演劇化の端緒となったのは、魚丸による『稚枝《わかえの》鳩《はと》』（馬琴作、文化二〈一八〇五〉年刊）の浄瑠璃化作品『会稽宮城野錦繍《かいけいみやぎのにしき》』（文化二年十月初演）であった。馬琴は、『近世物之本江戸作者部類』で、『会稽宮城野錦繍』と、『椿説弓張月』前後編（文化四、五年刊）の浄瑠璃化作品『鎮西《ちんぜい》八郎《はちろう》誉《ほまれの》弓勢《ゆんぜい》』（文化五年十月初演）の作者が同じであるとして佐藤太の名を記している。

文化二年乙丑の冬十月大坂の人形座にて『稚枝鳩』を新浄瑠璃に作りて興行したるに大《イタ》く繁昌したりとぞ。これも作者は佐藤太にて浄瑠璃の名題「会稽宮城野錦繍《ニシキ》」といふ。是也。曲亭のよみ本を新浄瑠璃にせしは是そのはじめ也。当時の流行想像すべし。

魚丸には馬琴以外にも、山東京伝等の読本の浄瑠璃化作品もある。馬琴読本の浄瑠璃化作品については早くは井口洋氏[注1]に論考があり、第二章第二節でも取りあげた。魚丸の読本については従来、あまり論じられていないが[注2]、魚丸自身が読本作者であったことが、稗史物の江戸読本の浄瑠璃化と結びついたと考えられ、当時の小説と演劇との交流の背景の一端を知る上で、魚丸の読本について検討することは意味がある。

また魚丸の狂歌集や滑稽本、噺本などの個々の作品については、翻刻や影印をはじめ考証されているものもあるが、その創作活動全般については、『日本古典文学大辞典』（岩波書店）肥田晧三氏執筆の「佐藤魚丸」の項にまとめられた以上のことは未だ明らかにされていない。

本節では、佐藤魚丸の創作活動を概観しつつ、魚丸が江戸読本を浄瑠璃化するに至った背景を探るために、その読本の特徴について考察したい。

一　蝙蝠軒魚丸・佐藤魚丸・佐川藤太・佐藤太

まず、魚丸の作品を論じる前に、狂歌師の蝙蝠軒魚丸、読本作者としての佐藤魚丸、浄瑠璃作者としての佐川藤太・佐藤太が同一人物であるか、という点を確認しておきたい。一々の資料からはそれと推定できるが、木村三四吾氏が紹介した木村氏宛肥田氏書簡のなかで、肥田氏自身が述べたように[注3]、明証が得難いのも事実である。狂歌師の魚丸が読本作者であることはすぐに裏づけられるが、狂歌師であり読本作者である魚丸が、浄瑠璃作者佐川藤太（佐藤太）であるというのはにわかには断言しがたい。『京摂戯作者考』[注4]には、次のようにある。

佐藤魚丸　大坂の人、浄瑠璃狂言等の作者、佐藤太といふは此人なるべし。阿波座戸屋町に住す。狂歌を好て国丸の門人となる。蝙蝠軒と号す。自詠の狂歌集を、よつの友と題す。

（『京摂戯作者考』）

『京摂戯作者考』の作者も、佐藤太とは魚丸のことであろうと推測するものの、明言は避けている。まずはこれらの点について、先行研究を跡づけながら、資料を今一度整理しておきたい。[注5]

まず狂歌師としての号について見ておく。『京摂戯作者考』も見えている、文化九（一八一二）年刊『狂歌よつの友』は「蝙蝠軒魚丸」編とある。ちなみに、『狂歌よつの友』には、延寿坊水丸が「詠雪月花寿　魚丸翁六十一初度」と序しており、本書が魚丸の還暦を祝う狂歌集であることがわかる。ここから逆算すると、魚丸の生まれは宝暦二（一七五二）年である。[注6]

以下、かいつまんで年代順に確認しておく。『京摂戯作者考』が記すように、魚丸は国丸、つまり混沌軒国丸（のち玉雲斎貞右）門下である。玉雲斎門で編まれた天明三（一七八三）年から天明五年までの『除元狂歌小集』[注7]では、門下六群のうち東北一群のなかに位置し、歳旦と歳暮の二首ずつ採録されており、いずれも一首は「交水館魚丸」もう一首は「佐藤魚丸」の名となっている。貞右が烏丸光祖から玉雲斎の号を賜ったことを祝う天明六年刊の『嫩葉夷曲集』[注8]にも「交水館魚丸」で入集する。寛政四（一七九二）年に師である玉雲斎貞右が没した後は、魚丸撰による狂歌集が見られるようになる。市中軒時丸との両撰による寛政四年刊『狂歌泰平楽』[注9]の跋には「旧路館魚丸」とある。同七年刊『狂歌三撰集』[注10]には一封亭朶雲、一睡亭海棠花と並んで「蝙蝠軒魚丸」撰とあり、同八年刊の『狂歌かたをなみ』[注11]の跋には「旧路館魚丸」、その刊記には「蝙蝠軒魚丸」の名が見える。享和三（一八〇三）年には玉雲斎貞右と桃縁斎貞佐の追善集である『狂歌二翁集』を編んだが、そこでは「故玉雲斎門人　蝙蝠軒魚丸」と名乗っている。魚丸は交水館とも旧路館とも号したが、寛政以降は、蝙蝠軒と名乗っていることがわかる。

また『新板願出印形帳』『開板御願書扣』[注12]には、『狂歌かたをなみ』の集者を「銹屋町　釘屋藤兵衛」[注13]と記載する。つまり、魚丸が「釘屋藤兵衛」ということになる。この「釘屋」は、文化八年九月千里亭藪虎序の『狂歌道の栞』[注14]

からも確認できる。

故玉雲斎門人蝙蝠軒社　魚丸　号蝙蝠軒　釘屋町　佐藤藤太兵衛

ただこの『狂歌道の栞』では、「藤兵衛」ではなく「藤太兵衛」となっている。狩野快庵も「蝙蝠軒魚丸、姓佐藤氏、通称釘屋藤太兵衛」としているが、[注15]『狂歌道の栞』に拠ったものであろうか。

享和三年刊『狂歌題輪』も『新板願出印形帳』『開板御願書扣』に「作者　南堀江橋通一丁目　佐藤魚丸」（享和三年三月出願・四月十一日許可）と記載される。ここでは「佐藤魚丸」とある。また住居が寛政の「錺屋町」から「南堀江橋通」に移っていることがわかる。文化五年刊『恵比寿婦梨』[注16]の序にも「佐藤魚广呂」とある。

ここまでをまとめると、釘屋町の佐藤藤太兵衛が、狂歌師としては、佐藤魚丸あるいは、交水館・旧路館を経て、蝙蝠軒魚丸と名乗っているといえる。

次に読本に見える号を確認する。寛政十年刊の『越路の雪』[注17]には単に「魚广呂」作とあるが、『新板願出印形帳』には、「作者　錺屋町　佐藤魚丸」（寛政九年十二月出願）とあり、「魚麻呂」が狂歌師の佐藤魚丸であることが確認できる。「釘屋藤兵衛」の住所と魚丸の住所「錺屋町」も一致していることもわかる。文化十四年刊の読本『竹の伏見』[注18]では序に「蝙蝠軒魚丸」とあって、内題下及び刊記には「佐藤魚丸」と見えている。

また読本以外の戯作に見える号も見ておく。[注19]寛政九年刊『あらし小六過去物語』[注20]には後書に「蝙蝠軒述」とある。翌十年刊の噺本『粋のみちづれ』[注21]序には「かハぼりの飛かふ軒にすむ者」、つまり蝙蝠軒とある。素人板行を咎められ絶版処分を受けた享和二年刊の人物評判記『浪華なまり』[注22]は、「莚破居士」の跋には「魚广呂」が作者であるとする。同四年刊の滑稽本『栄花の現《うつつ》』[注23]には序末に「浪花堀江の水に住　魚麻呂」とある。『栄花の現』にも「魚麻呂」とだけあるが、前年刊『狂歌題輪』の住所「南堀江」と一致しており、「佐藤魚丸」のことといえる。

このように狂歌でも読本でも、佐藤あるいは蝙蝠軒として魚丸の名を用いていることがわかる。

最後に浄瑠璃に見える号を確認しておく。[注24] 文化元年初演の『増補新板祭文』の正本には魚丸の名がみえる。ただし「佐川魚广呂」（傍点筆者）とある。文化十三年初演の『絵本優曇華物語』[注25]の番付には作者として「魚丸」の名がある。浄瑠璃作者に「魚丸」「魚广呂」という人物がいたのであり、おそらくは佐藤魚丸のことだと考えられる。この時期、「佐川」姓では「佐川藤太」がおり、「佐川」姓ではあるが、文化二年初演の『会稽宮城野錦繍』や文化四年初演の『八陣守護城《はちじんしゅごのほんじょう》』、文化五年初演の『玉黒髪七人化粧《たまかずらしちにんげしょう》』、文化十年初演の『本町糸屋娘《ほんちょういとやのむすめ》』などがある。「佐川藤太」は、『絵本優曇華物語』の作者として「魚丸」と名を連ねている「梅枝軒」と合作することが多く、文化十三年初演の『五天竺』や文化三年初演『絵本増補玉藻前曦袂《たまものまえあさひのたもと》』、文化四年初演『桜姫花洛鑑』などで連名となっている。このことからも「魚丸」と「佐川藤太」は同一人物といってよいだろう。「佐川藤太」を略したものか「佐藤太」の号も文化三年初演『絵本増補玉藻前曦袂』や文化五年初演『鎮西八郎誉弓勢』の正本に見える。文化四年初演の『桜姫花洛鑑』の正本末尾には「作者　佐藤太」、刊記に「佐川藤太」とあって、両者が同一人物であることがわかる。「佐川藤太」にせよ「佐藤太」にせよ、「藤太」とは佐藤「藤太兵衛」のことであろう。以上から、「佐川」姓である理由はわからないものの、「佐川魚丸」「佐川藤太」「佐藤太」はおそらく魚丸のことであるといえる。

以上、戯号に注目して魚丸の事績を追った。先行研究の示す通り、狂歌師・読本・浄瑠璃作者としての活動が確認できる。魚丸の創作活動をざっと見渡しておくと、まず四十半ば頃、狂歌師蝙蝠軒として社中を形成する。そのころ一時期、噺本や滑稽本、読本などの戯作にも手を広げ、五十三歳以降は、狂歌師としての活動の傍ら、主に浄瑠璃作者として活躍することになることがわかる。

二　読本作者としての魚丸

次に稗史物の江戸読本の浄瑠璃化に到る当時の背景を探るために、浄瑠璃作者でもある魚丸の読本について検討してみたい。魚丸が戯作活動を始めたばかりの頃、寛政十（一七九八）年に刊行された『越路の雪』と、十三年にわたる浄瑠璃作者としての活動を経て執筆した文化十四（一八一七）年刊の『竹の伏見』に注目する。[注26]まず『越路の雪』について見てゆく。『越路の雪』は五巻から成り四話を収録する。いずれも浪花、木津、箕面など上方に住む人が各地で体験した奇異譚である。巻一・巻二のみ二巻で「戯場《けじやう》ノ怪異《けゐ》」一話となっている。これは越後での興業を終えた歌舞伎の一座が若狭路で出会った怪異譚であり、歌舞伎の由来を説き起こすところから始まる。以下に引用する。

たはれ事数〳〵あなる中におかしきものは哥舞伎狂言にぞありける。此濫觴をつたへきくに、天正の頃、近江の国佐々木家の浪人名護屋氏なる者、出雲の神女阿国といへるをかたらひ、哥舞をなせるを、其余波今は花洛加茂河の岸に立そひ、東武の吹屋境木挽の三町に矢倉をかまへ、浪花江の南には軒をならべ、このはなの冬こもりする頃より新参の目見へ、古参の座付、顔見世の祝詞をのぶれば、贔屓のうかれ雄手をうつて楽しむ。二のかはりの春狂言より盆かはりには、風流の大館と四時をわかぬ繁栄は余国にこへたり。其外、旅泊駅路の繁茂の地は、長門に上下の関、安芸のいつくしま、尾張に名古屋、伊勢の松坂などは常舞台をしつらひ、年々めづらかなる戯子をまねき興行をなしける。夫のみならず、あまざかる鄙のはてまでも行めぐり、月のなかば、あるは一旬五日両三日とつとめける。荒川氏なる者を頭とし、一座を引つれ越路の旅におもむき、敦賀の湊にちかきほとりにて興行をなせるに殊の外繁昌して……

（『越路の雪』「戯場ノ怪異」傍線筆者。）

このように歌舞伎の濫觴から説き起こし、浪花の歌舞伎の繁栄を讃えている。さらに長門や厳島や名古屋、松坂には歌舞伎の常舞台があったことに言及し、やや唐突ながら、荒川氏の一座が越後で興行を行ったことにつないでいる。特に傍線部は、『越路の雪』刊行の翌年、享和二（一八〇二）年に刊行された魚丸による人物評判記『浪華なまり』のなかの歌舞伎についての記述とも似通っている。注27

かぶき狂言は出雲のお国があとをつぎて花洛四条の繁昌、東武三町のにぎはひ、みやじま、伊勢、名古屋其外の国々迄いたらぬ所もなし。わきて浪花道とん堀の顔見世の冬げしき、二のかわりの春の花やか、余所の及所にあらず　（『浪華なまり』）

また魚丸は『越路の雪』刊行の前年、寛政九年には、『あらし小六過去物語』の後書を記している。『あらし小六過去物語』は「三代目嵐小六（初代嵐雛助）・俳名眠獅の最期物語と冥土物語を浄瑠璃仕立てにした」注28作品で、肥田氏は本作も魚丸作とする。注29魚丸はこの時期はまだ浄瑠璃作者とはなっていないが、浄瑠璃・歌舞伎に親しみ、造詣が深かったことがわかる。

さて、『越路の雪』に話を戻すと、巻一・二の「戯場ノ怪異」内容は次のようなものである。

越後で興行を終えた荒川氏の一座は、播磨路から美作、吉備を巡る予定で、道具類は敦賀より海路で送り、役者達は徒歩で若狭路に入った。小入の宿を目指すところ道に迷い、一夜の宿を借りる。宿の主人に乞われて芝居をすることになる。衣装や道具は主人の持ち物を借りる。田舎に住む女童は芝居を見ることがないからと近村の人々までも集まって大賑わいとなる。宿代のかわりに芝居をと思っていたところが、酒宴で労をねぎらわれた上に、引出物として封銀を各々にもらう。夜目覚めればそこは草原で、布団やお膳に台所用具だけが残っている。狐にだまされたものと思うが、調度品や封銀が本物であることが不審で、封銀に記されていた「木沢某」を尋ねて人家を探す。当の木沢家では前夜嫁入りがあるはずであったが、二日前の夜に納めた新婦の調度から当日の酒宴の用意、封銀まで紛失し、やむなく婚姻を延引したという騒動の最中であった。一座は封銀を返し、調度の在処を教える。

この内容は建部綾足の『折々草』冬の部「狐の魁儡《クヾツ》をたぶらかせし条《クダリ》」に拠っている。『折々草』は旅中に見聞した奇事を集めたものである。『折々草』は写本で伝わるが、三十七話のうち十七話を選んで寛政十年に『漫遊記』として刊行されている。ただし『越路の雪』も同年の刊行であるから、魚丸が『漫遊記』をあらかじめ見たはずもなく、そもそも『漫遊記』にはこの条が収められていない。魚丸は写本を利用したものとがわかる。

「戯場ノ怪異」は『折々草』とほとんど大筋は同じであるが、先に引用した歌舞伎の濫觴の条を加えたことをはじめ、いくつか手が加えられている。『折々草』では、人形浄瑠璃の演目については記さず、狐に出された料理の品々を事細かに記しているのに対し、『越路の雪』では、料理については省き、演じた歌舞伎の演目について詳述する。「信田妻恩愛の別初段」「信田妻はたおりの段」「子わかれの段」「重井筒の心中」とし、桟敷からの要望で「吉野忠信のきつねの所作」、さらに「釣ぎつねうしろ面の所作を今一手御らんに入ん」というところで深更に及んだので、それ切りで終わりになるとの具合である。狐に化かされることを暗示するような演目を並べている。演目の記述に筆を費やすことからも、魚丸の芝居に対する思い入れの強さがわかる。

また、『折々草』では、武士（実は狐）に乞われて、報酬の取り決めをした上で、人形を遣うが、『越路の雪』では、たまたま道に迷って宿を借りたその御礼に芝居を見せるとする。発端が異なれば結末も変わってくる。『折々草』では、一座の人々は前夜食した料理も金のことも、嫁入りの準備が整わず騒ぐ人々に教えることなく、「おもひあたりて侍れば、皆目合せてぬき足をしてそこをばいきとほりにけりとぞ」と記す。それに対して『越路の雪』では、宿を借りた一座にとって封銀は思いの外の報酬であったため、彼らは木沢氏に封銀を返すことにためらいがない。

『折々草』では、災難に遭った人々に対して、口を閉ざして帰ってくるという点に後味の悪さが残るが、それを『越路の雪』では解消しているといえる。『越路の雪』ではこう付け加えて結びとする。

> かかるためしもある事にや、狐をいたはり福を得、又は苦しめて禍を請る事まゝ聞及びたり。此獣自在を得たれども人倫群集して陽気盛んなる所に入る事あたはず。おのが術に引入て戯場の業を見物し眷族どもをなぐさめけるものか。さすがに其恩義をしれるにや酒食をもつてもてなしける事のやさしさよ。さあるにても木沢氏の婚姻をさまたげられしは大なる災難なり。是にもいかなる仇なるや其所以をしらず。
>
> （『越路の雪』「戯場ノ怪異」）

狐ですら恩義を知ることに対して評価する一方で、木沢氏が災難にあったことにはそれなりの理由があるのだろうと匂わせている。『折々草』が各地の異聞を伝えるという方針であるのに対して、[注30]「戯場ノ怪異」ではこのように評を付し、かろうじて善を勧め悪を懲らす意図を示している。

また、残りの話についても簡単にまとめておく。[注31]

（巻之三宮座農夫《みやざのうふ》蒙レ罰《ばつをかうむる》）道に迷った旅人があまりの空腹に神社の供物に手を出すが、神官に気付かれ、傍らの幣帛を掴み、神官を打擲して逃亡する。幣帛の始末に困り道端に立てておく。後に再訪すると、社はなく、村人に尋ねると、ご神体が現れ、悪徳神官を追放して自ら遷御したので、社を移築したという。

（巻之四薄情妓過レ身《はくせうのきみをあやまる》）深く遊女と契りを結んだ男は金に困って心中することになる。遊女は男を先に飛び込ませておいて逃げ帰る。不審に思って水中に潜み様子を見届けた男は、翌朝ずぶ濡れで戻る。男を見て幽霊と思った遊女は驚いて死ぬ。

（巻之四飯中得レ金《はんちうにこがねをうる》）箕面山で男二人が知り合い、金を拾う。二人で譲り合い、困った挙げ句、一方が握り飯の中に金を入れて持たせる。握り飯をもらった男は、それと知らず雲助に与える。雲助は握り飯を握った男の勘当した息子だった。雲助は心を入れ替え、握り飯の金を元手に商売を始め、勘当を許される。

これらに対し、魚丸はそれぞれ「神慮の程賢み恐み奉る」（巻之三）、悪行の「むくひなるべし」（巻之四）、「神のめぐみのあらたなる所なり」（巻之五）と、天の配剤によるものと評することで、曲がりなりにも勧懲らしき体裁を整えてはいるが、いずれの話も、人間の行動ひとつひとつが偶然にも重なってその結果が第三者には神慮とも思わせる出来事となったことの不可思議さ、可笑しさを伝えているといえる。そういう意味では「戯場ノ怪異」は狐に化かされた話を扱い、『越路の雪』の中では唯一怪異と呼べるような話柄を扱っている点で他の話とは性格が異なっているといえるだろう。

つぎに、文化十四年刊の『竹の伏見』を見てみる。序文には以下のようにある。

此君と呼ばるゝ竹はおのづから君子のとくを其ほど〳〵のふしにこめ、すなをなるみさほを愛せらるゝ、はむべなかりき。其のくれ竹を枕言葉となすふしみの里にて重なるあだをむくひ孝貞義の名をあらはしたる物がたりを吉川何某の説かれけるを聞侍り。いとおもしろき事におもひ、書肆の誰かれ出会の莚に噺し侍るに、そは画工長秀の主の画図に模写を乞ひて梓にちりばめなば、児女のなぐさめともなるべしとて、予に其始め終を述よとあなれど、元よりおろかにして文花をつゞる事に疎ければ、只聞覚へたる事のみをむつの巻に書つゞりはべる。（『竹の伏見』）

「吉川何某が説かれけるを聞侍り」とあるように講釈師らしき人物から聞いた話をもとにしているというのであるが、その講釈師の種本と思われる実録については、横山邦治氏が「創作的仮作実録」として『伏見ヶ竹』を紹介している。[注32]

『竹の伏見』の内容は、発端に簡潔にまとめられている。

積善の家に餘慶あり、積悪の家に餘殃ありと古語《こじ》にいへるも諾なるかな。爰に呉竹の伏見の里にて、祖父実父の敵を討し稚子《おさなご》、亡夫の仇をむくひし貞婦、そが力と成て武道をみがきし健雄《ますらを》、其孝貞義によりて、廃れたる家を興しふたゝび富栄へ、後世の美談となれりける。（同右）

「武道をみがきし健雄」である村井左門の助太刀を得て夫民弥の敵を妻子が討つ、という仇討物である。横山氏の指摘にあるように、ほとんどの筋は実録に拠るが、特に村井左門の縁者、松倉主水の活躍に係わる筋は魚丸によって実録よりも詳細に書き込まれた部分である。主水は左門の懇望により、敵の動向を追跡する役割を引き受ける。その際の左門の提案は「貴殿今より身持堕弱にして親の勘気を請主人のいとま出なば、思ふまゝになるべし」と具体的である。これに対して主水は「思案をなし、是は甚めいわくなる事ながら一段のはかりとし、武道を立る事なれば、世情の悪説も何かいとふまじ」と承諾する。敵の追跡自体は、実録通りの展開とはいえ、神の冥助で偶然にも敵に巡り会う、ということにならないのが明らかに京伝・馬琴流の江戸読本とは異なるところである。左門と主水のやりとりによって、十全な準備をしていることが強調され、敵討の成就により現実味が加わっている。

このように『竹の伏見』にはほとんど怪奇色がない。唯一、主水が左門と通じていることが敵に知られた後、主水が大蛇に呑まれ腹を切り裂いて脱出、蛇の毒で風貌が変わり、幸か不幸か追跡を継続するためには好都合となる、という条[注33]（ただし実録由来）がある。魚丸は、この時期にはすでに浄瑠璃作者として、稗史物の江戸読本を浄瑠璃化する経験を積んでいる。例えば、魚丸が浄瑠璃化した敵討物の『稚枝鳩』（馬琴作・文化二年刊）は、孝子貞女を救う神の奇瑞や冥罰による悪人の横死を描くが、魚丸はそうした因果律に係わる怪異を『竹の伏見』において描かないのが特徴的である。

また、『竹の伏見』では、そもそもこの敵討の発端となる民弥の父の死を招いたのは、前世の因縁などではなく、民弥と左門自身の行動であったともいえる。民弥は笹田官太夫に剣術を習いながら、師に礼を欠いてまで左門に教えを乞う。左門もまた官太夫が民弥の師であることを知りながらも、試合の末、官太夫兄弟を負かす。辱めと捉えた官太夫兄弟はその遺恨から左門を騙し討ちにしようとするが果たせず、代わりに民弥の父を殺害する。左門に官太夫が試合を望んだのは、左門の実力を甘くみていたとはいえ、藩の「師範する某をなひがしろにする仕かた甚心外なり」という理由からであり、左門と民弥の行動が、結果として官太夫の行動を惹起したともいえるのである。

田中則雄氏は、文化文政期の上方読本作者、栗杖亭鬼卵らに注目し江戸読本が「善悪の応報、前世からの宿業、仏神の加護・冥罰の如き人力を超えたものの作用」によって長編としての合理性を保ったのに対し、後期上方読本においては、「人間の感情と感情との絡みの中に事件が生起する所以を求めよう」とすると同時に「一つの事件が次の事件を生む経緯について丁寧に説明」し、「全て人為と人情によって展開する事件を重ねて」行くことで長編に仕立て上げる、その手法について論じている。[注34]魚丸の『竹の伏見』もまた同様といえるのではないだろうか。『竹の伏見』の特徴は同時期の上方読本のそれに通ずるものであったといえる。

『越路の雪』が、偶然性の不可思議さを描いたものであるなら、『竹の伏見』は必然として起こった出来事を綴ったものであったが、いずれも人智を超えた存在や怪異についての描写を避ける傾向にあるといえる。

三　魚丸による読本の浄瑠璃化の方法

最後に魚丸の読本の浄瑠璃化の方法について考えてみたい。その前にまず当時の演劇界の状況を概観しておくと、読本の演劇化は、この時期、すでに魚丸以前に歌舞伎界で近松徳三（徳叟）によって行われている。例えば、寛政十一（一七九九）年初演「紅楓《からにしき》秋葉《あきば》話《ものがたり》」（寛政十年刊『桟道《かけはし》物語』[注35]の歌舞伎化）、文化元（一八〇四）年正月「傾城筥《はこ》伝授」（寛政十一年『秋雨物語』の歌舞伎化）の如くである。当時の歌舞伎界は、役者を中心とした演出を重要視したため、興行的に不安定な新作狂言が敬遠された。そのなかにあって徳三による読本の歌舞伎化は例外的であったが、それも「読本という形で、すでに市民権を得た、ある意味では安全性の高い作品の舞台化」という意味を持つものであった。[注36] 浄瑠璃界も似たような状況で、めぼしい新作がなくなっていた時期であり、[注37] そこに魚丸が登場する。江戸読本のうち稗史物の演劇化については、浄瑠璃の魚丸が、歌舞伎の徳三に先んじる。文化二年十月初演『会稽宮城野錦繍』（同年刊『稚枝鳩』馬琴作）は、魚丸による初めての読本の浄瑠璃化作品だが、文化期における稗史物の江戸読本の演劇化作品としても魁けである。魚丸による稗史物の江戸読本の浄瑠璃化としては、続いて文化四年九月初演『桜姫《さくらひめ》花洛《みやこ》鑑《かがみ》』（文化二年刊『桜姫全伝曙草紙』京伝作）、文化五年三月初演『玉黒髪七人化粧』（文化三年刊『善知《うとう》安方《やすかた》忠《ちゅう》義《ぎ》伝《でん》』京伝作）、同年十月初演『鎮西八郎誉弓勢』（文化四・五年刊『椿説弓張月』前後編、馬琴作）、文化十年九月初演『本町《ほんちょう》糸屋《いとや》娘《むすめ》』（文化九年刊『糸《いと》桜《ざくら》春《しゅん》蝶《ちょう》奇《き》縁《えん》』馬琴作）、文化十三年初演『絵本優曇華《うどんげ》物語』（文化元年刊『優曇華物語』京伝作）がある。

『竹の伏見』には魚丸が稗史物の江戸読本から学んだ形跡は見られなかったことは確認した通りである。では稗史物の江戸読本を魚丸はどのように浄瑠璃化しているのであろうか。

第二章第二節で論じたが、これらの読本の浄瑠璃化に際して特徴的であるのは、読本が因果応報で物語を構成するのに対し、浄瑠璃では、善悪の人物の対決に集約する点であった。京伝・馬琴の江戸読本では、しばしば善行悪行に対する善報悪報として、神仏の奇瑞や冥罰のような怪異を描く。つまり怪奇的な趣向は物語の軸となる因果律に係わることが多いのであるが、浄瑠璃化に際しては、因果に係わる部分は取り除いた上で、これらの趣向を利用する傾向にある。

例えば、毒を盛ろうとして鳶に毒石を奪われ、その毒石が奇しくも自身の飯に入り死ぬという趣向（『稚枝鳩』第六編）は、毒石を用水に仕込んで敵側の組子を倒すという趣向に大幅に改変される（『会稽宮城野錦繍』一一編）。また幽霊の祟りによって妻の浮気を疑い離縁する条は（『糸桜春蝶奇縁』第二段下）、夫の深謀遠慮によってわざと妻を離縁するという趣向に（『本町糸屋娘』守山の段）、同じく祟りによって暴風雨に襲われ入水を余儀なくされ横死する条（『糸桜春蝶奇縁』第四段）は、祟りを無くした結果、大魚の腹を宝刀で切り破って生還する趣向（『本町糸屋娘』浅草の段）となるのである。

このように、因果律を排除するという点で、魚丸の読本と浄瑠璃化の方法は共通するように見える。一方で、これらの浄瑠璃化作品では、魚丸が趣向を改変しつつも原作の怪奇色を活かそうとしていることもわかる。また『玉黒髪七人化粧』では『善知安方忠義伝』の安方の霊（第七条）や相馬の旧内裏の妖怪の場面（第十六条）などがそれぞれ「精霊祭の段」「古御所の段」に取り入れられているように、怪異が因果に係わらない場合は原作の趣向がそのまま活用されている。読本の趣向に怪異性を付与する例もある。例えば、『鎮西八郎誉弓勢』では、女伊達の忠臣の死（『椿説弓張月』第九回）に、幽霊と身替わりの趣向（七冊目）を加えている。

さらに、魚丸による他の浄瑠璃に目を向けると、怪奇的な趣向を見せ場とした作品は意外に多いことがわかる。例えば文化四年初演『八陣守護城』の妖怪退治の段や毒酒の段、同十一年初演『酒呑童子話』の土蜘蛛の趣向などが挙げられる。また上方の絵本読本の浄瑠璃化では、狐や猿などの妖怪変化を扱った作品を取りあげている。例えば、文化三年初演『絵本増補玉藻前曦袂』（寛延四年初演の改作。文化三年刊の読本『絵本玉藻《えほんたまも》譚《ものがたり》』を利用する）の妖狐玉藻前であり、文化三刊『絵本西遊記』を浄瑠璃化した同十三年初演『五天竺』の孫悟空である。

江戸読本の方法に追随しなかった『竹の伏見』からは、魚丸が上方読本の特徴をよく理解していたことがわかる。その魚丸は、近松徳三によって読本が歌舞伎化されるなか、浄瑠璃でも読本の利用を、と考えた際、ちょうどその頃台頭してきた稗史物の、上方読本とは異なる因果にまつわる怪異性に目を付けたのではないだろうか。そもそも神の奇瑞（『崇徳院《しゅとくいん》讃岐伝記《さぬきでんき》』等）や狐・妖異（『義経千本桜』四段目・『伽羅先代萩』第六等）をはじめ、血の趣向（『伽羅先代萩』第四）など伝奇性をも許容する浄瑠璃にとっては、稗史物の江戸読本は、因果律を除けば、浄瑠璃作者を引きつける新奇の趣向をも備えていたといえるのである。上方読本と江戸読本の方法の違いにいち早く気付いたのは、自ら読本をも執筆して、上方の読本をよく知っていた魚丸だからこそではないだろうか。とはいえ、当初は、試みに趣向を利用する程度のつもりだったのであろう。『会稽宮城野錦繍』では『稚枝鳩』の部分的な利用にとどまることからもそれはわかる。『会稽宮城野錦繍』の番付[注38]のカタリには「稚枝鳩と曰小説に　鷹を取得てなんにあふはあまぎの山にしげる杉本刀にかはして我子をうしなふけいぼの悪心」とある。カタリに書かれるということは、客の興味を引くと思われる趣向であったのだろうと想像される。『稚枝鳩』の趣向のなかでも、鷹を捕って難に遭う条や継子の刀に膠を流し込んで抜刀させず、継子を見殺しにする継母の条は、因果に係わらない主要な趣向に数え得る。それを巧みに浄瑠璃の趣向に組み込んだわけである。このように一部の利用であったものが、演劇種の読本（『糸桜春蝶奇縁』『桜姫全伝曙草紙』）や演劇と世界が共通する作品（『椿説弓張月』）等が出るに及び、浄瑠璃化に際し、読本全体を利用することが可能になるのであろう。読本全体を利用するとはいえ、読本の因果律を演劇に持ち込むのは難しく、因果律を排除した結果、読本由来の怪異的な趣向は弱められ改変されたのである。魚丸は、上方の読本には上方の読本らしさを、浄瑠璃には浄瑠璃らしさをと、各ジャンルの特徴をよく飲み込み書き分けていた人物であるといえる。

おわりに――丸派と演劇――

冒頭に引いた『京摂戯作者考』[注39]は、巻頭に次のように述べる。

歌舞伎狂言作者にも、戯作の書を編るものあり、また浄瑠璃本の作をもなせしあり。浄瑠璃の作者の戯作の稗史を書き、亦は歌舞伎の作をなせしもあり。又稗史、草双紙の趣向を浄瑠璃、歌舞伎に遣ひしは常の事にて、

　或は、歌舞伎にて大当せし趣向を、稗史、草双紙、浄瑠璃に切はめしも寡なからず。皆是、入我我入にて、総て同じ作意の事ゆへ、挙て戯作者と称すべければ、此書に編入れたり。（『京摂戯作者考』）

上方では、歌舞伎狂言作者が戯作も書き、浄瑠璃も書き、浄瑠璃作者が読本を書き、または歌舞伎を作ることもあるという。だからこそ、本書には、歌舞伎狂言作者や浄瑠璃作者も載せたというのである。また読本や草双紙の趣向を浄瑠璃・歌舞伎につかうのは常のことであると述べる。文化・文政以降の上方の演劇と小説の交流の状況をよく示していると言えるが、魚丸もその一例といえるわけである。また本書には鉄格子波丸や浜松歌国も立項されている。波丸は魚丸と同様に玉雲斎貞右門下の丸派の狂歌師であり、読本作者でもある。歌国は歌舞伎作者であり、また読本作者でもある。次節で述べるように両者は絵入根本の作者でもあった。また歌国は三代目中村歌右衛門贔屓でも知られる。この中村歌右衛門は、第二章第一節で述べたように、文化五（一八〇八）年の二の替りの小川吉太郎座（中の芝居）で、奈河篤助が山東京伝の読本『昔話《むかしがたり》稲妻《いなづま》表紙《びょうし》』を翻案した「けいせい品評林」に出演、同時期に角の芝居の藤川座では同じく『昔話稲妻表紙』を近松徳三が翻案した「けいせい輝《いなづま》艸紙《ぞうし》」に、歌右衛門と人気を二分した二代目嵐吉三郎が出演している。歌右衛門は、「けいせい品評林」の大当たりののち、三月に江戸に下向、多くの戯作に歌右衛門の下向が当て込まれた。馬琴の文化五年刊の読本『旬殿実実記』の序でも歌右衛門の下向について触れている。

一方、大坂に残った嵐吉三郎は、徳三による馬琴読本の歌舞伎化のほとんどに出演している。この嵐吉三郎は、魚丸が発起人となっている『狂歌浦の見わたし』[注40]に「金橘楼璃寛」として一首入集しており[注41]、羽生紀子氏によって丸派狂歌との関係が指摘されている。羽生氏は、蝙蝠軒社中の歌舞伎俳優として他に、文化二年四月引退後、「海老蔵（海老丸）」と名乗った沢村国太郎を挙げ、文化九年刊『狂歌よつの友』（魚丸編）に入集している「桃三」も、同じく歌舞伎俳優の中村友三であろうと推測する。丸派と演劇界との交流も明らかになりつつある。

このように当時の上方において、演劇界と戯作界、狂歌壇とは非常に密接な関係にあった。佐藤魚丸という人物の浄瑠璃作者・読本作家・狂歌師としての活動は、まさにそうした当時の状況を体現したものといえるであろう。本節では、読本作者であり、浄瑠璃作者、狂歌師である佐藤魚丸に注目し、文化年間の上方における江戸読本の浄瑠璃化の背景を探ろうとした。

注

1 井口洋「馬琴読本の浄瑠璃化」（『青須我波良』六、帝塚山短期大学、一九七二年一一月）。

2 横山邦治『読本の研究―江戸と上方と』（風間書房、一九七四年）。横山邦治「実録と読本」（『国語と国文学』六二巻一一号、一九八五年一一月）。山本卓「役者似顔絵と大坂本屋仲間―読本『報讐竹の伏見』一件とその背景―」（『読本研究新集』第一集、翰林書房、一九九八年一一月）。なお、最近の浄瑠璃研究として、韓京子「佐川藤太の浄瑠璃―改作・増補という方法―」（『国語と国文学』九一巻五号、二〇一四年五月）がある。

3 木村三四吾「『浪華なまり』」（『書物散策―近世版本考』木村三四吾著作集Ⅲ、八木書店、一九九八年）。

4 『続燕石十種』一（中央公論社、一九八〇年）。

5 狂歌師としての魚丸の活動については、『近世上方狂歌叢書』二十六―二十九（近世上方狂歌研究会、一九九九―二〇〇二年）所載の各狂歌集の解題に詳しい。

6 『近世上方狂歌叢書』二十八（近世上方狂歌研究会、二〇〇一年）。『日本古典文学大辞典』（岩波書店刊）肥田氏執筆「佐藤魚丸」の項参照。

7 『近世上方狂歌叢書』二十七（近世上方狂歌研究会、二〇〇〇年）。

8 『近世上方狂歌叢書』二十六（近世上方狂歌研究会、一九九九年）。

9 『近世上方狂歌叢書』二十七（近世上方狂歌研究会、二〇〇〇年）。

10 大阪府立中之島図書館蔵本（国文学研究資料館マイクロフィルム）。

11 『国書総目録』は内題『玉津島社奉納狂歌』による。題簽は『狂歌かたをなみ』。また巻末の蔵板目録には「『玉津島

社奉納　狂歌かたをなみ』玉雲斎社中詠」とある。東京大学附属図書館蔵本。『近世上方狂歌叢書』二十九（近世上方狂歌研究会、二〇〇二年）。

12 ともに大阪府立中之島図書館編『大坂本屋仲間記録』による。

13 刊記には寛政八年六月（『近世上方狂歌叢書』二十九、近世上方狂歌研究会、二〇〇二年）とあるが、出願は九年八月、許可は九年十月晦となっている。

14 東京大学附属図書館蔵本参照。

15 『狂歌人名辞書』（文行堂、広田書店、一九二八年）。

16 都立中央図書館加賀文庫本参照。

17 お茶の水女子大学所蔵本・中村幸彦旧蔵本（国文学研究資料館マイクロフィルム）参照。

18 中村幸彦旧蔵本（国文学研究資料館マイクロフィルム）参照。

19 肥田氏は、後穿窟主人序の滑稽本『川童一代噺』（『徳川文藝類聚　一』国書刊行会、一九一四年）も魚丸作とする。

20 『上方役者一代記集』（上方藝文叢刊四、上方藝文叢刊刊行会、一九七九年）。

21 『上方咄本集』（上方藝文叢刊九、上方藝文叢刊刊行会、一九八二年）。

22 『藝文余韻―江戸の書物』（木村三四吾著作集Ⅳ資料編、八木書店、二〇〇〇年）。

23 『洒落本大成　補巻』（中央公論社、一九八八年）。

24 『義太夫年表　近世篇』（八木書店）他、諸本参照。

25 『義太夫年表　近世篇』第四巻（八木書店、一九八〇年）。

26 肥田氏は文化四年刊『絵本浪華男』も魚丸作の読本とするが、『享保以後江戸出版書目新訂版』（臨川書店、一九九三年）によれば「文化五年辰五月」の条に「〈絵／本〉浪華男／西洲山人・竹原春泉画／板元京　天王寺屋林蔵／売出し角丸屋甚助」とあり、ここでは取り上げなかった。大高洋司氏は、西洲山人は京都の書家、片山敬斎であることを『物草太郎』解説（大惣本稀書集成四）に指摘する。『絵本浪華男』は「雁金五人男」を扱っており、『越路の雪』や『竹の伏見』と同様に粉本に取材する創作方法をとるが、白話語彙を使用するなど、両作との相違も見られる。

27 『浪華なまり』は素人板行が咎められて絶板処置に遭っている。木村三四吾氏前掲論文「『浪華なまり』」参照。

28 『上方役者一代記集』（上方藝文叢刊四、上方藝文叢刊刊行会、一九七九年）解題参照。
29 前掲『上方役者一代記集』の解題では序に従い「耳鳥斎戯作并画」とする。
30 『折々草』は随筆、紀行とされるが、『漫遊記』は日本名著全集『怪談名作集』に収められる他、『国書総目録』『日本小説書目年表』等で読本とされる。
31 粉本があると思われるがにわかには分からない。あるいは『折々草』や実録を用いたように写本に拠るか。巻之四「薄情妓過レ身」については、落語「星野屋」の前半部分に類似する（多田一臣氏の御教示による）。「星野屋」の原拠として元禄十一年刊『初音草噺大鑑』「恋の重荷にあまる智恵」が指摘されるが（『増補落語事典』東大落語会編、青蛙房、一九九四年）、これには「星野屋」の後半部分に相当し、前半部分の心中の約束を破って女が一人戻る、という件がない。おそらく「薄情妓過レ身」と「星野屋」前半に共通する典拠があるかと考えられるが、あるいは本作が「星野屋」の典拠となった可能性もある。
32 横山邦治氏前掲論文「実録と読本」参照。国文学研究資料館新日本古典籍総合データベースで横山氏旧蔵『伏見の竹』の画像も閲覧可能となった。
33 馬琴の中本型読本、文化三年刊『敵討誰也行灯』にも鰐に呑まれて容貌が変わる趣向が用いられている。大高洋司氏のご教示による。文化十年初演の魚丸の『本町糸屋娘』にも同趣向がある。
34 田中則雄「人為と人情の世界―後期上方読本における長編構成の方法―」（『説話論集　第十集　説話の近世的変容』清文堂出版、二〇〇一年）。
35 『桟道物語』は稗史物とは考えなかった。横山氏、前掲『読本の研究―江戸と上方と』参照。
36 須山章信「化政歌舞伎〈上方〉」（『岩波講座　歌舞伎・文楽　第三巻　歌舞伎の歴史Ⅱ』岩波書店、一九九七年）。
37 法月敏彦「文楽の芝居と天保の改革」（『岩波講座　歌舞伎・文楽　第九巻　黄金時代の浄瑠璃とその後』岩波書店、一九九八年）。
38 『義太夫年表　近世篇』第四巻（八木書店、一九八〇年）。
39 『続燕石十種』一（中央公論社、一九八〇年）。
40 『近世上方狂歌叢書』二十九（近世上方狂歌研究会、二〇〇二年）。

41　羽生紀子「嵐璃寛と丸派狂歌―「月並の雅莚」への参加―」（『鳴尾説林』一一号、武庫川女子大学日本文学談話会、二〇〇三年一二月）。

第二節　河内屋太助による絵入根本の出版と馬琴

はじめに

絵入根本は歌舞伎の台帳を公刊したものであるが、この絵入根本の版元の最大手は河内屋太助である。河内屋太助は森本氏、堂号は文金堂、所在地は大坂心斎橋通唐物町南へ入ル。河内屋太助は絵入根本の他、文化八（一八一一）年に八文字屋から役者評判記の版行権を引き継いでおり、また役者贔屓本なども刊行するなど上方の歌舞伎関係の出版のほとんどを独占刊行した書肆である。[注1]その一方で馬琴読本の刊行も手がけている。河内屋太助の出版活動のうち、役者評判記については池山晃氏に、[注2]役者贔屓本などの芝居本についても役者研究の側からの論考が備わる。[注3]絵入根本については、早くは坪内逍遙が画師ごとにまとめた絵入根本の一覧があり、[注4]守随憲治氏が『歌舞伎図説』[注5]で「脚本刊行」という観点から絵入根本、八文字屋本、草双紙の正本製、正本写に至る流れの中で概括する他、[注6]須山章信氏の「絵入根本目録（未定稿）」があるものの、その後まとまった論考がない。[注7]本節では、河内屋太助版の絵入根本に注目し、その様式がどのように定着していったかを追うとともに、河内屋太助の演劇と戯作にまたがる出版活動が、当時の演劇界・戯作界に与えた影響について検討する。

一　絵入根本というジャンルとその呼称

河内屋太助版の絵入根本をとりあげる前に、まずは絵入根本というジャンルの起源とともに、「絵入根本」という呼称がいつから定着しているかを確認しておきたい。呼称はその様式に従うものと考えるからである。

絵入根本とは絵入りの根本、根本とは歌舞伎台帳のことであるから、[注8]つまり絵入りの歌舞伎台帳という意味である。歌舞伎狂言作者であり、読本の著作もある浜松歌国が文政二（一八一九）年成『南水漫遊《なんすいまんゆう》』に根本および絵入根本が生まれた由来について記している[注9]（以下、すべて引用に際する傍線は筆者による。）

歌舞妓狂言本の事は……往古は定まりたる作者といふものなし。俳優家の立者寄合筋立してせりふは出合にいふて見るをならしと云、其内に定るゆへ根本といふ物なし。一日の狂言とても短き物にて今のごとくむづかしき仕組は役者の心にある事なり。夫より後には役者も記臆薄く昔の立物の勤めしを見覚心覚に書て置しが古代と当代とに少々宛は風儀の違ふ所を書添て本とせしが根本の権輿なり。其後宝暦十二年午の春東武の作者堀越菜陽、浅草塔中にて本読会といふ事を初め、また明和四年亥の秋深川汐浜にて興行す。大阪にては天明の初め永長堂奈河亀助、歌舞妓講釈と号て根本の本よみを初め、天明四年辰の秋角の芝居藤川菊松座にて「思花街容性」といふ狂言並木五瓶作にて大当りせしより舞台造物の図を画きせりふ附の読本を出し、其後、役者似顔流行に及び、年毎に画入の根本出版をなす事となり、その以前宝暦七年丑の四月大西芝居にて、「四天王寺伽藍」並木正三作にて六月までの大入其節、読本浄瑠璃とて右の院本出板、其後、安永四年未四月中の芝居嵐松次郎座にて「競伊勢物語」奈河亀助作にて大当なし、同じく浄瑠璃本二冊出板なせり。猶又写本のせりふ帳といふもの当代大ひに流行に及び、ござりますと書べき所を一夜附狂言など仕組の節、略字にてム《ござ》り升と書しも素人目にも読得て女子の文通にもけふしも長閑なる天気にてムり升と書る様に成たりしもおかし

（『南水漫遊』拾遺四の巻）

歌国は、元来、歌舞伎狂言には決まった作者もなく、根本（台帳のこと）も存在しなかったが、江戸では宝暦十二（一七六二）年に壕越菜陽（二三治）が、大坂でも天明初めに奈河亀助が本読み会をしたのが根本の始まりと伝えている。絵入根本については、天明四（一七八四）年の「思花街容性《おもわくくるわかたぎ》」が大当たりを受けて舞台装置の画入り・台詞付きの「読本」を出したことを契機として、役者似顔の流行とともに「絵入の根本」が刊行されるようになったという。

土田衞氏は右に引用した歌国の説を受けて、絵入根本が登場した背景について「動機は歌国のいう通りかも知れぬが、歴史的には、絵入狂言本が筋書本であるために読者の満足を得ることなく、絵尽へと解消するに対して、より詳細な台帳を読みたいとする読者の要求に応じて、まず貸本屋が写本でその要求を満した。更に写本では量的に読者の需めに応じきれなくなった時に、それが出版へと転じたものである」と述べている。[注10]

『国書総目録』は『思花街容性』（狂言と同題）を絵入根本に分類するが、浜松歌国は正確にはこれを「舞台造物の図を画きせりふ附の読本」（傍点引用者）と呼び、その後の役者似顔の挿絵があるものを「画入の根本」と呼んでいる（傍線部）。土田氏は、台帳の公刊という意味においては『思花街容性』が魁けであるとし、さらにこれ以前の絵入根本の先駆的なものとして、安永五（一七七六）年八文字屋八左衛門板刊『けいせい柳鶏鳴《やなぎがせき》』[注11]（一冊）を挙げる。これは五丁半から成っており、ごく簡潔に筋書きをまとめたもので『国書総目録』では狂言本とだけ分類される。[注12]

翌安永六年には、『けいせい柳鶏鳴』と同じく八文字屋八左衛門から刊行された三作『天満宮菜種御供』（五冊）、『伽羅先代萩』（五冊）、『伊賀越乗掛合羽』（五冊）は『けいせい柳鶏鳴』と比するとかなり詳細な梗概となり、分量

も格段に長くなっている。この三冊は『国書総目録』では絵入根本に分類されるが、河合眞澄氏は『けいせい柳鶏明』を含めこれらを「狂言読本」と分類する。[注13]これらがどういう意図で造られたかというと『伽羅先代萩』[注14]の巻末広告には次のように見える。

狂言よみほんちよとおしらせ申上ます
百七十五年忌 筑紫飛梅の奇瑞　天満宮菜種御供　五段続 全部五冊
奥州秀衡 遺跡争論　伽羅先代萩　五段続 全部五冊
沢井股五郎 唐木政右衛門　伊賀越乗掛合羽　十五段 全部五冊
右之分はかぶき狂言をひらかなよみほんにいたし居ながら御見物被遊候様ニ本出し申候

（『伽羅先代萩』巻末広告）

また『伊賀越乗掛合羽』[注15]の見返しにも、

此度、大坂道頓堀芝居　嵐七三郎座　二の替新狂言繁昌致ますニ付　居ながら御見物被遊候通ニ仕立　平かな読本に仕候間　御求御覧奉頼上候

（『伊賀越乗掛合羽』）

とある。つまり、これらは歌舞伎の舞台を、家に居ながらにして楽しめる様に「平易な描き方をした」[注16]「よみほん」に仕立てたものということがわかる。様式を見ると、役人替名や段組を冒頭に示す点は、これ以降の絵入根本と共通するが、あくまでも筋書きであり、台詞を書き出した紙面を写すわけではない。また広告に、絵についての宣伝がなかったことからもわかるように、『天満宮菜種御供』には絵尽風の挿絵三葉[注17]が入るが、『伽羅先代萩』には見返しに絵が入るのみ、『伊賀越乗掛合羽』には挿絵はないという具合に、申し訳程度の挿絵しかない。だからこそ「よみほん」と呼ばれるわけである。

郡司正勝氏は『歌舞伎図説』で『伽羅先代萩』を取り上げ、絵入根本とした上で「本書を以て上方根本の発刊と

すべきかと思ふ」と述べるが、「文章は読本式であつて、後の根本の様式と同一ではなく、寧ろかの元禄期の狂言本に類してをると見られる」とする。河合氏はこの点を詳細に検討し、上演の続いている間に出版されるという即時性からも、『けいせい柳鶏鳴』『天満宮菜種御供』『伽羅先代萩』『伊賀越乗掛合羽』には役者評判が付き、評判記的な要素を持っているという意味でも、単純にこれ以降の絵入根本と一括りにはできないとして「狂言読本」と分類する。なお郡司氏は安永六年刊の三作がいずれも奈河亀輔作の狂言であることを指摘し、「彼の発案が、此の形式の発生には力を致すのではあるまいかと思ふ」と述べている。

　これらの次に登場するのが、浜松歌国が「舞台造物の図を画きせりふ附の読本」と呼ぶ天明四年、萬屋新右衛門刊『思花街容性』である。この書は天明四年九月に新版の申し出があったが、これについて「右板元よりの申出に接し本屋行事は如何にすべきかを議したるに本書は先に角の芝居にて上演したる狂言を読本にせしものゆゑ芝居より既に願ひ済みのものなれば聞届けても差支あるまじと決し板行のことを本屋行事に於て聞届けること、なしたり」（『享保以後大阪出版書籍目録』[注18]）とあり、すでに歌舞伎で上演済みの作品であるから許可したことがわかる。浄瑠璃上演前に官許を得ているため、浄瑠璃本の刊行には奉行所の開板免許が不要であったことと同様の判断といえる。

　絵入とはいえ『思花街容性』は、歌国が「舞台造物の図」と記したように舞台装置の造り物の図のみであったが、享和三（一八〇三）年に出版された河内屋太助による改題本『戯場言《しばいことの》葉草《はぐさ》』では、これらの絵が当時の役者が演じる舞台の様子を写した挿絵と差し替えられている。[注19] その前々年、享和元年十二月、塩屋長兵衛出願の『絵本戯場《えほんしばいの》栞《しおり》（宿無団七時雨傘）』[注20]には役者似顔の挿絵があり、『思花街容性』以後、初めての「画入の根本」である。

　この『絵本戯場栞』は塩屋長兵衛が出願しているが、寛政二（一七九〇）年改正の株帳にすでに河内屋太助の名があり、「塩長」の記載の上に貼紙で「河太」に訂正されている。刊記も塩屋長兵衛・河内屋太助版が多いことから、早い段階で河内屋太助が板株を所有したものか、あるいは塩屋長兵衛が出願、河内屋太助が開板を担当していたものかと考えられる。この『絵本戯場栞』の序文には、次のようにある（翻刻に際して、適宜、漢字に直し句読点を補った）。

東西〳〵。源はいざ白拍子を初めとかや。八雲たつ出雲の国か、一手二手鳴海の海の名護屋山三などいへるがむかしぶりのふりつけそめてこなた女舞弱り廃れますらをが手ぶりに移りゆくまゝ梓弓。櫓太鼓たゝかぬ間なく朝もよひ木戸口に馳せ集ひ、とう〳〵たらりの、鼓のあしたより魂うつほに抜けらかし、評判〳〵のしころの夕べまでうち勇み、賑ふ中にも顔見世の化粧は師走の月夜おそろしげなく、二の替の造り花はよし野山の盛りより早く、めざましけれ。されば橋がゝり、かしこきうへにも、歌舞妓てふ手ぶりきこしめして、かのなにがしの局は文七や八蔵の紋さへ書てくれよとの給ふ。あるは在郷哥、越後の道者は、天てらすおほみ神にかこつけ、ひときりふたきりの抜け参りを願ひ本意とげぬもあるべく思ひ入、そこ爰立まはりつゝ、秘め置ける狂言の筋書をとりいで、見えよく似顔のしかけに松好斎がこなしありて、うち日さす宮のあたりを初め天離る鄙のすまひの人等にも芝居見に行足揃とするに、いささか蔭哥のさはりありしを、手うちならぬ連中の、こは大あたりとほめこと葉の、しばらく書肆が憶病口に引込み、文庫の鳥屋にこめおきて、歳つもる雪の中なる、花道をつたひ、立かへる春の本舞台に仕組あげて、お得意をまはり道具の初日より、せり出しとなし萱の根本の作者とゝもに、奈川のながれたへず、並木のかづら長く、世につたへんと、本よみを乞ふに、もとより青田の稲莚、いなむに許さず、場桟敷のわいだめなく、から井戸の底はづかしく、浪幕の並ならぬ口上も、黒幕の、くろかるは、御神妙に御一覧ありぬべしとて、チョン〳〵の間に合す事、左様に

戊のとし　乙十

（『絵本戯場栞』）

「並木のかづらながく」ともあるように、並木正三作の「宿無団七時雨傘」の出版化で、享和元年（酉年）の六月に大坂北の新地の芝居の後狂言に上演されたことを受けたものであろうか。「秘め置ける狂言の筋書」に「似顔のしかけ」をし、舞台を見に行くことの出来ない地方の人々にも舞台の様子を楽しんでもらうために、大当りの芝居

の筋書き「根本」を出版化して、菅、奈河、並木らの作品をこの世に伝えようとしたもの、という意図が読み取れる。出雲の阿国のことから書き起こして、歌舞伎尽くしの言葉を凝らしたものとなっており、絵入根本の嚆矢としての挨拶に足るものとなっている。

なお、この享和二年刊『絵本戯場栞』では序・口絵・目録の次に置かれた「替り名附の次第」つまり役人替名の末尾に、一行だけ「〇此丸印ハいろ〳〵思ひ入　〇〇こなし　〇〇仕うち　〇〇すべて　無言にて芸をなすときの印とす」という注記がある。翌年の『戯場言葉草』には「根本通言記」として一丁半も割いて、「一」《てんがき》やト書き、「ム《ござ》（御座）る」という表記など、「根本」特有の表記を説明している。文化元（一八〇四）年刊『劇場菊の戯《たわむれ》』（武村吉兵衛・安田与兵衛版、後に河内屋太助板株）にも一丁だけ「根本通言記」がある。これ以降、このような注記は調査の限りにおいては見出せていないが、絵入根本というジャンルが生まれた当初は、読者のためにこのような解説を附したのであろう。

このように『絵本戯場栞』でようやく役者似顔の絵入根本という様式の大枠が定まったわけだが、その序に見えていたように根本を似顔絵入りで出版するという表現は見られるものの、「絵入根本」という用語自体は実は意外に用いられていない。例えば、享和三年刊『戯場言葉草』の巻末の近刊広告には「近頃大当りせし狂言の根本に似顔正写をくはへ」（『戯場妹背通轉《しばいいもせのくるまぎ》』）、「根本《すじがき》に似顔《かほにせ》をもって狂言の図をあらはしいたっておもしろき書也」（『俳優浜真砂』）といった具合である。

「絵入根本」が使われる早い例としては、文化三年刊『絵本川崎音頭』があり、役人替名の末尾に「例年正月二日ヨリ絵入根本出板仕候」と見えている。だがその後、しばらくこの呼称が使われることはない。

文化五年刊『戯場壁生草《しばいいつまでぐさ》』の刊記には、

戯場楽屋本の画入毎年正月二日より新板売出し仕候処、いつ〳〵も御一覧被為遊御評判に預り、幾ばかり歟有がたく仕合候奉存候。依之当年より画工など格別に致、骨折あらたに図画抔も相撰御座候。何卒相かはらず御求可被下候間、追々新狂言ヲ撰売出し候間、幾久敷御評判奉希候　　文化五辰年　孟春　河内屋太助

（『戯場壁生草』）

とあり、巻末の「戯場絵本新板出来目録」には『戯場案内両面鑑』や『役者物いわひ』など絵入根本以外も含まれているものの、少なくとも芝居本・絵入根本を「戯場楽屋本の画入」「戯場絵本」と総称しており、絵入であることが売り込む際の特徴であることはわかる。それはまた絵入根本の多くの題に「絵本」が冠されていることからも裏づけられる。

文政以降の河内屋太助版の後刷にしばしば用いられる蔵版目録の口上には、

此所に顕し候　表題は哥舞伎狂言の大秘書にて都而筋書　江戸では大帳せりふ本　浪華君子は御承知の根本絵入の目録書　御なぐさみは御勝手次第　板元は利益のため御披露申上候　不残御求御覧可被下候　実に甚面白く御座候　ト敬白

とあり、二重傍線部のように「根本絵入」という表現がある。

天保三（一八三二）年刊『契情《けいせい》稚児淵《ちごがふち》』の河内屋太助の口上には、

新暦之御吉慶千里同風御目出度申納候。先以御得意様方益御機嫌能御重歳遊ばされ恐悦至極ニ奉存候。随而毎年絵入根本並ニ役者評判記売出し申候処不相替沢山ニ御注文被仰下難有仕合奉存候。

（『契情稚児淵』序）

とあり、傍線部のように「絵入根本」という表現が再登場している。この頃には「根本絵入」などを経て「絵入根本」に落ち着いたのであろう。またこの序や先述の『絵本川崎音頭』の「例年正月二日ヨリ絵入根本出板仕候」という記述からは河内屋太助が、文化八年以降版行権を手に入れた役者評判記と同様に、毎年絵入根本を出版する心積もりであったことがわかる。実際に現存する絵入根本からは、例外はあるものの、ほぼ毎年一作は刊行されてい

ることが確認でき、歌国が『南水漫遊』でも「年毎に画入の根本出版をなす事となり」と記していたように、一般的にも毎年刊行されるものと理解されていたのであろう。

以上、絵入根本の呼称の変遷を辿りつつ、狂言読本から絵入根本の従来、絵入根本に分類されるものの概容を刊行順に確認した。繰り返しになるが、ごく初期の京都の八文字屋八左衛門板では絵が無い筋書きであったものが、単発の萬屋新右衛門刊『思花街容性』では舞台装置の絵が入り、塩屋長兵衛（河内屋太助）版の『絵本戯場栞（宿無団七時雨傘）』になって初めて、役者似顔の挿絵が入ったわけである。その後河内屋太助がほぼ毎年、絵入根本を刊行し、現存の絵入根本の大半を河内屋太助版が占めることとなる。

二　河内屋太助の絵入根本と様式の確立

河内屋太助になって絵入根本が定着するわけであるが、河内屋太助版の根本も時期によって様式に多少の変遷がある。例えばごく初期の絵入根本には先述のように「根本通言記」があるといった違いである。また根本の様式は読本と類似するといわれているが、[注21]主に挿絵についてのみの言及で、[注22]具体的な検討は未だなされていない。根本の様式は絵本読本・江戸読本と比してどのような位置にあるのか、読本様式の影響の有無について検討してみたい。

まず確認し得た河内屋太助が出願・開板した絵入根本の一覧を掲げる（本節末。以下、算用数字は表の連番）。

河内屋太助が出願・開板した絵入根本は確認し得たものだけで三十九点に上る。他書肆出願・開板のものの板株を取得したものや、本屋仲間記録では確認し得ないながら広告の蔵版目録に見えるものなどを加えると四十九点ほどになる。天保十二（一八四一）年の42『復讐高音皷』を最後に、本屋仲間記録では確認がとれなくなるが、（表2）の49のように嘉永の刊記をもつものが存在する。これは天保改革により合巻挿絵における役者似顔絵使用が天保十

三年を境に一旦途絶え、弘化末・嘉永初年に再び現れてくることと同様の現象であろう。注23

絵入根本の様式について論じる前に、演目と役者似顔について簡単にまとめておく。ここでは詳細を省くが、絵入根本の刊行に際し選ぶ演目は基本的に上方の歌舞伎狂言からであるが、毎年正月の刊行とはいえ、基準は必ずしも即時性にあるのではない。上演後（再演を含む）五年以内に絵入根本になっているものは、半分強に過ぎず、それ以外は、十年、五十年の後に絵入根本化されているものすら稀ではない。またそれ故に当然ながら、上演時の配役をそのまま似顔にしたものは少なく、「今様の俳優に引き直し」（34『けいせい天《あまの》羽《は》衣《ごろも》』序）たものとなっている。

その代わり絵入根本となった作品のほとんどが、『京摂《けいせつ》戯《げ》作者考《さくしゃこう》』注24に記載されているように、当時、名の知られた狂言であったと知られる。評判記や狂言読本のような即時性よりも、「大入をとりし狂言なれども年経てしる人も稀なり。依之古を新《あたらしく》」（34『けいせい天羽衣』序）といった、刊行するに足る内容を持った作品が基準となっていたものと考えられる。演目の選別に際し最も優先されたのは作品の知名度であろうが、出板の可不可を左右したのは、おそらく狂言作者の存在である。当時の上方の主立った歌舞伎作者については『京摂戯作者考』に列挙されているが、その中で絵入根本がほとんど刊行されていない作者として目に留まるのは、奈河篤助（天保一三年没）である。篤助には早く文化三年刊の⑤『絵本川崎音頭』があるが、それ以降途絶えている。他の主要な作者について確認すると、1・21〜23・27・34は並木正三（安永二〈一七七三〉年没）、28・31は奈河亀助（天明五〈一七八五〉年没）、②・④・⑧・18・20・24・25の並木五瓶（文化五〈一八〇八〉年没）、⑥・⑦・11・13・29・30・35の近松徳三（文化七年没）、③・⑨・38・40の奈河七五三助（文化十一年没）、⑮・36・39の奈河晴助（文政九〈一八二六〉年没）であるが、篤助の⑤を含め、数字を丸で囲んだ九作品のみ生存中に刊行されたもので、それ以外はすべて死後の刊行となっている。⑮は例外的であるが、文化五年以降は、基本的に作者の没後に絵入根本を刊行しているといえる。27『和布苅神事』で「故並木正三遺稿」、36『敵討浦朝霧』でわざわざ「故人奈河晴助」と示すように、故人を偲ぶという意味もあったのかもしれない。故人以外にめぼしい作者がいないということでもあろうが、篤助の作が晩年に至るまでほとんど刊行されていないことからは、作者との兼ね合いで問題が生じるのを避けるためかと考えられる。天保期には32『於染久松《おそめひさまつ》色《うきな》読販《のよみうり》』や37『絵本いろは仮名四谷怪談』が江戸歌舞伎の四代目鶴屋南北の作であることが、特徴的だが、南北も文政十二年に没している。32の序に「今を去こと既に十九年、作者は亡師鶴屋南北なり」とやはり没後の刊行を強調する。

また役者似顔に関して附言すれば、役者似顔絵本は、本来、塩屋長兵衛に版権がある。絵入根本は類板ということで塩長の版権に抵触することになるが、河内屋太助の絵入根本の刊記は、河内屋太助単独株であっても、多くの場合、松屋善兵衛・鉛屋安兵衛・塩屋長兵衛との連名となっており、河内屋太助は塩屋長兵衛を相版元とすることで、類板の恐れを避けていたことがわかる。[注25]

さて、（表1）（表2）に挙げた河内屋太助版の絵入根本の様式（書誌的事項）を箇条書きにまとめてみる。[注26]

一、半紙本七冊前後。七冊が圧倒的だが、四冊〜十三冊までばらつきがある。後期ほど冊数が増える傾向がある。

二、表紙は色摺で紋様・空押などの意匠が凝らされているものが多い。文化五年頃から見られ、文政期には定着する。題簽にも凝ったものが多い。

三、見返は色摺が多い。文政十年頃までは役人替名を見返に置くこともあるが、それ以降は見返は題・書肆名・画工が基本になる。文政に入るとしばしば飾り枠がつく。

四、序は文化年間に多い。文政以降は初版でもほとんど見られない。

五、題詞（題辞）半丁があるものが比較的多い。序・見返がない場合、書名を示し、扉となることもある。

六、口絵は多色摺、役者似顔の主要登場人物像で、しばしば飾り枠がつく。役名・役者名、両方の表記など文化まではばらつきがあるが文政以降は役名・役者名ともに表記するものが多い。名前に囲み枠がつくものとないものがある。

七、役人替名は見返に無い場合は基本的に口絵の後ろに置かれる。しばしば飾り枠がつく。

八、目録がつくものが数例ある。その時々の趣向によるものか、例が少ないだけに書式も置かれる場所もその時々で定まらない。

九、本文は脚本風に台詞を書き出した形式で、台詞は話者によって改行せず追い込みで示す。時期に関係なく匡郭のつくものが大半である。台詞は、文化五年頃までは役名を枠で囲んだものと、一（点書き）と役名で台詞を示したものの二通りがある。文化五年以降は庵点と役名で台詞を示す形式で統一される。ノド丁。

十、挿絵は役者似顔で、しばしば薄墨を用いるが多色摺は少ない。当初は役名・役者名を囲み枠なしで表記するが、文化五年頃から役名のみ囲み枠付きの表記となり、文化末からは再び役名・役者名を囲み枠付きで表記するようになる。

十一、舞台装置（廻り舞台・花道等）を背景に描き込んだものを全挿絵の内、一葉～数葉ほど含む作品が文化後半から十数例、散見する。天保五年以降はほぼ全ての作品に見られる。

大雑把に捉えると文化年間は試行錯誤しているが、文政頃には様式が統一されてくることがわかる。序が文政期に入るとなくなっていくのも、絵入根本の刊行が定着して、一定の読者層を維持できるようになり、序（四）（以下、括弧で示した一～十一の漢数字は右の項目を指す）でその内容を断わる必要性が減ったことを示しているのであろう。

以下、各項目について上方の絵本読本と江戸読本の書式と比較してみたいが、絵本読本と江戸読本の様式について確認しておくと、つとに濱田啓介氏が絵本読本、江戸読本は、見返（書名・書肆名を表示）・主要登場人物像の口絵、挿絵を備えており、これは唐本の影響によるものと指摘している。[注27] さらに絵本読本に関しては、当初の様式といえる寛政九（一七九七）年刊『絵本太閤記』初編、寛政十二年刊『絵本忠臣蔵』前編では、題詞半丁、口絵（人物像と像賛）、見開き一丁の景色の図といった構成であることに言及し、江戸読本の例としては、文化三年以降、見返・口絵（主要人物像・像賛）・挿絵を完備するものが標準的形態と述べる。

これを踏まえて、高木元氏は絵本読本と江戸読本（稗史物の読本）の他の主立った特徴をまとめ、注28 絵本読本の様式としては一、一冊目に総目録、二、実録風の目録の書式「～話（事）」、三、古典の絵本化、四、扉を持ち、巻頭が裏丁から始まるものがある、ことなどを挙げる。また江戸読本については、一、半紙本（五巻五冊）、二、表紙や見返しの意匠、三、口絵や目録等の飾り枠の意匠（彩色重刷）、四、序や跋、凡例再識における考証があることを挙げている。

これらに留意して、河内屋太助の絵入根本の様式を確認してみる。

文化五年以前は様式が定まらず、まちまちではあるが、多くは題詞を備えている。5『絵本川崎音頭』をみると序一丁に加え、蛤図に松好斎の歌一首（題詞半丁）があるが、見返・口絵（人物像）はなく、「古市細見図」を見開き一丁の色摺りで示している。右に述べたように絵本読本は題詞や、口絵に加えて見開一丁の景色の図を備えることがあるが、当時は上方で先行する絵本読本に倣いつつ試行錯誤していると考えられる。

しかし8『戯場壁生草』（文化五年刊）では、表紙に紋様、題簽は三味線の胴型で中央に貼付、単色色摺の見返に序（本屋伏禀《こうじやう》）、拓本風に文字白抜きの一句（表裏一丁）、色摺の口絵が揃っており、表紙・見返の意匠と色が注目される。文化五年以降、表紙や見返の色・意匠、題簽の工夫（二・三）、口絵・挿絵の色摺（薄墨も含む）（六・十）、口絵や役人替名に飾り枠がつくなどの装飾（三・六）が増えることからは、この時期から江戸読本の影響が強まると考えられる。特に題簽の意匠や形に工夫が凝らされているものが多いが（9・16・17・22・24・26・29・30・33・38・40・41・42）、8『戯場壁生草』以前の文化四年刊の山東京伝の江戸読本『梅花氷裂』三巻でも、題簽は菱形枠、梅花模様の中に「福」「禄」「寿」を一字ずつ配し中央に貼付するなど、江戸読本ではしばしば意匠を凝らした題簽を表紙中央に置くもの、あるいは左肩の短冊型の題簽の脇、表紙中央にかけて絵入の副題簽を添えるものも見受けられる。絵本読本の題簽は左肩に短冊型が多く、また浄瑠璃本や謡本も題簽は中央に置くが、意匠にこだわる点は江戸読本に近いと考えられる。また挿絵において個々の人物名を囲み枠付きで示す（十）のは絵本読本には見られず江戸読本風といえる。[注29] 第二章第一節で述べたように、文化五年には江戸読本の文化三（一八〇六）年刊『昔話稲妻表紙』（表紙の意匠・口絵・挿絵、完備）が歌舞伎化されるなど、上方歌舞伎界も江戸読本の影響を受けており、同時期の絵入根本が江戸読本の様式の影響を受けたとしても不思議ではない。

また仕掛絵があるものもあり、舞台の仕掛けを造本に活かしている。これは、江戸読本風の特徴であるといえよう。37『絵本いろは仮名四谷怪談』や41『けいせい遊山桜』42『復讐高音鼓』では左右見開一丁を縦にして見る工夫がある。37は有名な「戸板返し」の場面で、さらに戸板の貼紙をめくるとお岩が小平に変わる。本を縦に見る工夫は、江戸読本では例えば文化十年の『小栗外伝』にあり、合巻にもしばしば使われる手法である。[注30] なお、文化十一年刊14『絵本いろは国字《もじ》忠臣蔵』の仕掛絵について特に補足しておきたい。本書は歌舞伎の「仮名手本忠臣蔵」の絵入根本であるが、本書の仕掛絵は、式亭三馬の文化七年刊の滑稽本『早替胸機関』を意識している。『早替胸機関』は仕掛絵でよく知られるが、その「美人変じて髑髏となる図」の要領で、「忠臣蔵」四段目の切「城明け渡しの場」、表門前の諸士と由良之助親子の図であるのを、上半分に重なっている貼り紙を下に返すと、表門を遠景にして由良之助が一人、短刀を手に物思いに耽るという図に切り替わる。実際の歌舞伎でも、「煽《あお》り」という舞台転換が行われている場面である。板に描かれた表門の上半分をぱたんと下に返すと遠景の門に変わるというもので、[注31]これを本の仕掛けに取り入れたわけである。本書は絵入根本のなかでも異色で、各役者の演出についての評などの頭注があることも特徴の一つであるが、『早替胸機関』の作者、式亭三馬が序を寄せている。三馬は画師の狂画堂蘆国を「画工と作者の火速扮《はやがはり》」と表現しており、「あっさりとした正本仕立て、見る人をして必ず舌打をなさしめ、聴く人をして必ず咽を鳴さしむ。これにヤンヤの喝采《ほめことば》を添へよとて、しかも夜討の催促きびしく、江戸三がいへ毎度の長文、是非後便には認めて参らせ候ではからどらざる。間に合詞も狂言の、山とかけなば河内屋の、あるじの需め許すべからず」などと河内屋太助の再三の催促にやむなく序をしるした様子を「忠臣蔵」尽くしの台詞で綴っている。河内屋太助が三馬にわざわざ序を乞うたのは、本書の仕掛絵が、『早替胸機関』の仕掛絵の好評を受けたものであるためであろう。なお河太は文化八年十二月に三馬の『戯場訓蒙図彙』（初版は享和三年）を「新板発行」の申出をしてもおり、三馬とは接点があった。14『絵本いろは国字忠臣蔵』からは、河内屋太助が江戸読本はもとより江戸の戯作をも広く意識していたことが伺える。なお、後述する、文化六年刊の河内屋太助板の馬琴読本『松染情史秋七草』にも貼り紙による仕掛絵がある。[注32]このように絵入根本は、江戸読本と江戸戯作と仕掛絵でもつながっている。さらに先述のように天保期には南北作品の根本もあり、江戸歌舞伎ともつながりを持つ。

一方、絵本読本との繋がりがないわけでもない。第一にその題名である。「絵本」とつくものが十二作存在する。広告でも絵入りであることを強調していたが、それを如実に示す題名である。高木氏が絵本読本を古典の絵本化と捉えたが、絵入根本も台帳を絵本化したものという意味で、同様の出自といえる。様式上は、題詞・扉を持つこと（五）は共通する。このように、絵本読本からの影響を受けつつも、それは江戸読本ほどではないと考えられる。

読本の影響を排除して残るものは、本文の台帳形式（九）と役人替名（七）、役者似顔（六・十）（江戸の草双紙に先行する）、挿絵の背景に描写される舞台装置が描かれること（十二）であり、これが絵入根本独自のものといえる。

絵入根本の本文は、直前の狂言読本が筋書きで「文章が読本式であって、後の根本の様式と同一ではな」（郡司正勝）[注33]いのに対し、脚本風の台詞を書き出した書式を写しているという点で、読本とは一線を画している。その一方で、絵入根本の挿絵について鳥越文蔵氏は「舞台面の絵ではなく読本の挿絵の様式によっている」[注34]とする。挿絵の背景に舞台装置が書き込まれることもあるが、基本的な様式は、それまでの絵入狂言本や絵尽しが見開き一丁で複数の場面を描き込み、絵でも筋を追おうとするのとは異なり、見開き一丁で一場面のみを取り上げて描くという点で読本風ということができる。古典を絵本化した絵本読本と同様に、歌舞伎を絵本化するという姿勢は上方の流れを汲んでいるが、表紙・見返等の外型的な様式を踏まえると、基本的には江戸読本風の挿絵になっているといえるであろう。

三　河内屋太助板の馬琴作品

河内屋太助の絵入根本と江戸読本の関係については今見た通りであるが、河内屋太助と江戸読本との接点の一つに曲亭馬琴が存在することは、河内屋太助開板の江戸読本のほとんどを曲亭馬琴が占めることからもわかる。馬琴が享和二（一八〇二）年に京摂へ旅行した際に河内屋太助と交流し、その後の河内屋太助からの読本他の出版に繋がったことはよく知られるところである。

また馬琴の残した克明な日記や書翰から、潤筆料をめぐる作者と本屋の応酬や、江戸・上方双方の書肆が出版物を本替、すなわち相互交換して販路を広げる手段などが明らかになりつつあるが[注35]、その際にしばしば河内屋太助と馬琴のやりとりが資料として用いられる。しかし河内屋太助と馬琴の関係全般について取り上げられることは、従来なかった。ここでは馬琴関係の資料に拠りつつ、河内屋太助と馬琴という書肆と作者の関係について確認しておきたい。

右に述べたように、河内屋太助と馬琴の関係は、享和二年に京坂へ旅行したことに始まる。『吾佛《あがほとけ》乃《の》記《き》』に拠れば、五月九日に江戸を出立、名古屋を経て京・大坂に馬琴が旅行し、伊勢参詣の後、八月二十四日に江戸へ戻っている。

この旅行が、地方狂歌壇を回る旅であったことは濱田啓介氏が指摘するところである。[注36]この機会に知り合った人物の名は『訪問往来人名簿』[注37]に残されているが、その中に河内屋太助の名前もある。しかし十ウ上段欄外に横書きに右へ書き加えられていることから、当初から逢う予定の人物ではなかった可能性が指摘されている。[注38]

いずれにせよこの出会いが契機となり、江戸に戻った翌享和三年に馬琴は河内屋太助絡みの仕事を四件こなしている。ひとつには、寛政十二（一八〇〇）年に編輯した『俳諧歳時記《はいかいさいじき》』を同年三月に刊行したことである。『近世物之本江戸作者部類』（以下、『作者部類』と略す）には「尾州名護屋の書賈永楽屋東四郎、大坂の書賈河内屋太助と合刻なり。後に河内一箇の板となれり」とある。[注39]馬琴はこの旅で名古屋の永楽屋東四郎をも訪ねている。この年、享和二年正月刊の三蔵楼蔵版永楽屋東四郎の製本による『狂歌蓬が島』には馬琴の狂歌が収められており、[注40]旅行以前に永楽屋東四郎と関わりがあったことがわかる。永楽屋東四郎の元へ立ち寄ったのは、神田氏に指摘があるように[注41]『俳諧歳時記』の出版準備の挨拶であったことが考えられる。河内屋太助については、この旅以前に接点があったかは不明であるが、河内屋太助が享和三年刊『俳諧歳時記』の相板元になっていることと、享和二年の出会いとが無関係ではないことは確かである。

ふたつには、絵入根本4『俳優浜真砂《やくしゃはまのまさご》』の序を記したことである。[注42]

俳優浜の真砂子序

……いふとも尽ぬこの道の浜の真砂子と題する書は。芝居の馬のあし毛よる。浪花の三津の画に名たゝる松好斎のわざくれにして。趣向は五三のきり狂言。一葉さらりと落かくる。はしがゝりの端書せよと。百四十里の上の句から。吾妻の果の下の句まで。しば〳〵需にこし折は。いやとはいはさぬ大難題。こゝにあやしき仂歌を添。全六本の調子をあはせ。三絃二三帳の紙を費せよと。太鼓をたゝいて版元さん不思議のえんであつたよなア。

時にきやうとい享和三階。ゑらう衣裳をきさらぎ下旬。著作堂の燈下にしるすものは。これもちつくり

贔屓連中　江戸　曲亭馬琴

（『俳優浜真砂』）

（表1）の4にも記したように『京都書林行事上組諸證文標目』[注43]からは、寛政十二年七月に京都の著屋儀兵衛が『絵本浜の真砂』（傍点は筆者）の証文を提出していることがわかるが、著屋儀兵衛[注44]が刊記にあるものは未見である。享和三年河内屋太助刊の2『戯場言葉草』に近刊広告がみえ、寛政二年改正の『版木総目録株帳』からは河内屋太助が板株を持っていたことがわかる。また天保十三年の後刷の刊記は松屋善兵衛・吉野屋仁兵衛・鉛屋安兵衛・河内屋太助となっており、この三書肆との連名の刊記は、河太開板の絵入根本のうち、松屋善兵衛・鉛屋安兵衛・塩屋長兵衛との連名の次に多く見受けられ、4『俳優浜真砂』も当初から河内屋太助が関与していた可能性が高いと考えられる。寛政十二年から享和三年までに河内屋太助が版木を購入したのであろう。馬琴のいう「板元さん」（右傍線部）は、「百四十里」（右波線部）とあることから大坂にあることがわかり、ここからもやはり河内屋太助を指すと考えてよいであろう。「不思議のえん」とも言っているが、先述のように、河内屋太助が当初から会う予定の人物では無かった可能性をこの序文も裏づけているといえる。ところで馬琴は、この旅の二年前、寛政十二年正月[注45]に京伝の勧めによって江戸の鶴屋喜右衛門板（八文字屋と相板）で『戯子《やくしゃ》名所図会』を刊行、「時好に称ひて頗る売れたり」という（『作者部類』）。濱田啓介氏は、この本が半紙本三冊という豊国画による贅沢な大型絵入劇書として「豊富華麗を誇示」したことは八文字屋八左衛門を刺激し、寛政十二年七月に八文字屋から売り出された大本一冊の『役者百人一衆化粧鏡《ひゃくにんいっしゅよそおいかがみ》』は、「『戯子名所図会』に触発され、追跡するための商品」であると指摘している[注46]。馬琴は八文字屋をも訪ねているが、この頃には『訪問往来人名簿』『羇旅漫録』八十八にも記載があるように、八文字屋は大阪心斎橋筋安堂寺町におり、同じ心斎橋筋唐物町には河内屋太助がいるわけである[注47]。たとえ河内屋太助との出会いが偶然によるものであったとしても、河内屋太助が『戯子名所図会』の二年後に、作者である馬琴と出会い、

絵入根本の序文を依頼するに到るのは必然の流れであったともいえる。

三つには、この年に初めての半紙本の読本『月氷奇縁《げっぴょうきえん》』を執筆したことである。『作者部類』は「享和三年、大坂の書賈河内屋太助に前約あれば、『月氷奇縁』五巻を作る」と記している。本作は、江戸で蔦屋重三郎が割印を受けているが、文化二（一八〇五）年正月刊の刊記では河内屋太助板となっている。注48 本作は文化二年正月に刊行される。

四つめには、この旅の記録『羇旅漫録《きりょまんろく》』を馬琴は享和二年中に著している。そこから二十条を抜粋したものを、文化元年正月に『蓑笠雨談《さりつうだん》』として蔦屋重三郎から永楽屋東四郎・河内屋太助と連名で刊行することになる。これも後に、河内屋太助蔵板となったことが『作者部類』に見える。

このように馬琴の享和二年の旅が、河内屋太助との縁を深めたことは間違いない。

文化元年以降、河内屋太助から出版される馬琴読本・随筆は以下の通りである（他に河太が板株を持っていたものに『石言遺響』と『南総里見八犬伝』があるが〈『板木総目録株帳』〉、実質的な板元とは見なさず、ここには加えなかった。文化二年刊『石言遺響』は株帳や14の広告に見えるが〈寛政二年改正第六冊・文化九年改正第七冊〉、刊記に名を連ねるものは見出せないようである。また『南総里見八犬伝』〈初―七輯〉は河太と江戸で相板となっており〈文化九年改正第七冊〉、七輯までと九輯下下甲以降の刊記に名が見えるが、板株はのち河内屋長兵衛に移っている〈天保二年のことと『近世物之本江戸作者部類』にある〉）。

○文化二（一八〇五）年、読本『月氷奇縁《げっぴょうきえん》』五巻五冊。
○文化四（一八〇七）年、読本『新累《しんかさね》解脱《げだつ》物語《ものがたり》』五巻五冊。
○文化六（一八〇九）年、読本『松染情史《しょうぜんじょうし》秋七草《あきのななくさ》』五巻五冊、西村源六と相板。
○文化七（一八一〇）年、読本『昔語質屋庫《むかしがたりしちやのくら》』初編、五巻五冊、西村与八と相板。
○文化七（一八一〇）年、随筆『燕石雑志《えんせきざっし》』大本五巻六冊、和泉屋平吉等と相板。

○文化十二（一八一五）年、読本『朝夷巡島記《あさいなしまめぐりのき》』初編五巻五冊。
○文化十四（一八一七）年、読本『朝夷巡島記』二編五巻五冊。
○文政二（一八一九）年、読本『朝夷巡島記』三編五巻五冊。
○文政四（一八二一）年、読本『朝夷巡島記』四編五巻五冊。
○文政五（一八二二）年、読本『朝夷巡島記』五編五巻五冊。
○文政十一（一八二八）年、読本『朝夷巡島記』六編五巻五冊。

この内、『新累解脱物語』を河内屋太助から出版した経緯については、大坂本屋仲間記録の『新板願出印形帳』に次のようにある。

覚

一、新累解脱物語　全部五冊

右之書、江戸表鶴屋喜右衛門殿方ニ而、此度新板被度候処、私所持仕候『死霊解脱物語』之株ニ必至にて差構候書ニ御座候ニ付、及対談候上、右之板木此度引取申候。仍之私方より売出申度候。元株も所持仕候義ニ御座候ニ付、御聞届被下忝存候。然ル上ハ万一故障之義申出候ハヾ、如何様共、御差図違背申間敷候。為後日仍而如件。

文化三寅年十二月　　河内屋太助

年行司衆中

つまり当初、鶴屋喜右衛門から出版しようとしたが、これは河内屋太助蔵の『死霊解脱物語聞書』の版権[注49]に抵触するとのことから、鶴屋と話し合いの上、版木を引き取ったので、河太版として刊行したいということである。『新累解脱物語』の序にも『死霊解脱物語聞書』が河内屋太助の蔵板であることに触れている。さらに『出勤帳』文化三年十二月五日の項に「一　河太殿より買板部銀請取候事　死霊解脱物語」、同十二月二十日の項には「新解だつ物語、添章事」と見え、『死霊解脱物語』の板株を取得直後に、『新累解脱物語』の版木を河太が引き取ったことがわかる。江戸の『割印帳』文化四年正月十九日の項では、『新累解脱物語』は河内屋太助名義で、売り出しが鶴屋喜右衛門とあり、実際の刊記は河内屋太助板で、江戸の鶴屋喜右衛門、京の菱屋孫兵衛・鉛屋安兵衛と連名となっている。『新累解脱物語』を開板した鶴屋喜右衛門の代わりに、相板元であった河太が『新累解脱物語』と板株が抵触する恐れのある『死霊解脱物語』の板株を取得し、それに伴って『新累解脱物語』の板株も河太に移したということなのであろう。

『新累解脱物語』の馬琴による「開語」（年記なし）には、河内屋太助から『死霊解脱物語』を贈られ、「願くは先生脩飾してその奇を増《ませ》と乞ふ」ので『新累解脱物語』を執筆したとある。『死霊解脱物語』を利用しているのは確かであるが、この序は板株が河内屋太助に移ってから書かれたということになろうか。

その他、文化六（一八〇九）年刊の『松染情史秋七草』は、西村源六名義で割印を受けているが、板株は河内屋太助が持っており、刊記は両書肆の連名となっている。文化七年『昔語質屋庫』初編は、西村屋与八が割印を受け、板株は河内屋太助となっている。このように河内屋太助が板株を所有しており、出願は江戸書肆によるという方法が定着している。注50 文化十二年『朝夷巡島記』初編から六編までの板株も河内屋太助が所有する。『朝夷巡島記』六編は板株所有の河内屋太助の他、江戸の三書肆、若林清兵衛・山崎平八・美濃屋甚三郎の連名となっており、彼らは『南総里見八犬伝』の刊行にも関わる書肆でもある。『馬琴日記』の記載から、割印・添章を取るなどの事務手続きを馬琴の指示のもと、若林清兵衛を中心として行っていたことが、文政十（一八二七）年の『馬琴日記』から知れるが、さらには河内屋太助板『朝夷巡島記』と江戸の美濃屋甚三郎板『南総里見八犬伝』（河太も相板元の一）とを「等量交換する本替（交易ともいう）」が行われていたこと、それを背景に実際の開板作業と出願申請を上方と

江戸で分業していたことが佐藤悟氏や木越俊介氏によって明らかにされつつある。[注51]

例えば、文政二年河内屋太助刊の絵入根本19『絵本姉妹《あねいもと》達大礎《だてのおおきど》』の刊記には、広告に「曲亭馬琴稿本『朝夷巡島記　三編　全五冊』『里見八犬伝　三編　全五冊』」のみが、21『絵本三拾石艠始《よふねのはじまり》』の刊記にも『里見八犬伝第四編』『朝夷巡島記　第四編』が見えており、背景にある本替を想起させる。またこれは上方において絵入根本の読者層と読本の読者層が重なっていたということでもあり、絵入根本が江戸読本の様式を意識していたことの傍証にもなるであろう。

このように馬琴読本の出版に関しては、河内屋太助は馬琴本人と江戸書肆との連携のもとで進めていたことがわかる。

四　河内屋太市郎・太次郎

享和・文化期の河内屋太助と馬琴の関係については出版関係の記録からしか追うことが出来ないが、現存する文政以降の馬琴の書翰や『馬琴日記』からは、河内屋太助の書肆としての活動のみならず、その為人についても多少なりとも読み取ることができる。

文政元（一八一八）年二月三十日の鈴木牧之宛の書翰のなかで、馬琴は「大坂書林河内屋太介ハ、廿年来の懇意ニて、これまで拙著夥ほり立申候」と述べ、『北越雪譜《ほくえつせっぷ》』の出版に関して、懇意である河内屋太助を紹介するとまで言っている。この時点では、河内屋太助と仕事上で信頼関係にあるだけではなく個人に対して親しみさえ感じているように受け取れる。

この良好な関係が急速に悪化するのは、文政十年に入ってからである。この経緯については『近世物之本江戸作者部類』に簡潔に記されているが、書翰から確認しておく。三月二日篠斎宛書翰には次のようにある。

『巡島記』六編ハ、『八犬伝』より猶以ほり崩し、一向わからぬ所、多く御座候。其上、序文などに書損も有之候ヲ、跡ニて見出し候故、正月十四日迄ニ、壱番校合不残取揃、早便ヲ以、大坂板元へ登せ候処、今以何之返事も不参候。一体、親太介ハ本家へまゐり、後見いたし罷在り、悴太次郎と申仁、跡の世話いたし候処、此太次郎ハ気象親ニおとり、彫刻物等、只売出しを急ギ候のミにて、一向ニ行届不申、その上、少しの事ニ腹ヲたち、気ニ入らぬ事候へバ、一向ニ返書も不仕候。早春六日より引つゞき、拙者方よりハ四度迄早状登せ候へ共、今以一度も返事不参候。夫より、此方ニてもうち捨、先方の返事ヲ待居のミ御座候。ケ様之始末ニ候へバ、『巡島記』ハ、いつ比うり出し可申哉、難斗被存候。

彫りの間違いが多いことや、返事が一向に来ないこと、その為に出版の事務手続きが滞っていることを案じ、それらが太助の留守を預かっている息子の太次郎の差配に拠ることに不快感、不信感を募らせていることがわかる。同様の記述は日記にも見られ、三月十日、十三日、十六日にも右に係わる不満を記している。

同年五月十一日に河内屋太助は息子太次郎に名前を譲り、太市郎と名を改めて隠居するのであるが（『出勤帳』三十八番）[注52]、十一月二十三日篠斎宛書翰には次のように記している。

『巡島記』は七編より末、作者の専文に候処、河太倅甚しき慳人にて、不義理合の事のみ有之。右に付、まづ絶交同様にいたし候。依之、『巡島記』は、六編切に筆ヲ止メ申候。

息子の太助（太次郎）について「甚しき慳人にて、不義理合の事のみ有之」と評し、『朝夷巡島記』七編以降の執筆はしないと決意するわけであるが、翌文政十一年八月七日の日記にも、息子の太助が出府しながら、馬琴に挨拶もなく帰坂したことに対しても「此方へ不立寄、薄情不実、言語同断のもの也」と憤りを記している。

さらに文政十三（一八三〇）年正月二十八日の篠斎宛書翰には、

とかく利にのミさかしき板元だましひ、嘆息の外無之候。『八犬伝』七輯出板之趣、去秋中より大坂へも聞え候よしニて、河内や今の太助より、度々書状ヲ以、『巡島記』七編の著述、頼参り候へ共、是迄、河太いたし方不宜候間、ろく／＼返翰ニも不及候て打捨候処、去冬中、前の太介、隠居後太市郎と改名、右老人より細翰ヲ以、『巡島記』著述之事、頼被申候へども、とてもかくても今の太助、万事吝嗇ニて、且行届不申候。それのミならず、さし画・筆工共、此方ニて仕立、登せ候事故、格別煩らしく、中々手まハりかね候ニ付、その趣ヲ以、厳しく断ニ及び申候。依之、『巡島記』ハ書つゞき不申候つもりニ決着いたし罷在候。

と記し、当代の河内屋太助から度々、七編執筆の依頼があるが捨て置いたところ、先代の太助からとりなしの手紙が届いたが、これまでの経緯から厳しく断ったという。この後、馬琴は板株の移動があれば、続きを書くつもりでいたが、名乗りを挙げた中村屋幸蔵が馬琴の悪口を言ったことを聞きつけ（天保四〈一八三三〉年十一月六日桂窓宛書翰）、やはり『朝夷巡島記』は六編で断絶することになる。

馬琴は息子の太助の無礼と出版にかかわる諸事にわたり行き届かないことに加え、吝嗇であることたびたび難じているが、その背景には当時潤筆料を巡って対立があったことを佐藤氏が推測している。[注53] 潤筆料のことももちろんだが、万事神経質なほど几帳面な馬琴としては書肆がその仕事に責任を持たないことに立腹したとしても不思議ではない。

息子の代になり、こうして河内屋太助と馬琴は疎遠になり、享和三（一八〇三）年から三十年にも渡る関係が崩壊したのである。

この両者の関係とちょうど並行して絵入根本の刊行が行われていたわけであるが、そのうち馬琴読本演劇化作品の絵入根本も三作出されている（第二章第二節参照）。文化八（一八一一）年刊11『三勝櫛赤根色指《さんかつぐしあかねのいろざし》』（『三七全伝南柯《さんしちぜんでんなんかの》夢《ゆめ》』の歌舞伎化、文化五年九月初演「舞扇南柯話」による。馬琴序）、文化十二年刊15『定結納爪櫛《かみかけてちかいのつまぐし》』（文化十一年八月

『青砥《あおと》藤綱《ふじつな》摸稜案《もりょうあん》』の歌舞伎化作）が先代の太助によって、そして最後の[42]『復讐《かたきうち》高音鼓《たかねのたいこ》』（文化五年八月初演　『三国一《さんごくいち》夜物語《やものがたり》』の歌舞伎化作）は天保十二年に息子の太助によって刊行されている。馬琴の日記や書翰からは、天保十二年前後の馬琴と太助との関係についてほとんど伺い知ることができない。馬琴は天保十二年十月には完全に失明するが、前年十一年八月頃から自身の旧作の「無きずの元摺本」（十二月十四日桂窓宛書翰・代筆）を集めている。その中でも馬琴がこだわっているのが、『三国一夜物語』である。その理由を翌天保十二（一八四一）年正月二十八日の篠斎宛の書翰で明かしている。

『三国一夜物語』ハやけ板ニて、元摺本のミに候得バ、手ニ入難候。是のみ、緩々御心ケ御取出し被下候様奉希候。右狂言根本『高音鼓』ハ、文化中片岡仁左衛門、浅間左右衛門ニて大当りの由、及聞候所、右『高音鼓』狂言根本、旧冬大坂ニて出板致候由、桂窓子より被告候。是ニて付ても、『三国一夜物語』ハほしく候。御賢察成可被下候。（篠斎宛）

馬琴は小津桂窓から『三国一夜物語』の歌舞伎化作品が絵入根本として刊行されたことを知り（同年正月二十八日桂窓宛書翰にも同内容有）、なおさら原作を手元に置きたくなったのである。その後、四月には『三国一夜物語』を探し当てた篠斎から贈られ、無事手に入れたようである（三月朔日・四月十九日篠斎宛書翰・代筆）。

また同年三月三日の小津桂窓宛の書翰（三月朔日篠斎宛書翰にも同内容有）では、

上方狂言正本『高音鼓』之事為御知被下、忝奉存候。取寄、読せ聞候半と存、丁子屋江申遣し候所、右之書ハ未ダ当地へ下り不申候。此故ニ、丁子屋ニてハ書名もしらざる由ニ御座候。上方狂言本ハ、江戸の看官悦不申候間、いか斗も売ざる由ニ御座候。此故ニ下さゞるか、遺憾の至りに候。

と述べ、江戸ではまだ『復讐高音鼓』が売られていないことを歎いている。「（『高音鼓』の絵入根本を）其節の狂言本と引くらべ、夏中日なが之折、借らせ候て家内之者に読せ聞候半と存候。去乍、其絵も文句も自分の目に見へず候間、聾桟敷之見物同様ニて、けう薄く候事勿論に御座候。不眼之人の不自由御察可被下候」（同年正月二十八日桂窓宛）と述べているように、老年になり懐旧の念が生じたことに加え、失明してからは自作を含め書を読み聞かせてもらうことを楽しみにしていると思われる。この頃成立したと考えられる『著作堂旧作略自評摘要』では『三国一夜物語』は「都て忘れしを読み聞くに、是は当時の一大佳作にはありける」と評価が高い。さらにこれらのやりとりからは馬琴が以前から自身の読本演劇化作品に対して強い関心を抱いていたことが改めて確認できる。その一方で、板元の河内屋太助に問い合わせることもせず、天保十二年には河内屋太助とのつきあいが完全に無くなっていることもわかる。書肆と作者の関係は崩壊しながらも、絵入根本の作品の上では再び馬琴の歌舞伎化作品が取り上げられた。この天保十二年という年は、翌十三年には『南総里見八犬伝』も満尾するという時期でもある。折しも天保改革で「御趣意ニて、武家一同甚敷倹約ニ候間、貸本抔も例と違、借候者すげなき由ニ候へバ、『八犬伝』売出しも板元甚心配いたし、一日も早くと差急、十四日五日之頃ハ、夜も終夜製本致させ候由ニ御座候」（同十二年十一月十六日篠斎宛・代筆）という状況下にあった。河内屋太助板の絵入根本もこの『復讐高音鼓』でいったん中絶し、節目を迎えることになる。享和二年に始まった河内屋太助と馬琴の関係は計らずも、絵入根本の歴史とほぼ重なるといえるのである。

五　絵入根本における俳優・作者・画工と読本

河内屋太助板の絵入根本の様式が江戸読本に類似すること、絵入根本の刊行が河内屋太助と馬琴との関係と並行していたこと、河内屋太助と江戸読本の接点の一つとして馬琴が存在していたことを確認したが、最後に絵入根本の似顔が描かれた俳優と絵入根本の作者・画工と、読本との関わりについても確認しておきたい。

第二章第一節でも述べたが、当時の上方の歌舞伎界は二代目嵐吉三郎と三代目歌右衛門で人気を二分していた。河内屋太助は両人の贔屓本も手がけており、『新板願出印形帳』から抜粋すると、以下のようなものが出版されている。

（表3）

	題名	刊記	出願	作者
1	中村歌右衛門故郷へはれの錦《にしき》絵《え》姿《すがた》	文化九（一八一二）年十月	文化九年九月出願	八文舎自笑
2	芝翫帖《しかんじょう》	文化十一（一八一四）年	文化十一年六月出願	浜松歌国
3	芝翫栗毛《しかんくりげ》	文化十一（一八一四）年六月	文化十一年六月出願	浜松歌国
4	璃寛帖《りかんじょう》	文化十二（一八一五）年正月	文化十一年十一月出願	暁鐘成
5	芝翫国一覧《しかんこくいちらん》	文化十二（一八一五）年	文化十二年四月出願	暁鐘成
6	芝翫節用百戯通《しかんせつようひゃっけつう》	文化十（一八一三）年	文化十二年八月出願	暁鐘成
7	芝翫百人一首玉文庫《しかんひゃくにんいっしゅたまぶんこ》	文政二（一八一九）年	文政二年八月出願	暁鐘成
8	黄泉道中瑠寛栗毛《りかんくりげ》	文政五（一八二二）年七月	文政五年六月出願	暁鐘成

彼らの人気は当然ながら絵入根本にも影響を及ぼしている。先述のように絵入根本は必ずしも実際の上演の配役の似顔になっているわけではないが、当時の人気を反映し、表1で挙げた絵入根本のほとんどに歌右衛門か吉三郎、あるいは両者の似顔がある。実際には文化文政期の歌右衛門と吉三郎は仲違いしており、文化二（一八〇五）年正月京北側の芝居以来、ほとんど同座しないままで、文政四（一八二一）年九月の同座が決まった直後、吉三郎が没し、

結局共演は叶わず仕舞となった。[注54] 両人の実際の同座を反映した絵入根本としては、表1-6『絵本戯場語《えほんしばいばなし》』（文化元年正月大坂角の芝居「契情筥伝授」）のみが挙げられる。だが絵入根本では実際とは異なり、人気役者を配した似顔としているわけである。両人の似顔の使用状況を確認すると、6『絵本戯場語』以前に、まず4の『俳優《やくしゃ》浜《はまの》真砂《まさご》』でも紙上共演している。文化五年三月から文化九年十月の歌右衛門の江戸下向の間は吉三郎の一人勝ちとなり、文化九年に歌右衛門が大坂に戻ると、紙上では13『妹背通転《いもせのくるまき》』14『いろは国字《もじ》忠臣蔵』でも再び共演する。この後18～22まで、文政四年に吉三郎（同年四月から橘三郎）が没する翌年まで絵入根本では共演することになる。また吉三郎の死後も36『敵討浦朝霧《かたきうちうらのあさぎり》』の役人替名に「故人吉三郎」を載せ、吉三郎の死絵を掲げたり、39『敵討義恋柵《かたきうちかいのしがらみ》』でも、五蝶亭貞広画の吉三郎の大首絵の死絵を扉に置き、「故人璃寛丈此きやうげんをはじめて致され大当たりをとられしもはやふたむかしにも成侍らんか。こたび此本を梓にちりばめるに付其俤を思ひ出して貞広ぬしに乞ふて爰にしるせしも戯場好人の御慰にもならんかと思ふのみ」と述べる。33『契情稚児淵』でも「文化十四年の春中の芝居に故嵐璃冠、角の芝居に中村歌右衛門、両雄のつわもの相勤、大繁盛仕候狂言に候」などと見え、死後も、吉三郎の人気は衰えず、これらの根本は故人を偲ぶ企画によったことが知れる。このように絵入根本の流通には、この両人の人気の力を多分に借りていたことがあらためてわかる。

　嵐吉三郎は「大阪にては俳優嵐吉三郎特に曲亭の読本を唱歎すと聞えし」（『近世物之本江戸作者部類』）とも馬琴が記していたように、馬琴読本の歌舞伎化作品全七作のうち（第二章第一節、二節参照）、六作に吉三郎は出演しており、そのうちの二作が先代の河内屋太助によって絵入根本化されている。それが先述の文化八年刊11『三勝櫛赤根色指』、文化十二年刊15『定結納爪櫛』である。吉三郎出演の馬琴読本の歌舞伎化作品のうち、四作は歌右衛門の二度に渡る江戸下向中（文化五年三月～同九年十月、文化十一年五月～同十二年十月）に上演されており、読本の歌舞伎化が、競演者の居なくなった上方歌舞伎を盛り上げる一つの趣向となっていたのであろう。上記の絵入根本二作は、歌右衛門不在中に刊行されており、河内屋太助もその手助けをしていたといえる。なお、（表3）のうち『璃寛帖』に馬琴が詩を寄せたことは第二章第一節で述べた。

また、（表3）に両人の贔屓本の作者として、浜松歌国、暁鐘成を挙げたが、この二人は絵入根本の作者でもある。浜松歌国は、自身が歌舞伎作者でもあるが、河内屋太助板の絵入根本も、文化十（一八一三）年刊の13『戯場妹背通転』を執筆している。先に引用したが、絵入根本の成立由来について『南水漫遊』に記したその人であり、また文化十一年刊14『絵本いろは国字忠臣蔵』の歌国の跋には「雪の朝わが隠れ家を尋てこゝへ来る人は書肆文金堂の主人にて来春発行の根本には何よからむとあるに」とあるように、河内屋太助が根本出版に関して相談を持ちかけるような相手でもある。

暁鐘成は、松好斎半兵衛・狂画堂蘆国・春好斎北洲らに次いで文政三年の20『絵本黄金鱐《こがねのしゃちほこ》』以降、文政十一年の28『競伊勢物語』まで校合・画工を務めている。[注55] この後の画工は柳斎重春・春梅斎北英・歌川貞広・歌川貞芳と変わって行くが、暁鐘成から柳斎重春に代わる頃は、先述のようにちょうど河内屋太助も息子に交替している時期であり、画工の交替にも影響しているかと考えられる。[注56]

暁鐘成が、20『絵本黄金鱐』でデビューするに当たっては河内屋太助とともに口上を述べており、蘆国の死去、春好斎北洲・春陽斎北敬らの多忙により画工として暁鐘成に白羽の矢が立ったいきさつに加え、河内屋太助と暁鐘成自身の似顔がわかる資料となっている（次頁）。以下に翻刻を記す。[注57]

乍憚《はばかりながら》演舌《こうじやう》

はん元　「高ふはムり升れど御覧をかふむり升て是より申上升。まづもつて御町中様ます〳〵御きげんよく御座いらせられ恐悦至極にぞんじ奉り升。したがつて私店の義、御かげによつて日ましにはんじやう仕り当春も相かわらず絵入根本出板仕り大悦ニ存奉り升。しかる所御ぞんじ御ひいきの画工あし国義、去卯の春、達大礎

『絵本黄金《こがねの》鯱《しゃちほこ》』六ウ（東京大学国語研究室所蔵）

を御名残として黄泉の旅へおもむかれ升たるゆへとりあへず春好斎北洲・春陽斎北敬、此の両公へたのみニまかり越升たる所、近来日を追て御門弟いやまし、又は四方の諸君子より筆をもとむる事あたかも筬《おさ》のはを引がごとく唐紙の画ぎぬは山のごとくつみ重ねいやはやおびたゞしき事でムり升。中〳〵板下をかくいとまなし。いづれへなりと外人へト忠臣蔵の九段目口上ニ大ひとこまり入相のかねニはあらで暁のかね成ぬしへ談合ニ参り升たる所、著述の徒然何やらん画をたしなまれる様子なれば、是幸ひとつけこんでむりむたいニすゝめ升れど、なか〳〵画の事は思ひもよらず、免してよと申され升るをさま〴〵と言さとし、漸々に此ところよりかわかわり役相つとめられ升れば、定めし御見ぐるしくムり升ふぞ段は作者のことと思しめされ、御しんびやうに御一覧希奉り升。

かね成「たゞ今はんもとの主申上られ升る通り、元来私画の道ニはいたつてうとく、殊さら御きゝおよびもなき大不調法者でムり升ス。板元いかゞ心得升たるや、しきりと相すゝめられ、粋なる客の言にも物まねは似ぬがよし拳はよわひが興ありと聞ば、皃似せも似ぬがよし、画も不調法なが、かへつて御見物様の御一興ともならふなど、ゝ、むしやうにすゝめられ、今はのがれんことばもなく御わらひをかへりみづ、御繁用なる先生方をおして相頼ミ口画二丁は北洲主人を頼み、一の巻より二の巻までを北敬ぬしへ頼置升たる所、折りあしく御病気ニ成、無拠なくかわり役急ニ相勤升よふニムり升。しかしながら二冊目の切小倉堤の段ニては、先生方御そろひニて勤られ升れば、大序よりの御退屈を是ニて御直しあそばされ、たゞ其外は小詰役の初ぶたいト思召、似てない所もにた〳〵と御笑ひ草の種本と御一覧の程を、ひとへは寒き初春なれば二重三重ひき重ね、七重のひざを八重ニおり御ひゃうばんを希ひ奉ります　暁鐘成

浜松歌国と暁鐘成は、ともに読本作者でもある。[注58] 例えば、歌国の読本には文化十年刊『忠孝貞婦伝』、同十一年刊『駿河舞《するがまい》』、同十二年刊『仮粧水千貫樋筧《けわいみずせんがんどい》』、同十四年刊『大和国筒井清水《やまとのくにつついのしみず》』、文政二年刊『今昔二枚絵草紙《いまむかしにまいえぞうし》』な

ど、鐘成の読本としては、文政六年刊『以呂波草紙《いろはそうし》』、文政八年刊『女熊坂朧夜草紙《おんなくまさかおぼろよそうし》』、文政八年『豪傑勲功録《ごうけつくんこうろく》』、文政十二年『忠孝伊吹物語《ちゅうこういぶきものがたり》』、天保十（一八三九）年刊『古今霊獣譚奇《ここんれいじゅうだんき》』の他、弘化に至るまで作品がある。

この時期には上方読本は江戸の稗史読本の影響を受け、様式・内容ともに上方と江戸読本の融合が為されつつある時期である。[注59] 文政期に至り、暁鐘成らが根本を手がけるようになり、根本の形態がより定着してくるのも道理といえる。

江戸では歌舞伎作者と読本作者とでは厳然と区切られているのに対し、[注60] 上方では浜松歌国や暁鐘成のように歌舞伎作者や演劇に携わる人間が、読本作者ともなっている。演劇と読本のなかだちとしてやはり絵入根本の存在があるのであろう。

前節末で『京摂戯作者考』を引き、上方では歌舞伎作者が戯作・浄瑠璃を、浄瑠璃作者が読本・歌舞伎を作ることを述べたが、そもそも上方では演劇と読本の距離が近く、『国字小説通』[注61]の凡例にも

〇京摂は、浄瑠璃、義太夫節、人気に応じて流行する土地ゆへに、戯作する程の人は、大概浄瑠璃の作あり、故に江戸の如く、読本、草双紙の作に功を尽す事なし。依て、江戸には、義太夫、浄瑠璃の作者少なく、京摂には多し、と知るべし

と述べ、戯作者と浄瑠璃作者とに京摂ではさほど違いを見出していないことを述べている。

絵入根本が歌舞伎台帳の公刊として登場する以前から、浄瑠璃では、節付を欠くか極めて少ないため上演台本としては使えない系統の浄瑠璃本、すなわち読まれる目的で出版された読本浄瑠璃があった。[注62] 例えば、冒頭に引いた浜松歌国の『南水漫遊』でも

その以前宝暦七年丑の四月大西芝居にて、「四天王寺伽藍」並木正三作にて六月までの大入其節、読本浄瑠璃とて右の院本出板、其後、安永四年未四月中の芝居嵐松次郎座にて「競伊勢物語」奈河亀助作にて大当なし、

同じく浄瑠璃本二冊出板なせり。

として、絵入根本が登場する以前に、読本浄瑠璃が出版されたことを記していた。

また八文字屋八左衛門と関係の深い（実家鱗形屋孫兵衛は八文字屋本の江戸の売り出し元）二代目西村屋与八が絵入の浄瑠璃本を「絵入読本」として認識していたことを佐藤悟氏が指摘している。注63 上方と接点がある江戸の書肆も、浄瑠璃と読本の間に差異を見出していないわけである。

浄瑠璃を読むという行為や浄瑠璃本と読本を差別化しない認識を土壌として、歌舞伎台帳の公刊である絵入根本の様式は江戸読本の影響を受けて形成されたのであろう。

おわりに――丸派と河内屋太助――

ところで、前節で触れた佐藤魚丸は玉雲斎貞右門下の狂歌師であり、馬琴読本の浄瑠璃化作品をも手がける浄瑠璃作者でもあり、なおかつ読本作者でもあったが、絵入根本の作者である浜松歌国や暁鐘成もまた玉雲斎門下の狂歌師であった。狂歌師の人名録である文化八（一八一一）年刊『狂歌道の栞』には、浜松歌国が「故玉雲斎門人虫麻呂後成一家」の項に、また暁鐘成も、「恋丸」として玉雲斎門人の項に記載されており、恋丸は、魚丸が発起人となっている『狂歌浦の見わたし』（前節参照。璃寛も入集）に一首入集していることが指摘されている。注64 同様に玉雲斎門下の丸派の狂歌師であり、文化七年刊の読本『葦牙草紙《あしかびぞうし》』の作者でもある、鉄格子《てつごうし》波丸《はまる》という人物がいる。この人物も河内屋太助と関係があり、文化三（一八〇六）年刊、5『絵本川崎音頭』の序を書いている。さらに河内屋太助からは自身の紀行文『かはごろも紀行』を出版してもいる。

前節末で、丸派と二代目嵐吉三郎（璃寛）の繋がりについて触れたが、丸派や吉三郎も、絵入根本や贔屓本を通じて河内屋太助とも繋がっていることになる。当時の浄瑠璃・歌舞伎界、狂歌壇、江戸の戯作界の直接的、間接的な交流における仲介者として河内屋太助という書肆も存在したといえる。

河内屋太助が完成させた絵入根本という新しい様式は、各界との繋ぎ役ともなっている河内屋太助の存在そのものを体現したものと言っても過言ではないだろう。

馬琴が河内屋太助と知己を得たのは、馬琴が上方での出版の拠点を作る上で非常に意味のあることであった。江戸・上方を通じて馬琴読本を流通させるのみならず、さらに当時の二代俳優の競演を背景に上演された馬琴読本の演劇化作品の絵入根本の刊行というおまけまでついてきたのである。

注

1　今田洋三「第五節　出版と情報」（『新修大阪市史』四、大阪市、一九九〇年）。

2　池山晃「河内屋太助板の役者評判記」（『演劇研究会会報』二〇、一九九四年五月）。「「出板物」としての役者評判記―再び河内屋太助板評判記について―」（『日本文学研究』三六、大東文化大学日本文学会、一九九七年二月）。

3　神楽岡幼子『歌舞伎文化の享受と展開　観客と劇場の内外』（八木書店、二〇〇二年）。

4　坪内逍遙「絵入刊行脚本（其二）」（『少年時に観た歌舞伎の追憶』日本演芸合資会社出版部、一九二〇年）。

5　守随憲治・秋葉芳美共編『歌舞伎図説　図録篇・解説篇』（守随憲治著作集別巻、笠間書院、一九七七年）。

6　守随氏は「正本写」の名は用いてはいない。鈴木重三氏は「正本製」を「記述描写様式を演劇に倣う」、「正本写」を「上演戯曲を合巻に引直し、該戯曲の回想ないし紹介の役を勤めた一類」と定義する（「後期草双紙における演劇趣味の検討」『国語と国文学』三五巻一〇号、一九五八年一〇月）。

7　『青須我波良』十六（一九七八年五月）。なお、本節は平成二十一年に東京大学に提出した博士論文を元にした。その後、木越俊介氏が「絵入根本の成立から定着まで」（『国語と国文学』九一巻五号、二〇一四年五月）を発表されたが、視点が異なり、相互に補完し得ると考え、本節はそのまま残した。

8　鳥越文蔵氏は根本について「京坂において、歌舞伎脚本を称する場合もあるが、一般的には脚本の内容を省略し、挿絵を加えて刊行したもの。〈絵入根本〉とも。」(『新訂増補　歌舞伎事典』平凡社、二〇〇〇年)とするが、根本は基本的に筋書きを示し、絵入りで刊行されたものは絵入りの注記があるものと考える。
9　『南水漫遊』拾遺四の巻、『新群書類従』第二所収、国書刊行会。
10　土田衞執筆「絵入根本」(『日本古典文学大辞典』岩波書店)の項参照。
11　土田衞執筆「絵入根本」(『日本古典文学大辞典』岩波書店)の項参照。
12　東京大学総合図書館霞亭文庫本参照。
13　河合眞澄「「狂言読本『伊賀越乗掛合羽』」(『近世文学の交流―演劇と小説』清文堂出版、二〇〇〇年)。
14　国会図書館所蔵本参照。
15　抱谷文庫所蔵本(国文学研究資料館所蔵マイクロフィルム)参照。
16　河合氏、前掲「「狂言読本『伊賀越乗掛合羽』」。
17　河合氏、前掲「「狂言読本『伊賀越乗掛合羽』」。
18　原本が欠ける二十・二十一冊目部分にあたるため、引用は『大坂本屋仲間記録　第十七巻　開板御願書扣二』(清文堂出版、一九九二年)所収の『享保以後大阪出版書籍目録』(大阪図書出版業組合刊、一九三六年)の転載部分に拠った。
19　前掲『歌舞伎図説』参照。
20　東京大学文学国文学研究室所蔵本。山本卓氏が、本書の出版過程や意図について既に言及する。(「文運東漸と大坂書肆」『舌耕・書本・出版と近世小説』清文堂出版、二〇一〇年)。
21　佐藤悟「戯作と歌舞伎　化政期以降の江戸戯作と役者似顔絵」(『浮世絵芸術』百十四号、一九九五年、浮世絵協会会誌)。
22　土田衞執筆「絵入根本」(『日本古典文学大辞典』岩波書店)の項には「読本の挿絵の様式をもつ役者似顔絵」とある。また鳥越文蔵執筆「根本」(『新訂増補　歌舞伎事典』平凡社、二〇〇〇年)の項には「舞台面の絵ではなく読本の挿絵の様式によっている」とあり、挿絵については読本様式であることが共通認識となっている。
23　鈴木重三「後期草双紙における演劇趣味の検討」(『国語と国文学』三五巻一〇号、一九五八年一〇月)。
24　『続燕石十種』一、一九八〇年、中央公論社。

25 山本卓「役者似顔絵と大坂本屋仲間―読本『報讐竹の伏見』一件とその背景」『読本研究新集』第一集（翰林書房、一九九八年）。

26 調査は、東京大学国語研究室・国会図書館・京都大学附属図書館・大阪府立中之島図書館所蔵本を中心に行った他、早稲田大学演劇博物館蔵本、国文学研究資料館のマイクロフィルムを参照した。

27 濱田啓介「近世小説本の形態的完成について」（『近世文芸』七五、二〇〇二年一月）

28 高木元氏の口頭発表「絵入読本に於ける《絵画》の位置」（第二回絵入本ワークショップ　於実践女子大　二〇〇六年九月十八日）による。

29 絵入狂言本には挿絵の個々の人物像に、役とその動作・挙措等を記して囲み枠で記すようであるが（守随憲治氏、前掲『歌舞伎図説』参照）、人物名だけ囲むというのは江戸読本風といってよいと考える。

30 佐藤至子『江戸の絵入小説　合巻の世界』（ぺりかん社、二〇〇一年）。なお河太は『小栗外伝』の相板元でもある。

31 『仮名手本忠臣蔵』（歌舞伎オン・ステージ8、白水社、一九九四年）。

32 『読本事典』（笠間書院、二〇〇八年）カラー口絵に載る。なお中村幸彦氏は、後期読本が装釘に心を用いることを指摘しつつも、その先蹤はすでに寛政十二年刊『絵本太閤記』五輯「江北賤嶽戦場之地理」が折り込み式で多色摺であったことに見られるとも指摘する（「後期読本の推移」『中村幸彦著述集』第四巻、中央公論社、一九八七年）。この『絵本太閤記』の地図も、『読本事典』のカラー口絵に掲載。

33 守随憲治氏、前掲『歌舞伎図説』。

34 鳥越文蔵執筆「根本」の項『新訂増補　歌舞伎事典』（平凡社、二〇〇〇年）。

35 佐藤悟「馬琴の潤筆料と板元」（『近世文芸』五九、日本近世文学会、一九九四年一月）。「本替あるいは交易と相板元」（『読本研究』（第九輯、一九九五年一〇月）。「地本論」（『読本研究新集』第一集、翰林書房、一九九八年）。木越俊介『江戸大坂の出版流通と読本・人情本』（清文堂出版、二〇一三年）。

36 濱田啓介「『羇旅漫録』の旅に於ける狂歌壇的背景について」（『文学』三六巻三号、一九六八年三月。『近世小説・営為と様式に関する私見』京都大学学術出版会、一九九三年、所収）。

37 柴田光彦「翻刻滝沢家訪問往来人名簿」（『近世文芸研究と評論』三三・三四・三七号、一九八七年一一月・一九八八年六月・一九八九年一一月）。『曲亭馬琴日記』別巻（中央公論社、二〇一〇年）に収録。

38 濱田啓介「寛政享和期の曲亭馬琴に関する諸問題」（『国語と国文学』五五巻十一号、一九七八年一一月）。

39 文化九年改正の『板木総目録株帳』では、「相「柏清　河太　河仁（以上三書肆には右肩に明印）河喜（右肩に新正印）」とあり、文化九年以降、柏原屋清右衛門・河内屋太助・河内屋仁助三書肆の相板となったが、のちに柏清が抜け、代わりに河内屋喜兵衛が加わったものと考えられる。服部仁氏はA江戸蔦屋重三郎・大坂柏原屋清右衛門・名古屋永楽屋東四郎、B大坂柏原屋清右衛門・大坂河内屋仁助・河内屋太助、C大坂河内屋喜兵衛・大坂柏原屋清右衛門・大坂河内屋仁助・大坂河内屋太助の三種類の板があることを述べ、A板とB板がほぼ同時期に刷られたものと推定している（「『俳諧歳時記』の出版」『東海近世』第一三号、東海近世文学会、二〇〇二年一〇月）。なお、蔦屋重三郎・柏原屋清右衛門・永楽屋東四郎の連名に、河内屋太助の名が印で後補されているものがあることが指摘されている（神田正行「『俳諧歳時記』の成立」『藝文研究』七一、一九九六年一二月）。

40 濱田氏、前掲「『羇旅漫録』の旅に於ける狂歌壇的背景について」。

41 神田氏は「当時は既に、『歳時記』出版準備の最中であったに違いなく、馬琴が両書肆に立ち寄ったのも、『歳時記』刊行の挨拶を兼ねたものと見て、まず間違いあるまい」とする（神田正行「『俳諧歳時記』の成立」『藝文研究』七一、一九九六年一二月）。

42 河合眞澄氏に天保十三年板を底本とした翻刻・註釈がある。「絵入根本『俳優浜真砂』の曲亭馬琴序文」（『読本研究新集』第四集、翰林書房、二〇〇三年）。

43 宗政五十緒・朝倉治彦『京都書林行事上組諸證文標目』（書誌書目シリーズ五、ゆまに書房、一九七七年一〇月）。

44 著屋儀兵衛は、河内屋太助板の馬琴読本『月氷奇縁』の刊記に、江戸の蔦屋重三郎、名古屋の永楽屋東四郎とともに名を連ねている。ちなみに『滝沢家訪問往来人名簿』や書翰、日記には見えない。

45 刊記による。実際には前年十二月には出版されていたらしい。詳細は『馬琴の戯子名所図会をよむ』（台帳をよむ会編、和泉書院、二〇〇一年）を参照。

46 「滑稽本としての劇書」（『文教国文学』二十四、一九八九年一二月。『近世小説・営為と様式に関する私見』京都大学学術出版会、一九九三年）。

47 濱田氏、前掲「寛政享和期の曲亭馬琴に関する諸問題」。
48 『馬琴中編読本集成』第一巻（汲古書院、一九九五年）解題参照。
49 元は江戸の山形屋吉兵衛開板。
50 佐藤悟氏前掲論文「地本論」。佐藤氏は河内屋太助板でありながら、江戸書肆が割印を受けていることからこの頃、読本の本替が確立したことを指摘している。
51 佐藤悟氏前掲論文「本替あるいは交易と相板元」。木越俊介『江戸大坂の出版流通と読本・人情本』（清文堂出版、二〇一三年）。
52 『大坂本屋仲間記録』第三巻。佐藤悟氏前掲論文「馬琴の潤筆料と板元」参照。
53 佐藤悟氏前掲論文「馬琴の潤筆料と板元」「本替あるいは交易と相板元」。
54 須山章信「化政歌舞伎〈上方〉」『歌舞伎の歴史Ⅱ』（岩波講座歌舞伎・文楽第三巻、岩波書店、一九九七年）。北川博子「嵐吉三郎と中村歌右衛門の「和解」」（『館報池田文庫』一二、財団法人阪急学園池田文庫、一九九八年四月）。
55 長友千代治氏は暁鐘成による絵入根本の編述は、天保十五年までとしているが、文政十二年以降、刊記ならびに『大坂本屋仲間記録』にも絵入根本の作者として暁鐘成（或いは和泉屋弥四郎）の名が見えない。
56 春梅斎北英は天保四年に『南総里見八犬伝』の歌舞伎化に先だって「夢の競演」で八犬士の役者絵を描いており、それが役者絵としては特異であるとの指摘があり（持丸眞弓「春梅斎北英画「里見八犬子内一個」の独創性と特異性」『浮世絵芸術』一六七、二〇一四年一月）、興味深い。なぜ大坂で、天保四年か、という点を歌右衛門の帰坂を背景と見ているが、もう一つの理由に、天保五年刊（天保四年十二月出願）の『敵討浦朝霧』（嵐吉・歌右衛門の似顔有）から四点の河内屋太助板の絵入根本の挿絵を手がけていることも考えられる。
57 東京大学文学部国語学研究室蔵本による。
58 長友千代治「浜松歌国・暁鐘成」（『論集近世文学』五、勉誠社、一九九四年）。同「暁鐘成研究」（『大阪府立図書館紀要』第六号、一九七〇年三月）。
59 『読本事典』（笠間書院、二〇〇八年）。ならびに田中則雄氏の一連の研究参照。
60 三升屋二三治『作者年中行事』（嘉永元年成）には「元祖桜田がいふ。江戸歌舞妓作者の業は世の中の事はやく知りてその流行にしたごふがよしといふ。深く知識の本を見て学文したれば迚益なし。歌書俳諧本を見て心を和らげ堅くせまじといふ。曲亭山東などに心を写してはいらぬもの。草草紙、よみ本の作者とは心の違ひしもの。歌舞妓は歌舞妓に随ひ、昔より故人の手本をよく見ておのれが才智を加へ、人に問ふ事恥かしからず、おのれ独りがのみ込み、出かし顔をしても人に笑らわれる事有。知ッた事も知らぬ振りして尋問ふべしといふ」とある（『日本庶民文化史料集成』歌舞伎編、三一書房）。『近世物之本江戸作者部類』には「江戸の歌舞伎作者は当時流行の読本の趣をその儘狂言に作ることを恥て或は人物の姓名をおなじくせず。或は別の世界にとり易などすなるに江戸の俗客婦女子は読本を看ぬも多かれば、その狂言の憑る所を知らずして新奇也と思ふなるべし」とも記す。また天保七年二月六日篠斎宛馬琴書翰には『八犬伝』の歌舞伎化について言及し「江戸の芝居作者ハ、まけをしみニて、当今のよミ本抔を狂言にいたし候事ハ、甚忌候故、「八犬伝」は名のミにて、何かわからぬ狂言ニ候へバ、延引ニ成候方、宜しからんと申もの有之」と記しており、江戸における歌舞伎化は上方の歌舞伎化とは異なるものであったことがうかがえる。徳田武氏は、上毛高崎藩の最後の藩主であった大河内輝声が八犬伝の芝居について、脚色を代えてしまうので却って馬琴の本意を失ってしまうと述べていることを紹介している（「前高崎藩主大河内輝声の中国小説愛好」『幕末維新の文人と志士たち』ゆまに書房、二〇〇八年）。

61　『続燕石十種』一、中央公論社、一九八〇年。
62　長友千代治「読物としての浄瑠璃本」（『近世上方浄瑠璃本出版の研究』東京堂出版、一九九九年）。
63　佐藤悟氏、前掲「地本論」。
64　羽生紀子「嵐璃寛と丸派狂歌―「月並の雅莚」への参加―」（『鳴尾説林』一一号、武庫川女子大学日本文学談話会、二〇〇三年一二月）。

（表１）河内屋太助出願・開板絵入根本一覧稿

＊注１・４・６は例外だが、表に加えた。板株の○印は河内屋太助の板株の所有を示す。基本的に書名の角書は省いた。出願年月・板株の有無については『大坂本屋仲間記録』に拠った。刊記は確認し得たものを記し、刊記がない場合は広告刊記を補った。なお末尾に刊記・『板木総目録株帳』・広告から河太板とわかるものの一覧を附した。板元は以下のように略記した。

河太（河内屋太助）、塩長（塩屋長兵衛）、松善（松屋善兵衛）、鉛安（鉛屋安兵衛）、吉仁（吉野屋仁兵衛）

	内題（外題）巻冊数	刊年（西暦）	出願年月	板株	刊記	序跋者／画工	歌舞伎作品（絵入根本と異なる外題のみ）	初演（刊行直近の再演）	歌舞伎作者	備考
1	宿無団七時雨傘（絵本戯場《えほんしばいの》栞《しおり》）三巻一冊	享和二（1802）	寛政十二年八月に「団七時雨傘」で出願、享和元年十二月に題を「絵本戯場栞」と改め塩屋長兵衛から出願。寛政二年改正の『株帳』に河太株の記載有（「塩長」に貼紙の上訂正）。	○	刊年不明：(坂)塩長・河太	乙十序／松好斎画	宿無《やどなし》団七《だんしち》時雨《しぐれの》傘《からかさ》	明和四年閏九月京北側（享和元年六月・北の新地）	並木正三	
2	戯場言葉草《しばいことのはぐさ》五巻五冊	享和三（1803）	享和二年十一月＊天明四年萬屋新右衛門刊『思花街容性』の改題本	○	享和三：(坂)河太／刊年不明：(坂)塩長・河太	五且嘐序／松好斎画	思花街容性《おもわくくるわかたぎ》	天明四年八月・角（享和元年十一月・大坂竹田か）	並木五瓶	
3	忠臣連理《ちゅうしんれんり》の鉢植《はちうえ》（忠臣連理鉢植）二巻二冊	享和三序（1803）	享和三年九月＊但し「九月廿日願下致ス」と付記（『開板御願書扣』）。	○	［広告刊記］刊年不明：(江)鶴喜・西村与八(名)松善(京)鉛安(坂)塩長・河太	月守序／松好斎画	義臣伝読切講釈《ぎしんでんよみきりこうしゃく》	天明八年二月・大西（享和二年九月・中）	奈河七五三助	
4	俳優《やくしゃ》浜《はまの》真砂《まさご》八巻八冊（役者浜真砂）	享和三序（1803）	＊『京都書林行事上組諸證文標目』に寛政十二年七月に著屋儀兵衛の名で「絵本浜の真砂」の証文有。享和三年刊２『戯場言葉草』の刊記に近刊広告有。寛政二年改正の『株帳』に河太株の記載有。	○	文化二：(紀)帯屋伊兵衛／天保十三：(名)松善(京)吉仁・鉛安(坂)河太	馬琴序／松好斎画	金門五三桐《きんもんごさんのきり》	安永七年四月・角（寛政十一年一月・中）	並木五瓶	

5	絵本川崎音頭《えほんかわさきおんど》（川崎おんど）五冊	文化三（1806）	文化二年十一月	○	文化三年：（坂）河太	鉄格子波丸序／松好斎画	川崎踊拍子《おんど》	寛政八年八月・京南	奈河篤助	
6	絵本戯場語《えほんしばいばなし》（契情《けいせい》・けいせい筥伝授《はこでんじゅ》）六冊	文化四（1807）	大坂／塩屋長兵衛（文化三年十二月。「けいせい筥伝受」に改題して翌四年正月十四日再出願）と ＊刊記には塩長単独のものが有るが、寛政二年改正『株帳』によれば、当初から河太と塩長の相合板。文化五年刊河太板8『戯場壁生草』の広告に有。絵入根本というより似顔絵本のため塩長出願か。	○塩長相板	文化四：（坂）塩長	並木意徒松序／松好斎画	けいせい筥伝授	文化元年正月・角	近松徳三	序は台帳風の台詞仕立て。
7	絵本《えほん》桟物語《かけはしものがたり》・絵本《えほん》花楓《からにしき》秋《あき》葉《ば》話《ものがたり》（画本桟道物語）六冊	文化四か（1807）	文化三年十二月＊文政二・天保五年刊記のみ現存。出願記録、また台詞書の役名を囲み枠で表記する書式から考えると文化四年頃か。『日本大学図書館蔵根本目録』解説では初版は3・5と同じ頃かとする。	○	文政二：（坂）河太／天保五：（名）松善（京）鈴安（坂）河太	序なし／松好斎画	紅楓《からにしき》秋葉話	寛政十一年九月・角（文化三年・大坂竹田か）	近松徳三	
8	戯場壁生草《しばいいつまでぐさ》（画本戯場壁生草）四冊	文化五（1808）	文化四年十一月	○	文化五：（坂）塩長・河太	河太口上／松好斎画	五大力恋緘《ごだいりきこいのふうじめ》	寛政六年五月・京北西（文化三年五月・京北）	並木五瓶	
9	春景浅茅原《しゅんけいあさじがはら》六冊	文化五（1808）	文化五年六月	○	文化五：（京）武村吉兵衛・加賀屋弥助（坂）布屋忠二郎・山田屋嘉右衛門・河太	笑門亭序／喜多川北麿（歌麻呂門人）・芦国画	隅田川続俤《すみだがわごにちのおもかげ》	天明四年四月・角（文化四年八月・大坂堀江）	奈河七五三助	

	内題（外題）巻冊数	刊年（西暦）	出願年月	板株	刊記	序跋者／画工	歌舞伎作品（絵入根本と異なる外題のみ）	初演（刊行直近の再演）	歌舞伎作者	備考
10	文月《ふみづき》恨《うらみの》切子《きりこ》 四冊	文化七（1810）	文化六年十二月	○	文化七：河太	春好斎画		明和元年八月・中（文化五年・七月・京南）	並木永輔	
11	三勝櫛《さんかつぐし》赤根色《あかねのいろ》指《ざし》 前編四冊 後編四冊	文化八、文化九（1811・1812）	（前）文化八年十一月（後）文化九年二月＊文化八年十二月出来（『開版御願書扣』）	○	刊年不明①：（名）松善（坂）塩長・河太／刊年不明②：（江）鶴喜・西村与八（名）松善（京）鉛安（坂）塩長・河太	馬琴序／春好斎画	舞扇南柯話《まいおうぎなんかのはなし》	文化五年九月・中（文化七年三月・京南）	近松徳三	
12	猿《さる》曳《まわし》門《かど》出《での》諷《ひとふし》 二冊	文化八か（1811）	文化七年十一月	○	刊年不明①：（名）松善（坂）塩長・河太／刊年不明②：（名）松善（京）鉛安（坂）塩長・河太／天保十三：（名）松善（京）吉仁・鉛安（坂）河太	本利序／春好斎画		寛政十年七月・角（文化三・四年四月・中）	近松徳三・奈河篤助	
13	妹背《いもせの》通転《くるまき》（戯場《しばい》妹背通転） 四巻四冊	文化十（1813）	文化九年十二月 ＊作者は、浜松歌国	○	文化十：［広告刊記］（江）鶴喜・西村与八（名）松善（京）鉛安（坂）塩長・河太／刊年不明：（名）松善（京）鉛安（坂）塩長・河太	序なし／芦洲図・芦舟写	京羽二重新雛《きょうはぶたえかわりひな》形《がた》	享和二年四月・京南（文化八年五月・京南）	近松徳三	仕掛絵
14	絵本《えほん》いろは国《も》字《じ》忠臣蔵《ちゅうしんぐら》 四冊	文化十一（1814）	文化十年十一月	○	文化十一：（坂）河太／（四巻末）発兌：（京）鉛安（江）鶴屋金助（名）松善、合梓：（坂）塩長・天満屋源次郎・河太	式亭三馬序・浜松歌国跋／芦国画	仮名手本忠臣蔵	寛延元年八月・竹本座（浄瑠璃）（文化十年四月・市村座／十一月・京北）	竹田出雲・並木千柳・三好松洛	仕掛絵

15	定《かみかけて》結《ちか》納《いの》爪《つま》櫛《ぐし》 前編四冊 後編三冊	文化十二（1815）	文化十一年十一月	○	文化十二：（前）（名）松善（坂）鉛安（坂）塩長・河太／（後）（坂）塩長・河太	梅枝軒泊鶯序／芦国画		文化十一年八月・角	奈河晴助	
16	雑唱歌《はやりうた》長崎《ながさき》土産《みやげ》・（扉）拳褌《けんまわし》廓《さとの》大通《だいつう》（さとの大通） 前編四冊 後編三冊	文化十二（1815）	文化十二年八月二十日	○	文化十二：①（坂）塩長・河太／②（名）松善（京）鉛安（坂）塩長・河太／天保十三：（名）松善（京）吉仁・鉛安（坂）河太	芦国口上／芦国画	拳褌廓大通	享和二年二月・京北側（文化七年九月・中）	芝屋勝助	
17	絵本敵討巌流嶋《りゅうじま》（敵討《かたきうち》巌《がん》流島） 前編六冊 後編六冊	文化十四（1817）	文化十三年九月	○	文化十四：（坂）河太	芦国序／芦国画	復讐《かたきうち》二《に》島英雄《とうえいゆう》記《き》	文化十一年三月・中	市岡和七	
18	絵《え》本《ほん》倭《やまと》荘《ぞう》子《し》（傾《けい》城《せい》倭《やまと》荘《ぞう》子《し》） 六巻六冊	文化十五（文政元）（1818）	文化十四年九月二十日	○	天保十三：（名）松善（京）吉仁・鉛安（坂）河太／弘化三：（坂）河太	芦国画	けいせい倭荘《やまとぞう》子《じ》	天明四年閏正月・中（文化十三年三月京六角堂）	並木五瓶	
19	絵《え》本《ほん》姉《あね》妹《いもと》達《だての》大礎《おおきど》（姉妹達大礎） 七冊	文政二（1819）	文政元年十月	○	文政二：（坂）河太／天保十三：（名）松善（京）吉仁・鉛安（坂）河太	序なし／芦国画	姉妹達大礎	寛政七年正月・角（文化十三年盆替・竹田か）	立岡万作・近松徳三	
20	絵《え》本《ほん》黄《こが》金《ねの》鱐《しゃちほこ》 八冊	文政三（1820）	文政二年十月	○	文政三：（坂）河太	暁鐘成口上／春好斎・春陽斎・暁鐘成画	けいせい黄金鱐	天明二年十二月・角（文政二年四月・中）	並木五瓶	

	内題（外題）巻冊数	刊年（西暦）	出願年月	板株	刊記	序跋者／画工	歌舞伎作品（絵入根本と異なる外題のみ）	初演（刊行直近の再演）	歌舞伎作者	備考
21	絵《え》本《ほん》三《さん》拾《じっ》石《こく》艠《よふねの》始《はじまり》（三拾石艠始）六冊	文政四（1821）	文政三年十月	○	文政四：（坂）河太／天保十三：（名）松善（京）吉仁・鉛安（坂）河太	序なし／暁鐘成画	三十石艠始	宝暦八年二の替・角（文化八年十一月・京北）	並木正三	
22	桑《くわ》名《な》屋《や》徳《とく》蔵《ぞう》入《いり》船《ふね》噺《ばなし》七冊	文政五（1822）	文政四年十二月	○	文政五：（坂）河太	序なし／暁鐘成画		明和七年十二月・中	並木正三	
23	霧《きり》太《た》郎《ろう》天《てん》狗《ぐ》酒《のさか》宴《もり》七冊	文政六（1823）	文政五年十一月	○	文政六：（坂）河太／天保十三：（名）松善（京）吉仁・鉛安（坂）河太	序なし／暁鐘成画	霧《きり》太《た》郎《ろう》天《てん》狗《ぐ》酒《のさか》醺《もり》	宝暦十一年正月・角（文化七年二の替・大坂若太夫か）	並木正三	
24	絵《え》本《ほん》傾《けい》城《せい》飛《ひ》馬《め》始《はじめ》七冊	文政七（1824）	文政六年十一月＊文化九年改正『板木総目録株帳』第八冊に「文政七申年二月板行差留ル」と有。『出勤帳』三十五番参照。天草騒動物のため。	○	文政七：（坂）河太	序なし／暁鐘成画	けいせい飛馬始	寛政元年正月・角（文化十一年十二月・大坂堀江か）	並木五瓶	
25	隅《す》田《だの》春《はる》妓《げい》女《しゃ》容《かた》性《ぎ》五冊	文政八（1825）	文政七年閏八月出願・十二月八日許可	○	文政八：（坂）河太	序なし／暁鐘成画		寛政八年正月・桐（文政元年十一月京北）	並木五瓶	
26	大《おお》門《もん》口《ぐち》鎧《よろい》襲《がさね》七冊	文政九（1826）	文政八年六月出願・十二月八日許可	○	文政九：（坂）河太	序なし／暁鐘成画		寛保三年二の替・大西（天明八年三月・中）	並木宗輔	

27	〈日本《にっぽん》／第一《だいいち》〉和布苅《めかりの》神事《しんじ》（和布苅神事）七冊	文政十(1827)	文政九年五月出願・十月十四日	○	文政十：(名)松善(京)鉛安(坂)河太／天保十三：(名)松善(京)吉仁・鉛安(坂)河太	序なし／暁鐘成画		安永二年二月・角（文政三年正月・大坂堀江市側）	並木正三	見返に「故並木正三遺稿」
28	競《だてくらべ》伊勢《いせ》物《もの》語《がたり》七冊	文政十一(1828)	文政十年五月出願・七月三日	○	文政十一［広告刊記］刊年不明：(名)松善(京)鉛安(坂)河太	序有／暁鐘成画		安永四年四月・中（文政九年十二月・大坂北新地）	奈河亀助	
29	百《もも》千《ち》鳥《どり》鳴《なる》門《との》白《しら》浪《なみ》八冊	文政十二(1829)	文政十一年五月出願・九月十四日許可	○	文政十二：(名)松善(京)鉛安(坂)河太／天保十三：(名)松善(京)吉仁・鉛安(坂)河太	序なし／柳斎重春画		寛政九年二月・角（文政八年正月・中）	近松徳三	
30	けいせい挟妻《さつま》櫛《ぐし》七冊	文政十三（天保元）(1830)	文政十二年八月出願・十月七日許可	○	文政十三：(坂)河太	序なし／柳斎重春画	けいせい狭妻櫛	寛政十年正月・角（文化四年・竹田か）	近松徳三	
31	けいせい素《す》袍瓊《おうのだいり》七冊	文政十四（天保二）(1831)	文政十三年五月出願・十二月二十日許可	○	文政十四：(名)松善(京)鉛安(坂)河太／天保十三：(名)松善(京)吉仁・鉛安(坂)河太／刊年不明：(名)松善(京)鉛安(坂)河太	序なし／柳斎重春画		安永六年十二月・中（文政十一年正月・中）	奈河亀助	本書以降、根本は本屋行司の手元で許可。
32	於染久松色《おそめひさまつうきなの》読販《よみうり》五冊	天保二(1831)	天保二年三月二十日	○	天保二・刊年不明：(江)鶴喜(名)松善(京)鉛安(坂)河太	花笠文京序・歌川国貞序／歌川国貞画	お染久松色読販	文化十年三月森田座（文政三年九月・中）	鶴屋南北	大坂の再演は序に記載。

	内題（外題）巻冊数	刊年（西暦）	出願年月	板株	刊記	序跋者／画工	歌舞伎作品（絵入根本と異なる外題のみ）	初演（刊行直近の再演）	歌舞伎作者	備考
33	契情《けいせい》稚《ち》児淵《ごがふち》（けいせい稚児淵）七冊	天保三（1832）	天保二年十一月	○	天保三：（坂）河太	河太口上／柳斎重春画	けいせい稚児淵	天明二年正月・京北東（文化十四年正月・角・中）	筒井半二筒井三鳥	再演は口上に記載。
34	けいせい天羽衣《あまのはごろも》（契情天羽衣）七冊	天保四（1833）	天保三年九月二十日	なし	天保四：（名）松善（京）鉛安（坂）河太	梅枝軒泊鶯序／柳斎重春画		宝暦三年二の替・大西（文化二年正月・中）	並木正三	再演は序に記載。
35	契情会稽山《けいせいゆきみるやま》七冊	天保四か（1833）	天保三年閏十一月	なし	天保十三：（名）松善（京）吉仁・鉛安（坂）河太	序なし／五蝶亭貞広画	傾城会稽山	寛政十一年正月・角（天保二年正月・京因幡薬師か）	近松徳三	
36	敵討浦朝霧《かたきうちうらのあさぎり》七冊	天保五（1834）	天保四年十二月	○	天保五年：（坂）河太	序なし／春梅斎北英画		文化十二年九月・中（文政九年正月・堀江市側）	奈河晴助	吉三郎死絵刊記に「故人奈河晴助」
37	絵本《えほん》いろは（伊呂波）仮《が》名《な》四谷《よつや》怪《かい》談《だん》（いろは仮名四谷怪談）前編五冊後編五冊	天保五、天保六（1834・1835）	（前）天保五年七月（後）同年十一月五日	○	（前）天保五：（坂）河太（後）六：（名）松善（京）鉛安（坂）河太	序なし／春梅斎北英画	いろは仮名四谷怪談	文政九年正月・角＊文政八年七月中村座『東海道四谷怪談』の改題再演（天保二年八月・市村座／天保四年三月・大坂稲荷）	鶴屋南北（根本による）	仕掛絵

38	舊礎《めいしょずえ》花《はなの》大《この》樹《した》 前編六冊 後編六冊	天保六(1835)	(前)天保五年七月 (後)同六年十月	○	(前)天保六:(巻末)(坂)河太／(裏見返)(名)松善(京)鉛安(坂)河太 (後)天保七:(坂)河太	序なし／春梅斎北英画		寛政四年二月・角(天保四年・大坂筑後か)	奈河七五三助・辰岡万作	
39	敵《かたき》討《うち》義《ちか》恋《いの》柵《しがらみ》 前編五冊 後編五冊	天保八(1837)	天保七年十月	○	天保八:(名)松善(京)吉仁・鉛安(坂)河太	序なし／春梅斎北英・五蝶亭貞広画		文化九年九月・角(天保元年・大坂筑後か)	奈河晴助・奈河七五三助	吉三郎死絵
40	絵本《えほん》傾城《けいせい》佐《さ》野《の》の船橋《ふなばし》(傾城佐野の船橋) 七冊	天保九(1838)	天保八年十一月	○	天保九:(名)松善(京)吉仁・鉛安(坂)河太	序なし／南々川貞広画	けいせい佐野の船橋	寛政元年十二月・中(文政五年五月・大坂御霊)	奈河七五三助	
41	けいせい遊山《あそやま》桜《ざくら》・(見返)契情遊山桜 前編七冊 後編六冊	(前)天保十 (後)同十一(1839)	(前)天保九年十一月 (後)同十年十一月五日	○	天保十一:(名)松善(京)吉仁・鉛安(坂)河太	序なし／南々川貞広・歌川貞芳画		寛政九年正月・中(文政十一年十一月京北か)	辰岡万作	
42	復讐《かたきうち》高音《たかねの》鼓《たいこ》 前編五冊 後編五冊	天保十二(1841)	天保十一月九月十一日	○	天保十二:(名)松善(京)吉仁・鉛安(坂)河太／刊年不明:(名)松善(京)吉仁・鉛安(坂)河太	序なし／歌川貞芳画		文化五年八月(天保十年九月・角)	奈河七五三助	仕掛絵

（表2）

＊以下は出願開板は認められないものの、『板木総目録株帳』や刊記・広告から河太板、或いは後に株取得と確認できるもの。刊年は河太版としてのものを指す。現物あるいは目録で確認しえたもののみを挙げる。

	題名　巻冊数	刊年	備考	版株	刊記
43	天《てん》下《か》茶《じゃ》屋《や》聚《むら》 不明	不明	安永六年頃、他書肆による開板か。『株帳』には河太板の記載有。現存不明。	○	
44	伽羅《めいぼく》先代《せんだい》萩《はぎ》 五巻一冊	文化八頃か（1777）	安永六年（京）八文字屋八左衛門板の再版。『株帳』の記載順から推測すると文化八年頃、株取得か。	○	安永六：（京）八文字屋八左衛門
45	天満宮《てんまんぐう》菜種《なたねの》御供《ごくう》 五巻	文化八頃か（1777）	安永六年（京）八文字屋八左衛門板の再版。『株帳』の記載順から推測すると文化八年頃、株取得か。	○	安永六：（京）八文字屋八左衛門／刊年不明：（京）八文字屋八左衛門
46	劇場《しばい》菊《きく》の戯《たわむれ》 二巻二冊	文化二以降 文化五以前（1805～1808）	文化元年（京）武村吉兵衛・安田與兵衛板の再版。文化五年河太板『戯場壁生草』の広告に有。『株帳』の記載順から推測すると、文化八年頃、株取得か。	○	文化元：（京）武村吉兵衛・安田與兵衛
47	絵本《えほん》競《だてくらべ》かしくの紅翅《べにがき》 五冊	文政七（1824）	文政七年板の後刷（文政十年）に河太が名を連ねる。	なし	文政七：（坂）河内屋茂兵衛（江）大坂屋茂吉（名）永楽屋東四郎（京）山城屋佐兵衛／文政十：（坂）河太（名）永楽屋東四郎（江）伊勢屋忠右衛門（京）山城屋佐兵衛
48	お菊幸助《きくこうすけ》いもせの丸絎《まるぐけ》 三冊	天保五、六か（1834＊1835）	天保五年刊『絵本いろは仮名四谷怪談』の広告による。	なし	
49	夏祭《なつまつり》浪花《なにわ》鑑《かがみ》 前編五冊後編五冊	嘉永六（1853）	長谷川貞信画。河内屋太助（日大目録による）	なし	嘉永七：書肆名なし

第四章　馬琴と国家

日本の近世文学、江戸時代の文学の特徴のひとつに、出版技術の向上によって広く享受されるようになったことが挙げられる。それ以前は人の手によって書き写されていたものを、印刷は一度に大勢の人に作品を届けることを可能にした。しかし、その影響力から、幕府によって出版物の内容に際しては取り締まりが行われた。主たる対象は同時代の事件を扱ったものである。近世前期の代表的作家である井原西鶴の浮世草子や近松門左衛門の浄瑠璃は、実際の事件に取材した作品も多く、同時代の上方の町人や武士の生活や心情を描いており、近世文学のなかでも評価が高い。しかしこの頃から次第に統制も厳しくなり、享保七（一七二二）年に出版条例が整備されてからは、近世文学においては基本的には同時代のことを扱うことはできなくなった。

時代は下るが、江戸時代後期、文化四（一八〇七）年九月の江戸において、絵入読本というジャンルの出版前の検閲方法が変更になったことに伴い、[注1]当時の読本の人気作家である山東京伝と曲亭馬琴は連名で、公儀に対して四条から成る口上書を提出している。[注2]その一条でも「其時々之流行風聞」は決して取り上げないと述べている。[注3]

一　草紙読本類之義ニ付先年町触有之候後、堅相守、猶又其時々之流行風聞等是儀ハ決而書著し不申、第一ニ勧ン善懲悪を正敷仕、善人孝子忠臣之伝をおもに綴り成丈童蒙婦女子之心得ニも可相成儀を作り設可申旨心掛罷在候。

この口上書の目的は、流行の「剛悪之趣意」「殺伐不祥之絵組」が問題視されたのに対する弁明で、板元のために売れ行きを配慮して当時の読者の好みに合わせ仕方なく入れたものであるが、「勧善懲悪之趣意」は失わないように心がけたと説明している。江戸時代の作者は幕府の取り締まりへの対応や、板元に対する配慮など制限された環境のなかで執筆活動を行っていたわけである。

さて、時事報道が禁じられたことによって、江戸時代の小説や歌舞伎・浄瑠璃は、時代背景を過去に設定することを余儀なくされた。従って、江戸時代の小説・演劇は、実際には当代の事件や風俗に取材しながらも、建前としては基本的に、時代と場所を過去に移した時代小説、時代劇であるといってよい。

例えば演劇においてどのような時代を背景としていたかは『世界綱目《せかいこうもく》』（寛政三〈一七九一〉年以前に原型が成立）という書に網羅されている。「世界」とは歌舞伎・浄瑠璃において背景とする時代・事件を指す概念である。『世界綱目』は歌舞伎の「世界」について、歌舞伎作者が書き留めた心覚えであり、写本として伝わっている。「時代狂言世界之部」「御家狂言之部」「世話狂言之部」といった部立てになっており、例えば、「時代狂言世界之部」を見ると、「日本武尊」にはじまり、時代順に「源氏六十帖」や「平家物語」「太平記」等、この部だけで五十八、各部合わせて百七十ほどの世界が並び、各々の世界に登場する人物名を列挙、参照すべき史書などの文献や、先行浄瑠璃が示されている。つまり、歌舞伎作者が新しい狂言を書く際に、この書を見れば、背景とすべき時代、登場すべき人物名、参考文献がすべて分かるわけである。

歌舞伎や浄瑠璃が舞台とする時代は、小説にもそのまま持ち込まれる。西鶴以降の八文字屋本と呼ばれる浮世草子は歌舞伎や浄瑠璃の構成や趣向を用いて長編化を図り、読本にも演劇の世界、趣向を用いた作品は多い。絵を主体とする黄表紙、合巻においてはさらに演劇の影響が色濃く、文化・文政期（一八〇四―一八三〇）以降の合巻や一部の読本には役者似顔絵も用いられている。

第一章第一節で取り上げたが、馬琴読本には、江戸時代の事件を扱った巷談物と呼ばれる作品群がある。正確には直接取材したのではなく、実際の心中等の巷説に取材した浄瑠璃を利用したものである。しかし先に述べた出版条例と並行して享保八年に心中物の文芸化は禁止されたため、演劇においても、その後の心中物の上演に際しては、題から心中の二文字を削ったり、結末を心中に至らないようにしたりと手が加えられているものも多い。馬琴の頃には、実際の事件からはかなりの時間を経ているため、時事性は薄く、また上演が許可され、その脚本が浄瑠璃正本として出版された作品を扱う以上、問題はないにせよ[注4]、馬琴の巷談物においては、さらに時代背景を過去の武家の出来事に置き換え、主人公が心中に至らないように工夫を施している。

同時代の事件と過去の時代を、というように二つの時代（世界）を交錯、融合させる手法は、歌舞伎では綯《な》い交《ま》ぜと呼ばれる。巷談物では、まさにこの手法を借りているといってよい。例えば文化六（一八〇九）年刊『松染情《しょうぜんじょう》史《し》秋七草《あきのななくさ》』は心中物「お染久松」の世界の登場人物を「太平記」の世界から後南朝の人物として設定している。馬琴の巷談物においては時代背景は単に背景にすぎず、登場人物が史実に系譜を持たないことがほとんどであるのに対し、本作はお染・久松の素性は実は南朝の遺臣である和田・楠氏の子女であると設定しており、歴史に取材した史伝物と呼ばれる作品群に近い要素を持っている点で特徴的な作品である。[注5]「お染久松」を南北朝期の人物と設定することで、馬琴の南北朝期についての歴史観や人物批評が作品に反映されているのである。

上述のように近世においては、出版統制により同時代のことをそのまま取り上げることは困難であったが、そのなかにあって、演劇や小説は、時代背景を過去に置き換えることで、その規制を潜り抜けた。さらに特に読本においては背景として故意にある時代を選び取ることで、作者自身の史観や国家観を盛り込んでおり、まさにそれが読本の特徴の一つともなっているのである。

本章では、出版統制下の当時における、馬琴の歴史観、国家観について論じる。

注

1 佐藤悟「読本の検閲」（『読本研究』第六輯上、一九九二年九月）。

2 高木元「江戸読本の形成」（『江戸読本の研究』ぺりかん社、一九九五年）。

3 『類集撰要』所収。高木元氏前掲書に翻刻がある。

4 蒔田稲城『京阪書籍商史』（臨川書店、一九八二年）。

5 石川秀巳「〈巷談物〉の構造―馬琴読本と世話浄瑠璃」（『日本文芸の潮流』おうふう、一九九四年）。

第一節　馬琴・京伝読本における王権

はじめに

本節では、本章冒頭に述べた文化六（一八〇九）年刊『松染情史秋七草』を手がかりに、馬琴の南北朝観を検討したい。また四年遅れて文化十年には、山東京伝が同じく「太平記」の南北朝を背景とした『双蝶記』を出版している。江戸後期の流行作家である馬琴・京伝の二作に注目して、両者が近世の出版統制のなか、読本という様式において、いかに自身の史観を盛り込んでいたかを確認してみたい。

一　『松染情史秋七草』と馬琴の南北朝観

『松染情史《しょうぜんじょうし》秋七草《あきのななくさ》』（以下『松染情史』と略す）は南朝の遺臣の子女を主人公とする。許嫁同士であった楠正元の子操丸と、楠の縁者である和田正武の娘秋野姫が離散を経て、それぞれ名を変え、互いを知らぬまま久松・お染として再会、騒動の末に素性がわかり結ばれるという話である。

馬琴が南朝贔屓であったことはよく知られるところである。[注1] 特にその傾向は晩年の史伝物に強く、後述するが『近世説美少年録《きんせせつびしょうねんろく》』（文政十二〜天保三〈一八二九〜一八三二〉年刊）では足利氏を非難し、『開巻驚奇侠客伝《かいかんきょうききょうかくでん》』（天保三〜六年刊）は、南北朝合体以後の後南朝の末裔の活躍を描く。『松染情史』は南朝贔屓の先蹤作と見なされながらも、[注2] 従来十分な検討がなされてこなかった。本作で馬琴が用いた史料をたどりながら、馬琴が南北朝の対立をどのように論じ、またどのように「お染久松」の世界に綯い交ぜているのかを確認する。

本作はまず楠正成の子、正儀《まさのり》とその兄弟正行《まさつら》・正時のことから説き起こす。南朝延元元（一三三六）年、正成が湊川の合戦で討ち死にした後も、兄弟の後醍醐天皇への忠義は変わらず、特に嫡男である正行は「その志親に劣らず、ともかくもして尊氏兄弟を討滅し、君父《くんぷ》の仇を報はんと、童《わらは》こゝろより思ひたちたる忠孝空《むな》しからずして、憂苦の中《うち》に成長《ひととなり》、しばしば足利の大軍と挑戦《いどみ》ひ、勝《かつ》に乗らずといふことなし」と評される。正行・正時が南朝正平四（一三四九）年に討ち死にした後は、正儀ひとりが残されるが、彼もまた「その志、父にも兄にも及ばねど、さすがは正成の子、正行の弟《おとと》なれば、武略も尋常《よのつね》にはあらず、日本過半を敵にうけて、千剣破《ちはや》、赤坂の城を落《おと》されず、河内にはなほさるものありけり、と畿内の強敵《がうてき》も舌を振《ふる》ふ程」とし、北朝文和（一三五二—五六）の頃に足利義詮が京都から近江に逃れ、崇光院、光厳院、光明院が吉野へ遷ったこともまた「楠正儀と和田正武が勲功なり」と称えている。これらのことは『太平記』巻三十にも記されている。

しかし、この後、南朝正平二十四（一三六九）年に後村上院が崩御し、後亀山院が即位すると、正儀は献策が用いられないことから不満を募らせ、北朝に通じることになる。

楠正儀は、この年来《としごろ》、種々《しゆじゆ》の謀略《はかりごと》をまうし行んとするに、動《やや》もすれば殿上人《でんじやうびと》、生上達部《なまかんだちめ》の長僉議《ながせんぎ》に阻《ささ》へられて、遺恨やるかたなきに、今茲《ことし》主上《みかど》はみよし野の花の梢の雲かくれして、忽地崩《たちまちかんさり》給ひしかば、世ははやかうと浅ましくて、南方衛護の志を変じ、老党の諫《いさめ》も聴ず、子どもらにもしらせずして、しのび〳〵管領頼之《よりゆき》に消息して、足利家に降参すべきよし、誓書をもてまうし入れしかば、時の将軍足利義満、速かに許容ありて、右馬頭《うまのかみ》頼之、赤松判官らを、楠が赤阪の城へ遣さる。かくて同年四月下旬に、正儀入洛し、まづ頼之が宿所に到て歓《よろこび》を述《のべ》、歓盃《けんぱい》了《おわり》て、彼《かの》人に誘引《いざなは》れ、義満将軍に見参して、龍尾《たつのを》といふ太刀を進《まゐ》らせしかば、義満も殊《こと》に頼《たのも》しく睦み聞えて、件《くだん》の太刀を秘蔵せらる。（第一）

正儀が北朝に下ったことについては、馬琴は作中に「正儀のこと虚実おぼつかなし。しかれども、細々要記、桜雲記、足利治乱記等に、正儀が足利家へ降参の事を載たり」と示すように、この『細々要記』『桜雲記』『足利治乱記』の三書を利用して書いていることが実際に確認できる。注3 また馬琴は、『松染情史』の翌年、文化七（一八一〇）年刊の考証随筆『燕石雑志《えんせきざっし》』巻三の四で、正儀の降参について論じ、上述の三書から引用しているが、その引用箇所をいずれも『松染情史』に反映させており、史籍の考証と創作が密接に関わっていることが改めて確認できる。

さて、馬琴は物語の発端に説き起こした正儀の変節について自ら作中で痛烈に批判している。

嗚呼《あゝ》いかなれば、この人南朝棟梁の武臣にして、父と兄との遺訓を忘れ、二十年来の忠義を仇にして、仇人《かたき》の前に腰を折《かが》め、親族これが為に、歯を切《くひしば》るをも影護《うしろめたし》とせず、世の人、この故にあざみ笑ふをも恥辱《はずかはし》とせず。聽て赤阪の城に立帰り、絶て南朝の勅命に、応ぜざるこそ浅猿《あさまし》けれ。（第二）

作者としてのこの評に加えて、正儀の子正元の台詞にも同様の言及がある。正元は、父正儀が南朝を裏切ったことを批判しつつも、来し方を振り返り、親子兄弟が敵味方に分かれて戦うのは、元を正せば天子の過ちであるとも考える。

つく〴〵と世のたゞずまひをおもひやるに、往時鳥羽院の御時天仁元年春二月には、源為義、いまだ童形にして、叔父義綱を誅伐し、保元の擾乱《ぢやうらん》には、為義またその子義朝に誅せらる。みな是勅命なれば已ことを得ず、といへども後の議論を脱れず。（中略）かくいはんは畏けれど、先帝（後村上院）の御時に、兄に叛きたる直義（尊氏の弟）、父に叛きたる直冬（尊氏の庶子）を首《はじめ》として、清氏、直常が類、主に叛きて、身のおき処なきものどもなりとも、参り従はんとだにまうせば、忽地《たちまち》に勅免あつて、これを一方の大将とし、尊氏を討し給ひたるぞ。かへすがへすも君のおん悞ちなるべき。さるからに、わが父、頻《しきり》に南方を疎果《うとみはて》、足利家へ降参しつること、是併《しかし》ながら、不忠不義を教給ひし叡慮より起りて、綷《こと》みな道に称ねばなり。うべ南朝の創業、ふたゝび振ひ給はざる事、後の議論おぼつかなし。（第二）

このように正元は、天子の過ちとして、鳥羽天皇は源為義に叔父の義綱を、後白河天皇は保元の乱で義朝に父為義を討たせたことを、また後村上天皇は兄尊氏に背いた足利直義、父尊氏に背いた直冬を受け入れ大将とし、北朝から降参してやむなく南朝に与した細川清氏や桃井直常らをただちに許して北朝と対峙させたことを難じている。これらの為義や南北朝の武将に関する記述は『参考保元物語』や『太平記』『細々要記』に拠ったものであろう。馬琴は正元の台詞を介して親子兄弟、あるいはかつての主従を戦わせることを「不忠不義を教給ひし叡慮」であり、人としての道に外れていると非難する。さらに正元は「南朝の創業、ふたゝび振ひ給はざる事、後の議論おぼつかなし」と、南朝の衰廃と後世において批判を受けるであろうことを予見する。

同様の議論はすでに文化四年刊『椿説弓張月《ちんせつゆみはりづき》』前編に見えている。本作は保元の乱の英雄、源為朝を主人公とする。第十五回、讃岐に配流された崇徳院が弟の後白河院（雅仁）を批判する場面に、為朝（義朝の弟）の父、源為義に関する同様の意見が述べられており、『松染情史』の正元の意見も、これを踏襲しているといえる。注4

雅仁《まさひと》が行いの道にあらざる事、多かる中にも、義朝に仰て、父の為義を討せたるぞいとも愚《おろか》なりける。（中略）夫天子は万民の父母として、孝をもて天下に則るものを、その父罪ありとて、その子に仰せて討たせんは、民に虎狼のこゝろを教るにあらずや。何をもてか民の父母といはん。

ここでは、崇徳院は孔安国の『孝経』を引いて、忠孝を重ずべきことを強調し、天子は万民の手本たる父母ともいうべき存在であるのにもかかわらず、義朝に父為義を討たせたことは、天子としてあるまじき行いであると後白河院を批判する。

さらにこの議論は『開巻驚奇侠客伝』（以下『侠客伝』と略す）に引き継がれる。『侠客伝』は天保三（一八三二）年から六年までに四集が刊行されたのち途絶、嘉永二（一八四九）年に萩原広道によって五集が嗣述されたが、未完である。先述のように『侠客伝』は『松染情史』と同じく後南朝を取り上げる。その筋は、脇屋義助（新田義貞の弟）の孫、脇屋義隆の遺子小六と楠正元の娘姑摩《こま》姫が協力して北朝に立ち向かうというものである。『松染情史』から約二十年後の作であるが、『松染情史』に示された考えと基本的に変わってはいない。まず設定も重なるところが多く、『松染情史』に記される正儀と正勝・正元兄弟の事蹟は、『侠客伝』第二集（天保四年刊）第二十回に、正元の娘である姑摩姫の系譜として繰り返される。続いて翌五年刊第三集第二十二回に示される批判は、『松染情史』の正元の意見の後半とほぼ一致する。

理に違ふこと是のみならで、後村上、後亀山のおん時に至りても、兄に背きし足利直義、父に悖りし足利直冬、主に叛《そむ》きし細川清氏、桃井直常、山名氏清、大内義弘、赤松則祐に至るまで、その降参を勅免ありて、大将に做給ひしは、大かたならぬ御失策、誰かその非を知ざるべき。夫忠孝は国家の起本、賞罰治乱の係る所、忽諸《ゆるがせ》にすべからず（中略）南朝の聖運の、長からざりしは、これらに由れり。

このように『松染情史』以来『侠客伝』に至るまで、南北朝の分裂も元を正せば、天子の過ちに端を発するとの考えは二十年来一貫していることが確認できる。『松染情史』の正元が父の変節を非難して「君々たらずとも臣もて臣たらずばあらじ」（第三）と述べるように、たとえ天子が過ちを犯そうとも変わらぬ南朝の遺臣の忠義こそが、馬琴の南朝贔屓の所以といえる。一方、『侠客伝』では、さらに北朝、足利氏への批判が見られるのであるが、『松染情史』においては未だ明確ではない。尊氏については「尊氏兄弟を討滅《うちほろぼ》し、君父《くんぷ》の仇を報はん」（第一）という正行の尊氏に対する敵愾心として表れ、義満については南北朝合一に関する記述のなかに「京都将軍義満より（中略）さまざまに賺《すが》し奉りしかば、後小松院を御養君の義にて、南北朝御和睦と、のひ」（第四）と「賺し奉り」という表現を用いていることや、南北朝合一を聞いた正元の台詞に「足利家は、千鈞《せんきん》の讐《あだ》なり。密《ひそか》に花洛に赴きて、義満を狙撃《ねらひうた》ん」（第四）といった義満への憤りが見られる程度に止まる。

『松染情史』以降の馬琴の足利氏批判に着目すると、文政十二（一八二九）年刊『近世説美少年録』初輯第二回（以下『美少年録』と略す）には、右と同様の例を、下剋上の起源についての議論のなかに挙げる。南朝衰廃の理由についての議論においてではないのは『美少年録』が南北朝合一から百十年程も後を背景としていることもあるであろう。ここでは、尊氏が後醍醐天皇を裏切り、南北朝に分裂させたことの報いで、父子兄弟、君臣間の叛乱が絶えない下剋上の世となったとして尊氏の罪を強調している。

等持院尊氏卿、さしも後醍醐天皇の、寵恩を讐《あだ》もて復《かへ》し、南北朝両天子の、御位争ひにとり成して、逆に取て逆に守りたまひし、余殃《よわう》眼前に報ひ来て、直義直冬、師直等の逆乱に、父子《おやこ》兄弟攻戦ひ、家臣は主君を禁錮《とりこめ》たり。是よりして清氏直常、氏清義弘等謀反して、君臣下剋上の戦ひ絶ず。（第二回）

この箇所は新井白石の『読史余論』第三「足利殿北朝の主を建られし事」に拠るとの指摘がある。[注5]『読史余論』は『曲亭蔵書目録』にも見え、馬琴が『美少年録』執筆のために繙読していたことは『馬琴日記』の文政十一年八月十日の條からも知られる。馬琴の足利氏へ批判が強まったのは確かにこの書の影響によるものであろう。ただ「下剋上」の語は『読史余論』の当該箇所には見えないため、『太平記』をも利用しているかと思われる。傍線部「家臣は主君を禁錮たり」というのは高師直の兵が尊氏の館を取り囲んで、弟の直義を退けるよう尊氏に譲歩させた事件を指す。『太平記』では巻二十七「御所囲事」に見えるが、この直前の「雲景未来記事」の記事が下剋上についての右の議論に影響しているかと考えられる。「雲景未来記事」は山伏の雲景が、死して魔王となった崇徳院をはじめとする人々のもとへ連れて行かれるというものである。雲景は現世において高師直が尊氏・直義兄弟の不和の原因となっていることについて、師直が天下を執ることになるかと尋ね、次の返答を得る（適宜、『参考太平記』を参照して書き下して示す）。

如何《イカニ》末世濁乱ノ儀ニテ、下先《シモマヅ》勝テ上ヲ犯《ヲカス》ベシ。サレ共又上ヲ犯《ヲカス》咎遁ガタケレバ、下又其ノ咎ニ伏スベシ。其故ハ、将軍兄弟モ、敬奉ルベキ一人ノ君主ヲ軽ジ給ヘバ、執事《シツジ》其外家人等《ラ》モ、又武将ヲ軽ジ候。是レ因果ノ道理ナリ。サレバ地口天心ヲ呑《ノム》ト云変《ヘン》アレバ、如何ニモ下剋《ゲコク》上ノ謂《イハレ》ニテ師直《モロナホ》先ヅ勝ベシ。是ヨリ天下大ニ乱レテ、父子兄弟怨讎《ヲンシウ》ヲ結ビ、政道聊《イササカ》モ有マジケレバ、世上モ左右ナク静リ難シ

つまり、将軍が天子を軽んじるために自身も軽んじられるのであり、それは因果の理であるという。「下剋上」というように、下の師直が一旦は勝ち、それによって天下は大いに乱れて父子兄弟が怨んで仇同士となる世となるというのである。そしてその予言通り、「御所囲事」の事件が起こるわけである。この「雲景未来記事」の議論も『美少年録』の下剋上の起源についての論に影響を与えているのではないだろうか。

馬琴の足利氏批判に戻ると、『侠客伝』第三集（『美少年録』初集の五年後の天保五年に刊行）においては、先述の天子の罪の追及に加えて「只《ただ》君の非を算立《かぞへたて》て、説短説長《さかしらぶら》んは、忠臣義士の、素《もと》よりせざる所也。君は君たらずといふとも、臣は臣たる道を尽して、臣たらずんばあるべからず」と臣下の道を説き、足利氏への非難は『美少年録』より徹底したものとなる。尊氏については、その行動のすべてが家の興隆を図っただけのものであり、そのために皇統の分裂を招いたことを批判し、義満については、南北朝合一後に両皇統を迭立するという約を破ったこと、明の冊封を受けて「日本国王」となったことを「第一の不忠不義」とし、「大辟《たいへき》無状《むでう》、万死に当れり」つまり大罪に値する無礼極まる行いであり、死に値すると詰難するに至る。

　このように『松染情史』では漠然としていた北朝の足利氏に対する批判は『美少年録』や『俠客伝』に至って明確なものとなる。『美少年録』にも『読史余論』が利用されていたが、『俠客伝』にはさらに頼山陽の『日本外史』の影響があることが指摘されている。馬琴は『俠客伝』の意図について自評して「南北朝の正閏を正しくして、世の蒙昧に順逆を知らしめん」とし、「楠・新田の誠忠を空くせず、足利氏を心誅しぬるのみ」と述べる（『八犬伝九輯再評・俠客伝四輯評』天保六年九月十四日・馬琴答評）[注6]。しかし作中では「南朝も北朝も、順逆その差《しな》あるものから、皆是天照太神《あまてらしますおほかみ》の、御子孫《みすゑ》にておはしませば、其得失は皇祖《みおや》の神の神慮に係る所なり。孰《いづれ》を是とし孰を非とせん」（『俠客伝』第二十二回）と南北両朝ともに皇統には違いないからその是非を決めることができないとするように、実際に作中で問題視されているのは南北朝の正閏ではない。むしろ足利氏が「皇統《みくらゐすぢ》は左《と》まれ右《かく》まれ、這《この》浮雲の会に乗して、只我家を興さん」とした（『俠客伝』第二十二回）、「下剋上」（『美少年録』第二回）を問題にしているのである。

　このことから徳田武氏は「馬琴が言表しているような南北正閏の理というものではなくて、実は王室に対する武門の横暴への批判、という正統論である」[注7]と指摘する。これは右に確認してきたように明らかであろう。南朝衰微の原因を天子の不明に求めつつも「臣は臣たるべし」との考えから『松染情史』では南朝の遺臣の忠節を同情的に描く。それは後年の『俠客伝』においても同様である。さらに馬琴は『美少年録』を経て『俠客伝』では臣たるべき道を踏み外した足利氏への批判を強め、武門に対する「王室正統論」[注8]を展開する。徳田氏は、その背後に徳川の世に対する批判をも見るが、首肯できる論であろう[注9]。このように馬琴は作中に南北朝についての歴史観を盛り込みながら、さらに同時代への批判をも密かに潜ませるに至るのである。

二　『松染情史秋七草』と「お染久松」

さて、『松染情史』を手がかりに、馬琴の南北朝に対する史観の深化について追ってきたが、『松染情史』の作品世界に話を戻したい。

楠正儀の最期の場面は馬琴が明示する史料には記載がなく、馬琴の創作になる。病の床に臥した正儀は北朝に下ったことを後悔し、正成・正行父子相伝の桜井の兵書（『増補越後名寄』巻四、『吉野拾遺物語』の正成の遺書によることを自注）を、我が子である正勝・正元兄弟へ伝えるように近臣に託して自害する。

一方、楠正元は将来の南朝の敗北を予見して、子息操丸（後の久松）に将来の再興を託して密かに脱出させていた。正元は、和田正武の死後、その娘秋野姫（後の阿染）を保護していたが、南北朝合一の知らせを聞き、一人で義満を討つことを決意する。正元が、四条河原で義満が催した田楽の興行に討ち入って死ぬ場面は『太平記』巻二十七「田楽事」と次に示す『桜雲記』の元中九（一三九二）年の條を踏まえていることが知られている。

楠正勝其弟正元、十津河辺に流浪すといへども、南朝へ忠を忘れず。爰に於て正元密計して京に入つて、武将義満を撃たんとす。嗚呼《あゝ》南方衰へ、武家盛なる故にや。遂に事顕れて殺戮せらる。正成正行の忠志を違はずと、正元を、時の人褒め後人賞す。已に和泉河内の楠和田が一族、畠山大内が家僕となる者多くして、南方弥《いよく》衰微す。十月、義満の命に因つて、大内介義弘、和泉の国に至つて南北和睦を調へんと欲す。（桜雲記）

馬琴は史籍に基づいて正元の忠義を称え、将来を予見して我が子を脱出させる智将として描く。正元の死後、秋野姫は素性を隠し、乳母とその夫に油屋の娘お染として育てられる。また操丸も流離の末、丁稚久松として油屋に奉公することになる。馬琴は史実には見えない楠正元と和田正武の子女とその行く末を、宝永七（一七一〇）年の心中事件に基く浄瑠璃『袂の白しぼり』（宝永七年初演）や『染模様《そめもよう》妹背門松《いもせのかどまつ》』（明和四〈一七六七〉年初演）、『新版歌祭文《しんぱんうたざいもん》』（安永九〈一七八〇〉年初演）の「お染久松」を踏まえて、史実の穴を補うように創作するわけである。『松染情史』は、刊行の前年、文化五（一八〇八）年の正月下旬に起稿したことが跋に見えるが、ちょうど同じ頃正月の河原崎座の二番目に『染模様妹背門松』が上演されており、その影響も考えられる。「お染久松」の浄瑠璃では、恋仲の油屋のお染と丁稚久松が蔵の内と外でそれぞれ自害するとされる。馬琴は、この「お染久松」の筋に、正儀から正元に伝えられるべき桜井の兵書の紛失の筋を絡め、その盗賊は実は秋野姫の乳母子の染松であったとする。この染松は『松染情史』で唯一、史実にも浄瑠璃にも由来せず、馬琴が創作した人物である。

この染松は「その心ざま親に似ず、奸智《かんち》は年長《としたけ》たるかたにもたちまさりて、竊疾《ぬすむくせ》あり」と造形され、幼い頃、軍用金のうち二枚を「足の裏に飯粘《めしのり》を塗、引ちらかしたる金を踏著《ふみつけ》て」盗んだことから父の怒りを買い、「五刑の罪犯、不孝より大なるはなし。一世の暴悪、盗賊より甚しきはなし。只懼《おそれ》ても恐るべきは、人欲の私なり。」（第一）と叱責され、勘当される。その後、名を変え悪行を重ねた末、忍び込んだ蔵に閉じこめられていた阿染久松に遭遇する。二人が明かす素性とその忠孝に、染松は主君とは知らずに久松を苦しめた旧悪を改悛し「故主へかへす一世の忠」と桜井の兵書を久松（操丸）に返し、自害する。染松が自害したことが、誤って「お染久松」の心中として伝えられたとして巷説起源譚に作りなされるのである。この趣向は「お染久松」の心中話にしないための方便ではあるが、同時に染松は、本作において正儀といわば対になる人物である。実在の正儀の悔悟から始まった物語は、架空の染松の改悛で結末を迎えることになる。『松染情史』という題が示すように、本来の筋は「お染久松」の情死の巷説でありながら、本作において不忠の正儀と不孝の染松という二人の登場人物の果たす役割は見過ごすことは出来ない。馬琴はこの二人の死をそれぞれ本作の初めと終わりに配置することで、主人公ら南朝の遺臣らの忠孝を強調したのであろう。

この染松の自害によって阿染・久松、実は操丸・秋野姫の許嫁同士はめでたく結ばれ、彼らの行末が再び南朝の遺裔の乱の史実と結びつけられて完結する。操丸・秋野姫二人の息子は楠の末裔として南朝の再起に際し、大将となる。

遂に吉野の奥に引籠りて、時の到るをまつ程に、秋野姫の腹に、一男、一女、出生し、嫡子は楠七郎と名告らし、息女は成長の後、大和の越智へ嫁り給へり。かくて夥の年を経て、南帝高福院ふたゝび吉野に起り給ひしとき、楠七郎大将をうけ給はりて、武略誠忠義、先祖に劣らず、しば〳〵足利の大軍と戦ひぬ。楠七郎の事は、桜雲記、鎌倉大草紙等に見えたり後醍醐天皇、南山《よしのやま》に遷幸ありしより、五十五年にして南北両帝合体ましまし、その後、五十年を経て、南帝ふたゝび吉野に起り給ひ、その後、十五年にして南帝討れ給ひつ。南朝は前後後醍醐、後村上、後亀山、長慶院、高福院等なり百廿年にして亡び給ひけり。（第十）

この記述もまた『細々要記』に拠ったものであるが、楠七郎という名は見えず、楠二郎を改めたものかと考えられる。[注10]

文安元年八月、南朝残党の軍士馳せ集まつて、爰に於て相議して亦南朝の宮高福院と号すを取立てんと欲し、奪ひ取る所の神璽を捧げて、吉野の奥に至る。

文安四年十二月（中略）南朝の宮自殺す。楠二郎等の勇兵、既に敵を若干討捕り、速かに戦死す。（細々要記）

『松染情史秋七草』はこのように史籍を博捜して「お染久松」を後南朝の時代背景に移していた。特に楠正儀の変節を取り上げることで、馬琴の南北朝観を示すと同時に、南朝の遺臣の活躍を軸とする作品世界が構想されたことがわかるのである。

三　『双蝶記』と南北朝

『松染情史秋七草』の四年後の文化十（一八一三）年、山東京伝は、時代背景を南北朝にとった『双蝶記《そうちょうき》』を刊行している。

本作は演劇色が極めて強く、馬琴は本作を評した『おかめ八目』（文化十年成立）において演劇的な趣向を指摘してはことごとく批判している。その題名に明らかであるように「吾妻・与次兵衛」の巷説を扱った浄瑠璃『双蝶蝶《ふたつちょうちょう》曲輪日記《くるわにっき》』（寛延二〈一七四九〉年初演）を利用しているのであるが、恋仲の吾妻・余五郎（浄瑠璃の与五郎）、蝶吉（放駒の長吉）と於関（お関）の姉弟以外は、人名の利用のみで浄瑠璃の人間関係は生かされていない。その上、まず場面ごとに登場人物の入れ替えが多く、正体不明の人物がしばしば登場する。[注11] それもまた演劇的であるといえるが、そのために浄瑠璃を知っていても主筋が捉えにくく、主人公がいずれであるのか、南北朝のいずれを擁護するのか判然としないとも評され、[注12] 本作は未だ十分に検討されているとは言い難い。ここでは、いかに南北朝を時代背景として切り取っているかに着目しつつ、『双蝶記』の作品構成について今一度確認してみたい。

南北朝を時代背景にしているといっても『双蝶記』ではもう少し複雑である。第一回冒頭には、北条高時の息子時行が登場する。

往時元弘三年、夏草の露と消にし夢の後、憂世語《うきよがたり》を残したる、相模入道宗鑑が二男、相模二郎時行は、一家亡びし後は、天高しとも蹐《せぐくまり》、地広しといへども蹐《ぬきあし》して、一身をおくに安きところもなかりしかば、（中略）頃日《このごろ》南北両朝に別れ給ふと聞て、ひそかに使者を吉野の皇居にまゐらせて奏しけるは、「亡親高時臣たる道を辨ずして、つひに滅亡を勅勘の下に得たりといへども、天誅の理にあたるゆゑを存ずるに依て、時行一塵も君を恨み奉る処を存候はず。天鑑あきらかに下情を照したまひ、枉て勅免をかうふらしめたまはゞ、宜《よろしく》官軍の義戦を扶け、皇統の大化をあふぎ候べし」と委細に奏聞したりければ、主上これを聞し召れ、「不義の父を誅し、忠功の子を召仕例《めしつかふためし》なきにしもあらず。罰其罪にあたり、賞其功に感ずるは、善政の最たり」とて、則恩免の綸旨の文を、日月打たる錦の御旗の裏にしるしてぞたまはりける　（一回）

元弘三（一三三三）年に北条一族が亡びた後、建武二（一三三五）年には中先代の乱（『太平記』巻十三「中前代蜂起事」）を起こした北条時行であるが、その後、南朝に屈し勅免を受けたことは『太平記』巻十九「相模二郎時行勅免事」に見えている。馬琴が時代背景を設定するのに史籍を博捜するのに対し、京伝はほとんど『太平記』のみに拠ったようである。『双蝶記』の冒頭はここに拠っており、注13 日月の旗の件を付け加えた以外は、まさに文辞ともそのまま利用している。北条時行は一族が亡び、安全に身を隠せるところもなかったが、南北朝が分裂したと聞いて一族の不忠を詫び南朝に味方する、というところから始まるわけである。しかし『太平記』を引用するにあたり、京伝は、何故か、時行が足利家への復讐のために南朝に味方したいと述べた箇所だけをきれいに省いている。その内容は次のようなものである。

元弘ニ義貞ハ関東ヲ滅シ、尊氏ハ六波羅ヲ攻落ス、彼両人何モ勅命ニ依テ、征罰ヲ事トシ候シ間、憤ヲ公儀ニ忘レ候シ処ニ、尊氏忽ニ朝敵トナリシカバ、威ヲ綸命ノ下に仮テ、世ヲ叛逆ノ中ニ奪ント企ケル心中、事已ニ露顕シ候ガ、抑尊氏ガ其人タル事、偏ニ当家優恕ノ厚恩ニ依候キ、然ニ恩ヲ荷テ恩ヲ忘レ、天ヲ戴テ天ヲ背ケリ、其大逆無道ノ甚シキ事、世ノ悪ム処、人ノ指サス処ナリ。是ヲ以テ当家の氏族等、悉敵ヲ他ニ取ズ、惟尊氏直義ガ為ニ、其恨ヲ散ゼン事を存ス

このように『太平記』では、義貞・尊氏に北条が亡ぼされたことは勅命によるものであり「憤ヲ公儀ニ忘レ」たが、すぐに尊氏が天皇を裏切り、その反逆の企みが露見するに及び、時行は北条への恩を忘れた足利氏への復讐の

為に南朝に下ったということが記されているのである。

『双蝶記』は南北朝合一で大団円となる（第十七回）。つまり冒頭の皇統分裂で始まり、皇統合一で完結するわけである。これが一番表層の構想であるが、その内側の構想に京伝が『太平記』から省いた箇所が関わっている。つまり、南朝の天威を借りて足利氏への復讐を果たし、北条の世を取り戻そうとした時行一味の陰謀とその露見という構想である。作品の最後に陰謀の詳細を明かす構想ゆえに、京伝はこの部分を意図的に省いたものと考えられる。しかしそれが、『双蝶記』の分かりにくさの原因となっているといえる。[注14] 以下、京伝が、どのように足利対北条の構図を組み立てているかを、『太平記』の利用の跡をたどりつつ確認してみたい。

　馬琴が『松染情史』において史籍には伝えられていない部分を浄瑠璃で補うように創作しているのに対し、京伝は『双蝶記』において『太平記』に拠りつつも、敢えてそれを逸脱することで史実に縛られることなく、浄瑠璃他の新奇な趣向を盛り込んで思うままに作品を展開させている。例えば、『双蝶記』では、時行は南北朝合一の元中九（一三九二）年以降も生き延びているが、史実では正平七（一三五二）年に北朝に捕らえられて翌年処刑されている。『太平記』は「其死骸ヲ見ルニ、皆面ノ皮ヲ剥デ何レヲソレトモ見分ザレバ、相模次郎時行モ、定メテ此内ニゾ在ラン」（巻十四「足利殿東国下向事付時行滅亡事」）「顔ノ皮ヲハギ自害シタリシ中ニ此太刀（筆者注：鬼丸）有ケレバ、定《サダメテ》　相模次郎時行モ此中に腹切テゾ有ルラン」（巻三十二「直冬上洛事付鬼丸鬼切事」）とあるだけで、時行の最期を明確に示していないため、京伝は時行の生死は不明であると考え、その後も生き延びたものとして創作したのであろう。

　また『双蝶記』では時行の部下として『太平記』に登場する大仏九郎貞直が活躍する。大仏の妻も同じく『太平記』巻十「鎌倉兵火事付長崎父子武勇事」に登場する長崎勘解由左衛門の妹と設定する。『太平記』巻十「大仏貞直并金沢貞将討死事」は、大仏が北条一族とともに元弘三年に討ち死にしたことを伝えているが、京伝は創作上これを無視している。こうして『双蝶記』第一回では、史実ではすでに没しているはずの時行・大仏主従が、延文四（一三五九）年に、扇谷上杉氏《おうぎがやつ》ならぬ「鎌倉勢の総大将、月影个谷判官《つきかげがやつ》」なる人物に総攻撃をかけて敗走、自害すると創作する。しかし実は自殺と見せかけたもので二人は脱出、名を変えて潜伏していたことが南北朝合一の結末で明かされる。

『双蝶記』では、この延文四年の戦いで時行と対決した月影个谷判官を「相模次郎を亡したる勲功によりて、足利家より所領を増たまはり、威勢もおのづから盛なりし」（第五）と設定、潜伏している時行の復讐の対象とする。京伝は、『太平記』の時行が復讐を誓った足利氏の代わりに、時行と対決するべき北朝側の人物として月影个谷を創出したわけである。

月影个谷判官の主要な家臣としては山咲庄司《やまざきしょうじ》雪森《ゆきもり》・觜元渋右衛門《はしもとしぶえもん》の二人が登場するが、架空人物の部下であるから、彼らもやはり京伝の案による人物である。山咲・觜元の二人の家臣はそれぞれ『双蝶蝶曲輪日記』の「吾妻・与五郎」（『双蝶記』では余五郎）」の父と設定される。この山咲の配下である南方十字兵衛は『双蝶蝶曲輪日記』由来の名であり、時行が南帝から下賜された日月の旗を奪った人物とされる（第一回）。ただ觜元の父だけは『太平記』由来の五大院左衛門宗繁（『太平記』では五大院右衛門）と設定される。宗繁は時行の兄相模太郎を裏切った人物（『太平記』巻十一「五大院右衛門宗繁賺相模太郎事」）である。それ以外の北朝の人物はほとんどが『双蝶蝶曲輪日記』由来の人物である。また月影个谷家中の山咲・觜元家において起こる諸々の事件は、『双蝶蝶曲輪日記』由来の趣向を踏まえているが、その背後には時行・大仏等の陰謀があったことが第十六回で判明する。時行・大仏主従は、足利氏家臣の月影个谷家中から日月の旗を取り返し、相模太郎を裏切った五大院の子を討つことで恨みを晴らそうとしたわけである。

この足利対北条の構図は、足利方の余五郎が、紅白の二輪の牡丹のうち、紅の牡丹が北風に散ったことから南北朝の興廃を予見する場面からも確認できる。

南方の火に属す紅《かう》牡丹、水に属す北風のために散失《ちりうせ》しは、北朝の聖運強くまし〳〵、足利殿の徳風草木をなびかして、南朝味方のともがらの衰花《すいくわ》を散し給ふ前表《ぜんひやう》ならん。前の年信州苫形の城にて亡びたる、相模次郎時行、并に其砌《みぎり》打死したる、大仏九郎貞直等が残党余類、南朝の天威を仮《かり》て、足利殿を亡んとはかるよし、緋縅《ひおどし》の鎧草に身をかためたる冬牡丹、霜の剣はしのぐとも、北朝の烈風をいかでか防力《ふせぐちから》あらん。今見しごとく紅牡丹の散たるは平家に属し、時行が残党滅亡に疑なし。とまれかくまれ足利方にとりては吉祥なり　（第六）

同様に、北条側の蛇个谷の老女（実は大仏の妻更級）と配下の密書の内容にも「月影个谷と梅个谷の両家を亡し、其勢に乗じて蟄懐の旗を飄《ひるがへ》し、南朝の天威を仮奉りて北朝をかたぶけ、平家再興の時を得て」（第六）とある。

先に『双蝶記』第一回冒頭の『太平記』の引用に際して、京伝が、時行の尊氏への復讐の意図についての記述を省いていたことを確認したが、この理由について後藤丹治氏は本作には尊氏が登場しないためと説明する。[注15] 第一回の時行と月影个谷の決戦に設定された延文四年には、既に尊氏兄弟が没していることは『太平記』でも確認できるから、京伝がそもそも史実における時行・大仏の没後を背景に設定したことや、架空の月影个谷主従を創出したことを考え合わせると、尊氏の名を出さないのもことさら史実から乖離しようした作意とも考えられる。しかし右に引用した余五郎の台詞等には、時行らの残党が「南朝の天威を仮て、足利殿を亡んとはかる」ことが示され、もろもろの事件への関与がほのめかされている。尊氏・直義の名を出さないまでも、第一回で時行の足利氏に対する復讐の意図を表明することは本作の構想と齟齬しないわけである。にもかかわらず、それを敢えて隠したのは、時行の残党とされていた人物が、実は身をやつした時行・大仏夫婦自身であることを隠すためであったと考えられる。第十六回で時行らの生存と陰謀の真相を明かす、その謎解きの効果をより高めようという作意によるものであったのではないだろうか。そうであったとしても、その結果、本作の構想は極めて把握しづらいものとなったといってよい。

以上のように、馬琴が王室と武門の問題として南北朝を扱ったのに対し、京伝は、皇統の分裂を背景に、北条氏の残党と足利氏の対立を切り取ってみせたのである。本作には北条時行と五大院左衛門という『太平記』由来の二人の裏切り者が登場していた。北朝から南朝に下った時行が南北朝の分裂を体現するならば、北条を裏切って足利に下った五大院左衛門は足利と北条の対立を体現しているといえるだろう。この二人の裏切り者が本作の構想を支えているのである。

四　『双蝶記』と『奥州安達原』

ところで、京伝の『双蝶記』の構想をさらに強化しているのは、浄瑠璃『奥州安達原』（宝暦十二〈一七六二〉年初演）の利用であると考えられる。『奥州安達原』は前九年の合戦後、源義家に亡ぼされた安倍頼時の遺子貞任・宗任兄弟が一族の再起を図るという内容である。安達原の鬼女が旅人を泊めては殺すという伝説を盛り込んでいる第四「一つ家の段」が有名であるが、『双蝶記』が用いているのは、第四「一つ家の段」から第五の切にかけてである。貞任・宗任兄弟の母岩手が旅人を襲っては軍用のための金銀を蓄えている一つ家に、義家らの勢が押し寄せて岩手は自害、貞任は弟宗任を義家の家来とし安倍氏の再興を託して自害する、という件である。趣向から構想まで共通すると考えられるが、まずは趣向から確認する。

京伝はこの件を第十五・十六回に用いていると考えられる。第十五・十六回は大団円の第十七回を控えて、すべての事件の真相が明らかにされる場である。老女（実は大仏の妻更級）は家に旅人を留めては強い者を味方に引き入れ、味方になるのを拒まれた時は殺すということを繰り返している（第十五回）。また人身御供を求める邪神を装い

（第十四回）、人身売買によって軍用金を得ていたことが明かされる（第十六回）。これらの場面には『奥州安達原』「一つ家の段」の面影がある。さらに鵜飼の閑作（実は大仏九郎）の家に北条・足利の主従が集結する件では、高灯籠を切って落とすと、鎌倉の軍勢が押し寄せる（第十六回）。この高灯籠の趣向はやはり「一つ家の段」に拠ったものと思われる。両者の本文を対照してみる。

行く先とても定まらぬ当無し旅に行付次第、安達が原の高灯籠心便に辿り着き（中略）松の立木を切倒せば法《のり》の、光も、消失せて忽ち修羅の太鼓鐘、相図に寄せくる数万の軍勢すは事こそと権五郎、生駒も谷へおり立てば、ヤア〳〵騒がれな方々。高灯籠は此家の狼煙《のろし》。消ゆると集まる手筈の軍兵（略）（『奥州安達原』「一つ屋の段」）

門に立てたる高灯籠にも火を点し、（中略）まだ年若き修行者の（中略）高灯籠を目当に来り（中略）門に立てたる高灯籠の引綱をはつしと斬れば、灯籠は地上に落、銀河の星か山〳〵に、つらなる明松旗捺物《たいまつはたさしもの》、夜風になびく雲の波、陣鉦《ぢんがね》太鼓鯢波《ときのこゑ》（中略）シヤもの〳〵しき金鼓のひゞき、我を打んと鎌倉勢遠巻すとおぼえたり。

（『双蝶記』十六）

このように第十五・十六回に『奥州安達原』の趣向が用いられていると考えられるが、さらに『奥州安達原』が『双蝶記』全体の構想とも関わっていることは、同じく第十五・十六回の大仏九郎夫妻（鵜飼の閑作と老女）の自害の件から見て取れる。

『奥州安達原』では、老女は素性を明かして自害するが、その時、自分が源義家に亡ぼされた安倍頼時の妻であること、息子の貞任・宗任兄弟が皇弟環の宮を奪ったのは、「奥州の内裏と仰ぎ、諸人をなづける謀反の根ざし」のためであったことを明かす。つまり彼らの目的は、皇弟の威光を借りて源氏に亡ぼされた安部氏を再興しようとしたことであったわけである。

また兄貞任は弟宗任の命が救われたことを感謝し、義家に盗んだ宝刀を返した上「三十年来父の敵討たうと思ふ鉄石心、義家の御恵みに忽ちとろけし此上は、弟の宗任を御家来となし下さらば、生前死後の面目と、苦しき中にも弟を思ふ真実、親身の血の涙」と弟宗任を義家の家来とし阿倍の家を再興してくれるよう頼んで自害する。

一方『双蝶記』の大仏九郎夫妻は、月影ヶ谷判官の嫡子玉兎之助が、南北朝合一が整ったこと、それにつき北条時行も助命すると確約した詞に安堵し自害する。一旦は奪い返した日月の旗も鶴岡八幡宮に再度収められることになる。

つまり『奥州安達原』の、源義家に亡ぼされた安倍氏の遺児が、一族の再興のため皇弟の威光を借り「奥州の内裏」として仰ぐという構想と、『双蝶記』の、足利氏に亡ぼされた北条氏の遺児が再興を図り、南朝の天威を借りるという構想は重なっているといえるのである。

『双蝶記』において京伝の意図したところは、南北朝を舞台としながらも、皇統の南北正閏論でもなく、馬琴流の武門に対する「王室正統論」でもなかった。南北朝を背景に選びつつも、『奥州安達原』の構想を借りることで、『双蝶記』は源氏の足利氏が平氏の北条氏の残党をも服従させるという源平の対立における、いわば源氏正統論に帰するのである。

本作には『松染情史』の影響があるといわれる。『松染情史』の正元が南朝の衰微を予見する場面では、鷺と烏の争いを目撃して、その意味を陰陽五行から読み解くのであるが、それが『双蝶記』の余五郎が紅白の牡丹を見て将来を読み解くという場面に取り込まれているとの指摘がある。[注16]しかし『松染情史』が『双蝶記』に与えた影響はそれだけではない。最も大きな影響はやはり『松染情史』と同じく南北朝を舞台とし、冒頭に『太平記』に取材した武士の変節を記したこと、加えてそれを作品の構成に利用したことであろう。『双蝶記』では『太平記』から時行と五大院右衛門の二人の裏切りを取り上げており、その点ではさらなる工夫の跡が見える。また『松染情史』では阿染は油屋の娘であるため、口絵でその父を「売油郎」として油を瓶に注ぐ様子を描くが、本作でも余五郎が吾妻との出会いの場面に「売油郎独占花魁」という『醒世恒言』などに収められる話を趣向に用いており、[注17]余五郎が油を注ぐ様子をやはり口絵に使っている。これも『松染情史』を意識したものと考えられるのではないだろうか。このように『松染情史』が『双蝶記』に与えた影響は大きい。さらにその歴史観に立ち戻ってみると、史籍の博捜という面と、南北朝という分裂した王権に対する理解の深さという面でも、馬琴が一歩踏み込んでいるといえるだろう。

『双蝶記』が刊行された文化十（一八一三）年、京伝は桑名藩士の黒沢翁満から戯作を出版したいという相談を受けて、京伝はその返信（閏十一月二十四日付）のなかで断念するよう助言している。[注18]検閲の厳しさと筆禍の危険性を説き、自身も生活のために仕方なく著述出版しているが、心安まることがなく、万事に気を配っているとその心労を告白している。よく知られているように、京伝は寛政の改革で二度の筆禍を受けている。一度目は寛政元（一七八九）年に画工北尾政演として挿絵を担当した『黒白水鏡』で過料を言い渡された。『黒白水鏡』は、田沼意次の失政とその息子意知の殺害事件を風刺した内容で、作者の石部琴好は手鎖の後に江戸払いとなっている。二度目は寛政三年に出版した洒落本三部作『仕懸文庫』『娼妓絹籭』『錦の裏』で、手鎖五十日の筆禍を受けている。こうした状況下において京伝が慎重でなかったはずはない。『双蝶記』もまた徳川幕府の正当化につながるような源氏礼賛の浄瑠璃に敢えて構想を借りたものとしても決して不思議ではないであろう。

おわりに

以上、馬琴の『松染情史秋七草』と京伝の『双蝶記』における両者の南北朝観について検討してきた。馬琴の『松染情史』が南朝を裏切った楠正儀を取り上げたことを受けて、京伝の『双蝶記』では南朝に下った、北条の生き残りである北条時行と北条を裏切った五大院右衛門を取り上げたことに着目した。馬琴が南北朝分裂を招いた天子の過失を指摘するとともに足利氏への非難を匂わせ、後年、皇統の正統性に対する武門の閏統という、徳川幕府の否定にも繋がる見解に至るのに対し、京伝は南北朝を背景としつつも、そこに深入りすることはなく、浄瑠璃の構想を借りて、北条の残党の陰謀と露見、源氏の優位性を示し、徳川を正当化したものともとれる内容であったことを確認した。注19

江戸時代の出版統制のなかにあって、その制限を逆手に取り、読本というジャンルは過去の時代を背景とすることで作者の時代考証や歴史観、人物観をも披瀝した。そのなかで馬琴のように暗に体制批判をも試みた作者も存在したのである。

参考文献

今田洋三『江戸の本屋さん』（平凡社ライブラリー、二〇〇九年）。

徳田武『日本近世小説と中国小説』（日本書誌学大系五一、青裳堂書店、一九八七年）。

佐藤至子『山東京伝』（ミネルヴァ書房、二〇〇九年）。

『細々要記』（続史籍集覧一、臨川書店、一九八四年）。

池辺義象編『桜雲記』（校註国文叢書六、博文館、一九一五年）。

『奥州安達原』（『浄瑠璃名作集』、日本名著全集刊行会、一九二九年）。

注

1　徳田武「後南朝悲話—庭鐘・馬琴・逍遥」（『日本近世小説と中国小説』青裳堂書店、一九八七年）。
2　徳田武氏、前掲論。
3　『馬琴中編読本集成』第一一巻、解説に指摘がある。

4　この台詞は『参考保元物語』巻二「為義最期事」に義朝が父を討ったことを非難した箇所に拠ったことが指摘されている（日本古典文学大系『椿説弓張月』後藤丹治氏注）。
5　新編日本古典文学全集『近世説美少年録』徳田武氏注。
6　徳田武「馬琴の稗史七則と毛声山の「読三国志法」」前掲書（『天理図書館善本叢書12　馬琴評答集』、八木書店、一九七三年）。
7　徳田武氏、前掲論。
8　徳田武氏、前掲論。
9　馬琴の幕政批判については他に、前田愛「幕末・維新期の文学」（『前田愛著作集』第一巻、筑摩書房、一九八九年）、松田修『闇のユートピア』（『松田修著作集』第三巻、右文書院、二〇〇二年）等がある。
10　『馬琴中編読本集成』第一一巻、徳田武氏解説。
11　大高洋司「『双蝶記』の明暗」（『読本研究』第十輯上、一九九六年一一月）。
12　『山東京傳全集』一七、解説参照。
13　後藤丹治『改訂増補戦記物語の研究』（大学堂書店、一九七二年）。
14　合巻・歌舞伎では、本作とは異なり、時行は新田義貞や南朝と対立する謀反人として造型されることが多く、この点も読者を翻弄させた可能性が指摘されている。伊與田麻里江「山東京伝『双蝶記』の創作法―時行主従の造型をめぐって―」（『読本研究新集』第十集、二〇一八年）。
15　後藤丹治氏、前掲書。
16　黄智暉「馬琴読本における予兆・卜占」（『馬琴小説と史論』森話社、二〇〇八年）。
17　『山東京傳全集』一七、徳田武氏解説。
18　佐藤至子『山東京伝』（ミネルヴァ書房、二〇〇九年）。
19　徳川氏は新田義貞の系譜にあるが、新田氏については、馬琴は「彼の正閏の議によりて評する時は、新田殿は武臣の正統にして室町家は閏違なり」（文化七年刊『昔語質屋庫』）とも述べ、徳川の正当性は表面的には支持しているようにみえる。

第二節　京伝・馬琴読本における辺境――外が浜と鬼界島――

はじめに

本節では、日本の東西両端の地についての京伝・馬琴の認識と、その作品における表象を確認する。外国とされた蝦夷・琉球の情報に比して、東西両端の地についての情報は少なかった。京伝・馬琴作品における辺境の表象が、従来のイメージと、当時の新しい情報をどう受容しているかについて取り上げてみたい。

一　東西の辺境

中世以来、辺境のうち東西の端は、外が浜と鬼界が島とされる。[注1]東西対で言われることが多く、例えば『曾我物語』では、「左の御足にては、外浜をふみ、右の御足にては、鬼界島をふみたまふ」（『曾我物語』巻二「盛長が夢見の事」）と、また「東は奥州外浜、西は鎮西鬼界島、南は紀伊路熊野山、北は越後の荒海までも君の御息のおよばぬ所あるべからず」（巻九「祐経にとゞめさす事」）として東西南北の境を記している。近世の例としては、歌舞伎十八番の「鳴神《なるかみ》」「矢の根」にも、同様に東西南北の境が示されるが、その文辞は『曾我物語』を踏襲している。[注2]

東は奥州外が浜、西は鎮西鬼界がしま、南は紀の路那智の滝。北は越後のあらうみまで、人間の通はぬところ、千里もゆけ、萬里もとべ、女をここへ引よせん。（寛保二〈一七四二〉年初演、天保十四〈一八四三〉年「鳴神」）

日本六十余州は目の辺り、東は奥州外ケ浜、西は鎮西鬼界ケ島、南は紀の路熊野浦、北は越後の荒海まで、人間の通はぬ所、千里も行ケ万里も飛べ、イデ追駈けんと時致が、勢ひ進む有様は、恐ろしかりける次第なり。（享保十四〈一七二九〉年初演「矢の根」）

また浄瑠璃『奥州《おうしゅう》安《あ》達原《だちがはら》』は、外が浜と対にして鬼界が島の名を引き出している。

陸奥の外が浜なる善知鳥の宮、安方町と名も高き古跡は、今に残りける（中略）西は九州薩摩潟鬼界が島の果までも、わしや行く気ぢやにさりとては（宝暦十二〈一七六二〉年初演『奥州安達原』）

天明期（一七八一―八九）に実際に東は陸奥から西は薩摩までを旅し、その紀行を寛政七（一七九五）年に『西遊記』（三月刊）、『東遊記』（八月刊）として刊行した橘南谿《たちばななんけい》もやはり、東西の端として、外が浜と鬼界島の名を挙げている。後述するが、山東京伝は南谿の『東遊記』をしばしば利用し、曲亭馬琴もまた『西遊記』を文化三（一八〇六）年刊『三国一夜物語』の巻末の考証に引いている。

天地開けしよりこのかた、今の時ほど太平なる事はあらじ。西は鬼界、屋玖の島より、東は奥州の外が浜まで、号令の行き届かざる所もなし。（寛政九年『東遊記』後編巻之一・蛮語）

東端の外が浜は、現在の津軽半島の陸奥湾沿岸、津軽海峡を挟んですぐ北海道に面した場所である。一方、西端の鬼界島は薩摩、現在の鹿児島県に属すとされた地である。江戸時代の百科事典である正徳二（一七一二）年序『和漢三才図会』は、蝦夷と琉球を、大日本国・朝鮮国・西域・天竺と同じように一国と見なしている（巻六十四）。その蝦夷と琉球に近接する日本の東西の端が外が浜と鬼界島というわけであるが、右の歌舞伎の引用に「人間の通はぬところ」（傍線部）とあったように人跡の絶えた辺境として認識されていたものが、実際の旅行者には「号令の行き届かざる所もなし」と言われる程度には知られつつある様子がうかがえる。

文化三年刊『善知安方忠義伝《うとうやすかたちゅうぎでん》』（文化二年九月自序）で山東京伝が東端の外が浜を取り上げると、曲亭馬琴は翌四年から刊行が始まる『椿説弓張月《ちんせつゆみはりづき》』（前篇は文化二年十一月上浣起草十二月十四日擱筆）において西端の鬼界島を取り上げている。執筆時期がほぼ重なる両書で日本の東西の端と言われた地が取り上げられたわけである。本節ではこの両作を手がかりに外が浜と鬼界島について注目したい。

二　外が浜と『善知安方忠義伝』

まず東端の外が浜に注目する。外が浜は謡曲の「善知鳥《うとう》」でよく知られている。「善知鳥」は外が浜の猟師が生前の殺生の報いで地獄で化鳥となった善知鳥に苛まれるという筋である。その内容を反映して外が浜の描写は淋しい情景となっている。

陸奥の、外の浜なるよぶこ鳥、鳴くなる声は、うとうやすかた。（中略）所は陸奥の、所は陸奥の、奥に海ある松原の、下枝《しずえ》に交じる潮芦《しほあし》の、末引き萎る浦里の、籬が島の苫屋形。圍《かこ》ふとすれど疎《まば》らにて、月のためには外の浜、心ありける住まひかな、心ありける住まひかな。（謡曲「善知鳥」）

右の波線部、月の光が漏るような粗末な小屋に住んでいるのは猟師の死を知らず帰りを待っている妻子である。

この謡曲の「善知鳥」を利用した山東京伝の読本が『善知安方忠義伝』（以下、『善知安方』と略す）である。外が浜の猟師善知安方は、亡き主君平将門の遺児らの謀反の企てを諫めて死ぬが、死してもなお霊魂となって主を諫める、という人物である。善知安方は忠臣であったが、漁師として殺生を重ねた報いで地獄で責め苛まれる。

京伝は外が浜を荒涼とした地として描写し、善知安方の妻子の暮らす住まいについては、次の波線部に明らかなように、右に引用した謡曲「善知鳥」（波線部）に拠って描写する。

此辺は総《すべ》て、茫々蕩々《ばう〳〵たう〳〵》として限《かぎり》もしれぬ沙原《すなはら》なり。一根《いつこん》の草木だに生《おひ》いでず。素《もとより》人家は一軒もなし。道ゆく人もまれなれば、道の案内もとふこともあたはず。殊更極陰《ことさらごくいん》の地なるゆゑにや、海気朦朧として霧のこめたるが如く、東西を辨ぜざれば、大にゆきわづらひぬ。（中略）一つの笘屋あり。此時やうやく月の出たるに乗じて此あたりをながむれば、蒼々たる松原の下枝にまじる塩蘆の、波打ちよする渚にて籬が島とはこゝ、やらん、崩かゝりし笘ぶきの、壁のかこひもまばらにて月の為には外がはま、見るも哀《あはれ》の住居《すまゐ》なり。（十符里　第七条）

先に触れたように『善知安方』も『東遊記』を用いていることが指摘されているが、[注3] 右の傍線部「極陰の地なるゆゑにや……」においては文辞もそのまま利用していることが確認できる。

又外が浜辺は極陰の地なるゆえにや、海気常に空濛《くうもう》として霧の籠るがごとく、松前辺の海中も平常海霧《へいぜいかいむ》甚だ多くして、船の往来するにも毎度難儀に及ぶ事あり。（『東遊記』巻之四「胡沙吹」）

この外が浜についての説明からは気候の厳しさがうかがえる。南谿は、医術の修行のために敢えて冬の旅を選んだが、当時冬に東北を旅するというのは非常識であること、夏であれば北地は草木も茂り、南風で海も穏やかであると記している。[注4]

昔より北地に遊ぶ人は、皆夏ばかりなれば、草木も青み渡り、風も南風に変り、海づらものどかなれば、恐ろしき名にも立たざる事と覚ゆ。我北地に至りしは九月より三月の頃なれば、途中にて旅人には絶えて逢う事なかりし。我旅行は医術修行の為なれば、格別の事也。只名所をのみ探らんとの心にて行く人は、必ず四月以後に行くべき国なり　（同右巻之一「吹浦の砂磧」）

冬期の旅であった上に、この年は天明六（一七八六）年、ちょうど天明三、四年の大飢饉の直後、その荒廃が最も激しかった頃でもあった。外が浜についても、癸卯の年、つまり天明三年の飢饉の影響で「人種が尽たり」というほど人がほとんどいないことが記されている。

　卯の年の飢饉に外が浜わけて甚だしく、此あたりは人種の尽たりともいふ程の事にて

（同右巻之五・二九「朱谷」）

このように橘南谿が伝える、そうした厳しい状況下にある外が浜の情景を、京伝は謡曲「善知鳥」に示された形象を強調するために用いたわけである。

『善知安方』以前の近世の地誌・辞典の類に、外が浜がどのように記されているかを見ると、やはり謡曲「善知鳥」から引き継がれた外が浜の形象は根強い。例えば元禄二（一六八九）年刊の地誌『一目玉鉾《ひとめたまぼこ》』（井原西鶴著）は外の浜を「此所今に殺生人猟師の世をわたる業《わざ》とて幽《かすか》に住あれて物淋しき浦也」として漁師が殺生をして暮らす地として捉えている。また正徳二（一七一二）年自序『和漢三才図会』巻六五「陸奥」は「索規浜《ソトノハマ》　津軽海辺の総名也。青森近処の浜に村有り、安潟と名く。善知鳥多し」と善知鳥が生息することに言及する。宝暦十二（一七六二）年刊『南留別志《なるべし》』（荻生徂徠著）には「南部よりさきは、蝦夷の地なるべし。外の浜といふも、日本の外といふ事なるべし」と、外が浜の地名の語源について、そもそもは蝦夷地に属した日本の外の浜という意味であると推測する。小説に目を転じれば、貞享四（一六八七）年刊『武道伝来記』（井原西鶴著）巻七の二「若衆盛は宮城野の萩」では敵討の場に外が浜が設定されている。[注5] 中世に遡れば、外が浜は国家に害をなすものを追放する地として認識されていたというが、[注6] 京伝に到るまで近世の小説もこの流れに位置しているわけである。『善知安方』を含め、京伝はしばしば北方を作品に描いているが、[注7] それは当時の北方への関心の高まりを反映していると考えられる。[注8]

天明年間（一七八一―八九）には田沼意次が蝦夷地開発に意欲を示し、天明八年刊の黄表紙『悦贔屓蝦夷押領《よろこんぶひいきのえぞおし》』（恋

川春町作）等に風刺されている。天明六年の橘南谿の旅は先述のように医学修行であったが、その他、天明八年には民俗学者の菅江真澄も外が浜を旅して『外が浜づたひ』を記している。同八年の幕府巡見使に同行した古川古松軒も『東遊雑記』を記しているが、これらの記述はいずれも天明三年の飢饉の直後であり、外が浜の荒廃した印象が拭いきれない。寛政四（一七九二）年にはラクスマン、『善知安方』の二年前の文化元（一八〇四）年にはレザノフが来航して開国を求め、ロシアによる北方の侵犯の脅威を背景に北方への関心が高まると、最上徳内をはじめとした人々が幕府の命を受けてしばしば蝦夷地へ派遣されている。そうした記録のうちには、従来のイメージとは全く別の外が浜の様子も伝えられている。次に挙げるのは、寛政十二年成立『未曽有記』である。この書は遠山金四郎景元の父である、遠山景晋の紀行である。

時候、大風至らず、驚濤起らず、蒼々たる海、青々たる山、一瞬に尽て、裳を褰げ足をぬらして、たゞちに三山に至らんとも欲すとも云べし。嗚呼、此外の浜に来て解し得たる、「率土《そつと》の浜、王土に非《ひ》ずといふ事なし」とは宜哉〳〵。母衣月《ほろつき》、昼休（平舘より三リ廿八丁）。村端一町ばかりの処を舎利浜《しやりはま》と云。五色の細か成石のみまじりて、咄嗟に得がたし。此の舎利石のほか、種々の石限りなし。弥陀経「七宝地有り、金砂を以て地に布く」といへども、かくやらん。（略）

母衣月、舎利浜は、津軽海峡を挟んで渡島半島に面する地である。「蒼々たる海、青々たる山、一瞬に尽て、裳を褰げ足をぬらして、たゞちに三山に至らんとも欲すとも云べし」三山とは、海峡の彼方に望む蝦夷の山々を指すのであろう。蒼い海とその向こうの山の美しさに思わず波に足を濡らして駆け寄りたい気持ちになると記している。外の浜とは「率土の浜」、国土の限りの意であるから、外の浜もやはり王の治める国土なのだ、と『詩経』の「溥天之下、莫非王土、率土之浜、莫非王臣」を引いて感嘆しているのである。さらに舎利浜の一面の五色の砂も弥陀経に記される七宝地のようだと述べている。この舎利浜については橘南谿『東遊記』にも記載があるが、京伝が利用することはない。

　しかしこうした実見に基づく外が浜の新しい情報は一般に広く伝わることはなく、『善知安方』においては、結果として従来の謡曲のイメージを引き継いでいるといえる。

　海を隔てて外が浜と面する蝦夷についても、当時の記録を簡単に確認しておくと、やはり情報が乏しいものの、松前藩については比較的知られていたようである。『一目玉鉾』では、名物を挙げるほか「諸国の商売人爰に渡り万上方のごとく繁昌の大湊也」と伝えており、同書が外が浜については謡曲とほぼ同様の形象を伝えるに過ぎないのとは対照的である。『武道伝来記』においては、先述の巻七の二の外が浜の敵討が従来のイメージの上に設定されていたのに対し、松前を舞台とする巻二の四「命とらるる人魚の海」からは、怪魚が現れる辺境という認識に加えて、松前の豊かさもうかがい知れる。また『一目玉鉾』の松前についての記述は、百年ほどのちに実際に現地を訪れた平秩東作《へづつとうさく》の『莘野茗談《しんやめいだん》』（天明八年頃成立）の記述と精粗の差こそあれ大して変わらない。東作は「あき人出みせを出し、漁者の仕贈して大商おほし。箱だては昆布を出す。江差は鯡を産す」「江差一ヶ所にて、一日に一万両のしろ物あがると云伝へたり。諸国より舟をいれて、これを争ひ求む。また鮭鱒あはび海鼠多し。長崎表の問屋有て買入るゝなり。よりて米穀出ざれども、諸国の糶にて米に不足なし。結句荒凶にも、かこひ米たへぬゆへ、人餓死する者なし。野菜よし、黄黍などはよくみのる」とその繁栄を伝えている。

　このように諸国と船で行き来した蝦夷の松前に対して、日本の東端といわれた外が浜の情報は国土の内にありながら逆に少ないわけである。[注9] 京伝の読本『善知安方忠義伝』においては謡曲「善知鳥」を利用すること自体が作品の趣向であるとはいえ、情報が少ないために謡曲のイメージが先行しがちなのであろう。

三　鬼界島と『椿説弓張月』

次に西端の鬼界島に言及する近世の記録・作品を確認したい。まず『和漢三才図会』をみると「鬼界島《キカイガ》　硫黄島の巽に在り」とし、「硫黄島」とは「薩摩の坤に在り、高山にして常に焼起り硫黄を出す。俊寛僧都此に謫《ナガ》さる、」とある。鬼界島は、一般的にはすぐ鹿ヶ谷事件の俊寛の配流が想起される、辺境として見なされていたといえる。

また正徳五（一七一五）年初演『国性爺合戦』（近松門左衛門作）では「鬼界」と呼ばれる十二の島々について言及している。

鬼界十二の嶋。五嶋七嶋中にもあの。しろき鳥の。おほくむれゐるは白石が嶋。こなたにけふりの立ちのぼるは硫黄が嶋。扨又南に高く。霞かゝるは千どの嶋なり。あれはいにしへ天照る神の。住吉の明神に笛吹かせ。舞曲を奏し二神の遊び給ひし所とて。二神嶋とは申すなりなう。もろこし人とぞ語らるゝ。かたる間に。敷嶋のはや秋津洲の地をはなれ。（『国性爺合戦』梅檀女道行）

この記述は長門本『平家物語』巻四の記述を踏まえたものであるが、「秋津嶋の地をはなれ」とあるように、鬼界は日本の果てと認識されている。

また俊寛の配流を扱った享保四（一七一九）年初演『平家女護嶋』（近松門左衛門作）では、謡曲「俊寛」に拠りつつ、鬼界島を次のように描写する。

此も嶋は。鬼界が嶋と聞くなれば。鬼有る所にて今生よりの冥途なり。（中略）花の木草も希なれば。耕し植ゑん五つのたなつ物もなく。せめて命をつなげとや。嶺より硫黄の燃え出づるを。釣人の魚にかへ波の荒布や干潟の貝。見る目（水松布）にかゝる露の身は憔悴枯槁のつくも髪。肩に木の葉の綴りさせてふ虫の音も。枯

木の杖に。よろ。〳〵。よろ〳〵

（『平家女護島』二）

五穀が育たず、硫黄を、食べ物、ここでは海産物と交換するとあるが、傍線部は『平家物語』巻第三「有王島下」に拠ったものであろう。また故郷に戻っていく友を見送る俊寛の心情を「今現在の修羅道硫黄のもゆるは地獄道」とも表現している。

我此の嶋にとゞまれば五穀に離れし餓鬼道に。今現在の修羅道硫黄のもゆるは地獄道。三悪道を此の世で果てし。後生をたすけてくれぬか。俊寛が乗るは弘誓の船うき世の舟には望みなし。サア乗ってくれはや乗れ

（同右）

これらの記述からは鬼界が島が西の果て、鬼が住むところ、硫黄が燃える現世の地獄といった認識であったことが確かめられる。これは中世の文学作品に見える鬼界島認識と相違するものではなく、従来の形象を引き継いでいるものといえる。[注10]

時代が下って、文化四―八（一八〇七―一一）年刊『椿説弓張月』（以下『弓張月』と略す）では曲亭馬琴もまた鬼界島を取り上げる。本作は、「為朝八丈島より鬼界に行、琉球に亘る」（前篇冒頭）とあるように源為朝の琉球渡航伝説を扱った作品である。本作全五篇二十八巻六十八回を執筆中に、馬琴は『平家物語』『源平盛衰記』や、『中山傳信録』『吾妻鑑』等を引き、鬼界島について繰り返し考証し、次第にその考察が深まっていくことが見て取れる。『弓張月』以外でも馬琴はしばしば鬼界島を取り上げており、本作前年、文化三年刊『三国一夜物語』巻五・十においては、主人公の鬼界島付近の漂流を描き、『源平盛衰記』巻七に拠って「薩摩潟に五島七島とて、十二の島あり。なべてこれを鬼界といふ。むかしは鬼の栖けるにや。今は硫黄の多きをもて、硫黄が島と呼ぶと聞く」とする。『弓張月』続篇（文化五年八月十二日擱筆・同年十二月刊）冒頭の「拾遺考証」においては、再度『源平盛衰記』巻七を取り上げ自説を述べるに至る。平康頼の歌「薩摩方沖の小嶋にわれありと親には告よ八重の潮風」に関して「薩

摩方とは総名也。鬼界は十二の嶋なれや」云々とする説明について、『中山傳信録』を引いて「予が推量の説をもていはゞ、おきは大洋《うみ》の沖にはあらで、琉球をいふ歟。小嶋は其属嶋《えだしま》たる鬼界也。（中略）かゝれば、鬼界を琉球《おき》の属嶋《こしま》と詠たるにや、とおぼし」と考証する。この時点においては馬琴は「鬼界」を琉球の属嶋と見なしていたことが確認できる。

この『弓張月』続篇に引き続き、約半月後の八月晦日に擱筆した『俊寛僧都嶋物語』（文化五年十月刊、以下『嶋物語』と略す）においても、馬琴は巻末で鬼界島について考証している。ここでは、「薩摩潟十二嶋の中にして、本名は硫黄嶋なり。古くは南海の諸島を、鬼が嶋、鬼界島と称せしよし、その辨南嶋志に精細なり。予これらの説を弓張月の拾遺に載るをもて、こゝには贅せず」と新井白石の『南島志』総序に拠って、南海の諸島の総称を鬼界島と見なしている。これは後述する文化七年三月起草の『弓張月』残篇に披瀝した認識と一致する。[注11] 筑波大学附属図書館蔵の馬琴旧蔵「白石叢書」第一巻末には「文化五年戊申秋九月下澣所購得全部三十巻乃蔵弆架上」とあるが、購入に先立つこと約一月、少なくとも『嶋物語』擱筆時の同五年八月晦日には馬琴は『南島志』をすでに閲しているわけである。「鬼界」についての認識は、すでに『弓張月』続篇擱筆直後、『嶋物語』執筆時には『南島志』を繙読し改まっているといえる。

その文化八年刊『弓張月』残篇末に付された「為朝神社幷南嶋地名辨畧」を確認すると、『嶋物語』同様に、鬼界は南島の総称とした上で、この時点ではさらに特に琉球を指すものと明示するに至る。

奇界は中葉《なかごろ》南島の総名なり。後に諸嶋の名定りて、僅《はづか》一小島に、旧名《ふるきな》ののこりし也。（中略）今に于ては俊寛の配所を、いづれの嶋とも定めがたし。（中略）鬼界といひ、鬼が嶋と唱たるは、南嶋の惣名なれど、就中《なかんづく》琉球を斥《さし》ていへり、蓋《けだし》奇界は奇怪なり。この国往古《いにしへ》妖神現して、奇怪の事多かり。故にこの名ありといふ。

（為朝神社幷南嶋地名辨畧）

播本眞一氏は「琉球開闢南倭《なんわ》と称して、原来《もとより》日本の部内《はうない》たりし旧説」（拾遺上帙目録）というように馬琴がしばしば「南倭」という語を用いていることに、白石の南倭構想の影響を見出し「伊豆諸島、琉球の物語は、領属の曖昧な地域を日本の領土に組み込む」意図があったと指摘している。注12 また馬琴は『参考保元物語』「為朝鬼島渡并最期事」で鬼が嶋を「八丈のわき嶋」とすることは実際は誤りであると仄めかしながら、いずれにしても「鬼界」が南島の総称であるゆえとし、『参考保元物語』に記される嶋人らの生態は「琉球上古の趣に異ならず」、琉球こそ「鬼界」であるとする。馬琴は文化五年刊『弓張月』後篇（文化四年九月跋）においては『参考保元物語』に拠って為朝の伊豆諸島の女護島・鬼が嶋統治も描いているのであるが、「女護《にようご》鬼が嶋も原《もと》日本の内なるべけれど、人怕《おそ》れてゆくものなければ、我に益なく彼に損あり」（後篇巻一・十六）とし、女護島の産物について詳述する。つまり未開の地の未知の国益を重視しているわけである。琉球についても同様で、「鬼界」と同一視しながらも、異国としての描写であって、近松の例にあった、この世の果てにある地獄といった「鬼界」の形象は払拭されている。

当時、このように鬼界島の所在が定かではなく、考証の対象となる辺境であったのに対し、琉球については寛政二（一七九〇）年刊『琉球談』（森島中良著）が流布しており、馬琴もこの書について「中山傳信録を畧解し、琉球事略、琉球聘使記、中山世譜、定西法師伝等の説をまじへ記されて、粗世俗のしるところ」（続篇・拾遺考証）と記している。また『椿説弓張月』刊行直前の文化三年には、琉球から謝恩使が江戸を訪れており、琉球についての情報は比較的知られていたわけである。注13 それゆえに馬琴は為朝の琉球渡航伝説を取り上げたのである。

琉球は、当時実際には薩摩藩の支配下にあったにせよ、注14『和漢三才図会』に明らかであったように一般的には外国として認識されていた。その琉球の王を、馬琴は『中山世鑑』等に拠りつつ、『弓張月』において為朝の裔とすることで、琉球が日本の領土である正統性を示そうとしたわけである。本節では琉球そのものよりも、馬琴の「鬼界島」の考証に注目したが、馬琴は『弓張月』執筆を通して考えを深め、最終的には『南島志』に拠って「鬼界」

は即ち琉球のことであるとするに至る。つまりそれは、馬琴が鬼界島を琉球に読み替えることで、日本の西の境界線を押し広げたということであり、琉球が日本の領土であるもう一つの正統性を示そうとしたといえる。同時に、従来の「鬼界」という辺境の持つ負の印象を払拭し、国益を秘めた地という正の印象への転換を試みたといえる。

おわりに

以上、特に江戸後期の京伝・馬琴作品に注目し、東西両端の地に関する従来のイメージと当時の新しい情報、それらに基づく作家の認識と作品における表象について確認した。当時、日本の東西の端とされている地についてはは未だ詳かでなかったのに対し、むしろ境界に近接する外国であった蝦夷・琉球の情報が知られていた。京伝が当時ロシアによる侵犯が懸念されていた北方に高い関心を寄せつつも、作中では、従来通り未開の辺境のイメージを引き継いだのに対し、馬琴は当時の琉球との交流を背景に、しばしば鬼界島を取り上げるなかで考証を深め、辺境の認識を改めようとしたのである。ほぼ同時期に京伝・馬琴がそれぞれ東西の辺境を取り上げたこと、またその表象からは、当時の蝦夷・日本・琉球をとりまく情勢とその情報についてうかがい知ることができる。

参考文献

『奥州安達原』（『浄瑠璃名作集』、日本名著全集刊行会、一九二九年）。
『東遊記』（『東西遊記1』（平凡社東洋文庫、一九七四年）。
『一目玉鉾』（『定本西鶴全集』第九巻、中央公論社、一九五一年）。
『和漢三才図会　上』（東京美術、一九七〇年）。
『南留別志』（日本随筆大成第二期一五、吉川弘文館、一九七四年）。

『未曽有記』（『近世紀行集成』叢書江戸文庫一七、国書刊行会、一九九一年）。
『莘野茗談』（日本随筆大成第二期二四、吉川弘文館、一九七五年）。

注

1 大石直正「外が浜・夷千島考」（『関晃先生還暦記念　日本古代史研究』吉川弘文館、一九八〇年）。村井章介『アジアのなかの中世日本』（校倉書房、一九八八年）。高橋公明「文学空間のなかの鬼界ヶ島と琉球」（『立教大学日本学研究所年報』一号、二〇〇二年三月）。
2 郡司正勝校注『歌舞伎十八番集』（岩波書店、一九六五年）。
3 本多朱里「『善知安方忠義伝』攷―京伝読本の方法」（『読本研究新集』第二集、翰林書房、二〇〇〇年六月）。
4 宗政五十緒校注『東西遊記1』（平凡社東洋文庫、一九七四年）解説参照。
5 大久保順子「「外が濱」の敵討―『武道伝来記』の空間性―」（『日本文学』五三巻一〇号、二〇〇四年一〇月）。
6 大石氏・村井氏、前掲論参照。
7 本多氏前掲論参照。
8 郡司正勝「京伝の蝦夷奥州情報」（『郡司正勝刪定集』第五巻、白水社、一九九一年）。
9 寛永元（一六二四）年の青森海港に伴い、他の外が浜諸湊への着船が禁じられている。浪川健治『近世日本と北方社会』第一章一・3（三省堂、一九九二年）。文政元年刊『玄同方言』巻一第六「外濱並湖砂」で馬琴も外ヶ浜について考証するが、従来のイメージを踏まえている。
10 高橋氏前掲論参照。
11 大高洋司氏は「『南島志』等、新井白石の著作が全面に出てきている」のは残篇になってからであることを指摘する。「『椿説弓張月』論―構想と考証―」（『読本研究』第六集上套、一九九二年九月）。
12 播本眞一「『椿説弓張月』論」（『八犬伝・馬琴研究』新典社、二〇一〇年）。
13 横山學『琉球国使節渡来の研究』（吉川弘文館、一九八七年）。
14 薩摩藩の琉球支配については目黒将史氏の「薩琉軍記」に関する諸論考に詳しい。「琉球言説にみる武人伝承の展開

―為朝渡琉譚を例に―」（『中世文学』五五号、二〇一〇年六月）他。

第三節　馬琴の「武国」意識と日本魂

はじめに

近世に入ると、「武国」たる日本について、盛んに論じられるようになる。注1「武国」とは自国優越意識であり、その内容は、第一に「武威」の支配下にあること、第二に勇武の資質があることであるという。

「武国」観念の変遷は三期に分けて説明される。第一期は十七世紀中頃、幕府神道方の吉川惟足《これたり》、兵学者の山鹿素行らの言説に見られるように、「天瓊矛《あめのぬぼこ》」神話を起源として「武国」観念が成立する。「天瓊矛」とは『日本書紀』において伊奘諾尊・伊奘冉尊の国生みの際に、二神が天神から賜った矛であり、それが「武国」日本の象徴とされる。第二期は十八世紀前半の享保期から対外危機の迫る以前で、古文辞学派の荻生徂徠が「文」の優位性を説いたのに反撥して武国観念が喚起され、元和偃武《げんなえんぶ》以降の泰平は「文」ではなく「御武徳」によるものという優越意識が確固たるものとして定着する。第三期は、十八世紀後半以降の対外危機の時代であり、「西洋列強の侵出という対外危機に対して、万世一系の皇統の優越性と神明擁護の国の特権性を内容とする「皇国」「神国」とともに、武国

観念が高揚」した時期である。[注2]
馬琴が生きたのは、第三期に当たり、外国の脅威を現実のものとして認識していたことも指摘されている。[注3]本節では、馬琴の「武国」意識がどう形作られているか、「日本魂」という語にも着目しつつ、論じてみたい。

一　馬琴の日本意識と「武の国」

代表作『南総里見八犬伝』を想起してもわかるように、馬琴作品の主要登場人物には武士が多い。馬琴というと「武」との関わりが強いイメージがあるようである。しかし、「武国」に限れば、あらたまって論じた言表がそれほどあるわけではない。国学者本居宣長が儒学を否定したことを批判する文脈に、馬琴の日本意識が見え、そこに「武の国」についても言及がある。「武の国」を手がかりに、馬琴の思想的立場について簡単に見ておきたい。

天朝は武の国なり、からくには文の国なり。文武は車の両輪のごとし。武のみにして文なければ野《いや》し。譬《たとへ》ば猟人《かりびと》の刀佩《たちはけ》るが如し。文のみにして武なければ虚《むな》し。譬ば咲る花に実なきがごとし。こゝに隣国の文を借りてもて、我邦の武の資《たすけ》とし、文質彬々《ぶんしつひん〳〵》たるおほん政をもて、今に伝へさせ給ひしは、先王の御いさをにして、これを仰《あふ》げばいよ〳〵高し。

（文政二〈一八一九〉年『独考論』上巻第三・四）

馬琴は日本を「武の国」と捉え、「文の国」たる中国から文字と教えを受け入れ、今に伝えたことは「先王の御いさを」であり、文武両輪が揃って良いとする。一方、宣長は古代においては教えなどなくても世が治まっていたが、儒教が導入されてから、それが乱れたと考えた。馬琴は、この宣長の「儒学をなみせし一條」については「をさ〳〵偏執《へんしう》より出て、心せまきわざなるべし」と批判する。

さらに馬琴は「我邦の道としいふは、上ミ天子より下は庶人《しよじん》まで、おの〳〵祖神をまつるのみ」であり、これが

「神のをしえ」であるという。「国を治め家をと丶のふることも」「まつりごと」というように、「ひとへに神を祭る如く、妄想をはらひ除き、君臣上下すべて正直ならんには無為《ぶゐ》にしてよくおさまるべし」という。しかし、時代が下って人心が荒廃し、「おのも〳〵言《こと》をかざり、いつはりを事とすなれば」神の教えのみでは導くことが難しく、「中葉《なかごろ》より、から国の文字をかり、からくになる聖人の教《をしゑ》にもとづけて、善道にをしえ導き、又するゝ〴〵なる愚民には、仏のをしえをも借りて喩《さと》させ給ひしなり」というように、儒教、さらには仏教をも導入して教え諭したのだとする。その理由は「皇国には文字なければ、神の教《をしゑ》を伝へがた」いためである。馬琴は中国から文字や教えを借用して、政治を行っていることを「万国に勝れたる天朝の御威徳」と考え、恥ずべき欠点とは捉えない。この考え方は古くは北畠親房の『神皇正統記』〈興国四（一三四三）年修訂〉にも通う。親房は「応神天皇の御代より儒書をひろめられ、聖徳太子の御時より釈教をさかりにし給ひし、是皆権化の神聖《かみ》にましませば、天照大神の御心をうけて、我国の道をひろめ、ふかくし給《たまふ》なるべし」〈瓊々杵尊條〉と天皇が儒仏を取り入れ神道を広め深くしたとする。

馬琴は、季節や気候も変わらないのに、中国の言葉が日本に伝わって、その逆がないのは、「大皇国の唐国に立まさる事あればなり」といささか強引な論を展開する。また国字もみな漢字の省略体であり、その中国由来の文字を使って書を著した国学者が、儒教を否定するのは偏見であるとも述べる。同様に、日本の故実を知らずに中国だけを尊ぶ儒者をも「腐儒者《くされ》」と貶めている。例えば、『白石叢書』巻十九「白石先生著述書目附録」の馬琴の書入に、孔子の画像に賛して「日本夷人物」と自著した荻生徂徠を「腐儒」と呼んでいることが指摘される。[注4]

このように儒仏をも許容する馬琴は和漢兼学を重視する。[注5] 宣長についても儒教を排斥することは批判するが、その和漢兼学については認めている。馬琴は「宣長が説たる事どもは、そのよしなきにあらねども」〈『独考論』第三・四〉というように、宣長を新井白石と並んで学者として高く評価しており〈天保二（一八三一）年十月二十六日付殿村篠斎宛書翰〉、その学問の影響を受けてもいる。[注6] 同様の立場から、宣長の弟子の平田篤胤については漢学を学んでいないと厳しく批判もする（『独考論』下巻第八）。

本節冒頭にも述べたように、「武国」観念は、自国優越意識であり、外来の「文」を否定する傾向にある。儒教の徳治主義は、現実の「武治」には役に立たないというわけである。[注7] 例えば「神道は則ち此国の武道也」と神と武を同一視する松下郡高は「儒仏の二道此国になくては、治世の政成らぬといふ事は決而なく、既に東照宮御一代、数度の御合戦に御勝利を得給ふ」（『神武権衡録』）[注8] と儒仏を排除する。また中村元恒は「我が邦は武国なり。自ら武士道あり。此れ儒道を仮らず仏意を用ひざるは我が邦自然の道なり。文国は孝を尚び武国は忠を尚ぶ」（『尚武論』天保十五年跋）という具合である。

だが右に見たように、馬琴に特徴的であるのは、「武国」を文武両道、和漢兼学を主張する文脈で用いていることである。さらに一歩進んで馬琴は「から国なる孔子の教は、則神の教にひとし。貴賤今日一切の所作《しよさ》は、みな儒の教によらざるはなし」とする。日本には文字がないために儒教を使って日本人に教えたが、それは「神の御はからひ」であり、もし「八十万の神たち」が儒教を憎むのであれば、「彼神風などいふものもて」退けられたはずであるのに（これは『雨月物語』「白峯」の西行の台詞にも見える『五雑組』四の孟子不渡来説を踏まえるか）、そうではなく、日本に儒教が伝わり、漢文を作る技術も、中国の人に恥じないまでになったのは、「神の御しわざ」であるから、「孔子の教えは我邦の神の教にひとし」というのである。それを知らずに、外国ばかり尊ぶ儒者・仏者は不義である、という。

馬琴は日本を「武の国」かつ「大皇国」とする。「大日本は神代より、百万載の今に至て、革命の時なし。万国の中、又有りがたくもいと貴い大皇国なれば、他の国には比べがたし」（文化七〈一八一〇〉年刊『昔語質屋庫』巻之二第四）とも述べるように、反革命・万世一系である点をもって「大皇国の万国にすぐれたるを、誰かあほがざるべき」（『独考論』上巻第三・四）とする。

馬琴の皇国観については、宣長の、『漢字三音考』（天明五〈一七八五〉年刊）や、皇国観から日本の尊厳を説く『馭戎慨言』（寛政八〈一七九六〉年刊）、天皇親政を理想とする史観によって書かれ、その論を宣長も肯定する儒学者栗山潜鋒の『保健大記』（元禄二〈一六八九〉年刊）等に対する高い評価からも指摘されている。[注9] このように皇国観は国学者に通ずるものでありながら、馬琴は神の教えは儒教に等しいという議論を展開する。

これは近世初期に中世以前の神仏習合に反撥した儒家神道や、山崎闇斎の垂加神道に近い考え方でもある。林羅山は神道と儒教の理は一つであると神儒合一を説いて、仏教を排した。[注10] 闇斎もまた儒教と神道に一致を認め、仏教についてはこれを批判する立場にある。[注11] 彼らの後に神儒の一致に異を唱えた宣長ら、国学者が台頭してくるわけであるが、馬琴の考え方は、神儒一致の点においては、国学以前の儒家神道や垂加神道に近いように思われる。馬琴による蒲生君平伝（尊皇攘夷の儒者）である『蒲の花かつみ』（文政八年成立）には、「むかしは儒官、あきらかに天朝の故実に通じて、六経をもてこれが資にしたり。ここをもて名正しく、事行れざることなし。今の俗儒は、天朝の故実を知らず、夏夷順逆の理（著者注：華と夷、順《したが》うことと逆《さか》らうこと）に暗くして、名を乱り言を紊る丶もの、百五六十年来比々として皆これなり」と、百五六十年前の儒者は、天朝の故実に通じていたとしているが、それはまさに羅山や闇斎の頃である。

馬琴は「上ミ天子より下は庶人《しょじん》まで、おの〳〵祖神をまつる」のが「神のをしえ」であるとする（『独考論』巻三・四）。『南総里見八犬伝』第百三十二回、八犬士に金碗の姓を賜るよう天皇に奏請することになるという場面では「儒の道をもて論ずれば、後なきを不孝とす」とし、又「我大皇国の神の教《をしえ》は、死を忌《いみ》て生を善《よみ》し、世々その子孫相続を、守らせ給はぬ家はなけれど」、不幸にして子孫がない場合は養子をもらって家を継がせるのも「不孝の罪を免る」べきためとする。馬琴は神の教えを儒教の「孝」と捉えていたことがわかる。[注12]

これは水戸学の会沢正志斎『新論』（文政八年成立）の考えにも似る。『新論』は、皇統が絶えることなく、代々の天皇によって三種の神器が継承されてきたことを、君臣の義、「忠孝」の教えが守られてきたゆえと考える。同様に正志斎は、宣長の『直毘霊《なおびのみたま》』を批判した『読《とく》直毘霊』（安政五〈一八五八〉年成立）でも「皇統の正しくましますことも、其実は天祖伝位の御時よりして、君臣父子の大倫明なりし故なることを論ぜざるは、遺憾と云べし」と「君臣父子の大倫明」、すなわち「忠孝」について言及しない点を難じる。[注13]

馬琴は武門に対して王室が正統であるとみなしており、[注14]宣長の、将軍は天皇が統治を委任した司であるという委任論（寛政八年刊『馭戎概言』）と同様の考えを持っていたとされる。[注15]天保四年以降、徳川斉昭《なりあき》『告志篇』の繙読を経て、後期水戸学へ傾倒することも指摘されているが、[注16]これは『告志篇』に見られるような正名論（君臣上下の名分を正すべきとする論）にも通じる。すでに馬琴の尊皇思想はまさに幕末のそれに通ずるものであったといえるであろう。

神儒一致に着目したが、『独考論』では「すゑ〴〵なる愚民には、仏のをしえをも借りて喩《さと》させ給ひしなり」とも述べていたように、馬琴は仏教をも許容する。『玄同放言』「第三天象　嗚呼《ヲコノ》物語」（文政三年刊）では、神儒仏ともに日・天を尊ぶことを論じ、「談天空語故《モトヨ》り嗚呼なり」と断りつつも「彼我の分別、遠きことかは。かう揣《はか》りつゝ、われはしも、三教その道異《こと》なれども、その理は一致ならんとおもへり」と、馬琴は三教の理の一致をも考える。[注17]概して儒家の仏教に対する評価が低かった江戸時代において、[注18]三教の一致を考えた馬琴は儒家神道とも異なる独特の立場を取るといえるだろう。

以上のように、宣長批判、儒仏の肯定の文脈に、馬琴独特の日本意識がうかがい知れた。それは他国の教えを「万国に勝れたる天朝の御威徳」ゆえに受け入れたという逆説的な自国優越意識であり、「武の国」かつ「大皇国」である日本を拠りどころとしたものなのである。

二　馬琴の描く武士と「武威」

『独考論』に見える「武の国」の語を手がかりに、馬琴の日本意識について確認したが、そこでは「武の国」は前提としてあって、具体的な説明はないままであった。では馬琴の「武の国」とはどのようなものであろうか。冒頭に述べたように「武国」観念の内容は「武威」の支配と勇武の資質の二点であるとされるが、まずは前者について確認する。

基本的には、「武威」の支配とは「武家はその武力を以て天下を取得たるものなれば、ひたすらに武威を張り耀やかし、下民をおどし、推しつけへしつけ帰服させて、国家を治むるにも、只もの威光と格式との両つを恃みとして政をした」（堀景山『不尽言』成立年未詳）というようなものである。

一方、馬琴の「武威」はどのようなものであろうか。国を治めるべき武士をどのように造型しているかという点から考えてみたい。例えば、『南総里見八犬伝』冒頭の里見義実は良将とされるが、その際、文武両道を高く評価されている。

武弁の家に生れても、匹夫の勇に誇るは多く、兵書兵法に通ずるすら、今の時には稀なるに、なほうらわかきおん年にて、人も見ぬ書をいつのまに、読つくし給ひけん。さもなくておのづから、物に博《ひろ》くは天の作《なせ》る、君は寔に良将なり。（第一回）

「匹夫の勇に誇る」者は多く、兵書兵法に通ずることさえ稀であるのに、広く「和漢の書を引、古実を述、わがゆくすゑの事さへに、思量《おもひはか》りし俊才英知」を讃えられている。さらに「文武の道に長《たけ》給ふ、良将の賜なり。名医は国を医するとかや」「乱れし国をうち治め、民の艱苦を救ひ給はゞ、寔にこよなき仁術ならん」（第四回）というように、文武に秀でるのみならず、民の苦しみを救う良将は、国を医する名医に等しく、国を治める政道は仁術であるとする（『国語』晋語八に拠る）。また、義実は悪人の首実検に際して「夫兵は凶器なり。徳衰へて、武を講じ、沢足らざれば、威をもて制す。こは已ことを得ざるのみ。城を攻、地を争ふも民を救ん為なれば、われ楽みて人を殺さず」（第四回）と慨嘆する（『国語』越語等に拠る）。

義実は、民を救うためにやむを得ず、徳沢が衰えれば武威を講じることもある、楽しんで人を殺したりはしないと述べる。ここでは、「武威」による武治よりも「徳沢」による仁政を重んじているといえるであろう。

また仁といえば、忘れてはならないのは『南総里見八犬伝』の犬江親兵衛仁《まさし》である。親兵衛も最終的には館山城主となる。知勇に秀でることはもちろんであるが、仁の玉を持ち、唯一、人を殺さない犬士であり、伏姫の神薬で敵味方にかかわらず多くの人の命を救いもする。

「武治」と儒教による「徳治」「仁政」とは一見、正反対に位置するものでありながら、馬琴はそれを理想の武士の造型のなかに両立させようとする。

だが、これば馬琴に限ったことではない。例えば、江戸時代に広く親しまれた『太平記』でも楠正成兄弟を「智仁勇の三徳を兼ね」（巻十六）る人物として称えている。智仁勇の三徳は江戸時代の儒学者の神道論で、しばしば三種の神器にたとえられる。[注19] また陽明学派で神道をも論じた熊沢蕃山は「日本は武国なり。しかるに仁国と云は何ぞや」という問いに答えて「仁国なるが故に武なり。仁者は必ず勇あるの理明かならずや」（寛文十二〈一六七二〉年刊『集義和書』巻第十義論之三）という。その根拠は『論語』憲問「仁者は必ず勇あり」にあり、蕃山は「それ日本は仁国也。故に古より勇者多し」（『集義和書』巻第十義論之四）とも述べている。

また先述の松下郡高は儒教を否定する立場を取るが「儒道の理を取て論じたるは御合点被ㇾ成安き為也」と敢えて、儒教の「仁」で良将良士のあり方を説明する。

日本神武の気を備へ給ふ良将良士の行ひ給へし仁といふは、士卒を仕ふに第一賞罰を明らかにして、高下親疎の差別なく、政法を厳重にして、威有ッて猛からず、士庶人をいたはり、諸人内外より君恩を難レ有存、志を励み、忠を尽して、一命を鴻毛より軽んじ主人と存亡を倶にし、危きを不レ恐がごとく万人を仕給ふは、神武の内より出たる仁にして、名将と世に唱ひ有人、皆如レ斯。

郡高は、公平で忠孝を重んじ、主のために死をも厭わない心が仁であるとする。後述の「日本魂」にも近い考え方である。このように、儒者であるか否かに関わらず、武は仁、武士たるもの仁であるべきと説く考えがある。馬琴もまた理想の武士に、知勇を兼ね備えた仁者を描いた。馬琴の理想の「武国」もまた「仁国」といえるのであろう。

三　馬琴作品における「日本魂」

次に「武国」観のもう一つの内容である勇武の資質について確認する。

天保二（一八三二）年成立の『半閑窓談』は、馬琴が『椿説弓張月』の構想に用いた『水滸後伝』を評したものであるが、第三十回で登場する日本の海賊について馬琴は「天朝は、邉境の細民までも、武勇の外国勝《トックニ》れし事、隠れあるべうもあらざれば」（『半閑窓談』評三十六）と評する。天朝の民は、辺境に住む貧しい民であってもその武勇は隠れないところであると異国との比較の場面において論じられている。

この勇武の資質は、「大和魂《やまとだましひ》」につながっていくとされる。[注20] 馬琴の「日本魂」については、『異聞雑稿』「光勝寺の僧定心」や合巻『金比羅船利生纜』にやはり外国に対しての日本を意識した用例が指摘されている。[注21] ここでは、外国との比較の文脈ではない用例を中心に、再度、馬琴の「日本魂」について確認しておく。

小学館『日本国語大辞典』の「やまとだましい」の項を引くと、馬琴の例も引かれている。文化五（一八〇八）年刊『椿説弓張月』第二十五回「事に迫りて死を軽んずるは、日本だましひなれど多は慮の浅きに似て」とは、死を決意して崇徳院の御陵に詣でた為朝の夢に現れた崇徳院が、為朝を諌める場面である。これに対して「日本民族固有の気概あるいは精神。『朝日ににおう山桜花』にたとえられ、清浄にして果敢で、事に当たっては身命をも惜しまないなどの心情をいう」と定義づけられている。確かにこの例からは、一般的には「事に迫りて死を軽んずる」のが日本魂であったと考えられていたことがわかるが、崇徳院が「……多は慮の浅きに似て、学ざるの悞《あやまち》なり。さはあらぬか」と続けるように、馬琴は命を軽んずることは否定していることには注意が必要であろう。

結論から先に言えば、馬琴の「日本魂」とは基本的には「忠孝」を指す。例えば文化五年刊『三七全伝南柯夢』巻之三「夜轎《よかご》の驟雨《むらさめ》」では、不義不忠と非難されることをも恐れずに、進んで若君の放蕩の罪を身に引き受ける主人公が勇む様子に「おん悞《あやまち》をわが身に負て、君を救ひ奉らば、不義ともいへ不忠ともいへ、厭ふは却忠ならず、と義に勇む日本《やまと》だましひに」と表現する。文政六（一八二三）年刊『南総里見八犬伝』第四十九回では「力二郎・尺八等は、虚《そら》見つ日本《やまと》魂の、人に捷《すぐ》れしものならずは、死しての後も主《しゅう》を思ひ、親を慕ふて姿を見せんや」と犬山道節の乳母の子、力次郎・尺八兄弟が幽霊となっても忠孝のために姿を見せたことを称えている。

また「日本魂」は、武家の女性に対して用いられることもある。文化五年刊『俊寛僧都嶋物語』巻之六第十四套上では、約束を違えない誓いとして二面の鏡を打ち合わせようとする舞鶴姫を称えた表現に「鏡は女の魂と、世俗にいふも日の神の、御影をとゞめ給ひてし、恵をこゝに松浦なる、宮居もおなじ二柱に、かけてぞ憑《たの》む開威《かけまくもかしこ》き日本《やまと》たましひに、心くまなき誓の金打」、文化六年刊『松染情史秋七草』巻之一第二では、我が子は夫に勘当、その夫は主君に疑われ追放された豊浦が家中で一人になりながらも、秋野姫の乳母として勤めを果たそうとする様子を称え「忠信節義は婦女子《をうなご》に、稀《まれ》なる日本《やまと》だましひなり」という。このように馬琴の「日本魂」は男女は問わず、主に武家に対して用いられているようである。

『南総里見八犬伝』の親兵衛についても「日本魂」という語が用いられている。

……噫《あな》や我もて来たる、是この鎗を争何《いかゞ》はせん。携《たづさへ》させ給はずや。」といへば親兵衛頭を掉て、「否、我身には弓箭《ゆみや》あり、是に優《まし》たる案山子《かゝし》はなし。鎗は汝《いまし》携へて、猶も其身の衛りにせよ。然らば〳〵。」とばかりに、心の靮寛《たづなゆる》さゞる、日本魂《やまとだましひ》、唐崎《からさき》の、関路を投て徐々と、馬の足掻を找めけり。

（天保十年刊『南総里見八犬伝』一四七回）

妖虎退治を果たした親兵衛が、安房へ戻るために関所に急ぐという場面である。「日本魂、唐崎の」と、「日本魂」という語から地名の「唐崎」を呼び出している。ちょうどこの場面の地名を生かしたものではあるが、その前後では「辛崎」の表記であるのが、ここだけ「唐崎」を用いているのが目に留まる。

おそらくこれは唐崎士愛《ことちか》を念頭に置いたものであろう。唐崎士愛は、山崎闇斎門下で垂加神道を学んだ人物で、尊皇思想を広めることを誓い合った高山彦九郎の自刃の後を追い、寛政八（一七九六）年に屠腹したことが有名である。また谷川士清に学び、師が漠然と日本人固有の情念と捉えていた「日本魂」に「忠孝」という解釈を加えたと指摘される。[注22] 士愛が「日本魂」に「忠孝」の解釈を加えたように、馬琴もまた「日本魂」を「忠孝」として捉えているのは右に確認した通りである。

ただ先に述べたように、馬琴は命を軽んずることは否定する。『椿説弓張月』では、崇徳院の霊が為朝の自害を思いとどまらせていた。また天保六年刊『南総里見八犬伝』第九十三回では、犬山道節の敵、扇谷定正の忠臣河鯉孝嗣が「詞雄々しく死を急ぐ、忠と孝とに敷嶋の、日本魂《やまとだましひ》潔き」と死を覚悟して、犬士らに戦いを挑むが、犬塚毛野に「這里《こゝ》にて戦歿《うちじに》すべからず、存命《ながらへ》て主君に仕へ、諫めて主君の惑ひを覚さば、忠孝両《ふたつ》ながら、全かるべし」（第九十四回）と諫められる。「忠と孝とに敷嶋の、日本魂」というが、馬琴の考える神の教えもまた「孝」であった。

馬琴にとって、神の教えを守る心がすなわち「日本魂」であり、馬琴は、忠孝を果たすためにこそ生き延びるべきとするのである。

おわりに

馬琴の「武の国」に関わる言表から、その日本意識を探ってきた。馬琴は自国優位意識として「武の国」を論じるが、外来の儒仏を否定しない。馬琴は「武の国」であるからこそ「文」の儒教が必要であるとする。かえって馬琴は、「大皇国」である日本の神の教えとは祖先を祭ることであり、儒教と同じであるとする。それはすなわち「孝」であろう。また、馬琴の「日本魂」は外国との対比においても意識されたが、また一方では武家の「忠孝」を指した。「日本魂」とはつまり神の教え、儒教を守ろうとする心と言えるのであろう。馬琴は「国を治め家をとゝのふることも、ひとへに神を祭る如く、妄想をはらひ除き、君臣上下すべて正直ならんには無為《ぶゐ》にしてよくおさまるべし」(『独考論』上巻第三・四)と述べていた。馬琴は、天皇の下に、治者たる理想の武士を仁者として描いた。馬琴の「武の国」は、武士が神の教えを守り、武治よりも仁政を行う「仁国」が理想であり、生きて「忠孝」を尽くす「日本魂」を持った登場人物の活躍によって象徴されているといえる。

参考文献

『蒲の花かつみ』(『馬琴研究資料集成』四、クレス出版、二〇〇七年)。
『尚武論』(『武士道叢書』中巻、博文館、一九〇五年)。
『集義和書』(『熊澤蕃山』日本思想大系30、岩波書店、一九七一年)。
『新論』(『水戸学』日本思想大系53、岩波書店、一九七三年)。

『神武権衡録』（『日本思想闘諍史料』巻四、名著刊行会、一九七〇年）。
『読直毘霊』（『日本思想闘諍史料』巻七、名著刊行会、一九六九年）。
『不尽言』（新日本古典文学大系99、岩波書店、二〇〇〇年）。
渡辺浩『日本政治思想史―十七・十九世紀』（東京大学出版会、二〇一〇年）。

注

1　前田勉「近世日本の「武国」観念」（『日本思想史　その普遍と特殊』ぺりかん社、一九九七年）。前田勉『兵学と朱子学・蘭学・国学　近世日本思想史の構図』（平凡社選書、二〇〇六年）。さかのぼって近世に至る日本人の「武」の自意識について概観しておくと、古代以来の仏教的な「粟散辺土」の小国である日本が神によって安泰であるという神国思想は、蒙古襲来を機に、自国優位意識の色を帯び、それとともにこの時期、「武」の優越・重要性についての言説も増えるようになる。中世における武士の活躍によって、武士自身の「武」に対する意識も高まるが、長い戦乱と、文禄・慶長の役を経て、国家レベルに肥大化した「武」を誇りとする自意識が、「武国」観念として、歴史的に意味づけられ一般化されるのは近世に入ってからである（佐伯真一「日本人の「武」の自意識」『近代国家の形成とエスニシティ』勁草書房、二〇一四年）。佐伯真一『「武国」日本　自国意識とその罠』（平凡社新書、二〇一八年）。
2　前田勉「近世日本の「武国」観念」（『日本思想史　その普遍と特殊』ぺりかん社、一九九七年）。
3　播本眞一「馬琴の立場―儒・仏・老・神をめぐって―」「曲亭馬琴伝記小攷」「馬琴と異国」（『八犬伝・馬琴研究』新典社、二〇一〇年）。
4　播本氏、前掲論文。
5　朝倉瑠嶺子「馬琴と水戸学―告志篇をめぐって―」（『読本研究』十輯下帙、一九九六年一一月）。
6　播本氏、前掲論文。
7　前田勉氏、前掲論文。注2参照。
8　成立は享保二十年刊の太宰春台著『弁道書』の三、四年後とされる（前田勉氏、前掲論文。注2参照）。
9　播本氏、前掲「曲亭馬琴伝記小攷」参照。

10 鈴木健一『林羅山』(ミネルヴァ書房、二〇一二年)。
11 澤井啓一『山崎闇斎』(ミネルヴァ書房、二〇一四年)。
12 播本眞一氏は馬琴が「孝」を重んじることに『孟子』の影響を指摘する。播本氏、前掲論文。
13 田中康二『国学史再考』(新典社、二〇一二年)。
14 徳田武「馬琴の稗史七則と毛声山の「読三国志法」」(『日本近世小説と中国小説』青裳堂書店、一九八七年)。本章第一節参照。
15 播本氏、前掲論文。
16 朝倉氏、前掲論文。
17 ただし儒教の孝を重んじる馬琴は、家を出て仏道修行を行う生き方には批判的であることが指摘されている。播本氏、前掲論文。
18 黒住真『近世日本社会と儒教』(ぺりかん社、二〇〇三年)。
19 清原貞夫『神道史』(厚生閣、一九三二年)。
20 前田勉「近世日本の「武国」観念」(『日本思想史　その普遍と特殊』ぺりかん社、一九九七年)。
21 服部仁「「日本の僧定心の事」に見る馬琴の「日本」意識」(『曲亭馬琴の文学域』若草書房、一九九七年)。
22 鈴木淳「日本魂の行方」(『国語と国文学』七〇巻五号、八三三号、一九九三年五月)。

第四節　馬琴の古典再解釈――『椿説弓張月』と昔話・神話――

はじめに

西欧のルネサンスは文芸復興の時代と言われるように「古典」が重視された時代であったが、日本の近世、江戸時代もまた、文学において「古典」の価値が見直された時代であろう。「古典」とは長い年月に渉り、多くの人々に読み継がれてきたものであり、江戸時代における「古典」とは何か、という問題はあるが、ここではとりあえず、江戸時代より前に成立した文学と考えておく。

江戸時代の学問においては、まず、国学の古典文学研究が想起されるだろう。たとえば、契沖の『万葉代匠記《まんようだいしょうき》』（元禄三〈一六九〇〉年成立）、『古今余材抄《こきんよざいしょう》』（元禄五年成立）、『勢語臆断《せいごおくだん》』（元禄五年以前成立）、賀茂真淵の『万葉考《まんようこう》』（明和五～天保六〈一七六八～一八三五〉年刊）、本居宣長の『古事記伝』（寛政二～文政五〈一七九〇～一八二二〉年）、『源氏物語玉の小櫛《おぐし》』（寛政十一年刊）、『古今集遠鏡《とおかがみ》』（寛政九、文化十三〈一八一六〉年刊）等の業績である。国学者ではないが、北村季吟の『湖月抄』（延宝三〈一六七五〉年刊）以下の諸注釈も見逃せない。これらは、記紀や万葉、王朝文学をその主たる研究対象としたが、『大日本史』編纂を行った水戸藩は、史書編纂上の必要に迫られて、中世の軍記の諸本を調査し『参考源平盛衰記』（元禄二年成立）、『参考太平記』（元禄四年刊）、『参考保元物語』（元禄六年刊）、『参考平治物語』（元禄六年刊）を刊行している。このような研究を背景に、出版の隆盛も相俟って、江戸時代は古典が教養として庶民に広く浸透した時代であった。[注1] なお、特に古代の古典研究を通じて日本人本来の精神を探ろうとした国学は復古思想に結びつき、水戸学は、歴史研究を通じて王政復古にたどり着く。

創作に目を向けると、演劇・文学もまた古典との関わりが深い。演劇においては、当代の事件をそのまま扱えないという制約下に、過去の時代に「世界」を移して上演するという方法が採られた。元禄時代の赤穂浪士の事件を扱った浄瑠璃『仮名《かな》手本《でほん》忠臣蔵《ちゅうしんぐら》』（寛延元〈一七四八〉年初演）が『太平記』の時代と登場人物の名を借りるごとくである。歌舞伎作者が台本を書くための便覧である『世界綱目《せかいこうもく》』（寛政三年以前に原型が成立）[注2]には、歌舞伎の舞台背景となるさまざまな時代、「世界」を列挙し、その「世界」に登場する主要登場人物の「役名」と、参考文献である「引書」、さらに先行する「義太夫」浄瑠璃を列挙する。江戸時代、演劇で好まれたのはおそらく『平家物語』『義経記』『曾我物語』『太平記』といった軍記を利用した「世界」であろう。しかし国学が重んじた古代に限っても『世界綱目』の「歌舞妓時代狂言世界之部」には十五の「世界」がある。上演頻度はさておき、『世界綱目』に全部で四十七ある時代狂言の「世界」のうち、三分の一を古代が占めるというのは決して少なくない。まず初めに「日本武尊」「神功皇后」「仁徳天皇」、次に「衣通姫」「浦島」「松浦佐用姫」の伝承、さらに「聖徳太子」「大職冠」「天智天皇」「大友皇子」と記紀に拠るだけでも十の「世界」が並ぶ。現在では専ら心中物が上演される近松門左衛門にも記紀に取材した作は多く、「日本武尊」「浦島」「聖徳太子」「大職冠」「天智天皇」の項でそれぞれ『日本武《やまとたけるの》尊《みこと》吾妻鑑《あづまかがみ》』（享保五〈一七二〇〉年初演）、『浦島年代記《うらしまねんだいき》』（享保七年初演）、『聖徳太子絵伝記《えでんき》』（享保二年初演）、『大職冠《たいしょかん》』（正徳元〈一七一一〉年初演）、『天智天皇』（元禄二年初演）の作が先行の義太夫浄瑠璃として挙がる。

このように、演劇の時代狂言の「世界」は、記紀を初めとして、王朝文学・能・軍記・説話などから成立している。史書に拠るというよりは、基本的には、古典文学を経由して世界が形づくられているといえるだろう。[注3]

文学もまた演劇と同様の理由から、その時代背景を古典に求める。文学における時代背景は、必ずしも『世界綱目』の「世界」と一致するものばかりではないが、過去の「世界」に「趣向」として当代を持ち込むという考え方は基本的には同じであろう。演劇・文学は、当代の出来事を、古典の「世界」に読み替えることで、いわば、古典文学を再解釈しているのである。

このように江戸時代は、学問・創作の上で古典文学との関わりが非常に深い。本節では、馬琴の古典文学の再解釈の方法について考えてみたい。

一　馬琴の古典取材と考証

馬琴は読本と呼ばれるジャンルの作家として著名である。読本は、一般的には中国白話小説の利用が特徴とされるが、白話小説に限らず、古今東西の古典から織りなされたテクストであると言って良い。[注4]馬琴の博覧強記はよく知られるところで、和漢の故事に精通し、自身の関心がある話柄について考証した『燕石雑志《えんせきざっし》』（文化七〈一八一〇〉年刊）・『烹雑の記《にまぜのき》』（文化八年刊）・『玄同放言《げんどうほうげん》』（文政元、三〈一八一八、一八二〇〉年刊）といった随筆を残している。『燕石雑志』巻末には、考証の際に利用した引用書目として史書・物語・和歌集・軍記・随筆・史論・俳諧書・地誌・中国の史書・和漢の小説・類書などに渉る二百三十八部が列挙される。

その馬琴が創作の際、作品の時代背景として選ぶのは、演劇と同様に中世の軍記の時代であることが多い。これは馬琴に限らず読本の一般的な傾向といえようが、古代や王朝時代を舞台とする作も例外的に見受けられる。これは古語を得意とする学者に多いようである。例えば、国学者である建部綾足の『本朝水滸伝』（安永二〈一七七三〉年刊）や石川雅望の『近江県物語』注5（文化五〈一八〇八〉年刊）などが挙げられる。馬琴は『本朝水滸伝を読む并批評』（天保四〈一八三三〉年成立）を残しているが、『本朝水滸伝』に否定的で、特に本書が古語で書かれていることを批判する。同様の批判は『南総里見八犬伝』の序にも見える。

> 畢竟文字《ひつきやうもんじ》なき婦幼《をんなわらべ》の、弄《もてあそ》びにすなる技にしあれば、故《ふ》りて風流《みやび》たる草子物語は、取て吾師に倣《な》すべくもあらず。（中略）この故に吾文《わがぶん》は、枉《まげ》て雅ならず俗ならず、又和《わ》にもあらず漢《かん》にもあらぬ駁雑杜撰《はくざつづさん》の筆をもて、漫《そゞろ》に綴り創《はじめ》しより、世人《よのひと》謬《あやま》りて遐《とほさ》け棄《すて》ず。（中略）
> 恁《かゝ》れば昔の草子物語は、此《こゝ》にも俗語もて綴れるを思ふべし。和漢その文異なれども、情態をよく写し得て、その趣を尽せる者、俗語ならざれば成すこと難《かた》かる、彼我《ひが》同《おなじ》く一揆なり。然ばとて、今此間《このあひだ》の俚言俗語の、転訛侏離《しゆり》の甚しきを、そが儘文《まゝぶん》になすべからず。余《おのれ》が駁雑《はくざつ》の文《ぶん》あるは、この侏離鄙俗《ひぞく》を遁《のが》れんとてなり。（中略）しかるに近世《ちかきよ》、建部綾足《たけべあやたり》が『西山物語《にしやまものがたり》』、及《また》『本朝水滸伝《ほんちやうすいこでん》』一名『吉野物語』は、をさ〳〵古言もて綴るものから（中略）今の俗語もまじりたれば、木に竹を接《つぎ》たるやうにて、且時好《かつときのこのみ》に称《かなは》ざりけん、僅《わづか》に二編にて、果さゞりけり
> （天保八年『南総里見八犬伝』第九輯下帙中巻第十九簡端贅言）

馬琴は、所詮婦女子が楽しむための小説なのであるから、「故りて風流たる草子物語」の「古言」を真似するべきではない、という。今の我々にとっては、風流に思われる言葉であっても、当時の作者にとっては俗語であったのであるから、今の我々が小説の文体として選ぶべきは今の俗語であるべきと論じる。だが、話し言葉そのままでは鄙俗すぎるので、和漢混交を選んだというのである。馬琴のこの発言はしばしば文体論として取り上げられるが、これは作品の時代設定とも関わっているのではないだろうか。「事はその時代を考るといへども、文はなほ山林の口気を脱れず。これ婦幼の耳目に解し易からんが為なり。画も又しかり」（文化四年刊『椿説弓張月』前編序）という

ように、馬琴は時代考証に留意したが、文体が「山林の口気」則ち「俗儒の文」（「山林ノ口-気謂二俗-儒ノ之文ヲ一」『古今類書纂要』巻一一）であるのは、婦女子のためであり、また挿絵も同様であると注記する。つまり、時代考証という面からは、本来、文体もその時代に使われた言葉に随うべきである。挿絵に描かれる風俗もまた然り。しかし右のような考え方からすれば、読者のために古語は避けるべきである。それゆえに馬琴は意識的に古代・王朝時代を背景とすることを避けてきたのではないかと考えられる。

　しかし、馬琴が作品執筆において古代・王朝時代やその文学を全く排しているわけではない。馬琴の読本の、特に伝説物と分類される作品群においては、しばしば輪廻の趣向が用いられる。例えば、『標注《ひょうちゅう》そのゆき』（文化四年刊）、『松浦佐用媛石魂録《まつらさよひめせきこんろく》』（文化五年刊）である。どちらも北条氏の時代、『標注そのゆき』では歌舞伎の世話物の「薄雪」の「世界」を踏まえつつ、主人公の男女の前世を「小町」の「世界」の小野小町・深草少将とする。『松浦佐用媛石魂録』でも主人公の男女の前世を「松浦佐用姫」の「世界」の大友挟手彦・佐用媛とする。これらの作品では登場人物の前世を古代・王朝時代の演劇の「世界」に設定し、前世からの因縁が明かされることで、今生の騒動が説明される。また、『皿皿郷談《べいべいきょうだん》』（文化十年刊）の背景は足利義晴の時代であるが、継子苛めの趣向に『落窪物語』が用いられており（『著作堂旧作略自評摘要』）、真間の手児女の霊が登場し、女主人公を慰める（作中『万葉集』の山部赤人の長歌を引用する）。

　歴史に取材した史伝物においては、登場人物が、記紀の神々に擬えられることがある。例えば『南総里見八犬《なんそうさとみはっけん》伝《でん》』（初輯文化十一年刊）第四回、鯉がいない安房で鯉を釣る難題を与えられた里見義実を「千剣振神《ちはやふるかみ》の代《よ》に、彦火々《ひこほほ》出見尊《でみのみこと》こそ、失《うせ》にし鉤《かぎ》を索《もとめ》つゝ、海竜宮《わたつみ》に遊び給ひけれ。又浦島の子は堅魚《かつお》釣り、鯛《たひ》釣かねて七日まで、家にも来ずてあさりけん、例《ためし》に今も引く糸の」と彦火々出見尊、いわゆる山幸と『万葉集』第九の水江浦島子に擬える。後述するが、『椿説弓張月』（文化四―八年刊）の源為朝も日本武尊に擬される。神々に擬えることで人物は神格化されるわけであるが、記紀の神々は決して完全無欠ではない。失敗もする人間味を帯びたそれぞれの神々の性格が、登場人物に重ねあわされ、その造型は重層性を持つ。会話においては、記紀などの故事が、登場人物の知識を披瀝する際にも用いられる。

意匠・視覚効果としても古典が利用される。例えば本章第一節でとり上げた『松染情史《しょうせんじょうし》秋七草《あきのななくさ》』（文化六年刊）、これは江戸時代の「お染久松」の「世界」を南北朝時代にうつした巷談物であるが、本作の口絵では七人の主要登場人物に、秋の七草が当てられる。それぞれに七草を使った歌が『万葉集』から配されるが、筋や登場人物の設定と重ねあわされた選歌となっている。「秋七草第一」として挙げられるのは「芳萱《はぎ》」であり主人公の父、楠正元が配される。歌は「吾屋戸乃一村芽子乎念児尓不令見殆散都類香聞（わがやどの　ひとむらはぎを　おもふこに　みせで　ほとほと　ちらしつるかも）」である。萩に見立てられた、本作の正元は南北朝合体の後、足利義満暗殺を企てて失敗する。「思ふ子」とはここでは、正元の遺児である主人公であろう。主人公は密かに家臣に守られて生き延びるが、父が誰とも知らずに育つのである。

口絵の登場人物像に和歌が添えられるのはよく見られるが、『松染情史秋七草』では、読み仮名もなく、万葉仮名のまま『万葉集』を引用しているのが特徴的である。万葉仮名で記された歌は、当時の多くの読者にとっては、恐らく「故りて風流たる」意匠でしか無い。歌を正しく読んで、登場人物との取り合わせの妙を楽しめたのはごくわずかな知識人であろう。意匠としてだけでも十分楽しめるが、知識階級のより熱心な読者が解読すれば、口絵から登場人物や筋を予測する楽しみ、あるいは読了後に、人物に重ねられた選歌の妙を再度楽しめる仕掛けになっているわけである。

馬琴は、小説の時代背景には、読者に馴染みやすい武家政権の軍記の時代を選びつつ、輪廻の趣向や人物造型などに、古代・王朝の「世界」や文学を用いることで、作品に重層性を持たせようとしたのである。

二　「童話」の考証と古典

ところで、『世界綱目』には「浦島」の「世界」があった。「浦島」は謡曲や御伽草子でも伝わるが、その伝承は古くは『日本書紀』『万葉集』等に遡る。今では昔話としてよく知られるが、馬琴は「浦島之子」を「童子《どうじ》の話柄《ものかたりぐさ》」「童話《わらべのものがたり》」と位置づけ、『燕石雑志』巻之四（文化七〈一八一〇〉年刊）において考証している。馬琴は「昔より童蒙のすなる物語も、おのづから根《もとづ》く所あり」と、和漢の故事や神話から昔話の典拠を探り、昔話に価値を見出そうとするのである。例えば「浦島之子」の典拠としては、右に挙げた二書の他、『捜神後記』『古事談』等が考証されている。馬琴にとって「童話」はいわば古典の集積の上に形づくられたものであり、だからこそ馬琴は「童話」を評価する。

「浦島」は『日本書紀』に拠るため、時代物の「世界」に数えられていたが、『燕石雑志』で馬琴は、「浦島之子」の他に、演劇の「世界」にはない「猿蟹合戦」「桃太郎」「舌切雀」「花咲翁」「兎大手柄」「獼猴生胆」を考証する。『燕石雑志』の「名るに燕石を以す。蓋人の捨て顧みざる所、我取て珍と為るの意なり」（山本北山序）という題意が示すように、学者にも顧みられない「童話」にも由ある典拠があるのであり、たわいないものと捨て去るべきではないと馬琴は考えているのである。

そもそも「童話」は、子供のための絵本である赤本の主要な題材であり、大人向けの絵本である黄表紙・合巻においても、いわば「世界」として用いられることは珍しくない。馬琴においても同様で、例えば、「浦島」の「世界」を使った黄表紙には、『竜宮《たつのみやこ》獞鉢木《なまぐさはちのき》』（寛政五〈一七九三〉年刊・山東京伝作・馬琴代作）、『竜宮《たつのみやこ》苦界玉手箱《くがいのたまてばこ》』（寛政九年刊）がある。その他、「猿蟹合戦」には、黄表紙『増補獼猴蟹《さるかに》合戦』（寛政十年刊）・合巻『童蒙赤本事始《わらべはなしあかほんじし》』（文政八〈一八二五〉年刊）、「舌切雀」に関しては副題に「実方爵略縁起　舌切雀根原録」とある『赫奕媛竹節話説《かぐやひめたけのよがたり》』（文化十二年刊）などがある。注6

我々は昔話を口承文芸と考えるが、馬琴は「童話」を元は絵巻物であったと考えた。「猿蟹合戦、桃太郎物語、花咲の翁、兎の仇撃、鼠の嫁入などいふものも、みなはじめは絵巻物にてありけんかし」「いづれも作り物語にはあれど」（『燕石雑志』巻之四「浦島之子」）根拠があるのだと論じるのである。黄表紙・合巻においては、「世界」として成立していた「童話」を考証し、その典拠を古典に求めることで、馬琴は「童話」の価値を見直そうとしたのであろう。

三　「桃太郎」の考証と『椿説弓張月』

その考証結果を馬琴は読本執筆にも活かしている。注7「童話」の考証のうち「桃太郎」は、読本『椿説弓張月』（以下『弓張月』と略す）の執筆と密接に関わっている。『弓張月』は源為朝に取材した読本であるが、馬琴は『燕石雑志』で『参考保元物語』「為朝鬼島渡并最期事」を引用して、「桃太郎」は源為朝の伝説に由来すると論じている（傍線部筆者。以下同じ）。

桃太郎が鬼ガ島へ到て宝貨《たから》を得たりしよしは、為朝の事を擬していふなり。保元物語為朝鬼ガ島渡りの段に、御曹司は西国にて舟には能調練《よくちやうれん》せられたり。舟をも損せず押上て見給へば、長一丈余ある大童《おほわらは》の、髪は空様に取あげたるが、身には毛ひゝと生て色黒く、牛の如くなるが、刀を右に指て多く出たり云々《しかゞ》。亦云く実《げ》にも見れば、鳥の穴多し。その鳥の勢《せい》は鵯程《ひよどりほど》なり。為朝これを見給ひて件《くだん》の大鏑《おほかぶら》にて木に有を射落し、空を翔るを射殺しなどし給へば、島のものども下を振ひておぢ恐る。汝等も我れに従はずばかくの如く射殺すべしと宣へば、皆平服して従ひけり。身に著《き》る物は網の如くなる太布《ふとぬの》なり。この布を面々《めん〱》の家より多く持出て、前に積置けり。島の名を問給へば鬼が島と申す。然れば汝等《なんじら》は鬼の子孫かさん候。さては聞ゆる宝あらば取出せよ見んと宣へば、昔正しく鬼神なりし時は、隠簑《かくれみの》、隠笠《かくれかさ》、浮履《うきくつ》、劔《けん》などいふ宝ありけり。その頃は船なけれども、他国へも渡りて、日食人《ひゞにくらふ》のいけ贄《にゑ》をも取れり。今は果報尽て宝も失せ、形も人になりて、他国へ行ことも叶はずといふ。されば島の名を改《あらため》んとて、太き葦多く生《おひ》たれば葦島とぞ名附ける。この島倶して七島知行す。これを八丈島のわき島とす云々《しかじか》。これは永万元年三月の事なりといへり。桃太郎が鬼ガ島渡りは、全くこれより出たり。御曹司島めぐりといふ絵巻物世に行れしころ、それに擬してかゝる物語さへ出来《いでき》しならん

（『燕石雑志』）

馬琴は、保元の乱に破れた為朝が配流先で鬼ヶ島を従えたという伝説から「桃太郎」の「童話」が成立したのだという。さらに遡って為朝の島巡り譚は、義経の島巡り譚である『御曹司島渡』という絵巻物が読まれた頃、これに擬えて生まれたのであろうと推測する（傍線部）。

一方、文化四（一八〇七）年から馬琴は、『弓張月』を『燕石雑志』に先行して刊行中である。『燕石雑志』刊行時、前・後・続・拾遺・残編の五編のうち続編まですでに刊行しており、『燕石雑志』は拾遺編と同時に文化七年八月に刊行された。『燕石雑志』の「桃太郎」の記事は、『弓張月』拾遺執筆時までの間の考証が反映されているといえる。『弓張月』は五編に渉り、書き継がれるなか、新たな資料を得る度に少しずつ構想に変更が生じたことが指摘されるが、[注8] 変更を加えつつも、全編にわたり「桃太郎」の影は変わりなく見え隠れする。「童話」の典拠研究と読本執筆がどう関わるのか、以下に『弓張月』に見える「桃太郎」のモチーフを確認してみたい。

①鬼が島渡り

あらためて確認しておくと『椿説弓張月』は為朝の琉球渡航説に取材した作である。前編冒頭には、琉球渡航説について林羅山著『本朝神社考』や『和漢三才図会』を引くが、『保元物語』にはこの説が見えないことを記す（傍線部）。

爲朝琉球へ渡り給ひしといふ説、原何《もといづれ》の書に出ることをしらず。しかれども神社考云、「爲朝八丈島より鬼界に行、琉球に亘《わた》る。今に至り諸島祠《やしろ》を建て島神とす」といふ。寺嶋が和漢三才圖會に又云、「爲朝大嶋を遁出《のがれいで》て琉球國に到り、魑魅《りみ》を驅《かり》て百姓《ひやくせい》を安くす。洲民その徳を感じて主とせり。爲朝逝去のゝち、球人祠をたて、神號《しんがう》して舜天太神宮といふ」といへり。愚按ずるに、保元物語に、爲朝島に于《おいて》自殺の事を載せて、琉球へ渡《わたる》の説なし。彼説をなすもの、いまだ何に据《よる》ことを詳《つまびらか》にせず。今軍記の異説古老の傳話を合せ考、且《かつ》狂言綺語をもてこれを綴る。（前編冒頭）

つまり、馬琴が「桃太郎」の典拠とする「保元物語為朝鬼ガ島渡りの段」は、本来『参考保元物語』には「為朝鬼島渡并最期事」とあるように、為朝が鬼が嶋に渡った後、大嶋で討たれる最期までを記し、実は脱出し生き延びたとする琉球渡航説とはそもそも関係がない。一方で『本朝神社考』には「爲朝八丈島より鬼界に行、琉球に亘る」と「鬼界」という言葉が見えており、馬琴は、為朝の大嶋脱出後を描く続編以降で、「鬼が嶋」に加えて、繰り返しこの「鬼界」について考証する。「鬼界」については第二節でも触れており、重複するが、ここでは「鬼が嶋」に関する記述とともに順に確認してみたい。

後編（文化四年成立）までは『参考保元物語』に拠って「鬼が島」は「八丈島のわき島」の「葦島」（『燕石雑志』波線部参照）と考えられている。馬琴は女護が島に対して男だけが住む島が「大児《おに》が嶋」の「葦が嶋」であるとし、「女護の嶋」は、為朝にちなんだ「八郎嶋」が訛って「八丈」嶋となったとこじつける（傍線部）。

ふるくは大児《おに》が嶋《しま》ともよべり。かゝればおにとは悪鬼夜叉の謂にはあらで、大はらはとよぶ心なり。又、男の嶋とは、男児のみ住むをもて女護の嶋に對して呼ぶ。こは此の嶋の字《あざな》なり。なほこの外に、真《まこと》の鬼《おに》の栖嶋《すむしま》ありや。さる分別《わいだめ》はしり候はず　（七郎三郎の台詞・後編第十八回）

男女ひとつに住むときは、男の嶋といはんも称はず。この荒磯の周《めぐり》には、太やかなる葦の生《おひ》たれば、芦が嶋とも名づけよ　（為朝の台詞・後編第十八回）

女護といふ名を更めて八郎嶋と呼做《よびな》せしが、物換《かは》りゆく世のたゞずまひに、その故事を訛《よこなま》り、今八丈と称《となふ》るは、この荒磯とぞしられける　（後編十九回）

一方、続編（文化五年八月十二日擱筆）に入ると、「鬼界」についての説明が現れる（続編拾遺考証・続編三十二回）。当初、「鬼界」は、平家打倒の陰謀が発覚して俊寛らが流された鬼界嶋であり、「鬼界を琉球《おき》の属嶋《こしま》」（続編「拾遺考証」）、つまり琉球に属する一島と考えられている。

しかし、続編執筆の約半月後に書き終えた『俊寛僧都嶋物語』（文化五年八月晦日擱筆）では、「南海の諸島を。鬼が嶋。又鬼界嶋と称せしよし。その辨南嶋志に精細なり」（巻末）というように、新井白石の『南島志』の閲覧を機に「鬼が嶋」「鬼界」が一島の名称ではなく、南島の総称と考えるようになる。『燕石雑志』（文化六年成立）にも「鬼島は南島の総名なり」と記されている。

さらに残編（文化八年刊）では、『東鑑』を引き、「奇界」「鬼界」「鬼が嶋」は南嶋の総称であるとしつつ（「引用舊説崖略」）、さらに特に琉球を指すものとする（冒頭・残編六十七・六十八回）。

奇界乃鬼界にて、この國奇怪の事多かり。後に鬼界と書によりて、鬼が嶋とも唱ふめり。みな南嶋の總名にて、今なべていふ琉球也。　（残編六十七回）

そして、続編では俊寛らの配流地である鬼界嶋を、琉球の属嶋の一つであると考えていたことについては、『俊寛僧都嶋物語』以降、南嶋の総称であった「鬼界」が後にわずかに一島の名に残ったのであり、今となっては俊寛の配所がどこであったか定かではないと考えを改めている（残編「南嶋地名辨略」）。

残編末尾に付される「南嶋地名辨略」では、これまでの考証を整理した上で、「奇界」「鬼が嶋」は琉球のことであり、「この國往古妖神現して、奇怪の事多かり。故にこの名ありといふ」（残編「南嶋地名辨略」）と結論づける。

おそらく、前編執筆時の馬琴は『本朝神社考』の「爲朝八丈島より鬼界に行、琉球に亘る」の「鬼界」を琉球の属嶋と考えているに過ぎず、「鬼界」と「鬼が嶋」を同一視まではしていなかったであろう。しかし、右に確認してきた通り、書き継ぐなかで考証が深まり、「鬼界」「鬼が嶋」についての考えは少しずつ変化した。最終的に馬琴にとって為朝の鬼が嶋渡りとは、『参考保元物語』に拠る「八丈島のわき島」の葦島渡航だけではなく、琉球渡航をも意味するに到ったのである。後編十八回の七郎三郎の台詞に「真の鬼の栖嶋ありや」（二重傍線部）とあったが、敢えて残篇で、琉球について「妖神現して、奇怪の事多かり」（「南嶋地名辨略」）と記したのも「鬼が嶋」の鬼退治と琉球渡航説を重ね合わせようという意図があったのであろう。

②狼の服属

「桃太郎」で欠かせないのは犬・猿・雉の供であるが、この三匹について『燕石雑志』では、「鬼ガ島は鬼門を表せり。これを逆するに、西の方申酉戌をもてす。これを四時に配するに、西は秋にして金気殺伐を主ればなり。その意いと深し」と述べる。陰陽五行説で、鬼門に当たる丑寅の方角に対し、金気の西の方角に位置する申酉戌を配置したという。その是非はともあれ、『弓張月』前編においては、「桃太郎」の三匹を想起させる動物が登場する。

まず犬の代わりに『弓張月』では狼が登場する。第二回、為朝は二頭の狼が鹿の肉を争って闘うところを仲裁する。

狼の子二頭《にひき》ありて、鹿の宍《しゝむら》を争ひ、嚙《かみ》あふて生死《しやうし》をかへりみず、互に半身血に塗《まみ》れ、勝らず劣らず見えしかば

（中略）さらば助《たすけ》得《え》させんとひとりごち、す、み対《むか》ひて宣ふやう、「汝等は勇《たけ》き神なり。今食を争ひて、互に痍《きず》つき傷む事あらば、われ労せずして両《ふたつ》ながら獲《え》んも容易《いとやす》し。夫《それ》食は別に求るともなほ得《う》べし。生とし活《いけ》るもの一たび命をはりなば、求るに道なかりなん。とく退《しりぞ》けよ」

この箇所について従来典拠の指摘はないようだが、『日本書紀』欽明紀冒頭の次の故事に基づくと考えられる。天皇が若い頃、夢に「秦大津父」を家臣として寵愛すれば、天下を治めることができるという予言を得て、当人と対面した。その際、彼が山で二匹の狼が闘って血塗れになっているのに遭遇したという話を聞く。彼はいそいで馬を下りて、口や手を清めて、「汝《なん》じは是れ貴《かしこ》き神にして、楽《この》んで麁《あら》き行《わざ》す。儻《も》し猟士《かりひと》に逢ば、禽《とら》れんこと尤速けん」と両者の闘いを押し止めて血に塗れた毛を拭い洗って放し、「倶に命全からしむ」という。注9 欽明紀を利用したのは、作品冒頭において、為朝が天皇の力となる存在であることを暗に示す意図が働いたのであろう。

欽明紀を踏まえて、馬琴は狼を「勇き神」（傍線部）とする。狼は『万葉集』でも「大口の真神」と詠まれ（一六三六、三二六八歌等）、三峯神社でも神として崇められる存在である。ちょうど『燕石雑志』が刊行される前年、文化六年には合巻『三峯霊験御狼之助太刀《おいぬのすけだち》』（十返舎一九作）という合巻が刊行されている。本書は角書に「三峯霊験」とあり、「御狼」を「おいぬ」と読ませている。狼は「形大如犬」（『和漢三才図会』）、「豺《やまいぬ》」（『本朝食鑑』）とも同一視されたようである。犬を狼に読み替えたとしても不思議はない。「桃太郎」の犬を、神格化される英雄為朝に相応しく、神として祭られる狼に代えたのであろう。

この後、為朝に従うようになった二匹の狼は、主君の危機を知らせ（前編三・七回）、戦いの場面でも活躍する（前編五・九回）。

敵陣を夜討し給ふ時は、彼野風と呼べる狼、まず陣中に潜入り、夜巡りの兵士を咬殺して、主を引き入れまゐらせしとぞ（前編第五回）

これは、『太平記』巻二十二に登場する畑六郎左衛門の記事に拠ることが指摘されているが、[注10]『燕石雑志』では桃太郎の犬が「敵の城を抜たる」例として、この『太平記』を挙げる。

犬をもて敵の城を抜たる事は、畑時能が事を擬したり。太平記に云く、畑六郎左衛門時能《ときよし》と申するは、武蔵国の住人にてありけるが（中略）犬獅子と名を付けたる不思議の犬一匹有けり。（中略）先づ件の犬を先立て、城の用心の様を伺ふに、敵の用心密《きびし》くて隙《ひま》を伺いがたき時は、この犬一吠々《ひとほえ〳〵》て走出、敵の寝入夜廻も止ときは、走り出て主《しゅ》に向て尾を振て告ける間だ、三人共にこの犬を案内者にて屏を乗越、城の中へ打入て叫喚《おめきさけん》で、縦横無碍に切て廻ける間だ、数《す》千の敵軍　駭《おどろき》騒《さわぎ》て城を落されぬはなかりけり。（『燕石雑志』）

「桃太郎」の犬の典拠と考える記事を、『弓張月』の狼に用いているわけである。馬琴は「桃太郎」の考証を活かし、『日本書紀』を利用して、狼を従える為朝に、犬を従える「桃太郎」像を重ねているのである。

③鶴の報恩と猿退治

次に登場するのは、鶴である。為朝の夢に、助けた鶴が（第三回）女性の姿で現れる。鶴は恩に報いるため、才色兼備の妻を得るための助言と「南海の果にて見えまゐらすべきこそ」（第四回）と予言を残す。雉から白鶴に変更したのは、助けた鶴の足に「源朝臣義家放焉」とある金の牌が付けられていたように（第三回）、義家が鶴を放生したという故事（『奥州安達原』）を活かすためであったが、「鶴は仙禽にして、鳥の聖」（続編三十二回）であり、また「鶴は仙人の驥《うま》」（続編三十二回・『燕石雑志』五下）であった。[注11] 狼と同じ理由で、より相応しいと雉から鶴に変更されたのであろう。

鶴に引き続き猿が登場する（第四回）。ただし飼い主は為朝の正妻となる白縫である。白縫が飼う猿が悪事を働いて寺の塔の上に逃亡、殺生が禁じられる寺社内で、この猿を仕留めたのは矢ではなく、為朝の放った鶴であった。

そのまま「鶴は高く翔あがりて、南を投て飛去」る。上皇への鶴の献上を命じられた為朝は再び鶴を手に入れる必要に迫られて（第五回）、鶴が「南海の果て」での再会を予言した通り、琉球へ渡る（第六回）。

「桃太郎」の雉と猿の変奏として、馬琴は鶴の報恩と猿退治の回を用意した。猿については、『燕石雑志』で簡略に「猿の人に従ひし事は、和漢その例尠《すくな》からねば毛挙《かぞへあぐる》に遑《いとま》あらず」とされるが、桃太郎物の黄表紙ではしばしば猿は三匹の中でも悪に染まりやすい存在として描かれる。例えば、赤本『むかし〳〵の桃太郎』でも、猿は欲深で、「日本一の黍団子、二、三十下されば供申しましょう」とねだり、「猿は欲の深い。ひとつ下されば供申さん」と言う雉とは対照的である。安永六（一七七七）年の黄表紙『桃太郎後日噺』（朋誠堂喜三二作）でも、猿は好色で、桃太郎に追放された後、犬に踏み殺される。「猿蟹合戦」をみても、猿は悪役に配されやすいようである。『弓張月』で「桃太郎」の猿が、退治される存在として描かれてもおかしくはない。この猿の悪行が縁となって、為朝は正妻となる白縫に巡り会う。

さて再び鶴に話を戻すと、鶴は「南海の果」での再会を約し「南を投て」飛び去った。馬琴は『燕石雑志』で、「桃太郎」の雉と南との関係について力説する。

> 雉は瑞鳥也。その瑞桃太郎が宝を得て富に至るの前象とす。易離為スレ雉ト。傳玄雉賦《フゲンガキジノフ》云ク。稟《ウケテ》二炎離《エンリ》之正気《セイキヲ》一。応《オウズ》二朱火《シユクワノ》禎祥《テイシヤウニ》一。云々。雉は南方火《ひ》に象《かたどれり》。鬼ガ島は南島の総名なり。この故に雉の鬼ガ島へ到て功あるよしをいへり。
>
> （『燕石雑志』）

「易離為スレ雉ト」（波線部）とあるが、新井白蛾著『易学小筌』（安永九〈一七八〇〉年板）を試みに引くと、「離為火雉罹《キジカカル》二網《モウ》中ニ一之象　秋葉飄風之意」とあり、「此卦ハ離別ノ卦ナレバ親子《シンシ》兄弟或親《シタシ》キ朋友《ホウユウ》ナドニ別遠《トホザ》カル也」云々と説明される。「又此卦ハ先ハ凶ニシテ後ニ利《ヨロシキ》ノ義アレバ物ニヨツテ古事トスル意アリ」ともある。一旦の鶴との離別や放った鶴献上の難題、後の解決といった『弓張月』の一連の筋は、この卦を表したものとも考えられる。また同書附録の「八卦ノ象広推」では、離を火とし、雉について「スベテ美事ナル鳥ノ類可推」とする。[注12] 南方の火に象られる鳥であるために雉は、南島の総名である鬼ヶ島に到ったものと馬琴は考えた（右傍線部）。『弓張月』の鶴も琉球渡航に際して登場する。特に後編以降は、為朝の嫡子である舜天丸との関わりにおいて描かれる。馬琴は、前編冒頭に『和漢三才図会』を引用したように、当初、琉球の舜天太神宮は為朝を祀ったものと考えていたが、後編執筆時には、『中山傳信録』を閲し、『和漢三才図会』の記述は誤りで、祀られているのは為朝の子であることに気付く（左傍線部）。

為朝琉球へ渡リ玉ヒシトイフコト、神社考、及和漢三才図会ニ記載ストイヘトモ、フルクハ我邦ノ史籍軍記ニ見エザルヨシハ、スデニ前篇ニイヘリ。然ドモソノ論未尽ヲモツテ、再コ、ニ弁ズ。余嘗元史類篇、中山傳信録ヲ閲スルニ、琉球中興ノ主、舜天王ハ、スナハチ為朝公ノ子ナルヨシ、其書ノ注ニ見エタリ　（後編冒頭）

後編では『参考保元物語』「為朝鬼島渡」通りに、為朝は伊豆諸島を従え、第十八回では、男ばかりの「大児が嶋」に渡り、鬼を服従させる。一方で、本来、為朝の一代記の構想であったはずが、『中山傳信録』（享保六〈一七二一〉年成立）の閲覧をきっかけに変更を余儀なくされ、後編では嫡子舜天丸をはじめ、庶子の外伝も用意されることが指摘されている。[注13] 鶴もまた、琉球の「舜天太神宮」に祀られる、舜天丸との関わりの中で語られるようになる。「為朝鬼島渡」は為朝の弓矢の腕前を見せつけはするものの、桃太郎のような力尽くの「鬼退治」ではなかったが、続編以降の琉球篇では、いわゆる「鬼退治」の「桃太郎」の形象が、舜天丸に引き継がれてゆく。まず続編の口絵には舜天丸が禍《わざわい》獣を踏みつける図像が描かれる。禍獣とは「禍は、その形牛に似て、頭は虎のごとし。これを鬼門と号く。往古黄帝、神荼鬱塁をもて、これを捕て虎に餌しむといふ」（続編四十四回）と説明される妖異である（後述するが、『燕石雑志』でも「桃太郎」の考証で「神荼鬱塁」の故事を引く）。舜天丸の口絵はしばしば桃太郎物の赤本や黄表紙で、桃太郎が鬼を踏みつける、仁王像のような構図と類似する。[注14] 実際の本文は口絵とは齟齬し、続編四十四回で禍獣は石碑に押しつぶされて死ぬが、続編以降、本文でも舜天丸に「桃太郎」の形象が加えられていく。

④桃と鬼退治

特徴的なのは、舜天丸と桃の関係である。幼い舜天丸は、父母とともに平家討伐のために船出するが、嵐で遭難（続編第三十一回）、父母と生き別れ、老臣紀平治と孤島に漂着する。二人は、鶴の飼い主である福禄寿星に救われ、教えを授かる（続編第三十二回）。

この山の南なる谷間に、ふりたる桃あり（中略）その枝を剪て三條の征矢を矧、（中略）主従旦暮《あけくれ》に祈念せば、その矢毒龍邪気《れうじやき》を征して、霊験響《ひゞき》の物に應ずるが如けん。それ桃は仙木にして、よく百邪を征す。往古異朝《いにしへもろこし》黄帝のとき、神荼鬱塁《しんとうつらい》といふ兄弟あり。性《このんで》よく鬼を執《とら》ふ。黄帝桃板《もゝのいた》をもて、彼《かの》兄弟が形を画《ゑが》せ、これを門戸に貼て、悪鬼を禦《ふせ》げり。今の桃符桃版《とうふとうはん》はすなはちその事なり。又漢の時、西王母は三千年に一トたび子を締《むす》ぶ桃《もゝ》をもて、武帝に進む。この外《ほか》桃の徳枚挙に遑《いとま》あらず。かゝれば主従が命を繋ぐの糧《かて》、これにますものやはある。（第三十二回）

福禄寿の教え通りに、舜天丸主従は桃の枝と鶴の羽で三本の矢を作り、孤島で神桃に命を繋いで時節を待つ。「桃をもて糧とすれば、七年が間この嶋にて、無益の殺生し侍らず。みな父母のおん為と、思ひ奉り侍るなる」（残篇第五十八回）と、桃から生まれた「桃太郎」ならぬ、殺生をせず桃のみを食して育った舜天丸が描かれる。注15

『燕石雑志』の考証では「桃は仙木にして百鬼精物を殺すの功あればなり」として桃の効能を示す例として、『本草綱目』の「神桃ハ。主治《シュチ》。殺ス二百鬼精物ヲ一」、『日本書紀』の、黄泉から逃げる伊弉諾尊が桃の実を投げ、追手の雷等を退ける故事を引く。また『風俗通』からは「神荼鬱塁」の故事を引き、「これらの故事によりて、桃太郎鬼ガ島へ到りて鬼を殺し、その鬼王を擒にしたりとは作したるなり」と述べる。『弓張月』の為朝の台詞にも「桃は邪気を除くもの也。その事神代の巻にも見え、亦風俗通にもありとかいへり」（残篇五十八回）とその徳が繰り返される。

神桃を食べて育った舜天丸はやがて父母と合流し、曚雲《もううん》という琉球国王を殺害し王位を奪った妖僧を、かの桃の矢で倒すことになる。

舜天丸は姑巴嶋《こはしま》にて、三所の神に斎祀《いはひまつ》りし桃の箭《や》に、義家と識《しるし》たる、黄金牌《こがねのふだ》をとりそえつゝ、弓を満月のごとく、彎《ひき》固めて、且く祈念し給へば、（中略）何処とはなく空中に、鶴の鳴く声聞えしかば、念願成就とたのもしく、弦音《つるおと》高く兵《ひやう》と射る。その箭流る、星のごとく、曚雲が吭砕《のどぶえくだい》て（略）（第六十五回）

曚雲の正体は「このもの元来人倫にあらで、その長五六丈可《ばかり》なる、虬龍《みづちのたつ》」であった。為朝が「見るべしわが徒《ともがら》、みな桃に由て福を得つる事。これ曚雲を滅ぼすの前象なり」（残篇五十八回）とも言うように、琉球の「虬龍」を退治するためには桃の力が必要であった。残篇では「鬼界」と「鬼ヶ島」が同一視されたことは確認した通りであるが、曚雲討伐はいわば「桃太郎」たる舜天丸の鬼退治といえよう。

ところで黄表紙に描かれる「桃太郎」は、しばしば欲深である点が諷刺される。安永八年の『桃太郎元服姿』では、桃太郎は鬼に宝を返そうとするも、打ち出の小槌は、これがあれば金銀に困らないために手元に残そうとする。天明二（一七八二）年『昔咄虚言《とんだ》桃太郎』では「さても桃太郎は鬼ヶ島にて鬼の宝物を奪い取り、故郷へ帰り、一《いち》期《が》栄えてしまいしが、宝の内にも打ち出の小槌より金銀を打ち出し、今は裕福に世を送りける。しかるに此うま味を忘れかね、又いづくなりとも行きて、宝をしてこまさんと欲心起こる」と次は竜宮の乙姫に色仕掛けで近づき、宝を得ようする（この桃太郎は元服して、浦島太郎になる）。噺本『鹿の子餅』でも「むかしむかしの桃太郎ハ、鬼か嶋へ渡り、もとで入らずに多くの宝を取たげな。これほど手みじかな仕事はない」（明和九〈一七七二〉年刊）[注16] といった具合で、親しまれたからこそとはいえ、「桃太郎」の欲心に対する認識は一般的であったといえよう。これに対して、桃だけを食し、自ら無益な殺生を禁じ祈祷に明け暮れて育った舜天丸が、いわば琉球国の救世主として来訪、曚雲という、琉球王を殺害し王位を簒奪した妖異を退治するという『弓張月』の琉球編は、言わば理想化された「桃太郎」であった。

たわいない「童話」である「桃太郎」の典拠を『参考保元物語』の「為朝鬼島渡」と考えた馬琴は、読本『椿説弓張月』に右に見てきたような「桃太郎」のモチーフを取り込みつつ、執筆途中で得た考証の結果を『燕石雑志』にまとめたのであった。『参考保元物語』をなぞり、「桃太郎」が為朝に由来するという考証の結果を示した前後編に対し、続編以降では、為朝の子、舜天丸の造型を通して、理想化された「桃太郎」を再生したともいえるであろう。「童話」を織りなす和漢の古典を解き明かし、再び創作で作品に編み直したのである。

四　日本武尊と為朝

先に述べたように、構想の変更に伴って、為朝の嫡子である舜天丸登場の後編以降、主人公為朝が脆弱化することが指摘されている。琉球編の曚雲討伐の主力を担う舜天丸に対し、舜天丸の助力がなければ曚雲を討伐することができない為朝。この脆弱化を補うかのように、後編以降、しばしば、為朝は『日本書紀』の神に比されることがある。

身丈《みのたけ》の高やかなる、腕の太やかなる、手力雄命《たちからをのみこと》めきたり　（後編第二十五回）

昔大泊瀬《おほはつせ》幼武《わかたけ》天皇雄略葛城山に御狩《みかり》して、みづから荒猪《あらしゝ》を殺し給ひけんも、かくやとおぼし　（後編第二十六回）

「手力雄命」は天照大神が天岩戸に隠れた時、その御手をとって引き出し奉ったという神である。葛城山に野猪を退治した雄略天皇にも擬えられる。これらは為朝の怪力を示すためであったが、琉球編の続編以降、為朝が比されるのは専ら「日本武尊」である。「日本武尊」が他の神々と異なるのは、為朝の人生と重ね合せるようにその故事が取り込まれていることであろう。「童話」の「桃太郎」とともに『日本書紀』の「日本武尊」のモチーフがどのように用いられているかを以下に確認する。

①白縫と弟橘姫

まず「日本武尊」が重ねられるのは、続編第三十一回「為朝水行より京に赴く　白縫瀾を披て海に沈む」である。平家討伐を期して船出するも、為朝一行は嵐に遭遇、難破の危機に正妻の白縫が次のように語る。

> 御曹司、かくては万死に一生を得がたし。傳聞《つたへきく》景行天皇の四十年、日本武尊、東夷征伐の折から、相模より船出して、上総へとて赴き給ふに、暴風《あかしまかぜ》忽地に起りて、皇子の船漂蕩《へうたう》し、既に傾覆《くつがへ》らんとしたりしかば、その妃弟橘姫命、穂積氏忍山の宿禰の女皇子に代り、入水してうせ給へり。さるによつて風波《ふうは》立地《たちところ》に軟《やはら》ぎて、御船恙なく岸に着くことを得たりとぞ。君が武勇、日本武尊《やまとたけのみこと》に劣り給はず。妾《わらは》が心操《こゝろばせ》、弟橘姫に及ばずとも、此身を犠《にえ》として、海神へ献らば、風の止《やま》ざる事やはある。（続編第三十一回）

白縫は日本武尊の妃、弟橘姫が入水して嵐を鎮めたことを例にとり、自ら入水を決意するが、その際、「君が武勇、日本武尊に劣り給はず」（傍線部）と為朝の武勇を日本武尊に擬える。日本武尊が西征・東征に赴いたように、為朝もまた西は九州一円を従え、東は伊豆諸島を掌握する。『参考保元物語』に描かれる為朝の活躍を、日本武尊に譬えた上で、史実にない琉球渡航説から為朝の後半生を虚構する際に、日本武尊の姿を要所要所で重ね合わせるのである。日本武尊は志半ばで故郷を遠く離れて亡くなるが、その子は仲哀天皇となった。国に尽力しつつも、冷遇されたまま、異邦で生涯を終えた英雄。しかしその子は頂点に上り詰める。これは為朝と舜天丸との関係に重なり合う。

②嶋袋の焼討と焼津の焼討

拾遺第五十六回、為朝は、舜天丸とは生き別れのまま、曚雲と対峙するに及んで、再び「日本武尊」に擬えられる。為朝は、曚雲の妖術に翻弄され、嶋袋に焼き討ちに遭う。

その形勢《ありさま》は正に是、駿河の牧に田獵《みかり》せし、日本武尊《やまとたけのみこと》に似たり。されど吹かへす風もあらで、今はかうとおぼせしかば、鵜の丸の劒引抜つゝ、腹帯剪《きつ》て鎧《よろひ》投すて、天《そら》を仰ぎて嘆息し

（拾遺第五十六回）

『日本書紀』には駿河焼津の焼き討ちの時、日本武尊の草薙の剣が自ら鞘から出て草を薙いだことを記している。為朝の「鵜の丸」（傍線部）も「嶋袋にて火を避たるも、みなこの劔の威徳とおもへば」（残篇第六十回）とあるように暗に「草薙の剣」と重ねられる。この鵜の丸が、曚雲討伐を中心に描く残篇では、次第に重要な意味を持つことになる。

③鵜の丸

そもそも鵜の丸は、為朝の父、為義が崇徳院より賜ったもので、前編でその名がわずかに登場するだけであった（1傍線部）。

1　爲義朝臣今は已《やむ》ことを得ず、（中略）すべて六人の子どもを將て、白河殿新院の御所を申すへ走《はせ》参る。新院御感斜ならず。（中略）二箇所を賜りて、即判官代に補し、上北面《しょうほくめん》に候《こう》すべきよし、能登守季長をもて仰られ、鵜丸といふ御劒を下されけり。

（前編第八回）

これが拾遺に入り、嶋袋の焼き討ちに遭う際の為朝の装束描写のなかに、この鵜の丸が再登場する（2傍線部）。

2　保元の合戦に、厳父《おんちゝ》爲義朝臣が、新院より給はつたる、鵜の丸といふ、金作《こがねつくり》の圓鞘《まるさや》の名劔に、（中略）この

国人《くにうど》は目に馴れぬ、武者態威《むしやぶりゐ》あつて猛《たけ》からず。天晴《あつはれ》大将軍や、とばかりに、身方も敵もおしなへて、感嘆せざるはなかりけり。（拾遺五十六回）

そもそも前編第八回で、父、為義が賜った鵜の丸を、為朝が所持していたことについては、残編第五十七回・残篇第六十回に至って、崇徳院の陵に詣でた際に（後編第二十五回）夢に与えられたと、述懐する（3・4参照）。

3　嚢に讃岐院の山陵に通夜せしとき、夢の中に感得したる、父が紀念《かたみ》の宝剣と、燧袋は今にあり。これも亦奇といふべし。（残篇第五十七回）

4　わがこの刀は源家の重宝、鬼切蒔鳩に異ならず。為朝いぬる嘉応二年の秋、讃岐国へ赴きて新院の山陵《みさゝぎ》に詣《まうで》たりける夜、君をはじめ奉り、父なりける廷尉《ていゐ》為義《ためよし》、兄なりける左衛門尉頼賢《よりかた》（中略）夢の中に姿を現じ、世のなりゆくべき光景を、うち相語ひ給ふ程に、松ふく風に驚き、覚れば、枕辺に一口の宝剣あり。（中略）
（残篇第六十回）

さらにこの鵜の丸の威徳として、水難・火難（5参照）に加え、妖異をも打ち破る（6参照）ことを挙げる。

5　人にも告ずこの年来、腰に離すことなければ、往に風波の難に係りて、船の反覆《くつがへ》らんとせしときに、はやく帆綱を切ながせしも、又妖婦海棠《かいだう》を、只一刀《ひとうち》に斫《きり》たふせしも嶋袋にて火を避たるも、みなこの剱の威徳とおもへば（略）（残篇第六十回）

6　（亡霊は）この宝剣の威徳におそれて、しばしも影をとゞめあへず。不立文字《ふりうもんじ》の没字牌《もつじはい》、残る像見《かたみ》は正木《まさき》の卒塔婆《そとば》（略）（残篇第六十一回）

ただし、5の例に見える妖婦海棠は拾遺第五十四回本文では刀で切られたのではなく、矢で射られているなどの齟齬がある。また鵜の丸の伝来について残篇以降、詳述することについては、「為朝鵜丸の剱を感得し給ひし事、（中略）前に略して後に委《くわし》くす。敢漏《あへてもら》したるにはあらず」（残篇冒頭）と言い訳めいた注記をする。これらは曚雲討伐の場面への収束に向けて、鶉の丸の威徳をことさら強調しようとした結果と考えられる。

そして舜天丸と合流して迎えた曚雲討伐では、先に見たように舜天丸が桃の矢で曚雲の喉笛を射たところを、為朝が鶉の丸でとどめを刺す。

7　為朝は、真鶴《まなつる》と呼びかへたる、鶉の丸の宝剣をうち振りて、間ちかく走《はせ》よし給へば、宝剣の威徳にやおそれけん、曚雲猛に風を起し、雲を呼びて空中へ、登らんとするところを、舜天丸は姑巴嶋《こはしま》にて、三所の神に斎祀《いはひまつ》りし桃の箭《や》に、義家と識《しるし》たる、黄金牌《こがねのふだ》をとりそえつゝ、弓を満月のごとく、彎《ひき》固めて、且《しばらく》く祈念し給へば、（中略）何処《いづこ》とはなく空中に、鶴の鳴声聞えしかば、念願成就と頼もしく、弦音《つるおと》高く兵《ひやう》と射る。その箭《や》流るゝ、星のごとく、曚雲が吭砕《のどぶえくだい》て篦《の》ぶかにぐさと射込みたまへば、しばしも堪ず馬上より、仰《のけ》さまに瞠《どう》と堕《お》つ。為朝得《え》たりと馬より飛《とび》をり、彼《かの》宝剣をとりなほして、九刀刺徹《こゝのかたなさしとほ》し、怯《ひる》むところを押し伏せて、首を弗《ふつ》と掻落《かきおと》し給へば（略）　（第六十五回）

このように鶉の丸は拾遺第五十六回、日本武尊に重ねあわされた嶋袋の焼打の場面で、前編第八回以来、久方ぶりに再登場する。鶉の丸は、最終的に琉球国の国璽の一つとされるに到るが、草薙の剣もまた日本の国璽の一つであった。鶉の丸には日本武尊の草薙の剣の俤がある。

なお「九刀刺徹し、怯むところを押し伏せて、首を弗と掻落し給へば」の「九刀刺徹」注17とは、『平家物語』の源頼政の鵺退治の際に、猪早太が「柄《つか》も拳も透《とほ》れ透《とほ》れと、続け様に九刀《ここのかたな》ぞ刺《さ》いたりける」とあるのに拠る。鵺退治の故事も重ね合わされ、曚雲が妖異であることを暗に示した表現となっている。

④死

曚雲の正体は「その長五六丈ばかりなる、虬龍」（第六十六回）であったわけであるが、これに関して馬琴は、残篇末尾の考証で、馬琴は『琉球神道記』の作者、袋中の琉球の毒蛇に関する説を引き、日本も琉球も蛇を恐れることは同じであり、鬼とも呼ぶことを記す。その際、日本武尊の死についても言及する（傍線部）。

袋中の説に、「南中畏るべきもの甚しきものは毒蛇也。昔その王大成《わうだいぜう》蛇害にあへることあり」といへり。天朝神代《かみのよ》に、山田《やまた》の大蛇《おろち》あり。この後日本武尊《やまとだけのみこと》、近江膽吹山《いふきやま》にて毒蛇を砍たまひしが、蛇毒の為に薨《かく》れたまひき。か〻れば、天朝弁の古俗、毒蛇を懼畏る〻こと、南中に異ならず。今なほ畏るべき物に譬て、鬼といひ、蛇といふ、彼我その俗相似たり。　（「為朝神社并南嶋地名辨畧」）

『燕石雑志』では「上代には山賊を土蜘蛛と唱ふ、又大蛇ともいへる歟。日本武尊の胆吹山にて斬り給ふ大蛇は、山賊なるべしと一友人いひけり」（巻五下十四）とも記すが、『弓張月』では山賊説をとらず、毒蛇退治の末に、死に到ったとする。第六十五・六十六回に朦雲を退治した為朝は六十七回に「速かに故国へ帰りて、讃岐院の山陵《みさゝぎ》にて、肚《はら》かき切るの外なし」と決意する。崇徳院をはじめ父為義ほか、白縫、兄弟らの霊に迎えられた為朝は「忽地《たちまち》雲にかき乗せられ、件の馬にうち騎給へば、為仲、白縫左右より、轡を楚と取る。（中略）天の原、ふりさけ見れば八重雲の、霞にまぎれて見えずなりぬ」。さらに六十八回では崇徳院の陵の前で為朝に似た武士が自害したこと、「彼死骸、ある夜忽然とうせて、遂に往方をしらず」（六十八回）と亡骸が消失したことが語られる。

生きながら神となり、神変不測の通力を得て、日の本へ飛帰り給ふといへども、なほ人間にありし日の、夙念《しくねん》を果さん為に、白峰の山陵《みさゝぎ》にて、自殺を示し、軈《やが》て脱仙《だつせん》して、天地に徜徉《せうよう》し、人の為に生を利し、死を救んと誓ひ給ふなるべし　（第六十八回）

祖国へ飛び帰り、その屍が残らなかったとする点は、『日本書紀』の日本武尊に似る。雲上を馬に乗って去った為朝と白鳥と化して去った日本武尊。馬琴は右の傍線部で「脱仙」という言葉を使うが、『故事部類抄』[注18]という馬琴が作品執筆のために日本の故事を抄録、分類した類書のなかで、やはりこの故事を「仙仏部」の「脱仙」に分類する。

白き鳥と化《な》りて、陵より出玉ひて、倭の国を指て飛び玉ふ。群臣等《たち》、因て以、其の棺櫬《ひつぎ》を開て視玉ふれば、明衣《みそ》のみ空く留て、屍骨は無し　　（『日本書紀』景行紀[注19]）

このように、琉球編では舜天丸に「桃太郎」の形象が受け継がれたのに伴い、為朝には『日本書紀』の日本武尊の形象が重ねあわされたと考えられるのである。

おわりに

『弓張月』琉球編については、『水滸伝』『水滸後伝[注20]』『狄青演義[注21]』『西遊記[注22]』の影響、謡曲「海人」の趣向等の指摘がある[注23]。それに加えて、琉球国の神話と日本国の神話を結びつけ、舜天丸の琉球支配の正当性を示したことも指摘がある[注24]。白話小説のみならず、軍記や神話が分かちがたく重なり合って『弓張月』の世界は成り立っている。

なかでも、主人公の造型に着目した時、「桃太郎」や『日本書紀』の日本武尊の形象が為朝・舜天丸父子に重ね合わせられていることを本節では確認した。

ところで日本武尊の「脱仙」を採録した『故事部類抄』は、『吾妻鑑』『平家物語』『太平記』等からも引用されるが、圧倒的に『日本書紀』が多いことが指摘されている[注25]。他の資料と比して、古代の文献は馬琴にとって書き写して、学ぶ必要がある古典であったとも言えよう。『弓張月』に関わる記載を確認すると、『日本書紀』の故事からは、日本武尊の「脱仙」の他、弟橘媛の入水（地部「海　風濤難」）、胆吹山の蛇（地部「泉」）、猪を踏み殺す雄略天皇（帝系部「皇后」）、彦火々出見尊（民業部「釣」）、狼の故事（毛鱗部「狼」[注26]）が目に留まる。また『古事記』からは伊弉諾の桃（菓実部「桃実」）、『源平盛衰記』から為朝の事績についての摘要（技芸部「射」）、『太平記』から畑六郎左衛門の犬（毛鱗部「犬」）、『保元物語』から鵜の丸の記事（器用部「剣」）が採録される。馬琴は古代から中世に到る古典を摘録して学び、それを「童話」の考証、さらには創作に活かしているのであり、本節で確認したように、その一例が『弓張月』なのである。『弓張月』は、いわば、「童話」や神話の主人公を中世に読み替えた、古典の再解釈としての作品であるとも言えよう。

馬琴は史書では分からない史実の行間を虚構する。『燕石雑志』の「童話」の「浦島之子」の考証で、馬琴は次のように述べていた。

よしや史に載《のせ》らるゝとも、浦島が子の事、夢野《ゆめの》の鹿の事などは、凡智《ぼんち》をもて量《はか》るときは、実事《まこと》ともおぼえず。いにしへも今も人はたゞ新奇を好むが世の習俗《ならひ》なり。彼に伝へこれに記すまゝに、文を餝《かざ》ることもあるべし。古事記雄略天皇の段には、浦島が子の事見えず。

『日本書紀』にある「浦島」や「夢野の鹿」注27は事実とは思われないと馬琴は言う。「夢野の鹿」とは『日本書紀』仁徳記及び『摂津国風土記』に載る夢合せの伝説で、牡鹿の夢を占った牝鹿の言葉通りに牡鹿が射殺されるというものである。目新しいものを好むのは人の常であり、史書であっても文を飾ることもあるだろう、と。史実であれば記紀ともに採録するであろうが、史実ではないから「浦島」のことは『日本書紀』にはあっても『古事記』には見えないのだという。馬琴は、さらにこれらは「小説ならん」と述べている。

浦島が子の事、夢野《ゆめの》の鹿の事は小説《せうせつ》ならん。史に小説を収めたる事、唐土《もろこし》にもありや。答て云ふ、史記に秦の始皇《しくわう》を呂夫韋《りよふい》が子とす。こは秦を誹《そし》るもの、所為《わざ》歟。当時の小説なるべし。例《れい》せば宗盛《むねもり》公を傘張《かさはり》の子なりとし、亦文徳実録巻の一に、嵯峨天皇を伊予ノ国神野《かみの》郡の沙門《しやもん》上仙が後身《こうしん》なりとまうし、檀林《だんりん》皇后を 橘嫗《たちばなのうば》が後身《こうしん》なりとまうす説を載せられたるが如し。みないにしへの小説なるべし　（『燕石雑志』巻五下一三）

「浦島」「夢野の鹿」をはじめ、秦の始皇帝は荘襄王の子ではなく、実は呂夫韋の子であるという説（『史記』巻六「秦始皇本紀」)、平宗盛は実は清盛の子ではなく、「唐笠ヲ張テ商フ僧[注28]」と二位殿が語ったという説(『源平盛衰記』巻四三)、天子として生まれ変わることを予言した上仙と、上仙の檀越で、財産を尽くして上仙を供養し、来世で一緒に生まれ変わることを願った橘嫗が、嵯峨天皇と檀林皇后[注29]の前世であるとする説(『日本文徳天皇実録』巻一)。馬琴は史書にみえるこれらの例は「みないにしへの小説」であるという。馬琴もまた史書に取材しつつも、「文を餝」ることで小説を書いた。その際、馬琴は記紀をはじめとする古典に学んだ故事や「童話」を織りなして「文を餝」ったのである。

注

1 鈴木健一編『浸透する教養　江戸の出版文化という回路』(勉誠出版、二〇一三年)。

2 『歌舞伎の文献6　狂言作者資料集㈠『世界綱目』『芝居年中行事』』(国立劇場調査養成部・芸能調査室、一九七四年)。

3 飯塚友一郎『歌舞伎細見』(縮刷版、第一書房、一九二七年)では、時代物を「稗史野乗篇」と分類する。

4 前田愛氏は「稗史小説はいわば虚構のテクストである。(中略)馬琴の制作したおびただしい長篇物語の世界は、結局馬琴が読破した大量の書物からの引用、これが小説のなかの実としてあるのです。その実に支えられて、馬琴の想像力は飛翔する。そしてそこに、ある虚の世界、虚構というものがつくり出される。そういう構造になっているのです」と指摘する(「文学テクスト入門」『前田愛著作集』第六巻、筑摩書房、一九九〇年)。

5 天野聡一『近世和文小説の研究』(笠間書院、二〇一八年)。

6 ちなみに、『赫奕媛竹節話説』はその序に「竹取の草紙は原原《もと》是万葉集、第十六巻めの歌より出、舌切雀は宇治拾遺、又その先は唐山の楊宝が故事に本づく。今又これらを父母として、やつと産出す赤ぼんは」とあるように『竹取物語』と「舌切雀」の世界を綯い交ぜにしつつ、「実方雀の時代」、左遷された奥州で亡くなり、その魂が雀となった藤原実方の時代に設定した作品である。『竹取物語』は「物語の出で来はじめの祖」(『源氏物語』「絵合」)といわれるように文学史上、重要視される王朝文学である。馬琴も「古昔の草子物語、『竹採』・『宇通保』、『源氏物語』」と並記する

7 （『南総里見八犬伝』第九輯下帙中巻第十九簡端贅言）。一方で今も「かぐや姫」は昔話として親しまれる。それと同じように、馬琴にとっても、王朝文学のなかでも、『竹取物語』はむしろ「舌切雀」と取り合わされるような、「童話」に近い存在であったのであろう。なお馬琴は「桃太郎」の考証において、桃から生まれた桃太郎は、竹から生まれたかぐや姫にも拠っていると考え、『竹取物語』の典拠についても言及する。

8 本節では触れないが、他に例えば、曲亭馬琴の読本、文化六、七（一八〇九、一〇）年刊『胡蝶物語』では主人公夢想兵衛は浦島仙人からもらった釣竿を凧を仕立てて異国遍歴をする。

9 大高洋司「『椿説弓張月』論―構想と考証」（『読本研究』第六輯上、一九九二年九月）。

10 書き下しは後述の『故事部類抄』引用の馬琴の訓点に従った。

11 『椿説弓張月』上（日本古典文学大系60）後藤丹治頭注。

12 天保十一（一八四〇）年の『三養雑記』は頼朝が放った金の札をつけた鶴が、元禄年中、飛来した話を伝える。『奥州安達原』（宝暦十二〈一七六二〉年初演）にも「鶴は仙家の霊鳥」とある。

13 なお「傳玄雉賦」は『芸文類従』巻九十に見える。

14 石川秀巳「虚実の往還―『椿説弓張月』試論」（『山形女子短期大学紀要』第一六集、一九八四年三月）。大高洋司「『椿説弓張月』論―構想と考証」（『読本研究』第六輯上、一九九二年九月）。

15 赤本『むかし〳〵の桃太郎』や安永六年刊『桃太郎昔話』、文化二年刊『昔話桃太郎伝』等がある。

16 しばしば『南総里見八犬伝』の犬江親兵衛と舜天丸との共通性が指摘される（高田衛「游戯三昧之筆―馬琴・虚構の工学」『文学』八巻一号、二〇〇七年一月）。共通点としては、一番若い子であり（舜天丸も嫡子でありながら最後に生まれる）、一度息絶えるも再生すること、神仙の加護で育つこと、人を殺さないこと、最後に登場して華々しい活躍をすること、妖異を退治することなどがある。親兵衛は「童話に聞えたる、桃太郎にはあらずや」（『南総里見八犬伝』第百四回）とあり、親兵衛と似る舜天丸が「桃太郎」の形象を背負っていたとしても不思議ではない。

17 『斬本大系』第九巻（東京堂出版、一九七九年）。

18 『平家物語』上（講談社文庫、一九七二年）。『椿説弓張月』下（日本古典文学大系61）頭注参照。

曲亭叢書研究会「翻刻『故事部類抄』―曲亭叢書―（一）～（十）」『早稲田大学図書館紀要』四四～五四号、一九九七年三月―二〇〇七年三月）。

19　書き下しは『故事部類抄』引用の馬琴の訓点に従った。

20　『椿説弓張月』上（日本古典文学大系60）後藤丹治解説。

21　徳田武「『椿説弓張月』と『狄青演義』」（『日本近世小説と中国小説』日本書誌学大系51、青裳堂書店、一九八七年）。

22　朝倉瑠嶺子『馬琴　椿説弓張月の世界』（八木書店、二〇一〇年）。

23　大高洋司「『椿説弓張月』の構想と謡曲「海人」」（『近世文藝』七九、二〇〇四年一月）。

24　播本眞一「『椿説弓張月』論」（『八犬伝・馬琴研究』新典社、二〇一〇年）。久岡明穂「福禄寿仙の異名―『椿説弓張月』試論―」（『叙説』第三〇号、奈良女子大学国文研究室、二〇〇二年一二月）。

25　播本眞一「『故事部類抄』について―『南総里見八犬伝』との関連を中心に」（『日本文学研究』第三三号、一九九四年一月）。『故事部類抄』の引用は、前掲「翻刻『故事部類抄』―曲亭叢書―（一）～（十）」に拠る。

26　その他、本節では触れなかったが、残篇六七回の仁徳記の人魚の逸話（帝系部「譲位」）も載る。

27　夢野の鹿も『故事部類抄』に載る（毛鱗部「鹿」）。

28　『源平盛衰記』（慶長古活字版第六冊、勉誠社、一九七八年）。川柳にもしばしば詠まれる。

29　檀林皇后は九相説話で知られる。西山美香「檀林皇后九相説話と九相図」（『九相図資料集成』岩田書院、二〇〇九年）。佐藤至子「京伝と九相詩」（『文学』一七巻四号、二〇一六年七月）。

第五章　馬琴と動物

本章では動物に着目する。第四章第四節で、『椿説弓張月』に登場する狼・鶴・猿に、「桃太郎」の犬・雉・猿が重ね合わされていることを述べたが、馬琴は作中、動物の趣向を好んで用いる。報恩譚などの善なる動物か、主人公らに害をなす動物か、また物語に大きく係わるか否か、といった違いはあれ、ほとんどの読本に動物が登場する。例えば『椿説弓張月』には他に、蛇・雷公・馬・山猩・牛・山猫・猪・鰐鮫・虬・禍獣・鷲・熊・人魚などが、『南総里見八犬伝』にも、犬をはじめ、龍・鯉・化猫・大鷲・暴れ牛・狐・妖虎などの趣向がある。他の馬琴読本を通覧すると、鳥類では山鶏（月氷奇縁）、蛇身鳥（石言遺響）、鷹（稚枝鳩・雲妙雨夜月）、鷲（旬殿実実記・標注そののゆき）、烏・鷺（松染情史秋七草）等、獣類では狐（月氷奇縁・敵討裏見葛葉・墨田川梅柳新書）、馬（稚枝鳩・勧善常世物語）、牛（四天王剿盗異録・雲妙雨夜月・三七全伝南柯夢）、狼（四天王剿盗異録）、熊（四天王剿盗異録・標注そののゆき）、猿（旬殿実実記）、猪（四天王剿盗異録）、鼠・猫（頼豪阿闍梨恠鼠伝）等、虫類では蛇（椿説弓張月・稚枝鳩・勧善常世物語）、蜂（勧善常世物語）、蝶（糸桜春蝶奇縁）、蜘蛛・蜻蚨（八丈綺談）、魚介類としては、大蛸（俊寛僧都嶋物語）、金魚・鮒（八丈綺談）等。『標注そののゆき』などのように、口絵のデザインとして主要登場人物とともに描かれる場合もある（蜘蛛・鯉・蛤・熊・鷲）。動物の場面は特に挿絵があることが多く、読者を惹きつける視覚的効果も期待されたのであろう。馬琴や読本に限らず、一般的に黄表紙・合巻はもちろん、浄瑠璃・歌舞伎の趣向としても動物はよく用いられる。例えば歌舞伎の例として享和三（一八〇三）年刊『戯場訓蒙図彙《しばいきんもうずい》』には、鳥は鶴・鷹・烏・群雀・雁・鶯・千鳥・鶏・鴛鴦・鷲、虫類は蛇・蜘蛛・宮守・百足、獣類は獅子・虎・蝙蝠・牛・馬・猿・熊・犬・鼠・蝦蟇・猪・狐・鯉・鮫鱇などを列挙する。

　また馬琴が私生活においても動物や昆虫を種々飼っていたことが知られていて、『无益《むやく》の記』には、狆や猫、家鴨をはじめ、馬琴が購入、飼育した小鳥・犬・猫・虫・鳥・金魚の記録がある。鳥だけでも、カナアリヤ・駒鳥・鸞・オオルリ・十姉妹・頬白・鳩・目白・チャボ・鶺鴒などざっと眺めただけでも相当な数である[注1]。子供がキリギリスを飼っていたことを文化七（一八一〇）年刊『燕石雑志』（巻五「田之怪」）に記してもいる。
馬琴と演劇と動物とはこのように関係が深い。本章では、従来あまり注目されなかった馬琴の名と「蟹」、『南総里見八犬伝』の「鷲」「狐」をとり上げることで、馬琴の日常に迫る。

注

1　播本眞一『八犬伝・馬琴研究』（新典社、二〇一〇年）第三章第一節、一七五頁。

第一節　馬琴と蟹――馬琴の名「解」をめぐって――

はじめに――馬琴の戯号――

馬琴が著作の際に、種々の号を使っていることはよく知られるところである。戯作執筆の際に用いる「曲亭馬琴」をはじめ、馬琴が意識して号を使い分けていたことは天保三（一八三二）年刊『南総里見八犬伝』第八輯自序に、次のように述べていることからも明らかである（原漢文を書き下した）。

曲亭主人は、江戸の隠士也。別号多く有り。平居文を綴る処を名けて、著作堂と為す。其次小書斎に名けて䳡斎と為す。国史旧録、奇文諸雑書を繙く時彫窩と号す。儒書仏経、諸子百家之書を閲する時玄同と号す。自ら稗史小説に序する時蓑笠と号す。戯墨に耽る時曲亭と号す。児戯の小茦子を編する時馬琴と称す。

（『南総里見八犬伝』第八輯自序）

これに続けて、馬琴は「是の他雷水。狂斎。半間。信天翁。愚山人の数号有り。約一十二号。皆時に望み意に随て、署せざること莫し。」と記しており、十二もの数の号を使用していたことがわかる。

これらの号のうち、「曲亭」が『漢書』陳湯伝、『大明一統志』に拠ること、「馬琴」が『十訓抄』の「野相公婦を索る詞句」に拠ることも同じく『八犬伝』第八輯自序に割注で示される通りである。「曲亭馬琴」をはじめとする号の出拠については、基本的な事項ながら従来改めて確認されぬままであったが、近年、播本眞一氏の一連の研究[注1]によって諸論が整理され、明らかになっている。

馬琴は著作に係わるようになった際に、号だけではなく、自身の本名を「解」と改めている。従来この「解」の名について論じられることはほとんど無かった。ここでは、この「解」の名に注目したい。

一　「馬琴」と「解」と司馬相如

まず、『吾佛《あがほとけ》乃《の》記《き》』「滝沢筸民源解譜第七」に拠って、馬琴の名について確認しておく。親に名付けられた馬琴の幼名は春蔵であったが、まもなく主君の本家筋の松平春之丞の春字を避ける為に倉蔵と改めている。天明元（一七八一）年十五歳になると、叔父を烏帽子親として成人するが、その際に俗称を左七郎と改め、また実名を自ら興邦とした。その後、寛政四（一七九二）年から蔦屋重三郎のもとで奉公したが、[注2]その際に五男とはいえ仮にも武家である実家の「家の通字」である「興」の字を名に承けて「興邦」というのは烏滸がましいと、「則改めて、名は解、字を瑣吉とす」と改名したという。

戯作において「解」や「瑣吉」が署名として用いられることはほとんどなく、例外的に「簑笠陳人解」が『南総里見八犬伝』（肇輯文化十一〈一八一四〉年序）や『朝夷巡島《あさいなしまめぐり》記《のき》』（初集文化十一年序）といった長編読本の序跋に見えるが、号と合わせた使用となっている。印記としてはしばしば中編読本の序跋において戯号による署名の下にも用いられている。例えば「滝沢解」（『石言《せきげん》遺《い》響《きょう》』文化元年自序）や「滝沢解印」（『四天王《してんのう》剿盗《しょうとう》異《い》録《ろく》』文化元年自序・『三《さん》七全伝南柯夢《しちぜんでんなんかのゆめ》』文化五年刊記）や、「瀧氏瑣吉」（『月氷奇縁《げっぴょうきえん》』享和三〈一八〇三〉年自序・『墨田川梅柳新書《すみだがわばいりゅうしんしょ》』文化四年自跋）などの印である。一方、家記である『吾仏之記』（文政五〈一八二二〉—天保十三〈一八四二〉年成立）や随筆『燕石雑志《えんせきざっし》』（文化七年刊）・『烹雑《にまぜ》の記』（文化八年刊）・『玄同放言《げんどうほうげん》』一集（文政元年刊）等では内題下の署名に「滝沢解」「滝沢解瑣吉」を用いており、戯作と家記・随筆とでは号と名を使い分けていることが確認できる。

この「解」と「瑣吉」について、文化五年刊『三七全伝南柯夢』の跋に自解がある。この跋に「曲亭馬琴」号の由来が見られることはすでに大高洋司氏が指摘するところであるが、注3 号のみならず本名のいわれについても言及がある。本書の跋は、馬琴の弟子を名乗る「魁蕾子《かいらいし》」（実は馬琴の別号）注4 によるものであり、客にその号の由来を問われた馬琴の答えを魁蕾子が聞き記すという形をとる。以下に原漢文を書き下した上、引用する（傍線は筆者による）。

客予に問ふこと有りて曰く、曲亭先生何に拠りてか此を曲亭と号す。予之に応へて曰く、漢書陳湯が伝に云く、巴陵曲亭の陽に楽すと、是なり。亦問ふ馬琴は何ぞや。曰、十訓鈔野相公の句に、才馬卿に非れば琴を弾くこと未だ能くせず、身鳳史に異にして簫を吹くこと猶拙しと云ふを取つて以て戯号と為す也。先生嘗て司馬相如が才を景慕す。是を以て解と名のり瑣吉と字す。解は蟹也。郭璞が江の賦に云く、瑣蛣は蟹を腹とし水母は鰕を目とす。其名を蟹に象る也。王吉が之を夢みし所、亦是長卿が故事也。客欣然として喜びて曰く、善い哉君と一夜の話、何十年の学に勝れり。愚聞常におもへらく、馬琴の熟字絶えて考拠無しと。而して今諸を子に問へば則ち豁然として其淵源を得たり。顧ふ昔は司馬長卿、藺相如が人となりを慕ひてまた相如と名づく。今や曲亭子司馬相如が才を慕ひ解と名のり馬琴と称す、故有る哉。和漢今昔其趣を異にすと雖も、宜しく年を同うして之を談ずべし。（略）

文化四年乙卯冬十月中浣

弟子東園の魁蕾子東都簑笠軒の時雨窓に書す。

（『三七全伝南柯夢』跋）

「曲亭」がこの自解にあるように地名に基づくことは播本氏が明らかにした通りである。また「馬琴」の由来となった『十訓抄』下十ノ四十四[注5]は次の通りである。

小野篁三守の大臣にその娘を望ける。文をもて手づからわたりけるとかや。その詞にいはく、「才非二馬卿一弾レ琴未レ能。身異二鳳史一　吹レ簫猶拙」大臣、これを見て、感じて聟になしてけり。（『十訓抄』下）

「馬卿」とは司馬相如の字。司馬相如が琴を見事に弾いて卓文君を妻として手に入れたという逸話を踏まえたこの詩句に「馬琴」は基づくというわけである。なお「鳳史」は簫の名人の簫史のことで、妻の弄玉と楼上で簫を吹いていると鳳凰が飛来し、二人はその背に乗って去ったという（『列仙伝』上）。ちなみに、この「才非馬卿　弾琴未能」の詩句は印記にも採用され、文化四年刊『雲絶間雨夜月』の跋文冒頭に押されている。またこの印は文化七年刊『昔語質屋庫』の巻末にも掲出され「編者一称見于印中」として「野相公句」という注記がある。『三七全伝南柯夢』序の文化四年以降、「馬琴」号の由来について説明を繰り返していたことがわかる。

さて、「馬琴」号は司馬相如の才能を敬慕したことに由来すると説明するわけだが、「解」「瑣吉」の名もまた司馬相如に拠るとして右の傍線部に「解は蟹也。郭璞が江の賦に云く瑣⿰王吉は蟹を腹とし水母は鰕を目とす。其名を蟹に象る也。王吉が之を夢みし所、亦是長卿が故事也。」と述べる[注6]。郭璞の江の賦の引用箇所については文化六年刊『夢想兵衛胡蝶物語』（前編巻之一少年国）でも「水母といふものには、眼がなけれど、小蝦が黏《つい》てゐて、物を見れば、水母も見たやうにおぼえ、瑣⿰王吉といふものには腹がなけれど、小蟹が黏《つい》てゐて、物を食へば、瑣⿰王吉もくふたやうに覚え、狽《ばい》に足がなければ。狼《らう》が載てあるき」と引いている。「カイ」の音が通じるところから、「解」と「蟹」を関連づけているわけだが、名の「解」と通り名の「瑣吉」とは「蟹」と「瑣⿰王吉」のように表裏一体となって互いに支え合う存在ということであろう。

この「王吉が之を夢みし所、亦是長卿が故事也[注7]」という故事については、馬琴は早く寛政十年刊の黄表紙『増補獼猴《さる》蟹合戦』のなかで詳細に述べている。

蟹はむかし漢の王吉といひし人夢に大なる蟹を見たり。そのあくる朝《あした》、はじめて司馬相如にまみへけり。王吉思ひけるは、昨夜夢みし蟹は此人也。蟹は天下に横行するものなり。見よ〳〵司馬相如文章を以て天下に横行せんといひしが、はたしてその後、相如並び無き学者となりけり。蟹の一名を長卿といふ事も相如が字《あざな》より出たり。されば相如が妻の卓文君は一生蟹を食わざりしとかや。

（『増補獼猴《さる》蟹合戦』）

漢の王吉は、夢で大きな蟹が横歩きをするのを見た翌日、司馬相如に会い、その夢が司馬相如が後に文章で名を挙げることを意味していると悟ったという故事である。この故事は、『淵鑑類函』巻四百四十四に、「成都故事曰、王吉夜夢一蟛蜞在都亭、作人語、曰『我翌日当舍』。此吉覚而異焉、使人于都亭候之、見司馬長卿至、吉曰『此人文章横行一世天下』。因呼蟛蜞為長卿。卓文君一生不食蟛蜞。」と見える。注8『和漢三才図会』でも蟹の別名に「横行介士」とあるが、馬琴も『椿説弓張月』続編巻之六第四十四回においても「虬塚を発て、不覚に悪魔を走らせ、矇雲遂に国中に横行するをもて『悪神来兮《きたれり》。白砂化蟹《かにとけす》』とは童謡《わざうた》せり」というように蟹を横行する意で用いている。「解」は「天下に横行する蟹」になぞらえたというわけである。

また天保五年成立の『近世物之本江戸作者部類《きんせいもののほんえどさくしゃぶるい》』では、馬琴は他には見られない「蟹行散人」の号を使っている。この書は近世の江戸の作者画工の評伝だが、その序に「この書に録する作者画工になほ現在の者多くあり。しかれども親しきを資けて疎きをなみせず。さればその略伝毎に敢筆を曲ざれば褒貶の詞なきことを得ざる也」とあるように親疎・毀誉褒貶に係わらず思うとおりに他者を論評するための用意としてこの号を使ったことが指摘されている。注9一方で、「蟹」の字から馬琴著であることを密かに示そうとしてもいるのであろう。

このように馬琴は王吉の故事を「解」の由来とするが、「解」注10は『易経』にも基づいている。徳田武氏が指摘するように注11馬琴の方印に『易経』の卦の「雷水解」を案じたものがある。右半分に卦を表し、左半分に「解」の字があるものである。『犬夷評判記《けんいひょうばんき》』の文化十五年序や『近世説美少年録《きんせせつびしょうねんろく》』第二集文政十二年序、天保四年刊『開巻《かいかん》驚奇侠客伝《きょうききょうかくでん》』第三集引の署名の後に見える。播本氏は徳田氏の指摘を踏まえ「艱難を解消するという『易経』の卦に基づき「解」と改めたのは、艱難であった過去との決別を意味する。戯作者となったのは、再生のための具体的な手段であった」と述べる。[注12]この卦について文政二年刊『朝夷巡島記』第三編巻五第二十一には「雷の上《のぼ》り動くとき、草木は萌牙《めだ》し、混虫《こんちう》は出づ。されば雷水解は二月の卦たり。解は散《ちる》なり釈《とくる》なり。屈したるものこゝに伸び、鬱したるものこゝに開く。解の時懿《おほい》なる哉。君子はこれによりて進むべく、小人はこれによりて退くべく、怨《うらみ》も釈《とく》べく、讐《あだ》も亦滅ぶべし」とある。また試みに安永九（一七八〇）年刊の『易学小筌』（新井白蛾著）を見ると、「雷水解《カイ》」とあり「川ヲ渉リテ未ダ乾カザルの象　雷雨緩ク散ルの意」（原漢文。訓点に従い書き下した）、「此卦ハ、魚ノ網ヲ逃レ出タル意ニシテ、難《ナヤ》ミ解ケ散ル也。故ニ、人モ難義ナル所ヲ遁レ出ル卦ナリ。然レドモ、能々慎ザレバ再ビ禍アリト知ベシ」とある如くである。「雷水」もまた本節冒頭に引用した『八犬伝』第八輯自序にも見えているように馬琴の別号の一である。馬琴が『易経』を読本を初めとする小説のなかでしばしば予言に用いること、実生活にも卜占を反映させていたことを思い合わせれば、『易経』に基づく意が馬琴が本来意図したところであったろう。だが、「馬琴」の号、「解」の名がともに司馬相如との関連で述べられていることから見ても、王吉の故事との関わりもおざなりに考えることは出来ないだろう。

二　馬琴著作における「蟹」

馬琴が著作において登場人物の命名に際し、いわゆる「名詮自性」を重んじていたことは周知である。「名詮自性」とは「人の名につきて禍福吉凶あるよし」（文化八〈一八一一〉年刊『燕石雑志』巻之五下冊）をいい、馬琴は実例を挙げて和漢の歴史上の人物の名前とその生涯の関係を考証し、「諺に名は主人に従ふといへり。その位なしといふとも、不祥の物をもて命くべからず。縦ひ実名ならずとも狂句を取て号すべからず」と述べている。自分自身の号、ことにそれが本名であればなお吉凶に心を砕いたであろうことは想像に難くない。馬琴が実生活においても「名詮自性」を信じていることは、すでに指摘があるように、『後の為の記』上冊「琴嶺滝沢興継宗伯行状」（七丁裏八丁表）の文政七（一八二四）年五月に元飯田町から神田明神下へ引越した際の記述によく顕れている。[注13]

　持る傘の柄、忽然と折れて用にたゝず、うち驚きてよく見れば、その柄蠹《ムシバ》ミたり。是笠翁と改名の時にして、その子と同居の移徙なれば、名詮自性、不祥に似たり。（『後の為の記』上）

新しく改めた号である「笠翁」と手に持った「傘」との名の繋がりを重んじ、傘が折れたことを自身の身に起こる災いの予兆として捉えているわけである。

戯号についても、右のような具合であるから、仮にも一旦自身の本名の「解」と関連づけた「蟹」を馬琴が軽んずるとも思われない。つとに前田愛氏が指摘するように、馬琴の登場人物の命名には「鳥獣虫魚にちなむ語を人名に象嵌する手法」が特徴的であり、氏は「八犬士を別格とすれば、善人の側で動物の名を持つものは意外に少なく、それらも落鮎余之七・河鯉守如などのように不快なイメエジを避ける配慮が施されていることがまず注意される。むしろ読者の記憶に焼き付けられるのは悪漢草賊の名であろう」[注14]と述べる。氏が述べるように悪人や善悪に係わらずその場限りの端役に、鳥獣虫魚の名を織り込んでいることが多い。有名なところでは例えば、『南総里見八犬伝』の「蟇六」「亀篠」、「船虫」「蟇田素藤」[注15]がすぐに思い当たる。その他、犬江親兵衛が退治する海賊の名前には「鋸鮫五鬼五郎」「鍼千本河豚六」「寄鯨土左衛門」といった具合である。このように魚介類の名は一見、善人よりは悪人、あるいは強力のイメージを彷彿とさせるように思われる。そのなかにあって、馬琴がその著作においていわば自身の名を体現する「蟹」をどのように表現していたのかを見てみたい。[注16]

先に取りあげたが、王吉の故事を引いていた黄表紙『増補獼猴《さる》蟹合戦』（寛政十〈一七九八〉年刊）は、昔話の筋をほぼそのまま踏襲した作品である。この作品は「曲亭門人　傀儡子」の名で書かれている。「傀儡子」は馬琴の別号であり「書賈の誂へにてその意にあらざる臭草紙を綴る折は傀儡子作と署したるあり」（『近世物之本江戸作者部類』）と記しているように、馬琴の号で書かれた同年刊行の『大雑書抜萃縁組《おほざっしょかきぬきえんぐみ》』『麁相案文当字揃《そそうあんもんあてじぞろえ》』『御《お》慰《なぐさみ》忠臣蔵《ちゅうしんぐら》之《の》攷《かんがえ》』といった他の黄表紙に対し、戯作としての工夫がないことを羞じているのであろう。ただ見開一丁ごとに和漢の故事を踏まえた評を付して教訓臭を加えており、その点が「猿蟹合戦」を「増補」した作品といえる。注17 内容を簡単にまとめておくと、猿と蟹の争いは、あわや眷属を集めての一大決戦になるかというところで、竜田姫、八大竜王が仲裁に入る。猿蟹それぞれに功績があることを挙げ、どちらをも貶めることなく言い含め、和睦を取り結び満尾する。その蟹の功績として王吉の故事が引き合いに出されているわけである。

この『増補獼猴蟹合戦』で興味深いのは、冒頭の一丁裏から二丁表の場面で、蟹が拾った焼き飯を、猿の柿の種と交換する件についての馬琴による以下の評である。

評ニいわく、むかし百済国に一人の帝おはしけり。年七十にあまりて常に鷹狩を好み給ひしが、ある日かりくらして、とある庵室に立より給ふに、主の僧かきの木を接穂してゐたり。帝見給ひ、汝老年に及び何の命ありてその接穂に実のなるを見んとわらひ給へば、僧こたへて、貧僧が柿の接穂はわれ一代の接穂にあらず。我身はあすをもまたぬ老の身なれど、此庵に住む人この木あらん限りは持仏の盛物ともなすべし。君は御とし七十にあまり給ひ、後の世の事は思ひ給はず、明暮殺生に日をくらし給ふ、あさましき事にあらずやと答へけり。帝かへり給ひてこの事を感じ給ひ、次の日かの庵室を訪ねさせ給ふにそのあとかたも見えず、只柿の接穂のみ残りけり。是まつたく神仙のつげ給ふならんとその所へ一宇の寺を建立し、木市寺と名付給ひける。それより殺生を止まり給ふ。今蟹が焼飯の利欲を捨て丶柿の種と取替へしも、この老僧のこゝろざしに似て奥床し。

（『増補獼猴蟹合戦』）

帝は老僧が柿の木を接ぎ穂しているのを見て、残り僅かの寿命をも思わず今から実がなるのを待つとは思慮が足りないとあざ笑ったのに対し、老僧は後の世のためになることを考えてのことと、明け暮れ狩りで殺生をする帝を諌めるという話であり、「猿蟹合戦」の蟹はこの老僧に似て奥ゆかしいというのである。

これは寛延元（一七四八）年刊『駿台雑話』「老僧が接木」に典拠がある。注18 やや長くなるが引用する。

寛永のころの事になん、将軍家谷中わたり御鷹狩のありし時、御かちにてこゝやかしこ御過がてに御覧ましましけるが、此寺へもおもほえず渡御ありしに、折ふし其時の住僧はや八旬に及て、庭に出てみつはぐみつゝ、手づから接木して居けるが、御供の人々おくれ奉りて、御側に二人三人つき奉りしを、中〳〵やんごとなき御事をば思ひよらねば、そのまゝ背き居たりしを、「房主なに事するぞ」と仰せられしを、老僧心にあやしと思ひて、いとはしたなく、「接木するよ」と御いらへ申せしかば、御わらひありて、「老僧が年にて今接木したりとも、其木の大きになるまでの命もしれがたし。それにさやうに心をつくす事ふようなるぞ」と上意ありしかば、老僧「御身は誰人なればかく心なき事をきこゆるものかな。よくおもうて見給へ。今此木どもつぎておきなば後住の代に至ていづれも大きになりぬべし。然らば林もしげり寺も黒みなんと、我は寺の為をおもうてする事なり。あながちに我一代に限るべき事かは」といひしをきこしめして、「老僧が申こそ実も理なれ」と御感ありけり。其程に御供の人々おひ〳〵来りつゝ、御紋の御物ども多くつどひしかば、老僧それに心得て、大きにおそれて奥へにげ入しを、御めし出しありて物など賜りけるとなん。いま翁も此老僧が接木するごとく、老朽ぬれども、ある限は旧学をきはめて、人にも伝へ書にものこして、後世に至て正学の開くる端にもなり、此道のために万一の助ともなりなば、翁死ても猶いけるがごとし。古人のいはゆる死しても骨くちじといひしこそ、思ひあたり侍れ。いさゝか我身のために謀るにあらず、諸君も翁がこのこゝろを信じ給へかし。

『駿台雑話』には将軍の鷹狩を諫めるという件はない。馬琴は鷹狩りの殺生を諫めるとしつつも、将軍家とあるのを、百済に置き換えた。幕府への聞こえを憚ったためであろう。しかし一方で、「年七十にあまりて常に鷹狩を好み」とある。徳川時代、歴代の将軍の中で七十を越えたのは家康一人であり、またその鷹狩好きはよく知られるところである。注19 馬琴は猿蟹合戦にこと寄せて、さりげなく家康批判をしてみせたのである。家康批判をした老僧に、馬琴は柿がなるのを日々待ち遠しく思って「今出ずはさみきろ〳〵と鋏を上げて責め」（二丁裏）た「猿蟹合戦」の蟹を重ねてみた。かなりの過大評価でもあろうが、蟹に、後の世に生を接ごうとするイメージを付与しているわけである。殺生を繰り返す将軍と、生を接ごうとする老僧。また『駿台雑話』傍線部には書を残して、後世に伝えれば、死してなお生きるも同然とある。馬琴は「蟹」に後世へ作品を遺す自身の姿を重ねてはいなかったか。

第四章第四節でも言及したが、馬琴は文化八年刊『燕石雑志』巻四において「猿蟹合戦」をはじめ昔話七話について考証している。「昔より童蒙のすなる物語も、おのづから根く所あり」とし、「おそらくは穿鑿附会の説多かるべし」と断りつつも、和漢の故事を博捜して各話の由来について註釈を試みている。馬琴が取りあげた昔話は他に「桃太郎」「舌切雀」「花咲翁」「兎大手柄」「獼猴生胆」「浦島之子」と、ほとんどが今もよく知られたものであるが、その筆頭に置かれたのが「猿蟹合戦」である。各話の註釈の精粗はまちまちだが、馬琴は「猿蟹合戦」の考証では、宝永年間に江戸で刊行された絵双紙から二丁分を転載するなどして最も丁数を費やしている。「猿蟹合戦」は草双紙にはよく取りあげられる題材でもあり、単に資料を多く集めることができたというだけのことかも知れないが、その内容のほとんどは猿ではなく蟹にまつわる註であることからも、馬琴の「蟹」の説話への関心の深さがわかる。

馬琴はその註釈のなかで「蟹の恩に答へ義に依て讐を報ひし事は和漢にこれあり」として蟹を好んで食べた者に祟りがあったという怪異譚や、蟹を助けて恩返しを受けたという報恩譚を種々紹介する。例えば『元亨釈書』から、「蟹満寺」の話を引く。注20 蛇から蝦蟇を助けるために娘を蛇の嫁にやろうと言った父親の言葉の咎から、娘は大蛇に苦しめられるが、以前助けた蟹が恩に報いて群れをなして蛇と戦い、娘を助けたという。その戦いで死んだ蟹を弔うために建てた寺が「蟹満寺《かにまんじ》」という。この話は山東京伝が早く文化三年刊『昔話《むかしがたり》稲妻表紙』の趣向に用いてもいる。

刊年は前後するが、これらの考証が反映された作品に文化四年刊の合巻『島村蟹水門仇討《しまむらがにみなとのあだうち》』がある。「古き子ども話に臼と杵と玉子と栗と蜂と蟹が味方して猿を退治せしといふ」とあるように、やはり「猿蟹合戦」を下敷きにしている作品である。以下、梗概を記しておく。

源義政公の時代、出雲国の領主であった源高国は三好海雲と摩斯陀《ましだ》丸の謀略によって殺される。摩斯陀丸は、渋柿の佐次平の娘小枝と大猿の化け物の間に産まれた鬼子であった。忠臣嶋村貴則夫婦は死して後も亡霊となり、蟹の奇瑞を顕して高国の娘音姫を守る。嶋村の妹桜木とその夫・子の臼井治三郎・杵松は、高国の妻子八重垣・国若丸を匿っている。臼井は摩斯陀丸によって殺された部下栗原玉五郎の妻子の首を、八重垣・国若丸の身替わりとする。音姫の夫になると予言された馬之介も音姫らを助け、一同によって海雲と摩斯陀丸が退治されて大団円となる。[注21]

「猿蟹合戦」を踏まえつつも、蟹については題名の「島村蟹」、猿については「佐次兵衛」の説話をそれぞれ加味してもいる。「島村蟹」とは平家蟹の一種で、これも『燕石雑志』巻四に「享禄四年細川高国、三好海雲と戦ふて敗走す。その臣島村貴則苦戦して主を救ひ、遂に安里河に歿して化して蟹になるといへり」と考証された説話に由来する。[注22]本作ではその「島村蟹」を踏まえ、音姫や国若丸の大事には蟹の大群が現れ加勢するなど、死してなお主君を守る嶋村夫妻の忠義が強調される。「佐次兵衛」とはもと猟師の四国巡礼で、長年猿を殺した報いで生きながら猿になったという人物である。安永、天明頃の流行の数え歌には「一つとや、一つ長屋の佐次兵衛殿、四国をまわつて猿となる」とある。[注23]本作の佐次平は娘と通じた大猿を殺すが、娘と大猿の異類婚姻の結果、産まれた鬼子の摩斯陀丸は猿側の敵役に配されている。蟹側の味方は「島村蟹」の嶋村貴則をはじめ、「臼井治三郎」「杵松」「栗原玉五郎」など（傍線筆者）、「猿蟹合戦」に因んだ名を持った人間の登場人物として描かれており、化け物の猿側と対照的である。つまり本作は「猿蟹合戦」の上に敵討物、化け物退治という構図が重ね合わされているわけである。その構図のなかに「島村蟹」の島村貴則の忠臣の説話や「蟹満寺」の蟹が恩に報いる説話が組み込まれているといえる。

文化二年刊の読本『月氷奇縁』巻之一第二回では、三上和平が祖女に懸想し、婚姻を勧めるために頼んだ仲人として医師の「早瀬蟹庵」という人物が登場する。この縁談は結局この場では上手くまとまらないままに終わり、蟹庵の登場はほとんどないのだが、医師の名前として蟹が用いられていることはわかる。医者は藪医者として小説に描かれることが多いことも指摘されており、[注24]また黄表紙・合巻や読本とではジャンルによる描写の相違もあると思われるが、馬琴の場合、本人も医術を学んだ経験を持ち、後年息子の宗伯を医者にしていることもあり、この時期においてもそれほど負のイメージはないと思われる。

「蟹」が登場する馬琴の作品というと『南総里見八犬伝』（以下、『八犬伝』と略す）がすぐに思い浮かぶ。『八犬伝』では「蟹」は重要な場面や、比較的主要な登場人物の名前に用いられている。例えば、第四回で伏姫の父里見義実が、金碗八郎孝吉（八犬士を導く丶大《ちゆだい》法師の父）と出会う場面である。金碗八郎孝吉は、神余光弘の佞臣山下定包《さだかね》を除こうとして主君に諫言したがその甲斐なく、逐電する。晋の予譲にならい身に漆を塗って姿をやつし、定包を討つ方策を探る日々を過ごしていたが、里見義実と出会い、義実の助力を得て定包を討つことになる。その際、漆瘡につつまれた皮膚を治す良薬として義実がしめしたのが蟹である。『和漢三才図会』にも蟹は漆瘡に効くことが記されている。『月氷奇縁』で蟹が医師の名前に用いられているのも、蟹に薬効があることに由来するのかもしれない。『八犬伝』肇輯の金碗八郎の口絵には蟹が描かれているが、ここには「碓子《からうす》尓《に》舂忍光《つきおしてる》八《や》難波江《なにはえ》乃《の》始垂《はたれ》母《も》辛之《からし》

河尓加久尓世波《かにかくによは》　著作堂」という和歌が記されてもいる。播本氏は、これは臼に搗かれ塩漬けにされ食べられてしまう蟹の歎きを詠んだ『万葉集』巻第十六の長歌「乞食者詠二首」の二首目の詩句から抄出したものであることを指摘し、元の長歌の蟹の嘆きを、つらい世を住みわびる人間の嘆きに改めたのが、馬琴の歌であると述べている。[注25]蟹の歎きを金碗八郎の歎きに重ね合わせているわけであるが、おそらくは、「島村蟹」のような忠臣のイメージも踏まえているのだろう。

また『八犬伝』の登場人物として「蟹」の名を持つ人物は二人存在する。一人は、八犬士の一人犬村大角礼儀の養父、犬村蟹守儀清《かもりのりきよ》である。大角の父、赤岩一角を殺した化け猫は、まんまと一角になりすまし、それとは知らぬ一角の後妻との間に自分の子、牙二郎が産まれると大角を疎むようになる。その大角を招いて六つの歳から養子として育てたのが、蟹守である。第五十九回には「犬邨といふ地方に、亦是一個の郷士ありけり」と説明される。蟹守は大角の母方の伯父に当たり、許婚の雛衣の父でもある。犬村蟹守は「弱冠のころ京師《みやこ》に上りて、文学武芸、その師を択《えら》み、留学年を累《かさね》しかば、文武二道の達人なれども、旧里《ふるさと》へかへりては、隠逸をのみ旨として、人の師となることを欲《ほり》せず。只角太郎どのにのみ、力を入れて旦夕に、教導《をしへみちびか》ざることなきに、子は亦その才《ざえ》養父に優《まし》て、一チを聞て二三ンを知る、下学上達速にて、年十五六に至りては、文武の奥義を極めたり」と評される。馬琴がしばしば郷士を義侠心のある人物として描いた理由として内田保廣氏は、馬琴自身が郷士の出身であったことをあげている。[注26]『八犬伝』の郷士というと穂北三郷の氷垣夏行・落鮎有種の活躍が際だっており、それに比すると蟹守は目立たない存在ではあるが、大角の養父として、重要な人物といえる。

また蟹守の語源は『古語拾遺』に見え、豊玉姫の出産に際し、天忍人命が産屋を守り、蟹を掃い、掃守《かもり》連の祖となる故事による。斎部広成撰『古語拾遺』には以下のようにある（原漢文）。[注27]

天祖彦火尊《ひこほのみこと》、海神《わたつみ》の女豊玉姫命《とよたまひめ》を娉《と》りて、彦瀲尊《ひこなぎさの》を生《あ》します。誕育《ひだ》しまつるの日に、海浜《うみべた》に室《みや》を立つ。時に、掃守連《かにもりのむらじ》が遠《とほ》つ祖天忍人命《おやあめのおしひとのみこと》、供《つか》ふ奉《まつ》り陪侍《はべ》りす。箒《ははき》を作り蟹を掃《はら》ふ。仍りて鋪設《しきもの》を掌《つかさど》る。遂に職《つかさ》と為す。号《なづ》けて蟹守《かにもり》と曰ふ。（『古語拾遺』）

斎部広成は「蟹を掃ふ」意としたが、西宮一民氏によれば、本来は「その逆に蟹が逃げ出すのを防ぐ意味である」といい[注28]、岡田希雄氏の説を引く。

古語拾遺は箒を取つて蟹を掃き拂うたと云て居るが、事実は其の逆であつたらう。蟹守—蟹の番人《バンニン》—と云ふのも蟹の近づくのを防ぐ意味では無く、其の逆に蟹が逃げ出すのを防ぐためのものであつたらう。逃げるのを防ぐためには箒の類も必要であつたらう。とまれカニモリの語原は正しく蟹守であつたと見て支障あるまいと思ふ。但しそれを尊の降誕に結びつけたのは例の起原説明説話に過ぎない。われ〳〵は、我が上古にさう云ふ習俗、言葉、職掌の存したことを漠然認める。蟹を何故這はせたは不明であるが、呪的行為であつた事は動かせない。中山氏（引用者注、中山太郎氏『日本民俗学』風俗編）は古代日本人が、蟹を以て蛇や蝦と同じく、甲を脱いで生命を更新する霊的動物と信じたために、蟹により赤児の長寿を祝ふためのものと解して居られる。要するにさう云仕事を掌るものが居り、やがて皇子傅育とか、其の皇子の生母の住む後宮の雑役に従ふと云ふやうな事に成り、やがては皇宮全体の洒掃鋪設にたづさはるやうにも成つたのではあるまいか。

（岡田希雄「古語拾遺の『蟹守』に就いて」『龍谷大学論叢』昭和七年七月）

『古語拾遺』は馬琴の考証随筆『玄同放言』の引用書目にみえるが、馬琴が『古語拾遺』の通りに「蟹守」を「蟹を掃ふ」の意で理解していたかはわからない。ただ馬琴がこの神話について関心を寄せていたことは、『椿説弓張月』の構想に『日本書紀』の彦火火出見尊《ひこほほでみのみこと》（彦火尊）の神話を利用しているという指摘からも確認できる。[注29]『椿説弓張月』が謡曲「海人」[注30]に加えて近松門左衛門の『大職冠』を用いていることは、第一章第二節で指摘したが、彦火火出見尊の神話と『大職冠』とではともに竜宮と出産に関わるという点で共通しており、馬琴は両者を不即不離のものとして捉えていたのであろう。『八犬伝』のこの場面で懐胎の疑いを晴らすために雛衣が腹を切って、大角の礼の玉が飛び出す趣向も謡曲「海人」を踏まえており、これが伏姫の死の場面の繰り返しであることが言われている。[注31] 姫の死とは、姫の腹中から出た白気が数珠の八つ玉を包んで、光を放ち、四方に飛び散る、いわば八犬士誕生の場面であり、雛衣の死は、玉が腹中から出現し、大角が八犬士としての証しを示す、いわば八犬士としての大角の誕生の場面である。犬士である大角の誕生を守るべき立場の養父に馬琴は「蟹守」の名を与えているのである。

馬琴が「蟹」に忠臣のイメージを持っていたことを考え合わせると、「蟹守」の文字通り、またむしろ民俗学的に解釈されているように「蟹を守る」の意味で理解しようとしていたのではないかと考えられる。

また「蟹」の名を負うもう一人は管領扇谷定正《おうぎがやつさだまさ》の正室蟹目上《かなめのうへ》である。「蟹目」とは釘のことであり、例えば喜多川信節著『筠庭雑録』（「目貫」の項）[注32]には「扇のかなめも実は蟹目なり」とある。小谷野敦氏は、夫の扇谷定正と対で「扇のかなめ」という洒落になっていること、また「要」に通じ、文字通り「作品全体の構想に係わる要」でもあることを指摘する。[注33] 第八十八回から九十五回にかけて蟹目上は二犬士、犬阪毛野と犬山道節の敵討と関わることになる。毛野は湯嶋の天満宮で物四郎と名乗って放下師（曲芸師）となっていたが、蟹目上が寵愛する小猿が逃げて銀杏の梢に登ったところを助けて、蟹目上に認められる。毛野は蟹目上の忠臣河鯉守如《かわこいもりゆき》[注34]から扇谷家の奸臣竜《たつ》山縁連《やまよりつら》[注35]を討つことを依頼される。縁連は毛野が探し求めていた父の仇であった。毛野は縁連を討ち本懐を遂げる。縁連が討たれたと聞いた扇谷定正は出兵するが、そこを犬山道節に狙われ、城も占領された。道節は河鯉と毛野の計略を密かに聞いており、主君の敵を取ろうとしたのだった。河鯉は忠心から奸臣縁連を除こうとしたが、毛野に機密を漏らしたことで道節に話が通じ城を奪われたと思い込み、主君の為と思ってかえって不忠をしたと後悔し、責を負って蟹目上もろとも自害する。道節は定正の兜を射落としたことで、定正を討つ心に代える。心を改めた定正は賢妻と忠臣の死を嘆く。

蟹目前は、我愆《わがあやまち》を諫難て、人手を借て縁連を、誅せんと謀りたる、我妻ながら、才あり智あり、我及ばざる処なりしに、那《かの》伝聞の錯誤《まちがひ》により、忽地《たちまち》刃に伏たるは、他が薄命のみならず、亦我一大不幸なり。況《まいて》守如が精忠苦節、その死に臨み子に誨て、我窮阨《きうやく》を拯《すく》ひたる、その功も亦鮮小《せんしよう》ならず、亦那《かの》毛野と密談を道節に聞れしも、必粗忽といふべからず。我星雲の悪殺《あくさつ》にて、賢妻と忠臣の、一時に命を殞《おと》せしか、禍鬼《まがつみ》の祟ならんかし（第九十五回）

蟹目上は、夫を諫めあぐねて、奸臣を自ら除こうと図った賢夫人であり、計画が齟齬し、夫に危害が及ぶと見るや自害して責を負う潔い人物でもある。夫の為に死をも恐れない行動が、夫を正しい道へ導くことにもなる。蟹目上は、この二犬士の敵討を手助けすることになるだけではなく、毛野の仲介で犬田小文吾と犬川荘助を助けた石亀屋次団太[注36]の罪の赦免に関わるなど、重要な役割を担っている。また蟹目上が猿を寵愛するというのはやはり「猿蟹合戦」からの連想でもあろう。

また『八犬伝』には「蟹」の字を号にもつ実在の人物についても紹介されている。第八輯上帙（天保三年二月序）の冒頭には「いはのやのかにまろおぢが、八犬伝をめでてよろこびてよみたる八うた」として殿村常久（蟹麻呂）が八犬士の名を読み込んだ八首が引かれ、馬琴は彼の追悼文を載せている。常久は馬琴が四友の一人に数えた殿村篠斎の弟でもある。馬琴は八犬士の略評は多いが、「八士の賛歌をよみ出たるもの常久ぬし一人也。是愚が尤歓しく存候故」掲載したと述べている（天保三年四月二十八日付篠斎宛書簡）。殿村篠斎が『八犬伝』『開巻驚奇侠客伝』について評を加えた文政元年刊『犬夷評判記』は「悪人の姓名には、さし合を繰る作者の用心」と馬琴の登場人物の命名に対する姿勢を伝えている。つまり悪人の姓名の命名に際しては実在の人名と重なることのないように腐心するというわけであるが、あるいは友人の弟の号にもある「蟹」を悪しざまに書かないという配慮もあったかもしれない。

　以上、馬琴の著作における「蟹」の用例を確認してきたが、馬琴が描く「蟹」は忠義のイメージが強いことが確認される。それに伴った特徴としては、「蟹」の字を負った登場人物は多くが死と係わった存在であることが挙げられる。[注37]「島村蟹」は忠臣が死して霊魂となり奇瑞を顕し、『八犬伝』の「蟹守」は登場する時点ですでに故人であるが、犬士を守り育てた人物として紹介され、「蟹目前」は死して夫を正しい道へ導く。「蟹」のイメージと重ねられた金碗八郎も忠義を貫いて最後は切腹する。文政二年刊『朝夷巡島記』第三編巻之五中輯第二十九には、信夫元晴の若党、蟹貫《かぬき》九郎が登場する。九郎は上使の安達景盛を迎えるために吉見義邦に従ったところ、安達に謀られ襲われるところを深手を負いながらも注進に戻り、切腹して果てるという端役ながら忠臣として描かれており、ここでもやはり死が関わっている。これらの忠義の行動が、いずれも死と不可分に結びついて物語を展開させる上で大きな意味を持っているのである。何かを生かすための手段として死が描かれるわけであり、そのキーワードとして「蟹」が用いられているのである。

「蟹」自体には薬効があり、医師の名にも用いられたが、これもまた生と死を司るという点においてこれもまた共通する。このように馬琴は一貫して「蟹」について肯定的に解釈しているといえる。

　一方、山東京伝は馬琴とは対照的である。先述の、蟹満寺の縁起を用いた文化三年刊『昔話稲妻表紙』[注38]では、笹野蟹蔵という人物を登場させている。この名は、安永七（一七七八）年七月初演「伊達競阿国戯場」（桜田治助作）[注39]では笹野才蔵という忠臣である。京伝はわざわざ「蟹蔵」に変えて、敵役の不破伴左衛門の配下に作り替えている。[注40]

　笹野才蔵は談林派の『二葉集』に「のり懸で越す山は疱瘡／宿札は笹の才蔵とうたれたり」[注41]とあるように疱瘡除けのまじないに用いられた名というが、全国的なものではなかったようである。同じく『昔話稲妻表紙』の佐々良三八郎がやはり「伊達競阿国戯場」に由来し、疱瘡除けのまじないに用いられる名であることは井上啓治氏が指摘する。[注42]「伊達競阿国戯場」では疱瘡除けの名である佐々良三八・笹野才蔵をともに善人としているわけである。また笹野才蔵は実在の人物で『白石先生紳書』巻二に、才蔵が明智衆であること、紋が「篠に蟹」であったことを伝えている。[注43]京伝は才蔵の紋から「才」を「蟹」の字に替えたのであろう。ただ京伝が『昔話稲妻表紙』の三八郎を意図的に疱瘡除けのまじないの名から命名したにも拘わらず、同じ疱瘡除けの名である笹野才蔵の名を悪人としたことからは、京伝は才蔵が実在の人物であることは知りながらも、疱瘡除けに用いられた名であることは知らなかったことが考えられる。また「蟹」に対して馬琴ほどの思い入れがなかったことも確かであろう。

また、山東京伝は文化十年刊『双蝶記』の序で「蟹は甲に似せて穴うるさき世間舅やとおもふにつけ……」と記す。小池藤五郎氏はこの「蟹」は「解」で馬琴を指すとし、馬琴が「文字語法に就いて、作品をうるさく批評することに一矢酬いたものらしい」と指摘しているが、[注44]あるいは京伝も「蟹」には馬琴を意識していたものかもしれない。

三　馬琴と秋成

確認したように「馬琴」の号は小野篁の「才非馬卿　弾琴未能」の詩句に由来する。[注45]小野篁はこの詩句で舅に才能を認めさせ結婚の許しを得たわけである。「馬琴」の号が意図するところは、司馬相如のような琴の腕前はないが、その文才や詩句をもって才能を認めさせた篁の文才にあやかりたい、ということであろう。一方、馬琴の名「解」は、王吉が「蟹」の夢を見て司馬相如が文筆で名を挙げることを悟ったという故事によると自解していたが、つまり「蟹」すなわち司馬相如のように「天下を横行するような」健筆を自ら祈念するという意味である。また「解」の卦を考えてみても、『易学小筌』の「雷水解」には「生産ハ安シ」の意もある。馬琴の著作に描かれる「蟹」はいずれも何かを生かすために死を経るが、「蟹は甲を脱いで生命を更新する霊的動物」（中山太郎『日本民俗学』風俗篇）

と民俗学的解釈が示すように、それまでの自分から生まれ変わるという点で、「雷水解」が「艱難であった過去との決別を意味」し、「戯作者となったのは、再生のための具体的な手段であった」（前出。播本氏）ことと通じる。蔦屋に奉公して文筆で生きていくことを決意した時期に付けた名であるから、いずれも作家として立つという気概が込められたものであったのではないだろうか。

また文政七（一八二四）年から同十年まで馬琴は「笠翁」の号を使用する。本人は享和・文化の頃から用いている「蓑笠」と同様の「隠逸の義」としているが、李立翁の影響が認められることが指摘されている。[注46]この李立翁についても『燕石雑志』が『後蟹録』から「李立翁平生蟹を嗜む。蟹を以て命と為す」と引用するように不思議と蟹と無縁ではない。また蛇足であるが、例えば『和訓栞』に「神武紀には簑笠を着て正身をかくし、大功を遂げたりし事見えたり」とあるように、そもそも日本の民俗では追放され漂泊する神を蓑笠の姿で理解したが、[注47]人格を離れて神格に入るという意味もあったかもしれない。

ところで「蟹」の意の号を持つ江戸時代の作家というと上田秋成が思い浮かぶ。秋成の俳号は「無腸」であり、『和漢三才図会』にも見えるように「無腸公子」とは蟹のことである。この号のいわれは天明七（一七八七）年刊『也哉抄』の序文に「師みずから云、外剛にして内柔、是我性なりと、因てさらに無腸の号をえらびて紫陌を田舎に住かふる時、月に遊ぶおのが世にありみなし蟹と云句あり」と示されているように、己の外剛内柔の性格と「横に走る生き方」[注48]を蟹に擬したものだという。また自己を蟹に擬するもうひとつの理由として、「剪枝畸人」の号と同じく、「両手指の畸形を蟹の鋏に託した自嘲的寓意があっただろう」ことも推測されている。[注49]また、剪枝畸人の号には「人と違う手の指を持った自分は天に近い存在だ」という「傲岸不遜に聞こえるような強烈な自負」が隠されているとも指摘されており、「無腸」も同様と考えられる。[注50]

馬琴は享和二年に摂津へ旅行した折の見聞から上田秋成についても記している。[注51]享和二、三（一八〇二、三）年成立『羇旅漫録』「八十五　京師の人物」で「京にて今の人物は皆川文藏と上田餘齋のみ。（割注：餘齋は浪花の人也京に隠居す）（中略）秋成は世をいとふて人とまじはらず。」と記し、「〇今上方にて人口に膾炙する歌」として、

みの、くに熊坂物見の松かれたりけれはよめる　　秋成
風さはくみとりのはやし根をたちて戸さゝぬ御代にあをはかの宿
おなしこゝろを　　杏花園
くまさかの物見の松もかれにけり何いたつらにとしをぬすまん
韓信か市人のまたをくゝるかたかけるに　　秋成
末つひに海となるへき谷水もしはしはくゝる松の下かけ

を挙げている。

後期読本における秋成の『雨月物語』の利用については、すでに先学が指摘するところであるが、京伝はもとより馬琴もしばしば読本に用いている。京伝については、『癇癖談』（寛政三〈一七九一〉年成立、文政五年刊）で秋成自身が「されば吾妻に京伝あり、こゝに都のやぼ伝が、まはらぬ筆は、かすが野の若紫のすりこ木ぢやまで」と京伝の名を認めているほどである。注52 馬琴については、式亭三馬が『阿古義物語』序（文化七〈一八一〇〉年刊）で「且一《またひと》頭《つ》流布の小説に、譬ば首は繁《しげ〳〵》英《はなぶさ》の如く、胴は雨月西山の如く、尾は八文舎《はちもじや》本に斎しく、鳴声鵺《ぬゑ》にあらざれども、傀儡院本《じょうるりぼん》に似たりけり」（傍点筆者）と記しているのを、馬琴が自身の読本に対する批判と捉え、『駢驪《へいべん》』に不快感を記しているが、三馬の記述からは当時、馬琴が『雨月物語』を利用していることが一般的に認識されていたことがわかる。

馬琴による『雨月物語』の利用は「白峯」「蛇性の婬」に集中している。注53「白峯」が文化五年刊『椿説弓張月』（以下、『弓張月』と略す）後篇巻之四第二十五回で為朝が崇徳院の御陵を参詣する場面に、趣向から語彙まで用いられ

ていることはよく知られており、[注54]後藤丹治氏はさらに文化二年刊『石言遺響』巻之一第一編では、僧侶吉山明兆の前に藤原宗行・日野俊基の亡霊が現れる場面や、[注55]文政五年刊『朝夷巡島記』第五編第四十二で吉見義邦らが信夫荘司の廃墟を弔う場面についても同工としている。天保四（一八三三）年刊『開巻驚奇侠客伝』第二集巻之二第十四回で館小六が後醍醐帝の陵を詣で神仙嬢に会う場面も「白峯」を踏まえていると考えられるが、『弓張月』のように語彙までの共通点は見出せず、趣向の繰り返しに過ぎない。また「蛇性の婬」の利用としては、文化二年刊の『月氷奇縁』第二回、拈華老師が祈祷に招かれる場面に、「蛇性の婬」の法海和尚を頼む場面との類似が指摘されるが、これは趣向が似るというだけに留まり、「蛇性の婬」を最も上手く活用したのは文政十二年刊『近世説美少年録』（以下、『美少年録』と略す）といえる。[注56]第一輯巻之三第四回から第五回にかけてお夏と瀬十郎の逢瀬にまつわる場面において、豊雄・真女子の情話を踏まえており、端々に同話からの文辞を織り込んでいることが指摘されている。

『弓張月』と『美少年録』においては、趣向にとどまらず文辞に至るまで利用が見られるのは、長編となることが予想されており、各回の展開を急がないことと、『弓張月』では崇徳院という人物が「白峯」と共通することに拠るのであろう。また『美少年録』では第一回の阿蘇沼の霊蛇の因縁と「蛇性の婬」の繋がりを考慮した工夫ということができる。だが、中編読本においては、類型としての表面的な利用が多く、深みを出すまでに『雨月物語』を活かした利用とはなっていない。

また馬琴が写本で伝わる珍書の『春雨物語』を借謄したいと考えていたことも天保五年八月十六日付小津桂窓宛書簡[注57]ならびに『近世物之本江戸作者部類』に見えており、馬琴が享和年間から一貫して秋成とその作品に敬意を払っていたことはうかがえるが、「解」と改名した寛政四年当時に「無腸」という号を知り得ていたかというと『羇旅漫録』の旅以前でもあり、可能性は低いと考えられる。[注58]無腸の号で書かれた『也哉抄』も『曲亭蔵書目録』には見えてはいない。その当時、秋成を私淑して名をつけた、というわけではないのであろう。

おわりに

晩年、『南総里見八犬伝』を書き上げた馬琴はその「回外剰筆」で失明した自分のことに触れて「枚乗が江賦に、水母以レ蝦為レ眼といへり。吾蝦子をもて眼にせんか」と述べる。[注59]さらに続けて、羅貫中が『水滸伝』を書いて「三世唖子を生にき」という説、紫式部が『源氏物語』を書いた悪報に「地獄に堕たり」とされる説を引き、「吾も亦八犬伝を作りし悪報にて、老て半盲に做りにきといふ議誚《そしり》もあるべからん」という。この二人が受けた悪報の伝説は、秋成の『雨月物語』序に引かれるところである。「回外剰筆」からも馬琴が『雨月物語』を強く意識していることがわかる。秋成にとって「剪枝畸人」の号は、自作への自負の現れでもあったが、失明を経て『南総里見八犬伝』を書き上げた馬琴にとってもまた、『八犬伝』は、秋成にとっての『雨月物語』同様、『水滸伝』『源氏物語』と並び称されるべき作品なのであった。「瑣蛣は蟹を腹とし水母は鰕を目とす」（『三七全伝南柯夢』跋）とする、郭璞の「江賦」に拠って、馬琴の名である「解」「瑣吉」が、蟹に象って作られたことは確認した通りであるが、晩年に至って馬琴は、あたかもこれこそが「名詮自性」であったというかのように「江賦」を引いて、失明した自分を評しているのである。

秋成も馬琴も自身に対する強い自負を持っていたことは確かであるが、自嘲的な意味合いをも含む秋成の号に対して、馬琴の名の「解」を初め、「馬琴」「笠翁」も自ら己の健筆を祈念するものであり、かつ自分の才能を誇るものではあっても、いささかも自己を卑下するものではなかった。筆一本で一家を養った馬琴の一生は、その名と号にまさにふさわしいものであったのだろう。

注

1　播本眞一『八犬伝・馬琴研究』（新典社、二〇一〇年。初出「「曲亭」号・「山梁貫淵」号について―謬説クルワノウマゴト・クルワでマコト―」『近世文藝』第七十四号、二〇〇一年七月。「『南総里見八犬伝』を読む」『近世文芸研究と評論』第六十三号、二〇〇二年一一月。「馬琴と江戸」『国文学解釈と鑑賞』六八巻一二号、二〇〇三年一二月）。

2　『吾佛之記』の寛政三・四・五年の記録は錯誤しており、播本眞一氏は前掲論文（「馬琴と江戸」）でこれを整理し、「馬琴年譜稿」（ビブリア37・38）が述べるように、寛政三年秋に深川の洪水に被災、京伝食客となり、同四年三月に蔦屋に奉公、同五年七月に結婚とするのが妥当とし、蔦屋奉公の寛政四年を実名を「興邦」から「解」に改名した年としている。

3　大高洋司「戯号「曲亭馬琴」出拠小考」（『甲南国文』第三十五号、一九八八年三月）。

4　「魁蕾子」については「魁蕾子といへるは、未生の人にて戯に名を設けたるのみ、愚は戯墨の弟子壱人もなし、寛政以来、文化中まで拙著の序跋などに魁蕾子とあるは蓋未生の人なるを知るべし」（『著作堂旧作略自評摘要』「標注園雪前編」）とする。「魁蕾子」号については、菱岡憲司氏の論に詳しい。「傀儡子から魁蕾子へ―馬琴異称にみる執筆意識の変化」（『近世文芸』九三、二〇一一年一月）。

5　『十訓抄』の引用は新編日本古典文学全集（小学館、一九九七年）による。

6　郭璞が江の賦には「璅蛣腹レ蟹　水母目レ蝦（璅蛣蟹を腹にし水母蝦を目にす）」とあり、『吾佛之記』では「文選枚乗が江の賦に、瑣蛣ハ以レ蟹ヲ為レ腹ト、とあるを取れるなり」と枚乗の賦とするのは誤りであろう。

7　蟹を「長卿」と呼ぶことについては『捜神記』にも見える。

8　沢井氏は沢井耐三「滝沢馬琴『増補獮猴蟹合戦』翻刻と注解―「猿蟹合戦」稿　その四」（『愛知大学文学論叢』一二七号、二〇〇三年二月）の中で、王吉の故事を成都故事から註しているが、『淵鑑類函』は「馬部抄録」が早稲田大学図書館蔵の「曲亭叢書」に残り、馬琴が見た直接の典拠としては『淵鑑類函』も考えられる。

9　木村三四吾編『近世物之本江戸作者部類』（八木書店、一九八八年）。

10　読みについては「トク」「トクル」両説がある。播本氏前掲論文「『南総里見八犬伝』を読む」（『近世文芸研究と評論』第六十三号、二〇〇二年一一月）。

11　徳田武「馬琴の稗史七法則と毛声山の『読三国志法』──『侠客伝』に即して『隠微』を論ず──」（『日本近世小説と中国小説』第十三章六九六頁、青裳堂書店、一九八七年。徳田氏は「瑣吉」の「吉」は『易経』の卦辞によると解釈する。

12　前掲「馬琴と江戸」（『国文学解釈と鑑賞』二〇〇三年一二月）。

13　前田愛「『八犬伝』の世界」（『文学』三七巻一二号、一九六九年一二月）。服部仁「名詮自性考─馬琴の命名法─」（『曲亭馬琴の文学域』若草書房、一九九七年）。

14　前田愛「『八犬伝』の世界」（『文学』三七巻一二号、一九六九年一二月）。

15　これらの海賊の名には馬琴が佐渡の石井夏海から得た魚の情報が反映されているなど、全くの想像力のみで作り上げられたものではないことが指摘されている（播本眞一「馬琴著作登場人物名小攷」『近世文芸研究と評論』第五十八号、二〇〇〇年六月）。

16　馬琴は「吉野が蟹の盃」について享和二年刊『羇旅漫録』、享和三年刊『蓑笠雨談』、文化七年刊『夢想兵衛胡蝶物語』前編巻之四「強飲国」に言及しており、馬琴の興味が持続していることについて神田正行氏に指摘がある（「『夢想兵衛胡蝶物語』の「強飲国」」『読本研究新集』第一集、一九九八年一一月）が、ここでは主に作中における造型から馬琴の「蟹」に対する心象の是非に注目する。

17　棚橋正博『黄表紙総覧』中篇（青裳堂書店、一九八九年）。

18　長島弘明氏のご教示による。引用は森銑三校訂、岩波文庫による。

19　岡崎寛徳『鷹と将軍』（講談社選書メチエ、二〇〇九年）。

20　『今昔物語集』巻十六第十六や『日本霊異記』中巻第十二にも載る。

21　音姫の夫になる人物として登場する馬之介は「意馬心猿」の語から導き出されたことが、序に見えている。「この草紙は。むかしより仮子《わらはべ》の語り伝へたる、猿と蟹との仇討に根き、嶋村が誠忠、摩斯陀が暴悪を綴設て、聊か勧善懲悪の微意を述ぶ。且摩斯陀は猿の梵語なり。さは心猿意馬の譬をとりて、馬之助が義心を明かす」。

22　曲亭叢書『故事部類抄』介虫部・蟹の項で「島村蟹」について『書言字考節用集』を引用している。また元禄五年刊『狗張子』巻一にも「島村蟹」の話が載るが、「わずかなるあやまちありて殺され」、「一念のまよひあれば、いかなるものにも生れかはる輪廻の有さまなり」と説くのと馬琴が忠臣として捉えるのとは対照的である。

23 『平日閑話』に十六まで載る。「今童謡に一ツ長屋の佐次兵衛殿、四国をめぐりて猿となるんの、二人の連衆は帰れども、お猿の身なれば置て来たんの」（安永六年『放屁論後編』）とも。

24 吉丸雄哉「近世小説の中の医者」（『東京医科歯科大学教養部研究紀要』第三十九号、二〇〇九年三月）。なお京伝読本の描く医師は、名医ではあるが、人間や赤子を薬の材料とし、非道に暴利を貪る人物として描かれる（『安積沼』第九条の翻冲や『優曇華物語』第八段の眼医者内海蝦庵）。本書巻末資料の『加古川本蔵綱目』の了竹は『仮名手本忠臣蔵』の登場人物であり、本来、藪医者の敵役であるが、馬琴の『加古川本蔵綱目』では悪が強調されず、改心することで満尾する。

25 前掲「『南総里見八犬伝』を読む」（『近世文芸研究と評論』第六十三号、二〇〇二年一一月）。

26 内田保廣「馬琴と郷士」（『国語と国文学』五五巻一一号、一九七八年一一月）。また濱田啓介氏も同様のことを述べる（「『吾佛乃記』の世界と『南総里見八犬伝』」『近世小説・営為と様式に関する私見』京都大学学術出版会、一九九三年。初出『国語国文』四十二巻六号、一九七三年六月）。

27 元禄九年刊本の文化四年再板本の訓点に従って書き下した。西宮一民校注『古語拾遺』（岩波文庫、一九八五年）参照。

28 同右、補注参照。

29 久岡明穂「『椿説弓張月』と彦火火出見尊神話―福禄寿仙の〈種明かし〉の意味―」（『叙説』第三十六号、奈良女子大学、二〇〇九年三月）。

30 大高洋司「『椿説弓張月』の構想と謡曲「海人」」（『近世文芸』第七十九号、二〇〇四年一月）。

31 小谷野敦『新編八犬伝綺想』（ちくま学芸文庫、二〇〇〇年）。

32 『日本随筆大成』第二期7（吉川弘文館、一九七四年）。

33 『新編八犬伝綺想』（ちくま学芸文庫、二〇〇〇年）。また『筠庭雑録』には、蟹目はその頭の部分が笠のごとく中高につくられているため「一説にいにしへ婦人外に出る時は、上着の衣をつぼをりて、深き笠をきたり。その笠の頭の形したる故に名づけたる歟」とあり、信節自身はこの説を否定しているが、あるいは馬琴が「蟹目」を女性の名に用いた理由であるかもしれない。

34 濱田啓介氏は、河鯉は川越に通じ、滝沢家の祖興也が仕えた松平伊豆守信綱が本家川越城主であったこと、そのため

35 『八犬伝』の河鯉守如は理想的な人物として登場させるとする（前掲「『吾佛乃記』の世界と『南総里見八犬伝』」）。佞臣竜山縁連は元の名を籠山縁連というが、この籠山という名字は、馬琴の祖先の真中隼太の家督を奪った祐蔵側の証人となった籠山武兵衛に拠り、馬琴は作中でこの男に筆誅を加えたものと指摘する（前掲「『吾佛乃記』の世界と『南総里見八犬伝』」）。

36 石亀屋次団太の名は鈴木牧之とのやりとりや牧之の『北越雪譜』に拠ることを、播本氏が指摘する（前掲「馬琴著作登場人物名小攷」）。

37 文化四（一八〇七）年『標註そののゆき』の蟹沢木三、文政七（一八二四）年刊の合巻『童蒙赤本事始』（猿蟹合戦をはじめ童話を複数踏まえる）の芦辺蟹次郎も善人として「蟹」の字を負う人物が登場する。どちらも悪を退ける存在として描かれているが、必ずしも自身は死と関与しない。

38 『稲妻表紙』「十六、名画の奇特」でも蟹が大蛇を殺す趣向がある。蟹満寺の縁起を用いているが、助けられた蟹が恩義に応えるという縁起とは異なり、巨勢金岡の百蟹の絵巻から蟹が抜け出すという趣向が主である。「かれは隠徳陽報の理を示しこれは名画の奇特によりて孝女をすくふ」と南無右衛門（三八郎）の台詞にあるように、ここでは巨勢金岡の徳を称える趣向となっており、蟹自体にはそれほどの意味が付されていないと思われる。

39 『伊達騒動狂言集』（日本戯曲全集16、春陽堂、一九二九年）。

40 『昔話稲妻表紙』続編の文化六年刊『本朝酔菩提全伝』では京伝は「笹野蟹蔵」を「笹野才蔵」に戻している。

41 大島建彦『疫神と福神』（三弥井書店、二〇〇八年）。

42 井上啓治『京伝考証学と読本の研究』（新典社、一九九七年）。

43 前掲『疫神と福神』参照。

44 『山東京伝の研究』（岩波書店、一九三五年）。

45 「筑紫琴を推直《おしなほ》して、将擽《かきなら》す指の運びは細小川の瀬を渡る蟹の歩みに彷彿《さもに》たり」（『近世説美少年録』第二輯巻之一第十一回）というような例もあるが、「馬琴」と「解」には、琴を弾く指を蟹に見立てるというような連想もあったかもしれない。

46 濱田啓介「『勧善懲悪』補紙」（『近世小説・営為と様式に関する私見』四二六頁、京都大学出版会、一九九三年）。但し、

47 馬琴本人は天保四年十一月六日時点においては、殿村篠斎宛書翰で、「蓑笠」号と笠翁との関係を否定している。

48 「国文学の発生」(『折口信夫全集』第一巻、中央公論社、一九九五年)。

49 高田衛『上田秋成年譜考説』七六頁(明善堂書店、一九六四年)。

50 高田氏、前掲書『上田秋成年譜考説』参照。

51 長島弘明『雨月物語の世界』(ちくま学芸文庫、一九九八年)。

52 水野稔「馬琴文学の形成」(『江戸小説論叢』中央公論社、一九七四年)。

53 郡司正勝「秋成、京伝、南北」(『郡司正勝刪定集』第五巻、白水社、一九九一年)。

54 その他としては例えば文化二年刊『月氷奇縁』巻之五第十回で倭文が妻の亡霊に出会う場面に「浅茅が宿」を、文化三年刊『四天王剿盗異録』第二綴では、老婆が死んだ孫娘に対する愛着のあまりその死体を食べるという場面で、「青頭巾」を、また文化五年刊『頼豪阿闍梨恠鼠伝』第八套に「仏法僧」が用いられていることが指摘される(『馬琴中編読本集成』第一・三・九巻、解題参照)。

55 後藤丹治『太平記の研究』(河出書房、一九三八年)。

56 『馬琴中編読本集成』第一巻、解題参照。

57 『馬琴中編読本集成』第一巻、解題参照。『近世説美少年録』新編日本古典文学全集八三、注参照。

58 柴田光彦・神田正行編『馬琴書翰集成』第二巻(八木書店、二〇〇二年)。

59 嘉永二年頃執筆かと考えられる木村黙老の『京摂戯作者考』の「剪枝畸人」の項には「無腸公子」の号も記し、『也哉抄』の号のいわれを引く。馬琴もいずれかの時点では「無腸」号を知ったと思われる。

60 注6参照。「枚乗」は「郭璞」の誤り。

第二節　『南総里見八犬伝』の大鷲

はじめに――浜路姫と大鷲――

『南総里見八犬伝』第七輯六十八回から七十二回（文政十〈一八二七〉年執筆。以下『八犬伝』と略す）は、八犬士のなかでも最初に登場する犬塚信乃の伴侶となる浜路姫の来歴が語られるという点で重要な場面である。死に別れた許嫁、浜路に瓜二つの女性と巡り会った信乃は、その女性が以前鷲に掠われ行方不明となっていた浜路姫（伏姫の弟、里見義成の五番目の娘）であることを知る。姫と知らぬまま養女として育てた四六城木工作《よろぎむくさく》は、姫を鷲から救った時のことを信乃に次のように説明している。

一日《あるひ》黒驪《くろこま》の辺《ほとり》、中山の山間《やまあひ》にて、いと大きなる鷲を撃《うち》にき。かゝりし程にその処より、一ト町あまり山辺なる、樹杪《こずゑ》に小児《せうに》の泣声《なくこゑ》せしかば、怪しと思ひてゆきて見るに、年二三歳許《ふたつみつばかり》なる侲子《わらはべ》の、老たる榎《えのき》の杈《また》に挟《はさま》れて、声嗄《か》るゝまで号《さけび》てをり。登時《そのとき》某《それがし》思ふやう、かゝる深山《みやま》の樹上《きのうへ》に、稚児《をさなご》のあるべき理《やう》なし。彼は鷲などに攫《さらは》れて、霎時《しばし》彼処《かしこ》に措《おか》れしならん。然らば嚮《さき》にわが撃《うち》たりし、鷲はあの児《こ》を攫《さら》へるものか。そはとまれかくもあれ、う尚仆《まだいはけな》きち捨措《すておか》んは不便《ふびん》の事なり。とり卸《おろ》して見ばやとて、その樹に登り辛《から》うじて、抱《いだ》き卸《おろ》してよく見るに、女《め》の子なり。貴人《あてびと》の息女にやあらん。七宝を搨箔《すりはく》にして、篠竜胆《さゝりんだう》の服章《もん》つきたる、裢衣《うちぎ》の袖《そで》長きを被《き》て、下には緋《ひ》の衣《きぬ》を襲《かさね》たり。何処《いづこ》の誰が子なるぞ、と問へどもものを得もいはぬ、二《ふたつ》歳か三《みつ》歳の稚児《をさなご》の、泣《なく》より外《ほか》に所《わ》為《ざ》もなければ、且懐《まづふところ》にかき抱きつ、撃留《うちとめ》たりし件《くだん》の鷲は、只美羽《たゞよきは》をのみ抜とりて、相携《あひたづさへ》つゝ宿所にかへりて、妻麻苗《あさなへ》に云云《しかく》と、有つるよしを報知《つげしら》せしに、麻苗《あさなへ》おどろき且歓《かつよろこ》びて、この児《こ》は天より俺們《われく》夫婦に、授給《さづけ》ひしものなるべし。是に就《つき》ても殺生を、思ひ止《とゞま》り給ひねとて、涙さしぐみ諌《いさむ》るにぞ、某《それがし》やうやく感悟して、これより後は猟《かり》に出《いで》ず。扠女《さてめ》の子には乳母《めのと》を隷《つけ》て、愛慈《めでいつくし》み養ふに、そが名をだにも知るよしなければ、軈《やが》て餌漏《ゑもり》と名つけにき。こは鷲の餌《ゑ》に漏れて、わが子となれる義《よし》を取りたり。かくてその名を呼び誨《をしえ》ても、顔を背《そむ》けて答《こたえ》せず。（中略）浜路《はまぢ》々々といふ毎《ごと》に、わが女児《むすめ》の見かへりて、笑《ゑみ》つゝ必応《かならずいらへ》けり。扠《さて》はこの子の旧名《もとのな》は、浜路《はまぢ》と呼《よば》れしものならん。浜路《はまぢ》と呼ぶに優《ます》ことあらじ、と妻もいひ某《それがし》も、如右《しか》思ふによりこの時より、形《かた》のごとくに名つけたり。（第六十八回）

ある日、山で鷲を撃ち落としたところ、その鷲に掠われたものか樹上で小児が泣き叫ぶ声が聞こえた。救い出したところ二、三才の女児であった。衣服から貴人の息女と思われたが、何処の誰の子と知るよしもなく、そのまま養女とした。「鷲《わし》の餌《ゑ》に漏れて、わが子となれる義《よし》を取り」「餌漏《えもり》」と呼んだが、「浜路」という語に反応することから、結局「浜路」と名付けた。またそれまで子がないことを妻は狩猟による殺生ゆえと歎いていたが、浜路を授かったことに感謝してその後、狩猟を止めたという。

一方、里見家において浜路姫が鷲に掠われた時の様子については、姫の素性が明かされる第七十二回において次のように説明される。

応仁戊子《つちのえね》の秋九月《ながつき》、下浣《すゑつかた》の事なりき。天《そら》よく霽《はれ》て颪もなく、いと暖《あたゝか》なりければ、浜路姫はおん姉妹《あねいもと》の、姫御《ひめご》達共侶《たちもろとも》に、妳母《めのと》女房等に傅《かしつか》れて、一日滝田《ひとひたきた》の城中なる、園林《その》に出《いで》させ給ひつゝ、山の丹楓《もみぢ》の褐《かつ》散りて、池水《いけみづ》に浮べるを、臠《みそなは》さんとて余念なく、結縷叢《しばふ》を歩《ひろは》せ給ふ折から、背後《うしろ》の方《かた》に颯《さつ》と音して、いと大きなる暴鷲《あらわし》の、羽《は》嵐《あらし》高くおろし来て、浜路姫のおん背《そびら》を、衣《きぬ》の上より掻抓《かいつかみ》て、虚空《こくう》迥《はるか》に翥《とび》去《さ》りにき。縡《こと》の勢ひいふべうもあらず。時に姫《ひめ》うへおん年三《みつ》才なり。（同第七十二回）

姫は、九月のよく晴れた暖かい日に、姉妹の姫達とともに、乳母達と散歩を楽しむ最中に鷲に襲われたという。

また次に示すように、木工作の養女が実は浜路姫であるとは、その衣装と耳朶の黒子から判明したという。

縡《こと》の証据《せうこ》は幼稚《をさな》き時に、被《き》させ給ひしと伝聞《つたへき、》たる、七宝《しつぽう》に篠竜胆《ささりんたう》の、其児服《そのちごきぬ》のみならず、五の姫《ひめ》うへはおん耳《みゝ》垂珠《たぶ》に、黒子《ほくろ》ありき、（同右）

以上の内容をまとめておくと、本作の特徴として次の四点が挙げられるであろう。

①女児が（特に高貴な身分の女児が乳母の手から）鷲に掠われる。

②鷲に食べられずに済んだという意から名付けられた。

③養父は、女児を授かったことを感謝して殺生（狩猟）を止める。

④再会に際して、着物と黒子から親子と特定された。

鷲に子を掠われるという話は江戸時代以前から見られ、江戸時代にはそれらの話がしばしば趣向として演劇・小説に用いられている。以下にはそれらの例を紹介しつつ、右の四点に着目して『八犬伝』のこの場面に影響を与えたと考えられる文献を確認してゆきたい。注1

一　「鷲の啗ひ残し」と父娘の縁

鷲に子を掠われる話というと同趣向として一括りに考えられがちであるが、そのなかでも江戸時代以前を見ると、大別して二種の話型があるようである。第一は『日本霊異記』が皇極天皇二（六四三）年の事件として伝える話の流れを汲むもので、『今昔物語集』『扶桑略記』『水鏡』は、ほぼ同様の内容を伝えている。『八犬伝』は主としてこの話を用いていると言って良い。第二は奈良時代、東大寺の建立に尽力した良弁上人の伝説に係わるもので、『元亨釈書』『沙石集』等に伝わっている。

まず『日本霊異記』系の話型について見てゆきたい。『日本霊異記』「嬰児、鷲に擒られて、他国に父に逢ふこと得る縁　第九[注2]」は次のような内容である。

癸卯の年の春三月、但馬国七美郡の山里の人の女児が中庭に腹這っているところを鷲が掴んで、東へと飛び去った。八年後、庚戌の年の秋八月下旬に、女児の父は丹波国加佐郡で宿を借りた。井戸で足を洗おうとした所、水を汲みにきていたその家の童女が、村の他の童女に「鷲の噉《くら》ひ残し」と罵られ、叩かれて泣いているところを目撃した。宿に戻って、「鷲の噉ひ残し」と呼ばれている理由を聞くと、宿の主人が某年某月某日、鳩を捕ろうと樹に登っていたところ、鷲が西から女児を掠ってきて雛に与えようとしたのを救ったのだという。鷲に掠われてきた年月日が一致して、父娘は再会を果たした。

この話の特徴は「鷲の噉ひ残し」と呼ばれる女児が父と再会するというところにある。『今昔物語集』巻第二十六「於但馬国鷲、爴取若子語第一[注3]」は『日本霊異記』にほぼ一致するが、再会時に父娘と判別した決め手として「此の女子、此の宿りしたる人に形《かた》ち違ひたる所無く似たりける」という風貌が似ているという点が加えられている。『扶桑略記』第四・『水鏡』中は多少の簡略化は見られるが、『日本霊異記』と同じ内容を伝えている。

『八犬伝』に見える四つの特徴との共通性を確認すると、①女児が鷲に掠われること（但し貴人の息女ではない）、②鷲の食べ残しという意の名で呼ばれていること、について合致する。③親が狩猟をしていたことについては言及がなく、④本人と判別した理由が攫われた年月日である点は相違するが（『今昔物語集』には風貌の相似が指摘されるが、ほくろではない）、①②、特に②が共通することからは大筋はこの話型によっていると言ってよいであろう。

では馬琴は『日本霊異記』『今昔物語集』『扶桑略記』『水鏡』のうち、いずれを利用したのであろうか。同じ話を伝えてはいてもこの四書で最も差が見られるのは最後の筆者の感想である。『日本霊異記』は末尾に「誠に知る、天哀びの資《たす》くる所にして父子の深き縁なることを。是れ奇異《あや》しき事なり」と記して、女児が鷲に掠われて死んだと思われていたにもかかわらず、天の冥助によって再び巡り会った父娘の縁の深さを強調して締めくくる。『今昔物語集』は『日本霊異記』とほぼ同様の感想を述べるが、「実《まこと》に此れ有り難き奇異《あさまし》き事なりかし。鷲の即ち噉《く》ひ失ふべきに、生乍《いけなが》ら樔《す》に落しけむ、希有《けう》の事也。此れも前生《ぜんしやう》の宿報《すくほう》にこそは有《あり》けめ。父子の宿世《すくせ》は此《か》くなむ有けると語り伝へたるとや」と、この父娘の不思議な運命も前世からの因縁であるとし、仏教色が色濃い。『扶桑略記』は「子死門に入り、再び蘇生を得る。奇異の事なりかし」注4も死の危険から生還したことを述べるに留まり、『水鏡』は「人のいのちのかぎりあることはあさましくはべる事なり」注5と人智では図りがたい命数について言及する。

『八犬伝』においては、浜路姫が鷲に掠われた際に、その父は「義成が女児と生れて、彼鷲の餌にならん事、豈人力の是非に依らんや。宿世に定る業報ならん」（第七二回）と「宿世の業報」に言及する。馬琴が作品を構成する手段として因果律を用いることはよく知られており、因果や宿報について触れることは決して珍しいことではないが、『今昔物語集』で「前世の宿報」について述べるのと共通する。また、原話では父が尋ねていって親子とわかるわけであるが、『八犬伝』では信乃の来訪を介して姫の素性が明かされることになる。また姫を救った木工作の父が信乃の外祖父に仕えたことや、信乃と浜路姫、それぞれの外祖父は従兄弟同士であることなど、信乃と浜路姫の縁が浅からぬことを強調する。『日本霊異記』や『今昔物語集』では特に父娘の縁が強調されていたものを、『八犬伝』では、将来の夫婦の縁を暗示する場面として用いているのである。

さらに言えば浜路姫は、信乃の死に別れた許嫁の浜路の再来である。死んだと思われていた浜路とは別人ながらも一旦は浜路の霊魂が姫に乗り移りもし、再び信乃と「浜路」が巡り会ったわけである。死んだと思われていた娘と父の再会が、『八犬伝』では、許嫁との再会に替わっているのである。

『曲亭蔵書目録』には『水鏡』が見え、馬琴の考証随筆『燕石雑志』巻末の「引用書籍目録」には「水鏡」「今昔物語」が挙げられる。馬琴にとっては『日本霊異記』よりは『水鏡』や『今昔物語集』の方が手近に見られたものと考えられるが、『八犬伝』では「前世の業報」や夫婦の宿縁を重んじたことを考え合わせると、馬琴が直接参考にしたものは、なかでも『今昔物語集』である可能性が比較的高いのではないであろうか。

二　良弁上人と霊鳥

良弁上人も鷲に奪われたことで有名であり、これが第二の話型である。良弁《りょうべん》上人の伝は『元亨釈書』巻二[注6]に見える。

母が桑畑に出ている際に、小児は鷲に掠われる。義淵《ぎえん》上人は春日神祠に詣でた折、たまたま鷲が野に小児を引き連れているのを見た。鷲は人が近づくのを恐れて逃げたため、良弁は無事に義淵に救われ、弟子となった。母は三十余年をかけて息子を捜すが巡り会わずにいたところ、鷲から義淵上人が助けた子が「漸く長じて此の国器と大成す」ということを聞きつけ、とうとう良弁との面会を果たす。母は、観音像に祈って授かった子であったため、一寸一分の大悲観音の小像を刻んで、我が子の首にかけていたと話し、確かに親子であると判明する。

つまり観音の申し子が、鷲に掠われたが、それによって上人の弟子となって僧侶として大成し、さらには観音像の証によって母と再会できるという話である。

『元亨釈書』の本伝の賛には、他宗派からの論難に対しての反論が載るが、そのなかに「霊鳥ハ其善介《ゼンカイ》（左訓、ヨキタスケ）良媒哉《リヤウバイ》」[注7]と見える。鷲は霊鷲山を連想させ、和歌の世界でも鷲というとまず「鷲の峰」など釈迦が教えを説いた場所とされる霊鷲山《りょうじゅせん》を詠むことが多い。また古くは鷲は「真鳥」とも呼ばれたが、これも立派な鳥と褒め称えた呼称である。良弁上人の伝説においても、鷲によって義淵上人の許に導かれた子が、僧侶として大成するという、霊鳥としての鷲が強調されている伝と言えるであろう。

『沙石集』第五末ノ七には、[注8]良弁についてまた少し違った話が伝わる。幼い良弁は鷲に養われて木の上に住んでいたが、ここに大伽藍を建立しようという誓願を起こした。そのためには国王の力を借りなくては成しがたいと思って「聖朝安穏、天長地久」と祈っていたところ、その声の噂が聖武天皇に伝わった。聖武天皇はこのことに御感あって、行基菩薩を勧進の聖として、諸国の寄進を得て、東大寺を建立した、という。

『沙石集』では良弁は鷲に掠われたのではなく、鷲に育てられたとされているわけであるが、これもやはり鷲に、仏教の霊鳥としてのイメージがあるからであろう。

『八犬伝』の持つ特徴とは一致しないが、猛禽としてだけではなく、霊鳥としての鷲のイメージは、『八犬伝』にも反映されているのではないであろうか。良弁上人の伝は、逆説的に、霊鳥である鷲に掠われた人はただの人ではない、将来を嘱望される大器の持ち主であるから鷲に掠われるのだ、と読むこともできるであろう。いわば超人的ともいえる八犬士の、さらに一番目として登場する犬塚信乃の、その伴侶となる浜路姫にも、それ相応の逸話が必要であった。鷲に掠われるというそのこと自体が、浜路姫は非凡な人物であることを指し示しているのである。

三　『八犬伝』以前の系譜

江戸時代以前について大きく二種の話型を見てきたが、次にこの二つの話型が江戸時代、『八犬伝』以前に、どのように受容されているかを確認してみたい。特に『日本霊異記』系の作品からは『八犬伝』への影響が認められる。

その前に確認しておくべき作品は、これらの二つの話型とは別に、釈迦の伝記を扱ったものである。正徳四（一七一四）年竹本座初演とされる近松門左衛門作『釈迦如来誕生会』には鷲の趣向がある。二羽の大鷲から槃特（釈迦の弟子といわれる人物）を救った養父母は狩猟による殺生の報いで実子がないことを嘆いていたが、槃特を得て感謝し、殺生を止める。[注9] これは『八犬伝』の③養父が殺生を止めるという特徴と合致する。しかし大鷲が二羽で実父を傷つけること、また実父との再会の際、生来愚鈍である槃特が祭礼用の鳩を殺した罪で同じ重さの自分の肉をそぎ取らされるという場面があるなど他の作と比して特異な作である。なお、この趣向を含め本作は文化十三（一八一六）年初演『五天竺』（佐川藤太ら作）にも使われている。

①『日本霊異記』系

a　享保十五（一七三〇）年大坂竹本座初演『楠正成軍法実録《くすのきまさしげぐんぽうじつろく》』[注10]

『日本霊異記』を使った浄瑠璃で『八犬伝』と共通性が見出せるのは、並木宗助・安田蛙文合作『楠正成軍法実録』である。また後述するが、京伝作の読本b『双蝶記』への影響もうかがえる。

本作第二段では、後醍醐帝に仕える備後三郎の娘が鷲に掴まれ、東へ連れ去られる。第四段の切で、後醍醐帝は定遍の娘羽衣姫に思いを寄せているが、備後三郎は羽衣姫が定遍の命令で帝の命を狙っていることを知り、姫を手にかける。姫の守袋から姫が鷲に掠われた我が子で定遍に救われていたことが知れる。三郎と姫は互いに親子と気付きながらも名告らぬまま、姫は悪人であっても定遍が父（養父）であることには変わりないと歎きつつ息絶える。

以上が鷲に関わる件のあらましである。

本作では、鷲に掠われることを悲劇の始まりとするのが他の作品と異なり、例外的である。娘が鷲に掠われるという場面は、悪事に荷担した娘が父の手にかかり、死ぬ間際に親子と判明する、その愁嘆場を用意するための伏線となっているのである。

女児を掠った鷲が東へ去るという点からは、本作は『日本霊異記』系の話型を利用したものと考えて問題ないであろう。『八犬伝』の特徴と比較すると、『日本霊異記』には見られなかった①女児の親が身分のある人物であり、女児が乳母の手から奪われるという点が合致する。

また、興味深いのは、供養に際しては、普通は法要を行い、放生などをするのに対し、鷲に娘を掠われた備後三郎は、娘の敵の鷲を射殺することで供養しようとする点である。

然らば仏ケをくやうし僧を施し、生るを放ちて善根をなすべきに、弔の為狩に出、殺生するとは合点行ず。子細をかたれと問かけられ、（中略）其御ふしんは御尤、けふ命日の娘病死せしとは偽。其折から由良姫の明神へめのとをそへて参らせしに、お茶屋の縁先キ涼しき余り、そへ乳にめのとがふしたる間、思ひもよらず鷲の大鳥、彼姫を引ツつかみ只一トかけにかけ上り。家来があはやといふ内に鼓が嵩《たけ》より東へ飛行キ、雲を隔てゆくゑなし。かくと告たる其時の、ふうふがかなしさかはいさは、思ひ出すも魂イの消る斗に侍るぞや。其日を則チ命日とて夫は鼓が嵩へ分ケ入リ、鷲の鳥さへ見付ケなば娘が敵と射殺して是を夫が胸はらし命日ごとの手向也　（第二）

これは義父が殺生を止める『釈迦如来誕生会』の逆で、実父が殺生を始めるわけである。本作は『釈迦如来誕生会』の影響下にその趣向を反転させるように考えられたものであろうか。逆転した趣向ながら、殺生という内容を用いている点では、『八犬伝』の③の特徴と通じており、馬琴が本作の趣向から間接的に発想を得たという可能性もある。

b　文化十（一八一三）年刊『双蝶記《そうちょうき》』注11

『双蝶記』は山東京伝作の読本である。京伝読本はしばしば馬琴読本に影響を与えていることが指摘されているが、本作にも鷲が女児を掠う趣向があり、当然ながら『八犬伝』へ影響を与えた可能性が考えられる。また、本作に先行するd文化元年刊『優曇華物語』にも鷲が登場するが、後述するように、bdの両書は一見、同趣向を用いているように見えながら、直接の原拠は異なっていると考えられる。

足利家を主筋とする山咲庄司雪森の娘小雪は、「四歳の時乳母に抱かせ、庄司みづからつきそひて、甘縄の神事をみせに行、かへるさに鷲にさらはれて行方しれず」（巻三・六）になる。継母はもし再会することがあれば、父親と同じく高頬にある「黒痣《ほくろ》」だけが証拠であると歎く。「大鷲四歳ばかりの児を喰はんとするを見つけて鷲を殺し」（巻六・一六）て小雪を助け、篝火と名付けた養親は、父と敵対する北条の遺臣であった。父と再会し、養父母が自害すると、小雪（篝火）は尼となって養父母の菩提を弔う。

本作では女児が鷲に掠われる点、女児が親の敵に育てられ、悪事に荷担させられていたことが判明するという点で、a『楠正成軍法実録』と共通しており、直接にはaを利用していたものと考えられる。

また本作で親子の証となるのは高頬の「黒痣《ほくろ》」であるが、これは本作が典拠とする寛永二（一六二四）年初演の浄瑠璃『双蝶蝶曲輪日記』（竹田出雲ら合作）の趣向によることが指摘されている。注12『八犬伝』の浜路姫は④耳朶の「黒子《ほくろ》」が証となったが、aを利用した『八犬伝』が、同じくaを利用した本作の「黒痣」の趣向に影響を受けているとも考えられる。

②良弁伝説系

c　寛保二（一七四二）年大坂竹本座初演『花衣《はなごろも》いろは縁起《えんぎ》』注13

次に良弁伝説を利用した作品を紹介するが、これらは『八犬伝』への直接的な影響はあまりないと思われる。

『花衣いろは縁起』は三好松洛・竹田小出雲合作の浄瑠璃で、良弁伝説を用いたものである。鷲に関わる筋だけを抜き出すと、父の引く牛の背に乗っていた三之助は鷲に掠われる。悪鬼の代わりに剣を呑む霊夢を見た随波上人は、法然上人の母が利剣を呑んで懐胎した故事から、出家の自分が弟子を得る瑞相かと夢のお告げを人々に話していたところに、三之助を掴んだ鷲が飛来する。随波上人は小姓に命じて鷲を射落とさせる。鷲は落ちたが、三之助は枝に着物を引っかけて危く見えたところを小姓が木に登って救い出す。三之助が鷲に傷つけられなかったのは、三之助が身に付けていた一寸一分の千手観音の尊像の仏力を鷲が恐れたからであった（ここまで第二）。随波上人の弟子玄恕として六歳になった三之助は、自ら説法する新談義の会場で、集まった群衆に自分の身の上を話し、群衆の中にいた母との再会を果たす、というものである（第五）。

三之助を得た上人の台詞には次のように見える。

> 扨々けだかき産れ付。いづくの誰レが子なるぞや。いかさま凡人にてはよもあらじと。胸の間を見給へば肌に守りをかけたり。取出して見給へば千手観音の尊像。御厨子の内におはします。扨有難き御事や。最前鷲にとられし時、早速つかみ裂べきを。此観音の仏力に恐れ。息才にて我手に渡る事。ひとへに御仏の授給ふに疑ひなしと。（第二）

『元亨釈書』や『沙石集』では鷲を霊鳥とし、特に『沙石集』では良弁は鷲に養われたとしていたが、本作では、鷲は上人が夢に見た悪鬼であり、悪鳥である。三之助を守るために「方便の殺生は菩薩の六度万行にもまさる」として鷲を射る。鷲の餌食となるところを三之助が生き延びたのは、「けだかき産れ付。いづくの誰レが子なるぞや。

いかさま凡人にてはよもあらじ」（傍線部）と上人がいうように、凡人ではない尊い生まれであるためであり、肌身につけた観音の御守の力ゆえであったとするわけである。御守の力で助かるというのは江戸時代の演劇や戯作ではありがちな展開であるが、原話が、単に人に恐れて鷲が逃げたとする簡単な記述であるのとは異なり、鷲を悪鳥と見なし、それに対して観音の威徳を誇張したものとなっているといえよう。

また原話の良弁は法華宗であるが、本作では随波上人を浄土宗とし、その縁で、法然の母が利剣を呑む話を引き出すなどの工夫も特徴的である。

本作については、「浄瑠璃でも歌舞伎でも『鷲の段』だけを取り上げられていたようで、この作品の一部がそっくり『鷲の段』として新内節に残った」[注14]と指摘されており、良弁上人の伝説は当時の人々にとって音曲としても馴染みの深い内容であったらしい。

また文化七年刊山東京山作のe『鷲談伝奇《わしのだんでんき》桃花流水《とうかりゅうすい》』の典拠となっていることも[注15]知られているが、それ以前に京山の兄の京伝の作品、d文化元年刊『優曇華物語』にも利用されていると考えられる。

d　文化元（一八〇四）年刊『優曇華《うどんげ》物語』[注16]

本作は文化十年刊のb『双蝶記』と同じく山東京伝作の読本で、成立の上ではbに先行する。bが『日本霊異記』系のa『楠正成軍法実録』を使っていたのに対し、本作において鷲に掠われたのは女児ではあるが、使われたのは良弁伝説と考えられる。

橘内の娘はある日、庭先にいて鷲に掠われる。娘と再会できるとの金鈴道人の予言を信じて待った夫妻は、年を経て「鷲にとられたる児に、再会すべき時いたれり。今年某の月某の日、下野国黒髪山の辺、中禅寺にいたりてまたば、かならずめぐりあふべし。背上に鷲の爪の痕ある女こそ汝が女児なれ。今は名を弓児といふぞ。努々疑ことなかれ。」という観音菩薩の霊夢によって、再会を果たす。鷲から救われた時の様子については、次のように説明される。

前頃主君左衛門、一子なきことを愁ひて、谷汲の観音にいのり、一日華厳寺に詣でかへるさに見れば、年旧大鷲、をさな子をつかみて飛来り、老松の梢に翼をやすめ、をさなごをひきさきくはんず気色に見えしが、ものにおそるゝやうにて、觜をあてかねたり。主君これを見て、「あな〳〵危し。誰かあるはやく鷲を射殺して、児をたすけよ」と命じ玉ふ。その時やつがれかたはらにしたがひありしが、やがてたづさへたる弓に矢をつがへ、しばし打しぼりてかなぐるに、矢は鳴ひゞきて鷲のむなさかを射とほし、鷲はたちまちひるがへりて地におちたり。をさなごは着物枝にかゝりて、梢にとゞまりければ、やつがれいそぎまどひて木にのぼり、児を懐にしてくだり、主君にたてまつる。主君抱とりて見玉ふに、玉のごとき女子なり。身うちを見れば、守り袋のうちに観音の小像あり。かの鳥觜をあてかねしは、まさしう此尊像の擁護なるべし。これまつたく仏のさづけ給ふにうたがひなし。此女子はかならず宿世に、徳本を植たる者ならめ。我養女となしておひたてん。此児危命をたすかりしは、一ツには観音の冥応、二ツには汝が弓勢のつよきによれば、此児の名を弓児となづけて、後〳〵までも汝が功をあらはすべし。（第十五段　橘内が母年賀を祝事）

鷲が観音の守りを恐れて嘴を児に当てかねるという点、主人が鷲を射殺して児を救うよう命じた点、児が枝に引っかかって家来が木に登って助ける点、など筋の運びがc『花衣いろは縁起』とほぼ同一であり、直接にはcを利用して、観音の霊験を示した作と考えられる。

また明和二（一七六五）年刊の仏教説話『弥陀次郎発心伝』[注17]にも類似の内容がある。弥陀次郎の妻花園は鷲に攫われた女児で、人を見て鷲は飛び去り、助けられる。その守袋には「一寸一分の伽羅の阿弥陀如来」があった。それを手がかりに花園は後に父母と再会する、というものである。京伝は文化三年刊『善知安方忠義伝』で『弥陀次郎発心伝』を利用しており、『優曇華物語』においてもこれを利用したとも考えられるが、子供が枝に引っかかって家来が木に登って助けるという点が共通するc『花衣いろは縁起』により近いと考えられる。

e　文化七（一八一〇）年刊『鷲談伝奇桃花流水《わしのだんでんきとうかりゅうすい》』注18

『鷲談伝奇桃花流水』は先述のように山東京伝の弟、山東京山の読本である。その序に、友人に「竹田出雲」作の『花衣篇』、つまりc『花衣いろは縁起』を紹介され、一気に読み通し、これに構想を得て、本作を執筆したと説明される。

鷲に掠われた三之助の父、山中左衛門は朋輩の謀略で若君に怪我を負わせた罪を着せられて切腹、その妻柏木は息子のみならず夫まで失い発狂する。三之助の姉、小君は狂った母柏木を連れ、父を陥れた犯人を探す旅に出る。鷲に掠われた三之助は、父左衛門に恩義がある木樵の柴朶六《しだろく》に助けられた。柴朶六は追手に命を狙われる三之助を守るため戦うが、怪力の持ち主ながら一矢を防ぎきれず深手を負う。自身の血を三之助に呑ませて自害した柴朶六の怪力は三之助に受け継がれる。柴朶六の妻を救うために金と引き替えに三之助は見せ物に出ることになる。御開帳の参詣人の噂から怪力の見せ物をする童が鷲に掠われた子であるという噂を聞いた柏木・小君は三之助と再会を果たし、柏木も正気に戻る。一同は敵討ちを果たし、家を再興する。

cのみならず、さらには「良辨和尚の伝説に遡って、良辨に縁のある近州志賀や石山寺等の地名を使用している」注19ことが指摘されており、本文中でも『元亨釈書』に言及しているが、鷲を霊鳥としてではなく、悪鳥と見なしている点、鷲から逃れた三之助の強運を称えている点は、cを引き継いでいるといえる。

> 昔時良弁僧正稚時鷲にとられ、不思議に命助かりてのち、僧正までにすゝみたる事、『元亨釈書』といふ書物にあり。此小児もかゝる山中にて悪鳥の觜をのがれ、そのうへ我々はからず来りあはし、薬を与へて命を助りたること、此うへもなき運のつよき小児なり。（第九）

このような強運の持ち主であるからこそ、最終的に敵討ちを果たし、家を再興することができるわけであり、c

の趣向を親の敵を討つ孝子の来歴として効果的に利用した敵討物となっている。

③融合系

f　文化五（一八〇八）年刊『旬殿実実記《しゅんでんじつじつき》』

『旬殿実実記』は馬琴による読本である。馬琴は『八犬伝』以前に、自分自身で鷲に掠われる趣向をすでに本作で試みている。

お旬が、伯父に掠われ遊女に売られそうになるところに、鷲が現れ、お旬を掴んで飛び去る。鷲からお旬を救ったのは宝刀庚申丸の目貫から抜け出した雌雄の猿であった。お旬が猿に襲われていると勘違いした殿兵衛が猿を射殺したことでお旬と殿兵衛は巡り会う。

本作においては宝刀の猿が抜け出す趣向が織り交ぜられてはいるが、鷲に掠われたことが将来の夫婦となるお旬と殿兵衛を引きあわす機縁を作っており、これは後年、『八犬伝』において浜路姫と信乃が巡り会う場面に『日本霊異記』系の話型を利用した手法と類似している。本作で試した趣向を再度『八犬伝』で用いたのであろう。

本作で特徴的であるのは、お旬が悪人の手から鷲によって救い出されるという点である。

わが身は伯父の手に売られて、宿遊女《よねあそび》ともなるべかりしに、不意《ゆくりなく》に鷲にとられて、この深山《みやま》へ落され、二頭《にひき》の猨《さる》に養る、こと、いと怪しくもあなるかな。もしわが同胞《はらから》が日頃祈念し奉る、鷲の神社《みや》の守らせ給ふにはあらぬ歟《か》。さらばこの山を出て、親にも兄にも環会《めぐりあふ》、ときしなからずやは（巻之三第六）

お旬は鷲に救われたのは日頃信仰していた鷲の神社《みや》の冥助によるものと考える。つまり鷲を神の使い、霊鳥と見なしているわけであるが、この点はむしろ良弁伝説系の話型と共通する。

また本作の四年前に刊行された京伝作のd『優曇華物語』が鷲の趣向を用いたことに触発された可能性も当然な

がら考えられる。

先述のように『八犬伝』は、『日本霊異記』系の『今昔物語集』を主軸としながらも、良弁伝説や『釈迦如来誕生会』、浄瑠璃のａ『楠正成軍法実録』、ｂ『双蝶記』と共通する要素が見受けられた。京伝作のｂ『双蝶記』、ｄ『優曇華物語』や京山作のｅ『鷲談伝奇桃花流水』がそれぞれ浄瑠璃のａ『楠正成軍法実録』、ｃ『花衣いろは縁起』を利用した痕跡が明らかであるのに対し、馬琴は先行の種々の類話を少しずつ取り混ぜて利用しているわけである。その傾向はすでに本作においても見えているのである。

④その他

ｇ　享和三（一八〇三）年『戯場《しばい》訓蒙《きんもう》図彙《ずい》』[注20]

今まで馬琴周辺に関わる浄瑠璃や読本を中心に確認してきたが、歌舞伎においても、鷲は子を掠う鳥として認識されている。式亭三馬作の滑稽本『戯場訓蒙図彙』は、歌舞伎という芝居を、別世界に見立て、そこに存在する森羅万象を分類するという形を通して、歌舞伎の約束事を紹介するが、巻五には鳥類についてもまとめられている。歌舞伎では作り物の鳥に付けた差し金を人が操って鳥が飛ぶように見せ、その鳴き声には笛を使うわけであるが、その鳥一般について本作では「日本の鳥の形にて、啼きやう、トヒヨ〳〵となく。また飛行することも、横にまっすぐに飛ぶなり。羽の具合悪しきか。ゆらり〳〵とまだるき飛びやうなり」と説明する。例えば鶏については「おとなしき鳥にて、羽も動かず、いたって鳴不精なり。無據《よんどころなく》時をつくれば、不承不承に羽を動かす」という具合である。肝心の鷲については「他国の鷲よりおとなしく、もし人をさらふ段になれば、小児を奪ふといへり」とする。また鷲と間違われることの多い鷹については「秘書の一巻をみるがさいごたちまち引さらつてとびさる。但し鷹があぶらげをさらふよりはなまのろきもの也」としている。現在上演する歌舞伎では『金門五三桐』（安永七〈一七七八〉

年初演）の南禅寺山門の場で、石川五右衛門に父の遺書を届ける白斑の鷹（名画から抜け出した鷹）がすぐに思い出されよう。このように歌舞伎では鳥についてもそれぞれその役割が定まっているのであるが、なかでも鷲はやはり子を掠う鳥として認識されているのである。

四　『八犬伝』と以後の展開

以上のように、文政十（一八二七）年執筆の『八犬伝』第七輯以前においては、『日本霊異記』系と、良弁伝説系の二系統が、それぞれ浄瑠璃ａ『楠正成軍法実録』とｃ『花衣いろは縁起』に引き継がれていること、またこの二つの浄瑠璃のうち、前者はｂ『双蝶記』に、後者はｄ『優曇華物語』、ｅ『鷲談伝奇桃花流水』の京伝・京山兄弟の読本に利用されていることを確認した。これに対し、馬琴自身はｆ『旬殿実実記』では典拠を明確にせず、『日本霊異記』系と良弁伝説の要素を取り込んでいた。このように先行の類話から少しずつ取り混ぜて利用する方法が『八犬伝』にも受け継がれていることはすでに確認した通りである。『八犬伝』では『日本霊異記』系（特に『今昔物語集』）の父娘の再会の筋を軸に、その他、鷲を霊鳥と見なす良弁伝説の影響や『釈迦如来誕生会』、ａ『楠正成軍法実録』やｂ『双蝶記』と共通する要素も見られた。

『八犬伝』以降についても簡単に見ておくと、やはり鷲が子に掠われる趣向は用いられている。例えば、万亭応賀作の合巻、文久二（一八六二）年刊『釈迦八相倭文庫』四十九編にも女児が鷲に攫われる場面がある。幕末から明治に渡って書き継がれた長編合巻『白縫譚』では、嘉永五（一八五二）年刊七編において、悪人に五重塔から投げ落とされた雪岡多大夫の息子力松は、鷲に掠われて行方不明となる。[注21] その後、元治元（一八六四）年刊四十四編で再登場した力松は叔母の楨の戸に助けられる。その際、力松は「鰭《ひれ》九郎と言ふ悪者に取られ、五重の塔から下へ投げ落とされうとした所を、法印様のやうな人が宙で受け取り、暫しの間目をつぶつてゐるのぢやと言はしやつた」と小児とは思えない受け答えをする。その首にかけた橋口権現と小鳥の宮の御守のそれぞれの神霊が「法印様」と鷲となって現れたものかと槙の戸は考える。その後、力松は子供ながら神仏の冥助によって怪力となる。

小鳥の宮の冥助によって鷲に助けられるというのは、d『旬殿実実記』において、鷲の神社の守護によって鷲に助けられるというのに類似するが、助けられた子供が怪力になり勇者として活躍するというのは、e『鷲談伝奇桃花流水』に倣ったものであろう。

また現在も上演される文楽・歌舞伎作品としては『良弁杉由来《りょうべんすぎゆらい》』がある。明治二十（一八八七）年二月大坂いなり彦六座で浄瑠璃『三拾三所花野山《さんじゅうさんかしょはなのやま》』の一部として初演され、後に歌舞伎に移された。現在は「二月堂」のみの上演が多い。二月堂の傍らの杉の大木で鷲の餌食となるところを救われた良弁が、母と再会し、観音像を入れた守り袋から親子と判明する。母との再会が叶ったのも仏の導きと感謝した良弁は石山寺の建立を決意する。良弁伝説や、先行浄瑠璃のcを踏まえた作とされる。[注22]

これらの例を見ても、江戸時代を通して、鷲に子が掠われるという趣向が演劇・小説において、先行の作品を取り込みつつ、形を変えて繰り返し行われたことが確認できる。

おわりに――鷲に掠われるという天災――

鷲は鳥の中でも最も強いものと位置づけられる。江戸時代の随筆を見ると鷲が猿・狸をはじめ熊と戦う話すら伝えられている。今の私達にとっては、鷲に人が掠われるということも、その人が生還するということも非日常のことであり、江戸時代の小説や演劇のなかにだけ存在する、読者や観客の受けを狙った趣向に過ぎないように一見思われる。しかし当時の人にとっては、今よりはもっと身近な話であった。例えば円山応挙の『七難七福図』（『難福図』）[注23]の上巻には地震・台風・津波・火事などと同列に鷲、狼、大蛇による被害を挙げている。安永二（一七七三）年の月渚の序には「仏神を尊信し、高貴を恭敬し、貧賤を愛憐せば、七難をのがれて七福を得んことあにうたがふべからず。人の教のはしにせんと今の世にみざることをのぞきて耳目にちかき事を図せむと思ふ」とあり、自分の心に適う画師として応挙を選んだことが記されている。今の我々にとっては特に地震・台風・津波は天災であるが、当時の人々にとっては、それらと同様に、鷲が子を掠うというのも「耳目にちかき」天災の一つに数えられていたのである。

当時の記録を探すと、天明四（一七八四）年刊『翁草』[注24]や文化三（一八〇六）年刊『閑田次筆』[注25]といった随筆にも、同時代の人が鷲に掠われたが生き延びたという聞き伝えが載る。前者は、摂州高槻城主が狩に出て鷲の巣から嬰児を救い、「乳味を付させ養育有しに、稍長《ヒトヽ》なるに随ひ、才智発明の者なれば、手廻りに召仕はれ、苗字を鷲巣見《わしすみ》と附られ禄百五十石の士と成り、其の子孫今に彼家に在と云ふ」と伝える（巻九「鷲巣見姓来由事」）。また後者は、四、五年前に聞いたという、浪人が鷲に掠われた話を伝えている。浪人は加賀で遊んでいたところ鷲に掴まれ、空中を二時（約四時間）ばかり飛んだ後、山中で鷲が休んだ隙を見て、鷲を斬り殺し助かった。着いたその場所は箱根の湯本であった。鷲の翼は身長ほどもあり、二時ばかりの間にそれほどの距離を飛ぶほどの大鳥であった。その浪人は勇壮なることが喜ばれて、方々の諸侯から声がかかり仕官、出世したという。箱根付近ではしばしば鷲に人が攫われることがあったが、その後はなくなったと記している（巻四）。これらの記述からは実際に当時（真偽のほどは不明ながら）、時折人が鷲にさらわれたと信じられていたこと、鷲の餌食にならず、生き延びた人物は当時としても珍しく、だからこそ記録に残されたことがわかる。身辺で起こりうる事件であったからこそ、繰り返し小説や演劇のなかに受け継がれたのであろう。

また、『翁草』や『閑田次筆』は、鷲の嘴から逃れた人物が強運の持ち主であるだけでなく、あるいは「才智発明」で、あるいは「勇壮」であり、非凡で優れた人物であったと伝えている。そうした認識は、確認してきたように、演劇や小説のなかにも見られ、『八犬伝』の浜路姫にも共通する。尋常ならざる人物であるがゆえに、鷲に掠われるのである。浜路姫は、鷲に掠われることで、八犬士のなかでも第一番目に登場する犬塚信乃の伴侶に相応しいという証を立て、その鷲の導きで姫は信乃と巡り会うことができたのである。

先行作品のあらゆる要素を取り込んで成立したのが『八犬伝』の大鷲の件であったが、それは決して演劇や小説のなかだけの荒唐無稽な趣向ではなかった。当時の人々にとっては、今の我々が感じるよりも、ずっと現実味を帯びた話であったのである。

注

1　先行研究として奥野倫世「『八犬伝』小考──「浜路」の造型について」（『安田女子大学大学院文学研究科紀要』四号、一九九九年三月）に昔話の話型や御伽草子『みしま』からの検討がある。濱田啓介「八犬伝依拠小攷」（『読本研究』一、一九八七年四月）が『今昔物語集』『日本霊異記』について指摘する。

2　「新日本古典文学大系」三〇（出雲路修校注、岩波書店、一九九六年）。

3　「新日本古典文学大系」三七（森正人校注、岩波書店、一九九六年）。引用に際し、適宜、表記を平仮名に改めた。

4　『新訂増補国史大系』一二（吉川弘文館、一九九九年）。引用に際し、書き下した。

5　『新訂増補国史大系』二一（吉川弘文館、一九九九年）。

6　『新訂増補国史大系』三一（吉川弘文館、二〇〇〇年）。

7　訓読は『元亨釈書和解』一（恵空和解・続神道大系、二〇〇二年）に拠った。

8　「新編日本古典文学全集」五二（小島孝之校注、小学館、二〇〇一年）に拠った。

9　韓京子氏に御教示を得た。また経典や中世説話に見られる槃特についてはケオリッティデート・ラッダー氏の考察が備わるが（「『釈迦如来誕生会』―浄瑠璃的趣向による釈迦伝記の変容―」『国語国文』七二巻二号、二〇〇三年二月）、鷲に攫われる件は近松が加えたようである。なお、本作と山本土佐掾『天王寺彼岸中日』との類似点二箇所については藤井乙男氏の指摘があり（『近松全集』四、朝日新聞社、一九二六年）、影響関係にあることは確かであると考えられるが、槃特が鷲に攫われる件は、『天王寺彼岸中日』（東京大学霞亭文庫）では、鷲に攫われた子を救おうと鳥取りの父が鷲を射落とした際、子は地に落ちて絶命し、父母が殺生の罪の報いで我が子を失った因果を嘆くというものであり、近松作は趣を変えている。

10　国会図書館所蔵本に拠った。

11　『山東京傳全集』一七。

12　小池藤五郎『山東京伝の研究』（岩波書店、一九三五年）。

13　東京大学国語研究室所蔵本に拠った。

14　津田眞弓「山東京山読本考―『鷲談伝奇桃花流水』をめぐって―」『日本女子大学大学院文学研究科紀要』第二号、一九九六年。

15　内田保廣「「不才」の作家―山東京山試論」（『近世文芸論叢』明治書院、一九九二年）。津田氏、前掲論文。

16　『山東京傳全集』一五（ぺりかん社、一九九四年）。

17　『仏教説話集成』一（叢書江戸文庫16、国書刊行会、一九九〇年）。京伝作の合巻、文化五（一八〇八）年刊『風流伽三味線』では、道心が真言の法を誦すると、大鷲が女児を岩の上に置いて飛び去り、守袋には観音の守袋があったとする。仏の背に伝来の彫付があったとする点については『弥陀次郎発心伝』に近いと考えられる。

18　『山東京山伝奇小説集』（江戸怪異綺想文芸大系四、国書刊行会、二〇〇三年）。

19　津田氏、前掲論文。

20　服部幸雄編『戯場訓蒙図彙』（歌舞伎の文献三、国立劇場調査養成部・芸能調査室、一九六九年）。

21　佐藤至子氏に御教示を得た。佐藤至子編・校訂『白縫譚』上中下（国書刊行会、二〇〇六年）。

22　『富本及新内全集』（日本音曲全集九、日本音曲全集刊行会、一九二七年）。

23　序の引用は複製に拠った（三軸。円山応挙原画、寺崎広業模写、吾妻健三郎版、一八九〇年）。

24 『日本随筆大成』新装版第三期一九（吉川弘文館、一九九六年）。

25 『日本随筆大成』新装版第一期一八（吉川弘文館、一九九四年）。馬琴の黄表紙、文化元（一八〇四）年刊の『敵討二人長兵衛』では、山中三之助が本所で鷲に攫われるが、神仏に祈念して無事に安房の鋸山の鷲の巣に降り立ち名剣を手に入れる。王子狐の助けも得て敵討ちを果たす。短時間に遠くまで運ばれたことを驚く場面などは文化三年刊『閑田次筆』の記事に似る。『閑田次筆』は四、五年前に聴いた話としており、あるいは馬琴は同じ話を伝聞の上、取り込んだか。

第三節　『八犬伝』の政木狐と馬琴の稲荷信仰

はじめに――『南総里見八犬伝』の政木狐――

曲亭馬琴の『南総里見八犬伝』には、様々な動物が登場する。例えば伏姫の飼い犬である八房、犬村大角の父になりすました化猫、八犬士と敵対する妖尼妙椿の正体である狸、犬江親兵衛の妖虎退治、などがすぐに思い浮かぶ。これに加えて、狐も重要な役割を果たしているのであるが、八犬士個々の列伝に直接関わらないためか、従来あまり取り上げられることがなかったようである。本論では『南総里見八犬伝』の「政木《まさき》狐」の造型を手がかりに、馬琴の考える狐のイメージと馬琴自身の稲荷信仰について論じてみたい。

『南総里見八犬伝』（以下『八犬伝』と略す）の政木狐とは、河鯉孝嗣《かわこいたかつぐ》の乳母政木に化けていた狐のことである。孝嗣の父、河鯉守如《もりゆき》は、扇谷定正《おうぎがやつさだまさ》に仕える忠臣であり、定正の内室、蟹目上《かなめのうえ》の命を受けて奸臣竜山免太夫《たつやまめんたゆう》の成敗を、犬坂毛野に依頼する人物である。その免太夫が実は毛野の敵、籠山逸東太《こみやまいっとうだ》であり、定正もまた犬山道節の敵であったことから、河鯉父子と政木狐は八犬士と関わることになる。その関係については第八輯下帙（天保三〈一八三二〉

年序、翌四年刊）、第九輯上帙（天保五年序、翌六年刊）、第九輯中帙（天保六年附言、翌七年刊）、第九輯下帙之上（天保七年序、翌八年刊）にわたって記される。その概略は次のようなものである。

犬坂毛野は扇谷定正《おうぎがやつさだまさ》の内室の蟹目上《かなめのうえ》に認められ、忠臣河鯉守如《かわこいもりゆき》から扇谷家の奸臣竜山免太夫《たつやまめんたゆう》を討つことを依頼される。この免太夫こそ毛野の敵、籠山逸東太《こみやまいっとうだ》であった。毛野はこれを見事に討ち果たす。免太夫が討たれたと聞き、駆けつけた定正を狙いその兜を射たのは、定正を敵とする犬山道節であった。定正は逃げのびたが、毛野と道節が通じていたと考えた蟹目上・守如は、奸臣を排除し御家を守ろうとして、かえって主の定正を危険にさらしたと思い、毛野を味方に頼んだことを悔い自害する。守如の息子である孝嗣《たかつぐ》も父同様の忠臣でありながら、讒言によって定正に疎まれる。（第八十八回～第九十六回）

一方、姫との不義を疑われた親兵衛は安房国を去り、江戸上野まで来た。親兵衛は、茶店の老婆に、毛野の復讐の様子や、蟹目上と守如の自殺の顛末を聞き、さらに今日、孝嗣が処刑されると知る。孝嗣を救おうと様子を伺う親兵衛の前に、蟹目上の実母、箙大刀自《えびらのおおとじ》が現れ、孝嗣を救って去る。親兵衛はわざと孝嗣に喧嘩を仕掛け、その人となりを見定める。箙大刀自は、実は孝嗣の乳母であった政木狐が化けたものであり、茶店の老婆もまた同様であった。政木狐は妙椿退治の方法を親兵衛に伝える。（第百十五回～第百十六回）

このように毛野・道節の仇敵側に仕えながらも、忠孝際だった人物として設定される河鯉父子と関わって登場するのが政木狐である。そもそも、この狐が政木と呼ばれ、孝嗣の乳母に化けることになったいきさつは第百十六回に説明される。以下にまとめておく。

そもそもこの狐は忍岡に雌雄で住む野狐であり、河鯉守如の家の簀子縁の下に住み、子狐を生んだが、河鯉家の若党の掛田和奈三《かけたわなぞう》の罠にかかり、雄狐は殺害された。和奈三は雌狐・子狐をも猟ろうとするが、守如の留守中、その妻がそれに気付き、「当所の鎮守の神は、妻恋稲荷にて御座《おはしま》せば、狐は要《えう》ある獣なり。且その狐を捉《と》りし宵《よ》は、河鯉氏の先祖の忌日《きにち》の、逮夜にしも丁《あた》れるに、簀子の下に栖《すめ》る狐の、ありと知りつゝ主《しゆう》には告げで、恣《ほしいまゝ》なる殺生は、言語道断といひつべし」と叱責、和奈三には謹慎を命じ、雌狐・子狐には日々食を与えるように指示した。守如が戻り、暇を出された和奈三は、以前から密通していた孝嗣の乳母、政木と駆け落ちする。その道中、雌狐は引剥の山賊二人に化け、前後から立ち替わり顕れては、和奈三・政木を脅し、終に川へ追い込み溺死させる。雄狐を殺された恨みは果たしたが、乳母政木を失って孝嗣が飢えてはその母に助けられた恩が返せないと、雌狐は、誰も政木が逐電したことを知らないのを幸い、政木に化けて乳母となった。そのまま二年ほど気付かれずに過ごしたが、ある日、添え乳をしつつ、うたた寝をしたところ、元の狐の形を顕していることを、五歳になった孝嗣に気付かれ、雌狐は河鯉家を去る。

この政木狐登場の件には、古典や近世の先行作品にすでに見られる話型が使われていることが見て取れる。それは、雄狐を殺された恨みを返す報仇譚と、命を助けられたことに対する「狐女房」の報恩譚である。後者は、『八犬伝』では女房ならぬ乳母の話となっている点が特徴的である。まずこれらの古典の話型について確認しておきたい。

一　狐の報仇と乳母狐――古典の話型の利用――

狐の報仇譚の例としては、『日本霊異記』[注1]中巻第四十「悪事を好む者、以て現に利鋭に誅《き》られ、悪死の報を得し縁《えに》」が挙げられる。子狐を捕え、串刺しにして殺した男に対し、母狐が男の嬰児を奪い、子狐が殺されたように嬰児を串刺しにして報復したというものである。同様に馬琴がしばしば利用する『捜神記』[注2]巻十五においても、王の従者に左足を傷つけられた狐が王に報復して王の左足に傷を負わせるという話が見える。

また狐が女房となる話は古くは『日本霊異記』上巻第二「狐を妻《め》として子を生ましめし縁」に見える。[注3]この話は『水鏡』欽明天皇の項の「野干を狐と名づけし子細の事」にも収められており、[注4]馬琴自身は『水鏡』によってこの話を知ったようであるが、[注5]後にこれが『日本霊異記』に拠ることを記している。[注6]他に『今昔物語集』巻第二十七の「狐変女形値幡磨安高語《きつねをむなのかたちにへんじてはりまのやすたかにあふこと》、第三十八」「狐変人妻形来家語《きつねのめのかたちとへんじていへにきたること》、第三十九」[注7]などもあるが、政木狐は、やはり「信田妻」伝説を踏まえているのであろう。近世の演劇では特に「子別れ」の場面に重きが置かれ、享保十九（一七三四）年初演の浄瑠璃『蘆屋道満大内鑑《あしやどうまんおおうちかがみ》』の「葛の葉子別れ」はよく知られている。阿倍保名《あべのやすな》に命を助けられた信田の森の雌狐が、報恩のため妻の葛の葉に化けるが、後に正体を知られ泣く泣く我が子に別れを告げるという筋である。馬琴の友人、石川畳翠の『八犬伝』評にも「此政木狐は彼葛の葉に似たりけん」とある。[注8]ただ『蘆屋道満大内鑑』第四では、人間の本物の葛の葉が現れたため、雌狐は我が子を残して去るのに対し、[注9]この『八犬伝』では、狐の正体を孝嗣に見破られるという展開になっており、これは古浄瑠璃「しのだづま」[注10]に拠ったものと考えられる。

また馬琴らが、奇談を持ち寄って紹介し合った集会の記録である『兎園小説』六集（文政八年〈一八二五〉年六月披講）[注11]には、関思亮が報告した狐女房の伝承「狐孫右衛門が事」が収められている。下総の孫右衛門の六代前の祖先は、狐を妻として男児に恵まれたが、その妻が添い寝をしている時、我が子に狐の本性を見られ、逃げ去ったと伝えている。古典や演劇の中のみならず、こうした伝承が馬琴周辺においても、ごく身近なものであったことが知れる。畳翠はこれについても先の評において「又、作者の随筆なる兎園小説集の某の巻に載られたる某村の孫右衛門が妻睡眠の折から狐の躰をあらはし其子見られて影をかくせしに髣髴せり」という。[注12]馬琴は政木狐の執筆に際し、おそらくはこの話も意識していたのであろう。

このように報仇譚や狐女房の報恩譚を踏まえながらも、『八犬伝』の政木狐は、女房ではなく、乳母に変更されている点が異なっている。狐が乳母に化ける話は、例えば『今昔物語集』巻二十七「雅通中将家在同形乳母《まさみちのちうじやうのいへにおなじかたちのめのと》二人語《ふたりあること》、第二十九」にもあるが、珍しい。政木狐が乳母とされたのには二つの理由が考えられる。第一に、詳細は後述するが、ある時期から馬琴自身が、狐が人と交わって子を成すということを虚談であると考えていたことによる。文化六（一八〇九）年成、文化八年刊の考証随筆『燕石雑志《えんせきざっし》』巻之一の九「恠刀禰《けとね》〔附〕九尾」において、馬琴は「老狐の美女となる事はあり。人の妻となりて子を生《うむ》ことはなし」と断じている。同様に、安倍晴明が狐の子であると伝える『簠簋抄《ほきしょう》』（正保四〈一六四七〉年刊）についても、その作者に対して、『水鏡』の狐女房譚をもとに「晴明は狐の子なりといふめり。かゝる怪談は、奥義抄などにもあまた見えたれど、みな浮《うき》たる説なればたれかはうけん」と難じている。[注13]第二の理由としては、古典や先行作品において、狐の子は異能とされている点が挙げられるであろう。中村禎里氏は「『日本霊異記』の説話以来、狐の子は母から何らかの異能、または幸福の根源を得るのが、この伝承・説話の定型だった」と述べる。[注14]『水鏡』では狐が人との間に生んだ子は「力強くて、走る事飛ぶ鳥の如く侍りき」とあり、『簠簋抄』では狐の子ゆえに特別な能力があり天下に名を馳せたとする。[注15]『蘆屋道満大内鑑』では「驚き入つたる童子の発明」「白狐の才を享《う》けつるやらん」「疑ひなき狐の守護する希代の童子」と、童子の才智が優れているとする。また「しのだづま」では晴明は母狐から「天地日月にんげんせかい、あらゆることを手のうちにしる」竜宮世界の秘符と、鳥獣の声を解する水晶のような玉をもらう。[注16]『八犬伝』で異能であるべきは八犬士であり、河鯉孝嗣は八犬士の非凡な力を認めるものの、あくまでも彼らと関わる忠孝の人物に過ぎない。[注17]この二つの理由から政木狐は乳母とされたのであろう。

二　神獣としての政木狐——中国の文献の利用——

政木狐は、孝嗣との最初の出会いにおいて乳母狐として描かれたが、再会後は、八犬士随一の親兵衛へ示現を与える神獣として描かれる。河鯉家に正体を知られた政木狐は幼い孝嗣と別れた後、千人を救う願を掛け、その功によって年々毛は白くなり、尾も裂けて九尾となったという。満願成就の千人目に救われたのが処刑目前の孝嗣であり、そのために政木狐は箙大刀自に化けたのであった。政木狐は、九尾の狐について「世の人九尾の狐といへば、近世の似而非《えせ》物語、玉藻前の事をもて、皆悪狐とのみ思ふめれど、其《そ》は甚しき訛舛《あやまり》にて、九尾の狐は神獣なり。又九星狐《きうせいこ》と称するよし、『瑞応編《ずいおうへん》』に明文あり。段成式《だんせいしき》が『酉陽雑俎《ゆうやうざつそ》』に、天狐《てんこ》といひしも九尾にて、日月宮《じつげつきう》に来往し、よく陰陽に洞達《どうたつ》して、千里外の事を知る、天眼通《てんがんつう》を得たるものなり」（第百十六回）[注18]と述べている。九尾の狐を玉藻前と同一視した悪狐と見なすことを否定し、神獣とする考証もまた、既に『燕石雑志』に見えている。『燕石雑志』で馬琴は、美女と化す妖狐を取り上げた『白氏文集』巻四の新楽府の一首「古塚狐　戒艶色也」を引用する。[注19]艶色に迷うことを戒めた詩であるが、この詩句を踏まえて「世の童子等、まづよくこの詩を誦し得ば、狐は化して美女となれども、人に淫するものには、あらざるよしをしるべし。妖狐は真の女にあらねば、一朝一夕人の眼《まなこ》を迷《まどは》するのみ。故にその害猶浅し。真の女が狐媚《こび》をなすときは、その害ふかし。日長く月長く人の心を迷すものなれば、褒《ほう》姒《じ》、妲妃《だつき》が類、人の家を喪し、人の国を覆すに至れり。豈仮《にせもの》色《いろ》をもて真色《まことのいろ》と同くせんやといへり。もし狐が人の婦《つま》となり子を生ものならば、これ真の色に等し」という。白居易の詩には殷の妲妃、周の褒姒の名があり、両者には玉藻前と同様に狐であるという説があるが、白居易に従って馬琴も「真色《まことのいろ》」の美女の例として捉えている。妖狐の化した美女ではなく、真の女人の艶色こそが問題であるというのである。このように馬琴は、「真の色」の妲妃・褒姒と結びつけられた、日本の玉藻前伝説については「似而非物語」と否定し、九尾の狐は神獣であるという自身の考えを、政木狐の言を通して披瀝している。

　神獣たる九尾の狐となった政木狐は、親兵衛の異能を認め、「城隍《うぶすな》、土神《とちのかみ》達を招よせ」（第百十六回）る力を以て、安房国で逆将蟇田素藤《ひきたもとふじ》が妖尼妙椿《みょうちん》に唆されて館山の城を奪ったことを伝える。加えて、妙椿の正体が八房の犬を育てた雌狸であり、里見家に禍をもたらそうとしていること、さらにその邪術を破る方法を説き示す。政木狐は八犬士が知り得ない妙椿に関する情報を伝える存在として登場したわけである。

馬琴は、八犬士の敵である化狸の妙椿に対して九尾の狐の政木狐を配した。殿村篠斎は狐狸の対比について「こゝに霊狐出現して妖狸と邪正の好一対こと妙々におもしろし。かへす〴〵も此霊狐妙趣向巧、感心、感服」と評している。注20 馬琴は、政木狐に「狸児《たぬき》はその智浅くて、野狐に及ざる」と言わせるように、狸の霊力は狐の比ではないとする。『燕石雑志』巻之五上の二「田之怪《たぬけ》」においても「狐狸と対《つい》すれど、その妖は狐より拙なし。且つ狐は稲荷の神の使者なりとて、神とし祭らるゝもあれど、狸はさる因《ちなみ》なければ、婦幼《をんなわらべ》にだも蔑《あなど》りいやしめらる。物に幸不幸あることみなかくのごとし」と述べている。

乳母狐から九尾の狐になった政木狐はさらに「狐竜《こりょう》」に変化する。政木狐は、孝嗣とのこの再会こそが「遇《あ》ふを別《わかれ》の時」であり、この後は「狐竜《こりょう》」となって昇天し、下界に居ることはないと明かす。「狐竜」について馬琴は「昔より和漢の博士、竜《たつ》を弁ずる者多かれども、いまだ狐竜《こりやう》に及べるを見ず。故にこゝに借用す。看官《みるひと》原文を知るもあらば、亦復《また〳〵》これと合《あは》し見るべし」と自注するが、当時、実際にあまり知られていない内容であったようである。石川畳翠は「狐竜の論は耳新しく誠に奇なり妙也。作者の博識、高論凡慮の及所にあらず」と述べ、小津桂窓もまた「狐龍の事容易の識者のしる所にあらず。まことに御博識めをおどろかせり」と評する。注21 その内容は『格致鏡原』巻の八十八獣類狐怪の部に引用される『奇事記』に拠る注22のであるが、馬琴はそれを政木狐に次のように暗誦させている。

「按ずるに、『奇事記』に曰、驪山《りさん》の下に、一《ひとつの》白狐有りて、常に山下《ふもと》を驚擾《おびやか》せり。人祛除《はらふ》こと能《あたは》ざりしに、唐の乾符《けんふ》の年、其《その》白狐、忽《たちまち》一日《あるひ》温泉《いでゆ》を穿《ほり》て、自浴《みづからゆあみ》するほどに、須臾《しばし》の間に、雲蒸し霧涌き、狐は則《すなはち》白竜《しろきたつ》に、化《け》して天に升《のぼ》りて去りにき。後に陰《くもり》晴るゝ折、山本《ふもと》の人、白竜の、山畔《やまべ》を飛騰《とびのぼ》るを見にけり。如此《かか》る事三年《みとせ》にして、忽一老父《たちまちひとりのおきな》あり、臨夜毎《ひくるごと》に、山の前《むかひ》に哭《なき》けり。人伺ふて故《ゆゑ》を問へば、老父《おきな》答て、我狐竜死《わがこりやうしに》にき、故に哭《な》く爾《のみ》といふ。そは何をか狐竜《こりやう》といふや、老父《おきな》は亦《また》何の故に、夜毎に出て哭くやと問へば、老父答て、狐竜は、その身狐《きつね》にして、化《け》して竜《たつ》に成りぬるものなり。化して三年《みとせ》にして必《かならず》死す。我は狐竜《こりやう》の子なりといふ。その人又問て、狐は何《な》どて能化《よくけ》して、竜《たつ》になれるや、といへば、老父答て、此狐《このきつね》は、西方《せいはう》の、生気を稟《うけ》て生れたり。因《より》て全身白色なり。衆《もろ〳〵》と遊ばず、近処《きんじよ》の狐と居らず。驪山《りさん》の下《もと》に託すること千余年、後に偶《たま〳〵》雌竜《めたつ》と合へり。上天《あまつみかど》これを知りて、遂に命して竜に為せり。亦猶《またなほ》人間の、凡夫《ぼんぷ》より、聖人に成るごとき耳《のみ》、と言訖《いひおはり》て滅《うせ》にき。」と諳記《そらおぼえ》の随誦《まゝじゆ》する声、清亮《ほがらか》にして跌《つまづ》かず、理義分明《ふんみやう》に聞えけり。（第百十七回）

千年を生きた狐が白き狐竜と化した後、三年で死ぬのを狐竜の子である老父が歎いているという話であり、また狐が竜になるのは人間が凡夫から聖人になるようなもの、という。政木狐に『奇事記』を諳んじさせることで、馬琴は、親兵衛に政木狐の博識に「視聴を驚せり」と言わしめている。これは例えば『捜神記』[注23]巻十八に、学生に書を講義する「胡博士」という白髪の学者が狐であったという話があるように、狐の学徳が信じられ、尊ばれていたことをも踏まえているのであろう。

この狐竜の昇天は、『八犬伝』第一輯第一回（文化十一〈一八一四〉年序）において、結城合戦に敗れた里見義実が安房に逃れる際に、白竜が海より昇天する様子を望み、後に安房を平定する吉兆と捉えたことと対になる趣向でもある。[注24]親兵衛は、かつて義実が討伐した安西景連は安房の館山城に、自身が討ちたいと願っている蟇田素藤は上総の館山にいることを考えあわせ「造化の照対《せうたい》あるに似たり、事吉兆となすべきか」（第百十七回）と述べている。またこれを機に、河鯉孝嗣は里見一門に加わり、後に政木大全を名乗ることになる。殿村篠斎は、孝嗣について「亜犬士にて員外の義兄弟ともいひつべく里見に帰する」と評する。[注25]第一回の趣向の再現ともいうべき狐竜の昇天は、『八犬伝』において極めて重要な場面といえるのである。

確認してきたように、政木狐は「狐女房」「九尾の狐」といった馴染み深い和漢の話型に加え、あまり知られていない「狐竜」の論に至るまで、馬琴の狐に関する知識を集大成して創られたといってよい。政木狐は、八犬士が敵対する妙椿について、八犬士が知り得ないその正体と弱点に関して示現を与える重要な存在、いわば伏姫の神霊にも等しい存在である。殿村篠斎は「前回おひ〳〵伏姫に書つくされし霊験神異を一手かへて此編は天眼通の霊狐を書れし新奇猶又妙々也」と述べる。[注26]その造型には、それだけの神性が必要であったのであり、そのために幾重にも逸話が肉付けされたのである。

三　現実空間との呼応――地誌の利用――

右に見てきたような政木狐の造型に加えて、馬琴はさらに江戸の読者に配慮した一工夫を施している。それは政木狐を江戸・上総の寺社と関連付けたことである。本稿冒頭の要約に示したように、政木狐は、そもそも妻恋稲荷を鎮守とする地に住んでいたとされる。妻恋稲荷は、現在の文京区湯島三丁目に位置している。

江戸時代は稲荷参詣が盛んであり、二月最初の午の日、初午には稲荷祭が行われた。政木狐について執筆されたのは、天保三年―七（一八三二―三六）年であるが、天保九年刊『東都歳時記』[注27]の初午の項には「江戸中稲荷祭り。前日より賑はへり」とし、割注で「江府はすべて稲荷勧請の社夥しく、武家は屋敷ごとに鎮守の社あり。市中には一町に三、五社勧請せざることなし」とその当時、稲荷社が多く、広く信仰されていたことを伝えている。時代は前後するが、享和三（一八〇三）年刊の馬琴による『俳諧歳時記』の初午の項に「武江にてもこの日王子・妻恋・三囲・真崎等の社参詣多し」と妻恋稲荷の名を挙げ、「武家市中とも鎮守の稲荷を祀り灯燭《ていしよく》をかゝげ鼓吹《こすい》して舞ふ。近くは雲間《うんかん》の霹靂のごとく遠キは蒼海の波濤に似たり。江戸の繁栄実に耳目を驚すに堪たり」[注28]と初午の稲荷祭の賑々しい様子を記している。

馬琴の認識において江戸の稲荷の中で四指に入る人気の妻恋稲荷を、馬琴は政木狐と結びつけたわけである。当時の地誌『江戸砂子』（享保十七〈一七三二〉年、明和九〈一七七二〉年増補）[注29]を見ると、妻恋稲荷の由来について次のようにある。

> 祭神　日本武尊　立花姫　倉稲魂命、三座。
>
> 日本武尊東夷征伐御帰陣の時、東国秩父の峯に武具を蔵め、豊湯嶋に戈を止め、此所より東海にむかはせ玉ひ、妻こひしはるかに見れば の神詠より、吾妻といへるの元なりとぞ。当社の神号、妻と云は日本武の尊、恋とは立花姫、稲荷はすなわち倉稲魂命也と云。

記紀の記述とはやや異なるが、日本武尊が、東夷征伐の際、行宮であったこの地で、入水して嵐を鎮めた弟橘媛を恋い慕い詠んだ歌から名付けられたというわけである。妻《つま》は夫に通じる。妻恋神社という地の選択と、殺された雄狐を慕い、その怨みを晴らす政木狐の報仇譚とのとり合わせは、よく考えられた趣向といえるであろう。

さらに馬琴は政木狐を上総国とも結びつける。政木狐は「今よりして三稔の後、上総国夷灊郡《いしみのこふり》、雑色村《ざふしきむら》に石降りて、石の形は、蟠《わだかま》る、竜《たつ》に似たるを見給はゞ、我《わが》成る果と知り給へ」（第百十七回）と述べ、『奇事記』同様に三年後、死して石となることを予言して狐竜、白い竜となって昇天する。これは小津桂窓が「狐竜が後石となるといふ事、漢楚軍談の黄石公のおもかげありてめでたし」[注30]と述べるように、張良に太公望の兵書を与えた黄石公が、十三年後に黄色い石となって再会することを約する逸話をも踏まえていると考えられるが、房総の地誌である『房総志料』[注31]に拠れば、上総国夷灊郡雑色村の医王山金光寺には、狐塚というところがあると伝えている。

> 古、金光寺に狐塚と称せし所有リ。今、其地分明ならず。相伝フ、鎌倉の比、狐霊を祀ると。故に土俗相伝て狐塚金光《こんこん》寺と称す。後人、狐塚の号俚なることを悪み、代るに今の号を以てすと。又、寺宝には野狐の媚珠一

類ありしが、今は失すと。

馬琴はこの記述から上総国夷灊郡雑色村に石が降るとしたのである。馬琴は『八犬伝』一八〇勝回上の末尾に『房総志料』のこの記述に拠ったことを明示している。一八〇勝回上では「金光寺《きんくわうじ》」に龍の如き白き石が天から降ったことを記し「天降りし孤竜の化石は、咱等《われら》と由縁ある白狐の、終焉を示せしなり」とする。孝嗣は「玉藻前の小説は、近曽明舶《ちかごろみんはく》の齎《もたら》したる、封神演義に倣ひたる、稗官者流の新作なり。素よりあるべき事ならず。然を昨今世に見れたる、下学集に是を載、又能楽の謡曲にも、殺生石と題目して、作設たりければ、奇に走る今の世俗、いひもて伝へて故事と思へり」と、『殺生石』の玉藻前とは異なり無害であることを主張する。

政木狐は「狐竜」ゆえに「蟠る竜に似た」石になったとされるが、狐の石化伝承は江戸時代、実際にしばしば見られるようであり、中村禎里氏によれば、やはり玉藻前の石化伝承と同源かと述べている。注32 氏が指摘するように、妻恋神社についても、戸田茂睡の『紫の一本』（天和三〈一六八三〉年成立）巻下注33は、「神体は黒石に白狐の貌有」と伝えている。また『花街漫録』（文政八〈一八二五〉年序）巻上「明石稲荷の白狐石」注34は、新吉原の江戸町にあった稲荷の境内から掘り出された石が「白狐が玉に対せるかたちあざやかなる黒石」であったとその図を載せる。

このように馬琴は古典の話型を利用するだけではなく、政木狐に、江戸の読者に身近な妻恋神社を結びつけ、さらに近隣の上総国への好奇心を抱かせるような地理的関連注35をも持たせた。政木狐は今の我々が感じる以上に江戸の読者の意識に残る趣向であったものであろう。

四　他の馬琴読本における狐

さて、『八犬伝』のみならず、馬琴読本にはしばしば狐が登場する。政木狐は神獣とされたが、『八犬伝』以前の作品においては、必ずしもそうではなく、執筆を続けるうちに、次第に馬琴の考えが深化していることがわかる。ここでは、他の馬琴読本に見える狐の例を挙げつつ、馬琴の考えの変化を簡単に辿ってみたい。

a　文化二（一八〇五）年刊『月氷奇縁』

『月氷奇縁《げっぴょうきえん》』は馬琴にとって初めての半紙本読本の著作である。内容は敵討物であるが、その筋には狐の報恩譚が絡んでいる。熊谷和平は、将軍から下賜された山鶏の死を狐の仕業と考えた主君に狐退治を命じられるが、その夜、官人に化けた千年の白狐が、無実の罪を訴え、眷属を見逃すようにと和平の元を訪れる。和平は一狐をも獲ず、見逃す（第三回）。その後、和平の息子の倭文《しずえ》の妻、玉琴が賊に惨殺されたと思われたが（第八回）、白狐が未然に玉琴を救い、禍を防いで和平の恩に報いていたことがわかる（第十回）。倭文はこの後、屋敷内に、霊狐の祠を造り祀ったとし、「今、江戸金龍山に熊谷《くまがや》稲荷と称する神社《やしろ》あり。亦浅草本法寺（割注、号二長竜山一、日蓮宗）にも同名の神社あり。後人もしくはこの白狐を祀《まつ》るもの歟《か》」と江戸に実在する熊谷神社と関連付けている。

『江戸砂子』[注36]金龍山の熊谷稲荷の項には次のような狐の報恩譚が載る。すでに三宅宏幸氏が指摘するところではあるが、以下に示す[注37]。

〔石翁老人云〕貞享の頃、越前の太守三日三夜の大狩あり。その臣熊谷安左衛門、その日の先手の役たり。前夜庭の外面《そとも》に来りて曰、我は当所の狐の長《おさ》なり。明日の狩場におゐて我ガ一族をゆるさしめ給へとねがふ。安左衛門の云、主命なればいかでかその用捨あらん、しかしその一族に印ありや、答てこと〴〵く尾のさき白しと云。翌日太守に此事を訴ふ。奇異なる事なりと、即士卒に申くだし尾のさきの白き狐を見ゆるすべしと也。いふにたがはずかの狐数十疋出けるに、ひとつも命をたゝざりけり。其後安左衛門浪人して東武に来り、銀町に住す。その近きあたり小伝馬町のやくし堂まへの障子作り、浅草へ参詣し侍りぬ。手水場にて雫のかゝれるをとがめて口論におよぶ。相手は年若き男女両人也。事済て家に帰ると、かの者狂乱し、さま〴〵と口ばしる。その子細を聞に、われは越前の国の狐なり、当地熊谷安左衛門といふ人に厚恩有、その人守護のため棟梁より仰をうけて当地にくだるといふ。安左衛門ちかきあたりにあるよし知る人ありてむかへ来ル。かの狐付大きに平伏し、狩場の厚恩を報ぜんと守護のために来れりと云て、すみやかにさりぬ。安左衛門かへるさに、その近き紺屋町にて小宮をとゝのへ家内に置て稲荷とあがむ。ほどなく小石川辺の高位の家臣と成ル。そのもとづく所の地なればとて、此境内に勧請す。その名字をよびて熊谷の稲荷と云と也。

越前の熊谷安左衛門が狐の長に頼まれて、尾の先が白い狐の眷属は狩で見逃すように主君に申し出たこと、その後、江戸で口論になった相手に狐が憑き、自分は越前の狐で、以前助けられた報恩に熊谷を守護していることを伝えて去ったこと、熊谷は自宅に稲荷を作り、その後出世したことを伝えている。[注38]

馬琴はこの熊谷稲荷の由来譚に拠って、『月氷奇縁』の白狐の報恩の件を執筆したのであろう。寺社の由来に取材し、さらに由来譚にこじつけている点が『八犬伝』に通じている。

なお、白狐の報恩によって、一旦は殺されたと見せて実は玉琴が救われていたという趣向[注39]は、馬琴自身、会心の出来であったようで、天保十二―十五（一八四一―四四）年頃に成立したとされる馬琴の自作自評『著作堂旧作略自評摘要』では「作者よく欺き得て妙なるかな」と記している。

b　文化三（一八〇六）年刊『勧善常世物語』

『勧善《かんぜん》常世《つねよ》物語《ものがたり》』は、謡曲「鉢木」で良く知られる佐野源左衛門常世に取材した作である。常世の曾祖父貞常は、那須野の狐狩で三浦義明に従って功を立てた人物とする。義明が玉藻の前の正体である九尾の狐を射た際、貞常が槍で止めを刺すと、狐は殺生石に化したという。常世の母はこの狐の祟りを愁いて病死する。その後、迎えられた

継母のために常世には禍多く、源翁禅師が玉藻を済度するまでに、その怨念によって継母に関わる人物九人が亡くなるという筋になっている。『八犬伝』や『燕石雑志』では、悪狐の玉藻前を否定していたが、それとは矛盾する内容といえる。

『著作堂旧作略自評摘要』で、馬琴は本作を「『月氷奇縁』の如き新奇は多からねども、勧懲正しければ見るに足れり」と勧善懲悪が一貫している点について評価する一方で、玉藻前を扱った点については「妖狐玉藻の首を斫りしより悪狐の怨霊三世の子孫に祟りなすと作り設て、『元亨釈書』に載たる源翁の伝さへ撮合しけるは、婦幼に解易からん為に、因果の道理を説あかせるのみ。作者本来の面目にはあらず。唐山なる稗史中『水滸』その他の大筆にも、作者の深意隠れて悟りがたき者あり、学力人に勝れて好みてよく見る者にあらざれば秘睫を窺ひがたかるべし」[注40]と述べる。玉藻前の怨念による祟りを仕組んだ点については、あくまでも婦女子に因果応報の道理を分かりやすく説き示すための方便であるとし、学のある人物でなければ、作者の意図を悟りがたいであろうと、後年になって弁明していることがわかる。

本作からは、文化三年の時点においては、未だ十分に玉藻前や九尾の狐について馬琴の考えがまとまっていないことが読み取れる。

c　文化四（一八〇七）年刊『敵討裏見葛葉』

『敵討裏見葛葉《かたきうちうらみくずのは》』はその題から「恋しくば尋ねきてみよ和泉なる信田の森のうらみ葛の葉」の歌がすぐに想起されるように「信田妻」の安倍晴明伝説を取り上げた作品である。文化六年に成立した『燕石雑志』において、馬琴が「老狐の美女となる事はあり。人の妻となりて子を生《うむ》ことはなし」とし、晴明が狐の子ということについては「かゝる怪談」と断じていたことは先述の通りである。しかしこの時点においては、特にそれを問題視することも

なく、「信田妻」を扱った作品、『蘆屋道満大内鑑』の他、『簠簋抄』や『安倍晴明物語』等を利用して本作を執筆している。

本書の附言には「この編は、いぬる乙丑の夏のころ、書肆の需《もとめ》に応じて、半月の意志を費し、只仮初《かりそめ》に綴りなしたるのみにて、書もあらためず、その冬のはじめに及びて、やゝ書画の功なれり。文俗に、辞《ことば》いやしきを嫌《きらは》ざるは、婦幼に解易《げしやす》からしめんが為、蘗《しげき》を芟《かり》要を摘《つむ》は、巻の数のかさならん事を厭《いとへ》ばなり」と、書肆の要求に応じて、半月ほどで手直しもせず、書き上げたものと述べる。『近世物之本江戸作者部類』においても「明年文化丙寅敵討裏見葛葉五巻を綴る。こは平林庄五郎が好みに任せしのみ。作者の本意にあらず」と記している。前年の文化三年には、大坂で『阿也可之譚』という「信田妻」を扱った作品が刊行されている。馬琴は本書の附言でこの書についても言及するが、これに対抗するために江戸の書肆から強く求められて心ならずも執筆したものかと推測されている。[注41]

d　文化四（一八〇七）年刊『墨田川梅柳新書』

『墨田川梅柳新書』は謡曲の「隅田川」に取材した作である。『捜神後記』九に拠った、[注42]好色の狐が美女の名簿を作り、関係を持つという趣向が使われている（巻之四の十一、巻之五の十二）。追手のかかる旧主の若君梅稚を討つよう求められた山田光政は、梅稚に化けて娘の元に通う妖狐の正体を鏡を照らして見破り、その首を身替りに代官を欺く。本作の狐は、身替りの新奇の趣向として『捜神後記』を用いる点に工夫があったに過ぎない。

e　文化七（一八一〇）年十一月刊『昔語質屋庫』

『昔語質屋庫《むかしがたりしちやのくら》』は右の読本四作とは趣きが異なり、質屋の蔵に収められた質草達が自分の来歴を語り、それにまつわる故事の虚実を論じるというもので、考証の議論を主眼とする作品である。「第十一　九尾の狐の裘《かわごろも》」では九

尾の狐が瑞獣か、悪狐かが論じられている。

本作刊行の前年、文化六年に考証随筆『燕石雑志』が成立、文化七年八月に刊行されている。ちょうど『燕石雑志』は『昔語質屋庫』と同時期に執筆されているわけである。『燕石雑志』には、九尾の狐の玉藻前伝説は子供も知る話であるが、「今按ずるに、九尾の狐は瑞獣なり」として『呂氏春秋』や『白虎通』『潜確居類書』を引用して「かゝれば九尾の狐は、あへて憎むべきものにあらず」とする。

『昔語質屋庫』も同様で、『呂氏春秋』『白虎通』『潜確居類書』等を再度、ただし今回は訓読して説き示している注43が、まず馬琴は『下学集』中巻第三「犬追物」の注を引用する。天竺で班足王の夫人に、中国では周の褒姒に、日本では玉藻前と号した白狐を狩りしたのが犬追物の始まりで、白狐は化して殺生石となったという説があることを示し、その説が本当に示すところは、鳥羽院寵愛の美福門院が政治に関与し、保元の乱を引き起こしたことであると考証する。

事のこゝろを推量《おしはか》るに、七十四代の帝、鳥羽院《とばのいん》の美福門院《びふくもんいん》を寵させ給ふのあまり、内外の事、みな後宮の進退によらせ給ひしかば、世の譏《そしり》も多く、人の恨も深くして、終に保元の播乱《みだれ》となりぬ。これらの事をいはんとて、近衛院の宮嬪《きうひん》、玉藻前《たまものまへ》といふ妖怪《ようくわい》を作り設《もうけ》し也。

玉藻前の正体が三国伝来の九尾の狐とされることについても、以下のように述べる。

されば当初《そのかみ》、三国の怪を并《ならべ》いふとき、周《しう》の褒姒《ほうじ》にしたりけるが、唐山《もろこし》演義の書に、殷の紂王《ちうおう》の寵妾蘇妲妃《そだつき》は、九尾の狐の化《ばけ》たるよし作れるを見て、後にはこゝにも、褒姒《ほうじ》を妲妃とし、白狐に九尾《きうび》の二字を被《かけ》て、これを三国伝来の悪狐とはいふなり。夫《かの》殷の紂王の時より、我朝近衛帝《こんゑのみかど》のおん時に至て、抑《そも〳〵》幾千載《せんざい》ぞや。和漢の年代あまりに懸隔《けんかく》して、不都合なる小説とやいふべき。さて唐土《もろこし》の書藉《ふみ》ども渉猟《あさり》て證《せう》するに、九尾の狐は瑞獣なり。いかで野狐《のきつね》にひとしく、人を蠱惑《たぶらか》し、人を残害《さんがい》するものならんや。

九尾の狐の「三国の怪」は、周の褒姒、天竺の塚の神、日本の玉藻前であったのが、途中から、殷の妲妃、天竺の花陽夫人、日本の玉藻前と変化していること、特に、褒姒が妲妃と入れ替わったことに着目し、その変化が「唐土演義」の影響であることを指摘する。また当初は「九尾」の文字がないことにも言及する。

具体的に確認してみると、『源平盛衰記』巻六「幽王褒姒烽火事」[注44]には、褒姒を狐とする説が載り、室町物語の『たまものさうし』[注45]や謡曲『殺生石』[注46]では玉藻前が日本に渡る前は、天竺の班足太子の塚の神、周の褒姒として国を傾けたとする。なお『たまものさうし』では「たけ七ひろ。尾二つ有、狐」とし、『殺生石』ではただ単に「野干」とするのみで、色や九尾についての記述はない。江戸時代に入って寛延四（一七五一）年初演の浄瑠璃『玉藻前曦袂』では、「狐」が塚の神、褒姒、玉藻前になった。

妲己が登場するのは、明和三（一七六六）年の『勧化白狐通《かんげびゃっこつう》』であった。玉藻譚の中で、安倍康成が玉藻前の来歴を語るという形式で、妲己・花陽婦人について物語り、その正体を「三千年の老狐にて一千年を経て、金毛となり三尾を生ず。二千年を経て六尾となり、三千年を経て九尾となる、三国化生の白狐なり」（巻二）とする。『勧化白狐通』には同じ筋で「悪狐三国伝」という写本も伝わり、妲己については『通俗武王軍談』（狐は「九尾の狐金毛粉面」、粉面は白い顔の意）の利用が指摘される。褒姒が妲己に代わるのを、馬琴は、「唐土演義」、つまり『通俗武王軍談』の影響と考証しているのである。[注47]これを受けて登場するのが、読本二作、享和三〜文化二（一八〇三―〇五）年『絵本三国妖婦伝』と文化二年刊『絵本玉藻譚』である。『絵本三国妖婦伝』では「金毛白面九尾の狐」が、殷の妲妃・花陽夫人・周の褒姒の後、玉藻前となる。『絵本玉藻譚』では褒姒がなく、「金毛粉面九尾」の狐が妲己・花陽夫人・玉藻前となる。翌文化三（一八〇六）年初演の浄瑠璃『絵本増補玉藻前曦袂』（近松梅枝軒・佐川藤太添削）では順番が少々異なって、「九尾の狐」が天竺の花陽夫人から妲妃、玉藻前となっている、[注48]という具合である。

また馬琴は紀元前の殷の時代から、十二世紀の鳥羽院、近衛天皇の時代との隔たりに注目し、三国伝来の悪狐の話は不自然であるとする。これらのことから馬琴は、三国伝来の九尾の狐が悪狐であるという設定が、小説や演義、演劇において創作されたものであることを強調する。

狐を扱った馬琴読本四作について概観してきたが、当初は稲荷の由来や、玉藻前伝説、信田妻伝説、『捜神後記』と個々の伝説・説話を利用していたものが、文化六年成立の『燕石雑志』と『昔語質屋庫』の執筆を経て、特に玉藻前・九尾の狐に関する馬琴の考察が深まったことが見て取れるであろう。「野狐《のぎつね》」については「人を蠱惑《たぶらか》し、人を残害《さんがい》するもの」と見なす記述も見られるが（『昔語質屋庫』）、九尾の狐については瑞獣であるとする考えが定まったといってよい。文政元（一八一八）年刊『玄同放言』では『山海経』を引き、再度考証を試みるが、「瑞獣」と「悪獣」の「九尾てふ狐に二種あり」とする。「妲己が事は、史記巻三殷ノ本紀に見えたり、しかれども狐妖の事あるにあらず」「この瑞獣をもて、彼ノ悪狐に作りかえ」とやはり本来瑞獣であるといった書きぶりである。これらの考証を経て、後年『八犬伝』の政木狐は、これらの伝説・説話をすべて取り込んだ上で、神獣として描かれるに至るのである。

五　馬琴の稲荷信仰

『八犬伝』では政木狐は妻恋稲荷を鎮守とする地に住んでいたとされたが、読本作品から馬琴自身の生活に視点を転ずると、妻恋神社は馬琴一家、滝沢家の鎮守でもある。文政年間から天保にかけては、『馬琴日記』が残るが、馬琴、妻お百、息子の宗伯が度々、妻恋稲荷、神田明神に参詣していることが記されている。馬琴ははじめ元飯田町に居住し、文政七（一八二四）年に神田明神石坂下同朋町に転居するが、[注49]どちらも神田明神、妻恋稲荷にほど近い。

日記に見える毎年の稲荷参詣の行事としては、初詣、二月の初午、重陽の節句がある。

例えば、初詣の記事を見ると、文政十二年には、馬琴は正月九日にようやく妻恋稲荷と神田明神に参詣している。九日までは年始の来訪者を迎える日が続いたためのようであるが、自身もこの九・翌十日の両日で各所へ年始の挨拶まわりを終えている。

二月の初午に江戸中の稲荷で祭が行われたことは先述したが、馬琴宅でも毎年、祭を行っている。[注50] 晴れていれば、前日も「初午宵祭」として、幟や提灯の準備をする。天保三（一八三二）年二月三日の記述が詳しく「今朝より、宗伯、庭の稲荷のほこら、其外そうぢいたし、のぼり・ちやうちん・太鼓等、如例、出之。今日ハ赤飯のミ、献之。今夕五時過、神前ちやうちんニ火を点、用心の為、宗伯・おミち、かハる〴〵、守之。五時過、火を消し畢」とある。初午当日の様子は、文政十（一八二七）年二月十二日戊午の記事に「今日、初午祭。早朝、宗伯、幟・提灯、如例出之。赤飯・神酒そなへ等、献供如例。家例ニ付、終日茶だち也」とある。お供えには煮染物、生魚類、餅等もあったらしい。お茶を断つために、滝沢家ではこの日は麦湯のみと決まっていた（文政十一年二月十二日壬午・文政十二年二月六日庚午・天保三年二月四日壬午）。茶断ちをすることについては「予髫歳より、みづから誓て足もて火を滅さず。又家例によつて、二月初午に茶を禁ず。されば江戸に生れて四十余念の今までは、いまだ嘗て災《ひ》に遇ず」（『燕石雑志』五上の一）と記し、火事に遭わない呪いでもあったようである。

また、九月九日の重陽の節句には「諸神御酒・神燈供献、如例。昼飯赤豆飯・一汁二菜、家内一同、祝之」（天保五年）とあり、諸神を祭っているようである。この日、お百や孫の太郎は妻恋稲荷や神田明神に参詣している（天保四、五年）。『東都歳時記』には「重陽御祝儀。諸侯御登城。良賤、佳節を祝す」日で、「神田明神産子の町々、今夜より軒提灯をいだす。今日より街に大幟を立つ」とあり、神田明神や妻恋稲荷の近辺は賑わったのであろう。

また特に馬琴の家族に関わる出来事としては、馬琴の長男宗伯の三人の子供達の誕生に伴うお宮参り、疱瘡平安祈願に稲荷参詣したことが記されている。

宗伯の長男太郎は文政十一年二月二十二日に誕生、約一カ月後の三月二十八日にお宮参りをしている。この日の記事は宗伯の代筆になるが、それによれば、馬琴の妻お百が太郎を抱いて、宗伯の姉幸《さき》が守袋に錦の袋に入れた守刀を持ち参詣「妻恋於御神前、拝礼後、御守、神供等出され、拝受。尚亦、虫封相頼、御初尾三百三十三銅・箱代三十六銅、納之。明後日、虫封御守受ニ被参候様、申之。夫より、神田明神江参詣。於内陣、神酒被出。今日、宮参御初穂、妻恋江納之」とある。拝礼の後、御守や神供の下賜があり、虫封じのお札をお願いし、御初穂を供えたという。二日後の晦日には、お百が御供えの米袋を携えて、妻恋稲荷に参詣、頼んでいた「虫封神符」を受けとり帰宅、「太郎に頂セ、封之、神棚江納之置」とある。

天保元年の日記は欠けるが、この年には太郎の妹、お次が誕生する。翌天保二年正月には小石川茗荷谷の菩提寺深光寺への墓参の帰途に、お百は小石川伝通院沢蔵主《たくぞうす》稲荷へも参詣し、そばを供えている。この年の初午はちょうどお次が疱瘡にかかっていて稲荷祭が延期になる。お次から太郎にうつるが軽く済み、二月中にはほぼ快癒する。三月十二日には宗伯が沢蔵主稲荷へ参詣し、子供両人の「疱瘡願賽そば五つ・はつほ十二銅」（願賽はお礼参りの意）を供えているから、お百は正月の時点で沢蔵主稲荷に疱瘡が軽く済むように願をかけていたのであろう。二十六日にはお百と太郎が再度、沢蔵主稲荷へ疱瘡願賽に、お次も八月十二日に同じく疱瘡願賽に参詣している。

天保三年十一月二十日には、五歳の太郎の袴着と三歳のお次の髪置の祝儀で、妻恋稲荷へ参詣している。「新製衣装着用、太郎ハ熨斗目・麻上下・下着八丈嶋・嶋ちりめん襦袢、お次ハ花見ちりめん・すそもやう・下着鹿のこちりめん・白むく襦袢」と着飾って、お百と宗伯・お路夫婦と参詣、その後、神田明神へも回っている。

天保四年八月十七日にはさらにお次の下に、おさちが生まれる。おさちの「疝癪」のため、遅れたようであるが、十一月二十三日に兄弟達と同様に、妻恋稲荷へお宮参りしている。

またお百が眼病になった際（文政十〈一八二七〉年六月二十八日）や、太郎に「疳瘡の症」が出た折り（文政十二年五月二十六日）などは、妻恋稲荷に「御封」や「加持」を願い出るなど、滝沢家の日々の暮らしの中に、稲荷信仰が深く根ざしていることがわかる。その他、文化年間（一八〇四―一八一八）に本社修造落成の折、求められて馬琴が聯句を奉納したこともある世継稲荷への参詣の記事もしばしば見られる。[注51]馬琴が『八犬伝』の政木狐の件を執筆しているのは天保三年から七年頃のことであるから、まさに『馬琴日記』に見える稲荷信仰の日常の中で、政木狐は生まれたのである。

おわりに――河鯉家と真中家――

以上、『八犬伝』の政木狐を手がかりに、馬琴の考える狐のイメージと馬琴自身の稲荷信仰について考察してきた。読本の執筆を重ねるうちに馬琴は神獣として狐の認識を固め、『八犬伝』においては「恩を知り怨を報ふ畜類」（『蘆屋道満大内鑑』「小袖物ぐるひ」）というだけではなく、神獣として親兵衛に妙椿を倒すための示現を与える存在として政木狐を造型した。さらには狐竜として昇天させ、第一回の義実が白竜を目撃した場面の対としたことが、政木狐の重要性を物語っていることは確認した通りである。また馬琴は、江戸の読者にとって身近であった妻恋稲荷と政木狐を結びつけたが、馬琴自身にとっても日常的に妻恋稲荷との関係が深いものであったことは日記の記事からも明白である。

馬琴の政木狐に対する思い入れが強かったことは『吾佛乃記』からも窺い知れる。馬琴の祖父の実家である真中家には狐宝、白狐の玉と言われるものが伝わっていたという。[注52]

母屋の簀子の下に狐の子を生みたることありけり。主人の妻、是を憐れみて、旦暮に食餌を与へなどせし程に、其雛狐稍大く成りて、親狐と共に何地へか出て行けり。其後一朝、真中の家の縁頬に狐宝一顆ありしを、主人の妻見出して、こは必彼狐が報恩の為にもて来て、吾儕《ともがら》に贈りたるなるべしとて、小櫃に蔵めて秘蔵しけり。

母屋の簀子縁の下に狐が子供を生んだのを、主人の妻がこれを憐れみ、朝夕食事を与え、それに対して報恩があったというのは、政木狐が河鯉孝嗣の母に助けられた件と類似する。馬琴は文政八（一八二五）年八月にこの話を知ったという。政木狐の件はこの話も踏まえているのであろう。真中家は、源頼政の臣猪隼太《いのはやた》の子孫と伝えられており、馬琴が、犬塚信乃の母方曾祖父とされる井丹三直秀《いのたんぞうなおひで》をこの猪隼太の後裔と創作し、自身の家系を『八犬伝』中に組み込んだことはつとに濱田啓介氏、内田保廣氏が、また高田衛氏が指摘するところである。[注53] 同様に政木狐の河鯉家にもまた真中家の伝承が結びつけられているのである。意図的か否か、馬琴は河鯉家にも自身の祖先を重ね合わせていたのであろうか。河鯉孝嗣が「亜犬士」として里見一門に加わるに足る資格はここにあったといえるかもしれない。

注

1　多田一臣『日本霊異記』中（ちくま学芸文庫、一九九七年）。
2　竹田晃訳『捜神記』（平凡社ライブラリー、二〇〇〇年）。
3　多田一臣『日本霊異記』上（ちくま学芸文庫、一九九七年）。
4　河北騰『水鏡全評釈』（笠間書院、二〇一一年）。
5　『燕石雑志』巻之一「恠刀禰〔附〕九尾」。
6　『烹雑の記』（下の八）。
7　『今昔物語集』四（新編日本古典文学全集38、小学館、二〇〇二年）。
8　『八犬伝畳翠君評』九輯下帙上（柴田光彦編『早稲田大学蔵資料影印叢書　馬琴評答集（三）』早稲田大学出版部、一九九〇年）。
9　『蘆屋道満大内鑑』（『竹田出雲・並木宗輔浄瑠璃集』新日本古典文学大系93、岩波書店、一九九一年）。

10 「しのだづま」（『徳川文藝類聚』八、国書刊行会、一九七〇年。以下の本文中の引用は本書に拠る）。仮名草子『安倍晴明物語』（寛文二〈一六六二〉年刊）は「しのだづま」に影響を与えたことが指摘されているが（渡辺守邦「晴明伝承の展開―『安倍晴明物語』を軸として―」『国語と国文学』五八巻一一号、一九八一年）、『安倍晴明物語』には、我が子が三歳になった年に、母狐は歌を遺して忽然と姿を消すとだけ記述があり、母狐の名も記されない（『假名草子集成』第一巻、東京堂出版、一九八〇年）。なお正保四（一六四七）年刊『簠簋抄』（『日本古典偽書叢刊』第三巻、現代思潮新社、二〇〇四年）の子別れの場面も『安倍晴明物語』と同様である。

11 『兎園小説』第六集、日本随筆大成第二期一。

12 『八犬伝畳翠君評』（柴田光彦編『早稲田大学蔵資料影印叢書　馬琴評答集（三）』早稲田大学出版部、一九九〇年）。

13 馬琴は『奥義抄』の名を出すが、奥義抄には伝承や伝説は多々載るも、晴明、あるいは狐が人の子を産む話は見えない。『日本歌学大系』第一巻（文明社、一九四〇年）。

14 中村禎里『狐の日本史　古代・中世編』二六九頁（日本エディタースクール出版部、二〇〇一年）。

15 河北騰『水鏡全評釈』（笠間書院、二〇一一年）。

16 また仮名草子『安倍晴明物語』（寛文二〈一六六二〉年刊）では「才智あり」とされ、それゆえに蛇に化した乙姫を助け、竜王から人間世界のあらゆることを知る秘符と耳目に入れると鳥の声が聞けるようになる一青丸を得る。

17 馬琴は『八犬伝畳翠評』の答評で「孝嗣ハ忠孝抜萃たり。しかれども不幸にして暗主に忠を盡すことを得ず。この故に忠は欽たり。只孝感の故をもてふたゝび家を興に至れり。因て名つけて孝嗣といへり」と述べている。『早稲田大学蔵資料影印叢書　馬琴評答集（三）』（早稲田大学出版部、一九九〇年）。

18 『格致鏡原』第八十八に『瑞応編』を「九尾狐者神獣也。其状赤色四足九尾、出青丘之国、音如嬰児、食者令人不逢妖邪之気及蠱毒之類」と引き、続いて『酉陽雑俎』巻一五を「道術中天狐別行法言。天狐九尾金色、役於日月宮、符有醮日、可洞達陰陽」と引用する（傍線は筆者）。後述の『奇事記』について、馬琴は「作者曰」として『格致鏡原』巻八十八に『奇事記』が引かれていることを記しているが、『瑞応編』『酉陽雑俎』『奇事記』の用例はいずれも『格致鏡原』から引いたものか。なお、『奇事記』からの引用は『格致鏡原』通りである。『格致鏡原』は『四庫全書』を参照した。

19 『白氏文集』巻四（京都大学人文科学研究所、一九七一年）。

20 『八犬伝篠斎評』九輯下帙上、柴田光彦編『早稲田大学蔵 資料影印叢書　馬琴評答集（一）』（早稲田大学出版部、一九八八年）。妙椿と政木狐の対については藤沢毅「素藤・妙椿譚からの小考」（『復興する八犬伝』勉誠出版、二〇〇八年）にも指摘がある。

21 『八犬伝桂窓評』九輯下帙上（柴田光彦編『早稲田大学蔵 資料影印叢書　馬琴評答集（四）』、早稲田大学出版部、一九九〇年）。

22 注18参照。「狐龍」の考証をめぐって馬琴と木村黙老との間にやりとりがあったことは、三宅宏幸氏「曲亭馬琴と木村黙老の関係」（『日本文学研究ジャーナル』七号、二〇一八年九月）に詳しい。

23 竹田晃訳『捜神記』（平凡社ライブラリー、二〇〇〇年）。吉野裕子『狐　陰陽五行と稲荷信仰』（法政大学出版局、一九八〇年）。

24 石川畳翠は「先のは龍有て後々論に及び、此度は論ありて後龍現れたり。こ、等の趣向いと妙案といふべし。少しも重複の愁なし。妙々」と第一回とでは論と龍の出現が前後することを含めて評価する。『早稲田大学蔵 資料影印叢書　馬琴評答集（三）』（早稲田大学出版部、一九九〇年）。

25 『八犬伝篠斎評』九輯下帙上（柴田光彦編『早稲田大学蔵 資料影印叢書　馬琴評答集（一）』、早稲田大学出版部、一九八八年）。第一輯において義実が鯉のいない安房で鯉を釣る難題を持ちかけられる件があるが、藤沢毅氏は、ここで里見家は「河鯉」を得たと読む（「素藤・妙椿譚からの小考」『復興する八犬伝』勉誠出版、二〇〇八年）。

26 『八犬伝篠斎評』九輯下帙上（柴田光彦編『早稲田大学蔵 資料影印叢書　馬琴評答集（一）』、早稲田大学出版部、一九八八年）。

27 市古夏生・鈴木健一校訂『東都歳時記』下（ちくま学芸文庫、二〇〇一年）。以下、本文中の引用は、本書に拠る。

28 享和三年刊『俳諧歳時記』、引用は架蔵本による。

29 小池章太郎編『江戸砂子』（東京堂出版、一九七六年）。天保三（一八三二）年序『江戸名所図会』にも同様の記述がある。市古夏生・鈴木健一校訂『新訂江戸名所図会』（ちくま学芸文庫、一九九六、九七年）。

30 『八犬伝桂窓評』九輯下帙上（柴田光彦編『早稲田大学蔵 資料影印叢書　馬琴評答集（四）』、早稲田大学出版部、一九九〇年）。

31 『房総叢書』第六巻（房総叢書刊行会、一九四一年）。多和文庫蔵『房総志料』。

32 中村禎里『狐の日本史　近世・近代編』四六頁（日本エディタースクール出版部、二〇〇三年）。

33 『戸田茂睡全集』（国書刊行会、一九一五年）所収の『紫の一本』は和学講談書本を底本とするが、参校した正徳本にのみ記載がある（「野」と「小路」の條の間）。
34 『花街漫録』日本随筆大成第一期九（吉川弘文館、一九七五年）。
35 高田衛氏はこのような江戸の地名を読者と共有することは『八犬伝』を〈開かれた〉物語にする工夫であると述べる（『完本　八犬伝の世界』ちくま学芸文庫、二〇〇五年）。
36 小池章太郎編『江戸砂子』（東京堂出版、一九七六年）。
37 三宅宏幸「『椿説弓張月』と聖徳太子伝承―琉球争乱を中心に」（『近世文芸』九四巻、二〇一一年七月）。三宅氏による注記がある。
38 文化元（一八〇四）年刊の黄表紙『敵討二人長兵衛』には、狐が他人に憑いて守護していたことを明かし、守護された者がその後、稲荷を信仰して出世するという件があるが、これは熊谷稲荷の縁起に類似する。本作の巻末には『月氷奇縁』の広告もあり、熊谷稲荷の縁起との影響も考えられる。本作については佐藤至子氏に太郎稲荷の流行との関連を指摘した論がある（「曲亭馬琴『敵討二人長兵衛』考」『朱』五四号、二〇一一年三月）。
39 この趣向が『風流曲三味線』に拠ることが指摘されている（大高洋司「『月氷奇縁』の成立」『近世文芸』二五・二六合併号、一九七六年八月）。
40 「源翁」（玄翁とも）について馬琴は『元亨釈書』に伝があるとするが、実際には存在しない。記憶違いで記したものか。
41 鈴木重三・徳田武編『馬琴中編読本集成』第四巻（汲古書院、一九九六年）。なお、本作は『著作堂旧作略自評摘要』に自評は存在しない。
42 『馬琴中編読本集成』第五巻の解説参照。
43 『馬琴中編読本集成』第一二巻の解説に『呂氏春秋』と『白虎通』の記事は『潜確類書』一百一・狐二所収の文からの孫引きであることが指摘される。
44 『源平盛衰記』第一巻（中世の文学第一期、三弥井書店、一九九一年）。
45 『たまものさうし』（『室町時代物語集』四、井上書房、一九六二年）。
46 『謡曲三百五十番集』（日本名著全集刊行会、一九二八年）。

47 『勧化白狐通』「悪狐三国伝」については「後期読本の推移」（『中村幸彦著述集』第四巻、中央公論社、一九八七年）参照。『勧化白狐通』の引用はお茶の水女子大学図書館本の寛政三年の改版『通俗白狐通』に拠った。『馬琴中編読本集成』第一二巻の解説では『封神演義』第九十六回等に妲妃を「九尾狐狸精」とすることを指摘する。三宅宏幸氏は、馬琴の『封神演義』閲読は『殺生石後日怪談』執筆直前であると考証し、この「唐山演義の書」は、『通俗武王軍談』であると指摘する（「曲亭馬琴『殺生石後日怪談』の生成」『愛知県立大学日本文化学部論集』五号、二〇一四年三月）。褒姒に加えて妲妃を「化物」とする記述は『十訓抄』巻五ノ十八（『十訓抄』新編日本古典文学全集51、小学館、一九九七年）に見える。

48 「『玉藻前曦袂』翻刻」『実践女子大学文芸資料研究所年報』8、一九八九年三月）。『絵本増補玉藻前曦袂』は、抱谷文庫蔵本による。

49 天保七年十一月にはさらに四谷信濃坂に転居する。

50 稲荷祠は神田宅では北東艮の鬼門の築山にあった。高牧實『馬琴一家の江戸暮らし』（中公新書、二〇〇三年）二〇四頁。

51 『吾佛乃記』家説第四の二百二参照。

52 『吾佛乃記』家説第四の二百三参照。この話には続きがあり、家督を譲られなかった腹いせに玉を印籠の締留にしようと磨かせた真中祐蔵は乱心したという。馬琴はこれは狐宝の祟りではなく、家督争いの心労からの病であろうとする。

53 本章第一節注34参照。濱田啓介「『南総里見八犬伝』私見―『吾佛乃記』の世界と『南総里見八犬伝』」（『近世小説・営為と様式に関する私見』京都大学学術出版会、一九九三年）。内田保廣「馬琴と郷士」（『国語と国文学』五五―一一、一九七八年一一月）。高田衛『完本　八犬伝の世界』（ちくま学芸文庫、二〇〇五年）。高田氏は、荘助にも幼い馬琴の面影が見られるなど、八犬士の列伝には馬琴自身の経験の投影があることを指摘する。

附篇

資料一　「けいせい輝艸紙」絵尽しと役割番付　影印・翻刻

【凡例】

国立国会図書館所蔵「847-111　芝居番附第一　大阪京都芝居絵本番附　四」に収められた初演時の絵尽し（上方で、芝居の粗筋を簡単な絵本にしたもの）と役割番付（配役を示した半紙一枚摺）を底本とした。翻刻に際しては、早稲田大学演劇博物館所蔵の各番付も参照した。

【絵尽し】

（表紙・一オ）

絵尽しは、色摺の共紙表紙を含め全四丁（八頁）の中本で、表紙右端に「浪花　玉光軒」と見える。本文は見開三丁、裏表紙半丁に「大坂新町宇和島橋北詰　判木屋金兵衛」の刊記がある。絵尽しの翻刻に際し、本作は初演台帳が伝わらないため、便宜上、読本『昔話稲妻表紙』の原作から、場の順序を推測し、算用数字を振った。

（表紙・一オ）

けいせい輝《いなづま》艸紙《ざうし》　校合十冊《じつさつ》全　二のかはり新狂言　座本

藤川辰蔵

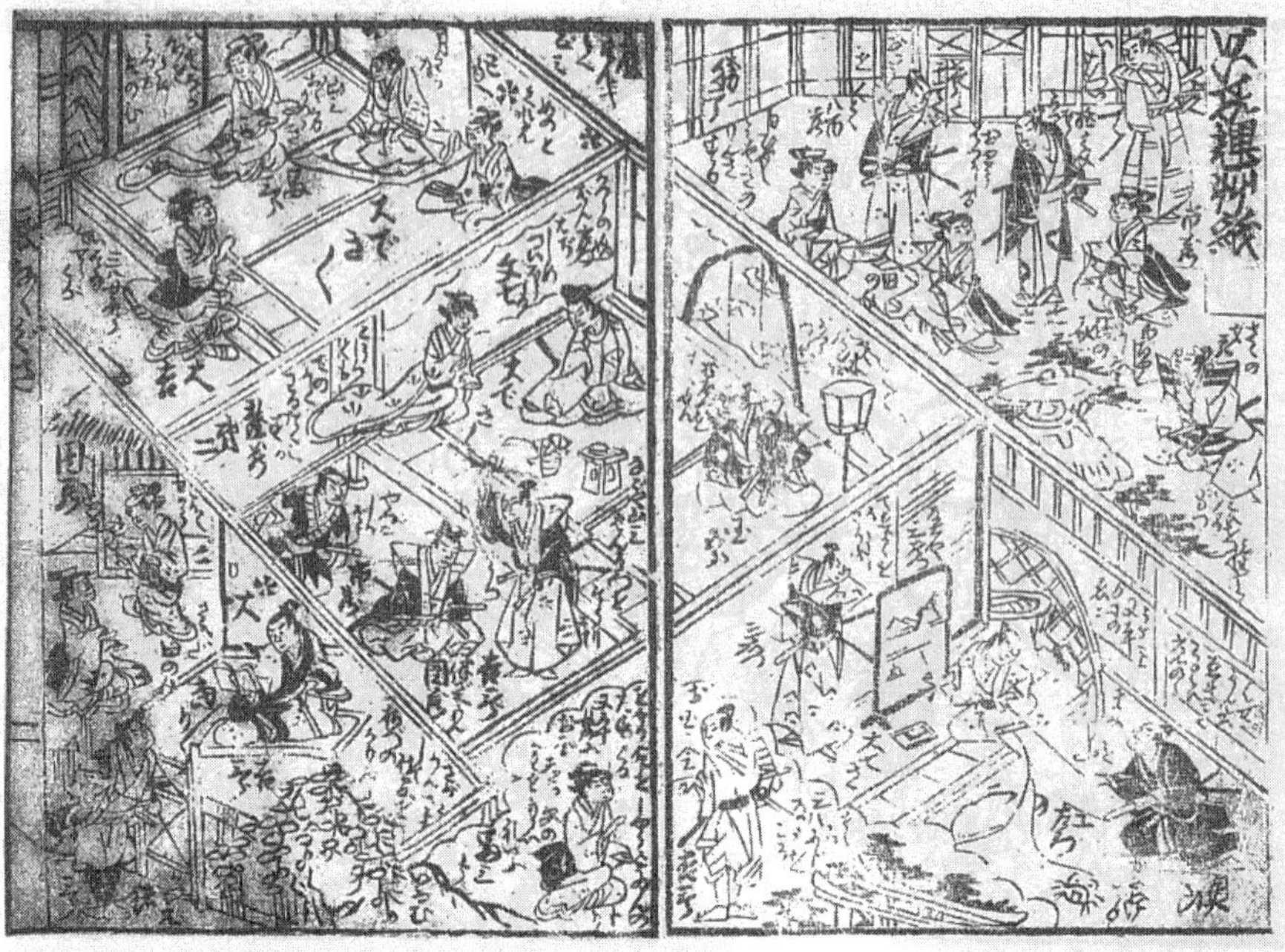

（一ウ二オ）

（一ウ・二オ）

けいせい輝艸紙

1　いしづかげんば　市蔵／桂之助　ほうらつ　文七／白拍子　ふじなみ　崎之介／さゝの才蔵　こいをとりもつ　権十郎／花形千二郎おりうをくどく　八百蔵／おりう　はづかしがる　田之介／白ひやうしみやぎのりんきする　勝二郎／庭先キうへこみ

2　第二　さゝ木たん正　かつらの介にむほんをすゝめる　国五郎／かつらの介　ばん左衛門はぢしめつゐほうする　文七／こうしつくもでのかたわるだくみする　台蔵／名古屋山三ばん左衛門をぞうりにてうつ　吉三郎／伴左衛門　団蔵／大でき

3　めのとくれは　ともへ／月わか丸／山三おく方かつらき　いそなが心をためしみつ書たのむ　富三郎／三八女ぼういそな此せうにくる　大吉／大でき〳〵

4　はせべうん六ゑまきうばひ立のく　奥山／なごや三左衛門　てしよくをかくしくるに　三右衛門／うきよ又平かにのゑにまなこを入る　かにかけでる　工左衛門／さゝら三八ふじなみをころしお国に金をやり命をたすくる　吉三郎／しやうごゐんのもり／又平女房お国しち受の金をもらい礼いふ　富三郎

5　さがかんきよして仕官をいなむ梅づのかもん　吉三郎／はゝせりう　団蔵／さえだ　田之介／かつ元　猪三郎／大当り

（二ウ三オ）

（二ウ・三オ）

6 さが嵐やまのけしき／かうぼ渡月橋のけしきをながむる 団蔵／かもんかわち旅立 吉三郎／金八はめらるゝおく山／大でき〳〵

7 **第三** ふわ伴さく三ざへもんをころしさもじの刀をうばい立のく 友右衛門／なごや三ざへもんくせ物をとがめうたるゝ 三右衛門／しか蔵おくれてかけ付おどろく 市蔵

8 けいせいやへがきしか蔵とふうふになる 田之介／むめがかもん いてうのまへをつれ立のく 吉三郎／いてうのまへ 万三郎／かん平 ひしがるゝ 台蔵

9 **第四** さゝ木だん正むほんあらはるゝ 国五郎／かづらき ふわのせきのしまだいにて伴左衛門の心をさぐる 富三郎／伴さへもん たん正一味といつわる 団蔵／かしは木ようすをきく 勝二郎／よつぎせ平うつけとみせかたきをさぐる 文七／大でき〳〵

10 伴さへもん日光のはたうばひ大ぜひをなやまし立のく 団蔵／とりて／石つかげんばくせ物をてつかをうつ 市蔵／らいがうゐんねづみのじつにて立のく 友右衛門／大でき

11 **第五** さゝら三八六じなむ右衛門となをかへわか子を月わかのみかわりにする 吉三郎／女ほういそなくり太郎がさいごかなしむ 大吉／大当り〳〵／いのくまもん平金のさいそくする 国五郎／らいごういんかいでをころし足利をてふくする 友右衛門／かいでくるしむ 徳二郎／てつだい市五郎いそな兄にてうかかふ 八百蔵／大でき〳〵

（三ウ四オ）

（三ウ・四オ）

12　**第六**　石山寺／おすぎ見世物にうられへびむすめとなる　国五郎／さゝ木かつらの介こもそうにてはいくわいする　文七／はながた千二郎かつらの介きやうだいのなのりする　八百蔵／まの、さる二郎千二郎をかくまふ　猪三郎／札の辻／うきよ又平がんをとせしさいふをひろふ　工左衛門

13　**第七　大津のだん**　六じなむへもんゑまきを手に入れ髪を切りおとし天村とあらためる　吉三郎／又平せつふくのちしをそゝぎかにをゑまきへもどす　工左衛門／さる二郎かにのなり行をおどろく　猪三郎／女ぼうおくにかなしむ　富三郎／いもとおりうかなしむ　田之介／千二郎又平のいまわのねがいかなへるといふ　八百蔵／大でき〱／はせべうん六手をおい正しんとなる　おく山

14　なごや山三こわたのさとにみをしのぶ　吉三郎／けいせいいとふ山会にくる／やつこしかぞう心つかいする　市蔵／かつらぎしたい来りりんきする　富三郎／いへぬしあめのもりをつくろふ　吉さへもん／大でき〱

15　**第八**　五條坂／なごや山三わる物どもしとめる　吉三郎／切むすぶ　国五郎／やつこしかぞういきつぎ二水をのます　市蔵／もくず三平はたらく　奥山／さゝの才ぞうたるゝ　権十郎／土子でい介けさ切になる　台蔵／犬上雁八　切むすぶ　国五郎／さる二郎伴さくがゆくへたづねる　猪三郎／大でき〱大当り〱

16　清水あみだ堂なごや山三刀とりもどしかたきうつ　吉三郎／ふわばん作　しにもぐるい　友右衛門／大でき

【役割番付】

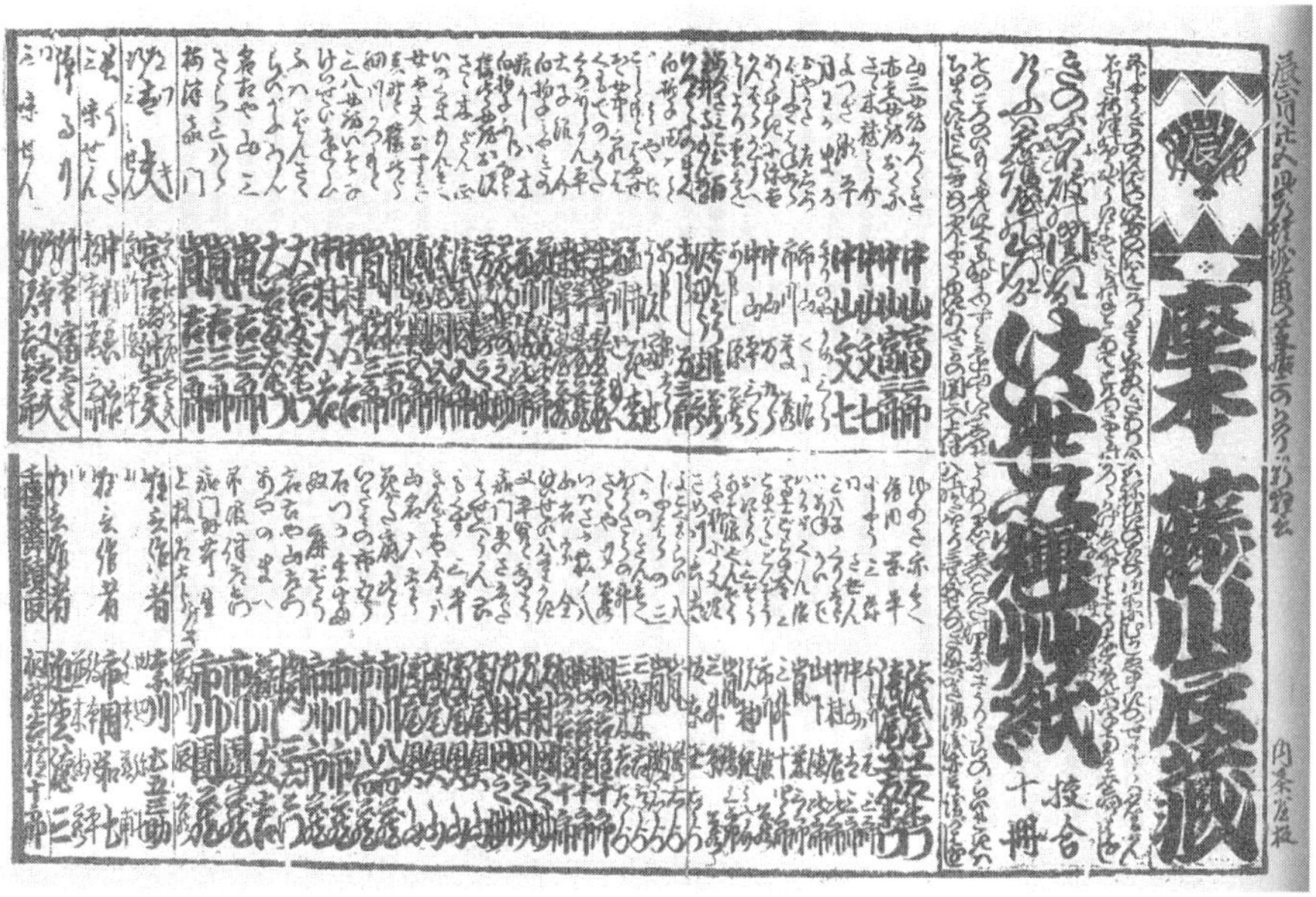

辰正月廿五日より道頓堀角の芝居二のかはり新狂言

内茶屋板

座本　藤川辰蔵

五じやうざかのかんばやしにくめのいははしかつらきといふめいぎあり。今はねびきの花の御所に、むかしゑまきのせんじうは、名もかんばしき梅津のぼうおく、うきよをさがのよをこめて、とげつきやうのかつらかげ、しんによとさとる大どうかん六字南無右衛門がはなし

きのふは不破《ふは》の関《せき》様まいる
けふは名護屋《なごや》の山《やま》様まいる

けいせい輝艸紙　校合　十冊

そのころのいもとぶんにくものまゆずみ遠山といふしんぞうあり。君を思へばこはだの里に、ざうりうちのらいれきは、ちまたにきこへしくるはのにんじやう、ゆきあふさかの関こへて、大津八丁のかたほとり、三せん五せんのざれゑかき湯浅亦兵衛がはなし

山三女房かづらき　中山　富三郎
亦兵へ女房おくに　中山　富三郎
さ、木桂之助　中山　文七
よつぎ瀬平　中山　文七

ゆあさ亦兵へ　浅尾工左衛門
信田岡平　浅尾工左衛門
小しやう三弥　ふじ川元三郎
同　さぜん　中山　太三郎

月わかまろ　きりのやうめ三郎
おやかた左右衛門　市山　くに治
ばしやくはね九郎　市川　慶蔵
あらまき小弥太　中山　万九郎
かんばらかずへ　中山　平三郎
としより松之え　あらし　源蔵
あづさみこお百　ばんどう清蔵
玉井寺もん哲　沢むら徳三郎
いつてふのまへ　あらし万三郎
白拍子田ごと　嵐　梅太郎
〃　みやび　よし沢　富世
こしもとはやせ　藤井　花松
おく女中くれは　藤川　ともへ
くもでのかた　柴崎　台蔵
くろぼしかん平　柴崎　台蔵
土子泥介　柴崎　台蔵
白拍子みやぎの　藤川　勝次郎
娘かしは木　藤川　勝次郎
白拍子ふじなみ　芳沢　崎之助
猿次郎女房お沢　芳沢　崎之助
さゝ木だん正　浅尾　国五郎
いのくまもん兵へ　浅尾　国五郎
女太夫おすぎ　浅尾　国五郎
真野猿次郎　嵐　猪三郎
細川かつもと　嵐　猪三郎
三八女房いそな　中村　大吉

三八子くり太郎　中村　辰次郎
〃あねかいで　山下　徳次郎
いかるがくん治　嵐　米三郎
富士ごゝうの金二　三枡　十四郎
こまがたごんぞう　市川　徳蔵
おにとり三ぞう　沢村　紀之介
あそ浪ぐんぞう　嵐　璃三郎
みや柳小文治　三枡　京蔵
さめ川玄太　坂東玉右衛門
よこぐもらい八　嵐瀧　右衛門
じやばらの三　嵐瀧　右衛門
べかのきん兵へ　三保木吉左衛門
ほうさうの神　三保木吉左衛門
さゝや才蔵　桐の谷権十郎
いはさか猪ノ八　桐の谷権十郎
山名宗全　桐の谷権十郎
けいせい八重がき　沢村　田之助
又平いもとおりう　沢村　田之助
嘉門妻さゑだ　沢村　田之助
はせべうん六　浅尾　奥山
もくず三平　浅尾　奥山
きんぎよや金八　浅尾　奥山
山名大太郎　浅尾　奥山
花がた扇次郎　市川　八百蔵
いさみの市五郎　市川　八百蔵
石つか玄番　市川　市蔵

けいせい遠山　中村　大吉
ふはばんさく　大谷友右衛門
らいがふゐん　大谷友右衛門
名古や山三　嵐　吉三郎
さゝら三八郎　嵐　吉三郎
梅津嘉門　嵐　吉三郎

道行　ワキ　宮古路花太夫
太夫　宮古路仲太夫
三みせん　宮竹辰平

長うた　中村　玄治
三味せん　松本為三郎

浄瑠璃　竹本富太夫
同　竹本又太夫
三味せん　竹沢吉太郎

奴　鹿蔵　市川　市蔵
名古や山左衛門　関　三右衛門
あやのまへ　藤川　友吉
不破伴左衛門　市川　団蔵
嘉門母芹生　市川　団蔵
上林左太郎　座本　藤川　辰蔵

狂言作者　奈川七五三助
同　田辺　弥七
同　近松　慈甫
狂言作者　市岡　和七
同　待本　理平
同　並木　半蔵
狂言作者　近松　徳三

千秋万歳寿　頭取　桐野谷権十郎

資料二「けいせい品評林」絵尽しと役割番付　影印・翻刻

【凡例】

国立国会図書館所蔵「847-111　芝居番附第一　大阪京都芝居絵本番附　四」に収められた初演時の絵尽しと役割番付を底本とした。翻刻に際しては、早稲田大学演劇博物館所蔵の各番付も参照した。

絵尽しは、色摺の共紙表紙を含め全四丁（八頁）の中本で、表紙右端に「浪華　本屋清七板」と見える。本文は見開三丁、裏表紙半丁に刊記はない。絵尽しの翻刻に際し、台帳に従い、便宜上、各段を【　】内に示し、場の順序に従って、算用数字を振った。

【絵尽し】

（表紙・一オ）

（表紙・一オ）

けいせい品評林《しなさだめ》　再註《かきいれ》　九冊　座本　小川吉太郎　二のかはり新狂言　長秀画

(一ウ二オ)

(一ウ二オ)
けいせい品評林《しなさだめ》　再註九冊

【大序・別荘の段】

1　久あき　吉五郎　ゆうぎやう／かめ松　けいせい　うきはし　久秋にほれる／たいこもち　金才／哥七　奴てる平／加々右衛門／大でき〳〵

2　あやのだいひめのこん礼をいそぐ　徳次郎／ひたちの介ふじなみをさし上よといふ　紋三郎／おりうきのどくがる　愛之助／かつらの介ほうらつ　来芝／ふじなみうるさがる　あやめ／山左衛門かうろを取上んといふ　伊三郎／山三ぞうりにて伴左衛門を打　歌右衛門／どうけんわが子のうたるゝをいきとふる　友蔵／伴左衛門むねんがる　新九郎／さゝら三八　大とのゝ討死をなげく　仁左衛門

3　白びやうしふじなみろうかをかよふ　あやめ／さゝら三八うかゞう　仁左衛門　大当り〳〵

4　かいぞう　門蔵／でい介　元蔵／がん八　友蔵／みな〳〵かうろをとらんとうかゞう／山三郎水中よりかうろを取あぐる　歌右衛門／伴左衛門かうろうをうばはんとあらそう　新九郎／大あたり〳〵

【二つ目・佐々木家館の段】

5　いてうのまへくらのばんする　珉子／かつらの介のきやうきのてい　来芝／ざとうちんけいとぎする　紋治／三八女ぼういそな　ふじなみのすがたとなる／大でき　あやめ　大あたり〳〵

6　ちしまのくはんじや大りやうのじやういをのぶる　新

（二ウ三オ）

九郎／ふはどうけん　友蔵／大でき〳〵／さゝ木くらんど百しやうねがひをさばく　哥右衛門／名ごや山左衛門たからのふんじつにむねいためる　伊三郎

7　百姓太二兵へむこ大作をたづねくる　門蔵／かのゝ哥之介　さいをかたる　吉太郎／奴岡平みつしよをとらんとはたらく　紋三郎／ひしこでい介　わたさじといどむ〳〵元蔵／大あたり

8　かつらの介　しゆつとふする　来芝／さゝ木くらんどたからのいひ分にはらきる　哥右衛門／おさわ夫のさいごかなしむ　よしを／大でき〳〵

（二ウ三オ）

【三つ目・洞が嶽閑居の段】

9　ちしまのくわんじや　かもんをかゝへる　新九郎／むめづかもんうんきをかんがへ大事をさとる　仁左衛門／はゝよもぎういてうのまへをかくまふ　徳次郎／なごや山三いてうのまへを受とらんとぎしむ　哥右衛門／いはぶちたんげいてうのまへをわたせといふ　友蔵／大出来

【四つ目・浮世又平内の段】

10　六じなむ右衛門女の死せんとするとゞむる　仁左衛門／又平女房さへだみの上をかなしむ　珉子／大あたり〳〵大でき〳〵

11　六じなむ衛門ふじなみを討たるしさいをかたる　仁左衛門／うきよ又平いもとのかたき南無右衛門へ切かける　哥右衛門／庄やのろさくおどろく　蔦蔵／妹おりうともにかたきを討たんといふ　愛之介／又平女房さへだ　六部が

（三ウ四オ）

いのちの親なりという　珉子／大出来〱

【五つ目】

12（唐獅々淵の段）なむ右衛門らいぐはんをとらへんとし、かふちへしのびこむ　仁左衛門／いのくま門兵へし、のかうろをぬすむ　友蔵／大出来〱

13　いのくま門兵へうでねじあげらる、　友蔵／つるしまけんぎやうへいけのてんじゅをせんといふ　伊三郎

14（南無右衛門内の段）（代官屋鋪の段）ば、おかんあくじをたくむ　元蔵／ひちや十兵へまきものを持くる　増五郎／くろぼしかんへい花がたをせんぎくる　門蔵／むすめかいでみをうる　よしを／かんばやし清右衛門かいでをか、へる　国三郎／女ぼういそなわがこのわかれをかなしむ　あやめ／なむ右衛門ぶんやをころす　仁左衛門／大出来〱／ざとうぶんやさいご　万五郎／大あたり〱

15（文殊堂石橋の段）ぎせいする　正蔵／くみとめんいどむ　七三郎／なむ右衛門　大ぜいをあいてにはたらく　仁左衛門／ひしがる、　卯左衛門／大あたり〱　大出来

（三ウ四オ）

【六つ目・山三住家の段】

16　なごや山三しゅいんのせんぎをこのむ　哥右衛門／奴さる次郎心をつくす　哥七／奴しかそうちうぎをつくす　来芝／けいせいかつらぎ大事をうけあふ　よしを／中ゐみやみまいにくる　珉子／大あたり〱

【七つ目・上林の段】

17　ふはんさえもんこもそうとなりかよふ　新九郎／な

ごや山三むねんしのぐ　哥右衛門／中ゐおみやなかだちする　珉子／中ゐおときのどくがる　愛之介／しかぞうともする　来芝／大あたり〳〵／大でき

18　かづらき心をひき見る　よしを／ふはばん左衛門かつらぎをくどく　新九郎

19　**（出口の柳の段）**　はせべのうん六きをくばる　紋治／ささのがいぞうてをおう　門蔵／名ごや山三大ぜいとたゝかふ　歌右衛門／いぬかみがん八ひしがるゝ　友蔵／ひじこでい介かせいする　元蔵／大出来〳〵／大あたり〳〵

（大切）

20　此けい所ごと花《はな》さそふ縁《えん》の乗合《のりあい》舟／大あたり〳〵大でき〳〵／白びやうしふじなみ　あやめ／はなうり　来芝／鳥さしとりさく　来芝／みこさかき　よしを／せんどうおかぢ　あやめ／うきよ又平　歌右衛門／女ぼうさへだ　珉子／はるごまおはつ　愛之介／馬かたくら七　伊三郎

【役割番付】

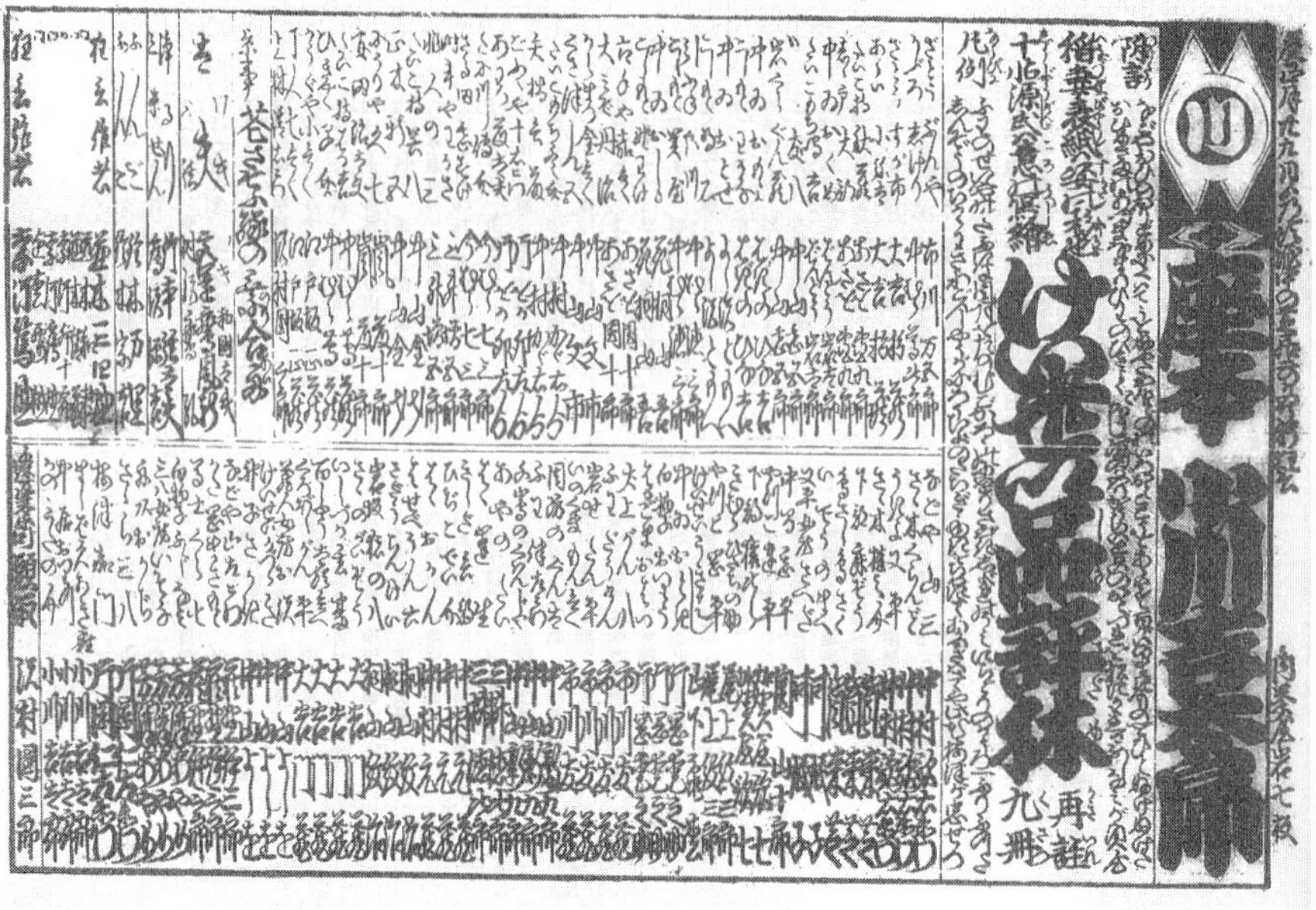

辰正月廿九日より道頓堀中の芝居二のかはり新狂言
内茶屋岩七板

座本　小川吉太郎

附言《つけたり》　なごやおびのおりどめにくはてうをぬふた、おほどののいろおとこ、こうをあらはす。百がいのまきものをひとぬけぬけたおひめさまのあづまなまり、びわのひきよくにほうしの身がはり、かうらいとかいのおとづれを松にかゝれるふじなみが貞心

稲妻表紙《いなづまびやうし》姿《すがた》の彩色《にしきゑ》
十帖源氏《じうじやうげんじ》八意《こゝろ》の写絵《うつしゑ》

けいせい品評林

再註《かきいれ》
九冊《くさつ》

凡例《ならびに》　ふわのせきやのかたふきに風月をたのむごかろうのにはとりさばき、しぐれのうみにちどりのかうろ一ふりふつたしんぞうのちからわさ、わごんしやうがにろうちよのたちぎゝ、ゆきをちやにたくあかつきは、さくや此花梅津が忠せつ

ざとうぶんや　市川　万五郎
かぶろしげり　中むら鶯次郎
ざとうすが市　大谷　杉蔵
あらい小弥太　大谷　杉蔵
たいこ持秋蔵　あさを団九郎
し丶戸大部　あさを団九郎
中ゐおくめ　ばんとう岩太郎

なごや山三　中村歌右衛門
さゝ木くらんど　中村歌右衛門
うきよ又平　中村歌右衛門
さゝ木桂之助　嵐　来　芝
下部鹿ぞう　嵐　来　芝
鳥さし鳥さく　嵐　来　芝
いてうのまへ　叶　珉　子

役	役者
たいこもち鳴吉	ばんとう岩太郎
〃　友八	中山　甚五郎
岩くらぐん蔵	中山　甚五郎
中ゐおもよ	はぎのひな吉
こしもとわかな	はぎのひな吉
中ゐおとせ	よし沢ともへ
こしもと明石	よし沢ともへ
引ふね戸川	中むら徳三郎
こしもと美屋	中むら徳三郎
中ゐおしも	花桐　山吾
こしもと野わけ	花桐　山吾
六手や嘉兵へ	あさを国十郎
大みぞ丹治	あさを国十郎
からまつ金兵へ	中山　文市
くさ津しん五	中山　文市
たいこもち冬介	中村かゞ右衛門
矢橋兵藤	中村かゞ右衛門
ごふくや十右衛門	片をか卯左衛門
あわつ藤太夫	片をか卯左衛門
たに川伝介	今むら七三郎
さる田甚すけ	今むら七三郎
時計やわかさ	三枡　増五郎
非人の三	三枡　増五郎
たいこ持善八	中山　金才
正木新五	中山　金才
にうりや久七	嵐　藤十郎
又平女房さへだ	叶　珉子
中間甚平	関山　十郎
やつこ逢平	加賀屋　歌七
下部猿次郎	加賀屋　歌七
きむらひたちの助	尾上　紋三郎
やつこ岡平	尾上　紋三郎
けいせいうきはし	山下　亀松
中ゐおとき	片岡　愛之助
白拍子おりう	片岡　愛之助
はるごまおはつ	片岡　愛之助
犬上がん八	市川　友蔵
ふわだうけん	市川　友蔵
岩せだん平	市川　友蔵
いのくまもん兵へ	市川　友蔵
周防のぐん太	中山　新九郎
ふわ伴左衛門	中山　新九郎
千嶋のくはんじや	中山　新九郎
あやのたい	三枡　徳次郎
はゝ蓬生	三枡　徳次郎
きしだ兵部	中村　元蔵
ひぢこでい介	中村　元蔵
ばゝおかん	中村　元蔵
はせべうん六	桐山　紋治
さだうちんけい	桐山　紋治
岩坂猪の八	桐山　紋治
さゝのがいぞう	大谷　門蔵

役	役者
安田治太夫	嵐　藤十郎
たいこ持はる吉	中むら　蔦蔵
ひきやく早介	中むら　蔦蔵
かうぐや小兵へ	江戸　坂正蔵
丁人七兵へ	江戸　坂正蔵
上林清右衛門	沢村　国三郎
景事　花さそふ縁の乗合《のりあい》舟	
ワキ	ワキ和国太夫
太夫	宮薗　鸞鳳軒
三絃	時沢　鸞弘
浄るり	竹本　紘太夫
三味せん	鶴沢　源吉
ぶんご	鈴木　万里
ぶんご	鈴木　宗吉
狂言作者	並木　三四助
同	並木　和輔
同	並木　清蔵
同	奈川　卯十郎
同	奈川　鶴助
同	近松　要助
狂言作者	奈河　篤助
いしづか玄番	大谷　門蔵
百しやう太次兵衛	大谷　門蔵
くろぼしがん平	大谷　門蔵
蔵人女房お沢	中山　よしを
けいせいかづらき	中山　よしを
神子さかき	中山　よしを
なごや山左衛門	荻野　伊三郎
かた岡まきもと	荻野　伊三郎
馬士くら七	荻野　伊三郎
白拍子ふじなみ	芳澤　あやめ
三八女房いそな	芳澤　あやめ
舟頭おかぢ	芳澤　あやめ
さゝら三八	片岡仁左衛門
梅津嘉門	片岡仁左衛門
ましば久あき　座	小川　吉太郎
中居おりつ	小川　吉太郎
かのゝうたの介	小川　吉太郎

千秋万歳楽叶　頭取　沢村　国三郎

資料三　『会稽宮城野錦繍』『鎮西八郎誉弓勢』『本町糸屋娘』梗概

会稽宮城野錦繍

東京大学国語研究室大惣本。半紙本。七行本。刷題簽、中央「姉は全盛 妹は新造 会稽宮城野錦繍　元祖竹本義太夫／太夫竹本彌太夫・座本竹本組太夫直伝／玉水源治郎新板」。内題「姉は全盛 妹は新造 会稽宮城野錦繍／座本竹本組太夫」。刊記「文化弐乙巳年十月三日　作者　佐川藤太」（巻末）。版元「浪華山本九菓亭版／京寺町通松原上町　今井七郎兵衛版／江戸日本橋四日市　松本平助版／大坂北浜西横堀船町　玉水源治郎版」（裏表紙見返）。

「姉は全盛 妹は新造 会稽宮城野錦繍」（文化二年初演・大坂北の新地芝居）は、『稚枝鳩』（文化二年刊）を取り組んだ作品である。馬琴は『近世物之本江戸作者部類』において、この作品について、こう記している。

> 文化二年乙丑の年の冬、大坂の人形座にて、稚枝鳩を新浄瑠璃に作りて興行したるに大く繁昌したりとぞ。これも作者は佐藤太にて、浄瑠璃の名題会稽宮城野錦繍といふ是也。曲亭のよみ本を新浄瑠璃にせしは是そのはじめ也。当時の流行想像すべし

「会稽宮城野錦繍」のうち、『稚枝鳩』が主に用いられているのは、「碁太平記白石噺」の敵討の発端となる殺人の場面、即ち、四冊目「湯が嶋天城山のだん」、五冊目「嵯峨のだん」、六冊目「与茂作内のだん」の三段である。以下に梗概を述べる。

（一冊目　志貴山の段）

信貴山、生駒が嶽に野宿する有髪の行者（楠正勝）の夢に、祖父楠正成が現れ、南朝の再興には、新田の末流、脇屋次郎義治と手を結ぶべきであることを説く。行者は、夢中に、諸国の残党を語らうための二口の旗を与えられる。目覚めれば、楠家に伝わる菊水の旗と、新田家の中黒の旗があった。一方、楠正行の家臣恩地佐五郎は、偶然、武者修業中の脇屋義治と再会する。佐五郎は、義治の許婚である正行の姫を預かっており、姫との婚姻を、義治に急がせるが、義治は大望成就の暁にと答える。この様子を窺っていた行者は、二人の話から義治を知る。

（二冊目　由比が浜のだん）

由比が浜では、足利持氏のお部屋の方、葉末の方が遊覧している。付添いの志賀台七は、山名郡領とともに、執権高師泰と通じて、御家の簒奪と東国の掌握を図っている。台七は、宝蔵より盗みだした官領免許の麒麟の御印を、郡領に預け、代りに一味の連判を預かる。

（三冊目　鎌倉のだん）

酒宴が催されている足利持氏の館を行者が訪れる。ここに、都から上使の鞠が瀬秋夜が、官領免許の御印を、京に召し返し改めるとの命を伝える。御印の紛失がわかり、持氏は自害しようとするが止められ、詮議の間、鞠が瀬は休息をする。山名郡領・志賀台七の悪事は露見し、葉末の方は、御印を取り返し、連判を奪う。郡領は、実は北条高時の家臣、長崎勘解由左衛門であった。郡領は自害するが、台七は逃亡する。鞠が瀬は、御印を納めて、室町殿（足利義教）にとりなすことを約す。ここに、行者が現れ、鞠が瀬の正体を、脇屋義治と明す。行者は、楠正勝であった。盗んだ御印で、仁義の軍を起こすのは邪道であると、御印は持氏に返し、代りに、義治に、中黒の新田の旗を与え、軍師とする。持氏は義心に免じて二人を見逃す。

（四冊目　湯が嶋天城山のだん）

伊豆天城山の湯が嶋村に住む、浪人杉本甚内は、元は楠家の臣であったが、今は猟師の生活をしている。妻はなく、三人の娘がいるが、次女おきのは傍輩与茂作の長男に嫁し、与茂作の次男半次郎と娶せた姉の千鳥夫婦と、末娘の信夫と暮らしている。ここに、足利持氏の家来、松野弥三右衛門が、甚内の弓矢の腕を聞いて尋ねてくる。甚内は持氏が逸らした鷹、時雨を捕えてほしいと頼まれる。過日、甚内に命を救われた台七は居候しているが、甚内は、台七が千鳥に横恋慕するのを見て叱責する。甚内は鷹を無事捕えて、褒美を持っての帰路、待受ける台七によって、谷底へ落とされる。台七は、畚で谷底に降り、甚内の弓矢の秘伝の一巻と金を奪い、谷底から山路によじ登る。台七は、正勝にこの一巻を奪われ、金だけを懐に逃げ去る。正勝は、一巻を見て、死骸を甚内と知る。

（五冊目　嵯峨のだん）

信夫を連れ、赤子を抱えた千鳥は、敵討に出た夫を尋ねる旅の途中である。三人の身の上を知った悪僧怪伝は、台七を匿っている縁で、信夫が千鳥親子の側をはなれた隙に、赤子を殺す。千鳥もまた傷を負い、子供の死を嘆いて入水する。戻った信夫は、二人の死を知り、後を追おうとするが、姉おきのと姉の義父与茂作に再会し、助けられる。

（六冊目　与茂作内のだん）

与茂作の後妻おさめと怪伝は、密通の仲だが、おさめが元、台七の乳母であったことから、怪伝は庵に台七を匿っている。半次郎は敵討の旅に疲れ、父の家とは知らずに、一服を求める。親子は再会し、また半次郎は妻子の死を知る。与茂作は、甚内の傍輩でやはり楠家の臣、金江勘兵衛であった。与茂作は、自分の足の立たぬこと、息子で、おきのの夫である谷五郎が行方不明であることを嘆く。おさめは、台七の返討を成功させるために、半次郎の大小に、溶した松脂を流し入れておく。翌朝、旅立った半次郎は、待受ける台七・怪伝に殺される。追って来た与茂作も討たれ、台七・怪伝は、さらにおさめをも殺す。

（七冊目　平岡のだん）

生駒の山の麓平岡の宮に、怪伝に、傾城に売られそうになったおきのが逃げて来る。徒党を集める旅路の途中、ここに、一服していた谷五郎は、妻おきのを助け、怪伝を殺す。再会した夫婦は、恩地村の佐五郎の元へ落ちのびる。

（八冊目　恩地村のだん）

恩地村の佐五郎は、預かる主君の姫二葉の前の病の薬代に苦労している。佐五郎の妻お辰は、借金取の善吉の横恋慕にも悩まされ、京の島原に身を売る決意だが、居候の谷五郎は、妻おきのを代りに廓へ出そうという。おきのは二葉の前に差添を賜り、宮城野と名を変え、傾城屋の主人に伴われてゆく。

（九冊目　清水門前のだん）

清水寺の門前、佐五郎の部下新六は、元武士の身でありながら、主君の為に騙りで金を稼いでいる。おきのとはぐれた信夫は、窮地を鞠が瀬秋夜に救われる。信夫は、身の上や、清水に通夜をして、親の敵を討ちたければ宇治の常悦を尋ねよとのお告を得たことを語る。常悦の親友である鞠が瀬は、信夫を宇治の館へ同道する。

（十冊目　常悦屋のだん）

常悦の道場で、奥義伝授の試合が行われる。信夫は、鵜の羽九郎兵衛らを負かして、奥義の一巻を得る。その一巻は杉本家に伝わる秘書であった。信夫は敵は常悦であったかと逸るが、新参の谷平、実は谷五郎が、信夫を引き止める。一方、常悦は、鵜の羽九郎兵衛の主人高師泰に与するとみせて、台七が改名し、島原の傾城宮城野に入れあげていることを聞き出す。常悦と鵜の羽との密談を聞き、常悦の養母、紺屋のお竹は、自害して常悦を諫める。信夫・谷五郎も、常悦に切り付けるが、常悦は、楠正勝であることを明し、足利を倒し、南朝の代にする大望を語る。信夫等は、父与茂作の敵が台七であり、常悦が、楠の忠臣である甚内の秘書を、台七から奪い返したこと、また、信夫等の敵討のために、常悦が台七の居場所を聞き出したことを知る。お竹は、夫笹目憲法の遺言の、蒼白という毒石と秘法の火薬の計略を、常悦に伝えて死ぬ。信夫・谷五郎は敵討に赴く。

（十一冊目　嶋原のだん）

島原で、宮城野（おきの）と信夫・谷五郎は再会する。宮城野に、石見団右衛門の身請け話がでるところに、二葉の前が、佐五郎の用意した金を持って宮城野の身請けに来る。別間の常悦は、部下に毒石と火薬を庭と用水に仕掛けさせる。宮城野は、石見が敵台七であることを知り、信夫と二人で討とうとするが、廓の主人惣六、実は甚内の門人、島田三郎兵衛が助太刀を申し出る。正勝らを狙う組子は、毒石の仕掛けにて倒し、鵜の羽は、谷五郎に殺される。鞠が瀬秋夜は、甚内・与茂作・半次郎殺しの敵討は、国主に許されていると告げ、台七は、宮城野・信夫・谷五郎に討たれる。三人は敵の首を以て、親の墓へ手向けるため故郷へ帰る。

「会稽宮城野錦繍」と『稚枝鳩』の対応関係を、挙げておく。

「会稽宮城野錦繍」　『稚枝鳩』

四冊目　　　巻之一第二編「腰越浦に壮士薄命を歎く／

天城山に神女禍福を題す」
巻之二第三編「逸鷹を索て所太夫良縁を締／猟井を脱て字九郎庇覆を承」
五冊目　巻之二第四編「恩を施して九作横死に遭ふ／義に伏て綾太復讐を図る」
巻之三第五編「大井川に飢人身を投る」渡月橋に過客父に逢ふ／
六冊目　巻之三第六編「刀に膠して後母晩児を謀る／棺を戌て孝子雷公を伐る」

鎮西八郎誉弓勢

東京大学国語研究室大惣本。半紙本。七行本。刷題簽、中央「筑紫の白縫 吾妻の彫江　鎮西八郎誉弓勢　元祖竹本義太夫・座本竹本の太夫相伝／正本所玉水源次郎新板」。内題「鎮西八郎誉弓勢／座本竹本の太夫」。刊記「文化五戊辰十月十五日作者佐藤太」（巻末）。版元「浪華　山本九葉亭版／京寺町通松原上町　今井七郎兵衛版／江戸日本橋四日市　松本平助版／大坂北浜西横堀船町　玉水源治郎版」（裏表紙見返）。「筑紫の白縫 玄妻の彫江　鎮西八郎誉弓勢」（文化五年初演）は、『椿説弓張月』前後編（文化四・五年刊）の浄瑠璃化である。『近世物之本江戸作者部類』には「文化五年戊辰の冬十月浪華の浄瑠璃作者佐藤太、弓張月を新浄瑠璃に作りて繁盛せり。題して鎮西八郎誉ノ弓勢といふ」と伝える。以下に、梗概を述べる。

（一冊目）

保元のはじめ後白河帝の御代、白川の崇徳院の仮の御所では、頼長、信西らが控える中、為朝が、勅命の丹頂の鶴を献上に、八町礫の喜平治を従えて参内する。だが、信西により、献上の鶴は、再び放生され、琉球にまで探し求めた為朝の苦労は水泡と帰す。信西の嘲弄に、為朝は滝口の武士式成・則員の矢の的となり、見事に矢をすべて受け止める。信西は、為朝を恐れて早々と御所を退く。崇徳院の一の宮重仁親王の号令で、為朝らがまさに兵を起こそうとする時、信西の裏切りによって、一足早く官軍が押し寄せる。

（二冊目）

為朝の奮闘も空しく、崇徳院側が敗北する。為朝は、喜平治に、本国の舅忠国と妻白縫に、事を知らすよう命じ、主従は、東西にわかれて行く。

（三冊目）

阿曽忠国館では、夫を案じる白縫を慰める為、腰元らが、花軍の慰みをしている。さらに、献上したはずの鶴が舞い降りて、心配がつのる。ここに菊池から、崇徳院の謀反に与する時の同盟を求める使いが来る。忠国は、為朝も自分も官軍の味方であるとして、これを追い返す。狼の野風が叫んで急を告げると、早くも、菊池原田の軍勢が、崇徳院の謀反に荷担した為朝の一味を捕らえる官軍として押し寄せる。忠国はここで、はじめて為朝の敗軍を知り、切腹を決意し、白縫を落す。忠国は、崇徳院が、日本国を治めることが叶わない時は、院を琉球の国主とすべきことを説き、その際の国璽になるものとして、為朝が琉球で得た宝珠を、白縫に渡すよう、八代に託して死ぬ。八代は、館に火を放って、姫の後を追う。狼の野風は、白縫の急を救って死ぬ。八代は、白縫を見失い、また深手に苦しむ。八代は、乳の下をかき切って、珠を押し込め入水、霊と成って珠を守ろうとする。

（四冊目）

伏見の里に着いた崇徳院配流の輿に、賤の童に身をやつした重仁親王が従っている。父子の別れの嘆きも空しく、親王は、官人に追い立てられる。乳母呉羽と合流した親王は、追手に襲われる。為朝が現れて窮地を救うが、手傷を負った呉羽は自害する。ここに、為朝の旧臣馬飼藤市が、通りかかり、親王を石山温泉の住いへ誘う。為朝は別れて、温泉の湯治客として、矢傷を癒しに通うことにする。

（五冊目）

石山の温泉の荒川藤市の宿は、湯治客で賑わっている。藤市の娘小藤は、下人松次郎、実は重仁親王に、思いを寄せている。藤市に勘当を許された甥の武藤太は、藤市が匿う親王と為朝のことを知る。武藤太は、親王に藤市を疑わせ、自身を為朝の部下と偽って、親王を連れ去り、小藤はその後を追う。武藤太の訴人によって、湯殿は捕手に囲まれる。為朝が闘うところに、藤市が駆けつけ、武藤太が親王を連れさったことを詫び自害する。ここに、親王・小藤を、武藤太の手から救った捕手の主将、足利義安が現れる。義安は、為朝に自首を求め、その代償として、親王・小藤を、為朝訴人の褒美という名目で養育しようと、約束する。

（六冊目）

大島への流罪が決った為朝を救おうと、白縫と腰元達は、黒装束に身を包み、千貫宿に忍び込むが、同じく為朝奪還を図った八町礫の喜平治と再会する。だが、牢輿に捕えられた為朝は、替え玉の武藤太だった。為朝訴人の敵武藤太を討った主従は、ひとまず、喜平治の妻八代の故郷であり、崇徳院のいる讃岐へ向かう。

（七冊目）

讃岐では八代の母渚の家に白縫・喜平治主従が、匿われている。喜平治は代官に呼出され、白縫の首を日暮までに差し出すよう命じられる。喜平治を待つ渚の家に、八代が戻り、親子・主従が再会を喜ぶ。ここに、喜平治が帰宅し、八代を白縫の身代りにすることを決意するが、その八代は幽霊だった。漁師によって運ばれてきた八代の身体から、白縫は宝珠を得、喜平治は、八代の首を身代りとして代官のもとへ赴く。一方、白縫は、崇徳院へ琉球への遷幸を訴えるが、京より送り返されてきた書写した経と歌を見た崇徳院は、激昂し魔道に墜ちる。崇徳院は天狗道の頭となり、為朝らの守り神となること、また、筑紫での夫婦の再会を予言する。白縫はかけつけた喜平治と共に、筑紫へ向かう。

（八冊目）

鬼が嶋に着いた為朝は、その弓勢で鬼達を威圧する。鬼が嶋の鬼夜叉の妹で、女護が嶋に住むさをりとの間に、子を設けた為朝は、両島に男女が離れて暮らす無意味を説き、両島の仲立ちをする。為朝は、鬼が嶋の鬼達と共に、女護が嶋に戻り、両島の男女とも喜ぶ。女三人が、浜辺で夫のいないことを嘆くところに、日本の漁師と名乗る蓑蔵と梶六の二人が船で到着する。女三人は二人の日本の男を滑稽に取り合うが、伊豆から来た男二人は、為朝を尋ねてきたのだった。

（九冊目）

為朝は、さをりとの間に朝稚を設けている。凧遊びをする朝稚に、笛を与えた為朝は、誤って笛を壊した朝稚に怒り、朝稚を凧に縛りつけ、凧の赴くままに朝稚を追い放つ。だが、実は、海向こうの下田の足利義安に、朝稚を託す心であった。伊豆から来た漁師蓑蔵は、実は義安の家臣梁田治郎で、義安からの使者であった。一方、ここに、大嶋から渡った為朝の妻子、彫江・為稚が、為朝の不実を詰ると、為朝は彫江の父郡領が、元源氏でありながら、須藤重光と通じて、為朝を討とうとするが故に、大嶋を出たことを語る。為稚は自害し、彫江も自害を図るが、さをりが刀を奪って自らの喉笛を突く。さをりは、為朝を奪ったことを詫び、為朝に添うように彫江に告げる。為朝から朝稚の無事を聞いたさをりは、彫江に朝稚の行末を頼み、為稚の死出の旅の供を約して死ぬ。ここに、須藤の軍勢が到着する。郡領は実は、源氏の御籏を得る為に、須藤に与していたことを明し、今までの不忠の詫びに自害する。須藤の兵が迫り、鬼夜叉は、為朝を逃す為に、館に火を放ち、為朝の代りに空切腹をして、敵の目を欺く。

（十冊目）

肥後と豊後の境宮原に、盗賊蜘手の渦丸とその一味は、旅人を襲う。旅人は、梁田治郎時員であり、朝稚の願いによって、木原山の為朝を尋ねた帰路であった。病に患うところを渦丸一味に襲われた梁田は、奮戦の甲斐なく死に、為朝に預った千鳥丸の名剣も渦丸に奪われる。一方、為朝の後を追ってきた鬼夜叉は、渦丸の一味に加わっていたが、為朝の足利義安に宛た手紙から、渦丸らに殺された旅人が、義安の家臣であることを知り、旅人を葬り、手紙を義安に届けるために出立する。

（十一冊目）

足利義安の国館では、彫江が表向きは乳母、内実は義理の親子として朝稚を育てていた。ここに鬼夜叉が訪れ、義安に取り次ごうとする矢先、都の信西よりの上使渦丸が到着する。渦丸は、岩角荒藤太と名乗り、梁田の注進で、重仁親王と朝稚が匿われていることを知ったと、義安親子を責める。朝稚は、岩角に刀を抜こうとして、部屋に押し込められる。朝稚は夢に、雪の筑紫潟の木原山に白縫を尋ねる。白縫は、名乗らずに、泣く泣く朝稚を追い返そうとするが、朝稚は、障子越しに父為朝の声を聞き、養父への孝行を諭され、また梁田に預けられた千鳥丸の名剣が蜘手の渦丸に奪われたことを知る。同じ夢を見た彫江は、これも崇徳院の守護ゆえと喜ぶ。ここに、岩角が現れて、彫江に言い寄るが、彫江朝稚は抵抗し、岩角は千鳥丸を抜く。義安は、千鳥丸の声を聞きつけ、岩角は渦丸と知れる。渦丸に切られた彫江・朝稚も、崇徳院の金銀の御幣の守護によって無事であった。渦丸の合図に、信西の軍勢が来るが、渦丸は、彫江朝稚に討たれ、また、軍勢も鬼夜叉ひとりに退治された。為朝の内意を受けた義安の手配によって、鬼夜叉は重仁親王と小藤を連れて、伊豆の伊東が崎より琉球へ船出する。なお朝稚の裔が足利十三代を築くことになる。

（十二冊目）

白縫喜平治とともに、味方の兵を集める為、琉球へ渡った為朝のもとに、鬼夜叉が、小船に、重仁親王と小藤を連れて来る。鬼夜叉は、神徳によって追手から逃れられたこと、泳いでまで追ってきた信西の首を討取ったことを語り、信西の生首を献上する。為朝は、味方を集め、近いうちに都に攻め上ぼり、平家を滅ぼし、親王を帝位につけると、勇み立つ。

「鎮西八郎誉弓勢」は、『椿説弓張月』前後編を、ほぼ忠実に取り入れた浄瑠璃作品である。「鎮西八郎誉弓勢」と『椿説弓張月』の対応関係は以下の通りである。

＊『弓張月』の各回の表題は、通常二句からなるが、「誉弓勢」の内容と主に関係する句のみ示した。また、『弓張月』の対応箇所が、複数の回にまたがる場合は、主筋となる回、趣向・話題として取り入れられた回の順に並べた。

「誉弓勢」	『弓張月』	
一冊目	前編巻三8回	「宝荘厳院に御曹司強弓を示す」
二冊目	前編巻三8回	「白河山中に八丁礫別離を悲む」
三冊目	前編巻四9回	「野風陣没して活路を開く／八代殿戦して飛矢に当」
	前編巻二5回	「白縫風流女兵を操る」
	前編巻二6回	「寧王女芋を饋て冤苦を告」
	前編巻一3回	「山雄首を喪ふ主を救ふ」
	前編巻三7回	「野加世馬を駭して棍棒を嚼む」
四冊目	前編巻四10回	「為朝単騎江州に走る／藤市馬を認て北浜に到る」
五冊目	前編巻四11回	「石山温泉に武藤太旧主を売」
六冊目	前編巻五13回	「為朝伊豆の大嶋に配さる／白縫大に千貫の旅館を鬧す」
七冊目	前編巻六15回	「白縫潮を志度に汲む／新院生を魔界に攀給ふ」
八冊目	後編巻二18回	「海東の磯に一箭洲民を伏す／大児が嶋に三郎英雄を認る」
九冊目	後編巻三21回	「為頼前栽に紙鳶を弄ぶ／八郎苦汁朝稚を遣」
	後編巻二20回	「忠重潜に伊豆の国府に走る／義康書を大嶋の謫居に遣る」
	後編巻三22回	「船を棄て孝子志を述／館を焼て忠臣主に代」
十冊目	後編巻六29回	「路傍に病て時員殃に遭ふ」
十一冊目	後編巻五28回	「赤心神に祈て朝稚起程す」

後編巻六30回「雁回山に孝童父母を索」

十二冊目　該当箇所なし

本町糸屋娘

東京大学国語研究室大物本。半紙本。七行本。刷題簽、中央「姉若草妹初音　本町糸屋娘　元祖豊竹越前少掾相伝／大坂正本板元中」。内題「姉若草妹初音本町糸屋娘／太夫本　豊竹喜代太夫」。刊記「于時文化十癸酉年九月八日　作者　添削　佐川藤太／佐川荻丸／吉田新吾」（巻末）。版元「京寺町松原上ル八木治兵衛板／江戸四日市　松本平助板／大坂西横堀舟町玉水源治郎板／同心斎橋博労町　小林六兵衛板／同心斎橋塩町角　玉置清七板／同平野町御霊筋西　広岡安兵衛板／同北堀江市場　前田喜兵衛板／同心斎橋南江五丁目　佐々井治郎右衛門板」

「姉若草妹初音　本町糸屋娘」（文化十年九月初演・大坂いなり境内）は『糸桜春蝶奇縁』（文化九年刊）の浄瑠璃化作品である。『近世物之本江戸作者部類』には「文化十年癸酉の秋大阪にて絲櫻春蝶奇縁の趣を浄瑠璃に作りて人形座にて興行しけり。その浄瑠璃の名題を姉若草妹初音　本町絲屋娘といふ。佐川荻丸吉田新吾合作と印行の正本に見えたり。この浄瑠璃は九月八日を開場の初日にしたり。初段より大切まで大抵春蝶奇縁の趣をかえずして作れり。但小石川の段のみ螟蛉《ハメモノ》にて本町育の小石川の段をそが侭に用ひたり。これらは当場の浄瑠璃大夫の好みに従ひたるもの歟」と伝える（なお正本の刊記には「作者　添削　佐川藤太／佐川荻丸／吉田新吾」とあり、馬琴は佐川藤太の名を書き落としている）。梗概は以下の通りである（便宜上、各段に算用数字で段数を示した。）。

（1　川越合戦のだん）

足利義春の御代、北条氏保との川越合戦において、石塚東六は、主君、鎌倉官領山内憲広の陣羽織を着て、影武者となる。一旦は、敗北かと思われたが、執権長尾景春の援軍で形勢は一転、憲広は勝利をおさめる。憲広は、東六への恩賞の約束を破り、東六は主君の変心を憤って、陣羽織を返さぬまま出奔する。一方、豊嶋太郎信澄とその弟治郎信春は、父の仇憲広を討つ機会を伺っている。信春は山住五平太と改名し、憲広に近付き、狂人同然となる秘薬を飲ませている。

（2　妹背のかた糸）

江戸本町の糸商人一八は、綱五郎という七つの子がいるにもかかわらず、上京の折、曙という遊女と馴染みになり、心中を図る。

（3　小枝堤の段）

小枝の橋に夜釣りをする浪人の東六は、流れくる男女を発見する。曙にはまだ息があった。東六は、曙を助け腹の子を産み、身二つになった上で、男の後世を弔う事を勧める。

（4　守山の段）

一八の子、若草を産んだ曙は、東六と夫婦になり、東六との間に初音を設けた。ある夜、夫の留守に、蚊帳の内で、曙が姉妹に添臥しているところに、雷雨を避けて、又六が東六を尋ね来る。又六は曙に気付かずに、蚊帳の中に入り込む。ここに東六が帰宅、密通の咎で、曙を離縁する。曙は親子の証に、姉妹と三重の印籠を分かち持ち、妹初音を連れて去る。東六は、午の年月に生まれた初音の血を、憲広の病の薬に求められ、初音を逃がすために、又六を語って、わざと離縁させたのであった。

（5　天竜川の段）

天竜川の渡しで、初音と別々の船に乗せられた曙は、老女と若者に初音をさらわれる。曙も危うく人買に売られそうになるが、兄の十兵衛と巡り会い、窮地を救われる。

（6　石塚東六栖の段）

守山から、安濃津に移り住み、剣術指南をする東六の元に、若殿義春の使者神原弥惣兵衛が、陣羽織を返し帰参すれば加増との仰せを伝える。弥惣兵衛は息子佐五郎と若草との縁組を申し出、婚約の印として、小刀と扇を交換する。

（7　遠江灘の段）

武具と嫁入道具を積んで、神戸から鎌倉を目指す東六と若草は暴風雨に襲われる。東六親子は、竜神への生け贄とされ、東六は、陣羽織を若草に背負わせ、小舟に乗せ、自らは、難風による入水の旨を記した板を抱えて海に飛び込む。

（8　庵室のだん）

紀州加田の浦の尼木嬰に助けられた若草は、木嬰に、難儀の折は、木嬰の実の子糸屋の綱五郎を尋ねるように言われ、陣羽織を持って鎌倉の許婚神原佐五郎の元へ旅立つ。

（9　神原屋敷のだん）

神原弥惣兵衛は、東六の音信不通の為に、主君の不興を買い、蟄居している。中間浪助を使いに出す間に自害するが、ここに佐五郎が、浜辺で拾った板から、東六親子入水を知り、帰宅する。弥惣兵衛は、若草の妹初音を探し出して妻とし、また陣羽織を探し出し、殿に献上するよう遺言する。佐五郎は、主君の疑いを晴らすため板をもって登城する。

（10　名越村の段）

佐五郎は、狩より帰還した主君義春の疑いを晴すが、義春が狩の途中で見初めた女を館に迎え取るよう命じられる。諫言の甲斐なく承知するが、子細を知った長尾景春は、佐五郎に、女の親に金子を与えて立ち退かせ、得心なき時は、殺害するよう諭す。

（11　辻町村の段）

女の親、老女裏駒は得心せず、義春に直接交渉しようとする為、佐五郎は、裏駒を殺し、小糸をも手に掛けようとするが、小糸が、裏駒にさらわれてきた初音であることを知る。裏駒は、苦しい息の下から、小糸が恩ある石塚東六の娘であることを知り、甥半時九郎兵衛が仕える豊嶋信澄の為に金を稼いでいたことを語り、今までのことを詫びる。ここに、小糸を義春のお部屋殿にし、仇討の機会を狙う腹積りの信澄が来て、佐五郎を一味に誘うが、決裂し、佐五郎は小糸を連れて去る。

(12　芝崎のだん)

伯母裏駒の敵と佐五郎を狙い待伏せをする半時九郎兵衛は、佐五郎が探す陣羽織を、若草から奪い身に付けている。佐五郎を残して、一味の手から逃れた小糸は、通り掛かりの糸屋十兵衛に助けられ本町へ赴く。佐五郎は、綱五郎に出会、追手を切り伏せる。九郎兵衛は、綱五郎の片袖を手に入れる。

(13　糸屋の段)

養女お房と手代佐七（実は佐五郎）の内祝言。祝言の酌人として十兵衛に連れられて小糸が来る。佐七とお房とは互いに許婚を憚り、仮の夫婦になることを約す。半時九郎兵衛に、血潮のついた片袖で脅迫、金を要求された綱五郎は、陣羽織は九郎兵衛が持つことを知り、明晩廓で会う約束をする。母木嬰に勘当の無心をする綱五郎の話を立聞いた佐七は、書置を残して去り、小糸も密かにその後を追う。綱五郎が慌てて後を追う。

(14　両国橋の段)

佐五郎と小糸は、神原弥惣兵衛・佐五郎親子に仕えた浪助に出会い、その家へ誘われる。半時九郎兵衛は、佐七が敵佐五郎であることを知り、二人を追ってきたが、見失う。同じく二人を追う綱五郎に出会い、陣羽織と片袖をかけて争うが、九郎兵衛は逃れる。

(15　小石川の段)

浪助が世話した借家へ住む佐五郎と小糸。佐五郎の留守に、三人の隣人が訪れるが、客も帰った頃、佐五郎が帰宅する。ここに、盲目となったお房を連れ、綱五郎の伯母お浅と伯父十兵衛が来て、小糸・佐五郎をなじる。小刀と扇からお房が若草であることが判明し、印籠から、お浅は、曙であることが分かるが、曙は二夫に見えたことを恥じて自害する。ここに、先程の三人の客の一人、半時九郎兵衛の部下が佐五郎を襲うが、虚無僧姿で現れた綱五郎がこれを退治し、陣羽織の在処が分かったと伝える。捕手から皆逃げる。

(16　駒形堂の段)

小糸は、姉と佐五郎の為に入水しようとするところをかどわかされるが、船頭に救われる。

(17　浅草の段)

船頭は、小糸を占者法印に預ける。一方、盲目のお房を連れた佐五郎は、通り掛かった執権長尾景春に、午の年月の揃った女の生血の献上を引換えに、帰参を願出る。一方、小糸は、法印に命を乞れ、切付けられる。船頭は東六のかつての友人又六で、法印の正体が東六と聞いたものの、その変り果てた姿を疑う。東六は、かの暴風雨の折、大鰐に食われ、魚腹にお家の重宝雲龍丸の剣を発見、剣を以て魚腹を脱出したが、帰参の為に陣羽織を尋ねる陰陽師となったことを語る。小糸の命を奪おうとしたのは、立聞いた佐五郎の帰参の為の生血を手に入れる為であった。小糸もまた夫の為と知り潔く死んでゆく。ここに佐五郎とお房が現れ、小糸の生血でお房の目は治る。一部始終を聞いた長尾景春は、佐五郎の帰参を認め、綱五郎には陣羽織を取返し、家名を相続するよう命ずる。東六は雲龍丸を献上し、出家する。

(18　大切　長尾屋敷の段)

綱五郎は九郎兵衛を倒し、陣羽織を取り戻す。一方、長尾景春の館では、義春が酒宴を催している。ここに憲広の上使として、山住五平太が来て、小田原出陣の延引の理由を尋ねるが、景春はわざと追い返す。怒り狂った憲広は、弟義春もろとも景春を殺そうとする。追い疲れた憲広は、景春が生血を仕込んでおいた手水鉢の水を飲んで、正気にかえる。豊嶋太郎信澄・山住五平太は、神原佐五郎・糸屋綱五郎に討取られ、諸軍勢は小田原へ出陣する。

「本町糸屋娘」は、『糸桜春蝶奇縁』の筋をほぼ忠実になぞる。以下に両者の対応関係を掲げておく。

＊『糸桜春蝶奇縁』の各段の表題は二句から成るが、「本町糸屋娘」の内容に関係する句のみを示した。

「本町糸屋娘」	『糸桜春蝶奇縁』
1川越合戦のだん	該当箇所なし
2妹背のかた糸	第一段「情に逼て一八命を隕す」
3小枝堤の段	第一段「刃を飛して東六妓を救ふ」
4守山の段	第二段「祟をなして冤鬼東六を魁す／別を決して曙明印籠を頒つ」
5天竜川の段	第三段「東海道に二兇棄妻を賺す／天龍河に十兵衛妹に遭ふ」
6石塚東六栖の段	第四段「安濃津に神原命を伝ふ」
7遠江灘の段	第四段「遠江灘に父子沈淪す」
8庵室のだん	第七段「大総を将て木嬰鎌倉に赴く」
9神原屋敷のだん	第五段「矢所平迫て白刃に伏す」
10名越村の段	第五段「小糸女が才管領に辞ふ」
11辻町村の段	第六段「狭五郎怒て背棋を殺す／小糸女哀で薄命を告」
12芝崎のだん	第七段「叢中に躲て黒平戦袍を奪ふ」 第八段「綱五郎暗に狭七を救ふ」
13糸屋の段	第十一段「阿総に説て綱五郎婚姻を促す」
14両国橋の段	第十二段「洞房に新郎を走らす殺風景」 第十三段「神原夫妻礫川に隠る」
15小石川の段	第十三段「三人酔客卜居を祝す」 第十四段「五明良人を認りて親戚全く聚る／印籠母子を合して旦開恥を知る」
16駒形堂の段	該当箇所なし
17浅草の段	該当箇所なし
18大切　長尾屋敷の段	該当箇所なし

資料四　歌舞伎台帳『園雪恋組題』翻刻

梗概

（一冊目）

清水寺。鎮台侍従之助は、仏像の拵えの女郎達を引き連れて練供養の奉納をしている。幸崎の薄雪姫は女の能筆として普門品千巻書写奉納の務めの役、園部左衛門もまた武運長久の守刀奉納の役目を務めている。来国行の子国俊は左衛門の家来となる。妼籬は薄雪姫と左衛門の中をとりもとうとし、左衛門は薄雪姫の短冊を結んだ桜の枝を取るが、左衛門の家来兵蔵が、二人の逢瀬を阻む。

　傾城汀井に入れ込んだ侍従之助の行状が知れたため、鎌倉より軍勢催促のお袖判と王城地理の四神巻献上の催促の上使が来る。これは大膳の母繁江と高家の二郎丸師門の計略によるものであった。侍従之助は放埒者に仕立て、二品の宝を取り上げ失脚させ、さらにお袖判で西国武士を味方に付け六波羅を乗っ取り、帝を人質に鎌倉勢を討ち取る算段である。薄雪と左衛門が恋仲なのを幸い、幸崎と園部両家も、滅亡させるつもりである。左衛門の奉納の刀には正宗の悴團九郎が調伏の鑢目を入れ、お袖判は師門と通じる荒平太が手に入れるはずであった。師門の妹住の江は左衛門に片思いをしている。妻平と籬は夫婦の約束をし、幸崎と園部を仲直りさせようと、姫と左衛門の仲をとりもつつもりである。渋川藤馬は籬に横恋慕する。侍従之助は傾城汀井がありながら桜木と遊ぶ。汀井は守袋から渡部家の出身であると知れる。桜木、汀井、年老いた砧と戯れる侍従之助のおかしみ。

　汀井の守袋を拾った荒平太が、汀井をさらう。團九郎は、奉納の守刀に鑢目を入れたことを知られ来国行を殺害する。蓬莱屋直兵衛は侍従之助に汀井の揚代を要求する。守袋から知った汀井の素性から、荒平太は汀井の兄のふりをして、代わりに三百両を払い、汀井が行方不明と知ると鎌倉へ訴える代わりにとお袖判を要求する。お袖判は荒平太から実若、師門の手に渡る。

　左衛門は経文に書かれた薄雪の恋文を読む。師門の妹住の江は兄達の悪巧みを伝える代わりに恋を叶えようとし、それを邪魔して籬は左衛門と薄雪をとりもつ。砧と住の江は、薄雪・左衛門の情事を盗み聴く。籬に横恋慕する渋川藤馬が薄雪の恋文を拾う。侍従之助の家臣の松蔵はお袖判を手にした荒平太を追う。

　薄雪と左衛門の情事が知れるが、恋文の宛名と差出人をこじつけで読み解いて妻平と籬が身替りになり、勘当される。不義の咎めは逃れたが、左衛門は守刀の鑢目を責められ、姫も経文を反故にした罪で、二人とも大膳・繁江の館に留め置かれることになる。解放の条件として、七日の間に国行の殺害犯を探すことになる。

（二冊目）

大膳館。師門が鎌倉の上使の命で詮議に来る。左衛門薄雪は錠前の中に囚われている。師門は二品の宝の催促をする。侍従之助も吉例御能の役目の下見に来館する。大膳の勘当の弟実若が戻り、繁江は御所車に乗りたいとの難題を大膳に持ちかける。薄雪・左衛門の二人の首を討つ刻限も、二品の宝の詮議の刻限も暮れで、大膳は苦境に陥る。葛城民部の妹玉笹は許嫁の大膳へ告白する。白菊と兵蔵は、大膳から二人の身代わりを用意するように暗に示される。

妼信夫（薄雪と二役）は国俊（左衛門と二役）に片思いをしている。小姓艶之丞は信夫に横恋慕する。白菊・兵蔵は、信夫・国俊が出会い、身代わりになるよう仕向ける。繁江は御所車の遊びに満足し、自分の素性が、蒙古と組んで謀叛を起こし破れた浅原八郎の妹であると明かす。天下を息子に与えたいという大望があるといい、大膳を悩ます。信夫は国俊と結ばれるならば、姫の身代わりに殺されてもよいと納得する。

刻限となって、幸崎伊賀守と園部兵衛は娘・息子の身替りに自害する。大膳も母繁江の無体と二品の宝の詮議の責任をとって腹を切り、薄雪・左衛門を逃がす。幸崎・園部の最期に、大膳は実は三浦義村の子であり、父の敵を討ち、天下を掌握するため、朝坂という老婆を仮の母に仕立てて、自分の素性を隠したこと、薄雪への恋慕の情、本物の二品の宝もすでに大膳の手の内にあることを明かす。切腹と見せたのも空腹であった。大膳の謀叛を確かめて、幸崎・園部両人は民部へ遠責めの合図の狼煙を上げる。大膳は繁江を演じていた朝坂に褒美のかたに四神の巻を預ける。姫は白菊と、左衛門は兵蔵と落ち延びる。大膳は水門より袖判を銜えて脱出、荒平太と合流する。続いて水門から妻平（大膳と二役、早替り）と、朝坂（荒平太と二役、早替り）が現れ、大膳を追おうとする妻平を朝坂が留める。

（三冊目）

粟餅屋に白菊と薄雪姫は匿われている。鹿島触太夫（実は榎嶋夜叉五郎）は粟餅屋孫十郎（親の主が幸崎）が午の年月日の出生と聞く。荒平太の子分夜叉五郎と若衆いかい爪三郎は恋仲である。姫に言い寄る板面四惣太を殺したと思い込んだ孫兵衛はいざり松の八にゆすられる。口封じの百両を絹商人四郎九郎が肩代りする代わりに、姫は四郎九郎の家で奉公することになる。

爪三郎は夜叉五郎のために、秘薬に必要な孫十郎の血を手に入れようと考えているが、それに気づいた白菊は、夜叉五郎には恋人がいると嘘をつき、白菊は孫十郎を殺したと見せかけて、血潮の代わりに小豆の汁の小桶を爪三郎に渡す。爪三郎は孫十郎と人違いで、夜叉五郎の手下に絡まれる。孫十郎と夜叉五郎の立廻り。

（四冊目）

盗賊荒平太山塞。空切腹の傷の治療をしている大膳は、断食して瀧に籠もっている。荒平太宅ではさらわれてきた女共が働いている。秋月実若丸が訪れ、大膳の許嫁玉笹と出会う。荒平太は大膳の傷に効く午の年月日の血潮を探しており、孫十郎を逃したと聞き残念がる。ここに連れられてきた薄雪は、昨日のゆすりも絹商人の助けもすべて薄雪に恋慕する荒平太の一味の狂言であったことを知る。玉笹は荒平太と薄雪の中を取り持つと見せて薄雪を逃がす。

葛城隼人は修行者に扮し、秋月大膳と名乗って、荒平太に謀叛の連判を求めるが、嘘と見破られている。

姫を追ってたどり着いた孫十郎は、荒平太が血のつながらぬ弟であることに気づく。

師門の命令で大膳の弟実若は閑道に地雷の仕掛けをする。六波羅が降参の時は瀧を切り落とし地雷を止め、そうでなければ禁庭の清水に毒を仕掛けて大内の人を皆殺しにし、師門、大膳、荒平太で天下を奪う計画である。隼人は腰元を忍び込ませて二品の宝の詮議をしている。

薄雪に焦がれる大膳が籠もる庵に薄雪が逃げてくる。薄雪を助けたいばかりに左衛門と駆け落ちさせたことを大膳が明かす。許嫁の玉笹（葛城民部・隼人の妹）が仲裁に入り、大膳の謀叛を諌めて自害する。大膳が薄雪に迫るうち、誤って薄雪が怪我を負う。

孫十郎は腹を切って弟荒平太に薄雪へ忠義を尽くすように説得しようと試み、荒平太の素性は謀反人三浦泰村の子で、孫十郎の実の弟長松と守袋を交換してその身を守ったことを明かす。荒平太は悔い改めることなく、かえって父の謀叛を継ごうと考える。孫十郎の血は壺にとられる。

孫十郎の告白に、大膳は自分が長松であると気付き、自分の肩を切り裂き、その血が孫十郎の血と合することをみて兄弟と確かめる。大膳は兄孫十郎の血の秘薬で薄雪を助け、自身は禁庭にしかける毒薬を飲み、瀧のしめ縄を切って落とす。園部幸崎の家を断絶させたこと、玉笹の不憫の死を後悔して、兄とともに死ぬ。葛城民部の弟の隼人之助が薄雪を救う。荒平太は秋月大膳と名を改める。

（五冊目）

質屋。粟門勇三とおとわの若夫婦、おとわの師匠縫物屋お静らは、おとわの養母清水湯のおさが（朝坂）が質入れの四神の巻か、金か、娘を返すかの難題を押しつけたことで、頭を悩ませている。手代渋九郎は渋川藤馬の弟で、夜叉五郎を呼んで質入の四神の巻を、師門へ献上して褒美を得ようと画策する。渋九郎は、おとわに横恋慕している。渋九郎はおとわが母から四神の巻か金を盗むように催促された手紙を拾う。渋九郎は四神の巻と、美人娘の番付とおとわの手紙を入れ替る。ここにおさががおとわを尋ねてくる。また師門の家来に扮した夜叉五郎が四神の巻の詮議にやってくる。詮議の場で、おとわの手紙が見つかり、おとわが責められるが、お静が四神の巻を探しだし、犯人は渋九郎と夜叉五郎と知れる。お静はおさがに苦しむおとわを見て、心中するくらいのつもりで辛抱せよと諭す。勇三も文殊のお智恵に心中も恋をかなえる一つの道と言われ、二人は心中に出る。渋九郎とおさがが四神の巻を取り合う。

團九郎はそれを横から奪うが、おさがに四神の巻を掴んだ腕ごと切り落とされる。

川では勇三・おとわの捜索、夜叉五郎は四神の巻をつかんだ腕を探している。

船頭の地蔵の五平治は、團九郎の父正宗の弟子で、籬の父である。籬は四神の巻の詮議と、鑢目の犯人探しで左衛門がお家再興を願っていることを父に話す。團九郎をかばう父に、籬は團九郎の妹のおれん（五平治の養女）に家を継がせればよいという。実若は、侍従之助と汀井の行方と、荒平太が恋慕する薄雪を詮議している。五平治の下人吉助（実は国俊）は、腕を切られた團九郎を敵と知らず介抱する。気付いた團九郎は、国俊の印籠を握ったまま、逃げる。五平治は、侍従之助と汀井を舟に乗せる。二人は夜叉五郎に見つかるが舟に乗って逃げる。五平治は巻物を持った腕を見つける。

（六冊目）

五平治宅（おれんの家）。侍従之助・汀井の詮議で、五平治宅が家捜しされる。おれんには婿さがしの話が持ち上がる。五平治は腕のない男を婿にすると、件の腕を家の表に下げている。国俊は、五平治宅で團九郎の行方を追うために奉公人吉助となっている。信夫（おれんから早替り。おれん・薄雪と三役）と再会した国俊は團九郎詮議を頼む。婿候補に文殊のお知恵は團九郎を、お静（実は大膳の家臣、兵蔵の妹賤機）は能無喜泥坊（実は妻平）を連れてくる。夜叉五郎は五平治に侍従之助・汀井を出せと詰め寄り家捜しする。渋九郎はおさが（朝坂）を五平治の嫁にと連れてくる。国俊は五平治を詮議しようとするが、お静（賤機）が留める。国俊は左衛門は兵蔵にかくまわれていることを告げる。渋九郎は四神の巻を見つけるために五平治宅に入り込んだが、夜叉五郎と出会い、侍従之助・汀井を匿っていると訴人しようと相談する。婿は弓矢の試合で決めると言われ、二人の婿候補は片腕である（妻平はそのふりをする）ことを忘れて同意する。團九郎は腕がないことを明かして婿になる。おれんは言い交わした男があると拒否するが、印籠の中子からそれが團九郎とわかる。妻平は團九郎とおれんが兄妹であるはずと五平治を糺す。兄弟で夫婦となり畜生同然の二人の首を討って、五平治は侍従之助と汀井の身代わりにするつもりである。五平治は汀井の父、渡部源治兵衛に恩があった。一方の妻平は、薄雪と左衛門の身代わりにできないかとの算段で五平治と揉め、互いに互いの主を殺して自分の主の助命を願おうと口論する。ここに実若が捕手を連れて現れる。五平治に團九郎を渡せと詰め寄る国俊・信夫。侍従之助・汀井を渡せと詰め寄る実若・おさが。妻平は侍従之助と汀井の首を出し、薄雪の助命を、実若に願い出るが、團九郎は五平治の指図で、おれんの首をうって薄雪の身代わりにする。印籠は実は国俊のものであった。妻平はおさがを殺す。侍従之介・汀井の首は心中のおとわ・勇三のものであった。五平治は侍従之介に四神の巻をわたす。国俊の敵討ちは、情を交わした團九郎の妹おれんの死であがなわれ、豫譲の例を引いて、切り落とされた團九郎の片腕を討った。四神の巻も戻り、幸崎・園部家の再興を祝して大団円となる。

参考【文化十四年刊『役者名物合』より『園雪恋組題』の嵐吉三郎評】

去春園の雪に奴つま平役、うす雪と左衛門が不義のとがを我身に引受、藤馬との詰合うまい事でムり升た芝居好清水坂でからかさのたては花やかでムり升たヒイキ何役でもそれ〳〵によけれど取わけ、つま平は日本一じや。こんなゑいつま平が唐にもあろかじや場より何ぬかすぞい。なんぼヒイキじやとて賞ぞめいてくれなよ。其替り大膳の評判はきのどくなもので有た見巧者イヤ何もきのどくな事はござらぬ。狂言の趣向もよく藝もしごくよふでき升た成共、見物が大膳といふ所へ気が入た故、思わくがちがひ升た。外の新狂言で是を見たら申分なく大でき〳〵頭取なる程左様なものでムり升ふ。山の段にて姫をしとふ間もよく、後本心と成迠きつと見ごたへがムり升た。三役かつらぎ市之正はさしたるお役も見へませなんだ。

【主要登場人物関係図】

（第一冊）

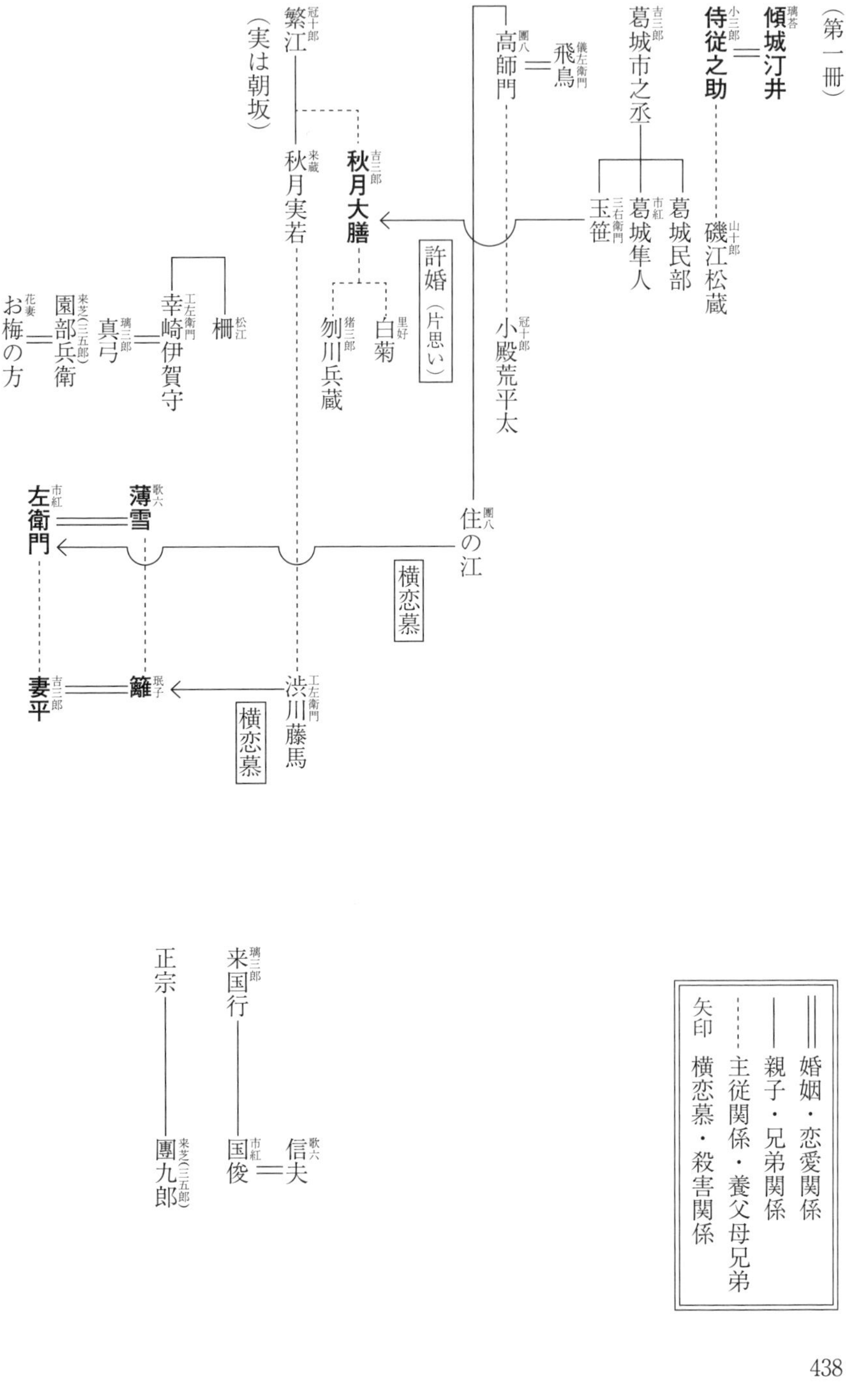

（第二～六冊）

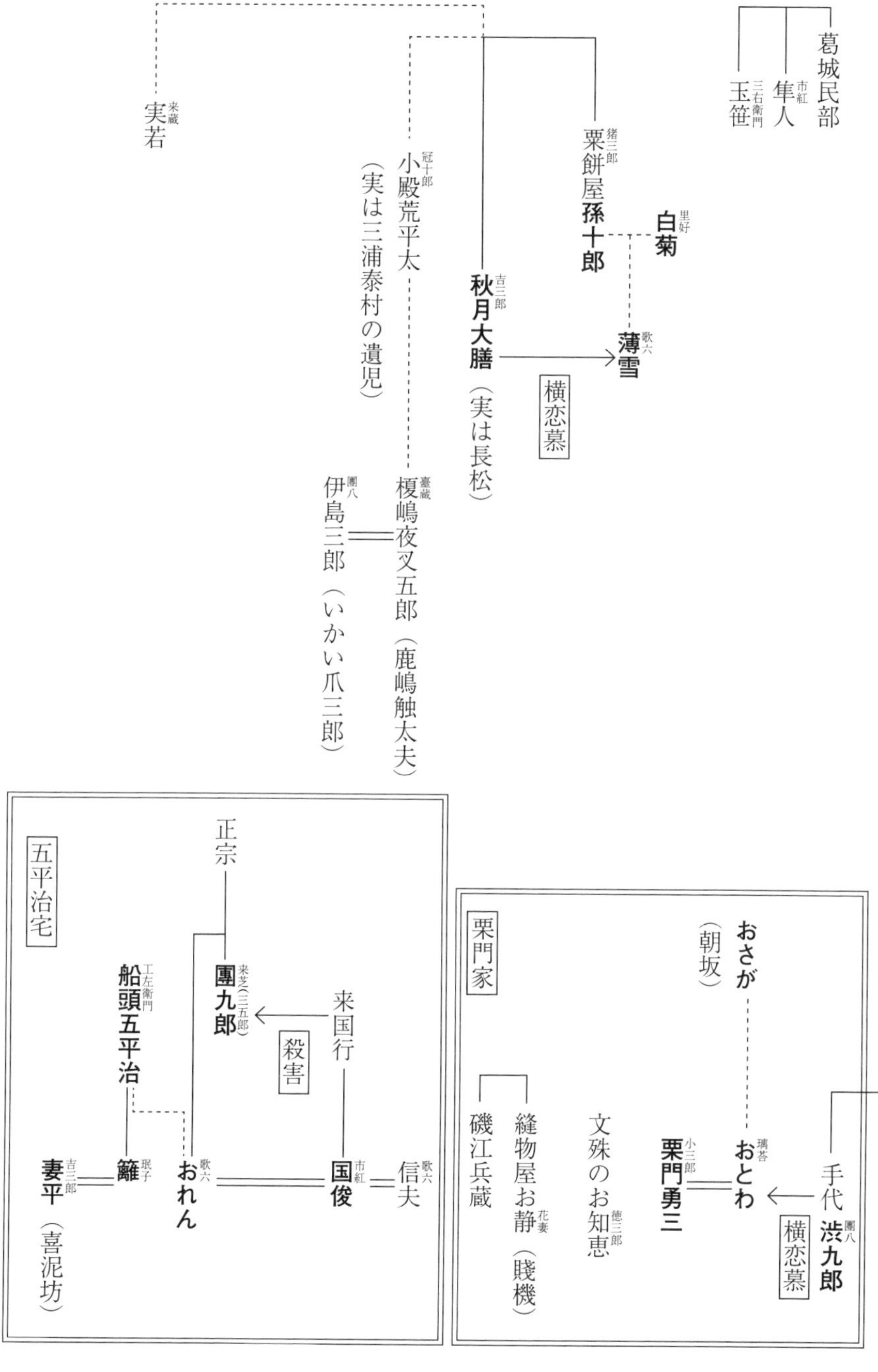

葛城民部
隼人 市紅
玉笹 三右衛門
栗餅屋孫十郎 猪三郎
白菊 里好
秋月大膳 吉三郎
（実は長松）
薄雪 歌六
横恋慕
小殿荒平太 冠十郎
（実は三浦泰村の遺児）
実若 来蔵
榎嶋夜叉五郎 臺蔵
（鹿嶋触太夫）
伊島三郎 團八
（いかい爪三郎）
栗門家
おさが
（朝坂）
おとわ 璃砦
栗門勇三 小三郎
手代
渋九郎 團八
横恋慕
渋川藤馬
文殊のお知恵 徳三郎
縫物屋お静 花妻
（賤機）
磯江兵蔵
五平治宅
正宗
團九郎 来芝（三五郎）
来国行
殺害
国俊 市紅
信夫 歌六
おれん 歌六
船頭五平治 工左衛門
籬 珉子
妻平 吉三郎
（喜泥坊）

役割番付

当二月二十日より道頓堀中の芝居　内茶屋さか吉板

座本　沢村璃苔

はるがすみたなびく空に鳥と見ついかの糸目の縁による血汐にまだも疑ひのやすりめかけてなかごのきやうだいふもんぼん第廿五迄はくるはのねりくやうそのおんがくもくんでしるてにてを合す身かはりはもてこいこつちのはこでんじゆゆるすひみつのまへがきは名は後のよへうち残す無手正宗の名作物

詠吟は音羽山の花盛
添削は小倉山の月桂　**園雪戀組題**　懐紙八通

あきといへばよそにぞ聞し風立てみどりの林さはぎつゝ及ばぬことを願ふかなひるねの夢のさめ〴〵と枕詞はむほんのほうだい万ようしふ第九番に古之《（いにしへ）》益荒丁《（ますらおの）》子各競《このあいきそふ》

その引ことの手ぐるまや桜がもとのぬれごとにざつとあびたる若水は女房もつた可愛ひがうそか本歌のきゝ書に名はゐつ迄も誉そやす奴の此々《（この〳〵）》器量者

音羽瀧之丞　嵐　高太郎
浮世金吾　あらし冠之助
小しやう左門　片をか布まつ

鍛冶や團九郎　嵐　来芝
園部兵衛　嵐　来芝
栗門左次郎　嵐　来芝

小僧久山　あらしとら蔵
禿みどり　あさをとよ吉
小しやう筆丸　あさを　万吉
〃　金弥　あらしかめ三郎
小僧　竹長　三升　小太郎
娘　小ふぢ　嵐　卯之介
〃　はつ花　ふじ川小千代
愛宕伴ぞう　嵐　冠平
轟坊　住僧　嵐　才蔵
こしもと山ぶさ　中山　岩次郎
〃　やりむめ　坂東　岩太郎
〃　わかくさ　中山　ひな吉
〃　此はな　嵐　小雛
〃　青柳　中村　富世
月の輪の熊　三升綱右衛門
杁つら四惣太　藤川熊右衛門
八坂東内　嵐　岡十郎
たんくわの喜ぞう　三枡　十四郎
ちよんがれ江戸兵衛　浅尾　国十郎
とゞろき軍太　浅尾　国十郎
万年の亀　佐渡嶋　新平
手代長八　佐渡嶋　新平
蓬莱や松兵衛　浅尾　豊五郎
松山数馬　浅尾　豊五郎
小しやうつやの丞　沢村　徳三郎
文殊おちゑ　沢村　徳三郎
来国行　嵐　璃三郎

園部左衛門　市川　市紅
来国俊　市川　市紅
葛城隼人　市川　市紅
娘玉ざゝ　叶　三右衛門
みはしの局　叶　三右衛門
雪空のおまつ　片岡　まつ江
妹しがらみ　片岡　まつ江
娘きぬた　柴崎　臺蔵
枝嶋夜叉五郎　柴崎　臺蔵
娘さくらぎ　尾上　鯉三郎
あけぼの、おはつ　尾上　鯉三郎
磯江松ぞう　嵐　山十郎
こしもと白きく　中村　里好
関の戸　中村　里好
侍従之介惟治　中山　小三郎
栗門勇三郎　中山　小三郎
二郎丸師門　嵐　團八
妹住の江　嵐　團八
いかゐ爪三郎　嵐　團八
手代渋九郎　嵐　團八
兵衛奥お梅ノ方　佐の川　花妻
ぬいものやおしづ　佐の川　花妻

市正母真弓	嵐　璃三郎
秋月実若丸	嵐　来　蔵
師門妻あすか	桐嶋儀左衛門
いざり松の八	桐嶋儀左衛門
長歌	鈴木　亀甚斎
	鈴　木　左　橋
浄瑠璃	竹本　式太夫
三味線	鶴　沢　源　吉
狂言作者	沢　嵐　市　三
	奈　河　粂　助
	並　木　正　蔵
	奈　河　勘　助
	奈　河　定　介
	並　木　半　蔵
	並　木　重　造
狂言作者	奈　河　晴　助
千穐萬歳楽叶	大入吉祥日
しげ江のまへ	嵐　冠十郎
小殿荒平太	嵐　冠十郎
うすゆきひめ	中　村　歌　六
こしもとしのぶ	中　村　歌　六
娘おれん	中　村　歌　六
刎川兵蔵	嵐　猪三郎
あはもちや孫十郎	嵐　猪三郎
こしもとまがき	叶　珉　子
渋川藤馬	浅尾工左衛門
幸崎伊賀守	浅尾工左衛門
地蔵ノ五平治	浅尾工左衛門
奴妻平	嵐　吉三郎
秋月大膳	嵐　吉三郎
葛城市正	嵐　吉三郎
けいせい汀井座本	沢　村　璃　荅
娘おとわ	沢　村　璃　荅
頭取	柴　崎　臺　蔵

（補注）他に二種の番付がある。一つは「二月十四《カスレ》日より」とあり、嵐来芝が「嵐三五郎」、嵐山十郎が「嵐三十郎」、またカタリの最後の行の「き、書に名はゐつ迄も誉そやす」の部分が「いの国に名は誉そやす」になっている。もう一つは「二月十■日より」と日付を埋木し、役者名は十四日の番付と同じだが、カタリは二十日のものと一致している。なお、二十日の番付のカタリは辻番付とほぼ一致し、翻刻に際し、辻番付を参照して適宜、カタリの読みを（　）の中に補った。

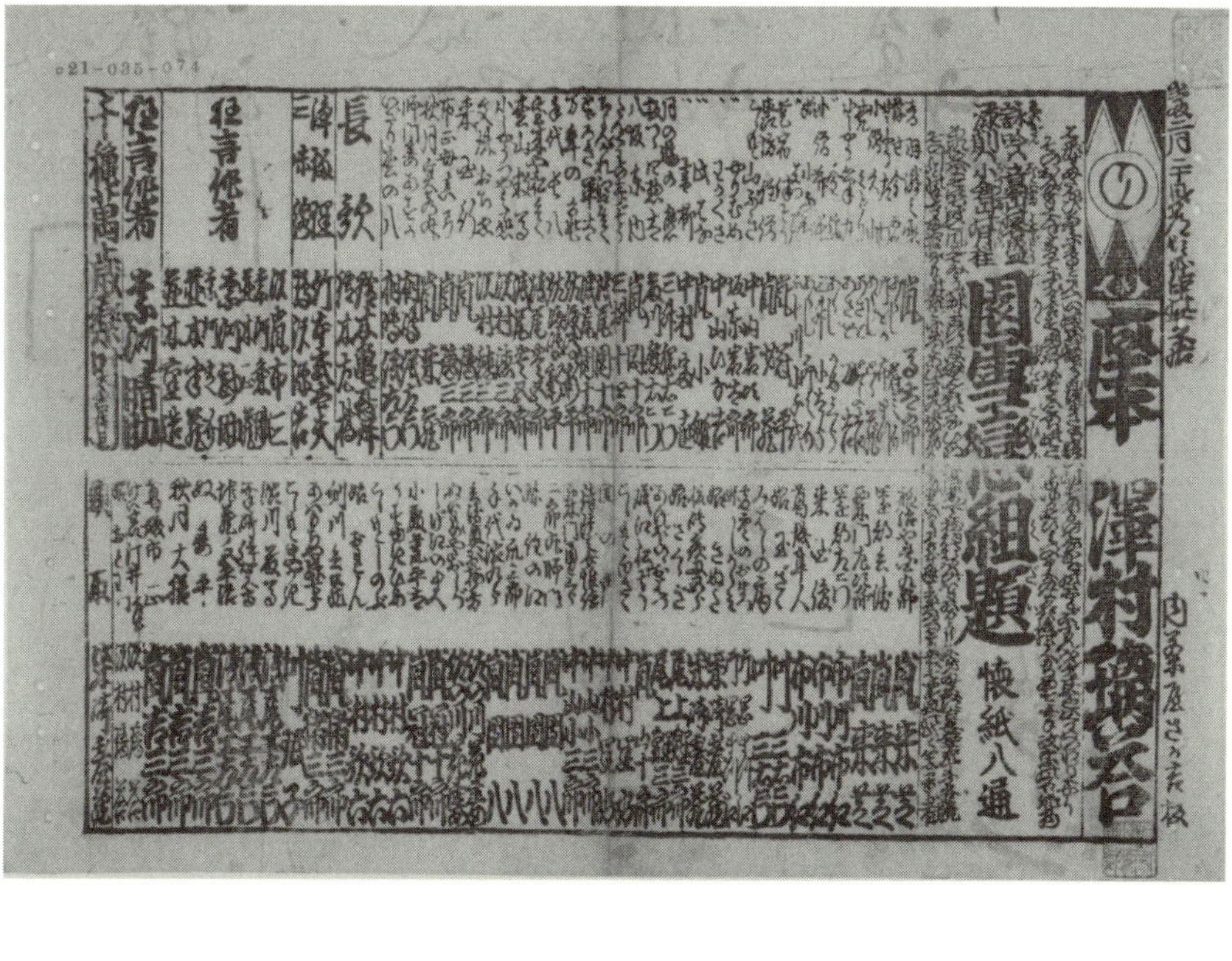

（早稲田大学演劇博物館蔵　ロ21-035-074）

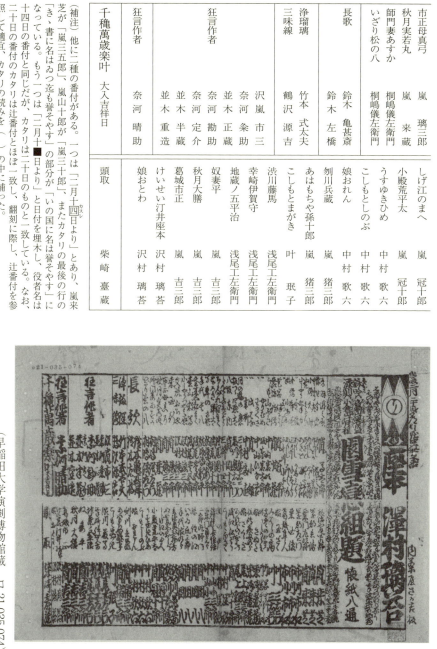

台帳翻刻

【凡例】

底本には国会図書館本を用いた。翻刻の方針は下記の通りである。

一、丁付は便宜上、私に振った。役人替名を第一丁とし、本文の丁数はそれに続けて数えた。一丁表を（一オ）、一丁裏を（一ウ）のように略記した。

一、本文中の役者名には、ト書きも含め、ルビで役名を補った。一つ書（点書き）は省略した。

一、基本的に用字は宛字などを含め、底本に従ったが、清濁、句読点を補い、難読の宛字には通行の表記を（　）に示した。旧字体は適宜、新字体に置き換えた。捨て仮名は基本的に底本のままとし、それ以外のカタカナは平仮名に改めた。

一、ト書は基本的に底本の位置に従ったが、二行以上に渡る場合は改行した。

一、衍字は原文のままにしてルビでママとしたが、明らかな役者名のくり返しなどは省いた箇所がある。役者の取り違えについても同様に扱い、正しい配役を（　）に記した。

一、虫損箇所は□《ムシ》とした。第一冊については、綴じ目がきつく判読不能の箇所があり、（綴目一行、難読）等と注記した。

一、思い入れやせりふの区切りを表す「○」や「ムる《ござ》」は底本のままにした。

一、挿入される謡曲、音曲名については適宜出典を（　）の中に注記した。

なお、作中には現代の人権意識に照らして不適当な表現があるが、江戸時代の資料的価値に鑑み、そのままとした。難読字について、佐藤かつら氏にご教示賜りました。感謝申し上げます。

【一冊目】

（表紙）

詠吟《ゑいぎん》は
おとは山の
花盛《はなざかり》
添削《てんさく》は
おぐら山の
月桂《つきのおさ》

園雪恋組題《そのゝゆきこひのくみだい》

口明

（扉）

詠吟は音羽山の花盛　懐紙

園雪恋組題

添削は小倉山の月桂　八通

（扉裏）

文化拾三丙子歳二月廿日ヨリ
大坂道頓堀中芝居二の替り新狂言
座　本　澤村璃苔
狂言作者　奈河晴助
頭　取　柴崎臺蔵

（役割表）

詠吟は音羽山花盛　懐紙

園雪恋組題

添削は小倉山月桂　八通

（1オ）

（役割）

壱冊目

一 團九郎　三五郎　　一 鳥部金平　國十郎
一 園部左衛門　市紅　　一 耳切れの三　國十郎
一 来国俊　市紅　　一 乱髪長八　新平
一 非人嗅おたつ　直蔵　　一 万年の亀　新平
一 轟坊住僧　才蔵　　一 四六三の八　豊五郎
一 愛宕伴蔵　才蔵　　一 蓬莱や直兵衛　豊五郎
一 妼山吹　岩太郎　　一 小性艶之丞　澤徳
一 同やり梅　岩治郎　　一 来國行　璃三郎
一 一六の銭蔵　冠平　　一 民部母真弓　璃三郎
一 むすめいく世　熊右衛門　　一 秋月実若　来蔵
一 八坂藤内　岡十郎　　一 師門妻飛鳥　儀左衛門

（1ウ）

（役割）

一 娘卯の花　重四郎　　一 いさり松八蔵　儀左衛門
一 同小ふじ　卯之介　　一 娘きぬた　臺蔵
一 妼若草　雛松　　一 磯江松蔵　山十郎
一 同此花　小雛　　一 侍従之助　小三郎
一 同青柳　富世　　一 二郎丸師門　團八
一 伊賀守妹柵　松江　　一 娘住の江　團八
一 娘桜木　鯉三郎　　一 繁江のまへ　冠十郎
一 妼白菊　里好　　一 小殿荒平太　冠十郎
一 お梅の方　花妻　　一 刎河兵蔵　猪三郎
一 妼籬《まがき》　珉子　　一 渋川藤馬　工左衛門

（2オ）

（役割）

一 薄雪姫　歌六　　一 奴妻平　吉三郎
一 秋月大膳　吉三郎
一 傾城汀井　太夫本
一 鏊供養菩薩　大ぜひ
一 同　子供　大ぜひ
一 伴　僧　三人
一 家来　大ぜひ
一 小　僧　八人
一 傘の立　大ぜひ
一 乗もの　一挺

（2ウ）

（本文）

造り物見附、奥深に浅黄幕、前に桜の幹、上ミ手板少し有。橋懸り、花見まく、能キ所に男禁制の札立有。但し床几に毛氈掛置し有。音楽して幕明る

ト花道より情外子《ママ(郎カ)》七人、緋縮緬の着附、水干、天冠にて供物の棒もの両手に持、そろ〳〵と出る。跡より臺蔵《きぬた》、女形にて地蔵の拵にて出る。次に璃苔《傾城汀井》、観音の形リ、鯉三郎《桜木》、勢至、松江《柵?》、普賢、十四郎《卯の花》、文殊、熊右衛門《いく世》、月光の形リにて、皆〳〵静〳〵（3オ）出て情外《ママ(郎カ)》は本ぶたいへ並ぶ。跡六人、花道能所に留り

臺蔵《きぬた》　本に役目と云ひながら、姫御前のあられもない此姿、愛宕より爰までの恥しさ

璃苔《傾城汀井》　わたしは否じやと云ふものを、殿様が無理遣りに勿体ない普賢様

鯉三郎《桜木》　勢至菩薩は此桜木

松江《柵?》　本尊様に恐れ有、観音様に見立られ

十四郎《卯の花》　智恵有、わたしは文殊菩薩

熊右衛門《いく世》　光り輝く月光の（3ウ）

臺蔵《きぬた》　息キも当麻の、邃供養

女形皆〳〵　マア〳〵、あれで休ましやんせいナア

臺《きぬた》　サア、皆さんムんセ

ト右の鳴物にて、皆〳〵本ぶたいへ来て

あたふたと来たのに、まだ始りには間も有らふ

璃苔《汀井》　アノ殿様が、人斗りせかしてから、何をしていやしやんす事じヤやら

鯉《桜木》　早ふ、ムんすりヤよひのに

松十四《卯の花》熊《いく世》　隙の入る事では有る

ト向ふを見て（4オ）

松　アレ〳〵、向ふから、侍従之助様が替つた形リで、お出なさるわいナア

璃苔《汀井》　ほんに申

皆〳〵　との様ひナア

ト三味せん入の楽に成り、向ふより小三郎《侍従之助》、衣裳羽織の上へ黒衣七丈袈裟、箔置の藤笠にて出る。沢とく、小性の形リにて花がさ、爪打長柄を差掛出る。跡より臺蔵《ママ》、前髪にて衣裳、羽織袴、国十郎《金平》、岩十郎《ママ(岡十郎カ)》、冠平《紘蔵》、着附、袴羽織、次に山十郎《松蔵》上下にて（4ウ）付添ひ出る。

臺《きぬた》　御連枝、侍従之助様

女皆〳〵　待兼升たわいナア

小三郎《侍従之助》　むろ積のみたらひに風は吹かねどもさゝら波たつおもしろヤ

国十郎《金平》　其昔、書写の性空上人、告によりて、周防の室積の長と云ふ遊女に、ま見え給ふ

沢とく《艶之丞》　ハテ悪性な坊主じヤナア

岡十郎《藤内》　其時、長、酌取つて諷ひし哥也

冠《銭蔵》　上人目を閉給へば、長は普賢菩薩と顕れ（5オ）

岡十《藤内》　其声、実相無漏の大海に

冠平《銭蔵》　五葬六欲の風吹かずと雖

山十郎《松蔵》　随縁真如の波立ぬ時なしと聞ゆ。又、目を開けば遊女にて室積の哥と聞し也

小三郎《侍従之助》　其昔一の古分トを、引手数多の太夫に擬、心を尽せし此姿

臺《きぬた》　何やら六ケ敷ひ、お言トの葉一ツも分らぬ

女みな〳〵　マア〳〵、是へ厶りませいナア

小三《侍従之助》　皆のもの

立みな〳〵　まづ厶り升ふ（5ウ）

　ト右の鳴物にて、皆〳〵、本ぶたいへ来て、小三郎《侍従之助》、床几に掛る。皆〳〵並よくならぶ

小三《侍従之助》　ヤレ〳〵、太夫に見せうとて、窮屈な此の袈沙ころも　ト衣裳羽織になる

璃《汀井》　何の事やら、私しらには頓んと分らぬわいナア

小三《侍従之助》　是は折角の趣向を、京都の鎮臺侍従之助が相方が、分らぬで済む物か。けふの遂供養を幸いに、そなたを普賢菩薩にしたのは、室積の長の見立、差詰、おれが上人といふ拵じやわいのふ

山十《松蔵》　イヤ〳〵、侍従之助様、今日当清水におひで（6オ）遂供養の奉納有は鎌倉の御簾中、兼而観音に立願有し所、此度鎌倉御平産。

冠平《銭蔵》　夫故、御礼のため、普門品千巻、女の能筆に写させ奉納仕、遂供養相勤よと御上使よりの仰

山十《松蔵》　幸崎の娘薄雪姫、能書の聞へ有るをもつて右の役目一七日の上り、是に依て遂供養万端、男子たる者禁制札を建、武運長久の守刀奉納の役目、園部の左衛門の外、京都守護の武士は残らず、名代の女斗り。それに何ンぞや契情お召連有る上、大切成る遂供養を御（6ウ）遊興になさるゝ事、御上使への憚、此義、御賢慮願はしふ存升ス

来《実若》　ハア、申たりな口松の松蔵、何も傍臣の存た事でない、扣へて居い

山十《松蔵》　テモ、某は主人大膳が名代の御供なれば

来《実若》　名代で有ふが、末代で有ふが、鎌倉の武将の御連枝被成る〻事、誰が点の打人があらふ。諫めてよくば大膳が弟実若が付ておるわい

沢とく《艶之丞》　申〳〵、おまへは女子かへ

来《実若》　何ンと（7オ）

沢とく《艶之丞》　おまへは女子じヤないかへ

来《実若》　何を馬鹿尽す

沢とく《艶之丞》　それでも今実若が付てあるといふたじヤないか

来《実若》　何を

皆〳〵　ハ、、、

小三《侍従之助》　松蔵が異見ンでめいつた所、おれが気に入の艶之丞の頓作でわつさりとした。何ンと是から、何ンぞ気の替つた事して遊ぼふではないか（7ウ）

臺《きぬた》　遊び事なら、皆仏の形リで、とらまへごくは、

小三《侍従之助》　どふ有ふいナア

臺《きぬた》　よかろ〳〵。太夫もとらまへごくせう。しかし鬼がないから、差詰、云ひだした碪

小三《侍従之助》　何いわしやんすやら。わたしや地蔵じやわいナア

来《実若》　ヲヽ、地蔵を鬼にしても詰らぬ。そんなら実若丸

沢とく　イヤ、身どもはそん事は無得手にムる。此義は平に御免ン〳〵

小三《侍従之助》　イヱ〳〵、お前の顔の赤い所は、丁ど鬼の役が（8オ）はまつて有るわいな

敵皆〳〵　そうじや〳〵。実若は鬼じや〳〵。なんと皆よい鬼で有ふがな

小三《侍従之助》　イヤコリヤ、宜しうムり升ふわい

璃苔《汀井》　サア〳〵、鬼が出来た、何と太夫、面白いか〳〵

小三《侍従之助》　何ンじヤやら、わたしヤそんな事は否でムんス。面白けりヤおまへ独りさしやんせひナア
　トワントすねる

小三《侍従之助》　悪ひ請じヤナア。わがみは、何を其様に腹立るのじヤ。皆のもの、太夫があのよふにいふわいの（8ウ）

来《実若》　汀井殿どふでムる。少しの事はご料簡被成い。いづれもお執成し〳〵

臺《きぬた》　実若様もあのように言ふていやしやんす程に、モウ了簡なされいナア

国十《金平》　我々もあいさつ

敵皆〳〵　平に御りやうけん〳〵

鯉《桜木》　皆様もあのやうに言ふていやしやんすもの、大かい事なら

松　モウ料簡さしやんせひなナ

璃苔《汀井》　イヱ〳〵、皆様構ふて下さんすな、男畜生の（9オ）殿様付合ふていた迚面白ふもないわひナア

小三《侍従之助》　ヱヽ、いわして置けばあんまりじヤがな、どふしておれが男ちくせうじヤ

璃苔《汀井》　いわしやんすな、曲輪内では女中といふ女中に、お前の手の懸からぬがあるかひナアヤア

小三《侍従之助》　夫レにけふは女中斗りの寄合とやら、定めし何所ぞ、そこらのお方と何ヤ角や言ふて
　ト鯉《桜木》三郎へ、あてゝいふ

璃苔《汀井》　ツント、心ならぬわいナア（9ウ）
　ト臺《きぬた》蔵、沢《艶之丞》とく、こなし

臺《きぬた》　アヽ、耳が痛ひ、汀井様、女子斗りのけふの遼供養、それでアノ内ふとも〳〵、ねりくやうにすると、わたくしを疑ふていやしやんすのじやな

璃苔《汀井》　サア、誰ぞ、そこらの人の事で有ふぞいナア

沢とく《艶之丞》　アヽ、耳いた、我君のお傍に付ている艶之丞、

そんなら　トこなし有て

松　器量の能ひのと言ふものは、只、是だけ損じヤ
何を安房らしい

みな〳〵　ハ、、、、　ト璃苔《汀井》も笑ふ（10オ）

山十《松蔵》　マア、太夫の笑ひ顔も出たといふ物じヤ

小三《侍従之助》　イヤ、侍従之助様には、左衛門殿刀奉納迄、宿坊方へ御入有つて、御休息遊され升ふ

山十《松蔵》　ヲ、、そうせふ〳〵。宿坊の精進酒も気が替つてよい、サア皆のもの

来《実若》　われ〳〵も御一所に

敵みな〳〵　宿坊方へ

山十郎《松蔵》　サア、太夫殿、お出なされい

璃苔《汀井》　そんなら皆様

臺《きぬた》　松鯉《桜木》　御一所に（10ウ）

皆〳〵　マア〳〵、御入被成ませい
　ト渡り拍子に成、皆〳〵上手坂へ上る。
　ト山十郎跡に残り、こなし有て

山十《松蔵》　主人大膳より、お傍に付て御諫め申せとの仰なれ共、何を言ふても御若気の一轍の御心、ハテ、是非もない
　ト豊五郎《蓬莱や直兵衛》、着付羽織、親方の形リにて出て

豊五郎《蓬莱や》　ヲ、、松蔵様。爰にムり升るか。お館へいたれど留守と有ゆへ、方々と相尋升た。汀井太夫が揚代は、一体どうして下さり升ぞいナア（11オ）

山十《松蔵》　サア、其事も、主人大膳に申そふと思へど、能き折もなく、夫ゆへに、大切ない御袖判が渡して有じヤないか

豊《蓬莱や》　夫レも持て来ました。こんな物受取ておいても心成る物じヤムり升ぬ。どうぞはやう金を渡して下さりませ

山《松蔵》　ヨイ〳〵、ちつと心づもりもあれば、今日のほうゐ、遂供養のおわりまで急度相渡そふ

豊《蓬莱や》　そんなら、わしも遂供養見物して待升（11ウ）ふが、かならず違へて下さり升な

山十《松蔵》　ハテ能ひわい

豊《蓬莱や》　そんなら、松蔵様

山十《松蔵》　後程来やれ
　ト両人別れ、は入る。ト三味せん入の壬生の鳴物に成。花道より哥六《薄雪》、衣裳襠、珉子《籬》振袖、妼の形、里好《白菊》詰袖、富代《青柳》、小雛《此花》、ひなまつ《若草》、岩太郎《山吹》、岩次郎《やり梅》、振り袖、立結ひにて、付て出る。花道能き所にて

里好《白菊》　イヤ申、お姫様、数の桜の名所も数〳〵多ひ（12オ）其中でも、地主権現の花盛は、此頃、毎日見升れどませぬ〳〵か、籬どの

珉子《籬》　さればでムり升。日増に花も咲揃ひ、今がまつ盛り。此下蔭を宿として

富代《青柳》　幸ひのアノ床几

女みな〳〵　しばらく、おやすらい被成升せいナア

里《白菊》　夫レも能らふ。サア、お姫様、あれにてお休み

哥六《薄雪》　被成升ふ
女みな〱　皆のもの
マア、ムり升ふ（12ウ）
ト右の鳴物にて、本ぶたいへ来て、歌六《薄雪》床几
に腰かける
哥《薄雪》　ほんに色よひ花じヤのふ。此頃、奥の院に引籠、
御上意の普門品書写の役目。夕べ始て館へ帰り、
此登山に思わぬ遊興。此頃の鬱散し升スわいの
ふ
里《白菊》　御尤でムり升ス。当寺へお籠り被成て、より早
の七日、マア廿巻で書写調ふ経文。鎌倉の御簾
中様の大願ニ而、奉納の普門品、女筆の巻の有
事、上聞に達し此おやくめ（13オ）
珉《籬》　それでわたしらもお傍に付てのお寺籠り
富《青柳》　辛気で〱ならなんだのに
小雛《此花》　けふは思わぬお拾ひで
ひな《若草》　長閑な空に気も晴れて
女皆〱　お嬉しくぞんじ升ス
哥六《薄雪》　其はづ〱、そち達の心に晴したく、又書写の
普門品も今少しなればナア、籬
珉《籬》　ハイ　ト里好が悪ひといふこなし
哥《薄雪》　ナア
珉《籬》　ハイ（13ウ）
哥《薄雪》　辛気な人では有るわいのふ
珉《籬》　ハイ

哥《薄雪》　ヱ、、何ンの事じやぞいのふ
珉《籬》　何ンの事やらわかり升ぬ
哥《薄雪》　アノ、自はナ
里《白菊》　最そつと是で桜が御覧被成たいのでムり升る
哥《薄雪》　サア、其通りじヤわいのふ
里《白菊》　それは何寄御心安ひ事、御遠慮なさるに及ぬ事、
経文も跡少しなり、又今日は（14オ）遂供養大
法会にて、男禁制とムり升れば、是にムつても
気遣ひなし。したが守刀奉納の御役人もムれば
トこなし有て
イヤ〱、わたしがおりましてはどうやらお気
さわり
珉《籬》　アイ、それでお姫様が
里《白菊》　ヤア
珉《籬》　サア、お姫様が、最そつと、桜御覧被成たいの
を、言ひも出しかねてムり升のじヤわいナア
里《白菊》　夫レも尤、そんならわたしらは奥の院へ参つて
（14ウ）おりまするゆへ、籬どのは跡からお供
して
珉《籬》　アイ、さんじ升わいナア
里《白菊》　アノ、嬉しそふな顔わいナア。お姫様もお嬉し
ふムり升る
哥《薄雪》　そうしてたもれば、嬉しいわひのう
里《白菊》　そんなら、お先キへ参り升る。コレ、籬殿、何
を言ふても盛りの花、そなたが傍にしつかりと

　ト上手の札をおしへ
珉《籬》 アノ札の通りにナ
里《白菊》 ハイ
心を付て詠め斗り、必、枝の用心を（15オ）
トこなし有て
お姫様、後程お目もじ致升ふ
　ト哥に成る。里好上手の坂へ上る。跡に皆
〱こなし有て　ト壬生の鳴物
珉《籬》 ヤレ〱、嬉しヤ。是で心がさつぱりとしたわいナア
哥《薄雪》 何を言やるやら、人が言ひ出しているのに聞とりもせずにから
珉《籬》 夫レでも、白菊様がきつと見て居やしやんすゆへ
女皆〱 おまへ、剛ひかへ
珉《籬》 どふやら、心がおけるわいなア。夫はそふと、けふは（15ウ）、左衛門様には守刀奉納のお役目にて、此清水へ御出のやふす
哥《薄雪》 サア、そふ聞しゆへ、今の時宜、どふぞ早ふお出遊ばせばよいがナア
珉《籬》 わたしもきつう待かね升わいナア
富《青柳》 お前の待かねさしやんすのは、左衛門様では有まい。妻平殿で有ふがな。
珉《籬》 なんのマア、あんなぬしさ、誰が待かねる物でいナア
小雛《此花》 コレ、隠さんすな。何も角も、知つて居るわいナア
珉《籬》 知つて居るとは、そりヤ何を（16オ）こなさんと訳有る事を
ひな松《若草》 ア、、コレ、めつそふな。覚へもない事を
珉《籬》 覚へないとはしら〱しい
岩太《山吹》岩次《やり梅》 此中もこなさんが内其《ママ》買て書きやつた文
女皆〱 皆が覗ひて居たわいなア
珉《籬》 ヱ、、何ンのマア、そりヤ、左衛門様の事を頼んで遣つたのじヤわいナア
富《青柳》 やつぱり隠して
女皆〱 ヲ、、おかし
團《ママ》（哥《薄雪》） ヱ、、其様におだて、下さんすな。そんな心じヤ（16ウ）ないわひナア。御姫様にはマア、哥でもお詠み被成て、おまち遊ばせいナア
富《青柳》 そうせふわいのふ。詠めにあかぬ此桜、庭の桜とて替り、一入色も美しく大内人も見給わん。及ぬ眺と言ひながら、料紙持ちヤ
珉《籬》 畏り升た
　ト富《青柳》世墨を摺る。小《此花》ひな、短冊箱より短冊を出し渡す。哥《薄雪》六、哥を書、珉《籬》子へ渡す
春毎に見る花なれど、今としより咲初たる心地こそすれ○　適、お哥きやうとい物でムり升（17オ）。お待遊ばせヤ能ひ所へ結びたい物じヤが　ト花を見る

岩吉《ママ》（岩太《山吹》）　はて、まんがちな。お姫様のお哥なら、私しに付けさして下さんせいナア

岩次《やり梅》　是〳〵、つけるとは恋の禁詞。能ひ男を引寄せるしだれ桜に極めたがよひわいナア

女皆〳〵　ほんに、そふさしやんせいナア

ト桜へ短ざくを結ぶ

珉《籬》　サア〳〵、それでよいわひナア。追付、左衛門様がお越し遊したら日頃の思ひをとつかけ〳〵（17ウ）、申御合点でムり升かへ

哥《薄雪》　さひのふ。それはそふ思へど、お目に懸つたら、どふ言ふて能らふやら、心がもだ〳〵するわいのふ

富《青柳》　どふと申たら、兼々思ふてムる、心のたけをたくしかけ

岩吉《ママ》（岩太《山吹》）　それ〳〵、千も万もムり升ぬ

岩次《やり梅》　わたしヤ、おまへに惚れたわいナア、とツイ抱き付が、よふムり升

哥《薄雪》　何をわつけもない、そんな事が（18オ）

ト恥しき思入

ヱ、、あなたもそんな事では埒が明ぬ、と言ふてお恥しひも尤也。ア、、どふしたら能らふぞ

ト石の鳴物に成る。花道より、冠十郎《荒平太》、深編笠、着付袴、大小、義左衛門《八蔵》、新平《長八》、同じ形リにて出て、花道能き所へ立留り、扇を鼻に当て、桜を見る。珉《籬》子こなし有て、舞台より花道を見る。妼みな〳〵、哥《薄雪》六の袖を引きいろ〳〵有。珉《籬》子、とつくりと見て、いふじやないといふこなし。花道の三人も物言わず、本舞台へ来る。皆〳〵こなし有て、伺ふ（18ウ）（綴目一行、難読）を除る。珉《籬》子、哥《薄雪》六を囲ふ。冠《荒平太》十郎、中人の哥《薄雪》六の袖を取らへ引く。珉《籬》子、中へは入り留るもやふ有て、哥《薄雪》六、上ミ手へ逃ふとする。向ふ奥、義《八蔵》左衛門立ツてとめる。珉《籬》子哥《薄雪》六を連れ、下モ手へ逃ふとする。新《長八》平立ツて留る。此もやふの内、向ふより、市《左衛門》紅、衣裳、羽織袴にて出る。次に猪《兵蔵》三郎、衣裳上下にて、付て出る。跡より、璃《来国行》三郎羽織にて、刀箱持、付添そひ出る。

市紅《左衛門》　兵蔵、あれに休息致そふでは有まいか

猪三郎《兵蔵》　左様が宜敷ふムり升ふ（19オ）

ト市《左衛門》紅、本ぶたいへ来る。冠《荒平太》十郎、哥《薄雪》六を追ひ廻す。右の内へ市《左衛門》紅、猪《兵蔵》三郎、璃《来国行》三郎、此中へは入る。冠《荒平太》十郎、義《八蔵》左衛門、新《長八》平悔りして、冠《荒平太》十郎、顔にて知らせ、三人とも上ミ手へは入る。哥《薄雪》六、珉《籬》子、妼皆〳〵、悦ぶこなし有て、いろ〳〵市《左衛門》紅のそばへ寄らふとして、猪《兵蔵》三郎、璃《来国行》三郎へ気がねのこなし。市《左衛門》紅、こちらの床几へ腰をかけ、こなしあつて

市紅《左衛門》　国行は役目とハ言ひながら、老人。大義千万にぞんずる（19ウ）

璃三郎《来国行》　イヤ、是は〳〵、左衛門様の有難い御詞。此度、鎌倉の大おく様、御平産に付、若君、御武運長久の為、当清水へ御奉納の守刀、鍛冶も多ふき其中に、此国行へ仰被下しも、偏に大殿、兵衛様の御吹挙故、と可様な有難ひ義、ムり升ぬ。夫より、まだ御礼の申上ねば成りませぬは、悴国俊め、親の譲りの職を嫌ひ、只武家の交りを致さんとの心掛、先祖への申訳に勘当致升たる所、是成る兵蔵様が、あなたの御家来に致して遣らふと今度ミのの仰せ。なんとお礼を（20オ）申上升ふやら、中々詞には尽され升ぬ

猪《兵蔵》　イヤ、其何ンの〳〵、何に成るも、人は生れ性、武家奉公の望有る事幸ひ、某が吹挙をもつて、侍に取立、其上にてこなたに勘当の詫び致さんと思ひおるも、適は物堅き国行殿の胤程あつて、見所有る適の若物。あまりおしく存るから

　ト此内、哥六《薄雪》、珉子《籬》こなし有て、珉子《籬》、桜の花を取て、市紅《左衛門》へあてる。市紅《左衛門》、ふつと哥六《薄雪》を見ていろ〳〵こなし

何ンと若殿、左様ではムり升ぬか（20ウ）

市《左衛門》　サア、夫はそふじヤけれど

　ト始終、上ミ手へこなし有て

今はわるひ

璃《国行》　スリヤ、躮奴が只今でハ、悪ふムり升スとな

　ト市紅《左衛門》、気が付キ

市《左衛門》　イヤサ、そふじヤない。今ハよいと言ふ事いのふ

　ト珉子《籬》、哥六《薄雪》こなし

サア、能ひといふのハこちらの事。わるい〳〵によつて後にでも又、打が有ふぞいの

猪《兵蔵》　ム、、打が有ふと仰被るゝハ、国俊殿の勘当の事（21オ）でムり升る

　ト市紅《左衛門》、始終こなし有て

市《左衛門》　コレ、肝心ンの事

　ト猪三郎《兵蔵》、璃三郎《国行》おしへ、こなし有て、猪三郎《兵蔵》と顔見合

サア、其勘当の事じヤわいのふ

　ト猪三郎《兵蔵》、女形を見て、こなし有て

璃三《国行》　イヤモ、不所存な悴めが事を、夫程迄に被下升お詞を、何しに否を申上升ふ。いかにも勘当は赦し升るでムり升ふ。有様は不便にムり升ス。（21ウ）

猪《兵蔵》　イヤモ、夫は尤。したが勘当赦して下されば、拙者が詞も相立と申物。又此旨を得と申聞セ、此後迚も随分考行に致さるゝよふ、申聞せ升ふ

璃三《国行》　夫は有難ひ義でムり升ス。此上とも万事宜敷ふ、お頼申上升る

猪《兵蔵》　其儀は承知致ておる○　イザ、本堂へ参り升ふ。若殿〳〵、コレ、若との

市《左衛門》 サア、勘当さへ赦してやれば、国俊も悦ぶでないか

猪《兵蔵》 勘当の事は遠ふに済んで仕廻升た。本堂へ参り升ふと申事、若殿には何をきよろ〳〵被成升る(22オ)

市《左衛門》 サア夫レはな○　ヲ、、そふじヤ、あんまり見事に咲揃ふた此桜、それで詠めて居た所に、何やら短冊が有ゆへ、コリヤ〳〵、兵蔵、アノたんざくの付た枝を是へ手打てこい

猪《兵蔵》 イヤ、若殿の仰ではムり升れど、枝を手打は狼藉でムり升れば、短冊斗り

市《左衛門》 イヤ〳〵、夫では興がない。住僧へ能ひ様に言ふよつて、早ふ〳〵

猪《兵蔵》 ハイ

ト有て桜を手打、市紅《左衛門》へ渡す。珉子《籬》、皆〳〵も悦ぶこなし。市紅、短冊取上見て(22ウ)

市《左衛門》 春毎に見る花なれど今年より咲初めたる心地こそすれ　ト心には吟じ、思ひ入有つて
主は誰とも知らね共、哥といひ、手跡といふ、適見事じヤわい

女皆〳〵 それ〳〵、籬どの

珉《籬》 ヲツト合点じヤ。モシ、諸事は私にお任せ被成ませ　ト市紅《左衛門》の傍へよつて
ホ、、、、此様に申たら、物咎めする女子じヤと思召ふか。其一ト枝は主有花、お手打被成た其落花(23オ)らふぜき、御苦労乍ら、元のよふに継でおかへし遊しませ　ト市紅《左衛門》こなし

猪《兵蔵》 何、打た枝を継とは

珉《籬》 サア、枝も多ふきに、手前の主人幸崎の姫君、薄雪姫のお手づからの此たんざく。猥りにお手打被成たは、あんまり踏付た仕方かとぞんじ升ス。

猪《兵蔵》 スリヤ、夫成る女中は、幸崎の姫君、アノム、
トこなし。市紅《左衛門》、こなし有て

市紅《左衛門》 是は拙者が不調法。心を込し、此短冊の枝を手打らせし誤り。御息女へ能ひよふに詫言して(23ウ)

璃三《国行》 お女中そこへ宜しう仰られい

珉《籬》 アノ、左様なら先、薄雪様の御たんのふ遊すよふに、あなたが直々にお断おつしやつても御恥辱にもならぬ事、御苦労ながら左様被成て被下ませ

猪《兵蔵》 ヱ、、そりヤ成り升ぬ

珉《籬》 ヱ、ナ

猪《兵蔵》 成らぬ事じヤ

珉《籬》 そりヤ、申、何ゆへでムり升ス

猪《兵蔵》 ア、、請た所が男たる者は壱人もなき、その(24オ)中へ、大切の役目の若殿、傍に置事はかなわぬ。殊に日頃より不和なる幸崎の姫君とありヤ、猶の事。短ざくが結んで有ふが、何が

付て有ふが、手打咎は寺中からするはづ。それに何ンぞヤ、女のびら〳〵と

ト市《左衛門》紅へあてつけて

詫び言トする事成らぬ、と主人へ申さつしやれ。

何、馬鹿な事

ト急度言ふ。是にて、珉《籬》子こちらへ逃而来る

サア、若殿、本堂へ参り升ふ（24ウ）

市《左衛門》　サア、行くは行が、どふやら気のどくな物でもあり

猪《兵蔵》　ナニ、気のどく。盛りの花に目が付ても、兵蔵がお供致たからは、麁相は致させぬ。サ、ムり升ふ

市《左衛門》　そんなら　ト一寸珉《籬》子へこなし有て

国行、兵蔵

猪《兵蔵》璃《国行》　先、ムり升ふ

ト右の鳴物にて、市《左衛門》紅、こなし有て、上手へは入る。猪《兵蔵》三郎、女形をねめ廻して、は入る。女形、下手へ逃る。璃《国行》三郎、刀箱持付て、は入る。跡に皆〳〵、こなし有て

富《青柳》　ほんに〳〵、思ひ掛もない、アノ侍の恋知らず（25オ）

女皆〳〵　籬どの、悩りさしやんしたで有ふナア

珉《籬》　さひなア。折角、あんぜういたと思ふたのに、剛いお侍。妻平様がお供に付ていやしやんしたら、あのよふには有まい物ナア、お姫様

哥《薄雪》　サア、どうぞして左衛門様に逢してたもいのふ

珉《籬》　宜敷ふムり升ス。盗人の隙はあれど、まもりてのひまなしと、是から本堂へいて、アノ侍の目をしのび、お逢せ申升わいのふ

哥《薄雪》　そんなら、逢してたもるかいのふ

女皆〳〵　私しども、心を付けて（25ウ）

珉《籬》　しつぽりと、今のお恨みを申させ升ふ

哥《薄雪》　兎角能ひ様に、頼むぞヤ

ト勢よく有つて、呑込

珉《籬》　サア、お越被成ませ

ト右の鳴物に成り、哥《薄雪》六、一寸、富《青柳》世に囁く。富《青柳》世呑込み、雛《若草》松に囁き、両人、橋懸りへは入る。皆〳〵は、上手坂へ、は入る。花道より、冠《繁江前》十郎二役、衣裳襠、次に義左衛《師門妻飛鳥》門二役、衣裳襠、團《住の江》八着流し、姫の形リ、次に花妻《お梅の方》、衣裳襠にて出る。跡より侍大勢付て出る。花道能所にて

冠《繁江前》十郎　ほんに門前より爰迄、歩チを拾ひしは、能ひ慰であつたわいのふ（26オ）

義《飛鳥》左衛門　成程、名に聞へし、地主の桜、打揃の花盛リ。何ンと見事な事ではないかひナア

團《住の江》八　見事なの何ンのと、よい時の役目で、思わぬ花見を致升るなア、お梅の方様

花妻《お梅の方》　左様でムり升。能ひ、鬱散ンでムり升

冠《繁江前》　マア、あれへ往て休升ふ

義《飛鳥》左衛門　夫レも、宜敷ふムり升ふ
冠《繁江前》　左様なら、おさきへ
三人　マア、ムり升ふ（26ウ）
　ト右の鳴物にて、皆〳〵、本ぶたいへ来て床几へ腰かける。家来橋《綴目、難読》掛りへ扣へる。
冠《繁江前》　先、何寄は、けふの御法会、天気が潤は敷ふて、此様な悦ば敷ひ事はムり升ぬ
義《飛鳥》　左様でムり升る。お互ひに今日は、主シ名代の、女斗りの此役目、事なふ相済升るよふ、夫ト師門どのも、此事斗りを、くれ〳〵願ひおり升る事でムり升る。
冠《繁江前》　そりヤモウ、いづれとも同じ事。わらはが悴、大膳も追々の立身ンにて、今にては常正殿と六波羅の相執職、殊に鎮臺侍従之助様へ劔術の師範なりヤ、重き身持、折から民部殿は、病気に而引籠られ、何事も大膳壱人リが心労、鎌（27オ）倉より御仰有りし御上使の仰には、六波羅に預け有る軍勢催促のお袖判、王城地理の四神巻、受取帰らんとのおふせ
花妻《お梅の方》　成程、其事は、夫ト兵衛殿にも承り升てムり升ス。夫レと申升るも、御連枝、侍従之助様のお若気ゆへ
義《飛鳥》　傾城に心を奪われ、六波羅の政事を打捨、身持放らつ
冠《繁江前》　上聞に達せし故、もしや武将の思召にても、京都勤番の諸武士、又は執権の疎略故と、おとがめも有らんと思ひしに、事なく只、二品の宝をお受取（27ウ）と斗りゆへ、少しの安堵。此上は、けふのやく目、随分お互ひに心付合ひ、首尾能ふ、相勤るが肝要でムり升ぞや
義《飛鳥》　心得ましてムり升ス
冠《繁江前》　シテ左衛門殿には、武運祈りの守り刀奉納の役目と聞ましたが、最早登山致され升たかな
花《お梅の方》　ハイ、其御役目蒙りしゆへ、未明より用意致し、来国行同道にて、とくより参り升てムり升ス
團八《住の江》　ヱヽ、何ンとおつしやる。そんなら、左衛門様がお出被成てムり升かいナア（28オ）
義《飛鳥》　是〳〵、住江どのそりヤ何をいわしやんすぞいナア
團《住の江》　それでも左衛門様がお出被成てムるもの
義《飛鳥》　ハテ、大切の役目じやがな
　ト急度いふ。團八《住の江》扣へる　ト臆病口より、来蔵《実若》、国十郎《金平》、冠平《銭蔵》、岡十郎《藤内》出て
来蔵《実若》　マア、是はいづれもにはお早い御登山
敵皆〳〵　御苦労に存升る
冠《繁江前》　是〳〵、悴実若、今日は男子たる者禁制にて、女子斗りにて何角の役目相勤よと御上使の（28ウ）仰、それに其方といひ、旁は
来《実若》　イヤ、其儀はよく存居升れども、侍従之助様、守り刀奉納に付、御参詣被成し故

国十《金平》　余義なくお供に仰付られ
敵皆〱　夫故の参上でムり升ス
冠《繁江前》　侍従之助様の仰有れば、是非もなし。シテ、民部殿の母御真弓殿には登山被成しか
来《実若》　イヤモウとくよりお待かね。伊賀守殿の妹柵殿を始め、其外、勤番の妻娘、残らず相渡居られ升（29オ）
花《お梅の方》　スリヤ、真弓様、姫、其外の人々もお入とな
来《実若》　夫ニ付、お梅の方様に何角御談し被成たき子細有、早々御入あるよふにとの御伝言でムり升ス
花《お梅の方》　スリヤ、真弓様がわらはに
冠《繁江前》　日頃から合ひし市ノ正殿と兵衛殿、定めて何ぞ蜜々の御用事でムり升ふ
敵皆〱　そふ〱お入被成升ふ
花《お梅の方》　夫レでも、いづれも様御同道申ませいでは
冠《繁江前》　ハテ、遠慮には及ばぬ事
義《飛鳥》園《住の江》　マア〱お出被成升ふ（29ウ）
花《お梅の方》　左様なら、御めん蒙り升て、いづれも様
女皆〱　お梅様
花《お梅の方》　お先へ参り升る
　ト哥ニ成る。花妻《お梅の方》、こなし有て、上手へは入る。跡より、家来弐人付添ひは入る
来《実若》　まづ是でよし、斯偽りを申せしも
国十《金平》　此場の邪魔を拂わん為
義《飛鳥》　是よりは、蜜事の一件

みな〱　申合せ升ふ
冠《繁江前》来《実若》　ひそかに〱　ト簫《セウ》ひちりき立の楽に成
　兼而、師門どのと申合せし如く、鎮臺たる侍従（30オ）之助を放埒者に仕立上げ、二色の宝を取上げ
義《飛鳥》　上使の首尾をさんじにして、山科に押込め置き兄師門様を大将として
園《住の江》　時節を待て一味のかたらい
国十《金平》　お袖判にて西国武士を味方に付
岡十《藤内》　不意に、責寄せ六波羅を乗取り、其上にて大内
冠《繁江前》　へ、軍勢を向け、帝を擒に、月卿雲客降参させなば、鎌倉勢を討捕る事心の侭、其時こそは、此繁江が年来の本望
来《実若》　相執権、市ノ正は大病なれば邪魔ならねど、面倒な（綴目一行、難読）（30ウ）
冠《繁江前》　其事は此母が義理詰にして一味さすが、心の置けるは園部、幸崎の両人
義《飛鳥》　それこそかねて薄雪姫、左衛門に心を通わすをさいわい
園《住の江》　ヱ、、何ントいわしやんす。アノ薄雪頬が左衛門様にヱ、
冠《繁江前》　妻平、籬が取持する事、家来藤馬に聞く、それ幸ひに此度の役に科を拵へ
来《実若》　又、左衛門は、奉納の刀に調伏の鑢り目を入れて、大罪に落し

住の江 團　ヱ、、めつそふな、左衛門様を科に落すは、そりやいつち（31オ）悪ひ思案

飛鳥 義　ヱ、、こなたがしつた事じヤない

住の江 團　夫でもいとしぼそふに、そんな事でなしに外に思案はないかひナア

飛鳥 義　蜜事之邪魔に成る、ひかへて居やしやれ。左衛門、薄雪に科有る上ハ、両家ともめつぼふさす事、夫ト師門殿の手裏に有

住の江 團　左衛門様が科に落さんすりヤ、わたしやどうせふぞいナア〳〵

繁江前 冠　ハテ、騒がしい扣へさつしやれ。シテ、又弐品の宝を（31ウ）手に入れる手段は

金平 国十　兼而、師門殿の斗らひにて、江州八重山にたてこもる

藤内 岡十　盗賊の張本、荒平太といふ者に言付あれば

銭蔵 冠平　きやつが手立をもつて、手に入るゝはまのあたり

繁江前 冠　シテ、調伏の鑢目の事は

実若 来　其事は、師門殿が正宗の悴、團九郎といふものに申付有り、夫故、跡より入来り、門前に待せおく

繁江前 冠　夫れこそ幸ひ、急ひで是へ

実若 来　マア〳〵、家来共、團九郎を是へ伴へ

ト戸屋の内にて（32オ）

下部二人　サア、團九郎参れ

團九郎 三五郎　ヲ、イ、行升ふわい

ト詠の相方に成り、花道より、團九郎 三五郎、赤頬、荒嶋布子にて、のさ〳〵出る。跡より、下部付て出て

下部二人　サア〳〵、早く〳〵

團九郎 三五郎　ハテ、やかましう言ふまい。親仁めに勘当しられ、江戸へ行て、久しぶりで戻つた者じヤによつて、結構なお人中へ出るのは、気がおぢ〳〵とするわひ

実若 来　ハテ扨、苦るしうない、近ふ〳〵

團九郎 三五　ハイ、左様なら、お赦しなさつて下されませ（32ウ）（綴目一行、難読）

繁江前 冠　扨は、其方が正宗が倅團九郎とな

團九郎 三五　アイ、團九郎でムり升る

実若 来　頼置たる件ンの一義、必とも油断なく

團九郎 三五　ヲツト、皆迄、言ふまひ。鑢り目の事は、鍛冶屋の手の物。家に伝はる筋違ひ、鑢りを常とは替へて、逆に擦りかけ、陽を窺いて、左リを下げ陰に応じて、右を上げ、金克木に命を頂き、火克金に世を乱す、天下安寧長久を、忽ち調伏に仕替える事、一々胸にごんすわいの

繁江前 冠　ヲ、、頼母しい究竟の若もの、首尾能、仕果せば（33オ）そちも出世

團九郎 三五　邪魔するやつは、ばらすが近道

飛鳥 義　是より直に

三五《團九郎》　ヲヽ、込んで居るが　ト手で小判して
こりヤよいか
来来《実若》　ハテ、其事は気遣ひなく
三五《團九郎》　そんなら直ぐに
皆〳〵　必ず首尾よふ
三五《團九郎》　さす物かいのふ
　ト尻引からげ、皆〳〵へこなし有て、上手へ
　　行て（33ウ）
ヤ、してこひな
　ト上手へは入る。團《住の江》八、こなし有て
團《住の江》　ハア、　トなき
そんならどふでも叶わぬか、こりヤマア、ひよ
んな事になつて来たわいナア
義《飛鳥》　ヱ、、是はしたり。此勇敷ひ蜜談に不吉の涙、
泣き止ましやんせ
アイ
團《住の江》　ヱ、、泣止ましやんせといふのに
義《飛鳥》　アイ　ト泣き入る
團《住の江》　まだ何角と言ひ合す事もあれば（34オ）
冠《繁江前》　委細の事は宿坊にて
皆〳〵　真弓殿もおまちかね
冠《繁江前》　遂供養の刻限なれば
皆〳〵　何角の事は法会の終り
冠《繁江前》　繁江様
皆〳〵　皆の衆

皆〳〵　先、お入被成升ふ
　ト音楽に成る。皆〳〵上手坂へは入る。ト又、
　　壬生の鳴ものに成る　ト花道より、吉《妻平》三郎、
　　繻子奴にて、富《青柳》代、雛《若草》まつに引立られ出る
富《青柳》雛《若草》　サア〳〵、ムんせいナア〳〵
吉《妻平》　ア、コリヤ、引ぱられると一倍《綴目難読》酒が廻つてと
んと（34ウ）目が舞ふよふなわい
富《青柳》　夫でも、お姫様や雛どのが待ていやしやんすわ
いなア
富《青柳》雛《若草》　マア〳〵、ムんせ〳〵　ト無利に引ぱつて来る
雛《若草》　そうしてお前は、何所で其様に酒たべてムんし
たぞいナア
吉《妻平》　さればさ、一躰おらは酒嫌らいだのに、若殿の
御用事で長楽寺へ廻つたところが、友達共に出
逢ふて、田楽酒をあびの、押への、引の、山の
と、進められ、どふ〴〵酔たんぼうにしおつた
わい。所でお手前達の顔が三ツにも四ツにも見
へるは〳〵（35オ）
富《青柳》　何をいわしやんすやら。お前が持ていやしやん
す此花下さんせいナア　ト取らふとする
吉《妻平》　めつそふな、こりヤ遣る事ならぬ
雛《若草》　そなひにいわずと、私しに下さんせいナア
富《青柳》　イヱ〳〵、私しに下さんせいナア
　ト両方より引ばる
吉《妻平》　ア、是〳〵、其様にしられると頓ンと爰らがぐ

る〳〵と廻ふよふな。コリヤ、此桜は長楽寺の方丈が自慢で、左衛門様へ差上てくれいと言ト伝られた礼の尾櫻。わいらにやつたら、跡でお目玉（35ウ）をもらふわい。そんな無利いわずと、マア茶を一ツ呑してくれたがよいわい

富《青柳》　茶を上ふにも、爰にはないわいナア

雛《若草》　マア、まがき様を呼んで上ふわいナア

富《青柳》雛《若草》　まつて居やしやんせヤ　ト上手へは入る

吉《妻平》　ア、、爰へ籬を呼んでよい物か。待て〳〵、ヤイ〳〵ア、、モウ行おつた。テモはつさい共では有わい◯　時に若殿も、モウ来てムるで有ふ、ドリヤ〳〵、酔を醒して、此返事をせにヤならぬわい

　ト上手へ行ふとする　ト戸屋の内より（36オ）

工《藤馬》　ヲ、イ〳〵、待てくれやひ

　ト呼び〳〵出る。吉三郎《妻平》見て

吉《妻平》　誰だと思や、大膳様の家来、渋川當馬。おらを呼だは、何ぞ用でも有つての事かい

工《藤馬》　用がなくて呼ぶ物か、おらは吾レに尋たい事が有る

吉《妻平》　ム、、尋たいとはそりヤ何ンだ

工《藤馬》　持たな〳〵〳〵、持おつたる

吉《妻平》　持たな〳〵とは、ソリヤ何をもつた

工《藤馬》　おらが首だけ惚て居る、籬を吾レが女房に（36ウ）

吉《妻平》　ハ、、、、様々の事をぬかす。籬を女房に持たら、我がなんぞ構ひに成るか

工《藤馬》　構ひには成らぬが、いま〳〵しくてならぬ。おれも男じヤ我にしまけては頬が立ぬ。サア籬をおれにくれ

吉《妻平》　何ンのおれが骸じヤなし。籬に逢ふて直に言ふたがよいわひ

工《藤馬》　籬に言へ、籬はおれに惚ておるわい。毎日〳〵おらが方へどうしてくれなんす、早ふ叶へて下さんせと、雁の鳴ぬ日はあれど、あれが文のこぬ日はねから（37オ）ないわひ

　ト言ふて居る内に、冠平《銭蔵》出て

冠平《銭蔵》　ヤア、藤馬〳〵

工《藤馬》　おれも又、男じヤよつて

冠平《銭蔵》　コレ、藤馬

工《藤馬》　何方でも我と言ふ者が有る内は

冠平《銭蔵》　コレサ、藤馬　ト突飛す

工《藤馬》　なんだ、恂りするわい

冠平《銭蔵》　繁江の前様が御用が有る、と申さるゝ。はやう来やれ

工《藤馬》　御主人がおらを呼べとか。ヱ、、まだ籬がおらに（37ウ）言た事を、我に聞したいわひ

冠平《銭蔵》　はて扨、急ぎの御用だ

工《藤馬》　ヱ、、せわしない人だわい

冠《銭蔵》　ヱヽ、来やれといふのに
　ト無利に引立、は入る
吉《妻平》　なんだヱ、独り合点しておる、馬鹿な奴ツでは
有わい　ト上手より、珉《籬》子出て、右の鳴物
珉《籬》子　妻平殿じヤないかひナア
吉《妻平》　幸崎のお娰の籬殿、替る事もなふて珍重に存る
珉《籬》　ヱヽ、子細らしい、何ンしやひな。是おまへに
いわん（38オ）成らぬ事が有るわいな
吉《妻平》　いわにや成らぬ事とは、そりヤ何事
珉《籬》　さひなア、今の事がナ
吉《妻平》　今の事とは
珉《籬》　それいなア、兼々おまへに頼んで置た籬様の事
いナア
吉《妻平》　おらが旦那に、うつほれさつしやれた事か
珉《籬》　サアヽ、其左衛門様と御姫様が、最前お出逢ひ被
成てな
吉《妻平》　何、お二人リがお出逢被成た、シテ、どふ被成
た
珉《籬》　折角、能ひ首尾じやと思ふたら、アノ兵蔵（38
ウ）様が邪魔してから。なぜにお前ばかり、お
供にはムんせなんだぞいナア
吉《妻平》　今日は、大切成る御役目。そこで堅ぞうの兵蔵
さまが付イてムんた。おらも一所で有たが、跡
から用事が出来て廻つた故、今に成つた
珉《籬》　御姫様もゑらおせき。どふぞお前の熟丹《談カ》で、後
にでも鳥渡お逢せ申て下さんせいナア
吉《妻平》　イヤ〳〵、けふは悪ひ。大切の役目といひ、又
兵蔵様もくれば、又の首尾も有ふ。若殿には、
とつくりと申込んで置いたれば、承知被成てム
る。何時でも（39オ）成る事なれば、せくには
及ぬではなひか
珉《籬》　サアヽ、お前こそ其やふに思わしやんすけれど、
姫御前と言ふものは思ひ詰てからは、どふもな
るものではないわいな　ト言ひ〳〵傍へよつて
妻平様　ト手を取、吉三郎《妻平》こなし
吉《妻平》　なんだ
珉《籬》　ヱヽ、人の事は言われる物じヤが、吾事といふ
ものは　トこなし有て
アノナ　トこちら向き（39ウ）どふぞしてお呉
んかいナア　トもたれ懸る。吉三郎《妻平》、突飛し
吉《妻平》　ヱヽ、何をいやらしい。人が見たら悪ひ。言ふ
事が有なら、ちやつ〳〵と言ふた〳〵
珉《籬》　サア、其言ふ事はナ
吉《妻平》　言ふ事は
珉《籬》　サア　ト思ひ切つて
惚たわいナア　ト取付を突退ケ
吉《妻平》　ヱヽ、馬鹿な。おりヤ、そんな事は嫌らひじや
わい
珉《籬》　其嫌らひなお前が、何ンで又、お姫様や左衛門
様の（40オ）お世話はやかしやんすへ

吉《妻平》　そりヤ、忠義を思ふ故だわい
珉《籬》　アノ、色事の取持するが、忠義になるかへ
吉《妻平》　さればサ、おらが主人とそつちの主人とは、どふした事やら、昔から不和の中で、火を摺ってムるじヤなれ共、何とも喧嘩はせず、又両家の中がよくないと勝手がわるいじヤ。そこでいろ〳〵ととふて居る矢先キ、そつちの頼み。若殿と姫君がわけが出来たら、そこでこそ御ゑんを結んで、両家中直りが出来ふ、と思ふての事だわい（40ウ）
珉《籬》　サア、其忠義を思ふてなら、次手に私しが事も
吉《妻平》　お手前としだらが、何忠義になる
珉《籬》　さいなア、おまへと私しとな、心を合して中能ふするじな◯　ソレアノ、お弍人様の事も勝手がよいじヤなひかいな。そふすると、御姫様もよし、左衛門様もよし、おまへもよし、わたしもよしじヤないかひな
吉《妻平》　何をいふか、ぐど〳〵とわからないが、お手前の心ざしは、悪ふは受ぬ。おらだとて、木竹だなし。どふで女房はもたにヤ、成らないぞ。何を言ふても（41オ）今は奉公の身、互ひに奉公を引イた時には、外の女は女房に持たぬから、そふ思ふて、忠義を大事に待たがよいだ
珉《籬》　アノ、そんなら、女房に持て下さんすじヤな
吉《妻平》　下郎でも、妻平は武士二言ンはないわい

珉《籬》　そんなら、一寸来て下さんせ
吉《妻平》　何所へ行のじヤ
珉《籬》　サア、女房じやといふ印に　トこなし有て
はなす事が有わいなア
吉《妻平》　ハテそりヤ、すゑの事だわい
珉《籬》　（綴目一行、難読）（41ウ）
吉《妻平》　そりヤ、そちの勝手じやないか
珉《籬》　そんなら、何ンで女房じヤといわしやんした
吉《妻平》　そりヤ、そちが頼んだでないか
珉《籬》　サア、女房じヤによつて、傍へ寄るぞへ
ト傍へ寄る。吉三郎《妻平》、跡へより
吉《妻平》　ハテ、人が見るわい
珉《籬》　人が見たら、大事かいナア
吉《妻平》　大事じヤ
珉《籬》　其大事は
吉《妻平》　大事は（42オ）
ト行ふとするを、引付けて抱付き
珉《籬》　ヲヽ、嬉し
吉《妻平》　是は又、迷惑な物だわい
ト此前より、工左衛門《藤馬》、出懸いて、いら〳〵こなし有つて、此時床几を立て、どつと落す。両人恟りして、飛退く。工左衛門《藤馬》、床几にしやんと上り
工《藤馬》　籬、妻平あんまりじヤわい。やひ〳〵、ちわりくさるな〳〵。妻平、左衛門様が、我を呼んで

くれ、急に用が有迚、アレ本堂にまつて厶る。早くいけ
吉《妻平》　アノ若殿が
工《藤馬》　急用じやとやい
吉《妻平》　（綴目一行、難読）（42ウ）
工《藤馬》　ないといふて、主人をそでにするが、きり〳〵いけ　ト吉三郎《妻平》、一寸珉子《籬》へこなし
ゆけいやい
吉《妻平》　ゆくわい
工《藤馬》　はやくいけ
吉《妻平》　ヱ、、やかましいわい
　ト上手へつぶやき、は入る。珉子《籬》も行ふとする
工《藤馬》　こりヤ、籬まて
珉《籬》　いかへ、わたしは　ト行ふとする
工《藤馬》　ハテ、まつてくれなさい（43オ）
　トいやらしういふ
珉《籬》　ヱ、、知らぬわいナア　ト又、行ふとする
工《藤馬》　ア、爰に籬が
ヱ、　ト立戻る手をじつと取
珉《籬》　アレヱ、　ト逃ふとするを、抱き留め
工《藤馬》　どつこいしめた
珉《籬》　コレ、放していナア
工《藤馬》　否じヤわいなア。籬、それはむごいぞヤ、つれないぞヤ。妻平じヤて、、身どもじヤて、、同じ（43ウ）男だ。太トいか、細いかじヤ。ふとひは噛み答へが有るぞへ。たつた一ト切レつましておくれ
　トまたぐらへ、手を入ふとする。珉子、押へて
珉《籬》　サア〳〵、ゑいわひナア〳〵
工《藤馬》　どうせう〳〵　トへたる
珉《籬》　サアマア、爰へ厶んせ
工《藤馬》　アイ〳〵　トにじりよる
珉《籬》　モウ、其様に言ふて下さんすは、急度嬉しいわいナア
工《藤馬》　ヲ、
珉《籬》　わたしがよふな者でも、惚れたといふて下さんす（44オ）心ざし、無足にはせねどもナ
工《藤馬》　妻平が有ると言ふのか
珉《籬》　なんのマア、そふではない。一体、常からおもふては居るし
工《藤馬》　おらをかいやい〳〵
珉《籬》　ヱ、、きたな
工《藤馬》　や
珉《籬》　サア、きたないわたしらがよふなものを
工《藤馬》　めつそふな
珉《籬》　とやかう思ふて下さんす、わたしもアノマア（44ウ）殿御ぶりなら、気立なら、いや身のない、しやんとして

工《藤馬》　ヲ、
珉《籬》　ほんに外の殿御と競べたら
工《藤馬》　競べたら
珉《籬》　泥亀とお月様程違ふて有
工《藤馬》　おらがお月様かいやい
珉《籬》　イヱ〳〵、すつぽんじヤわいナア
ト大きな声をする。珉《籬》子笑ひ、上座へ立退く。工《藤馬》左衛門、床几に腰かけいるゆへ、とんと（45オ）こける。珉子は入らふとすると、此前よりひしごき持ている故、いけぬこなし
工《藤馬》　痛ひぞ〳〵、我で腰ハ抜ねど、床几で腰をぬいた。籬、爰へこい。お出いナア。
ト引寄せると、珉《籬》子、工《藤馬》左衛門が手を噛む
アイタ、、、、噛付たな。能ふ噛んでくれた○なんの事はない。甘露の味ヂがする。是で祝言は済んだ。こりヤ、否応なしにツイちょこ〳〵と
トおわへる。珉《籬》子床几を廻る。工《藤馬》左衛門追ふ（45ウ）間に、珉子、工左衛門に毛氈かぶせ、きり〳〵と廻して、工左衛門を突飛し、逃ては入る。工左衛門、漸々と毛氈をとつて
工《藤馬》　やレ、籬よ、ひどひめにあわしたな。何所へうせた○　こりや
山の上より　こりや

工《藤馬》　ヤイ
山の上より　ヤイ
工《藤馬》　ヲ、イ
山の上より　ヲ、イ（46オ）
工《藤馬》　あほよ
山の上より　あほよ　トこなし有て
工《藤馬》　ア、谷霊じやそふな
ト哥に成り、上手へは入る
かゑし
坂西へ入れる。釣枝上げる。見付切落す造り物見付、地蔵格子、絵馬の書割、花道筋より上手取て、一向高欄、橋懸り廻廊、橋掛り、切幕の前上げ板上る。坂の上り立に成、都て清水舞台の上の体、此道具舞台の（46ウ）端ナ迄、突出ス。木魚入の相方にて、道具留る
ト三五郎《團九郎》、坂より上り来て、急度、傍りにこなし有て
三五郎《團九郎》　幸ひの人絶へ、此間に頼まれた調伏の鑢り目、そふじや〳〵
ト裏向きに成つて、急度見へして、上手へ行ふとする　トばた〳〵、三五郎《團九郎》、狼狽へ、坂へ逃で下りる。上手より、鯉三郎《桜木》、逃て出る。跡より、小三郎《侍従之助》、追欠出る
鯉三郎《桜木》　ア、申、お赦し被成て下さりませいナア

小三郎《侍従之助》　イヤ〳〵、赦さぬ〳〵　とらへて（47オ）
常から美しいと思ふている南部将監が娘桜木、
此頃はめつきりと器量を上げたゆへ、いつぞは
〳〵と思へ共、太夫が傍にいるゆへ、遠慮して
居た。幸いのしゆびじやが、こりヤどうじヤぞ
ひやひ〳〵　ト抱〆る。鯉《桜木》三郎、こなし有て

鯉三郎《桜木》　ア、申、何あそばすぞいナア。汀井様が見やし
やつたら、剛ふムり升わいナア

小三《侍従之助》　なんの剛い事が有。剛ふないよふに、そう〳〵
とあしろふてやるわいやひ（47ウ）
トきつと抱〆る

鯉《桜木》　夫レでも、そんな事は恥しふムり升わいナア

小三《侍従之助》　それもツイ恥しうないよふなる、ヲヽと言へば、
将監に言ふて、手廻りに遣ふがどふじヤ〳〵

鯉《桜木》　それハお嬉しう事じヤけれど

小三《侍従之助》　けれど、なら、こつちへよりくされ
ト引よせる

鯉《桜木》　そんあら、わたしヤ、あなたのお傍にいられ升

小三《侍従之助》　かひナア　ト思入有て、少しもたれかゝる
傍に居られるとも〳〵、夜ルも昼も引付ておく
（48オ）わいやひ
ト後より抱き〆る。上ミ手より、璃苔《汀井》、出か
けいる

鯉《桜木》　それでもあなたは、汀井様をどふで奥様になさ
るもの

小三《侍従之助》　ハ、ア、ちよつぽりとお悋ンじやな、あれは奥
にはならぬ

鯉《桜木》　そりヤ、何ゆへでムり升へ
ト上手より、璃苔《汀井》、出て聞いている

小三《侍従之助》　何ぼう言ひ替して居ても、種性の知れぬ傾城は、
めつたに奥には成らぬ
ト上手にて、璃苔《汀井》、腹立る（48ウ）

鯉《桜木》　そんなら、いつまでもお見捨なふ

小三《侍従之助》　なんの見捨て能ひ物かひやひ
ト背中より、両袖に手を入る

鯉《桜木》　ヲ、こそば

小三《侍従之助》　其こそばいのが賞翫じやて　ト又、手を突込む

鯉《桜木》　ア、申、つんともふ耳があつうなつてから、
ヲ、はづかし
トのつむく。小三郎《侍従之助》ぐつと下へ手を入れる。
此内、璃苔《汀井》どうせうと腹立のこなし

小三《侍従之助》　大分ン、し、あひが有つてむつちりと（49オ）

鯉《桜木》　モウ悪ひ事、被成升ないナア

小三《侍従之助》　そんなら、いつそこちらむけ

鯉《桜木》　ハイ　ト前むくを直ぐに口吸ふて、ぴつたりと
抱付く。此時、璃苔《汀井》こらへかね、ばた〳〵とそ
ばへより引分ける

小三《侍従之助》　ア、、恟りするわい
ト璃苔《汀井》、小三郎《侍従之助》が傍により

璃苔《汀井》　お前の恟りより、わたしが恟りは、どのよふに

有ふぞいナア。悪性な殿様は、赦さんと思わふが、しらはだても仇なめたあた、すかんヱ、、〳〵（49ウ）

ト鯉《桜木》三郎、気の毒なるこなし。此時、上手より、冠《荒平太》十郎、お前の侍にて深あみ笠着て、一寸上手へ出掛いる

其上、種性の知れぬ傾城は奥には成らぬの、何ンのといわしやんすけれど、私しが種性は

ト守袋出し

此守りに、慥に書てムんす

ト小《侍従之助》三郎、守りを取開き見て

小三《侍従之助》　摂州の住人、渡邊の何某娘、浪人によつて捨る也。養育頼合、そんなら、そちも武士の娘

璃苔　拾はれし親の為の、此因果。夫レに今のお詞（50オ）はあんまり胴よくでムり升わいナア〳〵

ト冠《荒平太》十郎、是にてこなし有て、は入る

小三《侍従之助》　サア〳〵、そなたを捨て能ひものか、種性さへ知れたら奥にする〳〵

鯉《桜木》　そんなら、わたしは

小三《侍従之助》　サア、そなたも見捨はせぬわいのふ

ト此内、臺《きぬた》蔵出て傍へより

臺《きぬた》　そんなら、わたしは

璃《汀井》鯉《桜木》　なんの事じや

小三《侍従之助》　いろ〳〵の化物がわいて出た（50ウ）

臺《きぬた》　何ンじヤ、化物じヤ、殿様、ヱ、、おまへは〳〵ナア。常から心を尽くしている此礁、ほんに年こそちつとふけてあれ、ほつそりすうわり、柳ごし、楊貴妃とにらみくらする此の礁を、化物とはあんまりじヤ、モウ是からは、恋の意地づく、否でも応でも、抱いて寝て貰わにヤ置ぬ。我身達、傍からちよび〳〵しやると、此つほ〳〵口で喰ひ付ぞヤ、サア、侍従之助様、ムんせ　ト手を取

小三《侍従之助》　なにを狸めが（51オ）

臺《きぬた》　何狸じヤ

小三《侍従之助》　ヲ、、きぬたを逆さまにすると、たぬきじやわやい

臺《きぬた》　狸でも、何でも、構やせん。サア〳〵、来て下さんせいナア　ト無理に引立るをふり切

小三《侍従之助》　そりヤ、鬼が出た、ゆるせ〳〵

臺《きぬた》　なにを

ト鳴物早め、追廻す　トゞ三人して、臺《きぬた》蔵をこかし、みな〳〵ごつちやに、上手へは入る。跡に、臺《きぬた》蔵起上り

臺《きぬた》　ヱ、、鬼になつても、狸に成つても、女の一念。此の思ひ、はらさひで置ふか

ト下手へ行ふとして（51ウ）

ヲ、こちらじヤ

ト上手へは入る。鳴物静に成る　ト三《團九郎》五郎、坂よりぬつと上り、あたり窺ひ

三五《團九郎》 幸ひの人絶、此間にそふじヤ〳〵
ト奥病口へは入り、刀箱持出て、傍り伺ひ〳〵、思入有て
此間にそふじヤ
ト箱を開ふとする所へ、奥病口、人音、又うちたへ、廻つて片かげへ隠しありてし坂へ下り　ト冠《荒平太》十郎、義《八蔵》左衛門、新《長八》平出て
義《八蔵》新《長八》 平太殿
冠《荒平太》 コリヤ（52オ）
ト顔にて教へ、舞台に落て有、守りをとらす。新平、取て渡す。冠《荒平太》十郎、ひらき
冠《荒平太》 ム、、摂州の住人、渡邊の何某の娘、ハテよひ事を聞たわひ
義《八蔵》新《長八》 そんならそれで
冠《荒平太》 師門に頼まれし事の一件、コリヤ
ト囁く。両人こなし有て
義《八蔵》新《長八》 スリヤ、今の女子を
冠《荒平太》 早ふ　ト手で行けとする。両人心得て、は入る
そふじや（52ウ）
トこなし有て、本堂の後へ、一寸小隠れする
ト三五《團九郎》郎、又坂よりそつと首を出し、傍に伺ひ、そろ〳〵上り
三五《團九郎》 幸ひの人絶、此間にそうじや
ト箱のふたを明け、刀を出す所へ、奥病口ばた〳〵
ヱ、、又じヤ
トいろ〳〵うろたへ、箱を片脇へ蹴遣り、刀を持たなりにて、坂へ下りる
ト上手より、璃《汀井》苔出て
璃苔《汀井》 めんような、今のお侍さんのいわしやんしたのには、爰でとの様と桜木様がわたしが事を（53オ）議つて居やさんすと聞たのに、そんなら何所ぞへ行かしやんしたか。此後の見せ付にとらまへて、二人リ乍、存分にせにや置事じヤない。ヱ、、何所へゆかしやんしたやら、大かた坂の下で有ふ、そうじヤ〳〵
ト坂の方へ、行ふとする。冠《荒平太》十郎、向から立ふさがる。璃《汀井》苔、除ふとする。隔てる。トゞ璃《汀井》苔、こなし有て、上手へ行ふとする。袖を持て、急度留める。詠の相方
ア、コレ、お侍様、お赦し被成て下さりませいナア
ト振きらふとする。冠《荒平太》十郎じつと留ていて（53ウ）
冠《荒平太》 イヤめつたには放さぬ
璃苔《汀井》 夫でも、わたしや心堰にムり升す
冠《荒平太》 其心堰、合点、太夫殿
璃 ヱ、
冠《荒平太》 情に預りたい
璃《汀井》 編笠でお顔は見へねど、終に逢た事もないあな

たは
冠《荒平太》　イヤ、そとした浪人者、今始て見て甚執心、情
を表に立る。傾城どの、サ色能ひ返事を聞して
下されい（54オ）
璃《汀井》　お心ざしは嬉しうムんすけれど、わたしは、深
ふ言ひ替した殿御がムり升れば
冠《荒平太》　侍従之助へ言ぬと言ふのか
璃《汀井》　アイ、夫じやに依てどふぞ　トふり切るを留め
冠《荒平太》　一ツ旦言ひ出すからは、浪人もの故、鎮台の侍
従之助に、恋を仕負ては頬が立ぬ、否でも応で
も、口どき落さにや成らぬ。
璃《汀井》　そりやおまへ、あんまりな無体
冠《荒平太》　無躰合点、否や應か（54ウ）
璃　否でムんすわいナア
　ト逃ふとする。冠《荒平太》十郎留め
冠《荒平太》　そりや両人
　ト義《八蔵》左衛門、新《長平》平出て
義《八蔵》新《長八》　女め、うせふ　ト引立る
璃《汀井》苔　こりや、わたしを何ンとしやんす
義《八蔵》新《長八》　細言トいわずと、うせふ
冠《荒平太》　早く、師門へ相渡せ
義《八蔵》新《長八》　うせふ　ト無理に引立る。上手へは入る。跡に、
冠《荒平太》十郎守りを出し、急度こなし有、と哥に成る。
（55オ）ツイト上手へ、は入る　ト又、木奥入
の相方に成　ト三《團九郎》五郎、坂よりぬつと上り

三五《團九郎》　いよ〳〵人絶、此間にとつくりと
　ト以前の刀を出し、すかし見て、まだ少し行
　届かぬこなしにて、懐より鑢を出し、鑢子
　目入、とつくりと見て
ム、、是でよし〳〵
　ト箱へ納め箱をく、らふとする処へ璃《来国行》三郎出
　て
璃三郎《来国行》　團九郎、何召る
　ト三《團九郎》五郎、悔りして、鑢子りをちやと懐へ隠
　し
三五《團九郎》　イヤサ、是は（55ウ）
璃三郎《来国行》　是はとは
三五《團九郎》　イヤサ、物でムる。ヲ、、それ〳〵銘作の剱故、
後学の為、拝見せふと存て、今箱を明ふとした
所
璃三郎《国行》　其義なら苦敷ふない。こなたの父正宗は、拙者
が親、国義が弟子なれば、元トは同じ家筋。不
審有らば尋られよ、サ、刀を出して得と見やれ
　ト三《團九郎》五郎、もぢ〳〵として
三五《團九郎》　イヤモウ、夫レには及び升ぬ
璃《国行》　及ぬとは、不躾イ千万。ドレ〳〵国行が取（56
オ）出して見せ申そふ
　ト刀の箱を明けて、刀取出す。三《團九郎》五郎、此内、
　逃ふと、どうせふと、いろ〳〵こなし。璃《国行》
三郎、刀を見て

三五《團九郎》　奉納の刀には、秘伝有る物
ト言ひ〳〵刀をとつくりと見て
やア是は、合点の行ぬ、不吉の鑢子目
ヤア　ト逃ふとして、懐よりやすりを落す。璃《国行》
三郎、見付
璃《国行》　ヤア、此鑢子は
三五《團九郎》　サア、是は
璃《国行》　スリヤ、此やすり目はお手前が（56ウ）
三五《團九郎》　イヤサ、それはナ　ト逃ふとする
璃《国行》　それは、どうじや
ト引付る。三五郎《團九郎》、詮方尽て、璃《国行》三郎が刀を
引抜、切付る。璃《国行》三郎、一トかせ切られ、
立廻り有て、刀箱で留め
三五《團九郎》　コリヤまて、言ひ聞かす事が有る
細言ト吐ずと、くたばつてしまへ
ト右の相方早めて、両人立廻り。宜敷有て、
トゞ璃《国行》三郎を切殺し、上へにのつ掛り
ハテ、もろいやつナア
トとゞめさす。此なりにて道具引起す。がん
どう心にて、高欄付の舞台、後ろへ起きる
（57オ）
かゑし
造り物、上手より三間の間、白壁真中に大瓦燈
口、此内に御簾掛有、右ハ以前の舞台の裏にて、
能き時分に、瓦屋根振り出す。都て奥の院横手
の体、是より下モ手は、高さ間中奥行、間中か
け造り青竹の摺り叩き、家根但し庭は浅黄まく
也
音楽にて道具留る
ト幕明の情外子《ママ（郎カ）》、天冠、水干の形リにて
銘々捧物を両手に持、静に上手へは入る。
但しくりかへし（57ウ）なりばた〳〵にて、
小三《侍従之助》郎を沢《艶之丞》とくかこい出る。跡より、豊五《蓬莱や》
郎、付て出る
沢とく《艶之丞》 豊五郎《蓬莱や》　我君に手管せば、聞事ではないぞ
じやといふて、商売づくじヤ、言ふ事はいわに
ヤならぬ。天下様の弟じヤの京の鎮台じヤのと
いふて、棒引て、あげくの果には、何レで汀井
太夫はどこへかくしたのじヤ、サア出してもら
わふ〳〵
小三《侍従之助》　サア、最前から太夫がいぬゆへ、皆の家来に言
付て、尋ねせてもとんと行衛知れず（58オ）。
それで松蔵も詮議している所じヤわいのふ
豊《蓬莱や》　イヤ、詮議もひやうたんもいらぬ、身受のかね
さへとりヤ、料簡して遣る
小三《侍従之助》 豊《蓬莱や》　サア、其かねは
何ンの有らふ、此遂供養の終り迄に、揚代の算
用せふといふて、それさへ出来ぬじヤないか。
それに大まいの見受のかねが出来ふ筈がない。

鎮台でも、揚代でも、何も剛ひ事はない。六波羅へ連て往て、めつきしやつきするのじヤ、サアこんセ　ト引立に懸る。沢とく《艶之丞》引分け（58ウ）

沢とく《艶之丞》　イヤ、慮外。さやつのいわして置ば、様々の過言緩怠、唯有ふ武将の弟御、京都のちんだい、京ちんつり合ぬかねのかた、大切成る御袖判、渡して有じヤないか

豊《蓬莱や》　こんなやばな物、取ておいた迚、売らりやせず、賃には置れず。そつちでは大切なか知らぬが、こつちでは何ンにも成らぬ。サア、入用ならば戻すわい　トほふるを、沢とく《艶之丞》取つて

沢とく《艶之丞》　めつそふな、大切な宝物をほふり付、サアお（59オ）取被成ませ　ト小三郎《侍従之助》に渡す

小三《侍従之助》　サア、是を取ては又かねを

豊《蓬莱や》　ヲヽ、取らひで置ふか、サア、かね渡にや六波羅へムれ

　ト引立ふとする所へ、山十郎《松蔵》、出て引分け

山十郎《松蔵》　御連枝に慮外せば、赦さぬぞよ

豊《蓬莱や》　慮外はせぬ、ふけらした汀井が身受のかねと揚代を乞ふのじヤ、こなた義じヤばつて、かねを出すか

山十《松蔵》　サア其かねは（59ウ）

豊《蓬莱や》　なきや六波羅へ引立て行ふか

山十《松蔵》　サア

豊《蓬莱や》　サア

四人　サア〳〵

豊《蓬莱や》　マ、とらして下さるぞいのう

　ト此まへより、冠十郎《荒平太》出かけいて

冠十郎《荒平太》　其かね、身どもが相渡そふ　ト合方

四人　ナニ、此かねを渡そふとは

冠《荒平太》　イヤ、由緒なき者でもムらぬ、物語り致せば相分る。夫は差置、太夫が見請の金子の高は

豊《蓬莱や》　千両も取る所なれども、斯ウいふ成り行じヤ（60オ）ぜひがない、まけて三百両わしヤ遣ろらふかひ

冠《荒平太》　ソレ、三百両改めて請取れ

　トかねをほふる。豊五郎《蓬莱や》、受取

豊《蓬莱や》　また揚代の算用も有れど、夫ハ又、追ての事、マアア、年季証文お渡し申升ふ

　ト冠十郎《荒平太》江渡す。冠十郎《荒平太》、取て締。此内、やはり鑿供養音楽なり

夫レさへお渡し申せば用はなし、モウお暇申升ふ

冠《荒平太》　身柄を思ふて、お情有迚、無法成る奴ツ。きつと致方も有れど赦して遣す。早く帰れ

豊《蓬莱や》　（綴目一行、難読）（60ウ）モウお暇申升ふ

　ト豊五郎《蓬莱や》橋懸りへは入る。小三郎《侍従之助》、山十郎《松蔵》、沢とく《艶之丞》こなし有て

小三《侍従之助》　最前から、此侍従之助が難義して居る所へ

山十《松蔵》　金子まで出して、お披ひ被成し

山十《松蔵》　こなた様は

冠《荒平太》　成程、訳を申さねバ御不審尤、拙者事は、摂州の住人渡部典膳と申もの、某幼少の砌、親人牢人の浅間敷さ、壱人の妹を捨られし所、養育の者、九条の廓へ傾城奉公に売渡せしと承れども、浪人の身なれば是非（61オ）なく光陰の過せし所、此度某西国方へ仕官致し、それゆへ親人の御遺言を守り身請致し帰らんと登りし折柄、ほのかにきけば、侍従之助の御寵愛に預る由、何卒一ト目見て、兄弟の物語も致さんと、此所まで来懸りし所、唯今の時宜、幸に身請致せしも元よりの所存でムり升

小三《侍従之助》　ム、、そんならそちが

山十《松蔵》　汀井殿の兄御で有たか

若シ疑敷思召ば彼が懐中をお改被下ら（61ウ）ば、守りの内に種性も相印有、慥なせうこハ此方に同じ錦の此守り。サア早く是へ呼出し、お逢せ被下升ふ

　ト以前の守りを出す　三人顔見合

三人　サア、其汀井ハ

冠《荒平太》　早くお呼出し下されふ、心堰にムる

三人　夫はとはどふでムる。何れもの御眼色、汀井は如何ぞ致したかな

　ト三人色〳〵心遣ひのこなし。沢とく《艶之丞》思ひ切つて（62オ）

沢とく《艶之丞》　何所へ行たやら、知れぬわいの

冠《荒平太》　何がナント

小三《侍従之助》　日頃悋気深ひのに、最前のもや〳〵ひよんな事でも有ふかと

山十《松蔵》　それゆへ只今、詮議致す所

　ト冠十郎《荒平太》、ずつと立て化相して行かふとする。

　三人驚き、山十郎《松蔵》、冠十郎《荒平太》を引とめ

山十《松蔵》　お侍、こりヤ化相して、いづれへ参らる、、お心じやな

冠《荒平太》　ハテ知れた事、妹の敵は侍従之助と、此趣、鎌倉へ訴へ申す。爰、はなさつしやれ（62ウ）

　ト行ふとする。山十郎《松蔵》、猶も引留め

山十《松蔵》　其疑ひ去る事ながら、いまだ生死のわからぬ事を

冠《荒平太》　しるまいと思ふか。身請の金は調わず、人の花と詠めさすも無益敷〳〵思ひ、手打にしたに相違ない

三人　なんのマア、めつそふな

　ト山十郎《松蔵》、沢とく《艶之丞》、小三郎《侍従之助》を囲ひ

山十《松蔵》　中々、左様な義ではなし。お忍びの御遊興なれば

沢とく《艶之丞》　事が有ては、我々もあやまり

山十《松蔵》　何卒、汀井殿の相知る、まで、御料簡有る様（63オ）

沢とく《艶之丞》山十《松蔵》　ひとへにおねがひ申升ス
冠《荒平太》　スリヤ、料簡致くれと言ふのか
山十《松蔵》沢とく《艶之丞》　如何にも左様
冠《荒平太》　料簡致して遣は言ふが、其替りが預りたい
三人　預りたいとはそりヤ何を
冠《荒平太》　侍従之助が懐中に有御袖判を
山十《松蔵》沢とく《艶之丞》　ヱ、、なんと
冠《荒平太》　妹の有家知るまで預つて帰る。成らぬと有れば、かまくらへ訴ふか
山十《松蔵》　じやと言ふて、其儀はどふも（63ウ）
冠《荒平太》　成らぬね《ママ》ば、いつそ
トきつそうして、小三郎《侍従之助》に掛ふとする。山十郎、沢とく《艶之丞》、留める。小三郎《侍従之助》お袖判出し
小三《侍従之助》　ソレ、お袖判　トほふる
山十《松蔵》　それを　ト取らふとするを、冠十郎《荒平太》ちやと取て
冠《荒平太》　慥に、受取た　ト山十郎《松蔵》、こなし有て
山十《松蔵》　シテ、こなたの住所は
冠《荒平太》　摂州長柄にて、渡部典膳と尋召れ
山十《松蔵》　スリヤ、摂州長柄にて
冠《荒平太》　妹さへ相知れたら、何時でも相渡す
山十《松蔵》　屹と、詞をつかひ申た（64オ）
冠《荒平太》　ハテ、爰には及ぬ事　ト小三郎《侍従之助》、こなし有て
小三《侍従之助》　ヤレ〳〵、けふ程、びく〳〵する日はない。是から少と心が晴れた
沢徳《艶之丞》　是からは宿坊でぎゐん直し

山十《松蔵》　ハテ、是非もなき此場の次第
小三《侍従之助》　ハテ、汀井の知れるまでじヤはやい
沢とく《艶之丞》　我君様
小三《侍従之助》　松蔵
山十《松蔵》沢とく《艶之丞》　先、御入あられま（せ）ふ（64ウ）
ト右の鳴物にて、小三郎《侍従之助》、沢とく《艶之丞》、冠十郎《荒平太》へこなし有て、跡より、山十郎《松蔵》、手を組、は入る。ト下手より、義左衛門《八蔵》、新平《長八》出て
義《八蔵》新《長八》　頭、首尾は
冠《荒平太》　まんまと、手まへたお袖判　ト来蔵《実若》、出ていて
来蔵《実若》　スリヤ、約束の通り、お袖判は手に入りしとな
冠《荒平太》　コレ、師門殿へしつかりと　ト渡す
来《実若》　慥に、相渡さん
冠《荒平太》　シテ、今の傾城は言ひ付し通り
義《八蔵》　手下に言ひ付、師門殿へ（65オ）
冠《荒平太》　よし〳〵委細の事は館へ行
来《実若》　大義で有ふ
冠《荒平太》　実若さらば
義《八蔵》新《長八》　そんなら頭
冠《荒平太》　ドリヤ、いのふかひ
ト哥に成る。冠十郎《荒平太》、義左衛門《八蔵》、新平《長八》連、花道へは入る。ト来蔵《実若》は、下手へ、は入る。
ト三味せん入の楽に成、上手より、市紅《左衛門》出て
市紅《左衛門》　妻平〳〵　ト傍り見て
ヱ、、どれへ参りしやら（65ウ）

トこなし有て、懐より経巻出し
薄雪姫が、某へ読で見よとおこせし奉納書写の
普門品、手跡の自慢する心か。一寸読んで見よ
ふにも人目、幸い〳〵、此間に
　ト経を開らき見て
ム、見事、誠に此度の役目、女の能書に撰出さ
れしも道理◯　なに〳〵
是迄、手束にいわせ参らせ候、我思ひ筆の立ど
も覚束なく候へども、恋死ん命の程も近付候程
に憧れ参らせ候。もの、ふはもの丶哀も知ると
言へば、御推もじの上、色よき（66オ）御返事
をまつに巣を組雛鳥の千歳セをかけて祈り参ら
せ候。めでたくかしこ
　園の元トのつまへ　消残る雪より
手跡と言ひ、文と言ひ、晋の衛夫人、我朝の光
明皇宮も及ばぬ女筆、園の元トのつまとは、我
を夫にとの心の治定、さまを書ぬに気をもたせ、
きへ残る雪とは恋の隠し詞。ハテ可愛らしい心
じやナア　ト言ひ〳〵、こなし有て
アイヤ〳〵、譬どのように忝ふども、最前、兵
蔵のいひし通り、日頃不和成幸崎の娘、（66ウ）
言ひかわせし其上にて、親々の心も斗り難し。
イヤ〳〵モウ〳〵、すつばりと思ひ切らふ〳〵
　トこなし有て状を見て
とはいへ此手跡の美しさ、心の艶しさ、見れば
見る程、コリヤどふも思ひ切られぬわいの
　トこなし有る。此前より、團八《住の江》出かけいて、
　此時傍へ寄
團八《住の江》　申、左衛門様　トすがり付、市紅《左衛門》悔りして
市《左衛門》　ヤア、こなたは師門殿の妹御、住の江様
團《住の江》　ヤヽ、わたしヤあなたに申さにヤ成らぬ事が
（67オ）ムり升わひナア
市《左衛門》　拙者にいわつしやれねば成らぬ事とは
團《住の江》　サア、あなたのお身の一大事でムり升わいナア
市《左衛門》　身どもが身の一大事とは、心掛り。其子細は
團《住の江》　サア、夫レを言ふて聞かし升、替りに若し
　ト手を取るを、市紅《左衛門》ふり切り
市《左衛門》　何召さるやら。一大事とは、大方こんな事で有
ふと思ふた
團《住の江》　イヱ〳〵、一大事は別じやけれど、私しが言ふ
事聞て下さんせねば、私しもいわぬ。そ（67ウ）
れじやによつて、マア日頃の思ひをはらして下
さんせいナア
市《左衛門》　大切成る役目なれば、又重て其一大事の義を
團《住の江》　言ふて聞まへに
市《左衛門》　シテ、其一大事は
團《住の江》　かうじヤわいナア　ト抱付く
市《左衛門》　ア、是はしたり、人が来る、放さつしやれ
團《住の江》　イ、ヱ、かうなつたら、放しヤせぬ〳〵
　トすがり付く。市紅《左衛門》、こまつたる所へ、珉子《籬》

出て引分け（68オ）
珉《籬》子　ア、、あなた様方も昼中に見とむない、こりや何事でムり升ぞいナア
團《住の江》　だまりヤ、何もそち達のよふな、下モ〳〵の知つた事ではない。ひかへて居ヤ
珉《籬》　ハイ〳〵、扣へ升でムり升ふ。本に人の思ふ様にもない。どふぞ恋を取持ふと思ふために、却而呵られた。ドリヤ、あつちへいて、扣へて居ませふわいナア　ト行ふとする
團《住の江》　ア、、是まちヤ。ア、、そんなら、そもじは此恋を取持つ心か（68ウ）
珉《籬》　ハイ
團《住の江》　よふ来てたもつたのふ。サア〳〵、爰へおじヤ
珉《籬》　イヱ〳〵、下モ〳〵の知つた事ではムり升ぬ。マア、扣へており升ふ
團《住の江》　はて、今のは詞の間違ひじヤ。誤るほどに、どふぞ恋を取持てたもいのう
珉《籬》　其様にお頼なさるもの、お取持致升ふ
市《左衛門》　ア、、是々、籬、めつたな事を言ふまひぞ
珉《籬》　はて、宜しうムり升わいナア
團《住の江》　どふぞ早ふ、取持てたもいのふ、サア今〳〵せく（69オ）わいのふ。ヲ、しん気
珉《籬》　ヲ、、せわしな。今、取持て抱して寝さし升わいナア
ト市紅《左衛門》、傍へ来る。此内、市紅《左衛門》、床几に腰かけ、巻物を読んでいる
申、左衛門様、其お経、とつくりとお詠被成たかへ
市《左衛門》　今、詠んで居るわいの
珉《籬》　そんなら、申
ト囁く。團《住の江》八、こちらで嬉しがつている
團《住の江》　是〳〵、籬、大かた得心か
珉《籬》　ム、、得心は得心なれど、上にふの字が付升る
團《住の江》　得心の上にふの字、そりヤ不得心じヤ、やくたいじやわいナア。（69ウ）
ト此内、上手の御簾上る内に、哥六、机にもたれ、いろ〳〵こなし有
珉《籬》　サア、、そこを口説が私しが働らき。しかし、おまへがそふ傍に居なさつては
ト市紅《左衛門》に囁く。市紅《左衛門》こなし
左衛門様は、恥しひといナア
團《住の江》　ほんにそうじやナア
ト此内、珉《籬》子、哥六を見て、市紅《左衛門》に教る。市紅《左衛門》見る。哥六、顔を隠す。此時、市紅《左衛門》、手に持た巻物を落す（70オ）
珉《籬》　マア、あちらを片付る迄
團《住の江》　ヱ、
珉《籬》　おまち遊ばせヤ
ト哥六、市紅《左衛門》へかけて言ふて、こちらへ来る
團《住の江》　サア、待ているわいのう

珉《籬》　マア、顔の見へぬよふ、めんないちどりをさし
やんせいナア
團《住の江》　そりヤ、何レでしたもので有ふ
珉《籬》　何ぞよい物が有そふな物じやがナア
團《住の江》　ヲヽ、有る〳〵、恋の道にはぬからぬ、此抱を
ばかう当てて
　トめんない千鳥かけて（70ウ）是で能ひかや
珉《籬》　それ〳〵、よふムんす。此間に早ふ、申
　ト市紅《左衛門》を突遣る。市紅《左衛門》、こなし有る。團八《住の江》、
　傍へ探り来るを、珉子《籬》、突倒し
ヱヽ、つつとモウ
團《住の江》　つつと、もふとはへ
珉《籬》　サア、つつとあつちへ往て、いやしやんせいナ
ア
團《住の江》　つつと、あつちへかや、よし〳〵　ト花道へ行
珉《籬》　申、そこらで互ひに
　ト市紅《左衛門》、哥六《薄雪》こなし（71オ）
團《住の江》　爰からかや
珉《籬》　ヱヽ、まだ〳〵
　ト團八《住の江》、花道、真中程にすわる
イヱ〳〵、まだ〳〵　ト又、跡へよる
團《住の江》　爰にかや〳〵
珉《籬》　イヽへ、まだじやわいナア
團《住の江》　アヽ、其様に跡へよつたら、木戸口へ出るわい
のふ

珉《籬》　そんなら、そこでよいわひナア（71ウ）
團《住の江》　さらば恋の返事を待ふか　ト居る
珉《籬》　マア、邪魔は拂ふた　ト市紅《左衛門》を見て
ヱヽ、申、もどかしい、お二人リも何ンの事じ
ヤぞいナ
市《左衛門》　夫レでも、今日ハ二人リ共、大切の役目
團《住の江》　モウ、返事が有そふな
珉《籬》　ハテマア、ムりませいナア
　ト無理に手を取、やたいの内へ入レ、ひつし
　やり〆て伺ふ。哥六《薄雪》、もじ〳〵して
市《左衛門》　薄雪どの、段々の志、忘れは置升せぬ
哥《薄雪》　ハイ　トうつむく。珉子《籬》、見てもどかしがり
珉《籬》　申、それ〳〵そこらで（72オ）
哥《薄雪》　左衛門様
市《左衛門》　薄雪どの　ト珉子《籬》、抱付けと仕方
哥《薄雪》　アノ、カウかいのふ
　ト抱付くと、前の御簾下がる。珉子《籬》、胸撫お
　ろし
珉《籬》　ドレ、御手洗の水、汲んでかうか
　ト哥に成り、ツイとは入る。團八《住の江》、花道にて、
　独りしやべつていて、そろ〳〵立つ。ケレ
　チンの相かた。
臺《きぬた》　こりや、又あんまり隙の入る事では有るぞ。一
寸往て、尋ねてこふわひナア
　ト捨せりふにて、本ぶたいへさぐり来る（72ウ）

臺蔵《きぬた》 籬〳〵どうじやぞいのふ。返事はあつたか
團《住の江》 コレ、籬いのう
トしやべつている。臺蔵《きぬた》出て、合点のいかぬこなし
臺《きぬた》 是々、住の江様
團《住の江》 そういわしやんすは、礁様
臺《きぬた》 見りヤ、面ない千鳥して、そこに何していやしやんす
團《住の江》 コレ、そこに幸崎の娰の籬はいぬかへ
臺《きぬた》 誰もいやせぬわいなア
團《住の江》 ヱ、、安房らしい、又やられた（73オ）
トめんないを取る
臺《きぬた》 そんなら、お前が常々、噺の左衛門様に出合ふて本望、遂げさしやんしたかへ
團《住の江》 飛ちりけんぱい、とふ〳〵こんなめに逢ふたわいナア
臺《きぬた》 私しも侍従之助様に惚たが因果、口説たら
團《住の江》 叶ふたかへ
臺《きぬた》 化物じやと、言ひくさつたわいナア
團《住の江》 本にお前も私しも、思ふ男には嫌らわるゝ。是も（73ウ）前世の因果か業か
臺《きぬた》 栄耀な事をいわしやんす。わたしヤ、思ふ殿御でなふても、誰なと色事してくれゝば、能ひけれど

團《住の江》 西を見ても
臺《きぬた》 東を見ても
團《住の江》 色事せんもの
臺《きぬた》 おまへとわたし
團《住の江》 兎角男にゑんのない
臺《きぬた》 産れ性でかな（74オ）
両人 ムんせうぞいナア
ト手を取替し、泣き、ふつと上手、御簾の内の物音に、両人こなし有て
臺《きぬた》 住の江さん、奥の院に何やら女子と
臺《きぬた》 ほんに男のこゑ ト両人聞耳立、傍へより
臺《きぬた》 やア、ありヤ、左衛門と薄雪
ト團《住の江》八、そばへよつて聞、こちらへ走つて来て
爰では勿体ない故、又の逢ふ瀬に抱てねる、と言ひくさるわいナア〳〵
ト臺蔵《きぬた》をとらへふり廻す（74ウ）
そんなら、二人リが忍び逢ふているのかいなア
ト両人、差足ニ而、色〳〵聞耳して
團《住の江》 ア、、いやらしい事の有丈、言ふているわいナア
臺《きぬた》 コリヤ、あじな気になつて来たわいなア
團《住の江》 私しもどふもならぬわいなア
ト両人、おかしき思入有る所へ
沢とく《艶之丞》 桜木どの〳〵、殿の沙汰じヤ

ト言ひ〳〵出るを、團《住の江》八、とらへ引こかす。沢《艶之丞》とく、悔りして起ふとする。團《住の江》八、上へ乗る。沢《艶之丞》とく、もがく。臺《きぬた》蔵、團《住の江》八を引退け、沢《艶之丞》とくが上へ乗る。のりおかしみ（75オ）の所へ伴僧出て

伴僧　お二人リ、是にムり升るか。皆、お座敷にお揃でムり升ス

臺《きぬた》團《住の江》　そこ所かひ　ト右の通り有るを、無理に引立

伴僧　サア〳〵、ムりませ

ト無りに二人リを引立る。両人、伴僧の手を引ぱり、は入る。ト跡に沢《艶之丞》とく、漸々と起上り、袴をいろ〳〵ふき

沢《艶之丞》とく　テモ、思ひがけないめに逢ふた事、此袴の緒も茶苧でよごれた。併シ、通例のは上から鐘木で叩くゆへ念仏講、是はばちを下に置き、娘御達が寄つて今の手事は（75ウ）　トこなし有て

ア、コリヤ、穴をさらへ講じヤわい

ト哥に成り、上ミ手へ、は入る。ト木魚入の相方ニ成。工《藤馬》左衛門、下手より出て

工《藤馬》左衛門　何でも、どふぞ籬めを尋ねたい物じやが

トそこらこなし有て、いぜんの巻物拾ひ

何じヤ　ト開らき

工《藤馬》　ヤアコリヤ、いやらしい濡文面、当て名は園の元トのつまへ消残る雪、そんなら薄雪より左衛門へ遣つた千話文　トこなし有て

コリヤ、能ひ物が手に入つたわい（76オ）　此体見て

ト珉《籬》子、下手より花桶に水汲出て、此体見て悔り、こなし有る

そうじヤ、是を繁江様へ

ト行ふとする。珉《籬》子、先にふさがり

珉《籬》　藤馬様

工《藤馬》　ヤア、コリヤ籬　ト巻物をかくし

さいぜんはむごいめに合したな

珉《籬》　サアそれで、わたしヤ、お前に其断りをいわうと思ふて

工《藤馬》　そりヤ真実に

珉《籬》　啌か誠か是からじやわいなア（76ウ）

ト抱付き、懐へ手を入れる

工《藤馬》　どつこい、そう言ふて、是を取らふでな。そう味よふは行かぬわい

珉《籬》　所を斯ウして　ト取らふとするを留め

工《藤馬》　是がほしくば、言ふ事聞ておくれるか

珉《籬》　どふぞ、おくれたら

工《藤馬》　上ふかへ　ト差上げ見せる

珉《籬》　おくれいナア

ト手を上げて、取らふとする。股《マタ》ぐらへ手を入れる

アレ（77オ）

工《藤馬》　サア上ふ〳〵〳〵　トいろ〳〵ひけらかし

爰迄くれ〳〵

ト片手にて差上げ、思入有て橋懸りへ行。珉《籬》子とらう〳〵として付イて行。両人いろ〳〵取合ながら、橋懸りへは入る。

かゑし

右の奥の院、西へ入る。仮り廊下しもてへ引イてとる。浅黄ばかりに成る。やはり木魚入の相かたにて、奥病口より、山十郎《松蔵》思案しひ〳〵出て

山十郎《松蔵》　どふ思ひ廻しても御上使へ差上る御袖判（77ウ）、人手に渡しては、主人大膳が落度。名代に来たる某が誤り、最前の侍、まだ遠ふくは行まい、追かけて取もどさん

ト行かふとする所へ、冠平《銭蔵》出て

冠平《銭蔵》　松蔵、うぬを

ト懸るを、ちよつと立廻りあつて、冠平《銭蔵》をあて

山《松蔵》　それ　トむかふへ走りは入る

かゑし

浅黄切落す　ト向ふより、道具突出す（78オ）

造り物一面、通りの二重舞台、見付金襖、真中に瓦燈口、都て宿坊奥座敷の体、上ミ手に桜台幹有。此二重の上真中に、冠十郎《繁江前》二役、繁江の前、衣裳襠、璃三郎《真弓》二役真弓、衣裳襠、下モ手に、義左衛門《飛鳥》、衣裳襠、次に花妻《お梅の方》、衣裳襠、次に團八《住の江》、着流し振袖、臺蔵《きぬた》、衣裳、上ミ手に、松江《柵》、衣裳襠、次に哥六《薄雪》、振袖、衣裳襠、卯之助《小ふじ》、衣裳振袖、下モ手に里好《白菊》、富代《青柳》、小雛《此花》、雛まつ《若草》、岩太郎《山吹》、岩次郎《やり梅》、着流し、詰袖にて、並（綴目一行、難読）（78ウ）居りいる。此見へ宜敷音楽にて道具とまる

才蔵《轟坊住僧》　誠に、此度、鎌倉の御大奥様、御立願にて御平産の御礼迚、奥の院にて一七日、普門品書写遊され、其上今日は御女中斗り、ねり供養の大法会、何れも様には御苦労千万に存升ス。

冠《繁江前》　是は〳〵御住職の御挨拶、先、何寄は天気能

璃三《真弓》　事なく御法会相済

皆〳〵　可様な悦ばしい事はムり升ぬ

才《住僧》　拙者迚も、この通り恐悦に存奉升。夫故なにをがな御饗応申さんと存升れども、寺院（79オ）の義なれば不興の至り、責て山内に咲し桜の一ツ枝は御土産に献奉り升ス。ソレ小僧ども、手打らせ置たる桜を是へ

小僧皆〳〵　ハア、

ト橋懸りより、小僧八人、筒生けの桜枝を持、二重の皆〳〵の前へ直し、扣へる

冠《繁江前》　是は何寄の御進物

璃三《真弓》　御住僧の御志

花《お梅の方》　義《飛鳥》　有難ふ賞美

女皆〳〵　致ましてムり升ス

才《住僧》　是ハ〳〵、仰の儀は御意に叶ひ祝着に存升（79

ウ）。先、麁抹の非時申付へ、何れも御めん下
され升ふ
ト才蔵、小僧《住僧》連、橋懸りへは入る。璃三郎《真弓》、
こなし有て
璃三《真弓》　イヤ何、繁江様、折角、御住僧の心を尽されし、
土産のさくら、詠め斗りも詮なき事
冠《繁江前》　如何様、おつしやる通り、何をかな此場の一興、
薄雪どのを始、いづれも一首づゝ、詠せ升たら、
どふムり升ふ
花《お梅の方》　是は何寄、よい思召。役目首尾能ふ、相済しお
悦びやら、お慰。旁、御両所のお好み、サアい
づれ（80オ）も様
娘みな〳〵　畏り升た
里好《白菊》　ソレ妼衆、硯、御短冊を
妼みな〳〵　ハア、
ト皆〳〵の前へ、短冊、硯を持て行、皆〳〵、
哥を詠こなし有て、桜に付る。二重の上は、
哥六《薄雪》、花妻《お梅の方》、松江《柵》、臺蔵《きぬた》も哥を書　ト酒宴
車に成る
哥六皆〳〵《薄雪》　こしおれながら、御笑ひ艸
璃三《真弓》　吟じて見や
鯉《桜木》　はひ　ト前へ出て（80ウ）
残りなく散るぞ目出度桜花春も名残とおもひ知
られて
璃三《真弓》　ヲヽ、遉は将監殿の娘、適々
鯉《桜木》　おはづかしうぞんじ升ス
トひかえる。十四郎、向ふて出て
十四郎　桜花見るさへよひに結びたべ酒もたべたらなを
よかろなる
里好《白菊》　ヲヽ、それは能ふ出来升たわいナア
ト笑ふ。小千代、向ふへ出て
小千代　春霞たなびく山の桜花人知らぬ間に（81オ）い
ろ替り行
冠《繁江前》
熊《いく世》　是も天晴〳〵　ト熊右衛門、向ふへ出て
ヲツト、おはもじながら
さくら花美し迚人誉る頓ンと私しが器量とは同
じ事じやと思ふ也けり
義《飛鳥》　夫は、あんまり永ふて留めどがないわいのふ
ト卯之助、むかふへ出て
卯之助《小ふじ》　折盗しは惜げにもあり桜花散る間をだにも見ゆ
べきものを（81ウ）
臺《きぬた》　どれも〳〵天晴、見事。シテ、きぬた殿は
ハイ、わたしのは　ト咳拂ひして
花の色はうつりにけりないたづらに我身世にふ
る詠めせし間に
皆〳〵　ホヽヽ
臺《きぬた》　なんとへ
花《お梅の方》　イヤ、是が此中の秀逸でムり升ふ
臺《きぬた》　どんな物じやへ
ト自まんのこなし。冠《繁江前》十郎こなし有て（82オ）

冠《繁江前》　イヤ、是は何よりの興　ト短冊取上げ
山桜我身にくれば遠間の散りて雨をや雪といふらん○　こりヤ柵どの

松江《柵》　お恥しうぞんじ升ス　ト儀左衛門《飛鳥》、短尺取上げ

義《飛鳥》　桜木の顔だに宿にかしぬれば春の夕部に家路忘れて○　こりヤお梅の方様

花《お梅の方》　ほんのお慰
　ト此内、璃三郎《真弓》、哥六《薄雪》、短冊取上見ていて
（82ウ）

璃《真弓》　白糸に結びや留ん桜花手打し跡の散り始もせず
○　モ、いづれをそれとおとらぬ詠吟、別して薄雪どの丶、白糸に結びや留んと、音羽山を言わずして瀧の籠りし哥のさま、けふの秀逸、面白ひ事でムり升わいのふ

歌《薄雪》　拙き詠哥を御褒美のお詞お恥しう存升る

松江《柵》　サア、是からは、住の江様。お哥はどふでムり升ス。

團《住の江》　ヱ、アノ、私しにも読かへ

花《お梅の方》　アイ、和歌の道は、姫御前の嗜（83オ）

里好《白菊》　定めて、御覚悟もムり升ふ。サア早ふ、およみなされて、お聞せ被成いナア

哥《薄雪》　サア〳〵、早ふ、お聞かせ被成て下されませ

團《住の江》　だまらしやんせ。人の心も知らず、つべこべ〳〵と、めんめが、ちと上手に詠んだと思ふて、わたしヤ、ちいさひから兄さんの傍に育つて、剣術対術の稽古はしたれ共、哥の道は知り升ぬ。アイ気木像じヤ。それで余所の娘御様の様に、どふでびらしやら〳〵と男をなずまず、目遣いヤ詞遣ひハ知らぬわいナア（83ウ）又其替りに剣術一ト通りなら、兄様に習ふて置た、長刀成りとも、小太刀なりとも、御望なら遠慮はない。どなた成りと御相手じヤ。乍憚、師門が妹、住の江、其幸崎の御家は色の道は器用に有らふが、剱術、柔はなんとして〳〵、ナア礁様

臺《きぬた》　それ〳〵、そりヤ言はしやんす通り。不義徒を見ぬ顔する、園部家や幸崎の御家風とは、少度違ふて、ムり升わいナア
　ト花妻《お梅の方》、松江《柵》こなし有て

花《お梅の方》松《柵》　乍憚、御両所様へ私どものおねがひ（84オ）

冠《繁江前》璃三《真弓》　ナニ願ひとは

花《お梅の方》　お聞の通り、園部家や幸崎は、不義徒を見ぬ顔と、私共の家は色に斗り染り、猥らなといわぬ斗りのお二人のお詞、どふも聞のがしには致憎ふムり升ス

松《柵》　此侭に帰り升ては、兄伊賀守へ申訳もムり升ぬ。住の江様は、師門様の妹御、剱術のお家なれば

花《お梅の方》　所詮及び升せぬ事ながら

松《柵》　薄雪姫を始め、皆のお衆と

花《お梅の方》　住の江様と立逢、仰付られ下さり升ふ。ならば

（84ウ）
花《お梅の方柵》松　お嬉しう存じ升る
璃三《真弓》　尤の願ひ。何と繁江様、如何ムり升ふぞ
冠《繁江前》　さあればな、ここへ宜しふ、お取斗らひなされ下さりませ
璃三《真弓》　左様ならば、相聞届升ふ
花《お梅の方柵》松　スリヤ、お聞届下さり升かな
璃三《真弓》　サア、住の江どの、皆の衆を相手に立会の稽古、早ふ〳〵
團《住の江》　ヱ、　ト悩り
璃三《真弓》　劔術一ト通りは、長刀也と小太刀なりと、望（85オ）ならば、どなたでも相人じやと、今こなたがおつしやつたじやないか
團《住の江》　サア、言ふたは言うたが、アノ大勢にわたし独りかへ
義《飛鳥》　是〳〵、住の江様、そりヤ比興じや、大事ない、跡には兄嫁の飛鳥がひかへている。高が娘、イヤ高がまだ娘のお前、負てから恥しい事はない。気を呑れずと、此の懐劔を以、一時も早ふ立会たがよいわいナア
璃三《真弓》　飛鳥どの、待つしやれ、懐劔を渡さつしやる（85ウ）は、こレ劔の勝負さす心か
義《飛鳥》　ヱ、
璃三《真弓》　よもヤ、そふではムるまひな
義《飛鳥》　イヤそりヤ、何迚もの事ならいっそ真けんに

冠《繁江前》　ア、、是〳〵、飛鳥どの今日は大切の御法会ナ
　ト呑込し
サア、夫レじやに依て、血汐を穢しては、我々が誤
義《飛鳥》　でもこれは
冠《繁江前》　ハテマア、扣へてムれいのふ
　ト義《飛鳥》左衛門、あつと扣へる。冠《繁江前》十郎、こなし（86オ）有て、桜の枝を二本前へ出し
時に取つての竹刀しなへ、此桜の枝をもつて、互ひに怪我のないよふに勝負しヤ
鯉《桜木》　畏り升てムり升ス。サア私しから参り升ふ、住の江様
團《住の江》　お前はあんまりおとなげないが、あしらふて上ふ
　ト此内、里好《白菊》桜の枝を並る。両人、用意して
鯉《桜木》　わたしヤ、勝負に用捨はムんせぬぞへ
團《住の江》　細言トいわずと、サアお出
鯉《桜木》　ヤア（86ウ）
團《住の江》　ヤア
團《住の江》鯉《桜木》　マア〳〵
　ト好みの相方にて、立廻り有て、すぐ團《住の江》八、鯉《桜木》三郎に打すへらる、
鯉《桜木》　何ンと見へましたかへ
團《住の江》　ア、、見へた〳〵、お前にまけても、薄雪様にかつわへ

里好　お姫様の名代に、わたしとお立会下されませ

團《住の江》　不足なら、立合ふ

里好《白菊》　サア、ムりませ

里《白菊》團《住の江》　サア〳〵（87オ）

ト右の相方にて、立廻り、ト〻團《住の江》八、打居へられ、直ぐに起きて、富代《青柳》、小雛《此花》、ひな《若草》まつに行を、三人して打すへる。哥《薄雪》六、悦ぶこなし

里好《白菊》　唯今、あなたのおつしやるには、長刀なりと、小太刀成りと、おつしゃれたに

小雛《此花》ひな《若草》　あなたのお家は、色の道にて器用に有ふが幸崎の家風は

四人　わたしら迄が此通り

里好《白菊》　但し又お負被成るが高の御家風でムり升かいナア（87ウ）

團《住の江》　アノそれハ

里好《白菊》　何ンと、おもひ知らしやんしたか

團《住の江》　ヱ、、思ひしつたか〳〵

ト骸の痛ひこなし、花妻《お梅の方》、松江《柵》悦ぶ

臺《きぬた》　ア、、大方斯うで有ふと思ふた

冠《繁江前》　よしない事を言ひ出して、思わぬ不興。此やふな事を願ふも、聞届るも聞届る、ハテ座席を弁へぬ衆達では　ト璃《真弓》三郎へあて付ムるわいのふ

團《住の江》　ハイ、成程、段々わたしが誤り。しなへ打には負け（88オ）ましたが、又勝所では勝升る。中、皆様お聞被成ませ。アノ薄雪様は不義ものでムり升

哥《薄雪》　申〳〵、そりヤマア、何をおつしやり升ぞいナア

團《住の江》　イヱ〳〵、言ひなさんな。大切な役目を蒙りながら、所も弁へずと不義徒

ト哥《薄雪》六、術なきこなし。里好《白菊》、きつと成つて

里好《白菊》　イヤ申、住の江様、主人薄雪が不義徒とは、そりヤ何ものといづれにおいて

團《住の江》　アイ、奉納の刀の役目、園部の左衛門様と、奥の院での、ちゑ〳〵くり合ひ（88ウ）

臺《きぬた》　アイ、わたしもとつくり見て置たわいナア

花《お梅の方》　ム、コリヤ、聞捨ならぬ大事、悴、左衛門や薄雪さまが不義といふには

花《お梅の方》里《白菊》　何ぞ慥な

團《住の江》　サア、証據といふは奥の院で、二人リが寄つて千話の最中、直き〳〵に見て居たが慥なせうこ

花《お梅の方》　イヤそりヤ、証據には成り升まい

團《住の江》臺《きぬた》　なぜ〳〵

花《お梅の方》　武家は元より、十人百性、途中で出合ふた其時は、皆それ〴〵の挨拶は有筈。それを不義（89オ）といわば、日本国中、女子と男と物言ふたら、マ、不義と咎め升ふか

團《住の江》臺《きぬた》　サアそれは

花《お梅の方》　サア

團《住の江》臺《きぬた》　サア

花《お梅の方》團《住の江》臺《きぬた》　サア〳〵

花《お梅の方》　何ンとでム り升る

團《住の江》臺《きぬた》　ホイ　ト向ふより

工《藤馬》　イヤ、其不義の証據は、爰にム り升る

珉《籬》　イヤ〳〵巻物は（89ウ）成らぬ

　ト向ふより、工《藤馬》左衛門、珉《籬》子、巻物を取合ひ出る。能所にて、珉《籬》子、巻物を取るを、冠《繁江前》十郎、手裏剣打、珉《籬》子こける

冠《繁江前》　家来、藤馬は不義のせうこは則是でム り升る

　ト冠《繁江前》十郎が傍へ持て行、冠《繁江前》十郎とる。哥《薄雪》六それをとるをのけ

工《藤馬》　コリヤ是、奉納の普門品。ソレ飛鳥どの

　ト義《飛鳥》左衛門、取上、開らき

冠《繁江前》　ヤアコリヤ、勿体ない経文に濡文◯、是迠、（90オ）千束にいわせ参らせ候。我思ひ、筆のたてども覚束なく候へども、恋しなん命の程も近付候程に憧れ参らせ候。もの、ふは、物の哀も知ると言へば、御推もじの上、色よき御返事を、松に巣をくむ雛鳥の千歳セをかけて、祈り参らせ候。目出たくかしこ

義《飛鳥》　その、元のつまへ　きへ残る雪より

　ト花《お梅の方》妻、松《柵》江、里《白菊》好こなし

團《住の江》　ム、、園の元トのつまは、左衛門どの消残る雪とは薄雪どの（90ウ）

臺《きぬた》　テモ、腹のたつ文の文句

□《綴目、難読》　憎なせうこの有る上は、左衛門を、是へ引立い

冠《繁江前》　イヱ〳〵、繁江様、罪の疑敷は軽ふ斗らふが公の政事。殊に、今日は法会の事でム れば

璃《真弓》三　イヱ〳〵、そりヤ成り升ぬ。法会迚、用捨すれば、こなたの子息、市ノ正どのは構われまいが、六波羅の政事を預る忰大膳が誤り

冠《繁江前》　サ、そこを何卒、場席にめんじて

璃《真弓》三　イヱ〳〵、成り升ぬ〳〵。ずんど成らぬ事でム り升るぞ（91オ）

冠《繁江前》　左様でム り升ス。女子斗りのけふの役目、詮義に怠りが有つては、夫トへの言訳なし

義《飛鳥》　兄様に替つて、わたしも

團《住の江》　急度、詮義をしますわいナア

團《住の江》冠《繁江前》　ソレ、誰か有。左衛門を是へ引立い

冠《繁江前》　ハツ、左衛門殿ム れ

　ト市《左衛門》紅を、来《実若》蔵、岡《藤内》十郎、冠《銭蔵》平、引立出る

来《実若》岡《藤内》冠平《銭蔵》　ヤア、是は、いづれも様、此左衛門を御召とは

市紅《左衛門》　敵女男皆〳〵大切な用が有つて

市《左衛門》　シテ、其用は（91ウ）

冠《繁江前》　是、覚が有るか

　ト右の経巻ほふる。市《左衛門》紅、とつて見て

市《左衛門》 ヤア、是は
冠《繁江前》 薄雪姫と不義の大罪
市《左衛門》 ヱ、
工《藤馬》 何と、遁れは有まいかな
市《左衛門》 斯顕るゝ上は、是非に及ぬ。母人、何れも御めん
ト腹切らふとする。哥六《薄雪》、あれと行かふとするを、松江《柵》留める
花《お梅の方》 忰、まちや（92オ）
市《左衛門》 イヤ、不義の科有、左衛門なれば
花《お梅の方》 武家の掟といふ乍、若気の習らひ、さのみ切腹する程の事でも有るまひ
義《飛鳥》 イヤ、切腹せにヤ成り升ぬ。ハイ、ずんど成り升ぬ
團《住の江》 常は格別、大切な祈念の仏前を
臺《きぬた》 色事で穢すは大罪
市《左衛門》 夫じヤによつて
ト又、死ふとする。猪三郎、出て留め
猪三郎《兵蔵》 若殿、待つた早まるまい
冠《繁江前》 大切な場所を穢せし左衛門（92ウ）
敵女皆〳〵 切腹するを、何故留める
猪《兵蔵》 サア、其大切の場所故、留め申た
皆〳〵 ナント
猪《兵蔵》 血汐を以、穢さして、科に科を重ねさそふと
皆〳〵 ヤア
猪《兵蔵》 ハテ、そふ味マ〳〵とは、参り升まい
ト下にいる敵役、みな〳〵顔見合し、こなし
冠《繁江前》 イヤ、切腹はせずとも、大罪の左衛門、薄雪、縄懸て引立ん
團《住の江》 そふとも〳〵、私しも恋の意趣、イヤ恋の科（93オ）、兄様の名代
臺《きぬた》 私しも、供にソレ皆の衆
工《藤馬》 岡《藤内》 冠平《銭蔵》 心得ました
ト来蔵《実若》、冠平《銭蔵》は、市紅《左衛門》、岡十郎《藤内》、工左衛門《藤馬》、哥六《薄雪》へかゝる。里好《白菊》、猪三郎《兵蔵》隔て
猪《兵蔵》 イヽヤ、事分明成る、主人の不義
里《白菊》 マア、とつくりと御詮義有迄
里《白菊》 猪《兵蔵》 めつたに、縄を懸させ升ぬ
義《飛鳥》 ヤア、今日の繁江殿は、六波羅の執権職
團《住の江》 臺《きぬた》 それに刃向ふ上からは
猪《兵蔵》 来《実若》 兵衛、伊賀守も引立さそふか（93ウ）
猪三郎《兵蔵》 サア、夫レは
冠《繁江前》 陪臣の分として、扣へて居よふ
猪《兵蔵》 里《白菊》 ホイ　ト当惑のこなし
冠《繁江前》 ソレ、早く縄かけい
工《藤馬》 来《実若》 岡《藤内》 冠平《銭蔵》 ハツ　ト立別レて、両人に掛る。猪三郎《兵蔵》、里好《白菊》おこづくを、團八《住の江》、臺蔵《きぬた》留る。吉三郎《妻平》出て、工左衛門《藤馬》、岡十郎《藤内》を張廻し、冠平《銭蔵》を取て投る。来蔵《実若》、夫レをと来るを見事に投る。是にて、来蔵《実若》、團八《住の江》、狼狽逃ては入る。珉子《籬》、起て

珉子《籬》　ヲ、能ひ所へ、妻平殿（94オ）

吉三郎《妻平》　おらが出たからは、主人に慮事はめつたにさしない　ト冠《繁江前》十郎、悔りして

冠《繁江前》　ヤア、最前気絶した妼の籬が

皆〳〵　其体は

珉《籬》　アイ、大膳様の名代と有故、手裏剣有ふと

冠《繁江前》　やア

珉《籬》　覚悟して、居升たわいナア

ト工《藤馬》左衛門、岡《藤内》十郎、来《実若》蔵、冠《銭蔵》平起上り

工《藤馬》　やア、己は下良の妻平め。主人の御意をうけ、縄かける両人（94ウ）

来《実若》岡《藤内》冠平《銭蔵》　何ゆへに妨げする

吉《妻平》　ヲ、、妨げか

敵皆〳〵　ナント

吉《妻平》　ヤイモ、才六め、何ンだ、最前から聞て居れば、おれが旦那と薄雪様を不義徒の、蜜通のと、なひもせぬ悪名付ると、どなたでも、どいつでも、此奴めがお相手だぞ。ヲ、、そふ思ふて、待ておれ

冠《繁江前》　ヤア、下郎の身として、慮外ものに縄かけひ

工《藤馬》来《実若》岡十《藤内》冠平《銭蔵》　うぬ　トきめるを急度、白眼（95オ）

吉《妻平》　何レだ　ト是にて、じつと扣へる
主人の不義を糺すまで、わいら如きに、縄か丶るお奴様だと　ト冠《銭蔵》平掛るを、とんと投げおもふかひ

工《藤馬》　イヤ、こいつが〳〵、途方とてもない、とうへんぼくめ、御両所の御前ンで不義と極る左衛門薄雪を不義でないとわい

吉《妻平》　何ぞ、慥なせうこが有るか

冠《繁江前》　ヲヽ、せうこといふは、此経巻。藤馬ソレ
トほふる。工《藤馬》左衛門取て（95ウ）

工《藤馬》　コリヤ見たる、下郎の我が知つた事でないが、一寸拝まして遣らふ仰、是に懸らせ給ふは、奉納の普門品。其お憚の文句がへ、甚だいやらしいだ。長〳〵と読むにや及ぬ。又、当名の所は園の元トのつまへ消残る雪。とつくりと
ト吉《妻平》三郎が目先へ、突付る。ちやつと引込め
どつこいしよ〇　跡手引たくつて、ずん〳〵に引さく。サア、其せうこは、サア〳〵〳〵と難義に成るも有るやつ〇　こりヤ、是程たしかなせうこが有るゆへ（96オ）

吉《妻平》　イヤソレヤ、せうこにヤ成らぬ

工《藤馬》　何ンじヤ、是がせうこにならぬは

吉《妻平》　薄雪とか、左衛門とか書イて有か

工《藤馬》　やア

吉《妻平》　おらが主人の名は、そんなけたいな名ではないわひ

工《藤馬》　ヤ、こいつが〳〵十方途轍もない文盲なやつ。這は下郎田夫野人、こりヤ園の元トのつまといふは、園部左衛門をいやらしく、つまと宣ふ所、

わかつたな。又、消残る雪といふは、うす〳〵と（96ウ）して有ゆへ、薄雪。わかつたか。そこで、園の元トのつまへ消残る雪。マ一ツ、その丶もとのつまへきへ残る雪。念の為、園の元トのつまへ消残る雪、念の為、園の元トのつまへ消残る雪

ト花妻《お梅の方》、哥六《薄雪》、市紅《左衛門》、松江《柵》、珉《籬》、吉三郎《妻平》が前
　へ持て廻る

なんと、是でも不義ではないかい

吉《妻平》　ヲ、、其状が有るゆへ、不義でない慥なせうこだ

工《藤馬》　や、こいつが〳〵まだ分らぬ。こりヤ、園の元トのつまと言ふはナ（97オ）

吉《妻平》　妻平が事だ

工《藤馬》　ヤア

吉《妻平》　此下郎の妻平の事だ。園部家に奉公するゆへ、その丶元トのつま

工《藤馬》　ヱ、

吉《妻平》　なんと、合点がいたか

工《藤馬》　ハアレ　ト手を組ミ
シテ、又消へ残る雪とは

吉《妻平》　是にいる籬の事だ

工《藤馬》　ソ、、、そりヤ又なんで（97ウ）
ハテ、籬の元トに消へ残る雪

工《藤馬》　ヤア

吉《妻平》　こなた哥は知らないか

工《藤馬》　ヱ、

吉《妻平》　ちと雨降なぞには稽古にムれだ

工《藤馬》　ハアレ　ト手を組

吉《妻平》　艶書の当て名は、妻平、籬

市《左衛門》哥《薄雪》　イヤコレ、それでは　トいふを打消し

吉《妻平》　イヤ、あなた方のしつた事ではない（98オ）

市《左衛門》哥《薄雪》　でも其事は

吉《妻平》　ハテ、お慈悲深ひ御主人達。かぶつて遣らふと被成ても　ト両人、こなし有るをさへ斯成からは、叶ひ升ぬわいの
　ト両人を留る。工《藤馬》左衛門、思案して

工《藤馬》　園の元トの妻○　園部の妻平○　消残る雪○籬の元トに消残る雪○　ハアレ、こりや利けつじやわい

珉《籬》　なんと、合点がいたかへ（98ウ）

工《藤馬》　とんと、其通り

吉《妻平》　ちつと、そふも、くらふかい
　ト工《藤馬》左衛門、手を組思案している。冠《繁江前》十郎、
　こなし有て

冠《繁江前》　イ、ヤ、其言訳はくらひ〳〵

吉《妻平》　何、言訳が闇らひとは

冠《繁江前》　園の元トの妻といふは、左衛門を夫に、消え残る雪は、薄雪の隠し詞。しかも薄雪の手跡

吉《妻平》　ム、、大膳様の母御の詞にも似合ぬ。薄雪様よ

り左衛門様への艶書に、園の元トのつまと、様と（99オ）いふ字を落されふか
冠《繁江前》　やア
吉《妻平》　其上に、恋の隠し詞に消残る雪、とかけば、すぐに薄雪とわかる。ゆきといふ字をかくよふな、そんなたわけで色事がならうかい
冠《繁江前》　譬、どのよふに言ひ廻しても、薄雪が自筆がせうこ
吉《妻平》　偽セ筆代筆は有習ひ。夫レを跡と紀しもせず、無利に科に落したがるは、六波羅（99ウ）の政事をお捌き有、大膳様の母御には
冠《繁江前》　ヤア
吉《妻平》　ちと似合ぬかと、思ひ升わい
　ト冠《繁江前》十郎ム、とこなし、花《お梅の方》妻こなし有て
花《お梅の方》　ヲ、、能ひ所へ、妻平でかした〳〵
珉《籬》　申、柵様。白菊、妻平様はでかされ升ふがな
松《柵》　思ひがけない難義の所へ
里《白菊》　捌いて下さんした、妻平殿は
璃三《真弓》　下郎に似合ぬ適の器量、ハテ園部家には能ひ家来を持たれたなア、ヲ、でかし（100オ）た〳〵
　ト此内、工《藤馬》左衛門、きよろ〳〵としている。
　冠《繁江前》十郎、こなし有つて
冠《繁江前》　イヤ、でかし升ぬ。不義蜜通は武家一流の御法度、其不義したといふものを、でかしたと誉めそやせば、此後は、家の掟を破り、屋敷の内は遊所同ぜん
工《藤馬》　ヲ、、そふでムり升〳〵。だまつて聞ていれば、上品の前共憚からず、下郎分際で、園の元トの妻に、妻平、籬の元トに消残る雪の（100ウ）と、あた、ほてくろしい。腹が立つわい〳〵〳〵〳〵　ト泣き、ちやつとこなし有て、
冠《繁江前》　コリヤ、急度お紀しなさらにヤ、成り升まいしたが、六波羅の執権職の母が、陪臣下郎の詮義も成るまい。こりヤ其主人より紀しそふな物
　ト花《お梅の方》つま、こなし有て
花《お梅の方》　不義者の妻平は、此方で相紀し升ふ
吉《妻平》　イヤ〳〵、奥様、此妻平、不義は致し升ぬ
工《藤馬》　イヤ〳〵〳〵、上げたり下げたり、そりヤ何ぬかす。今此、名当、妻平、籬といふたでないか（101オ）
吉《妻平》　ヲ、、言ふた
工《藤馬》　それに又不義せんとは
吉《妻平》　不義でないせうこは、其文句、色能ひ返事をまつと有のは、まだ返事のない内、但し、外に返事の状でも有か
工《藤馬》　イヤサ、それは
吉《妻平》　じやによつて、不義はせぬ。籬が付文した斗り
工《藤馬》　アノ、付文を、ヱ、、いま〳〵敷い　ト腹立る
璃三《真弓》　成程返事なければ、蜜通せぬ事は明白なれど、此場で其不義者がなふてハ、アノ（101ウ）経文

の納りもつかず、コリヤ、やはり不義ものにして○、イヤ、不義者の政道立らるゝが能かりそふなもの

花《お梅の方》　畏り升た。妻平勘当じヤ

吉《妻平》　アノ、下郎めを御勘当とな

花《お梅の方》　サア、兼て籬と二人リが中　ト市紅《左衛門》、哥六《薄雪》へかけ

知らぬではなけれども、若ひ者有習らひと赦し置たが、けふの此時宜、そちを勘当せねば叶わぬ程に　トこなし有て（102オ）

此場を立て、早ふ行きや

吉《妻平》　成程、御勘当、受升てムり升る

里好《白菊》　不義は罪なれば、籬どのも

松《柵》　兄様に替つて、柵が勘当

珉《籬》　ヱヽ、そんなら私しも、妻平殿と一所に、勘当でムり升かいナア、申、御姫様、私しヤ、妻平殿と勘当受ました。こんな嬉しい事はムり升ぬわいナア

　トいろ〳〵悦ぶ。工《藤馬》左衛門、ぎよろ〳〵して居て

工《藤馬》　まて〳〵、それでは詮議が手こ消《綴目、難読》に成る。そふは（102ウ）成らぬぞ〳〵

義《飛鳥》　そふは成らぬとは

工《藤馬》　ハイ〳〵、御主人様へお願ひ。何卒、拙者めも御勘当被成て下さりませ

来《実若》　何、勘当が請たいとは

工《藤馬》　サア、唯今、勘当受升た妻平、奴にけしほども科はムり升ぬ。不義の相手は、此藤馬でムり升ス

来《実若》　コナ、気違ひめ、何ぬかす

義《飛鳥》　今、目の前で、妻平、籬が艶書の当て名

工《藤馬》　サア、其宛名は間違ひ。其園の元トの妻と（103オ）いふは此藤馬、その元ト書たは、そのもとをつまと籬に心を尽くして来た御憚、いづれも様、ヱ、おはづかしい　ト色事仕の身振り

来《実若》　こいつ、様々のたわけを尽す、大馬鹿めが　ト蹴《ケ》飛す

吉《妻平》　是〳〵、藤馬、あれ程慥な今の宛名、夫ゆへ、下郎と籬は御勘当

工《藤馬》　イヤ、ならぬ〳〵、どのやふにいふても、アノ当名は、此藤馬。其元トのつまと言ふ事じや。それを違て我じヤといへば、世界中の手紙に、其元様（103ウ）と書たは、皆我が又妻といふにも江戸つま、小妻、かいとりづま、さつまに、手づま、丹波屋お妻、我妻恋しほうやれほうも、皆妻平の事といわりやうか

来《実若》　何ぬかす、一向わけがしれぬ

工《藤馬》　ヱヽ、人の心も知りもせず、宛名は妻平に極つて、二人リながらかんどうなりヤ、連ていぬじヤムり升ぬか。そふなると、逢たり叶ふたり、

来《実若》　勘当同士が蹴合升ス。そりヤ、蹴合いにヤ置ぬ。そこで、アノ当名は此藤馬、御勘当、お願ひ申。因縁、因は、あ（104オ）ら〱、斯の通りでムり升ス

才《住僧》　ヱ、、ナニ馬鹿な　ト蹴のめす　トばた〱にて、才《住僧》蔵、刀箱持出て

才《住僧》　申上升ス。一大事が出来致升た

みな〱　何、一大事とは

才《住僧》　ハツ、唯今本堂へ参りし所、奉納の刀箱の紐解け御座候ゆへ、中を改め升たる所が、以前に替りし此有様、夫故、持参仕り升てムり升る

冠《繁江前》　其刀箱、是へ

才《住僧》　ハツ　ト冠《繁江前》十郎が前へ持行。冠《繁江前》十郎、改め見て

冠《繁江前》　やアコリヤ、調伏の鑢子目（104ウ）

□《綴目、難読》　ヱ、

冠《繁江前》　左リを下げ、陰に応じて右を上げ、金克木に命を断、火克金に世を乱す鑢子目　トこなし有て左衛門、是改めて見やれ　ト出ス。市《左衛門》紅見て

市《左衛門》紅　ヤアこりや、最前見しとは違ひし鑢子目

冠《繁江前》　サア、何ゆへにかゝる事を成し、鎌倉殿を恨み奉るぞ、有様に白状〱

市《左衛門》　弓矢神も照覧あれ、左衛門が身に取てさら〱（105オ）覚へはムり升ぬ

冠《繁江前》　やア、覚ないとはいわれまい、そなたの奉納した此刀、どふして此鑢目は入て有

市《左衛門》　サア、其義は

花《お梅の方》　コレ、左衛門、大切の所じヤ

猪《兵蔵》　お心を定めて、しつかりと御返答

市《左衛門》　サア、此身に覚のなき事は、同道した国行がせうこ、彼を是へお呼出し下さり升ふ

猪《兵蔵》　如何様、是は能ひ思召

吉《妻平》　下郎め、詮議仕て参り升ふ（105ウ）

　ト言ふ所へ、ばた〱にて、伴僧走り出て

伴僧　ハツ、申上升る。何者の業とも知れず、本堂の塵落しに、国行殿を殺し打捨ムり升ス

皆〱　さてそてナ

猪《兵蔵》　ム、スリヤ、調伏の鑢子目を入れし奴が、国行殿を手にかけしに相違なし

吉《妻平》　尋ね出して、一ト詮議　　ト立上る

冠《繁江前》　妻平待て

吉《妻平》　なぜおとめ被成升る

冠《繁江前》　余人を詮議に及ぬ。科人は知れて有（106オ）

吉《妻平》　何、科人が知れて有とは

冠《繁江前》　外でもない、夫に居る左衛門

吉猪市《妻平兵蔵左衛門》　なんと

冠《繁江前》　国行を頼、調伏の鑢目を入させ、蜜事を人に語らんかと、藤戸海士の様しを引キ、切捨たるは違ひない

吉《妻平》　イヤそりヤ、目当が違ひ升た

冠《繁江前》　目当が違ふたとは

吉《妻平》　家奉納の刀に鑢子目を入れ、我科を掠るよふな、馬鹿な主人でもムり升ぬ（106ウ）
冠《繁江前》　ヤア、いわせて置ば過言ンの有る丈。一大事の詮義する。そち達が比判を請ふか
吉《妻平》　デモ、看々な無体のせん義
冠《繁江前》　やア、扣へて居よふ　トきつと言ふ
吉《妻平》　ム、　トこなし。猪《兵蔵》三郎、こなし有て
猪《兵蔵》　こりや〳〵、妻平、御勘当請しこそ幸ひ、是より直に主人の無実の詮義を　トこなし有て勘当の身と有れば、勝手にいたせ（107オ）
吉《妻平》　畏つてムり升る　ト工《藤馬》左衛門、向ふへ出て
工《藤馬》　シテ申、私めが勘当は
来《実若》　馬鹿者め、ひかへておらふ
工《藤馬》　スリヤ、叶ひ升ぬか　○ホイ、　トこなし
猪《兵蔵》　シテ、此場の納りは
みな〳〵　如何様、成り升るな
冠《繁江前》　科分明成る薄雪、左衛門、わらわが預り帰り、躬に言付、糾明さす（107ウ）
猪《兵蔵》　スリヤ、大膳様に
里《白菊》　アノ、科もない姫君迠
冠《繁江前》　イヤ、薄雪は、奉納の経巻を反古にせし咎めある
哥《薄雪》里《白菊》松《柵》　ヱ、
冠《繁江前》　夫故、両人共、館へ伴ひ升るが、真弓様、御比判がムり升スか

璃三《真弓》　分明成る科の次第、秋月へお預け成るからは、今日より七日が間は、わらはが吹挙を以て、落着の日延を願わん（108オ）
義《飛鳥》　スリヤ七日が間に
璃《真弓》　何角の詮義致たがよい
○　ヱ、、有難ふ存升ス　ト七ツの半鐘鳴る
皆〳〵　最早七つ
才《住僧》　早、夕暮れに近付升れば、麁末の非時を差上奉度、奥座敷に御入有よふ、願は敷ふ存升ス
璃《真弓》　如何様、最前より余程の間、奥にて暫時、休そくしませう（108ウ）
冠《繁江前》　帰館する迄大事の科人
猪《兵蔵》里《白菊》　私どもが御傍放れず
哥《薄雪》　今朝の門出が
市《左衛門》　館の名残り
吉《妻平》　目出度、御帰還
珉《籬》　追付、吉左右
花《お梅の方》　其時こそは、勘当の
工《藤馬》　二人リは、拙者が追拂わん
璃三《真弓》　サア、繁江様
冠《繁江前》　イザ、奥の間へ（109オ）
皆〳〵　先、御入あられ升ふ
　ト哥に成。冠《繁江前》十郎、璃《真弓》三郎、皆〳〵宜敷く、こなし有て、此一件、奥へは入る。跡に、吉《妻平》三郎、珉《籬》子、工《藤馬》藤左衛門残る

工《藤馬》　ヱ、、見れば見る程、腹が立つわい〳〵。今夜から、連立て一ツ所に寝るかと思へば、モウ〳〵　トこなし有て
いつそ
　ト切つて掛るを、吉《妻平》三郎、刀もぎ取、胸打に
　　打すへ
吉《妻平》　及ぬてんがう、置おらふ（109ウ）ト（綴目一行、難読）
工《藤馬》　ヲヽ、いた〳〵、テモ強ひやつじやナア
珉《籬》　何と、うちの妻平様の手なみ、よふ覚へて居やしやんせ
工《藤馬》　だまり上れ、引さくれめが、妻平〳〵と面白くないぞよ。腹が立わい、腰は立ぬわい。妻平、我此侭で済ぬぞよ、追付、返報する、待つてけつかれよ
吉《妻平》　腰骨のかけ替へが有なら、何ン本でもぶち折てくれふわひ
工《藤馬》　ヱヽ、其ほふげたを（110オ）
　ト立ふとして、腰の痛むこなし
アイタヽヽ
　ト哥に成、吉《妻平》三郎を白眼つけ、は入る。
　吉《妻平》三郎、こなし有て
吉《妻平》　御両所様は、仁心深き大膳様のお館へ預けと有あれば、気遣ひなし
珉《籬》　一時も早ふ、曲物の詮義がかん心ン

吉《妻平》　是よりすぐに
珉《籬》　こちの人
吉《妻平》　おじや　ト両人行ふとする。奥より花《お梅の方》妻出て
（110ウ）
花《お梅の方》　両人まで
吉《妻平》珉《籬》　御用でムり升スか
花《お梅の方》　それ　ト小判の包をほふる
吉《妻平》珉《籬》　是れは
花《お梅の方》　路用にしや
吉《妻平》珉《籬》　残る方なきお志
花《お梅の方》　此上頼むは、左衛門が身の誤り
珉《籬》　国行殿を討たる曲者
花《お梅の方》　どふぞ、首尾よふ
吉《妻平》　尋ね求めし、其時こそ（111オ）
吉《妻平》　此頼人の、佞人めらを
花《お梅の方》　コレ　ト両人を押へ
ひそかに〳〵
　ト押へ、傍りを伺ふ。吉《妻平》三郎、珉《籬》子、宜敷こ
　なし。木魚入の相かたにて
　かゑし

造り物見付、山幕、上手金色水の祠、下手地蔵桜の書割、前水手向、能所に草井戸、都て奥の院裏手のもやふ。真中に團《師門》八二役、師門にて、野袴にて立つている。（111ウ）来《実若》蔵、岡《藤内》十郎、

冠平《銭蔵》傍に居る。相方蛙の声にて道具留る。

三人　師門殿

来《実若》　兼て約せし通まんまと、首尾能ふ御袖判

團《師門》　日頃の大望忝ひ　ト戴く

シテ、薄雪、左衛門の両人、科に取て落せしと
な

来《実若》　夫に付、母繁江が、館へ伴ひ帰る手番ひ。其上、
荒平太が働きにて、兼てこなたが心を掛居ら
る、傾城汀井は、こなたの館へ送り遣し、衒取
たる御袖判（112オ）

團《師門》　ム、スリヤ、汀井を首尾能、某が館へ。よし
〳〵、夫レにて、侍従之助に鼻を明さし、まつ
た、是さへ有れば、軍勢催促は心のま、ゝ

冠《紘》平　成程、こなた様の大望も追付、成就

岡《藤内》　何角の邪魔に成るは、園部、幸崎の両人

團《師門》　夫も、自滅さす手番致し有、此上は、今一色の
四神のまきさへ、手に入れば、侍従之助を押込
め、謀反の手配り。先、差当つて薄雪、左衛門
を取逃さぬ様、きつと心付けが肝要

来《実若》　心得ました（112ウ）

團《師門》　萬事は館で

来《実若》　師門殿

團《師門》　此場を早く

来《実若》　両人来やれ

ト来蔵《実若》、上手へは入る　ト忍び三重に成り、

團《師門》八、思ひ入有て

團《師門》　荒平太が働によつて、まんまと手に入る御袖判。
是を以、軍勢催促せん事、心のま、、ヱ、有難
ひ

トお袖判を出しいたゞき、此前より、山《松蔵》十郎
（113オ）伺ひ、此時

山《松蔵》十郎　それを

ト懸る。是にて、闇りの立廻り有て、トゞ團《師門》
八、山《松蔵》十郎をポンと当る。山《松蔵》十郎、たぢ
〳〵とへたる。此時、橋懸りより、侍三人、
乗物釣らせ出る

侍　お迎ひ　ト此時、團《師門》八、心得、乗物へのり

團《師門》　乗物いそげ　ト向ふへは入る。ト山《松蔵》十郎、心付

山《松蔵》　遠ふくは行くまい、それ

ト向ふへ、逸散には入る　ト橋懸より、三五《團九郎》
出て（113ウ）

師門殿の頼によつて、鑢子目は入れたなれど、
邪魔に成る、老惚、無據手にかけたれば、斯ふ
して居られぬわい

ト此時、ばた〳〵人音するゆへ、小隠れする

ト橋懸りより、伴僧六人、棒持出

伴僧△　何と、皆の衆、奥の院の塵落しに、人を殺し有
たゆへ

〃○　鬱散成る者、見付次第に、引縊れと、院主様の
言付

〃□　必ずぬかるまいぞや（114オ）
皆〳〵　がつてんじや〳〵
ト此時、三五郎《團九郎》見付、伴僧、皆〳〵棒にて取
巻、いろ〳〵有て　トゞ伴僧を突倒し、向
ふへ走りは入る。皆〳〵追欠、は入る
かゑし
金色水の祠、地蔵棚、草井戸引込む。チヨント木を入
る　ト東の桟敷、上は清水の舞台にて、柱筋高欄の上
へ懸落し、下桟敷、掛造りの見へ。跡の木にて、山幕
切落す　ト舞台前、糸桜ふり出す（114ウ）
造り物三間の坂、但シ、五段斗り上は隠す。東西山の
書割、橋懸り、切幕の所かゑる　ト音羽の瀧に成る。
所々に桜、糸桜見事に有り、右坂の半へ、吉《妻平》三郎上り
掛て居るを、工《藤馬》左衛門、清水寺と書た傘にて留ている
見へ、雨車、入相の鐘、詠の合方にて、道具留る
工《藤馬》　ヤイまて、妻平、うぬ、勘当の身をもつて、ど
こへうせる
吉《妻平》　ヲヽ、其勘当を受し故、曲者の詮義せんと、小
宿より用意を調へ、立退く所。様子を聞けば、
（115オ）薄雪様と左衛門様と、不義徒のない証
據して置いたのに、おらがいぬ迚、繁江の前が、
往生づくめに白状さし、又不義に落合入らしや
つたと聞たゆへ、宿坊へいて、めつきしやつき
するのじや
工《藤馬》　ヤレぬかしたり、腹の皮べり〳〵と、邪魔に成
るゆへ、己を勘当さして追拂ふたのじやわい
吉《妻平》　夫レじやによつて　ト行ふとするを留る
工《藤馬》　まて、めつたに遣つてよい物か。我行たいとお
もや、籠をくれ。そふせにや、爰一寸も返し
（115ウ）やせぬ
吉《妻平》　ヲヽ、通さぬ所、通ふつて見せふ
工《藤馬》　どふして通る
吉《妻平》　斯して　ト傘、刎上る。工《藤馬》左衛門どつこいと留
る
工《藤馬》　何を　ト両人、一寸、烈敷立廻り有て、工《藤馬》左
衛門、危ふ成る
皆、こいやひ
ト花道より、揃への襦袢にて、大ぜい、清水
寺の傘にて出て来る。吉《妻平》三郎、花道へ行、
千鳥にて、ぶたいへ戻り、どつこいと見へ
に成る
吉《妻平》　ハヽヽヽ、祝言の水あぶせの手をかへた、雨傘
の（116オ）趣向、久しく振りて、馳走に逢ふか
ト尻からげ、見へに成る
工《藤馬》　そりや
ト是より、摺鉦の鳴物に成り、大立有つて、
どつこいと見へに成。渡り拍子にて、いろ
〳〵面白き立、さま〳〵有つて　トゞ

吉三郎《妻平》、石橋へ欠上るを、工左衛門《藤馬》、追ふて能所にて、吉三郎《妻平》、石橋にて、かさを持ち、急度見へ、工左衛門《藤馬》、下タより裏向きの見へ、皆〳〵、前へ傘にて取巻ならぶ見へ、宜敷渡り拍子にて

返し

東の桟敷、元トの通りに成、糸桜引上る

（116ウ）

造り物二重舞台、蹴込、草土手、見付黒まく、二重の上に非人小屋、松の釣枝、東西ちいさき藪、都て鳥部野の体。此二重の上に筵をしき、新平《万年の亀》、豊五郎《四六三の八》、才蔵《愛宕伴蔵》、国十郎《耳切れの三》、非人の形にて、酒盛して居る。市紅《来国俊》同じく非人の形にて、徳りにて酌している。直蔵《おたつ》、乞食嬶にて手伝ひいる見へ、茶摘歌、替唱歌にて道具留る

才《伴蔵》　サア、皆呑めよ〳〵、新米の仲間入、こりヤ、ゐらひはり込みじやわい

新《亀》　こりやわいやい、肴は濱焼か、こりヤきついは（117オ）焼た鯛に、目の有のは今が見始め、此鳥貝はゐらい味ひわい

市《国俊》　マア、何寄、雨がよつて仕合。最前のばら〳〵で折角、皆が来て呉た所が、内はせばし、肝心の此座敷がつかへまいかと、ゐらうあんじたわい

豊五郎《四六三の八》　ほんによい勝手なお座敷は、雲天井に月夜の燈台。所は都の鳥部山を坪の内へ取寄られたの、前の池に鴛鴦がない斗り

直蔵《おたつ》　ちょんがれ様は、此頃はきつう設かつたそふなぞへ（117ウ）

国《三》十　さいのふ、八鬼山の順礼殺しと、小割伝内の鉄砲と芝居でしたので、ゐら時行り、去年の冬は、世間一流に、がれちよんのほうゐじヤ有たわい

新《亀》平　時に、仲間入の祝義に、何ぞ目出たい事いわんかい

国《三》十　目出度事といふて、ちょがれに目出たい事はないが、おれが一本やり遣らふ

市紅《国俊》　サアやつてくれ〳〵　ト国十郎《三》、咳拂して（118オ）

国《三》十　ヤアラ、めでたいな〳〵、目出たい事で祝ふなら、鶴は千年、亀は万年、東方朔は九千歳イ

才《伴蔵》　八嶋と聞ケば、やゝヤ〳〵、誠いにしへ、源平は、

豊《八》　ヤア付くな〳〵

才《伴蔵》　つくな〳〵とおつしやれど、野中に餅やはムり升ぬ

皆〳〵　ハヽヽ

才《伴蔵》　マア、是で祝義も済んだと言ふ物じヤ。時にどうやら又、曇つてお座敷〳〵ぼろ〳〵と天道の小便じや、こりヤ亀よ、八よ、次郎とも《ママ》（118ウ）こい。いんで片がわなど組ふ。才蔵が胴じやが、

豊《八》　皆はるわ、いとひんじヤぞよ
ヲゝ、はるは〳〵。こりヤ、亀よ、せんどの算
用せにヤ、成らぬぞよ。覚えているか　○よ、
○よ、こいつは寝おつたそうなわい
才《伴蔵》　サア、いのふ〳〵、皆こい〳〵
ト皆〳〵、ひよろ〳〵する
国《三》十　ヱゝ、いま〳〵しい、おのら、何でひよろつく
ぞい。けたいじヤ〳〵、内から御迎ひはまだけ
つからぬかと、けつかるわい（119オ）
トひよろつく
市《国俊》　こりヤ果ぬ。此の左次が送つて遣ろ。サア〳〵、
三人ともこい〳〵
ト衆に引掛る。三人酒に酔ひ、いろ〳〵捨せ
りふ。新平《亀》はねている
おさんどん、そこ片付けて、いんで下んせ。次
手に、亀めに莚など、きせて置て下んセ。サア
〳〵、大降のない内に、こいやひ〳〵
ト右の哥にて、花道へ連て行。三人いろ〳〵
捨せりふ、くだまきは入る。直蔵《おたつ》、跡片付
（119ウ）
直《おたつ》　ア、味い〳〵　ト雨車
アゝ、又大降じヤ、ドリヤ内へいのふか
ト下手へ這入る。相方に成り、上手より雨合
羽の家来二人、箱てうちん燈し、あんだを
釣せ、跡より猪三郎《兵蔵》、紅葉傘さし出る。向
ふより市《国俊》紅、懐冠り、急ぐ心にて出て、供
の中をすり抜るを引留め
家来△　こりヤ待て、何奴ツなれば、慮外者、すさりお
らふ
市《国俊》　イヤ、我らはツイそこな者、急用故、心ぜき
ト行ふとするを、引留め
家来△　何所へ〳〵、待上れ、面を隠すのみならず（120
オ）
〃○　聞入れのない、どら乞食め
〃△　此乗物が、目に懸らぬか
市《国俊》　夫故の頬冠り、子細有て世を忍ぶもの
△○　イヤ、こやつ慮外者、ぜひぬきおらふ
ト両方より掛る。見事に投る
家来皆〳〵　イヤ、慮外なやつな
ト急度きめる　ト猪三郎《兵蔵》、こなし有て
猪三郎《兵蔵》　家来共、皆引〳〵、災イは下からと、いらざる
詞戦ひより、大事も教る武士の役。見遁しにも
ならぬ。身が相手になつてくれふわい（120ウ）
ト乗物より、袴ふつさぎ覆面頭巾にて、刀さ
げ出て投出し
其一ト腰は覚えの魂、汝にくれる立テ身の働。
とつくりと見届たが、真剱の勝負を心掛ん。我
達は松原に扣へおれ。此挑灯の火が消るを相図
に、迎に参れ、いけ〳〵
家来皆〳〵　ハア、　ト挑灯一ツ置き、橋懸りへは入る

猪《兵蔵》　サア、非人、用意はよひか　ト羽織を肌ギ、身を構へる。市紅《国俊》見て

市《国俊》　我刀で首を切るといふ譬の如く、悪を仇（121オ）、此身には大切成る願ひ有れども、ハテ出合ふたが三条小橋。サア早ふ言ふにや及ぶ

猪《兵蔵》　サア

市《国俊》　サア

猪《兵蔵》　サア〳〵〳〵　ト切つて掛る。市紅《国俊》、くわしく

両人　立廻り有て、宜敷留る

猪《兵蔵》　勘当赦す、国俊

市《国俊》　や、ナント　ト猪三郎《兵蔵》、頭巾取り

猪《兵蔵》　父国行が名代（121ウ）

市《国俊》　ヤア、あなたハ剱川兵蔵様

猪《兵蔵》　コレ、父国行ハ人手に掛つて相果たるわい

市《国俊》　ヱ、　ト悔り

猪《兵蔵》　夫レに付、誤り聞す子細もあれど

市《国俊》　爰は途中

猪《兵蔵》　万事は座敷で、イザ同道　ト新平《亀》、起上り

市《国俊》（新平《亀》）　様子は聞た。已は国俊　ト言ふを、市紅《国俊》、ポンと切る

猪《兵蔵》　適、手の内（122オ）

市《国俊》　是より直ぐに

ト猪三郎《兵蔵》、こなし有て、火を吹消し、市紅《国俊》に囁く。市紅《国俊》、乗物へのる　ト以前の家来、挑灯持出て

家来△　お旦那、夫レにムり升か

〃　○　今の非人めは、何卒

家来皆〳〵　遊ばしましたか

猪《兵蔵》　ヲ、、すつぱりと手討

家来皆〳〵　スリヤ、非人めを　ト挑灯上げ見よふとするを、隔て

猪《兵蔵》　コリヤ○（122ウ）雨もおやんだ

家来　然らばおとも

猪《兵蔵》　挑灯やれ

ト歌に成。猪三郎《兵蔵》、こなし有て。跡より、乗物付、向ふへは入る

ト本釣かね、相方に成る　ト東西の藪の中より、三五郎《團九郎》、工左衛門《藤馬》ぬつと出て、つか〳〵とぶたい先キへ出て、三五郎《團九郎》は、市紅《国俊》を殺さにヤならぬと言ふこなし。工左衛門《藤馬》は、猪三郎《兵蔵》を殺して仕廻ふと言ふこなし。双方いろ〳〵有、此内（123オ）橋懸りより、吉三郎《妻平》、黒装束仕立の合羽、野袴、頭巾、高足駄にてかさを差し伺ふ。三五郎《團九郎》、工左衛門《藤馬》、行に当る。此中へ吉三郎《妻平》、は入る。双方別れて、吉三郎《妻平》へ掛る。吉三郎《妻平》、傘にて拂ふ。双方、見事に中がへりする　トチヨント頭入る。吉三郎《妻平》、頭巾を取り、向ふを見込む。両人、すぐに起きて、ひばらを

押へ、顔をしかめる思ひ入。此とたん、三
人よろしく　幕（123ウ）

（裏表紙）　続六冊　六

【二冊目】

（表紙）
詠吟《ゑい□ん》は
おとは山の
花盛《はなざかり》
添削《てんさく》は
おぐら山の

園雪恋組題《そのゝゆきこひのくみだい》

（役割）
一園部兵衛　来芝　一奴　達平　岩治郎
一同左衛門　市紅　一同　紋平　岩太郎
一来国俊　市紅　一月輪の熊　綱右衛門
一御手洗の三　冠平　一がけ岩松　岡十郎
一妼　夕菊　卯之介　一たんくわ喜蔵　重四郎
一同　みどり　小千代　一奴　絹平　新平
一同　若艸　小雛　一同　袖平　豊五郎
一同　此花　雛松　一轟軍太　熊右衛門
一同　青柳　富世　一小性艶之丞　沢徳
（1オ）

一同　さわらび　松江　一実若丸　来蔵
一同　白菊　里好　一磯江松蔵　山十郎
一同　信夫　歌六　一侍従之助　小三郎
一同　玉置《ママ》（笹）　三右衛門　一二郎丸師門　團八
一薄雪姫　歌六　一母　繁江　冠十郎
一刎川兵蔵　猪三郎　一小殿荒平太　冠十郎
一伊賀守　工左衛門　一奴　妻平
一秋月大膳　嵐吉　（1ウ）

二ツ目

月桂《つきのおさ》

（本文）

造り物三間の間、二重舞台見附、金襖、東西共、少シ高ふして、せうし屋体、両方共、錠前おろし有り、幕の内より、二重の上手に、團《師門》八、素袍、立ゑぼしにて、立掛り居る。来蔵《実若》、下手に、赤頬前髪、上下にて、ぎせいして居る。三右衛門《玉笹》、妼の形りにて、真中に留めて居る。平舞台に山十郎《松蔵》、上手にて、熊右衛門《轟軍太》上下にて、二重へ行ふとして居るを留めて居る。上手せうじの前に、松江《さわらび》、富世《青柳》、雛松《此花》、小雛《若草》、こし元で立廻りいる。下手、せうじの前にて、豊五郎《袖平》、新平《絹平》、岩太郎《紋平》、岩二郎《達平》、揃への奴にて、ぎせいして居る見へ。ばた〳〵（2オ）にて、序の舞にてまく明る

團《師門》　ヤア、六波羅の評定によつて、詮議に参つたる
　　師門に

来蔵《実若》　熊右衛門《軍太》　コリヤ、手向かひか

三右《玉笹》　是はしたり。あられもない女の私しが、あなた

方へ手向ひが及び升ふか。其六波羅とやらへ、
御出被成、お帰りない大ぜん様。其留守へお出
被成て荒々しう被成升るゆへ
山十《松蔵》　此松蔵も一寸お支へ申升ス　ト熊右衛門《軍太》を投る
團《師門》来《実若》　手向ひ致さば
三右《玉笹》　ハテ、其やふにおつしやらずと、大ぜん様のお
帰り有まで、マア〳〵お慎被成升ふ（2ウ）
團《師門》　イ、ヤ慎らぬ。底意の知れぬ、秋月大膳。此頃、
清水におひて、園部、薄雪両人が、大罪七日の
日延もけふに限る。夫レに打捨て、他行とは心
得ず。まつた其上、鎌倉の上使へ差上る、宝も
今日、彼是もつて詮議有大ぜん
来《実若》　常からの仁義立、若しや両人を落し遣りしも相
しれず
くま《軍太》　六波羅の命に依て向ひし我々
團《師門》　悪るく邪魔致さば、用捨はないぞ
三右《玉笹》　深ひ様子は存ませねど、其お二人リは大ぜん様
が（3オ）お預り有つて
山十《松蔵》　アノ如く一ト間を降して、堅き錠前
富世《青柳》　夫ゆへ、わたしらは
妼皆〳〵　姫御前様の目附やく
豊五郎《袖平》　下郎共は、左衛門様の
新平《絹平》　目附の役、厳敷も
妼みな〳〵　相守り居り升る
團《師門》　如何体に致す共、大罪の科人いたわるは上ミへ
の恐れ
くま《軍太》　其上、不義の者を、同じ屋敷に置事は
来《実若》　いかにしても心元なひ（3ウ）
團《師門》　夫ゆへ、我々は吟味のやく
来《実若》　改て帰らずば、役目が済ぬ
團《師門》　ソレ両人
来《実若》くま《軍太》　ハッ
ト立つて、熊右衛門《軍太》は奥病口、来蔵《実若》は橋懸り
へ、行ふとする。三右衛門《玉笹》、山十郎《松蔵》留て
山十《松蔵》　コリヤ、あなた方には
三右《玉笹》山十《松蔵》　何と被成升る
来《実若》　役目の表
くま《軍太》　アノせうじの内を
三右《玉笹》　大ぜん様のお留守の内に（4オ）
山十《松蔵》　怪我が有ては、我〳〵が越度
山《松蔵》三右《玉笹》　めつたな事はなり升ぬ
團《師門》　ヱ、、面倒な。両人はやく
来《実若》くま《軍太》　ハッ
三《玉笹》山《松蔵》　イ、ヤ
来《実若》くま《軍太》　何と
ト両人、振切、来蔵《実若》は奥病口、熊右衛門《軍太》は橋
懸りのせうじの傍へいて、錠引ちぎり
扨こそ空錠
ト東西共、せうじする〳〵と明る。上ミ手せ
うじの内に猪三郎《兵蔵》、着付上下にて、南艸盆

　扣へ南舯呑居る。下手（4ウ）せうじの内
　に、里好《白菊》居り居る。両人悔り
ヤア、これは
　ト團八《師門》も悔りする。此屋台の見付、又錠おろ
　し有
猪三郎《兵蔵》　里好《白菊》　是は、とは
来《実若》　イヤ、此内に押込め有、薄雪
くま《軍太》　園部の左衛門も
来《実若》　くま《軍太》　スリヤ、両人は
猪三郎《兵蔵》　アノ錠前の内に押込め置
里好《白菊》　家来が替つて此やく目
来《実若》　くま《軍太》　ム、ウ（5オ）
猪《兵蔵》　粗忽にせうじをお明有ては
来《実若》　くま《軍太》　ヤア
猪《兵蔵》　いかいお世話だ
来《実若》　くま《軍太》　でも　ト内へ這入るを突出し
猪《兵蔵》　里《白菊》　ひかへてムれい
　ト両人せうじぴつしやり〆る　ト敵役こなし
　有　ト向ふより
戸屋内　維信公の御入り
みな〳〵　ナニ、維信公の御入とな
團《師門》　何にもせよ、皆〳〵出迎ふて能らふ（5ウ）
　ト皆〳〵、平舞台へ並能ならぶ。と太鞁、謡
　に成、向ふより、小三郎《侍従之助》、長上下にて出る。
　次に沢徳《艶之丞》、小性、上下、振袖にて付添、次
　に近習四人、跡より吉三郎《大膳》、長袴にて出る
三右《玉笹》　時も時、折もおりと維信公には
團《師門》　思ひがけなき餘時のお入
吉《大膳》　侍従之助様の御入は格別、某、勤仕の館へ師門
　殿の入来はいかに
團《師門》　成程、ちと貴殿に尋ね度子細有て等より是に相
　待おる
小三《侍従之助》　師門も参りおつたか（6オ）
三右《玉笹》　何は格別、維信公にはいざ先ツ是へ
みな〳〵　御入あられ升ふ
小《侍従之助》　しからば大ぜん
吉《大膳》　まづ〳〵
　ト又太鞁、謡に成り、小三郎《侍従之助》、二重の上へ居
　る。次に吉三郎《大膳》、下手に團八《師門》、舞台に並能
　ならぶ。序の舞
こりヤ〳〵、妣笹野、母人には御機げんよくお
渡り被成るゝか
三右《玉笹》　随分うるはしう、御入遊ばし升
吉《大膳》　先は重畳。シテ、師門殿には、某へ、お尋ね有
　べき其一儀は
團《師門》　某が参りしは、別義にあらず。先達て、鎌倉よ
　り、御上（6ウ）使、請取にむかわれたる軍勢
　催促の御袖判、王城地理の四神の巻物。両執権
　へ御催促有れども、葛城民部殿は大病にて引籠
　り有、それゆへ貴殿へ、此旨申入よとの御上使

の仰によつて

吉《大膳》　ム、、スリヤ御上使の仰によつて

團《師門》　いかにも

吉《大膳》　六波羅に有る某を差置、館への催促とはハテ廻り遠ひ

團《師門》　ヤ

吉《大膳》　イヤ、委細承知致て候ふ（7オ）

團《師門》　イヤ、承知〳〵と、貴殿斗り呑込んでムつても、事は済ぬ。二品の宝はいつ御上使へ渡さるゝ。其返答を聞切つて帰らずは、師門が役目がたたぬ

吉《大膳》　六波羅の執権を相勤る、秋月大膳。二品の宝、御上使へ差上べき時節にさし上申

團《師門》　夫レじヤと申て、餘りの延引

吉《大膳》　ハテ、貴殿の御差図はお請申さぬ

小二《侍従之助》　何と言ふかと思へば、又二品の宝か。そんな事は差置て、大ぜんが勤る祝義の能ウ、早ふ下見の用（7ウ）意いたせ

吉《大膳》　ハツ、大ぜんが未熟の遊楽。御上使の御所望、是非なく相勤る。吉例御能の役目、御連枝の下見には恐入奉れ共、達ての仰、仮舞台にて、やがて御覧入奉り升ス

團《師門》　ム、、侍従之助様のお入は、何ぞ事がなとおもひしに、遊がくの稽古見物とな。そこ所でない。鎌倉へ差上る宝延引の上、当家へお預けの薄雪園部の両人、七日の日延べも今日限り。此の落着は、如何相成る（8オ）

吉《大膳》　其義もやがて相紏し、御覧に入る

来《実若》　イヤ〳〵、兄貴、最前から、差扣居ましたが、又、呵られても差出にや成らぬ。そふこなたのやふに、何も角も、大腹中に呑込ンでムり居さつしやれずと、先、片端から片付て仕廻つしやれたが、よかりそふな

ト吉三郎《大膳》、来蔵《実若》をきつとにらむ

ツイ、物のやふに存知升ス

吉《大膳》　弟とは言へど兄の心にさかふ法外者。先達てより勘当と申付置たるに、誰が赦して留守中（8ウ）に館へ参つた

来《実若》　サア、それは

吉《大膳》　サア、有体に申おろふ

来《実若》　ハイ　トすくむ　トおくより

冠十郎《繁江前》　イヤ、其勘当は、わらはが赦したわいの

ト序の舞に成。冠十郎《繁江前》、衣裳、襠にて出て

吉《大膳》　ム、、スリヤ、母人が、弟が勘当を

冠《繁江前》　赦しせしは、そちが為を思ふて

吉《大膳》　何ンと、御意被成升

冠十郎《繁江前》　此繁江は、勘解由殿の後の奥、我子と言ふは（9オ）アノ実若、そちはわらはが来ぬ先キの養子。其義理有弟を勘当赦せば、其方を世の笑ひものになるが不便さ。近江の隠居所より、此

頃帰りし此母が、勘当赦したがあやまりか

吉《大膳》　イヤサ、其義は

冠《繁江前》　いかにも隔てし中とて、弟をつらふするは、皆、此母へのあたり。其やふに持て廻らず共、心に染ぬ事は此母へ、直うにぶちなりと、叩きなりと、サア〳〵、手向ひはせぬ。心に入たやふにしや

吉《大膳》　コハ、母人の仰共覚へず。不行跡成る弟ゆへ、勘当（9ウ）仕りしも、彼が身のため。何しに母人に某が

冠《繁江前》　イヤ〳〵、不行跡と言やるが、やつぱり母に当るのじや

吉《大膳》　左様仰下さり升ては、申上様もムり升せぬ。然らば、弟が勘当は赦し升ふから、何卒、御機げんの御直し被成升ふ

冠《繁江前》　スリヤ、弟が勘当は赦したな。此後迚も、あまり兄甲斐にして貰ひ升まい。実若、サア〳〵。夫へツ、ト出ヤ〳〵

来《実若》　イヤモウ、是で日本晴がした。此上は薄雪（10オ）、園部より、底意を相紲そふわい

冠《繁江前》　夫レ〳〵、わらはが清水より預りかへりし、薄雪姫、園部の左衛門、きつと相紲さにヤならぬ。大ぜん、アノ両人は、如何成り升ス

吉《大膳》　ハツ、其儀も今日、六波羅にて評掟に及びし所、七日の日限りの内なれば、暮レ迄に言訳の筋相立ねば、園部の兵衛、幸崎伊賀守、両人忰を取かへ、首討て、御上使への御覧に入ぬと、一決の仕てムり升ス

冠《繁江前》　ム、、そふ有そふな事。シテ、わらはが申付置（10ウ）たる車の用意は出来たりや

吉《大膳》　其儀は跡より出来成り升たれ共、無位の御身にて御車に召出事、禁庭への恐れもムれば、何分御召ある事は、御用捨の程、願上奉り升ス

冠《繁江前》　何方、車が出来ても、乗ることがならにや、役にや立ぬ。当時、六波羅の執権を勤め、侍従之助様へ剱術師範のそちの母が、御所車に乗る事は叶わぬか、そちが申さいでも、高橋の扇を預り居たる此繁江、其訳は知つて居るじやに依て、乗りたひ。成る事するなら、なん（11オ）のそちを頼もふ。どう有ても、車に乗らにや成らぬ

吉《大膳》　じやと申て、唯今申上し訳なれば

冠《繁江前》　腹切りヤ

吉《大膳》　ヱ、

冠《繁江前》　車に乗つた御咎めの時、そちが腹さへ切たら、母に蒙りはないわひの

吉《大膳》　スリヤ、某が一命に替へても

冠《繁江前》　ヲ、、車に乗つて花見がしたい。命を惜しみ、親への不孝は思わぬか（11ウ）
　ト吉《大膳》三郎、こなし有て

吉《大膳》　是非に及ばぬ。いかにも車に召させ升ふ

冠《繁江前》　ヲヽ、そふなくては叶はぬ事
三右《玉笹》　いかに母御様じやといふて、あんまりなお詞
吉《大膳》　コリヤ、新参のそちが存じた事でなひ
三右《玉笹》　じやと申て、あなたに
吉《大膳》　ハテ、ひかへて居よふ
團《師門》　大ぜん殿。スリヤ、いよ〳〵暮を合図に、両人の者の首を討じやまで
吉《大膳》　いかにも（12オ）
團《師門》　スリヤ、両人が落着の上からは、二品の宝、御上使へ差上るゝか。夫迄は館に止り見物致そふ
吉《大膳》　其儀も六波羅にて義定致。暮を合図に、差上申
團《師門》　然らば、某、請取帰らふ。大ぜん殿、きつと詞を番ひ申たぞヤ
吉《大膳》　ハテ、念には及ばぬ事
来《実若》　そんなら、身共も伴々に目代となつて、落着の見物致そふ。軍太も参れ
くま《軍太》　畏りました。成程、此落着は見物じやわい（12ウ）
小三《侍従之助》　ヤレ退屈や〳〵。大ぜん、そんな事は打遣つて、早ふ、能ふに掛らぬか
吉《大膳》　其義も用意申付升ふ
冠《繁江前》　母が望みの車の事も
吉《大膳》　委細承知仕つてムり升。維信公には、月見の亭にて暫時の休息、被遊升ふ
小三《侍従之助》　然らば、大ぜん

團《師門》来《実若》　詞の通りに
吉《大膳》　今二タ時の其内に
吉《大膳》　散行若木、事の落着（13オ）
冠《繁江前》　母が望みも花の本
山十《松蔵》　胸とゞろかす御車は
三右《玉笹》　未のあゆみ
吉《大膳》　役目の猿がく
こし元みな〳〵　酉の刻には
團《師門》　宝の評定も
妼みな〳〵　暮を合図に
来《実若》くま《軍太》　二人リが寂めつ
吉《大膳》　先、夫レまで
小三《侍従之助》　旁（13ウ）
みな〳〵　御前ン様には
吉《大膳》　先、御入あられ升ふ

ト哥に成。みな〳〵、こなし有て、此一件おくへは入る。跡に吉三郎《大膳》、平ぶたいに三右《玉笹》衛門残る

吉《大膳》　ム、ト息づんで手を組む

ト相方に成。三右《玉笹》衛門こなし有て、立ておくへ行かけ、床の間の桜の枝を取こなし。此内、吉三郎《大膳》、思案のこなし、いろ〳〵有内、三右《玉笹》衛門、二重よりおり、懐中より短冊を出し、桜の枝に結び付、こなし有つて（14オ）

三右《玉笹》　申、大ぜん様

吉《大膳》　む、、そちヤ、妼の笹野。まだそれにおつたか

三右《玉笹》　ハイ

吉《大膳》　是に用はない。次へ立て〳〵

三右《玉笹》　ハイ、参り升事は参り升るが、最前から聞てお り升た事の数々、皆あなたのお身にお引請被成ましたが、どふ遊ばす御心でムり升すへ

吉《大膳》　ハテ、そち達の知る事でない。おくへ行きやれ

三右《玉笹》　口でこそ、其やふにおつしやつてムれ、御心の内を（14ウ）思ひやれば、どふもお傍は離れられ升ぬ。本に御仁心と言ひ、継しい中の母御様への御孝行。それに引かへ　トこなし有て　なぜ、其やふに、御心強ふ、ムり升ぞいナア

吉《大膳》　何、心強ひとは

三右《玉笹》　サア、其お心強ひは

　トいろ〳〵こなし有て、桜の枝を、吉《大膳》三郎がまへに差出し

吉《大膳》　是、御覧被成て下されませい

　ト吉《大膳》三郎、枝の短冊取上げ（15オ）

吉《大膳》　桜の枝にむすびし此の短尺に、刃の下に心と言ふ字を書しは

三右《玉笹》　サア、爰ではどうも明て申され升ぬ。私しが身の上、其の短冊の判字物を御推もじ有て

　ト吉《大膳》三郎、こなし有て

吉《大膳》　刃の下に心の文字は、さくらが元へ忍べとの心よナ

三右《玉笹》　どふぞ、今宵の暮に、其おねがひ

吉《大膳》　謎の心は解たれ共、此ねがひは叶わぬハやい

三右《玉笹》　そんなら叶ひ升ぬか、ハア、、

　ト泣き落しこなし有て

三右《玉笹》　今更、申上升るも恥しうムり升れど、私しはあなたの言号の玉笹でムり升わいなア

　ト吉《大膳》三郎、こなし有て

吉《大膳》　スリヤ、そちが葛城民部が妹とな

三右《玉笹》　あなたは御存ムりませねども、ふつと見始て、其後は祝言をまちかねて、手筋を求め、お館へ入込、心のたけを、願ふとも御聞入ない、かたひ御返事。情を知るをもの、ふと申升るのに、そりやあんまり、お胴よくでムり升わいなア〳〵

　ト泣きていふ。吉《大膳》三郎、こなし有て（16オ）

吉《大膳》　尤成恨、某迚も木石にあらざれば、なんじが志、過分には思へども、京都の鎮台、侍従之助様、五条の傾城に御放埒有事、鎌くらに聞へ、夫ゆへに御上使のお立、かゝる時節に、執権を相勤る某、其方とかたらひのなるべきや。又二ツには、よのつねならぬ母人の詞出ざる其内に、祝言なぞとはおもひもよらず

三右《玉笹》　そんなら、どのよふに申升ても

吉《大膳》　いづれ結びし縁なれば、時節も有ふ（16ウ）

三右《玉笹》　テモマア、とけしなひお詞○ホイ
吉《大膳》　サア、此所に用事はない。次へ
三右《玉笹》　ハイ
吉《大膳》　サア、立て
三《玉笹》　ハイ　トこなし
吉《大膳》　立てやれと言ふに
三《玉笹》　ハイ　ト相方替《かわ》り、三右衛門《玉笹》、吉三郎《大膳》へこなし有て、橋懸りへは入る　ト猪三郎《兵蔵》、里好《白菊》出てこなし有て（17オ）
猪《兵蔵》　大ぜん様
猪《兵蔵》里《白菊》　御用事は
吉《大膳》　両人とも此頃よりの役目、大義〱。シテ、最前よりのやふす、残らず聞たで有ふな
猪《兵蔵》　委細は、あれにて承つてムり升ス。御仁ンしん、厚き大ぜん様
里《白菊》　お情のお捌き有ても、罪科重きお二人リなれば
猪《兵蔵》里《白菊》　スリヤ、いよ〱先程、仰の通りに
吉《大膳》　いかにも、六波羅にて、両人を助んと、某も心を尽しせど、園部、幸崎は意恨の家迚、親々（17ウ）より達て願ひを上げし両人が最期
猪《兵蔵》　アノ、御主人達より
里《白菊》　お願ひ有つて
吉《大膳》　夫レゆへ、斯く一決に及んだはやひ
猪《兵蔵》里《白菊》　ホイ　ト両人、当惑のこなし。吉三郎《大膳》、こなし有て
吉《大膳》　ア丶、是非もなき世の有さま。助るべき二人リの命も、親々の意恨といふ切先今二タ時の内に、両人が命、助る事思ひも寄らず。是を納めざれば
猪《兵蔵》　じやと申て、日頃不和なる御主人達（18オ）
里《白菊》　今日の今と成つて
猪《兵蔵》　和睦の調ふよふもなし
吉《大膳》　薄雪を助けい
猪《兵蔵》　ヱ、
吉《大膳》　そちは左衛門を助けい
里《白菊》　ヱ、
吉《大膳》　薄雪を助んと思へば、左衛門を助け、左衛門を助んと思わば、薄雪を助けい
猪《兵蔵》里《白菊》　何ンと御意被成升る
吉《大膳》　両人が心次第で和睦も調ひ、二人リも無難（18ウ）
猪《兵蔵》　我々が斗らひにて和睦調ひ
里《白菊》　お二人リも無難といふ
猪《兵蔵》里《白菊》　シテ其子細は
　ト吉三郎《大膳》、こなし有て、傍に有、桜の枝の短冊をとり、里好《白菊》へ桜の枝突出し、猪三郎《兵蔵》へ短尺を差出し
吉《大膳》　ソレ
猪《兵蔵》里《白菊》　これは
吉《大膳》　其一枝は、此頃咲し桜花、又刃の下に心の短冊

猪《兵蔵》　それを分けて（19オ）

里《白菊》　お渡し有りし

猪《兵蔵》里《白菊》　其お心は

吉《大膳》　うつしこうる神のみむろの八重桜春の日よしの水にちらすな

猪《兵蔵》里《白菊》　ヱ、

吉《大膳》　サア、跡と判読致して見やれ

ト哥に成。こなし有て、おくへは入る

ト跡へ両人、桜の枝と短尺を取上げ

猪《兵蔵》　心有げな大ぜん様のお詞

里《白菊》　今おつしやつたお哥は（19ウ）

猪《兵蔵》　うつしこふる神のみむろの八重桜

里《白菊》　春のひよしの水にちらすな

猪《兵蔵》　コリヤ、是、文応百首の古哥

里《白菊》　ちらすな、といふ哥の心は

猪《兵蔵》　此たん冊の、刃の下に心はしのぶ

里《白菊》　此頃咲しと有、花は桜木、人は

ト両人、いろ〱こなし有て、ふつと心付

猪《兵蔵》里《白菊》　スリヤ、お身代りを

ト両人、顔見合、ちやつと気をかへ

ハテナア（20オ）

ト哥に成。両人、こなし有て、東西のせうじ屋体へは入る。身代り音頭、相方に成る。松江《さわらび》、トおくより、哥六《信夫》、振袖、妼の形リ。

松江、富代《青柳》、小ひな《若草》、雛松《此花》、みな〱、哥六《信夫》を引張出て

妼みな〱　サア〱、ムんせ〱

哥六《信夫》　是はしたり。皆様、嗜ましやんせ。弱気らしいお姫様の、お大事に成つて有るのに何事じやぞいのふ

松江《さわらび》　サア夫はそふじやけれど、此間七日が間、此お館へ来て、左衛門様の張番

富世《青柳》　あんまりほつとしたに依て、ちいとの間息キぬき（20ウ）

小雛《若草》　殿御の嘶成りとして、遊んだがよひじやなひかいナア

雛松《此花》　お前もきな〱せずと、マア咄でもさしやんせいなア

哥《信夫》　めつそふな事いわしやんせ。お姫様がどふ成る事やら、分りもせぬのに殿御の嘶所かいナ。白ぎく様も退屈に有ふ。ちつと、かわろふかいナア

松江《さわらび》　ハテよいわひナア。白ぎく様も、お姫様も、退屈の幸ひ。爰で嘶をしたら、あの内から、おき、（21オ）被成たら、責てものうさはらし

富《青柳》　そふして、お前の恋は叶ふたかへ

哥《信夫》　私しが恋とはへ

松江《さわらび》　さいナア、此間から、爰へちよこ〱ござんす、国行様の息子御、国俊様の事

哥《信夫》　ヱ、○　何と言はしやんすやら。わつけもない

松江《さわらび》　何ぼう、お前が隠してでも、妻平様には籬どの、信夫殿には国俊様といつでも千草むすびに出るわいナア
哥《信夫》　そんなら私しと国俊様と　ト言ふて（21ウ）こちや否いナア　ト顔かくす
妼みな〳〵　そりやこそな
富《青柳》　そふして、どうぞさしやんしたかへ
哥《信夫》　さいナア、一ツ体、アノ国俊様には、内に居やしやんした時から、惚れて居るけれど、とんと折もなし。其後は、勘当とやらで、何所へやらゆかしやんして、本意なふ思ふて居たのに、今度、左衛門様の御家来にならしやんして、爰へ折〳〵ムんす。わたしも来ているものじやに（22オ）よつて
松　お前とは、似合相応な中。とらまへて、ぐつと言わしやんしたかへ
哥《信夫》　いわふと思へども、すげなふして居やしやんすものじやによつて
小ひな《若草》　どふも合点が行かぬわいなア
妼みな〳〵　有やふに、咄さしやんせいなア〳〵
　トみな〳〵、寄つておだてる
哥《信夫》　本間にまだ言ひはせぬにいなア。それと言ふも、此間、清水で籬どのや、妻平殿のかん（22ウ）どふ。夫レで、ひよつと知れたら悪ひと、おもひ切つて見ても、どふもならぬ故、けふはいつそ、とらまへて言わふと、おもふている所じやけれどな
　ト此内、妼みな〳〵囁き合、そつとおくへは入る。哥《信夫》六、是を知らず居る。里《白菊》好、せうじ家体より出ている
わたしがよふな、不届なものじやに依りて、聞入れて下さんすか、下さんせぬか、そこの所は知らぬけれど、マア言ふて見る気じやわいな
　ト言ひ〳〵あたりを見て
ヤアこりやみな様は（23オ）ト里《白菊》好、顔見合おまへは白ぎく様
里《白菊》　しのぶどの、聞たぞへ
哥《信夫》　そんなら、最前からの事を　トこなし有てヲヽ、はづかし
　ト始終、身代り音頭の相方に成り
里《白菊》　なんの恥しい事。コレ、其おもひを叶へさんせひナア
哥《信夫》　アノ思ひを叶へいとハへ（23ウ）
（里）《白菊》　国俊殿は、左衛門様の事を思ひ、此奥庭の花園の中門迄、毎ばんムるわいナア
哥《信夫》　ヱヽ、そんならアノ国俊様が
　ト現のよふに悦び、こなし
里《白菊》　サア、暮を合図に、花園に待請て、恋ひを叶へたがよひわいなア
哥《信夫》　そんなら花園で待請て、恋を　ト恥しがり

ヱ、、白ぎく様とした事が、ヲ、おかし。わたしをなぶりてじやわいなア（24オ）
里《白菊》 何ンのそんな事。所が手前がこなたの恋をかなへるも、忠義の一ツ
哥《信夫》 アノ、私が恋をするが忠義になるかいなア
　ト無心に悦ぶ
里《白菊》 サア、今宵につゞまるお二人リのおいのち。大ぜん様のお情でも、お助け申されぬは、御主様方の意恨。それを解くには身代をこしらへよとの情の謎。左衛門様に面モざしの似た、天晴人品の国俊殿
哥《信夫》 そりヤ、知れた事いなア（24ウ）
　ト始終、哥《信夫》六、悦んで、身代り事は聞へぬこなし
里《白菊》 夫故の思ひ付、恋を叶へた其上で、此事を咄しやんしたら、お主の身代り、忠義な人なれば、約束の出来そふな事
哥《信夫》 そりヤモウ、万更あつちに気のない事もないわいなア
里《白菊》 そんなら信夫様、必ずともにぬかりなふ
哥《信夫》 なんの、ぬかつてよいものかいナア
里《白菊》 暮を合図に、延びぬよふ
哥《信夫》 昼からまつて居るわひなア（25オ）
里《白菊》 ヲ、、出かしやんした、随分首尾よふ
哥《信夫》 ハテ、よひわいなア

里《白菊》 そんなら、吉左右、待升ぞへ
　トやはり、身代り音頭。里《白菊》好、橋懸りのせうじの内へは入リ、哥《信夫》六、跡見送り、いろ〱悦ぶこなし
哥《信夫》 本にマア、アノ白ぎく様は、きつい粋とやらじやわいナア。私しが恥しがると思ふて、恋が忠義に成ると、ヲ、おかし。そんなら国俊様は、中門の花園の傍へ毎ばんうかゞひにムんすかひナア。本に夢にも知らぬ事（25ウ）おしへて下さんした、白ぎく様は、私しがためには、むすぶの神様いナア。白ぎく様、嬉しうムんすわいナア
　トせうじやたいを拝み、こなし有し所へおくより沢《艶之丞》徳出て、哥《信夫》六を見てこなし
まだよつぽど早ひけれど、今から往てまつていよふか
　ト行ふとするを、沢《艶之丞》とく後より抱付く
ア、コレ、誰じやぞいナア。悪ひ事をはなさしやんせいナア〱（26オ）
　ト無理に引放ス。沢《艶之丞》徳、片息キに成つている
ヲ、、誰じやと思ふたら、お小性の艶之丞様、何を被成升ぞいなア
　ト沢《艶之丞》とく、哥《信夫》六が顔をきつく詠めて
沢《艶之丞》とく しのぶ殿、惚升した
哥《信夫》 ヱ、

沢とく《艶之丞》　サア、叶へてさへ下さらば、そなたは振袖、わしは前髪、似合相応。幸ひこなたの名はしのぶ。後向、艶之丞を豆四郎と改名して、小よしの所へいて春日野屋なりとする心。もし向（26ウ）ふに置ぬ時は、米四郎と成り、かね借しせふばいして、こなたと二人リ添ふわいの

哥《信夫》　ヱ、、知らぬわいナア

沢とく《艶之丞》　サア、知らぬ所はわしが教升わいのふ

　ト始終、色事仕のよふにして、哥《信夫》六逃るを追廻し　トゞとらへる

哥《信夫》　アレイ、、、ナア　ト逃るをとらへて

　ト此内、上下を手早く肌ぎ、前をからげ

沢とく《艶之丞》　イヤ〳〵、めつたに逃しはせぬわひなふ

　ト無理に抱付く。哥《信夫》六傍りに有る、最前の桜の生（27オ）けて有た花籠あたまへかぶせる。沢《艶之丞》とく、へたる。哥に成。哥《信夫》六、おくへ逃ては入る。跡に沢《艶之丞》徳、片手にて、右の花籠を上げ、あたりを見て

コレ〳〵、しのぶ○　しのぶイのふ、しのぶ、ヱ、、しのぶ、いやしやらぬかいのふ

　ト哥に成。右の籠を片手にて、あたまへのせたなりに上げ、奥へは入る。ト相方に成り、上ミ手、せうじや体より、猪《兵蔵》三郎出て

猪《兵蔵》　大膳様の情の謎は解し乍、此やく目に遣ふべき（27ウ）ものはム、

　トこなし。ばた〳〵にて、花道より、市《国俊》紅、麻上下、股立にて、走り出て、本ぶたへ遠見にて

市紅《国俊》　夫にムるは、兵蔵様ではムり升ぬか

猪《兵蔵》　国俊か、近ふ〳〵

　トつか〳〵　ト本ぶたいへいて、傍り、色〳〵見て

申、殿様には、最早お入被成升たか。如何でムり升ス

猪《兵蔵》　ム、スリヤ、其方も、今宵の次第を

市《国俊》　サア、先刻、殿には六波羅よりお帰り被成、今日の評定事の子細を承るより、雷ウをかけつて、（28オ）此所へ参りしも、あなたに此義をお知らせ申さんため。スリヤ、兵蔵様にも事の様子を

猪《兵蔵》　大膳様に、委細は聞た。何と申ても、御主人達の意恨にて

市《国俊》　首打て差上るとの、お請合ひ。ヱ、コレ、日暮と言ふても、今二タ時有か無し。殿のお入なき先きに、薄雪様の身代の調へ、幸崎様へお渡し申せば、左衛門様も御助り有ものを

猪《兵蔵》　ム、スリヤ、汝も其所存で（28ウ）

市《国俊》　兵蔵様にも其お心で

猪《兵蔵》　只今、汝を待かねておつたわい

市《国俊》　ナニ拙者めをおまちかねとは

猪《兵蔵》　此やく目を仕稞させ、父の敵を討さんため
市《国俊》　ヱ、忝い、今に始ぬ、平蔵様の御応せつ
猪《兵蔵》　なんの〳〵、夫と言ふも、国行殿の敵が、若殿の仇成るゆへ
市《国俊》　シテ、薄雪様のお身代りに成るべきものは
猪《兵蔵》　それは
　トいわふとして東のせうじやたいへこなし有つて小声に成り（29オ）子細いふ間も心せく、此奥庭の花園に
市《国俊》　スリヤ、奥庭の花園に
猪《兵蔵》　暮を合図に窺ひなば
市《国俊》　ム、、暮を相図に窺ひなば
猪《兵蔵》　其身代りは　〇此短冊
　ト以前の短尺、ほふる。市《国俊》紅、取つて
市《国俊》　スリヤ、此たん尺に　トこなし
猪《兵蔵》　心を付けて、仕稞せよ
猪《兵蔵》　必ず吉左右（29ウ）
市《国俊》　お聞せ申さん
猪《兵蔵》　然らば、はやく
市《国俊》　兵蔵様　ト身構へする
猪《兵蔵》　コリヤ、おんみつ〳〵
　ト押へる。市《国俊》紅裏向に成る　ト楽の打込みにて、両人宜しく
　　かゑし

造り物見附、一面高さ一間の柴垣、真中に大木の桜、同じく釣枝、舞台の真中に見事成る御所車、是に冠《繁江前》十郎、十二単重緋の袴（30オ）すべらかしにて檜扇をもち乗りて居る。三《玉笹》右衛門、腰の白丁仕丁、烏ぼうしにて、車の端持て居る。松江《さわらび》、富世《青柳》、小雛《若草》、ひな松《此花》、小千代《みどり》、卯之助《夕菊》、みな〳〵、緋繻めんの着付、練の白丁仕丁、烏ぼうしにて、長柄の傘など持いる。山十郎《松蔵》、着附上下にて、吉三郎《大膳》が傍に居る。此見へ、三味せん入のがくにて道具留る。
吉三郎《大膳》　元ト此車といつぱ、天武天皇十二年に始て造り、五緒の車と名号しは、天井の五ツ所に（30ウ）紅ひを用ゆる、五ツの緒をもつて、五緒車と申なり。直七緒の車、緒無車、みな殿上人の御めしのもの
三右衛門《玉笹》　雲井にもさわらで通ふ手車や君に引る、しるしなるらん　ト冠《繁江前》十郎、三《玉笹》右衛門を見て
冠十郎《繁江前》　そちは此頃より新参の娩、笹野とやら。わらはが此望に其形リ、適、頓智。其外の女も、そちが差図で有ふ。ム、出かした〳〵
　ト機げんの体、三《玉笹》右衛門こなし有て下に居て
三右《玉笹》　是はマア、有難いお詞に預り升て、かやふな（31オ）お嬉しい事はムり升ぬ。其仰にあまへ升た事ながら、後室様へ何卒、私がおねがひを
冠《繁江前》　願ひとは
三右《玉笹》　御孝行な大ぜん様、あなたの御介抱におろかは

吉《大膳》　少しもムり升ねど、あなたも重ひお役の身、其
あい〳〵にはお替り申て、あなたのおそばに遣
へまして
三右《玉笹》　コリヤ〳〵、女、先刻も、あれ程に申置くに、
母に直訴とは慮外至極
冠《繁江前》　イヱ〳〵、何ぼうお呵被成ても、後室様の仰
（31ウ）なりや、あなたも否ナはムり升まい
○ハイ〳〵、申、どふぞ、後室様のお情に
冠《繁江前》　成らぬ
三右《玉笹》　大ぜん様のお手廻りになりと
冠《繁江前》　成らぬ
三右《玉笹》　お妼となりと
冠《繁江前》　成らぬ
三右《玉笹》　大事ムり升ぬ事なら、お部家様に
冠《繁江前》　ヱヽ、成らぬと言ふに
ト大きな声にて言ふ。三右《玉笹》衛門、恟りして
（32オ）
三右《玉笹》　ハイ
冠《繁江前》　ムヽ、何かコリヤ、大ぜんと言合せて置て、此
車の望みを恩にきせ、そこへ付込、二人リを夫
婦にさそふでな
吉《大膳》　アイヤ〳〵、母人、全く拙者、左やうな義は
冠《繁江前》　イヤ申まい、不孝者。親の心子知らずと、母の
赦さぬ猥りの不義、六波羅の相執権、葛城民部
が妹、玉笹を言号有て、此頃よりさい〳〵輿入
さいそく致せども、有無の返事もせず捨置は、
母が心に望有るゆへ（32ウ）
吉《大膳》　重き仰ゆへ、斯調難きお望みの達せしに、また
此うへに母人には
冠《繁江前》　望みが有る
吉《大膳》　シテ、其お望みは
冠《繁江前》　そちを一天の主シにしたさ
吉《大膳》　ヱヽ、何と仰られ升ス
冠《繁江前》　ヲヽ、不審は尤、それへ往て、其訳語らふわい
の
ト大小入の相方。冠《繁江前》十郎、車より下りて相引
に掛る。吉《大膳》三郎こなし有て
吉《大膳》　シテ、其子細は（33オ）
みな〳〵　いかゞでムり升スナ
冠《繁江前》　ア、思ひ出せば、今は昔、我兄、浅原八郎殿、
蒙古勢をかたらひて大半、大望成就と、大内を
差て押寄て、無二無三にかけやぶり、責戦ひし
其内に、口おしや事ならず、兄上、浅原八郎殿
には、紫宸殿にて無念の自殺　トなく振り
夫と聞たる残念さ、何卒、此恨《うらみ》を散ぜんものと、
おもてに隠し、いつとなり、大内に仕へしも、
帝を弑し、残りの者、切死にせぬものと無念を
胸に過行、年シ月、女の業に成就の折（33ウ）
もなけねば、当家へ嫁に、夫トに夫レと包む内、
死なれし上は、其方に是を明して、我無念はら

させんと思へども、案に相違の仁義建て、夫れ
故に、斯粧ひて、語り聞かすも、此本懐の立た
さ。母への孝と思ひなば、今より心を改め替へ、
善心をやめるか、大ぜんなんと
　ト吉《大膳》三郎、こなし有て
吉《大膳》　俄に始て聞て、驚入たる母の種性
三右《玉笹》　スリヤ、後室様には
山十《松蔵》　先年、紫宸殿にて自殺とげし（34オ）
吉《大膳》　浅原八郎殿の
吉《大膳》三右《玉笹》　妹で有たよな
冠《繁江前》　斯く言ひ出す上からは、否と言ふても、応とい
ふても、母の望みは立させにやならぬ
吉《大膳》　夫じやと申て、左やふな義が
冠《繁江前》　成らぬと言ふは、命が惜しきか
吉《大膳》　でも、ムり升せねども
冠《繁江前》　命だに捨んと思わば、成就ならん事なき大望
吉《大膳》　いかに母人の仰と言へど（34ウ）
三右《玉笹》　コリヤ、又あんまりな
三右《玉笹》山《松蔵》　御無体
冠《繁江前》　無体とは、何が無体じや
三右《玉笹》　世の常の親御の心は、子に立身をさせたく、末
代迄、名を残させんと思ふのに、現在の親御様
が、子を悪人にせふとは、そりやあんまり、お
胴よくでムり升わいな。申、どふぞあなたのお心
を睁まして
冠《繁江前》　成らぬ心を睁す事を、そち風情におしへられふ
か（35オ）
三右《玉笹》　サア、そこをどふぞ、御堪忍有つて
冠《繁江前》　成らぬと言ふに　トきつと言ふて
サア、大ぜん、此望みが叶わずば、母はすぐに
是にて自殺ツ
吉《大膳》　ア、、待つた、早まつて下さり升な
冠《繁江前》　サア、死る事が悲《かな》しくば、母が望を叶へてたも。
ヲ、、孝行な者じやナア
　ト猫なで声にて言ふ。山《松蔵》十郎、こらへ兼
山十《松蔵》　分に過たる此奢さへ、孝行と思ひ、扣へてムる
に、事にあまへて、無法の族（35ウ）
吉《大膳》　コリヤ、母人へソリヤ何事
三右《玉笹》　傍で聞身の、私しらまで
山《松蔵》　こらへ袋は破れ升した。此の松蔵が　トぎしむ
吉《大膳》　母へ過言は、不忠に成るがや
山《松蔵》　イヤ、讐、母御にもせよ、謀反の余類、夫レじ
やによつて　ト又刀に手をかける
吉《大膳》　コリヤ、狼藉者、そりや何事
三右《玉笹》　でも、あんまりな無体の有るぜう
吉《大膳》　母人じやがな（36オ）
山三《松蔵》　じやと申て
吉《大膳》　親と言ふ字に、刃向ひが成らふか、扣いとい
わヾ
山三《松蔵》　デモ　ト両人ぎしむを、おさへて

吉《大膳》 ママ、ひかへておれいやひ
ト泣て、きつと留る。両人、無念泣きになき、扣へる。冠《繁江前》十郎、こなし有て
冠《繁江前》 イヤ、其孝行、差置て貰ひ升ふ。望みを叶へねば、親でも子でもない。今、松蔵がいふた通りに、謀反人の余類。サア、早ふ、縄かけて引イてたも（36ウ）
吉《大膳》 めつそふな、母に向つて、左やうな事が
冠《繁江前》 成らねば、望みをかなへるか
吉《大膳》 サア、其義は
冠《繁江前》 其義とは ◯コリヤ〳〵、女、そちも、大ぜんが妻と成り度ば、大ぜんに此望を進めひ
三右《玉笹》 サア其事は
冠《繁江前》 成らねば、妻にする事叶わぬ
三右《玉笹》 どふぞ、そふおつしやらずと、私しが望みから
冠《繁江前》 成らぬ
三右《玉笹》 其上がらは、又どふ成りと（37オ）
冠《繁江前》 ヱ、、成らぬ事じや トきつといふて
コリヤ、松蔵、大ぜんに望を進めねば、母が替りて、主従の縁切らふか
山《松蔵》 サア、それは
冠《繁江前》 大ぜん、縄をかけるか
吉《大膳》 サア、其義は
冠《繁江前》 女、そちも進めるか
三右《玉笹》 サア、それは
冠《繁江前》 松蔵、勘当せふか
山《松蔵》 サア（37ウ）
冠《繁江前》 望を叶へるか
吉《大膳》 サア
冠《繁江前》 サア
吉《大膳》 サア
吉三山冠《大膳玉笹松蔵繁江前》 サア〳〵〳〵
冠《繁江前》 返答はナント、ばた《ママ》〳〵
ト急度、言ふ。みな〳〵顔見合せ
吉三山《大膳玉笹松蔵》 ホイ
ト当惑のこなし トばた〳〵にて、向ふより、侍出て
侍◯ 申上升る。月見の亭にて、維信公の仰には（38オ）何故、能延引に及ぶと、御立腹でムり升ス
吉《大膳》 ナニ、維信公には、御立ふくとな
侍◯ 早々、能をお始被成升ふ
侍△ ハツ、師門殿の館には、只今、六波羅より追ての催促、早く二品の宝をお渡しあれ、との仰でムり升ス
吉《大膳》 スリヤ、六波羅より追ての催促とな
侍△ 早々、請取らんとおまちでムり升ス
ト言捨ては入る。橋懸より□侍出て
侍□ ハツ、薄雪左衛門が首請取んと、園部の兵衛殿（38ウ）、幸崎伊賀守殿お入でムり升ス
吉《大膳》 早〳〵首請取に参りしとな

侍□　早〳〵お出被成升ふ
　ト言捨は入る。跡に吉《大膳》三郎、こなし有て
吉《大膳》　維信公のお好みの能といひ、母の望、園部兵衛
　の検使、時も時迚、二品の宝の催そく
三右《玉笹》　あなたは何と遊ばす
山三《松蔵》　お心でムり升ス
吉《大膳》　此うへは、維信公へ饗応の能より相つとめぬ
冠《繁江前》　シテ又、母が望ミの返答は（39オ）
吉《大膳》　お聞の通りの時宜といひ、武将の御連枝たる、
　維信公の仰あれば
冠《繁江前》　主が重ひか、親が重ひか
吉《大膳》　サ、夫レにわかちはムり升ねど、母人のお望み
　は、某さへ承引仕りなば、今日には限らぬ義
冠《繁江前》　如何様、母が望は時も有
吉《大膳》　一ト先、事を月見の亭のかたへに引寄、母人に
　も、拙者が能を御覧下さり升ふ
三右《玉笹》　スリヤ、あなたには御承知で
吉《大膳》　手詰と成りし今日只今、此身一ツに三ツ四ツの
　事（39ウ）の切刃も今一時
冠《繁江前》　月見の亭へ引迄は、言付置たる検校共に雪を諷
　わせ、園の雪、萩の数寄屋へ早〳〵といへ
松江《さわらび》　ハツ　ト妼壱人、は入る
吉《大膳》　不便ながらも、両人は
三右《玉笹》　何と御意遊ばし升ス
山十《松蔵》　夫検校ども歌を始よ

内にて　ハア、、、
吉《大膳》　時の唱歌も、雪の曲、頓て消行、薄雪左衛門
山三《松蔵》　そんならどふでもお二人リは（40オ）
吉《大膳》　今を盛りの桜花
　トしいほりと成る。ゴント、入相のかね鳴る。
　さくら、ばら〳〵と散る
吉《大膳》　ア、散ればこそ、いとゞ桜は目出たけれ
冠《繁江前》　サア、大ぜん、早ふ
吉《大膳》　御車いそげ
みな〳〵　ハア、、、　ト車の御簾下りる。独吟に成
（長唄「雪」）〽花も雪も拂へば清き袂かな。ほんにむかしの
　昔の事よ（40ウ）
　ト冠《繁江前》十郎、先キに吉《大膳》三郎、思案ながら行。跡
　より山《松蔵》十郎、次ギに三《玉笹》右衛門、其外、女形
　みな〳〵、車を引キ、静に歌の留り迄に、
　向ふへは入る
〽我待人は我をまちけん
　ト歌の留りに、見付の柴垣押分て、市《国俊》紅ぬつ
　と出る。本つりがね、桜ちつて有る。向ふ
　へ出て、あたりうかゞひ
市《国俊》　仁心の大ぜん殿へ、継母が無体の今の詞、何は
　格別、今大ぜん殿の詞の内に、薄雪左衛門を助
　けなば、とあり○　最前、兵蔵様のおふせ、ス
　リヤ、身代り（41オ）には承知で
　トあたりにこなし有て

幸の黄昏時、能の間に、こつちの手番ひ済す。
兵蔵様のいわれた奥庭の花園とは
　トいろ〳〵、あたりを見て
常に知つたる此広庭、マア、中門の傍りまで、
山吹の中を探つて、そふじや
　トきつと橋懸りを、見込むト　独吟にて
　返し
釣枝上る。舞台前へ背の高い山吹、東より引
（41ウ）出す。見附の道具、西へ引入る。東よ
り段々と道具出る
造り物見附、続きの柴垣、此辺りに随分きれい成る数
寄屋、是より東は、一めんの足代塀、格恰よきいざり
松、春日の燈籠に火灯し有。橋懸り、結構成る中門、
舞台前、山吹一ぱいに哥の内なり
〽（長唄「雪」）鴛鴦の雄鳥に物おもひ羽の、かゝるふすまに
啼音もさぞな、さなきだに心も遠き夜半のかね
（42オ）
　ト入相、始終打ている。市紅《国俊》、傍りを伺ふ。
　哥六《信夫》、小影より出て、両方共、傍りにこな
　し有て、哥の留りに行当り、両人、一寸こ
　なし有て、すかし見る
〽聞もさみしき独り寝の
市《国俊》　誰じヤ〳〵
哥《信夫》　ハイわたしは　トいひかね、もぢ〳〵する
〽枕に響くあられの音も

　ト此内、市紅《国俊》、いろ〳〵すかし見るこなし
市《国俊》　アノ、こなたは
哥《信夫》　アイわたしは　ト漸々思ひきり、傍へよつて
（42ウ）
わたしでムり升わいナア
　ト市紅《国俊》、とつくりと見て
市《国俊》　ム、、こなたは、薄雪様のおこし元
哥《信夫》　アイ　ト恥しきこなし。市紅《国俊》、ふつと心付
市《国俊》　ドレ　ト哥六《信夫》を引寄セ、燈籠の傍へ連て来て、
きつと顔を見る。哥六《信夫》もじつと市紅《国俊》が顔を見て、
恥しき思ひ入。哥《信夫》の間
〽（長唄「雪」）もしやといつそせきかねておつる涙のつらら
より
市《国俊》　ム、、兵蔵様がいわつしやれたは、奥庭の花園
で（43オ）ト以前の短冊を出し
此短冊の刃の下に心はしのぶ
哥《信夫》　はい
市《国俊》　ム、、こなたの名はしのぶ
哥《信夫》　ハイ　トこなし有て
ム、、知つたわい
　ト哥六《信夫》をはなし、手を打ツ。哥六《信夫》、うつとり
　と成つて
哥《信夫》　私しが名がわかつたとはへ
市《国俊》　イヤ、そりや、何じやわい、こなたの名をはた
と（43ウ）わすれておつたが、今、おもひだし

たのさ。シテ、こなたは、是に居やつしやるか
ら、何かの事は承知で厶るか

哥《信夫》　アノ、白ぎく様が爰に待て居て、日頃の思ひヲ
打明て言へて、ナ

市《国俊》　スリヤ、白ぎくどのと、兵蔵様が、心を合して、
そなたを是に待ていひと

哥《信夫》　アイ、お前も、私しが爰にまつて居る事を

市《国俊》　ヲ、サ、短冊の謎にて、承知して来たのさ

哥《信夫》　そりやマア、よふ来て下さんしたナア（44オ）
　ト悦ぶこなし

市《国俊》　イヤ、御主人、薄雪様のためとて
　トこなし有て
マア、何寄は、承知と聞て、こんな嬉しい事は
ムらぬわい

哥《信夫》　アノ、不束なわたしに

市《国俊》　イヤモウ、適レの覚悟、湏は幸崎のおこし元、
中々、我等が及ぬ事

哥《信夫》　夫でも最前、皆様が、丁ど似合頃《ころ》な年シじやと
（44ウ）

市《国俊》　イヤモウ、似合頃の何ンのと、瓜を二ツにわら
づと其まゝ

哥《信夫》　似た物がなるとやら、二世も三世も未来かけて
私しも

市《国俊》　新参なれ共、忠義の国俊、此恩は一生わすれは
置ぬ

哥《信夫》　私しも、一旦ン思ひ詰た貞女、両夫にま見へず
とやら

市《国俊》　私は、厚ふ詞に尽ず

哥《信夫》　そりや私しから（45オ）

市《国俊》　イ、ヤ、身共が

哥《信夫》　ヲ、、恥し

市《国俊》　何ンの恥しい事、互ひに斯ウ、心の行き合ふも、
主人を大事と思ふから

哥《信夫》　女房に持ておくれ被成升かへ

市《国俊》　ヤア　トきつと成

哥《信夫》　ヱ、　ト悔り、両人、顔見合せ

市《国俊》　そりヤマア、何事をいわる、

哥《信夫》　マア、お前のいわしやんす事は

市《国俊》　今宵につゞまる主人の御なんぎ（45ウ）

哥《信夫》　ヱ、、そんなら私しへの頼とはへ

市《国俊》　いのちをくれい

哥《信夫》　ヱ、　ト悔りする

市《国俊》　得心か
〽《哥》つらきいのちはおしからねども恋しき人はつ
み深く
先達て、清水寺の騒動より、薄雪様、左衛門様、
当家にお預りの今日、六波羅の評定にて、今宵
がお二人リの命の切刄

哥《信夫》　夫はマア、ほんに　ト市《国俊》紅が顔を見て（46オ）
きつい間違で有つたナア

市《国俊》 イヤモウ、身共も心が轉動、しかし有様、跡先を言わねば、間違い尤、差懸つたる今夜の手詰、薄雪様の身代りさへ調へば、左衛門様もお命に別条がなし。スリヤ、そなたが独り死んで、お二人リ様の助る事、主人へ忠義と思ひ、どふぞ命を下され。何と言ふとも、こなたが薄雪様に似たのがいんぐわ。いかに忠義といひながら、盛りの花のこなたへ、こんな無体な事いふ、此国俊が胸の苦る（46ウ）しさ、すいりやうして、どふぞ聞入て下され、しのぶ殿

ト此内、哥《信夫》六ないていて

哥《信夫》 よふいふて下さんした。言へば、私しがお主様へ忠義、其上、お前の忠義になる事なら、わたしやモウ、覚期は極めて居るわいなア

市《国俊》 アノ、そりやこなた真実に

哥《信夫》 アイ、よふ得心して居るけれど、たつた一ツ、お願いがござんすわいなア

トなき落す。市《国俊》紅、こなし有内にて、次第打

謡(「望月」) 〽帰る嬉しさ古郷を〳〵誰憂き旅と（47オ）おもふらん

ト是にて、市《国俊》紅きつと成つて

市《国俊》 ヤアありや、能の始り、此間にそれ

ト刀に手をかける。哥《信夫》六とめて

哥《信夫》 マアマア〳〵、まつて下さんセ。どふぞ、今端に一ツのお頼み

市《国俊》 身共に頼みとは

哥《信夫》 惚れたわいナア　ト顔隠し、縋り付

市《国俊》 ヤア

哥《信夫》 サア、最前から、いわふ〳〵と思ふている内に、身（47ウ）代りの事に、先越されて言ひかね升たが、たつた一度、抱れて寝たら、夫レを冥土のみやげにしますわいなア

ト市《国俊》紅が膝にもたれて、袖をくわへてなく。

市《国俊》紅、吐いきつぎ

市《国俊》 スリヤ、最前からの詞の端　トこなし有て
是、国俊とて木竹でなし。夫レが誠なら忝いが、能ふ、おもふても見さつしやれ、今となりてそんな事が

哥《信夫》 イヱ〳〵、そんな事は否〳〵、女子の口からはづ（48オ）かしい。打付に言ふたからは、聞入れて下さんせにや、私しも死る事はいやでござんす

市《国俊》 ハテ、忠義は忠義、恋は恋

哥《信夫》 イヱ〳〵、こりや、両方、一ツ時でなければ

市《国俊》 やくたいもない、そふいふ事が、どふマアア

哥《信夫》 成らにや、わたしも否でムんす

ト行ふとする。市《国俊》紅、刀の柄へ手をかける。哥《信夫》六、逃る。付廻しに成る。謡の内

謡(「望月」) 〽し、とらでんは時をしる。雨村雲ヤ。そふすらん」（48ウ）

ト此内沢《艶之丞》とく中門より出て、此様子を見てこなし。哥六《信夫》きつととめる。市紅《国俊》、気のせける思ひ入有つて

市《国俊》　あれ〳〵アノ能が過てはせんない事、どふぞおも直して、しのぶどの

哥《信夫》　そんなら私しも叶へて下さんすか

市《国俊》　イ、ヤ、せつ者がたのみから

哥《信夫》　イ、ヤ、わたしがねがひから

市《国俊》哥《信夫》　サア〳〵〳〵　トつめよせる（49オ）

市《国俊》　ヱ、モウどふも

ト振切刀を抜切掛る。此内哥六《信夫》とふろうの火を吹けす

謡《「望月」》　〽あまの秘曲のおもしろさに。〳〵。なを〳〵めぐる盃の。酔をすゝめばいとゞなを

ト市紅《国俊》、闇りを幸ひに切り付る。哥六《信夫》、逃廻る。此中へ、沢《艶之丞》とく、は入、邪魔する。ひやいなるもやふにて、市紅《国俊》、沢徳《艶之丞》の振袖をとらへ、切らふとするを、前より哥六《信夫》、刀を引とる。せうじやたいへ、は入る。市紅《国俊》、行ふとする。沢《艶之丞》とくとめる。トゞ振切、刀をとり、又切ふとする。前よりだき付、此とたんにて刀を落す。哥六《信夫》、（49ウ）きつとだきしめ

哥《信夫》　これも忠義の内じやわいなア

ト口中のこなし、此とたんにて、せうじ〆る。沢《艶之丞》とく、是にて、びつくり。とんとなかへる

謡《「望月」》　〽ねむりを来る。ばかりなり　トよろしく返し

造り物三間の間、中高の能舞台、見附、松竹梅の書割、下モ手、同じく高サの橋懸り、竹の手（50オ）摺前、五葉の松、右手跡へ寄てせうじ家体、能舞台の真中に、吉三郎《大膳》、望月シテの形リ、素面にて、團八《師門》、素袍脱ぎ懸、切掛ているを留めて居る。下手より来蔵《実若》、ぎしみいる。熊右衛門《軍太》と、山十郎《松蔵》、わきの形リにて留て居る。後に、囃子ならび居る。橋懸り、能所に、以前の車引捨有、右能はやし、打上にて道具留る。

吉三郎《大膳》　ヤアコリヤ、師門殿には何と召る、

團八《師門》　能がおわれば、宝請取は、暮六ツ限り

来《実若》くま《軍太》　左衛門、薄雪が首、討放ス（50ウ）

吉《大膳》　一旦約せし、秋月大ぜんに、二言が有ふか

團《師門》来《実若》くま《軍太》　テモ

吉《大膳》　ハテ、ざわ〳〵せずと、ひかへてムれ

ト突放ス。みな〳〵、無念ながら、こなし有て

團《師門》　シテ二品の宝は

吉《大膳》　いかにも、約束は、暮六ツ過なれ共、御連枝、御所望の能、今一番、桜川を相勤し上

團《師門》　イ、ヤ、そりや、成らぬ。御連枝ごかしに、刻

来《実若》　限を延そふとは、おもながなせんさく。そふ、べん〳〵と待事成らぬ（51オ）
吉《大膳》　二品の宝は、両人が首討ての上、先、両人を引立ん。軍太参れ
山十《松蔵》　ヤア、母の詞を守り、館に置けば、慮外の有条悪くごたく、ばらつしやると主人の御舎弟とて用捨はいたさぬ
来《実若》　ヤア、ぬかしたり、腹の皮。御上使の催促に依て、役目を守るわれ〳〵
くま《軍太》　猶豫して居れば、果しはない
團《師門》　ソレ両人、薄雪より引出せ
来《実若》　心得ました（51ウ）
　ト両人、上手、せうじやたいへ行。熊《軍太》右衛門、はしつて出る。来《実若》蔵の手を捻上げ、猪《兵蔵》三郎、刀提出る
猪三郎《兵蔵》　せうこりもない。各々方には、こりや某を何ンと仕召さる
團《師門》　ヤア、御上使の名代たる、両人の者へ手向かひか
猪《兵蔵》　御上使の名代の、手込に逢ふ覚へはない
来《実若》　汝ではない、預りおる薄雪姫
猪《兵蔵》　主人より預つたる、薄雪姫、直きに渡するまでは
来《実若》　何と　ト行を張飛し（52オ）
猪《兵蔵》　ヱ、、じたばたせずと、ひかへてムれ
　ト平ぶたいへ居る
團《師門》　ヤア、慮外な奴ツ。跡で後悔致おろふ。此のうへは。左衛門をはやく　ト里《白菊》好、出かけいて
里《白菊》　イヤ、左衛門様迚も、御主人にお渡し申升までは、私しが慥に預つており升る
来《実若》くま《軍太》　テモ、是へ引出して
里《白菊》　ハテ、お気遣ひには及び升ぬ
　ト同じく平ぶたいへすわる（52ウ）
團《師門》　ヤア、しやらくさい理屈だて。時刻延引に及びしが、大ぜん殿、こりや、どふ致さる、心じやナ
吉《大膳》　何を申ても、爰は能場、席を改めし上、園部、幸崎を呼出し、事の落着致共、遅かるまじくぞんずる
團《師門》　そふは延されぬ。首討落すに、席の差別が有ふか。彼是と面倒な。ソレ侍共、園部、幸崎を呼出して能らふ
侍△○　ハツ　ト両人、東西の通ひ道にむかひ
〃○　園部の兵衛様（53オ）
〃△　幸崎伊賀守様
〃△○　是へお通り被成升ふ　ト東西の奥病口より
三五郎《園部兵衛》工左衛門《幸崎伊賀守》　ハア、
　ト詠の相方に成り、西の通ひ道より、三《園部》五郎、着付上下にて家来に首桶持せ出る。東の通ひ道より、工左衛門、着付上下にて、家来

に首桶もたせ出る。両人、能所に留り
吉《大膳》　是は、御両所、夜陰の御入来
三五《園部》　役目に依て、先刻より
工《幸崎》　館へ参り、待受おつた
三五《園部》　園部兵衛（53ウ）
工《幸崎》　幸崎伊賀守
吉《大膳》　御役目、御苦労
猪《兵蔵》　まづ〳〵、是へ
里《白菊》山《松蔵》みな〳〵　お通り被成升ふ
三五《園部》工《幸崎》　何れも、御めん被成升ふ
ト右の相方にて、両人、本ぶたいへ来て、三五郎《園部》、上手、工《幸崎》左衛門、下手へひかへる
團《師門》　サア、大ぜん殿、園部、幸崎入来の上は、暫時も、猶豫は成るまい。夫〳〵、科人を引出し、首討つて仕廻つしやれ（54オ）
吉《大膳》　ハテ、科の詮議は、軽く斗らふが、公の政事。此上、両人を引出し、今一応詮議のとげ、事明白たらぬ時、首討てば迚、何ひま取らふ
團《師門》　イヤ、成らぬ事だぞ。唯今に及んで、詮議所が重罪人に情をかけるは、上ミへの不忠。よしない仁義立は、取置つしやれ
来《実若》　立派に首桶は持参しても、一寸でも逃そふと、首討ふともせぬ未練もの
くま《軍太》　不便が懸り、太刀取がならずは、我らが助だちいたさん（54ウ）
くま《軍太》　イヤモウ何方、日頃は立派にいふても、まさかに及んでは、未練の発る物じやわい
團《師門》来《実若》くま《軍太》　ハヽヽヽ　ト笑ふ。猪三郎《兵蔵》、答へかね
猪《兵蔵》　ヤ、だまり召れ、かしましい。仁義を思ふ、大ぜん様のお詞ゆへ、ひかへてムる。御主人を、未練ものとは何が未れん者じヤ、サア承り升ふ
トきつぱ廻す。三五郎《園部》、こなし有て
三五《園部》　ハテよいわい。己が心に引騒、よまいごとを言ふやつには、いわして置たがよい。此間、清水にて、日頃より、心能からぬ幸崎の娘と、不義いたし（55オ）大罪の引起す悴、其場に有合さば、すぐに討すてて仕廻ふ所、此館へ預りと成り、無ねんの拳を握りし所、今日六波羅の御前にて、此方より名乗りかけた、此太刀取兼て、意恨の幸崎の娘、討取と思へば心もいさみ、刻限よりはやく入来り、待ておる。園部の兵衛、今首討に何周障ふ。同じ武士でもそんな未れん者が、何所ぞそこらにおるやらも知れぬ
ト工《幸崎》左衛門へ当ていふ。工《幸崎》左衛門、こなし有て
工《幸崎》　何か、耳がうじや〳〵と言ふ様な。又のぼすはづ（55ウ）でもあり、昔より不和成る中の悴めを、一ト思ひに切てやると思へば、心がせけて、待かねる。其上、不義の娘は、首になれば、先祖への言訳も立ち、心がさつぱり。是も大がい

の武士なれば、取のぼして、たわごとをはくで
有ふ
　ト三五《園部》郎へ当て付ていふ。三五《園部》郎、聞かぬ顔
　にて

三五《園部》　ア不便や、早、血迷ふておるそふな。後には思
ひやらるゝわい。科人を是へ

猪《兵蔵》　と申て、只今、是では余りのさつきやく

三五《園部》　ヱ、、そりや何を。ぐど〳〵と申（56オ）

猪《兵蔵》　サア○　ヱ、、是、国俊に申付置しに

三五《園部》　ナニ、国俊が如何いたした

猪《兵蔵》　サア、御主人の御太刀取は餘り憚、暫時、おま
ち被下らば、某が首討て

三五《園部》　何馬鹿な。左様な周章た事、申すゆへ、比興者
が何角と思ふわい。此方から、首討て見せて未
れん武士の性根をすへさせて遣るのだわい

工《幸崎》　白ぎく、左衛門を是へ

里《白菊》　サア、其事は今しばらく

工《幸崎》　ヱ、、見せ懸斗りの、臆病武士の家来が言へ
（56ウ）ば同じやふに。サ、早く

里《白菊》　ハイ　とこなし

三五《園部》　兵蔵、はやく

猪《兵蔵》　ハイ　トこなし

三五《園部》　ヱ、、埒の明ぬ、不忠ものめが

三五《園部》　サア、大ぜん殿、早く科人を

三五《園部》工《幸崎》　お渡し下されい　ト吉《大膳》三郎、始終手を組居て

吉《大膳》　ヱ、、是非に及ぬ。ソレ、薄雪、左衛門を是へ
伴へ

妼みな〳〵　ハア、（57オ）
　トせつきやう様の相方に成り、上手より、哥《薄雪》
　六、衣裳、振袖にて出る。跡より、以前の
　妼、みな〳〵付て出て、下モ手よりは市江《左衛門》
　着流しにて、跡より、以前の奴、みな〳〵
　付て出る。両人、三五《園部》郎、工《幸崎》左衛門を見て

哥六《薄雪》　ヤア父上様

市紅《左衛門》　親人様
　ト傍へ寄らふとする。両人、急度白眼む。是
　にてひかへる。團《師門》八、こなし有て

團《師門》　御立派な二人リの太刀取、是からは肝心のとこ
ろ（57ウ）。両人、何と能ひ見物でないか

来《実若》　互ひに取替へ、親々の成敗、立派な事でムらふ。
併、鯉口をくつろげ、用意いたして、手の及ん
だ時に、助太刀入るが、武士の情と言ふ物

くま《軍太》　イヤモウ、こりヤ能く気が付ました。身共も、
其心掛でおり升わい
　ト妼みな〳〵、こなし有て

妼みな〳〵　御主人へ、我々共々お願ひ

里《白菊》　ナニ、願ひとは

豊《袖平》　承り升れば、唯今是にて（58オ）

松江《さわらび》　互ひに、お手討との事

新平《絹平》　若旦那様にも

小ひな《若草》　姫君にも
冠二郎　今生のお名残りに
雛松《此花》　お暇乞を被成升る間
冠二郎　御機げんのお直し有て
富世《青柳》　お詞のお替し下さり升よふ
妼みな〳〵　おねがひ申上升ス
三五《園部》工《幸崎》　相成らぬ
みな〳〵　何卒（58ウ）
三五《園部》　扣へておらふ
　トきつと言ふ。みな〳〵、ホイと当惑のもやふ、こなし有。ト哥六《薄雪》、市紅《左衛門》、ハツとうつむく。猪《兵蔵》三郎、こなし有て
猪《兵蔵》　大膳様へ、改て兵蔵めが御願ひ
吉《大膳》　某に、願ひとは
猪《兵蔵》　人は死恥を、大事と仕升れば、何卒、御最期の間、暫時、お人を御除被下升ふ
里《白菊》　私も伴々に
猪《兵蔵》里《白菊》　偏にお願ひ申上升ス（59オ）
　ト吉《大膳》三郎、こなし有て
吉《大膳》　尤成る願ひ、承知いたした
猪《兵蔵》里《白菊》　ヱ、有難ふ存升ス
猪《兵蔵》里《白菊》　ヤア、よしない願ひ
工《幸崎》　未練のいたり
三五《園部》工《幸崎》　此場ですぐに　ト刀に手を懸る
吉《大膳》　申、御両所、暫らく
三五《園部》工《幸崎》　イヤ、直に手討に
吉《大膳》　心の堰は御尤、併乍、只今、兵蔵の申ごとく人は（59ウ）死恥を大事と申。殊に、一国一城の主の子息に姫、いかに科人なればとて、最期には、其格の有もの。暫時、大ぜんが斗らひの如く〳〵、御任せ被下升ふ
　ト三五《園部》郎、工《幸崎》左衛門、こなし有て
三五《園部》工《幸崎》　兎も角も仕升う
吉《大膳》　サア、師門殿を始、三人も此場には相叶はぬ。何れもおくへ
團《師門》　イヤ〳〵、大ぜん殿、余人は格別、我らは検使も同然の役目なれば（60オ）
吉《大膳》　六波羅の執権の相勤る、秋月大膳が御前にて、受合見届申に横目はないはづ
團《師門》　じやと申て、貴殿斗りでは
吉《大膳》　越度も有らば、拙者が切ふ〳〵。貴殿に難義はおかけ申さぬ
團《師門》来《実若》　テモ、あんまりなる情の斗らひ
吉《大膳》　初更の鐘を告る迄に首討たずば、その時こそは、御勝手に御立会。夫迄は御退屈ながら、奥にておまち被下い
團《師門》　よいは。迚も、埒の明た事では有まい。是に（60ウ）おつて気の毒なめを見よふより
来《実若》　ソレ〳〵、おくへ参つて、御馳走に預るがよふムる

團《師門》　然らば
團《師門》来《実若》くま《軍太》　いよ〳〵、初更迄に
吉《大膳》　ハテ、まだ夜は長ふムるわい。サア、兵蔵、白ぎく、其外のもの
猪《兵蔵》　スリヤ、私めも
吉《大膳》　其方が願ひは相立たがな　ト猪《兵蔵》三郎、こなし有て
猪《兵蔵》　如何さま、サア何れも（61オ）
團《師門》　大膳様
吉《大膳》　後刻、御意得升ふ
　ト哥に成り、團《師門》八、来《実若》蔵、熊《軍太》右衛門こなし有て、上手へは入る。猪《兵蔵》三郎、三《園部》五郎、市《左衛門》紅へこなし有て、上手へは入る。里《白菊》好、其外、みな〳〵能の橋懸りへは入る。跡に、三《園部》五郎、工《幸崎》左衛門、きつとなつている。哥《薄雪》六、市《左衛門》紅うつむきいる。此内、吉《大膳》三郎、燈台の火を一ツ残し、跡皆けして、こなし有つて、
　あつらへの相方
吉《大膳》　イヤナニ、御両所。斯残りし内に、他門と申は某壱人（61ウ）。申さば、親子、舅も同然。表は不和を立らるれども、心の内は推量仕る。某に於ては遠慮なく、何卒、此世の名残に、詞を懸ておやり下されい
三五《園部》　イヤ、大ぜん殿の心情は忝けれ共、一旦立たる武士の意地。如何体な義がムつても、日頃の不和はいつ迄も立て通す所存
工《幸崎》　子に迷ふて和談有しと、世の嘲もいぶせくムれば
三五《園部》工《幸崎》　此義は平に、御断入申上升ス
吉《大膳》　ハテ片意地な○　左衛門殿、薄雪殿親々の赦し（62オ）ムらずとも、某が承り升ふナ。夫レ、そこへ名残りのことばを
　ト市《左衛門》江、哥《薄雪》六、三《園部》五郎、工《幸崎》左衛門見てこなし有て
ハテ、独り言トを申しを、誰が咎むる者が有ふか　ト是にて、両人こなし有つて
市紅《左衛門》　申、父上　ト三《園部》五郎、白眼。市《左衛門》紅、こなし有てと申に申されぬ、此身の誤り。御赦されて下さりませ
　トなく。哥《薄雪》六、工《幸崎》左衛門が傍へいて（62ウ）
哥六《薄雪》　申
　ト工《幸崎》左衛門一寸とこなし有て三《園部》五郎を見てきつとにらむ
申上げやふもない、此身の不孝○　お叩り被成てなりと、物をおしやつて下さりませいナア
　トなく
市紅《左衛門》　幼少より、御恩愛厚き御養育、其大恩を一日半時、報じもせず、死る今端に迄、御苦労を懸る、不孝の悴。お腹立は御尤でムり升れ共、次第に寄るお年、たつた独りの私が、相果升た（63オ）

哥《薄雪》　跡には、誰を便りに被成升ふと、思ひ廻せば、廻すほど、死行此身よりも、夫レが悲しうムり升わいナア〱

ト三五郎《園部》、扇を膝へ突詰、喰いしばりこなし

此身の徒ゆへとは言ひながら、親子は一世とやら申升るのに、今死る一生の別れに、お詞さへ替されぬといふは、どうした因果な身のうへじやぞいナア

ト工左衛門《幸崎》、傍なる首桶へ、拳を握り〆、喰しばり居る。吉三郎《大膳》、扇を顔に当て、愁ひをかく（63ウ）すこなし有て

吉《大膳》　アヽ、尤至極の二人リがなげき

ト是にて、三五郎《園部》、工左衛門《幸崎》、きつと成る

此の大膳は、かだましき継母なれど、親と思へば便りとする。まして肉心ン、此世の詞のかわし納め、随分そこへ存分に　トこなし有て

独り言トを、言ふたがよひ

市《左衛門》　此うへに、一ツのお願ひは、死だ跡にて、たつと一ト言、忰とおつしやつて下さりませ（64オ）

哥《薄雪》　此まゝで死にましては、冥途の途にて

市《左衛門》哥《薄雪》　迷ひ升わいナア〱

ト市紅《左衛門》、三五郎《園部》の袖、哥六《薄雪》は、工左衛門《幸崎》の袖もつて引ぱる。いろ〱叩きはらひ、互ひに思はず、三五郎《園部》、工左衛門《幸崎》、顔見合し、両人きつとこなし

三五《園部》　ヤア、未練な繰り言ト

工《幸崎》　時刻が移る　ト互ひに引立、両方へ突遣り

三五《園部》　今が最期じや

三五《園部》工《幸崎》　覚期いたせ（64ウ）

トきつと成る。吉三郎《大膳》、火を吹けす。両人、こなし有て

ト篠入の相方に成り

三五《園部》工《幸崎》　是は

吉《大膳》　なんぼうかんじやうに申されても、斯、罪科のあらずば、不和は格別、聟嫁なるもの、もしや心も遅れふかと、大ぜんが寸志、とても手に懸る事ならば、未来成仏するよふに、心を定めてすつぱりと　ト言ひ〱、かたをぬぎ用意する

三五《園部》　大ぜん殿の情は忝ひが、顔見合しては、未練の出よふかとの思召、譬、白昼なれば迚、先祖（65オ）より意恨有る伊賀守が娘、首討とらば、某が本意。ムヽハヽヽ、ハテ、時節もあれば、あるものじやナア

ト聞りのこなし。工左衛門《幸崎》へ聞かす様に言ふ

工《幸崎》　先祖の意恨を立通すは、武士の意地じやが、見事、娘が首討つかよ

三五《園部》　馬鹿な事に念押しずと、早く忰が首を討てサ

工《幸崎》　夫を汝に有ふかい。人の世話より、娘、薄雪が首はやく討て（65ウ）

三五《園部》　御自分も、忰が首を

工《幸崎》　サア
三五《園部》　サアくく
ト言ひくく、吉三郎《大膳》を探り、窺ふこなし。
市紅《左衛門》、哥六《薄雪》、両方へ居直り
哥《薄雪》　申、左衛門さま。只今のがお顔の見納め。ヱ、、
そんならかならず、未来は
市《左衛門》　替らぬ夫婦
哥《薄雪》　ヱ、、嬉しうムんす（66オ）
ト三五郎《園部》、哥六《薄雪》をとらへ、一寸囁く。三五郎《園部》、
コリヤとおさへ、上手の切戸の外へ突出す。
哥六《薄雪》はアレト、は入らふとするを、切戸を
はたと〆ル。工左衛門《幸崎》も、市紅《左衛門》が手を取、
囁き、無理に下手の切戸の外へ、突出す。
市紅《左衛門》、夫レではと、寄るを同じく、切戸は
たと〆ル。双方、東西にて、よろしく有内
に、吉三郎《大膳》、刀腹へ突立る。三五郎《園部》、工左
衛門一寸とこたへるこなしにて、三五郎《園部》、
上ミ手、工左衛門《幸崎》は下手に、切腹の用意す
る。吉三郎《大膳》、息遣ひを袖をくわへ隠すこな
し（66ウ）
工《幸崎》　兵衛殿、用意よくばサア早ふ
三五《園部》　おんでもない事。イザ御自分も
工《幸崎》　言ふにや及ぶ。今が最期じや
三五《園部》　南無阿みだぶつ
ト一時に腹へ突込、苦しみを隠すこなし。
吉三郎《大膳》、苦しみをかくしながら
吉《大膳》　スリヤ、両人、伴に首討たれしか
工《幸崎》　則、唯今
三五《園部》　アノ、悴が首をや
工《幸崎》　いかにも、シテ、娘が首は（67オ）
三五《園部》　討切つて、首が則、此首桶に
工《幸崎》　アノ、姫をや
三五《園部》　言ふにや及ぶ。イザ、取替へて、大ぜん殿の前
へ
工《幸崎》　御覧に入れふ、サア
三五《園部》　サア　ト両人、探もつて、首桶を吉三郎《大膳》が傍へ、
持て行。吉三郎《大膳》、苦しみながら、両方探明けて
吉《大膳》　ヤア、左衛門殿の首は、此壱通
三五《園部》　ヤア
吉《大膳》　薄雪殿の首も同じ一通（67ウ）
工《幸崎》　ヤア
三五《園部》　スリヤ、伊賀殿にも
工《幸崎》　言ひ合さねど、心の割符
吉《大膳》　スリヤ、御両所には　トこなし有
三五《園部》　先祖の意恨も
工《幸崎》　武士の意地も
三五《園部》　いわねど、聞かねど
工《幸崎》　互ひの胸中
三五《園部》　子ゆへに迷ふ闇紛れ
工《幸崎》　兵衛殿（68オ）

三五《園部》　伊賀殿
吉《大膳》　誠に符節を合した如く、是程までに
三五《園部》工《幸崎》　心も逢ば、合ふものかひ
ト此時、猪三郎《兵蔵》、里好《白菊》、両方より、手燈を隠し、伺ふ。切戸の外には、東西共、愁ひの思入。始終啼りのもやふ。宜しく有べし。此時、猪三郎《兵蔵》、里好《白菊》、一度に手燈差出し、恟りして
里好《白菊》　ヤア、お二人リには、御生がい
吉《大膳》市《左衛門》哥《薄雪》　ヤア
猪三郎《兵蔵》　大ぜん様にも御せつぷく（68ウ）
三五《園部》工《幸崎》　ヤア
ト驚く猪三郎《兵蔵》、里好《白菊》。内より切戸開く。みな〳〵取付
猪三《兵蔵》市《左衛門》哥《薄雪》　コリヤ、何ゆへの此有様でムり升ぞいナア
工《幸崎》　我々が切ぷくは、子供の命、助んため
工《幸崎》　子に替つたる願ひの一書
三五《園部》　合てんの行ぬ
工《幸崎》三五《園部》　大ぜん殿の切ぷくは
吉《大膳》　某が切ぷくは子細有れど、夫レ語る間に、時刻過ぎなば、御両所は犬死。此間に名残りを惜んで、二人リをはやく
三五《園部》　実尤、残る方なきお志（69オ）
工《幸崎》　必、未練を笑ふて下さるな
吉《大膳》　何ンの笑ふ、随分ともに遠慮なく

三五《園部》工《幸崎》　ヱ、、忝ひ
三五《園部》　コリヤ、悴　ト引寄せて、顔を見る
市《左衛門》　親人様
哥《薄雪》　父上さま　ト縋り付く
工《幸崎》　ヲ、、娘〳〵　トみな〳〵なく
三五《園部》　コリヤ、是が此世の名残じやぞよ。随分ともに無事でくらし
工《幸崎》　夫婦中よく、子をもふけ（69ウ）
三五《園部》　家再興を、草の葉のかげから
三五《園部》工《幸崎》　コリヤ、楽んで居るぞよ
三五《園部》　サア、此うへは一時も早く
工《幸崎》　此場を落るが、親への孝
三五《園部》工《幸崎》　サア〳〵、早く落よ〳〵
哥《薄雪》　じやと言ふて是が
市《左衛門》　何ンと見捨て、落られ升ふ
三五《園部》　サア、兵蔵
工《幸崎》　白ぎく、大ぜん殿の志の無足に成らぬよふ
吉《大膳》三五《園部》工《幸崎》　はやく〳〵（70オ）
猪《兵蔵》　ハツ、是非に及ぬ。御主人の御最期を見捨るも、忠義の道
里《白菊》　息有内に、お別れ被成るゝが、御孝行。あれ程までにおつしやるもの
三五《園部》　達て落ずは、此場で笛かき切つて、相はてふか
市《左衛門》哥《薄雪》　サア
工《幸崎》　我々に犬死さすか

市哥《左衛門薄雪》　サア
四人　サア〳〵、不孝者めが（70ウ）
市哥《左衛門薄雪》　ハア、、、トなき落す
猪《兵蔵》　御機げんの損ねぬ内、左衛門様
市哥《左衛門薄雪》　お姫様　ト市紅《左衛門》、哥六《薄雪》、こなし有て
里《白菊》　左様ならば、大ぜん様
吉《大膳》　随分、堅固で
猪里《兵蔵白菊》　イザ、お出被成升ふ
哥《薄雪》　そんなら爺様、舅御様
市《左衛門》　父上、伊爺賀守様、お詞に随ひ、追付、家名を引おこし升ふ（71オ）
三五工《園部幸崎》　出かした、早く
市哥《左衛門薄雪》　おさらば
三五工《園部幸崎》　ヲ、、さらば
ト詠の相方にて、市紅《左衛門》、哥六《薄雪》、泣き入るを、猪三郎《兵蔵》、里好《白菊》、無利に引立、見返りながら、四人宜しく、向ふへは入る。三五郎《園部》、工左《幸崎》衛門も、跡見送り、こなし。吉三郎《大膳》、苦しみながら
吉《大膳》　スリヤ二人リは、はや落られたか
三五《園部》　是と言ふも、貴殿のおかげ
工《幸崎》　とは言ふ物の、其有様（71ウ）
吉《大膳》　各方は子故の最期、此大ぜんは、主、親の為の切腹
三五《園部》　何、主人の為
工《幸崎》　親に孝心の
両人　切ぷくとは
吉《大膳》　ア、思ひ廻せば、情なや。我継母と言ふは、先年、紫宸殿にて、自殺せし、浅原八郎が妹にて、兄の無念を受継で、逆心の気ざし有とは、夢にも知らず過行しに、今日始て聞イて悔り。謀反人の余類たれば、迚も叶わぬ母の一命、義理有中に見捨もならず。又二ツには、鎮台侍従之助（72オ）様御身持正しからず、夫ゆへ鎌くらより、御上使の請取に向われたる、御袖判は、維信公御放埒に依て紛失、今一色の四神の巻も似せ物と相成る。夫故、様々と詮議すれども、今宵に帰る手詰の切刃、折もおりとて母の無体。覚悟極めし切腹にて、母の命を助けかねて、寵愛の弟、実若にて、秋月の相ぞくして、宝の申訳も相立様、御両所を頼ん物と、御上覧の能にて、時刻を延し待受し、そのかひもなき御両所の其最期。三人是にて死たれば（72ウ）、誰有て、此事告る者もなく、むだ腹に相成るかと思ひ廻ば、心の内の残念さ。御両所、御推量下されませふ
三五《園部》　ム、スリヤ、大ぜん殿の切ぷくは、一品の宝、紛失の申わけ
工《幸崎》　二ツには、継母の助命を願はん為で有つたか
吉《大膳》　いかにも

園部三五　ヤア、早まつた事致されし。其宝紛失は仕らぬわいのふ
大膳吉　ナニ、宝紛失せぬとは（73オ）
幸崎工　我々が所持致して厶るわいのふ
大膳吉　シテ、其子細は
園部三五　鎮台侍従之助様、放埒の虚に乗て、二郎丸師門が反逆の族と見抜し故、後難を斗り、伊賀守殿と心を合せ、宝蔵に入て取出し、贋物を納め置て
幸崎工　先祖より意恨有と言ひ触らし、両人とくより不和と見せ、師門が心を探らん為、民部殿へ此事を告んと思へども、折悪敷、大病。夫ゆへ貴殿に申入んと思ふ矢先キに、子どものさい（73ウ）なん
園部三五　我々、六波羅にて、倅が首討んと、両家へ参りしも、貴殿に相渡さんと持参成したる、誠の御袖判
幸崎工　王城地理の四神の巻
園部三五　イザ、お請取下さり升ふ　ト両人、差出す
大膳吉　イヤ〱、大ぜんが切腹は裏をかいたれど、迚も叶わぬ。貴殿には苦痛を答へ六波羅へ其宝を差上、左衛門殿、薄雪殿の科を償ひ（74オ）たまへ
園部三五 幸崎工　イヤ〱、やはり貴殿へお渡し申
大膳吉　ヱ、、斯言ふ事を初てに夫レと聞ならば、致方も有べきもの
園部三五 幸崎工　何と言ふても、倅が事に心迷ひ明さゞる我々があやまり
大膳吉　夫と申も極る因果、併何れ共、相はつる大膳、今端に宝の有家を承り、是で冥途の迷ひもなく、今こそ心の雲霧晴れ渡り、忠臣一致の各と冥途へ同道とおもへば、此（74ウ）上の悦びなし
園部三五　我々も死すべき子供が命助り、目出たく冥途の首途。両人の者、当家へ預けになつた其夜より今日迄の心苦しさ、笑ひと言ふ事、頓とわすれた。伊賀殿にもさぞ有らん
幸崎工　何さま、某迚も、此頃の鬱散。今日只今、心懸りの子共は落す、宝は相渡す。冥途の首途の悦びに、一ト笑ひ笑ひでは厶るまひか
大膳吉　夫レよく厶らふ。大ぜんも笑ひ申そふ、イザ御両所（75オ）
園部三五 幸崎工　先々、こなたより
大膳吉　虎渓の三笑とて、名に高き唐土の大わらひ
園部三五　夫レも三人
幸崎工　是も三人
大膳吉　ム、
園部三五　ハ、
幸崎工　ム、　ト苦しみを隠す笑ひ。心いき有べし
大膳吉　ハ、、　ト大きに笑ひ（75ウ）
ハテ心地よく、くたばつたなア

ト両人悔りして

三五《園部》工《幸崎》　ヤヽ、ナント　ト大小入の相方に成る

吉《大膳》　もふよい〳〵、朝坂とやら是へ出い〳〵

冠《朝坂》　ハイ〳〵、そんならモウ、よろしふムり升かいナア

ト髪ぐる〳〵巻にして、十二単緋のはかまぬぎ〳〵、車より出る。下は世話形リ。團《師門》八、来《実若》蔵出て

團《師門》　大ぜん殿の斗らひの通り（76オ）

来《実若》　其手きづは

團《師門》来《実若》　まんまと、首尾よふ参りしが

吉《大膳》　何是弐皮一枚を刎たるばかり

トきつと、上帯を腹帯にしめる。三五《園部》郎。工《幸崎》左衛門。始終悔りして

三五《園部》　ヤアスリヤ。浅原八郎が妹といひし母親と偽り者にて

工《幸崎》　表に仁義をかざりしも

三五《園部》　根深き工みの

三五《園部》工《幸崎》　空腹で有しよな

團《師門》　ヲヽ、大ぜん殿の斗らひにて、賤の婆を母と偽り、うぬら両人、自めつさせん兼ての手つがひ（76ウ）

来《実若》　うま〳〵参つて、ふたりの老ぼれ、なんと能いざまではムらぬか

團《師門》来《実若》　ハヽヽ

三五《園部》工《幸崎》　ヤ、なんと、シテ、又大膳が素性といふは

ト大小入、相方

吉《大膳》　我父三浦弾正義村、若狭の前司が反逆にかたんせしは、一旦ン義心ン、夫レに何ぞや、其帳本たる前司泰村は、室の八嶋にて爪腹切らせ、父弾正を反逆の刑罰に行ひしは、天下の政道にひずみ有と、幼少より思詰し所、守りを見れば、我父なる故、其無念こつづいにてつし、何卒修羅の忘執をはらさん（77オ）と思ひ立たる此大願、師門をかたらひて、一天四海を握掌せん為、下賤の婆を大金の価でやとい、母と偽り、浅原八郎が妹なぞと、跡方もなき事をいわせしも、我素性を語らすまいため。夫ゆへ、まんまと善人と思わせ、一味徒党を集る所、なみ〳〵ならぬ、園部、幸崎、大望の妨となる故、此邪魔を払わんため、両人の倅に科を拵へ、館へ預り、空腹切てたらしかけ、情を見せて切ぷくさせ、左衛門、薄雪を落とせしも、かねてより薄雪に心を掛居れば、ともに助けし左衛門めは、何時でもひねり殺し、薄雪を妻にせん心、そふ共知らず（77ウ）やみ〳〵と、くたばつた大たわけ、両人さへ片付れば、跡に残るは民部壱人、高で知れたる病みほうけ、ナニ取るにたらず。最早何事も心の侭、大望成就も近きにあり。ハテ心地よや、悦ばしやなア

ト此内、三五《園部》郎、工《幸崎》左衛門、肩衣を引裂、腹
をしつかと〆る
團《師門》 今迄、誠と思ひし、此お袖判、贋物と有からは
團《師門》来《実若》 イデ両人、御宝を
吉《大膳》 イヤアノ、宝も贋物
團《師門》来《実若》 ナニ贋物とは（78オ）
吉《大膳》 某が心を斗らん為の拵へ物、誠二品の宝は、既
に盗み出してこりヤ此通り、所持して居るわい
やひ　ト二品を懐より出して見せる
三五《園部》 スリヤ二品の宝は
工《幸崎》 所持なすとな
三五《園部》 伊賀どの
工《幸崎》 兵衛どの
三五《園部》工《幸崎》 命を捨た功は立た
吉《大膳》 なんと（78ウ）
三五《園部》工《幸崎》 それ聞ふ斗りじやわい
ト三五《園部》郎、お袖判を橋懸りの松へ打付る。か
けゑんせう、ぱつと立つ。静に遠せめに成
り、吉《大膳》三郎こなし
團《師門》来《実若》 ヤア、あの遠せめは
吉《大膳》 ム、スリヤ、うぬらが猿智恵にて、言ひ合しう
せしよな
三五《園部》 民部殿と心を合せ、汝が反逆を見出し
工《幸崎》 二品の宝の有家知れし上は
三五《園部》 狼煙を相図に、此家を取巻、アノ遠せめ（79オ）

冠《朝坂》團《師門》来《実若》 ヤア〱〱
来《実若》 そんなら斗ると思ふたが
團《師門》 かへつてあつちの謀とに懸つたか
吉《大膳》 ハテ苦敷ふない。此の二品さへあれば、何方、
勝にて寄るとも、軍勢催促して、唯一ト挫き、
ナニ恐るゝに足らんや。落着て居られい
三五《園部》 サア、大ぜん、二品の宝
工《幸崎》 早〱渡せ
吉《大膳》 細言トぬかさず、くたばつて仕まへ
トどんちやん、せわしなる。冠《朝坂》十郎、狼狽る
（79ウ）
冠《朝坂》 申〱、軍が近ふなつて来升た。こりや、どふ
し升せうぞいナア〱
吉《大膳》 此間に早く落よ〱
冠《朝坂》 ハイ〱　ト行ふとして
イヤ〱、いかれぬ〱。首尾能ふ遣つたから
は。約束のほうびとらにや成らぬ
吉《大膳》 ほうびは追つて、早く落行
冠《朝坂》 イヤ〱、ほうび取らにや、動かぬ〱
ト是にて、吉《大膳》三郎こなし有て
吉《大膳》 そりや　ト四神の巻をほり出し（80オ）
冠《朝坂》 これは
吉《大膳》 大切成る宝なれども、褒美の合役
冠《朝坂》 そんなら是が手形かへ
吉《大膳》 両人は彼レを伴ひ、防ぎの用意、姫の追人

團《師門》来《実若》　心得ました
吉《大膳》　はやく
團《師門》来《実若》　ハツ　ト冠《朝坂》十郎を引立、行ふとする
三《園部》五工《幸崎》　其宝を
ト懸るを、團《師門》八、来《実若》蔵、立廻つて突退け、冠《朝坂》十郎伴ひ、橋懸りへは入る。跡、どんぢやん、烈しく打（80ウ）
大ぜん覚悟
ト両人、吉《大膳》三郎切て行くを、立廻つて、きつと留め
吉《大膳》　何と、小しやくな
ト三人、きつと見へ宜しく、どんちやんはげしく
かゑし
造り物土手、松原、始終どんちやんにて、熊《軍太》右衛門、岡《がけ岩松》十郎、十《たんくわ喜蔵》四郎、綱《月輪の熊》右衛門、盗賊の形リにて、市《国俊》紅を取巻居る
市紅《国俊》　うぬらこりや何んとする（81オ）
くま《軍太》　大ぜん様に頼れ
みな〳〵　たゝんでしまふ。覚期せい
市《国俊》　何を
トいろ〳〵、立廻り有て　トゞ市《国俊》紅、みな〳〵を追込み
若殿のお身の上、そふじや
ト化相して、行ふとする。此時、壱人それと掛るを、見事にかへし、一さんに向ふへは入る。上手より三《玉笹》右衛門、たすき、鉢まき、長刀持て、軍《ママ》太とも宜しく、立廻有つて
三《玉笹》右衛門　維信公には、首尾よふ、六波羅へお落被成たか（81ウ）心元ない
軍《ママ》太（熊）　何を
ト懸る。立廻り、此やく、上下より、山《松蔵》十郎、立廻り乍出て、双方、一時にとん〳〵となぐ
山《松蔵》十　ヤア玉笹様
三《玉笹》右　シテ、我夫マには
山《松蔵》十　思ひがけなき、謀反の御心
三《玉笹》右　我君に怪我有ては、先祖へ言訳なし
山《松蔵》十　お跡をしとふて
三《玉笹》右　合点じや（82オ）
ト軍太を見事になげつゝ、寄、向ふへ走りは入る。跡に、山《松蔵》十郎いろ〳〵立廻り有て、みな〳〵はし懸へ、追込は入る。上手より、沢《艶之丞》とく走り出て
沢《艶之丞》とく　サア、やくたいじやヤ〳〵、あちらへ往ても、どんちやん、こちらへいても、どんちやん、こりや、どんちやんへ行ふしらぬ
ト手を組、思案する
ト内にて、アリヤ〳〵のこへ、どんちやんき

びしく打、沢とく《艶之丞》うろたへ、橋懸りへ走り、
上手へ走り、又花道へ走り、いろ〳〵と走
り廻り、本ぶたいへ戻り（82ウ）
ヤレ〳〵、はしつた〳〵、よもや爰迄は、来お
るまい。併、爰は、何所じや知らぬ
　ト傍りを見て
ヤア爰はやつぱり、最前の所じや、そんならど
りや　トこなし有て、眉毛ぬらして
ばかさりや、せぬかしらぬ。時に、あんまりは
しつたので、一ト絞りに成つた。此間に一トあ
せ、入れふわい　ト着附、上下をぬぎ
是ではあんまり見苦しい（83オ）
　ト裸の上へ袴をはき扇遣ひして
コリヤ、大分よい塩梅じやわい
　ト此内、冠平《御手洗の三》、綱右衛門《月輪の熊》出て、大小、着附を
　取ては入る。沢とく《艶之丞》、是を知らず
ヤレ〳〵、是でさつぱりとした　ト傍りを見て
ヤア、コリヤ、今爰で置イたなと言ひ、着るい
まで　ト空を見て
よもや放らふ筈もなし。ム、スリヤ、最前から、
同じ所を歩行きしも、又今着類、大小、ちくで
んせしも　トこなし有て（83ウ）
正敷　ト手にて、狐のまねをして、扇を落し
ム、
　トこなし有所へ、奥病口、ありや〳〵、是に
　て、沢とく《艶之丞》狼狽、花道へ逃ては入る。
　ト上手より、里好《白菊》、哥六《薄雪》を囲ひ、捕人と立廻
　り乍、出る

里好《白菊》　聊尓しやれば、赦さぬぞ
取手　何を
　ト捕人、一度に掛る。いろ〳〵立廻り有て
　トゞ皆〳〵を橋懸りへ追込む。跡に哥《薄雪》震ひ
　ながら
哥《薄雪》　是〳〵白ぎくイのふ〳〵、早ふ戻つてたもいの
ふ
　ト十四郎《たんくわ喜蔵》、岡十郎《がけ岩松》、熊右衛門《軍太》、冠平《御手洗の三》出かけい
　て
四人　しめた　ト哥六《薄雪》をとらへる（84オ）
哥《薄雪》　ヤアこりや、自を何としやるぞいのふ
十四《喜蔵》　惚れて入る頭へ連て行
四人　サア〳〵うせふ
　ト引立る。哥六《薄雪》、いろ〳〵振切り
哥《薄雪》　是、白ぎく、戻つてたもひのふ
岡《岩松》　何ぼう、なんでも、爰へは来ぬ
四人　サア、うせ上れ
　ト四人、哥六《薄雪》を無理に引立る。向ふばた〳〵
　にて、吉三郎《妻平》二役、妻平にて走り出て、四
　人を見事に取て投る。哥六《薄雪》悦び（84ウ）
哥《薄雪》　ヤア妻平か、能ひ所へ
吉三郎《妻平》　曲者の詮議に廻る内、思ひがけなき此そふどふ。

シテ、あなたと一ツ所にお預けの左衛門様

哥《薄雪》　サア左衛門様は、兵蔵がお供して、白ぎく諸とも逃る所へ　ト十四郎《喜蔵》、岡十郎《岩松》掛るを留め

吉《妻平》　スリヤ御主人には　ト両人をなげ
兵蔵様も

哥《薄雪》　どつちへやら（85オ）
ト冠平《御手洗の三》、綱右衛門《月輪の熊》掛るを留め

吉《妻平》　それ承つて　トとんと投る
何より案堵

哥《薄雪》　サア、夫に付ても悲しいは、我々故に、父上や兵衛様は御せつぷく

吉《妻平》　何、御主人には、御切腹、ヤア〳〵〳〵

四人　うぬを　ト懸るを見事になげ

吉《妻平》　ホイ、（85ウ）
トばた〳〵にて、里好《白菊》走り出て

里好《白菊》　ヤア、妻平殿、姫君にお怪我はなかつたか

吉《妻平》　妻平は、御主人に御暇乞して跡より参れば、マア先きへ

里好《白菊》　そんなら跡から

吉《妻平》　追付升ふ

四人　夫レ遣つては
ト行ふとする。二人リを投げ、二人リを引廻して

吉《妻平》　一ツ時も、はやふ

里好《白菊》　ムりませ（86オ）

ト向ふへ、哥六《薄雪》の手を引、走りは入る。
吉三郎《妻平》、両人を留めながら、見送り

吉《妻平》　思ひがけなき主人の切ぷく。何にもせよ
ト両人を投げ、行ふとする。四人一時に懸り

四人　うぬを
ト立廻りに成る。此中へ、手下大ぜい出て、立廻りいろ〳〵有てよろしく見へにて
返し

浅黄まくに成、始終どんちやんにて、橋懸りより、国十郎《鳥部金平》、手下大ぜいつき出て（86ウ）

国十《金平》　こりや、皆の者、いひ付け置た薄雪はどふした

新《絹平》　サア、せつかく手まへた所へ、奴めがでさつて邪魔さらし

豊五郎《袖平》　とふにふけりしまいおつたわい

国十《金平》　ゑらいどふで、手まへるやつ。どこへ埋んでもかき出すは、おいらが得手。此上とも、随分がんばれ〳〵

手下みな〳〵　ヲ、、合点じや　ト来蔵《実若》出て

来《実若》　荒平太の手下のもの

みな〳〵　シテ、大ぜん殿は

来《実若》　今、広庭にて、長柄をもつて取かこむを、かせいのもつて追ツちらす所（87オ）

新《絹平》　此上は隠家への向ひがかんじん

来《実若》　シテ、其手はづは

国十《金平》　追付来やんす
来《実若》　そんなら、皆も加勢して、此場を助けん
国十《金平》　実若どの
来《実若》　皆も来やれ
　トどんちゃん、はげしく、みな〳〵上手へは入る。
　ト山十郎《松蔵》、出ていろ〳〵有て
　かゑし
造り物奥深に一面の塀、真中に石垣水門（87ウ）口、柳の釣枝、所々に葱原、本つりがね、虫の音にて、道具留る。ト水門口より、吉三郎《大膳》、大膳あれ（荒れ）の形リにて、抜刀をもち、御袖判くわへ出て、きつと見へ有て、傍りをうかゞひ、御袖判を懐中して
吉《大膳》　何万騎にて取囲むとも、恐れなき大膳なれども、手きずの怯みの其上に、手剛き園部の奴め追かけこぬ内、此場を立退き、後日の籏上げ。ム、それ
　ト行ふとする所へ、捕手大ぜい、長柄を持出て（88オ）
捕手大ぜい　大ぜん覚期
　ト取まくを切拂行、立廻りある。此中へ冠十《荒平太》郎二役、荒平太りゝしき形リにて出て、捕手壱人を切る。此時、吉三郎《大膳》、皆〳〵切拂ひ、壱人をぽんと切り、たぢ〳〵と跡へよる。冠十《荒平太》郎、在所にてすかし見て
吉《大膳》　ム、小殿荒平太
冠十郎《荒平太》　注進を聞より馳付し此荒平太、それ
　ト呼子を吹ト、手下大ぜい、乗物舁出て
手下大ぜい　しらせによつて、迎ひの乗りもの
吉《大膳》　病気に究竟（88ウ）
冠《荒平太》　片時も早く
吉《大膳》　過分〳〵　ト乗物へは入る。戸を〆る
手下　そんならすぐに隠家へ
冠《荒平太》　ゆけ
手下　ヲ、イ
　ト相方、本釣かねにて、乗物かきは入る
〃　さア、かしら
冠《荒平太》　ドリヤ、いかふわい
　ト冠十郎《荒平太》、手下をつれ、花道へ行と、此内、後の水門より、吉三郎《妻平》、早替り、妻平の形リにて出、向ふをきつと見て（89オ）
吉《妻平》　あのとふぜいは〇　申や、大ぜん
　トつか〳〵と、花道へ行、冠十郎《荒平太》手裏剣打、はしりは入る。手下みな〳〵立ふさがり、本ぶたいへつき戻し、此内、水門より、冠《朝坂》十郎、早替り、ばゝにて出立の内へは入る。よろしく立有つて、トゞみな〳〵にげこむ。冠十郎《朝坂》、だき留。吉三郎《妻平》、花道へゆかふとする。又しづに成り、振り切、行ふとする。

吉《妻平》　吉《妻平》三郎をとめる。
ヱ、、何をやつてもくらまされ○　ヱ、、のこりおい　ト無念のこなし、よろしく
まく（89ウ）

（裏表紙）　園雪　続六冊

【三冊目】

（表紙）
詠吟《ゑいぎん》は
おとは山の
花盛《はなざかり》
添削《てんさく》は
おぐら山の
月桂《つきのおさ》

園雪恋組題《そのゝゆきこひのくみだい》

三ツ目

一　月輪の熊　綱右衛門
一　法花坊主真達　岩次郎
一　がけの岩松　岩十郎
一　たんくわ喜蔵　重四郎
一　板面四惣太　熊右衛門
一　手代　長八　新平
一　絹商人四郎九郎　璃三郎
一　ねんねこ　ばゝ　徳三郎
一　いざり松八　儀《ママ（左）》右衛門
一　むすめお初　鯉三郎
一　鹿嶋觸太夫　臺蔵（1オ）
一　こし元白ぎく　里好
一　いかい爪三郎　團八
一　うすゆきひめ　哥六
一　粟餅屋孫十郎　猪三郎（1ウ）

造り物平舞台、逆屋体にして、真中にせうじはめあり。座敷の体、上ミ手街道、能き所に建石有て、下モ手の棚、真中に餅見世、是に暖簾かけ、能き所に鳥井建有。里好《白菊》、世話形リにて、仕出しに茶を汲で居る。仕出し大勢、床几に休んでいる。其片脇に義左衛門《いざり松の八》、聾の躄にて銭貫ふて居る。能き所に開帳あんどん釣下げ、所〳〵にてうちんなど建有、都て胴はり茶店の模様。田植哥にて幕明。

里好《白菊》　サアどなたも胴張名物評判のあわ餅、おめし被成ませ（2オ）
仕出し△　是〳〵お内義、此の胴はりの名物は、串ざしのもちじやないかいの
〃○　ヲ、それ〳〵、此間から、村中して評判の有、此の餅屋
〃□　どふいう訳であわ餅には
〃みな〳〵　さんしたぞいの
里《白菊》　さればでムり升。串さしの餅もムり升るが、とかく今の時節は新物でなけねば人が悦び升ぬ。

そこで、こちの人がおもひ付てのあわ餅や。ふわりとした其風味、それは〳〵おいしい事、壱ツあがつてムらふじませ（2ウ）

義左衛門《いざり》　つんぼうに御ほうしや

△　どれ〳〵、壱ツ下されい

里《白菊》　ハイ〳〵

△　成程、こりや味ひもちじや

○　味ひか、うまくば爰へも壱つ

里《白菊》　ハイ〳〵

□　わしにも壱ツ下されい

里《白菊》　ハイ〳〵

義《いざり》　つんぼうに御ほうしや
　ト里《白菊》好閙しそふに餅を持て行　ト始終右の鳴物（3オ）にて、仕出し、みな〳〵餅を喰ひ、いろ〳〵捨せりふ有り。里好は盆に茶をのせ運んでいる。義左衛門《いざり》、みな〳〵喰て居るを見て、つばをのみ込み、うら山しき思ひ入にて
つんぼうに御ほうしや〳〵
　ト大きな声にて、何べんもいふ

△　やかましいやつじや、そりや壱文
　トほつてやる。義左衛門《いざり》手に取

義《いざり》　おありがたふ〳〵　ト何べんもいたゞく
　ト右の鳴物、きつぱりとして向ふより、臺蔵《鹿島触太夫》、神道じやの様、烏ぼしゆだすき、手に鈴をもち

臺蔵《鹿島》　かんごんしんそんりこんだけん、はらい給ひ清めで（3ウ）給ふ。とふかみゑみためはらひ給へ、清めて給ふ
　ト鈴をふり〳〵、本ぶたいへ来て
ヤレ〳〵、けふはほつと、天外だ。どれ我等も、一ふく致そふか　トあぶりの床几へ腰をかける
ヤア、何れもは、開帳参りで、おんじやり申スか　トたばこのむ

○　けふは日和もよし、ぶら〳〵と出かけやんした

里《白菊》　ハイ、お茶上升ふ
　ト里《白菊》好茶を出す。臺蔵《鹿島》とつて

臺《鹿島》　なんと、けしからぬ賑やかな事では、おんじやり申さぬか

□　マア、近年の開帳に、此よふに人の出た事はとんと（4オ）覚へぬわいの

△　なんでも、こりやしつかりと、花人がムり升ふ

臺《鹿島》　それに引替、われらが商売は、中〳〵、一ト通りでは行ぬ商売でおんじやり申すて

みな〳〵　イヤモウ、何商売でもおろかはないぞいの

○　ときに神道殿、今年の作はどふいふものでムらふの

臺《鹿島》　先、当年の作は、麦米共、十分の出来でおんじやり申す

⧖　そりや耳よりじや。皆の衆、悦ばんせ〳〵

○ 神の事を疑ふではないが、そりやマア、一ツ体（4ウ）

みな〳〵 本間の事でムるかいの

臺《鹿島》 偽りでない。其そふこは、ソレ、去年は亥の年

みな〳〵 成程、亥の年で有た

臺《鹿島》 今年は子の年、其子は、大黒天のつかわしめ

みな〳〵 成程、鼠は大こく様のお遣ひもの

臺《鹿島》 じやに依て、当年は、亥子は、大黒天飛切の豊作でおんじやり申す

□ イヤこりや尤。しかし、こりやチト

みな〳〵 こじ付じやの

臺《鹿島》 イヤこじ付ではない。神のつげで、おんじやり申す（5オ）

△ それは有がたひ、どふぞ、餅米も安ふなればよいがノウ、お内義

里《白菊》 そふでムんす。豊年とあれば、何も角も、安ふなるで有ふわいなア

臺《鹿島》 イヤ、まだそんな事じや、おんじやり申さぬ。此内のお人達に有かはしり申さぬが、当年は、午の年の者は、男女に限らず、金銀財宝は勿論思ふの侭に成といふ。大吉事の年でおんじやり申す

ト此前より猪《孫十郎》三郎出て是を聞ていろ〳〵こなし有

□ そりやまたどふした（5ウ）

みな〳〵 わけじやいの

臺《鹿島》 ハテ、当年は子の年ゆへ、ゑとの始り、其子より、七ツ目に当る、午の年。七難即めつ、何事も十分の年でおんじやり申す

猪《孫十郎》 こりやしめた

ト猪《孫十郎》三郎、大きな声にて手を打、皆々、恟りする

里《白菊》 ヲ、、こちの人とした事が嗜んせ。恟りするわいなア　ト此内に、猪《孫十郎》三郎、前へ出て

猪《孫十郎》 扨、神道様、今いわつしやり升た、午の年の者は、弥〳〵今年は、金銀沢山思ふ侭に成り升かな

臺《鹿島》 そふでおんじやり申す（6オ）

猪《孫十郎》 アノそりや、真実誠に

臺《鹿島》 これはまた、きつい念をす人ではおんじやり申す。神の告げに、偽りはおんじやり申さぬ

猪《孫十郎》 ア、、嬉しや〳〵。何を隠し升ふ。わしは其午の年の生まれ。しかも午の月午の日の誕生、人よりはちと、午に念が入てムり升るわい

○ そんなら定めし、どこやらも午で有ふ

みな〳〵 ハ、、、

臺《鹿島》 何といわんす。そんなら貴様は、アノ、午の年午の月午の日の出生か（6ウ）

猪《孫十郎》 左様でムり升

臺《鹿島》 ヱイ　ト恟りして臺《鹿島》蔵、床几をのく

みな〳〵　こりやまた、きつい恂りの仕様じやわいの

臺《鹿島》　是を恂りせいで、何を恂り。そんなら、いよ〳〵、貴様はそふか

猪《孫十郎》　何ンの偽り申升ふ

臺《鹿島》　テモ、ゑらひ仕合者じやなア　ト臺《鹿島》蔵こなし有

□　是〳〵、餅屋殿、仕合年と有からは

みな〳〵　しつかりと祝わんせ〳〵

猪《孫十郎》　ア、、嬉しや〳〵。こりや嶋よ、なんでも、今年から仕合が直り、大身代となつたら、先一番、質請して（7オ）歩銭もかへし、頼母敷の滞りもすますは。夫から、商売道具は第一に、胴も杵も黒塗にて蒔絵、緋ちりめんの褌りに、繻の前垂、天鵞絨の鉢巻をして

里《白菊》　ア、是〳〵、こちの人、そりや何をいわんす。間違ふて有わいなア

猪《孫十郎》　イヤモウ、こふなつて来ては、少々の間違は有り、うちじや、餅米も壱年買はせぬは、おんでもナ、駄は廿駄、一時に買込ンで、置所がなけにや、蔵建るは。夫レでもの所にこまつたら、また蔵建るは、またぐらが建ツたら、我身も悦んで、下から金持上るは（7ウ）

里《白菊》　ア、是〳〵、モウ大がいしやべりやまんせ。いろ〳〵の事を言ふてじやわいなア

猪《孫十郎》　いわにやならぬ〳〵。こんナ嬉しい、目出度い事がまたと有ふかいの。ア、しんど、嶋よ、茶壱ツくれい

里《白菊》　それ見やんせ。息切れのする程、しやべつてからにあほふらしい

　トいひ〳〵、茶を汲で持て行。猪《孫十郎》三郎呑、此内、臺《鹿島》蔵、いろ〳〵思ひ入有て、此時

臺《鹿島》　ア是〳〵、御亭主、其様に悦んでも、肝心ンの祈祷をせねば、午の年でも役には立ぬわいの

猪《孫十郎》　シテ、其祈祷とは、どんな事でムり升るナ（8オ）

臺《鹿島》　先こふじや、貴様を我等らが宅へ同道して、社前に直し、四方にあら縄を引、十二燈明をさゝげ、当年の歳徳神をいのり、今迄の災いを拂ひ、吉事を授る祈祷をせねば、なんにもならぬわいの

　ト猪《孫十郎》三郎、いろ〳〵思案して

猪《孫十郎》　イヤ、そんな六ケ敷イ事なら、金持変改〳〵

里《白菊》　是はしたり。おまへもマア、へん屈も時によるわいなア

猪《孫十郎》　わがみやしらぬが、祈祷といふてナそれれそを

　ト手で小判形リをして

なぼも有手じやわいの

臺《鹿島》　申、是〳〵、御亭主、何、祈祷料をゆすて有ふと（8ウ）の疑ひか

猪《孫十郎》　イヤサ、そふでも

臺《鹿島》　ないとはいわれぬ、なんぼも有様じや。疑わん

猪《孫十郎》　すは、こりや尤じや。しかし、此鹿島觸太夫に
おいては、恐ながら、憚ながら、くわんたいながら、失礼ながら、自慢ながら、そんナさむしい神道者で、おんじやり申さぬ。成り憎ひ人には、一文半銭、請はせぬ。施して、祈祷をして進ぜるわいのふ

臺《鹿島》　ヱヽ、そんなら、施にて御祈祷被成て下升か

猪《孫十郎》　是もやつぱり、我身の祈祷でおんじやり申す（9オ）

臺《鹿島》　ア、嬉しや、それで我も落付ました

猪《孫十郎》　得心なれば、今からすぐに同道せふか
サ、まだちつと用事もあれば、どふぞ後方には成り升まひかな

臺《鹿島》　こりやモウ、どふなりと、貴様の勝手、其間に、わしもそこらあたりをまわつて来るは

△　時に皆の衆、長咄しの其内に、どふやら空が曇て来たぞや

○　降らぬ内にいに升ふか

みな〳〵　そふし升ふ〳〵（9ウ）

義　おれも、ちつと、場所がへをせふわい
ト此内、臺《鹿島》蔵は、猪《孫十郎》三郎を連れて、どふしてこふしてと、手にて仕かたして、猪《孫十郎》三郎と、
ふつと顔見合

猪《孫十郎》臺《鹿島》　ハヽヽ

臺《鹿島》　御亭主、後に

猪《孫十郎》　よふ、御出被成升した
ト　やはり右の鳴物成り、臺《鹿島》蔵は、上ミ手へは入る。義《いざり》左衛門、仕出し皆〳〵、下手へは入る

團《爪三郎》八　先、なんでも、今年から仕合も直るといふ物じや。どれマア、一ふくせふか（10オ）
ト猪《孫十郎》三郎、床几にかけ、たばこ呑で居る。里《白菊》好、そこらを片付ている。ト夜鷹様かいなの哥に成て、向ふより、團《爪三郎》八、若衆の拵、こつぽり下駄、紫の懸ぼうし、傘を提て出て

團《爪三郎》八　こりやマア、降かとおもや、段〳〵晴れて来た。ほんに、傘のお供をしたわいなア
ト云ひ〳〵、本ぶたいへ来る。里《白菊》好、團《爪三郎》八を見て

里《白菊》　ヲヽ、お若衆様、早ふ出かけさんしたの

團《爪三郎》　さいなア、わたしも開帳へ参らふとおもふて、それで、早ふ出かけたのじやわいなア（10ウ）

里《白菊》　それはそふと、毎晩〳〵、爰へ出やしやんすが、一ツ体、お前でも買人が有かへ

猪《孫十郎》　ア、、是はしたり、ぶし付な事いふものじや。是、お若衆、そふして、こなさんは、何といふ名でごんすぞ

團《爪三郎》　わたしかへ。わたしや、いか井爪三郎といふわいなア

猪《孫十郎》　ハテ、妙な名じやのふ

團《爪三郎》　サア、是には、段〳〵話の有事でムんす。私は元は、いか井鳥三郎といふ女形で、それは〳〵繁昌して、どこの芝居へ出ても、わたしが中でも、給金がさ。それを嫉んで、ゑらひつめじや、鳥三郎じやない、ありやゑらひ爪（11オ）三郎じやといふはやされ、いつとなふ、ツイ、いか井爪三郎といふ、鳥追ひの所作事は、大名人のおはもじながら、女形でムんしたわいなア

里《白菊》　其また、お若衆様が、どふ言ふ事で、此邊へはムんしたへ

團《爪三郎》　サア、此跡を聞てたべ。去るお侍に、榎嶋夜叉五郎様といふお客が付て、兄弟分の約束、天にあらば、鳶とからす、地にあらば、米粉ともち、上よふか、上手じや故、いよ〳〵深ふ、浮名も立ち、其甲斐もなや、情なく、れんりとちぎるあに分の、夜叉五郎様には、屋敷をしくじつて、此へんに落やんすとの便りを聞て（11ウ）、来て見ても、どこに知るべのあてどはなし。元トより、欠落した身なれば、おわしはなし、大津の町に宿とれど、追〳〵、重る宿ちんに、詮方なさに、兄分を尋ねん為の、ひほうの身過ぎ。不便とおもふて、下さんせいなア

ト なく。両人、ふき出し

猪《孫十郎》　扨〳〵、奇特な心欠。誠に、若衆様の吉粋じやわい

里《白菊》　聞ば聞ほど、いとしい身の上。なんと、こちの人、可愛らしい、お若衆様ではなひかいなう

猪《孫十郎》　大坂の道頓堀の芝居へ出すか。坂町の関東やへやつたらば、いつかどの大金じや。テモおしい物じやのう（12オ）

團《爪三郎》　おぢさんのよふに言ふてじやと、わしや恥かしいわいなア　ト袖にて顔をかくす
どれ遅からぬ内、ちやつと開帳へ参てこふ。おぢさん、おばさん、のち程へ

ト又夜鷹様は上手へは入る。猪三郎《孫十郎》、里好《白菊》、跡見送り

猪《孫十郎》　世には、いろ〳〵の唐変木も有物じやのふ

里《白菊》　サテなア、長生すれば、奇妙なものを見るわいなア

猪《孫十郎》　ヲ、やれ〳〵、ほつと退屈した。イヤ、おれが退屈より、定めし御姫様の御退屈。幸ひ、あたりに人もなし。暫らくのお気ばらし（12ウ）

里《白菊》　そんならお連中ても、大事ムり升ぬか

猪《孫十郎》　この間に早ふ〳〵

里《白菊》　合点でムり升

ト里好《白菊》、せうしの内へ、は入る。猪三郎《孫十郎》は、邊りを伺ふ。トせふじの内より、哥六《薄雪》、振袖、世話娘の形リ。里好《白菊》、引添ひ出て、上ミ手へ直す。猪三郎《孫十郎》、手をつかへ　ト合方

猪《孫十郎》　是は〳〵御姫様、嘸、御退屈でムり升ふ。暫らく爰で、お気をおはらし被成升せ

哥六《薄雪》　何の退屈しませふぞいの。何角と、そなたの心遣ひ、自斗りが白菊迄と同道して、思わぬ世話をかけるわいのふ（13オ）

里《白菊》　姫君諸ともお館を出し時、師門殿の追手に出合ひ、難義の折から、妻平様の介抱にて、是迄、お供は申せ共、世間を憚り、勿体なや、姫君を娘といふもお身のため、また私迚も人目をつゝむ仮りの女房。力におもふ妻平様には、左衛門様のお行衛を尋ねに行れし事なれば、便りとするは孫十郎様。いかい、御苦労かけ升る

猪《孫十郎》　何と、やくたいもない事、いわつしやり升。親が為にお主なら、子の為にもお主じやもの。お世話はしうち、是をおもへば、不埒なやつでも、弟めがおつたなら、こふいふ時のお役に立ふもの。わしがあつても、百性育ち、ア、伬（13ウ）にならぬものじやなア

里《白菊》　そんなら、お前に弟御がムり升かへ

猪《孫十郎》　然も、ふたりムり升が、壱人リはちつと様子あつて、本間の兄弟ではムり升ぬ。子供の時から、手くせが悪るさに勘当しました。壱人リの弟は、本間の兄弟、是も何国に居おるやら、何方とんとしれ升ぬ

里《白菊》　そんなら、ふたりの弟御、壱人リは勘当、壱人リは何所しれぬとは、定めし、便りのふムり升ふ

猪《孫十郎》　どふも前生の約束てかなムり升ふぞい

　ト三人しひおりとする　ト人音するゆへ（14オ）

人目にかゝれば、悪ふムり升。先〳〵、おくへ

里《白菊》　孫十郎様○　イヤこちの人、おまへも一所にムんせんナア

猪《孫十郎》　イヤ、わしは最前の神道者、そこらに居られぬか、見て来る程に、娘を大事に留守番しや

里《白菊》　そんなら、早ふもどらしやんせや

猪《孫十郎》　合点じや。どりや往て来ふか

　ト田植哥に成り、猪《孫十郎》三郎、橋懸りへは入る。哥六《薄雪》、里好《白菊》は、せうじの内へは入る。

　ト入相鳴、圑八《爪三郎》出て来て

圑《爪三郎》　モウ日が暮そふナ。どれ〳〵、お客を待ふか

　トいひ〳〵出て

ア、、世の浮沈を言ひながら、いか井爪三郎ともいわれ（14ウ）し女形が、門中で真菰磨すひほうの身過ぎ。生れ付ての小盗みゆへ、国とは居られず、便りに思ふ兄分の、夜叉五郎様の行衛はしれず、小銭はきれるし、どふしたらよかろふなア

　ト一案する　ト夜鷹様かひなの哥に成、橋懸りより、岩次郎《法花坊》、法花坊主の拵にて出る。

　園《爪三郎》八、袖を引
申、御出家様、遊んでおくれんかいなア
　ト坊主、園《爪三郎》八を見て
岩《法花坊》二郎　さつても見事、まだ白歯の宗家（惣嫁）じやの
園《爪三郎》　わたしや、姫ごぜではムんせぬわいなア
岩《法花坊》次郎　扨は迚、若衆が坊主に、蓙衆は狐に鼠のあぶらあげ（15オ）、おまへの輪なにか、ろふか
　ト園《爪三郎》八の顔をとつくり見て
見れば見る程、嵐園八に生写し。其様な顔には、なんのう惚レ華経如来寿量品十六
　ト経読み〳〵、向ふへは入る
園《爪三郎》　ア、、あたいま〳〵敷ひ、買もせぬくせに、人の顔のこみづ迄までいふて往におつた。併、今の内に、提物の巾着をしてやつた。慥に中に銭が有、よい〳〵
　ト明て居る　ト右の鳴物、橋懸りより、沢徳《艶之丞》、女形にて、子を抱て出る
是、お乳母様、遊んでいかんせんか　ト袖を引（15ウ）
沢とく《ねんねこばゝ》　ヲ、笑止、惣嫁が女子を引ぱる物かいなア
園《爪三郎》　イヤ、わたしヤ、男じやわいなア　ト切り、遊ばんせ。得心する程、抱て寝てあげやんすがな
沢《ねんねこ》　其やふな機げんじやムんせぬ。此抱ているは、わたしが子でムんすが、こちの人は此春死なれて、それからの流浪、此村はづれに、乳のない子が有るゆへ、わたしが乳を呑して、其ちんに小玉を弐ツ貰ふて、帰り升のじやわいナア
園《爪三郎》　それはマア、おいとしや、どれ〳〵
　ト沢《ねんねこ》とくが抱て居る子を出して見せる。大あたまの福介なり（16オ）
ヲ、、大きなあたま、幸い〳〵、こちの隣に見せ物師があれば、此子を見せて、河内屋福助にして出したらば銭に成る。わたしが世話してあげふ程に、翌日の晩、連てムんせへ。どれ〳〵、序に、たんださして上ふぞへ
　ト子を出して、小便さす事有
沢《ねんねこ》　ハイ〳〵、是はマア深切なお若衆様、わたしがマア、十年若くばお礼の仕様もあれど、何といふてもほし蕪。サア〳〵こちへおくれ被成ませ
　ト子を抱とり
モウ、おいとま致し升ふ
園《爪三郎》　ばゝ様あぶないぞや、小便田子に跳る。かぶるまいぞや（16ウ）
沢《ねんねこ》　ハイ〳〵、忝ふムんす。死なれたこちの人が、其様に気を付てくれられ升た。何に付ても思ひ出す。他生の縁の銭はなし。ねんねをせい〳〵
　ト哥、向ふへは入る
園《爪三郎》　ヱ、、今夜はろくではないぞ。され共、がきが守りに入て有つた小玉はせしめた。こんな事で

は水も呑れぬ。なんぞ能ひ仕事が、有そふな物じやがなア

　ト思案する。右の鳴物にて、臆病口より、臺《鹿島》蔵、出て来て

臺《鹿島》　なんでも餅屋の亭主め、午の年月揃ふとぬかしたは蛙は口から。日頃尋ぬる血汐の妙薬。此よし、頭に噺をして、何角の手番ひ。そふじや〳〵（17オ）

　トこなし有て、行ふとする。團《爪三郎》八、引とめ

團《爪三郎》　申、あそんでおくれんか　ト臺《鹿島》蔵、恂りして

臺《鹿島》　ヱ、誰じや、恂りするわい。なんじや、辻君か

團《爪三郎》　イヱ、わたしや殿御じやわいなア

臺《鹿島》　成る程、ぼうしを懸けて居るからは、噂の有た若衆の惣嫁じやナ。高野六十、那智八十といふからは、坊主客を留めさつしやれ。我等は神道、殊にまた年たけて若衆の惣嫁はとんといかんだけん、はらい給へ、清めで給ふ

　ト鈴をふつて、行ふとするを引とめ

團《爪三郎》　ア、、今夜は一向淋しふムんすゆへ、どふぞ、遊んでおくれイなア（17ウ）

臺《鹿島》　我等まんざら衆道きらひにはあらね共、ちとした子細有てといふて、別の事でもないが、われらもとは暦〳〵であつたが、其時、壱人の若衆と染馴、ちけいの約束、互ひに契なかわらじと、深ひ中であつたるが、月に村雲、花に風と、ちとした事で離〳〵、若衆に建る心の誓ひ、衆道は兼る色道迄、堅くつゝしみ居る身分、思ひ出すも身の穢れ、無道れい法しんそふかはらひ給へ、清めて給ふ

　ト鈴をふる。此内、團《爪三郎》八、始終を聞て、不思議な顔して

團《爪三郎》　世にはよふ似た事、有物じやなア。それに付ても（18オ）最前から、お顔は見ねども、こわ音とい、今のはなしの筋といひ、若や、おまへは榎嶋夜叉五郎様ではないかいナア

　ト是にて、臺《鹿島》蔵、恂りして

臺《鹿島》　くわしく名苗字しつたる、そちは

　ト互に顔を見合

團《爪三郎》　ヤア、兄分の夜叉五郎様か

臺《鹿島》　言かわしたる、爪三郎か

團《爪三郎》　おなつかしふ、ムり升たわいなア　ト取付、なく。合方

臺《鹿島》　ヲ、、なつかしいは、尤〳〵。我迚もおなじ事。そなたに別れし、其日より、朝夕にわすれる隙もなく、どふぞ最一度（18ウ）逢ひたいと、日頃信ずる神〳〵の、御利益あつて、無事な顔、嬉しいはうれしいが、貞男両男にま見へずといふたは咥か、此姿〇　誠に、さる者ひゞにうとしとは、ハテ、よくいふた物じやナア。我は、それに引かへて、枕一ツの悦び、寝も水の泡と

なつたるか、ヱ、、口おしい、わい〳〵、おのれが、それに何じややら、廿や三十のはした銭で、帯紐解、味噌摺坊主や鉢坊主の慰み物に成りたいとは、見下げ果た、悪性者。思ひ出すも、腹が立。どふして腹をいりやうぞ、いつそ、こふして〳〵

ト泣ている團《爪三郎》八を引すへ、むせふに蹴たり、踏だりする（19オ）

團《爪三郎》　サア、腹の立は尤じや。悪性ゆへと、一図におもわしやんすも、道利じやが、マア気を静て、一ト通り、聞ておくれいなア。成程、お前の疑がはしやんすは無利ではない。いつぞや、お前と別れてより、心苦心労する内に、此邊りに居やしやんすと、風の便りに聞たゆへ、それをちからに来るは来ても、どこをあてどはなく斗り、わたしは元より銭はなし。大津の町に宿をとり、重る宿の賃銭に、詮かた尽ての此身過ぎ。おつとゆへなら若傾城に身をしづめ、つらひ勤は、俔有ならひ。それは表、我は裏門、裏と表と違ども、道利はおなじ、兄分に、最一度、尋ね（19ウ）逢ふ迄の、命をつなぐ、鉢もふけでムんすわいなア

臺《鹿島》　誠貞心有ならば、肌身穢さぬ仕様も有ふに、やつぱり、悪性のおのれが心

團《爪三郎》　そふ思わんすは尤。併ながら全く肌身は穢し升ぬ。武家方の家来衆には、小性の時にお主の寝間でほんと放した、其科で追出された述懐咄、坊ン様客はお手の物腰の捻で悦ばし、いつでもいなす素股話。百姓衆は律儀な物と、そこへ付込み、小銭の無心。是からわしが兄分じやといへば、田もやろ、あぜもやろと、鍬をかたげて、手を放さんす。大工家根やの客衆には（20オ）心の底の厚化粧、はげて流れし啌八百、腰の金槌ちよろまかす。座頭の坊は見ぬ恋にあこがれ来たと、琴哥の十二調子はくるわねど、こつちは狂ふ三度のてふせき、むらつぎで借り蒲団で足は出る、寒ひひだるひ其夜さは、遠寺の鐘と諸共に、火桶を肌にしつかりと、抱て明さぬ夜半迚も、泣てばつかりいたわいなア。夫にお前は、打叩き不便と思ひ、堪忍して、可愛と、たつた一トこわ音、聞して被下、夜叉五郎様、お胴よくでムんすわいなア　トなく

臺《鹿島》　ア、、こりや、爪三郎ゆるして呉ひ。恋しと思ふ心より腹（20ウ）立紛れに、おもわぬ打ちやく。実有、そちが本心聞上は、疑ひ晴た、変らぬ兄弟分

團《爪三郎》　そんなら、疑ひはれたかへ

臺《鹿島》　晴いで、なんとせふぞひのう

團《爪三郎》　ヱ、、嬉しうムんす　ト抱き付、臺《鹿島》蔵、気をかへ

臺《鹿島》 イヤ、こふしては居られぬ。一大事が延引した。
かさねて逢ふ、爪三郎
ト行ふとする。團《爪三郎》八とめ
團《爪三郎》 是、待た。一大事と有ば、聞ずてならず。様子
を聞ねば、放しやせぬ。訳を聞して下さんせ。
案じるわいなア〳〵
トないてとめる。臺《鹿島》蔵、邊りを見て（21オ）
臺《鹿島》 案じるは尤、何を隠そふ、我は今、荒平太殿の
手下となり、盗賊夜盗が今の身過ぎ
團《爪三郎》 ヱ、 ト悔りする
臺《鹿島》 それに付、委敷訳も咄さんなれども、ちけいの
約束なしたれ共、壱人も子はなさず、若衆に肌
をゆるすなとの本もん
團《爪三郎》 何ンの他言はし升ふぞ。似た者は兄弟分とやら、
わたしが少々下地から小盗するは大切の者
臺《鹿島》 其言葉に相違なくば、何角の蜜事、爰は往退、
こつちへおじや ト團《爪三郎》八の手をとり（21ウ）
團《爪三郎》 アイ
ト哥に成、嬉しそふに、引添ふて、両人橋懸
りへは入る。ト田植哥に成り、臆病口より、
熊右衛門《板面四物太》、仲間の形リにて、少し酒によふ
たるこなし。ぶら〳〵と出て来て、邊りを
窺ひ、もちやの内を見て
熊右衛門《板面》 ヲイ、餅下んせ〳〵〇 こりや、どふじや、誰
もおらぬか。餅売て下んせ〳〵
ト大きな声でいふ
哥《薄雪》 ハイ〳〵、嗅様は、どこへ行しやんしたいなア
トいひ〳〵、哥《薄雪》六、内より出て来て
ハイ、あしも
ト熊《板面》右衛門見て、気味悪そふに付出す（22オ）
くま《板面》 テモ、美しいものじや。十を包でおくれ
ト言ひ〳〵、哥《薄雪》六の顔に、見とれて居る
哥《薄雪》 ハイ、何につゝみ升いなア
トやはり、熊《板面》右衛門、みとれている
くま《板面》 しれた御事。竹の皮にお包みあれ
哥《薄雪》 ハイ〳〵
ト哥《薄雪》六、竹の皮へ、不調法に捻くり廻し包め
ぬこなし
とつとモウ、嗅様はどこへ行んしたいなア、
ア、しん気 ト熊《板面》右衛門、じつと見て居て
くま《板面》 ヲ、是〳〵、可愛らしい。其手では包めぬも、
道理〳〵
われらがつゝんでおまそふか ト竹の皮、引取
包む
哥《薄雪》 ハイ〳〵、こりや、いかいお世話様でムり升
（22ウ）
くま《板面》 お礼におよわぬ、是君よ
ト哥《薄雪》六の手を取。哥《薄雪》六、悔りして手放そふと
する。熊《板面》右衛門、しつかりとらへ、はなさ
ぬ。哥《薄雪》六、なんぎのこなし有て

哥《薄雪》　何じやいのう、気味の悪ひ、てんどしやんないのう

くま《板面》　何ンじやいのうとは、おもながなるお詞じやナ。是をむす餅を買ふたは君に逢ひたさ。板頬四惣太共、言はる丶者が、君故にこそ、此やつれ。哀れと思ひ、言ふ事を聞て下され、聞てたべ

トむりにふり切、逃ふとするを、振袖のたもとを引ぱり、無利に抱付ふとする。此前より、義左衛門《いざり》出て来て、此時（23オ）ふたりが中へ俸足一ツで来て、熊《板面》右衛門が耳のはたにて

義《いざり》　つんぼうに御報謝

ト大きな声にていふ。熊《板面》右衛門悔り、飛のき、哥《薄雪》六、逃ふとする

くま《板面》　どつこい、逃さぬ〳〵

ト振袖を引とめる。哥《薄雪》六、難義のこなし。熊《板面》右衛門、義左衛門《いざり》を見て

なんじヤおのりや、棒足め。すねも叶わぬざまで、邪魔さらすな。すつ込ンで居あがれ

ト此内、義左衛門《いざり》、何にも聞えぬといふ思ひ入にて

義《いざり》　つんぼうに御ほうしや　トまた大きな声していふ

くま《板面》　ヱ丶、いま〳〵しいど聾め（23ウ）

ト義左衛門《いざり》の方へ行ふとする　ト哥《薄雪》六、逃ふとするゆへ、又哥《薄雪》六をとめると、義左衛門《いざり》、熊《板面》右衛門の足をもつて、引ぱり、いろ〳〵おかしみの思い入れにて　トヾ義左衛門《いざり》をけ飛す。哥《薄雪》六にしなだれ寄る。此内、哥《薄雪》六、始終逃ふとする

是君よモウこふ成たら、逃ふとて逃しはせぬ。色能返事、聞迄は放さぬ〳〵、はなしやせぬ

ト段々しなだれ寄る。哥《薄雪》六を無理に引こかし、上へのろふとする。義左衛門《いざり》は立ふとして、いすわり、いろ〳〵骸をもがくおかしみ。此時、奥から里《白菊》好出て、国十郎《ママ》（熊右衛門）の首筋とつて見事になげる。義左衛門《いざり》、悔りする。哥《薄雪》六、里《白菊》好（24オ）を見て

哥《薄雪》　ヲ、白菊◯　イヤ嶋様、能ひ所へ来て下さんした。さいぜんから、あひつめが

里《白菊》　サアよいわいの。シテ、どこも怪我はなかつたりや　トいろ〳〵介抱する

くま《板面》　アイタ〳〵、とほうもないめに合しおつたぞよサア。どいつでも相手じや、此侭では置ぬのじや　トいひ〳〵、起上がり、里《白菊》好を見て

そりやこそ、一投出さつた、ア、わりや、娘のお袋じやナ。母親おもしろひ。其また母者が武士たる者を、なんで（24ウ）わりや、投げたのじや

里《白菊》　こりや、おかしいわいなア。お前の麁相で、こ

けさんしたを、何ンのわたしがしり升ふ。よし又、わたしが業にも被成、れつきとしたお侍が、町人風情の女業に投られてと、いわれさんしても、お前はそれでも済升かへ

くま《板面》　ヤア

里《白菊》　大かた、何ぞにけつまづき、我と我でにした事ハ。こりや、怪我あやまちじやないかひなア

くま《板面》　ム、、テモ、よふしやべる幻妻じや。そんならゑひハ。それは夫で、済そふが、此娘を連て往んで女房に（25オ）する。お袋、そふ思ふて貰ふ

里《白菊》　ホ、、、、女子斗りとあなづツて、口から出次第、無理斗り仰。どの様にいわんしても、此娘やる事ハ、マア成升ぬ

くま《板面》　ア、、面倒ナ。口で、もだ〱いわふより、いつそ手短に、連ていぬ事は

　ト哥六《薄雪》の傍へ行ふとするを、里好《白菊》、引廻し、

　手を引きつかみ、ぐつと捻上げ

アイタ、、、、こりやどふする、はなせ〱

里《白菊》　テモ、むほうナ　トとんと見事に（25ウ）お侍では有わいなア

　トなげる。熊右衛門《板面》、起上り

（くま《板面》）そふ、ぬかしや、いつそ

　ト切てかゝる。里好《白菊》、身をかわし、刀を叩落す。此内、義左衛門《いざり》、また立ふとしては、すはり、いろ〱有。哥六《薄雪》、始終、気をもむこなし　ト猪三郎《孫十郎》、橋懸りより

猪《孫十郎》　どこで間違ふたしらん

　トいひ〱、出て来て、此体を見て、やにわに熊右衛門《板面》の足を持て引こかし、あばらを蹴。熊右衛門《板面》、ウント目を廻す

こりやマア、一ツ体どふした訳じやぞいの

里《白菊》　聞て下さんせ。娘をとらへて、無体の有ぜう、あげくの（26オ）果には連ていかふと、無理ばつかり。夫故の事でムんすわいなア

猪《孫十郎》　悪ひやつじやなア

　ト猪三郎《孫十郎》、熊右衛門《板面》を見て悔りし

ヤア、こいつは目を廻しおつた。サア、やくたいじや〱　ト哥六《薄雪》、里好《白菊》、悔りして

哥《薄雪》　どうせふぞいなア

里《白菊》　こりやマア、ひよんな事をしたわいなア

猪《孫十郎》　嗅よ、水持てこい〱

里《白菊》　アイ〱

　ト茶わんに水を汲、持て来る。猪三郎《孫十郎》、熊右衛門《板面》の顔へ（26ウ）吹掛けたり、しやく見たり、いろ〱有て、里好《白菊》、哥六《薄雪》も傍へ寄り、心遣ひのこなし。熊右衛門《板面》、気が付かぬ思入。義左衛門《いざり》は始終、じつと見て居る

猪《孫十郎》　サア、しもた。こりや、モウないわひ

里《白菊》　エ、、そんなら、死んだのかいなア

哥《薄雪》猪《孫十郎》　なんとしたら、よかろふぞいなア
つまらん事になつたわいの
　ト合方に成。三人当惑のこなし。此時、義《いざり》左
　　衛門前へ出て
義《いざり》　申、餅屋の旦那〳〵　ト是にて、猪《孫十郎》三郎、恟り
して
猪《孫十郎》　ヤア、わりや、聾の躄、最前からの様子をば
（27オ）
耳こそ聞へね、目は見へ升
義《いざり》　ヤア南無三、こりやしもた
　ト手を組、思案する　ト里《白菊》好、哥《薄雪》六、いろ
　〳〵気をもて
猪《孫十郎》
里《白菊》　どふぞ思案は有まひかいなア
哥《薄雪》　難儀にならぬ仕様はないのかひのふ
猪《孫十郎》　サア、わしもいろ〳〵思ふてはいれど、何をい
ふても情ない。アノ躄めが見ておつては、所詮、
叶わぬ人殺し
里《白菊》哥《薄雪》　エイ
義《いざり》　申、お家様、旦那様、其やふに案じる事はムり
升ぬ。見て居たはわたし斗り。其死骸を上ミ池
へ振込んでお仕（27ウ）まい被成ませ
三人　ヤア
義《いざり》　サア、わしが人に噺そふかと思ふての心遣ひ。
外へ出ぬと言ふせふこには、其死がひ、わたし
が堀込ンで来て進ぜ升ふ。さすれば、私も懸り
合、めつたにいふて、よいものでムり升かいな
猪《孫十郎》　そんなら、われが此死がひをと、いふた所が、
足の不自由な聾では
義《いざり》　申、おあんじ成升な。蟻の囁くのも聞へる地獄
耳
里《白菊》　こなたは耳が聞へるかひなア（28オ）
義《いざり》　耳斗りじやムり升ぬ。足も達者な躄の乞食
　トずつと立て、みな〳〵恟り
里《白菊》　そんなら、聾と見せたのも
哥《薄雪》　躄と見せたのもみな
哥《薄雪》里《白菊》　唑かひのふ
義《いざり》　マア、そんなものでムり升
猪《孫十郎》　テモマア、よふやりおつた
義《いざり》　イヤモウ、今の時節は中〳〵、一ト通りでは銭
にならず、そこで躄にも成り、目くらに成たり、
又はおしごろ金聾、七化八化はおろかな事、九
化程ばけて見（28ウ）ても、去り迚は銭に成り
升ぬ。達者な躄が、時の幸ひ、死がひは、わた
しに、おまかせ被成ませ
猪《孫十郎》　そんなら、貴様、大儀ながら、能ひやふに、頼
むぞや
義《いざり》　お気遣ひ被成升な。したが、少々、駄ちんは御
承知か
猪《孫十郎》　ハテ、そりや、爰に有わいの　ト胸を叩く
義《いざり》　どりや、往て来ふか

ト哥に成。義左衛門《いざり》、熊右衛門《板面》を引かづき、橋懸りへは入る。跡に三人、顔を見合す

猪《孫十郎》　姫君様

哥《薄雪》　白ぎく（29オ）

里《白菊》　孫十郎様

ト三人、ほつと溜息つく　ト在郷にて、向ふより、璃《四郎九郎》三郎、半合羽股ぱつち、尻からげ、絹商人の拵、次、新《長八》平、是も半合羽、尻からげて三度笠持、手代の拵、其跡へ鯉《お初》三郎、振袖娘、是も旅形リにて、駕に乗り居る。跡に両挟の挟箱を荷ひ、供男壱人出て、能所にて立留る。此内、猪《孫十郎》三郎、里《白菊》好、そこら片付居る。哥《薄雪》六は、おくへは入る。

鯉《お初》三郎　能ひ所で、我身に逢ふた。しかし、思わず日を暮し、嘸、草臥たで有ふの（29ウ）

新《長八》平　イヤモウ、せつかくお向ひに出て、見はづしては済ぬと、向ふで見はつて参つた加減が、足より日が草臥たやふにムり升

鯉《お初》　新《長八》　ハ、、、
時に旦那、向ふが胴張の茶店。てうちんに火も燈したし、なんと一ふく被成升ぬか

璃《四郎九郎》　成程、まだ日が暮て間もなし。殊に、三助は、挟箱を持つゞけ。それなら、一ト休みして行ふか

新《長八》　駕の衆、茶店で建て、貰ひ升ふぞや

駕　ハイ〳〵畏り升した（30オ）

新《長八》　サア〳〵参り升ふ　ト皆〳〵、本ぶたいへ来て、床几に懸る
ヲ、、いと様も、駕では窮屈にムり升ふ。こちらへ出て、お休みに被成升せ

璃《四郎九郎》　本にそうじや。お初も爰へ来て、ゆつくりと休んだがよい

鯉《お初》三郎　アイ〳〵、そんなら私も出て、休み升ふわいなア　ト鯉《お初》三郎、駕より出る

里《白菊》　どなたもお茶上升ふ　ト茶を汲て出す

新《長八》　モウ、、爰迄、お帰り被成たら、速ふて翌はお内へお帰りじや。ゆつくりとお休み被成升せ（30ウ）

璃《四郎九郎》　そふとも〳〵、久しぶりて、我内へ足手延して寝るは、おはつも定めて嬉しかろふの

鯉《お初》　イヤモウ、わたしや道中が面白ひので、とんと内の事はわすれて居るわいなア

猪《孫十郎》　お年の行ぬといふものは、結構な物でムり升な
トみな〳〵、捨せりふ有て、橋懸りより、義《いざり》左衛門出て

義《いざり》　サア、旦那、お頼の通り、さつぱりとやらかして来升た

猪《孫十郎》　ヲ、、それは太義〳〵。シテ首尾はよかつたかの

義《いざり》　そんな事にぬかりはムり升ぬ

猪《孫十郎》　ヲヽ、嬉しや〳〵　ト弐朱壱つ紙に包み（31オ）
すくなけれども、見る通りの破れ世帯、追〳〵
やろふ程に、マア是をとつて置てたもれ
ト合方出してやる。義左衛門《いざり》、捻て見て、
猪三郎《孫十郎》の顔を詠め
義《いざり》　こりや何じや南鐐壱本、こんなことの何にせふ
ぞい。アタあほうらしい　トほふる
猪《孫十郎》　そんならどれ程くれいといふのじや
義《いざり》　無利な事はいわぬ。俺も料簡付て、金で百両下
んせ
猪《孫十郎》里《白菊》哥《薄雪》　ヱイ　ト悔りする
義《いざり》　なんと安ひものでごんせふがの（31ウ）
ト猪三郎《孫十郎》、きつと成て
猪《孫十郎》　ムヽ、わりや、弱身へ付込み、ゆするのじやナ
ト義左衛門《いざり》、尻ひんまくり、猪三郎《孫十郎》の所へず
つと寄て
義《いざり》　是レ〳〵、旦那、イヤ餅屋の親仁、ゆするのか
とはなんじやいヱ、人を殺せば、解死人はお定
り、殊には屋敷の仲間を
トいほふとする。里好《白菊》、あわてて傍へ行
里《白菊》　ア、是、めつそうふナ。それを言ふとは
トいふてくれなと、いろ〳〵気をもむ。義左《いざり》
衛門、猶かぎに掛
義《いざり》　何じや〳〵、お内義、イヤ幻妻、いやらしい膝
へ摺り寄て（32オ）、何かいふて呉なり、いふ
ならいわぬは、サア金せふか
里《白菊》　そりやあまり無体といふ物、仮初にも百両とい
ふ金が
義《いざり》　ないといふのか、なければゑひは。此の通り、
代官所へ訴人して、手伝ふたおれが罪逃れする、
まつておれ
ト行ふとする。里好《白菊》、あわて、留る。此時、
哥六《薄雪》、おくより、つか〳〵と出て、ともに
留る。猪三郎《孫十郎》、始終、口惜きこなし
何ンじや、おむす迄、出て留るからは、まつて
くれふか。待てなら、待は金せふ。但し金が出
来にや、此娘連ていのふか
猪《孫十郎》里《白菊》　ヱ、めつそふな（32ウ）
義《いざり》　そんなら、金せふか
猪《孫十郎》里《白菊》　サア、其かねは
義《いざり》　なけねば、娘か、訴人せふか
猪《孫十郎》里《白菊》　サア、それは
義《いざり》　サア
猪《孫十郎》里《白菊》　サア
三人　サア〳〵〳〵
義《いざり》　返事はどふじやい
ト猪三郎《孫十郎》、里好《白菊》、哥六《薄雪》、ホイと当惑のこなし。
髪をなで、空笑ひして居る。此内、璃三郎《四郎九郎》、
新平《長八》、何やら囁合（33オ）
璃《四郎九郎》　何、夫婦の衆、最前から聞て居れば、くるしい

様子にて、知らぬが、差当て手詰の様子。近付でもないわしが、あまりぶし付な事なれども、見かねて、かし升、金百両。心置のふ、遣わつしやれ
ト懐より、財布入を堀る。三人悔りして、里《白菊》好其金を取上て
里《白菊》　そんなら、此金おかし被成て被下升か。ヱ、、有難ふムり升
トいたゞイて、猪《孫十郎》三郎の傍へ持て行。猪《孫十郎》三郎、此内いろ〳〵思案のこなし。義《いざり》左衛門は尻目で見て、しめたと言思入
是、こちの人、あなたのお情で、大まい百両かそふとおつしやるお礼は、跡でゆるりつと、マア早ふ、是をやつていなそふ。コレ（33ウ）いなア　ト行ふとする
猪《孫十郎》　嗔、まて
里《白菊》　なんでムんすへ
猪《孫十郎》　其かねは、あいつへ渡されぬ
璃《四郎九郎》　何といわしやる。そんなら、其金は遣われ升ぬか
猪《孫十郎》　イヤ、そふではムり升ぬ。御深切のお志、忝ふはムり升れど、仮染にも百両といふ金、筋なくお借り申ては、どふも気済がしませぬ。それじやに依て、此かねはマア、お納め被成て下さりませ　ト璃《四郎九郎》三郎へ金戻す
璃《四郎九郎》　成程コリヤ尤。シタガ、見やつしやる通り、わしも壱人リの（34オ）娘が有、子を持つ親の心はおなじ事。嘸、口惜かろふ、難義で有ふと、お内義や、姫御の心の内を推量して、貸てしんぜる、時の間に合ひ、心置のふ、遣ふたが能らふと、わしやおもひ升
猪《孫十郎》　お志は忝ふムり升れど、夫ではどふも
ト義《いざり》左衛門、あくびして
義《いざり》　是〳〵、親仁、貸てやろふといふ金、はからず、ヱ、ぐづ〳〵と面倒な、いつそ手短に、代官所へ
ト行ふとするを、新《長八》平、首筋取て投る。義《いざり》左衛門、起上り
わりや、なんじや、訳も知らずに出さづつて、何でおれを（34ウ）投たのじや
トどつさりすわる
新《長八》平　そりや
ト最前の財布入を堀出す。義《いざり》左衛門、取て
義《いざり》　こりや百両、忝ひ
ト財布の紐解　ト猪《孫十郎》三郎、悔りして
新《長八》　ハテ、よふごんす。何事も、私が胸に有程に、マア、しづまつていやんせいの
ト此内、義《いざり》左衛門金を改め
義《いざり》　ヱ、、有難ひ。の、様のおぞふりが、てふど五十足、忝ひ

新《長八》　様子はしれた。高ゆすりと、しつてとられる百
両の　ト新平《長八》、義左衛門《いざり》、顔見合、きつと成
金さへ渡しや、言分は有まひか
義《いざり》　しれた事じや、金さへとつたら、言分ないは
（35オ）
新《長八》　其ほうげたを　トきつと成る。義左衛門《いざり》、飛の
き
義《いざり》　用事済だら。長居は恐れ、皆様ン、さらばへ
ト金を戴き、走りは入。此内、猪三郎《孫十郎》、思案
して、此時、つか〳〵とかけ出し
猪《孫十郎》　どふおもふても
ト行ふとする。新平《長八》、おし留め
新《長八》　御亭主、どこへいらつしやる
猪《孫十郎》　跡追欠て、今の金、取かへさねば、どふも済ぬ。
それじやによつて
ト行ふとするを、新平《長八》、引廻して
新《長八》　テモ律儀なお人では有わいのふ。今時には、め
つらしいお前の気性。それを見込ンで、やらん
といわんす。アノ（35ウ）金をやつて、いなし
たは旦那と相談が、それほど気済のせぬ事なら、
抱へ升ふか
猪《孫十郎》　か丶よふとは、そりや何を
新《長八》　サア、恩を見せて言ふではないが、爰にムるは
わしが御主人、南部で近江屋四郎九郎様といふ
絹商売、いとをつれての参宮戻り、来か丶つて
の今の様子、情深ひは旦那の気性。サ爰が相談、
なんとアノ娘御を、壱年百両に、旦那の方へ妐
奉公に抱升ふ。さすれば、恩に思わぬ、今のか
ね
猪《孫十郎》　事を訳てのお詞、忝ふムれ共、アノ娘はちつと
訳あつ（36オ）て大事の〳〵ひとり娘。どふも
外へは、やられ升ぬ
ト此内、哥六《薄雪》、始終もくねんとして居て、此
時
哥《薄雪》　ア丶、是〳〵、爺様、わたしや、ご奉公に参り
升わいなア　ト猪三郎《孫十郎》、里好《白菊》、恟りして
里《白菊》　此子とした事が、めつそふな事を言ふ子では有
わいなア。たとへ、どの様な事ある共、あなた
様を〇　イヤあなた様方へは、格別めつたに外
へやつてよい物かいなア
猪《孫十郎》　そふじや〳〵、我身も奉公にやつては、お主が
たへなんと言訳〇　イヤサアノお衆方への、義
利はすめど、すまぬは夫婦の心のうち。どふ有
ても、やれらぬわひの（36ウ）
哥《薄雪》　其様に言ふて下さんすも、わたしを大事と思ふ
ての事。それは嬉しふムんすが、元の起りは、
わたしから、手詰となつた、今の難儀。おすく
ひ被成た、旦那様へ、わたしがゆけば恩送り。
どふぞやつて下さんせいなア
猪《孫十郎》　それじやといふて、是がマア

里《白菊》　どふやられるものぞいのふ
哥《薄雪》　是程迄に申ても、聞入れなけねば、わたしや、生きてはおりませぬぞへ
猪《孫十郎》里《白菊》　ア、、めつそふな
哥《薄雪》　得心して下さんすか（37オ）
猪《孫十郎》里《白菊》　サア、それは
哥《薄雪》　サア
三人　サア〳〵
哥《薄雪》　どふぞ聞入て下さんせいなア　トなく
猪《孫十郎》里《白菊》　ハア、、

ト猪《孫十郎》三郎、里《白菊》好もなき落す。璃《四郎九郎》三郎、こなし有て

璃《四郎九郎》　適、娘御の孝心、驚き入た。シタガ、何も其様に案じることはない。縦壱年と極めた迚、気に入らぬ其時は、一チ日遣ふてもいとまをやる。サ、爰をよふ聞んせヤ。暇をやつても、主から出したひまなれば、半日遣ふても、給金の百両は残らず、帳面けす心。しかし無利に連て行も何と（37ウ）やら、おかしい物じや、ノウ長八
新《長八》　左様でムり升す。時にふたりのお衆、聞れる通りの旦那の胸中、一日でも早ふ勤りや、また翌にでもナ○　サ、顔見る様に成ふも知れぬ。夫婦の衆も一所に来て、奈良も見物したがよいわいの　ト猪《孫十郎》三郎、里《白菊》好、涙をおさへ
猪《孫十郎》　段〳〵のお情、わすれは致升ぬ
猪《孫十郎》里《白菊》　有難ふムり升
新《長八》　得心して、奉公にやらんすか
猪《孫十郎》　大切ない娘なれども、やらねば此場の納りつかず（38オ）
里《白菊》　旦那様へのご恩といひ、ひとつは娘の頼
璃《四郎九郎》　イヤモウ、こな様ン達さへ、得心なら、わしも悦ぶ第一は、おはつのきつい悦びじや
鯉《お初》　わたしも大体嬉しい事ではムんせぬわいなア
璃《四郎九郎》　時に何じや、初て逢ふて、大事の娘を預るなれば、夫婦の衆も一所に来てやらんせ。そふすれば、アノおむすも、ちつとは安堵するわいの

ト哥《薄雪》六、しほ〳〵と、里《白菊》好の傍へ往て

哥《薄雪》　嚊様、そんならモウ、参り升。兎角、気に懸かる左衛門

トいわふとするを、里《白菊》好うちけし（38ウ）

里《白菊》　ア、是、気遣ひせずと、随分共に、人目をな、御合点か○　イヤよふ、合点してたもつたの。又、わしも逢ひに行わいの
新《長八》　そふじや〳〵。お内義も、跡から来たるがよいわひの
璃《四郎九郎》　幸ひ〳〵娘が駕に、サア、おむす、のらんせ〳〵
哥《薄雪》　ハイ〳〵

ト哥《薄雪》六、始終、愁のこなしにて駕に乗る

猪《孫十郎》　時に嚊よ、お供するには、あんまり見苦しい。

里《白菊》　洗だく物と着替ふかひ
本にわしとした事が、とんと気が付かなんだ
　ト いろ〳〵取て来て、着かへさせ（39オ）
お前も行しやんすなら◯　ナア、かならず頼ぞ
へ
猪《孫十郎》　気遣ひしやんな。翌たは、直きに便りをするは
　ト いひ〳〵、猪《孫十郎》三郎、身拵して
サア、参り升ふか
璃《四郎九郎》　お内義、そんならモウ、往に升ぞや
里《白菊》　お静に、お出被成ませ
新《長八》　サア、参り升ふ　ト在郷に成、此一件みな〳〵、
橋懸りへは入る。跡合方
里《白菊》　本にマア、思ひも寄らぬ、けふの草難、誰有ふ、
幸崎伊賀守様の御そくぢよ、薄雪姫様共有ふお
身が、いかに時世なればとて、浅ましい町人風
情に召遣われ（39ウ）嘸、口おしふムり升ふ。
御無念にムり升ふなア◯　誠に、世はさま〳〵
の苦の世界じやなア
　ト哥に成。しいおりとしておくへは入る。ト
月出る　ト又夜鷹様の哥に成ル。臆病口よ
り團《爪三郎》八出て
團《爪三郎》　ヤレ〳〵、嬉しや〳〵。待は甘路の日和有と、
恋しふおもふ夜叉五郎様に巡り合、其上、駄ち
んのとれる綱にとりつき、こんナ嬉しい事はな
いわひなア。それはそふと、今、兄分の噺では、
此餅屋のおぢ様ンこそ、午の年月揃ふた生れゆ
へ、其血汐が入用との事、どふぞ首尾能ふ、仕
おふせたひ物じやがなア（40オ）
　ト思案する。此の前より、里《白菊》好、せうじを明、
聞ている
ヲヽ、それ〳〵、若衆の身こそ、時の幸ひ。恋
慕に事寄せ、偽ツて透を伺ひ、さし通し、血汐
さへ手に入らば、兄分への功も立、又壱つには
約束の駄ちんも、ずつしりせしめる手番ひ。餅
屋の内を伺ふて、そふじや〳〵
　ト行ふとする。此時、里《白菊》好つか〳〵と出て
里《白菊》　申、お若衆様、ちよつと待て下さんせ
團《爪三郎》　誰じやと思ふたら、餅屋の伯母様、何ぞ用かへ
里《白菊》　用かへとは、無粋なおかた。日頃から口でいわ
ねど、目でしらすに、本にマア、きつい情しら
ずで有わいなア（40ウ）
　ト團《爪三郎》八の背中を叩く。團《爪三郎》八、ぐんにやりとし
て
團《爪三郎》　アノ、伯母様のいふてじや事わいなア。わたし
じやとて、木竹ではなし、情の道は知つて居れ
ど、夜叉五郎様といふ兄分の有身。夫故、どふ
もならぬわいなア
里《白菊》　さつても、きつい心欠じやなア。そんなら、お
前は何ンにもしらずかへ
團《爪三郎》　しらずかとは、そりや何をいなア

里《白菊》　お前が心中建さんす、夜叉五郎といふ人は、深い色が有わいなア
團《爪三郎》　ヱ、　ト恟りして、きつそふかへ（41オ）
そりやマア、本間の事かいなア、シテ、其女子はどこの何者でムんすへ
里《白菊》　此村の庄屋様の娘、おとくといふ、評判の器量よし
團《爪三郎》　ヱ、、ヱイ　ト大きに恟りして
そふとはしらず、うか〳〵と、心中立たが、口惜い〳〵わいなア　トなく
里《白菊》　はらの立は道理〳〵。それじやに依て、心くさつた兄分へ、これ見よがしに、わしが言ふ事、聞てなら、両方よしのかすがい思案。なんと聞入れて下さんせぬかいなア
團《爪三郎》　成程そふじや、可愛さ余り、憎ひと思ふ、兄分への頬（41ウ）あてに、お前の心に随ふて、二世も三世もかわらぬ夫婦
里《白菊》　かならず、違へて下さんすなへ
團《爪三郎》　何の違へてよいものかいのふ
里《白菊》　そふいふお前の心なら、若衆姿も取おひて
團《爪三郎》　此懸ぼうしをこふとつて、辻若衆もけふかぎり
　ト團《爪三郎》八紫懸ぼうしを取る
里《白菊》　それでわたしも落付たわいなア
　ト團《爪三郎》八の姿を見て
イヤ、またんせや○　幸ひ〳〵
　ト最前、猪三郎《孫十郎》が着替たる、綿入と帯を持て
　来て（42オ）
サ、、是を着かへさしやんせ〳〵
　ト着かへさす。此内、團《爪三郎》八あたまをなでたり、
　姿を見たり、いろ〳〵有て
團《爪三郎》　どふじや、是で、男振は能ひかや
里《白菊》　ヲ、、よひとも〳〵。一ばん、惚気がましたわいなア
團《爪三郎》　我身の気に入ツて、わしも落付たが、落付ぬは、餅屋の親仁。あひつが有ては、夫婦、気楽に暮されず
里《白菊》　そりや、気遣ひさしやんすナ。可愛ひお前の邪魔と成る、アノ男殺し寄てこれ
　ト囁く。團《爪三郎》八うなづき
團《爪三郎》　其心底を聞からは、何を隠そふ、兄分、夜叉五郎の頼に（42ウ）寄て、午の年月揃ひし、餅屋の親仁が血汐を取、夜叉五郎に渡しなば、ずつしりくれる褒美の駄ちん。それを元手に、我身と世帯
里《白菊》　逢たり叶ふ、今宵の手段
團《爪三郎》　追附、夜叉五郎が来る治定
里《白菊》　内の様子を窺ふ其内
團《爪三郎》　我は是にて、吉左右またん
里《白菊》　かならず首尾して
團《爪三郎》　ぬからぬよふ

里《白菊》　合点でムんす（43オ）

ト合方、里《白菊》好ははゐる。團《爪三郎》八、邊りを伺ふ
ト本釣かね、月消す。里《白菊》好小桶を持て、さぐり〳〵出て

里《白菊》　こちの人〳〵

團《爪三郎》　様子はよひか

里《白菊》　何にも知らず、寝入し所を、たつた一ト付

團《爪三郎》　こりや○　密に〳〵、シテ血汐はどこに
トさぐり〳〵、小桶を里《白菊》好より取て
ヱ、忝ひ　ト里《白菊》好は小隠れにて様子伺ふ
ト此内、橋懸りより、臺《鹿島》蔵、出て来て團《爪三郎》八に行当り恟り飛のく

臺《鹿島》　誰じや〳〵（43ウ）

團《爪三郎》　そふいふ声は、爪三郎じやないか

臺《鹿島》　夜叉五郎様か

團《爪三郎》　シテ、言附置し、彼一儀は

臺《鹿島》　まんまと、首尾よふ、則、爰に
あつぱれ出かした
トいひ〳〵、小桶を取ふとする。團《爪三郎》八、はなさず

團《爪三郎》　サア、約束の駄ちんをせふか

臺《鹿島》　今といふては、爰にはない

團《爪三郎》　なけねば、此所、マア渡さぬ

臺《鹿島》　我身とわしとの中ではないか。何の偽りいおふぞいの（44オ）

團《爪三郎》　こなたの心底しつたるからは、うかつに渡さぬ。此一ト品、駄ちんをとらにや、めつたにやらん

臺《鹿島》　ヱ、、聞訳のない、こつちへ渡せ

團《爪三郎》　イヤ駄ちんを
ト詠の相方に成る。いろ〳〵、両人引ぱり合ひ　トゞ臺《鹿島》蔵引たくり行ふとする。團《爪三郎》八やらぬと引とめる。此時、向ふより、手下三人、走り出て、臺《鹿島》蔵に行当り、顔をすかし見て

手下　ヲ、、夜叉五郎か。最前、噺の餅屋のやらふ、小関のかたへ、駕と一所に行おつた。早ふ、いかんせ〳〵
ト言捨て、また走りは入る。里《白菊》好、是を聞て、恟りする（44ウ）臺《鹿島》蔵不審そふに、小桶を見ても、くらふて分からぬ思入有て、小桶の中をかぎかぎ見るこなし有て

臺《鹿島》　こりや、何ンじや、ヱ、いま〳〵しい。小豆の汁で、駄ちんといふとは、ふといやつじや、ヱ、、いま〳〵しい　ト小桶をほふる

團《爪三郎》　其手はくわぬ、今の男と馴合て、大事の仕事をたゞとる工み。そふ味ふはさゝん、サア駄ちんを渡せ

臺《鹿島》　ヱ、、面倒な、爰はなせ

團《爪三郎》　駄ちんを渡せ

臺《鹿島》　何を　ト一寸立廻り　トゞ團《爪三郎》八を蹴飛し、一さ

んに向ふへ走りは入る　ト里《白菊》好、前へ出て（45オ）

里《白菊》　是、こちの人、駄ちんは、お前とらんしたかいなア

團《爪三郎》　女房共、面目ない。折角、我身の深切も、皆、水となり、偽ツて持て往たわいやひ

ト團《爪三郎》八、口おしきこなし

里《白菊》　ハアゝゝ　トわざとなくまねする

ト此の時、臆病口より代官、家来、引連、がんどう持出て

代官　そりや　ト声かけ

家来　うごくな　ト取まく　ト里《白菊》好、團《爪三郎》八、恂りして

團《爪三郎》　こりやなんとする

代　最前、夜叉五郎の噺に依て、慥に聞た、そちが血汐（45ウ）入用ゆへに引立行、サア尋常に

家　縄かゝれ

團《爪三郎》　アゝ、めつそふナ。そりや、人違じや。わしではない〱

里《白菊》　是、こちの人、こりやマア、どふせふぞいなア

代　扨こそ〱、如何様にちんじても、女房の口より、白状せし餅屋の亭主に相違はないわい

團《爪三郎》　イヤこりや、よふ〱今なり立の、こちの人じや

代　何をこしやくナ、者どもそりや

團《爪三郎》　何を

ト早太鼓に成、いろ〱立廻り有と、臆病口より、猟人弐人、鉄砲かたげ出て、此体を見て（46オ）

猟人　そりや、喧嘩じや〱

ト両人、狼狽る。團《爪三郎》八、壱人の鉄砲を引たくり、是にて、みな〱橋懸りへ追て、は入る。里《白菊》好、つか〱と出て

里《白菊》　孫十郎殿の身の上、此間にそふじや

ト一さんに、向ふへは入る　ト團《爪三郎》八、鉄砲を提げ、火縄をふり〱出てむめき、合方

團《爪三郎》　嚊ヤアイ〱、女房共ヤアイ〱

ト尋ね〱、出て来る。跡より、捕人壱人付て出て、とつたト懸る。おかしみの立廻り有て、程よく留り

女房共ヤアイ〱、是程に尋ねても、逢ぬといふは（46ウ）、そんならおれが身を案事、跡を追ふて、ゆきやつたか。今拵への女房でさへ、夫ト、大事とおもへばこそ。是をおもへば恨しい、夜叉五郎。堅ひちけいを破るのみか、駄ちんをやると偽りて、命懸の仕事をさし、まだ其上にお福とやらの邪魔にして、手ごめにするも、兄の業、恨み重る夜叉五郎おのれ安穏で置ふか

ト無念のこなし。此時、ふつと手に持し鉄砲を見て

誠に是こそ幸ひ。天の霊権に小関へと聞たる上

は、勝手はしらねど、一念にて、先きへ廻りて、たつた一ト討、駄ちんの仇、ちけいの敵や、わが本意をとげいで置ふか、それ（47オ）
ト行ふとする。跡より、家来三人とつた　トか〵る、と見事にかへし
そふじや
ト一さんに、鉄砲引提、向ふへは入る　トチヨン〳〵
かゑし
造り物向ふ黒まく、正面す〵き原、東西袖山、稲村、板松、並能有て、真中に冠十郎《荒平太》、十四郎《たんくわ喜蔵》、外に壱両人、山賊の拵、焚火して居る。静に、むしの音にて、道具とまる

十四郎《喜蔵》　なんと皆の者、此頃は、役にも立ぬ、はした仕事でとん（47ウ）と、はかゞ行ぬわい

冠十郎《荒平太》　そふもいゑんて。小米もかめば甘ひとやら。併、けふの様に。不景気ではつまらぬわい

綱《月輪の熊》　兎角出かけが、かんじんじやわい
ト手下壱人、臆病口を見て

手下　アレ〳〵、向ふから、駕が来るは〳〵

十四《喜蔵》　何じや駕が来るか　ト皆〳〵も、臆病口を見てしめた〳〵、皆がんばれ〳〵

冠《荒平太》　ヲヽ、がつてんじや〳〵
ト皆〳〵、小隠れする　ト臆病口より、璃三郎《四郎九郎》、新平《長八》、鯉三郎《お初》（48オ）明の形りにて、駕を舁せ、出て来る。トみな〳〵見付て、やにわに駕舁をくらわす。駕舁、驚き逃ては入る。此内に、新平《長八》、璃三郎《四郎九郎》、鯉三郎《お初》も驚き、ともに逃ては入る。此内に、駕へ縄を巻、行ふとする　ト猪三郎《孫十郎》、出てきて

猪《孫十郎》　ヤア、うぬら、其駕、どつちへやるのじや

みな〳〵　おのれがしつた事じやないわい

猪《孫十郎》　何を　ト立廻りに成る。駕は其内、舁て向ふへは入る。トゞ猪三郎《孫十郎》は、大ぜいに蹴飛され、みな〳〵は、一さんに向ふへは入る　ト猪三郎《孫十郎》、起上り、行ふとする。此時、臺蔵《鹿島》出て来て、引とめ

臺《鹿島》　わりや、昼の神道者（48ウ）

猪《孫十郎》　うぬは用が有、こちへうせひ何と
ト一寸、立廻り有て　トゞ猪三郎《孫十郎》、臺蔵《鹿島》の足を持、引こかし、向ふへ一さんには入る。ト臺蔵《鹿島》、起上り、跡追ふては入る。ト本鉄砲の音する　ト上ミ手より、つか〳〵と鉄砲引さげ、團八《爪三郎》出て、向ふを見て

團《爪三郎》　慥に手ごたへ、憎しと思ふ兄弟分、誠に駄ちんの
ト鉄砲をおとする　チヨント木の頭

かたりじやよなア
と宜敷しく　まく（49オ）

（裏表紙）　続　六冊

【四冊目】

（表紙）
詠吟《ゑいぎん》は
おとは山の
花盛《はなざかり》
添削《てんさく》は
おぐら山の
月桂《つきのおさ》

園雪恋組題《そのゝゆきこひのくみだい》
四ツ目

一　栗の木おさよ　岩治郎
一　雷のおちよ　岩太郎
一　月輪の熊　綱右衛門
一　がけの岩松　岡十郎
一　たんくわ喜蔵　重四郎
一　谷間のおたき　雛松
一　深山のおはな　小雛
一　夜明のおかね　富世
一　乱髪の長八　新平
一　榎嶋夜叉五郎　臺蔵
一　秋月実若丸　来蔵
一　まんだら四郎九郎　璃三郎（1オ）
一　いざり松の八　儀左衛門
一　板頬四惣太　熊右衛門
一　むすめお初　鯉三郎
一　民部妹玉笹　三右衛門
一　小殿荒平太　冠十郎
一　うす雪ひめ　歌六
一　葛城隼人　市紅
一　粟餅屋孫十郎　猪三郎
一　秋月大膳　吉三郎
一　雪空のお松　座本《ママ》（璃苔。本文では松江）
　　手下大ぜひ
　　黒ノ忍び大ぜい
　　捕手六人（1ウ）

造り物三間の、高二重見附、鼠壁、納戸口、上手せうじ屋体懸造り、瀧有て、橋懸り山紋板へりより岩下り有。東西袖山能き所に、岩寄せの枝道上げ、簀戸の門口、幕の内より、三右衛門《玉笹》、さばき、荒嶋丹前、まへ帯にて、いろりに茶を焚居る。松江《お松(松ヶ枝)》、同じく丹前にて、火にあたり、居ねむりて居る。富世《おかね》、小ひな《おはな》、雛松《おたき》、岩太郎《おちよ》、岩治良《おさよ》、皆〳〵、火を焚居る見へ。夜明の本釣かね、鶏笛にて幕明

富世《おかね》　是〳〵、お松様〳〵、ちと起きさんせぬかいナア、よふ寝る（2オ）子では有わいナア

女みな〳〵　起きさんせいなア〳〵
松江《お松》　ヲ、やかましい。此夜の短ひ時分、ちつとやそつと居眠たとて、何じやいな
富世《おかね》　それでも夜が明たによつて、なを寝るのじやわいなア
女みな〳〵　そりや、又なぜにへ
松江《お松》
小雛《おはな》　ハテ、盗人の昼寝と言ふじやないかいナア
サア、昼寝ならよいけれど、おまへのは朝寝になるわいなア（2ウ）
松江《お松》　サア、ほつておかしやんしたら、晩迄も寝るわいなア
岩太《おちよ》　何をいわしやんすやら
女みな〳〵　ホ、、、
三石《玉笹》　ほんに、いつでもお松どの、、気さくに笑ふ心が出升わいな。それはそふと、モウ、皆の衆の戻り時、食事の用意を、皆のお衆
松江《お松》　それ〳〵、お頭様が、お帰りで、お目玉をお貰ひ申さぬ内、サア〳〵、皆様、早ふ〳〵
女みな〳〵　アイ〳〵
ト礁地に成。松江《お松》、擂鉢取つて来る。富世《おかね》持、松江《お松》（3オ）味噌する。小雛《おはな》、水を汲み、米をかす。雛松《おたき》、まな板直し、刻み物する。岩太郎《おちよ》、岩治郎《おさよ》、酒樽取出し、又、肴焼などする
松江《お松》　ほんに、浮世とは言ひながら、わたしも、内には、爺様も有、嬶様も有り、蝶よ花よともちはやさる、身が、此様子、山おくへかどわかされ、しつけもせぬ事を、せにやならぬとは、呑水色かゆる擂鉢の音じやなア
岩太郎《おちよ》　そりや、こちら迚も同じ事、此の美しいかほを、深山に埋れ木にして、とふぞくに詠めさすかと思へば、惜ふて〳〵、ならぬわいなア
ひな松《おたき》　どふぞいにとふ思へ共、何を言ふても、道知れず（3ウ）
富世《おかね》　折〳〵は、お頭様の無体な事、難儀に思ふて居た所へ
小雛《おはな》　来て下さんしたお玉様
岩太《おちよ》　おまへのお影で助ったと思や
女みな〳〵　こんな嬉しい事はないわいなア
三石《玉笹》　あのいわしやんす事わいナア。わたしが夫大膳どの、館を立退かれ、此山おくへムつたと聞し故、あとをしとふて来りしが、金瘡とやらの悩み有りと、引籠つて居やしやんしたが、此頃は大願を発し、断食して、此ぜつてうの瀧に、籠つて居やしやんするゆへ、傍へは行かれず、心遣ひで持病のつかへ、それを介抱して下さんす、おまへかた。其礼は、こつちからいわにや、成らぬわいナア（4オ）
みな〳〵　イヱ〳〵、わたしらが、いわにやならぬわいナア

ト上ミ手、岩組の切穴より、石ほふか上る。みな〳〵、こなし有て、扣へる　ト夜ルの声、白波男に成る　来蔵《実若》、黒装束、ばれん付、り、敷形リにて、ずつと上り、がんどうにて、あたりを窺ふ。松江《お松》、こなし有て、来蔵《実若》の跡より、付て廻る。来蔵《実若》、ふり返りて、がんどう差付る。松江《お松》、恟りして

松江《お松》　アレナア

ト女形、皆〳〵、一ト所へかたまる。来蔵《実若》、見て

来蔵《実若》　ム、、見れば、女共斗り。スリヤ、荒平太を始、手下の者どもは（4ウ）

女みな〳〵　アイ夕べから　トふるう

来《実若》　いまだ帰らざるか

岩太《おちよ》　戻らぬ内に、何ン成りと、持ていなしやんせいなア

来《実若》　持てかへれとは

ほんに、盗人の内へ、盗人が這入るとは、舩で舟こぐといわふか。金持が福の神祈るといわふか、芝居の内で物真似するよふな者じやわいなア

来《実若》　スリヤ、某を盗賊と思ふて

女みな〳〵　アイ（5オ）

来《実若》　全く某、盗賊にあらず。秋月実若丸と言ふ者

ト此内、三《玉笹》右衛門こなし有て

三右《玉笹》　ほんに、あなたは実若様

来《実若》　こなたは、大ぜん様の言号、玉笹殿

三右《玉笹》　思ひがけない所でお目に懸り升。シテあなたが是へお出の様子は

来《実若》　されば〳〵、大膳様には、先達而、園部、幸崎をたらさん為、空腹を致されしが、折柄のそふどふも打すて置れ、此頃は、金瘡の悩み有りしと聞るゆへ、閑道より忍び入ツて窺ひの為、シテ件の手疵（5ウ）は、いかゞで厶る

三右《玉笹》　サア、其病気も厭わず、瀧に向ふて、三七日も断食の荒行。お諫め申ても聞入なく、わたしが心のやるせなさ、御すいりやふ、被成て下さりませ

来《実若》　夫レも今宵、何角の手筈、調ふまで。夫レに付、師門殿より、荒平太と大膳殿、何角の熟談

三右《玉笹》　帰りには、まだ隙も入升ふ。夫迄、奥でお休被成ませ

来《実若》　然らば暫時相休ん。こりや〳〵、女共。荒平太が帰らば相知らせよ

女みな〳〵　心得升した（6オ）

来《実若》　玉笹殿、御案内

三右《玉笹》　斯ウ、お出被成ませ

ト哥に成。三《玉笹》右衛門、来蔵《実若》伴ひ、おくへは入る

松江《お松》　サア〳〵、此間に、何かを早ふ、片付ふわいな

ア
　ト女形みな〳〵、いろ〳〵、おくへはこぶと、在郷哥になり、花道より、綱右衛門《月輪の熊》、岡十郎《がけの岩松》、縄がらみの駕昇出ル。跡より、十四郎《喜蔵》、口まくの形リにて付て出る
十四郎《喜蔵》　ヤレ〳〵、小関から爰迄、一ト走り
岡十郎《岩松》　おいらは、肩も腰も、めり〳〵いふわい
綱右衛門《熊》　そふして、頭はまだ戻られぬか（6ウ）
女みな〳〵　まだじやわいなア
十四《喜蔵》　おいらより、先きへ戻らにや、成らぬ筈じやが
岡十郎《岩松》　そんなりや、こりや何ンぞ、よいかほりが出来たのじやわい　ト綱右衛門《熊》、向ふを見て
綱右衛門《熊》　アレ〳〵、向ふの谷から、皆を連れて　ト見て
十四《喜蔵》岡《岩松》　ドレ　ト見て
　ヲ、イ〳〵　ト次第打ツ
（謡曲「三輪」）され共、此人、夜るは来れ共、昼見へず。ある夜の睦言トに、御身いかなるゆへにより、かく年月を送る身の、昼をば何と、うば玉の夜るならで（7オ）通ひ給わぬ
　ト向ふより、冠十郎《荒平太》着附、股引、脚絆、袖なし、百日にて出る。跡より、鯉三郎《お初》、義左衛門《いざり松の八》、璃三郎《四郎九郎》、新平《長八》、熊右衛門《板面（頬）四惣太》、小幕の形リにて出る。続いて、手下大ぜい、かね箱かたげ出る。花道、能き所にて
みな〳〵　お頭
冠十郎《荒平太》　計らひの通り
みな〳〵　まぶてごんした
冠《荒平太》　マア隠れ家へ
みな〳〵　ヲ、イ（7ウ）
（謡「三輪」）〽いとふしん多ふき事也
　ト皆々、本ぶたいへ来て、能き所へ、かね箱を積上、冠十郎《荒平太》、二重の上へ上り、敷草の上に居る。脇息もたれる　ト夜るの声の相方
冠《荒平太》　思ひがけなきは、大津の族家で夕べの働き、シテ駕籠は帰りしよな
十四《喜蔵》岡《岩松》 綱《熊》　漸々、今でごんした
冠《荒平太》　太義で有つた。シテ跡より付来る、餅屋の主はかごへ懸り、あんまり邪魔さらす故、小関の沼田へ打込んで（8オ）
義《いざり》　駕籠を早めさしたれば、跡でふつたやら、様子は、とくと知れやんせぬ
璃《四郎九郎》　きやつには大事の用有、残念至極
冠《荒平太》　アノ、才六に、用が有るとは
みな〳〵　されば、そちらに様子は言わね共、姫さへ奪ひ取らば、付て来るはぜうと計り、過した誤。師
冠《荒平太》　門殿より頼まれ匿ふ、秋月大膳、空腹の手疵より金瘡、是を癒す秘薬に合す、やつが血汐
義《いざり》　そんなら、あいつが血汐が、其秘やくに
冠《荒平太》　如何にも、先達而より、手下の者にも窺せば、

（8ウ）午の年月揃ひし誕生

義《いざり》　ヱ、、そんなら、引つかまへてこふもの

義《いざり》璃《四郎九郎》　ひよんな事をしたわい

冠《荒平太》　ハテ、所さへ知れ有れば、何時にても間に合ふ事。それよりは、日頃より、心をかけし薄雪が、手に入、何寄の悦び。ソレ、是へ出せ

義《いざり》璃《四郎九郎》　ヲ、イ　ト両人、駕籠の縄をほどき
サア、女中、出やんせ〳〵　ト相方

哥《薄雪》六　ハイ〳〵、お赦し被成て下さりませ（9オ）
　トかごより出て、あたりを見て、悔りのこな
　し有て
申、爰は、何所でムり升いナア

義《いざり》　爰は、近江の八重山の岩座

みな〳〵　おいらが、隠れ家じやわいのふ

哥《薄雪》　申〳〵、私しがさんじ升のは、爰ではムり升ぬ
　ト言ひ〳〵、璃《四郎九郎》三郎を見て
あなたは、爰にお出被成升たかいナア。どうして、私しは、爰へさんじ升た。サア、早ふ、あなたの所へ、連出て、お出被成て下さりませ

璃《四郎九郎》　おれが所は爰じや（9ウ）

哥《薄雪》　ヱ、

璃《四郎九郎》　爰が、おれが内じやわい

哥《薄雪》　申〳〵、そりやマア、何をおつしやり升。あなたの所は、こんな強ひ所ではムり升ぬ。早ふ、あなたのお内へつれて、お出被成てくだされませ　ト新《長八》平を見て

哥《薄雪》　申、あなたもきのふは、いろ〳〵と御心もじにして下されましたのに、私しは、此やふな所へさんじ升した。こりや、どふ致ました事でムり升ぞいナア

義《いざり》　ヤイ〳〵〳〵、げんさいめ、やかましう、ぬかしてもふ叶（10オ）わぬ。きよろつかずと、おれが顔を、よふ見いやひ
　ト哥《薄雪》六、義《いざり》左衛門が顔を見、悔り

哥《薄雪》　ヤア、こなたは、きのふの非人
　ト逃ふとするを、引留め

くま《板面》　どつこい、めつたに逃してよいものかい
　ト哥《薄雪》六、熊《板面》右衛門を見て

哥《薄雪》　ヤア、そちは、きのふ死んだ中間

くま《板面》　死んだと見せたも、我を、爰へ連てこふばかりじやわいやひ

哥《薄雪》　ほんに〳〵、合点の行ぬ、ヲ、、そうじや〳〵、娘御もいや（10ウ）しやんす
　ト鯉《お初》三郎の傍へ寄つて
申し、娘御様、わたしや、あなたの所へ、さんじまするのに、どふして爰へ来升た。お前様は、何で、爰に居やんすぞいナア

鯉《お初》　おいとしや、おまへは、わけを知らしやんせぬ故。私しの内も、爰でムんすわいナア

哥《薄雪》　ヱ、、そりや又どふして

鯉　わたしも、お前のよふに、かどわかされて来た
のじやわいナア
哥《薄雪》　ヱヽ、そんなら、親御様も（11オ）
璃《四郎九郎》　コリヤ、おやと言ふたも啌、又、奈良の絹商人
と言ふたもうそ
哥《薄雪》　ヱヽ
くま《板面》　おれが、我に、しなついて、死んだもうそ
哥《薄雪》　ヱヽ
義《いざり》　乞食になつて、ぐずつたもうそ
哥《薄雪》　ヱヽ
新平《長八》　中へはいつて、世話やいたもうそ
哥《薄雪》　ヱヽ
璃《四郎九郎》　しんせつらしういふて、かゝへるもうそ（11ウ）
哥《薄雪》　ヱヽ
冠《荒平太》　ハテ、よふからかつた物で有ふがな
　ト哥《薄雪》六、おろ〳〵として
哥《薄雪》　アノ、きのふの事は皆偽りで
みな〳〵　我を、爰へおびきよせふため
哥《薄雪》　ヱヽヽ、◯　そりや又、何故で、ムり升ぞいナ
ア
冠《荒平太》　此荒平太が惚たゆへ
哥《薄雪》　ヱヽ
冠《荒平太》　今夜からは、抱ひて寝る。そふ思ふて、待て居
い
哥《薄雪》　そんなら、あなたがわたしに　（12オ）
冠《荒平太》　日外《じつがい》清水で花見の折柄、編笠越しに見初てから、
夫レより、そちが有家を尋し程にて、漸〳〵と
聞出せしゆへ、手下の者に言付、手立をもつて、
引寄せし荒平太。なんと憎ふは、有まひがな
　ト哥《薄雪》六、ふるひこなし
くま《板面》　お頭の、日頃の執しん
義《いざり》　傍へ往て、ぴつたりと抱付け
璃《四郎九郎》　いぢむぢすれば、引立ふか
新平《長八》　薄雪、返事は（12ウ）
手下みな〳〵　どふじやぞい
冠《荒平太》　返答なくば、是へ引立い
みな〳〵　ヲイ　ト立かゝろふとする。哥《薄雪》六留め
哥《薄雪》　マア〳〵、お待被成て下さりませ。ほんに〳〵、
おもひがけない、あなたのお心ざし。更に、仇
にはおもい升せねど、わたしは、ちつと逢ねば
成らぬ人のある身、どふぞいつぺん、爰をおか
へし下されまして
冠《荒平太》　成らぬ（13オ）
哥《薄雪》　其上では、あなたのお心にしたがひ升ふ
冠《荒平太》　いやじや
哥《薄雪》　どふぞ、此まゝお情に
冠《荒平太》　成らぬわい
哥《薄雪》　おかへし被成て下さりませ
冠《荒平太》　ヱヽ、やかましい、ならぬわい。其、あわにや
成らぬやつも、知つて居る。左衛門と不義して

居る事、しつて口説、荒平太。サア、ヲ、と言へ
哥《薄雪》　サア
冠《荒平太》　いや（13ウ）
哥《薄雪》　どふぞ、只今申ました通りに
　ト逃ふとする。みな〳〵、引居へ
みな〳〵　下におれ
哥《薄雪》　ハイ、、
冠《荒平太》　今の上でおひても、抱いて寝るが、迚もの事なら、本得心で抱て寝るが本望。したが、一応では返事せぬ、しぶとひめらうめ、よい〳〵、こりや言付て置た箱是へ
岡綱《岩松熊》　ヲ、イ　ト白木の箱、一ツ持て出る。冠十郎《荒平太》、蓋明て、中より（14オ）数多の蛇、かま首もつ立、はい出る。哥六《薄雪》、此体見て
哥《薄雪》　アレ　ト逃ふとする。義左衛門《いざり》、璃三郎《四郎九郎》、冠十郎《荒平太》の傍へ突遣る。冠十郎《荒平太》、哥六《薄雪》が帯際引掴み、片手に蛇をさしつけ
冠《荒平太》　コリヤ、見たか、心に随へば、くわつけいくわんらく（活計歓楽）達て否じやと、意地はらば、蛇諸共に付樽へ打込み、其美しい肌へ、おば蛇の、餌食の憂目を見せふか
哥《薄雪》　ヱ、（14ウ）
冠《荒平太》　サア、剛くば、ヲ、と言ふて、抱れて寝ひ。否といへば、試みに、此蛇を懐へ押込み、乳豆へくらひ付そふか
哥《薄雪》　サア
冠《荒平太》　但し、咽ぶへ巻そふか
哥《薄雪》　サア
冠《荒平太》　サア
哥《薄雪》冠《荒平太》　サア〳〵
冠《荒平太》　ヱ、、面倒な
　ト引寄せる所へ、三右衛門《玉笹》、出て引分け（15オ）
三右衛門《玉笹》　荒平太殿、まつた
冠《荒平太》　こなたは、玉笹、又、邪魔するのか
三右《玉笹》　イ、ヱ、邪魔はせぬ。取持ふと思ふて
冠《荒平太》　なんと
三右《玉笹》　サア、そふ、木打では行ぬが、恋の道。私しが、とつくりと、口説落して上ふと思ふて
冠《荒平太》　面白ひ。スリヤ、こなたが口説落して、荒平太が、心に随はすとな
三右《玉笹》　後迄には、色よひ返事、聞せ升ふ
冠《荒平太》　スリヤ、後迄は、こなたに預ける（15ウ）
三右《玉笹》　きつと、私しが預り升た
哥《薄雪》　ほんに、思ひがけない所で、玉笹様。お心ざしは嬉しいが
三右《玉笹》　ハテ、よいわいナア
哥《薄雪》　譬、命をとられても、わたしは　トなく
三右《玉笹》　ハテ、私し次第にして、任して置かしやんせ。

松江《お松》　サア、女中方も伴々に
冨世《おかね》　ほんに、最前から、どふ成る事と、あんじたが
よい所へ玉笹様
女みな／＼　わたしらも案堵したわいなア（16オ）
冠《荒平太》　手下の者も大義じや。有た其金箱を直し、皆々
も休め
みな／＼　ヲ、イ、合点じや
三右《玉笹》　そんなら、荒平太殿
冠《荒平太》　必ずともに、色よひ返事を
哥六《薄雪》　ハテ、宜しうムり升わいなア
冠《荒平太》　それで落付たわひ
みな／＼　そんなら、頭
冠《荒平太》　皆のもの
後程、御《ムシ》返事致升ふ（16ウ）
　ト哥に成。三右《玉笹》衛門、哥六《薄雪》を無理にいさめ、
跡より、女形、みな／＼、付ては入る。
義左《いざり》衛門、璃三郎《四郎九郎》、みな／＼、納戸へはい
る。跡に冠十郎《荒平太》残り、こなし有て
冠《荒平太》　ヲ、、して置ケば、あれもよし。此上は、師門
と心を合せたる、今夜の手番ひ、ム、
　ト合方に成る。冠十郎《荒平太》、思案のこなし。花道、
戸屋の内にて、ほらがひ鳴。市紅《葛城隼人》、ときん、
すゞかけ、金剛杖、山伏の形リにて、向ふ
より、しづ／＼出る。跡より、捕手大ぜい、
見へ隠れに付出る。市紅《隼人》、花道の真中に立
留る。捕手、戸屋の内へ、こそ／＼と逃込
む（17オ）
市紅《隼人》　まだ夕陽には趣かねど、前後をぼうぜし此山中、
幸ひの岩家、舎りを求め、一宿せん
　トしづ／＼と、本ぶたひへ来る。此内、冠十《荒平太》
郎、壺を二ツ出し、いろ／＼こなし有る。
市紅《隼人》、門口に立、ほらがいを吹く。冠十郎《荒平太》、
恂りする
諸国の霊場を巡る修行者、山道の難義に及ぶ、
一宿の布施しやれ
冠《荒平太》　ヌ、、恂りしたわい。此山中へ、途方もない。
物貰の手のひまがない、通ふれ／＼
（市）《隼人》　イヤ、こつがい、勧進の者ならず。唯、一宿く
の所（17ウ）望／＼
冠《荒平太》　ハテナア、宿貸してくれい、見りや、究竟の山
伏　トこなし有て
宿かそふ、這入らしやれ
市《隼人》　然らば、御免下されい
　ト内へ這入る。花道より、捕手、つか／＼と
出て、門口をのぞき、囁き合、橋懸りへは
入る。冠十郎《荒平太》、市紅《隼人》の骨柄を見て、合点の
いかぬこなし。市紅《隼人》、上座に座る。トコイ
ヤイ
冠《荒平太》　今、適レ、大丈夫の山伏殿、国は何所で、名、
何ント（18オ）

市《隼人》 出羽、羽黒山の山伏、巖寿院雲龍と申者
冠《荒平太》 どれから、どれへの心懸
市《隼人》 先、大峰に登り、夫レより、熊野に巡り、筑紫国、彦山に心ざす修行者でムる
冠《荒平太》 ハテナア、見る影もない、此一ツ家。露に打たれぬを馳走と思ひ、緩りと、休息さつしやれ
市《隼人》 夫レは過分、一河の流れも他生の縁、然らばお宿、御無心申そふ
サア、遠慮なしに、マヽ、あたらしやれ
ト南艸盆突遣り、市《隼人》紅、傍りにこなし有て（18ウ）
市《隼人》 今日、鉢すら通ひ得難き山中に、不審しき住家といひ、主の骨がら
冠《荒平太》 ヤ
市《隼人》 イヤ、詞に甘へし事ながら、少度、こなたに頼み度キ義がムるが、頼まれて下さるまひか
冠《荒平太》 身に叶ふた事ならば
市《隼人》 随分叶ふた事、外ではない。伽藍供養の我望み、何ンと、施主に付ては、下さるまいか
冠《荒平太》 施主に付たいが、身かけの通りの此あばら家、大造に望ならば（19オ）
市《隼人》 イヤ、寸計安い事、此勧進帳、よんで見やつしやれ
ト懐中より、巻物を出し、冠《荒平太》十郎へ渡す。
冠《荒平太》十郎見て
冠《荒平太》 コリヤ是、謀反徒党の
市《隼人》 イヤ、堂坊伽藍を建立致す、此勧進帳、則、願主は三浦の
冠《荒平太》 ヤ
市《隼人》 身は雲水の山伏なれ共、一天下の大伽藍建立の企、何ンと御亭主、此施主には、付かずば成るまひ（19ウ）
冠《荒平太》 イヤ、高の知れた山住、あんまり願主の望が大きふて、寄符しそふな物がない。此施主には得つくまひ
市《隼人》 イヤ、寄附する物が有る
冠《荒平太》 そりや、何を
市《隼人》 こなたの魂
冠《荒平太》 ヤ、ナント
市《隼人》 割つて見たいは、アノ岩穴
ト上手の抜道へ行ふとするを、冠《荒平太》十郎留め
冠《荒平太》 まつた、商売のしゝ猿を打込岩穴、めつた（20オ）には見せられぬ
市《隼人》 そふ聞程、とつくりと
ト行ふとするを、冠《荒平太》十郎、引戻し
冠《荒平太》 イヤ、そりやならぬ。渡世の底を、達て見よふと言ふ、こなたの本名は
市《隼人》 一天下を轉がへさんとする、三浦の落胤、秋月大膳春重サ
冠《荒平太》 ヤア、あのこなたがや

市《隼人》　いかにも
冠《荒平太》　ハテナア（20ウ）
市《隼人》　小殿荒平太、血判せい
冠《荒平太》　イヤ、そりや成らぬ。譬、こなたが三浦の落胤でも、慥な器量を見ぬ内は、めつたにけつぱんならぬ。まづ、こなたの手の内を
　　ト有合ふ金剛杖にて、打て掛る。市《隼人》紅、一寸留め
市《隼人》　ハ、、、、兵術は、壱人に敵する業、大将の気にはちいさい〳〵　ト突放す
冠《荒平太》　其大将も、拳を堅めて、一チ杖の下に、打すへて
　　ト是より、立廻り有て、市《隼人》紅、畳を浮上げ留る（21オ）
市《隼人》　譬、数万騎にて囲むとも、質腰、理兵にかためし骸、刃は立ぬ我《荒平太》一身ン
　　ト立廻り、冠十郎、こなし有て
冠《荒平太》　見事◯　味かたせふ
市《隼人》　ナント
冠《荒平太》　今の手の内、見るからは、大膳に違ひない。荒平太、じつくりと味かたした
　　ト又、行ふとするを留め
冠《荒平太》　ハテ、気の短ひ山伏殿。どんな事がして有ふと、味方すりや、何も角も、皆こなたのもの（21ウ）
市《隼人》　如何さま、味方とあれば、急ぐに及ばず
冠《荒平太》　謀反徒党の連判は、荒平太が請取た
市《隼人》　味方に付た其上では、施主の性名、聞届け、望みの施物も請取ぞよ
冠《荒平太》　夫レも血判、済んでのうへ
市《隼人》　然れば、暫時、奥の間で
冠《荒平太》　此荒平太が、返事をば
市《隼人》　必ずともに、待て居るぞよ
　　ト哥に成。市《隼人》紅、こなし有て、上ミ手へは入る。跡に、冠《荒平太》十郎こなし有て
冠《荒平太》　丸で啌じや。ハテ、能ふ啌つく奴ツじやナア（22オ）
　　トばた〳〵にて、橋懸りより、臺《夜叉五郎》蔵、小幕の形リにて、猪《孫十郎》三郎と掴み合ひ、出る
猪《孫十郎》三郎　ヤイ〳〵、事触れ、爰を放しおれ
臺《夜叉》　めつたに放してよい物か、己が血汐は、大事の役に立にや成らぬわい
猪《孫十郎》　そんな事をぬかさずと、お姫様をかへせ
臺《夜叉》　何を
　　ト立廻りに成。猪《孫十郎》三郎、めつたむせふに懸る。臺《夜叉》蔵、手に余したるこなし
冠《荒平太》　夜叉五郎、出かした〳〵。そりや者共、あやつを（22ウ）引居へい
手下みな〳〵　ヲ、イ
　　ト奥より、義左衛門《いざり》、璃《四郎九郎》三郎、岡《岩松》十郎、盗賊の形リ、替り出る。猪《孫十郎》三郎、不思議そふに

見て

猪《孫十郎》　己等は、見たやふな顔じやが
　ト思ひ出し、恂りして
ヤア〳〵、コリヤ、きのふの乞食め、こちらのは絹商人、悪者の仲間ン、皆、其形リは

みな〳〵　ヲヽ、皆、盗人じや

猪《孫十郎》　ヤア、そんなら、わいらよつて、お姫様をとらふ為（23オ）の拵へ事であつたか

冠《荒平太》　皆、此荒平太が計らひじやわいやひ
　ト冠《荒平太》十郎の顔を見て

猪《孫十郎》　ヤア、己は前髪の時、家出した弟共

冠《荒平太》　兄貴、久しいナア

猪《孫十郎》　そんなら、ちいさい時、手が長ふて、小銭を盗み、後には余所の物迄、手をかけ、親仁がほり出した、長松め

冠《荒平太》　今は、四海に股がる、盗賊の帳本、小殿荒平太

みな〳〵　おいらが為には、お頭じやわいやい（23ウ）

猪《孫十郎》　ヤア　ト恂りして
テモ、ゑらい者に成つたナア、ヲヽ、出かいた〳〵、イヤ〳〵、出かさぬ〳〵。盗人の頭が、何のゑらい事、盗人の頭より、乞食の頭の方が、ましじや。したがマア、頭なら幸ひじや。こりや薄雪様を帰してくれいやひ

冠《荒平太》　折角、手に入れし薄雪。めつたに、帰してよいものか

猪《孫十郎》　おのりや、兄の言ふ事きかぬか

冠《荒平太》　おれが器量で、成人したりや、兄でも親でも（24オ）ないわひ

猪《孫十郎》　そふ言ふ、己を
　ト冠《荒平太》十郎、行ふとするを、みな〳〵支へる

臺《夜叉》　頭に手むかいすりや

みな〳〵　命がないぞよ

猪《孫十郎》　ハアヽ、イ　トへたり、こなし有て
イヤ〳〵、頭でも何でも、おりや兄じや。兄が、頭じや。夫レじやに依て、おのれを
　ト冠《荒平太》十郎へ行を、みな〳〵支るを突のけ

冠《荒平太》　ソレくゝし上い（24ウ）

臺《夜叉》　ヲツトサ　トくゝる

猪《孫十郎》　ヤイ〳〵、己、兄をどうしおる

冠《荒平太》　ヱヽ、面倒成るやつ、大事に遣ふまで、其まゝ、雑物部屋にほり込んで置イ

臺《夜叉》　ヲヽ、合点じや、サア、うせふ

猪《孫十郎》　イヤ〳〵、おりや、あいつに
　ト意地ばるを引立

臺蔵《夜叉》　ヱヽ、うせ上れ
　ト哥に成。臺蔵《夜叉》猪《孫十郎》三郎を引立、おくへは入ル

義《いざり》　頭、シテ、六波羅に泡吹す（25オ）

璃《四郎九郎》　今夜の手筈は

手下みな〳〵　どこでごんすな

冠《荒平太》　其事は、師門より、注進の者、来るはづ

来蔵《実若》　ト来蔵《実若》、出かけいて
冠《荒平太》　荒平太、帰りしか
来《実若》　こなたは実若、シテ、今宵の手番いは
師門殿の仰には、いよ〳〵、此山より切抜し閑
道より、地雷の仕かけ。六波羅の奴原を、味方
に付るも、今宵に極る
冠《荒平太》　スリヤ、何角の用意も調しか（25ウ）
来《実若》　まづ此通り
ト合図の笛を吹く　ト上手の抜道より、黒装
束、随分大ぜい、つゞいがらに、火を燈し
来て、ぶたい一ぱいに並び、まだ穴の内に
残る
忍び○　相図の呼子は
同みな〳〵　最早、地雷の刻限でムり升る
来《実若》　イ、ヤ、刻限来らば、相知らさん。用意をかま
へて、相待てよ
忍びみな〳〵心得ました
来《実若》　早く〳〵（26オ）
来《実若》みな〳〵　ハア、
ト忍び、皆〳〵、元の穴へは入る。来蔵《実若》、こ
なし有て
来《実若》　知らせを相図に、地雷の手筈、師門殿には、東
山に出張して、降参の其時は、かねて約議の通
り、此山の瀧を切落し、地雷を止める、山手の
追水。シテ、瀧の手当は致し有るよな

冠《荒平太》　此頃より、水をせき留め、降参の相図の時、岩
間の七五三を切落せば、谷川より落入て、地雷
は忽ち元の如く、其事は気遣ひ無用
来《実若》　出来た〳〵。夫レ聞て、一ッの案堵。六波羅、
武士降（26ウ）参の違る上は
義《いざり》　禁庭へ忍びの術の者を入込せ、神清水へ毒をし
かけ
璃《四郎九郎》　大内のやつばら、皆殺し
くま《板面》　其時こそは、兼而の言ひ合せし通り
新《長八》　一天四海は、心のまゝ
冠《荒平太》　師門殿と大膳殿、此荒平太、三人が
来《実若》　四海一流するはまたゝく内、シテ、其毒薬わ、
調ひしか
冠《荒平太》　とくより調へ置たり。得と心味させ、其上にて
（27オ）計らわん
来《実若》　何を言ふても、難義なは大ぜん殿の金瘡、其上
に瀧に向て、荒行とあれば、命の程も心元ない
冠《荒平太》　其秘やくも調しが、今一薬、午の年月揃いし男
子の血汐、所々方〳〵と詮議せし所、漸々と手
に入た上は、大ぜん殿の金瘡も、立所にいへ、
（来）《実若》　又、瀧の荒行も、けふが満ずる三七日
然らば、是より、師門殿の仰の次第、面談に申
達せん（27ウ）
義《いざり》　毒の心味は、奥の女共
冠《荒平太》　夫レも、心当して置た

来《実若》　まだ、何角談ずる子細もあれば
冠《荒平太》　奥の別間で、とつくりと
手下みな〳〵　そんなら、頭
来《実若》　荒平太
冠《荒平太》　マア、ムれ
　ト哥に成。みな〳〵、おくへは入る。ト上手、
せうじ屋体より、市紅《隼人》、半天、ぶつさきに
て出て、傍りをうかゞひ
市紅《隼人》　推量に違はず、きやつらが工み。こりや、手延
びに（28オ）は成らぬわい
　トほらがい吹く。トおくより、松江《お松(松ヶ枝)》、鯉三郎《お初(初瀬)》、
伺ひ出て
松《松ヶ枝》　鯉《初瀬》　隼人様
市《隼人》　コリヤ
　ト押へる。相方に成、傍りにこなし有て
かねて、入込せ置たる妣、初瀬、松ヶ枝。シテ、
大膳どの、有様は
富三《ママ(松鯉)》　玉笹様が、色々お諌め有れども、お聞入なく、
瀧に籠つて、謀叛の大ぐわん
市《隼人》　ヱ、、是非もない次第。申付し、二品の宝の義
は（28ウ）
鯉《初瀬》　大ぜん様は、血汐の穢有る迚、軍勢催促の御袖
判は、先達て、師門様へお渡し有
松江《松ヶ枝》　今一ト色の四神の巻は、大膳様の母と偽りし女
に、相渡し有りし所、今に其女の行衛、知れざ
るとの事
市《隼人》　スリヤ、お袖判は、師門が手に有つて、四神の
巻を持て立退し女の行衛も知れざるとな。出か
した〳〵、よく聞出した、シテ、又、大膳が籠
し瀧といふは
鯉《初瀬》　松《松ヶ枝》　此岩崖の裏手を左リへ取（29オ）
右に懸りし、一ツの岩橋、其上リより七ナまが
りを登れば、昼さへ暗らき茂みの中に、絶頭よ
り落る瀧つ瀬
市《隼人》　ム、、よし〳〵、今宵は過さず、皆〳〵、都へ
伴わん。此うへともに、妹に心を付けよ
松《松ヶ枝》　鯉《初瀬》　心得ました
市《隼人》　はやくゆけ
松《松ヶ枝》　鯉《初瀬》　ハツ　ト哥に成、両人おくへは入る。
　ト市紅《隼人》、きつとこなし有て
市《隼人》　大ぜんが籠りし瀧は、此岩崖の裏手より（29
ウ）。ム、、それ
　トきつと、身構へする。と奥より人音。こな
し有て、小隠れすると、奥より十四郎《喜蔵》、岡《岩松》
十郎、綱右衛門《熊》、がんどう持出
十四郎《喜蔵》　コリヤ、言ひ付られし、地雷の手はづ
岡十郎《岩松》　アノ抜道から、知らした上へ
綱《熊》　こちらのからだに、虚事ないよふ
十四《喜蔵》　岡《岩松》　綱《熊》　用心が肝心じや。必ずぬかるな
がつてんじや

十四《喜蔵》　サアこい（30オ）
　ト行ふとするを、市《隼人》紅、引廻し
市《隼人》　盗賊共、動きおるまい
三人　ヤア、己は見馴れぬやつ
市《隼人》　マア〳〵、く丶し上る。観念せい
三人　何を
　ト三人懸る。烈敷相方にて、立廻り有つて、
　ぽん〳〵と切る。此中へ、義左衛門《いざり》、新平《長八》、
　熊右衛門《板面》、璃三郎《四郎九郎》出て、それと掛るを、立
　　廻りながら
市《隼人》　昼さへくらき、しげみの中
義《いざり》璃《四郎九郎》　うぬを　ト懸るを、立廻りながら（30ウ）
市《隼人》　究竟のがんどう
　トとん〳〵と、早切りにして、トゞ璃三郎《四郎九郎》を
　　ふまへ、がんどうにて、義左衛門《いざり》を、きつ
　　と留め
　ハテ、能ひ物が手に入ツたわい
　ト見へ宜しく、一ツセイにて
　　かゑし
造り物見附、一面の山上手に大瀧、車にて水の流れ、
真中に小高き山の上に大木の松を小桶に、一間の藁葺
見附、泥壁、皮付の柱、瀧のべ岩の書割、東西明放し
にて、七五三縄張有。此ときばた〳〵と板返し（31オ）
にて、床カ囃子、部家の横、橋懸りの上、盤山に成る。
橋懸り、洞も所々に松のみ木の釣枝、随分物すごき体、
黒簾おろす共、藁ぶきの内に、吉三郎《大膳》髪をおどろに乱
し、白の薄衣の着附にて、荒菰の上居り、はらに荒縄
を巻、前に経机を置き、十二燈明を照らし、鈴打振り、
祈念の体、一ツセイにて、道具留るト
　〽《上るり》山又山に累こと、松柏枝を同じうし、日蔭
　　も（31ウ）闇き恩獄の、中に怪き庵を結び、
　　爰に隠るる、秋月は、三七昼夜のあら行に、
　　身には薄衣の、目をとぢて唱ふる秘文も、
　　高々と、瀧が瀧の音そへて、物すごくも又
　　　恐ろしき
吉三郎《大膳》　大願成就なさしめ給へ〳〵
　〽勤行終つて眼を開き　トコイヤイ。瀧の音
ア丶、誠や、館を立のた其時より、爰に籠りし
折柄の、深山の花も散りて、岩間の躑躅咲揃ひ
しは、早一ト月の余とおぼゆ。そも荒行に身を
委ね昼（32オ）夜は更に覚へねど、鳥の啼音を
朝とおもひ
　〽身にしむ風を夕べとしり、昼と夜よと、手
　　をくれば
早満願に近づきしか。断食に身をこりし日数も
忘れ果しかど、忘れがたきは、薄雪姫、かれが
艶色、只幻に見ゆるが如く。斯なる事と知るな
らば、館をむざ〳〵落さぬ物。追手のものきよ
事なきや。何ゆへ、退き行しぞや。逢たい〳〵

〽うつゝなき〱、有さまや。折柄、岩間をざわ〱と、樹木押分、実若丸、夫レと見る（32ウ）より声をかけて

来《実若》 大ぜん様

吉《大膳》 ムゝ、そちや、実若丸

来《実若》 師門殿よりのみつ事　ト状箱渡す

吉《大膳》 ムゝ、師門より

来《実若》 兼て、約諾通り、荒平太と心を一致にいたされ、此の八重山より、切抜けし閑道より、地雷の手番ひ。降参に及ぶ時は、アノ大瀧の七五三を切ツて落し、地雷をしづめ、血判致させ手立。まつた、貴殿の手疵の秘薬、禁庭にしかける毒やくも、相調（33オ）しと、荒平太が詞

ト此内、吉《大膳》三郎状をよんで

吉《大膳》 ムゝ、よし〱

来《実若》 貴殿の祈願の三七日も、今日上りなれば、イザ、岩窟にムつて、荒平太と伴々に、何角のおんど取計らい

吉《大膳》 ムゝ、よし〱

来《実若》 是はいかな事、サア御用意〱　ト是にて、吉《大膳》三郎、心付き

吉《大膳》 ヲゝ、某は跡よりゆく（33ウ）

来《実若》 然らば、跡より此旨申さん

吉《大膳》 おさらば

〽元ト来し道へ引帰す

吉《大膳》 何事と思へば、反逆の手はづ、又、所せんの事、成就なしても、薄雪の恋が叶はなねば、何楽しみのくわつけいくわんらく。かくまで思ひ忘られぬに、何ゆへ、一念届かざるや

〽又思ひ出す、執念の、物くるわしく、見へけるが、其一念も、女気の、木の根岩角、嫌ひなく、しどけ難所を、漸々と、爰迄退れ、薄雪姫、ふしまろび（34オ）て起上り、胸なでおろし〱

哥《薄雪》 ヱゝ、おそろしや〱、思ひがけなき、けふの難義。爰迄は、逃のびしが、跡よりの追手、どふぞ、此場を助るやふといふて、勝手もしらぬ、恐しい山中　トあたり見て、行場を見て幸のアノふせや、あの内へかくれて、そふじや〱

頼む、こわげに雨もつて、しらで立よる

〽庵のそば

ヲゝ、誰やら、居やしやんすや〱

吉《大膳》 ヲ、誰じや〱　ト寝ながらいふ（34ウ）

哥《薄雪》 わたしは、追手に出合ひ、難義の者。どふぞ、暫らく、おかくまいなされて下さりませ

吉《大膳》 ヱゝ、大たんな。此山中へ女の声。此所は行場。女を入る事はならぬ〱

哥《薄雪》 そふおつしやれずと、どふぞお助け下さりませ

吉《大膳》 ヱゝ、ならぬわいのふ

〽つぶやきながら、見合す顔は
ヤア、そちや、薄雪姫でないか

哥《薄雪》　おまへは大ぜん様

吉《大膳》　薄雪姫かいやい（35オ）

哥《薄雪》　大ぜん様かいなア

吉《大膳》　能ふ、来てくれたなア

哥《薄雪》　よい所で、お目にかゝり升たなア

〽縋り付たる薄雪は、地獄で佛に逢たる心地、恋の呵責の大ぜんも、悦ぶ限りわなかりけり

哥《薄雪》　ほんに〳〵、思ひがけないといわふか、嬉しいといわふか。剛ひ、恐ろしい難儀の所で、お情深き大ぜん様の、お目に懸るといふも、神々様のお引合（35ウ）

吉《大膳》　此大ぜんが一念が届いたか。今も今迚、思ひいだせし所。シテ、此山奥へ唯独り。どふいふ子細で尋て来たぞ

哥《薄雪》　サア、あなたのお情で、お館を立ち退しが、追人の難義に、左衛門様と放れ〳〵、お有家をたづねる間、家に忠義の孫十郎といふ者の介抱受、大津の辺りに忍ぶ内、重る難義にかどわかされ、此山おくへ連れて来て、主の人が無体の恋慕、あなたのお言号の玉笹様のお情で、逃れし所へ追人の大ぜい。勝手も知（36オ）らぬ山路をば、爰迄遁れし夢心地。死ふと心は極め升たれど、どふぞ最一度、左衛門様のお目に掛りとふムり升。此やふに、申升る内にも、追人の気遣ひ。どふぞ、あなたのお情で、お助け被成て下さりませ。モシ、おねがひ申上げ升わいナア

ト此内、吉《大膳》三郎、うつとりと哥《薄雪》六が顔を詠めていて

吉《大膳》　ヲヽ、助ケてやろふ

哥《薄雪》　そんならお助け下さり升か。ヱヽ、うれしふ、ムり升わいなア（36ウ）

吉《大膳》　そなたより、此大ぜんが嬉しさ
ト哥《薄雪》六が手をとつて
ヲヽ、幸ひの此庵りの内

哥《薄雪》　そんなら此内でわたしを

吉《大膳》　ヲヽ、抱いて寝て、日頃のおもひを

哥《薄雪》　ヱヽ

吉《大膳》　晴すわいのふ

哥《薄雪》　そりやマア何をおつしやり升ス

吉《大膳》　何をいふとは、薄雪
ト哥《薄雪》六が顔見て（37オ）

吉《大膳》　惚れた〳〵〳〵。どふぞ叶へてくれいやい

哥《薄雪》　ヱヽ、トふるう

吉《大膳》　くどふはいわぬ。サア早ふ
ト手をとるを、ふりはなし

哥《薄雪》　マア〳〵、待て下さりませ、そりや、あなた、御真実に

吉大膳　ヲ、、真実所か、そちに惚れたは、中〱、一朝一夕の事ではないわいやい。い、出そふと思へども、表に仁をかざりしゆへ、大事の元ト、、ひかへし内、左衛門との不義、ヱ、ねたましや、左衛門めを討殺さんと思へども、左衛門を殺しなば、可愛そちが（37ウ）殺すが悲しさ。情をもつて、二人リ共落せしは、そちが命が助けたいばつかり。此頃より、夜るとなく昼となく、うつ〱と、こぐれくらして居る所へ、そちが来たも、結ぶの神の引合せ。情じや、慈悲じや、どふぞ叶へてくれいやい

哥薄雪　ほんに思ひがけない、あなたの御執心ン。お情深ひ、あなたの御心切、お嬉しいわ嬉しけれど

吉大膳　否といふのか

哥薄雪　お心ざしは、さら〱仇には、思ひませねど、左衛門様と、一たん、やくそく致升したれば、あなたの御心に（38オ）したがふては、女ごの道も立ませず。マア、左衛門様のお目にか丶つて、其上では、又どふなりとなり升ふ。どふぞ夫レまで、おゆるしなされて下さりませ。大ぜん様　トいふ

〽いふ顔、つれ〱打詠め

吉大膳　そりや、聞わけない薄雪。此大ぜんが惚れたわ、左衛門よりしよての事なりや、なんの義理が有ふ。左衛門わ恩の事、たとへ天子、武将の思ひものたり共、こふ言ひ出すからは、否でも、応でも、抱いて寝にゃ、聞かぬ。ヲ、といへばよし、達て、いなまば、息の（38ウ）根とめても、抱いて寝る

哥薄雪　ヱ、

吉大膳　といふは啌、どふぞ叶へてくれイやい

とむりやりに、もつれおふたる藤かづら、詮かた尽し、其所へ、かけ来る玉笹、大膳を引放し、傍により

三右玉笹　ヱ、、我夫マこりやマア、何事でムり升ぞ。サア〱、薄雪様、此間に早ふ、逃さんせ

吉大膳　折角、手に入、薄雪、取逃してならふか。邪魔せずと、そこのけ（39オ）

三右玉笹　イヱ〱、めつたにや、動き升ぬ。おまへのむほんをいさめねば、兄様へ言訳がムんせぬ

吉大膳　こま言ト、はかずと、そこのけ

三右玉笹　どふぞ、本心になつて下さりませ

吉大膳　ヤア一ツたん、大ぜんが思ひ立たる事、そちふ情がいさめで、聞入ふか

三右玉笹　スリヤ、どのよふに、申升ても

吉大膳　くどい事

三右玉笹　ハア、そふじや、南無阿みだぶつ

〽懐剣、のんどに突立れば、是はと驚く（39ウ）薄雪姫。手おいは、苦しき目を見ひらき

三右玉笹　ヱ、、どふよくな大膳様、其御心とは露しらず

〽思ひ初たる身の因果、お願い申、漸々と言
　号となる嬉しさよ
祝言を待かねて、兄様の目を忍び、館へいたる
甲斐もなふ、恐しい謀叛のお心、どふぞお諫め
申さんと、及ぬ女子の心尽し。其かいもない、
此最期
〽不便とおもひ、お心を
晴して、下されませ。モシ、お願い申升わいな
ア。此仄（40オ）死んでは迷ひ升わいナア〳〵
　迷い升ると、一筋に、夫トを思ふいぢらし
　さ
吉《大膳》　サア薄雪、大ぜんが心に従ふか、達て、いなま
ば、一ト刀に、さし殺さふか
哥《薄雪》　サア、それは
吉《大膳》　恋をかなへるか
哥《薄雪》　サア
吉《大膳》　サア
吉《大膳》哥《薄雪》　サア〳〵〳〵
吉《大膳》　薄雪、返答はなんと（40ウ）
〽なんと〳〵、付廻すをさゝへる手負は、め
　つた突き。其間に逃行、薄雪跡にしたがい、
　後よりほうど抱付く、其はづみ、脇つぼぐ
　つと突立れば、わつと斗りに玉ぎる声
ヤアこりや、薄雪に手が廻つたか
ト三右衛門《玉笹》、哥六《薄雪》、ばつたりこける

ホイ
〽はつと力ラも遠近の、立木もさわぐ人音に、
　驚くひまも荒平太、やらじとさゝゆる孫十
　郎、兄弟、たちまち修羅道の、こんづ今、
　流して定り（41オ）
ト猪三郎《孫十郎》、冠十郎《荒平太》、立廻りながら出て
猪《孫十郎》　コリヤまて、弟、スリヤ、どふでも、薄雪様を
思ひきらぬか
冠十郎《荒平太》　一旦思ひ立たる事、変ずるよふな、荒平太じや
ない。邪魔せずと、放した〳〵
猪《孫十郎》　イヤ〳〵、放さぬ〳〵、ヱ、、おのれもナア
〳〵
　ト引付ふとして突放され傍へ詰寄つて
こりや、己は知るまひが、アノ薄雪様は、大恩
有、お主様じやがな（41ウ）
冠《荒平太》　ナント　ト相方に成る
猪《孫十郎》　おのれや、おれが親はな。薄雪様の親御、伊賀
守様の家来、伊達両助といふ侍、園部家の奥女
中、小牧といふは母者人。二リ若気の出来心、
不義終に、おれを孕んで顕れ、昔より、不和成
る仲ゆへ、やつさもつさ、既に二人リながら、
切らるゝ所を、両方の奥様のお情で、命を助て、
金迄被下て、落さつしやつたは、侍の表むき。
有やうは、やつぱり殿様の御指図との事。夫レ
から二人リは、小原へ来て、其金で百姓して、

程なくおれが（42オ）出来、其後へ出来た弟、常から此恩が送りたい〳〵、と言ひじに〳〵、死なれた二人リ。今度、思ひがけない、お家のそふどう。爰ぞこそと、忠義を尽す此兄には引かへ、恋慕れくさり、何ンの事じや、こりや、知らぬ内は、せう事がない。此後は、どふぞ心を改め、思ひ切つてくれ。こりや、頼むわいやい〳〵　トないて言ふ

冠《荒平太》　ヱ、、聞とふもない、よまひ言ト。親の恩きた事、おれが知つたか。親が不義者なりや、其通りするが子の当り前へ。薄雪を女房にして（42ウ）可愛がるが恩送り。なんと合点がいたたか、サア、そこのひて、通ふせ〳〵

猪《孫十郎》　イヤ〳〵、通さぬ〳〵。是程迄、言ふて聞すに、おのりや、聞わけぬかよい〳〵、追て聞入にや、此兄は、腹切つて死ぬぞよ

冠《荒平太》　己が骸じや、勝手にさらせ

猪《孫十郎》　おのりや、咥じやと思ふておるが、こりや本間に腹切るぞよ　ト刀を抜く

冠《荒平太》　くたばりたくば、早ふ、くたばつてしまへ

猪《孫十郎》　兄を見殺しても、心は直らぬか、サア今（43オ）しぬるが、心を取直して呉ひやい。こりや長松よ、頼むわいやい〳〵。こりや是程、兄が言ふても聞入れぬか、能い〳〵、そんなら本間に腹切つてこます

ト刀を腹へ当て、冠《荒平太》十郎が顔を見て

サア心を取直すか、コリヤ、腹切つたら死るぞよ。迚もの事なら、しなぬ先キ、聞入れてくれ〳〵　ト言ひ〳〵、思わず、腹へ突込み苦しむ

冠《荒平太》　ヤアスリヤ、腹切つて、くたばつたか

猪《孫十郎》　イヤ〳〵本間に切る気じやないのじや、ア、、痛ひわい〳〵〳〵。こりやヤイ、本間にはら切（43ウ）つたわいやい　ト取付を突飛し

冠《荒平太》　おのれの五人十人くたばつた迚、蟻踏殺した共、思ふかい

猪《孫十郎》　そりや、胴よくじや〳〵。おのりや、腹切つて見ぬ依てじや。こなひに痛ひ。そいやい〳〵、此やうに、痛いめしても、しんこの看板がいがんたとも思わぬとは　トこなし有て

ア、、諍われぬ者じやナア〇。コリヤ、かうなつたら、言ふて聞かす。我とおれとは、実トの兄弟じやないわいやい　ト冠《荒平太》十郎こなし有て（44オ）

冠《荒平太》　ム、、小原で産れたと有、おれが種性。守りに慥に印シて有る。兄弟でないとは

猪《孫十郎》　サ、、其守りが替て有のじやわいやい

冠《荒平太》　なんと

猪《孫十郎》　こりや、我が親と言ふのはな、此前、謀叛とやら言ふ商売を、思ひ付て殺された、三浦弾正と

いふ人の子じやわいやい

〽聞より不審の顔色（44ウ）

冠《荒平太》ヤア　ト冠《荒平太》十郎、吉三郎《大膳》こなし
シテ、其子細は

猪《孫十郎》ヲヽ、合点がいこまい〳〵。此事は、親仁様がかならず言ふなと、いわしやつたが、おれが死んだら、誰も知る人がないゆへ、言ふて聞かすのじや。おのれが伯母堂は、其弾正といふ人の妾で有たげな。弾正殿が殺されてから、こちへかゝり人。其時分は、大根やにんじんのよふに、謀叛人の種を尋ね歩くげな。そこで親仁が、伯母堂の子を助ふと智恵出して、おれが弟の長松も同じ年の二ツ（45オ）。それで守りを取かへて、まさかの時は、我子を殺さす積りで、そちを我子にして置イたのじやわいやい

冠《荒平太》ヤヽ、ヤア　ト吉三郎《大膳》、始終こなし

猪《孫十郎》慥な証據は、二ツの守り。人買にとられた、本間の長松の守りに、三浦の胤、村喜代と書て有るわいやい

冠《荒平太》ムウスリヤ、我は土民の子でなく、三浦の胤で有たよな

〽始終聞居る、大膳が一チ〳〵、胸に働ずる相紋（45ウ）、肌の守りを取出し、始てしつたる我身の素性、扨はとばかり、心の頭倒、平太怒りの顔色にて　トコイヤイ

チヱヽ、今迄、斯くと知らずして、只、盗賊の首領とならん一心にて、父の無念をはらしもやらず、仇にくらせし残念さ。よい〳〵、師門、大膳が反逆の加徒人せしこそ、幸い我身の種性知るゝ上は、いよ〳〵謀反の臍をかため、両人も幕下に職させ、我一存の相立る。今より、頭かへん

猪《孫十郎》アノ、そんなら心を入替て、薄雪姫や、園部様へ（46オ）忠義を尽してくれる気か

冠《荒平太》ヤア、愚か〳〵、我弾正の胤なれば、園部、幸崎も当の敵。一チ〳〵に討取らん

猪《孫十郎》ヤア、そんなら、おれが、胤を言ふて聞したゆへ

冠《荒平太》父の謀叛を請継いで、部て一天四海を掌握せん

〽忽ちかわる勇気のありさま

猪《孫十郎》そんなら、そちも謀叛とやらに成るかいやい。ヱヽ、そんな事なら、言ふて聞かさぬ物、ひよんな事をしやべつた。ヱヽ、此口がいま〳〵敷い。折角、腹切たの（46ウ）に、なんのごくにも立ぬ。ヱヽ、けたいの悪ひ、苦しいわい

冠《荒平太》イヤ、そちが命も、無にはせぬ。兼て、しつたる午の年月揃ひし誕生、味方にかたらふ大膳が、金瘡の薬に用いぬ

猪《孫十郎》イヤ〳〵、謀叛の用に立る血汐は、渡さぬ〳〵

冠《荒平太》ヱヽ、ちょこざいな

〽手負の傍へ差よつて、刃物とつて引廻し
ヤア、手下共、言付し壺早く〳〵
手下みな〳〵 ヲ、イ（47オ）
〽ヲ、イと答へて、手下共、持はこんだる、
あやし壺に、したゝる生血うつし取
冠《荒平太》 ヤア〳〵、大膳殿へ、約諾の秘薬、調ふたり。
早く用意
〽用意〳〵と、さし置ば、黙然たる秋月大膳
吉《大膳》 委細は慥に聞た。義理有る兄の最期をくつせず、
大ぜんへの応意過分
〽過分〳〵と手に取上げ、直もせうこと、血
汐を流し、肩先キつんざき絞る血の、同性
同胞がつしよる、其ありさまに、疑ひの晴
ての胸（47ウ）や曇りける
冠《荒平太》 シテ、今宵の手つがいは、いよ〳〵、よきや、
いかに〳〵
手下□ 実若どの、計らいで、地雷もしかけ
同○ 此つぼより、禁庭にしかける、ちん毒の心味
冠《荒平太》 ム、、よし〳〵。スリヤ、地雷もしかけしとな。
此上は、ちん毒の心味ハテ何者か
吉《大膳》 何、スリヤ、それが大内に仕かける毒薬とな
冠《荒平太》 如何にも、忍術の者をもつて仕かけ、百官百司
皆殺し
吉《大膳》 ドレ ト手下、吉《大膳》三郎の前へ持て行く。吉《大膳》三郎、
きつと見て（48オ）

吉《大膳》 ム、、心地よし〳〵、幸ひの心味、是に有り
〽臥たる薄雪、引起せば
冠《荒平太》 ヤア、薄雪は手をおひしか。何者のしわざ成ぞ
猪《孫十郎》 ヤア
吉《大膳》 ヲ、、子細あつて、此大ぜんが手にかけたる。
直も生死を、ためしのちんどく
〽口出し明て服さすは、毒にはあらで、件の
良薬。こなたの毒薬、われと我、口に出し
教て、呑ほす毒やく。忽ちかわる面色に、
荒平太仰天し
冠《荒平太》 ヤア〳〵、薄雪に呑したる秘薬、こなたが呑ん
だが（48ウ）心味の毒薬、こりや血迷ひしか、
大ぜんどの
吉《大膳》 イ、ヤ、血迷ひしにあらず。毒と知りて、のん
だる大ぜん
冠《荒平太》 そりや又何ゆへ。どふ言ふ子細で
吉《大膳》 毒斗りにあらず。此身の言訳は真づ此通り。
〽まづ此通りと、件の壺、瀧を目当に打付れ
ば、ねらひもそれず、七五三切れて、一度
に落る其水音、物すざましく聞へける。其
物音に、気のつく薄雪
猪《孫十郎》 ヤア、お姫様気が付ましたか（49オ）
哥《薄雪》 孫十郎、そなたも死にやるかいのふ
猪《孫十郎》 お姫様
哥《薄雪》 浅ましい身になりやたのう

荒平太 冠　スリヤ、薄雪は手きづ平癒。合点の行ぬ事の有さま。毒薬呑し、其上に地雷の手筈、喰ひ違ふ。アノ瀧を切落せし所存、いかに

〽所存はいかにと、詰寄れば

大膳 吉　ホヽサ、不審尤も、一ト通り、兄者人

孫十郎 猪　ヤヽ、ナント

大膳 吉　御主君、御めん下さりませ。先刻、孫十郎どのゝ申さ（49ウ）れし通り、我幼少にて親に別れ、人商人に売渡され

〽丹波の国に、からきめの、汐汲中に育られ、成人に随ふて守りを見れば、三浦の落胤。始めてしつたる、我素性。壮年にて都に出、臍をかためて艱難辛苦。心を尽し、身を砕き、秋月の養子と成り、立身出世を尽しも、父の無念を晴らさん為。誠の親にあらざるとは

神ならぬ身の浅猿しく、知らぬ事とて、現在の、園部、幸崎に腹を切らして、家断ぜつ。（50オ）

まだ、其上に姫君を

〽恋慕したは、何事ぞ。我をいさめし玉笹が、

不便の最期

及ばぬ謀叛の荒行も、神の納受の有るべきや、思ひ廻せば、廻すほど

〽空恐ろしき此身の罰

穢れ腐りし腸を、毒であばくがせめての言訳、孫十郎どのゝ血汐にて、姫君の手疵平癒、蘇生有しもこなたの大功、兄は忠義に身を果し、其弟は、反逆人を誠の親と思ひ詰め（50ウ）、益なき逆意に此有さま、推量有て何事も

〽赦してたべ、兄上と、身を悔んでぞ、詫ければ

薄雪 哥　ヤア、そんなら、自が命助りしは、そなたの血汐ゆへで有たか

孫十郎 猪　アヽ、嬉しや、これで一ツの功は立た。それといふも、大ぜんどのゝかげ。そんなら、こなたが弟で有たか

大膳 吉　存ぜぬ事とて、不孝の麁縁ン

孫十郎 猪　日頃、あいとふ、尋ねしに

大膳 吉　死る今端に、名のり合ひ

孫十郎 猪　これも、前世のやくそくか（51オ）

大膳 吉　兄者人

孫十郎 猪　弟

大膳 吉 孫十郎 猪　冥途へ同道しますわいのふ

〽兄弟、手に手を取かわし、見上げ見下し、一時に、落る涙は、谷川に猶も水かさ増りけり

荒平太 冠　ヤア、己が下賤の種性なれば迚、斯迄調ひし事を、無になせし、憎ひ大膳。毒を喰らいしこそ幸ひ、こりや手下の者共、薄雪を引立い

手下　ハアヽ、

冠《荒平太》うぬら兄弟は、軍神の血祭り、くわん念せい（51ウ）

〽いふ間もあらず、孫十郎、只一刀にむざんの最期。是はと驚き、立寄大ぜん、返す刀に薄雪が、すでにあやふき所へ、顕れ出たる以前の修行者、一チ〳〵手下を切捨て、姫を囲ふて立たるは、心地よくこそ見へにけり

ト市《隼人》紅り、しき形リにて、以前の女形、みな〳〵出て、手下をみな〳〵切拂ふ

冠《荒平太》ヤア、最前の山伏め、邪魔すれば、只一ト討切て掛るをしつかと留め（52オ）

市紅《隼人》山伏と成て入込しは、葛城民部が弟、隼人之助、汝がかどわかせし女共を助け、手下の者は残らず生捕、最早叶わぬ、荒平太

〽観念せよと、詰寄れば、シヤ小賢しと言ふ両人、大ぜんが中に分入つて

吉《大膳》ヲ、、心はやるは尤なれど、兄の最期も、平太をいさめ助んため。元より我と守りをかへしは、かく身替りとなさん父の志、何卒、此理をわきまへて、一先ヅ、此場を見逃すよふ、お頼み申す、隼人助殿

〽息きも苦しき孝義心、隼人之助も理に（52ウ）ふくし

市《隼人》最前よりの一部始終、岩影にて聞取たり。悪に強きは、大膳殿。彼の唐土の韓信が龍且を計りし例を引キ、アノ大瀧を切落し、山手〳〵に落水の地雷を空敷なされしは、ホ、、

〽感ずるに余り有

薄雪姫は伴ひ帰り、家来の者に相渡し、やがて両家の再興致さん

〽必ず気遣ひあられなと、聞に今端の大ぜんが、忝涙にくれにけり。荒平太は、つつ立上り（53オ）

冠《荒平太》いかに、隼人、慥に聞け　トノリ地

今日只今、我種性、慥かに知つたる此上は、今、秋月大膳と名を改めて、味方の抑、時節を斗り、責寄せて、汝は元より、六波羅武士、残らず討取、夫レ迄は、首を洗らつて相待と、兄の民部に慥に言へ。助けてかへす、うつ虫め

はつたと白眼ば、につこと笑ひ　ノリ地

市《隼人》ム、、ハ、、、妹聟の頼みに依て、此場は、一旦ン見逃す共、千里が涯辺も、天下の獄道、追付生捕、其時迄、汝が首は預け置く（53ウ）

冠《荒平太》事おかしや、ほざいたり　トノリ地

兼て信ずる鬼谷子へ、いけにへ備へ、祈念のこめ、妖術得たる、其時は

〽四天に、天部の手をかつて、日本国が一トツになつて、寄するともいつかな〳〵

市《隼人》其荒平太を

其広言をと、立寄る勇者、中を隔つる大膳は、
次第に苦しむ、行く末呂、虚空を掴む哀れさに
(54オ)

吉《大膳》　姫君
〽御赦されても口の内

哥《薄雪》　孫十郎と言ひ、大ぜん殿、思ひ返せば、いとし
やのふ

〽消行思ひ、薄雪姫、諫めすかして、数多の
女伴ふ、隼人は内縁の心に嘆き、あら平太

ト市《隼人》紅、哥《薄雪》六を伴ひ、女形みな〳〵、花道へ
行。後より、市《隼人》紅并冠《荒平太》十郎、西の通ひ道へ
行

市《隼人》冠《荒平太》　顔見合しては、敵味かた
重ねて再会(54ウ)
互ひに再会〳〵と、啼音は空に時鳥、見送る影
も遠霞、隔つ思ひや八重山を、跡に見捨て

ト愁ひにて、吉《大膳》三郎、朽ち木に取付く。跡ぢ
りにて、道具跡へ上る。前一面、霞に成る《ムシ》。
みな〳〵花道通ひ道にて、こなし有て

みな〳〵　さらば
〽立帰る

ト吉《大膳》三郎、ばつたり死ぬ。哥《薄雪》六、ハアといふ
を、市《隼人》紅、引廻し、みな〳〵よろしく段切
(55オ)

幕

跡、コイヤイ。相方にて、双方、みな〳〵、向
ふへは入る
大入　(55ウ)

(裏表紙)　続六冊

【五冊目】

(表紙)

詠吟《ゑいぎん》は
おとは山の
花盛《はなざかり》
添削《てんさく》は
おぐら山の
月桂《つきのおさ》

その、ゆきこひのくみだい

園雪恋組題

五ツ目

(1オ)

五冊目栗《ママ》門之段

一　丁稚三太郎　　重四郎
一　文殊のお智恵　　徳三郎
一　横《ママ(榎)》嶋夜叉五郎　　芝臺
一　姉　お種　　里好
一　栗《ママ(栗)》門勇三　　小三郎
一　縫物屋お静　　花妻
一　手代渋九郎　　團八
一　清水湯おさが　　冠十郎
一　鍛冶屋團九郎　　三五郎

一　むすめおとわ　太夫本
一　仕出し大勢　（1ウ）

造り物上ミ手は通り、二重舞台見附、赤壁、納戸口、重戸棚、人出入這入有。此扉にしやうじ二枚入有、橋懸り、塀切戸口、一面化粧家根付、能キ所に門口、幕の内より、團八《渋九郎》、手代の形にて、帳箱押へ、十呂盤置き居る。里好《お種》、世話形りにて、十呂盤置て居る。璃苔《おとわ》、帯を解て居る。沢徳、仕立物に火のし掛てゐる。此見で琴哥にて幕明る

里好《お種》　〆ては何ンぼじやヤ

團八《渋九郎》　七貫八百六拾分

里《お種》　よし〳〵、合ふたわいの（2オ）

沢徳《智恵》　本に、お種様と向合せに、十呂盤置ひて、おもしろい事じやわふナア

里《お種》　何の、そろばん置くのが、面白い事が有つて

沢《智恵》　夫レでも、とつとモウ、人が否じやと言ふものを、無理にしてから

團《渋九郎》　ヱヘン〳〵

沢《智恵》　ヱヘン所が、爰な旦那様は、何所へやら、行かしやんし。勇三様は、年が行かず、差詰、旦那様じや、申、めつで掛つて、手盛喰ふたわいナア

里《お種》　こりやマア、何の事じや、頓ンとわからぬわいの（2ウ）
ヱ、、腹のたつ〳〵　トヒン〳〵とする。璃苔《おとわ》、こなし有て

璃《おとわ》　何を、其様に、腹立テさんす。マア、能いわいナア　ト團八《渋九郎》、璃苔《おとわ》を尻目に見てゐて

團《渋九郎》　能いかへ

璃《おとわ》　何にが

團《渋九郎》　ソレ、きのふの言ひ升た事

璃《おとわ》　ヱ、、知らぬわいの

團《渋九郎》　そんな事で済物か　ト近寄り、里好《お種》と㒵見合（3オ）
アハ、、、、

里《お種》　ヲホ、、、、　何じやぞいの
ト哥に成、花道より、小三郎《勇三》、着附、羽織、一本指、十四郎《三太郎》、丁稚の形にて、風呂敷包を持付て出る。跡より、花妻《お静》、世話の形にて、付添ひ出て

花妻《お静》　申、勇三様じや、ムり升ぬかひな

小三《勇三》　ヲ、、縫物屋のおしづどの

花《お静》　今、あなたへ参り升ス所でムり升

小三《勇三》　そんならマア、ムれ
ト本舞台へ来る。十四郎《三太郎》門口より（3ウ）

十四郎《三太郎》　若旦那のおかへり

里《お種》　勇三戻りやつたか

璃《おとわ》沢《智恵》　お帰り被成升せ

里《お種》　ヲヽ、お静様もお出なされ
花《お静》　此間から御人に預り升て
璃《おとわ》　お師匠様、能ふお出被成升た
里《お種》　サア〳〵、マア、お上り被成升せ
ト小三郎《勇三》、服紗とり璃苔《おとわ》へ渡す。小三郎《勇三》羽織ぬぐ。璃三郎とつて畳む。紙入、扇抔、宜しく、引出しに入る。此内、璃苔《おとわ》、小三郎《勇三》と貞見合る。一寸トこなし有て、璃苔《おとわ》、手を一寸ト握る。團八《渋九郎》（4オ）見てゐて、始終、腹の立つこなし。両人の中へは入る
團《渋九郎》　ヱ、、受にくひがな
小三《勇三》　ヤ
團《渋九郎》　サア、受に来る質やら、置に来る質やら、閙敷イのに、何所へ這入て居やしやりました
小三《勇三》　サイノウ、翌たは、津山の順講じやによつて、何や角やの下拵への相談にいたのじやわいの
團《渋九郎》　置キなされ。常往さらへ講の、イヤ江戸の会じやのと出歩き、内に居りや、朝顔じやの、鉢山のじやと、持遊び、持て遊ぶ、くらいなら、こんな女房もた（4ウ）ぬが能ひ。此渋九郎、独りがあたふた〳〵内を引構てゐるに、あんまり気がないじやないかいな
ト小三郎《勇三》、手持ぶさた
里《お種》　そりや尤もじや。夫ト、左次郎殿は、園部家の所縁有迚、今度の騒動に欠付さしやんして戻られず。それでマア、弟の勇三で、此内を立る積り
花《お静》　幸ひ、互ひに思ひ逢ふ中。私しが仲人で、清水湯のアノおとわ様、マア、客分に来て居やしやんすけれど、どふで年の行かぬ子じやよつて、おたね様、お世話してムんせふナア（5オ）
里《お種》　イヱ〳〵、お前の弟子故、針手利き、何も角もまかして、此頃は一ト助りいナア
沢《智恵》　それで此お針のおちゑは、お暇が出よふかと案事て居るわいナ
里《お種》　何を言しやんすやら
十四《三太郎》　イヤ申、お家様、ゑらい新物がムり升。今道の板行屋で買ふて来た、能ひ娘の番付、ゑらいぞへ〳〵
里《お種》　何を安房尽さずと、内の用を片付たが能ひわいの（5ウ）
十四《三太郎》　マアそないに言はずと聞なされ。こちの嫁のおとわ様も、入れて有わいな
團《渋九郎》　ヨヲ、ドレ見せ　ト取て
何じや箱入見立○。ハアコリヤ、よい娘を、花に見立たのじやな
十四《三太郎》　見やんせ。どないにゑらいぞ
團《渋九郎》　何ンじや。壱番が鼈甲店のさくら、こちらの壱番が大七の梅、釜屋のきく、淡太の牡丹○。何所に、おとわ様が有るぞい

十四《三太郎》　ソレ、五枚目に、清水湯の桃、と書て有わいの（6オ）
團《渋九郎》　本に有るわい　ト小三郎《勇三》、悦ぶこなし
ヱ、、こんな番付に乗るやうな娘を、女房に持て
て
沢《智恵》　女房に持てじや有てどふしたへ
團《渋九郎》　抱て寝てどふするへ
沢《智恵》　抱て寝くさるわい
團《渋九郎》　どふぞするのか、いま〳〵しいわい
沢《智恵》　いま〳〵敷いで、どふしたへ
團《渋九郎》　ヱ、、知らん、われ
沢《智恵》　知らん、われでどふしたへ（6ウ）
團《渋九郎》　置きやがれ
沢《智恵》　置きやがれで、どふしたへ
團《渋九郎》　ヱ、、やかましい、われ　ト突飛す
里《お種》　本に、そうがましい事では有。時に、おしづ様、此間いふて遣り升た事、聞ひて下さんしたか
花《お静》　サア、何やら気の毒ナ様子、早速来ませふと、思ふたけれど、手筒おどしの時分で、とんと仕立物をせかれるので、能ふ来ませなんだ。清水湯の母御が、アノ子を戻せとやら
里《お種》　お前も知つての通り、おさが様の気質、あんな人とは知らず、弟が無理に貰ふて呉れいといふ物（7オ）じや故、お前の世話で貰ふたのを、一旦は悦んで居て、此頃では、一向訳のわからぬ、無体の有丈。又言ふと、アノ子等が気術なかなか百五拾両の質に取て有、四神の巻を戻る共もなきや、金百五拾両出すか、又あの子を戻すか、との三ツの難だい。それで、お前に相談せふ、とおもふて、呼にあげたのじやわいナ
花《お静》　夫レはお心遣ひ。マア、わたしも倶〳〵、とつくりと、相談仕升うわいナ
里《お種》　彼是言ふ内、又けふがせつぱの日切じやわいナア。大かた後に出て見へるじや有ふぞいナア（7ウ）
花《お静》　そんなら幸ひじや、私が逢ひ升ふ
里《お種》　夫迄は奥で相談し升う。おとわ様は、爰で、其帯、解て仕廻しやんせ
璃《おとわ》　アイ〳〵
小三《勇三》　おれも、是から奥で、翌の遣り物さらへに、西行桜にせふか、夕空にせふか
沢《智恵》　イヤ、夕空より、夕飯の拵へがかんじん
里《お種》　見なされ、あんな病ひなしじやわいナア
花《お静》　左様ならば、おたね様（8オ）
里《お種》　サアムんせ　ト哥に成。里《お種》好、花《お静》妻連、小三郎《勇三》もおくへは入。沢《智恵》徳、畳んだ着物、そこらへ片付、團《渋九郎》八に、一寸こなし有て、は入。團《渋九郎》八、跡にこなし有て、璃《おとわ》莟の傍へよつて
團《渋九郎》　おとわ様、どふじや、そないにせいめきめせずと、ちつと休んだが、能ひわいナア

トじつと手を握り
璃《おとわ》　ヱ、、又かいな　ト手を針で付く
團《渋九郎》　アイタ、、、、お前、針で手を突たぞへ（8ウ）
璃《おとわ》　それでも、邪魔しひしやさかいてじやわいナ
團《渋九郎》　コレ、お前故なら、厭やせぬ。むごいめにあわしたぞへ。初手から、おれが惚れてゐるのに、よう息子にわらしたなア。お前の所が、風呂屋して居る時、内に有る風呂へは入らず、毎日〳〵、入に往たのは、お前の㒵を見やう為、顔見りや、しろ物がシヤチバリおる。外の入手の手前、大体面目を失ふた事じやないわいナ。そりや、おれ斗りじやない。娘で入りに行のは皆、そこで清水湯とは言はず、お前の名のおとわ、音羽湯〳〵と、いふわいナ（9オ）。こちの息子は、まだ十八、誠の可愛がりやうを知らぬ。おまえは十六、わしは廿八。相性もよし、是、いつそ、のり替気はないか。どふじやぞいナア〳〵　ト無理抱付をふり切り
璃《おとわ》　否じやといふのに、悪るひ人じやわいナ
トなく。此内、沢《智恵》徳出かけ
團《渋九郎》　其なく所が、どふもいへぬ程、可愛ひ。わしが言ふ事さへ聞いてなりや、母親のほしがる百五拾両なりと、四神の巻なりと、盗んで上ふ。是マアちよつと（9ウ）
ト無理に引寄せ、口吸ふとする。逃廻るを引こかし、上へ乗る。沢《智恵》徳、中へは入。團《渋九郎》八、取違、沢《智恵》徳に抱付。ぐつと前へ手を入る。沢《智恵》徳、思入。璃《おとわ》苔、奥へ逃ては入。團《渋九郎》八、件の手をねぶり
ア、味し〳〵、モウこたへられぬ
ト沢《智恵》徳、引出し、顔を見て悔り
ヤア、我かい
沢《智恵》　我かいとはむごいぞへ。人が否じやトいふものを、無理に押へて一度切、内に有飯はくわず、毎日〳〵、爰へ雇れて来て居るのも、お前の㒵（10オ）見やう為
團《渋九郎》　何ぬかしや
沢《智恵》　顔見りや、何所やらは、じく〳〵とする。ほんに外の人の手前、大体面目失ふ事じやわいナ
團《渋九郎》　知らぬわれ　ト帳箱に掛り
沢《智恵》　わし斗りじやない。誰でもして、金遣らぬ物じやによつて、番頭とは言ず、渋九〳〵といふわいナア。嫁様はまだ十六、誠の可愛がりやうを（10ウ）しらぬお前は廿八、わしや廿二、相性もよし。是乗詰にする気はないかいナア
ト付廻す
團《渋九郎》　置キがれ
沢《智恵》　其おこる所が、どふもいへぬ程、可愛い。わしが言ふ事さへ、聞てなりや、三度のおかずは、お上みの物を盗んで上るわいナア。是マア、一

寸ト

ト四季の哥に成。團《渋九郎》八、逃廻る所へ、臺《夜叉》蔵、橋懸りより、切継の形にて出る。沢《智恵》徳、取違へ、抱付ふとするを、飛のき

臺《夜叉》 どつこい取違て、抱付くやつも、久しい物じや（11オ）

團《渋九郎》 イヤモウ、そりや、一ツ有つたわい

沢《智恵》 ヱ、、折角の所へ来て、ちやつ〱と、いなしやんせいナア

團《渋九郎》 此人には用も有。我は、おくへ行けいやい

沢《智恵》 ヲ、、すかん、ヱ、〱

ト右の哥に成。奥へは入。團《渋九郎》八、臺《夜叉》蔵の傍へよりて

臺《夜叉》 藤馬の弟、渋九郎どん、呼びにおこさんした用は

團《渋九郎》 おつと、用が有つて、きのふから呼びにやつたに（11ウ）なんで来ぬぞい

臺《夜叉》 サイノウ、おれも、荒平太の手下、夜叉五郎といわれたちやき〱。折角、餅屋の親父めを引立て来た其日から、岩窟も叩きあけ、頭は大膳とやら名をかへて、師門の方へ行、おれハちう天ろく。そこでなんぞ能ひ仕業せふと思て、此辺り、へち廻ふた所に、コレ、ゐらいもうけ筋、聞出したわい

團《渋九郎》 そりや、いがみの口でか

臺《夜叉》 イヤ、師門が惚れてゐる、けいせい汀井とやらいふ（12オ）やつと、侍従之助といふやつと欠落したといの。夫を、かき出したら、ずつしりになるわいの

團《渋九郎》 そいつは大分、耳よりじやわい

臺《夜叉》 また其上に、頭の惚れてゐる薄雪も、連て往来ら、かねになるは随分。伴〱、がんばつて符丁せふかい

團《渋九郎》 夫レより、ゐらいは、こちの内へ、質に取てある四神の巻じや。師門へ持て往きや、三百両が直打は有る。それで、此間から、清水湯の（12ウ）おさがに、ぐずらして置たじや所で、あいつをちよろまかして、師門へ渡すは。我は師門からの使になつて、巻を渡せといふて来るは、ないが、金にするは。其金をおさがに持して、受出しに来るがないは。そこで、かねをぐずらして、娘を引上げさすは、かねは三ツにわりにするは、娘はおれに惚れてゐるによつて、女房にもつは、何と能ひ思案と有ふがな

臺《夜叉》 そりや、ゐらいは。そふして、おれが師門からの使に、此形リでは（13オ）

團《渋九郎》 ヲツト、よし。そんな事に、ぬかりが有物か

トそこに有、沢《智恵》徳の仕立た着物と羽織出し、帯も出し、風呂敷に包み

何なりと有けんと、手近くな、こいつが能羽織

で、紋は隠れる
　ト嶋の羽織渡し、大小を出して
ソレ、是でよし。そふで、せりふは　ト囁く
臺《夜叉》　よし〳〵　トいろ〳〵、囁く。呑込み
そんなら是から、おりや、髪一ツゆふてこしら
へ（13ウ）よふわひ　ト銭百出す
臺《夜叉》　かたじけない
團《渋九郎》　随分早う
臺《夜叉》　すぐに来るわい　ト右の哥に成、臺《夜叉》蔵、橋懸り
へは入。跡に、團《渋九郎》八こなし有て
團《渋九郎》　味ひわい、と爰で何や角や、味ひ事尽しいひな
らべるも古いやつ
　ト傍に、落て有る状を取上げ（14オ）
何じや、おとわ様へ、母より　ト読で見て
コリヤ、四神の巻が、百五十両か盗んでおこせ
といふて、せつきの状。こいつをかまに、そふ
じや
　ト戸棚の引出し、きせるにて、叩き明るト
　　十《三太郎》四郎、出て
十四《三太郎》　番頭様、何ぞ用はないかへ　ト團《渋九郎》八、恂りして
團《渋九郎》　茶一ツ、汲んで来い
十四《三太郎》　ヲツトよし（14ウ）
　トは入間に、漸々、叩き明る所へ、十《三太郎》四郎、
　　茶を持て
ソレ、茶じや　ト團《渋九郎》八、又恂りして
團《渋九郎》　茶じやない。南艸の火じや
十四《三太郎》　ヲツトよし
　トおくへは入。此間に、團《渋九郎》八、巻物を出し
團《渋九郎》　此跡へは　トきせるに以前の状を巻き（15オ）
まだ、かさが低い、幸ひ〳〵、能ひ娘の番附
　ト一所に、きせるを巻付、引出しへ入る所へ、
　　十《三太郎》四郎、出て
十四《三太郎》　ソレ、火じや　ト團《渋九郎》八、びつくり
團《渋九郎》　ヱ、、火じやない、水じやわい
十四《三太郎》　水に何するのじや
團《渋九郎》　ヨヲ
十四《三太郎》　暑い時分でもないのに、水呑んだら、腹が下る
ぞい（15ウ）
團《渋九郎》　イヤツイうがいするのじや
十四《三太郎》　ヱ、は、直に、汲んで来るは
團《渋九郎》　そりや〳〵、直ぐは悪ひ。隙入て来い。奥井戸
の汲ん立でなきや、否じや
十四《三太郎》　おつと、承知じや。どないに早ひぞ
　ト走り、は入
團《渋九郎》　コリヤ、早いと悪るひぞ。随分すまして、汲ん
で来い　ト巻物を出し
時に、こいつを隠し所、いつでも、手籠つた所
へ隠すによつて、ツイ知れる。何所ぞ、何んで
もない（16オ）所へ隠したい物じやが
　ト神棚の一万度の祓イを取て来て

有るぞ〳〵。こいつは、めつたには知られぬ
トいろ〳〵周章、此中へかくすと、明る所へ、十四郎《三太郎》、水汲ん来る

十四《三太郎》 ソレ、水じや　ト出す。團八《渋九郎》、悔りする。顔へかゝる

團《渋九郎》 ヱ、、何さらしや。目のもふた者か、何んその様に水をかけさらした　ト手拭にてふく

十四《三太郎》 サア、目が廻ふ程、お家様が呼んでじや（16ウ）

團《渋九郎》 イヤ、おりや、まだ用が有わい

十四《三太郎》 イヤ、ごんせいのふ

ト哥に成、無理に、團八《渋九郎》を引ずり、は入る。おくより、璃苔《おとわ》出て

璃《おとわ》 本に爰にもない、大事の状を、どこで落したしらぬ　トそこらを尋ると、戸屋の内より

大勢 かんざし渡しや〳〵

トかた〳〵にて、冠十郎《おさが》、つゝれやしの形にて、逃て出て、むしやうに内へは入。内より門口、ぴつしやりさす。璃苔《おとわ》、悔りする。冠十郎《おさが》（17オ）顔見合せ、吐息付く

冠《おさが》 娘か

璃《おとわ》 嗅様か、何んでムんすへ

冠《おさが》 茶、一ツぱい汲んでくれ

璃《おとわ》 アイ〳〵

ト取に行間に、かんざし何やかや、財布へ入る。さしがらを表へほふる

ソレお茶

冠《おさが》 ム、、テモあぶない事（17ウ）

トむかふばた〳〵にて大勢棒持出て

仕出し△ 何所へうせたしらぬ

〃○ 爰に、さしがらが有わい　ト取て

〃⧖ 何でも、横町の方じや、サア来い〳〵

トわや〳〵いふて、橋懸りへは入。冠十郎《おさが》、門ト口とらへ、じつとこなし有て

冠《おさが》 コリヤ、おとわ、此間から、おれが状で言ふておこした事は

璃《おとわ》 サア、其事は

冠《おさが》 ヱ、、埒明ものか○　おりや、今向ふで、人と喧嘩（18オ）して来たわい。ちいとの間、何所ぞ、そこらへ隠して呉れ

璃《おとわ》 嗅様、又かいな

冠《おさが》 又かとは、きょろ〳〵せずと、早ふ隠せやい

ト此内、又橋懸りより、大勢出て、捨てせりふ有

璃《おとわ》 それでも、どこへ隠して、能カらふやら

冠《おさが》 ヱ、、埒の明ぬ。此戸棚へ隠れが能わい

ト戸棚へは入

璃《おとわ》 コレ、そこへ這入らしやんしては

冠《おさが》 何を（18ウ）

ト璃苔《おとわ》の顔を叩き、戸棚へは入。戸を〆ル。ト哥に成。璃苔《おとわ》、うろ〳〵してゐる。ト橋懸

より、臺《夜叉》蔵、着付、羽織袴、大小にて、つつと出て、内へは入

臺《夜叉》　頼もふ〳〵。家内の者はをらぬか

ト大きな声で言ふ。璃《おとわ》荅、恂りして

璃《おとわ》　ハ、、イ

トふるひ〳〵ながら、下にゐる。おくより、團《渋九郎》八出て

團《渋九郎》　ヲイ〳〵、何じやの、ヤアコリヤ、お侍様、申〳〵（19オ）おくでムり升ス

里《お種》　何事じやぞいの

トおくより、里《お種》好、小《勇三》三郎、沢《智恵》徳、出て、皆〳〵並ぶ

イヤ、お侍様、あなたは、何の御用でムり升る

臺《夜叉》　イヤ、身共は、二郎丸師門公の家来

ト行づまり

何、網干右兵衛之輔　ト團《渋九郎》八、咳拂ひ

其弟の土岐之助ではない、二タ子の小割伝内、浮世を捨て、六十六部となり、言号のむすめ、お清に廻り逢ひ、八鬼山峠の順礼殺し。夫より（19ウ）お須磨の方に廻り逢ひての、長ぜりふ。廿余年は幻の、是も夢で有たよな

ト團《渋九郎》八、いろ〳〵こなし

團《渋九郎》　申〳〵、そりや何んでムり升ス

ト臺《夜叉》蔵、風と心付

臺《夜叉》　イヤコリヤ、芝居咄し。さつこん故、打解ふ為の座興。某事は、矢茂目喜三次といふ者、則師門公の仰せには、此家の内には、四神の巻が質物に取有るとの事なれば、四海の宝、詮議有故に、急ぎ改め、金子を持て、請取帰れとの事でござる（20オ）

ト此内、團《渋九郎》八、いろ〳〵心遣ひ有て、やれ嬉しやと落付。里《お種》好、こなし有て

里《お種》　成程、其四神の巻は百五拾両に取てはムり升れども、是には、しかとした置主もムり升れば、御詮議被成升ならば、其置主を御糺し被成升

臺《夜叉》　サアしもた　ト言ふとする

團《渋九郎》　ア、、イヤ〳〵、お家様、そりや悪ひ合点。置主と言や、おとわ様の母御なりや、御一家難儀はどちらでも同じ事、殊にあつちは、しもつれて内もしれず、コリヤマア、金に（20ウ）成社幸ひなれ、拂ふてお仕舞ひ被成升せ

里《お種》　いかさまいやれば、そんな物持てゐて、相手のないもの。マアそふ仕升ふ、ソレ、勇三出して、お目に掛きや　ト腰より、鍵をほふる

小三《勇三》　ハイ〳〵

ト戸棚の引出し明て内より出して、恂りにて

ヤア、こりや何ンじや

ト引出しをいろ〳〵さがして

爰に入れて有る四神の巻はなふて、こんな物が入れて有るわいのふ

ト以前の物を出す（21オ）
團《渋九郎》　ヤア〳〵、そりや只事じやない。ドレ、見せ被成、コリヤ、きせるに何やら巻て有
ト取て
花競箱入見立、コリヤ、能ひ娘の番付じや。また何やら有り　ト状を開き
何〳〵、冬中申入候、此間より度〳〵さいそくする事埒明ず候故、其方四神の巻なりと、但し百五拾両の金なりと盗出し、内へ帰り候へば、親への孝行、此上なしと、悦び入候。急ぎ申入候。かしく
璃《おとわ》　ヱ、　ト悔り。みな〳〵、びつくり
團《渋九郎》　名宛は、おとわ様へ　母より
璃《おとわ》　アノ其状を（21ウ）
ト取ふとするを叩きのけ
團《渋九郎》　どつこい、めつたに渡して能ひ物か。お家様、御らふじませ。妙な状が入れてムり升ス
里《お種》　ハテナウ、錠がおろして有て、鍵がわしが持て居るのに、どふしてそんな物と替て有ぞいの
團《渋九郎》　申、御覧被成升せ。錠前は此通り、ハイ、がん首で、こち〳〵とやらかしてムり升ス
小三《勇三》　何は兎も有、最前迄、爰に有た、番付が入て有るのは、合点が行ぬ
團《渋九郎》　合点の行ぬ筈じや。此盗人はしれて有（22オ）
みな〳〵　盗人が知れて有るとは
團《渋九郎》　外でもない嫁のおとわ様でムり升わいのふ
みな〳〵　ヤア
團《渋九郎》　此状に、かねの百五拾両か、四神の巻が盗んでおこせとする、慥なせうこ
璃《おとわ》　是〳〵、それはマア
團《渋九郎》　何も言ふまい、盗人めが　ト引付るにて、留め
小三《勇三》　コリヤ、わしが女房を何んとする
團《渋九郎》　詮議するのじや、大和のと並で大身代共言れ（22ウ）た粟《ママ》門が、盗人、嫁にしてすむか
小三《勇三》　サア、それは
團《渋九郎》　すつ込んで居たが能いわい　ト小三《勇三》郎を突戻し是から己、いはさにや置ぬ
トほうき出して来る
里《お種》　渋九郎、まちや
團《渋九郎》　何ンで、留め被成升ス
里《お種》　嫁とは言へど、まだ祝言せねば、預物。手あらい折檻して、もし、目でも盲ふた時は何とする（23オ）
團《渋九郎》　ヱ、
里《お種》　いかに我身の難儀になる事じや迚、ソリヤあんまりで有ふぞや
團《渋九郎》　それでも是は
里《お種》　ハテマア、扣へて居やれいのふ
團《渋九郎》　ヘイ　ト扣かへる
沢《智恵》　お家様のおつしやる通り、可愛そふに、親こそ

悪けれ、なんのアノ子にそんな事が有ふ、コリヤ、てつきり渋九郎様
團《渋九郎》 何じや（23ウ）
沢《智恵》 最前の様子といひ、夫れを根に持て
團《渋九郎》 ヤア
沢《智恵》 人は知らぬと思ふても、文殊の智恵が、知つて居るぞや。言ふかへ、マ言ぬ程に、モウ大概の事なら料簡したが能いわいナ
　ト團《渋九郎》八、もぢ〳〵こなし
臺《夜叉》 イ、ヤ、此家の内は、料簡といふて済ふか。改めに参つた、身共が役目が立ぬ、ソレ番頭、打のめせ
團《渋九郎》 ハイ
臺《夜叉》 身共が言ひ付じや（24オ）
團《渋九郎》 言付なりや　トはうき取りて
我に、人につらければ、人又、我につらし、サアわれ白状せい　ト耳のはうへよつて
得心か　ト小声にていふ
璃《おとわ》 しらぬ〳〵、わしや知らぬわいナア
團《渋九郎》 ヱ、、しぶとひやつな、そふぬかしや、かう〳〵〳〵
　トさん〴〵にくらはす。小三《勇三》郎、里《お種》好、沢《智恵》徳、
　　立ふとする
臺《夜叉》 ヤア、留め立すりや、同罪じやぞ
　ト是にて、みな〳〵ひかへる（24ウ）

サア、まだぶつて〳〵、言はせい
團《渋九郎》 是でもか〳〵
臺《夜叉》 いつそ身共も
　ト両方より、叩きする所へ、花《お静》妻出て、二人
　　リ取て投る
小三《勇三》沢《智恵》とく ヤア、能ひ所へ、おしづ様
璃《おとわ》 能ふ出て下さり升たナア
　ト取付泣。此内、両人起上り
團《渋九郎》 ヤア申、貴様は縫物屋の師匠。何ぼう、御前が屋敷者じや迚（25オ）
臺《夜叉》 詮議に参つた某を、なんで
両人 投たのじや
花《お静》 イ、ヱ、投はせねど、何にも能ふ物を言ぬ子を、究竟なお二人リが手込にさしやんす故、一寸支へたのが怪我のはづみ
團《渋九郎》 怪我のはづみでも、何でも、盗人の肩もつちや
臺《夜叉》 わりや同類か
花《お静》 わしは、アノ子の縫物の師匠也、仲人也、それでとつくりと詮議せふと思ふて
團《渋九郎》臺《夜叉》 おもしろい、詮議、見やうわい（25ウ）
里《お種》 イヤ申、おしづ様、最前から、言ひたい事も有れど、女子主、内を任して有るか悲しさに、じつと辛抱して居升。どふぞそこへ能ひ様に
花《お静》 アイ、わたしが、きつと糺して上升ふわいナア
　ト此前より、冠《おさが》十郎、戸棚より出て後にゐる

みな〳〵　ヤア、お前は、清水湯のおさが様かへ
　ト相方に成、冠《おさが》十郎、前へ出て
冠《おさが》　アイ、ちつと悔りで、ムんせう。斯言ふ事も有ふかと思ふて、ちやつと来て、アノ戸棚に隠て居るとも知らず、年の行ぬ娘を責せつてやら（26オ）、言ふて置た事の返事はせず、コリヤ一体、どふ被成升のでムり升ス
里《お種》　アノ内に居やしやんしたら、訳は言はずでも、知れた最前からの様子
冠《おさが》　アイ聞ひて居升。科ない娘に科をこしらへ、金出すも否、又巻物を返すおし。夫で娘に難を付、戻すのか。但し又、戻すのも惜ひ故に責殺さす心でムんすか。
花《お静》　ア、、是〳〵、おさが様、そりや、何言しやんす。聞いて居やしやんす通り、おたね様は、留めて居やしやんすけれど（26ウ）
冠《おさが》　イヤ〳〵〳〵、聞升た〳〵。皆拵へ事じや、ヲヽ、巻物を隠して置て、斯叩すやうにしたのじや。責さすのなら、いつそ、叩き殺さして下され。高が養ひ娘、不便とも何とも、思やせぬ
璃《おとわ》　是〳〵、嚊様、そりやお前の思ひ違ひ
冠《おさが》　何を、おのれが
璃《おとわ》　そなたも、是は
冠《おさが》　すつ込んでおれ、サア、娘に疵付られたからは、片時も置きはせぬ。外へも嫁入されにや、立て養ひ百五拾両の金と、四神の巻と、むすめと（27オ）渡して誤りや、よし、そふじやなきや、聞かぬのじや〳〵
みな〳〵　そりや、又あんまり
冠《おさが》　何があんまりじや、きり〳〵と返事さんせ
　ト両肌ぬぐと、入痣して有
返事はどふでムんすぞいナア
　ト花《お静》妻、こなし有て、傍へより
花《お静》　マア、そふ言ずと
璃《おとわ》　嚊様、堪忍して下さんせいナア（27ウ）
冠《おさが》　イヤ〳〵、聞かぬ〳〵〳〵、聞かぬわいの
　ト此前より、仕出し、橋懸より出かけ、捨せりふにて、伺ひゐて
仕出し　そりや、最前のやつは、爰にをる
○みな〳〵　引ぱり出せ〳〵
　ト冠《おさが》十郎、逃ふとする。引摺出して、門トロにて、大勢よつて叩く。團八《渋九郎》、留ふとして、ともに叩かれ、内へ逃込む。璃苔《おとわ》、小三郎《勇三》、騒ぐを、里《お種》好、花《お静》妻、押へてゐる。懐の物、引出す。冠《おさが》十郎、渡すまいとする
仕出しみな〳〵　ヱ、出しやがれ　ト無理に取つて（28オ）
○　ヲヽ、是で能ひ、川へやれ〳〵
イヤ〳〵、上にあげてこませ
　ト大勢よつて、胴に上、打こらして、みな〳〵、捨せりふにて、橋懸りへは入。團八《渋九郎》、

そつと、門ト口あけて

園《渋九郎》　テモ、むごい傍杖、喰しおつた、おさが様

沢《智恵》　いつたいに、今のは

みな〳〵　どふしたのじやぞいな

ト冠《おさが》十郎、じつと顔を上げ

冠《おさが》　アイ、わたしは盗人でムり升ス（28ウ）

みな〳〵　ヱ、

ト相方に成、冠《おさが》十郎しほ〳〵と門ト口より這ふては入る

冠《おさが》　爰の内故、喰へぬ様に成り、また夫トいふも、しぶり皮のむけた、アノおとわ娘で流行つた風呂屋商売。それを息子殿に引上られた故、商売はゆかず、内證はつまらず、邊は叩きあける。喰ふたがならぬ故、ハイ巾着きり、かんざしぬきを商売にして居升わいの

花《お静》　コレ、おさが様、そりやお前何を言しやんす。去年の春、何やら出世の事が有るといふて、出て行かしやんすは、師匠の事故、おとわ様の事を頼むお前の（29オ）儘にしてくれといふて儘、戻らしやんせず

里《お種》　幸ひ、弟の勇三郎が貰ふてくれと、言やる故、おしづ様を頼んでこちへ貰ふて、客分にして置く内、年を越て改の月、久し振りで戻つてムんして

花《お静》　其様子を噺したら、世話で有つたと、其時分の無礼を言しやんして、京へ往て、かねもふけが間違ふた迚、百五拾両の無心、私しが中へと入つて言ふた所

里《お種》　左次郎様への留守に、大まいの事故、何なりと（29ウ）形をおこさしやんせといふたは、かねのかたに取つて来たのじや迚、質に取つた四神の巻

花《お静》　程なふ、御上ミから、京で頼まれさしやんした事では咎め。じつとして居られぬ故、内を片付て、又出て行かしやんして顔も見せず

里《お種》　また此頃から出て来て、無体の有丈ウ

花《お静》　いかに、女子同士じや迚

里《お種》　始めの詞とは、違ひ升ス

花《お静》　おまへはなさぬ中でも（30オ）

里《お種》　娘の親は弱いもの

花《お静》　夫にそんな分らぬ事、言ふて

両人　済むものかいナア

冠《おさが》　済も済ぬもないから、なつたらむちゃでムんす。かねも、巻物も、娘も早ふ戻して下んせ〳〵

沢《智恵》　ヱ、、見れば見る程、小頬の憎い

ト璃苔《おとわ》を見て

申、又気の毒な物でも有

里《お種》　おさがどの、何ぼう、どのやうに言しやんしても（30ウ）肝心の巻物の有家がしれねば

園《渋九郎》　イヤ知れてムり升。盗人の娘なら、盗人はしう

ち。弥〳〵、こいつに極た
臺《夜叉》 いつそ身共が、引立て帰らふか
花《お静》 イヤ、お侍様、お待被成て下さり升せ
臺《夜叉》 なぜ留る
花《お静》 此詮議は、私しが致し升ふ
團《渋九郎》 イヤ〳〵、手ぬるい事では行ぬ、やつぱりおれが
花《お静》 ハテ、訳を糺すは仲人の役、おさが様も、片脇へよつて、見物して下され（31オ）
冠《おさが》 わたしや言ふた通りにさへなつたら、宜敷うムり升。そこへ能ひやうに頼升ス　ト片ワキへよる
花《お静》 盗人悪名取つた、おとわ様。わしが糺して見せ升ふ。サア、おとわ様、有様に白状しや
璃《おとわ》 お前までが、胴欲な事おつしやる。わたしや、何にも覚はムり升ぬ
花《お静》 わしが詮議に懸つて、そんな事言しては置ぬ。有様にいやらぬと、また其上は責るぞや
沢《智恵》 是〳〵、おしづ様、そりやお前何言ふてじや（31ウ）
花《お静》 ハテお前の知つた事じやない、コリヤ、責にや白状せぬ　トこなし有て
何で責た物で有ふ
　ト相かた。傍を見て、こなし有て
幸ひ〳〵、人は正直の誠でなければ、人間とは言ぬ。其正直の司といふは、伊弉諾伊弉冉、アレ天照す太御神より、外にはない。誠の心か、不実の盗人か、アレアノ、一万度の御祓で、叩て言そふ、そうじや
　ト相方に成。立寄る團《渋九郎》八、キョロ〳〵して（32オ）
團《渋九郎》 ア、、是〳〵、めつそふな、アノおはらひで、人を叩て能いものか、悪ひ〳〵
花《お静》 悪るひとは
團《渋九郎》 第一、勿体ない、あれで叩イたら、砕升ぞへ。たわいもない、そんな事はならぬぞ〳〵
冠《おさが》 コレ〳〵、そんな事言ずと、あれで叩かしてなりと、盃を明て貰ふわい
團《渋九郎》 ハテ、こなたが、何にも知らぬ事じや
冠《おさが》 デモ、あんまりな隙が入わいのふ
團《渋九郎》 ハテ、扨情ない事で有るぞ（32ウ）
臺《夜叉》 是〳〵、番頭、叩かねば、かへつてあじに聞へる。留め立せずと早ふ
團《渋九郎》 あれまたいの
臺《夜叉》 そんなら、身共がいつそ　ト立かゝるを留め
團《渋九郎》 まつた、叩かふ人には、叩かさぬ。おれが叩ふ
花《お静》 そんなら、お前が早ふ、叩て下さんせ
團《渋九郎》 よし〳〵　トそつとは、抜取て来て
何ぼ何でも是で
花《お静》 サア、叩かんせ（33オ）

團《渋九郎》　ヱ、叩くわいの
花《お静》　但し、わしが叩ふか
團《渋九郎》　ヱ、、世話しない
三人　サア〳〵、早ふ〳〵
團《渋九郎》　ヱ、、やかましい○。かふか〳〵、トそつと押
へる
花《お静》　ハテ扨、気の弱い、もつとぐつと〳〵
團《渋九郎》　とつと勿体ないさかいで、己コリヤ〳〵
トそつと押付る
花《お静》　ヱ、、埒の明ぬから、叩く物じやわいの
ト引たくる（33ウ）
それを　ト寄るを突退け
花《お静》　コレ、斯う〳〵〳〵、叩く物じやわいの
ト團《渋九郎》八をくらわす。御祓の中より一巻出る
なんじや是は
團《渋九郎》　それを
ト寄るを見事にあてる。冠《おさが》十郎、夫レをと、
よるを留
花《お静》　ソレお種様、御らうじませ　ト里《お種》好へ持て行
里《お種》　ヤアコリヤ、四神の巻、デモマア、替つた所に、
ハテナア
ト相方に成。臺《夜叉》蔵、そろ〳〵と、表へ出よふ
とする
里《お種》　お侍様、まつた（34オ）
臺《夜叉》　何じや

里《お種》　あなたは、どつちへムり升ス
臺《夜叉》　イヤ、詮議に参つたれど、一巻が出たれば、詮
議にも及ばぬ。又重ねて参る
里《お種》　イヤ、そふは成り升ぬ。そつちに詮議がなふて
も、こつちにムり升ス
臺《夜叉》　ヤア、なんと
里《お種》　持ていのふと、金も調へて来たとおつしやつた
のに、今更に帰られ升まい。置ひて、おかへり
被成升せ（34ウ）
臺《夜叉》　置ひていねとは、そりや何を
里《お種》　ソレ、こなたの衣裳、羽折
臺《夜叉》　ヤア
里《お種》　ソレ、お知恵どの
沢《智恵》　ヲツト、合点じや　ト臺《夜叉》蔵に懸る
臺《夜叉》　コリヤどふするのじや
沢《智恵》　何を　ト着物、大小引たくる。臺《夜叉》蔵、裸に成り
何でも、わしが最前仕立た着物によふ似て有《ア》る
と、思ふた。ヱ、、爰な盗人めが（35オ）
ト門ド口へほふり出す。それと這入ふとする
を、戸をぴつしやり
臺《夜叉》　ヱ、、仕廻ひ〳〵。折角、味ひもふけじやと、
思ふ所、すつぱりとしもた。あつちの着る物で、
大金は三ツ山じやと、おもふたら、さつぱり剥
れて、元トの裸ア、誠に人垢身に付ずじやナア、
ハアくつさめ

ト哥に成、橋懸りへは入。冠《おさが》十郎こなし有て
冠《おさが》　サア、一巻が出たら、約束の通りじや、受取升ふ
花《お静》　イヤ、おとわ様の盗人の悪名が消たれば、渡にやならぬ訳もない事（35ウ）
冠《おさが》　そんなら、疾く、その通り娘を戻すか、金渡すか、一巻を渡すか、三色の内
里《お種》　それも篤と思案しての上への事、何ぼう年がいかいでも、マア勇三にとつくりと相談の上
花《お静》　わたしは又、おとわ様の預つて、此子の思惑も聞升ふ
冠《おさが》　そんなら、爰で待升ふ。随分早ふ、埒して下さり升せ
花《お静》　見苦しい此からだ
ト生を入れる。團《渋九郎》八、キヨロ〳〵して（36オ）
團《渋九郎》　ヤア、一巻おこせ
花《お静》　コレ、一巻の事も、かたりの事も、遠ふに、埒は明たわいナア
團《渋九郎》　それは、いかいお世話様
沢《智恵》　次手じや、お前も出て行かしやんせ
團《渋九郎》　ヱ、
里《お種》　イヤ、今、出しては家の名も出る。何角の、埒の明た上
冠《おさが》　それ迄は、わしが預つて置う
團《渋九郎》　そこは宜敷しう、お願申升る（36ウ）
里《お種》　サア勇三〇。おしづ様、おとわ様の事を
花《お静》　ハテ、私しが呑込んで、居升わいナア
團《渋九郎》　ヱ、、思ひ廻せば
冠《おさが》　コレ　ト留め
ドレ、奥で返事を待ふか
里《お種》　マア、ムんせいナア
ト哥に成、此一件、残らずおくへは入。跡に、花《お静》妻、璃《おとわ》苔、残る。相方。璃《おとわ》苔泣き入、花《お静》妻、こなし有て
花《お静》　本に可愛そふに、髪もみだれて、顔もはれ、ヲ、かなしいは、道理じや〳〵わいナウ（37オ）
ト璃《おとわ》苔、花《お静》妻に取付き
璃《おとわ》　是、お師匠様、わたしや、此辛抱は、よふ致し升ぬ。どふぞは思案を被成下さりませ。わたしや、どうもなり升ぬわいナア
花《お静》　サア、夫レは尤も。思案して進ぜたい物じやが、姫御前に産れて辛抱のならぬ思案はないもの
ト以前の番附を取て
コレ、此番附に乗つて有、娘御も、追付、みな夫レ〳〵に、縁付さしやんすじや有ふが、皆辛抱すりやこそ、一生、其家に暮されるといふもの。世の慰物といへど、こんな番附は、娘の為には悪ひ。なぜ（37ウ）と言しやんせ、我は器量が能いと、身を高ぶる故、又夫トを大事とおもわぬ道理、夫レでの事ではないが、お前も母

御の胴欲ゆへとは言へど、爰《コヽ》の内に可愛がらしやんすりや、人のそねみ、家を預る番頭、譬、打叩きせふと儘、じつと辛抱するが、殿御、勇三様への心中、ハテ辛抱のならぬのといふは、たつた一ツの命を心中して死るじやないか

璃《おとわ》　ヱ、

花《お静》　心中して、死なしやんせといふてはない、コリヤ、物の譬、命を捨るほどに辛抱せにや、最愛（38オ）しい男に添はれるものではない。爰の所を、弁へて、何事も堪忍して、辛抱して下さんせ。かんまへて、無理な事、言ふと思ふて下さんなや

璃《おとわ》　有難ひ、おまへの御異見、合点が参り升た。モウ〳〵、此上は、どのやうな事が有ふ共、成程、辛抱致し升るわいナア

花《お静》　そりや忝ひ、能ふ得心して下さつた

璃《おとわ》　勿体ない事ばつかり、おつしやつて下さり升
　トなく。花妻《お静》も泣。気をかへて（38ウ）

花《お静》　ハテ、得心さへゐたら、なく事も何にもない。まだ言ふて聞す事も有。マア、中の間迄、ムんせ

璃《おとわ》　ハイ　ト泣て居る

花《お静》　はて、まあムんせいナア
　トコント入相鳴。鳥辺山のかたりに成。泣き入璃《おとわ》苔を、花妻《お静》、無理に奥へ、連ては入。

跡、鳥部山、哥なしにひいてゐる。上ミ手より、沢《智恵》とく、行灯持て出る。あとより、小三《勇三》郎付て出て

小三《勇三》　サア〳〵、お知恵、思案して呉れ〳〵（39オ）

沢《智恵》　ハテ、能ひわいの。文殊のおちゑとも言れるもの。智恵の事なら、持て来いじやわいナア

小三《勇三》　そんなら早ふ、アノおとわと添る、ちゑをかしてくれいやい〳〵

沢《智恵》　添る智恵　ト思案して

小三《勇三》　どふじや、出たかいの〳〵

沢《智恵》　そないに、やかましいひじや、引込わいナア

小三《勇三》　夫レでも、母親が連ていぬと、いふてゐるわいの。（39ウ）それじやによつて頼むのじやわいの

沢《智恵》　かたりとお前も、おとわ様を可愛がるは、おとわ様も、お前を可愛がる。アノ母親が、邪魔成る。あいつを殺すより外に思案はないが、めつたにお前等の手に合ふやつじやなし、なりや、どふて一生添れぬ中

小三《勇三》　どふぞちゑはないかいの

沢《智恵》　智恵と言ふたら、モウ心中せふより、外に思案はないわいの　ト小三《勇三》郎思案して（40オ）

小三《勇三》　そふじやナア、生きて居た迚、あれに別《ワカ》れて、何たのしみ

沢《智恵》　いつそ貴ふねに心中したら、又芝居でもするわ

いナア、アレ〳〵今、隣で弾て居るのは鳥部山、アリヤ、男は廿壱と女子は拾七、おまへは拾八、おとわ様は拾六、コリヤ鳥部山よりは、見事じや有る居ぞいナア

小三《勇三》　夫レも、おとわが得心したら

沢《智恵》　心中にして見たいナア

　トいひ〳〵、こなし有て（40ウ）

ア、、うか〳〵と、いろ〳〵の事いふた、心中は悪ひ〳〵、心中せいでもどふぞ、智恵も有そふなものじや

小三《勇三》　其智恵は

沢《智恵》　ないわいナア

小三《勇三》　そんなら、やつぱり死る方が能ひかいの

沢《智恵》　評判取らふならそれが能いが、あつたら、命を捨るもおし

小三《勇三》　そんならどふしたら能いのじやぞいのふ

沢《智恵》　サア、そこが智恵じやわいナア

　ト手を組む所へ、十四郎《三太郎》出て（41オ）

十四郎《三太郎》　コレ、おちゑどの呼んでじや〳〵

沢《智恵》　イヤ〳〵、わしや今、智恵出しかけて居る所じや

十四《三太郎》　ハテごんせいのふ

　ト相方に成、面白きに成、十四郎《三太郎》、沢《智恵》を引ぱり、は入。やはり鳥部山ひいてゐる。小三《勇三》郎、跡にこなし有て、一寸書置かく所へ、

　おくより、璃《おとわ》出て、両人㒵見合

璃《おとわ》　ヤア勇三様　トすがり付、小三《勇三》郎抱〆（41ウ）

小三《勇三》　おとわ迚も、此世では添れぬわいのふ

璃《おとわ》　どふぞ心中して下さんせいナア

小三《勇三》　そんなら、そなたも其心で

璃《おとわ》　アイ　トなく

小三《勇三》　本に、わし故、そなた迄

璃《おとわ》　夕部、抱れてねたのが

小三《勇三》　此世の納になつたか

璃《おとわ》　勇三様　ト取付く

小三《勇三》　おとわ

両人　悲しい身に成つたナア（42オ）

　ト取付キなく。おくより人音

小三《勇三》　コレ、人の来ぬ間に

璃《おとわ》　おくで書た、此かきをき

小三《勇三》　わしも一所に

　ト硯箱、糊にて、両人、行灯に張

小三《勇三》　婦夫

璃《おとわ》　おしづ様

両人　堪忍して下さりませ

　トおくを一寸おがむ。内より

花《お静》　おとわ様〳〵（42ウ）

　ト是にて小三《勇三》郎、気をかへ

小三《勇三》　マア、おじや　ト手を引、向へ走りて入。

　ト鳥部山の終り。常の相方に成。おくより

花《お静》妻出て

花《お静》　おとわ様〳〵、何所へ行かしやんした
トそこらを見て
爰にも居やしやんせぬ　トふつと、行灯を見付
ヤアコリヤ二人リが書置。そんなら二人リは
トこなし有て（43オ）

沢《智恵》　コリヤ斯しては居られぬわいナア
ト向ふへ走りは入。おくより沢《智恵》徳出て
サア〳〵、勇三様、能ひ智恵が出たぞへ
トそこらを見て
何所へ行かしやんした　トあんどうを見て
ヤアコリヤ二人リが書置。そんなら、わしが。
ツイいふた事が本間に成つたか。コリヤマア、
ひよんな事が出来たわいナア　トこなし有て
コリヤ、かうしてはゐられぬわいの（43ウ）
ト向ふへ走りは入。トおくより、團《渋九郎》八、風呂
敷包、背負ひ出て

團《渋九郎》　どふで、此内には、置おるまひ。何も角も、引
さらへて、こつちから出て行
トそこらの物を風呂敷に包む。十《三太郎》四郎、出て
火を吹消す

團《渋九郎》　ヤア、火が消た。是も幸ひ
トそこら、いろ〳〵、風呂敷に包。十《三太郎》四郎、
一ツ〳〵、こちらへ片付、おかしみ有て
ト〻、十《三太郎》四郎、用水桶を取て来て、風呂敷
に包む。團《渋九郎》八、知らず、かたげて（44オ）

十《三太郎》四　味ひわい、ずつしりとしてやつた。マア、当分、
是を売喰ひ
ト哥に成、花道へ、ヒヨロ〳〵は入。跡《アト》に、
十《三太郎》四郎、こなし有て、火を灯し、以前の物
を、ふとんに包みもつて

三《團九郎》五郎　安房よ　ト相方に成、十《三太郎》四郎、奥へは入
ト花道より、三《團九郎》五郎、頬ふり、一本指出て
何でも、向ふの内に有、四神の巻をしてやつて
（44ウ）。そふじや〳〵
ト本舞臺《夜叉》へ来て、内へは入ふとする。ばた
〳〵にて、里《お種》好、冠《おさが》十郎、一巻を取合出て

冠《おさが》　サア、四神の巻渡しや

里《お種》　イヤ〳〵、めつたに渡す事はならぬ

冠《おさが》　何を
ト冠《おさが》十郎、懐剣抜き、一寸立廻り。此中へ、
三《團九郎》五郎は入、真中より、四神の巻を取、里《お種》
好それをと取る。三《團九郎》五郎蹴る。里《お種》好、ウン
トのる。三《團九郎》五郎、一巻持て（45オ）逃ふと
する。冠《おさが》十郎、立廻りにて、三《團九郎》五郎が腕を
切落す。三《團九郎》五郎、ウントへたる。冠《おさが》十郎、
四神の巻持た腕を取上る。三《團九郎》五郎、是を引
たくり、逃ふとする。冠《おさが》十郎、留る。門ド
口にて、冠《おさが》十郎を蹴る。冠《おさが》十郎たぢ〳〵と
跡へ寄る。三《團九郎》五郎、門ド口ぴつしやり。

チョント、頭を入れる。三五郎《團九郎》、切口を押へる。宜しく　幕（45ウ）

一　團九郎　来芝（三五郎）
一　下人吉介　市紅
一　垢の水平　冠平
一　もやいの濡蔵　岩太郎
一　百性豊作　才蔵
一　苧環塚平　岡十郎
一　でつち三太　重四郎
一　実若丸　来蔵
一　夜叉五郎　臺蔵
一　侍従之介　小三郎
一　母おさが　冠十郎
一　妻平女坊まがき　三右衛門（珉子）
一　地蔵の五平治　工左衛門（46オ）
一　けいせい汀井　太夫本
一　仕出し　大ぜい
一　家来　大ぜい（46ウ）

五ツ目の幕引く。ト始終釣かね打て居る。道具出来次第、知らせの木を入れる。ト向ふより、十四郎《三太郎》、其外大勢、栗門と書た、弓張、数多持、かやせ太鼓にて

十四郎《三太郎》　まいごの〳〵勇三様いなふ
大ぜい　おとわ様イなふ
十四《三太郎》　勇三ヤアイ
大勢　おとわ様いのふ
　トみな〳〵、幕の内へ這入る

造り物見附、黒まく、奥屛口より壱間ンの土橋高く、此下流れ水の体、一面柳の釣えだ、幕の内より、土橋の上に、来芝《團九郎》、冠十郎《おさが》、口幕（47オ）の形リにて、壱巻を持た腕を取合ひ居る。本釣がね、ばた〳〵にて幕明る

冠十郎《おさが》　コレ、團九郎、いわゞ、此さがと同じ仲間なりや、此巻物渡しても、悪ふせぬ。マア〳〵、こつちへ
来芝《團九郎》　腕を切られても、放さぬ巻物めつたに、渡してよいものかい
冠《おさが》　そりや悪ひ合点。こなたも鑢子目の科の有るからだ。わしも衒の科がありや、師門へたよつて、是で、二人リが身の垢を抜くわいの
来芝《團九郎》　どふ言ふても渡しやせぬ
冠《おさが》　そふいや、いつそ　ト引たてふとする（47ウ）
来芝《團九郎》　何を
　ト禅ばやしに成、両人宜しく立廻り有て、土橋の上より、腕を、川へ取落す
来《團九郎》冠《おさが》　ヤア、大事の腕を
　ト互ひに行ふとして、留め合ふ。腕、川下へ
十四郎《三太郎》大ぜい　流行く

冠《おさが》　ム、、此川下モは今井川
来《團九郎》　めつたにや、遣らぬ　ト立廻りの中へ、臺蔵《夜叉》出
て
臺蔵《夜叉》　そふ言ふは、おさがばゞ様か
冠《おさが》　ヲ、、こいつを留めてくれい
臺《夜叉》　合点じや　ト来芝《團九郎》に、臺蔵《夜叉》、取付て、其間に
冠《おさが》　そふじや　ト橋懸りへ、はしりは入る。跡に、
来芝《團九郎》、少々痛手にて、臺蔵《夜叉》と左リの手にて、い
ろ〳〵立廻り。臺蔵《夜叉》（48オ）腕の切口にて、顔
手先き、すほうに成、宜しく見へにて　かゐし
此橋上に、手へ引て取る
造り物見附、浅黄まく、廻りより上手へかけて、一面
の二重ぶたい、草土手の蹴込、橋掛り、落間川のもや
う、浪木綿、此二重の上手に、大きなる石地蔵有、在
郷にて、道具留る。
ト上手より、十四郎《三太郎》、以前の仕出し、皆〳〵、
挑灯けして出て
仕出しみな〳〵　まひごの〳〵勇三、ヤアイ〳〵
十四郎《三太郎》　おとわヤアイ　トいひ〳〵出て（48ウ）
ヲ、、爰は地蔵の渡しじや。モウ、今井の内へ
はちかいわひ
△　夜の明て有るのに、迷子呼びも、拍子の抜けた
ものじやないか
○　いつそいんで、晩の事にせうかい

みな〳〵　夫もよかろ〳〵
十四郎《三太郎》　イヤ、めつたにいねぬ、早ふ尋ねにや、ひよつ
と川へでも、身を投げたら、どうもならぬわい
□　ハテ夫レでも、いにや仕様がないじやないかい
△　ゐらう腹もへつて来たじやないか
○　何といんで、握り飯でもして遣らふじやないか
い（49オ）
十四《三太郎》　握り飯はよいが、尋ねていなにや、お家さんへ
言訳がない。一ツ体二人リも二人リじや、心中
するなら、どつちやじやと方角いふて往たがよ
い
みな〳〵　何を安房らしい、サア〳〵、いのふ〳〵
ト捨せりふにて、みな〳〵、花道へは入る。
ばた〳〵にて、上手より、臺蔵《夜叉》走り出てそ
こらを尋ねる　ト在郷に成る
臺《夜叉》　どつちへうせた知らぬ
トうろ〳〵する所へ、悪者二人出て
悪者△　夜叉じやないか
〃⊗　何しているぞい
臺《夜叉》　サア、ちつと、尋ねるやつが有て、わいらしら
ぬか（49ウ）
⧖⊗　何をい
臺《夜叉》　おれが尋ねるやつを
⧖⊗　そりやどんなやつじや
臺《夜叉》　どんなやつじやといふ程なら、尋ねやせんわひ

⧖⊗　何ンの事じや
臺《夜叉》　なんの事はない。赤頬の鬢の薄い娘と、十八九な能ひ男の悪者と、二十四五な、美しいもの丶小息子の片腕を知らぬか
⧖　そんなけたいなもの見やせぬ
⊗　十六七な鬢の薄い娘とは
臺《夜叉》　ヱ、丶ぶきやうなやつらじや。こりや、片腕に四神の巻という物を掴んでいるのさへ見付たりや（50オ）大がねじや
⧖⊗　ゑ丶は〳〵
臺《夜叉》　そふして、女子の娘と、男の息子と、心中じや。マアウンといへ
⧖⊗　ウン
臺《夜叉》　そいつを、番頭の渋九へ渡したら、かねじやは
⧖⊗　ゑ丶は〳〵
臺《夜叉》　何ンでも、片腕の二人リと、心中の、四神の巻掴んでいるのさへ、見付たりやよいのじや
⧖　何じや知らぬが、マア、眼張つて見よふわひ
臺《夜叉》　合点がいたか、合点がいたら、マ、壱編、川上ミを（50ウ）尋ねて見よふ。マアこい〳〵
　ト両人連、上ミ手へは入ると、在郷に成る。橋懸りより、才《豊作》蔵、百姓、工《五平治》左衛門、五平治舟頭の形リ。形手にて舟をさし、酒のんでいる。舟の中に、珉《籬》子、すげ笠にて、顔かくし居る。仕出し三人、乗合で出る

ト《以下ママ》は入ると工《五平治》左衛門、五平治舟頭の形リ、舟をさして出る。舟の中に、三右衛門、すげ笠にて、顔かくし居る。仕出し三人、乗合て出ル
○　舟頭様、能ひ日和でムんすのう
△　是が地蔵の渡しかな
□　むかふ、大きな地蔵が有る（51オ）
○　なるほど、此舟はむかふへつくのかな
△　これ〳〵、舟頭さん、しつかりと舟さしてくれんかい
□　舟頭、いかいもさ丶ず、酒斗り、呑で居るわいの
○　いそぐ用事じや、早ふ、たのむぞ〳〵
工《五平治》　やかましい衆達じや　トさほさして
それ、当るぞ
みな〳〵　がつてんじや〳〵　ト舟、川ぎしゆへ
みな〳〵　あぶないぞ〳〵
才《豊作》　しつかに上ろふぞ。待て〳〵、樽がない〳〵
（51ウ）
工《五平治》　是か　トみやる
才《豊作》　ヲ、丶、これ〳〵　トとりにか丶る
工《五平治》　まつたり　トふつと見て
まだちつと残つて有るわい
　トついで呑む。才《豊作》蔵、恟りして
才《豊作》　ヤイ〳〵、こりや〳〵、夫レ、呑んでよいもの

かいやい〱　ト取ふとする
工《五平治》　どつこい、此五平治が見付た樽。めつたに、只いなしてよい物かい
才《豊作》　夫でも、そりや、おれのじやない。頼まれて、長野迄、買に往て遣つたのじや。言訳がなひ（52オ）元トの様にして、戻せ〱
工《五平治》　無理な事言ふわい。呑んで仕廻ふた酒が、どふして戻せる物ぞ。其頼まれた者へ五平治が呑んだといへ
才《豊作》　そんな事言ふて済む物か。済ぬわい〱
工《五平治》　済ぬいや、かうじや　ト舟を向ふへ、突出す
みな〱　こりや、どうするのじや〱
工《五平治》　我が麁相で、酒呑れて、ねだるゆへ、此舟は着づと、行次第に流すのじや
みな〱　ア、、めつそうな〱（52ウ）
田　おいらは、いそぎの用
みな〱　早ふ、舟を着けて呉いやい
工《五平治》　そんなら、伴〱、挨拶して、アノ、わろに樽持て、いなした〱
○　是〱、此通り、時宜じや
みな〱　モウ、料簡してやつたが、よひじやないか
才《豊作》　先キの人へ、言訳がない、是悲がなひ。そんなら、地蔵の渡しの五平治が呑んだといふぞや
才《豊作》　そふさへいや、誰でも料簡するわい
みな〱　上げてくれやい〱
工《五平治》　さらば、舟を着てやらふか（53オ）
　ト舟をよせる。みな〱上る
才《豊作》　扨〱、ゑらいめにあわしおつた。とんと、あき橋口が、ふさがれぬわい
みな〱　サア〱、ムれ〱
　ト在郷に成り、みな〱、上手へは入る。珉《籬》子、笠をきて、舟にうつむきいる。工《五平治》左衛門徳利さげて
工《五平治》　味ひやつじやわい。くつつりと飲んだ上、此徳利へ取て置たわい
　ト珉《籬》子を見て
コレ〱、女中、何して居やんす。寝ていやんすか
珉《籬》　ハイ
工《五平治》　舟が、着イて有わいのふ（53ウ）
珉《籬》　ハイ
工《五平治》　早ふ、上らんせいのふ
珉《籬》　ハイ　ト工《五平治》左衛門、先キへ上り
工《五平治》　ヱ、、けたいなわろじや。上らんせいのふ
　ト手を持て引摺り上る。笠落る
ヤアわりや
珉《籬》　爺様。お久しうムり升ス
工《五平治》　知らんわれ　ト相方に成
珉《籬》　其お腹立は御尤ではムり升れども、ちいさい時より、御奉公に上りし、幸崎のお家。厚ひ御恩

の御主様の姫君、園部家の若殿様に恋煩ひ（54オ）。夫故のお取持有様は、奥様よりのお頼。其訳、御存ないゆへ、両家のそふどうの元トの発りは、私し故とのお憎しみの御勘当。そりや餘り、胴よくでムり升〳〵わいなア

工五平治　利口らしう、言ひ並べる。其主人に勘当うけ、親の赦さぬ男と、どち狂ふて狼狽歩へのはどうじや

珉籬　夫レも、お主様方の不義を、二人リが身に引受、奉納の剱に、調伏の鑢子目を入れし曲者を、詮議の為の御勘当

工五平治　アノ、調伏の鑢子目を入しものを（54ウ）

珉籬　サア、様子を聞けば、其調伏の曲者は、お前の師匠、正宗殿の忰、團九郎との事

工五平治　スリヤ、調伏は團九郎と

珉籬　慥に、極る其上に、此邊に入込居るとの事。又、大膳が母と言ひし女が、持て立退く四神の巻も、詮議の為、左衛門様は、兵蔵様と、都近辺をはいくわい。我〳〵夫婦は、姫君諸共、此大和へ立越へ、桃股の隠レ家に忍び、部て、調伏の曲者を尋ね出し、四神の巻を取得たれば、市の正様へ、お頼申て、御両家の再興。是ほどまでに、忠義を尽す夫婦のもの。どふぞ、聞合けて（55オ）、勘当、赦して下さんせいナア

工五平治　イヤ成らぬ。今の噺を聞くからは、弥、勘当は赦す事は成らぬ

珉籬　そりや又、なぜに

工五平治　己が知つている通り。未に顔は知らねど、行衛を尋ね、絶たる師匠の家を引興さそふと思ふ、團九郎

珉籬　ヱ、

工五平治　サ、其團九郎を科人にして、殺そふとする、我が聟。夫に、我が勘当赦したら、娘に迷ひ、師匠の息子をそでにする、といわれては（55ウ）、此五平治が立ぬ。是からは、團九郎を尋、正宗の家を建てさす。それを支へる奴ツは、どいつでも、生けちや置ぬじやに依て、我が聟共、敵々。此上は七生迄の勘当じや、そふおもへ

珉籬　そりや、お前のいわしやんした事じやが、調伏の鑢子目が、團九郎と極れば、国俊殿の為には、親の敵なりや、どのみち助らん、團九郎が命。正宗殿の家は、妹にはしてあれど、團九郎と兄弟の、アノ、おれんに、聟取ても納る事

工五平治　ヱ、、夫レを、己に習ふかい。其義理有る、妹の訳ケ知つて居乍、おのれが、不身持。アノおれんめは（56オ）、村中の誉めもの。おれを誠の親と思ふての孝行。夫レ斗りでも、勘当赦す事はならぬわい

珉籬　スリヤ、どのよふに言ふても

工五平治　ヱ、、どびつこいわい　ト橋懸りの内にて

橋懸り
工《五平治》　ヲイ〳〵、渡シ〳〵、ヤアイ
ヲツト、今、行は
ト両人、乗らふとするを、珉《籬》子を留め
珉《籬》　コレ、と丶様、わたしが今、一応言ふ事を
工《五平治》　ヱ、丶、七くどひ　ト突退け、舟へ乗る
珉《籬》　夫レでも　ト寄るを櫂にて突遣り、舟を出して
(56ウ)
工《五平治》　ヲ、イ　ト在郷に成り、橋掛り、舟さしては入ル。跡に、珉《籬》子こなし有て
珉《籬》　今、爺様の詞の端では、曲者の團九郎を、かばはしやんす様子。もし、團九郎が有家、知つて居やしやんす物でもない。此うへは、妹を頼み、一と先、勘当の詫びして、家にたよつて、何角の詮議。マア、隠れ家へいて、此事を
ト行ふとすると、上ミ手より、人音する。こなし有て、一寸、地蔵の後へ隠れる。ト上手より、来《実若》蔵、野袴、ぶつさきにて、家来連レ、跡より、岡《孝環塚平》十郎、同じく(57オ)野袴、ぶつさきにて出て
来《実若》蔵　塚平、シテ、両人の行衛、相知れざるか
岡《塚平》十郎　此頃より、此道邊、所々、詮議仕れ共、侍従之助、汀井が有家、今において、相知れず。もし、当国と思わせ置き、他国に隠れ忍ぶも斗られず
来《実若》　イヤ、当国と言ふ事は、慥に聞く。夫故、某追て参りしは、此上郡々を分け、案内なしに、一々、家さがしの相逢なば、よも相知れぬといふ事も有まい
岡《塚平》　シテ、轟軍太殿は(57ウ)
来《実若》　軍太は、今日、山部郡を詮議させ、追付此所へ参る筈、又改て、申付るは、師門殿の館へ参りし荒平太が、心を掛る薄雪姫。これ迚も、妻平、籬が付添ひ出れば、随分ともに、心を付て、詮議致せよ
岡《塚平》　畏つてムり升る
来《実若》　我は、是より、今井、小長尾の方を、詮議のとげ。今宵は桃股の庄屋方に止宿して、翌一日には、是悲三人共かぎ出し、首にしても立帰る。必ずともに、油断なきよふ(58オ)
岡《塚平》　心得升た
来《実若》　委細の叓は、桃股の庄屋方にて
岡《塚平》　然らば実若殿
来《実若》　さらば
ト哥に成、来《実若》蔵、家来連、花道へは入る。岡《塚平》十郎も、家来連、上ミ手へは入る。ト珉《籬》子、じつと出て、胸撫おろし
珉《籬》　思ひがけない、実若の今の詞。そんなら、姫君様の此邊に厶る事、殊に妻平殿や此籬が付て居る事迄、知つて居るからは、こりや、めつたに油断はならぬ。こりや、よい事を(58ウ)聞たわいな　ト捕人、壱人出て

捕人　怪しい女め　ト掛るを、一寸立廻り
珉《籬》　一時も早ふ、夫トへ此事
捕人　なにを　ト掛るを、宜しく川へ投込んで
珉《籬》　そふじや　ト哥に成、花道へ走りは入る
ト在郷に成、上手より市紅《吉介(国俊)》、木綿やつしにて、
弁当、大瓶提、出て
市紅《国俊》　ヲヽ、コリヤ、川合ひへ往て居たるは。爰に、
弁当置ていんだら、又犬めがしてやりおるで有
ふ。コリヤ、暫く番せずば成まひ。此間に、茶
でもあたゝめて置ふか（59オ）
ト相方に成り、寄せへついへ、落葉、木切を
集め、もやし、土瓶かけ
アヽ、浮き沈みの世の中とは言ひ乍、人に知ら
れた銘鍛冶、来国行の躮、国俊共、有ふ身が、
高が渡し守風情の、弁当を持運んでの、主人あ
しらい。是といふも、何卒、敵を尋ね出し、父
の無念を晴らさん為
トきつといひ、こなし有て
いかに人がない迚、思わず、色〳〵の事、仮令、
地蔵様なりやこそ、聞イてムつてもかまはね、
ハテやくたいもない（59ウ）
トこなし有る　トばた〳〵にて、上手より、
来芝《團九郎》、切口を押へ、走り出て行過ぎ、花道、
村際で、べつたりへたり、うめき苦しむ。
市紅《国俊》、見て悔り

ヤア、何者じや〳〵
ト三五郎《團九郎》、やはり、うめき苦しんでいる
どふしたのじや〳〵、爰で死んだら、こつちの
渡し場、跡の難儀
トこなし有て、懐中より、三重の印籠を出し
幸い〳〵
ト薬を呑そふとして、こなし有て、来芝《團九郎》の
（60オ）傍へ、持ていて
コレ、どふしたのかは知らね共、こりや是、家
に伝る妙薬。死んでも蘇生する程の気つけ、マ
ア、是を呑んだがよひ
ト来芝《團九郎》に無理に持たし、いろ〳〵こなし有る。
三五郎《團九郎》、苦しみながら、戴き、口の傍へよ
せてのむ
どふじや、気が付いたか〳〵
ト来芝《團九郎》、少し、心能きこなしにて、顔を上げ、
市紅《国俊》の顔を見て、悔りして
来芝《團九郎》　ヤアわりや、国俊
市《国俊》　ヤア（60ウ）
来芝《團九郎》　サアしもた
ト印籠持たなりに、向へ逃ては入る。市紅《国俊》、
合点の行ぬこなし有て
市《国俊》　ムヽ、痛ひに苦るしむ、今の若者。薬をあたへ
し我顔を見て、ヤア、国俊といふて逃行しは
トこなし有て

年格好といひ、正敷、團九郎。我は、面体知らね共、あつちに知つて、今の時宜、遠くは行まい。追欠て

　ト身構へして、行ふとする。以前の捕手、川より上り（61オ）

捕手　うぬを　ト懸を、見事に投

市《国俊》　それ　ト向へ、りゝ敷走り、は入る

　ト大井川の哥に成、橋懸りより、小三《侍従之助》郎、若殿の形、着流し、璃《汀井》苔、着流し、傾城落足にて、以前の舟にのり出る。工《五平治》左衛門、さして出て

工《五平治》　それ着たぞ、上つたり

小三郎《侍従之助》　モウ上るのか

工《五平治》　知れた事。舟着たら、上らにやならぬわいの

小三《侍従之助》　イヤ〳〵、今の景色、どふもいへぬ。マ、一ぺん、跡（61ウ）へもどしてムれいヤイ

工《五平治》　何を、安房らしい。そんな事していて、こつちの商売がなる物か、時にモウ、昼じや。飯持て、うせそふな物じやが　ト上り見て
ヲ、、有わい〳〵。こんな所に、肝心の知行を、ほつておいて、けつかるわい

小三《侍従之助》　アノ、そちも知行とるかい

工《五平治》　知行とりやこそ、生きているのじや。ヲ、、茶は水じや

璃《汀井》　そふして、是から、どつちへ行のじやぞいナア

小三《侍従之助》　サア、どつちへぞ、何ンでも、あてなしにいた上じや（62オ）なきや、思案は付かぬわいの

璃《汀井》　マア、上らしやんせいナア

工《五平治》　見りや、賤しからぬ二人リ。こりや、欠落じやの

小三《侍従之助》璃《汀井》　ヤア

工《五平治》　何でもかけう若盛りの二人リ。おもしろい事で有らナア

小三《侍従之助》　イヤモウ、始の程は、面白ふも有たが、この頃では、とんと面白ふない、こりや〳〵そな奴ッ

工《五平治》　何じや、大へいな物言ひ様するやつじやなア。一体、わりや何ンじや

小三《侍従之助》　某は　トいわふとする。璃《汀井》苔袖を引く（62ウ）浪人者じや。そち、二人リを匿ふてくれぬかい

工《五平治》　あつかましふ、やりおつたは。匿ふたら、金でも出すか

小三《侍従之助》　かねといふてはないが、都へ帰つたら、知行をやるは

工《五平治》　其知行より、此知行が肝心じや。こりや、婆の所で茶、貰わにや成るまい
　ト徳利、ふつて見て
まだ有わい。どりやマア、知行、　戴かふか

小三《侍従之助》　こりや〳〵、今の返事は、やい

工《五平治》　返事は是じや　ト徳利、見せる（63オ）

小三《侍従之助》璃《汀井》　そりや、何じやぞいの

工《五平治》　おれは是を引かけて来る間、二人リとも
小三《侍従之助》璃《汀井》　ヤア
工《五平治》　そこで、とつくりと、たのしんだがよいわいの
　ト右の哥に成、捨せりふにて、弁当と徳利提、
　　上手へは入る。跡に両人こなし有て
小三《侍従之助》　何ンの事じや。とんとわからぬ。匿ふてくれと
いふても、何共いわず、太夫、どふせうぞいの
璃《汀井》　どふと言ふて、此様にしている内に、師門が追
手に出合ふては難義。此松蔵どのは、どこへ行
かしやんした事じやぞいなア（63ウ）
小三《侍従之助》　サア、あれも如才はないが、おれが御袖判、か
たられた斗りに、此欠落。それで、先きへ行け
と言ふたは、日外の守り。摂州の住人を尋てい
るのじや有ふぞいの
璃《汀井》　マア、どふぞ、しやふはないかひナア
　ト此内、臺蔵《夜叉》、奥病口より、出かけいて
臺《夜叉》　ヤア、見付たく〵。おのいら、心中せふとは、
ふといやつ
小三《侍従之助》　心中とは
臺《夜叉》　とは、どうじや。夕べから、おのらが行衛を、
渋九に頼まれて、尋ねているのじや。勇三めは
（64オ）死になりと、どふなりと、勝手にさらせ。
サア、おとわこい　ト璃《汀井》苔を引立る
璃《汀井》　是、そりや、何事じやぞいの
臺《夜叉》　何事とは、おのらゆへに、きのふ衒りにいて、
どゑらいめにあふた、意趣返しじや。サア、お
とわ、うせい
小三《侍従之助》　何ンの事やら、とんとわからぬ。そちや気違か
臺《夜叉》　ヨウ
小三《侍従之助》　こつちに覚ない事を、いふからは
璃《汀井》　もし、人違へじやないかや
臺《夜叉》　めつたに人違へするよふな、夜叉じやない（64
ウ）。おのれは、栗門の勇三。こちら、なは清
水屋のおとわめ、どんなてんちがへくわしても、
そんなで行よふな
　ト言ひく〵、両人の顔を、とつくりと見て
ほんに、どふやら違ふよふな　トいろく〵見て
やつぱり違ふた。テモ、よふ似たやつらな
（小三《侍従之助》）　なんと間違ひで有ふがな
（臺《夜叉》）　ヲヽ、間違ひじや。そんなら、二人リのやつら
は　ト行ふとして
イヤく〵、間違ひが幸じや。おのれらは侍（65
オ）従之助、汀井で有ふがな
小《侍従》璃《汀井》　ヤア　ト悔り
臺《夜叉》　ソレく〵、其悔りで知れて有。勇三、おとわよ
り、お尋ねの、うぬら。やつとかねになる、う
せふ
小《侍従》璃《汀井》　イヤく〵、そんなものじやないわいのふ
臺《夜叉》　ないも、すさまじひ。サア、うせふ
小三《侍従之助》　イヤ、覚はない

臺《夜叉》　何を
ト壱人リをとらへると、壱人リ逃げる。いろ〳〵、おかしみの内、小三郎《侍従之助》、璃苔《汀井》の手を取り、以前の舟へ飛のる
それを（65ウ）
ト行ふとする。もやい、ほどく　ト舟、端懸りへ、流れては入る。臺蔵《夜叉》、じだんだふんで
ヱ、、いま〳〵しい。大まいのしろ物、そふじや
ト川へ飛込み、橋懸りへ、浮つ沈ミつ、は入る　ト右の哥に成り、工左衛門《五平治》、少し酔ふたる、こなしにて出て

工《五平治》　ヲ、、弁当喰ふ間に、今の二人リは、どつちへ行おつたやら。ヤア、こりや、舩がないは。どこへ、さしてうせた。又子供のてんがうじやないか。ドレ〳〵、ちよつと、うがいと出掛ふか
ト川端へいて、水をすくひ上る。此そばに、以前の巻物、持たる腕、掛り有、工左衛門《五平治》見付（66オ）
こりや、なんじや　ト取上げ見て
ヤア、こりや、人のかいな
ト気味悪そふに見て
しかも、何やら、持ている　ト放そふとして
こりや、放れぬ。ハテモマア、妙なものが、掛つて有たナア　ト冠平《垢の水平》、岩太郎《もやいの濡蔵》出て

冠平《水平》岩太《濡蔵》　四神の巻、おこせ
工《五平治》　ヤア、そんなら（66ウ）
それを
ト取に掛る。工左衛門《五平治》、からだをかわす。両人、はづみに、川へ、どんぶりはまる
ヲ、
ト見る。チヨント頭入れる。工左衛門《五平治》、かいな、つく〲と見て
ム、　ト宜しく　まく（67オ）

（裏表紙）　続六冊

【六冊目】

（表紙）

詠吟《ゑいぎん》は
おぐら山の
花盛《はなざかり》
添削《てんさく》は
おとは山の
月桂《つきのかつら》

園雪恋組題《その、ゆきこひのくみだい》

六ツ目

一　団九郎　来芝
一　下人吉助　市紅

一 苧環塚平　岡十郎
一 文殊のおちへ　澤徳
一 秋月実若　来蔵
一 榎嶋夜叉五郎　臺蔵
一 侍従之助　小三郎
一 手代渋九郎　團八
一 縫物屋おしづ　花妻
一 栗門朝坂　冠十郎（1オ）
一 娘おれん　歌六
一 妼しのぶ　歌六
一 地蔵の五平治　工左衛門
一 能無喜泥坊　吉三郎
一 けいせい汀井　太夫本
一 捕手　大ぜい　（1ウ）

造り物三間の二重舞台、見附赤壁、納戸口、上手押入、奥病口跡へ寄せて、少し高きせうじ屋台、納戸口の下手に神棚七五三縄張有、橋懸り、菰歯塀、此前に口幕のかいなぶらさげ、此主聟に致すと書たる高札立有。いつもの所に門口、幕の内より、臺に哥六《おれん》、ふり袖、世話娘、つひ尺ケにからげ、捕手壱人を捻上げ、壱人を押へて居る。岡《塚平》十郎、代官の形リにて、反り打て居るを、花《お静》妻、世話形リにて、留て居る（2オ）。沢徳《智恵》、在所嗅の形リにて、悔りして、片脇に居る。捕手大勢、ぎせいしている見へ。醒ケ井の哥、ばた〳〵にて幕明る

岡《塚平》十郎ら捕手みな〳〵 哥六《おれん》　アイ、手向ひでムんす。何じや、訳もいわずに、此人の内へ、あばれ込しやんすゆへ、どふも、此手がじつとしていぬわいナア
　ト捕手壱人を、見事に投る
岡《塚平》十郎　うぬ、につくいやつ。そりや、あやつに縄かけい
捕手　ハツ
　トばた〳〵と取まく。哥六《おれん》、きつと身構する。
　花《お静》妻、よろしく留め（2ウ）
花《お静》　マア〳〵、お待被成て下さりませ。何か、様子は存ませぬが、お役人様、かやうに、被成升のは、定めて、詮議といふ様な事ではムり升スか
岡《塚平》　いかにも、詮議者有故、当村は言ふに及ず、大和中、沙汰を致さず、家さがしするのさ
花《お静》　そんなら、アノ子が手向ひ致し升るのも尤。コリヤ、あなた様が御麁相でムり升ス
岡《塚平》　ム、、役目を蒙り、詮議に廻る某を、麁相とは
花《お静》　さればでムり升ス。いかにも、お上ミの御上意でも、何ンの詮義で、どう言ふ筋合じや、とおつしやらねば（3オ）驚くは尤。マア、訳をおつしやつたが、よふムり升ス
岡《塚平》　子細は、先達てより、度々触流せし、京都の鎮台侍従之助、放埒に依て、鎌倉へ差上る御袖判

を衒取られ、師門公心を掛らるゝ、けいせい汀井を連れ、京都を立退き、此大和へ入込みしと有故、師門公の命に依て、実若様を始め、我々詮議の役目

花《お静》　そんなら、其侍従之助といふお方と、傾城の汀井どのとやら、せん義の為　トこなし

岡《塚平》　いかにも（3ウ）

哥《おれん》　そふならそふと、初手から訳をいわしやんすりや、ちつとでも、痛ひめさゝぬのに、周章た、お人様方では有わいな

岡《塚平》　役目の家さがし、そりや者共、踏込め

哥《おれん》　イヤそりや、成り升ぬ

岡《塚平》　なぜ成らぬ

哥《おれん》　此村中で、ちつとゝ、やつとゝ、人に立られて居る此おれん。覚もない事に家さがしさしては、ハイ、わたしが顔が立チやんせぬ

花《お静》　是〱、覚へのない事なら、家さがしなりと、どふ（4オ）なりと、勝手にさしたが、よいわひな

哥《おれん》　イヽヱ、勝手にさしては、翌たから、アノおれんは、日頃から、強ひ事いふても、役人には叶わぬ。家捜したれた、いわれてはどふも済ぬ。達て、家捜せふと、いわしやんすりや、命と釣替へじや、と思わしやんせ

岡《塚平》　ヤア、いわしして置けば、様々の過言ン。そりや者共、アノ女から

とりて　うごくな

　ト哥《おれん》六に懸るを、とん〱と、宜敷、皆〱を投げ（4ウ）

哥《おれん》　サア、是でも、家捜が出来升スか

岡《塚平》　ム、

哥《おれん》　サア、家捜が出来るなら、して見やしやんせいナア

岡《塚平》　家来、ひけ

捕手　ハツ

岡《塚平》　よひ〱、家捜をさゝぬ、此家こそ、物嗅ひ。一ト先、庄屋方へ引取、実若殿と熟談の上、重ねて参る。そふ、心得ておろふ

哥《おれん》　そりや、勝手にしたがよいわいな

岡《塚平》　追付、後悔致おらふ。者共、続け（5オ）

捕手　ハア、

　ト醒ケ井の哥に成。岡《塚平》十郎、捕手つれ、橋懸りへは入る。跡にみな〱、こなし有て

哥《おれん》　ヱヽ、いろ〱の事で、せつかく来て下さんした、お前方へ、馳走に上ふと思ふた焼物ゑそもふみだんだくに、しおつたわいナア

沢《智恵》　わしや、又、悔り虫がのぼつて、あつたら、肝を塩からにせふとした。成程、おれん様は、常から、はつさい程有つて、今の塩梅は、どふも言へぬ。此村での女子の力強じや。わしは又、

力ラがない替り、智（5ウ）恵にかけては、文殊のおちへとも、名をとつている者じやさかいで、此村中での智恵者、打交ると能ひ人間ンが出来るのにナア

花《お静》　夫は、お前の言わしやんした事じやが、女子には、智恵も力ラも入らぬ物。おれん様も、あつたら、器量に、力ラが邪魔して、肝心ンの嫁入盛りを、仇に過ごさんすわいナア

哥《おれん》　お師様、わしや、嫁入の、聟の、といふ事も、大きらひじやわいナア

沢《智恵》　なんぼう嫌らひでも、ちよつと味ヂおぼへると（6オ）、男めが可愛ひなり、あじな気に成るものじやわいな。お前も、傍輩の隣り村、今井の清水湯のおとわ様、栗門ト へ嫁入さしやんして、勇三様が可愛なり、婆にはいぢられるがつらさ。二人リ、心中に出て、行方が知れぬといな

哥《おれん》　サア〳〵、夫レじやに依て、わしや、男さへ見りや、憎ふて〳〵、皆、横頬がはりとふなるわいな

花《お静》　又、そんなこといわしやんすわいな。アノおとわ様も、わしが仲人して遣つたのなれど、もや〳〵として気の毒な事じやが、それによつた物でも（6ウ）ないわいナア。方〳〵から、言ひ入レがあるこそ幸ひ、どれなと、聟に極めたがよいわいナア

哥《おれん》　どのように、いわしやんしても、男の事は、聞いてさへ、虫唾が走る。そんな事、いふて下さんすな。ヱ、、きらひ〳〵

ト耳を押へる。沢《智恵》徳、花《お静》妻、顔見合、こまつたこなし

花《お静》　コレ〳〵、お前は、男きらひでも、年寄つた、て、御の為じや。どふぞ、思案しかへたが、よいわいな

哥《おれん》　そりや、とつ様へ、いふて有。それで、気遣ひすな、聟をいふてこぬよふにして遣らふ、といふて（7オ）、表へ出して置んした、アノ、札じやわいな

沢《智恵》　本に、表に、おかしい手をぶらさげて、字が書て有。いかなお方も、とんと、げせぬ、ありや、いつたい、どふした事じやぞいな

哥《おれん》　サア、ありや、きのふ渡し場で、とゝ様が拾ふて戻つた、男の右のかいな。あれを表へ出して、其下へ、此主聟に致候と書たのは、右のかいなの無イ者を、聟にせふ、といふ、無体めつたに、どこからも、いふて来る、気遣ひがのふて、よいわいな

花《お静》　イヱ、どこからもいふてこいでも、わしが、けふ来たは（7ウ）、いふて来たのじや。コレ、得心さへさんしたら、とゝ様の好の酒を、たんと持て来る聟が有ぞへ

沢《智恵》　それいなア、わしも、五平治殿は、得心ンなれど、娘にいふてくれ、との頼み。ハテ、わたしらも、頼まれた事じやゆへ
花《お静》　五平治様さへ、得心なりや、酒もつて来る聟を
沢《智恵》　ハテ、気に入らぬ、といふて、去な去や、酒戻しはせぬ物也。酒取るだけが、徳じやないかいな
哥《おれん》　アノ、とつ様の好の酒とつたら、気に入らぬといふて、いなしても大事ないかい
花《お静》　そこが縁の事じや、其様にいふて、居やしやんしても（8オ）連て来る聟様が、気に入まいものでもない
哥《おれん》　そんなら、どふぞ、早ふ、連れて来て下さんせいなア
花《お静》沢《智恵》　アノ、おまへは得心で
哥《おれん》　得心ではないけれど、酒が切れたよつて、じやわいナ
花《お静》沢《智恵》　そんなら、わしらは、つれて来るぞへ
哥《おれん》　酒さへ持て来りや、何人ンでも、つれてお出イナア
沢《智恵》　跡で、いちやはならぬぞへ
哥《おれん》　マア、何ンじや有ふと、酒をたんと持して、早ふ、つれてお出ひナア
沢《智恵》　こりや、ついにない、おれん様のせぐり（8ウ）
花《お静》　つれてさへ来たら、頼まれた、わしも立つ
哥《おれん》　コレ、早ひが能ひぞへ
沢《智恵》　承知じやわいナア
花《お静》　そんなら、すぐに
沢《智恵》　連立つて、来升ふ
哥《おれん》　お世話じやなア
沢《智恵》　なんの、おまへ
花《お静》　サア、いに升ふ
　ト右の哥に成、両人捨せりふにて、橋懸りへは入る。跡に、哥六《おれん》、早ふ〳〵、と捨せりふ、言ふている（9オ）
哥《おれん》　とつ様が頼まんした事なら、戻つて悦ばんすじや有ふ。こりや、いつちよい事を思ひ付た。酒を買ふ世話がなふてよい事を。併し酒持て来るのに、あんまり内がきたないと、酒渡さにやわるい。そうじさそふにも、水汲に往て、戻らぬあんつく。何をして居るやら、よい〳〵、わしが掃除しておいて、戻りおつたら、あいつ叩つて、こまそ。そふじや〳〵
　ト水に成りたやの哥に成、哥六《おれん》、前を高からげにして、たすきかけ、鉢巻して、竹ほうきにて、そこらをはく。花道より、市紅《吉助(国俊)》、木綿やつし（9ウ）にて、水たご、かたげ出る
市紅《国俊》　ゑらふ、遅なつた。又、発才娘めが、けん〳〵とぬかすじや有ふ、ヱ、、侭よ

ト右の哥《おれん》六にて、本舞台へ来る。哥《おれん》六、無正に、
そこらはいている。市《国俊》紅、見て、

ヲヽ、お娘御様、御情をお出し被成升ス

ト水たごおろす。哥《おれん》六むつとして

哥《おれん》　なんじや、御情が出升所が、わがみは、何ンじや、奉公人じやないか

市《国俊》紅　ハイ、そふじや。そふにムり升（10オ）

哥《おれん》　奉公人なら、奉公人のよふに、庭や門ドをはいたがよい。追付、客の有るのに、ぶら〳〵と、一荷の水に、いつ迄かゝつて居るのじや、きり〳〵と、爰等も片付たがよいわいの

ト無正にはく。市《国俊》紅、見ていて

市《国俊》　ほんに、顔は能ひが、ぼふおうで、あいそがつきる

哥《おれん》　ヤアなんと

市《国俊》　サア、何ンじや。あんまり、ほう〳〵と被成るゝと、ふと股が見へ升わいナア（10ウ）

哥《おれん》　見へたら大事かいの

市《国俊》　そりや大事でのふてか、女子の大事の所じやもの

哥《おれん》　大事の所とは、何が大事の所じや

市《国俊》　サア、あのまたぐらのおそゝが

哥《おれん》　誰でも有物じや、見たけりや見しよか

市《国俊》　アイ、見せなされ

哥《おれん》　それ

トしどけのふ、小づまを上る。市《国俊》紅、こなし
有て

市《国俊》　モウ、こらへられぬ（11オ）

ト抱き付くを、哥《おれん》六、手を持て、捻上る

アイタ〳〵

哥《おれん》　いたふなふてか、いためるのじや

哥《おれん》　ア、申〳〵、手が、おれ升わいなア〳〵

哥《おれん》　ヲヽ、おつてやるのじや、主にてんがうすると、此通りじや、なんと思ひしつたか

市《国俊》　アイ、知り升た。ちつと、ゆるめて下さりませ

哥《おれん》　手をおつてやる所じやけれど、奉公人の手をおつては、こつちの損じやによつて、重ねて、てんがうしやせぬか（11ウ）

市《国俊》　とんと、こりました。重ねて、てんがう致升ぬ

哥《おれん》　そんなら堪忍してこますは

ト突放す。市《国俊》紅、手をさすつて、顔を詠めて、
あきれている

何ンじや、まだ人の顔をきよろ〳〵見ずと、ちやつ〳〵と、水も直したがよいわいの

市《国俊》　ハイ　トたごを持かけて、手の痛むこなし

哥《おれん》　ヱヽ、かいしよのない　ト市《国俊》紅を突のけ
斯ウ、持つ物じやわいの（12オ）

ト水たごを片手腕に、軽ふ提る。哥に成り、
上手へは入る。市《国俊》紅、あきれきつた顔にて

市《国俊》　テもとほうもないてんばなア。あんな者でも、

男持て、抱かれて寝る事が有か知らぬ。何でもきやつ、てつきりと、ふたなりに違ひないわい。イヤ〱、こんな事言ふて居る所へ、出おつたら、又叩りくさる。どりや、此間に片付て置ふか

　ト右の哥に成、そこら片付ている。ト橋懸りより、哥《信夫》六二役、しのぶ、詰袖、旅の形リにて出て

哥《信夫》　何ンでも、此邊と聞たが、マア、是で尋ねて(12ウ)見よふ　ト門ド口へ来て
イヤ申、率爾ながら、ちよつと、物がお尋ね申とふムり升ス。若シ、此邊に

　ト言ひ〱、市《国俊》紅と顔見合し

ヤアお前は

市《国俊》　コリヤ

　ト相方に成り、門ド口へ突出し、門ド口へ出て

しのぶ

哥《信夫》　国俊様

哥《信夫》　こりや　ト門ド口〆る。相方

同　思ひがけない。どふして爰へ(13オ)

哥《信夫》　サア、日外、館のそふどうの時、離れ〱に別れてより、親里へ立帰り、夫レから、お前の行衛を尋ねに出て、所々方〱と、廻りし内に、風と思ひ出した、お前の古郷。夫ゆへ、桜井の方へいて、聞出した此有家。お目に懸るが此世の別れ、サア早ふ、役に立て下さんセ

市《国俊》　役に立イとは、身代りの事か

哥《信夫》　アイ、折角のお前の頼み、私しが未練の心から、身代りも間に合ず、お主様方も御切腹被成、夫故のそふどう、今、薄雪様の御難儀、道々(13ウ)聞けば、師門より訴人が此村へも来ているとの事、早ふ首討て、お前の忠義を立てくださんせいナア

市《国俊》　イヤ、そちが首は間に合ぬ

哥《信夫》　アノ、私しが身代りの間に合ぬとは

市《国俊》　薄雪様の討手といふは、秋月実若、同じ屋舗の妣、しのぶ、めつたに身代り、取らふか

哥《信夫》　そんなら、身代りも成り升ぬか　ト懐剱出しそふじや(14オ)

　ト死ふとする。市《国俊》紅、留め

市《国俊》　コリヤまて、そちや何で死ぬ

哥《信夫》　お前の武士を捨さしたゆへ、所詮、添ふては下さんすまい。それじやによつて

　ト又、死ふとするを留め

市《国俊》　死るに及ぬ。夫婦に成らふ

哥《信夫》　夫婦に成つて下さんすか

市《国俊》　功を立てい

哥《信夫》　功とは

市《国俊》　我、此家へ入込居るも、父、国行の敵は、調伏

の鑢子（14ウ）目を入れしやつ。其、手懸りは、正宗の家の、流義の三筋の鑢目、正宗は先達て相果たれ共、其忰の團九郎といふ悪者の仕業とは思へども、行方知れず。元より、顔も知らず、此家は、正宗の弟子にて、以前は、鍛冶にて有し故、もしや五平治が仕業成らずや。曽は、弟子の家なれば、團九郎が便り来らんかと、窺ひ探る所、きのふ渡場で、痛ひに悩む究竟の男、薬を宛へし所、我顔を見て、国俊かと言ふて逃し奴ツ、正敷、團九郎に違ひなし（15オ）

哥《信夫》　シテ、其者は、どふ被成升た

市《国俊》　跡を付て、追欠しが、何国へ逃しや、行方知れず。今、功を立イといふは、爰の事。きやつ、此邊の風来者なれど、我顔を知つたる上は、詮議ならず。其方、替つて、事の実否を相糺し来らば、其時こそは、二世の夫婦

哥《信夫》　其お詞に、偽りなくば、是より直に、尋ね廻り、きつと糺して、参り升ふ

市《国俊》　我は猶も、五平治が有様を、得とさぐらん

哥《信夫》　そんなら、私しは、是より直ぐに（15ウ）随分、ともにぬかりなく

哥《信夫》　追付、吉左右、相知らし申升ふ。其時こそは

市《国俊》　ハテ、念には及ぬ、一時も早ふ

哥《信夫》　こちの人　ト言ひ、こなし有ておさらばでムり升ス

ト哥に成り、ツイト橋懸りへは入る。市《国俊》紅、
　跡見送り

市《国俊》　ム、、あれでよし。此上は

ト内へは入る。工左衛門《五平治》が寝所を一寸窺ひ、
　こなし有て、つか〳〵と傍へ寄らふとして、
　風と気をかへ、こなし有て

ドリヤ、風呂の水でも入らふか（16オ）

ト水に成たやの哥に成り、奥屏口へは入る。
ト哥《おれん》六、出て

哥《おれん》　もふ、酒を持てきそふな者じやが

ト醒ケいの哥に成、花道より、来芝《團九郎》、沢徳《智恵》、酒樽を
　持出る。跡より来芝、荒嶋どてらの上に、
　上下来て出る

沢《智恵》　サア〳〵、早ふ、ごんせ〳〵、遅ふ成ると、余所の男が、先キへ祝言するわいの

三五郎《團九郎》　そふじやて、、娘の有ところへ行事じや物、おれじやて、ちつとハ、やつさにや、成らぬわいの

沢《智恵》　そんな事言ふて、隙が入て、こつちが跡に成つたら、文殊のおちへの顔が立ぬ。ヱ、、ごんせいのふ（16ウ）

ト先キに立つて、本ぶたいへ来る。来芝《團九郎》、跡
　より、捨せりふにて、付て来る。沢徳《智恵》、内
　へは入り

サア〳〵、聟様のお出じやぞ〳〵。おれん

哥《おれん》　様は、何所へ行きたいな
沢《智恵》　アイ〳〵、何ンじやいのふ
哥《おれん》　来たいわいの、つれて来たわいの、聟が来た、ソレ、樽じや
コリヤ、たんと有わいな。とつ様が戻らんしたら、悦ばんすじや有ふ。よふ、聟様、つれて来ておくれたナア（17オ）
ト酒樽をよき所へ直す。三五郎《團九郎》、表にて、いろ〳〵こなし有て
来《團九郎》　ヲイ〳〵、おちゐどん〳〵
沢《智恵》　何ンじやいな、こつちへは入りいナア
来《團九郎》　は入つても、大事なひか
沢《智恵》　づつと、こつちへ、遠慮なしには、は入つた〳〵
来《團九郎》　そんなら、御免被成ませ
ト内へは入る。哥六《おれん》、不思議そふに見て
哥《おれん》　アリヤ、何所の人じや
沢《智恵》　コリヤ、わしが連れて来た聟じや（17ウ）
哥《おれん》　酒さへとつたら、聟様に用はないわいな
沢《智恵》　そりや、何ンの事じや
哥《おれん》　モウ、聟様はいらぬ、いんだ〳〵
ト来芝《團九郎》を突出す
沢《智恵》来《團九郎》　ア、、コリヤ、どふするのじや〳〵
哥《おれん》　何ンでも角も、気に入らぬ。サア〳〵〳〵、いんでおくれ〳〵

ト無理に引立る　ト在郷に成、花道より、吉三郎《喜泥坊(妻平)》、浅黄頭巾、黒衣にて樽と大鯛とわいがけ、花妻《お静》と連立て出る（18オ）
花妻《お静》　サアモウ、向ふじや、早ふ、ムんせ〳〵
吉三郎《妻平》　どふやら、おりや恥しいわい
花《お静》　何をあほらしい
ト言ひ〳〵、本舞台へ来る。此内、哥六《おれん》、三五郎《團九郎》、沢徳《智恵》を引立、表へ出し突飛す。三五郎《團九郎》、沢徳《智恵》、替り番に、内へは入るを、突出し、此中へ、吉三郎《妻平》、花妻《お静》も、内へは入らふとする。哥六《おれん》、門ド口にて、突出す。四人、替り番に、は入たり出たり、いろ〳〵すると、沢徳《智恵》先キに、次ギに吉三郎《妻平》、花妻《お静》、三五郎《團九郎》、おんごくのよふに成り、入口により、四人どや〳〵と、内へは入る。べつたりと（18ウ）、下に居て
四人　ア、しんど
ト息つぎ、此内、工左衛門《五平治》、橋懸りより、櫂かたげ出掛いる
哥《おれん》　ヤア、お師匠様も
花《お静》　聟様を連れて来た
吉《妻平》　けしからぬ群集の聟入、先、賑わしうて、万々、お目たふ奉存升ス　トいんぎんに、じぎする
沢《智恵》　五平治殿は
花《お静》　まだ戻らずか（19オ）

吉《妻平》三五《團九郎》 早ふ、舅殿に、逢して貰ふかい
工《五平治》 イヤ、舅の五平治は、戻つて居る
ト内へは入る
おしづどの、おちへどの、世話でごんした、皆、よふごんしたのふ
ト二重ぶたいへ上る。是より、相談の鳴り物
花《お静》 コレ、おまへの頼みの聟様、つれて来たぞへ
ト吉《妻平》三郎、こなし有て
吉《妻平》 ヤ、扨は、貴殿が舅殿でムるか。拙者事は、能無喜泥坊と申す、京都空や寺の下僧、天窓は俗で、身は衣、料は則大ぐちなり。啼声獼にさも似たり（19ウ）といふ聟でムり升ス
ト此内、来《團九郎》芝、きろ〳〵していて
来《團九郎》 おちゑどん〳〵、あんな事言ふて居るが、ありや、どふした物じやぞいの
沢《智恵》 サア〳〵、よいと、こと〳〵誰じやと思ふていやしやんす。文殊のおちゑもんちへもん、ちへは文ちゑでなけりや、せりふは出来ぬ。マア、わしに任しておきなさい。イヤコレ、親仁どの
工《五平治》 何ンじやの
ト とろ〳〵酔にて、酒呑んで居る（20オ）
沢《智恵》 わしが連て来た聟は、先キ元より、酒はのんで居やしやる、なんぼう、跡から来てもこつちは先キむこ〳〵
吉《妻平》 さきがむこといふからは、扨は、あつちは、ずぼと見へつるわい
工《五平治》 何でもかでも、構ひないじや、酒さへ、持て来たら、聟にとるじや
哥《おれん》 そふじやマア、こちらの樽も、おこさんせ
ト吉《妻平》三郎が樽に、手を懸る
吉《妻平》 イヤ〳〵、しつかりと、極らにや渡されぬ（20ウ）
ト哥《おれん》六、むりに取ふとす。両人、あらそふ。哥《おれん》六、引たくり
哥《おれん》 マア、樽はとつたといふものじや
ト工《五平治》左衛門、樽を取て、酒をつぎのむ。吉《妻平》三郎、あきれかいつている。引つゞけのみ
工《五平治》 ヤア、此樽はちいとばかり、はか酒がないわい
吉《妻平》 其かわりに、肴の大鯛、めでたい事じやといわふて、おさめて貰ひたい
来《團九郎》 時にコリヤ、祝言はどふじやの。先キ聟も、大きにいきり切つて居るが、早ふ、埒明けてほしいナア
吉《妻平》 跡聟も、甚だ立佛、どふぞ永観堂としたいが（21オ）
花《お静》 五平治殿、コリヤ一体に
沢《智恵》 どちらを聟に
花《お静》沢《智恵》 極める心で、ムるぞいのふ
工《五平治》 どちらも極めぬ、マア極めぬ

吉《妻平》来《團九郎》花《お静》沢《智恵》　そりや、又なんで
工《五平治》　気に入らぬ〇　気に入らぬに依て、マア、いんだ〱
来《團九郎》　そんなら、持て来た酒を
吉《妻平》来《團九郎》　戻して貰ふかい
工《五平治》　一旦、五平治が手へは入た酒、戻すためしがあるものか、そんな、しわい聟は否じや〱、否じやわい（21ウ）
　トだゝけて、くだまくよふに言ふ
沢《智恵》　ほんに、常は能ひ人じやのに
花《お静》　頓んと、酒呑で、体がないわいな
吉《妻平》　イヤ、鯛は爰に有るが、斯ウ成つたら、いられもせず、やくたいじや　ト鯛をほふる
工《五平治》　何がやくたいじや、気に入らぬよふにするによつて、気に入らぬ。日本国に誰知らぬ者もない、おれが酒好き、それに、蚕の泪だほどの酒持て来たが気に入らぬ
吉《妻平》　その替りには、肴があるわいの（22オ）
工《五平治》　肴〱と、事〱しう、ゑそでも持て来たよふに。大和で、鯛は直打がないわい、それに、ちいとばかりの酒で、恩にきせるがいま〱しうて、気に入らぬ
来《團九郎》　そんなら、酒をたんと持て来た、おれは
工《五平治》　貴様も気に入らぬ
来《團九郎》　そりや又、なんで
工《五平治》　こちの望の注文が合わぬ。あの表の高札を見ぬかい、貴様、片手ないか
来《團九郎》　ヲ、トいふて、ちやつと、こなし有て
イヤ、此手は　ト懐にて、手のやりくりする（22ウ）
工《五平治》　あるか
来《團九郎》　ヲ、、あるわい　トこなし有る
工《五平治》　あるよつて、気に入らぬ、こつちの望は、右の腕デのない、聟が取たいのじや
吉《妻平》　ヲツト、聟は極つたぞ
工《五平治》　極つたとは
吉《妻平》　右の腕のないおれ、望みの注文の聟
工《五平治》　ヤア
吉《妻平》　サア、なんと返替は成るまいがの
工《五平治》　そんなら、我れが　ト吉《妻平》三郎を見る（23オ）
吉《妻平》　ソレ、御覧の通り、両腕叶ひ升ぬ。右や左リのきいたお長者聟様ン、なんととらねばへ
　ト右の手出そふとして、左リの手で髪なで
なるまひがな
　ト此内、三《團九郎》五郎は、腕をもぢ〱と、いろ〱、こなし有る。工《五平治》左衛門、酒に酔いながら、始終、両人の腕に、心を付るこなし
花《お静》　サア、此しづが仲人の聟に、極めさしやるか
沢《智恵》　但しは、おちゑの方に成るか
花《お静》　斯成るからは、連て来た、こちも意気づく（23

ウ）

沢《智恵》　どちらへどうとも親仁様

来《團九郎》　訳ケを、聞して〳〵と

吉《妻平》　聞たがるこそ、道理也　ト浄るり語る

哥《おれん》　ヱ、、そこ所かいのふ。訳もへちまも入らぬ。達ていなにや、わしがつまみ出そふ　ト立懸る

工《五平治》　娘まて

哥《おれん》　なんで、とめさんす

工《五平治》　サア、どふやら、見所有そふな、二人リの聟（24オ）なりや、いなしとむない

吉《大膳》　アノ、独りの娘

来《團九郎》　二人リの聟をや

工《五平治》　イヤ、思案せふ

花《お静》沢《智恵》　思案の上では

工《五平治》　どちらと成りと、返事せふわい

哥《おれん》　ヱ、、面倒な。やつぱりわしが　ト立掛る

工《五平治》　ハテ、親が悪ひよふにはせぬ。二人リの聟を連れて、マア、おくへ

哥《おれん》　ヱ、、いま〳〵しい。なんの為に（24ウ）
　トぴんとする

吉《妻平》　其ぴんとした所が、賞翫

来《團九郎》　追付、べた〳〵とさすが手柄

花《お静》　マア、夫迄は、おくへいいて

沢《智恵》　こちらも、返事待升ふ

吉《妻平》来《團九郎》　そんなら、親仁どの

工《五平治》　二人リの聟どの

吉《妻平》　色能ひ返事を

吉《妻平》来《團九郎》　まつて居るぞや
　ト哥に成り、哥六《おれん》、ピントして、おくへは入る。吉三郎《妻平》、来芝《團九郎》（25オ）、両人、思ひ〳〵に、様々こなし有て、工左衛門《五平治》を尻目に見て、奥へは入る。跡より、花妻《お静》、沢徳《智恵》もは入る。跡に、工左衛門《五平治》残り、跡を見て、壱人は腕有り、独りはないと、一寸、仕方して、ハテナアとこなしある　ト醒ケ井の哥に成り、橋懸りより、臺蔵《夜叉》、口幕の形リにて出て、ツ、と、内へは入り

臺《夜叉》　サア、出せ〳〵〳〵。早ふ出しやがれやい

工《五平治》　コリヤ〳〵、跡も先も、いわずと、出せ〳〵とは、何を出すのじや。舟の事か、けふは渡し場は休み、こつちの番じやないわい（25ウ）

臺《夜叉》　イヤ、とぼけなやい〳〵、きのふ渡し場で、手まくつた、げんさいと青二才。あいつは都からのお尋ね者、わんぼうをはいで、どうがらを役人に渡し、ずつしり、人に成る所を、おのれが出さつて、おれをすんでんころり、ウント、めつた、其内に、我レが連れて戻つたに、違ひないわい

工《五平治》　足弱をとらへて、無体の打擲するよつて、助けてやつたは、おれが気性。どつちへ逃たやら、

臺《夜叉》　知つたかい（26オ）
言ふない、やい〳〵、そんなで行のじやないはい、荒平太の手下の上株、榎嶋の夜叉五郎じや。素人のひんこに上はまひ剱られては、盗人仲間で顔が立ぬ。サア、きり〳〵と、出しやがりや、よし。但し、ずつしり、ふてうするか、いつそ、代官所へ言ふて、出よふか、サア〳〵〳〵、親仁、返答はどふじやい
ト工《五平治》左衛門、かまわづに、酒呑んでいる

工《五平治》　此くらひにゆすつても、きよろが味噌、どしぶとひ親仁、あいつを代官所へ（26ウ）
ト門ドロへ出て、留めそふな物じやと、こなし有て

親仁、今、代官所へ行が、言ひ分ないか

工《五平治》　我れが足じや、勝手せい

臺《夜叉》　ム、、代官所へ行ふと、言や、マア、待て呉れと、留めにやならぬ所を、留めぬが面白い。ゑゝは、代官所へはいかぬは。其替り、何でも、是から、埋んで有、二人リを嗅出して、其上で、泡吹かしてやるは。そうじや〳〵
ト内へは入り

マア、差当る、此畳の下
ト畳へ手を掛る。工《五平治》左衛門、一寸おさへ（27オ）

工《五平治》　コリヤ、人の内の畳へ手をかけ、どふさらしや

臺《夜叉》　ヲ、、留めにやなるまい。留るからは、此下に
ト工《五平治》左衛門を突退け、畳を上げて見て
コリヤ、何ンじや、ねだも丈夫に穴もなし。爰ではなかつたわい
ト工《五平治》左衛門、畳を押へる。ばつたりと、元のよふになる。臺《夜叉》蔵、目へ埃リのは入りし思入にて、目をこすりいる

工《五平治》　なんにも、いやせまいがな

團《渋九郎》　ハテめんやうな、いつも匿ひ者といへば、畳の下、明ふとすれば、そふはさせぬ、イヤ、どつこいと（27ウ）、ゑつさうなふでは、明けさゝぬ。夫レに、ツイ明けさした筈じや、明て見たれば、是なんでもない。ワレめんよふな
ト長持を見付
ハ、ア、知れた。有わい〳〵、お定の匿者は、此長持の内に
ト明る。工《五平治》左衛門、だまつて、煙草呑、せゝら笑て居る
爰にもいぬは、長持の上へ飛上りそふな所、相手に成らぬ筈じや、明て見たれば、是、何でもない、ハレめんやうな　ト押入、見附
此度は違わぬ、此押入れの内（28オ）
ト押入、明て見て
爰にもいぬは、出まい〳〵と言ふ所を、いわぬ筈じや。明て見たれば、是、何ンでもない、ハ

レめんやうな　トせうじ屋体を見て

哥《おれん》　知れた、モウ、外に居る所はない、此内に

ト中二かい欠上る。内より、臺蔵《夜叉》、見事にかゑつて出る。せうじひらく内に、哥六《おれん》、糸車の傍にいて

哥《おれん》　とつ様、何じやぞいな

工《五平治》　何ンじや、知らぬが、独りしやべつて、あばれておるのじや（28ウ）

ト臺蔵《夜叉》、起上り見て

臺《夜叉》　是も違た。何ンでもない、ハレめんやふな、何でも、爰に居にや成らぬ筈じや

哥《おれん》　居にや成らぬ筈とは、何が居にや成らぬ筈じや

ト言ひ〳〵、出て来る

臺《夜叉》　サア、お尋ねの侍従之助、汀井、親仁が連て戻つたに違ひはないが、ハレめんよふな

哥《おれん》　めんよふも、へちまもない、女子の独り居る所へ、あばれ込んだ、コレ存分にせにや置ぬ

臺《夜叉》　ヨヲ　ト哥六《おれん》の顔を見る（29オ）

哥《おれん》　サア、爰へ、うせあがれ

臺《夜叉》　おのりや、げんさいじやないか、テモ途方もない、たんなやつめらを相手にや、おとなげないは。代官にいふて、引ぱらずは、待てけつかれ

ト表へ行ふとするを、哥六《おれん》、引戻し、取て投る

ヤア、又なげさらしたな

哥《おれん》　ヲ、、投ひじや、そつちに相手にせいでも、こつちが相手に成る。敷居一寸も動かしやせぬ程に、そふ思へ

工《五平治》　コリヤ〳〵、あんな気違ひに構わずと、ほつて（29ウ）おけ

ト臺蔵《夜叉》、きよろ〳〵としている

哥《おれん》　イヤ、ほつて置れぬ。こんなやつは、重ねての見せしめ、脚もほでも打ていなさにや聞かぬ、サアうせい

臺《夜叉》　イヤ、おれは　ト表へ出よふとするを、首筋持て、引立て

哥《おれん》　うせおろふ

ト引立る。哥に成、臺蔵《夜叉》、捨せりふにて、引立られ、は入る。此内、工左衛門《五平治》、始終、酒呑んでいる

工《五平治》　ヱ、、色〳〵の役に立ぬやつで、又、酔が醒た。どふ（30オ）ぞ、又、聟を連れて来て呉ぬかしらぬ

ト又、醒ケいの哥に成。花道より、冠十郎《朝坂》、前帯、綿ぼうしにて、團八《渋九郎》、着附、羽織にて、酒樽かたげ出て

冠十郎《朝坂》　何でも地蔵の五平治と尋ねたから知れる

團《渋九郎》　イヤ〳〵、わしが知つて居る、マア、行んせ〳〵　ト両人、本ぶたいへ来て

冠《朝坂》　ヤア、何やら、おかしい札が　ト見て

コレ、是が、きのふの腕じやわいの
團《渋九郎》　なんじや、此主聟に致すべく候◯（30ウ）そんならいよ〳〵、此内に、件のものは
冠《朝坂》　コレ、何にもいわずと、マア、内へ
　ト工《五平治》左衛門、一寸、聞耳立ている。團《渋九郎》八、こなし有て、門ド口明け
團《渋九郎》　ハイ、御めん被下ませ、申、嫁入でムり升ス〳〵
工《五平治》　何ンじや、嫁入りじや、何所の嫁入じや
團《渋九郎》　イヤ、内方でムり升ス
工《五平治》　そりや、聟入の間違ひじやないか
團《渋九郎》　イエ〳〵、間違ひじやムり升ぬ。則、嫁君同道致し升でムり升ス（31オ）
工《五平治》　こちには娘は有るが、息子がない。夫レに、嫁入とは
團《渋九郎》　おまへの嫁御でムり升ス
工《五平治》　ヤア
團《渋九郎》　マア〳〵、お引合せ申升ふ。朝坂様、サア〳〵、おは入被成ませ
冠《朝坂》　どふやら改つて、恥しいやうなが、は入らずにも居られまひ
　ト内へは入る。工《五平治》左衛門、きよろ〳〵として
工《五平治》　コレ〳〵、若ひの〳〵、おりや、何所へも約束しやせぬのに、どふして連れてごんした（31ウ）
冠《朝坂》　イエ、約束はないが、こりや、こつちから押付の嫁入でムり升ス
工《五平治》　押付売は、天下の御法度じやが、押付、構はぬかしらぬが、一体、コリヤどうした訳じやぞいの
冠《朝坂》　イヤ、御不審は御尤、私は太郎路村、清水湯のおさがと申すもの、夫トに別れ、長の年月、便りなふ暮しており升た所、承り升れば、地蔵の渡しの五平治様は、実は、才有御方、殊にお壱人リ身と聞ましたゆへ、どふぞ、縁を結んで、その上で、便りにお頼み申度はムり升れど、夫ト（32オ）いふ、通伝ムりませず
團《渋九郎》　そこで、此渋九郎と申合せ升て、押付の嫁入でムり升ス
工《五平治》　成程、聞て居る、清水湯の後家御でムんしたか、何ンでも角でも、こつちは表の札の通り、聟は望めど、嫁は望みにない。気毒ながら、連ていんで下さりませ
冠《朝坂》　サア、其腕ナに付いての嫁入、何角は、跡でわかり升事
團《渋九郎》　折角、お頼申そふと、印の樽迄、調へて参り（32ウ）ましたもの
工《五平治》　何んじや、樽持てごんしたか
團《渋九郎》　どふも、此侭でいなれもいたし升ぬ
　ト樽を前へ出ス
工《五平治》　マア、樽とありや、耳寄りじやわい

冠《朝坂》 御相談被成て下さり升スか
工《五平治》 嫁より何寄、樽が気に入た。待かねていた所じや。マア〳〵爰へ
團《渋九郎》 左様なら、頼の印、お請取下さりませ
ト團《渋九郎》八、傍に置し、工《五平治》左衛門、樽の酒を呑む
(33オ)
冠《朝坂》 頼納り升た上は、早ふ祝言、被成て下さりませ
工《五平治》 サア、其祝言は
冠《朝坂》團《渋九郎》 どふで、ムり升ス
工《五平治》 けふは日が悪ひ。出直してごんせ
冠《朝坂》 イヤ、日柄は、得と見極めて参り升た。祝げんをいそぎ升るも、夫婦と成り升た上では、改めてお頼み申さにやならぬ事も有、まだ、申受たい物も有
工《五平治》 何ンじや、知らぬが、昼中、晩にでも出てムれ
團《渋九郎》 イヤ、一旦、詞をつがい、印も納り升た上は
(33ウ)
譬、祝言致ませいでも、夫婦でムり升ス。夫レに、帰るとは忌詞、左様なら、晩まで、あなたで待升ふ
工《五平治》 ム、、押付の上の、居催促じやな、ゑゝは、どふ成りと、勝手にしたがよい
團《渋九郎》 そんなら、私も内方で暮を相図に
冠《朝坂》工《五平治》 サア、能ひわいの
團《渋九郎》冠《朝坂》 急度、まつており升る
工《五平治》 ヱ、、マア、行かしやれいのふ(34オ)
ト哥に成り、冠《朝坂》十郎、團《渋九郎》八、工《五平治》左衛門へこなし有て、奥へは入る。工《五平治》左衛門、始終、酒呑んで居て
工《五平治》 マア、是でちつと、人心地がする。併、思ひがけない、押付の嫁入。今ぬかしたは、表の腕ナゆへ頼たい事も有、貰ひたい物とは、ム、
トこなし有て呑込む。此内、市紅《国倭》上手に出掛、聞て居る
夫レよりは、アノ腕に、親指の鉄槌疵、腕先キに三つの痣、見しり有る稚顔、そんなら最前の独りは、正敷、團九郎
ト市紅《国倭》、仕度成る。工《五平治》左衛門、市紅《国倭》に、一寸目を付(34ウ)
アノ團九郎は、おれが師匠の息子。たとへ、どいつが敵抔と、びこしやこしあがつても、此五平治が目の黒ひ内は、貧乏ゆるぎもさしやせぬ。ヲ、、叶わぬ事じや、及ぬ事じや
ト市紅《国倭》を尻目にかけ、言ふて
ヱ、、くだまいて、いろ〳〵の事をいふても、けつかるわい。どりや所をかへて、呑直そふか、ヱツつ
ト哥に成り、樽を提て、少しひよろ付、奥へは入る。市紅《国倭》、こなし有て、ツ、と出て

市《国俊》紅　ム、、スリヤ、推量の通り、團九郎がゆかり故
（35オ）、便つて来たに相違なし、其上、今の詞
では、團九郎をかばふ五平治、きやつをとらへ
て、鑢目の詮議、それ
　ト奥へ行ふとする。花妻《お静（賤機）》、出かけいて
花《賤機》　国俊殿、まつた
市《国俊》　ヤア、あなたは
花《賤機》　兵蔵が妹、賤機、シテ、左衛門のお身の上は
市《国俊》　兵蔵様の御かいほうにて、別れしに、何角のせ
んぎ。思ひがけない、御たいめん
花《賤機》　こなたは、きつそうしてどれへ（35ウ）
市《国俊》　サア、父の敵、調伏の鑢子目の詮議
花《賤機》　そりや何者を
市《国俊》　此家の主、五平治を
花《賤機》　若シ、五平治が其主に極らば
市《国俊》　有無をいわせず、唯一ト討
花《賤機》　イヤ、そりや成り升まい
市《国俊》　成り升ぬとは
花《賤機》　こなたは此家の下人なりや、五平治は主。たと
へ、本望遂さつしやつても、主殺しの名は、逃
れませぬぞへ（36オ）
市《国俊》　じやといふて、今の詞では
花《賤機》　ハテ、せかるゝには及ばぬ。親の敵は、團九郎。
しかも、此家に入込み升ス
市《国俊》　ナニ、團九郎が、入込み居るとな
花《賤機》　サ、心のはやるは尤なれど、彼レも知れもの。
うかつには討たれ升まい。とくと様子を伺ふて
市《国俊》　ム、、俄に、傍に近寄り、名のつて勝負
花《賤機》　もし五平治が支へなば
市《国俊》　其時こそは親の為、仮りの主人のいとひはない
花《賤機》　ホ、ウ、天晴、其心を聞からは、咄さにやなら
ぬ（36ウ）薄雪様の
市《国俊》　コレ、爰は、端近
花《賤機》　何角の事は
市《国俊》　私が居間で
花《賤機》　国俊どの
市《国俊》　マ、ムりませ
　ト哥に成り、こなし有て、両人、納戸へは入
る。ト奥病口より、臺蔵《夜叉》出て
臺《夜叉》　ヤレ〳〵、途方もない、げんさいめ、こんな所
に長居したら、どんな目に合しおらふもしれ
（37オ）ぬ。此間に逃げて、いぬが勝じや
　ト門ド口へ、行ふとする。團八《渋九郎》、奥より走り
出て、両人行当り、顔見合し
臺《夜叉》　ヤア、我は
團《渋九郎》　質屋の番頭、渋九
臺《夜叉》　コリヤ、お尋者は知れたか
團《渋九郎》　其お尋ね者に懸つて、やくたいなめにあふたわ
い
臺《夜叉》　いろ〳〵と、尋ねても、知れぬのは、何でも心

團《渋九郎》　中にきわまつたわい
臺《夜叉》　おしい事をしたわい（37ウ）
團《渋九郎》　そふして、こなたが爰にいるのは
おとつい、團九郎めが盗んで出おつた、四神の
巻が、爰の親仁の手へは入て有故、手まよふ為
臺《夜叉》　そふして、そりや、手廻つたか
團《渋九郎》　コリヤ、あたりに気を付い
臺《夜叉》　ヲイ、よし
ト門ド口ぴつしやり〆、両人傍り窺ひ、團《渋九郎》八
は、懐より巻物出し
團《渋九郎》　家内の時節を見すまし、古ごうりの中にあるの
を、ちよろまかした、四神のまき（38オ）
ト言ひ〱、明て見て悔り
臺《夜叉》　ヱ、、そりや何ンじや、四神の巻といふ物は、
そんなものか
團《渋九郎》　コリヤ、親仁の越中褌、竹にさし干た形リを入
れておきおつたのか
臺《夜叉》　きつい、あわて者じやわい
團《渋九郎》　イ、ヤ、あわてぬ。是でない時は、是とまだ、
有る〱　ト懐より巻物出し
コリヤ、仏壇の引出しに、大事にかけて入れて
有た一軸、正敷、是に相違なひ（38ウ）
ト開らき見て
ヤアコリヤ、大津絵の掛物
臺《夜叉》　なんの事じやい、安房らしい

團《渋九郎》　そんなら、めつたに、手廻る所には置おらぬか。
折角、骨折た甲斐もない事じや。よいは〱、
何ンでも此上は、厄病の神で敵討、お尋ねの侍
従之助、汀井、次手に薄雪も、爰に居ると訴人
してこい
臺《夜叉》　そりや何ぞ、證據でも有かい
團《渋九郎》　せうことといふのは、傍りに心を付イ（39オ）
臺《夜叉》　ヱ、、又、安房尽すのじやないか
團《渋九郎》　イヤ〱、今度こそ本間もの
ト懐より、尻切レのあわぞふり、男のと女子
のと、二足出し、大事そふにならべ
是じや、何でも、下家に蹴込んで有たが、是が
侍従之助、汀井めが匿ふて有證據
臺《夜叉》　シテ、薄雪のせうこは
團《渋九郎》　褒美の直打がすくないわい
臺《夜叉》　遉が、七つ屋の番頭程有て、きめごまかにやり
おつたわい。そんなら、おれは訴人にゆくは
（39ウ）
團《渋九郎》　褒美のかねは二つ山
臺《夜叉》　貴様はずいぶん内のがんばり
團《渋九郎》　そりや、呑込んでいるが、訴人が肝心ン
臺《夜叉》　是から、すぐに
團《渋九郎》　早ふ、ゆけ
團《渋九郎》　してこいな
ト尻引からげ、欠出し、花道にて留る

臺《夜叉》團《渋九郎》　味ひやつな
團《渋九郎》　ヲ、、言ふて、あいつを訴人に遣つて
臺《夜叉》　おれが見付たよふに言ふて（40オ）
團《渋九郎》　褒美のかねはおれが取
臺《夜叉》　もし、間違ひで有た時は
團《渋九郎》　科はあいつに
臺《夜叉》　皆、あぶせるは
團《渋九郎》　あんぜういたら
臺《夜叉》　跡へ廻つて
團《渋九郎》　褒美は丸どり
臺《夜叉》　忝ひ
　トせりふ言ひ〳〵、臺《夜叉》蔵、ぢり〳〵と門ド口へ戻る。團《渋九郎》八も、門ド口の方へ来て、一ツ時に顔見合し（40ウ）
團《渋九郎》　まだ行ぬかい
臺《夜叉》　そんなら渋九
團《渋九郎》　ずいぶん早ふ
臺《夜叉》　合点じや
　ト臺《夜叉》蔵、向ふへ走りは入る。團《渋九郎》八、跡見送り、巻物、皆々、懐へ入れて
團《渋九郎》　此上は、今一度、四神の巻を、そふじや、せうこのぞうり
　トぞうりをいたゞき、哥に成り、奥へは入る。
　トせうじ屋体より、三《團九郎》五郎、きゞすぬつと出て、あたり（41オ）をうかゞひ

来芝《團九郎》　サア、やくたいじや。今、奥で、ちらりと見たは、鳥部野で見た、国俊。きのふ、出くわしたを、漸〳〵と逃おふせたが、爰におるからは、ひよつと、眼付イておるまひものじやない。こいつは爰に、長居は出来ぬわい
　ト〽（長唄「雉子」）こがれ〳〵
　ト片手にて、手を組ンで、思案して
そふじや、何をするも、命有つてじや。親の敵と切られては、何ンの役に立ぬ事、こいつは、爰を欠落が上分別、時に此形リでは、何角に（41ウ）付て、邪魔。幸ひ、表に有、おれが手、おれが手に付るに究竟、おれが片手で、おれが片手を付て見よふ
　ト表へ出て、手を取つて来て、片手で、手ぬぐひにて、片手に首縊り付るおかしみ。いろ〳〵落るこなし
ヱ、、石漆があると、何もいふ事はないのに、そつくいぐらひでは、迚も付キやせまい。マア、欠落の用意から、せにやならぬ
　ト片手にて、尻からげ、ほうかむりなぞして（42オ）、右の手を持、うか〳〵として
ヲ、、此手の付けよふはない事か知らぬ
　トよるへこなし有ると、奥から、吉《妻平》三郎、ぬつと出て、両手出してのびして
吉三郎《妻平》　ヲ、、やれ〳〵、肝心ンの右の手を隠して居る、

窮屈さ。尻がめり〳〵といふわい
ト腕をさする
どれ〳〵、爰で、ちつとくつろいで、のん気し
てこまそ　ト平舞台へおりる
三五《團九郎》　ヱ、、此元トはと言へば、四神の巻ゆへ（42ウ）
吉《妻平》　どふぞ首尾よふ、詮議せふと
三五《團九郎》　産れ付て有、手をば
吉《妻平》　なひにして居る、不自由さ
三五《團九郎》　有つてつがれぬ、其悲しさ
吉《妻平》　片手もおろかは
吉《妻平》三五《團九郎》　ない物じやわい
（長唄〔雛子〕）あづまが顔も、見わすれて
ト両人、顔見合し、悔り、吉三郎《妻平》、ちやつと
手を隠し、思入、来芝《團九郎》、片手を、袂より、
出し掛る。両人、一時に溜め息つぐと独吟
に成る（43オ）
世をうしとしのぶ山路の花も散り
ト両人、いろ〳〵、こなし有て、吉三郎《妻平》、左
リの手にて、煙草盆取て来る。三五郎《團九郎》、左
の手、右より出し、同じく、南艸盆取て来
て
吉《妻平》　親仁の返事待間、どふも仕様もなし
三五《團九郎》　退屈にもあり
吉《妻平》三五《團九郎》　ドリヤ、南艸など呑ふか
うつゝてないぞや、しんきつれなや、同じ
思ひを浮む瀬に、うきて、たゞよふかたし
貝（43ウ）
ト此内、両人、片手遣ひの思入にて、南艸つ
ぎ、たばこ呑、きせるを廻しなぞする内、
吉三郎《妻平》、見ぬやふに、右のかいなを遣ふ。
三五郎《團九郎》は、左リにてして、切かいなを袖よ
り出しかけ、いろ〳〵思入、双方よりおか
しみ有て
吉《妻平》　ム、、スリヤ、そこに居るのは、最前の聟どの
じやごんせぬか
三五《團九郎》　ヲ、、おれは聟じやが、そふいふ、我も最前の
聟
吉《妻平》　先キ聟どの、ちよっと出て貰ふかい
三五《團九郎》　アノおれには（44オ）
吉《妻平》　大義ながら
三五《團九郎》　ドリヤ改めて
吉三《妻平》　逢ひもせふかい
つがいあわぬはづなら、夜、母の夢に、ほ
んになま中、見へぬがよいに
ト此哥の内、両人こなし有て、向へ煙草盆、
提げて出て
三五《團九郎》　出いといふゆへ、出たがどふじや
吉《妻平》　外の事でもない。表の高札に、手のない者を聟
にせふと有故、来た此喜泥坊。片手のないのが、
縁の有るの。爰の聟は、おれじや程に（44ウ）

マアそふ思ふて、貰ふかい
三　イヤ、そふは成るまい
吉《妻平》　なぜならぬ
三　何ンぼう、手が有ても、先キへ来たのがあたり
まへ。聟にはおれがなつて見せう
吉《妻平》　アノ貴様が
三五《團九郎》　そこが腕づくじやわい
吉《妻平》　腕づく成らば、高札のおれが聟じやわい
三五《團九郎》　イヤ、おれが聟に成る
吉《妻平》　どふして聟になる（45オ）
三五《團九郎》　イヤ、かうしてなつて見せふわい
〽我身の末は
ト左リの手にて、南艸盆にて打て掛るを、
　吉三郎《妻平》、左リの手にて留る。
うつゝ、うか〳〵、人めの関に、余所に匂
ひの毒の花
ト宜しく有て、吉三郎《妻平》、片手にて吹落す
吉《妻平》　片手ながらも、そんなじやないわい
来《團九郎》　所をかうして
ト片手にて、胸ぐら取、片手にて振り払ふ
（45ウ）
〽見るを夜すかにながらへて、心にかすむ袖
の内
ト両人、膝詰め、片手の立廻り、宜敷有て、
　互ひに手を見付

アノ我が手は
吉《妻平》　我が手も
　春やむかしと思ひこし、人の責て、たとへ
のなりふりなりと
ト両人いろ〳〵思ひ入あつて
吉三《妻平》　ハテナア（46オ）
　独りかこたん、ひじ枕
ト両人、両方へ立別れ、きつとこなし有る。
　此内、工左衛門《五平治》、奥より出かけ居て
工《五平治》　イヤ、二人リの聟へ返事せふわい
吉《妻平》　そんなら聟は、此喜泥坊に
三五《團九郎》　イ、ヤおれにか
吉三《妻平》　どちらに、極める心じやの
工《五平治》　どちら共、まだわからぬ
吉《妻平》　三五《團九郎》　夫レに又、返事せふとは
工《五平治》　二人リの仲人殿、娘を連れて、いふておいた物
を奚へ（46ウ）
花《賤機》沢《智恵》　アイ〳〵、合点じやわいナア。サア、おれんさ
ん、ムんせ
ト赤人の相方に成り、奥より、花妻《賤機》、素袍か
け、烏帽子捧、沢徳《智恵》も同じく、素袍掛烏ぼ
し持て出る。哥六《おれん》、弓二張、矢二本持出る。
吉三郎《妻平》、三五郎《團九郎》、こなし有て
吉《妻平》　ムウ、娘が持た、弓二挺は
三五《團九郎》　二人リの聟に祝言して

吉《妻平》　二挺の弓を引かす心か（47オ）
工《五平治》　イヤ、そりや的が違ふた。聟は二人リ。娘は壱人リ、引別ツにいふではないが、昔シ、津の国、生田川に此通りの聟あらそひ
花《賤機》　そりや、万葉集
沢《智恵》　大和物語にも有る
哥《おれん》　娘の名、求めとやら
三五《團九郎》　其国の兎原に住、笹田男
吉《妻平》　今壱人リは、和泉の国の茅努男
花《賤機》　其心ざしは同じ事にして、来ればともに来
沢《智恵》　物をくれゝば、ともにおこし（47ウ）
哥《おれん》　いつれまされりとわけがたし、女思ひに煩らひければ
工《五平治》　其親のいふやう、娘の聟に極めるには、此川に遊ぶ、水鳥を射留た者にせんといつば
三五《團九郎》　両人よき事なりと、射るほどに
吉《妻平》　あやまたづして水鳥に
花《賤機》　二筋の矢は
花《賤機》沢《智恵》　かつきと立つ
工《五平治》　其古言を目の前に、幸い、元トは鍛冶やの（48オ）五平治、有合ふ、素袍、掛烏ぼし
哥《おれん》　小鳥狩りの弓と矢も
吉《妻平》　時にとつての、ちぬ笹田
三五《團九郎》　娘を求女にかたどりて
工《五平治》　表の松の枝を射落した者へ、娘を遣らふ
吉三《妻平》　そんならかけ的に勝た者へ
三五《團九郎》　見事、二人リが射落して見せさんしたら、わしも女房になつて見よ
吉《妻平》　ム、ヽ、面白ひ。アノ松の枝
吉三《妻平》　落して見せふ（48ウ）
そんなら二人リとも、用意〳〵

ト両人して、素袍、かけゑぼし着せる。両人急ひで着る。此内、始終、工《五平治》左衛門、両人にこなし。両人、向へ出て

吉《妻平》　此上は、互ひの晴れ的
三五《團九郎》　勝た者が
吉三《妻平》　聟に成るぞや
工《五平治》　ハテ、念には及ばぬ。ソレ、急ひで早ふ

ト両人の前へ、弓と矢、投出す。両人、片手にて、弓矢取りつがよふとして、ふつと、片手の為に、こなし有つて（49オ）

三五《團九郎》　ヤア、拍子に乗つて請ふたが
吉《妻平》　ヤア
工《五平治》　めつたに、其手はくわぬわひ
吉《妻平》　ヤ、しまひ〳〵
三五《團九郎》　そんなら、おれは
工《五平治》　ない手を有ると、偽る曲者
三五《團九郎》　ヤア
工《五平治》　そんなで、行くよふな五平治じやない、大がい、馬鹿にして置けやい

吉《妻平》三五《團九郎》　ホイ、しもふた（49ウ）

哥《おれん》　てうしにのぼして言ふたから、うか〳〵と片手の事をわすれて、弓引かふと、二人リ共、アノ、べら坊らしい顔わいの

吉《妻平》　お見立の通り、違ひなし。併、両方共、しくじつたのは、片手落でなふてよいわい

工《五平治》　そりや又、何んで

三五《團九郎》　表の札に合ふた、右のうでのないおれ。否でも、応でも、聟にならにや聞ぬ。地蔵の五平治ともいわれた親仁が、偽りの高札出して、人をあやくつて済むか、但し、聟にするか、高（50オ）札は偽りか、しつかりと返事せい。親仁どうじややい

ト工《五平治》左衛門の傍へ、どつさりと居る。
工《五平治》左衛門、こなし有て

工《五平治》　聟にせふ

吉《妻平》　そんなら、今の理屈に詰つて

工《五平治》　ヲ、、いかにも、娘と祝言さそふ

哥《おれん》　是〳〵、とつ様、男きらひを知つて居ながら、めつぽうかいな事、いわんすな

工《五平治》　是斗りは、いわにや成らぬ。年寄つても、一旦男の詞、跡へは引かぬ。ハテ、祝言さへしたら、詞は（50ウ）立つ。其上で、気に入らにや、聟のひまさへ、遣りやよいわい

三五《團九郎》　ヲ、、おれも男の意地。一旦ン、男とさへ名が付きや、顔は立つ

吉《妻平》　名斗りで顔は立つても、肝心ンの物は立まい

沢《智恵》　名斗りの事なら、おちへが跡に扣へている。ツイ、うんと、いふたがよいわいな

哥《おれん》　サア、其男といわれぬ訳が有わいな、とつ様、此事斗りは、堪忍して下さんせ。

工《五平治》　イヤ、堪忍成らぬ。是程、事をわけていふのに（51オ）男といわれぬ訳が有るとは、其訳言へ。どふじや

哥《おれん》　其訳は、どふもいわれぬわいな

花《賤機》　是〳〵、おれん様。親御様に向ふて、言ひ憎ひイ事なら、わしになりと、ちやつと、其訳をいふたが、能ひわいな

哥《おれん》　お師匠様、其訳は是でムんす

ト印籠の中ごを出す。花《賤機》妻、取て

花《賤機》　コリヤ、印籠の中ご。是を訳とは

沢《智恵》　ハ、ア。外に印籠が有るといふ事か（51ウ）

哥《おれん》　アイ、言ひ替した男が有わいナア　ト顔かくす

吉《妻平》三五《團九郎》工《五平治》　ヤア　トみな〳〵、思入

花《賤機》　そふして、其人は

沢《智恵》　何所の、何者

哥《おれん》　何所の人やら、知らぬけれど、去年の秋、年尾村の踊りの戻り、付つ廻しつ、むりやりに、福西の辻堂で

沢《智恵》　ア、南無あみだぶつ

哥《おれん》　何所の人じやと、尋ねても、所もいわず、元トより（52オ）罔りで、顔は知れず、後の證據と、貰らふた印籠
工《五平治》　いつ迄も、子供じや〳〵と、思ふていたに
沢《智恵》　蔭裏の豆も、ヲ、ぱつちり
花《賤機》沢《智恵》　アノ、其人と、印籠の主と
哥《おれん》　アイ、夫レじやに依て、此事斗りは、堪忍して下さんせいナア
　トなく。此内、三五郎《團九郎》こなし有て、口幕の印籠出し
三五《團九郎》　其印籠と、是と合して見い（52ウ）
　ト哥六《おれん》取て、両ツ合し見て
哥《おれん》　ヤア、コリヤ、模様も一所で、しつくり合ふたは
三五《團九郎》　そんなら、其時の娘は我か
哥《おれん》　殿御は、お前でムんしたかいナア
　ト工左衛門《五平治》、悔りして
工《五平治》　そんなら、我が男といふは
哥《おれん》　アイ、此お方じやわいナア
工《五平治》　アノ、そんなら
　トこなし有て　ム、　ト溜め息つぐ
吉《妻平》　テモ、よふ、怪我せなんだ事ナア（53オ）
哥《おれん》　サア〳〵、早ふ、祝言さして下さんセ。
工《五平治》　ヱ、、是悲もない、ひよんな事
哥《おれん》　ヱ、
工《五平治》　ひよんな事が幸じや。祝言ンさそふ
哥《おれん》　ヱ、、嬉しうムんすわいナア
吉《妻平》　ヱ、、いま〳〵しうムんすわいナア
三五《團九郎》　娘が得心の上は、是から直ぐに祝言ンせふ
沢《智恵》　わたしは取り持、仲人ゆへ
花《賤機》　わしもすご〳〵、いなれもせず、伴〳〵に手伝ふわいナア（53ウ）
工《五平治》　そんなら大義ながら、東座敷でしたが約束なれば、今夜は祝言ンばかり
花《賤機》　ハテ、其事は、わたしらに任して、おかしやんせいナア
沢《智恵》　サア、おれんぼ
哥《おれん》　アイ〳〵
　トいそ〳〵する。始終、工左衛門《五平治》こなし
花《賤機》　聟様
三五《團九郎》　ドリヤ、能ひ夢でも見よふかい
　ト哥に成、三五郎《團九郎》、哥六《おれん》が手を引く。哥六《おれん》、いそ〳〵と（54オ）して、沢徳《智恵》、花妻《賤機》、付添ひ、東の中二かいへ、は入る。ト跡に、工左衛門《五平治》、手を組ンでこなし。吉三郎《妻平》、いろ〳〵、こなし有て
吉《妻平》　とふ〴〵、しくじつてのけた。酒二三升と鯛一枚、手の不自由し丈ケ損、其上に受さしたい偲、受さゝれて、テモむごいめに、あわしおつたナア　ト工左衛門《五平治》こなし有て

工五平治 貴様、モウ、いなんかい
吉妻平 サア、去ぬはいぬけれど、親仁どん、ちつとおりや、こなたに頼たい事が有る（54ウ）
工五平治 頼たい事とは
吉妻平 サア、聟はしくじつて、赤の他人。不足がなふて、けつくよい。何ンと念頃になつて下んせぬか
工五平治 そりやモウ、貴様さへ、念頃に思ふなら、随分念頃にせふわい
吉妻平 ム、、そりや忝い。そんなら、こなたとおれは。念頃じやぞや
工五平治 ハテ、一ツぺん言ふても、二へんいふても、同じ事。一旦、詞都合したら、今もいる通り、変んずるよふな五平治じやないわい。いつ迄も（55オ）念頃じや
吉妻平 サア、其念頃に、なぜ物を隠して下んす
工五平治 なんと
吉妻平 サ今来た聟は、團九郎。アノ娘とは
工五平治 ヤア
吉妻平 兄弟で有ふがな
工五平治 コリヤ
　ト押へる。吉《妻平》三郎、傍りをきつと見る。相方
　　に成ル
吉妻平 サア、夫レを隠さんするが、念頃がいにもないと思ふ

工五平治 ちいさい時、おれが子にして有、おれんと、アノ團九郎（55ウ）。其訳を知つて居る貴様は
吉妻平 イヤ、子細有て知つている、其訳も跡で知れふ。マア、差当つて、尋ねたいは、小利屈も言ふ五平治殿、何ンと畜生は、いけては置かしやるまいな
工五平治 ム、、生けては置ぬ。不便ながらも、手に掛る
吉妻平 其手に懸る、畜生のめんを、おれに下んせぬか
工五平治 ヤア
吉妻平 サア、爰が念頃中、どふぞ下んせといふ事
工五平治 イヤ、どふも遣られぬ（56オ）
吉妻平 遣られぬとは
工五平治 サア、ちつと、こつちに入用な事がある
吉妻平 其入用の訳は
工五平治 承知か
吉妻平 ム、　ト胸を打ち
　こつちがほしひといふも、腹を割つたら同じ入用
工五平治 ム、、そふで有ふ
吉妻平 サ、ねんごろといふは爰。何ンと、互いの腹を割つて見よふじやないか（56ウ）
工五平治 幸ひ、誰も聞人はなく
吉妻平 マア、こなたから
工五平治 いわふか　ト傍へ寄る
吉妻平 聞ふ　ト傍へ寄る

工《五平治》　そつちの腹も、師門から

吉《妻平》　ヲ、、いかにも、詮義に廻つて居る

工《五平治》　身替りで有ふがな

吉《妻平》　其通り

工《五平治》　おれが主筋、ぬかりはないわひ

吉《妻平》　出かさんした。夫レでこそ、念頃も合ふといふ物じや（57オ）

工《五平治》　そふして、身替りの渡しよふは

吉《妻平》　生顔と死顔、首にして渡すつもり

工《五平治》　ヲ、、それがよい〳〵。貴様は、どふいふ主筋で、身替り立る。念頃中じやが、是が聞たい

吉《妻平》　そりやハテ、高が知れた下郎なれども、忠義の魂、定めてこなたも、娘の主といふよふな事で有ふ

工《五平治》　イヤ、娘と言ふは、アノお連と姉の籠。ちいさい時分から、幸崎へ妼奉公に遣つて置いたが、園部の下郎と不義した故、勘当しておいたればﾞ（57ウ）所縁リはない。身替り立るは、おれが主筋　ト吉《妻平》三郎、きつとこなし

吉《妻平》　シテ其わけは

工《五平治》　此五平治は、五郎兵衛正宗の弟子、何卒鍛冶に名を残さんと励みし砌り、摂州の住人、渡部源治兵衛といふお侍、しかも綱の家筋。代々伝はる鬼切を砺キに言ひ付られた所、若気の誤り、質に置た所、其質屋めは夜抜して行方知れず。詮方尽て、屋舗へ往て、右の訳をいふて、手討にして下されと、頼んだれば、先祖の（58オ）宝といへど、人の命には替られぬ。其心ならば、今より主従と成る故、詮義せよと言ひ付られ、夫レよりは、鍛冶を止め、詮義の為の渡し守リ。漸〳〵と、剱を手に入、持ていた所が、其刀のお咎で御浪人なされ、独りの娘御も捨られし程の事

吉《妻平》　そんなら、こなたの主筋といふは

工《五平治》　侍従之助殿と欠落した、傾城の汀井どの

吉《妻平》　ヤア　ト大きに悔り

工《五平治》　きのふ、渡しの戻りに難義を助け、守りの（58ウ）様子で知つたお主、夫レから、直につれて戻り、奥の下家に匿ふて、身替りは娘と極めておいたわいの

　ト此所へ、来蔵《実若》、野袴、ぶつさきにて、家来大ぜいつれ、臺蔵《夜叉》付添い、門ド口より、窺ひ聞て居る。せうじ屋体より、冠十郎《朝坂》、聞ている

吉《妻平》　イヤ、其身替りは悪るからふ

工《五平治》　何、身替りが悪ひとは

吉《妻平》　傾城汀井は、師門が心を掛、しかも館に引入れて有た者を、似ても似付ぬ娘のおれん、めつ（59オ）たに、身替りは喰ふまい

工《五平治》　それに又、今身替りにせふと言ふたは

吉《妻平》　娘、籬が主人、薄雪
工《五平治》　ヤア　ト悔り
吉《妻平》　互ひに、間違ひの相談も是切に、モウ、此上は
身替りは立ぬ
工《五平治》　ム、、そふ聞くからは、こつちも身替りは立ぬ
吉《妻平》　今聞たこそ幸ひ、奥に匿ふて有る、侍従之助、
汀井が首討て渡し、薄雪が助命を願ふ
工《五平治》　おれも娘に聞た、薄雪が隠れ家、首討て渡し
(59ウ)、汀井が助命を願ふ
吉《妻平》　それを安閑ンとして居よふか、喰合ひのない二
人リが首討つ
工《五平治》　こつちも、姫の首打つわい
吉《妻平》　しかと討つかよ
工《五平治》　討たいでかい
吉《妻平》　そふ言ふ隙に　ト奥へ行ふとする
工《五平治》　めつたにややらぬ
吉《妻平》　何を
ト立廻りに成る。此中へ冠《朝坂》十郎出て、両人を
留め
冠十郎《朝坂》　待た〱(60オ)
吉《妻平》　ヤア、己は、大膳が親といふた婆め
工《五平治》　邪魔せずと、のいた〱
冠《朝坂》　イヤ〱、夫トの難義は見捨られぬ
ト工《五平治》左衛門を留める
吉《妻平》　そんなら、己は、五平治が女房。コリヤ、大分
ン、詮義に花が咲いて来たわい
工《五平治》　何を
ト冠《朝坂》十郎を引退け、行ふとする。冠《朝坂》十郎、支
へる隙に
吉《妻平》　そふじや　ト奥へ欠込む(60ウ)
工《五平治》　それを　ト行ふとするを引留め、此中へ、團《渋九郎》八
も出て
冠《朝坂》　イヤ、めつたにや遣らぬ。アノ腕に付て有た
團《渋九郎》　四神の巻を渡せ
工《五平治》　そこ所かい　ト引退ふとする
冠《朝坂》團《渋九郎》　イヤ、請取らにや、めつたにや動かさぬ
工《五平治》　ヱ、、面倒ナ
ト三人、立廻り、此中へ、市《国俊》紅、哥《信夫》六二役、
しのぶ役にて出て
市《国俊》紅　親の敵の團九郎を匿ふ、五平治(61オ)
哥《信夫》市《国俊》　サア尋常に渡せ
工《五平治》　おれが悴の團九郎、うぬらに手差さして、能ひ
物かい
市《国俊》哥《信夫》　そふいやいつそ
ト工《五平治》左衛門を其中に、市《国俊》紅、哥《信夫》六、冠《朝坂》十郎、
團《渋九郎》八、宜しく立廻つて、きつと留める
来《実若》　そりや　ト捕手、ばら〱と、内へは入る
捕手みな〱　動くな
工《五平治》　ヤアコリヤ、何事(61ウ)
汝が匿ふ、侍従之助、汀井、縄懸けて引、是へ

出せ

工《五平治》　そんな者は知らぬわい

冠《朝坂》　知らぬ事、すざましい。コレ〳〵実若様、まだ薄雪が有家も、そいつがしつており升ス

工《五平治》　薄雪は格別、侍従之助とやら、汀井とやら、匿ふた覚へはないわい

来《実若》　ヤア、覚なひとは、のぶといやつ。最前より表に立聞、妻平と身替りの争ひにて、慥に聞く

團《渋九郎》　ヱ、、そんならモウ、知つて居やしやるか。折角(62オ)證據にせふと思ふて、大事にかけたも、本の水の泡ぞふりじやわい

　トほふる。臺《夜叉》蔵向ふへ出て

臺《夜叉》　臂、立聞せふと、但、訴人したはおれ。褒美は急度、貰わにや成らぬ

来《実若》　褒美は追て。サア、五平治、両人を渡せ

工《五平治》　どふいふても、知らぬわい

臺《夜叉》　但し、踏込み、家さがしせふか

工《五平治》　サア、それは

冠《朝坂》　四神の巻を渡すか(62ウ)

工《五平治》　覚へはないわい

臺《夜叉》　アノ腕は、どふして爰に有る

工《五平治》　サア、それは

市《国俊》　團九郎を渡すか

工《五平治》　めつたにや、切らさぬ

臺《夜叉》来《実若》　家さがしせふか

工《五平治》　サア、それは

冠《朝坂》團《渋九郎》　宝を渡すか

工《五平治》　サア

市《国俊》　勝負をせふか(63オ)

工《五平治》　サア

みな〳〵　サア〳〵〳〵

来《実若》　五平治、返答は

みな〳〵　なんと

　ト急度いふて、奥病口、せうじ家体より

吉《妻平》　実若どの、まつた、侍従之助、汀井の首、渡そふ

みな〳〵　なんと

　ト上手せうじ、引ぬく内に、吉《妻平》三郎、血刀提、立ている。半がいの上に小三郎《勇三・侍従之助二役》、璃苔《おとわ・汀井二役》の本首、出てある

来《実若》　ヤア、そちや、園部の下郎、妻平すりや(63ウ)最前の争ひで

吉《妻平》　五平治といひ懸り、両人共、まづ此通り

工《五平治》　すりや、お二人を

家来　うごくナ　ト工《五平治》左衛門、じつとこなし。此時、来《実若》蔵、つか〳〵と、せうじ家体の傍へ居て、首を取上げ

来《実若》　誠に、侍従之助、汀井の首に相違ない

吉《妻平》　侍従之助、汀井の首渡すからは、薄雪姫の助命の義を

来《実若》　そりや某が、能きに斗らわん（64オ）
吉《妻平》　かならず詞を
　卜工《五平治》左衛門、きつとこなし。捕手きめる
つがいましたぞや　卜せうじ、ぴつしやり〆る
来《実若》　両人さへ首討ば、師門殿の悦び。薄雪は追ての
沙汰にせん
工《五平治》　イヤ、両人の首討たりヤ、こつちも助けぬ。薄
雪の首も持て、いなしやれ
来《実若》　なんと
工《五平治》　それ、團九郎、用意よくば、はやく
三五《團九郎》　ヲ、、合点じや　卜納戸口より、切首持て出る
市《国俊》　ヤア、おのれは團九郎（64ウ）
哥《信夫》　薄雪様の首討しとは
三五《團九郎》　ヲ、、五平治といい合せ、首討たも、褒美の金
をしてやらふため　卜市《国俊》紅、哥《信夫》六、こらへかね
市《国俊》　重〳〵の悪人
市《国俊》哥《信夫》　團九郎、覚期　卜両人切て行、刀をふまへ
三五《團九郎》　じたばたさらさず　卜双方へ蹴り
ひかへておれ
市紅《国俊》　何を　卜また行ふとする
捕手　うごくな　トきめる。市《国俊》紅、哥《信夫》六無念のこなし
工《五平治》　サア、邪魔の入らぬ内、薄雪が首を早ふ（65オ）
来《実若》　今に始ぬ團九郎が手柄、此旨、師門公に申上、
五平治も保美の沙汰に及ん
臺《夜叉》　イヤ、訴人したは、此夜叉五郎

團《渋九郎》　則、相棒、爰にも壱人リ、おり升る
来《実若》　そち達にも褒美はくれる。先、一時も早く、首
を持参せん、家来つゞけ
　卜哥に成り、家来つれ、橋懸りへは入る。
　市《国俊》紅、哥《信夫》六、身拵して
市《国俊》　親の敵は格別
哥《信夫》　さしあたるお主の敵（65ウ）
こつちは四神のまき
四人　團九郎覚期
　卜四人一時に掛る。三五《團九郎》郎、一寸立廻り、
　市《国俊》紅、哥《信夫》六を宜しく留る。三五《團九郎》郎、團《渋九郎》八、
　冠《朝坂》十郎、臺《夜叉》蔵とめる
工《五平治》　コリヤ国俊、早まるな、ありや薄雪ではないわ
いやい
市《国俊》　何、某を国俊と知ると、ウ、ム
哥《信夫》　今のお首が
みな〳〵　うす雪ではないとは
工《五平治》　娘のおれんじやわいやい（66オ）
市哥《国俊信夫》　そんなら、今のがお身替りで有たか
冠團臺《朝坂渋九郎夜叉》　すりや、團九郎は、裏がへつたか
三五《團九郎》　ヲ、、遠から、裏がへつているわいやい
冠團《朝坂渋九郎》　ヤア
工《五平治》　そんなら、五平治が思ふた壺へ
三五《團九郎》　ヲ、、兄弟の契りの恥じて、妹が頼の身替り。
国俊、回向してやつて呉れ

ト市紅《国俊》へ印籠をほふる

市《国俊》　ヤア、コリヤ、きのふ渡し場で

三五《團九郎》　おれが手に這入た印籠が、しつくりおふたが、妹のいんぐわ（66ウ）

市《国俊》　すりや、去年の秋、たわむれに契りし女が

三五《團九郎》　妹のおれんじやわいやい

市《国俊》　ヤア〳〵

工《五平治》　疾にも、それとしるならば、仕様も、やうも有ふのに、さしあたる姉が主筋の身替り、我子といへど、師匠の娘、おれが手でゞも殺されず

三五《團九郎》　其印籠の主は、團九郎といひ、兄弟の訳をいふたれば、男も及ぬ其覚期

工《五平治》　不便な事をしたわいやい

冠《朝坂》　ヱ、、そつちの愁ひは、聞にこぬは。達て四神の（67オ）巻を渡さにや、此上は、実若殿に追付て

團《渋九郎》　そふじや、身替りの事を注進する。夜叉もこい

臺《夜叉》　ヲ、合点じや

ト三人、掛出そふとする。三五郎《團九郎》、市紅《国俊》、工左衛門《五平治》さゝへ

工三五市《五平治團九郎国俊》　そふはさゝぬ

臺《夜叉》　ヱ、、面倒な。皆もこい

トばた〳〵と、手下出てさゝへる。此中へ、吉三郎《妻平》出て、みな〳〵をぽん〳〵切て、冠十郎《朝坂》うぬと懸るを、腹へ刀突込み、此内、市紅《国俊》三五郎《團九郎》、團八《渋九郎》、臺蔵《夜叉》をあてる（67ウ）

冠《朝坂》　ヤア、わりや、妻平。何で、此おさがを殺しおるのじや

吉《妻平》　主人の敵の片われ、四海の科人

市《国俊》　そふいふ、そちは五平治が匿ふ、二人リの首討て

三五市哥《團九郎国俊信夫》　師門へは渡せしぞ

工《五平治》　イ、ヤ、せくまい、何れも身替り

吉《妻平》　お二人リは御安堵

三五市哥《團九郎国俊信夫》　なんと

吉《妻平》　それ二人リの衆、御両所を是へ

花沢《賤機智恵》　畏りました

ト相方に成る。花妻《賤機》、沢徳《智恵》屋敷風格にて小三郎《侍従之助》（68オ）、璃苔《汀井》をつれ出る

市《国俊》　ヤア〳〵、最前、首を渡せしに

市哥《国俊信夫》　お二人リの其姿は

小三《侍従之助》　妻平がはからひにて、身替りを渡し

璃苔《汀井》　あやうひ難義をのがれ升たわいナア

工《五平治》　是でも、おれがおもふ壺へ

吉《妻平》　舅殿、是で女房、籠が勘当

工《五平治》　ヲ、、ゆるした〳〵

市哥《国俊信夫》　そんなら、二人リは言ひ合せて

工《五平治》　きのふ籠の詞のなぞ、けふ入込だこそ（68ウ）、妻平と思ひしゆへ、お二人リを匿ひ有事をあかし

吉《妻平》 思ひ付たる身替りは、おとわ勇三が心中の、年も十八、十六の面体、格好、似合ひの二人り

花《賤機》 此賤はたと、おちゑどのと、心を合せ

工《五平治》 互ひに、わざと争ふて、二つの身替り、しつくりと遣ふ為

吉《妻平》 首尾よふ参て、重畳〳〵

小三《侍従之助》 とはいへ、不便ナ

璃若《汀井》 二人が有様

吉《妻平》 ハテ大事に、小事はかへられ升ぬ（69オ）

ト此内冠《朝坂》十郎苦しみ居て

冠《朝坂》 ヤア〳〵、そんなら、今の首は娘で有たか、そふとしつたら、むざ〳〵と渡さぬもの。ヱ、口惜しい

吉《妻平》 私のつみは、子にむくふと、日頃の悪。くわんねんせい

冠《朝坂》 イ、ヤ、観念せぬ。此儘死で、此恨みなさいで置ふか トゑぐる。冠《朝坂》十郎、苦しみ死る

市《国俊》 サア、此上は、親のかたき

哥《信夫》 舅御の仇（69ウ）

市《国俊》哥《信夫》 團九郎覚期

ト両方より、切て懸る。工《五平治》左衛門、へだて

工《五平治》 イヤ、敵討は済んだ

市《国俊》哥《信夫》 何、敵討が済んだとは

工《五平治》 團九郎が身替りは、妹のおれん。師匠の娘を殺せしも、團九郎に政宗の家を立させたさ。日頃尋ねて居た所、不思議と、腕でめぐり逢ひ、一つの功は、此四神の巻 ト小三《侍従之助》郎へ渡す

小三《侍従之助》 ヤアコリヤ、紛失の四神の巻

吉《妻平》 四海の宝、手に入るといひ、薄雪様のお身替り（70オ）にて、團九郎が功は立た

市《国俊》 じやといふて、調伏の鑢目の科人なれば

工《五平治》 其守り刀を、三日の内に此五平治が打上て、左衛門様へ差上げ、国行の家も立てやる

三五《團九郎》 五平治が志は忝ひが、片腕のない團九郎、迚もの事にいさぎよふ

工《五平治》 片手ながらも、刀をうち、手ぼ政宗ともいいつたへ

吉《妻平》 幸ひ、おれんに似たるしのぶ、今より五平治が娘として、縁を結べば、一家同士

ト市《国俊》紅、こなし有て

哥《信夫》 討にうたれぬ、此場の有様。晋の余譲がため（70ウ）しを引き、此腕首を切さけば、是で相済、敵討 ト腕をさし通す

工《五平治》 ヱ、、忝ひ。それで娘の迷ひもはれ

吉《妻平》三五《團九郎》 双方、無難に

みな〳〵 此場の納り

トジヤン〳〵と、暮六つのかねなる

吉《妻平》 ヤア、あのかねは暮六つ

工《五平治》 敵討ちも相済上

市《国俊》 四神の巻も手に入は

哥《信夫》　御両所様を御供して
小三《侍従之助》　園部、幸崎の家の再行（71オ）
みな〳〵　いそいで出立　ト敵役、みな〳〵起て
敵役みな〳〵それを
ト掛るを、三五郎《團九郎》、吉三郎《妻平》、市紅《国俊》、ポン〳〵
と切ル
吉《妻平》　三五市《團九郎国俊》　門出の血祭り
工《五平治》　目出度、お立なされ升ふ
ト吉三郎《妻平》、三五郎《團九郎》、市紅《国俊》、刀ぬぐふ。みな
〳〵宜しく　打出し　まく（71ウ）

（続六冊）

（裏表紙）

資料五　『加古川本蔵綱目』影印・翻刻・注釈

先行研究としては、清田啓子氏に「翻刻　曲亭馬琴の黄表紙（四）」（『駒沢短期大学研究紀要』六、一九七八年三月）が備わるが、あらためて翻刻した上で、注釈を試みた。

底本には都立中央図書館本を用い、適宜、国会図書館本も参照した。

『加古川本蔵綱目』三巻三冊。曲亭馬琴作、北尾重政画、寛政九（一七九七）年、鶴屋喜右衛門刊。都立中央図書館本は、三巻三冊を一冊に合綴。替表紙に「加古川本蔵綱目」と墨書。見返に中巻の絵題簽、裏表紙見返しに下巻の絵題簽を貼付する。上巻の絵題簽は欠ける。

【凡例】

翻刻の方針は下記の通りである。

一、丁付は第一丁表を（一オ）、第一丁裏二丁表を（一ウ二オ）のように略記した。

一、適宜、清濁や句読点を補い、改行した。

一、仮名を漢字に置きかえ、元の仮名は清濁を補った上、ふりがなとして示した。ただし、序はふりがな・句読点ともに（　）で括って示した。原文にあるふりがなは原文のままとした。

一、「〳〵」「〴〵」「ゝ」「ゞ」は基本的に原文のままとしたが、漢字・仮名に置き換えた場合は、原文をふりがなで示した。

一、仮名遣い・捨て仮名は基本的に原文のままとした。

一、本文の会話に当たる部分には「　」を付し、〽（庵点）で示された会話については「　」は補わなかった。本文から独立した台詞のうち、発話者が明示されていない場合、（　）で発言者を補った。会話以外の箇所の庵点は原文のままとした。

一、絵については**【挿絵】**として簡単に解説を試みた。

なお、作中には現代の人権意識に照らして不適当な表現があるが、江戸時代の資料的価値に鑑み、そのままとした。

注釈に際し、延廣眞治先生にご教示賜りました。感謝申し上げます。

（見返し）（一オ）

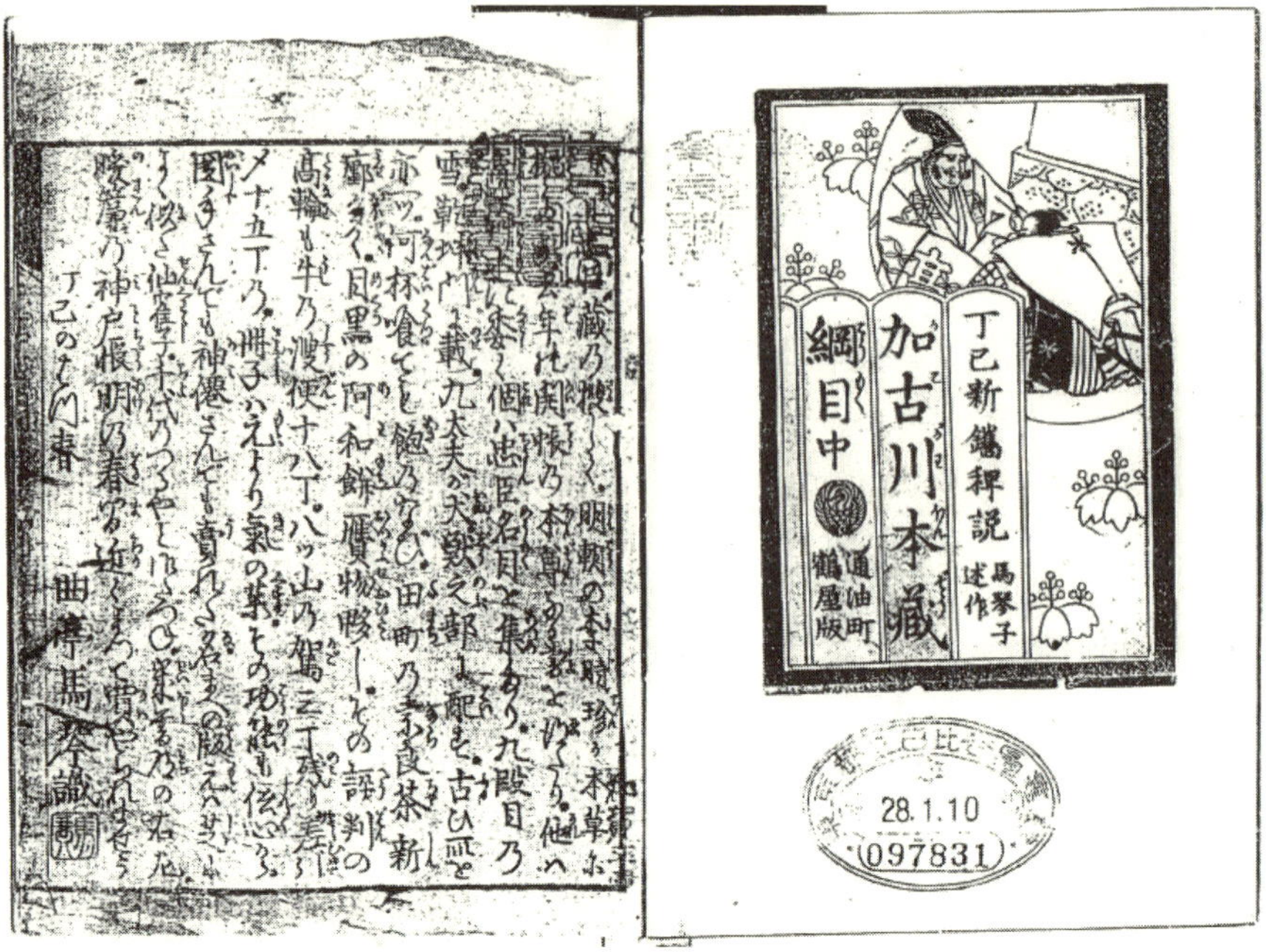

（見返し）中巻の絵題簽を貼付。

丁巳新鐫稗説　馬琴子述作
加《か》古《こ》川《がわ》本蔵《ほんぞう》綱目《こうもく》中　通油町　鶴屋版

上巻（一オ）

余一チ日忠臣蔵の捜《さが》して。明朝《みんてう》の李《り》時《じ》珍《ちん》が本草《ほんざう》に擬《なぞらへ》たる。去年《こぞ》の開帳《かいてう》の本尊《ほんぞん》なる書《しよ》を得《ゑ》たり。他《かれ》は禽獣艸木《きんじうさうもく》に委《くわし》く個《これ》は忠臣名目《ちうしんめうもく》を集《あつめ》たり。九段目の雪《ゆき》。乾坤門《けんこんもん》に載《のせ》。九太夫が犬《いぬ》。獣之部《じうのぶ》に配《はい》す。古《ふる》ひ所を亦一ツ。何杯喰《なんばいくつ》ても飽《あき》のなひ。田町《たまち》の奈良茶新鄽多《ならちやしんみせおほ》く。目黒《めぐろ》の阿和餅贋物夥《あわもちおつかぶせおびたゞ》し。その評判《へうばん》の高輪《たかなわ》も牛《うし》の溲便《しやうべん》十八丁。八ツ山の駕《かご》三丁残《のこ》り差引《さしひき》〆十五丁の。冊子《さうし》は元《もと》より気《き》の薬《くすり》。その功能《こうのう》も信心《しんぐ》から。国手《おいしや》さんでも神《か》遷《み》さんでも売《う》れた名《な》まへの版元《はんもと》は芝《しば》によく似た仙隺子《せんくわくし》、千代《ちよ》のつるやと御たづね。歳暮道《せいぼみち》の右左。暖《の》簾《れん》の神戸帳明《みとちやうあけ》の春間《はるま》近《ちか》くよつて買《かい》やられませう

丁巳のはつ春　曲亭馬琴識

【注釈】

忠臣蔵―寛延元年竹本座初演『仮名手本忠臣蔵』のこと。ここでは「蔵を捜す」と掛ける。

明朝の李時珍が本草―明の李時珍による本草書『本草綱目』万暦二十四（一五九六）年刊。薬となる品目を分類、産地や形状、処方などを記した書。慶長十二（一六〇七）年に日本に伝わった。

去年の開帳の本尊―寛政八（一七九六）年には芝泉岳寺で釈迦八相曼荼羅の開帳があり、赤穂義士の遺物を見せたと

いう(今井金吾校訂『定本武江年表』参照)。「本尊」に「本草」を掛けるか。

禽獣艸木―『本草綱目』の分類に、それぞれ禽部、獣部、草部、木部がある。

名目―物の呼称。

九段目の雪―『仮名手本忠臣蔵』の九段目の「雪こかし」の場面をさす。「風雅でもなく。洒落でなく。しやう事なしの山科に。由良助が侘住居。祇園の茶屋に昨日から雪の夜明ケし朝戻り。牽頭中カ居に送られて酒が。ほたへる雪轉《こか》し雪はこけいで雪こかされ仁躰捨し遊び也……」(仮名手本忠臣蔵・九段目)。

乾坤門―乾坤とは天地のこと。『本草綱目』にはないが、百科事典の分類を意識した表現。雪は乾坤門に入るべき項目。

九太夫が犬―『仮名手本忠臣蔵』七段目で敵役斧九太夫が由良之助の動向を探る事を指す。「敵師直が犬と成て有ル事ない事よう内通ひろいだな」(『仮名手本忠臣蔵』七段目)。

獣之部―『本草綱目』には「獣部」がある。

古ひ所を亦一ツ―使い古されたということ。『忠臣蔵』はよく草双紙の題材に用いられる。

何杯喰ても飽のなひ―『忠臣蔵』は再演はもとより草双紙の題材としても繰り返し用いられるが、何杯食べても飽きない奈良茶飯のように飽きることがない、といった意。

田町の奈良茶新鄽―田町は浅草日本堤の南側。奈良茶は、奈良茶飯の略称。元は東大寺、興福寺等で茶飯に大豆、小豆、栗などを加えて炊いたもの。江戸では明暦以降、浅草寺門前で豆腐汁に煮染豆を添えて茶飯を出し「奈良茶」と称して、繁昌したという。「明暦大火後、浅草金竜山門前に、始て茶屋に、奈良茶飯、豆腐汁、煮染、煮豆等をととのへて、奈良茶飯と名付て出せしを、江戸中端々よりも金竜山の奈良茶くひにゆかんとて、殊の外珍らしくにぎはひし」(『墨水消夏録』二)。

目黒の阿波餅―目黒不動尊のそばで売った名物の粟餅。『金々先生栄花夢』参照。

贋物―おっかぶせ。まがいもの。目黒の粟餅を似せて、粟でつくった餅ではないにせもの餅の意と、『忠臣蔵』を使った様々の草双紙のことを掛ける。「出店ぢやアあんめへおつかぶせだらう」(『浮世床』二・上)。

評判の高輪も……十八丁―「評判が高い」と「高輪」を掛ける。高輪は高縄手の畧。東海道の玄関口として繁盛した。大木戸から品川に至る海沿いに車町(牛町)・高輪北町・同中町・同南町と並んでいるのを高輪十八丁と呼ぶ。また高輪の牛町には牛小屋が多く(『江戸名所図会』高輪牛町)、「牛の溲便」を呼び出す。

牛の溲便―だらだらと長く続くこと。牛の小便十八丁。「これからが牛町。牛の小便ナント長イ十八丁」(『南江駅話』)。「夫、止る所を知ざる時は牛の小便十八町」(『当世導通記』跋)。

八ツ山―高輪の八ツ山。品川の北方、海に臨んだ小山。大日山とも呼ばれたという。「けちな見え坊八つ山で駕に乗り」（『柳多留』二四）。

駕三丁―駕籠が三丁。『金々先生栄花夢』でも高輪大木戸辺で四つ手駕籠が描かれる。

〆十五丁の冊子―距離の丁（町）と、本の丁（頁）数を掛ける。この本の丁数は十五丁。

気の薬―慰めになるもの。

効能も信心から―「鰯の頭も信心から」を響かせる。

国手さんでも神遷さんでも売れた―「おいしゃ様でも神道でもほれたやまひはなおりやせぬ」（『艶歌選』）を踏まえる。

国手―国を医する名手という意で名医のこと。また医師を敬って呼ぶ語。「世間の医者を、病家で誇り、無双の国手《コクシュ》、典薬頭と見違る仕掛」（『教訓雑長持』二）。お医者さんには題の「本蔵」が「本草」に通ずるために売れる。

神僊―神あるいは仙人のこと。題名の「本蔵」が「本尊」に通ずることを言うか。

芝によく似た仙雀子―芝の泉岳寺と「仙雀子」を掛ける。泉岳寺には浅野長矩夫婦と義士の墓がある。「仙雀子」は仙鶴堂鶴屋喜右衛門のこと、日本橋通油町にあった地本問屋。

つるや―鶴屋喜右衛門のこと。

歳暮道―贈り物をもってする年末の挨拶のこと。

神戸帳―御斗帳、御戸帳。神仏の厨子の中のちいさなとばりを尊んで呼ぶ語。鶴屋の暖簾を新年の目出度さから神戸帳と呼んだ。「浅草の寺内にいり給ひ、正六つの鐘を合図に御厨子の戸帳を押開けば」（『俟待開帳話』）。

明けの春―新春のこと。神戸帳を「開ける」と掛けた。

間近くよつて―近くに寄って。「揚巻の助六ともいふ若いもの、間近く寄つてしやツ面を拝み奉れヱ、」（『助六由縁江戸桜』）。

買やられませう―「拝やられましょう」のもじり。開帳で神仏を拝む意をもじった。

丁巳―寛政九年。天理大学図書館蔵の稿本表紙には「丙辰」を二重線で消し「丁巳」に改めた跡があり、当初は、前年刊行予定であったことがわかる。なお、自筆稿本の叙は漢文体で、趣旨は同じだが、洒落は簡素なものとなっている。以下に翻刻しておく。

（天理大学図書館蔵自筆稿本序）

加古川本蔵綱目叙

昔時明人李《むかしみんひとり》時珍《じちん》。分艸木金石及禽獣魚鼈品類而《そうもくきんせきおよびきんじうぎよべつのひんるいをわかつてこれを》目レ之謂二本草綱目一也《なづけてほんそうこうもくといふ》。今所レ著本蔵綱目《いまあらはすところのほんそうこうもくは》。合二酒色邪《しゆしよくじや》欲症一。而為二生姜一扁稗史一《よくのしよせうをあわせてせうがいつへんのそうしとなす》。幼童以二此書一求レ法《ようどうこのしよをもつてほうをもとむる》。則卒然有レ得二気薬一矣《ときはそつぜんとしてきのくすりをうることあらん》。三帖奏功而後《さんてうをそうするの、のち》。又可レ識二萬《またまんのうこう》能膏不レ及二一心一耳《いつしんにしかざることをしるべきのみ》。

寛政八丙辰　曲亭馬琴題□

（一ウ二オ）

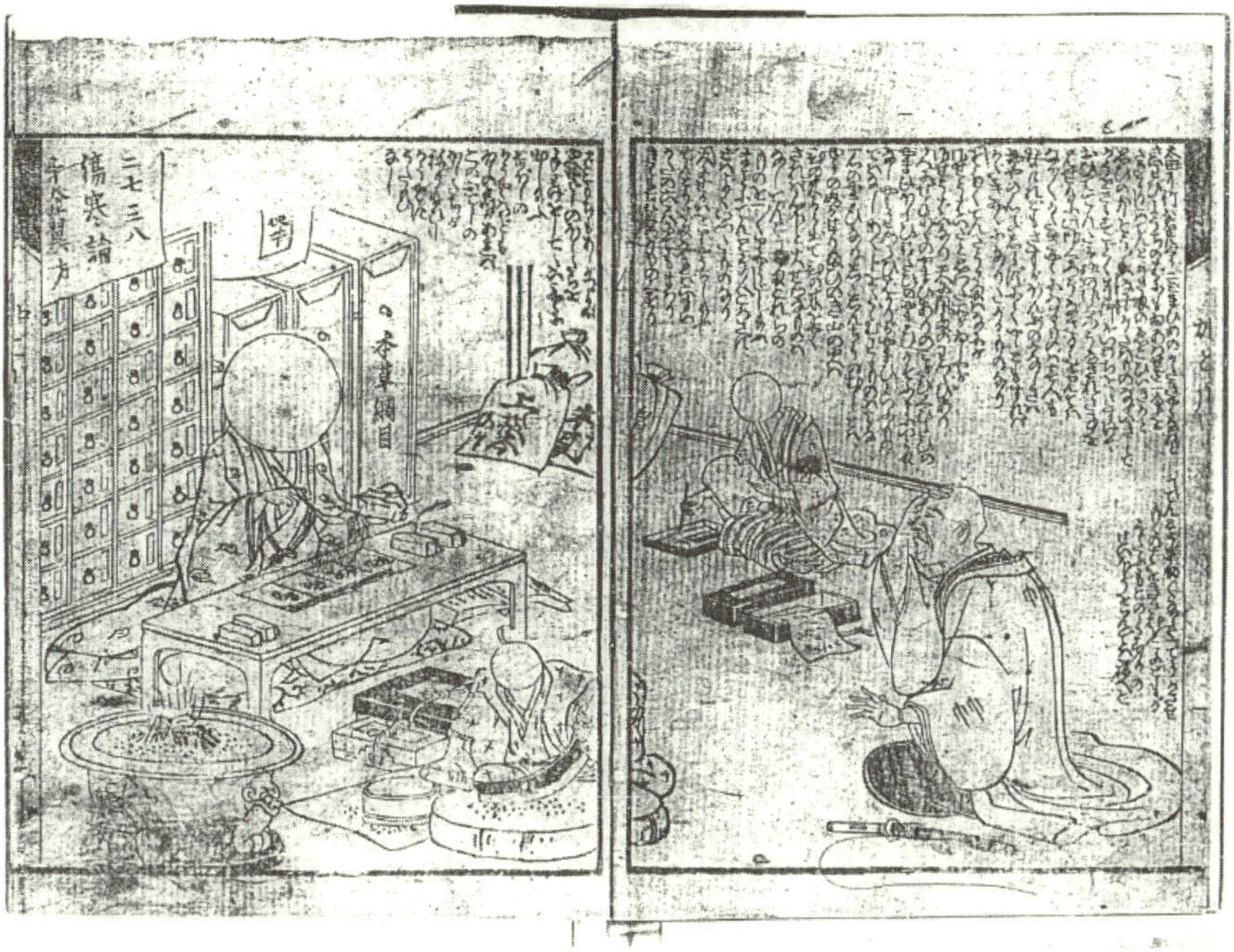

（一ウ二オ）

太田了竹は忠臣蔵《しんぐら》二三枚目《まひめ》の敵役《かたきやく》なれど、幸《さいわ》ひ夜討《ようち》の場《ば》にも居合《ゐあ》はせず、一命を助《たす》かりしは、天道様《てんとうさま》の依怙贔屓《えこひいき》かと思ひの外、そうではなし。片輪者長生《かたはものながい》きして業《がう》をさらすごとく、了竹《（りやうちく）》が命《いのち》を助《たす》けておひて、天道《てんたう》様の御苦労《くろう》なされた事を見せ給ふ。此御苦労《くろう》なさるゝを見ては、なか〳〵敵役《かたきやく》になるものは壱人もなけれども、さすが凡夫《ぼんぷ》の悲《かな》しさは親《おや》の心子知《し》らずにて、やゝともすれば敵役《かたきやく》になりたがるものなり。

〽そも〳〵天道様《てんたうさま》は、何《なに》が御商売《せうばい》だと思つた所が医者《ゐしゃ》が御商売《せうばい》なり。天に風雨の患《わづら》ひあり。人に善悪《ぜんあく》の病《やまひ》あり。飲みたひ、喰《く》いたひの病《やまひ》、欲《ほ》しひ、行たひの病《やまひ》。数《かぞ》ふるに暇《いとま》なし。病患《やみわづら》ひばかりが病《やまひ》といふものではなし。悪事《あくじ》をたくむ悪者《わるもの》は皆《みな》一心の病《やまひ》なり。獅子身中《しゝしんちう》の虫とは、由良《ゆら》之《の》介が台詞《せりふ》。檜《ひのき》山の火はひの木から出てひの木を焼《や》く。されば心ほど大切《せつ》なものはなし。天道様《てんとうさま》これらのものを一〳〵療治《りやうぢ》し給ふ。まことに天道《てんとう》人殺《ころ》さずとは、よく言《い》つたものなり。

〽大千世界《せかい》を療治《りやうぢ》し給ふ天道様《てんとうさま》なれば六枚《まい》肩の六尺にてもまはりきられず、黒鴨《くろがも》の薬箱《くすりばこ》持ちも足《あし》が続《つゞ》かぬゆへ、お弟子《でし》の星達《ほしたち》を手分《わ》けをして代脈《だいみやく》に出し給ふ。三ツ星《ぼし》の膏薬《かうやく》なども星《ほし》の名があれば、このお弟子《でし》の星達《ほしたち》が練《ね》り給ひし膏薬《かうやく》に疑《うたが》ひなし。

〽天道様《てんとうさま》〳〵鉈《なた》一丁貸《てうか》させ桃《もゝ》の葉《は》を刻《きざ》むと子供《ども》が唄《うた》ふもこの薬《くすり》の製法《せいはう》を見てはねへぞ

【注釈】

太田了竹―天河屋義平の女房お園の父。元は斧九太夫に仕えていた医者で敵役。「了竹は。もと九太夫が扶持人」(『仮名手本忠臣蔵』十)。

二三枚目の敵役―二枚目であり、道化役の三枚目の要素も持つ敵役であるということ。

夜討の場―忠臣蔵の討ち入りの場面のこと。

片輪者長生きして業をさらす―業とは前世からの悪業を指し、片輪者が長生きをするのは恥をさらすことと考えられた。

凡夫―凡人。

親の心子知らず―親の心を知らない子供が勝手な振る舞いをすること。

天道様は何が御商売か―天明六（一七八六）年刊『天道大福帳』序文冒頭「そも〳〵天道の御商売と申は善をなすものには幸いを与え、悪をなすものには禍いを与え給ひ……」を踏まえる。本作の忠臣蔵に天道様の趣向を持ち込んだのは『天道大福帳』に倣ったものと考えられるが、さらに馬琴は天道を医者に見立て、治療・薬の趣向を付加した。またそもそも天道や星の趣向を『忠臣蔵』に持ち込んだのは、『仮名手本忠臣蔵』冒頭の「国治つてよき武士の忠も武勇もかくる丶に、例えば星の昼見えず夜は乱れて顕はる丶」という文句に導かれたものと考えられる。

飲みたひ、喰いたひの病、欲しひ、行たひの病―「食いたひ、飲みたひ、欲しいと思ふ心がいつしか鬼、なつて」(『心学晦荘子』)。「行たひの病」は遊郭に行きたいということか。ただし、稿本では「したひのやまひ」。

獅子身中の虫―大星由良之助が裏切り者の斧九太夫に対して言った台詞に「獅子身中の虫とはおのれが事」(『仮名手本忠臣蔵』七段目）とある。

檜山の火はひの木から出てひの木を焼く―「檜山の火は檜より出て檜を焼く」(『国性爺合戦』梅檀皇女御殿)。

天道人殺さず―天は慈悲深くて人を見捨てはしないということ。「天道人を殺さずの喩の通り」(『孔子縞于時藍染』)。

大千世界―仏語。三千大千世界の一つ。仏の教えの及ぶ範囲を意味する。「広い浮世に五尺の躯をおきかねて、大千世界を見極めたいとは」(『夢想兵衛胡蝶物語』)。

六枚肩―一つの駕籠を六人が交替でかつぐこと。「折からいそぐ六まいがた」(『通気粋語伝』第三)。

六尺―駕籠舁きのこと。「松助が仕事し、輿丁《ろくしやく》久しいもの」(『当世気どり草』)。

黒鴨―下男のこと。全身、紺無地の木綿物を着けた様子が、全身紺（黒）づくめであったことによる。「黒がもをつれて妾の高がしれ」(『柳多留』六)。

代脈―医師に代わって患者を診察すること。「其主人の気に応じ弟子に成り、滝沢宗偲とて代脈に歩行」(『耳嚢』五「才能不埒を補ふ事」)。

三ツぼしの膏薬―三星膏薬は瘡毒の膏薬。『富貴地座位』に江戸橋南詰四日市と神田鍛冶町の二店を載せる（『絵本江戸薬粧志』参照)。「三ツ星の膏薬でもとかくなをりません」（『娼妓絹籭』）。「三ツ星の見世へのこの手おひ来る」（『末摘花』四）。

星の名―稿本では「ほしといふな」。

桃の葉を刻むと子供が唄ふ―桃の葉湯は、あせもを治す効用があると言い、夏の土用に桃の葉を入れて入浴した。「六日の菖蒲湯流行に後れ、残暑の桃湯蹟篇《あとへん》なるべし」（『浮世風呂』二序）。「お月様〳〵鉈一挺お貸し、何に仕やる、桃の葉を刻む、桃の葉の中から美しい女臈と汚い女郎と化粧して出やる……」（岡本昆石編『あづま流行　時代子供うた』明治二七年）。

この薬の製法を見てはねへぞ―稿本では「うそではねへぞ」。

【挿絵】 左手奥に薬箪笥と本箱が並ぶ。本箱には『本草綱目』『傷寒論』『千金翼方』の名が見える。「二七三八」については未詳だが、『押絵鳥痴漢高名』四ウ五オの本箱の上にも「一六詩会　二七左伝・論語　三八詩会」などと貼り紙が見える。天道様は匙をもって薬包を作っている。その前には薬を刻む星、「半夏」「上々茯苓」とある薬袋のそばでは、星が筆と紙をもって何か記している。稿本では「白玉印　半夏」「上々茯苓　桜印」の他、さらに「寒製苄」の薬袋が見える。右手で坊主頭を押さえている医者は背と袖に「竹」の紋があり、太田了竹とわかる。

（二ウ三オ）

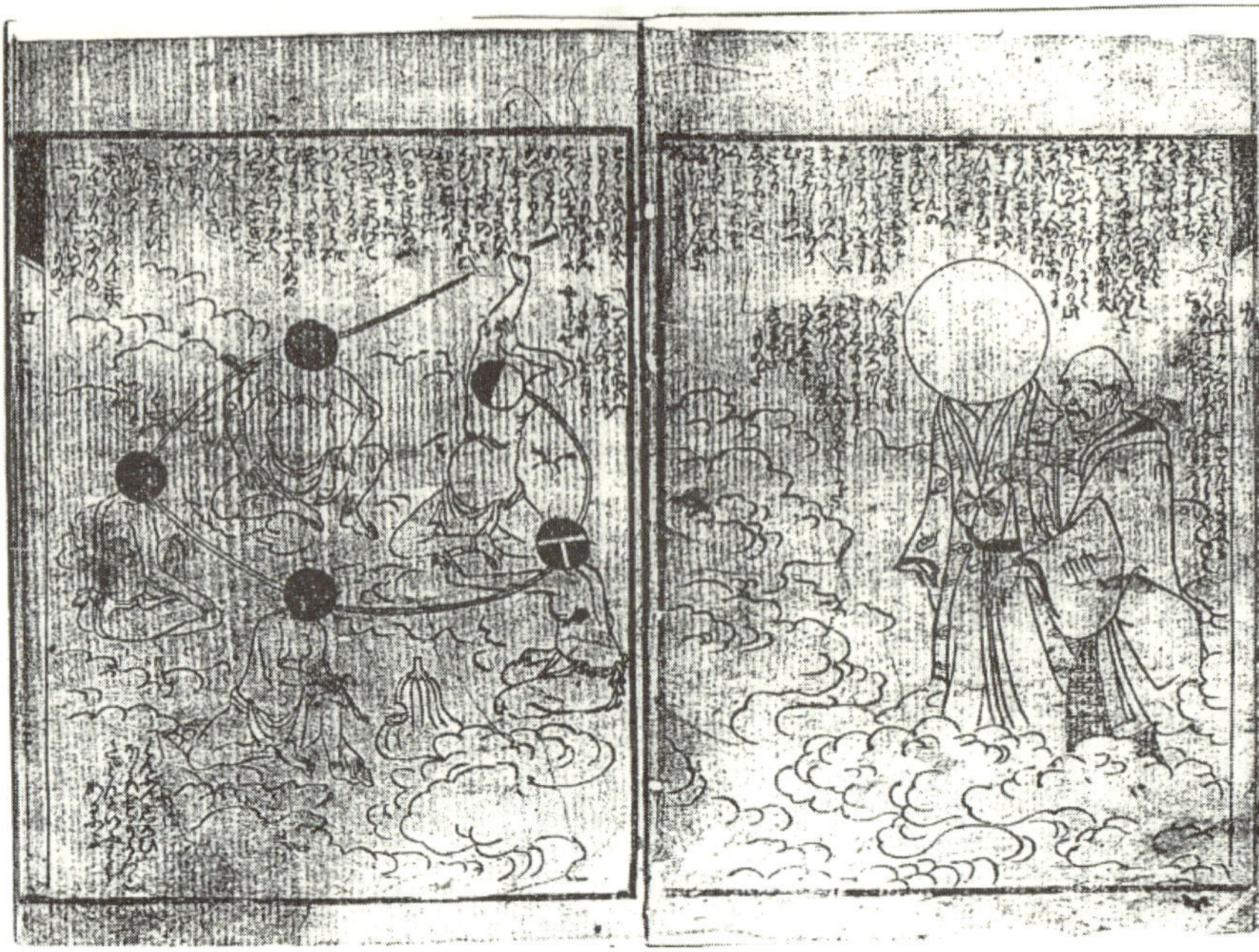

（二ウ・三オ）

さて又、それ程精出《ほどせい》して、天道様《てんたうさま》が療治《りやうぢ》なさるゝに、何故《なぜ》敵役《かたきやく》はたくさんで、実事師《じつごごし》が払底《ふつてい》だといふに、その病《やまひ》の根源《こんげん》といふは、天《てん》上にある羅計火《（らけいくは）》などゝいふ悪星《わるぼし》にて、俗《ぞく》にいふ黒星《くろぼし》なり。此黒星《くろぼし》が人の身《み》に当《あ》たる時《とき》は、上戸には酒《さけ》の病《やまひ》を起《お》こさせ、息子《むすこ》娘《むすめ》には恋《こひ》の病《やまひ》を患《わづら》はせ、爺婆《ぢゞばゞ》には欲心《よくしん》の病《やまひ》を起《お》こさせる。同《おな》じ星《ほし》でも、天道《てんたう》様の手《て》助《たす》かりをする良《よ》ひ星《ほし》もあれば、またかういふ悪星《わるぼし》もあり。昔《むかし》からいふ通《とを》り、釈迦《しやか》に提婆《だいば》、鯨《くじら》に鯱《しやちほこ》、聖人《せいじん》に佞人《ねいじん》、善《ぜん》玉に悪《あく》玉などゝ、とかく良《よ》いものには悪者《わるもの》がつきたがるものなれば、とかく此黒星《くろぼし》に当《あ》たる年《とし》は、銘々《めい〳〵》養生《やうじやう》するがよし。災《わざは》ひは口からにて、飲《の》み喰《く》ひが過《す》ぎれば脾胃《ひゐ》を破《やぶ》り、口を過《す》ごせば命《いのち》を失《うしな》ふ。その証拠《せうこ》は、此次《つぎ》を開《あ》けて見て悟《さと》るがいゝと、天道《てんたう》様、忠臣蔵《ぐら》の序開《じよびら》きから、十一段目《だんめ》の大仕掛《しか》けまで、一々《いち〳〵》絵解《ゑと》きをし給《たま》ふぞ有難《ありがた》き。

何故《なぜ》有難《ありがた》ひか、気《き》が知《し》れず。

黒星《くろぼし》がいふ。〽おいらがかふ並《なら》んだ所は笠森稲荷《かさもりいなり》の土の団子《だんご》といふものだ。

〽人間の体《からだ》でも足《あし》の黒星《くろぼし》は急所《きうしよ》にて少《すこ》しあやめても大事の場所《ばしよ》だ。黒星《くろぼし》の悪《わる》ひ事は諸事《しよじ》はこれで知《し》れたものだ。

〽足《あし》のはたしかくろぶしだに天道様《てんたうさま》もよく片言《かたこと》をいわつしやる。しかしこゝが草双紙《くさぞうし》だけだろう。

〽つながつた所は百万遍《べん》の数珠《ずゞ》に手足《あし》を付たやうだぜ。

〽半分白《はんぶんしろ》ひ星《ほし》はおこりかゝつた炭団《たどん》といふばもあるによ。

【注釈】
実事師―真面目な善人を演じるのを得意とする役者。「今おまへ、敵役も実事師も出た所ではわからぬはさ」（『浮世風呂』四下）。
払底―すっかりなくなること。
羅計火―九曜のうち、羅睺《らご》と計都《けいと》と火曜の三星の総称。人に災難や争いを起こさせる悪星。「陰陽者家流毎ニ用レ之配シ二人ノ五性一。以二毎年所属ノ星ヲ一告グ二吉凶ヲ一。特ニ値二羅計火ノ三星一為レ凶」（『和漢三才図会』一・九曜）。「凡そ人の災難、口舌あるは、羅計火の三の悪星より起る」（『真俗仏事編』一・星祭）。
黒星―黒い星。急所。
上戸―酒飲み。
釈迦に提婆―いつの世の、どんな優れた人にも敵があること。「しやかにだいは」（『毛吹草』二）。
鯨に鯱―つきまとって害を与えること。「妼どもがそびかふて、配分さしてはなるまいと、主の行かしやる所々、跡から築羽根、鯨に鯱」（『蘆屋道満大内鑑』三）。
佞人―口先が巧みで心が邪な人。「傍に付添ふ佞人原めが」（『伽羅先代萩』二）。「良臣は退き去り、佞人は時を得たり」（『南総里見八犬伝』初・二）。
脾胃―脾の臓と胃の腑。消化器系の内臓。「五穀の生をやしなふ、饐えて食する時は脾胃を損ず」（『跖婦人伝』序）。
此次を開けて―この書の次の丁を開いて、という意味。
序開きから、十一段目の大仕掛けまで―『仮名手本忠臣蔵』は全十一段。
絵解き―分かりにくい物事をやさしく解き明かすことだが、ここでは、黄表紙の絵で天道様が説明したという意味。
笠森稲荷の土の団子―大坂の笠守稲荷が江戸では、谷中感応寺西黒門際、谷中大円寺境内、小石川御薬園北の三カ所に勧請され、「瘡守」に通ずることから、瘡除けの神として信仰を集めた。感応寺門前のものが最も著名であった。「寛政五六年の比、谷中の笠森稲荷を諸人瘡守稲荷と称へて、諸瘡の平愈を祈願すること流行しける」（『守貞漫稿』二〇）。土団子は、瘡毒を病む人が祈願のため寺社に供え、満願の時に米の団子を供える風習があった。
足の黒星―黒星とくるぶし（くろぶし）を掛ける。
片言―発音などが不正確な言葉。「此女かたことばかりならべるゆゑよくよくふりがなに気をつけてよみ給ふべし」（『浮世風呂』二・下）。
草双紙―絵入り短編小説の総称。
百万遍の数珠―京都の知恩寺で修する仏事で用いる一〇八〇粒の大数珠。これを繰り回しながら念仏を百万遍唱えて極楽往生を願う。後には一般在家にも広まった。百万遍念仏。「いか成跡のとひ弔ひ百万べんの御回向より、聞入れたとの御一言」（『心中宵庚申』下）。『東海道四谷怪談』五段目庵室の場において、病人の伊右衛門を祈祷のために、皆々が数珠にとりついて百万遍の念仏を唱える。
炭団―木炭粉や石炭粉を玉状に固め、乾燥させた燃料。稿本では「炭団のばもあるによ」。「炭団でたばこのみながら」

（『阴兼阳珍紋図彙』）。

【挿絵】 右手に天道様に連れられた太田了竹。了竹が指さす先には、黒星がつながれている。この様子を百万遍の数珠のようだとした。黒星達はのびをしたり、一服したりくつろいでいる。

（三ウ四オ）

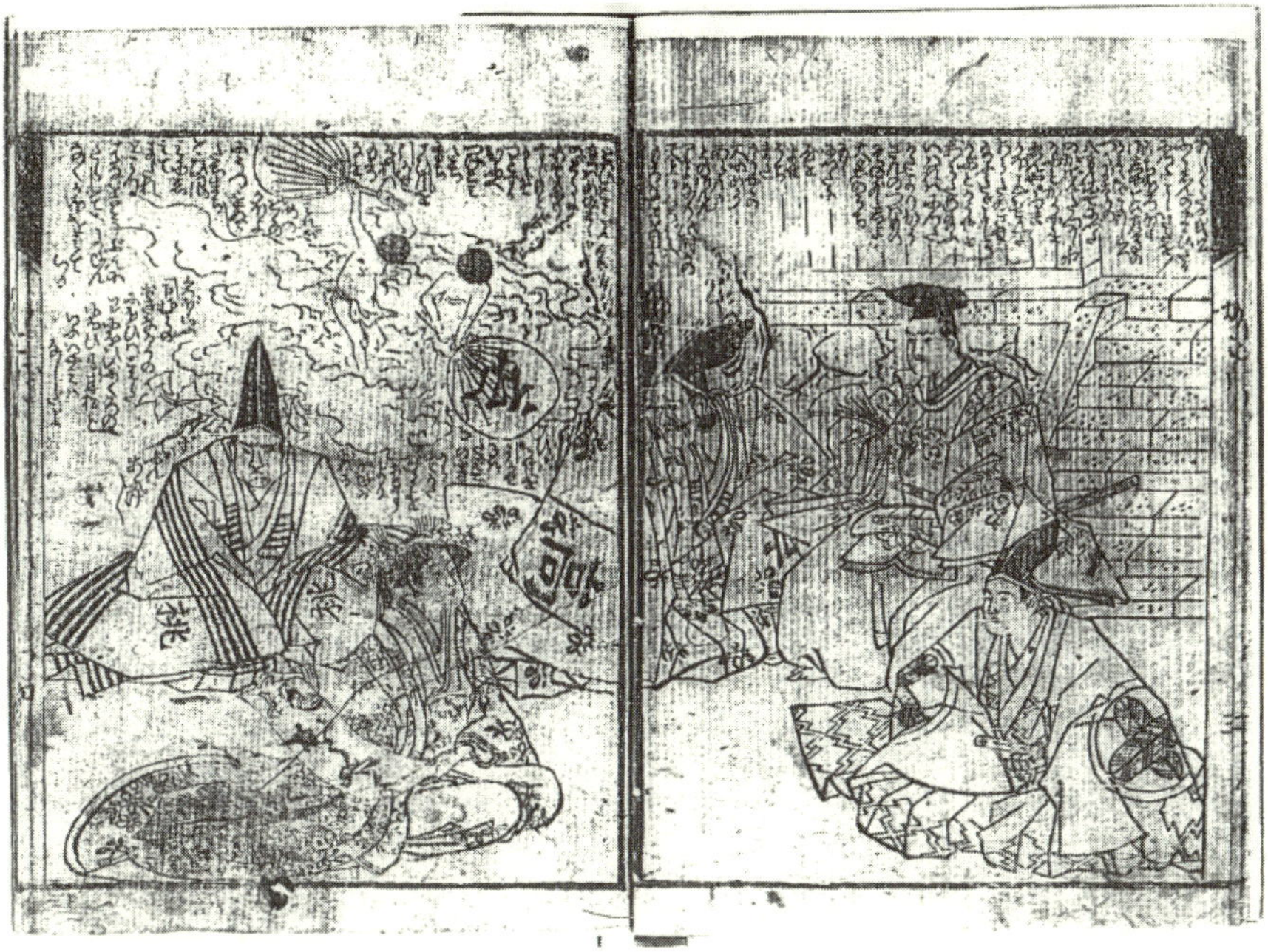

（三ウ四オ）

足利尊氏《あしかゞたか》公、腹心《ふくしん》の病《やまひ》たる新田義貞《にったよしさだ》を討《う》ち滅《ほろ》ぼし、御舎弟《しやてい》左馬の頭直義《かみたゞよし》公、鶴《つる》が岡《おか》の八幡《まん》にて、新田《にった》の家《か》伝龍頭《でんたつがしら》の兜膏薬《かぶとかうやく》を、塩冶《ゑんや》が妻《つま》かほよ御前《ごぜん》に、改《あらた》めさせ給ふ。直義《たゞよし》公、兜《かぶとかうやく》膏薬を改《あらた》め給ふいはれは、新田《にったがた》方より降参《かうさん》の兵《つはもの》、その外諸《しよ》大名の内《うち》、もし新田《にった》に心を寄《よ》せ、内股膏薬《うちまたかうやく》の大小名《めう》あらんかとの御賢慮《けんりよ》なり。此時の天上の黒星《くろぼし》は、師直《もろなを》が目に飛《と》び込《こ》み見れば、目《め》の毒《どく》にあて、襟筋元《ゑりすじもと》からぞつとする。皮膚《ひふ》へ付《つ》け込《こ》み、忽《たちま》ち恋風《こひ》を引かせければ、師直《もろなを》、見《み》れば目《め》の毒《どく》のかほよに現《うつゝ》をぬかし、忽《たちま》ち恋風《こひ》、身《み》にしみて涎《よだれ》と水洟《みづばな》を等分《とうぶん》に垂《た》らして、余念《よねん》なく顔《かほ》を見《み》て居《い》る。

（黒星）恋風《こひかぜ》を引かせるは、煙草《たばこ》の吹殻《ふきがら》で堅炭《かたすみ》をおこすより、骨《ほね》がおれる。

黒星《くろぼし》いふ。〽下村《むら》の翁香《おきなかう》の匂《にほ》ひはどうだ。ソレ、匂《にほ》ひ袋《ぶくろ》の匂《にほ》ひも甘松といふ、いやみはなしだよ。ずいぶん扇《あふ》げ〳〵。

【注釈】

龍頭の兜―「五枚兜の龍頭是ぞといはぬ其内に」（『仮名手本忠臣蔵』一）。

腹心の病―深刻な悩みのこと。「晉は瘡にして、越は腹心の病也」（『太平記』一〇・新田義貞謀叛事）。

兜膏薬を改め―『仮名手本忠臣蔵』第一のかほよ御前が、足利直義の御前で、新田義貞の兜を改める場面に拠る。膏薬は、動物の脂で練った外用薬で、紙片・布片に塗って患部に貼る。病・薬尽くしの趣向から兜改めを兜膏薬改めとした。

内股膏薬―内股に張った膏薬が左右に張り付くように、定まった考えもなく、あちらこちらと付き従うこと、また、そういう人。「平家の禄を食む鬼一が、源氏に大事を伝へんは俗に言ふ内股膏薬、彼方《あちら》へも附き此方《こちら》へも附く二心」(『鬼一法眼三略巻』三)。

ぞっとする―美しいものに出会ったりした際に、感動が身体を走り抜ける様子。「ぞっとするほど美しき姿もはでな替り嶋」(『春色梅児誉美』三・一五齣)。

恋風―恋の切なさが身にしみわたるのを、風にたとえていう。「盗人の恋風」(『蝶夫婦』)。「互にわか木の恋風に、すれつもつれつ、一夜が二夜とたびかさなり」(『丹波与作待夜の小室節』上)。

見れば目の毒―一旦見てしまうと欲しいという欲が出て、それが煩悩となり害になるもの。「見ればめのどく、皆おじゃ〳〵と船底へこそ入にける」(『浦島年代記』一)。

涎と水洟を等分に垂らす―美しいものを見て可愛い、欲しいと思うという意の「涎を垂らす」と風邪を引いた時の、水のような鼻水の「水洟」を掛けた。「横目もせず、打頷《うちうなづき》許々よだれとろとろ垂して見入り給へり」(『源平盛衰記』一七・祇王祇女仏前事)。

余念―他の考え。

吹殻―煙管で吸った煙草の燃えかす。「歌学者吹がらあらあらはたきながら」(『異素六帖』発例)。

堅炭―樫・楢・栗などを蒸し焼きにした、火力の強い堅い木炭。稿本では「堅炭をおこすよりは」。

下村の翁香―常盤橋側両替町の下村山城掾で売った白粉の名。「下村のおきな香をうつすらと付」(『傾城買四十八手』)。ここではかほよの化粧の香りを指す。

甘松―甘松香の略。オミナエシ科の多年草。健胃剤・香料とした。「にほふがよいとて丁字甘松ばかり入れたかけかうに狐臭《わきが》まじりにくるがある」(『蕩子筌枉解』)。「甘松香……略して甘松と云。和産なし。漢渡に二品あり。蝦様の甘松と呼は根なり。形長く微しくゆがみて一頭に鬚多く蝦の形の如し。此を上品とし薬用に入。又葉甘松と呼は……香気多し。これは香嚢《にほひぶくろ》の用に入、薬には入ず」(『重訂本草綱目啓蒙』一〇・芳草)。稿本には「かんせう」の付け仮名有り。

【挿絵】『仮名手本忠臣蔵』第一、兜改めの段に拠った場面。上手、鶴岡八幡宮の石段の前に足利直義、その左右に鷹羽紋の塩冶判官、高師直、下手にはかほよ御前が兜膏薬の看板を持っている。その奥に控えるのは桃井若狭介。黒星が「恋」の字が書かれた団扇で師直を扇いでいる。

(四ウ五オ)

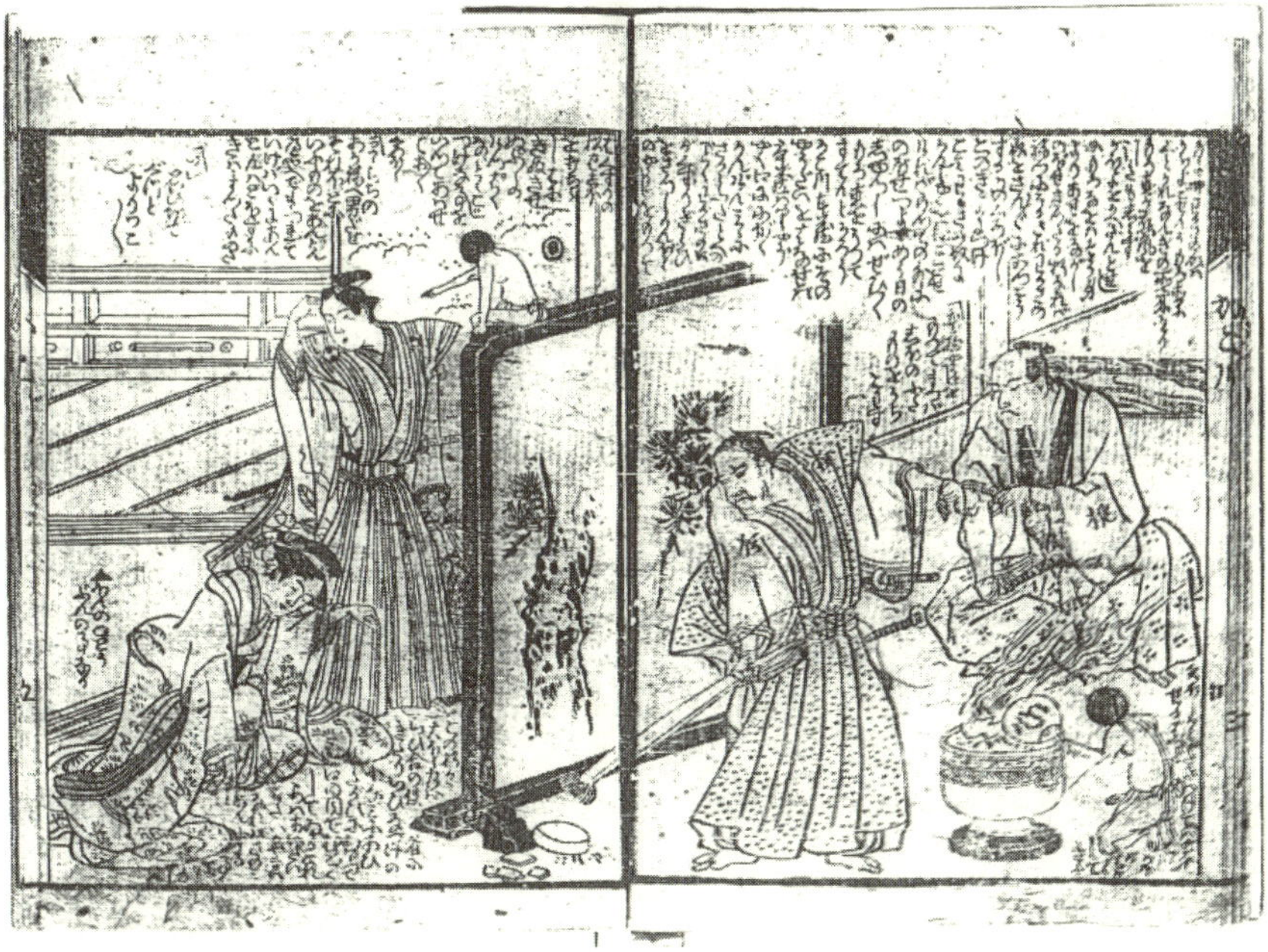

(四ウ五オ)

桃《もも》井若狭《わかさの》介は、かほよ御前《ごぜん》が師直《もろ》に口説《くど》かれ、難儀《なんぎ》の所へ来か丶り、師直《もろ》が恋風を引たとも知《し》らず、かほよを帰《かへ》さんとせしに、師直《もろなを》は惣《そう》身より汗《あせ》を流《なが》し、のぼせきつたる折なれば、熱《ねつ》にうかされ、若狭《わかさの》介をさん〴〵に悪口《あつこう》する。かの黒星《くろぼし》、この機につけ込《こ》み、若狭《わかさの》介に癇癪《かんしやく》を起《お》こさせければ、もっての外にのぼせ強《つよ》く、明《めう》日の出仕《しゆつし》にはぜひ〳〵、師直《もろ》を討《う》つて捨《す》てんと、家老《かろう》加古《かこ》川本蔵に、その容態《やうだい》を話《はな》せば、本蔵は良薬《りやうやく》口に苦《にが》く、諫言《かんげん》耳に逆《さか》らふ喩《たと》へのごとく、若狭《わかさの》介が薬嫌《くすりぎら》いを察《さつ》し、肝木《かんぼく》の楊枝《やうじ》をもつて、歯薬《はぐすり》の松葉塩《しほ》を打ちらし、歯《は》に衣着《きぬき》せぬ武士《ぶし》の潔白《けつぱく》など丶、こじつけな事をいつて合《あ》はせておく。

(黒星)黒星《くろぼし》が焚《た》き付《つ》けてはのぼせるはづだ。顔《かほ》がてか〳〵してきた。

〽本蔵、楊枝《やうじ》をもつて、松葉塩《まつばじほ》の蓋物《ふたもの》を打《う》ち壊《こわ》す。この折《おり》から、大星《ぼし》力弥、言《い》ひ合の使者に来《き》たり、許嫁《いひなづけ》の小浪《なみ》に逢《あ》ひ、互《たが》ひにひじつて口の内でむご〳〵してゐる。これらは逢《あ》いたい、見《み》たい病《やまい》なれば、さのみ案《あん》じる事でもなし▲

▲本《ほん》の御当分《ごとうぶん》の事なり。

黒星《ぼし》〽ヱ、埒《らち》の明《あ》かねへ男だぜ。それ程《ほど》にいふものを、行灯部屋《あんどんべや》へでも連《つ》れていけばい丶に。行灯《あんどん》は灯《とぼ》すに極《きは》まつたものだ。

(黒星)〽ソレ、思ひ切て、ぐつとよりつこ〳〵。

【注釈】

惣身—からだ全体。「清太郎は五十年の歓楽此一日に尽き、まことにそうみよりあせをながしける」（『見徳一炊夢』）。稿本では平仮名ではなく「惣身」。

癇癪—些細なことでも激怒しやすい性質。「是から幕の内へ参り、疳癪の養生ながら、御馳走に預りませふ」（『伽羅先代萩』七）。

のぼせ—熱気や興奮で頭がぼうっとすること。「昇《ノボセ》じゃ程に、ふじへ灸をしろと医者殿がいわるるが、道ハ遠し」（『蝶夫婦』灸所の早合点）。

良薬口に苦く諌言耳に逆らふ—良い薬は苦いが、病気にはすぐれた効き目があるの意。「しかれども良薬は口に苦く、諌言は耳に逆ふ」（『独考論』）。

肝木の楊枝—肝木は落葉灌木の一種。めどのき、くそくさぎ。肝木を削って作った楊枝は、歯磨きに使ったもので、先端を叩いてふさの様にしてある。単に房楊枝というと楊柳で作った女性用を指し、房が長くお歯黒が剥げぬように柔らかいが、肝木は男性用という（樋畑雪湖「江戸の楊枝店」『江戸時代文化』一巻一号）。「舌かきの付たるかんぼくのやうじで」（『浮世床』初・上）。ここは若狭介と本蔵ゆえに、肝木の楊枝。

松葉塩—歯磨に用いた塩。「はんそうのたらい片手に松葉しほ」（『柳多留』一〇七）。「縁先の松の片枝ずつぱと切て」（『仮名手本忠臣蔵』二）から呼び出した。

歯に衣着せぬ—包み隠さず、率直に言う。「歯に衣きせざる一言に、こらへかねたるやまとだましひ」（『春色梅児誉美』三・一五齣）。松葉塩と歯磨きの縁から、若狭介が本蔵に、師直に対する怒りを語る台詞を「歯に衣着せぬ」と表現した。

武士の潔白などゝこじつけな—松葉塩の白からの縁か。「御前に於て恥面かかせる武士の意地」（『仮名手本忠臣蔵』二）を「武士の潔白」としたか。

顔がてか〳〵してきた—稿本では「てか〳〵してきたやつさ」。

蓋物—蓋つきの器。「此蓋物とお金をよこしまして」（『春色梅児誉美』四・二三齣下）。

言ひ合の使者—塩冶判官が翌日の饗応の役の確認に、若狭介に大星力弥を遣わした（『仮名手本忠臣蔵』二）。

ひじつて—曲がって。刊本の本文の通りでは、身をくねらせる様子を言うか。但し、稿本では「び、って」。「びびる」は、はにかむの意で、の意でこちらが正しいと思われる。「しぐむといふ事を江戸にて、はにかむと云、又びびるともいふ。東国にて、しごむと云、又はがむと云」（『物類称呼』五）。

むご〳〵—口をしきりに動かすさまを表わす様子。

御当分—その当座。「当分の罪を免れん」（『南総里見八犬伝』六二）。

行灯部屋—昼間、行灯をしまっておく部屋。片隅や階段の下などの狭くて暗い部屋を用いた。「下女の髪行燈部屋のにほいがし」（『川柳評万句合』明和四・春楽三評）。

行灯は灯すに極まつたものだ—「灯す」は男女の交合の意。行灯に火を点す意と掛けた。「くらまぎれとぼして見ればおうば殿」（『柳多留』四九）。

ぐつと—一息に、ぐいと。「長刀取延べ障子越し、ぐっと通して一ゑぐり」（『用明天皇職人鑑』二）。

よりつこ〱—近くに「寄った、寄った」と力弥小浪をけしかける言葉。「っこ」は「慣れっこ」等と同様。

【挿絵】『仮名手本忠臣蔵』第二段の松切り、『忠臣蔵』では高師直を討つと息巻く桃井若狭介に加古川本蔵が松の枝を切り落としてみせる場面。衝立には松が描かれる。衝立の右側では、上手の桃井若狭介の前で本蔵は肝木の楊枝で松葉塩の入った蓋付の容器を打ち壊して見せる。その前では黒星が「心」の字の書かれた団扇で火をおこして、若狭介を焚き付けている。衝立の左には二つ巴紋の角前髪の力弥と本蔵の娘小浪。許嫁同士の二人が恥じらう様子に黒星が二人の仲を近付けようとしている。

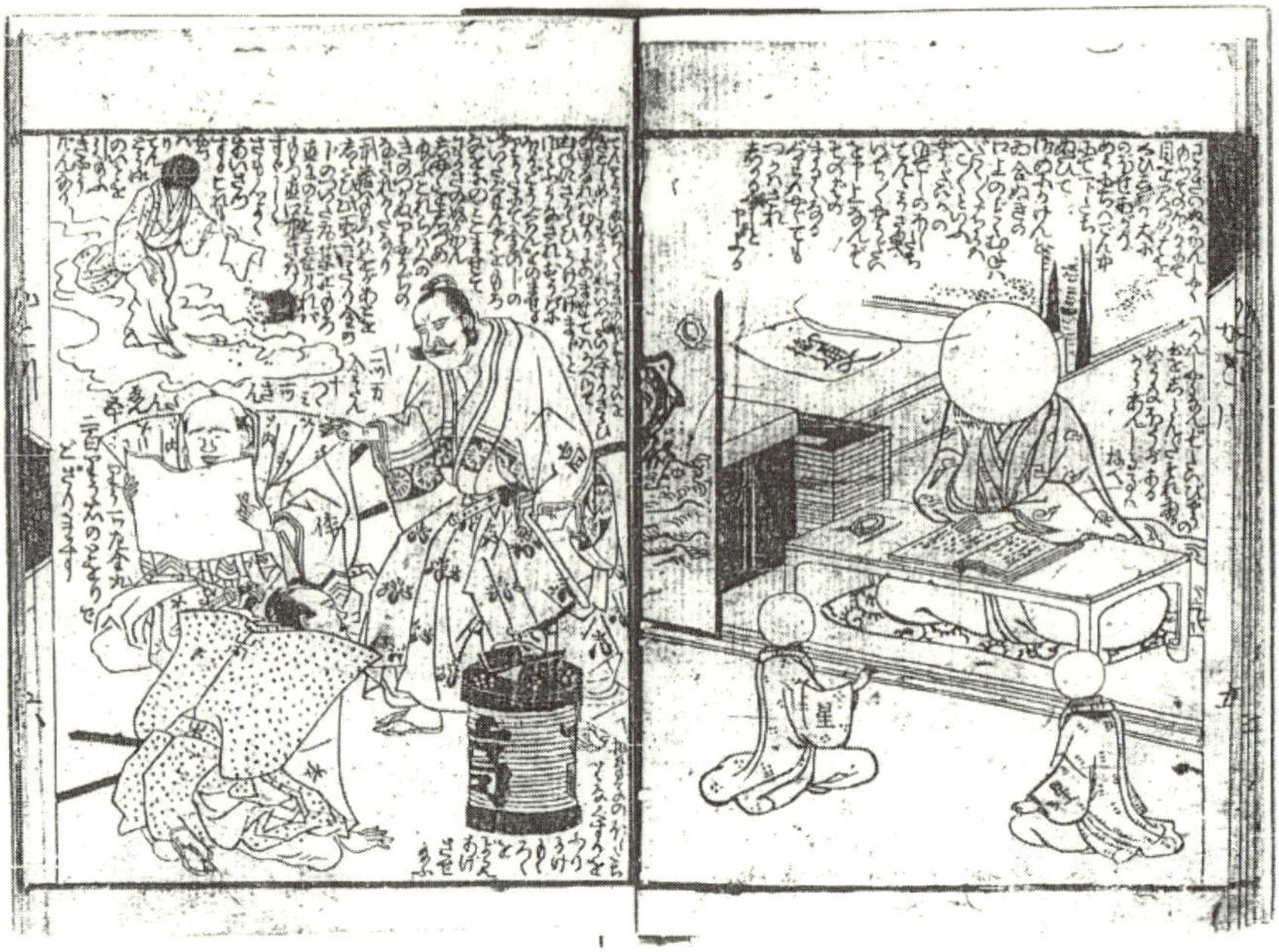

（五ウ）（中巻・六オ）

（五ウ）

若狭介《わかさの》が癇癪《かんしやく》、もつての外《ほか》にて、目を見つめ、歯《は》を喰《く》ひしばり、大にのぼせあがり、明日《めうにち》は殿《でん》中にて、一ト太刀《たち》抜《ぬ》ひて、御目《め》にかけんと、居《ゐ》合抜《ぬ》きの口上のごとく、胸《むね》はだく〳〵、腹《はら》はへこ〳〵といふ容態《やうだい》。かの御弟子《でし》の星達《ほしたち》、天道《てんたう》様《さま》へ、一々《いち〳〵》容態《やうだい》を申上、何《なん》ぞその場《ば》の丸《まる》くなる丸薬《ぐはんやく》でも遣《つか》はされ、しかるべしと申上る。

（天道）〽癇癪《かんしやく》、何《なん》ぞ大病《たいびやう》の心を知《し》らん、だ。それにやア、妙《めう》な方《ほう》があるから、案《あん》じる事はねへ。

中巻（六オ）

天道様《てんとうさま》、一々《いち〳〵》、若狭介《わかさの》が容態《やうだい》を聞《き》こしめし、若狭介《わかさの》は一体《いつたい》薬嫌《くすりぎら》ひの男なれば、無理《むり》に飲《の》ませては、却《かへ》つて胸《むね》に逆《さか》らひ、受《う》け付《つ》けまじと、御工夫《くふう》なされ、お乳母《うば》に保童丸《ほうどうぐはん》を飲《の》ませる利方《りかた》にて、金の字《じ》の付《つ》いた丸薬《ぐはんやく》を、師直《もろなを》に飲《の》み込《こ》ませて若狭介《わかさの》が癇癪《かんしやく》を鎮《しづ》め給ふ。これらは、人の気《き》の付《つ》かぬ、療治《りやうぢ》の為《な》され方《かた》なり。

〽本蔵は、師直《もろなを》が跡《あと》を慕《した》ひ此所へ来《き》たり、金の字《じ》の付《つ》いた丸薬を、師直《もろ》に飲《の》み込《こ》ませければ、師直《もろ》口中さは〳〵とすが〳〵しく、さも心良《よ》く挨拶《あいさつ》する。これもやつぱり、天道《てんとう》様の糸《いと》を引給ふ狂言《きやうげん》なり。

（鷺坂伴内）〽一ツ万金丹《たん》十づゝみ、一ツ金丹円《きんたんゑん》五十粒《りう》、一ツ左金丸二百粒《りう》、右の通《とを》りでござります。

〽お弟子の星達《ほしたち》、鼻薬《はなぐすり》を振《ふ》りかけ、目録《もくろく》を読《よ》み上《あ》げさせ給ふ。

【注釈】

（五ウ）

大に―稿本では「大きに」。

明日は殿中にて一ト太刀抜ひて御目にかけんと―「真二つにと思へ共。……明日は最早料簡ならず。……討て捨る」（『仮名手本忠臣蔵』二）。

居合抜きの口上―長い刀を抜いて見せる芸、その芸人。盛り場の大道で芸を見せて人を寄せ、薬や歯みがきを売った。薬尽くしの縁で使われた。「歯磨うりの居合抜、売薬のいひたて」（『東海道中膝栗毛』七・上）。

だく〳〵―胸などがはげしく鼓動するさま。どきどき。「くわつと上気して胸はだく〳〵思ひながら」（『白虎通』）。

腹はへこ〳〵―お腹が空いた様。ぺこぺこ。「はやく給《たべ》させてくんな。何だか腹がへこへこして力がなくッて」（『春色英対暖語』二・一二章）。稿本では「……といふ容態なれば」と続く。

その場の丸くなる丸薬―その場が円満に「丸く納まる」意と、丸薬を丸める、とを掛ける。

癇癪何ぞ大病の心を知らんだ―小人物には英雄の志がわからないの意の、「燕雀いずくんぞ鴻鵠の志を知らんや」をもじった。

（六オ）

妙な方―素晴らしい処方という意。

お乳母に保童丸―保童丸は、保童圓のことか。保童圓は、『江戸買物独案内』には　長崎屋平左衛門（調合所。京伝の母の妹の子）と野田屋市郎右衛門（薬種店）が載り、「五疳きやうふう（驚風）虫一切によし」（長崎屋）、「小児万病によし」（野田屋）とある。「圓」は本来、練り薬であるが、「熊《クマノイ》トキテ糊ト合テ丸之也」とあり、丸薬にして服用する（『家伝預薬集』寛文六年）。「疳ヲ治シ、食ヲ消シ、積虫並ニ、腹ハリ大ナルニヨシ。小児一切ノ萬病ニヨシ。（中略）右十五味《ミ》丸《グハンズ》」（『道三丸散重宝記』天明元年）。また『江戸買物独案内』には、雁皮紙所の須原屋佐助が扱う「小児五疳妙薬」の「保童真珠丸」も載る。保童丸の一種である「五疳保童圓」の効能には「治小児五疳。蓋其骨肉軽軟、腸胃微細、若乳哺有節時、則臓腑自調」とあり、「乳母寒温失理、飲食無常、酔飽喜怒」であることが五疳の病を引き起こす一つの原因であるという（『増廣太平恵民和剤局方』享保一七年）。「大養保童圓　永楽堂」には「第一大人小児気付けげどくによし」とあり（『売薬重宝記』）、大人が服用することもあったらしい。ここでは、若狭介に直接処方するのではなく、相手の師直に処方するのを、赤子に薬を飲ませるのではなく、その乳母に保童丸を飲ませることに喩えた。

利方―便利な方法。「成程利方なものだ」（『浮世床』初下）。

金の字の付いた丸薬―賄賂の金子のことを、ここでは薬のように言った。五ウの天道様のいう「妙な方」とは本蔵の賄賂のこと。「金で頬はる算用に、主人の命も買て取る」（『仮名手本忠臣蔵』三）。

本蔵は、師直が跡を慕ひ此所へ来たり―本蔵は主人若狭介よりも早く師直に会うために早馬で屋敷へ尋ねるが、すでに師直は登城しており、本蔵も師直を追って登城、面会を求める。本蔵は師直に若狭介の指南料として「目録一つ巻物卅本黄金三十枚若狭助奥方、一つ黄金廿枚家老加古川。同十枚番頭同十枚侍中。右の通」（『仮名手本忠臣蔵』三）と献上する。

さは〳〵と—さわやかに。「御両人初メての対面、是へとふし、さわ〳〵といたしませふ」（『蚊不喰呪咀曽我』）。「師直は明た口ふさがれもせずうつとりと。主従顔を見合せて。気抜けの様にきよろりつと。祭の延た六月の晦日見るが如くにて。手持ぶさたに見へにける」（『仮名手本忠臣蔵』三）。

糸を引給ふ狂言—裏で指図して仕組んだことという意。「新田足利威を争ひ、合戦に及ぶ様に糸を引かせ」（『神霊矢口渡』一）。

万金丹—伊勢度会郡の朝熊山の野間屋で製する薬。胃腸、解毒、気付け、その他の諸病に効果があるとする丸薬。野間万金丹、朝熊万金丹とも。長方形で金箔を押す。一分金に似ていることから、一分金のことも指す。「一歩のかたちしたる万金丹有ければ」（『私可多咄』五・七）。

金丹円—薬の名。万病に効く意を持たせ、小判のことを薬の名のようにも指す。「あげたりもどしたりしなんすとって姫川が金丹円をとりにめへりいした」（『婦足髷』四）。

左金丸—薬の名。『道三丸散重宝記』（天明元年〈一七八一〉刊）には「左金丸《サキンクハン》」「肝火サカリテ。コノムテイカリ。ムネイタミ。或ハ時ニムネヘヒイテイタミ。或ハ咳嗽、上気、或ハ腹中イタミ、泄瀉、或ハ眩暈、ムネワルク、或ハ嘔噦、嘔逆、或ハ眼アカリスジヒキツリ、或ハ吐血ノモノニヨロシ」とある。『医療薬方規矩』（天保八年〈一八三七〉刊）には「左金丸　治肝経。欝熱。吐酸黄水者」とある。

鼻薬—鼻の病気に用いる薬。また少額の賄賂の意味でも使う。双方の意味を掛ける。「送人情　人にものをたのみさきへ礼をすること、はなくすりといふ也」（『雑文穿袋』）。稿本では「鼻薬を伴内に振りかけ」。歌舞伎では、取次を無視する伴内の袂に、本蔵が包み紙を入れる。（『歌舞伎オン・ステージ』八、参照）

【挿絵】（五ウ） 文机の前で書を開いている天道様に、お弟子の星達が天道様に報告している。天道様の右手には長持、書物の山、「御通入」と書かれた袋がある。御通とは星達からの報告書か。なお稿本では、柱に「注文帳」と記された帳面が下がる。

（六オ）『仮名手本忠臣蔵』第三進物場に拠る。本蔵が、師直に家中よりの送り物の目録を献上、取り次ぎの鷺坂伴内が目録を読み上げる場面。お弟子の星（刊本では黒星だが、稿本では白星に描かれる）は薬袋から鼻薬を伴内に振りかけている。師直の足下の提灯は「正七つ時の御登城……提灯てらし入来るは。武蔵守高師直」とあるように早朝四時頃の登城時のもの。

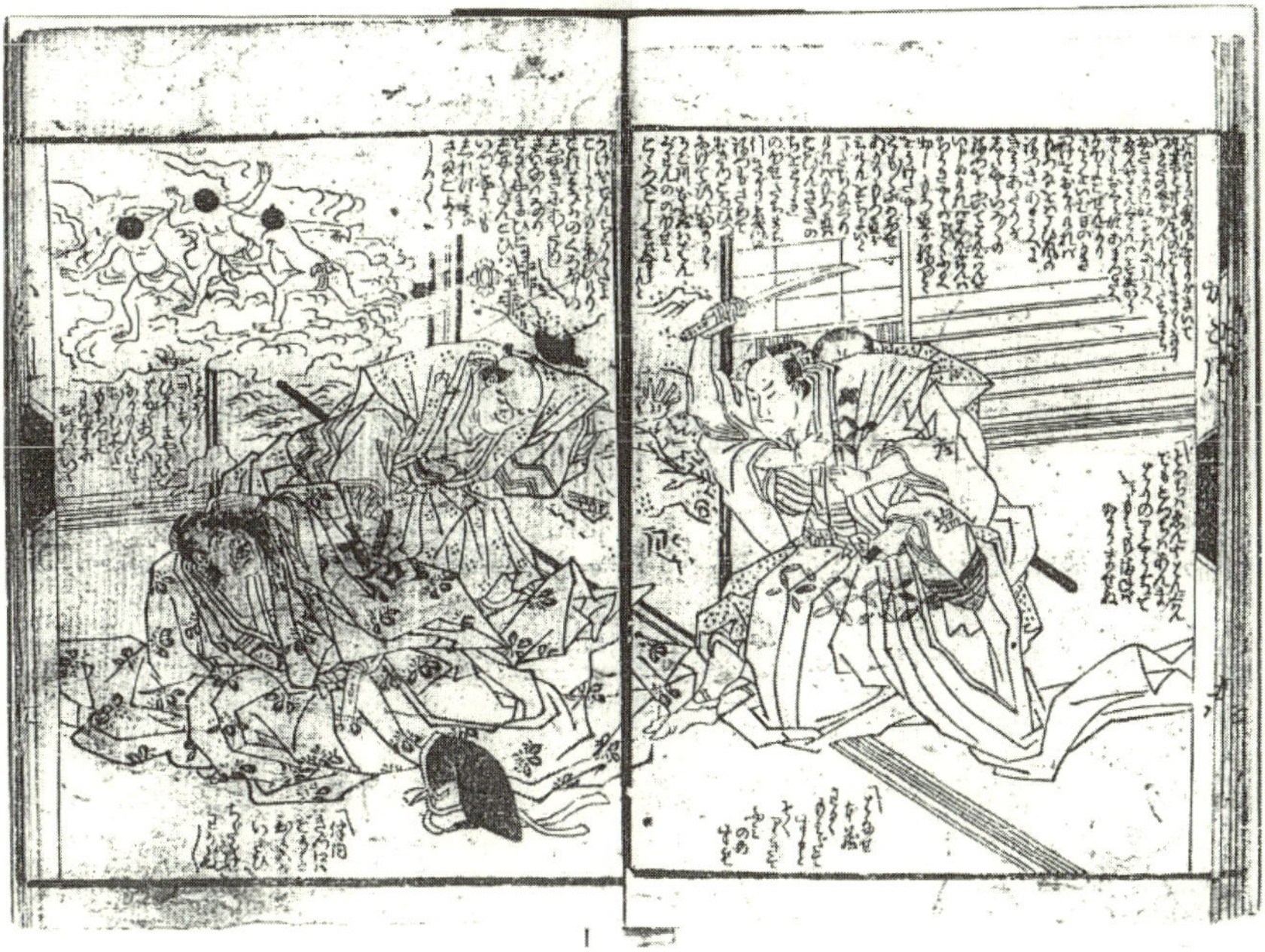

（六ウ七オ）

（六ウ七オ）

天道様《てんとうさま》の御薬《くすり》が効《き》いて、丸薬と共にその場《ば》も丸《まる》くなり、若狭介《わかさのかみ》が癇癪《かんしやく》忽《たちま》ち治《おさ》まりしに、それに引かへ、塩冶判官《ゑんやはんぐわん》は壱文膏薬《かうやく》も贈《おく》らず、剰《あまつさ》へ、かほよ御前《ごぜん》より、灸《きう》を忌《い》む日の書付《かきつけ》を送《おく》りければ、師直《もろなを》は恋《こひ》風の熱気《ねつき》ある上《うへ》に、灸当《きうあ》たりがしたやら、いろ〳〵の熱《ねつ》を吹《ふ》いて判官《はんぐはん》をいじめければ、判官《はんぐはん》は中気病《ちうきやみ》の如《ごと》く震《ふる》へ出し、師直《もろ》が熱毒《ねつどく》を受《う》けたやら、共々《ともぐ》にのぼせあがり、師直《もろ》が眉間《みけん》を、ちよいと一ト太刀《たち》殴《なぐ》りければ、師直《もろ》は小鬢先《こびんさき》の血《ち》を取《と》られのぼせ、忽《たちま》ち引さがり、恋風の熱《ねつ》も冷《さ》めて、起《おき》つ転《ころ》びつ逃《に》げて行。此折《おり》から、加古《かこ》川本蔵は判官《はんぐわん》ののぼせと心得《こゝろへ》、腰《こし》をさすらんと駆《か》け出、殿中肩《でんちうかた》よ腰《こし》よと揉《も》み合《あ》ひけり。これ皆《みな》かの黒星《くろぼし》の邪気《じやき》に当《あ》たりし災難《さいなん》なり。とかく病《やまひ》と借金乞《しやくきんこひ》は、何時《いつ》来やうも知《し》れず。皆様御用心《みなさまごようじん》〳〵。

黒星《くろぼし》　〽ヲ、シキ〳〵。広島薬罐《ひろしまやくわん》で早《はや》く熱《あつ》くなるもんだぜ。惜《お》しひ所だ、もちつと沸《わ》けずにおけばい、。

〽そつちは塩冶判官《ゑんやはんぐはん》でも、こつちは按摩《あんま》鍼《はり》の療治《りやうぢ》で、一ト揉《も》み揉《も》まねばなりませぬ。

（塩冶判官）〽放《はな》せ本蔵、悪《わる》く揉《も》みだてすると、足力《そくりき》で踏《ふ》みのめすぞ。

（師直）〽伴内、傷《きづ》口はどうだ。額《ひたい》が痛《いた》ひか、血《ち》だらけで分《わ》からぬ〳〵。

【注釈】

若狭介が癇癪忽ち治まり――『仮名手本忠臣蔵』三には、本蔵の賄賂に態度を豹変させた師直主従に、「金がいはする追従とは夢にもしらぬ若狭助。力身し腕も拍子抜」「ヤ若狭助最前から。ちと心悪ふござる。マア先へ。何とした〳〵腹痛か。コレサ伴内お背〳〵。お薬しんじよかな。イヤ〳〵夫ほどにもござらぬ」とあり、これらを踏まえた。

壱文膏薬―品質のよくない安価な膏薬。稿本では「塩冶判官はもろ直に壱文膏薬も……」。

灸を忌む日の書付―『武江年表』宝暦十三年の項に「長崎より伝えしと号し、生年によりて灸治にいむ日を選びしとて、一枚摺りを売歩行《うりあるく》」とあり、「筠庭云ふ、禁灸日、今に世人の用ふるはこれなるべし。唯一時のみにあらず、大いに人を惑はす事なり」と注する。「灸を忌む日の事」(『両面重宝記』寛延六年刊)、「生年により灸忌月」(『年号重宝記』天保四年刊)など、重宝記にも記される。『仮名手本忠臣蔵』三では塩冶判官は、かほよ御前から「さなきだにおもきが上のさよ衣わがつまならぬつまな重ねそ」の和歌が入った文箱を渡す。

灸当たり―初めて灸をすえたり、一度に多くの灸をすえた時等に見られる発熱や倦怠感。

熱を吹いて―気炎をあげる。身勝手なことをいう。「お羽織をなどと太皷はねつをふき」(『柳多留』三)。「当てこする雑言過言」(『仮名手本忠臣蔵』三)。

中気病―中気(中風)とは、脳卒中発作後の症状で身体の自由がきかない人。「ちう気やみぢっと見て居てぬすまれる」(『川柳評万句合』安永元・桜五)。

師直が眉間をちよいと一ト太刀殴り―「抜討に、真向へ切付る眉間の大疵」(『仮名手本忠臣蔵』三)。「小サ刀をちよつと抜いてちよつと切つた科によつて」(『歌舞伎オン・ステージ』)。

小鬢先―鬢は頭の左右の側面の髪で、その鬢のはし。「此万礼がこびんさき、五六寸切付」(『国性爺後日合戦』三)。

のぼせ―四ウ五オ参照。稿本では「のぼせをせんきとこゝろへ」。

腰をさすらん―本蔵が判官を抱き留めた場面を按摩治療と掛けた。「本蔵走り出て押しとゞめ……抱とむる」(『仮名手本忠臣蔵』三)。

殿中肩よ腰よと揉み合ひけり―殿中の騒動を按摩治療と掛けた。「館も俄に騒出し。家中の諸武士大名小名。押へて刀もぎ取るやら。師直を介抱やら」(『仮名手本忠臣蔵』三)。

借金乞―借金取のこと。「何ンの浪人こはい事は、借金乞の百分一共存ぜぬ」(『銭湯新話』五・扇の辻子の百物語)。

ヲ、シキ〳〵―人の争い事をあおりたてる時にいう言葉。「あれをうっちゃっておいては、女子の道がたつまひ。おゝしき〳〵」(『艶哉女僊人』)。

広島薬罐―真鍮で作り、雲龍の形などを打ち出した薬缶。広島地方で多く作られた。「広島薬罐のやうに尻の早い生れつきにても」(『古朽木』三)。

按摩鍼の療治―按摩と鍼療治。

放せ本蔵、悪く揉みだてすると……―「放せ本蔵放しやれとせり合ふ内」(『仮名手本忠臣蔵』三)。

足力で踏みのめす―足力按摩の略。「果報兵衛、鶴に足力を揉ませる」（『福徳果報兵衛伝』）。
額が痛ひか―「ひたい」が「いたい」の洒落。

【挿絵】『仮名手本忠臣蔵』第三の刃傷の場面に拠る。右手に刀を振り上げる塩冶判官を加古川本蔵が抱き留める。左は眉間を割られた高師直が、烏帽子を落し、額の疵を押さえている。師直をかばっているのは鷺坂伴内。黒星達は塩冶判官が激しやすいと囃し立てている。稿本では黒星達が繋がっている。

（七ウ八オ）

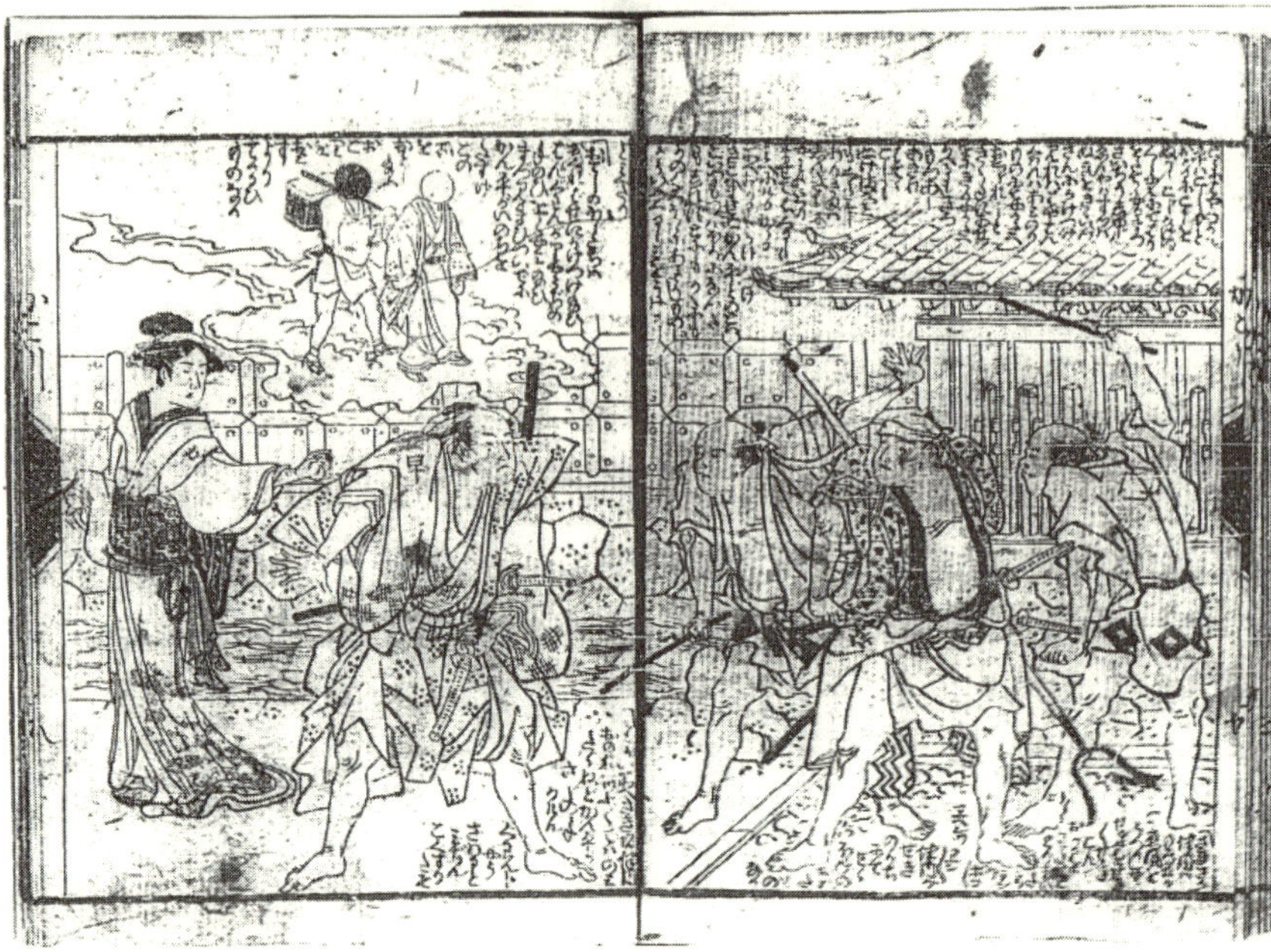

（七ウ八オ）

こゝに早野《はやの》勘《かん》平は、腰元《こしもと》お軽《かる》に腰《こし》を抜《ぬ》かし、腰掛《こしか》けの暗闇《くらやみ》にて、鍼《はり》を立《た》て、やる真最中《まつさいちう》、主人塩冶《しゆじんゑんや》がすつぱぬきを聞《き》、、一散《いつさん》に駆《か》けつけ見れば、はや判官《はんぐわん》は網乗物《あみのりもの》にて館《やかた》へ送《おく》られしと聞《き》、、手に汗《あせ》を握《にぎ》り館《やかた》へ帰《かへ》るも傷持《きずも》つ足《あし》、呆《あき》れ果《は》て、腰《こし》も抜《ぬ》け眼《まなこ》もくらみし有様《ありさま》は、腎虚《じんきよ》に病目《やみめ》とりまぜて心苦《こゝろくる》しく見《み》へにける。かゝる所へお軽《かる》も駆《か》けつけ「聞《き》こへませぬ。勘《かん》平殿《どの》」とはこいつもつんぼうになつたも知《し》れず。とにもかくにもかの黒星《くろぼし》に当《あ》たりしもの、かういふ苦《く》しみを受《う》けると見《み》へたり。

〽お弟子《でし》の星達《ほしたち》は、遅《おく》ればせに駆《か》けつけ給ひ、判官《はんぐわん》が療治《りやうぢ》の手延《のび》を悔《く》やみ給ひ、まづ見舞《まひ》ついでに勘《かん》平が命《いのち》を助《たす》け、この所を落《お》とし給ふ。瘧《おこり》を落《お》とすより手軽《てがる》ひものなり。

〽鷺坂《さぎさか》伴内は、師直《もろ》が恋風をうつりしやら、咳《せき》をせき〳〵咳《せ》き込《こ》んで、「お軽《かる》を渡《わた》せ」ととりまいたり。「テン〳〵ボコ〳〵ヱヘンツヱン〳〵」伴内が咳《せき》、乗地《のりち》にて咳《せ》く。骨《ほね》の折《お》れたものなり。

（勘平）〽ヲ、よい所へ鷺坂《さぎ》伴内、おのれ一ツ服《ぷく》では飲《の》み足《た》らねど、勘《かん》平が匙《さじ》の手加減《かげん》、勘定触《ぐわんじやうさはる》と微塵粉薬《みぢんこぐすり》だぞ。

【注釈】

腰を抜かし―夢中になる。「色道にこしをぬかし、酒に長じては必ず我を忘れ」（『新色五巻書』二・一）。

腰掛けの暗闇にて、鍼を立てゝやる―『仮名手本忠臣蔵』第三には勘平がお軽と「イサ腰かけでと手を引合打連て行』、「家来は色にふけり御供にはづれしと……」などとある。お軽勘平の色事と鍼療治とを掛けた。腰掛けとは、江戸城の諸門にある番士の詰所。登城した武士の従者の控所ともなった。「登城之供いたし、大手腰掛後ろに供待いたし居候処」（『徳川禁令考』後集・第四・巻三二）。

すつぱぬき―刃物を不意に抜きはなつこと。「気の毒や又酔狂か、余の酒飲みに事変はり、疑ひの立つすつぱぬき、癖を殿に見せましたな」（『日本武尊吾妻鑑』二）。「すつぱぬきみんな迯たで持つたもの」（『柳多留』五）。

網乗物―上から網をかけて、自由に出入りできないようにした駕籠で、士分以上の重罪人の護送に用いた。「塩谷判官は閉門仰附けられ、網乗物にてたった今帰られし」（『仮名手本忠臣蔵』三）。

傷持つ足―勘平がお軽との色事で判官の窮地に其場にいなかったことを指す。「苦い爺親彌左衛門是も疵持つ足の裏」（『義経千本桜』三）。

腎虚―「呆れ果て、腰も抜け眼もくらみし有様」を『仮名手本忠臣蔵』の「うろたへた」動揺からではなく腎虚に拠るとこじつけた。腎虚は房事過度から身体が衰弱すること。「美しゐ若いかみさまをもって、腎虚してもふけふかあすかといふくらゐ」（『東海道中膝栗毛』発端）。

病目―目の病気。「病《ヤミメ》で目の赤い内はどうだらう」（『浮世床』初・中）。

聞こへませぬ―聞こえぬとは分からない、納得がいかないの意。「きこへたか、がつてんがいつたか」（『仕懸文庫』）。

勘平が自害しようとするのをお軽が留める場面に拠る。「女房のいふ事も、聞て下され勘平殿」（『仮名手本忠臣蔵』三）。

つんぼう―聾と同じ。「私はよひのとしから、みみが聞えいで、つんぼうに成ましたといひければ」『当世手打笑』五・七）。

手延―時期をのがすこと。手遅れ。「後程と申（まうす）様な手のびな詮義でござらぬ」（『傾城色三味線』江戸・四）。

この所を落とし給ふ―星達が勘平にこの場を落ち延びさせなさる、ということ。

瘧を落とす―悪寒、発熱が、隔日または毎日時を定めておこる病気。「生駒新五左がおこりも、妙薬一服でかげもささず落馬致す」（『鑓の権三重帷子』上）。

手軽ひ―手数をかけず、物事を行なうこと。「してみれば舌切雀の葛籠といふ物で、手がるい方が徳だ」（『浮世床』初・中）。

せき〳〵―頻りに繰り返される動作を表す。たびたび。「風の夜は、せきせき廻る火用心」（『心中天の網島』下）。

お軽を渡せととりまいたり―『仮名手本忠臣蔵』第三、お軽に横恋慕する鷺坂伴内は、勘平・お軽を捕らえようとする。

テンツ〳〵ボコ〳〵ヱヘンツヱン〳〵―但し稿本では「テンツゴホ〳〵ヱヘンツヱヘ〳〵」。『仮名手本忠臣蔵』第三の切に「勢子太鼓になり、四天の捕手を連れ、伴内、袴股立ち、大小、八巻にて先に立ち出て来たり」とあるが、勢子太鼓（狩猟の時の人夫である勢子が獲物を追い立てるためにならす太鼓）の音を咳に模したか（『歌舞伎オン・ステージ』八）。

乗地―浄瑠璃や歌舞伎で三味線に合わせて、詞章や台詞を調子よく語ること。「ノリ地になりて角力の段を語れば」（『浮世風呂』前上）。歌舞伎では、伴内が、ノリ地にてお軽・勘平を捕らえようとする「〽覚悟ひろげとひしめいたり　トノリにて伴内よろしくある」（『歌舞伎オン・ステージ』八）。

骨の折れた―面倒な、という意味と病尽くしで骨折の意味を掛ける。「兎角托鉢といふ物、法の如くせんと思へば、余程骨の折る事」（『教訓雑長持』五・鉢坊主身の上を懺悔せし事）。

一ツ服―薬の一包。特に毒薬に言う。一服盛る。「今世上に沢山ある医者どもに申し付くれば、一ふくにてもやり付くる事、疫神などのおよぶべき所にあらず」（『根無草』前・一）。

匙の手加減―匙加減。稿本では「荒療治《あらりやうじ》匙の手加減……」。

勘定触ると―匙に盛った薬の多少を量っている時に、触れると、という意か。

微塵粉薬だぞ―微塵は木端微塵、粉微塵のことで、さんざんの意。ここでは、粉薬が飛散してさんざんだ、という意か。また微塵粉は落雁などの材料で、蒸した糯米を干してから、挽いて粉にしたもの。粉薬は散薬のこと。ここでは、さんざん、の意と「微塵粉」「粉薬」を掛けた。「こ薬、丸薬取集め、側なる頭巾に押し入れて」（『竹斎』下）。

【挿絵】『仮名手本忠臣蔵』第三、裏門合点の場。城門の海鼠塀を背にする。右手には、刺股を持った鷺坂伴内とその家来二人が勘平とお軽を捕らえようとしている。左手の勘平はお軽をかばっている。天道様は挟箱をかついだ星（刊本は黒星だが、稿本は白星に描かれる）を伴っている。

（八ウ九オ）

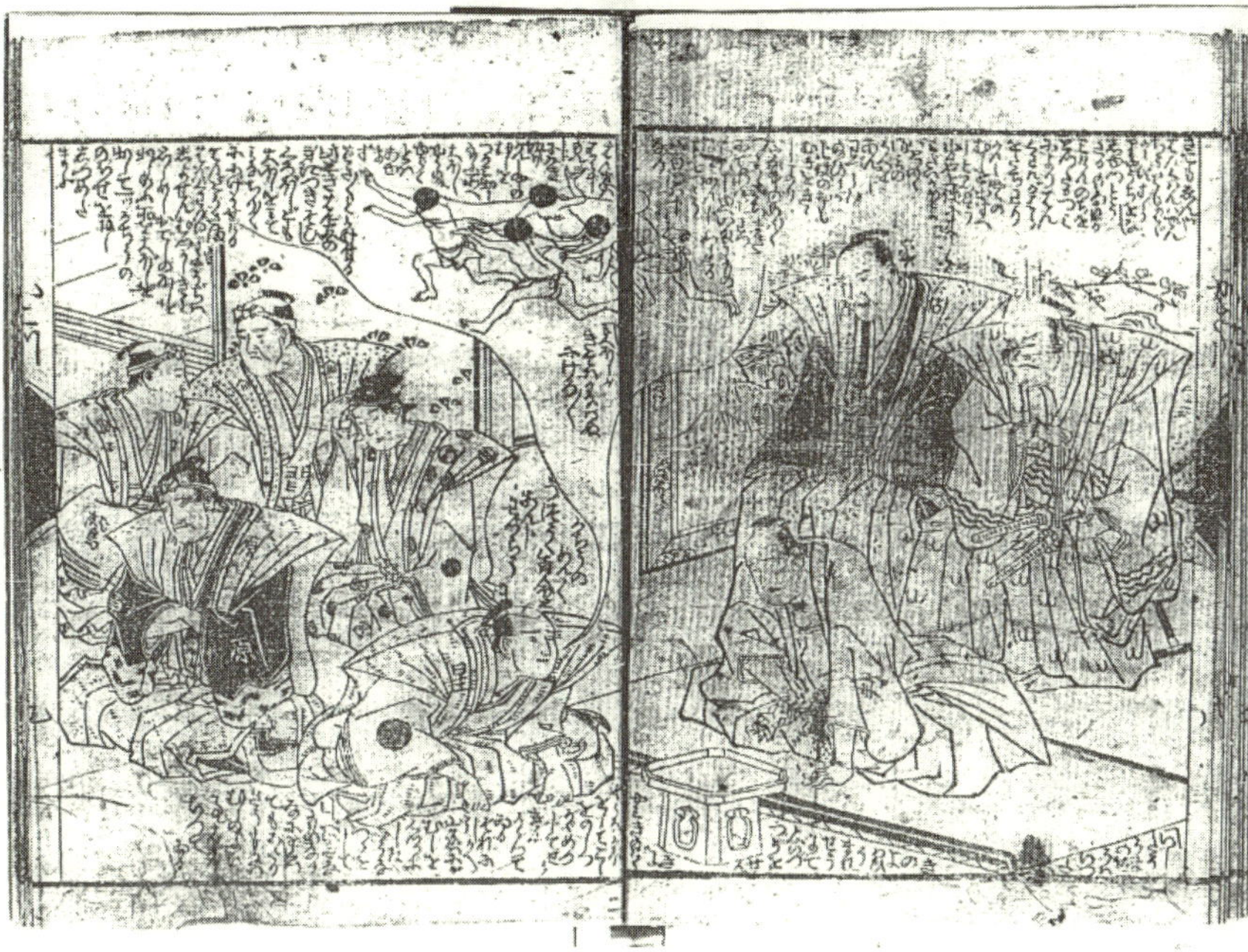

（八ウ九オ）

さても塩冶《ゑんや》判官《はんぐはん》は、殿中《でんちう》とも憚《はゞか》らず、荒療治《あらりやうぢ》をなし、出頭《しゆつとう》たる師直《もろ》が眉間《みけん》の血《ち》をとつたる罪《つみ》により、判官《はんぐわん》が腹《はら》をたち割《わ》り、癇癪《かんしやく》の虫《むし》を出すべしと、石堂《どう》・山名上使に来て、御《み》台《だい》かほよは、殿《との》の御身《み》の上《うへ》を案《あん》じわづらひ給ひしが、上使のおもむきを聞《き》しより、一家中の面々《めん〳〵》、頭痛鉢巻《づゝうはちまき》にて案《あん》じわづらひしゆへ、今《いま》に物《もの》事を案《あん》じられることを、頭痛《づゝう》八百とは申なり。判《はん》官は腹《はら》十文字《もんじ》にかき切《き》り、癇癪《かんしやく》の虫《むし》をつかみ出し給ふ所へ、大星《ぼし》由《ゆ》良《ら》之《の》介ゆら〳〵とは歩《あゆ》まず、ばた〳〵と駆《か》け付る。此時《とき》、判《はん》官の身に付《つけ》き添《そ》ひし黒星《くろぼし》ども、皆散《みなち》り〳〵に逃《に》げ失《う》せける。天道様《てんとうさま》、判官《はんぐわん》の療治《りやうぢ》は、所詮難《しよせんむつか》しきと思《おぼ》しめし、お弟子《でし》の星《ほし》を出し給ふ所を、大星《ぼし》を出して、一ツ家中《かちう》ののぼせを押《お》し静《しづ》め給《たま》ふ。

（黒星）〽大星《ぼし》が来《き》ては敵《かな》はぬ。逃《に》げろ〳〵。

〽石堂右馬之丞《いしだううまのぜう》は、一体気《いつたいき》の弱《よは》ひ生《うま》れ性《せう》にて、人の頭痛《づつう》を疝気《せんき》に病《や》み、気《き》の毒《どく》そうな顔《かほ》をして、腰《こし》を伸《の》しつ、屈《かゞ》めつして、床几《せうぎ》にかゝつてゐる。それに引かへ山名は、苦虫《にがむし》を喰《く》つつぶしたやうな面《つら》をして平気《へいき》なものなり。何を喰《く》つても当《あ》たりさうもない。虫《むし》の良《よ》い事ばかりいつてゐる。家中《かちう》の面々《めん〳〵》頭痛《づつう》八百人ほど案《あん》じわづらう。

【注釈】

荒療治―手荒な療治と、人を殺傷する意を掛ける。ここでは塩冶判官が師直に切りつけたことを指す。

判官が腹をたち割り……べし―「国郡を没収し、切腹申付る者也」（『仮名手本忠臣蔵』四）。

石堂・山名上使に来て、石堂右馬之丞と山名次郎左衛門。浄瑠璃では山名は、薬師寺次郎左衛門だが、寛政二年（一七九〇）八月市村座での上演で、同姓同名の御徒頭から苦情が出て山名と改めたという。

頭痛鉢巻—鉢巻を巻いて頭痛をこらえる様子から、難局におかれて対策に苦しんでいること。「不工面　大卅日がむねにつかへて、ひげもそらずにづつうはちまきでゐる」『小野篤譃字尽』能の面図）。この箇所、刊本は稿本を省いている。稿本では「面々頭痛鉢巻にて」のあと「いかゞはせんと案《あん》じわづらふ。塩冶《えんや》の家中《かちう》は七八百人もあるべきが残《のこ》らず頭痛鉢巻《づゝうはちまき》にて」とあり、「今に物《もの》事を」に続く。「並居る諸士も顔見合せ、鞆果《あきれ》たる計也」（『仮名手本忠臣蔵』四）。

頭痛八百—頭痛がひどいこと、またあれこれ心配すること。「こととふ者もあらざれば、忘八夫婦は頭痛八百」（『根無草』前・二）。

判官は腹十文字にかき切り—『仮名手本忠臣蔵』には十文字とは書いてはいない。「諸手をかけ、ぐつ〳〵と引廻し……血刀投出しうつぶせに、どうとまろび息絶れば」（『仮名手本忠臣蔵』三）。

癇癪の虫—癇癪が起こる原因とされる虫。癇癪の気持。

ゆら〳〵—ゆっくり。ゆったり。「三人張に十五束三伏ゆらゆらと引渡し、……遠矢にて射たりける」（『太平記』一六・本間孫四郎遠矢事）。由良之助の名前に掛けた表現。

ばた〳〵と駆け付る—音を立てて勢いがよい様子。拍子木の音で人物の駆け出してくるのを強調する歌舞伎の演出用語も踏まえるか。「廊下の襖踏開き。かけ込む大星由良の助。主君の有様見るよりもはつと計にどふどふす」（『仮名手本忠臣蔵』四）。

大星を出して、一ツ家中ののぼせを押し静め給ふ—この場面では、大星が黒星に対抗する薬になるという意。天道様のお弟子の星と「大星」の名のつながりから。稿本では「一ツ家中」のあと、「若殿《わかとの》ばらの」「のぼせを……」と続く。

一体—だいたい。もともと。「わしは一体豆腐が大好きぢや」（『浮世風呂』四・中）。

生れ性—生まれつきの性質。「いか成因果な、むまれ性」（『丹波与作待夜の小室節』道中双六）。

疝気—主として下腹痛のこと。「出ずともよいに兎角出たかるものは疝気持のおならなり」（『阴兼阳珍紋図彙』）。

床几—腰掛けの一種。「利勇は床几に尻をかけ」（『椿説弓張月』続・四〇回）。

苦虫を喰つつぶした—不愉快きわまりない顔つき。「苦虫を食潰した様な皃をして」（『浮世風呂』三・下）。石堂は善人方の上使で、塩冶判官に同情的に描かれる。

何を喰つても当たりさうもない—何を食べても食あたりなどしそうにない、という意。山名は敵役の上使。

虫の良い—自分勝手な。ずうずうしい。「こいつむしのいいことをいふ」（『東海道中膝栗毛』五・追加）。

【挿絵】『仮名手本忠臣蔵』第四、判官切腹の場面。三方に

置かれていた九寸五分の短刀を、腹に突き立てた塩冶判官の後ろ左右に石堂右馬之丞（両肩に「石」）と山名次郎左衛門（両肩と裃の模様に「山」の字）。判官の前に平伏するのは二つ巴紋の大星由良之助。頭痛鉢巻の後ろの面々は大鷲文吾（画面左奥）、矢間十太郎（右奥）。原郷右衛門（手前左）、大星力弥（手前右）。諸士に頭痛を起こさせていた黒星達は大星を見て逃げ去る。稿本では黒星達は二重線で繋がっている。

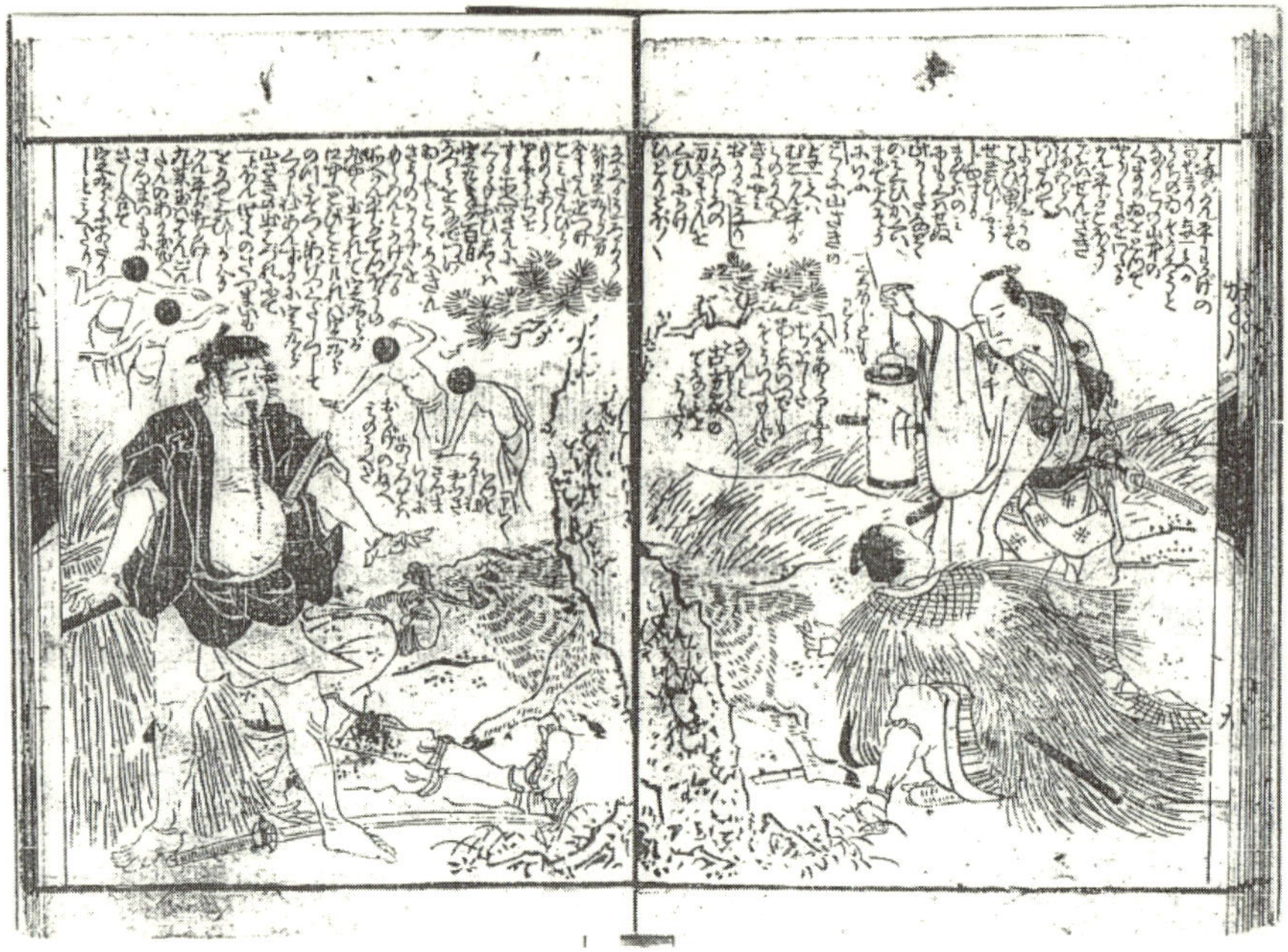

（九ウ一〇オ）

（九ウ一〇オ）

早野《はやの》勘《かん》平、若気《わかげ》の誤《あやま》り、与一兵衛《へ》が家《うち》の居候《ゐそうろう》となり、この山中の熊《くま》の胆《ゐ》をとつて、やう〳〵世《よ》を渡《わた》る。勘《かん》平が古《こ》傍輩《ほうばい》、千崎《せんざき》弥五郎は、いたつて養生《ようじやう》の良《よ》ひ男にて、「石碑《せきひ》成就《じやうじゆ》するまでは、蚤《のみ》にも喰《く》はせぬ此身体《からだ》」など、、蚤喰《のみく》ひ蚊喰《かく》いまで、大層《そう》に言《い》ふ。

〽こゝに山崎《さき》の与一兵衛《へ》は、聟勘《むこかん》平が身《み》の上《うへ》を気《き》に病《や》み、お軽《かる》を売《う》りし身《み》の代《しろ》の万金丹《たん》を首に懸《か》け、一人《ひとり》とぼ〳〵立帰《かへ》る。後《うし》ろより斧定九郎、万金丹《たん》をつけこみ、段平物《だんびらもの》の、荒療治《あらりやうぢ》をする所へ、一散《ツさん》に来《く》る手負《お》ひ猪《しゝ》は、定九郎が百日鬘《かづら》を、撫で付《つ》け医者《ゐしや》と心得《こゝろへ》、金瘡《きんさう》の膏薬《かうやく》を貰《もら》はんと駆《か》け来《く》る所へ、勘《かん》平が鉄砲《てつぽう》の丸薬《やく》玉逸《そ》れて、定九郎が口中へ飛《と》び込《こ》みければ、定九郎伸《の》つゝ反《そ》つゝ、上《あ》げつ下《くだ》しつして苦《くる》しむ。案《あん》ずるに、定九郎山崎《ざき》の出はづれにて、一ト本《ぽん》四文のさつまいもを買《か》つて喰《く》ひしが、今、勘《かん》平が打かけし丸薬玉は、反魂丹《はんごんたん》の赤《あか》玉ゆへ、さつまいもに差《さ》し合《あ》で、定九郎に当《あた》りしと見《み》へたり。

〽黒星《くろぼし》ども笑《わら》ふ。

（黒星）〽人を荒療治《あらりやうぢ》したあとは、いつでもそういふもんだ。なんと古方家《（こほうか）》の手並《てな》みを見《み》たか。

（黒星）〽ヤレ〳〵、いつそ苦《くる》しむやつさ。さつまいもに中《あた》つては、御蔭《おかげ》のねへ身《み》の上《うへ》だ。

【注釈】

若気の誤り……やう〳〵世を渡る―お軽との情事で、主君塩冶判官の窮地に間に合わなかった勘平は屋敷に戻れず、お軽の実家に身を寄せ、狩猟で生計を立てている。「早の勘平若気の誤り世渡る望姓《もとで》細道伝ひ。此山中の鹿猿を打て商ふ種が島も」(『仮名手本忠臣蔵』五)。

与一兵衛が家の居候―勘平はお軽の親、与市兵衛(『仮名手本忠臣蔵』ではこの表記)の家に身を寄せている(『仮名手本忠臣蔵』五)。

山中の熊の胆―胆汁を含んだ熊の胆嚢を干したもの。胃腸薬として用いられる。「熊胆はとり易からず。故にその価最貴し」(『椿説弓張月』拾遺・五〇)。『仮名手本忠臣蔵』五では「鹿猿を打て」とある。

古傍輩―古い傍輩。昔の同僚。「古傍輩の貴殿にも。顔も得上げぬこの仕合」(『仮名手本忠臣蔵』五)。

千崎弥五郎―塩冶判官の家臣。大星由良之助から原郷右衛門への使いの途中、勘平に出会う(『仮名手本忠臣蔵』五)。

養生―摂生すること。

石碑成就―敵討の為の資金集めを「先君の御廟所へ。御石碑建立せんとの催し」(『仮名手本忠臣蔵』五)の為と、表向き偽る。

蚤にも喰はせぬ此身体―「随分ぬかるな合点〳〵。石碑成就する迄は。蚤にもくはさぬ此體。御邊も堅固で」(『仮名手本忠臣蔵』五)。

蚤喰ひ蚊喰い―飲み喰いと、蚤喰、蚊喰いを掛ける。

大層に言ふ―大げさに言う。

智勘平が身の上を気に病み―娘のお軽ゆえに浪人した勘平を心配する。

お軽を売りし身の代の万金丹を首に懸け、一人とぼ〳〵立帰る―与一兵衛はお軽を遊女に売って勘平の為に金を作った。「万金丹」は金を薬の名のように言ったもの(六オ注参照)。「雨の足人の足音とぼ〳〵と。道や闇路に迷はねど子故の闇につく杖も」「こなたの懐に金なら四五十両のかさ。嶋の財布に有るのを」「親子三人が血の涙の流れる金」(『仮名手本忠臣蔵』五)。

斧定九郎、万金丹をつけこみ―定九郎は与市兵衛の財布を奪おうとする。

段平物―刀身の幅の広い刀。「大おとこきたり、だんびら物をひらりとぬく」(『見徳一炊夢』上)。

荒療治―八ウ九オ注参照。ここでは定九郎が与一兵衛を殺害したことを指す。「其時こそは此あまめ、ちと荒川が荒りゃうじ」(『明烏後正夢』三・一五回)。

一散に来る手負ひ猪―「逸散にくる手負猪是はならぬと身をよぎる。かけくる猪は一もんじ」(『仮名手本忠臣蔵』五)。

定九郎が百日鬘―百日鬘は歌舞伎の鬘の一種。盗賊などに扮する時に用いるもので、月代が伸び放題になった形のもの。定九郎の鬘は逆熊(五十日鬘)で、百日鬘よりは月代の毛が短い五分月代の鬘である(『歌舞伎登場人物事典』参照)。定九郎の扮装の、黒羽二重の単衣、白献上の帯、腕まくり、尻からげの格好は、明和期の初代中村仲蔵からで、それまでは百日鬘、縞の褞袍、山岡頭巾、脚絆という山賊の姿で演じていたとされる(水田かや乃「初世中村仲蔵による定九郎演出の定着について」『演劇学』二六、昭和六〇年）。本作は「定九郎の百日鬘」とは言いながら、衣装は、本作（稿本も）でも仲蔵の工夫を踏襲している。

撫で付け―頭髪を結ばずに、後へなでつけておく髪形。山伏、易者、儒学者などに多かった。「此河岸に、八十ばかりになる、なで付があるが」（『遊子方言』発端）。

金瘡―刃傷に効く膏薬。「コレ見られよ兵太夫殿、此疵は廿日も以前に愈た金瘡」（『夏祭浪花鑑』二）。

勘平が鉄砲の丸薬玉逸れて定九郎が口中へ―「あはやと見送る定九郎が。背骨をかけてどつさりとあばらへ抜ける二つ玉。うん共ぎやつ共いふ間なく。ふすぼり返りて死たるは」（『仮名手本忠臣蔵』五）。歌舞伎には「山越す猪に出逢い、二つ玉の強薬」（『歌舞伎オン・ステージ』八）という表現もある。

伸つゝ反つゝ―身を伸したり、反り返ったりして苦しみもがくさま。「夷講に盛り付けられ、のつゝそつゝ腹をかゝへて帰る」（『楽牽頭』大食）。

一ト本四文のさつまいも―四文の安価のさつまいもの意。稿本では「三文」とあり、一文さらに安い。明和五年に四文銭が作られており、薩摩芋の売値も切りよく四文であったとも考えられる（「串團子の数」『林若樹集』）。あるいは「死」に掛けて四としたか。なお後年の『守貞謾稿』六には「京坂甘藷の大略一貫目価六、七十銭」とあり、つまり「百匁（約三七五グラム）が六文か七文」（『江戸川柳飲食事典』参照）とすると、百匁はやや大きめの一本というところ、この相場から言えば、一本三、四文は格安といえる。

反魂丹―霍乱・傷・腹痛などに効くという丸薬。元禄頃から富山の薬売りが売り弘めた。紫霊丹・麝香丸ともいう。定九郎に財布を取られそうになった与市兵衛が「跡に残るは昼食の握飯。霍乱せん様にと娘がくれた和中散。反魂丹でござります」（『仮名手本忠臣蔵』五）と言い訳する。「延寿反魂丹　服一切に吉」（さかいや長兵衛）（『江戸買物独案内』）。「コレぬけ介。田町の反魂丹を忘れめへによ」（『俟松開帳話』）。

赤玉―赤い色の丸薬。癪、胃けいれんなどに効くという。木曽路の鳥居本の名物（『木曽路名所図会』一）の赤玉神教丸がよく知られるが、ここでは単に反魂丹のことを指すと思われる。『新増補家伝預薬集』（宝永七年刊）に拠れば「延寿反魂丹」や「返魂丹」は「辰砂ヲ衣ト為ス」とある。「辰砂」は水銀の硫化鉱物で紅色で、反魂丹は赤い丸薬の処方のものもあったようである。明治から昭和期の越中富山の「官許本舗　中田清兵衛」の「反魂丹」の丸薬は実際に赤いが、昭和初期以前の「池田屋安兵衛」の「越中反魂丹」は黒い丸薬（『富山の薬―反魂丹』富山市売薬資料館）。「鳥居本の宿にいたる。此所の神教丸名物なり。もろ〱の病ひの毒も消すとかやこの赤玉も珊瑚珠の色」（『続膝栗毛』三下）。「気をくさらして癪でもおこしなさんな、赤玉でものみなんねへか」（『意妓口』二）。「酒あたりで赤玉をのむ子あれば」（『部屋三味線』）。

反魂丹の赤玉ゆへ、さつまいもに差し合―食物の食い合わせ。「琉球芋《りふきふいも》に辰砂《しんしや》とわ（は）、世《よ》に類《たぐひ》いなき食《く》い合《あ》わせ」（『万用重宝記』）とある。前項で見たように、反魂丹には「辰砂」が衣とされていることによる。「薬の禁物《さしあい》（中略）これさつま芋は反魂丹の敵役といふ事もこの時よりぞ」（『鼻下長生薬』）。

なんと―相手の感情や反応をさぐる気持を表わす。どんなものか。「こはだのすし、あじのすし。なんときついか」（『莫切自根金生木』上）。

古方家―漢方医学の一派で、中国近代の医学を学んだ後世家に対する、古方の医者。くわい頭と呼ばれる、総髪を後頭部でたばね、その先を前の方におしまげた髪形をしていた。「すずりぶたの上にくわへの丸には、こほうかのゐしゃのあたまの如く」『通言総籬』二）。

手並み―腕前。「若悪心を起さば、立地に一命をうしなふべし。但我本事《てなみ》をみすべきかと云て」（『忠臣水滸伝』後八）。

さつまいもに中つては―薩摩芋を出したのは「刀もぬかぬ芋ざしゑぐり」（『仮名手本忠臣蔵』五）と、定九郎が与市兵衛を串刺しで殺害した縁か。ただし芋刺しの芋は里芋。

御蔭のねへ―つまらない。割に合わない。「なアんの事たい、おかげのねへ、男ならどいつでも留めて見やアがれ」（『酩酊気質』下）。

身の上だ―自分の境遇。

【挿絵】『仮名手本忠臣蔵』第五「二つ玉」の場面。右手は、旅人が千崎弥五郎とは知らず、その提灯の火を見て、大雨でしめった火口に火を借りようと勘平が声をかけた場面。千崎は旅合羽姿、右手に掲げる小田原提灯に「千」の字。狩人の勘平は笠は脱ぎ（千崎の足下）、蓑をつけ、地に鉄砲の筒が見える。画面中央松の木の向こう側を、勘平に撃たれた猪が左手の斧定九郎の方へ突進している。定九郎は勘平の鉄砲の二つ玉を受け、刀を取り落とし、口から血を吐いている。その足元には定九郎に切られた勘平の舅与市兵衛の亡骸。黒星は定九郎を嘲っている。

　円錐形の稲村、中央に松の木、口から血を吐く定九郎の演出については、当時の歌舞伎の演出が反映されたもの（齊藤千絵「『忠臣蔵』五段目の初期演出―松の木をめぐって―」『演劇研究会会報』二七）。但し、稿本には、中央の松の木は描かれてはいない（この丁は天理図書館『善本写真集』二一に掲載）。

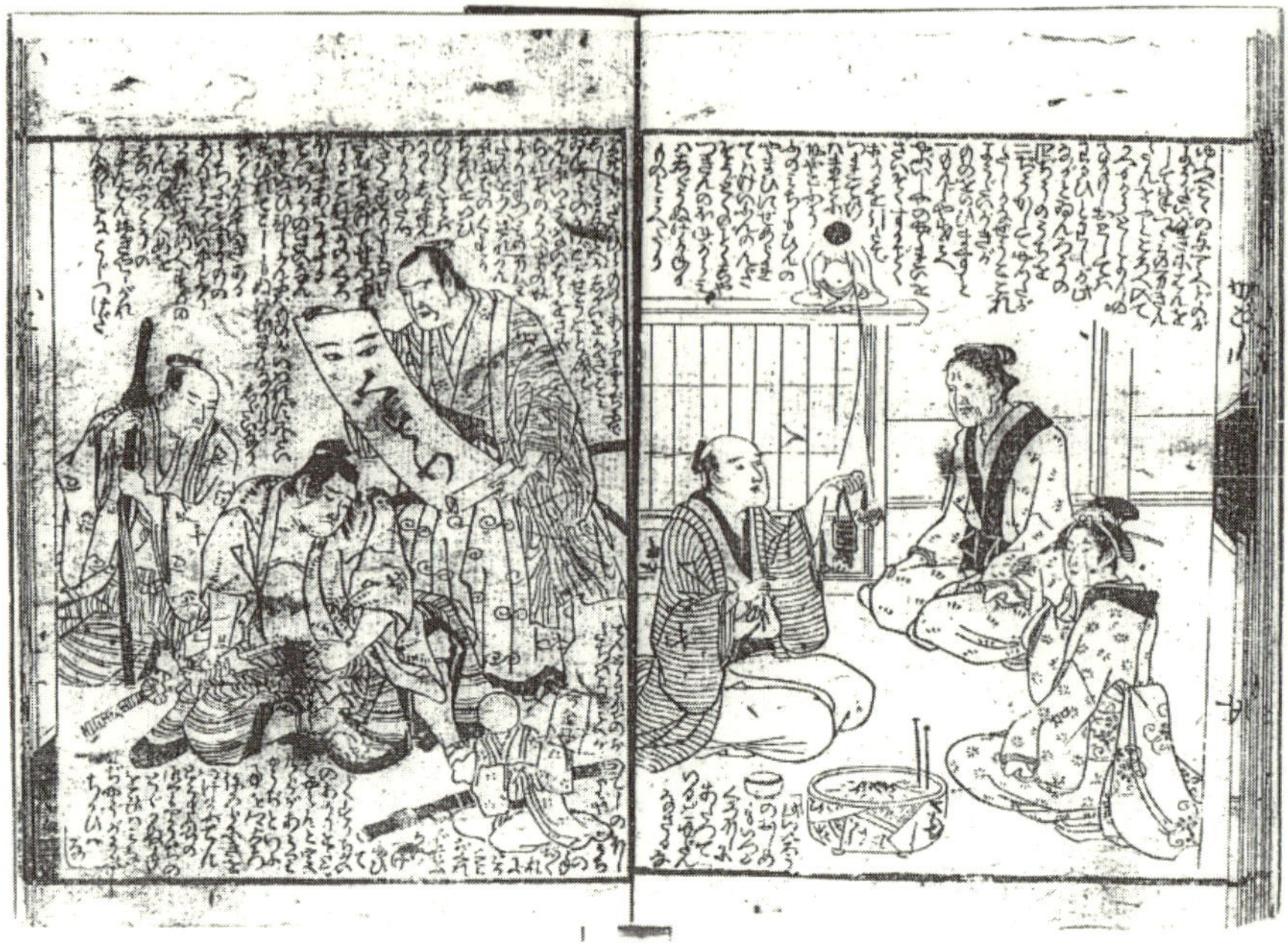

（一〇ウ）（下巻・一一オ）

（一〇ウ）

「夕《ゆふ》べこゝの与一兵衛《へ》殿《どの》が、容態書《ようだいがき》に判《はん》をして、半包《つゝ》みの万金丹《きんたん》を懐《ふところ》へ入て帰《かへ》るから、年寄《としよ》りの事、もし落《お》としては悪《わる》ひと、わしが此長門印籠《このながとゐんろう》の四重《ぢう》のうちを、二重貸《ぢうか》してやつたが、慥《たし》かな証拠《せうこ》、これ容態書《ようだいがき》がものを言ひます」と一文字屋《もんじや》才兵衛《へ》、藪医者《やぶいしや》の薬礼《やくれい》を催促《さいそく》する如《ごと》く、お軽《かる》を引たて連《つ》れて行は、誠《まこと》に親子《おやこ》夫婦《ふうふ》の道《みち》も貧《ひん》の病《やまひ》に責《せ》められては、軽粉飲《けいふんの》んだ瘡毒《そうどく》の如《ごと》く、借金《しやつきん》の骨がらみは始終《しゞう》抜《ぬ》けかねるものと見《み》へたり。

〽此印籠《いんろう》の緒締《おじめ》もいつか黒星《くろぼし》に当《あ》たつている。ご油断《ゆだん》なさるな。

下巻（一一オ）

定九郎が段平物《だんびらもの》の荒療治《あらりやうぢ》にて死《し》したる与一兵衛《へ》が死骸《しがい》を舁《か》きこみ、印籠《ゐんろう》の懸子《かけご》が証拠《せうこ》と成て、勘《かん》平痛《いた》くはない腹《はら》を探《さぐ》られ、その上《うへ》、由良之介《ゆらの》より半包《つゝ》みの万金丹《たん》を返《かへ》され、勘《かん》平、此場《ば》の薬違《くすりちが》ひを言《い》ひひらく言葉《ことば》なく、所詮明《しよせんあか》りの立《た》つべき薬《くすり》もなしと、匙《さぢ》を投《な》げて切腹《せつぷく》する。これ又、かの黒星《くろぼし》に当《あた》りたる卒中《そつちう》の災難《さいなん》にて、言《い》ひ開《ひら》かんには物《もの》が言《い》はれず、五体痺《たいしび》れて腰《こし》も抜け、無残《むざん》なりける次第《しだい》なり。

〽（原郷右衛門）「ヤア〳〵勘《かん》平、息有《いきあ》るうちに見《み》するものあり」と、懐《くわい》中より取《とり》出すは目薬《めぐすり》の看板《かんばん》。人目《め》を忍《しの》ぶ徒党《とゝう》の連判《れんばん》、おきやアがれ、人じらしなこじつけだ。

〽天道様《てんとうさま》のお弟子《でし》の星達《ほしたち》は、与一兵衛《へ》が療治《りやうぢ》の手遅《おく》れに取《と》り込《こ》み、遅《おく》ればせに駆《か》けつけ給ひて、薬違《くすりちが》いの明《あか》りをたてやらんと、定九郎が荒療治《あらりやうぢ》といふ事を、郷右衛門・弥五郎に気《き》を付《つ》け給ふ。天道様《てんとうさま》の御療治《りやうぢ》の届《とゞ》かぬ手負《を》ひは、皆《みな》定業《ぢやうがう》に違《ちが》ひはなし。

【注釈】

（一〇ウ）

容態書―物事の状況を記した書きつけ。特に、病状を記した書きつけ。「おてるさんの御薬、容躰書《ヨウタイカキ》が出来たなら、玄白様へもって行」（『明烏後正夢』初・五）。

半包みの万金丹―金百両を「一包み」と言うことから、五十両のことだが、ここでは金を「万金丹」と薬の名のように言った（六オ注参照）。「ヒヤ五十両。ヱ、久しぶりの御対面」（『仮名手本忠臣蔵』五）。「百両の金子お借しなされて下されと。……証文の上で半金渡し」（『仮名手本忠臣蔵』六）。「一包ぐらいは女郎にもやりかねぬ男なれば」（『契国策』南方）。

年寄りの事、もし落としては悪ひ―『仮名手本忠臣蔵』六段目で、一文字屋が、与市兵衛に「一重」の着物と共布で作った財布を貸してやった、という件を薬の趣向に合わせて、印籠の二重に代えた。「そりやあぶない是に入て首にかけさつしやれと。おれがきて居る此一重物の嶋のきれで拵へた金財布借たれば。やんがて首にかけて戻られう」（『仮名手本忠臣蔵』六）。

長門印籠の四重のうちを、二重―薬入れに用いた印籠。秋月長門守の屋敷で作られたという、牛・馬の撓革《いためがわ》で作った黒漆塗の細長いもの。「医者どのの長門印籠から取出さるるやうなる名を思ひよりし心はいかに」（『好色万金丹』叙）。

一文字屋才兵へ―一文字屋は江戸時代、京都の島原・伏見にあった遊女屋。「風義は一文字屋の金太夫に見ますべし」（『好色一代男』六・六）。『仮名手本忠臣蔵』六段目では一文字屋亭主がお軽を受け取りに来るが、「才兵衛」は歌舞伎での役名。「女御嶋程奉公人を抱る一文字や」（『仮名手本忠臣蔵』六）。大石内蔵助が京二条寺町の二文字屋次郎左衛門の女阿軽を妾としたことから創作されたという。

藪医者の薬礼を催促する―「薬礼の時はこっちで匕かげん」（『柳多留』九七）。薬礼は医者から要求せず、患者から御礼の気持ちを包むものであったが、藪医者は自分から例を催促するということ。

貧の病―貧乏を病気に見立てた語。「四百四病にまさるといふ、貧の病身にせまり」（『根無草』後・二）。

軽粉―塩化第一水銀（甘汞）のことで、水銀、食塩、にがり、赤土をこね合わせ、加熱することで得られ、駆梅、利尿、抗菌作用がある。「日本にて軽粉を焼きはじめしは、京都住原屋某といふ人なり」（『蒹葭堂雑録』二）。

瘡毒―かさ、梅毒。「唐瘡をかきいだして、これをふせがんとて、軽粉大風子なんど、あらけなき薬をのみて」（『東海道名所記』六）。

借金の骨がらみは始終抜けかねる―「骨がらみ」は梅毒が全身に広がり、骨髄までも侵すこと。その病状を借金返済から抜け出せない様子に喩えた。「後家を手に入れて子孫のほねがらみ」（『柳多留』七）。「男女恋慕の骨がらみは、竟に皮肉の腐縁となり、親類の薫薬、いくらいぶしてもその験なく」（『胡蝶物語』二）。
緒締もいつか黒星に当たつている―穴に口ひもを通し、袋、巾着、印籠などの口を締めるもので、玉、石、角、象牙、金属、さんごなどで作る。多くは球形で、ここでは印籠の緒締が黒星のようであることからこう表現した。「つい朱の印籠、いんでんの、巾着、上野の仁王の、眼玉程な、おじめをつけ」（『南閨雑話』）。

（一一オ）
段平物の荒療治―九ウ一〇オ注参照。
懸子―箱の内部を二段とし、外の縁に内部の箱をかけてつり下げるもの。「おごけのかけご底ゐには、恋に心をひねり」（『丹波与作待夜の小室節』中）。
痛くはない腹を探られ―やましいこともしないのに疑いをかけられ。「いたうもない腹さぐられて口惜や」（『好色一代女』四）。
半包みの万金丹を返され―勘平が舅を殺して奪った金との疑いから、勘平は献上した金を返される。「不忠不義をせし其方の金子を以て。御石牌料に用ひられんは。御尊霊の御心にも叶ふまじと有て。金子は封の儘相戻さると。詞の中より弥五郎懐中より金取出し。勘平が前に指置けば」（『仮名手本忠臣蔵』六）。
薬違ひ―薬をまちがえること。「ナニ粉薬をあがって苦しいとは、薬違ひではないか」（『東海道四谷怪談』二）。
言ひひらく―弁明する。

明りの立つ―疑いが晴れる。「藤兵衛さんでも、マア明白《あかり》の立《たつ》までは、闇い所へ行ざアなるめへ」（『春色梅児誉美』三・一七）。
匙を投げて―調剤の匙を投げ出す意で、医者が病人を見放すこと。「田舎いしゃ匕をなげては馬で逃」（『柳多留』四九）。
卒中の災難―脳卒中。「卒中にて偏身麻木《まぼく》していふことかなはず」（『青砥藤綱摸稜案』前三「青牛の下」）。
物が言はれず、五体痺れて腰も抜け―卒中の症状。
ヤア〱勘平、息有るうちに見するものありと懐中より取出すは―舅殺人の犯人は斧定九郎で、勘平は定九郎を鉄砲の二つ玉で誤って殺すが、偶然にも親の敵を討ったことになった。「ア、暫く〱。思はずも其方が舅の敵討たるは。いまだ武運尽ざる所。弓矢神の御恵にて。一功立たる勘平。息の有中ち郷右衛門が密に見する物有と。懐中より一巻を取出し……一味徒党の連判かくのごとし」（『仮名手本忠臣蔵』六）。
目薬の看板―挿絵参照。一味の連判と思いきや、目薬の看板。このような目薬の看板を使った洒落は『明矣七変目景清』にもある。
人目を忍ぶ徒党の連判―「人目を忍ぶ」の「目」から「目薬」の看板を呼び出した。
おきやアがれ、いい加減にしろ。よせやい。だじゃれなどに対し、それをばかばかしくくだらないと、人の言葉を強く打ち消す際に用いることが多い。「『おきゃアがれ、やっぱり無益委記の型だ』といいっこなし。作者もそれは承知さ」（『孔子縞于時藍染』上）。

人じらし―人をじらすこと。「ヱ、午のくつがはかれるものか、人じらしな」（『東海道中膝栗毛』四下）。

遅ればせに駆けつけ給ひて―稿本では「……駆けつけ給ひ」のあと、「せめて」「薬違いの」と続く。

郷右衛門・弥五郎―原郷右衛門・千崎弥五郎。

気を付け給ふ―気づかせなさる、という意と、治療で、意識を回復させるという意を掛ける。「中中なる軍して敵に気を著ては叶まじとて」（『太平記』三二・山名右衛門佐為敵事）。「首筋掴で船へ引上、薬を用ひ身を温め、様々、いたはり気を付くれば」（『源平布引滝』三）。

手負ひ―撃たれたり切られたりして傷を負うこと。「手負（テオヒ）には有馬の湯ほど薬はない」（『醒睡笑』四）。

定業―善悪の報いを受ける時期が定まっている行為のこと。「薬剤を求て用ひしかども、定業なればにや、その妻はなくなりにき」（『南総里見八犬伝』二三）。

【挿絵】（一〇ウ）右手奥にお軽の母、手前にお軽（袖に「加（か）」の字）、左に四重の長門印籠を示した一文字屋才兵衛（本文に従えば印籠は二重であるべき。自筆稿本では二重に描かれる）。衛立の黒星から印籠の緒締に吹き出しの要領で線が引かれ（自筆稿本では二重線でくっきり結ぶ）、「黒星に当たつている」様子を示す。

（一一オ）『仮名手本忠臣蔵』第六の勘平の腹切りに拠った場面。右手、徒党の連判ならぬ、目薬の看板を持つのは原郷右衛門。勘平の後ろで刀を立てて坐るのは千崎弥五郎。右手手前に天道様のお弟子の星が万金丹の包みを持つ。

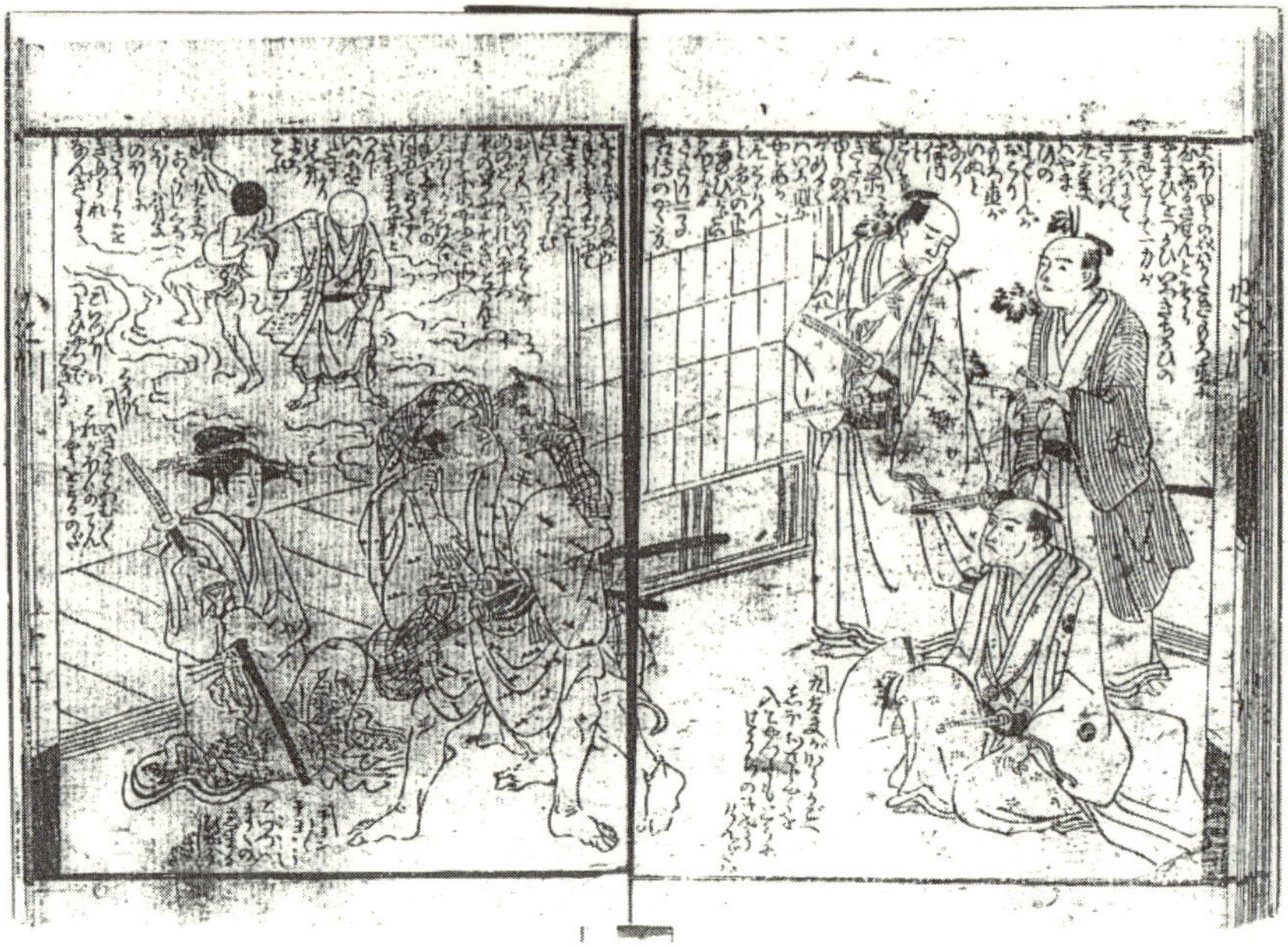

（一一ウ―一二オ）

（一一ウ―一二オ）

大星《ぼし》由良之介《ゆらの》は敵師直《かたきもろ》に心を許《ゆる》させせんと、空病《そらやまひ》をつかひ、色気違《いろきちが》ひの真似《まね》をして、一力が二階《かい》にて騒《さは》げば、九太夫は病《やまひ》の欲心《よくしん》が起《お》こり、師直《もろ》が犬《いぬ》となり、伴内とも〲、この所へ来《き》たり、由良之介《ゆらの》が眼隠《めかく》しは、色《いろ》目か、病《や》み目《め》か、見届《とゞ》けんと、縁《ゑん》の下へ忍《しの》び、御台《みだい》かほよより来《き》たりし、一子相伝の薬《やく》方を読《よ》み、由良之介《ゆらの》が手療治《りやうぢ》にて、急所《きうしよ》を刺《さ》、れ苦《くる》しむ。

〽お軽《かる》は二階《かい》から見《み》たが目《め》の毒《どく》なれば、平右衛門その毒《どく》をそぎとらんと、既《すで》に危《あや》ふき所《ところ》へ大星《ぼし》が請《う》け合、手療治《りやうぢ》の詞にて、毒薬《どくやく》忽《たちま》ち薬《くすり》と変《へん》じ、命《いのち》を助《たす》かり兄弟喜《よろこ》ぶ。

〽九太夫が当《あ》たりし黒星《くろぼし》、お弟子の星《ほし》に急所《きうしよ》を決《き》められ、難儀《なんぎ》する。

（お弟子の星）〽こいつ、ほしの強《つよ》ひ奴《やつ》でござる。

黒星　〽ア、息《いき》が弾《はづ》む〱。これが、ほんの天上《てんじやう》を見《み》るのだ。

（大星）〽九太夫が空駕籠《からかご》に塩温石《しほおんじやく》を入てやつたも、とうに承知《せうち》の狂言《きやうげん》だは。

〽チヨン〱チヨ、、、、こいつは幕《まく》の閉《し》まる拍子木《ひやうしぎ》だ

【注釈】

空病―仮病。「そらやみ　詐病を云ふなるべし」（『和訓栞』）。

色気違ひ―やたらに、好色らしい態度や身なりなどをすること、その人。「其くせあのつらで色気違《いろきちげへ》さ」（『東海道中膝栗毛』四・下）。「四十に餘つて色狂ひ。馬鹿者よ。気違

よと。笑はれふかと思ふたに」（『仮名手本忠臣蔵』七）。
一力が二階にて騒げば―『仮名手本忠臣蔵』第七の一力茶屋の段で、大星由良之助は色に狂ったふりをして世を欺く。「是が由良の助殿の遊び茶屋。一力と申すのでござる」（『仮名手本忠臣蔵』七）。ただし由良之助が借り切ったのは一階で、二階座敷に通されたのは斧九太夫。
師直が犬―師直の手下。犬は、主人に忠実に仕える者のこと。九太夫は師直に内通する。「莫大の御恩を着ながら。敵師直が犬となつて。有ること無いこと、よう内通ひろいだな」（『仮名手本忠臣蔵』七）。
伴内とともぐ、この所へ来たり―鷺坂伴内と一緒に二階座敷に上がる。
眼隠し―手巾をもって眼隠しをした童の鬼が、手を打って逃げ回る他の子を探り追い、捕らえる遊び。『仮名手本忠臣蔵』では、由良之助が眼隠しをして、鬼になり、仲居らと戯れながら登場、捕まった者が罰杯を飲む。「義太夫節の忠臣蔵七段目にて、由良之介この戯をなす時、衆妓ら手を打ちて云ふ、「由良鬼は、またいな、めんないちどり、手のなる方へ、云々」（『守貞漫稿』二八）。「めんない千鳥は大星ゆらの港にすみ、忠しんくらやみの七ツめへに、てのなる方へ〳〵とないて出る」（『養得筎名鳥図会』）。
色目―異性の気を引くような目つき。「しげ『それもう色目さ』新『すかねへなふ』」（『駅舎三友』二階）。
病み目―七ウ八オ参照。
縁の下へ忍び―九太夫は由良之助の本性を探ろうと縁の下に潜み、力弥が届けた文を盗み読む。「椽の下には猶ゐつぼ」（『仮名手本忠臣蔵』七）。
御台かほより来たりし―「只今御臺かほよ様より。急のお飛脚密事の御状」（『仮名手本忠臣蔵』七）。
一子相伝の薬方―『仮名手本忠臣蔵』では書状であるところを薬の処方とした。師が奥義を子どもの一人にだけ伝えること。「此伝授は一子相伝にて我子の外へは伝へられず」（『鑓の権三重帷子』上）。
由良之介が手療治―医者にかからないで、由良之助の療治でという意だが、ここでは由良之助の手で縁の下の九太夫が刺し殺されたことをいう。「あつやさむやの風の神、手療治のせうが酒、敗毒散に追ひ出され」（『日本振袖始』二）。稿本では「手療治」ではなく単に「療治《りやうぢ》」。
急所を刺され―稿本ではこのあと、「七転八倒《しつてんばつとう》する」として消した跡がある。
お軽は二階から見たが目の毒なれば―見ると害になるもの。一階で釣燈籠の明かりで由良之助が読む文を、お軽は二階から鏡に映して盗み読むが、そのために殺されそうになるのを、見ると害になる、つまり「目の毒」といった。「おかるは上より見おろせど、夜目遠目なり字性もおぼろ」「密書をのぞき見たるが誤り。殺さにやならぬ」（『仮名手本忠臣蔵』七）。
既に危ふき所へ―稿本では「既に危ふき」のあと「その」「所へ」と続く。
**平右衛門その毒をそぎとらんと、既に危ふき所へ大星が請

け合、手療治の詞にて、毒薬忽ち薬と変じ、命を助かり兄弟喜ぶ—お軽の兄平右衛門は、お軽を殺して由良之助の代わりに自ら口封じをしようとし、お軽も父夫の死を知って兄の手で殺されようと覚悟する。そこに由良之助が兄妹を押しとどめる。「ホウ兄妹ども、見上げた。疑ひ晴れた」(『仮名手本忠臣蔵』七)。稿本では「手療治」ではなく単に「療治」とある。

九太夫が当たりし黒星—稿本では「九太夫が」のあと、「身《み》に」「当たりし黒星」と続く。

ほしの強ひ—星と「押し」を掛ける。「押しの強い」は、自分の意見・希望を通そうとする根気があるという意。

天上を見る—仰向けになったまま起き上がれないという意から、冷遇され、ばかをみる。「先は武家方だア。めったな事をしてこっち迄、天井見ちゃアつまらねへ」(『八笑人』二・下)。

九太夫が空駕籠に塩温石を入てやつたも、とうに承知の狂言だは—九太夫は力弥持参の文の中身を確かめるため、縁の下に潜む。その際、駕籠で帰ったと見せるため、空駕籠に庭の飛び石を入れて帰らせる。「駕籠の簾を引き明くれば。内には手ごろの庭の飛石。コリヤどうぢや。九太夫は松浦佐用姫をやられた」(『仮名手本忠臣蔵』七)。

塩温石—懐中に入れ、体を温める温石の一種で現在の懐炉。熱した塩を布に包んで用いる。「行平は塩おんぢやくを前へうしろ」(『川柳評万句合』宝暦一一・智一)。本作では、庭の飛び石ではなく、医療の縁から塩温石に代えた。

チヨン〳〵チヨ、、、—幕の閉まる拍子木の音。

【挿絵】『仮名手本忠臣蔵』第七、一力茶屋の場面に拠る。右側、手に扇を持って坐るのは二つ巴紋の大星由良之助。後ろには、大星の心底を確かめに来た竹森喜多八(左奥・袖に「森」)と矢間十太郎(右奥・袖に「矢」。但し自筆稿本では「弥」の字)。左側には、縁の下から九太夫を引きずり出した寺岡平右衛門。その左にはお軽(袖に「加(か)」)。その手に持つ刀は、平右衛門に九太夫を嬲り殺させる際に与えた赤鰯(錆刀のこと。敵討ちの本心を隠すための由良之助の刀)か。黒星はお弟子の星に急所を決められて苦しむ様子。

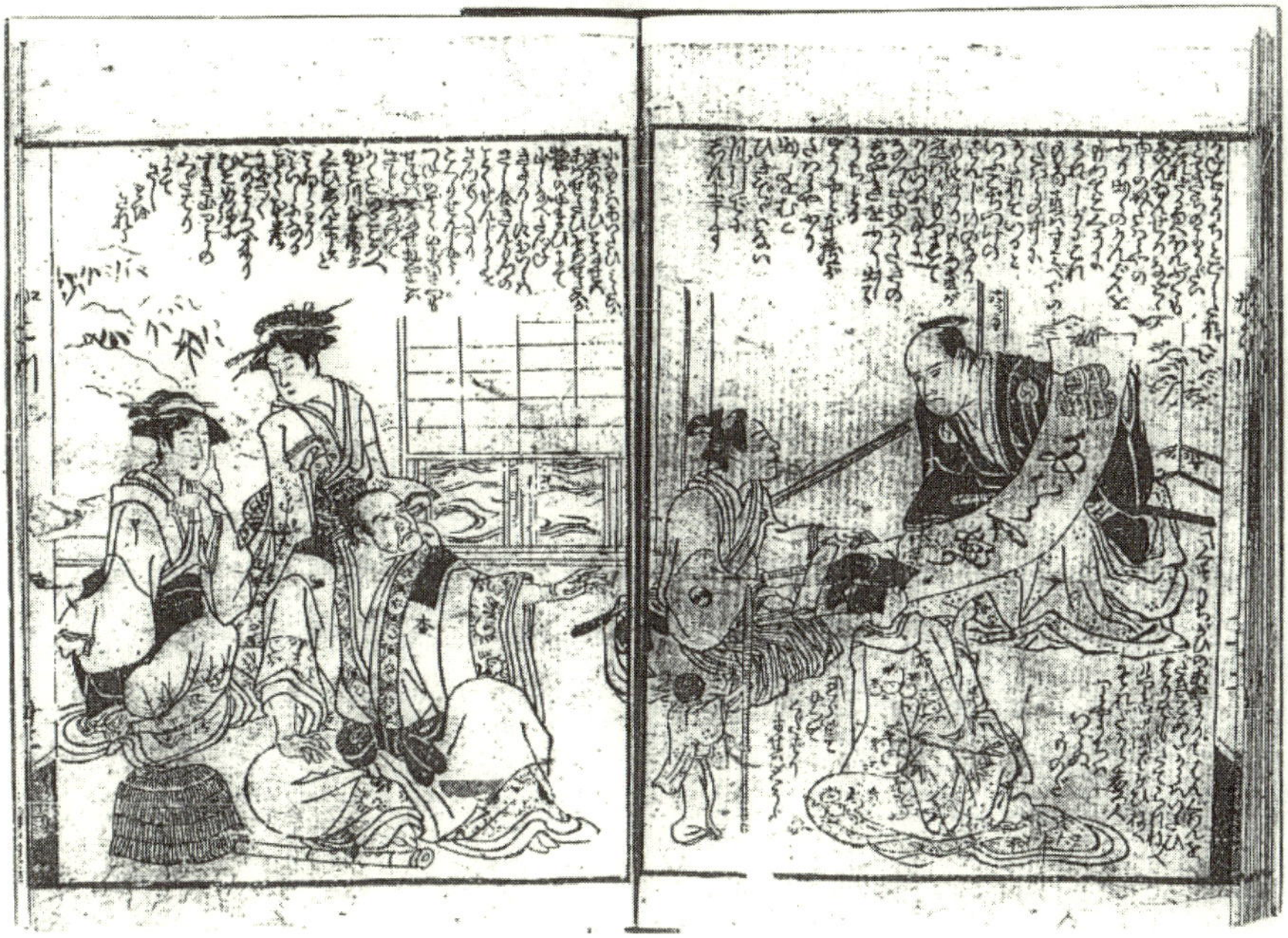

（一二ウ―一三オ）

（一二ウ―一三オ）

かねて夜討《ようち》と期《ご》したればと、敵地《てきち》の容態《ようだい》知《し》れざるゆへ、本復《ほんぷく》も延引《ゑんゐん》せりなどゝ、由良之《ゆらの》介、俵屋《たはらや》のふり出《だ》しの看板《かんばん》を持《も》つて、虚空《こくう》に嬉《うれ》しがる。これ、師《もろ》直は炭部屋《すみべや》の俵《たはら》の中に隠《かく》れているといふ、こぢつけの判《はん》じ物《もの》なり。元《もと》より、師《もろ》直が恋風がもつれて、かふいふ事になつたゆへ、敵《かたき》の邪気《じやき》を振《ふ》り出して、討《う》ち取《と》る様《やう》にと、本蔵が、俵屋《たはらや》ふり出しを、聟引出《むこひきで》ゞはない、風引でに進《しん》上申す。

〽薬違《くすりちが》ひの誤《あやま》りで、判官《はんぐはん》を抱《だ》き留《と》めたからは、痛《いた》ひ鍼《はり》でも立《た》てられねへけりやア、此場甲斐《ばがひ》ねへ。それだから、素《しろ》人療治《りやうぢ》はいらぬものだ。

〽とらせてやつて、くだばりませはどうだ

小浪《なみ》は、逢《あ》いたひ見《み》たいが恋の病《やまひ》、戸無瀬《となせ》は逢《あ》はせたひ添《そ》はせたいが親《おや》の病《やまひ》にて、山科《しな》へ尋《たづ》ね来《き》たりしに、お石《いし》は差《さ》し合禁物《きんもつ》のごとく、煎《せん》じ殻《から》をさつて〳〵さりこくり、煎《せん》じ様《やう》、常《つね》の如《ごと》くの挨拶《あいさつ》もせねば、戸無瀬《となせ》親子《おやこ》は匙《さじ》を投げて、覚悟《かくご》のところへ、「加古《かこ》川本蔵が首進《くびしん》上申す」とみゐらとりみゐらになるごとく、本蔵、わざ〳〵このところへ来り、聟《むこ》力弥に杉《すぎ》山流《りう》の管鍼《くだばり》にて、刺《さ》し通《とを》される。

【注釈】

夜討と期したればと、敵地の容態知れざるゆへ、本復も延引せりなどゝ――「徒党の人数は揃へ共。敵地の案内知ざる故発足も延引せり」（『仮名手本忠臣蔵』九）。敵地の「案内」（様態）を病気の「容態」に、「発足」を病気平癒の「本復」

に掛けた。

俵屋のふり出しの看板―京都四条にあった薬屋で、ふり出しかぜ薬の五積散が知られた。江戸では江戸上野広小路の俵屋で販売した。「たはらやふり出し薬　第一風万病によし。さんぜんさんご血の道づつうによし」(『江戸買物独案内』)。「俵屋振出し　京四条俵屋肥後掾の製する風邪の薬五積散なりといふ。諸国にひさぐ薬なり」(『俚言集覧』)。「昼寝は風を引、さつま土びんは五郎八めがごとつかせる俵屋ふり出しあれば」(『当世爰かしこ』)。稿本では「……看板を持つて」ではなく「看板をもらつて」。

虚空に―むやみに。「客をくるめる事上手なり、こくうにはまる人おほし」(『擲銭青楼占』)。

師直は炭部屋の俵の中に隠れているといふ、こぢつけの判じ物なり―「柴部屋に隠れしを見付出して生捕しと」(『仮名手本忠臣蔵』一一)。柴部屋は柴、薪や炭を入れておく部屋。

判じ物―ある意味を文字や絵などにして表わし、人に判じ当てさせるようにしたもの。「今朝ほどの判じ物を見て嬉しがる」(『安倍清兵衛一代八卦』)。

聟引出ゞはない風引でに進上申す―聟引出は、婚礼の時に舅から婿に贈る引出物。「娘が聟殿へ。お引の目録進上と懐中より取出すを……目録ならぬ師直が屋敷の案内一々に……」(『仮名手本忠臣蔵』九)。加古川本蔵は娘小浪の嫁入りの聟引出として、師直の屋敷図を進上した。俵屋の五積散を出した縁で、「聟引出」を「風邪引き」ともじった。

薬違ひの誤りで、判官を抱き留めたからは―六ウ七オで本蔵が、判官をのぼせ(を疝気)と思って抱き留めた、としたことを指す。「加古川本蔵。その座にあつて抱き留め。殿を支へたばつかりに。御本望も遂げられず。敵はやう〱薄手ばかり。殿はやみ〱御切腹」「相手死なずば切腹に及ぶまじと、抱き留めたは思ひ過した本蔵が。一生の誤り」(『仮名手本忠臣蔵』九)といった本蔵の思い違いを「薬違ひ」とした。「石雄は、風と見られた薬ちがひ」(『夢想兵衛胡蝶物語』三)。

痛ひ鍼でも立てられねへけりやア、此場甲斐ねへ―本蔵に大星力弥が槍を突き刺すことに拠る。「大星力弥。捨てたる槍を取る手も見せず。本蔵が。右手の肋、左手へ通れと突き通す」(『仮名手本忠臣蔵』九)。

素人療治はいらぬものだ―医者ではない素人が行う療治。ここでは本蔵が判官を抱き留めたことを薬違いの素人療治として批判した。

とらせてやつて、くたばりませはどうだ―本蔵がわざと力弥に殺されることを「(自分の首を討ち)取らせてやってくたばり(死ぬ)」「下さり」「くだばり(管鍼)」を掛けた。

小浪は、逢いたひ見たひが恋の病、戸無瀬は逢はせたひ添はせたいが、親の病にて、山科へ尋ね来たりし―「せつかく思ひ思はれて、許嫁した力弥様に。逢はせてやろとのお言葉を頼りに思うてきたものを……母様どうぞ詫言して。祝言させて下さりませ」(『仮名手本忠臣蔵』九)。

差し合禁物―食合せのこと。「薬の禁物《さしあい》」(『鼻下長生薬』)。

由良之助の妻お石が、本蔵の妻戸無瀬と娘小浪を避ける様子を食合せにたとえた。

煎じ殻―煎じ滓。「お妾をねめねめこぼすせんじから」（『柳多留』二）。

さつて〱さりこくり―「さりこくる」は妻を無理矢理離縁するの意で、ここでは許嫁の小浪を乱暴に追い出そうとしていることを指し、煎じ殻を取り除く意と掛ける。「添ふに随ひ根性の。さがなき女と見限はて。十三年前去りこくり」（『鵺山姫捨松』二）。「力弥に代つてこの母が去つた。去つた」（『仮名手本忠臣蔵』九）。

煎じ様、常の如くの挨拶もせねば―「煎じ様常の如く」とは煎薬の包紙に書いてあったきまり文句で、煎じ方は普通の通りであるということ。茶碗二杯の水に薬を入れ、通常生姜一片を加えて一杯に煎じつめて服用する。「是〱亭主、せんじやうは常のごとく、生姜一へぎ薬なべ、早くのませてくれ給へ」（『御前義経記』二・四）。また、紋切り型のことを言う。決まり切った挨拶もせずに、とここでは両方の意が掛かる。

「加古川本蔵が首進上申ス」―「加古川本蔵が首進上申す。お受け取りなされよ」（『仮名手本忠臣蔵』九）。

みゐらとりみゐらになる―人を捜しに行った者がそのまま帰ってこないで、かえって捜される立場になってしまう。

杉山流―伊勢国安濃津の盲人杉山和一が創始した鍼の一派。和一が将軍綱吉の病いを治療して江戸総検校となったことから、杉山流が広まった。鍼管と松葉鍼を使うのが特徴。「至る所其鍼術の流れ今に至り行れて杉山流と云」（『守貞漫稿』二一）。

管鍼―鍼術で、金属製の管に入れて使用する針。その端を指で叩いて患部に鍼を刺す。「管槍」を掛ける。管槍は柄に鉄の管をはめ、左手でこれを握り、右手での穂先の繰り出し、繰り入れが便利なように作った槍。管槍は『仮名手本忠臣蔵』十で四十七士の武具の中に名が挙がる。

本蔵、わざ〱……力弥に……刺し通される―本蔵がわざと力弥をけしかけて自ら殺されることを言う。「大星力弥。捨てたる槍を取る手も見せず。本蔵が。右手の肋、左手へ通れと突き通す」（『仮名手本忠臣蔵』九）。

【挿絵】『仮名手本忠臣蔵』第九、山科閑居の場面に拠る。右手奥に由良之助が「たはらやふり（だし）」（自筆稿本では「たはらやふり出し薬」）の看板を持ち、向いに角前髪の力弥が坐る。その隣で背を向けているのはお石（背に「石」）。左手には加古川本蔵（袖に「本」）が虚無僧姿で、その傍に深編笠と尺八。後ろ右手の振袖姿が小浪、左手は戸無瀬（袖に「戸」）。障子の外は雪景色。画面中央下には槍を持った星。力弥が本蔵を討つのに使った管鍼。

（一三ウ―一四オ）

（一三ウ―一四オ）

「天川屋《や》義平は男でござる。腕《うで》から揉《も》むか、腰《こし》から揉《も》むか」と力《りき》みを言《い》つて、薬箪笥《くすりだんす》の上へ上《あ》がつて動《うご》かぬゆへ、捕手《とりて》の面々《めん〳〵》、よし松《まつ》を捕《とら》へ、大の艾《もぐさ》を据《す》へんとする所へ、由良《ゆら》之《の》介薬箱《くすりばこ》の中より立《た》ち出、義平に段々《だん〳〵》の礼をいふ。

〽大星《ぼし》は薬箱《くすりばこ》の中で、義平が志《こころざし》を感心《かんしん》してゐるゆへ、星《ほし》達《たち》、大星《ぼし》になり代《か》はり、義平を仰《あをぎ》ぎ立《た》て、、褒《ほ》め給ふ。

〽大丈夫〳〵、悪《わる》ひ虫《むし》と言《い》つては、ちつともねへ男だ。医《い》者《しや》アねへかと申やす。

大星　〽貴殿《きでん》、この節《せつ》の効能《こうのう》は、天麻川芎《（てんませんきう）》に等《ひと》しききくみち、その頭《かしら》字の天川屋《や》を合詞と定《さだ》め四十七味は夜討《ようち》の一方、只今貴殿《きでん》の一味を加《くわ》へ、師直《もろ》を討《う》ち取《と》らん。かたじけなや、喜《よろこ》ばしや。

〽お園《その》は思《おも》はず義平に去《さ》られ、我《わ》が家《や》へ帰《かへ》るも、傷持《きづも》つ足《あし》とは、三里《さんり》の灸《きう》でも、いぼいはせぬか。こいつもいづれ、ふさぎが強《つよ》ひ。

〽伊五はご無事《ぶじ》ご息災《そくさい》なる生《う》まれにて、馬鹿《ばか》に付《つけ》る薬《くすり》がなければ、相伴《せうばん》に灸を据《す》へてやる。

〽坊《ぼう》さんや、熱《あつ》い涙《なみだ》がこぼれます。

【注釈】

「天川屋義平は男でござる。腕から揉むか、腰から揉むか」と力みを言つて――「天河屋の義平は男でござるぞ。子にほだされ、存ぜぬことを。存じたとはえ申さぬ」（『仮名手本忠臣蔵』十）。

薬箪笥の上へ上がつて動かぬ—薬種を整理して入れるよう碁盤目のように抽斗を細かく仕切った箪笥。「仮名手本忠臣蔵」では長持で、本作の挿絵でも同様に、本文とは違い長持が描かれている。

捕手の面々—義平は、由良之助に頼まれ武具を揃えた容疑で捕手に囲まれる。

よし松を捕へ、大の艾を据へん—白状せねば息子のよし松を殺すと脅される場面を、よし松に灸を据える趣向とした。

由良之介薬箱の中より立ち出、義平に段々の礼をいふ。—由良之助が長持から現れ、捕手は実は義平の心底を確かめようとした義士達であったことを詫び、また義平の志に感謝する。

段々の—いろいろの。「身にあやまりあればこそ、だんだんのわびこと」（『心中天の網島』中）。

大丈夫—立派な男子。義平は「人有中にも人なしとは申せ共。町家の中にも有ば有る物」と由良之助に称えられる（『仮名手本忠臣蔵』十）。

悪ひ虫—癇癪の虫。また、よくない癖。「忠兵衛元来わるいむし押へかねてずんと出」（『冥途の飛脚』中）。

悪ひ虫といつてはちつともねへ男だ。—悪い虫が少しもない男だ。

医者アねへかと申やす—「医者はいないか」と医者を探すときの文句か。義平は「妙薬名医の心魂。ありがたし〳〵と、すさつて三拝」（『仮名手本忠臣蔵』十）と浪士達に医者に喩えられる。

この節の効能—この節の「功」と薬の「効」能を掛ける。「このたびのお世話、言葉でお礼は言ひ尽されませぬ」（『仮名手本忠臣蔵』十）。

天麻川芎に等しききくみち—「天麻」「川芎」ともに漢方で用いる薬草。「天麻」は乾燥させた根を強壮薬とする。（『和漢三才図会』九二）。「川芎」はセリ科の植物で、根茎を頭痛、鎮静薬に用いる。「川芎の香に流るるや谷の水〈其角〉」（『句兄弟』下）。「きくみち」は効能の意。

その頭字—字句、名前などの初めにある文字。「そんならかしら字をいつておきかせなんし」（『傾城買四十八手』しっぽりとした手）。

天川屋を合詞と定め—「天麻川芎」の頭字から「天川屋」としたこじつけ。「貴殿の家名の天河屋を、すぐに夜討ちの合い言葉。天とかけなば、河と答へ」（『仮名手本忠臣蔵』十）。自筆稿本でこの後に「医者《いしや》のいの字《じ》は由良之助《ゆらのすけ》」と続き、そのあと「四十七味は……」になる。本作の医薬尽くしの趣向で、いろは仮名四十七字の、最初のいを医者のいの字とし、由良之助に、こじつけようとしたらしい。だが、結局、この場面では『仮名手本忠臣蔵』に義平を「妙薬名医の心魂」とすることとかち合うために、省いたものか。

四十七味は夜討の一方—「味」は薬品などの種類を数えるのに用いる。ここでは四十七士を味と数えた。「一方」は薬の一つの処方という意。

只今貴殿の一味を加へ、師直を討ち取らん—「四十人余のものどもが。天よ河よと、申すなら。貴公も夜討ちにお出でも同然」（『仮名手本忠臣蔵』十）。

お園は思はず義平に去られ、我が家へ帰るも、傷持つ足とは—お園の父は、九太夫に扶持をもらう医者の太田了竹であることを案じた義平に、お園は一旦実家に戻されたが、了竹がそれを逆手にとって義平に去り状を書かせた。傷持つ足とは、父了竹が九太夫と通じている事を指す。「親了竹の悪だくみは。常からよう知つてのこと」（『仮名手本忠臣蔵』十）。

三里の灸—灸穴の名。膝頭から指三本ほど下、外側の少しくぼんだ所。ここに灸をすえると足を丈夫にし、また、万病にきくという。「三里に灸すゆるより、松嶋の月先心にかかりて」（『奥の細道』）。

いぼい—灸を据えた跡がが膿みただれること。「灸灼《やいと》の潰痂《いぼひ》」（『近世説美少年録』三・三〇）。

ふさぎ—憂鬱なこと。「日に日に痩おとろへの塞《ふさぎ》も増る病根は」（『二筋道三篇霄の程』一）。

伊五—義平の子吉松の守り役の丁稚。「阿呆」（『仮名手本忠臣蔵』十）という設定。

馬鹿に付る薬がなければ—馬鹿を治す方法はない。「馬鹿に附る薬はあらずも、走馬の千里膏、鞭打て呉れる交の無二膏あり」（『浮世風呂』大意）。

灸を据へてやる—艾に火を付けて治療をするの意と、厳しく叱る意を掛ける。

〳〵**坊さんや熱い涙がこぼれます**—坊さんとは、男児の敬称で、伊五がよし松を呼んだ。「やれやれ坊さん大きくおなんなさいましたねえ」（『花筐』初・一）。「熱い涙」とは、胸いっぱいになって思わず出る涙。灸の熱さに涙が出る、という意と掛ける。『仮名手本忠臣蔵』の「義平めが、志もお執成《とりなし》とあつき詞に人〴〵も、思はず涙催して奥歯噛割《かみわる》計也」を掛けるか。「本蔵あつき涙をおさへ」（『仮名手本忠臣蔵』九）。

【挿絵】『仮名手本忠臣蔵』第十に拠る場面。長持ちの上で見得をきるのは義平（肩に「儀」の字）。雁木模様の衣裳で取囲むのは義士達。なお、現行の歌舞伎衣裳では裾の雁木模様はない（『歌舞伎衣裳』松竹衣裳）。左の二人は、よし松と伊五に灸を据えている。自筆稿本から察するに背中を出しているのが伊五で横抱きにされているのがよし松（自筆稿本では吉松が芥子坊主で、刊本より幼い姿に描かれる）。門の外では頭巾をかぶったお園が「竹」の字の小田原提灯を下げている。「又出る月と。二つ輪の親と夫との中に立。おそのは一人リ小挑燈暗き思ひも。子故の闇」という箇所に拠る。星達は義平を扇で扇いでいる。

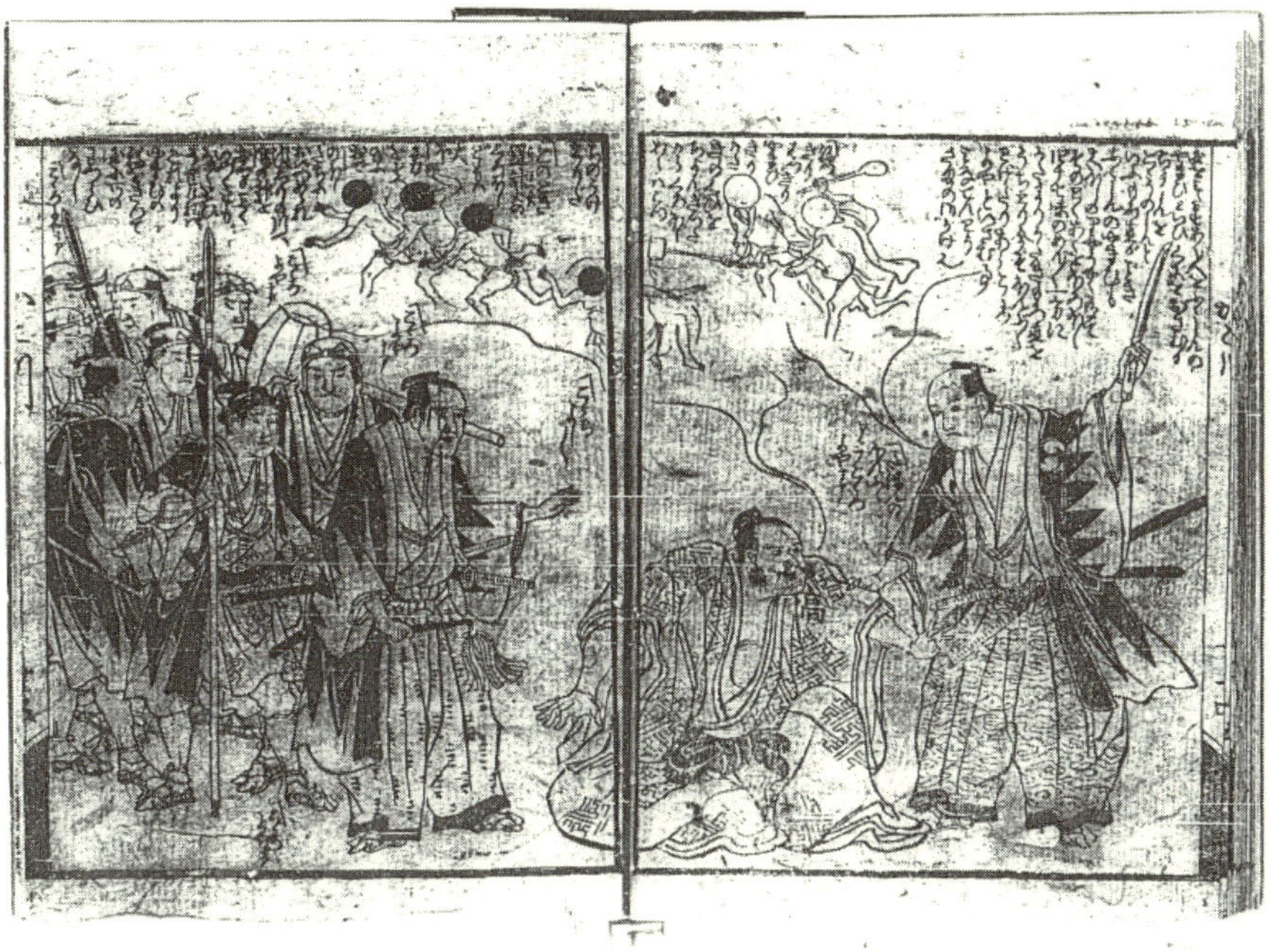

（一四ウ｜一五オ）

（一四ウ｜一五オ）

国《くに》を乱《みだ》す悪《あく》人を、腹心《ふくしん》の病《やまひ》と言《い》ひ、国《くに》を治《おさむ》る忠臣《ちうしん》を、股肱《こゝう》の臣《しん》と言《い》ふ。師直《もろ》がごとき腹心《ふくしん》の病《やまひ》も、大星《ぼし》の良薬《りやうやく》有て、その毒悪《どくあく》を滅《ほろ》ぼし、四十七味の面々面々《めん〳〵》、一方にかたまり、敵師直《もろ》を討《う》ち取《と》り、今ぞ本復遂《ほんぶくと》げたり。あらこゝろよやと勇《いさ》む事、皆天道様《みなてんとうさま》の御蔭《かげ》也。

（大星）〽多年《たねん》の本復《ほんぶく》、アヽラこゝろよやナア。

（お弟子の星）〽根《ね》つきり葉《は》つきり病《やまひ》きり。敵《かたき》の首《くび》をちよんぎつたから、黒星《くろぼし》めらは、こつちの受《う》け取《と》りだ。

〽この時《とき》、羅計火《(らけいくは)》の黒星《くろぼし》どもは、大星《ぼし》に力を添《そ》へ給ふ、お弟子《でし》の星達《ほしたち》に追《お》い詰《つ》められ、地尻《じり》の川へ、風の神を送《おく》る如《ごと》く、いづくともなく飛《と》び失《う》せれば、これより病《やまひ》の根《ね》を切《き》つて、国に一ツの患《わずら》ひなし。

（義士）〽心地《こゝち》よし〳〵。〽心《こゝろ》よやナア。〽心《こゝろ》よやナア。〽心《こゝろ》よやナア。〽心《こゝろ》よやナア。

【注釈】

腹心の病―三ウ四オ注参照。深刻な悩みという意。「股肱腹心」は最も頼りになり、どんなことでも打ち明けられるような家臣のことだが、腹心の病と股肱の臣を対にしたのは、この語を意識したか。「かくいふは菊池原田が股肱腹心の家隷に、玉名太郎、宇土平三郎といふもの也」（『椿説弓張月』前・九）。

股肱の臣―手足のように一番頼みとする部下。腹心。

師直がごとき腹心の病―悪人を国の病に喩えた。
大星の良薬―師直を討つ大星を薬に喩えた。
四十七味―四十七士を薬に喩えた表現。
一方にかたまり―「方」とは薬の処方のことを意味するか。
本復遂げたり―病気が全快すること。「本懐を遂げる」をもじる。
多年の本復ア、ラこゝろよやナア―「本懐」を「本復」ともじる。「日ごろの鬱憤この時と。由良之助が初太刀にて、四十余人が声々に。浮木にあへる盲亀はこれ。三千年の優曇華の、花を見たりや、うれしやと」（『仮名手本忠臣蔵』十一）。
根つきり葉つきり病きり―これっきり。「根切《ネツキリ》葉切《ハツキリ》疾切《ヤマイキリ》再面《フタヽビツラ》ヲつんだすな　此は小児の灸するときすみて後そのあとを、かくとなへて、まじなふなり」（『諺苑』）。「灸も据へてもらはずとい、。ねつきりはつきりやまひきり、再び遊びに来なさんな」（『安倍清兵衛一代八卦』）。
地尻―ある土地の端の方。「おめへの内の地尻へ這入た」（『浮世床』初・下）。
風の神を送る―風邪をはやらせる厄病神。「風神払　世間に風気時行《はやり》ぬれば、風の神をおひはらふとて面をかつぎ、太鞁を打て物をもらう」（『人倫訓蒙図彙』七）。
病の根を切つて―病根を絶つ。根治する。「痛みも中風もすきと治しまして、根を切て進じませふ」（『針立雷』）。また根を切るには悪弊を根こそぎ改めるの意もあり、これも掛かる。「不忠不烈の族をば、根をきり葉をからして、御沙汰候はんには」（『太平記』二〇・奥州不向勢逢難風事）。

【挿絵】 中央に高師直が座り込み、右手に大星由良之助が刀を振り上げている。左手には義士九人。手前三人は左から矢間十太郎（肩に「矢」）、角前髪の大星力弥、原郷右衛門（肩に「原」）。黒星は、お弟子の星達に叩き出されている。

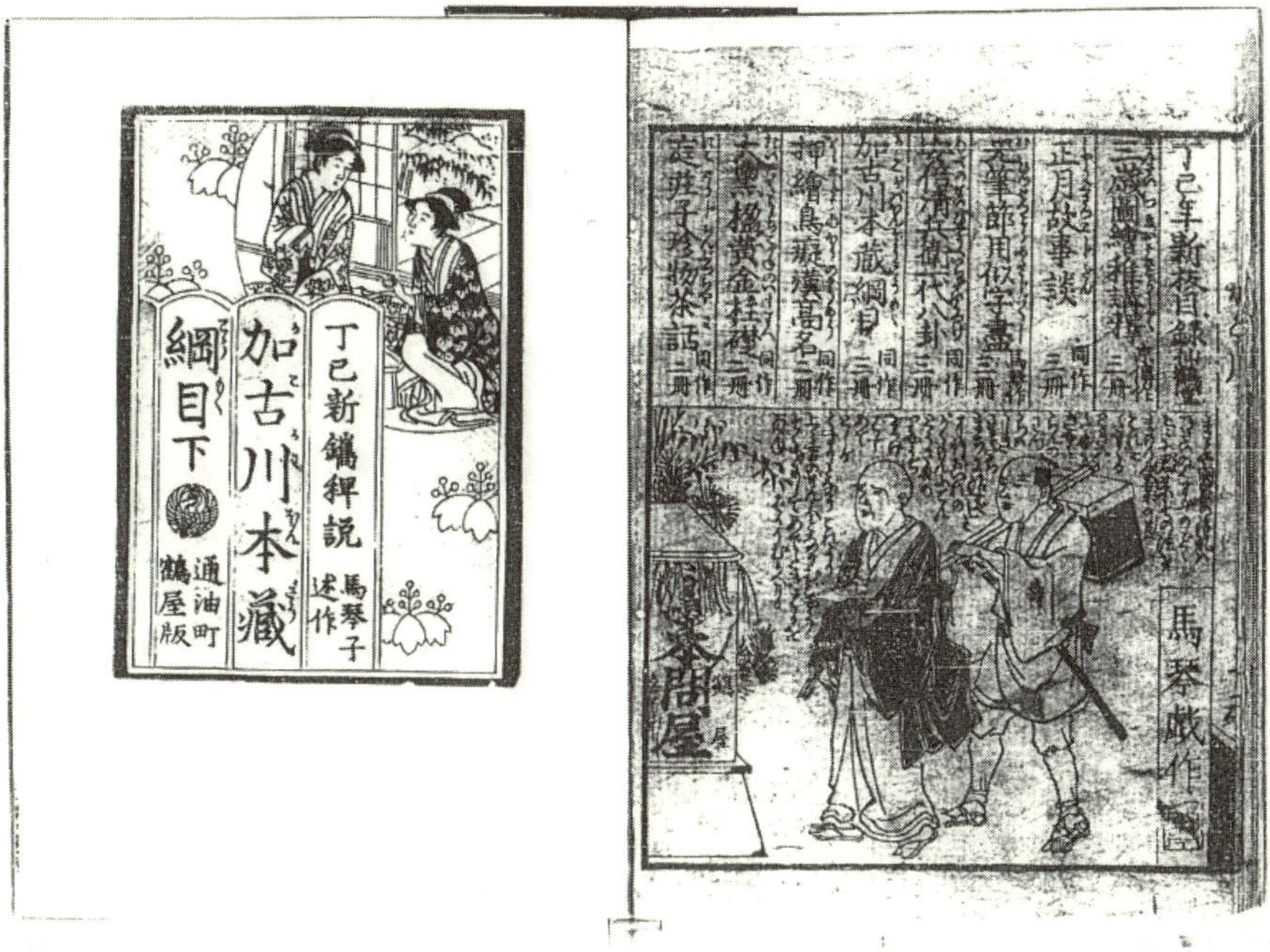

（一五ウ）（裏表紙見返し）

（一五ウ）

誠《まこと》や国家の治乱は一チ剤《ざい》の薬《くすり》の如《ごと》く、上ミに君《（くん）》薬その法を守《まも》り、余薬《（よやく）》の臣《（しん）》これを助《たす》くる時《とき》は、偶々《たま〳〵》の逆乱《ぎやくらん》の煩《わつ》らわしきも、忽《たちま》ちに治すべしと、了竹、おいれの学問《がくもん》に、天道様《てんとうさま》の療治《りやうぢ》を受《う》け、初《はじ》めて年《とし》が薬《くすり》となり、これより、上々吉の善《ぜん》人となり、無病息才《むびやうそく》にして、めでたき春《はる》を、百年ばかり迎《むかへ》ける。

馬琴戯作　曲亭

丁巳新板目録　仙鶴堂
三歳図絵稚講釈《さんさいづゑおさなこうしやく》　京伝作三冊
正月故事談《しやうぐわつこじだん》　同作　三冊
无筆節用似字尽《むひつせつようにたじづくし》　馬琴作三冊
安倍清兵衛一代八卦《あべのせいびやうへいちだいはつけ》　同作三冊
加古川本蔵綱目《かこがはほんぞうこうもく》　同作三冊
押絵取癡漢高名《おしゑどりあほうのかうめう》　同作二冊
大黒楹黄金柱礎《だいこくばしらこがねのいしずへ》　同作二冊
庭荘子珍物茶話《にわさうじちんぶつちやわ》　同作一冊

（裏表紙見返し）下巻の絵第簽を貼付。

丁巳新鐫稗説　馬琴子述作
加古川本蔵綱目下《かこがはんざうこうもく》　通油町鶴屋版

【注釈】

国家の治乱―国家が収まることと乱れること。「天下の安危、国の治乱を問んとする処に」（『太平記』二七）。
一チ剤の薬の薬の如く上ミに君薬その法を守り、余薬の臣これを助くる時は―君とその余の家臣に支えられた治政を、主な薬と補助としての薬、上薬と下薬に喩えた。「薬の君臣」という語から連想したか。「養ひ得ては自ら花の父母たり　洗ひ来っては寧ろ薬の君臣を弁へんや紀長谷雄」（『和漢朗詠集』上・雨）。
偶々の逆乱の煩わしき―逆乱は謀叛のこと。逆乱に霍乱を掛けるか。「漂泊して彼国の、逆乱を聞くに忍びず」（『椿説弓張月』残・五八）。霍乱は暑気あたりによる諸病の総称。「夏くはくらんを患ひてせんかたなく」（『世間胸算用』一・二）。
おいれの学問―年をとってからの学問。「通者子の先立《せんたつ》でおいれのがくもんにいかふかひ」（『南江駅話』）。
年が薬―齢を重ねるにに従って思慮分別ができるようになること。「男女恋慕の骨がらみは……これらは年が薬になれど」（『胡蝶物語』二）。
上々吉の善人―歌舞伎役者の位付では、上上吉は元は最高であることを示したが、後にこの上位を、この上に至・極・功などの文字を加えることで示す。「『なんとよい子。よい弟子でござんしよが』『よい共〱上々吉…』」（『義経千本桜』四切）。
無病息才―病気もせず、健康であること。
めでたき春を、百年ばかり迎ける―「めでたき春をむかへける」（『報讐獺狂夫』）というように、しばしば黄表紙の結びに使われる文句。

【挿絵】 挟箱をかついだ供（袖には「寿」の字）を連れた太田了竹が年始の挨拶か。左端には正月飾りを付けた鶴屋喜右衛門（本作の板元）の看板。

資料六　文化年間読本演劇化年表

＊作成にあたっては『歌舞伎年表』『義太夫年表』『伝奇作書』等を元に、各番付を参照した。同一題の再演は含まなかった。

	年号	西暦	月日	場所	座	歌舞伎・浄瑠璃	題	作者	読本◇絵入根本＊備考
1	天明四	一七八四	閏1月15日	京	中山座	歌舞伎	けいせい倭荘子《やまとそうじ》	並木五瓶	明和五年『西山物語』建部綾足◇絵入根本『契情倭荘子』文化十五年
2	寛政九	一七九七	5月9日	大坂	角の芝居藤川八蔵座	歌舞伎	浅草霊験記	近松徳三	実録「細川の血達磨」
3	寛政十一	一七九九	7月12日	大坂	道頓堀若太夫座	浄瑠璃	絵本太功記	近松柳・近松湖水軒・近松千葉軒	寛政九年－十二年『絵本太閤記』武内確斎作・岡田玉山画
4	〃	〃	9月15日	大坂	角の芝居藤川勝次郎座	歌舞伎	紅楓《からにしき》秋葉話	近松徳三・奈河篤助	寛政十年『桟道《かけはし》物語』雲府観天歩◇絵入根本『画本桟道物語』文化四年か
5	寛政十二	一八〇〇	9月12日	大坂	角の芝居藤川勝次郎座	歌舞伎	侠競廓日記《だてくらべくるわにっき》	近松徳三・奈河篤助	芝屋芝叟『売油郎』の長話「油」（没後、文化十三年に読本化）
6	享和元	一八〇一	2月8日	京	北側片岡愛之助座	歌舞伎	けいせい桟《かけはし》物語	近松徳三	寛政十年『桟道物語』雲府観天歩
7	享和三	一八〇三	5月5日	京	四条北側吾妻富次郎座	歌舞伎	油商人廓話《あぶらうりくるわばなし》		芝屋芝叟『売油郎』の長話「油」（没後、文化十三年に読本化）＊寛政十二年「侠競廓日記」の改作
8	文化元	一八〇四	1月	大坂	角の芝居	歌舞伎	けいせい筥《はこ》伝授	近松徳三	寛政十一年『秋雨物語』流霞窓広住◇絵入根本『絵本戯場語』文化四年
9	〃	〃	9月15日	京	北側亀谷早雲座	歌舞伎	艶色秋雨話《えんしょくあきさめものがたり》	近松徳三	寛政十一年『秋雨物語』流霞窓広住
10	文化二	一八〇五	10月3日	大坂	北之新地芝居	浄瑠璃	会稽宮城野錦繍《にしき》	佐川藤太	文化二年『稚枝鳩』馬琴

	年号	西暦	月日	場所	座	歌舞伎・浄瑠璃	題	作者	読本◇絵入根本＊備考
11	文化三	一八〇六	1月21日	大坂	角の芝居中村歌六座	歌舞伎	いろは歌誉桜花《ほまれのめいぼく》	近松徳三・並木正三・市岡和七・奈河九二助ら	文化二年『四天王剿盗異録』馬琴（桟道の段を取組）
12	〃	〃	3月13日	大坂	角	歌舞伎	頼光錦花幕《らいこうにしきのはなまく》	奈河篤助	文化二年『四天王剿盗異録』馬琴。「化政度のかぶきの動向」（『郡司正勝刪定集』1、白水社、一九九〇年）参照。
13	〃	〃	3月26日	大坂	御霊宮境内芝居	浄瑠璃	〈絵本／増補〉玉藻前曦袂《あさひのたもと》	梅枝軒・佐藤太	文化二年『絵本玉藻譚』岡田玉山
14	文化四	一八〇七	1月24日	大坂	中の芝居浅尾奥次郎座	歌舞伎	けいせい英草紙	近松徳三・奈河篤助	寛延二年『英草紙』都賀庭鐘＊内容の共通はあまり見られないか。
15	〃	〃	6月22日	江戸	市村座	歌舞伎	三国妖婦伝	並木五瓶・鶴屋南北・松井幸三	享和三－文化二年『絵本三国妖婦伝』高井蘭山＊春、江戸薩摩座で浄瑠璃『三国妖婦伝』か（『我衣』）（義太夫年表）
16	〃	〃	9月10日	大坂	御霊宮境内芝居	浄瑠璃	桜姫操大全	佐藤太・梅枝軒	文化二年『桜姫全伝曙草紙』山東京伝◇正本『桜姫花洛鑑』文化四年
17	〃	〃	9月21日	大坂	角の芝居嵐亀三郎座	歌舞伎	棚自来也談《やえむすびじらいやものがたり》	近松徳三・奈河篤助・市岡和七	文化三年『自来也説話』感和亭鬼武
18	文化五	一八〇八	1月25日	大坂	角の芝居藤川辰蔵座	歌舞伎	けいせい輝《いなずま》艸紙	近松徳三・奈河七五三助・市岡和助	文化三年『昔話稲妻表紙』山東京伝
19	〃	〃	1月29日	大坂	中の芝居小川吉太郎座	歌舞伎	けいせい品評林《しなさだめ》	奈河篤助・並木三四助	文化三年『昔話稲妻表紙』山東京伝
20	〃	〃	3月2日	大坂	御霊芝居	浄瑠璃	玉黒髪七人化粧《たまかずらしちにんげしょう》	佐藤太・吉田新吾	文化三年『善知安方忠義伝』山東京伝
21	〃	〃	5月7日	京都	北側布袋屋座	歌舞伎	清水清玄庵室曙《きよみずせいげんいおりのあけぼの》	市岡和七・奈河九二助・奈河篤助	文化二年『桜姫全伝曙草紙』山東京伝
22	〃	〃	閏6月8日	江戸	市村座	歌舞伎	彩入御伽艸《いろえいりおとぎぞうし》	鶴屋南北ら	文化四年合巻『安積沼後日仇討』山東京伝／享和三年読本『安積沼』山東京伝の後日譚。

23	〃	〃	7月25日	大坂	中の芝居小川吉太郎座	歌舞伎	清水清玄誓約桜《ちかいのさくら》	近松徳三・市岡和七	文化二年『桜姫全伝曙草紙』山東京伝
24	〃	〃	8月10日	大坂	角の芝居藤川辰蔵座	歌舞伎	復讐高音鼓《かたきうちたかねのたいこ》	奈河七五三助・奈河三四助・近松要助	文化三年『三国一夜物語』馬琴◇絵入根本『復讐高音鼓』天保十二年
25	〃	〃	9月15日	大坂	北堀江市の側芝居	浄瑠璃	〈時代はうらみくずのは／趣向はあやかりものがたり〉信田妻粧《けわいの》鏡《すがたみ》		文化三年『阿也可之譚』石田玉山（別題・白狐伝・絵本白狐伝）か。
26	〃	〃	9月17日	大坂	中の芝居	歌舞伎	舞扇南柯話	近松徳三・市岡和七ら	文化五年『三七全伝南柯夢』馬琴◇絵入根本『三勝櫛赤根色指』文化八・九
27	〃	〃	10月11日	大坂	北の新地芝居	浄瑠璃	鎮西八郎誉弓勢《ほまれのゆんぜい》	佐藤太	文化四・五年『椿説弓張月』前後・馬琴
28	〃	〃	11月13日	大坂	中の芝居嵐亀三郎座	歌舞伎	島廻月弓張《しまめぐりつきのゆみはり》	近松徳三・奈河篤助	文化四・五年『椿説弓張月』前後・馬琴
29	文化六	一八〇九	1月2日	大坂	御霊境内芝居	浄瑠璃	飛騨匠《ひだのたくみ》物語		文化五年『飛騨匠物語』六樹園飯盛
30	〃	〃	1月11日	大坂	中の芝居嵐亀三郎座	歌舞伎	けいせい潮来諷《いたこぶし》	近松徳三・奈河篤助	文化六年『忠孝潮来《いたこ》府志《ふし》』談洲楼焉馬
31	〃	〃	1月11日	大坂	大西芝居	浄瑠璃	〈東都の小説／浪華の校合〉廓訛潮《さとなまりいた》来画草紙《このかながき》		文化六年『忠孝潮来府志』談洲楼焉馬
32	〃	〃	3月23日	江戸	薩摩座	浄瑠璃	うとう物語		文化三年『善知安方忠義伝』山東京伝＊義太夫年表には「一枚番付の一枚か。絵中に「絵入よみ本うとふ」左端に「板元　中島屋伊左右衛門」とあるのみで、正確な外題は未詳」とある。

	年号	西暦	月日	場所	座	歌舞伎・浄瑠璃	題	作者	読本◇絵入根本＊備考
33	文化六	一八〇九	3月24日	江戸	中村座	歌舞伎	八百屋お七物語	瀬川如皐	文化六年合巻『〈八百屋／お七伝〉梅松竹取物語』山東京伝＊『江戸作者部類』に角書「京伝子ノ滑稽／曲亭子ノ筆意」。番付が残るのみで詳細は不明。
34	〃	〃	6月	江戸	森田座	歌舞伎	阿国御前化粧鏡《おくにごぜんけしょうのすがたみ》	鶴屋南北	文化三年『昔話稲妻表紙』・文化六年『浮牡丹全伝』山東京伝
35	〃	〃	7月26日	大坂	中の芝居嵐亀三郎座	歌舞伎	草紅錦絹川《くさもみじにしきのきぬがわ》	市岡和七	文化四年『新累解脱物語』馬琴
36	〃	〃	8月22日	大坂	角の芝居豊竹道太夫座	浄瑠璃	自来也《じらいや》物語	並木春三・芳井平八	文化三年『自来也説話』感和亭鬼武＊文化四年「柵自来也談」の浄瑠璃化。
37	〃	〃	9月29日	大坂	中の芝居嵐亀三郎座	歌舞伎	軍法富士見西行	近松徳三	文化五年『頼豪阿闍梨怪鼠伝』馬琴＊『江戸作者部類』によれば文化五年十一月大坂西の芝居（角書「頼豪法師の怪鼠ノ呪／西行法師ノ閑談ノ猫」だが、台帳・番付とも不明。
38	文化八	一八一一	7月18日	江戸	市村座	歌舞伎	玉藻前尾花錦刺繍《たまものまえおばなのにしき》		享和三―文化二年『絵本三国妖婦伝』
39	〃	〃	7月	江戸	市村座	歌舞伎	謎帯一寸徳兵衛《なぞのおびちょっととくべえ》	鶴屋南北	文化六年『浮牡丹全伝』山東京伝。郡司氏前掲論文、参照。
40	文化九	一八一二	1月16(15)日	江戸	中村座	歌舞伎	台頭霞彩幕《だいがしらかすみのいろまく》	奈河篤助・桜田治助	文化五年『三七全伝南柯夢』馬琴か。
41	〃	〃	9月21日	大坂	角の芝居市川善太郎座	歌舞伎	敵討義恋柵《ちかいのしがらみ》	奈河晴助・奈河七五三助	「絵本若葉栄」（伝奇作書による。「写本にて雲水録作者忘れたり」）文化四年『独揺新語』の改題本。◇絵入根本『敵討義恋柵』天保七年
42	文化十	一八一三	1月29日	大坂	中の芝居芳澤槌松座	歌舞伎	けいせい繁夜話	奈河篤助	題は、明和三年『繁野話』都賀庭鐘に拠るか。内容の共通はあまりないか。

43	〃	〃	3月11日	大坂	北堀江市の側芝居片岡市松座	歌舞伎	生写《しょううつし》朝顔記《にっき》	奈河竹葉・奈河来作	文化八年『朝顔日記』馬田柳浪か。カタリに〈去御贔屓方の御すゝめより／今の流行のよみ本を／其侭狂言に取組〉とある。『伝奇作書』残編の中に「文化九年頃堀江市の側芝居にて生写葬日記と外題」云々と記す。
44	〃	〃	8月21日	京	南	歌舞伎	長柄長者黄鳥墳《ながらちょうじゃうぐいすづか》	奈河竹葉	文化八年『長柄長者黄鳥墳』感和亭鬼武
45	〃	〃	9月8日	大坂	いなり境内	浄瑠璃	糸桜本町育	佐川藤太・佐川荻丸・吉田新吾	文化九年『糸桜春蝶奇縁』馬琴◇正本『本町糸屋娘』文化十年
46	〃	〃	12月22日	大坂	いなり社内	浄瑠璃	〈絹川与右衛門／埴生与左衛門／織越与右衛門〉下総国累物語		文化四年『新累解脱物語』馬琴
47	文化十一	一八一四	1月11日	大坂	角の芝居市川善太郎座	歌舞伎	けいせい筑紫𩥭	奈河晴助・七五三助・田辺弥七	文化八年『朝顔日記』馬田柳浪
48	〃	〃	3月3日	江戸	市村座	歌舞伎	隅田川花御所染	鶴屋南北	『江戸作者部類』では文化七年合巻『姥桜女清玄』馬琴の歌舞伎化とする。
49	〃	〃	3月9日	大坂	中の芝居中村歌五郎座	歌舞伎	復讐《かたきうち》二嶋《にとう》英勇記	市岡和七・近松万兵衛	享和三年序『絵本二島英勇記』速水春暁斎。
50	〃	〃	8月1日	大坂	角の芝居市川善太郎座	歌舞伎	定結納爪櫛	奈河晴助・奈河三四助	文化九年『青砥藤綱摸綾案後集』◇絵入根本『定結納爪櫛』文化十二年
51	文化十三	一八一六	2月20日	大坂	中の芝居沢村璃莟座	歌舞伎	園雪恋組題	奈河晴助	文化四年『標注園の雪』馬琴
52	〃	〃	5月5日	江戸	中村座	歌舞伎	時鳥《ほととぎす》貞婦噺《みさおばなし》	福森久助・本屋宗七	文化八年『朝顔日記』馬田柳浪
53	〃	〃	7月29日	大坂	豊竹巴太夫座（御霊）	浄瑠璃	五天竺	佐川藤太・吉田新吾・近松梅枝軒	文化三年『絵本西遊記』初編、西田維則

	年号	西暦	月日	場所	座	歌舞伎・浄瑠璃	題	作者	読本◇絵入根本＊備考
54	文化十三	一八一六	8月	大坂	堀江市側片岡弁蔵座	歌舞伎	絵本うとふ物語	近松慈輔	文化三年『善知安方忠義伝』山東京伝
55	〃	〃	9月10日	大坂	荒木芝居	浄瑠璃	絵本優曇華物語	佐藤魚丸・近松梅枝軒	文化元年『優曇華物語』山東京伝
56	文化十四	一八一七	9月13日	江戸	河原崎座	歌舞伎	厳流嶋勝負宮本《しょうぶをみやもと》	桜田治助・鶴屋南北	カタリに「爰に佐々木の某が浪花みやげの正本を御江戸仕立にうつしかへ」とあり、文化十一年「復讐二嶋英勇記」の書替か。

初出一覧

本書は、二〇〇九年に東京大学に提出した博士論文を元に、その後執筆した第四章・第五章の各論の他、未発表の資料翻刻・注釈を加えたものである。各論の初出は次の通りである。なお、既発表のすべての稿に加筆修正を施した。

第一章　馬琴の小説観と演劇観

第一節　馬琴の演劇観と「勧善懲悪」——巷談物を中心に——

「馬琴の演劇観と「勧善懲悪」——巷談物を中心に——」（『日本文学』五一巻一二号、日本文学協会、二〇〇三年一二月）に、「勧善懲悪——馬琴読本と演劇を中心に——」（『江戸文学』三四号、ぺりかん社、二〇〇六年五月）の後半部分を加筆修正の上、加えた。

第二節　馬琴と近松

「馬琴と近松」（『読本研究新集』七集、二〇一五年六月）。

第三節　馬琴の「人情」と演劇の愁嘆場

『東京大学国文学論集』二号（東京大学国文学研究室、二〇〇七年五月）。

第四節　馬琴と忠臣蔵

「馬琴と忠臣蔵」（『青山語文』四八号、二〇一八年三月）。

第五節　馬琴の「小大の弁」

「曲亭馬琴の「小大の弁」」（『日本文学』六四巻四号、日本文学協会、二〇一五年四月）。

第二章　京伝・馬琴と読本の演劇化

第一節　『昔話稲妻表紙』の歌舞伎化と馬琴

「『昔話稲妻表紙』の歌舞伎化と曲亭馬琴」（『江戸文学』四〇号、ぺりかん社、二〇〇九年五月）に大幅に加筆した。

第二節　馬琴読本の演劇化――文化期の上方演劇作品における――

「馬琴読本の演劇化――文化期の上方演劇作品における――」（『読本研究新集』第五集、翰林書房、二〇〇四年一月）。

第三節　京伝・馬琴による読本演劇化作品の再利用

「京伝・馬琴による読本演劇化作品の再利用」（『国語と国文学』八三巻五号、二〇〇六年五月）。

第三章　読本演劇化をめぐる演劇界・出版界の諸相

第一節　読本作者佐藤魚丸

「読本作者佐藤魚丸」（『国語と国文学』八四巻一二号、二〇〇七年一二月）。

第二節　河内屋太助による絵入根本の出版と馬琴

科学研究費基盤研究B「近世後期江戸・上方小説における相互交流の研究」共同研究会（二〇〇八年八月二八日、於国文学研究資料館）における口頭発表「絵入根本と読本の演劇化――河内屋太助と嵐吉三郎を中心に――」に加筆、二〇〇九年に東京大学に提出した博士論文を元にした。

第四章　馬琴と国家
第一節　馬琴・京伝読本における王権
「日本近世文学における王権——馬琴・京伝読本における南北朝」（土方洋一・渡辺節夫編『国家と言語——前近代の東アジアと西欧——』弘文堂、二〇一一年三月）。
第二節　京伝・馬琴読本における辺境——外が浜と鬼界島——
「京伝・馬琴作品における辺境——鬼界島と外が濱」（『アジア遊学』143・特集　環境という視座——日本文学とエコクリティシズム、勉誠出版、二〇一一年七月）。
第三節　馬琴の「武国」意識と日本魂
「曲亭馬琴の「武国」意識と日本魂」（田中優子編『日本人は日本をどうみてきたか　江戸から見る自意識の変遷』笠間書院、二〇一五年三月）。
第四節　馬琴の古典再解釈——『椿説弓張月』と昔話・神話——
「馬琴の古典再解釈——『椿説弓張月』と昔話・神話——」（青木敦編『世界史のなかの近世』慶應義塾大学出版会、二〇一七年三月）。

第五章　馬琴と動物
第一節　馬琴と蟹——馬琴の名「解」をめぐって——
「馬琴と蟹」（『青山語文』三九号、青山学院大学日本文学会、二〇〇九年三月）に大幅に加筆した。
第二節　『南総里見八犬伝』の大鷲
「『南総里見八犬伝』の大鷲」（『鳥獣虫魚の文学史　日本古典の自然観』二、三弥井書店、二〇一一年八月）。

第三節　『八犬伝』の政木狐と馬琴の稲荷信仰

「『八犬伝』の政木狐と馬琴の稲荷信仰」（『朱』五七巻、伏見稲荷大社社務所、二〇一四年二月）。

また本書は左の研究補助金の成果の一部である。

・二〇〇七—〇八年度科学研究費補助金（若手スタートアップ）「曲亭馬琴を中心とする読本の研究、及び戯作界・演劇界・出版界の交流に関する研究」（課題番号 19820005）

・二〇一二—一六年度科学研究費補助金（若手研究Ｂ）「曲亭馬琴の治国思想と歴史認識」（課題番号 24720103）

あとがき

馬琴は言葉一つ一つに対する意識が強い作家である。馬琴の作品においては、言葉には運命や人生を左右する力があった。例えば、本書でも触れたが、馬琴が好んだ「名詮自性」は、人の名前が、その人の人生の禍福吉凶を表すという考え方である。また『南総里見八犬伝』では壮大な物語の因果の発端を、里見義実の失言、「言の咎」に置く。このような小説技法や趣向としてだけではなく、馬琴は自分自身の言葉にも責任を持っていた。考証随筆や小説のなかで、展開した論の誤りや史実の誤認に気付くと後日、続編や他の著作において補足訂正する。読者に対して、偽りや誤りを述べないよう常に注意を払っているのである。それは研究のあるべき姿と同じである。物事の考証がやや牽強付会に傾くという点は否めないが、このような馬琴の姿勢からは、読者に対する言説は常に正しくあろうとしていた、その理想の高さがうかがえる。それが頑なとも受けとられて、当時も今も敬遠されることがある馬琴であるが、自分の信じたことを曲げない頑固一徹なその性格に惹かれ、私は馬琴研究を志したのであった。

そもそも演劇との関わりに注目したのもそのためであった。作中の演劇の利用に反した、演劇に対する否定的な発言。従来の研究のように、それを単なる韜晦と捉えてしまってよいのだろうか、という疑問に端を発している。作中の演劇の利用方法のみならず、関心はさらに馬琴作品の演劇への影響に及んだ。馬琴が演劇を使ったのは演劇界でも受け入れられるためではなかったか。当時の演劇界・出版界との交流を探ることで、馬琴がどのように演劇を利用し、どのように演劇界に受け入れられていたのか、その演劇界から馬琴が受けた影響は何であったか、版元との関係はどうであったのか、演劇を軸とした、馬琴という作家を取り巻く同時代の環境の実態を明らかにすることが本書の目的であり、その大概は示せたものと思う。書物に囲まれて書斎に籠もりきりで執筆する馬琴の印象がいたのである。

強いが、その耳目は常に外に、出版界の流行、演劇界の情報、そして海外情勢、時代の趨勢にまでも、向けられて

これまでたくさんの方々にお世話になった。大学に入ったばかりの時、初めて江戸文学の面白さを教わったのは延廣眞治先生であった。膨大な用例を次から次へと畳みかけるように提示されて、その情報量に圧倒されると同時に、研究とはこういうものかと、目が眩むような衝撃があったことを忘れることは出来ない。そして学部以来、御指導頂いている長島弘明先生には心から感謝申し上げたい。ともすれば挫けそうになる頃合を見計らうかのように、厳しい叱咤と的確な御助言を頂いた。その言葉の中に込められた温かい激励に、幾度救われたか分からない。本書のもととなった博士論文の審査にあたって下さった多田一臣先生、渡部泰明先生、古井戸秀夫先生、安藤宏先生にも御礼を申し上げねばならない。藤原克己先生にも大変お世話になった。先生方に学部生時代、院生時代・助教時代にお教え賜った時間は宝物である。

また日本学術振興会特別研究員の受入れ教員になって頂いた大高洋司先生には、就職のため結局研究員を辞退した後も、科学研究費や国文学研究資料館でのプロジェクトにお誘い頂き、たくさんのことをお教え頂いた。そのプロジェクトで知り合った先生方から得た学恩は計り知れない。そのほか、諸研究会や学会でも多くの先生方から御指導頂く機会があった。演習でご一緒した諸先輩方からお教え頂いたことも数え切れない。資料に附けた『園雪恋組題』の翻刻も、大学院時代に自主ゼミで取り上げたことに始まり、一から読み直して本書に収めるに至ったものである。専門は違えど、ともに学んだ同輩達の存在にも励まされている。後輩達にもいつも刺激をもらっている。

本書をまとめるに至るまでには紆余曲折があった。博士論文提出後、一度機会があったが、構想の全体を収めることが出来ぬままであった。結婚、手術や二度の出産による中断を経て、その後執筆した論文や資料を加え、よう

やくここに思い描いた形にまとめるに至った。ようやく機が熟したものと思う。本書の出版をお引き受け下さった花鳥社の橋本孝社長に深謝申し上げる。編集部のA氏にも大変お世話になった。校正が難航し、たびたびご面倒をお掛けしたが、いつも笑顔でご対応下さり、心強く有難かった。また現在、研究が続けられているのは勤務先の青山学院大学の御陰である。様々な学恩、御縁に日々感謝している。そして、最後にいつも支えてくれている夫と息子達、義父母と両親に感謝の気持ちを捧げたい。

なお、本書は二〇一八年度科学研究費補助金（研究成果公開促進費：課題番号18HP5045）の交付を受けて出版するものである。

馬琴没後一七〇年かつ『南総里見八犬伝』刊行開始より一七回目の戊年の師走に

大屋　多詠子

索　引

・本索引は、人名と書名・作品名をとりあげ、現代仮名遣いの五十音順によって配列した。
・書名には『　』、能・謡曲・歌舞伎演目などの作品名には「　」を付した。

【か行】

【さ行】

【た行】

【な行】

【は行】

【ま行】

【著者略歴】
大屋多詠子（おおや たえこ）
1976年生。1999年、東京大学文学部卒業。2007年、東京大学大学院博士課程満期退学。2009年、博士号（文学・東京大学）取得。東京大学文学部国文学研究室助教を経て、青山学院大学文学部准教授。共著に『読本【よみほん】事典―江戸の伝奇小説―』（笠間書院、2008年）。

馬琴と演劇

二〇一九年二月二十八日　初版第一刷発行

著者……大屋多詠子
装幀……芦澤泰偉
発行者……橋本 孝
発行所……株式会社花鳥社
https://kachosha.com/
〒一五三-〇〇六四 東京都目黒区下目黒四-十一-十八-四一〇
電話〇三-六三〇三-二五〇五
ファクス〇三-三七九二-二三二三
ISBN978-4-909832-01-6
組版……ステラ
印刷・製本……モリモト印刷